济公全传

【清】郭小亭 著

中国古典文学名著

齊魯書社

图书在版编目(CIP)数据

济公全传/【清】郭小亭著.—济南:齐鲁书社,1998.10(2008.4重印)

ISBN 978-7-5333-0662-5

Ⅰ.济… Ⅱ.郭… Ⅲ.章回小说—中国—清代 Ⅳ.I242.4

中国版本图书馆CIP数据核字(2008)第030568号

济公全传

【清】郭小亭 著

出版发行	齊魯書社
地　　址	济南经九路胜利大街39号
邮　　编	250001
网　　址	www.qlss.com.cn
电子邮箱	qlss@sdpress.com.cn
印　　刷	北京山华苑印刷有限责任公司
开　　本	787×1092毫米 16开
印　　张	33
字　　数	805千
版　　次	2008年4月第2版
印　　次	2008年4月第2次印刷
标准书号	ISBN 978-7-5333-0662-5
定　　价	48.00元

序

粤自黄州说鬼终丽于虚，干宝《搜神》尤嫌其幻，至钦正人心，化世道，讲循环果报，分别善恶，所谓实而不虚，真而不幻者，其唯此《济公传》一书乎！是书历叙济公始末，天理人情，因果报应，虽妇孺亦闻其名，俳优且演为剧，如梨园中之《赵家楼焉》、《家湖》诸节目，阅者终觉略而弗详，虽《醉菩提》一书其中亦有警愚劝善、褒忠贬佞等事，然鲁鱼亥豕，不堪娱目，仅可例于寻常小说而已。余友张孝廉文海，本钱塘名士，以游学京师，公余之暇，偶于俦人众多之区见有谈是书之事者，一时脍炙人口，听者忘倦，及购诸坊本，皆无。适有友人阎君华轩，携郭小亭先生所著是书来，张君翻阅一过，觉文言道俗，如历其境，如见其人，且所论皆除暴安良，奇闻奇事，光怪陆离，有五花八门之妙，其有裨于风化者良非浅鲜，因击节叹赏，不敢自秘，遂商于津门煮字山房主人魏君岱坡，不惜重资，付之石印，索余为弁言。余思此书一出，非特城隅闾巷乐于传诵之意，聊以培植世道，感发人心之一助云尔。

光绪戊戌春三月　娄江得古欢室主人谨序

序

言非哀诸浅近，其言不足以感人；事不设为神奇，其事不足以垂训。盖圣经贤传原道义所攸关，而野史稗官尤雅偌所共赏也。《济公传》一书初刻方成，已不胫而走，阅之者不无遗珠之憾。乃复商于煮字山房主人岱坡魏君，求其完璧，遂重集重资，出郭小亭先生所著续本，付诸石印，灿然大观，美乎备矣。第恐垄断者流专心赢利，仿而行之，则鱼目混珠，而魏君劝善之苦心汩没矣，故于其书之成也，爰为叙，以记之。

时光绪庚子清和之月　长白翰臣氏并题。

目　录

济公前传

济公后传

济公前传

第一回　李节度拜佛求子　真罗汉降世投胎

诗曰：

闲居慎勿说无妨，才说无妨便有妨。
争先径路机关恶，退后语言滋味长。
爽口物多须作疾，快心事过必为殃。
与其病后能求药，不若病前能自防。

话说南宋自南渡以来，迁都临安，高宗皇帝建炎天子四年，改为绍兴元年。在朝有一位京营节度使，姓李名茂春，原籍浙江台州府天台县人，娶妻王氏，夫妻好善。李大人为人最慈，带兵军令不严，因此罢官回籍。在家中乐善好施，修桥补路，济困扶危，冬施棉衣，夏施汤药。这李大人在街市闲游，人都呼之为李善人。内中就有人说："李善人不是真善人，要是真善人，他怎么会没儿子?"这话李大人正听见，自己回至家中，闷闷不乐。夫人王氏见大人回来闷闷不乐，可就问："大人因何不乐?"大人说："我在街市闲游，人都称我为李善人，内中人就有人暗中说，被我听见。他说我隐恶扬善，善人不是真心，要是真心为善，不能没儿子。我想上天有眼，神佛有灵，当教你我有儿。"夫人劝大人纳宠，买两个侍妾，也可以生儿养女。大人说："夫人此言差矣，吾岂肯作那不才之事？夫人年近四旬，尚可以生养儿女。你我斋戒沐浴三天，同到永宁村北天台山国清寺，拜佛求子。倘要上天有眼，你我夫妻也可生子。"王氏夫人说："甚好。"

李茂春择了日期，带着童仆人等，夫人坐轿，员外乘马，到了天台山下。只见此山高可冲天，山峰直立，树木森森，国清寺在半山之上。到了山门以外，只见山门高大，里面钟鼓二楼，前至后五层大殿，后有斋堂客舍，经堂戒堂，二十五间藏经楼。员外下马，里面僧人出来迎接，到客堂代茶。

老方丈性空长老知道是李员外降香，亲身出来接见，带着往各处拈香。夫妻先至大雄宝殿拈香，叩求神佛保佑："千万教我夫妻得子，接续香烟。如佛祖显灵，我等重修古庙，再塑金身。"祷告已毕，又至各处拈香。到了罗汉堂拈香，方烧至四尊罗汉，忽见神像由莲台坠地。性空长老说："善哉善哉，员外定生贵子，过日我给员外道喜。"

李员外夫妻回到家中，不知不觉夫人有喜。过了数个月，生了一个公子。临生之时，红光罩院，异香扑鼻，员外甚喜。这孩自生落就哭声不止，直至三朝。

这日正有亲友邻里来庆贺，外面家人来回话，说有国清寺方丈性空给员外送来一份厚礼，亲来叩喜。员外迎接进来。性空说："员外大喜。令公郎可平安?"员外说："自从生落之后，直哭到今朝不止。吾正忧虑此事。老和尚有何妙法能治?"性空说："好办。员外先到里面把令公子抱出，我看看就知道是何缘故了。"员外说："此子未过满月，就抱出来，恐有不便罢。"性空说："无妨。员外可用袍袱盖上，可已不冲三光。"员外一听有理，连忙至里面把孩儿抱出来，给大众一看。那孩儿生得五官清秀，品貌清奇，啼哭不止。性空和尚过来一看，那孩儿一见和尚，立止啼声，一咧嘴笑了。老和尚就用手摸那孩儿头顶说：

莫要笑，莫要笑，你的来历我知道，你来我去两抛开，省的大家胡倚靠。

那孩儿立时不哭了。性空说："员外，我收一个记名徒弟，给他取个名字，叫李修缘罢。"员外应了，把孩儿抱进去，出来给和尚备斋。吃罢，众亲友都散去，性空长老也去了。员外另雇奶娘扶养孩儿。

光阴似箭，日月如梭，不知不觉过了几年。李修缘长至七岁，懒说懒笑，永不与同村儿童聚耍。入学读书，请了一位老秀才杜群英先生在家教他。还有两个同伴，一个是永宁村武孝廉韩成之子韩文美，年九岁。还有李夫人内侄，永宁村住，姓王名全，乃是兵部司马王安士之子，年八岁。三人共读，甚是和美。就是李修缘年幼，过目不忘，目览十行，才学出众。杜先生甚奇之，常与人言："久后成大器者，李修缘也。"至十四岁，五经四书、诸子百家，背诵极熟，合王全二人在学房时常作诗，口气远大。

这年想要入县考取文童，李茂春卧床不起，人事不知，病至垂危。派人把内弟王安士请来至床前，李员外说："贤弟，我不久于人世，你外甥与你姐姐全要你照应。修缘不可纵性废读。吾已给他定下亲了，是刘家庄刘千户之女。家中内外无人，全仗贤弟分心。"王安士说："姐丈放心养病，不必多嘱，弟自当照应。"员外又叫王氏夫人说："贤妻，我今五十五岁，也不算寿夭。我死之后，千万要扶养孩儿，教训他成名。我虽在九泉之下也甘心。"又嘱了修缘几句话，自己心中一乱，口眼一闭，呜呼哀哉。

李员外一死，合家恸哭。王员外帮办丧事已毕，修缘守制不能入场。是年王全、韩文美二人都中了秀才，两家贺喜。

王氏夫人家中有一座问心楼，一年所办之事，写在帐上。每到岁底这日，写好表章，一并帐交天，一年并无一件事隐瞒的。李修缘好学道，每见经卷必喜爱，读之不舍。过了二年，王氏夫人一病而亡，李修缘自己恸哭一番，王员外帮办丧事完毕。李修缘喜看道书，到了十八岁，这年孝服已满，他立志出家，看破红尘，所有家中之事，都是王员外办理。李修缘到了自己坟上，烧了些纸钱，给王员外留下一纸书字，竟自去了。

王员外两日不见外甥，派人各处寻找，不见外甥。自拆开字来一看。上写的是：

修缘去了，不必寻找，他年相见，便知分晓。

王员外知道外甥素近释道，在临近庵观寺院各处派人寻找，并不见下落。派家人贴白帖，在各处寻找："如有人把李修缘送来，谢白银百两。如有人知道实信，人在何处，送信来，谢银五十两。"一连三个月并无音信。

书中且说李修缘自从家中分手之后，信步游行，到了杭城，把银钱用尽，到了庙中要出家，人家也不敢留他。他自己到西湖飞来峰上灵隐寺庙中见老方丈，要出家。当家和尚方丈乃是九世比丘僧，名元空长老，号远瞎堂。一见李修缘，知道他是西方金身降龙罗汉降世，奉佛法旨为度世而来，执迷不醒，用手击了他三掌，把天门打开，遂知自己根本源流，拜元空长老为师，起名道济。

他坐禅坐颠、坐禅坐疯。庙里独叫他颠和尚，外面都叫疯和尚，讹言传说济颠僧。他本是奉佛法旨所谓度世而来，自己在外面济困扶危，劝化众生，在庙内不论那个和尚有钱，他就偷，有衣服偷出去就当了吃酒，最爱吃肉。常有人说和尚例应吃斋，为甚么吃酒？和尚说："佛祖留下诗一首，我人修心他修口，他人修口不修心，为我修心不修口。"自己就是合庙中的监寺僧广亮不对。庙中除去了方丈，就属监寺僧大力。济颠把广亮新作了一件僧衣，值钱四十吊。他偷了给当在当铺中，把当票贴在山门上。

监寺广亮一找僧袍没有了，派人各处一找，把当票找着。和尚挂失票不行，把山门摘下来，四人抬着去赎。

当去广亮回禀老方丈，说："庙中疯和尚不守清规，常偷众僧的银钱衣物等物，理应按清规治罪于他。"元空长老说："道济无赃，不能治他。你等去暗中访察，如要有赃证，把他带来见我就是。"广亮派两个徒弟在暗中访拿济颠。

济颠在大雄宝殿供桌头里睡觉，两个小和尚志清、志明每日留神。这天见济颠在大殿里探头出来，往各处偷瞧了多时，复又进去一看，蹑足潜踪出来，怀中鼓棚棚的。方至甬道当中，只见志清、志明由屋中出来，说："好济颠，你又偷甚么物件？休想逃走！"过去一伸手，把那济颠长老抓住，一直竟到方丈房中回话。监寺的先见老和尚说："禀方丈知道，咱们庙中济颠不守清规，偷盗庙中物件，按清规戒律之例治罪。"元空长老一听，心中说："道济，你偷庙中物件，不该叫他等拿住。我虽然护庇你，也无话可说。"吩咐人："把他等带来就是。"

济公来至方丈屋内说："老和尚你在那里？我在这里问心。"见了方丈永远是这样，元空也不教他磕头，说："道济不守清规，偷盗庙中物件，应得何罪？"广亮说："砸毁衣钵戒牒，逐出庙外，不准为僧。"老方丈说："我重责他就是。"就问："道济，把所偷之物献出来。"济公说："师父，他们真欺负我。我在大雄宝殿睡觉，因扫地没有盛土之物，我放在怀中。你等来看罢。"说着把丝绦一解，哗啦落下好些土片。老方丈大怒，说："广亮误害好人为盗，我得重责！"吩咐看响板要打监寺僧人。众僧都来看热闹。

济公自己出来，到了西湖，见树林内有人上吊，济公连忙过去要救此人。正是：

行善之人得遇圣僧，落难女子父女相会。

要知后事如何，且看下回分解。

第二回　董士宏葬亲卖女　活罗汉解救好人

诗曰：

何处是仙乡，仙乡不离房。
眼前无沉长，心下有清凉。
静里乾坤大，闲中日月长。
若能安得分，都胜别思量。

话说济公禅师在西湖见一个人方要上吊，自己按灵光一算，早已知道。

书中交代，那人姓董名士宏，原籍浙江钱塘县人，为人侍母至孝。父早丧，母秦氏。娶妻杜氏早死，留下一女名玉姐，甚伶俐。董士宏锤金匠手艺。他女儿八岁时秦氏老太太染病不起，董士宏小心进汤药。家贫无力养膳老母，把女儿玉姐典在顾进士家作使女，十年回赎，典银五十两，给老太养病。老母因看不见孙女，问："我孙女那里去了？"董士宏说："上他外祖那里去了。"老太太病重，一连七日不起，竟自呜呼哀哉。他就把家中些银两尽力葬母之后，自己到镇江府，在那里忍耐时光。十载光景，好容易积凑了六十两纹银，想要把女儿赎出来，另找婆家。在路上无话。

这日到了临安，住在钱塘门外悦来店中。带了银两次日，到了百家巷。一问顾进士宅，左右邻居都说："顾老爷升了外任，不知在那儿做官。"董士宏一听，如站万丈高楼失脚，扬子江断缆崩舟。自己各处访问，并不知顾大人住在那里，也不知女儿下落。到了钱塘门外，在天竺街酒楼吃了几杯闷酒，不知不觉，醉入梦乡。出了酒楼想要回店，不由走错了道路，把银子也丢了。既至酒醒一摸银子丢了。无奈走至树林，越想越无滋味，想："女儿也不能见面了，自己不如一死，以了此身之孽冤。"想罢，来至树林，把腰中丝绦解下来，拴上套儿，想要自缢身死。只见对面来了一个和尚，口中说："死了死了，已死就了，死了到比活着好，我要上吊。"解下丝绦，就要往树上拴。董士宏一看，那僧人长的甚是不堪。怎见得？有赞为证：

脸不洗，头不剃，醉眼乜斜睁又闭。
若痴若傻若颠狂，到处诙谐好耍戏。
破僧衣，不趁体，上下窟窿钱串记。
绒绦七断与八结，大小髂韃接又续。
破草鞋，只剩底，精光两腿双胫赤。
乾坤四海任逍遥，涉水登山如平地。
经不谈，禅不理，吃酒开荤好诙戏。
警愚劝善度群迷，专管人间不平气。

董士宏看罢，只听和尚说："我要上吊了！"就要把绳子往颈里套。董士宏连忙过去，说："和尚，你为甚么去寻短见？"济公说："我师父同我化了三年之久善缘，日积月累，好容易凑了五两银子。我奉师父之命，派我买两身僧衣僧帽。我最好喝酒，在酒馆之中，因为多贪了两杯酒，不知不觉，酩酊大醉，把五两银子丢了。我有心回庙见我师父，怕是老和尚生气。我自己越思越想，无路生活世上，故来此上吊。"

董士宏一听这话，说："和尚，你为五两银子，也不至于死。我囊内尚有散碎银五六两，我也是遇难之人，留了也无用。来罢，我周济你五六两银子罢。"伸手掏出一包，递给和尚。和尚接在手中哈哈大笑，说："你这银子，可不如我那银子好，又碎，成色潮点。"董士宏一听，心中不悦，暗说："我白施舍给你银子，你还嫌不好。"自己说："和尚，你兑付着使罢。"和尚答应一声，说："我走了。"

董士宏说："这个和尚真真不知人情世态。我白送给他银子，他还说不好，临走连我姓都没问，也不知谢我，真无知之辈。唉，我反正是死。"正在气恼，只见和尚从那边又回来，说："我和尚见了银子，全忘了，也没问恩公贵姓？因何在此？"董士宏把自己丢银之故说了一遍。和尚说："你也是丢了银子啦，父女不能见面。你在这儿死罢！我走啦。"董士宏一听，说："这个和尚太不知世物，连话都不会说。"见和尚走了五六步，又回来说："董士宏，你是真死假死？"董士宏说："我是真死，怎么样罢？"和尚说："你要是真死，我想你作一个整人情。你身上穿着这身衣服，也值五六两银子。你死了，也是叫狼吃狗咬，白白的糟蹋。你脱下来送给我吧，落一个净光来净光去，岂不是好？"

董士宏一闻此言，气得浑身立抖，说："好个和尚，你真懂交情！我与你萍水之交，送你几两银子，我倒烧纸引了鬼来。"和尚鼓掌大笑，说："善哉善哉，你不要着急。我且问你，你银子丢失，你就寻死。五六十两银子也值得甚么，我代你去，把你女儿找着，叫你父女相逢，骨肉团圆，好不好？"董士宏说："和尚，我把赎我女儿的银子已然丢了，就是把女儿找着，无银赎身，也是不行。"济公说："我自有道理，你跟我走罢。"董士宏说："和尚，宝刹在那庙里参修？贵上下怎么称呼？"济公说："我西湖飞来峰灵隐寺，我名道济，人皆叫我济颠僧。"董士宏见和尚说话不俗，随自己把丝绦解下，说："师父

你说上那里去?”济公说:“走。”转身带着董士宏往前走。济公口唱山歌,唱的是:

走走走,游游游,无是无非度春秋。今日才知出家好,才悔当年作马牛。想恩爱,具是梦幻。说妻子,都是魔头。怎如我赤手单瓢,怎如我过府穿州,怎如我潇潇洒洒,怎如我荡荡悠悠,终日快活无人管,也无烦恼也无忧。烂麻鞋踏平川,破衲头赛缎绸。我也会歌也会唱,我也会刚也会柔。身外别有天合地,何妨世上要髑髅。天不管,地不休,快快活活傲王侯。有朝困倦打一盹,醒来世事一笔勾。

话说济公带着董士宏往前行走,进了钱塘门,到了一条巷口。告诉董士宏说:“你在这里站着等我。有人问你生辰年岁,你可就说。千万别走,我今日管叫你父女见面,骨肉相逢。”董士宏答应说:“圣僧慈悲慈悲。”

济公抬头一看,见路北有一座大门,门内坐着十几个家人,门上悬牌挂匾,知道是个仕宦人家。自己迈步上台阶,说:“辛苦众位。贵宅姓赵啊?”那些家人一瞧,是个穷和尚,说:“不错,我们这主人姓赵。你作甚么?”济公说:“我听人说,贵宅老太太病体沉重,堪堪要死,我特意前来见见你家主人,给老太太治病。”那些家人一听和尚之言,说:“和尚,你来之不巧。不错,我家老太太因我家小主人病重,心疼孙子,急上病来,请了多少先生都没见好。我家主赵文会最孝母,见老太太病重,立时托人请精明医家。有一苏员外,号北山,他家也是老太太病。请一位先生绰号赛叔和,姓李名怀春。此人精通歧黄之术,我家主人方才上苏宅请先生未回来。”

正说着,从那面来了一群骑马之人。为首三个人,头一匹白马上一人,五官清秀,年约三旬,头戴四楞青绸巾,上嵌片玉,绣带双飘,身披宝蓝缎逍遥氅,上绣百蝠百蝶,足下青缎官靴。面皮微白,海下无须。此人就是赛叔和李怀春。第二位是宝蓝缎双叶逍遥员外巾,三蓝绣花,迎面嵌美玉,嵌明珠。身披蓝缎逍遥氅,足下青缎官靴。面如古月,慈眉善目,三绺长髯,飘洒胸前。这就是苏北山。第三位也是富翁员外打扮,白面长鬚,五官清秀。济公看罢,过去拦住马说:“三位慢走,我和尚等候多时了。”赵文会在后面,一见疯僧截住去路,说:“和尚,我等有急事,请先生给老母治病,你化缘改日来,今日不行。”和尚说:“不行。我并非化缘,我今日听说府上老太太病势沉重,我是许下心愿,那里有人害病,我就去给调治。今日我是特意来给治病。”赵文会说:“我们这里请来先生,乃当时名医。你去罢,不用你。”和尚一听,回头看了李怀春一眼,说:“先生,你既是名医,我领教你一味药材治甚么病。”李先生说:“和尚,你说甚么药材?”济公说:“新出屉热馒首,治甚么病啊?”李先生说:“本草上没有,不知。”和尚哈哈大笑,说:“你连要紧的事都不知道,还敢自称是名医。新出屉热馒首治饿,对不对?你不行,我同你到赵宅帮个忙罢。”李怀春说:“好!师父你就跟我来。”赵文会、苏北山二人也不好拦阻,只可同着和尚进了大门,来在老太太住的上房之内落坐,家人献过茶来。

李怀春先给老太太看看脉,道:“是痰瘀上行,非把这口痰治出来不能好。老太太上了年岁之人,气虚血弱,不能用药。赵员外另请高明罢。”赵文会说:“先生,我又不在医道之内,我知道那里有高明之人?你可荐一人。”李怀春说:“咱们这临安,就是我合汤万方二人。他治的病,我也能治;他治不了的病,我也不行。我二人都是一样能为。”正说在这里,济公答话说:“你等先不要着急,我给老太太看看如何?”赵文会本是孝子,一听和尚之言,说:“好,你来看看。”李怀春也要看看和尚能为。

济公来至老太太近前,先用手拍了两掌说:“老太太死不了,脑袋还硬着呢。”李怀春说:“和尚,你说的甚么话?”济公说:“好,我把这口痰叫出来就好了。”说着,到了老太太跟前,说:“痰那痰那,你快出来吧!要把老太太堵死了。”李先生暗笑说:“这不是外五行吗?”只见老太太咳出一口痰来。济公伸手掏出一粒药来说:“去拿一碗阴阳水来。”家人把水取来,赵文会一看说:“和尚,你那药叫何名?可能治我母亲之病吗?”济公哈哈大笑,手托那粒丹药说:“此药随身用不完,并非丸散与膏丹,人间杂症他全治,八宝伸腿瞪眼丸。”济公说罢,把药放在碗内说:“老太太是因急所得,一口瘀痰上涌,立刻昏迷不醒,你等给他好好扶养,吃了我这药,立见功效。”赵文会一听,知道和尚有些来历,说的病原真对,连忙说:“圣僧,你老人家慈悲罢!我母因疼孙子,急的这样病症。我跟前有一小儿,方六岁,得了一宗冤孽之病,昏迷不醒。我母亲一急,把痰急上来了。师父要治好我娘亲,还求给儿治治。”和尚叫把药灌下去,老太太立刻痊愈。

赵文会过来问了。老太太说好了,叫给和尚磕头,求和尚再给他儿治病。济公说:“要给你儿治病也不难,须依我一件事,方能治好。”赵文会问那一件事。济公不慌不忙,说出这件事来,使董士宏父女相逢,赵文会全家病好,要知济公说出甚么话来,且看下回分解。

第三回 施禅机赵宅治病 说佛法暗中救人

诗曰:

木樨花香亦解禅,几人肥遯出尘缘。
达摩东土传来远,道济西湖泛酒船。
山雨迷离斜复直,荷珠滴洒碎还圆。
白云飘渺无拘束,林下逍遥是散仙。

话说济公把赵文会之母治好,还有六岁孩儿求济公治。济公说:“我可能治,就是药引子难找。非有五十二岁男子,还得是五月初五日生人,十九岁女子,八月初五日生人,二人的眼泪合药,才可治好的了。”那苏北山、李怀春见和尚真有来历,要问和尚在那里住,上下怎么称呼。和尚全皆说明。赵文会到外面派家人找五十二岁男子,五月初五日生人。众人兑问一回,连本宅在外来亲友家人都没有。岁数对了,日月不对,生日对了,岁数不对。大众直找至门外,见西边站定一人,年约半百以外。家人赵连升过去抱拳拱手,说:“尊兄贵姓?”那人说:“我姓董名士宏,本钱塘人氏,在这里等人。”赵连升说:“阁下五十二岁吗?”答曰:“不错。”又问:“是五月初五日生人吗?”答曰:“不错。”赵连升一拉,说:“董爷你跟我来,我家主人有请。”董士宏说:“贵主人怎么认识我?你说说我听再去。”家人把方才找药引子之故,说了一番。

那董士宏就跟了到里面,见了济公、赵文会等,家人回明,都引见了。济公说:“快去找十九岁女子,八月初五日生人来。”董士宏一听,这岁数合他女儿一样,心中辗转。只见家人进来说:“姑奶奶的丫环春娘是十九岁,八月初五日生人,把他带来了。”赵文会说:“带进来。”只见从外面进来一个女子。董士宏一看,正是自己女儿,心中一惨,落下泪来。姑娘一看是他父亲,也是啼哭。原来是他家主人姓顾,新从外任回来。父女见面恸哭。和尚哈哈大笑说:“善哉善哉,我今一举三得,三全其美。”伸手取出药来,托在手掌,叫家人用水化开药,叫人给赵公子灌下去。少时神清气爽,病症痊愈。和尚告诉赵文会董士宏丢银子上吊,自己救他父女团圆之故。赵文会帮了董士宏一百两银子，把女儿教他领去，自给姑奶奶再买了一个使女。

李怀春一问和尚，才知道是西湖灵隐寺济公长老。苏北山过来给和尚行礼，求慈悲慈悲，给他母亲治病。和尚站起来说："我到你家。"苏北山说："很好。"赵文会也不相留，拿出白银百两，给济公作衣服。和尚说："你要谢我，附耳过来，如此如此。"赵文会说："师父请放宽心，我是日必到。"说完，同苏北山出了赵宅。董士宏父女谢济公送走不提。

单说济公到了苏北山家中，书房落坐，济公问苏员外："令堂老太太之病，可从请人治过？"苏北山说："实不相瞒，请过多少先生都不行。前者有一位纸下活人汤万方先生给治，并未治好。又转请李先生，也不见效。都说上年岁之人，气血两亏，不能扶养也。我也尽人力凭天命。今朝遇圣僧，真乃三生有幸，该当我母亲病体痊愈。"说着话，同圣僧出了书房到内宅，来至青竹轩西院，到了上房门首，是路北五间，进内落坐。只见老太太在床上躺着，那些婆子丫环都站在旁边，笑和尚身上破烂不堪。济公说："你等休笑我这件衣服，你等听我道来：世人休笑僧衣破，本来面模世间稀。"苏北山叫家人献上茶来，济公掏出一块药，托在掌中。苏北山一看，其黑似槟榔，异香扑鼻孔，伸手接过灵丹妙药，来问："此药何名？"济公说："那是我和尚的妙药，名叫要命丹。比如人要该死，吃了我这药去，把命要回来。又名伸腿瞪眼丸。"苏北山用水化开，给他母亲灌下去，少时之间老太太病体痊愈。

苏北山摆酒，请和尚在书房之内吃酒，谈论些古往今来之事。济公怀藏锦绣，腹隐珠玑。苏北山才知是一位世外高人，拜济公作老师，要给和尚换衣服。济公一概不要，说："你要谢我，只须如此这般。我要走了。"苏北山说："师父，我这里就同你老人家俗家一样，那时愿意来，那时就来，在我家住着。"和尚答应说："好好，我今回庙去了。"

济公出了苏宅，到街市之上，口唱狂歌说：

古似当年笑五侯，含花最锦逞风流。如今声势归何处？孤塚斜阳漫对愁。嗟我儿辈且修修，世事如同水上鸥。因循迷途归愿路，打破迷关一笔勾。

济公来至庙中，他在大碑楼上睡觉。监寺僧要害济公长老，以报前仇，知道济公在那大碑楼上睡觉，派徒弟志清夜内放火烧死济颠。头次放火，被济公一泡尿撒了小和尚一脑袋，把火浇灭。二次又放火，把大碑楼点着了，只见烈焰腾空，火光大作。有赞为证：

凡引星星之火，勾出离部无情。随风照耀显威能，烈焰腾空是猛。　　只听忽忽声响，重墖密布烟升。满天遍地赤通红，画阁雕梁无影。

这大火一起，庙中众僧都起来说："不好，快救火！疯和尚道济在楼上睡觉，要被火烧死！"可也该是遇着劫，大众把火救灭，监寺广亮以为这次把疯和尚烧死，无人知觉，正喜悦之间，只见济公由大雄宝殿出来，哈哈大笑说："人叫人死天不肯，天叫人死有何难。"

广亮一见济公没死，心中不悦。他至方丈那里回话，说："火烧大碑楼，理应治罪济颠。"老方丈说："火烧大碑楼，此乃天意，与道济何干？"广亮回禀方丈："国有王法，庙有清规。咱这庙中一人点灯，众人都点灯，按时刻吃斋睡觉。道济颠灯火不息，连夜点灯，凡火接引神火，有犯清规，理应治罪于他，砸毁衣钵戒牒，逐出庙外，不准为僧。"老方丈说："太重，派他募化重修可也。"吩咐："叫道济来见我。"

不多时，只见济公从外面进来，站在方丈面前打一问讯，说："老和尚，你在上，我问讯了。"方丈说："济颠，你不守清规，火烧大碑楼，派你化缘重修，此楼必得一万两银子工程。问你师兄给你多少日子限。”济公说：“师兄，你给我几日限？”广亮说：“三年，你可化来一万两银子罢。”济公说：“不行，太远，还得说少着些日期。”监寺说：“一年，你化一万两银子修大碑楼工程，行了罢？”济公说：“不行，还远。”广亮又说：“半年。”他摇头还叫往近说。监寺广亮说：“一个月。”济公说：“远，你往近了说罢。”广亮说：“一天，你化一万两银子就行了罢？”济公说：“一天化一万两银子，你去化吧，我不行。”济公说罢，哈哈大笑。众僧皆议论是一百天限期，叫济公去化。如化了一万两银子，将功折罪。济公也答应了。每日出去化缘，在临安舍药救人，普渡众生，竟是记名徒弟收了无数。也不露本来面模。装疯作傻。

那日在飞来峰后边山坡之上，见两个猎户扛着兔鹿狐鹳。他把去路阻住说：“二位贵姓？那里去？”那人说：“我叫陈孝，绰号美髯公。那是吾义弟，病服神杨猛。由山上打猎回来，师父何人？”济公说了自己名字来历，哈哈大笑，指二人说：“每日在山穴，终朝来打猎，你为你养生，他命就该绝。”杨猛、陈孝知和尚是高人隐士，立刻跪倒行礼，拜济公为师，说：“我二人从此改行，跟朋友在镖行找一碗饭吃，想个安身立命之道。”济公说：“好，你二人从此必日见茂盛。”二人走后，和尚每日在庙吃酒开荤，也不去化缘。广亮也不催他，竟等日期满，把济颠逐出灵隐寺。

光阴荏苒，日月如梭，过了两个多月，他一两银子没化来。这日济公见看山门的和尚未在，他到了韦驮殿，只见神像威仪，甚是可观。怎见得，有赞为证：

凤翅金盔耀目，连环锁甲飞光。手中铁杵硬如钢，面赛观音模样。　足登战靴墨绿，周身绣带飘扬。佛前护法大神主，魔怪闻知胆伤。

和尚看罢，说：“老韦跟我到外边逛逛去罢。”伸手把韦驮扛起来，出了山门，循西湖往前行走。来往行路之人就说：“众位。我瞧见过化缘和尚，有拉大锁的，有打木鱼的，没有过扛着一个韦驮爷满街化缘的。”和尚哈哈大笑说：“你不开眼，少说话，这是我们庙里搬家。”众人一听和尚之言都笑了。

和尚正往前走，猛抬头一看，只见股怨气直冲霄汉之间。济公按灵光连击三掌，口中说：“善哉善哉，我焉能不管。”正往前走，只见大街路北有一座酒饭馆，是醉仙楼。上挂酒牌子，写的是：太白斗酒诗百篇，长安市上酒家眠。天子呼来不上船，口称臣是酒中仙。两旁对子是：醉里乾坤大，壶中日月长。里面刀勺只响。和尚一掀帘子，说：“辛苦了掌柜的。”里面饭馆掌柜一看，只当他是化小缘的和尚，就说：“和尚，咱这里是初一十五才给钱那。”济公说：“是了，你们这里是初一十五才卖那。”站在门外，只见从东边来了三人，是米粮店的掌柜来请客。和尚一伸胳膀说：“三位要吃饭那？这里是初一十五才卖那。”三位一听往别家去罢。一连来了三四起人，都被济公挡回去了。饭馆掌柜的大怒，从里面出来说：“和尚，你都把吃饭之人挡走，是安甚么心那？”济公说：“我要吃饭，方一进门，你就告诉初一十五。我知道你这里是初一十五才卖饭呢。”掌柜的一听说：“我当你是个化缘的那。故此告诉你初一十五才给僧道钱，你知道了？”和尚说：“不对，我是吃饭的。”掌柜的说：“你请进来罢。”和尚扛韦驮到了后堂，找了一张净桌儿坐下，要了几样菜，吃了四五壶酒。用完，叫跑堂拿过去，算了一吊六百八十文。和尚说：“写帐罢，改日吃了一同给。”

掌柜的早就在这留上神了，听说没钱，掌柜的过来说：“和尚，把吃饭之人都给支走了。今日吃完，你不给钱走不了！打一吊六百八十文的和尚。”正与伙计口角相争，只听外面一声喊，如霹雷之声。来了两位英雄，要大闹酒饭馆，要知后事如何，且看下回分解。

第四回　扛韦驮周宅捉妖　病服神怒打老道

诗曰：

柴门虽没未尝关，闲看幽禽自往还。
自璧易埋千古恨，黄金难买一身闲。
云消晓嶂闻寒瀑，栗落秋林见远山。
古柏烟销清昼禾，是非不到白云间。

话说济公在酒饭馆吃完饭没钱，正合铺中人口角相争，只见从外面进来两个人，来至济公跟前行礼。众人一看，头前走进那人，赫扬扬身高八尺以外，头戴翠蓝缎扎巾，擂金抹额，二龙斗宝，迎面茨菇叶乱晃，身穿蓝箭袖袍，腰系丝绦，足下青缎快靴，外披蓝缎绣团花英雄氅，面皮微黄，长眉阔目，二目神光足满，准头端正，四字方海口，海下一部黑胡须，飘洒胸前。后跟那人是二十以外年岁，头上粉绫缎色软包巾，绣团花分五彩，身穿粉绫缎色箭袖袍，上绣三蓝花朵，足下快靴，闪披英雄氅，面如白纸，白中透青，并无一点血色。

头一位乃是美髯公陈孝，后跟病服神杨猛，新保镖从外面来，要上灵隐寺瞧瞧济公，正走至这里，听见饭馆中一阵喧哗，二人掀帘进来，见济公正与伙计争吵。杨猛忙过来给济公行礼，说："师父，你老人家因何来到这里争吵？那个欺辱你老人家？告诉弟子，我将他的脑袋给他掰下来。"陈孝过来说："兄弟不可莽撞，问问倒是因为甚么。"饭铺伙友见这二位形象，唬得战战兢兢，说："二位达官老爷别生气，原本这位大师父吃完饭没钱，反出口不逊，因此争吵起来。"和尚说："好的，你们两个徒弟来了好，这饭铺把我欺辱苦了。"陈孝说："师父，他们应为甚么欺辱你？"和尚说："我吃完饭，他们不叫走，要钱。"陈孝一听这话，不由一笑，说："这应当给钱。"回头叫说："掌柜的，你们不认得这位和尚，勿论吃多少钱，不要跟和尚要，三节我还钱。这就是灵隐寺活佛济公长老。"掌柜说："我们实在失敬。"和尚说："你们二人吃了饭没有？"陈孝说："我们吃了。"和尚说："你们两人给我扛着韦驮，跟我化缘去罢。"陈孝说："师父你老人家的弟子，都是缙绅富户，用多了我不敢说，十两八两现成，何必你老人家化缘？"和尚一摇头说："化缘那是我和尚的本事。杨猛你给我扛着韦驮。"杨猛答应，扛起来。

三个人出了酒饭馆往东走，街市上来往的人有认得杨猛、陈孝的，低声说："二位保镖的达官，怎么跟和尚化小缘哪？"陈孝臊的脸一红，蹲在一旁，跟熟人谈话，杨猛浑人，不懂得害臊，跟着和尚往前走。见眼前路北新开张的大茶叶铺，济公叫杨猛把韦驮放下。和尚心中一转："我必须得如此这般这样。"想罢，一上茶叶铺台阶，说："辛苦，辛苦。"茶叶铺伙计一听和尚道辛苦，赶紧过来说："和尚买茶呀？"和尚说："不买茶叶。你这铺子是新开张，我来道喜。"伙计说："原来和尚你来道喜，请里面吃茶罢。"济公说："一来道喜，二来我要化个小缘。"伙计说："你化小缘化多少钱？"和尚说："你给二百两银子我就走，并不多要。"伙计一听说："化小缘就是二百两！和尚你别处去化罢，我们这铺子施舍不起。"和尚闻听哈哈一笑说："这时候化你二百两，你给就算完。要等太阳一正午，就是四百两。太阳一西斜，就是六百两。太阳一落，就是八百两。你要叫化一天一夜，把你的铺子给我，还算不清帐。”

掌柜一听这话，知道是疯和尚来这搅闹。旁边有买茶叶的人爱管闲事，过来说：“和尚，人家大新开张的，你别在这里搅。你要化两股香钱，我给你，要化三吊两吊的，换换衣裳，改天来，在我身上。”和尚说：“在你身上，你驮得动我吗？”那人一听和尚不说正经话，说：“和尚，别玩笑。我不管你，你可准化出银子来，化不出来不算好和尚。”济公说：“你不管，你瞧着我必有个样转身。”济公说：“杨猛，回头你瞧，由南胡同出来一个老道，你揪住，把他打死在这铺子门口，叫茶叶铺打一场人命官司。”杨猛本是浑人，听见济公说，他点头答应，瞪着眼瞧着胡同内，静等老道。

果然工夫不大，由胡同出来一个老道，身高八尺，细腰扎背，头戴青缎子九梁道巾，身穿蓝缎子道袍，腰系丝绦，白袜云鞋，背后背着一口宝剑，绿沙鱼皮鞘，黄绒穗头，黄绒挽手，真金什件；面如三秋古月，慈眉善目，五官倒也清秀，三绺长髯，飘洒在胸前，根根见肉。一面走，老道口中作歌说道：

玄中妙，妙中玄，三清教下有真传。也非圣，也非仙，长在洞中苦修炼。口服金丹原神现，方显三清真有传。

杨猛一看，勃然大怒说：“妖道，我在此等候多时，那里走？”赶过去抡拳就打。

书中交代，这个老道从那里来？济公长老因为甚么叫杨猛打他？只因为这临安城里太平街，住有一家财主，姓周名景，字望廉，外号人称周半城。家中趁百万之富，跟前就有一个儿子，名叫周志魁，二十一岁，尚未有室。周志魁长得相貌最美，每逢提亲，是高不成，低不就。官宦人家又不给，小户人家又不要，因此总未定亲。周员外七十余岁，就是这一子。这天周志魁忽然染病，在花园书房调养，请了许多高明医家，吃药永不见功效。老员外心中烦闷，这天晚上，自己点上灯笼要亲身到后花园书房看看儿子病体如何。刚来到书斋门首，就听屋中有男女欢笑之声。周员外心中一动：“这必是婆子丫环勾引我儿做那苟且之事，这还了得！败坏家风，我到要看看是甚么人？”来至窗棂外，将纸窗湿破，望里一看。这屋中是顺前檐炕，炕上搭着小桌，摆着几样菜，一枝蜡烛。东边是他儿坐定，西边坐着一位如花似玉的女子，生得芙蓉白面，珠翠满头。老员外细细一看，认得是东隔壁街居王成王员外之女，名叫月娥。老员外大吃一惊，心说：“我与王员外是孩童携手垂髫之交，这两个孩子做出这不要脸之事。”自己也没敢进去，怕二人害羞难当死了。自己转身回归前面上房，一见安人，把灯笼熄灭，老员外叹了一口气，说：“安人，你我儿那里是病！他与东隔壁王成之女王月娥，在那里吃酒取乐。你看这便如何是好？”安人说：“员外不必着急，明天你亲到那院见王贤弟，跟他谈谈，问问他女儿有婆家没有，如没有婆家，赶紧托媒人过去说。一来保住两家名节，二则依了他二人之心愿，到是两全其美。”员外一听此话，深为有理。夫妇安歇，一夜晚景无话。

次日早晨起来，吃了早饭，带着家人，老员外换上衣服，出去要拜王员外。刚来到门首，就见由正西尘沙荡漾，土雨翻飞，一骥马二乘小轿，来者正是王员外。临近王员外翻身下马，过来给周半城行礼。王成说：“兄长久违，一向可好？”周员外说：“贤弟你上那里去了？轿里是甚么人？”王成说：“轿里是你侄女王月娥，她在她娘舅家住了两个多月，只因我给她说停当婆家，明天放定礼，故此今天一早，我亲身前去接她回来。”周员外一听，心中一动：“此言差矣，昨天我看见王月娥在后面同我儿吃酒，他怎么又会在他舅舅家住两个多月？莫非我眼花了，认错了人？决以不能！”想罢，说：“贤弟，你把轿子搭进大门，我瞧瞧我这个侄女。”王成叫把轿子搭进来。婆子下轿，把小姐轿帘打开，搀王月娥下轿，过来给周员外深深万福。周员外一看，果然跟昨天看见在书房的女子长的一般不差,心中一想:"了不得了!那个王月娥是非妖而即怪,非鬼而即狐。"自己一着急,几乎卧倒。幸有人扶住。王员外说:"兄长,见你侄女为何这样?"周员外说:"贤弟,我看见侄女,想起你那侄儿来了,现在病体沉重。"王成说:"我实在不知道,过一天必要来看望。"说罢,员外告辞。

周员外回到家里,咳声叹气。安人说:"员外为何这样?"周员外说:"你我夫妻活不成了,昨天花园我看见那王月娥非妖而即怪。"安人一问缘由也是着急。由外面进来一个书童叫得福,十五六岁,甚是伶俐,说:"员外不必着急,在风波门外有座三清观,有个老道刘泰真,善能捉妖净宅,退鬼治病。员外去请他来,准能把公子爷病体治好。"员外一听有理,赶紧吩咐备马,带着四个从人,书童引路,来至风波门外三清观门首,下马叩门。由里面出来一个小道童,问:"你们几位找谁?"家人说:"我们是城里周员外那里,来此请道爷捉妖。"道童往里边通报。

这庙一层殿,东西配殿,有东跨院。老员外来到东跨院,老道降阶相迎。周员外见老道头戴旧道冠,蓝布道袍,五官到也清秀。员外说:"久仰仙长大名,如轰雷灌耳。现在我花园有妖怪作乱,变了一个女子,是我们邻居王月娥的模样,将我儿志魁迷住。求仙长大发慈悲,去捉妖净宅,退鬼治病。"老道知道周宅是大财主,连忙答应,说:"员外请回,小道随后就到。"老员外吃了一碗茶告辞。老道送出来,回到庙中,问道童:"我的新道冠新鞋,押多少钱?"道童说:"那天打酒押两吊。"老道说:"拿磬蜡扦换出来。我那道袍丝绦当多少钱?"道童说:"当五吊。"老道说:"拿围桌五供幔帐顶出来。这一去得穿好点,好多进钱。"道童赎来,老道穿戴齐了,就应该进风波门。

他又绕着进钱塘门,为是显显这身衣裳。正往前走,只听对面一声喊响,杨猛抡拳就打。济公要戏耍老道,周宅捉妖,且看下回分解。

第五回 周员外花园见妖 三清观邀请老道

诗曰:

寒暑潜催岁月流,利江堆里莫寻求,
终须白骨埋青塚,难把黄金买黑头。
死后空余千载恨,生前谁肯一时休。
出门长啸乾坤老,且弄江云送白鸥。

话说杨猛过去抡拳就打老道,打了几拳,把道冠打坏,金簪落地,济公赶过去拉开。这时节陈孝赶到说:"杨贤弟,你还不走!帮着师父疯闹,打出人命来。打人命官司去?"拉着杨猛竟自去了。

老道气得两眼发直,口中直嚷:"反了,反了,无冤无故,揪我就打。我上钱塘县去告你去!"济公过来说:"得了,道爷瞧着我罢,这事怎么话说,把道爷的磬、蜡扦也打掉了地下,把五供围桌幔帐也脏了,我给你掸掸罢。"老道一听这话就一愣,心说:"我顶当他怎么知道?"拿眼上下一瞧,和尚长得其貌不扬,身高五尺来往,头上头发有二寸余长,滋着一脸的泥,破僧衣,短袖缺领,腰系丝绦,疙里疙瘩,光着两只脚,趿拉只破草鞋。老道问道:"和尚宝刹在那里?"济公说:"我在取马莱胡同黄连寺,名字叫苦核。”老道说：“你上那去？”和尚说：“我上临安城里，有一家财主，在太平街，姓周叫周望廉，是临安城里头一家财主，人称叫周半城，请我前去捉妖净宅，退鬼治病。”刘泰真一听，心中大大不悦，心说道：“周员外就不对，既请我就不请和尚，既请和尚就不请我。我到那里瞧，要恭敬我，我就捉妖。要恭敬和尚，我急速退步。”想罢，说：“和尚，你我一同走罢。”和尚扛韦驮像一同走，说：“刘道爷，你贵姓？”老道说：“你叫我刘道爷，又问我贵姓，你是个疯和尚。”济公哈哈一笑，信口说道：“说我疯，我就疯，疯颠之症大不同。有人学我疯颠症，须谢贫僧酒一瓶。”

说着话，二人进了钱塘门，来到太平街路北大门，见门口四棵龙爪槐，门里有几块匾，上写：“急公好义”、“乐善好施”、“义重乡里”、“见义勇为。”来到门口叫门，管家出来一瞧，说：“道爷来了。”老道说：“辛苦，劳驾往里回禀一声，就提我山人来了。”见和尚扛着韦驮一语不发。管家瞧了瞧僧道，转身进去，来到书斋。

周员外正然在书房等候老道。家人进来回禀员外：“风波门外三清观刘泰真来了，还同着一位和尚。”周半城一听一愣，问道：“和尚是谁请的？”周福说：“必是老道请的。你老人家出去，到得恭敬和尚，给老道做脸。”其实都闹错了。员外疑惑和尚是老道请的，老道知道是本家请的，其实全不对，原本是和尚闻味来的。

员外由里面出来，济公睁眼一看，见这员外身高八尺，细腰扎背，头戴宝蓝缎大叶逍遥员外巾，三蓝绣花，迎面嵌美玉，镶明珠，双飘绣带，身穿宝蓝缎逍遥氅，腰系丝绦，白袜云鞋，面如三秋古月，慈眉善目，三山得配，五岳停匀，海下一部花白胡须，根根见肉。员外出来冲着和尚抱拳拱手，说：“和尚请了，道爷里面坐。”老道心中有些不悦，心说：“这是恭敬和尚，见和尚抱拳拱手，见我就让道爷走罢。”有心不进去罢，自己好容易拿五供蜡扦赎出衣裳来的，指望着来得几十两银子好赎当，无奈同员外进去。

来至书房，是西配房三间，当中条案八仙桌，两旁两把椅子，墙上名人字画，甚为清雅。和尚老道落坐，家人刚献上茶来。和尚说：“摆酒罢。”老道一瞧，和尚比我熟识，必是长来。很透着自己不分彼此。老员外立刻吩咐摆酒。少时家人擦抹桌案，杯盘连络，将酒席摆上。和尚并不谦让，就在正当中坐下。老道心中虽不愿意，也不好说出来。吃了三四杯酒，见周员外很恭敬和尚，老道实忍不住了，问道：“员外，这位和尚你老人家多怎请的？”周员外一听，此言差矣，连连摇头说：“不是我请的。我不认识，是跟道爷来的。”老道说：“我不认识他，他说是员外请的他。”和尚说：“不用提这个，再喝一盅罢。”周员外说：“好和尚，你敢是蒙吃蒙喝的。来人，快把他轰出去！”家人过来，见和尚还端着酒杯要喝，周福说：“好和尚，蒙到我这里来了，快出去！”拉拉扯扯，把和尚推出大门。关上门进来一瞧，和尚把韦驮像落下。过来回禀员外说：“已把和尚赶出去，没拿韦驮像。”周员外说：“回头他来取给他，不准难为他。”

老道喝着酒，问：“员外，现在贵宅有甚么妖精把公子爷迷住？我回头给烧股香瞧瞧，画道符。”本来老道长瞧香画符，也没有多大能为，无非倚靠三清观的神仙找碗饭吃。周员外说：“现在妖精变了一个女子，是我们隔壁邻居王月娥的姑娘模样，天天同我儿在花园晚间吃酒。”老道一听就是一愣。老道一想：“我也无非瞧香画符，妖精善能变化人身，我别捉妖不成，反叫妖精把我捉了。”自己踌躇了半天，这才说：“员外，我捉妖须用七个人，连我是八卦连环式，才可以捉妖，以保万全之策。”周员外说：“可以。”叫周福：“你跟道爷去捉妖。”周福说：“不行，我闹肚子，不能当差，员外派别人罢。”员外吩咐：“周禄，你去。”周禄说：“不行，我害眼呢。”周员外是位善人，一听都不愿去，自己明白：重赏之下，必有勇夫，人不为利，谁肯早起。员外说：“谁要去跟道爷捉妖，不白去，一夜一个人我给十两银子。可就要七个人，谁愿去谁去。”旁边周福说：

"员外,我去。"员外说:"你不是闹肚子吗?"周福说:"我方才得了个仙方,买一根芍药要粗的。"员外说:"要那个做甚么?"周福说:"熬水喝了就好。"员外说:"你这是听见了银子了,混账东西!"周禄说:"我去。"员外说:"你不是害眼吗?"周禄说:"不是。员外没听明白,我在家碍眼。"少时七个家人都有了。员外问:"道爷用甚么东西?"老道叫拿笔,开了一个单子:用高桌子一张,太师椅子一把,五供堂蜡扦、香炉一份,素蜡一寸,长寿香一封,钱粮一份,新笔一枝,朱砂一钱,砚台一方,黄毛边一张,香菜,五谷粮食,无根水一碗,白芨一块。员外吩咐照样预备,问:"道爷,这东西搁在那里?"老道吩咐:"搁在后边花园公子书房的院内,我这就去。"

少时天已掌灯,老道同员外带着七个从人,各拿顺手的兵刃,来至花园。老道睁睛一看,这花园甚是齐整,花卉群芳,树木森森,楼台殿阁,水阁凉亭,楼台小榭,真有四时不谢之花,八节长春之草。老道往前走,见对面白灰墙花瓦磨的窟窿钱,当中棋盘心。老道进去一看,这院子三合房,北房三间,东西配房各三间,见院中所要用的东西预备齐了。

众人来至院内,屋中公子听见有动作,说:"外面甚么东西?快滚出去!"家人说:"公子别嚷,请来道爷给捉妖净宅,退鬼治病。你叫妖精迷住了。"公子说:"混账胡说!"老道也不答言。员外回前面去,静听老道的喜信。

老道叫众家人在上房外间屋中给他助威。老道在院中椅子上一坐,候至天有二鼓,把蜡灯点上,恭恭敬敬烧上一股香,心中祷告:"三清教主神佛在上,信士弟子刘泰真,我乃三清观老道,现在周宅请我捉妖净宅,退妖治病,望神佛保佑,将妖怪退去,我得几十两银子,回庙挂袍上供还愿。"祷告完了,将道冠摘下,包头绳散开,披散了头发,抽出宝剑,用香菜沾无根水往宝剑上一掸,把五谷粮食搁在宝剑上,拿白芨研浓了朱砂,画了三道灵符。老道说:"周福,你看我这头道符一烧,狂风大作。二道符把妖精拘来。三道符用宝剑斩了妖怪,叫他立显原形!要是人死变为鬼,鬼死化为聻,当时结果了他的性命。"周福等大众看着老道作法,把头符贴在宝剑尖上,见老道口中咕哝咕哝念念有词,也不知念甚么。就听临完,老道说:"太上老君急急如律令敕!"点着头道符,拿宝剑一晃,真有冰盘大的火光,把符一甩,众人看着一点风也没有。周福说:"你们瞧老道是造谣言。"众人说:"别忙,你看他第二道符。"老道口中又念咒,把二道符用宝剑挑着,点着扔出去,又并不见动作。老道一瞧真急了,把三道符贴在剑上,口中念念有词,刚扔出去,只见一阵狂风大作。这阵风一过去,老道睁睛一看,唬得魂不附体!来了一个妖精要吃刘泰真。

不知老道性命如何,且看下回分解。

第六回　周望廉细说见妖事　刘泰真捉妖被妖捉

诗曰:

人生天地当如客,何独乡关定是家。
争似区区随所过,年年处处看梅花。

话说老道三道符烧完,一阵狂风大作,只听有脚步的声音。老道只打算这妖精必是青脸红发一身毛，仔细睁眼一看，却原来是一位千妖百媚的女子，果然芙蓉白面，杨柳细腰。怎见得？有赞为证：

只闻异香阵阵，行动百媚千娇。巧笔丹青难画描，周身上下堆俏。　身穿蓝衫可体，金钗轻拢发梢。垂金小扇手中摇，粉面香腮带笑。

真是梨花面，香蕊腮，瑶池仙子、月殿嫦娥不如也。这女子往前扑奔老道说："好刘泰真，你敢拘起你家姑姑来了。"周福同众家人说："敢情不是外人，跟老道是亲戚。"老道吓得魂飞魄散，说："仙姑不要生气，你听小道，我天胆也不敢拘你老人家。只是周宅请我来给公子治病，我把仙姑请来。我给说合说合，仙姑必是在深山幽谷之中修炼，道德深远，何必贪恋凡尘？劝仙姑你老人家可以回去修炼个万世不化的金身好不好？"妖精一听，说："你放屁！我多日未曾吃人，今天我要饱餐一顿。"说着话往前扑奔老道，就见把肚子一嘓，由嘴内喷出一口黑气。老道哎哟一声，翻身栽倒就地，宝剑也扔了。

周福等众家人唬得亡魂皆冒，往床底就挤。众人挤不下，周禄就拉周福的腿，说："你出来，我藏进去。"周福吓糊涂了，说："姑姑别拉腿。"众人正在乱藏，只听外面山崩地裂一声响，有胆子大的往外面一看，见外面红光一片，有一位金甲天神在门口站着，正是韦驮爷显圣。众人也不敢出去，直到天色大亮。

老员外在前面是一夜没睡。天亮，员外带着一位胆大的家人，来到花园要瞧老道捉妖怎么样。来到这院一看，见老道在地下躺着，脸都青了，宝剑在旁边扔着。过去一摸，身上都凉了。来至书房一看，见众人也有在床底下的，也有在桌底下的，过去一拉腿，众人说："姑姑别拉腿，饶命！"老员外说："那里来的姑姑？你等还不出来！"周福众人一瞧，说："员外呀，可吓死我们了！"周员外一问是怎么一段事，周福就把夜间老道捉妖之事，如此如彼一说。员外咳了一声，说："真是福无双至，祸不单行。妖精没捉成，老道死在这里。"只得报官相验。

有钱的人最怕打人命官司，赶急吩咐先把院子打扫打扫。员外回到前面，自己一想："和尚这个韦驮像到不错，在前厅搁着，怎么跑到后面来显圣？等和尚来取，别给他，问要多少钱，我买下可以镇宅。"

正在这般景况，就听外面打门，说话是和尚的声音，叫："开门！取韦驮来了。我那韦驮有主了，给六百万银子也不卖。"员外一听，赶紧的奔来到门口，一瞧，见外面不是和尚，站立一人，身高八尺，头戴宝蓝缎逍遥员外巾，身穿宝蓝缎逍遥员外氅，粉底官靴，面似三秋古月，慈眉善目，三绺黑胡须飘洒在胸前，后面带着一个小童，十四五岁。周员外一看，认识，是拜弟苏北山。周员外问道："是苏贤弟你叫门？"苏北山说："不是，我给兄长引见一位朋友。我常跟兄长提西湖灵隐寺的济公，昨天晚上到我家去，提说扛韦驮化缘，说兄长家中闹妖精，到这来捉妖，被兄长轰出，将韦驮像留在这里。昨天住到我家中。我想兄长必然是不认识，要知道是济公，兄长决不能待慢。我今天陪着来，一则捉妖，二来取韦驮。"周员外说："贤弟，可了不得了，现在三清观的刘老道来捉妖，没捉成妖，叫妖精喷了妖气，至今昏迷不醒。我正要给老道庙中送信，报官验尸，听外面和尚叫门，贤弟你把大师父让过来。"苏北山一瞧，和尚在影壁墙根蹲着。苏北山说："师父请过来。"给员外一引见，周员外往里让，来到厅房，家人到过茶来。周员外说："圣僧，我等不知者不作罪。"赶紧吩咐摆酒，给和尚陪罪。济公说："我今天不喝酒，我先捉妖净宅，退鬼治病，然后才喝酒。你带我到后面去瞧瞧。"周员外说："是。"立刻头前领路。

来到后面，见老道还在地下躺着。和尚说："老道昨天许是遇见亲戚了。"周福说：

“不错，昨天我们听见是老道的姑姑。”济公说：“我先把老道治好了罢。你们去拿半碗开水，半碗凉水，我灌他点药，拿阴阳水一送，老道就好了。”家人把水取来，和尚把药化开，给老道灌下去。少待片刻，老道呕吐了半天，睁眼一看，见那穷和尚同着周员外、苏员外都在眼前站着。老道都认得，自己站起来说：“惭愧惭愧。”和尚说：“员外，你给老道五十两银子，叫他回庙，好把五供蜡扦赎出来。”员外吩咐家人把银子拿来递给老道。老道谢了谢员外。老道说：“这位大和尚的宝刹在那里？”周员外说：“是西湖灵隐寺的济公活佛。”老道一听，赶紧趴地下磕头，说：“我实不知是圣僧，昨天多有冲撞你老人家。”济公说：“道爷不可行礼，你回庙还想给人家捉妖不想了？”老道说：“这一回几乎要了我的命，我可怕了。从今以后，再不敢捉妖了。”说完，老道这才告辞回庙。

来至三清观，叫童子兑换银子赎当，把外头的捉妖净宅的匾摘下来，嘱咐童子：“勿论是谁来请我捉妖，就提我入山采药去了。”

不言讲老道，单说济公见老道走后，和尚说：“员外，我先给公子退鬼治病，然后再捉妖。”员外说：“好，圣僧大发慈悲罢。”带领济公来到公子周志魁屋中，见这屋子顺前檐炕，公子头冲东脚向西横躺着，面上焦黄，一点血色没有。周员外一看，心中甚为难过，连叫数声：“呀！志魁！”见公子并不言语，睁开眼看了看员外，又把眼闭上。苏员外一看，说：“我这侄男素常是风流人物，这些日不见，大改了样子，脸上也没了血色，抬头纹也开了，大眼极角也散了，鼻子翅发讪，耳朵梢也干了，这便如何是好？”济颠和尚说：“不要紧，我给他点药吃就好了。”周志魁是一向的虚弱，白天昏昏沉沉，晚上彻夜无眠，精神恍惚，心中却亦明白，见老员外、苏员外同和尚进来，睁眼瞧瞧，见和尚伸手掏出一块药来。周员外说：“圣僧，这甚么药？”和尚说：“这叫要命丹。”员外一听一愣。和尚说：“你儿子的命要是没有了，拿我这药把命要回来。”和尚把药搁在口内嚼了，拿手一指周志魁的嘴，和尚一喷，将药喷在公子嘴里。周志魁一见和尚真脏，要吐没吐出来，把药咽下去，觉着肚子里咕噜一响，药引血走，血引气行，五脏六腑，觉着清爽，身上如去了一座泰山。和尚说：“周志魁，你父母跟前有几个儿？”周志魁说：“就是我一个。”和尚说：“你既知道就是你一个，不孝有三，无后为大，你在花园子以邪招邪，做出这样事来，我和尚越说越有气。”说着话，照周志魁的天灵盖就是一掌。本来公子是病虚了的人，当时一蹬腿，呕的一声没了气。周员外一看，大吃一惊。济公一回头说：“员外，你到不用着急。是儿不死，是冤不散，这是该死，活该，我们庙里有了买卖，接三堂焰口。”员外心疼儿子，点头答应。

书中交代，周志魁这病怎么得的？皆因是他花园中念书，这花园有三间艳阳楼，那一日公子上楼，扶着栏杆观花，听东隔壁有妇女说话的声音。周志魁一看，是王员外的花园，姑娘王月娥叫丫环给掐花。周志魁仔细一看，见王月娥果然长得是天姿国色。周志魁心中说：“头几年我与月娥贤妹在一处玩耍，见他长的平平无奇。这几年不见他，会变的这么好看，真是女大十八变。我周志魁真娶个这样媳妇，也一辈子不委屈。”心中想着，目不转睛看的出了神。那边王月娥正叫丫环摘花，猛抬头一看，见西院楼上站定文生公子，见周志魁左手一揪绣带，右手拿了扇子，往身后一背，伸着脖子瞪了眼，往这边瞧。姑娘臊的脸一红，告诉丫环荷花：“快下楼吧。”周志魁直看着姑娘下楼，瞧不见了这才叹一口气：“唉，我恨不能生二翅，飞过去跟姑娘成其好事，才合我心愿。”就仿佛王月娥在眼前，做梦也梦见，天天跑到花园叫去：“月娥贤妹，你快来！”闹的小书童直害怕。周志魁闭着眼，书童一倒茶，周志魁说：“月娥贤妹来了。”吓的书童撒腿就跑。由这天，周志魁就中了迷。这天晚间，自己闷坐说：“我周志魁这条命被月娥要了，要得单思病，茶饭懒餐。”正在思想，见帘板一起，进来一位如花似玉的女子，正是王月娥。周志魁如得了斗大明珠托在掌中，赶紧赶过去用手相拉。要成其那样好事。

不知该当如何，且看下回分解。

第七回　见佳人痴呆起淫心　想美丽花园遇妖女

芙蓉诗：

芙蓉花发满江红，尽道芙蓉胜妾容。
昨日妾从江上过，如何人不看芙蓉。

话说周志魁在屋中闷坐无聊，思想王月娥。天有二鼓之时，听外面有脚步的声音，帘板一起，进来一位千娇百媚的女子，果然长的品貌端严，姿容美丽，秀而且艳，风雅宜人，怎见得？

有赞为证：

但只见头上乌云巧挽盘髻，髻心横别白玉簪，簪押云鬓飞彩凤。凤头鞋趁百子衫，衫袖半吞描花腕，腕带川镯是发蓝，蓝缎宫裙捏百裥，裥下微露小金莲，莲花裤腿鸳鸯带，带佩香珠颜色鲜。鲜艳秋波芙蓉面，面似桃花柳眉弯，弯弯柳眉趁杏眼，眼含秋水鼻悬丹，丹珠一点樱桃口，口内银牙细嘴含，含情不露多姣女，女中国色，好似九天仙女临凡。

周志魁一看，正是王月娥，赶紧站起来说：“贤妹，你可来了。我正想你，如大旱之望云霓，你今一来，真随了我生平之愿。”

书中交代：来者女子并非是真王月娥，原本是天台山的一个精灵，有三千五百年道行，天天至城隍山前去听经，从此路过，见周志魁想王月娥想得要疯。他到是好意，我变个王月娥度脱度脱他。他也见过王月娥，自己摇身一变，变的一点不差，来至公子周志魁屋中，说：“周大哥，你天天站在墙根呼唤我的名字，倘叫婆子丫环听见，岂不败坏我名节？你若真有心爱慕于我，可以托媒人前去提亲，大概我父母不能不允，那时名正义顺，以合你我二人之心愿。”周志魁一听，说：“贤妹你别走，我自从那一天在楼上看见贤妹，我时刻想念于你，恨不得一时你我成其夫妻，今天你既来了，我焉能放你过去。”拉住苦苦的不放。

妖精本打算来劝解，见周志魁死不放手，又见周志魁长的美貌，自己一想：“我何不盗取他真阳炼补内丹。”妖精想罢，这才说：“君既有心怜香惜玉，妾岂无意铺被叠床。你我这也是前世俗缘，无奈恐怕你父母知道。多有不便。”周志魁此时神魂飘荡，一概不顾，真是色胆大如天，一点不差。当时二人携手揽腕，共入罗帷，鸾颠凤倒，如醉如痴，直至天交四鼓。妖精说：“我得走了，恐其被人查出来。”周志魁说：“贤妹你多怎来？”妖精说：“明天来。”由这一天，就天天初鼓来。二人喝酒谈心，追欢取乐，好似如胶似漆，食则同桌，坐则并肩，寝则同榻，天天如是。

人有多大精神，闹的周志魁精气神三宝损亏，白天昏昏沉沉，精神短少，饮食不进，脸上一点血色没有，一天不如一天。周员外不知细情，只当他是病了，请先生看病。先生说："气亏血弱，须得保养。"周员外只当是念书用功，劳神过度，焉知他净在夜里用了功。今天济公一掌，把妖气打散，公子当时没了气。

老员外旁边心疼儿子急呆了，苏北山也是后悔："真是荐卜不荐医，这怎么好？"正在为难，见周志魁悠悠气转还醒过来。和尚说："我越瞧你越有气，你还活了。"过去伸手要打，给苏北山赶紧拦住。说："师父，别生气。"员外见儿子好了，也放了心。

周志魁这时定了定性，要一碗白糖水，妖气不迷着，心里觉着明白了。和尚说："咱们捉妖去。"叫周福、周禄二人，把韦驮挪开。周福、周禄二人过去，一抬不动。周福心说："看这韦驮不甚重，我一个人也搬得动，怎么两人会抬不动？"济公说："我就知道你们抬不过。"和尚过去伸手，就把韦驮挪开。原来这个妖怪在韦驮底下押着，一股黑风起来，要大肆横行，本来见和尚长得其貌不扬，济公又闭着三光，妖精要拿妖气喷和尚。济公哈哈大笑道："好孽障，你也不知我是如何人也。"自己用手一拍天灵盖，透出佛光、灵光、三元，别人瞧和尚照旧肉体凡胎，妖精一看，唬得惊魂千里，见和尚赫扬扬身高丈六，头如巴斗，面如獬盖，身上穿直裰，赤腿光脚，活活一位知觉罗汉。拿金光一照妖精，照去五百年道行。和尚摘下僧帽一扔，真是霞光万道，瑞气千条，竟把妖怪照住。就见一阵狂风，妖精显露了原形。员外过来一看，乃一个大狐狸，比黄狗还大，跪在那里直叫。人有人言，兽有兽语，求圣僧长老饶命说："师父，你老人家别气，弟子我原本无心害周志魁，我是打算解劝他，周志魁苦苦揪着不放，缠绕的我也无法，我不从他，他也是愁死。师父，你老人家大发慈悲，放了我，我再也不敢滋事了。"和尚这才过去，把帽子拿起来，说："好东西，我今天便宜你，饶你这条命，你再遇见我和尚手里，我定用掌心雷霹你。"妖精自己走了。

老员外见周志魁也好了。把和尚让到前面书房摆上酒，连苏员外陪着，喝了两杯，周员外把苏员外叫到一旁，说："苏贤弟，你看你侄儿也好了，圣僧把妖精捉了，我这个家当贤弟你说句话，我在和尚跟前尽点心。你只管说，我不驳回。"苏员外说："兄长，你打算要给济公银子？那可不行。圣僧的脾气古怪，最不爱财，前老给我家治病，给赵文会治病，我们都打算要给银子，无奈圣僧分文不要。要依我到有个主意，兄长到轿子铺要一顶八抬轿，全分执事，把韦驮像搭着，送回灵隐寺，那倒是个体面，圣僧准愿意。再别提给银子，圣僧的徒弟富户施主甚多。"

二人商量好了，回到书房，见和尚自己还喝着酒呢。苏北山说："师父，方才周兄长叫我到外面跟我说，你老人家给捉妖治好了病，他打算要给你银子谢承你。"和尚说："好，我和尚这两天正要用银子。和尚按口也就同俗家差不多，我和尚也得吃饭。"苏北山说："师父，我知你老人家素常不爱财，我已给拦下，不叫我兄长给银子，叫他雇乘轿子，把韦驮送回去。"和尚说："好！给银不给银到不要紧，千万别给我惹事。这回用轿把韦驮拿轿搭回去，以后我一出来，他就要跟我出去了，回头我扛着走在街上。找个地方把他脑袋撞个窟窿，底下他就不想跟我出来。"周员外说："既是如此，我给师父点银子，换换衣裳。"和尚说："你们要给我银子"，附耳如此如此，"要记谨在心，不可错过。"大家点头。

和尚扛着韦驮，告辞出了周宅，往前走不远，睁开慧眼一看，有一股怨气冲天。和尚抬头，见路北一座酒馆，和尚往里走。众人一看，说："和尚化缘吗？"和尚说："不是。"众人说："和尚，你怎么扛着韦驮满街走？"和尚说："我是贩卖韦驮的客。"众人说："和尚，你打那贩来？卖多少钱？"和尚说："我由外口一百两银子本，卖二百两。我这韦驮供在那庙，那庙就灵，就有人烧香，别的韦驮没人烧香。"说着话，要了一壶酒，把韦驮搁在一旁，喝了两杯酒。和尚告诉小伙计："给我看着货，我到外头。"

和尚刚才出去，就见由外面进来七、八个和尚，众人说："在这里，在这里。我们庙里一个疯和尚把韦驮偷出来，奉老和尚之命，叫我等来找。这个疯和尚，扛着韦驮，到处诓酒喝。"掌柜的一听，说："你们几位扛了去吧，一个泥像，我们也不要。"掌柜的就短一句话，也没问是那庙的和尚。众和尚七手八脚，把韦驮搭走了。也刚走工夫不大，济公回来，一进门："呦，我的货那去了？"掌柜的说："你们庙里和尚扛走了。"济公说："我是那庙的？"掌柜的还不出话来。济公说："你让人家蒙了去，你赔我二百两银子。没有，咱们是一场官司。"众饭客都说："堂官，这是你的不是。方才那些和尚来扛韦驮，你就该问是那庙的。"回头说："和尚瞧着我们吧，他本是个苦人，一月才能挣两吊钱，他那赔得起二百两银子。我们给师父你凑几吊钱。"

和尚说："不行，凑几吊钱，我不能要。得了，既你们众位出来管，我冲你们几位，钱也不要了，韦驮也不要了，我走了。"说罢，出了酒饭馆往前走，见眼前一股怨气直冲霄汉，和尚连忙往前飞跑。济公施佛法大展神通，又要多管闲事，要知后事如何，且看下回分解。

第八回　练法术戏耍刘泰真　李国元失去天师符

诗曰：

风清月白夜窗虚，有女来窥笑读书。

欲把琴心通一语，十年前已薄相如。

话说济公出了酒馆，正往前走，想起要到三清观找刘泰真，见眼前一股怨气直冲霄汉。和尚按灵光三击掌，点点头，说："善哉善哉，我和尚必要多管这回闲事。"嘴里念念道道，出了风波门外。到三清观，见庙门口捉妖的牌子也摘了，冷冷清清。和尚连拍了两下门。

老道自打方才由周宅回到庙中，拿银子把当赎出来，告诉童儿："把门口捉妖的牌摘进来，如再有人请我捉妖，你说我入山采药去了。"小童点头答应，老道甚是烦闷，天天看书解闷。

今天童子正在院中玩耍，听外面叫门，童子出来开门，一看门口站着一个穷和尚。道童说："和尚找谁呀？"济公说："找你们庙里的师父，上我们那里去捉妖，请他给退鬼治病。"道童说："不行，我师父上山里采药去，不定几天回来。"和尚说："你到里头告诉在屋里那个瞧书老道，就提我老人家，他就得见我。"小童一听一愣，心说："和尚，他怎么知道我师父在屋中瞧书？"赶紧说："和尚，你等等。"连忙奔走里面说："师父，外头来了穷和尚，他说请你捉妖净宅退鬼治病，我说你采药去，没在庙，他说你到里头告诉瞧书的那老道，就提他来了，准得见。"老道一听一愣说："许是他老人家来了。"童儿说："对了，和尚也说是我老人家来了。"老道刘泰真赶紧奔外面来一瞧，果是济公，老道说："圣僧，你老人家从那里来？弟子这里稽首了。"济公说："好，你头前带路，我到你庙里坐坐。我问你一件事，你这不捉妖净宅，你师徒几个指着甚吃饭？"老道说："师父，我这庙中素常就指着给人家治病，蒙碗饭吃。这自从周宅回来，唬得我实不敢再捉妖，我这庙并无分文进项，连烧佛香都指着我瞧病，你老人家给我想个甚么主意吃饭。”

说着话来到里面落坐。和尚说:“我教你个搬运法。你要学会了,要金银,一念咒就来。要甚么好衣裳,一念咒就来。要吃甚么,心里一动就来。”老道一听说:“我就学这个好,别的全不学。叫童子给你师父磕头,师父,你老人家教我炼炼。”和尚说:“你炼不了。要炼先得一天磕一千头,磕四十九天。你是老道,要认我和尚为师,你跪在地下念声无量佛,磕一个头起来,念一声阿弥陀佛,这才算一个。”老道说:“我炼得了。一天磕一千头,四十九天只要我炼成了,一想要甚么就有,我愿意炼。”和尚说:“还不行。我和尚喝酒谁给打去?”老道说:“我叫童子打去。”和尚说:“我每顿饭要吃肉,谁去买?”老道说:“我去买。早晚两遍点心,两顿饭,全是我的。”和尚说:“就是,由明天早晨起来就炼。你先叫道童给我沽酒买菜去,我先喝酒。”老道赶紧叫童儿买了酒菜恭敬和尚。

次日早晨,和尚出了个主意,拿两个笸箩,买一千黄豆,老道拿一个蒲垫和尚一坐,老道念一声无量佛,磕一个头,念一声阿弥陀佛,由黄笸箩拿颗黄豆,搁在红笸箩内,省得记着。老道磕了有几十个头,就觉着腰酸腿疼,自己一想这一千头那就磕完了,磕至有二百头,见和尚闭着眼啯噜。老道一想:“我捧过一把去,少磕好些个。”见和尚睡着了,老道捧了一把,往红笸箩一搁。和尚一睁眼,说:“好东西,炼法术偷私,重新再磕!”把豆儿又抓回去,又拐回二百多去。老道磕了有五六天,把剩的银子都花完了。和尚叫给打酒买菜,老道叫童子:“把我的道袍别顶金簪当了去,等我炼好了搬运法,再搬运好的。”童子给当了,又吃了三天又没了。和尚叫打酒买菜,老道叫童子把围桌软片王供蜡阡当了去。又吃了五六天,又没有了钱,老道叫当铺盖,卖大殿的桌椅板凳。等着炼好了搬运摆花犁紫檀的。

话不可重叙,直到了一个月另六天,老道就剩了一条裤子,四个道童光着屁股。老道说:“师父,我可真没了钱,你教给搬运法,搬了来再吃吧。”和尚说:“我要会搬运法,我为甚么叫你给我打酒? 我不会搬运法术。”老道一听这话对呀,说:“师父你冤了我,怎么样呢?”和尚说:“你没了钱,我要走了。”老道说:“你老人家一走,我同徒弟一上吊就完了。”和尚说:“我教给你念咒,你学的会。”老道说:“甚么咒?”和尚说:“唵嘛呢叭𠺗吽。”老道没听明白:说:“叭了你就轰。”和尚说:“对了,叭了你就轰。”一连又教了三遍,老道学会了,和尚叫他在院中跪着念。老道刚一念:“唵嘛呢叭𠺗吽。”济公在后面用手冲地下一指,由地下飞起来一块小砖块,照着老道脑袋“吧哒”一下,打了个小疙瘩。老道说:“师父,这是怎么了?”济公说:“你一念咒,砖头见你就打,这就是你炼的能为。”老道说:“我不炼了。”和尚说:“不要紧,有主意我教你几句话,你见砖头就磕头说:‘砖头在上,老道有礼,我不念咒,你也别起。’”老道说:“师父,我这怎么好?”济公说:“把我僧袍给你穿上,把僧帽给你戴上,教你几句话,你到钱塘门西湖苏堤上,有个冷泉亭上一站,你说:李国元,李国元,不必上西湖灵隐找济颠,十两纹银交与我,腰里还带着三百六十钱。”老道有心不去吧,庙里一文钱没有;真去吧,真难看。每常出去衣貌整齐,今天老道穿着一身和尚的破衣裳,老道无法,穿上僧衣说:“师父,我去到那里说三遍,就有着落吗?”和尚说:“你只管去,大嚷三遍,就有人问你。我和尚说法,化个小缘,就够你一辈子用。”

老道这才出了三清观,低着头恐怕碰了熟人。这溜老街旧邻,认识老道的不少,有人瞧见,这个就说:“这不是三清观的刘道爷吗? 怎么这样素服? 平常很有钱。”那个就说:“这必是输蹲了。刘道爷没别的道,就爱赌。”老道听见,也不好答言,自己往前行走。

来到钱塘门外西湖苏堤冷泉亭，这里是一股大道，来往人不少。老道就站在亭子上一嚷："李国元，李国元，不必上西湖灵隐找济颠，十两纹银交与我，腰里还带着三百六十钱。"老道嚷了三遍，围着好些人，大家纷纷议论。有说这个老道是疯子的，有说这个也许是找李国元的。正在纷纷谈论，由那旁来了两个人。这个说："贤弟，你看济公真有先见之明。"两个人来到近前，老道一看，头里走的这位是富翁员外打扮，后面一位文生公子打扮。两个人一瞧老道，这位员外说："你这老道把济公害了，把这身衣裳你穿着。"老道说："我到没害济公，济公把我害了，吃的我剩一条裤子了。你们二位贵姓？"

书中交代：这位文生公子叫李国元，家住临安城里青竹林四条胡同，家中到本是个财主，乃是一位文生秀才，取妻蔺氏，甚为贤惠，无故这天得了疯病，请了多少先生也瞧不好。李国元心中甚为烦闷。他有一位朋友姓李名叫春山，在杜大人家中教读。

这天李国元去找李春山，两个人一谈心本是知己之交，李国元就提说自己妻子得了疯病，请了多少先生瞧不好。李春山说："我们这杜大人祠堂里，有一张五雷八卦天师符，是镇宅之宝。我要说给你借，他准说不借。我偷着给你拿来，你挂在家中，有甚么邪魔皆去得了。"李国元说："好，倘能把你弟妹的病治好了，我再送回来。"李春山到了祠堂，开开箱子，把这轴五雷八卦天师符拿出来，是一个楠木匣装着。打开瞧了一瞧，李国元说："我明天给送来。"李春山说："你挂他两个时辰，要是邪就去得了，可千万小心留神，这是杜大人传家之宝，我私自借给你。"李国元拿着告辞。自己出来一想："呦，我心中一慌还没吃早饭，本打算约李春山大哥吃饭，一提这轴画，把饭忘了。我也不便回家吃去，跟前路北就是酒馆。"自己这才进去，一看，真是高朋满座，众人都站起来让说："李先生一同喝罢。"李国元说："众位别让，我还同着人。"说着话，自己到后面找了一张桌，要了酒喝了两杯。自己一想："人家让我，我不让人家，这可不对。"想罢站起身，过去回让，让完了，自己转身回来，李国元睁眼一看，唬得目瞪口呆：五雷八卦天师符踪迹不见。要知后事如何，且看下回分解。

第九回　赵文会西湖访济公　醉禅师请神盗灵符

诗曰：

　　潇湘江上探春回，消尽寒水落尽梅。
　　愿得几夫似春色，一年一度一归来。

话说李国元只顾让人，回头见这轴画不见，自己酒也不喝了，饭也不吃了，心中暗想："丢了别的东西，我可以赔人家。这种东西有钱没地方买去，这是杜宅的传家之宝，倘如走露了风声，岂不把我李兄长的馆散了？"自己赶紧叫堂倌算帐："给我写上。"堂倌说："你怎么不吃了？"李国元说："我还有要紧的事。"也并没敢声张，即跑到家中，派几个心腹家人，说："我方才在某处酒馆吃饭，丢了一轴五雷八卦天师符。你们去访查访查，是那路贼人偷去。不怕托人花些钱买回来。这是人家的东西。"家人答应，出去打听。

工夫不大，家人李升回来说："方才我出去打听明白，你在那里喝酒，这个东西叫白钱贼偷去，已卖给博古斋古玩铺的刘掌柜。刘掌柜是三十两银子买的。他跟秦丞相要好，现今已卖给秦丞相五百两银子，挂在花园子阁天楼镇宅。”

李国元一听：“可了不得了！要在古玩铺，我可以多花钱买回来；落在丞相府，论人情势利，都比不了人家。”正在自己踌躇，外面打门，叫家人出去一瞧，原来是李春山之子李少棠，进来一见，李少棠说：“方才你刚走听说杜大人宅里明天有祭祀，我父亲叫我先把五雷八卦天师符拿回去，等过了明天，再给拿来使。”李国元说：“你先回去，我这轴画方才一挂，撕了一点，送在裱画铺去，少时立刻就来给送去，你不必来了。”

李少棠走后，李国元更着了急，正为难之际，有家人禀报赵员外来了。李国元亲身迎接出去，一看是赵文会赵员外，两个人知己之交，李国元赶紧上前行礼说：“兄长久违。”赵文会说：“我今天约贤弟你逛逛城隍山，回头到天珠街望江楼吃酒，逛逛天下第一江。”李国元说：“大哥，今天小弟不能奉陪，我有难心的事，兄长请里面坐。”

来到书房，李国元把丢五雷八卦天师符的话如此如彼的一说，赵文会说：“不要紧，这事我给你办得了。西湖灵隐寺有一位济公长老，他老人家是在世活佛，你我亲身走一趟，求求他老人家，五雷八卦天师符也可以找回来，弟妹的病也可求他老人家治好，真是神通广大，佛法无边。”国元一想：“我闻其名，未见其面。倘若回来，约他来吃饭，我得带着银子。”赶紧拿了十两银子四百钱，同赵文会出来，买了四十钱的茶叶，一直往前。

真是十里长堤跨六桥，一株柳树一株桃。这是怎名？曰“苏堤春晓”。乃是苏东坡做此地太守时，修的这道堤。到了三春之时，这个地方桃柳争春。湖当中有湖心亭，望南有南屏山、雷峰塔，靠北山坡有林和靖的梅园子，往西一瞧，不远就是苏小小的坟地，岳夫子的坟墓。

二个人刚走到冷泉亭，就听人群中有人说话：“李国元，李国元，不必上西湖灵隐找济颠，十两纹银交于我，腰中还带着三百六十钱。”赵文会一听说：“贤弟，你看圣僧果有先见之明，在这里等候你我。”及至分开众人一看。是济颠衣裳，不是济颠，赵文会过去一揪，说：“好老道，你把济公禅师害了，你又蒙事来。”刘泰真说：“我到没害济公，济公把我们师徒吃的连一件衣裳都没有，交给我这几句话，叫我到这里来说。”赵文会说：“济公在那里？你带我二人去见见。”

老道这才带着二位来到三清观。赵文会一看这庙里穷的甚么都没有，四个道童赤身露体，济公赤着背在椅子上看着。赵文会说：“师父在上，弟子赵文会有礼。”连忙叫李国元参见圣僧。国元一看和尚，直像个乞丐，冲着赵文会不能不过去行礼，作了一个揖。和尚说：“你二人来此何干？”赵文会就把丢五雷八卦天师符之故如此叙毕一说。和尚说：“不要紧。”叫老道把衣裳脱下，和尚穿上。把国元的银子要过来，给老道赎当。

和尚同着二人出了三清观，来到李国元家中。和尚说：“我先给你妻子治病，然后再找五雷八卦天师符。可有一件事，我给你妻子治病，回头我跟他揪到一处，打到一处，你可别管。”国元听和尚说这话，半晌无语。赵文会说：“贤弟，你不必生疑。济公师父乃是在世活佛，决无差错。要是不敦品的人，我也不能请来。”李国元说：“就是吧。”

带了济公直奔上房。门也锁着，他妻子也用铁链锁着，丫环早躲开，怕疯子打着。刚一开锁，蔺氏见外面一个人是穷和尚，急忙往外就追。和尚就跑，院中有口大鱼缸，和尚就转鱼缸，口中直嚷：“可了不得了！要一追上，我就没了命。”说着跑着，蔺氏摔了一个筋斗，口内吐出一堆痰，心中也明白过来，自己说：“我怎会来到这里来？”这才有胆大的婆子过来，搀扶起来。和尚伸手由兜囊拿出一丸药来，叫人拿水化开给他喝。

书中交代，蔺氏这病本是更中心窍，被事所挤。皆因他家有个兄弟，叫蔺庭玉，在家中把一份家业都花完了，交了些匪类人，这天向他姐姐借钱，说做买卖去。至亲骨肉。焉有不疼之理？瞒着李国元借给他兄弟几百两银子。蔺庭玉拿了去，跟狐朋狗友一花花完了，这天又找他姐姐，说他"拿银子去做买卖，走在半路被强盗劫了去，你再借给我几百两银子，我做买卖，挣了钱连先前银子一并如数交还。"蔺氏又给了他，他仍是旧病复发。这天蔺氏在花园坐着，见庭玉又来了，身上破衣裳褴褛不堪，心中一着急，一口痰上来迷住，因此疯了。今日和尚一溜，他把痰溜开了，吐出来。

李国元很佩服和尚，请到书房摆酒款待。正在喝酒之际，外面家人进来回禀："现有杜宅教书的李春生又叫他儿来催五雷八卦天师符。"李国元叫家人出去告诉他随后就给送去。李国元说："师父这怎么办？"和尚说："回头我催我庙里的韦驮给你把五雷八卦天师符偷来。"李国元说："师父，你庙中的韦驮是泥胎，怎么能偷东西？"济公说："能行。我们那韦驮常管闲事。"李国元说："师父你多咱去请去？"和尚说："我这就去，得同他商量。得拿钱雇他去，白叫他去不成。你们喝着酒等我，我先去，回头再喝。"才站起来，往外就走。

二人送出回来。李国元说："赵兄长，你听济公这话是真的吗？"赵文会说："我也不知是真是假。前番在周半城家中扛韦驮捉过妖，这事在两可之际，也许是真的，圣僧回来再说。"

二人摆着酒，直等到掌灯以后。二人甚为焦急，恐怕关城，将济公关在城外头。正在说着话，就见济公进来。二人说："师父回来了。"济公说："回来了，气死我了。"赵文会说："师父跟谁生气？"济公说："跟我们庙里韦驮。真可恨！素常我一出来，他就说济师父要有事，给我张罗着。我今天回去，他瞧我奔了他去，他把脸一扬不理我。我得答讪着跟他说话，我说：'老韦，我给你找了个事'。他问'甚么事'？我就提叫他到秦相府花园阁天楼，给偷五雷八卦天师符。问他要多少钱？他一张嘴就要大价。"李国元，赵文会齐说："要大价是多少钱？"济公说："他要五吊钱，我给他五百钱。"李国元说："五吊钱也不多。"和尚说："头里他到让了个价，说要三吊钱，少了不去。我说你落了价，我给你添钱满五百钱，多了不要。他说少了不去。故此我们俩散了。我由庙里出来走在大佛寺，碰见大佛寺的韦驮，远远的就问我上那去。我说没事，给你找个事，你去不去？他问甚么事？我就叫他去找符。他说你没跟你庙里韦驮说吗？我说说了，应为他要钱太多。他要三吊钱，我给五百钱，没雇停当。他说我也不能少，要少要对不起我们庙的韦驮。我说我要多花了也不对。因此又散了。"李国元一听说："这怎么办，都没停当？"和尚说："我又往前走，走在紫竹林，那庙韦驮饿的都打了晃，远远就让我。我一提这个事，他就愿意。他说回头就来，价钱随我开。"李国元说："师父他甚么时候来？"和尚说："咱们吃完了饭，院子预备桌案，我一叫，他就来。"李国元赶紧摆饭，吃完了饭，叫家人预备应用的东西，摆在院中。和尚说："你们大家别瞧，一眨眼等星斗出全了。"和尚说："我乃非别，我乃非别，西湖灵隐济颠僧是也。韦驮不到，等待何时！"

只听半悬空中一声喊嚷："吾神来了！"不知来者是谁，且看下回分解。

第十回 赵斌夜探阁天楼 英雄仗义救公子

诗曰：

蜗牛甬上争名利，不火光中寄此身。

随富随贫且随喜，不开笑口是痴人。

话说济公禅师在院中烧香请韦驮，只听房上一声喊嚷："吾神来也！"书中交代：来者可并非真是韦驮。这套《济公传》，虽设请神请鬼，并无悬怪之事，总得合乎神理。书有明笔、暗笔、伏笔、记笔、倒岔笔、惊人笔。

此来者乃是一位惊天动地的英雄之子，祖贯原籍镇江府丹阳县住居，姓赵名九州，绰号人称"一轮明月"，东西南北中五路的总镖头，娶妻梅氏，膝下就是一子，名叫赵斌，生来天真烂熳，混耀闷愣，跟他父亲练了一身拳棒，好上天。老豪杰一生就教了两个徒弟，一个儿子。大徒弟乃江西玉山县的威振八方杨明，二徒弟是东路镖头上伙计叫尹士雄。赵九州这一天病在床头之上，把梅氏叫到跟前，说："我死之后，千万别叫赵斌保镖。他眼空自大，狂傲无知。留下我这点虚名，传留后世。"赵九州这日呜呼哀哉。

他母子办理丧事安葬已毕，就剩下他母子度日。赵斌是在家中游手好闲，有他父亲留下这点家私，也可对付着度日。他在外头交了几个本地朋友，一个姓秦叫秦元亮，绰号人称"飞天火祖"；有一位马兆熊，人称"立地瘟神"，这两个都是绿林人，跟赵斌颇称知己之交。

这天三个人在一处吃饭。秦元亮说："赵贤弟，你知道我二人是做甚么的？"赵斌说："我不知二位兄长做何生意。"秦元亮说："我们二人是贼，贼可跟贼不同，我二人可不是下贱采花淫贼。我等讲究偷富济贫，杀赃官，斩恶霸，翦恶安良，专管路见不平之事。只因爱喜兄弟这身能为，要约你入伙，这叫行侠做义。我这里有一身夜行衣送给你。"说着递给赵斌一个包袱。赵斌打开一看，里面全分都有。赵斌就由这天跟这二个人，夜间时常出去偷富济贫。

这天赵斌把包袱落在家中，梅氏打开一看，是夜行衣。赵九州之妻，也是开过眼，甚么都见过，正瞧着，赵斌由外面进来，梅氏一见，勃然大怒，说："赵斌，你父亲保镖一辈子英名，被你弱尽。你敢情做了贼！好孩子，我是一头撞死，决不活着。"赵斌说："娘亲不要生气，不叫孩儿做贼，我不做贼。"梅氏说："你趁此把这衣服烧了，刀砸了。"自己一想，要在这里住着还不能，得给他把这班朋友断绝了，不然，仍怕有人勾引他。老太太要学孟母三迁地之法，急把家中房产物件变卖，带着细软金银，同赵斌来在京师临安，租的青竹巷四条胡同卖果子王兴的房。

赵斌还是没事可做，王兴的母亲王老太太可就说："赵老太太，为何不叫你儿做个买卖？在家里闲着，坐吃山空。"梅氏说："他自幼没做过买卖，也不懂的甚么。"王老太说："可以叫他跟我儿上果子市买，点果子买卖，操练操练。"梅氏一想也好，跟赵斌一商量，赵斌也愿意。次日就拿上两吊钱，同王兴上果子市买了点北鲜。王兴说："你这货买的便宜，总得找对半利，赚两吊钱才卖呢。你自己合算卖罢。"赵斌吃完饭，拿着小筐出去，见人也不敢吆喝。走了几条胡同，人家都知道是送礼的，不像做买卖的，也没人买。赵斌来到凤山街，见路北有一座大门，像官宦人家，门口有大板凳。赵斌把果子筐搁在地下，坐在门首，瞧着果子发呆，就见由里面出来一位员外送客。

赵斌一看这位员外长的身高八尺，虎背熊腰，面如乌金纸，环眉阔目，好样子，赵斌他不认识，这位员外姓郑名雄，人称“铁面天王”，家里是世家。他是武进士，素常在这本地真是见义勇为，乐善好施，今天出来送客，见赵斌相貌一表非俗，坐在那里发呆，郑雄甚为爱慕，说：“朋友，你在这作甚么呢？”赵斌说：“卖果子。”郑雄说：“卖多少钱？”赵斌说：“我两吊钱买的，四吊钱才卖呢。”郑大官人吩咐家人：“把果筐倒在里面水筒去，给他拿四吊钱来。”家人答应。郑雄说：“朋友，你光景没做过买卖罢？”赵斌说：“我今天头一回。”拿起果筐四吊钱，回家告诉他娘亲说赚了两吊钱。

第二天仍然同王兴上市，点名买两吊钱北鲜，回家吃完了饭，挎筐出来，不上别处去，一直奔凤山街来到大门，把果筐搁下一坐，等到晌午。郑雄要出门，刚一出来，赵斌说：“该别走，我给你送果子来了。”郑雄说：“谁叫你送来的？”赵斌说：“你拿进去，我别去卖了。”郑雄说：“你愿意我可不愿意，我不如天天白给你两吊钱好不好？”赵斌一听也乐了，郑雄说：“我今天留下，你明天可别送来，我不要了。”叫家人给拿四吊钱。赵斌一听，说：“好丧气，好容易卖出主来，又散了。”自己拿钱回家。由此练着做小买卖，有赚钱的时候，也有赔钱的时候。

这一天在西湖，因为花花太岁王胜先抢人家逛西湖的姑娘，他路见不平，打死恶霸的三条人命，被济公把他救了，他认济公为师。济公今天由李国元家中出来，正碰见赵斌卖果子，济公说：“赵斌，跟我去喝酒去。”赵斌就跟着济公到了酒馆喝着酒。济公说：“赵斌，你今天晚上给当一回韦驮行不行？”赵斌说：“怎么当韦驮？我不懂的。”和尚就把李国元丢五雷八卦天师符，落在秦相府花园阁天楼，叫他给盗回家。到李国元家装韦驮，遮盖众人眼目。如此如彼话一说。赵斌说：“我不认识李国元家。”和尚说：“我带你去。”

吃喝已毕，给了钱，带着赵斌出了酒馆，来到李国元的门首。济公说：“你晚上来。如此如此。”赵斌点头答应，回到家中告诉他母亲说：“我师父济公叫我今天晚上给当韦驮去。”梅氏说：“甚么叫当韦驮？”赵斌说：“我师父到秦相府，给人家找五雷八卦天师符，叫我充韦驮神。”老太太知道济公是好人，若非济公的事，老太太晚上也不叫赵斌出去。

赵斌换好了衣裳，带上一把切菜刀，天有初鼓，跳出墙去，省得老太太关门。自己一直够奔李国元住宅，蹲在上房，在暗中等候，听济公叫：“韦驮不到，等待何时！”赵斌这才答话说：“吾神来也！”和尚说：“老韦，你到秦相府花园阁天楼，去把五雷八卦天师符给我取来。”赵斌说：“遵法旨。”这才转身蹿房越脊，够奔秦合坊来。

到秦丞相的花园子一看，里面地势甚大，不知那座楼是阁天楼。真是水阁凉亭，楼台小榭，四时不谢之花，八节长春之草。跳到花园内各处一找，找得东北角，单有一所院子，是北房，明三暗五，东西各有配房。北房屋中灯光闪闪，人影摇摇。赵斌来至东里间窗外，用舌尖舔破窗棂纸，往屋中一看：是顺前檐的床，地下靠北墙是一张八仙桌，一边一把太师椅子，墙上挂着一把单刀，桌上搁着蜡灯，两个人坐在对面椅子上喝茶。靠东边这人，有六十以外年岁，面皮微白，两道剑眉，一双三角眼，花白胡须，头戴蓝绸四楞巾，身穿蓝绸子铜氅，篆底官靴。西边坐着这位有三十多岁，头戴青缎六瓣壮帽，身穿青箭袖袍，腰系丝鸾带，薄底靴子闪披皂缎色英雄大氅。

就听那老者说：“壮士，我把你扶养好了，所为叫你给我办这件事。真要给我办好，我给你一百两银子，你拿着，天涯海角，决叫你打不了人命官司。"说着话，就见老头由怀中掏出两封银子，放在桌上打开一看，真是白花花。这位壮士说："我多蒙老丈之恩，栽培之德，却之不恭，受之有愧，敢领不恭之罪。"那老丈说："壮士，恭敬不如从命。"就见这位壮士把银子揣在怀中，伸手由墙上摘下那口刀说："老丈，外面无论有甚么动作，你千万别管，少时自有人头前来见你。"说完了话，往外就走。

赵斌赶紧找避静处一隐身，见他出来，赵斌后面跟着，心说："这不定是上那里去杀人？我倒要跟着瞧瞧。"见他往西走了两层院落，路西是四扇绿屏风，门里院有北房三间，灯光隐隐，似有读书之声。见这人提刀进去，赵斌来窗外湿破窗纸一看，见里面一张八仙桌，两把椅子，东边的椅上坐着一位文生公子，正念书，旁边有个老家人伺候。这人进去把刀往桌一拍，说："你主仆二人快说明来历，我特来结果你二人的性命。"公子同家人跪到在地，说："好汉爷饶命，你要问我，是如此这般这样。"

赵斌一听，气的肺都炸了，拉切菜刀要闯进屋中，多管闲事。不知所因何故，且看下回分解。

第十一回 兄弟相认各诉前情 主仆逃难暂寄李宅

诗曰：

茅屋青山绿水边，往来年久自相便。
数株红白李桃树，一片青黄菜麦田。
行榻夜移听雨坐，纸窗情启看云眠。
人生无似清闲好，得到清闲岂偶然。

话说赵斌在暗中观看这人拉刀进去，要杀那主仆二人，见那公子唬的战战兢兢，跪在地下，说："大太爷暂息雷霆之怒，容我慢慢告禀。"那老管家也跪倒说："大太爷饶命。"见那壮士说："你主仆二人是怎么一段事？快说！"老管家说："你老人家要问，我家主人姓徐叫徐志平，祖贯原籍迁安县人氏，我家老太爷名徐占魁，跟这秦相府花园子的总管韩殿元是知己之交。韩殿元有一女，跟我家公子同岁。他情愿把女儿给我家公子为婚，自幼下得定礼。后来我家老太爷去世，家中遭了一把天火，将万贯家财烧得片瓦无存。我就同着我家公子来到这里投亲。韩殿元一见我主仆衣服褴褛，他就有悔亲之意，嫌贫爱富。明着他留下我主仆，叫我家公子在这花园读书，谁想到他叫你老人家来害我主仆。"拿刀的这壮士一听说："原来如此，我实不知道。"说着话，由怀中掏出那一百两银说："我赐给你主仆，拿着赶紧逃命罢。找个地方，用心攻书，耐等大比之年，好去求取功名。你们不可在这里住，他还想害你们。"

赵斌在外面一听，说："这事办的好。"他乃是个直性之人，自己忘了是偷听了，心中一爽快，不觉失声说："办的好！"屋中那壮士一听外面有人说话，窜出来摆刀照赵斌搂头就剁。赵斌闪身拉切菜刀急架相还。两人动手走了几个照面，赵斌心中一动："怎么他使的刀法跟我一样？"那壮士也是心内纳闷，赶紧往圈外一跳，用手中刀一指说："你且慢动手。"问赵斌："你姓甚名谁？在那里住？这刀法是跟谁练的？来此何干？"赵斌说："你要问我，我姓赵名斌，绰号人称"探囊取物"。你要知道我的厉害，不必前来讨死。”那壮士一听，赶紧把刀一扔说：“原来是贤弟，这可是大水冲了龙王庙，一家不认得一家人。”赵斌说：“你是谁？”壮士说：“我姓尹叫尹士雄，贤弟你把哥哥忘了？”赵斌一想：“我八九岁的时节，尹士雄正跟我父亲练艺。这话有十几年了。”赵斌这才把切菜刀一揣，赶过去行礼，二人叙离别之情。

尹士雄说：“我自从东路保镖回头，听说师母同贤弟你母子来到京都，我来到京都访查，也未找着。我病在三顺店，腿上长一个疮，遇见这花园子的总管韩殿元。他是三顺店的东家，给我瞧病，接到花园子来给我把病养好了。今天他给我一百银子，叫我来杀他的仇人。我来至这里一问，方知是这么一段事。贤弟你来此何干？”赵斌也把别后的事草草说了一遍，“今天是奉济公禅师之命，来秦相府盗五雷八卦天师符。”尹士雄说：“贤弟，你今天幸亏遇了我，若不遇见我，你也盗不了符去。你先帮我把徐志平主仆救走，然后我帮你盗符。”

二人这才进到屋中，叫徐志平：“赶紧收拾收拾好逃命，这一百银送你作盘缠。”徐志平说：“这位恩公尊姓？”尹士雄道了姓名，老家人徐福给尹士雄磕头：“谢谢恩公。”赶紧把琴剑书箱收拾好了。徐福说：“尹恩公，这黑夜光景，我二人上那里去？这天子脚底下，巡更查夜之人甚多，要把我主仆拿了去，如何是好？”尹士雄一听此言有理，说：“赵贤弟，你可有地方安置，暂叫他主仆去，明天再叫他二人找店。”赵斌说：“尹兄长在此少待，你主仆跟我走。”带着二人出了花园角门。

赵斌心中打算要把他二人带在自己家去，焉想到刚一出角门走了不远，就见眼前站定一人，正是济公。赵斌一见说：“师父你来了？好。现在他主仆是如此如此这等这样。”济公说：“好，我正为这件事来的。我在书房同他们喝酒，我说出来出恭，来到这里。你赶紧去给我办事，把他二人交给我。”徐志平一瞧，是个穷和尚，连忙问道：“这位大师父怎么称呼？”赵斌说：“这是灵隐寺济公长老。”徐志平一听赶紧行礼。济公带了二人来到李国元的门首，进了大门叫徐福把挑子放在院中，带着二人走至书房。赵文会、李国元正在喝酒，见济公带进一位文生相公，一个仆人，忙站起来说：“师父，你老人家从那里带来这二位？”济公把徐志平的底里根由一说，李国元这才明白。济公说：“你借给他几间房屋，叫他在这里念书，有甚么差错，有我和尚一面承管。”李国元见徐志平到很文雅，说：“师父，就是罢。”连忙让坐，一同吃酒。

天有三鼓时候，就听外面一声喊嚷：“吾神来也！济公长老在上，吾神将五雷八卦天师符盗来。”济公赶紧出来，房上是赵斌、尹士雄两个人。原本是赵斌把徐志平主仆交给济公带走，赵斌复返回到秦相府花园，一见尹士雄，二人够奔阁天楼。这二十五间阁天楼地面宽大，拿火折纸一照，在当中有悬龛。尹士雄上去一看，上面有一个硬木匣，打开一看，正是五雷八卦天师符。

赵斌说：“得了，师兄，你我一同走罢。”尹士雄说：“你我这要一走，这个乱大了。”赵斌说：“有甚么乱呢？”尹士雄说：“你想他乃是当朝的宰相，他把传家的宝贝丢了，岂有不跟本地面官要的？那时间本地面官彻底根究，未免又拉出好些是非来。莫若给他个剪草除根！”说罢，掏出引火之物，就把阁天楼窗棂点着。火光一起二人跳下楼来，回头一看，见金蛇乱蹿，烈焰腾空，怎见得？

有赞为证：

凡引星星之火，勾出离部无情。随风逐浪显威能，烈焰腾空势猛。　　只听忽忽声响，冲霄密布烟生，满生遍地赤通红，画阁雕梁无影。

二人早窜出花园子，施展飞檐走壁之能，来到李国元住宅房上，赵斌一嚷：“吾神来了！”

济公出来把五雷八卦天师符匣子接下来，拿了个小黄口袋，装上五百钱，一香炉米，五碗炉食饽饽。和尚说："老韦你拿了去罢，这是本家的谢礼。"上面赵斌接过去就嚷："吾神去也！"带着尹士雄回家，看他娘亲不表。

单说和尚把五雷八卦天师符拿进来，打开一看不错。李国元赶紧派妥当家人，给拜兄李春生送去。这里喝了一夜酒，天亮济公告辞，李国元要送给金银。济公说："你要谢承我。"附耳如此如此。"我和尚领情，你好好照应徐志平念书。"李国元点头答应。

和尚说罢告辞，正往前走，见眼前站立一人，是家丁打扮，说："济公上那去？"和尚说："那位？"那家丁说："我们店东挨了四十棍，伤痕甚重。听说你老人家有仙丹妙药，求你给治治棒伤。"和尚说："你家店东是谁？"家丁说："是开三顺店韩殿元，乃是秦相府花园子的总管，因为昨天晚上相府花园里阁天楼失火，秦相大怒，说我们店东失于检点，打了四十大棍，现疼痛难忍。"济公听他之言，跟着来到三顺店。一进柜房，见韩殿元躺在炕上，哼咳不止。有几个伙友正在劝解他，见济公进来，众人说："得了，这位师父有妙药灵丹。大师父慈悲慈悲罢！"和尚哈哈一笑，用手点指说："妙药难治冤孽病，上天速报狠心人。"韩殿元听着，心中一动，暗想："这和尚真有点来历，夜间我派尹士雄去杀我未过门的女婿徐志平主仆，也未见回来。他主仆走了，无故阁天楼着火。"想罢说："圣僧，你老人家救我罢。我亏了心了。"和尚说："我要救了你，你好了，你把女儿给徐志平不给？"韩殿元说："我好了，情愿把徐志平找回来，把女儿给他，我也无悔。现在秦相把我赶出，我决不敢再生异心，如再生异心，叫我天诛地灭。"和尚给他一块药吃了，立刻棒伤止疼痛。和尚告诉他到李国元家中去接徐志平，韩殿元点头。

和尚出了三顺店往前走，见眼前围着一圈人，里三层外三层，拥挤不动，一股怨气冲天，和尚按灵光一算："哎呀，阿弥陀佛，你说这个事情如何能够不管！"真是一事未了，又接一事，和尚分开众人好容易挤进去一看，有一宗岔事惊人。要知后事如何，且看下回分解。

第十二回　济公善度韩殿元　寒士舍子遇圣僧

诗曰：

玉堂银烛笙歌夜，金谷罗帏富贵家。

怎似道人茅屋下，一天晴云晒梅花。

话说济公分开众人，挤进去一瞧，但只见里面站着一位穷儒，头戴旧文生巾，烧下窟窿一个，穿一件旧文生氅，上下钉定补钉七条，怀中抱着一个小孩。见此人有三十多岁，一脸的枯槁，站在那里说："众位，我抱的这个小孩，一生日零二个月。他娘死了三天，我又雇不起奶娘，岂不是要饿死。那位愿意要那位抱了去。"济公看了，甚是可怜。

书中交代：这个穷儒，姓马叫马沛然，原籍是常州府常熟县人，自幼在家读书，娶妻周氏，把一分家业坐吃山空全尽了，就懂得念书，不知营运，直过得上无片瓦遮身，下无扎足之地，跟前就有一个小孩，带着他妻子逃难，来至临安城，住在钱塘关外吴伯舟家中。这位吴伯舟,知道马沛然原是位念书的人,就留在他船上管帐,每天挣个三二百钱,也够他夫妻糊口。焉想到大运不通,西湖出了四家恶霸,时常在西湖抢人,闹的没人敢游西湖了,船也没人赁了。马沛然也无法,只可歇工罢。

这西湖头一个恶霸,就是秦丞相的兄弟花花太岁王胜仙。那时高宗皇帝手下丞相是秦桧。他本姓王,过继给秦家。王胜仙是秦丞相的亲兄弟,他倚仗哥哥势利,时常带着打手游湖,瞧见长得美貌的妇女,就叫打手抢,没人敢惹他,因此都不敢游西湖,故吴伯舟的船也赁不出去,马沛然也没了事。他妻周氏是个贤德人,说:"你我夫妻莫非饿着么?你在家中看着孩子,我出去给人家做点针线活,你我夫妻也好度日。"连说了好几句,马沛然一语不发,周氏就把孩子留在家中,竟自走了。

马沛然坐在屋中,自己一想:"我男子汉大丈夫,不能养妻赡子,等着媳妇给人家做生活吃饭,算怎么回事?"自己越想越烦,实在无路,抱着孩子出来,打算跳西湖一死。又一想:"这孩子投爹娘来了一世,要死了,怪可惜的,莫如把他给了人,我再一死。"这才来到十字街一站,说:"众位谁要这小孩谁抱了去。"连嚷了几声,旁边有个老者,一瞧,这个孩子长的不错,自己一想:"我也没儿,我到可以留下。"刚过去抱,旁边有人说:"老者别要,要不得的,这是生意,你要一抱孩子,他就要跟了你去。过两天孩子娘也来了,跟你借些钱,过两天他爹也来了,没完,千万别上当。"那老丈一听也不要了。

济公说:"你把小孩给我罢。"马沛然说:"和尚,你要小孩作甚么?你是一个出家人。"和尚说:"我收他作个徒弟。"马沛然说:"和尚,这孩也不会吃饭,还不能离乳食,那如何是行?"济公说:"不行我不要。你说实话,这孩儿他娘真死了吗?我们庙在你住家隔壁,你住吴伯舟的房对不对?"马沛然一听说:"和尚,我这孩子他娘虽没死,我可不是生意,指着孩子讹人。"济公说:"我知道。你跟我走罢,我带你找你妻周氏,还叫你夫妻孩子见面,给你找点事。"马沛然一听,问:"和尚宝刹在那里?上下怎么称呼?"济公一一都说明白,带着马沛然往前走。济公信口作歌:

> 谁能谁不能,能者在五行。五行要不顺,能者也不能。众公不信细叮咛。看那众富翁,骑骡押马身受荣。再看那贫寒军民与百姓,无吃无穿受困穷。皆因前生造定。

济公带马沛然往前走,来到酱园门首。和尚说:"掌柜的,给我三文钱的大头菜。"里面答应,给拿出来。和尚说:"太少,我给两个钱。"掌柜的过来说:"和尚,咱们这作铺的买卖,并不二价,还价不卖。"和尚说:"到不是我还价,我这兜子里就剩二文钱,我化你一文钱。"掌柜的说:"你是个出家人,就是罢。"和尚伸手一摸兜子说:"呦!我这兜子漏,又丢了一文钱。先给你一个罢,明天我再给你带来罢。"说罢往前走,对过就是青菜摊。和尚来至切近说:"掌柜的,给我一个钱的蒜。"掌柜的说:"一个钱一头。"拿了一头蒜递给和尚。和尚给了一文钱,接过蒜来一瞧,济公说:"掌柜的,一文钱一头蒜,你还给我一头烂的,你给换换罢。"卖蒜的又抽了一头给和尚。和尚也没把烂的给人家,一文钱买了两头。

和尚原本就带着两文钱,要买四样礼前去给人家上寿。马沛然瞧着和尚太贫,跟济公往前走,走了有半里路,见大道边一个卖狗肉的。和尚过去说:"这肉真肥真香真烂,五花三层,要吃肉是肥中瘦。"夸了半天,说:"掌柜的,饶给我一块吃。"卖狗肉的正没开张,见一个穷和尚夸了半天,要一块吃,卖狗肉的一高兴,拿了刀给切了一块,有二两。和尚接过来瞧瞧,说:"你要给多给切点。"卖狗肉的说:"和尚,你没够。"和尚说:"不是我没够,给你要不给添,连这块人情却没了。送人情做到底。"卖狗肉的又给切了一块。和尚一文钱没花，白得两块狗肉。

又往前走，听那边卖馒头的，和尚叫："卖馒头的过来，我买。"那卖馒头的过来，和尚说："热不热？"卖馒头的说："刚出屉的。"和尚说："搁下。"卖馒头的把挑子搁下。一掀盖，热气腾腾。和尚伸手一拿，就是五个黑指头印。和尚刚往嘴里给，赶紧一搁扔下，和尚说："我忘了，没带钱，我没敢吃。"卖馒头的瞧着有气，这个馒头卖不出去了，又是牙印吐沫，又是黑印。自己一想："我有心怄气罢，刚出来，他又是个出家人。"愣了半天说："得了，我这个馒头就算扔了。"认了晦气。和尚说："你既要扔，别扔，舍给我和尚罢。我明天碰见你，我要带着钱还给你。"卖馒头的说："你拿了去罢。"

和尚拿着馒头，带着马沛然来到凤山街，见路北大门悬灯结彩，车马盈门。这家乃是临安城头等富户，姓郑名雄，人称绰号"铁面天王"，今天给老太太做寿，是临安的绅士财主都来给祝寿。和尚来在门首，告诉马沛然，附耳如此如此，"在这等候，自有机缘相遇。"马沛然点头。

和尚上了台阶，说："辛苦众位。"由门房出来一个家人，见是一个乞丐穷和尚。家人说："和尚，你来得太早，还没坐席。你要杂会菜回头来。"济公说："你胡说！我知道这里老太太生日特意前来拜寿，买了四样礼来，"家人一听这话，心中暗想："素常我们大官人最爱施舍，挥金似土，仗义疏财，遇见穷苦的人必要周济。也许我们大官人待他有好处，他知道我们老太太生日必要来报答报答，别瞧他穷，我到别小瞧他。穷人也有一分尽心，或许知道老太太爱吃甚么，给买点。也许送桃面点心酒席票。"想罢说："和尚，你在那庙里？"济公说："我在灵隐寺小庙出家。"管家说："你的礼物是自己带来，是随后有人挑着？"和尚说："我随身带来。"家人说："你把礼物拿来，我给你往里回禀交帐房去。"和尚由袍袖里拿出来个馒头，两头大蒜，两头咸菜，两块狗肉，递给管家。和尚说："给老太太吃狗肉就蒜瓣，馒头就咸菜。"家人一瞧，赌气给扔在地下说："你趁早给拿开罢，跑到这里搅我们。"刚扔在地下，过来两条狗就要吃，和尚赶紧轰："躲开！花脖四眼，你们两个给吃了，老太太吃甚么？"和尚捡起来说："你不给回禀，我会嚷。"大声喊嚷："送礼来了！送礼来了！"拿手抓住往里扔。众家人瞧着全都说："这和尚是疯子，不用管他。"

书中交代：这郑雄原本是临安城内头一家绅士，又是武进士，为人最好交友。他叔叔在外省做总兵，今天给老太太做寿是临安城的上至公侯，下至庶民，都来给送礼拜寿。今天有美髯公陈孝、病服神杨猛、赵文会、苏北山、姜百万、周半城，都在客厅，真是高朋满座。郑雄的母亲，今年七十整寿，可就是双目失明，有一年多了，请了多少医家并未治好。今天郑雄正在客厅应客，家人拿进一个礼单来，说："三官庙的广惠师父前来拜寿。"郑雄一听，一愣说："我素日跟他并无来往。"接过礼单一看，上写："寿烛一对，寿桃一堂，寿酒一坛，寿面一盒，寿帐一轴，绵羊四只。"郑雄赶紧把和尚迎接进来。

众人一看，这和尚有五十多岁，衣貌鲜明。书中交代：广惠来给郑雄送礼，他有贪心，知道郑大官人的花园子闹妖，他会捉妖净宅退鬼治病，打算以送礼打进步，好给捉妖赚点银子。今天来到这里，众人一让，把广惠让到杨猛、陈孝这张桌坐下。杨猛爱说话，说："大师父来了。"广惠说："来了。"杨猛说："我跟你打听一位和尚，你可知道？"广惠说："那位？"杨猛说："西湖灵隐寺济公长老你认识么？"广惠说："济颠和尚他疯疯颠颠算甚么，我到跟他师父相好。论起来他还是师侄，常要跟我学能为，我没那么大工夫教给他。"杨猛一听这话就恼了，一想："这东西，说话真可恨。他说我师父是他师侄，我成了他孙子了。我去找我师父去问问，如果真是便罢，如没有这回事，我把这秃头给砸碎了。”想罢杨猛站起来刚要往外走，就听外面喊嚷：“上寿送礼来了！”杨猛一听是济公的声音，说：“我师父来了，好，我到要问问。”赶紧往外跑。

济公这一来，要大闹寿堂，法斗广惠，且看下回分解。

第十三回 广惠僧狂言惹祸 济禅师妙法惊人

诗曰：

钓月樵云共白头，也无荣辱也无忧。
相逢话到投机处，山自青青水自流。

话说杨猛在郑府上寿，遇见三官庙住持僧广惠，二人坐在一个桌上，杨猛说：“大和尚，西湖灵隐寺济公认识不认识？”广惠爱说大话，说：“济颠僧酒醉疯狂，没有甚么能为，我合他师父远瞎堂认识。论着辈数，济颠他是我的师侄那。”杨猛一听，不大愿意，心中说：“我去把我师父找来，到要问问是真是假，若没有这样事，我要打他一顿皮拳。”正想着，听见外面济公声音，说：“上寿送礼来了！”杨猛说：“陈兄，外面师父来也。”陈孝跟他二人出了客厅，到了外边一看，正是济公，说：“师父，你老人家因何大嚷小叫？”济公说：“我来这里给老太太上寿，他等嫌我破烂，不给我回禀。”陈孝、杨猛说：“这些家人本是势利的。”郑雄也从里面出来，一看见和尚甚穷并不认识，说：“二位贤弟你二人不在厅中吃茶，来此何干？”杨猛、陈孝说：“我给你二位引见引见，这位上人就是我常合兄长提说，灵隐寺那位济公禅师。”郑雄说：“原来是圣僧，久仰大名，今幸相会，真乃三生有幸。”济公说：“我知道今日贵府老太太千秋诞辰，我特意前来拜寿，送点寿礼。”郑雄一听，心中一动，见和尚衣冠不整，像个讨饭化小缘之人，怎么往客厅里让？看看陈孝、杨猛，又不好不让。心中犹疑未定，只听和尚说：“我来送点礼，拜拜寿，我也不能客厅去坐，大官人今日高亲贵友不少，我又没衣服。”郑雄一听心中暗喜：“不免虚让让他，他也不能进去。”想罢，说：“和尚你既来之，则安之，焉有不进去之礼，走罢。”杨猛也直嚷愿意叫济公进去，到要对对广惠说的那话真假。郑雄本是虚让，看和尚那意思必不能进去的。济公说：“郑大官人这么一让，我到不能进去了。给老太太拜寿要紧。”郑雄一听，心内不愿意，也不好阻拦，同了和尚来至客厅。

众亲友都让济公。和尚叫茶房把寿礼摆上来，茶房过来，当中放一只八仙桌，铺上红猩猩毡。济公从袖口内把狗肉两块拿出来，咸菜两块，大蒜两个，馒头一个，上边竟坐。郑雄一看，把眼都气直了，当了陈孝、杨猛未能发作，还得过去谢谢和尚，叫家人扔了。济公一看在座之人，认识一小半。茶房摆上酒菜，济公立起来各桌上都让，让到广惠僧那里，杨猛听着济公说：“才来。”和尚广惠端然坐在那里，一语不发。让完回来坐下，方要吃酒。只听那边广惠说：“郑大官人，我今一来拜寿，二则要在老太太跟前孝敬一个戏法，我能变天上飞的，地下跑的，河里浮的，草棵底下蹦的。你到后面回禀老太太一声，我在这里变，老太太那里就瞧得见。”郑雄一听说：“好。”众亲友大家都愿意。郑雄到了后面，见众亲友的女眷都陪老太太说话。郑雄说：“娘呀，现有三官庙的广惠和尚要变个戏法，给你老人家瞧瞧。”

老太太一听这话，气得颜色更变说：“郑雄你跟和尚这是要笑我呀，快叫秃驴滚出去！老身眼睛已坏了两年，你还叫我瞧变戏法的。”郑雄一想，这话对呀，方才我是一时懵住了，赶紧说：“老娘不必生气，孩儿一时忘了。”书中交代，每逢秃子怕说秃，瞎子必护眼。比如人要在门口站着，瞧见来了个瞎子，你就说：“先生，这时候还出来？天黑了，给你个灯笼罢。”瞎子必张嘴就骂。今天老太太一听郑雄这话，焉有不生气之理？旁边有几位亲友是老太太的晚辈，论着是侄女，都说：“伯母，你老人家叫他变一个我们瞧瞧。”又有几位小姐都说：“奶奶，你叫他变与我们瞧瞧。”大家央求，老太太这才说：“郑雄，你叫他变去罢。”

郑雄这才转身出来，到了客厅说：“大师父，你变罢。要变文雅的玩艺。”和尚说：“是。”就在客厅要了一张纸，一把剪，剪了许多蝴蝶。和尚有点能为，口中念念有词，吹一口仙气，就见一对对蝴蝶直奔后堂飞，大家齐声喝彩。杨猛同济公在一张桌坐着，说：“师父，你老人家也变，献点手段。”济公站起来大嚷：“我也要变了！”嚷罢，说：“唵嘛呢叭𠺗吽，唵，敕令赫。”只见有三十多条小长虫满客厅乱飞，大家都一愣，低首一瞧，桌子上筷子皆没了，哄堂大笑。济公用手一指，长虫没了，每人跟前一双筷子。内中有一位亲友，姓陈的，叫陈声远，他说：“众位，这两位和尚那位的戏法变的好？”旁边众人说：“还是人家广惠变的蝴蝶多好，这个穷和尚变的小长虫吓人一跳。”陈声远说：“不对，还是这个穷和尚变的好，告诉你们说罢，方才我拿筷子夹丸子，丸子一滚，我拿牙一咬，没咬着丸子，把筷子咬了两个牙印。他一变长虫，大家的筷子都没了，长虫一没有，我一瞧筷子还是我那两根有牙印的，一点不差。”众人大家点头。

广惠一听众人夸济公，他脸上无光彩，说：“郑大官人，我孝敬老太太一碗汤罢。”站起来就在他那桌上要了一块包袱，往桌子上一盖，口中念念有词，念完了一掀包袱，见变出一大碗三鲜汤，眼瞧着这碗汤离开桌子，仿佛有人托着似的，飘飘悠悠，就要往外走。济公禅师用手一点指，那碗汤起在半悬空，就在广惠头顶上一反，正倒了广惠一身，脑袋也烫红了。众人拍掌大笑。广惠赌气用手巾擦了，说：“众位，我本打算今天老太太的生日在人前显耀一番，没想有小人把我戏法破了。我今天把我掏心窝玩艺施展施展，变几个仙桃孝敬老太太。”众人一想：这时正在四月间，陈桃早没了，新桃尚没长成，正在青黄不接之际，这到新奇。众人说：“和尚你变罢。”广惠站起来，刚要念咒，济公过来说：“大师父，你变甚么？”广惠说：“我变一盘寿桃，给老太太吃了，能够福如东海，寿比南山。”济公说：“不对，你变出来，别掀开包袱，我能猜着。”广惠说：“就是罢。”口中说道：“寿桃一盘献堂前，献与堂前不老仙。今日变出芙蓉菜，寿比桃儿还在先。”念完，就见包袱鼓起来了，济公说：“你说这话不对。”广惠说：“你说我不对，你说。”济公说：“黑果一盘献堂前，献与堂前不老仙。今日变出带把果，羊肉熬着占醋蒜。”众人说：“看两人谁说的对！”广惠打开一看，是四个茄子。众人哄堂大笑，广惠臊的面红耳赤。

郑雄怕和尚脸上挂不住，赶紧叫家人：“把这茄子拿出去。”家人郑福端出大厅一看，是四个大桃，说：“这东西真可恨。穷和尚跟我也没仇，广惠和尚待我也没好处。怎么在客厅里你就是大海茄，出来就变了桃？我再端回去，叫众人瞧瞧，给广惠转转脸。”想罢，单手托着，喊嚷：“众位，不是茄子，是大桃呀！”说着话，到客厅，再一瞧还是茄子。郑雄说：“郑福你疯了，端来作甚？”郑福气的也没言语转身出来一瞧还是大桃。一想：“这该当我吃。”刚要吃，济公追出来说：“郑福你干甚么？”郑福说：“人家变的是桃，你用甚么法术遮盖的？我要吃这桃。”济公手一指说：“你要吃就吃。”郑福拿起一咬，把牙崩了。原来是木头桃，济公说：“你拿去给老太太吃罢。”郑福拿到后面，见老太太一吃，顺嘴流水。郑福一想：“真奇怪。”转身出来，济公一瞧广惠在那里默默无言，济公说："郑大官人，今天我和尚要变个戏法，请老太太来瞧个真切。"

罗汉爷施佛法，大展神通，不知变出何等戏法，且看下回分解。

第十四回 济公游戏耍广惠 郑雄为母求圣僧

诗曰：

流水高山一曲琴，子期千古是知音。

真情弹到无情处，始见幽然太古心。

话说济公要笑广惠，变了几个茄子。济公叫郑雄："去到里院把老太太请来，我要变一个希奇戏法，叫老太太瞧个明白。"郑雄说："不行。我母亲二目失明，足有二年之久，焉能看的见那？"济公说："我因为老太太二目失明，我才叫他老人家瞧。要是有眼之人，我不算能为。"郑雄知道和尚有些来历，这才到后面把老太太请出来。两个丫环搀着，来到外面。众亲友都站起来说："给老太太拜寿，但愿你老人家多福多寿。"老太太落了座，郑雄说："娘亲，现有灵隐寺济公长老，他要变个戏法，能叫你老人家瞧的见。"老太太点头。

济公来在老太太面前，说："寿诞开言，寿桃色色鲜，寿酒霞杯筵，五福寿为先。寿绵绵，福长远，真正是寿比青松不怕风霜减，恰好似福如东海寿比南山。"念完了这几句，济公用手在老太太眼睛上一画，暗念六字真言："唵嘛呢叭㗚吽。"老太太果然眼睁开了。

老太太说："郑雄呀，我这左眼瞧得见了。"郑雄还不信，一点手，叫过一个丫环来，说："娘亲，你见这是谁？"老太太说："这是春梅么？"丫环说："正是。"老太太大喜："真瞧得见了。"郑雄一听甚喜，赶紧过来说："娘亲，你看孩儿我怎么样？"老太太说："日月消磨，你也半老。"郑雄赶紧给济公行礼说："圣僧，你老人家慈悲慈悲罢，既把左眼治好，再把我老娘右眼给治治。"老太太说："我就是左眼瞧得见。"济公说："我可不能治右眼。现在你大门外有一个抱小孩的，他叫马沛然，把他请来一治就好。"

郑雄赶紧派人出去把马沛然请进来。郑雄赶紧行礼，说："先生，求你把我娘亲的右眼治好，我必要重谢。"马沛然刚要说不会，济公过来说："马沛然，你给治罢。"过去暗递给马沛然一块药。这个时节，众仆妇丫环都来在门外站着，瞧给老太太治眼。内中过来一个妇人，就把马沛然抱的小孩接过去，给小孩吃乳，小孩哇的一声就哭了。马沛然也是福至心灵，拿着这块药说："用无根水化开。这是佛爷赐的灵丹妙药，叫老太太用水一擦眼就好了。"这才叫家人把药化开，果然给老太太一擦右眼，立时眼就好了。

郑雄见这里新来的仆妇抱马沛然的小孩接过来给吃乳，不知是怎么一段事，连忙问马沛然。马沛然就把夫妻怎么穷苦，妻子出去，我怎么要跳河舍小孩，遇见济公，把自己的事从头至尾一说，郑雄一听，这才明白说："得了，我这里正短个管帐的先生，你就在我这里罢。我单给你夫妇腾出一所房子居住。圣僧你老人家的慈悲，我给圣僧你换换衣裳。"济公说："你到不用给我换衣裳。我和尚化你点缘，你把风波门外的两顷稻田地，施舍给三清观刘泰真，做为那庙的香火地，就算谢了我和尚了。"

广惠在旁边坐着，一看济颠大展奇才，他有些气忿不平。广惠站起来说：“郑大官人，我知道你这后面花园子有妖怪作祟，我情愿到后面给捉妖净宅，我分文不取，毫厘不要。我所为跟济颠比并比并法术，看我二人谁行谁不行。”济公说：“好，你既这么说，我就同你到后面捉妖净宅，退鬼治病，还叫你先施展法术。你捉了妖精，就算我输了，你捉不了，我和尚接后场！”广惠说：“也好，咱们这就去。”济公说：“你别忙，咱们吃完饭再去，也没有白天就捉妖的，妖精也不来。”郑雄说：“我这花园，我不知道是妖怪还是仙家，时常家人在后面楼上睡觉，就把家人给扔下楼来。再不然屋中的东西乱响，乱挪地方。或者楼上没人，就点上灯。可是终没人瞧见甚么，也不知是妖是鬼，我也不解其意，直闹了有半年了。”广惠说：“不要紧。今天晚上，我也不管他是妖是怪是鬼，我拘了他来，拿戒刀将他结果了性命。”

众人大家谈话，天色已晚。郑雄问：“二位和尚用甚么东西？”广惠拿笔开了个单子，郑雄叫家人照样预备，放在花园，一概安置停当。两位和尚来到花园内一看，是八仙桌一张，椅子一把，香炉蜡扦一分，长生料香一颗，钱粮一分，砚台一方，白芨一块，朱砂一包，新笔二枝，黄毛边纸一张，香菜一棵，五谷粮食一盘，无根水一碗。广惠看了一看，先点着了香烛，然后祷告过往的神灵“保佑弟子广惠把妖精捉住，回庙烧香上供，答谢神灵。”祷告完了，用无根水拿白芨研了朱砂，拿笔画了神符三道，自己一烧，化这灵符，口中念念有词说：“头道符一烧，狂风大作；二道符，把妖精拘来；三道符，用戒刀将他结果了性命。”郑雄带着一个胆大的家人，在旁边瞧着，济公在那里拿着一把酒壶，一声不语，见广惠口中念念有词，把头道灵符点着扔出去，并无一点动作，也没一点风。众家人无不嘻笑，都说：“广和尚造谣言，没有能为。”广惠又把二道符扔出去，也并无动作。广惠真急了，把三道符往外一甩，只见就打外面一阵怪风，刮的是尘沙荡漾，大雨翻飞，怎见得？

有赞为证：

无影又无踪，卷杨花，西复东，飘蓬叶悟空。江湖常把扁舟送，推白云过岭峰，过园林乱摆花枝动。吼青松，穿帘入户，银烛影摇红。

这阵风过去，就见对面这三间楼，楼门一开，由打里面出来一位年迈的老翁，面如童子，鹤发童颜，头戴古铜色四楞巾，身穿古铜色大氅。白袜云鞋，手拿蝇拂，对广惠一指说：“好广惠，我与你远日无怨，近日无仇，你何故特来惊动我？所为何故？”就见用蝇拂一指，一股白气扑奔广惠。广惠觉著头晕眼黑，翻身栽倒就地。济公拿着酒壶哈哈一笑说：“你本是修道之人，无故蹈入红尘，还敢欺压三宝的弟子。”和尚说罢，把脑袋一拍，露出三光。那仙家本是修道，在楼上住着，有几千年的道行。只因郑雄的家人常不洁净，冲撞了他，他才在楼上闹。今天见济公露出三光，那仙家是修道的，知道济公的来历他不敢过来，恐被济公的三光一照着，就得照去五百年的道行。人有人言，兽有兽语，这位狐仙既能变人，道法就深远，赶紧说：“圣僧不要动怒，这到不怨我，只因郑雄的家人冲撞了小狐，他等不知自爱，我叫他等知道知道。”济公说：“你急速给我快走！如不然，我要请雷劈你！”就见那仙家当时化为一阵清风竟自去了。济公这才拿出一粒药，把广惠治好。广惠臊得面红耳赤，自己告辞回三官庙去了。

济公住在郑雄家中，次日早辰起来，郑雄款待酒饭，想济公给母亲把眼治好，自己心中甚感激，要给济公换衣裳。济公说：“这番你欲谢我。”随附耳如此如此。郑雄点头答应，济公这才告辞。出了郑宅，往前行走，一直奔钱塘门而来。

来至钱塘门外，见人道旁边有一个卖狗肉的挑子。这个卖狗肉的，在玉皇阁对过大影壁底下蹲着出恭。济公睁开慧眼一看，按灵光三击掌。济公说：“真乃世景中第一孝子。我和尚要不救他，雷必取他。”想罢，和尚就问：“这狗肉挑是那位的？”连问三声，并无人答言。

书中交代，这个卖狗肉的姓董，叫董平，住家在钱塘门内，家中就是他母亲。娶妻韩氏。董平为人的性情，最好多疑，时常在他母亲跟前不孝。虽没有甚么大过，无非言语中不顺。早晨起来，他就跟他母亲辩嘴，说他母亲不知好歹。他妻子韩氏到是一位贤良妇人，常常劝他，说：“老娘这大年岁，你就不应该无事生非，惹老娘生气。”董平也就不言语，出去做买卖。这天董平在家中煮肉，烧上锅，叫韩氏看着，他出来买狗。宋时年间，准许买狗卖狗肉。董平走到一条胡同，见路北门首站着一人，有三十多岁，买卖人的打扮，说：“你买狗是卖狗肉去？”董平说：“不错。”那人说：“我本不愿意养狗，由去年来了一条野狗，轰它它也不走，晚间关门，就把狗关在院里。我夜间听狗叫，起来一看，原是有贼拨门，我把贼赶走。一想，这狗倒也有用，故此我留下养着。今年又生了一个小狗，两个狗争打架，我怕碰了孩子，我有心把它卖了，那有恩养仇杀之理，我也不要钱，你自拿了去罢。”董平一想，这是顺事，用绳子把大狗一捆，扛着，拉着小狗，谢了谢那人，拉着狗回家。到家把大狗搁在院中，进屋中拿了一把刀要杀狗，把刀搁在院中，到屋中拿盆子，出来一瞧刀没了。董平问他妻子：“你拿了刀去？”韩氏说：“没见。”董平一找，见小狗把刀衔在东边，藏在身底下，露着刀柄。董平过去一脚踢开小狗，拿刀过来要宰大狗。小狗跪过来往大狗脖子上一趴，龇着牙瞧着董平。小狗眼泪一对一对往下落。

董平大嚷一声，把刀扔在就地，往屋中就跑，唬得韩氏目瞪痴呆。不知所因何故，且看下回分解。

第十五回　狗度董平改恶为善　荤酒回庙耍笑众僧

诗曰：

　　生我之门死我户，几个惺惺几个悟。
　　夜半铁汉自思量，长生不死由人做。

话说董平要杀狗，只见小狗儿趴在大狗脖子上，直落眼泪。董平愣了半天，自己想：“狗都知道身从何处来，何况我生个人来。”自己把大狗放开说：“我也不杀你了。你母子愿意在我这里，我有食水喂养；不愿意在我这里，任凭自去。”他到屋中给他母亲跪倒说：“孩儿我自己时常在你老人家跟前无礼，罪该万死。”韩氏说：“只要你好好在老娘跟前尽孝，咱们夫妻自有好处。”董平说：“我今日把这一锅狗肉卖了，明天改行做个小本经营，这血盆子里的买卖我不做了。”

把狗肉挑前去，到了外面。每日挑出来一卖就完，今日走了十几条胡同也没开张。走在钱塘江大街玉皇阁照壁前，觉着腹中疼痛，把肉挑儿放在道上，只见从东边来了穷和尚问：“这个肉挑儿是谁的？”董平也不言语，心中说：“昨天在大街白要了我两块狗肉，今日又来问我，不答他，看他如何？”济公是见董平一脸煞气，按灵光一察，知他乃是世界上第一孝子。“我若不救，雷必取他。”

书中交代，董平怎么是第一孝子呢？按善书有云：比如这个人要做了半辈子的善事,他要做了一件恶事,那书上注写他是第一之恶人,把从前半生的善事全没了。比如那人做了半辈子的恶事,忽然自己知道不好:“我须当改,不然,我要遭报。”准能改恶迁善,赎改前非,把从前的恶事全勾了,书上注写乃为第一之善人,孀妇失节,不如老妓从良。董平虽不孝母,自己忽然知道改悔,要在他母亲跟前尽孝,乃一片至诚之心,并无半点虚假,这就算第一之孝子。

济公问肉挑是那位的,连问两声,无人答言,济公挑起肉挑就跑。董平一瞧急了,赶紧站起来系中衣迈步就追,刚往前一跑,只听后面山崩地裂一声响,原来是那影壁墙塌下半截,董平唬得目瞪痴呆,心说:“若非是和尚抢我的肉挑,被土墙砸死了,真乃好险好险!”

书中交代,和尚说雷必取他,怎么土墙砸死是雷劫呢?谚语常说:天打雷劈五雷轰。莫非天上还打五个雷么?原来是金木水火土之五雷,刀砍死谓之金雷,木棍打死谓之木雷,水淹死谓之水雷,火烧死谓之火雷,土墙压死谓之土雷。要被天雷击了,那必是罪大恶极的。

话不重叙。董平一想:“我去找找和尚,跟他要挑子,还得谢谢他。”想罢向前走。焉想济公挑着这挑子,来到热闹街上,把挑子一放,拿刀一切,狗肉切完了,和尚用手一点指,这狗肉变的好像有一斤重一块,济公喊嚷六个钱一块。那走路的人走在这里,远远就闻着这狗肉的香喷鼻。素常不吃狗肉的人,今天闻见香也要买,见肉块又大又香,甚便宜。这个三块,那个五块,那个十块八块,展眼就卖了一堆钱。肉已快完了,剩了几块,和尚不卖了。买不着狗肉的,也有悔说:“可惜这样便宜的肉,我没赶上买着。”买着狗肉的更加后悔,有一位买了四块肉,心中甚喜,心说:“这肉足够一斤一块。”走两步,他闻一闻。俗话说的不错:肉贱鼻子闻。心想到家给老娘们两块,剩两块找大哥约老弟可以喝点酒。闻了闻,走了两步,打开瞧了一瞧,这肉剩了有半斤一块。心想:“我莫非挑花眼了?我瞧着有一斤一块。”自己纳闷。又走了两步再瞧,一块剩有四两;再走几步瞧,四块肉也无四两。买肉的一想:“今天叫那和尚冤了我。”赌气回家去了。

济公这里卖一堆钱,肉也快完了。董平赶到说:“和尚,这肉挑是我的。我把话跟你说明白了,今天你要不抢我的挑子,我就被土墙砸死了,我到要谢谢你。”济公一翻眼睛说:“对,今天早晨起来,你许是没跟你妈妈辩嘴。”董平听和尚一说这话,他一愣,连忙问:“和尚,你在那庙里?”济公如此如此一说,叫董平:“你把卖的这钱拿了去作个小本经营。”董平说:“我明天改行,不做这生杀的买卖,我卖鲜果子去。”济公说:“好,你把挑子、钱都拿了去吧,我要这几块狗肉就得了。”董平谢了和尚,济公兜着狗肉,顺着西湖苏堤往前行走,信口唱起狂歌。

歌曰:

狐寝独拥,睡熟转浓,梦见登科第,圣恩优宠,官居极品,父母褒封,衣锦归故里,拜友祭祖茔。一虚忙惊醒,依然纸帐枕樵童。只听窗外寒虫叫,原来残蝉鸣古松。世人忙碌碌,都在一梦中。也梦为寒士,也梦做庄农,也梦陶朱富,也梦范丹穷,也梦文章显达,也梦商贾经营,也梦位登台鼎,也梦执掌元戎。离合与悲欢,寿夭共穷通。仔细从头看,都在一梦中。方信父母与妻子,儿孙合弟兄,俱是梦里来相共。纵然衣紫腰金,出拥花骢,也是南柯一梦中。

济公顺着西湖苏堤,口唱狂歌,过了冷泉亭,来到飞来峰灵隐寺山门外。看守山门的和尚静明、静安说:“济师父,你拿着是甚么东西?”济公说:“我带来是狗肉。你二位吃点?”静安、静明说:“不行,我二人吃素,你也不能往庙内带。咱们这处庙是长素,荤酒莫入。提笼架鸟，都不准入庙，你白骨喧天往庙中带不行，快扔了罢，你犯了戒啦！”济公说：“我不知道。身上疼痒，疥又犯了。”说着，和尚低头在身上找。静明说：“不是身上长的疥，是犯了咱们和尚清规戒律。出家和尚讲究三规五戒。”济公说：“甚么叫三规？那叫五戒？你说说。”静明说：“可惜你还是和尚，连三规五戒都不懂。咱们出家和尚，三规是佛规、僧规、法规。五戒是杀、盗、淫、妄、酒。你快把狗肉扔了罢，要到庙里，连我二人都有失察之罪。监寺要看见，你也有罪。”济公说：“你二人懂的甚么，别拦我高兴。我到庙给监寺点狗肉吃。”两个门头僧也不敢拦他，由他去了。

济公到里面，在大雄宝殿前把狗肉放下，坐在旁边，说：“有买肉的来买。”众僧人来了十几位，内中善心的和尚都说：“济师父别卖了，要叫老和尚监寺的知道，必要治你之罪。”济公说：“你不要管。”旁边就有恨济公的和尚说：“你卖罢，谁敢管你？”济公也不理论。

只见监寺广亮从那边过来说：“济颠你卖狗肉，我也不管你。就是杀两条狗，我也不管你。我竟问你，今日是到甚么时候了？自从火烧大碑楼至今日，派你化缘，我竟要问你，这一万银两工程，该当怎样呢？”济公说：“一万我可没有，我到有个九千。”广亮说：“我不合你胡闹，我带你见老和尚去。”济公说：“别忙，我火烧大碑楼之时，说话是天交正午，此时还短一个时辰，少时没有一万两银子，我再合你见老方丈去。”广亮一听说：“好，你就多待一个时辰，我看你那来的一万两白银！”

监寺广亮方要走，只见从那边进来两个门头僧，一伸手把监寺僧拉住说：“广师父，外面有一件新奇事，只因我二人在山门坐着，见从西湖大路来了有二三百位，内中有官绅富户，也有商贾人等。头前有二位员外骑马，衣帽鲜明。一位白面长髯，一位清奇古怪，都带着有二三十个家人，到了山门外，把我二人唤过去，问：‘此庙可是灵隐寺？’我等答应是。那二位员外问：“活佛可在庙内？’我等说：‘我们这庙内没有活佛。’那二位员外又问：‘罗汉可在庙内？’我等说：‘庙内罗汉堂有五百零八尊金身罗汉，不知你二位给那位烧香？’那二位员外说：‘不是找泥像，是找活佛罗汉。’我二人说：‘没有。’那二位员外说：‘善缘不巧，我等往别处施舍去罢。’我等说：‘员外别走，这活佛到是叫甚么名字？’那二位说：‘若说活佛的名字，得损阳寿十年。’我二人说：‘员外你说活佛的名字，我二人替你损寿。’那二人先叩头后说：‘我二人损了三十年阳寿，你看如此如何？’”监寺说：“活佛是那位呀？你二人说话不明白。”静明说：“不行，我二人不能说了。算命排八字，都说我活五十三岁，今年我二十二岁了，方才损了三十年，敢早敢晚，明年必死，再说了没的往外找。”监寺的说：“不要紧，你二人说罢，我替你二人损阳寿十年。”

那静明和尚不慌不忙，说出活佛的名字。要知后事如何，且看下回分解。

第十六回　济公庙内卖狗肉　绅民灵隐访圣僧

诗曰：

万缘脱去心无事，唯有空来性坦然。
几度夜窗虚吐日，月和流水到门前。

话说监寺广亮听静明之言，他要问问活佛是谁。静明说：“我要一说，可是你损寿十年。咱们这庙道济。你损寿十年。”监寺一听：“哎呀！道济呀？”静明说：“得，二十年。”监寺说：“那个道济公要紧那。”静明说：“你也三十年。“广亮说：“你俩别闹了。每日他在庙里也不卖狗肉。今日有人凑巧来访他，这如何是好？哦，有了。”

几个和尚披偏衫打法器，到了山门。那些人一看，内中没有济公，二位员外先恼了，说：“众位，尔等来看，这些僧人都是妖言惑众，装模做样。此处善缘不巧，你我往别处施舍去罢。”广亮连忙说：“众位跟我去见活佛来。”

二位员外带着众人到山门内，只见济公在大雄宝殿前闭目而坐，口中还说：“狗肉六文钱一块。”那两位员外一看，这才说：“尔等大家来看，这才是活佛罗汉的气象，你我大家上前磕头。”监寺的广亮一听，把嘴都气歪了，心中大大的不悦，心说：“我等大家披偏衫，打着法器迎接他们，他说我们妖言惑众，装模做样。道济这里卖狗肉，他们到说是活佛罗汉。”就见众人跪倒，给济公磕头，济公扬扬不理。广亮恐怕施主不悦，连忙过去说道：“济公太不知事务，众位施主来拜访，你怎么不应酬？”济公尚未答言，这两位员外先恼了，站起来说：“你这和尚太无礼，汝敢呵喝活佛！”唬得监寺广亮往后倒退，不敢答言。

济公不慌不忙，睁开二目说：“众位施主来此何干？”就听那穿白的员外说：“弟子久仰圣僧大名，特意前来拜访问禅。”和尚说：“你馋了，吃一块狗肉罢。”那员外摇头说：“我不吃。”那边穿蓝的员外说：“弟子我也是久闻圣僧大名，特意前来请问禅机。”济公说：“饥者饿也。饿了吃一块狗肉。”那员外说：“我二人原本是来问禅机妙理，并非是馋饥，乃是音同字不同。”济公道：“这二人原来问馋饥二字，我和尚可知道。”那二位员外说：“只要师父说对了，我二人情愿修盖大碑楼；如说不对，善缘不巧，我二人往别的庙施舍去。”

济公说道：“你二人听着。山里有水，水里有鱼，三七共凑二十一。人有脸，树有皮，萝卜快了不洗泥。人要往东，他偏要向西，不吃干粮尽吃米。这个名字叫馋鸡。”二位员外一听，连忙摇头说：“我二人问的是佛门的奥妙，参禅之禅，天机之机，师父说的这个一概不对。”和尚说：“这二人好大口气，也敢说佛门奥妙禅机。好好好，我和尚要说对了怎么样？”那二位员外说：“要说对了，我二人助银两修盖大碑楼。”和尚说：“你二人听来。”和尚便说道：“须知参禅皆非禅，若问天机那有机；机主空虚禅主净，净空空净是禅机。”

二位员外一听，鼓掌大笑说：“罗汉爷的佛法，顿开弟子茅塞。来，监寺的看缘簿伺候。”广亮赶紧拿过缘簿，文房四宝。那穿白员外让道：“贤弟先写。”那员外说：“大水漫不过船桅去，还是兄长先写。”俗语说水大漫不过桥去，这话不对。水要一大，把桥就冲了。水大漫不过船桅，是水长船高。那穿白的员外拿过笔来，又让后面这三百多人：“众位写缘簿。”众人说：“水大漫不过鸭子去，还是员外爷先写。”众人哈哈大笑。水长鸭子浮，这话更对。那员外拿笔写上，头一笔是“无名氏施银一万两。”穿蓝的员外拿过缘簿一看，心说：“我等都是来助济公一臂之力，他既写一万，我也不能写九千。”赶紧写上“无名氏助银一万两。”剩下众人也有写三十两的，也有写五十两的。写银就给银子，写钱立刻就给钱。这些人原本是临安城的绅董富户，都是济公平素早化下的，今天特来捧场。写完了，那穿白的员外到里面坐了坐，便告诉说：“我城里关外有十六座大木厂，把大木头也舍施在灵隐寺庙内修盖大碑楼使用罢，盖完为止，不拘多少。”众人说完了话，大家告辞而去。

济公这才问道：“师兄，这银两够修大碑楼的不够？”监寺的广亮一看说：“富足有余。”济公说：“你就叫人动工修罢，我到我的施主家住几天去。”说完了话，济公兜起一兜狗肉，出离了灵隐寺竟自去了。

监寺的广亮找瓦木作，择黄道吉日开工动土，兴夯定磉，立柱上梁。过了些日子，砖瓦俱已齐备，抹缝灌浆，一切修理好了，就剩油漆彩画。焉想到好事多磨，这一天有人进来禀报：“现有秦相府四位管家，带着四位三爷，在山门外下马。”监寺的广亮一听，赶紧往外迎接。

书中交代，这几位管家无事不来。只因秦相府的花园，有五五二十五间阁天楼，前者被火烧了，打算要重修此楼，叫管家到大木厂买大木料。十几家木厂里都说东家把木料施舍在灵隐寺，修盖大碑楼。管家一回秦相，秦丞相说：“灵隐寺一座大碑楼，能使多少大木？派秦安、秦顺、秦志、秦明四个人去到灵隐寺，就提我暂借些大木修楼，转年等皇木来了，我必如数奉还。”四个人答应，转身刚要走。秦相说：“回来，你等到灵隐寺去，和尚借是人情，不借是本分，赶紧回来，千万不可倚着人情势利，欺压和尚。”

四位管家答应出来，到了门房，秦顺就说：“这个苦差使派上咱们，一文钱的找项都没有，当这个黑差事。”秦安说：“兄弟，你好糊涂。这件事咱们四个人每人有二千银子进项。”秦顺说：“大哥你穷疯了，跟和尚借大木，他借了，咱们给相爷派人取来；他不借，咱们回复相爷，那来的进项？”秦安说：“兄弟你不行。吃这碗饭，你差得多。这到那里去跟和尚借大木，和尚焉能不借。到那去不提说借，就说相爷有谕，拆他的大碑楼盖阁天楼。和尚必不叫拆，必托人见咱们，就得给咱们三千五千两的。然后再跟和尚借大木。和尚借了，咱们就回相爷，说和尚卖给相爷，相爷再给几千，咱们四个人一分，这不是两头剩钱？”秦顺一听，说：“还是兄长高明。”吩咐外面备马，带着十余个从人，二十多匹马，出了秦和坊，一直奔至钱塘门外，来到飞来峰灵隐寺山门下马。门头僧一看是秦相府的管家大人，赶紧过去行礼，往里回话。

广亮出来迎接，让四位管家来到里面禅堂，吩咐小沙弥献上茶来。广亮说：“众位管家大人，今天是游山还是逛庙？”秦安说：“并非来游山逛庙，奉我家相爷堂谕，叫你们把大碑楼拆了，修盖相府花园子阁天楼。”监寺的广亮一听，口念南无阿弥陀佛，说：“这大碑楼工程浩大，独力难成，多少贵官长者，善男信女，喜助资财，共成善举，好容易修盖起来，尚未工竣，今要再一拆，不知何年何月再能重修，望求众位大人在相爷跟前给美言几句罢。”秦安尚未答言，秦顺说：“相爷堂谕，不亚如圣旨，那个敢违背？”这不会说话的人，一句话关了门。秦安瞪了他一眼，心想：“应该说：我给你回上相爷，若是相爷答应，你也别欢喜；相爷不答应，你也别烦恼。等着有人来给了钱，就算相爷答应；不给钱，就说相爷不答应。”他这一句话说出来关了门，秦安也不好再改说。监寺的广亮一听这话。说：“众位大人既是要拆，我得回上老和尚。”秦顺说：“你回老和尚也要拆，不回也拆。”

广亮赶紧来到后面禅堂，一见老和尚元空长老，广亮说：“回禀老和尚，这有秦相府的四位管家大人来到咱庙，说相爷有谕，要拆大碑楼修盖相府阁天楼。我不敢自专，特来回报老和尚。”老方丈一闻此言，口念南无阿弥陀佛，说：“广亮，老僧已然上了年纪，这大碑楼乃是道济化的，你与他商议去吧。”广亮说：“道济自从修楼动土那天出去，至今未回来。”老和尚说：“你出去到山门，看道济这就回来。”广亮听老方丈之言，赶紧来到外面山门一看，见四位管家派了众位三爷，在那里传相爷堂谕说：“众工匠人等听真，相爷有谕，拆大碑楼修盖相府阁天楼，那个敢说不拆，立即送交钱塘县治罪！”瓦作、木作、油漆、土匠工人等，那个敢违了秦相爷的堂谕？立时铣镐乱动，尘土飞腾，眨眼之际，把一座大碑楼拆得冰消瓦解。监寺的瞧着，心中甚是难过，自己又一回想："还幸亏疯和尚没在庙里，他要在庙里，必要惹出大祸。"

正在思想，只见疯和尚一溜歪斜，脚步踉狂，济公佛驾赶到，直奔山门而来，要怒打四位管家大人。不知后事如何，且看下回分解。

第十七回　假相谕拆毁大碑楼　显神通怒打恶都管

诗曰：

山中不见换鹅经，凉国空存病鹤名

真迹亦随龙化去，至今犹是说兰亭

话说监寺广亮正在这里慨叹，见济公由西湖苏堤冉冉而来。书中只表济公自那日由灵隐寺出去，在苏北山、赵文会两家住了这些日子，今天正在苏北山房与苏员外下棋，忽然济公打了一个冷战。济公按灵光连击三掌，早已占算明白，说："苏北山，我可不能在你这里，我要走。秦丞相派人拆我庙里大碑楼，我要斗斗这个秦丞相！"苏北山说："圣僧不可，他乃是当朝宰相，位显爵尊，师父一个出家人，焉能惹得起他？"济公也不理论，站起来就走。苏员外赶紧送出来，见济公已走远了。

和尚一直够奔至钱塘关外，顺着苏堤一边往前走，一边口中唱歌，说道是：

人生百岁古来少，先出少年后出老。中间光景不多时，又有闲愁与烦恼。世上财多用不尽，朝内官多做不了。官大财多能几时？惹得自己白头早。月过中秋月不明，花到三秋花不好。花前月下能几时？不如且罢金樽倒，荒郊高低多少坟，一年一度埋青草。

和尚唱着歌来到山门，广亮一瞧说："师弟，你回来了，可了不得了，咱们庙中现有塌天大祸！"济公一听，明知故问说："师兄，甚么塌天大祸？不要紧，都有我济颠呢。这个可不能容他。你打算我净会欺负本庙的和尚呢？"广亮说："师弟，这你可惹不起。是秦丞相派四位管家大人，来拆咱们庙里大碑楼，修盖相府阁天楼。"济公说："呵，他是当朝宰相，传堂谕要拆大碑楼就得拆？过两天京营殿帅来传谕，拆大雄宝殿，也得叫他拆？再过两天，临安府来个信，要拆东西配殿，也得叫他拆？再过两天，钱塘县、仁和县来个信，要拆藏经楼，也得叫他拆？这还了得！这大碑楼是我化的，我不能叫拆！"监寺的广亮一听这话，心中一动，素常他本来跟济公不对，今天趁机会要暗害济公，广亮这才说："师弟，你既敢挡不叫拆，四位管家大人现在里面禅堂坐着，你去找去。可怕你找出乱来，你接不住。"济公微微一阵冷笑说："师兄不要你管。"说罢往里就走，直奔禅堂。

这院是三合房。院中站着十几位三爷，四位管家在北上房屋中正然吃茶。见外面进来了一个穷和尚，衣服破烂不堪，三爷赶紧拦住问道："甚么人？"济公说："是我。"三爷说："你是谁？现在众位大人在此谈话，你一个穷和尚来此何干？你是那庙的？"济公说："我是姑子庵的。"这个三爷一听说："你这不像话，你是和尚，怎么在姑子庵，男女混杂？"济公说："你不知道，那姑子庵老姑子死了，小姑子跟人家跑了，我在那庙里看庙。听说众位大人来要大木，我们那庙里房柁房梁堆积如山，真大真粗，比如把房柁放躺下，这边蹲一个人，那边蹲一个人，这边的人都瞧不见那边人。”众三爷一听说：“好大的房柁。”和尚说：“我们那庙的房梁放躺下，这边蹲一个人，那边蹲一个人，这边人瞧不见那边的人。”众三爷一听说：“好大的梁。”和尚道：“我们那庙的房椽子要放躺下，这边蹲一个人，那边蹲一个人，这边人也不得见那边的人。”众三爷一听这话，都乐了，说：“和尚，你打算怎样子呢？是要卖呀？是要送给我们大人呢？”和尚说：“我到不卖给大人，叫大人赏给我点钱，我换条裤子就得了。”

里面秦安听得明明白白，一想这是便宜事，赶紧吩咐叫和尚进来。三爷说：“和尚，我们大人叫你。你见了我们大人规矩着点，别那么猴头狗脑的。”和尚也不答言，迈步掀帘拢进去。

秦安、秦顺、秦志、秦明四个人一看，是个穷苦的和尚。秦安问道：“和尚，你庙有大木？”济公一翻二目，说：“你们四位是那来的？”四个人说：“我们是秦丞相府派来。大人堂谕拆大碑楼，修盖相府花园阁天楼。”济公说：“你们四位是奉你们家里大人的堂谕，来拆大碑楼？”四个人说：“我们家里那有大人？”济公说：“你们家连大人都没有，怨得你们这么不知事务，你们回去告诉你们大人说，就提我和尚说的：他官在首相，位列三台，调和鼎鼐三公位，燮理阴阳一大臣，理应该行善积福做德，无故拆毁佛地，你回去告诉他，就提我老人家说的不准！”

这几位管家，那里听他这些话，盖不由己，怒从心上起，气向胆边生。秦安说：“好一个无知的和尚，我先打你！”抡起一掌，照定济公就打。济公往旁一闪说：“好！你要打？咱们俩外边来。”秦安站起身到外面，跟定和尚，吩咐家人：“给我打和尚！”这些三爷往上一围，个个挥拳就打，按倒和尚，拳打脚踢，只打的哼咳不止，只嚷道：“别打！是我。”那些三爷说：“打的是你。你就不应该跑到我们这里来送死，你真是太岁头上动土。”正打着呢，只听那边秦顺出来说：“别打，我听见声音不对，瞧瞧再打。了不得啦！和尚在东边站着呢！”众家人一看，果然和尚站在那边直笑，再低头一看，打的这个正是大都管秦安，浑身是伤。这些家人过来：“管家，怎么把你老人家打了？”秦安说：“你们是公报私仇，叫你们打和尚，你们把我打了。我说是我，你们还说打的是我。好，好，好！”秦志、秦明二人走出来一看，秦安被打的伤痕甚重。说：“好，这定是和尚妖术邪法，大家替我去打他！”众三爷一听，个个怒目横眉，齐奔和尚而来。济公说：“好，善哉善哉。人善有人欺，马善有人骑。”口中念六字真言：“唵嘛呢叭𠺗吽，唵敕令赫。”那些三爷都打了个冷噤，彼此都有气，张升看着李禄说：“我瞧见你就有气，早就想要打你一个狗头。”本禄说：“好，咱们二人分个上下。”那边也是这样，甲合乙抓在一处，子合丑二人要一死相争，十八个家人打了九对。秦明一看秦志，说：“秦志，你的外号叫秦椒，我知道你定然是难斗，非打你不可。”挥拳打在一处。秦顺一看秦安浑身是伤，说：“告诉你秦安，我一瞧你就有气，你叫大众打了个鼻青脸肿，你要合我生气。”过去就是一个嘴巴，二人也打在一处。济公站在一处，竟支嘴笑说：“好，你怎么竟叫人家打。”那家人说：“我不是他的对手。”和尚说：“我帮个忙儿，你打他几下，把这人给反上来。”和尚看着他等打，有一个人一歪嘴，把那人耳朵咬下来，那人也真急了，一回头把那人鼻子咬下来。

众人正自乱打，监寺的过来一看，说：“道济，你这个乱子惹的可不小！你把那秦相爷的管家大人打的这样狼狈不堪，这还了得吗！你还不把咒语撤了吗！”济公说：“师兄，要不是你说情，我定然把这一伙坑人贼生生打死。今日饶了他罢。你们别打了！”只这一句话，果然众人都明白过来，彼此埋怨。那个家人说：“连升兄，你我二人知己之交，你因何打的我好苦？”连升说：“我那里知道？你看看我的耳朵，也叫你给咬了去啦。”那人说：“别说了，我的鼻子不是你嘴里吐出来的？”

众三爷都埋怨秦安无事生非。

秦安问监寺的说：“那个疯和尚他是那个庙里的？别放走了他。少时要没有疯僧，我合你要人。”吩咐三爷带马，出了灵隐寺，一路之上鞭上催马还嫌慢，进了钱塘门到相府方下马。只见从里面出来一位同事，一见众人说：“你等怎么这样回来？”秦安把上项之事，由头至尾说了一番。那人说：“见上相爷，别照实话说，求相爷作主，拿这一伙凶僧。”

秦安到书房，秦相自在看书，一抬头说：“你四个人到灵隐寺借大木，为何这样回来？”秦安说：“奴才奉大人之谕，到西湖灵隐寺借大木。那庙中和尚都肯借给大人，唯有一个疯和尚不但不借，反行殴辱，求相爷作主。”秦相一听，说：“灵隐寺又出疯僧了？胆敢打我的家人，真是可恼！”立刻用朱笔一标传牌，到京营帅府，调两员将五百兵，府县衙各带官兵围困灵隐寺，锁拿济公。要知后来之事如何，且看下回分解。

第十八回　兵围灵隐锁拿疯僧　戏耍班头醉入相府

诗曰：

远烟漠漠雨霏霏，画到无声识者稀。

千里江山看不厌，令人常羡谢玄晖。

话说秦相一听秦安等回话，勃然大怒，传谕发传牌，知会京营殿帅，府县衙门，兵围灵隐寺，锁拿疯僧。这道传牌一出，京营帅即派两员将五百官兵，临安府派八位班头，钱塘县派了八位班头，仁和县派八位班头，各带散役，来至灵隐寺，把庙一围。

众班头进庙一问老方丈：“疯和尚那去了？”老方丈说：“不知道。”众班头一抖铁链，把老和尚元空长老锁上说：“你这庙里胆子真不小，胆敢打秦相爷的管家大人。”侍者过来一讲情，不叫锁老和尚，班头把侍者锁上；知客过来庇护侍者，把知客锁上。连监寺的共合锁了五个和尚，带着来到秦相府，往里一回禀。秦相立刻升坐花厅，外面有七十几个家将在两旁伺候。当差人等上来回禀：“现把灵隐寺方丈带到。”秦相吩咐：“把僧人带上来。”两旁传话：“相爷有谕，把僧人带上来！”当差的把五个和尚带到堂上，老方丈坐在那里，这几个和尚都跪下。相爷在里面隔着帘子瞧的真，众僧人往里看不见。相爷在里面问道：“这几个和尚那一个是疯僧？通上名来。”下面僧人俱各答话。老方丈说：“我叫元空。我是那庙方丈。”那个说：“我是那庙监寺的广亮。”那个说：“我是那庙的知客德辉。”那个说：“我是那庙侍者宗瑞。”那个说：“我是那庙斋头惠陵。”秦相一听，说：“你们这里头没有疯僧？我派人去锁拿疯僧，他竟敢把我管家打了。”广亮说：“回禀大人，我们庙里疯和尚济颠，本是老方丈的徒弟。众位管家去，他施展妖术邪法，把管家大人打了。我等拦不了，求大人格外开恩，与我等无干。”秦相在里面一听，吩咐手下家人，传谕各府县头役拿疯僧。

钱塘县几个班头在庙里找到拆大碑楼的那里，见疯僧指上掇上，瞧拆大碑楼。这些瓦木匠土工，听说有秦相府堂谕拆大碑楼修盖阁天楼，谁敢违背。内中就有好人，一想：“和尚庙里不容易，不定费多大事化的缘修盖这座楼，一旦之间就拆了，作孽不小。我别作孽,我用铁铣把掇瓦拢,反正也挣二百钱,不犯上作这孽事。”正在这里思想,济公在旁边用手一指,这人从楼上一滑,掉下来,七八丈高落在地上。下脚实地,并未摔着。自己一想:“好险,我幸亏没拆楼,我要拆楼,准得摔死,必是有点说处。”自己站起来溜了。就有真拆的,自己想得开:“拆完了修秦相府的楼,做两个月的活,修完了秦相府楼,这庙还得动工,又做两个月工,半年的活工有了。”正在那里拆卸,济公用手一指,这人由上面摔下来,正坐在一块三尖石头上,把粪门剟破了,这小子爬着家去歇了半年的工。

济公施佛法正在报应这些瓦木匠土工人等,过来几个班头,哗啦一抖铁链,把济公锁套脖颈,说:“好和尚,你惹的这个乱多大,你还在此指上掇上瞧热闹呢!”和尚抬头一看,是八位班头:赵大、王二、张三、李四、孙五、刘六、耿七、马八,拉着和尚就走。和尚说:“我惹这个乱有多大?”赵头说:“难比给你瞧,到相府去,你就知道了。有你个乐。”和尚说:“这么叫我走,我不走。”赵头说:“你还叫我费事?”和尚往就地上一坐,口念:“唵嘛呢叭谜吽,唵敕令赫。”赵头用力拉也拉不动,叫王头过来帮忙。王二使尽平生力也拉不动。王二说:“你们几位别瞧着,大家拉他。”张三、李四、孙五、刘六、耿七、马八齐过来用力拉,和尚如同泰山一般。众人说:“这真可怪!”

只听背后有人哈哈一笑。赵头回头一看,是仁和县的两位班头。一位姓田叫田来报,一位姓万叫万恒山。这两个人在仁和县当差,那任官都是红差事,人也精明强干,跟赵头众人还是连盟的兄弟,见赵头众人拉和尚不动,不由的一阵狂笑说:“你们众位就会吃饭,没事坐在班房胡吹乱唠,今天有了事,你们全没有主意了。”赵头一听说:“你们二位先别说现成话,你们二位要把和尚拉起来,算你们有能为。”田来报说:“我要拉不起和尚来,我把田字倒过来。”万恒山说:“我要拉不起和尚来,我不在六扇门混饭吃。你们躲开!”

赵头众人躲开,见田、万二位用手按上缨翎帽,整整衣衫,紧上皮带,蹬上靴子,往来紧走走几步,冲着和尚双膝跪倒说:“圣僧,我等跟你老人家无冤无仇,皆因是你老人家惹了秦丞相,秦相派我们老爷带着我等来请你老人家。圣僧既敢惹他,就敢见他。你要不去,秦相一恼,参我们老爷,我们老爷得担处分,必要出革条责革我们众人,我们把差事一丢,一家大小挨了饿,求你老人家大发慈悲罢。”和尚一阵冷笑说:“要照你二人这样说来,我和尚早就去了。贵姓呀?田头。”田头一听也乐了,说:“你知道我姓田,还问我贵姓。”和尚说:“你名字不是叫来报?”田头说:“我叫来报。”和尚又说:“万头,贵姓?”万恒山道:“师父不要怄人,慈悲慈悲,跟着他们去罢。”和尚说:“走就走。”田来报这才说:“赵头,这个差事得对付着点,我给央求好了,你们带着走罢。”赵头过来,这才拉着和尚出了灵隐寺。

往前走了有二里地,这西湖苏堤一带,净是酒铺。和尚走在一个酒铺门首,往就地一坐不走了。赵头说:“师父,怎么不走了?要歇歇么?”和尚说:“我到不是要歇着。我且问你一句话,你们当差讲究靠山吃山,靠水吃水,指皇树,穿皇陵,无多有少,无大有小,得有朋友见过我和尚。你把我带到相府,算你们能办案,当好差事,可得在我和尚身上花点钱。不然,我不能太太平平跟着你们去。”

赵头一听,心说好:“我当了这些年的差事,头一回遇见打官司的跟原差要钱。”赵头说:“师父,你一个出家人,要钱做甚么?”和尚说:“我得喝酒,犯了酒瘾走不了。”赵头说:“喝酒行。师父喝多少喝吧。”和尚要了二十壶酒,酒铺给拿过来,和尚一仰脖就是一壶。一边喝着酒,和尚说道:“酒要少吃性不狂,戒花全身保命长。财能义取天加护,忍气兴家无祸殃。”

展眼和尚把酒喝完，赵头一掏钱，整整剩了二十壶酒钱，一个不多，一个不少。赵头说："师父，你再多喝一壶，我的钱不够。少了一壶，我剩下钱。"和尚说："赵头，你早晨起来，是你女人给你装的钱不是？"赵头说："是。"和尚说："那是我和尚昨晚上给她的。"赵头说："师父别玩笑，快走罢。"拉着和尚往前走了有二里地。和尚说："赵头，你换个人拉着我罢。"赵头说："做甚么？"和尚说："你没了钱啦，换个人罢。"赵头叫王头拉着。王头接过来说："师父，走呀！"和尚说："不走。你知道赵头因为甚么不拉着我？"王头说："不知道。"济公说："他拉着我和尚，得给我钱花。"王头说："师父要钱做甚么？"和尚说："喝酒。"王头说："师父喝罢。"和尚说："给我来十壶酒罢。"王头说："对，我就带着四百钱，整够，多了我也没有。"济公把十壶酒喝了。

王头拉着和尚往前走有二里地。和尚说："王头，你也该换人拉着。"王头说："师父你不讲理。赵头拉着出了灵隐寺有二里才喝酒，喝完了又走二里，共四里才换我。我接过来半步未走就喝酒，方才走了二里，怎么就换人！"和尚说："赵头是二十壶酒，你是十壶酒。"王头说："我也不跟你争论，张头你来拉着。"张头说："师父，你要喝酒只管喝，这里醉仙楼酒铺我有帐，你尽量喝罢。"和尚说："给我来三十壶酒罢。"张三一听，暗暗一伸舌头说："师父，你老人家一天喝多少酒？"和尚说："我喝不多，早晨起来喝二斤，吃早饭喝二斤，吃晚饭喝二斤，一到起更天，我就不喝了。"张三说："你就睡觉了。"和尚说："我跳在酒缸里泡着去。除非是泡着，不过瘾。"张头这三十壶酒也喝了。

书要简短。那八位班头都喝到了，来至秦相府的门首，仍然翻回赵头拉着。和尚喝的酩酊大醉，府门口当差人直催说："你们这差事怎么当的？相爷叫带疯僧，你们必得等相爷怪下来才带呀？"赵头说："来了，来了！"带领济公进秦相府。和尚抬头一看，只见相府里好生威严。怎见得？

有诗为证：

阁设麒麟玉做琛，堂前窟窍翠屏门。
门洞高宽人宝辇，琅琊深厂藏雅琴。
锦绣丛中古玩润，珠玑堆里词赋分。
除却万年天子贵，就让当朝宰相尊。

和尚看罢，赵头带着往里够奔。罗汉爷施佛法大展神通，要戏耍秦相。不知后来之事毕竟如何，且看下回分解。

第十九回　秦相梦中见鬼神　济公夜内施佛法

诗曰：

着意求真真转远，痴心断妄妄犹多。
道人一种平怀处，月明青山影在波。

话说济颠来到相府，有听差人等往里回话，秦相吩咐："把疯僧带进来。"左右一声答应，还是赵头拉着济公来到里面。一看，老和尚、监寺、侍者都在这里，两廊下站着七十二个家人。济公来到，立而不跪。秦相在里面往外一看，原来是一穷僧。在上面一拍桌案说："好一胆大疯僧！我派我家人到庙里借大木，借是人情，不借是本分，胆敢施展妖术邪法，打了我的管家。从实讲来！”

和尚就应该照实说来，怎么要拆大碑楼，我不叫拆，怎么打起来的。济公并不说这个话，和尚说：“大人，你还问我。你官居首相，位列三台，理应该行善积福作德，今无故拆毁佛地，我和尚越说越有气，来呀！把大人拉下来，给我打四十板子再问！”秦丞相在上面一闻此言，勃然大怒，说：“好大胆的疯僧，竟敢毁谤大臣。来！左右将疯僧拉下去，给我重责四十竹棍！”

原来这竹棍是秦相府的家法，最厉害无比。在竹子当中灌上水银，无论多坚壮的人，四十竹棍能打得皮开肉烂。今天要用竹棍打疯僧。济公听说要打，一转身蹲在老和尚监寺的五个和尚当中，过来三个家人，伸手揪着济公按倒就地说：“好，和尚，你藏在这里就算完了？”一个按着肩头，一个按着腿。和尚头东脚西，掌刑这里拿着竹棍在南边请相爷验刑，抡起竹棍打了四十棍，和尚并不言语。

三个人打完了，往旁边一闪，秦相在里面一看，说：“你们这一干狗头！我叫你们打疯僧，为何把监寺的打了？”三个人一瞧，暗想奇怪，方才明明揪的是济颠，怎么会变了监寺的广亮？广亮这才说出话来：“哎呀，打死我了！”方才干张嘴嚷不出来，四十棍打了个皮开肉烂，鲜血淋漓。秦相吩咐：“再换一班掌刑的来，给我重打疯僧四十竹棍！好疯僧，我要不打你，誓不为人！”又过来三个掌刑人，一揪济颠说：“和尚，这可不能揪错了，该你了。”济公说：“该我，我就去。”三个人说：“和尚，这还等我们费事吗，你躺下罢。”济公说：“你铺上被褥了吗？”家人说：“你别不知道甚么了，这就要打你，还铺被褥。”用手将济颠揪倒，一个骑着肩头，两手揪着两个耳朵，一个骑着腿，这个把三片中衣一撩，拿起竹棍。秦相吩咐：“打！打！打！”掌刑的用力把竹棍往下一落，离济颠的腿还有一尺，不由的竹棍拐了弯，正打在骑肩头那人的腰上，扑咚一下，把骑肩头的那人打出三四步远去。那人拿手按着腰，哎呦哎呦直嚷：“打死我了！好，好呀，你早间跟我借二百钱，我没借，你官报私仇！”秦相大怒，叫下去吩咐：“再换掌刑人来，给我重打疯僧八十棍！我不打你这疯僧，我誓不为官！”济颠则说：“我要叫你打了，我誓不当和尚。”又过来三个人。这个说：“可是我骑肩头，秦升按腿，你掌刑。你可别拿竹棍满处混打。”掌刑家人答应，对准了和尚的腿，棍刚往下一落，就拐了弯，扒叉一下，正打在骑腿的那人背脊上，打的那人往前一栽。

里面秦相一看就明白了，头一回错打监寺的，二回打了骑肩头的，这回又打了骑腿的，这必是和尚妖术邪法。吩咐家人把堂帘撤去，自己打算拿当朝宰相之威，可以辟住他这邪术。家人撤去帘栊，秦相迈步出来。这个时节，济公在地下趴着，翻二目一看，秦相好生威严。怎见得？有赞为证。但只见：

> 头戴乌纱帽，方儿高，长展翅，摧遥遥，翅起玲珑攒细巧，当朝一品一顶丞相貂。身上罩，蟒翻身，龙探爪，攒五云把海水闹，寿山永固一件紫罗袍。腰中系，锦恒腰，攒八宝，白翡壁，吐光毫，富贵高升玉带一条。足下蹬，墨尼皎，时样好，细纂白底把毡包，寿山永固一双方头皂。看相貌，真不好，甚难瞧，五官丑恶相貌，奔楼头，下巴梢，瓯口眼双睛暴。怒冲上一端白玉带，喘吁吁乱抖紫罗袍，急尖尖汗流满面把乌纱摇，恶狠狠连跺朝靴才把圣僧瞧。

秦丞相那一番急怒相貌，令人可怕，吩咐家人：“给我打！打！打！”众家人那敢怠慢，这个抄起竹棍，恶狠狠过来要打和尚，一举竹棍往下一落，用力大些，一甩棍出了手，棍奔秦丞相打去。那家人唬得亡魂皆冒！秦丞相见此光景，气往上撞，弯腰捡起棍来，要亲自打和尚，猛然听内宅鐁响，秦丞相大吃一惊。

原本秦相治家有道，内宅没有男子，就是婆子丫环三尺的童子，非呼唤不能入内宅,有要紧事才能打鐁。今天听见鐁响,秦相正在一愣,由宅内跑出一个婆子说:"大人可了不得了!大人的卧室失了火!"秦丞相一听,知道是和尚的妖术邪法。连忙吩咐家人二十名:"把和尚锁到空房,三更我要审问和尚。"用手指着济公,秦相说:"疯僧,你就把相府烧个片瓦无存,我也要把你解到有司衙门,打你八十竹棍,方出我胸中之气。"说罢,吩咐秦升:"带二十家人看守和尚,我到内宅去看。"带着几十名家将到了内宅。见夫人站在院中,唬得战战兢兢,婆子丫环那里忙乱救火。大人问:"从那里引的火?"仆妇说:"是由坛香炉内引出星星之火,把窗棱之上碧纱引着。"秦相立派家丁人等,大家去把火救灭,自己把香炉拿起来就摔在地上,众仆妇连忙收拾起来。看了看香炉并未损坏,乃是生金铸的。谚云:金盆虽破值钱宝,分两不曾短半分。

秦相见火已灭,到了房内。夫人问:"大人所因何事,这样大怒?"秦相就把疯僧妖术打家人,兵围灵隐寺,把庙中和尚锁来,"我正要责打疯僧,不想一连三次,都被他邪术躲过去。我方要自己打他,后宅火起,我亦然把众僧锁押空房之内,三更天我定要责打疯僧。"夫人一听说:"大人何必向那些无知之人较量。"正说之际,家中仆妇回话:"晚饭已得,请示相爷在那里用?"秦相说:"就在这里用罢。"丫环摆上杯箸,秦相满心怒气,吃不下去,略吃几杯,就撤下去了。在屋中看书,点上灯光,秦相看了几遍,看不下去,伏几而卧,曲躬而枕之。方一迷离之际,似乎要睡,累以昏沉之际,只听:

> 一阵阵冷气吹人,一声声山林失色,咕噜噜声如牛吼,哗啦啦进来一个,的溜溜就地乱转,原来是地府魂魄。像貌狰狞似怪魔,秦丞相一看要躲。

说话丞相一看,从外面进来是一个大鬼,身高八尺,面似黑烟,头戴青缎六瓣壮士帽,身穿青布小袄,腰扣青纱包,大红袖子中衣,足下青缎快靴,环眉大眼,手擎三股烈烟托天叉。后边又跟进来一个,身高八尺,帽子够二尺,浑身皆白,面皮微紫,紫中透黑,手拿着哭丧棒,冲定秦丞相一站。后边又进来一个,头戴如意巾,两个朝天如意翅,身穿绿缎子袍,足下官靴,面皮微白,四方脸,手中拿一支笔,一本帐。后边又进来一个,头上蓝缎子软帕包巾,绣团花分五彩,青缎软靠,青布快靴,面皮微紫,重眉阔目,手拉铁链,锁定一人。项带大锁,手上有铐,脚下有镣。一脸枯槁,发髻蓬松,一团胡须如乱草一般。秦相一看,正是他爹老太师秦桧,回煞归家。后面跟定一个小鬼,头上绢帕罩头,面似青泥,两道朱砂眉,一双金睛叠暴,身似刷漆,腰系虎皮战裙,手擎巨齿钉钉,狼牙棒,紧跟后面。秦相说:"老爹爹,孩儿我打算你老人家早升了天堂,谁想到还在地府阴曹,受这般苦楚。你老人家先回去,孩儿我明天请高道高僧,超度你老人家早早升天。"秦桧说:"儿呀,为父在阳世三间,久站督堂,闭塞贤路,在风波亭害死岳家父子,上干天怒,下招人怨,现在把我打在小地狱,受尽百般苦处。今奉阎罗天子之命,回煞归家,劝解于你,你身为宰相,就应该行善积福做德,你不但不行善,你反要拆毁佛地,罪孽深重。应为你拆毁灵隐寺大碑楼,锁拿和尚,要听我良言相劝,赶紧把僧人放回去,大碑楼重修。"正说在这里,就见那拿叉的大鬼说:"众家兄弟,拉着走!"哗啦啦一抖阴阳叉盘,拉着秦桧就走。秦相说:"爹爹慢走,孩儿还有话告禀。"众鬼卒不容分说,拉着就走。

秦相忙上前用手一拉,只听得当啷啷一声响。秦相睁眼一看,有一宗岔事惊人。要知后事如何,且看下回分解。

第二十回 赵斌夜探秦相府 王兴无故受严刑

诗曰：

寒时家家插柳枝，留春春亦不多时。

人生有酒须当醉，青塚儿孙几个悲。

话说秦相见众鬼卒拉着他爹爹秦桧要走。他一急，用手一拉，只听当啷啷一响，睁眼一看，原来是南柯一梦，把蜡灯碰在地下。外面有值宿的丫环，进来把蜡灯捡起来，照旧点上。夫人那里也醒了，问道："大人为何这等大惊小怪？"秦相说："我方才在灯下看书，偶然心血一迷，已然睡入梦乡。方才偶得一兆，梦见老太师回煞归家，带了手铐脚镣，众鬼卒押解，述说我在阳世三间之恶。我打算要把大碑楼止工，将众僧人放回，夫人你看意下如何？"夫人听了一笑说："大人乃读书之人，你怎么也信服这攻乎异端怪力乱神之事？"秦相一听夫人之言，他又把善心截住，问丫环外面天有甚么时光。丫环说："方交二鼓。"秦相说："传我的堂谕，三更天我在外书房审问疯僧，非重重责罚他不可。"

正说着，就见屋中这盏蜡灯呼呼呼，灯苗长有一尺多高。秦相就一愣，冒然间这灯又往回梭，梭来梭去，灯苗剩了有枣核大小，屋子里全绿了，如是者三次。秦相把镇宅的宝剑摘下来，照着灯头就是一剑，勃然献出两个灯光，秦相复又一剑，献出四个灯光。秦相一连数十剑，满屋中灯光缭绕。就听婆子嚷："大人，门外面站着一个大头鬼，冲着我们直晃脑袋！"丫环说："可了不得！桌底下蹲着一个滋牙鬼，冲我们直乐。"那丫环说："快瞧，在帘子那里有个地里鬼，直点头。"秦相吩咐叫婆子打铁，叫家人进来打鬼。婆子丫环到门内一打铁，外面众家丁往里跑，听说内宅闹鬼，都要来在相爷跟前当差。刚一到了内宅，就听声音一片喊嚷："了不得了！相爷，看那破头鬼的头上直流血。""了不得了！相爷，有了抗枷的鬼。""了不得了！相爷，有了吊死鬼。""了不得了！相爷，有了无头鬼，又有了淘气鬼了，净打人拧人。"

书中交代，这乃是济公施的佛法。只因秦相派了二十名家人，在外面廊房之内看押和尚，内中秦升就说："咱们这差事可不是玩耍，昨夜我就一夜没睡，今日又有这个差事。我出个主意，咱们大众每人出二百钱，做一个公东，买些酒菜来，夜内二更时候，大家喝酒，至三更相爷要升书房审问和尚，也误不了事。你等想想怎样？"众人都说道："好好好，就是那样办罢。"众家人凑了四吊钱，叫一个人去沽酒买菜，都治齐了。天有初鼓之时，只见内中有说："咱该喝了。"众人把酒菜摆上。济公说："众位慈悲慈悲，我和尚喝一杯酒呀。"秦升说："和尚不准饮酒，你为何要喝起酒来了？和尚忌的是杀、盗、淫、妄、酒，此为五戒。你要喝，岂不犯了戒那？"济公一听哈哈大笑说："管家但知其一，不知内中还有许多好处呢。天有酒星，地有酒泉，人有酒圣。酒合万事，酒和性情。仲尼以酒为道，为不及乱耳。"秦升说："和尚，你懂的这些事，我给你一杯吃。"伸手斟了一杯给和尚。济公接过来说："好好好，日长似岁闲方觉，事大如天醉已休。"把那杯一饮而尽，说："众位再给我一杯吃罢。"秦升说："已然给你吃了一杯，还要，真不知自爱。"和尚说："你要不给这杯，连那杯的人情也没了。"秦升又给他斟了一杯。

和尚喝了说:“来,再给一杯,凑个三杯。”秦升说:“没完了。不是我不给,你合别位要罢。”济公哈哈大笑说:“好,我自己会喝。”擎着酒杯连说:“唵敕令赫,来来。”就见杯中酒就满了,和尚连吃了几杯酒,把酒杯放下。那些家人都要喝酒,一个个向前伸手倒酒,那瓶中连一滴皆无。众人都说买东西那个剩下钱啦,又把那个酒瓶拿过来,也是点酒皆无。秦升一语未发,一闷气就先躺下了,众人东倒西歪都睡了。

济公先点化了几个鬼,想要把此事完了,也就省心了。不料秦夫人一句话就给拦住。这才点化几个鬼,为是度他完事。和尚见家人睡了,和尚把锁盘起,就到内院去报应。那些恶奴平日倚主人之势,在外招摇是非,和尚打一下,拧一下,正是报应众人。只见北房上有一人,手拿钢刀一把,要杀秦相,替济公报仇。

罗汉睁眼一看,来者非别,正是探囊取物赵斌。只因前次赵斌帮着济公盗五雷八卦天师符,装韦驮在秦相府遇见尹士雄,两个人回到家中,见过赵老太太,过了两天,尹士雄告辞走了。赵斌仍是做小本经营,倒不为赚钱。老太太因叫赵斌有个养身之道,省得胡作非为。

这一天赵斌正在西湖卖鲜果子,见有无数官兵,兵围灵隐寺。赵斌见有认识人,过去一询问,方知是济公打了秦相府的管家,秦相发传牌调兵围灵隐寺,锁拿疯僧到相府,要把济颠活活打死。赵斌闻听大吃一惊,自己一想:“济公待我有救命之恩,他老人家遇难,我如何不管。”又一想:“我娘亲晚上不叫我出来。有了,我撒个谎,等我娘亲睡着,我带上切菜刀一把,够奔那秦相府,把奸相杀了,给我师父济公长老报仇雪恨。”

自己慢慢归家。老太太问:“今天因何不卖了?”赵斌说:“我今天身体不爽。”老太太说:“既是身体不爽,在家歇歇罢。”及至晚饭后,赵斌正盼他母亲睡觉,就听外面打门。赵斌一听,心中大大不悦,心说:“我母亲刚要睡,又有人打门。”出来一看,乃是对门街居王老太太。一见说:“赵斌,我烦你一件事。只因我儿王兴早晨起来卖果子,去到秦相府门首摆摊,正午的时候,来了一乘小轿,说我儿得了子午痧,把我媳妇接了去,直到这般时候,还不见回来,我甚不放心。家里又没人,我烦你去给打听。”赵斌连连答应。他本是实心认事的人,进去告诉他母亲,换好了衣服,揣上一把切菜刀,赵斌出来,一直够奔秦和坊。

来到秦相府门首。此时天刚黑,见王兴的果摊尚未收,有看街的郭四在那里看着。赵斌一看认识,说:“郭头,我王贤弟那里去了?”郭四一看说:“原来是赵爷。你问王兴,别提了,今天一早,秦相府二公子把他叫进去。他叫我给看着,给他卖了钱不少。我还有忙事,他一进去,就老没有出来。我进去打听,他们都不叫我问,我也不知道是甚么事。”赵斌也不知王兴是怎么一段事,别了郭四,在各处访查,也没打听着,直到天有二鼓,自己够奔秦相府,找僻静之处,拧身蹿上房去,打算要刺杀秦相给济公报仇。焉想到刚来到里面,在房上一看,院中灯火绿影影,照得那些家人直象一群怨鬼,唬得赵斌战战兢兢,窜房越脊,往西够奔。

来到一所花园,赵斌站在房上东瞧西望,心说:“这所花园子,不是秦相府里。在他这相府隔壁,是谁家的?”看了够多时,只见在东北上有一所院落,灯光闪灼。赵斌跳下来至切近一看,周围栽的桂树,路北的垂户门。一进门,目前一带俱是花墙子,当中白灰抹的棋盘心。这院子是北房三间带月台,东西配房各三间。赵斌抬头一看,见上房屋中垂着竹帘子,里面掌着灯光,由外往里看的甚真。见里面是一张八仙桌,桌上摆着干鲜果品,冷荤热炒,上等高摆,是一桌海味席,赵斌一想:“这到活该,是给我预备的,叫我吃饱了,喝足了,再杀那狗娘养的。”赵斌往前刚走了两步。自己猛然心中一动，自己叫着自己："赵斌你太粗卤了！倘若屋中有人，我楞往里走，岂不被他看见？那时多有不便。我不免找块石头，探探有人没有。"自己在院中找了一块小砖头，照定帘笼打去。每逢绿林人，讲究投石问路，用石头一打，要有人必要答话："这是谁砍砖头呀。"有黄狗听见有响动，汪汪一叫，也就探出来。赵斌今天用砖头照帘子打去，并不见动作，自己满心欢喜，知道是没人，这才往前行走。刚上一台阶，只听上面叫："哎呀，大哥来了。快救命罢！"赵斌大吃一惊，抬头睁眼一看，原来是王兴夫妻二人在房梁上倒吊，浑身是血。

不知这夫妇二人因何在此遇难，且看下回分解。

第二十一回　遭速报得长大头瘟　荐圣僧秦相请济公

诗曰：

愁境时侵总不愁，何妨物外任遨游。
世途成败残秤子，人事高低急水舟。
箪食幸无陈蔡厄，缊袍宁却子方裘。
营名营利终何益，赢得斑斑白上头。

话说赵斌抬头一看，见王兴夫妻在这里吊着，身带重伤，不由大吃一惊。

书中交代，这所花园子，乃是秦丞相的二公子秦怛的花园。素日秦怛就不安本分，倚仗着他父亲是当朝的宰相，他哥哥已死，就剩了他一个，他任意胡为，手下养活着许多的打手，时常在外面抢夺人家的少妇长女，抢了来就要霸占了。如若本家找来，他叫手下打手一阵乱棍打死。到府县告去，衙门不敢接呈子，知道他是宰相的公子。因此大家给他起了个绰号，叫"追命鬼"。

今天是他在花园子看书，看书也不瞧正书，也无非是淫书邪说，正瞧的是唐明皇信宠杨贵妃。瞧到得意之间，自己拍案惊奇。旁边有管家秦玉，素常最得脸的从人，说："公子爷为何这样喜欢？有何得意之处？"秦怛说："你不知道，怪不得唐诗有云：虢国夫人承主恩，平明骑马入宫门。却嫌脂粉污颜色，淡扫蛾眉朝至尊。这个杨贵妃果然是长的好。"秦玉说："公子爷，是你亲眼得见么？"秦怛说："这奴才竟说浑蛋话。那是唐朝，这是宋朝，我如何能亲眼得见？"秦玉说："现在有一个人，比杨贵妃长的好，真是天上少有，地下却无。我自生人以来，就瞧见这么一个美人。身量不高不矮，模样不瘦不胖，眉毛眼睛，都长得好看。"

秦怛本不是好人，一听这话，眼就直了，连忙说："秦玉，你在那瞧见的？"秦玉说："咱们府门口有一个摆果摊的王兴，他家就在木头市。那一天小人买了两张楠木椅子，想要雇一个人给我挑到我家去，偏巧没有相当人，我就上王兴家找他去了。一叫门，正赶上王兴之妻子出来，小人一见，果然是长得国色天香，天下少有，第一等美人。因那一天我瞧见，我就要回察公子爷，因未得其便。"秦怛说："不行呀！好与不好，在王兴家里，还能算的了是我的人吗？你要有甚么主意想法，把美人给我弄来，我必要多赏你银子。"秦玉说："公子要这个美人不难，你得花二百银子，我奴才有一条妙计，管保今天美人到手。只要公子爷舍得赏我二百两银子，我就给你出这个主意。"秦怛说:“去到帐房给拿。”二百银子到手,就在秦恒耳边说:只须如此如此。秦恒一听,哈哈大笑说:“你就去叫他去。”回头秦恒怎么办,可都是秦玉的主意,话不重叙。

秦玉到了外面一瞧,见王兴刚把果摊摆好,说:“王兴,公子爷呼我来叫你。”王兴赶忙托付看街的郭四照应果摊,跟着秦玉往里走。王兴笑嘻嘻,只打算是要卖几两银子,必是公子要甚么好果子。急至来到这所花园子丹桂轩,一瞧追命鬼秦恒正在那廊子下坐着,两旁站着有几个家丁。王兴赶紧过去行礼说:“公子爷呼唤小的来,有甚么事情?”秦恒说:“王兴,你家里有甚么人?你多大年岁?要说实话。”王兴不知是怎么一段情节,赶紧说:“公子爷要问我家里,就是小人,我母亲今年五十岁,我今年二十二岁,我妻子十九岁。家中就是三口人度日。”秦恒一听,哈哈的一阵狂笑,说:“王兴,我听说你的妻子长得不错,我给你二百银子,另娶一个,把你女人接来给我罢。”王兴一听这话,打了个冷战,心中想:“我要一说不答应,必然一阵乱棍把我打死。”不如说些鬼话,便对秦恒道:“公子爷在上,小人有下情告禀。我娶妻到不为别的,为的服侍老娘。等我老娘死了,我把我妻子送给公子爷,我也不敢领二百银子的赏。”秦恒听王兴之话,刚要说你去罢。旁边秦玉过来说:“公子爷,你别听他这话,明明是他搪塞你,他母亲今年五十岁,再活三十年死了,他妻子也五十岁了,要他送来给公子爷替他养老么?”秦恒一听勃然大怒说:“好一个狗头!你敢在你家公子爷这里搪塞,着实可恼,来!把他替我吊起来!”众恶奴就把王兴吊起来。

秦恒说:“秦玉,你有甚么主意?把他女人给我诓来。我叫他瞧着与他女人成亲。”秦玉这小子眼珠一转,计上心来,到了外面,把跟他的三小子叫过来,教了几句话,雇了一乘二人轿,这个三爷跟着来到王兴的住家的门首。一叫门,王兴的母亲由里面出来,说:“甚么人叫门?”这个三爷说:“老太太,你不认得我了?姓张,在秦相府的花园子有一分小差事,与我王大哥至相好。今天早起我王大哥刚摆上果摊,他摔了一个跟头,口吐白沫,不省人事。我等把他搭到花园子去,请个先生替他瞧。先生说他的病太厉害,要有他的亲切人在旁边瞧着,方好用药治病呢。我王大哥叫我来接我嫂嫂。”老太太说:“也好,我去看看。”那人说:“老太太,你老人家这样年岁,去了到那里恐见事则迷了。再者留下小妇女看家,全不方便。”老太太一听这话甚为有理,到内里合儿妇吴氏媳妇一商议。那吴氏也是知三从四德的人,听说丈夫病了,吓得就糊涂了,连忙换衣服说:“孩儿我去看来。”到外面,说了几句谦虚话,上了轿子,抬起来竟奔相府而来。

到了花园之内,放下轿子,把帘子一掀,吴氏看见北边上房廊檐之下椅子上端坐一位公子,他男人王兴在旁绑着,吴氏也不知所因何故。见那公子打扮的整齐,怎见得?有赞为证:

> 头上戴,如意巾,绣带儿飘,羊脂玉,吐光豪。身披一件达子袍,团花朵朵金线绕。粉底靴,足登着。看相貌,甚难瞧,赍拉头,下巴梢,瓯口眼,双睛暴,伸看脖子似仙毫,活巴巴的一块料。愿当初,做成时节手艺潮。

吴氏看罢说:“公子,你是甚么人?为何把我男人绑上了?”旁边家人说:“这是我公子,乃是秦相爷之子,还不过来叩头。”那吴氏尚未回言,只听秦恒说:“娘子,你休要害怕。我本是一举两得,三全其美,不想王兴这个狗头反到不愿意起来。我久慕小娘子这一分的芳颜,真是倾国倾城之貌。我想你跟着王兴,无非吃些粗茶淡饭,穿的粗布衣衫。我才把王兴叫进来跟他商议,打算给他二百两银子,再娶一房。岂不是一举两得,三全其美?且二百银子他再娶一个也使不了,又可以发点财,又省得你跟他受罪。把你接来服侍我,我也有一个得意的人。跟他一商议,他到好大的不愿意。故此我把他捆上。”

吴氏一听此言，蛾眉倒竖，杏眼圆睁，说：“公子爷，依我之见，趁此把我夫妇放回，万事皆休。你乃是当朝宰相之子，宦门之后，家中姬妾满堂，何必与我等作对？公子理应该行善积福，若做这件事，要被御史严官知晓，连尊大人都要被参。”王兴在那里也说：“公子爷，我在你府门口做买卖，没有得罪你老人家，你开恩把我夫妻放了罢！”秦恒听此言，反到冲冲大怒，吩咐一干恶奴：“把他二人给我吊起来打！”手下人就把这小夫妻两个吊起来，用鞭子一抽，这夫妻两个是把心横了，就让他打死，也不能从他这件事。

直到晚间，他这摆着酒喝着，又拷打二人。忽听东院相府闹鬼，手下人回禀说：“公子爷快瞧瞧去罢。”秦恒一听，赶紧吩咐家人“前头掌灯，快去看看”。众家人也都要瞧瞧闹鬼，众人一同走了，这里一个人也没留。王兴夫妻在这里忍痛。王兴说：“娘子，你跟我受这般委曲。”吴氏说：“总是你我夫妻该当死在这里，就是死后再到阎王爷那里去告他罢。”正说之间，外面来了一人。王兴睁眼一看，原来是探囊取物赵斌。王兴说：“哎呀，赵大哥救命罢！”赵斌一看，见王兴夫妻浑身是伤，过去先把王兴由上面放下来，然后把吴氏放下来。赵斌伸手一解王兴的绳扣，解不开，捆的太紧，正在着急。后面有一人竟把赵斌抱住。

赵斌要使脱袍式把那人扔个跟头，自己好逃走。焉想到赵斌使尽平生之力，后面那人如泰山一般，抱住赵斌不能转动。这个样的英雄，今天都会被获遭擒。不知后事如何，且看下回分解。

第二十二回　施妙法鬼入闹秦宅　治奇病济公戏首相

诗曰：

　　小小身儿不大，千两黄金无价。
　　爱涂满面胭脂，留在书房戏耍。

话说赵斌正要给王兴解绳扣，忽有人由后面将赵斌抱住。赵斌打算要夺身出去，焉想到夺不动，回头一看，原来是济公长老。赵斌说：“师父，你快放开，我只当你老人家被秦相所害，没想到师父还在这里。”济公方才松手，说：“赵斌，你把他们的绳扣挑开，跟我到屋中来，我有话说。”赵斌赶紧把王兴夫妇绳扣解开。济公掏出两块药来，把王兴夫妇的伤痕治好。

和尚进到屋中，上面一坐，大口喝酒，大把抓菜，满脸抹油。赵斌说：“好，这桌酒原本给师父预备下了。”和尚说：“赵斌，你到西厢房北里头屋中，有四只箱子，第三只箱子里有黄金一匣，重百两，有白银六封，重三百两，你给拿来。”赵斌急忙到那里去一找，果然济公说的不错。赵斌把金银拿过来，济公这才问王兴：“你是那里人？”王兴说：“我原籍是余杭县人。”济公说：“王兴，你把这金银拿了去，明天可同你母亲雇只船逃回余杭县去罢。你家中破烂的东西，给赵斌罢。你有这金银，到家置点地，作个买卖，也足够你们度日了。”王兴一听，赶紧趴在地上，给罗汉爷磕头。济公说：“赵斌，你护送他夫妻走罢。”赵斌说：“师父，你在这里不要紧么？我原打算杀了秦相，给你老人家报仇。”济公说：“不要你管，我自有道理，三天后你必听得到信息。”

赵斌点头答应，正要走，只听那边有人说：“小子们跟我走，瞧瞧王兴的妻子从我不从。”众恶奴答应说：“是。”只见打着灯光，原来是二公子追命鬼秦恒，由东府回来，他领着一群恶奴。原本是听说东府闹鬼，他便去给秦相请安。秦相痛儿子，怕他害怕，没叫他进去，叫他回自己花园歇着，他故此带领众人回来。刚一到花园子，就想起王兴之妻，说：“小子们，去瞧瞧王兴之妻从我不从。如不从我，我活活把他打死。”赵斌一听，大吃一惊，说：“师父，可了不得了！要把咱们堵到屋里。”济公说：“不要紧。”和尚用手往外一指，口念六字真言：“唵嘛呢叭㖿吽。”秦恒偶然打了一个冷战，扑咚栽倒在地。众家人忙上前搀扶，大众一乱。赵斌趁着一乱，带领王兴夫妻直奔花园子角门，由角门出去，送王兴夫妻到家。第二天一早，王兴同他母亲妻子雇船逃走，把家中破烂东西给了赵斌，这话不表。

单说济公见赵斌等走后，和尚吃饱喝足，仍然回归东府空房。这里秦恒摔了一个跟头，觉得心中渺茫。有众家人把他搀到屋中。秦恒说：“哎呀，好热！”秦玉忙把帽子给摘下来，秦恒说：“热！”家人又把袍子给脱下来。秦恒还嚷热，赶紧把趁袍脱下来。秦恒说：“热。”又把靴子袜子脱了。秦恒说：“热。”秦玉把小褂中衣脱了。秦恒嚷热，秦玉吩咐快给打扇。打扇也是热，秦玉叫抬进两块冰来。手下人答应，刚把冰抬进来，秦恒嚷“好冷”。即把冰撤去。秦恒说：“冷。”照旧把裤褂穿上。还嚷冷，又把袜子靴子穿上。秦恒说：“冷。”穿上趁袍，还嚷冷，套上袍子，还是冷。戴上帽子，还是冷。盖上两床被，还是说冷。秦玉叫生上火盆，刚把火盆点着，秦恒嚷热，把火盆拿出去，还嚷热，照旧又脱衣裳。书不可重叙。如是者冷了热，热了冷四五次，天光就不早了。

秦恒忽然说：“脑袋里痒痒的难过。快来人给我搔！”秦玉过去用手一搔，准知道越搔越大，顷刻间脑袋长的似麦斗相仿，唬的秦玉也不敢搔了，众家人一个个目瞪痴呆。

天光已然亮了，秦玉说：“快给东府送信罢。”来到东府一送信，秦相本是告着假，也不上朝，闹了半夜的鬼，也没得审问和尚，天光亮了正要歇息，外面有家丁进来，禀报说：“有人来送信，公子爷病了。”秦相一听，父子关心，赶紧带着从人，来到秦恒的花园。秦相到了屋中，一看见秦恒躺在炕上打滚，脑袋大的难瞧。秦相就急了，说：“你们这些奴才，真正可恼！公子爷病的这般沉重，早还不给我送信？”秦玉说：“相爷有所不知，昨天夜间公子由东府过来，偶然栽了一个跟斗，到屋里就嚷热，脱了又嚷冷，穿上又嚷热，如此者数次，后来就嚷脑袋痒，奴才就替他搔。越搔越大，这病来得邪怪。”秦相即吩咐：“快请名医来给他调治。”家人答应。

那临安城内有两位名医，一位叫指下活人汤万方，一位叫赛叔和李怀春。家人忙到李怀春家一请。李怀春听是秦相府，不能不速去，随同家人来到相府门首，去往里回禀。秦相心急似火，赶紧吩咐有请。家人带领李怀春来到里面。秦相看见先生头戴四楞逍遥巾，身穿蓝袍子铜氅，篆底官靴，气宇轩昂，一表非俗。连忙请到屋中，有人献茶后，便请给公子秦恒诊脉。李怀春眼瞧他脑袋甚大，便心中纳闷。细按寸关尺六脉十二经，并无有病。察看多时，不知他这脑袋之病，从那经所得，自己实在无法用药。遂向秦相说：“公子这病，医生才疏学浅，实不能治，相爷另请高明罢。”秦相说：“我那里知道谁高明？李先生你必知道，你引荐一位。”李怀春心中一想：“我要治不了，汤二哥也不能治，他治不了的病，我也不能治。除我二人之外，还有谁可举荐？”想罢说：“相爷，我实无人可荐。”秦相一听真急了，说：“你既不能治我儿的病，又无人可荐，你今天休想出我这相府！”李怀春一听：“真是倚势利压人！”猛然心中一动：“我何不把他老人家荐来?”想罢说:“相爷,要给公子治病,到有一个人,就是酒醉疯颠,褴褛不堪,恐相爷见责。”秦相说:“那有何妨,只要他能给我儿治病。”李怀春说:“病到可治,可是出家人。”秦相说:“不论出家人,只要能治病就好。你说是谁,快请去!”李怀春说:“乃是西湖灵隐寺济颠。”秦相一听说:“原来是他呀!现在疯僧在我东院里锁着。”李怀春一听锁着济公,心中方才明白:“怪不得他长大头瓮,这就是了。”秦相赶紧吩咐家人:“去把疯和尚叫来,他要能把我儿的病治好,我放他回庙,免他之罪。”

家人急忙来至东院空房一看,众和尚都起来。家人说:“和尚,你这造化大了。”济公说:“灶火大,费点柴。”家人说:“我们相爷叫你去给我家公子治病,你治好了,放你回庙。”和尚说:“你们相爷他把我锁来,要过堂审我,一叫我就到,叫我和尚给治病,你就说我说的刷了。”家人一听说:“好,我就照你这话回相爷去。”家人转身回来,一见秦相说:“回禀相爷,我去说相爷叫和尚来给治病,他说要过堂审他,一叫就到,叫治病他说刷了。”秦相不懂这句话,问李怀春甚么叫刷了。李怀春微然一笑说:“这句话,原是一句戏话。相爷要叫他治病,须下一请字。”秦相又疼儿子,说:“好,你等去,就是我请他来治病呢。”家人一想:“真是和尚走运。”连忙来到东院,见和尚说:“和尚,真正你的架子太大了,我家相爷叫我来请你治病。”和尚说:“你家相爷官居首相,位列三台,我和尚跟他素日并无来往,他要交结僧道,叫御史言官知道,就把他给奏了。”家人一听说:“好,和尚,我去给你回禀,见我家大人去。”自己到了西花园之内,见了秦相,说:“回相爷,奴才我去到那边面见和尚,说大人请他给公子治病。他说大人官居首相,位列三台,他同大人素无来往,说大人结交僧道,要叫御史言官知道,就把大人给奏了。”秦相一闻此言,勃然大怒。说:“好僧人,竟敢如此胆大!”李怀春说:“相爷不要生气,要教和尚给公子治病,大人必须亲身一往。”秦相见儿子满床乱滚,无奈说:“李先生,你要随我前往,到了那里,看和尚怎样!”李怀春答应:“是。”随同秦相到了东府空房院内。

秦相咳嗽一声,谓是叫家人知道我来,你们都规矩着点。果然房中众家丁听见,都站起来,说:“大人来了。”济公说:“众位,这是那里狗叫唤?”众家丁连忙拦阻:“不要胡说,我们大人来了。”只见秦相同李怀春进来,到了济公面前说:“和尚,只因我小儿得了异样之病,本阁特来请你治病。”和尚说:“我是被大人拿锁子锁来的,并不是请我来治病来的。”秦相一听,勃然大怒说:“好,好!”李怀春一看事情不好,连忙说:“大人暂息雷霆之怒,我前去必要把济公请去。”秦相只得往后一退。

只见李先生过去说了一席话,圣僧施佛法,大展神通,要戏耍秦相。要知后事如何,且看下回分解。

第二十三回 找妙药要笑众家丁 联佳句才惊秦丞相

诗曰:

杜陵寒食草青青,长诵金刚般若经。
雨冷香魂吊书客,梦中同蹑凤凰翎。

话说李怀春到了济公面前说:“师父久违了,弟子有礼。今日秦大人公子得了奇异之症，我把你老人家荐出去给公子治病。勿论甚么，都看在弟子分上。”济公说：“好，李怀春，你要给人治病，都拿锁子锁了去呀？”李怀春一看说：“好，秦大人，请你老人家派人把圣僧铁链撤去。”秦相立刻派人把和尚链子撤去了。李怀春说：“师父，你老人家这可没有别的说了。请走罢。”和尚说：“李先生，我的师父、师兄、师弟都在这里受罪，那有心给人治病？”秦相听见，立刻吩咐手下人：“把众僧都放回庙去罢。”众僧人走了。李怀春说：“师父，你老人家可没的说了，请走罢。”济公说：“李先生，兵围灵隐寺，拆毁我庙中大碑佛楼，我要给人治病，我那有一块心肺呀？”秦相知道和尚要把兵撤回来。他也没的话说，连忙吩咐手下人去传堂谕：“去把拆楼之人一并撤回，连兵丁也撤回来。”李怀春说：“圣僧，这你老人家可没的说了，请走罢。”和尚说：“走。”站起来说：“行善积福作德，作恶必遭奇祸，贫僧前来度群魔，只怕令人难测。”和尚谈笑自若。

秦相一想：“和尚放荡不拘，真要把我儿的病给治好了，我要不拆他大碑楼，我是被人耻笑，他白打了我的管家，我白把他锁来。就是他把我儿的病治好了，我也要拆他的大碑楼。”济公在后面哈哈一笑说：“好说好说，善哉善哉，我和尚唱个歌给大人听罢！皂帽丝绦第一人，难略紫绶罗袍，一品还嫌小。量尽海波涛，人心难忖着。翠养翎毛，谓谁头上好。豕养脂膏，谓谁肠肉饱。千寻鸟道上云霄，是处都经到，平地好逍遥，世人知事回头少。”和尚一唱山歌，秦相暗暗点头，知道这和尚甚是高明。

一同来至西花园秦恒的书房，听秦恒在那里哼咳不止。和尚到了屋中一瞧，说：“呦，原来是这么大的脑袋，可了不得！”李怀春听和尚这话大吃一惊，心说：“费这大事把他请来，他再不能治，就无法了。”秦相也是一惊，连忙问道：“和尚你会治不会治？”和尚说：“会治。不要紧，这脑袋是三小号，我连头号大脑袋都能治，这病有个名，叫大头瘟。”说着话，和尚伸手往兜囊一摸，说：“可了不得了，我把药丢了！”秦相说：“甚么药？”和尚说：“治大头瘟的药。”秦相一听一愣说：“和尚，莫非是你来到我这相府，就知道我儿长大头瘟么？”和尚说：“不是。只因有一位王员外，他儿子也得这个病。每逢得这个病，必不是好人，必是在外行凶作恶，抢掠少妇长女，才有此一举。王员外儿子素常不法，得了大头瘟，请我去治，我带上药刚要去，被相爷派人将我和尚锁来。我进相府的时候，摸兜子药还有呢，这时候会没有了！”秦相吩咐：“尔等快给和尚去找药！”众家人一听，说：“和尚，你这药是丸药？是面子药，告诉我们，好找去。”济颠说：“是颗丸药，有小米粒大，像瓜皮颜色，也没有纸包着。”众家人一听说：“我去罢。”和尚说：“大人，他这病可有转，这是小三号，要一转了大脑袋，便没法治。”秦相说：“那怎么办呢？”和尚说：“我得吃饱了再治，要不吃饱了治，越治越大。”秦相一听，怕儿子转冤大头。赶紧吩咐家人摆酒，在厅里摆上三桌酒，让和尚先够奔厅房去吃酒，吃完了再治病。

李怀春同着和尚来至厅房，和尚一看是三桌酒，并不谦不让，就在正面上手里落坐。秦相一看，虽是心中有些不悦，暗想：“这个和尚是有点来历，就凭我是当朝的宰相，他竟敢抢我的上座。”秦相也无法，只可主座相陪，到让李怀春在东边落坐。和尚酒过三巡，说：“大人这个闷酒没喝头。”秦相说：“依你便该如何可以不喝闷酒呢？”和尚说：“出个灯谜，说个酒令，对个对联，批个字意，都可解闷。”秦相说：“和尚，你还认识字么？”济公说：“不敢说认字，也认识一两个。”秦相说：“要说酒令，是喝酒，是赌甚么？”和尚说：“不赢酒，大人出个对联，我和尚要对上，我赢大人一万两银子；要对不上，我和尚输一万两银子。大人想我一个穷和尚，要输了，那有一万现银子？大人不是要拆我们庙里大碑楼么？我要输了，把大碑楼输给大人好不好？”

秦相一听,心中甚为喜悦,说:“和尚,我先试试你的文理,要真有才学,我再同你打赌。我先出两个字你对。”和尚说:“大人说罢。”秦相说:“幽斋。”和尚说:“对草庐。”秦相点点头说:“开窗。”和尚就对“闭户。”秦相说:“读书。”和尚说:“演字。”秦相说:“和尚你输了。我这六个字凑成一处,成一句话,是:幽斋开窗读书。”和尚说:“我那六个字也是一句话,凑成一处,是:草庐闭户演字。即是肏你屁股眼子。”秦相说:“和尚别玩笑,我给你出个拆字法的对子,你对上,我输你一万银子。”和尚说:“也好。”秦相说:“酉卒是个醉,目垂是个睡,李太白怀抱酒坛在山坡睡,不晓他是醉,不晓他是睡。”和尚吃了一杯酒,哈哈大笑说:“这个对子好对!月长是个胀,月半是个胖。秦夫人怀抱大肚在满院逛,不晓他是胀,不晓他是胖。”秦相一听连摆手说:“和尚不要诙谐。”秦相一想:“这个和尚真淘气。我再出个对子,叫他知道知道我秦相本是满腹经纶,怀揣锦绣,腹隐珠玑。”大人说:“佛祖解绒絛,捆和尚击颠僧。”济公说:“哎呀,大人这个对子可真好,我和尚才疏学浅。”秦相说:“和尚你对上,我再输银一万,对不上,我要拆你的大碑楼。”和尚说:“好。”喝了一杯酒说:“我对一个天子抖玉锁,拿大臣擒丞相。又赢你一万两!”

秦相一想:“和尚果然满腹奇才。对对子赢不了他。”这才说:“和尚不用对对子,出酒令罢。”和尚说:“出酒令就出酒令。大人说的,还是大人出。”秦相说:“我要说两辈古人,两宗物件。这两辈古人要一样的脸膛,做事相同,落在两种物件上,两宗物件要一活一死的。说上来算赢,说不上来算输。”和尚说:“大人先说吧。”秦相说:“和尚,你要听着。远看一座楼,近看一只牛,吕洞宾醉卧岳阳楼,孙膑架拐骑牛。”和尚说:“远看一座庐,近看一尾鱼,张飞顾庐,敬德吊鱼。”秦相说:“和尚,你输了一万。张飞顾庐。三顾茅庐还可以说。敬德吊鱼,鱼那有腿?”和尚说:“甲鱼不是有四条腿?”秦相无法,又让和尚赢了一万。

秦相一想:“我总得设法赢他。”出来告诉秦安:“你拿个捧盒装点凉糕,你在外头等着,我叫和尚猜。他要猜盒子里没东西,你装着凉糕拿进去,他要猜有东西,你拿空盒子进去。”秦安点头。秦相回到里面说:“和尚,我久闻你能掐会算,善晓过去未来之事。我已派家人去拿个盒子来你猜,猜盒子里有东西没有。你要猜着,我照数输给你一万银子,如猜不着,我要拆你的大碑楼。”和尚说:“大人,你输急了吧?”秦相说:“我到并非是输急了,我到要试试你的能为。”和尚喝了一杯酒,定了定神说道:“秦大人出的主意高,这件事情真奇巧,捧盒本是空空物——”这第三句,和尚拉着长声。秦安听和尚说是空空物,把凉糕装上拿进来。刚一进来,和尚又说:“里面装的是凉糕。”秦安一听一愣,到底被和尚猜着。

秦相一想:“天也不早了,给我儿去治病要紧。”想罢说:“和尚,你的酒如何?可以吃饭给我儿去治病。”和尚说:“我已然酒足饭饱。哎呀!你们给我找着药没有?”众家人说:“我等趴在地上把鼻子都沾好些土,也没找着。”

和尚一伸手掏出一个包,说:“我这有点药料,再加两味药就成了。”秦相接过来一看,上面的字太草率,看不出来。打开一看,白的很,李怀春一看,认识原本是吃的白面,问和尚:“这是甚么?”济公说:“这叫多磨多罗多波罗散。”秦相说:“还用甚么东西?”和尚说:“朱砂一两,白面四两,盆子一个,用开水一冲,还用刷子一把。”秦相吩咐赶紧照样预备。家人答应。少时,回禀相爷,所有应用的东西俱已齐备。和尚这才放下杯筷,随同秦相够奔书斋。

罗汉爷施佛法,医治大头瘟,度化秦桓。不知后事如何,且看下回分解。

第二十四回　认替僧荣耀回灵隐　醉禅师初入勾栏院

话说济公听家人回话，所有应用俱已齐备，站起身来，同秦相、李怀春一同往花园书房之内。早见家人秦玉端着一盆朱砂红糨子，里面放着一把刷子。和尚伸手拿起来，说："大人要甚么样都行。"照秦恒头上一刷下去，立刻是粘着糨子的，都消肿归原。和尚一连数下，秦恒立时肿消疼止。

和尚说："这病可有反复，必须好好养着。我给写下一纸药方，如要犯病，看我这药方行事。"秦相知道这是和尚妙法，请济公到前厅。李怀春说："我可不能相陪。我要告辞，还有几家请我看病，我要走了。"秦相派人送出相府。

那济公在书房合秦相一谈，甚是投机。二人高谈阔论，和尚对答如流，秦相甚为喜悦。说："和尚，我那里如你，自己跳出红尘，在古庙参修，也不管国家的兴废，也不管是非之成败，奉经念佛，打坐参禅，说是一段乐事。我虽然在朝居官，终日伴君如伴虎，有一点不到，即有身家性命之忧。"和尚说："大人说那里话来，大人官居首相，位列三台，有辅佐皇猷参赞化育之才。一人之下，万人之上，察吏安民。"秦相说："哎呀。和尚，你休要提那当朝一品，位列三台。不提当朝一品还可，一提起来，更觉心中发慌。俗语说：官大有险，树大招风，权大生闲谤。我自居官以来，兢兢业业，伺于王事，诸事谨慎，外面还落了许多怨言。那里像和尚清闲自在，无忧无虑。常言说得好：铁甲将军夜渡关，朝臣待漏五更寒，山寺日高僧未起，算来名利不如闲。我打算要认你和尚作为我的替僧，不知和尚意下如何？"和尚说："大人既是愿意，我和尚求之不得。"

正在说话之际，外面进来家人说："回禀大人，公子爷说病又复发了，脑袋照旧大了。"和尚说："我也不用去，你叫他打开我那药方瞧，照那药方行事，他就好了。要不照我的药方行事，他的病是越来越重。"家人赶忙回西院去告诉秦恒。

书中交代，秦恒他病体好了，就想起王兴夫妻，问家人："我的美人在那里？"秦玉说："去了。"秦恒说："好东西！你们敢把我的美人放了，那可不行！"方一着急，脑袋呼呼的又长起来，吓得家人赶紧去到东院里回禀相爷。听和尚一说，家人回来告诉秦恒。秦玉道："公子爷，方才和尚说了，你要照着和尚的药方行事，病就好了。"秦恒说："快把药方拿来我瞧瞧。"家人赶紧递上去，秦恒一看，上面写的是："自身有病自心知，身病还须心药医。心若正时身亦净，心生还是病生时。"秦恒一看，心说："哎呀，我这病都是自己找的，我抢掠人家的妇人，作恶多端，我从此要改恶行善，我这病就许好了。"想到这里，脑袋呼呼就小了。家人赶紧来到东院回禀相爷："公子爷的病，一念和尚的药方就好了。"秦相说："很好，你等好好服侍公子爷。"家人答应去了。

只见东府家人进来说道："夫人得了篆风，疼的满床乱滚。"秦相说："知道了。圣僧，你可会治篆脑风？"和尚说："夫人必是错说了话啦。不然，不能得这样病症。我去看看。"秦相说："夫人也未说甚么话呀。是了，昨夜里那边闹鬼，我做了一梦，见老太师回煞归来，说了些劝我良言。我醒来就要传话大碑楼止工，把众和尚放回。夫人说了一个梦是心头想，把我的善念打断，少时就闹起鬼来了。"济公说："我去照定夫人一抓就好。"

秦相同和尚到了东院内宅上房,听见屋中咳声不止。和尚说:"大人,不要着急。我来,管保立时就好。"说罢,口中念念有词,冲定房中一抓,立刻夫人里面好了。和尚说:"大人,你看这好不好?"秦相连说:"好,好。"济公说:"我会神仙一把抓,一抓就好,抓出来还得扔出去。你看。"照定那里卧着一条癞犬一扔。只听汪汪叫了两声,一滚竟自死了。秦相说:"好厉害!错说一句话,就得篆脑风。久后我在朝中居官,说话总要小心谨慎。"秦相同和尚到外面书房内落座,秦相派人预备酒菜,就在这居中通宵之乐。

天有三鼓,只听外面风起,秦相说:"不好,又到了昨天闹鬼的时候了。"济公说:"大人不要担心,我去给大人捉鬼去。我合鬼打在一处,千万不可管。"和尚出去了,只听那外面和尚说:"好鬼好鬼,把我吃了,我去合你一死相拼。"秦相在屋中听了,心中甚是不安,候至天色大亮,大人出去一看,只见那边和尚躺着不动,叫家人过去把和尚唤醒,到了里边坐下。

秦相说:"和尚,我这里给你换换衣服,送你荣耀归庙。"叫家人去到外面。给和尚买僧衣鞋袜。家人答应,去不多时,给拿了三身僧衣,都是上好之物,一身黄云缎的,一身白缎绣花的,一身蓝缎子的,三身连鞋袜,一百二十两。秦相派书童侍候和尚沐浴更衣。济公头一回洗脸换上衣服,到了书房坐下。秦相把和尚赢的银两给他兑好,派家人把自己所乘之马备好,打全班执事,送和尚荣归故庙就是了。和尚说:"大人,可恨我与大人缘浅,相见何晚,相别何早。今日一分手,不知何年才能相见?"秦相说:"和尚,你那时愿意来自管来。这也不是离着千山万水,我正要无事合你盘桓。"济公听了说:"大人,和尚要常到大人这里来,那里有那些门包?"秦相吩咐把门工工叫进来。不多时十数个家人都来,站在书房以外,大人说:"济公是我本阁的替僧,那时来,勿论我有甚么公事,不准拦他,须回我知道。"那些家人连声答应:"是是,奴才等尊命。"济公说:"这几个人,我和尚要赏他几个钱,大人意下如何?"秦相知道和尚有赢的几万银子,必是做个脸,想罢说:"和尚,你自己酌量。"济公说:"众管家,每人我赏给你一百钱。"秦相说:"和尚,你就多赏他们几两,我给你垫上。"济公说:"不是,我赏他们一百钱,今天给明天不给了。我和尚来,这一百钱,雇他们回话;我和尚不来,有一天算一天,每月每人加工钱三吊,大人你给我垫上罢。"秦相说:"是了。"和尚这才告辞,秦相派二十家人护送:"传我的堂谕,所有各庵观寺院,须要跪接跪送。他乃是本阁的替僧,送他荣耀归庙。"众家人答应,外面备马。和尚告别秦相,出了相府上马。家人打着引马,头前边牌锁棍旗锣伞扇,轰赶闲人。街市上瞧热闹的人就多了,都要瞧看秦丞相的替僧。

和尚骑马来到灵隐寺,鸣钟击鼓,聚集众僧。济公先叫监寺的过来:"我后面有银子,你给称五十两一封二十封,十两一封一百封。"监寺的答应。济公说:"众管家,当着我和尚,替我传传堂谕。"管家说:"是,不知给圣僧传甚么堂谕?"济公说:"你们这庙中和尚听真,济公和尚乃是秦相爷的替僧,今天荣耀归庙。圣僧要和你们这些和尚借钱打酒,要有钱不借,当时送有司衙门治罪。"家人照样传谕,众僧人一听,"这到不错。"济公又说:"众管家来,再给我传传堂谕,久后我和尚没钱,跟他们借钱,屋内里没人,偷点甚么,不准言语。如瞧见,不叫偷,如违,当时推出庙门立斩。"管家一听也乐了,只可含糊答应。众僧人一听,心说:"这庙里由他反了。"虽心中不悦,敢怒而不敢言。济公把银子赏二十家人,每人五十两,打执事的人每人十两。一个个欢天喜地,竟自去了。

和尚把新衣裳脱下来,包在包裹之内,仍穿上旧僧衣,拿着包袱,信步出了钱塘门。见眼前一座当铺，和尚进了当铺，把包袱往柜上一扔。掌柜的一瞧，一个穷和尚，穿着一身破烂，拿着这衣裳，都是崭崭新，再瞧和尚直掀着帘子东瞧西看，仿佛是后头有人追他，他像害怕的样子。当铺掌柜说："和尚，你这衣裳从那里拿来的？趁此说实话。"济公说："掌柜的，你瞧值多少给当多少，不然给包上，我上别处当去。"旁边二柜过来说："你别不开眼了。这位大师父，不是方才骑着马由门口过去，做了秦相的替僧，你不认识了？大师父当多少钱罢？"济公说："给我当一百五十吊钱吧。"二柜说："和尚要银子要票子？"和尚说："我要现钱，暂把当票存在柜上。"掌柜的叫人把现钱盘在门首，和尚就嚷："谁来扛钱。"由那边过来一大汉说："和尚，我给你扛。"和尚说："你心坏了，不叫你扛。"和尚叫些穷人这个扛三吊，那个扛二吊，大众一分，还剩下五吊，和尚说："叫那大汉扛着吧。"大汉扛起来趁乱就跑，和尚不追。众人问："和尚，把钱扛到那去？"和尚说："随便吧。"众人各自散去。

和尚找胡同一蹲，那大汉扛了五吊钱，跑了十七条胡同，刚一出胡同，和尚过去一把将大汉揪住。不知后事如何，且看下回分解。

第二十五回　尹春香烟花遇圣僧　赵文会见诗施恻隐

诗曰：

花开蝶满枝，花落蝶依稀。
惟有旧巢燕，主人贫亦归。

话说济公过去，一把揪住大汉。和尚说："好东西！你没造化，你要在那里多站一刻的工夫，我把五吊钱就给了你；你打算抢了走，那可不行。你只有五百钱的命，愣要拿五吊跑，我把你揪到钱塘县打场官司。"这大汉一听就害怕，用力一扯，撒腿就跑。和尚说："追。"那大汉荒不择路，刚一拐胡同口，正遇见一个磁器挑子。他没留神，给碰碎了十七个碗，两个碟子，一算四吊五百钱。大汉无法，不能不赔给人家四吊五百钱，剩了五百钱，不怪和尚说他心不好。果然是心不好。

和尚把钱都施舍完了，正往前走，见眼前来了两位员外，一位是赵文会，一位是苏北山。一见济公，苏北山二人赶过来行礼，说："师父，你老人家的官司完了。我二人听说师父被秦相府锁了去，我等甚不放心，今日特意要到灵隐寺，前去探访。"济公说："我的事已完了，秦相他也没把我怎么样。"便把相府之事从头至尾对二人说了一遍。苏北山说："师父今天可曾吃过酒了？"济公说："我正要想吃酒。你二人这是上那去？"苏北山说："我二人听家人传说，有一宦家之女落在烟花，也不知是真是假。我二人要去找找。"和尚说："好，我也去瞧瞧。"赵文会说："师父，你老人家要上勾栏院，有些不便罢。你是出家人，讲究修道参禅，要到那个地方去，岂不被人耻笑？"和尚说："逢场作戏，也未为不可。你我三人，就此前往。"苏北山哈哈大笑。

三个人一同往前走，见眼前是东西的一条胡同，上写烟花巷。进了胡同，是路北第二个门，见里面高挂门灯，门上有一副对联，上写的："初鼓更消，推杯换盏多美乐；鸡鸣三唱，人离财散落场空。"和尚看罢，三个人往里面走，刚一进去，门房就嚷："原来是赵老爷、苏老爷二位员外来了！"和尚抬头一看，迎门是影壁，墙头前有一个鱼盆，里

面栽种是荷叶莲花。影壁上有四句诗,上写:

下界神仙上界无,贱人须用贵人扶。

兰房夜夜迎新客,斗转星移换丈夫。

三个人往里走,见院中方砖铺地,北上房五间,前廊后厦,东西配房各三间,东西套着还有院子,院子搭着大天棚。北上房柱子上有一副对联,上写:"歌舞庭前栽种相思树,白莲池内不断连理香。"横批是:"日进斗金。"三个人方到院中,见由上房出来一位仆妇,说:"苏老爷、赵老爷来了!今天怎么样闲在?"高打帘栊,三个人进到上房一看,见靠北墙一张花梨俏头案,头前一张八仙桌子,一边一张椅子,条案上摆着一个水晶鱼缸,里面养住龙睛凤尾的蛋黄鱼,东边摆着一个果盘,里面有许多果子,西面摆着貌镜,墙上挂着一轴美女,上面画的是半截身一个美人。有人题了四句诗,上写:

百般体态百般姣,不画全身画半腰。

可恨丹青无妙笔,动人情处未曾描。

下面写着:"惜花主人题。"两旁有一副对联,上写:"得意客来情不厌,知心人至话相投。"赵文会看罢,点了点头,果然是风月天生一种人。三人落座,老鸨儿说:"老爷,今日是那阵风把你老吹来?许久不到我们这来了。"苏北山说:"我等听家人说,你这里新接来一个美人,把他叫出来,我们见见。"鸨儿说:"我这院人都是新接来的,我唤来老爷们看罢。"说一声:"吩咐见客!"只听外面姣滴滴声音婉转,软绵绵万种风流,进来四名美妓,个个皆是光梳油头,淡擦胭脂粉,轻施蛾眉,身穿华服,到了赵、苏二员外跟前站定。问了姓名,都瞧有一穷颠和尚也坐在那里,众妓掩口而笑。济公说:"好好,苏北山,你二人看这几人如何?"苏员外说:"也好。"和尚说:"你看那些人都好。按我说,芙蓉白面,尽是带肉骷髅,美艳红妆,皆是杀人利刃。"说罢,提起笔在桌儿上拿信纸笔写了一首七律,写的是:

烟花妓女俏梳妆,洞房夜夜换新郎。

一双玉腕千人枕,半点朱唇万客尝。

装得几般姣羞态,做成一片假心肠。

迎新送旧知多少,故落姣羞泪两行。

赵文会二人看了,哈哈大笑。只听鸨儿说:"老爷吩咐叫那个伺候?"用手指定报名:兰香、秋桂、莲芳、小梅。苏北山说:"不是这几个,你把新接来那个,我听说还是宦家之女,误入烟花,我等是为访他而来。"那鸨儿知道这二位是临安首户有钱,连忙说:"二位老爷不提那新买之人还则罢了。提起新买之人,一言难尽。原来我们吃这行饭的人,一老就不行了。我有一个女儿,叫花花太岁王胜仙大人买去作妾。我虽得几百银,指着它吃,坐吃山空,我才托人买了一个人。原来是金陵人,他父亲先年作过刺史,母早丧,因被议,在京住在胡万成店。他父亲叫尹铭传,打算在京投个门路,焉想到被骗子骗了几千银子,功名也未得着。他一口气病在店中三个月之久,把积下来的银钱全皆用完,他也死了。他女儿春香自己卖身葬父,花费了三百五十两整买来。及至一过来,他一看是烟花院就恼了,要寻死。我一细问他,合共使了一百两,都叫胡万成转来。当初胡万成告诉他,是卖给官宦之家为妾,他一瞧是勾栏院就要死。还是我苦苦一诉我的苦处,三百五十两甚不容易,你要一死就坑了我啦!他也好,说暂在我这里避难,遇见知音之人,把他救出去,银子少不了我的。他亲笔写了首诗,说如有绅商文雅之人,可以给他看看。"苏北山说:"你拿来我看。"鸨儿取来,展开一看,二位员外一愣,上写:

万种忧愁诉与谁?对人欢喜背人悲。

此诗莫作寻常看,一句诗成千泪垂。

济公三个看罢,问:“尹春香在那院?我等要会面此人。”鸨儿说:“在东院,原是我女儿的住房,三位爷跟我来。”苏北山等站起来,跟着他出了上房,往东有四扇屏门,进去也是一所院落,三合房,北上房前出廊,后出厦。掀帘子进去,只见北墙上挂着四屏条,两旁有对联。头一条上画的一个女子在门首站立,有五六个男子都不走,站在那里瞧那女子。上边有人题的诗句是:

一娲凤髻绿如云,八字牙梳白似银。
敧倚门前翘首立,往来多少断肠人。

第二条上画的是一个女子在那里梳头。一个男子仿佛要走,那个女子仿佛不叫男子走。画的甚是传神。上面也有人题诗四句,写的是:

姻缘本是百年期,相思日久岂肯离。
描神画影传体态,二人心事二人知。

第三条上画的是两个女子,一位文公拉着手,仿佛要去安眠的样子。上面也有人题着诗:

欲砌雕栏花两枝,相逢恰似未开时。
姣姿未惯风和雨,嘱咐东君好护持。

第四条画的是一张床,上面有幔帐,露着男女安眠,半春的意思。上面也有人题诗四句:

鸾凤相交颠倒颠,五陵春色会神仙。
轻回杏脸金钗坠,浅蹙蛾眉云鬓偏。

两旁边的对联是:“室贮金钗十二,门迎珠履三千。”二位员外瞧了一瞧,果然是别有一番的风景。进到屋中落坐,见东里间垂着落地帐幔,西里间也是如是。东墙挂着一轴大挑,上面画的是富贵牡丹图,有人题着两句四书:“素富贵行乎富贵,素贫贱行乎贫贱。”两旁又有一副对联,写的是:“名教中有乐地,风月外无多谈。”鸨儿到里面说:“姑娘,今有赵老爷、苏老爷前来过访,是久仰姑娘这样的高才。”就听里面姣滴滴的声音说:“原来二位老爷来此探访,待我出去观看。”帘栊一起,由里面出来一位女子。

赵文会、苏北山连济公睁眼一看,果然是国色天姿。不知尹春香一见众人,该当如何,且看下回分解。

第二十六回 救难女送归清净庵 高国泰家贫投故旧

诗曰:

放下琵琶便举觞,晓风残月九秋霜。
歌声好似并州剪,要断人间未断肠。

话说赵文会、苏北山、济公在外间屋中坐定,见东里边帘子一起,出来一位女子,长得是姿容秀丽也在十八九岁,头梳的盘龙髻,穿着一身素服。苏北山一见,就知是个良善人家之女。一问女子的出身来历,那女子甚为悲惨,就把卖身葬父被奸人拐骗,误入烟花,上当之事,从头至尾一说。二位员外一听,心中甚惨,问道:"春香姑娘,尔可能对诗?"尹春香说:"我粗通翰墨,略知一二。"赵员外说:"你既得如是,你可以做两首感怀绝句与我看看。"赵文会方才见那诗句,疑惑不是尹春香自己做的,故此要当面试试他的文理。就见那尹春香并不加思索,提笔就写:

教坊脂粉喜铅华,一片闲心对落花。
旧曲听来犹有恨,故园归去却无家。
云鬟半绾临妆镜,两泪空流湿绛纱。
焉得江州白司马,樽前重与诉琵琶。

写完了,递与苏赵二人观看,连济公俱皆赞美,可惜这样的高才,坠落在烟花院中,甚是可惨,甚是可叹。正在叹息之间,见尹春香又做成一首是:

骨肉伤残事业荒,一身何忍来为娼。
涕垂玉箸辞官舍,步蹴金莲入教坊。
揽镜自怜倾国貌,向人羞学倚门妆。
春来雨露深如海,嫁得刘郎胜阮郎。

济公等看罢,连声说好。赵文会说:"来来,我作一首。"鸨儿取过文房四宝,赵文会并不思索,提笔一挥而就,上写:

误入勾栏喜气生,幸逢美玉定思情。
果然芳容似西子,卿须怜我我怜卿。

苏北山也是信口做一首绝句是:

红苞翠蔓冠时芳,天下风流属春香。
一月饱看三十日,花应笑我太轻狂。

济公说:"我也有一首诗。"说:"今朝至此甚开怀,叫声春香你过来。"尹春香听说:"师父,你老人家修道的人,叫我作甚么?"济公说:"快快解开香罗带,赠与贫僧捆破鞋。"众人听了,聚声大笑。和尚说:"二位员外可以作一件功德事。"苏北山问:"尹春香,是愿意找婆家,还是愿意怎样?"尹春香说:"但能有好善之人,救我出火坑,我情愿出家作一小尼,我尹氏之门三代感恩不尽。"苏员外问:"鸨儿,要多少身价?"鸨儿说:"我花费了三百五十两之数,还不算他在我家来这两月日用吃穿。"苏北山说:"好办。"赵文会说:"苏兄这件事,你让我作吧。我花五百两,把她救出,送在城隍山上清贞老尼姑那清净庵中,叫他照应他也好。"吩咐家人立刻取了五百两银交给鸨儿,叫家人雇轿,把春香送往尼庵。春香一听,连忙给三位叩头,求三位亲身护送。济公说:"很好,我三人先走,前头在那里等你。"家人赵明等候跟轿而行。

济公三人出了勾栏院,一直奔城隍山而来。和尚信口说道:"行善之人有善终,作恶之人天不容。贫僧前来度愚蒙,只怕另人不惺忪。"

罗汉正往前走,只听上面有人喊嚷说:"济公,你老人家可来了!我连到灵隐寺去了三次,并未见着,今日你老人家可来了。"说着,跑到跟前双膝跪下,向上叩头。济公一看,是一个六十以外年岁的老者,头戴四楞巾,身披土色铜氅,腰系丝绦,白袜云鞋,五官倒也纯厚。

书中交代,来者这个人是怎么一段原故呢?只因城隍山有一位老尼姑,名叫清贞。他娘家有一位侄女,名叫陆素贞,配夫高国泰,原籍余杭县城里南门内儒林街住家。这位高国泰原先家中甚有钱,后来他就知道念书,不懂的营运,家中过的一贫如洗,只剩他夫妻二个。上无片瓦遮身,下无立足之地,日无隔宿之粮,柴无一把,米无一粒。陆氏娘子可就说:"你我夫妻莫非束手待毙不成?常言说的好:人挪活,树挪死。莫如你我够奔临安城，我有一姑母在城隍山出家，你我投奔到那里找个学馆，一则也可度日，二来官人也可用功，待至大比之年，官人再求取功名。不知官人意下如何？"高国泰说："你我夫妻也只得是走罢！也没法可施。"夫妻二人这才变卖些破烂的家伙，零碎的物件，凑了点盘费，夫妻起身。

这一日到了城隍山。老尼姑一见甚为喜悦，特给他打扫三间房子，叫他夫妻这里居住。陆氏娘子帮着做点针线，高国泰在庙中发愤读书。夫妻在这庙中甚是平安。

过了有一个多月，这天合该有事。老尼姑有一个大徒弟，名叫慧性，看高国泰是玉堂人物，文质彬彬，满腹经纶，文雅秀士，品貌端方，两个人常常在一处高谈阔论。这位慧性乃是宦门之女，文理通达，高国泰也是对答如流。这一天屋中没人，慧性提笔，做诗一首，递与高国泰。高国泰一看，写的是：

身在白衣大士前，不求西度不求仙。
但求一点杨枝水，洒在人间并蒂莲。

高国泰一看，颜色更变，说："少师父不可如是，人生世上，男女因片刻欢娱，误一世之名节，遗臭万年，被后人耻笑。再说这乃是佛门善地，岂敢污秽？"慧性一听此言，躁的面红耳赤，竟自去了。从此慧性再见高国泰自己觉着羞愧，赶紧躲避。高国泰也觉着有些不便，因此高国泰求老师父："在山下找两间房子，我夫妻搬在山下居住，庙中多有不便。"老尼没法，就在山下给找了三间屋屋，独门独院，是周半城周员外的房子。周员外问老尼姑："甚么人住？"老尼姑说："是我一个亲戚，由余杭县来，在我庙中住着，是我内侄女，就是他夫妻两人。我这内侄婿姓高，名叫国泰。是个念书的人，他说在庙里住多有不便，故此要找房住。"周半城说："明天你将高国泰带来我瞧瞧。"次日老尼把国泰带去见见房东。周员外一看高国泰举止端方，儒儒雅雅，欲有心周济他，初次相见，又恐高国泰不受，自己到觉莽撞，暗中吩咐家人："高国泰房钱如有拖欠，不许催讨。"这是周员外一分侧隐之心，果然他夫妻搬下山来。高国泰以卖卜为生，得一百吃一百，得二百吃二百，夫妻度日，甚为艰窘。

不知不觉就是半年六个月，房钱尚未交付。这日合该有事，取房租的家人告了假，就托伙计代取房租。伙计不知细情，拿过了房折子一查，只有高国泰欠房租六个月。这个就想："高国泰项长三头，肩生六臂，头顶着脚，踏着人家的产业，不给房钱，我去找他去！"这个家人到国泰门首一叫门，里面陆氏连忙问道："甚么人叫门？"家人说："我们是周宅的来取房钱的。"陆氏娘子说："我家先生没在家，回来我告诉罢。"家人说："人不在家，钱也不在家么？六个月都没在家吗？这是人家的产业，你们头顶着，脚踏着，不给钱，打算挨过去就算完了？"里面陆氏说："等着我家先生回来，给送钱去罢。"家人说："不用送，我们在口外头修理房屋，把街门借与我们便罢。"家人就把街门给摘了。到晚间高国泰回来，一见街门没有，便问陆氏娘子。陆氏说："房东来要房钱，家人摘了去。"高国泰一听，气往上冲，说："好个胆大周半城，竟敢凌辱斯文！我要到钱塘县做状告他去！"陆氏娘子说："官人，我们没钱，就是没理。六个月连一个月房钱都没给，再要告人家，岂不于理有短么？"夫妻二人正在商议之际，就见老尼姑清贞来了，见他夫妻正在发烦。老尼姑一问，陆氏便把取房钱摘门之故说了一遍。老尼姑说："先生不要在外面住了，仍然到我庙内去住罢。在外面找钱不易，先生指着算卦，如今一天卖了三件假，三天卖不了一件真。先生口太直，不必在外面了。"就叫陆氏收拾收拾，老尼姑交了房子，带他夫妻仍回城隍山。周半城的半年房钱也没要，作为施舍给庙里香资。

焉想到他夫妻二人到庙里住了两天，这天一早，高国泰不辞而别，临走给陆氏留下三张字柬。陆氏一看，唬得魂飞魄散！不知因何原故？且看下回分解。

第二十七回　寄柬留诗别妻访友　拜请济公占算寻夫

诗曰：

　　锦衣公子未还家，红粉家人呼赐茶。
　　内院深沉人不见，隔帘闻却一枝花。

话说高国泰二次回城隍山，仍在旧住的屋里居住。这天晚间，国泰和妻陆氏二人对坐，国泰说："娘子，明天我要访友去。"陆氏说："官人明天出去，这里有二百钱，是我姑母给我买针线的，官人带着作茶点之用。"说着话拿出来。高国泰含羞带愧，接在手中，说："娘子，安歇罢。"陆氏安歇了。国泰坐在灯下，痴呆呆发愣，仰天长叹，唯唤奈何，心中一阵难过，提笔写了三张字柬，押在砚台之下。候至天光大亮，有心叫醒妻子，又恐怕琐烦，站起身来一狠心就往外走。

庙中有一位香火道，姓冯名顺，今已六十多岁，老者起早，在院中扫扫园子，见高国泰出来，冯顺问道："高先生因何起的这般早？"国泰说："老丈你开下门，我要下山访友去。"冯顺开了门，高国泰下了城隍山竟自去了。

陆氏醒来，不见丈夫，大吃一惊，连忙到外面各处寻找，听冯顺说："高先生大早下山去了。"陆氏连忙到屋中各处一找，只见砚下有三张字柬。头一张字柬上写的是：

　　时衰运蹇度日难，含羞无奈住尼庵。
　　佛门虽有亲情意，反被旁人作笑谈。

陆氏看了这首诗的意思，是说自己贫寒，不能养家立业，与妻子托身庙中，岂不被人耻笑。再看那第二张写的是：

　　此去他乡少转期，存亡生死总难知。
　　今生大约不聚首，有缘来世做夫妻。

陆氏一看这二首是绝话，这一首没有回来之日，死活不定，大概不能团圆，再结来生之缘罢。再看那三首是：

　　留书落笔泪伤悲，恨我无能更怨谁。
　　寄与贤妻细参悟，托身另找画蛾眉。

陆氏一看这第三首诗，放声痛哭，五内皆裂。正在悲惨之际，老尼姑过来问道："侄女因何这样伤惨？"陆氏就把高国泰留了三首绝命诗走了，大概是九死一生。老尼姑说："儿呀，不要着急，我到有个主意。现在西湖灵隐寺有一位济公，乃是在世的活佛，能掐会算，善晓过去未来之事。我派香火道冯顺去到灵隐寺，把他老人家请来，给占算占算高先生上那去了？落在哪里？派人去把他找回来。"陆氏立刻说："即有如此活佛，赶紧派人去请济公。"老尼姑派冯顺下山去请济公。第一次到灵隐寺，济公没在庙里。第二次去请，见兵围灵隐寺。第三次去请，打听得济公被秦相锁了去，因此耽误了三四日。

这天冯顺又下山去找济公禅师，见罗汉爷同着赵文会、苏北山正往山上来。冯顺赶紧跑过去行礼说："师父，你老人家可来了。我几次到庙里去找你老人家，俱遇不见，今天你老人家为何这么闲空？这是上哪里去？"济公说："我要到你们庙里去找老尼姑，我们送一个人出家。”冯顺说：“好，好，好！我们当家的，正要请你老人家有要紧事。”赵文会、苏北山问道：“你们的庙里有甚么事？”冯顺就把那高国泰之事，从头至尾，一五一十，细细说了一遍，众人这才一同奔清净庵来了。

冯顺前面引路，进了庙来，到西跨院。这院是三合房，东西房各三间，北房三间。冯顺同众人进到北房。赵文会一看，屋中甚是洁净，靠北墙有一张条案，上面摆了许多经卷。头前一张八仙桌，两边有椅子。济公在上首椅子上落坐，赵文会在下首坐下，苏北山在旁边椅子上坐定。抬头一看，见正面墙上有一副对联，写的甚好。当中一张大挑，上写的是：

雅爱清幽远世俗，靠山搭下小茅屋。
半亩方塘一鉴水，万条柳新千竹疏。
春酒熟时留客醉，夜灯红处读我书。
利锁名缰全撇去，一片冰心在玉壶。

两旁又有对联，上写的：“青山不改千年画，绿水长流万古诗。”下面落款，写的是高国泰拙笔。苏北山一看说：“圣僧，你看高国泰真是风流才子。方才听冯顺之言，果然不差。你看这对联，写的笔墨甚佳。圣僧，你老人家大发慈悲，把他找回来，我成全成全他，给他找个学馆，待到大比之年，我周济他银两，叫他求取功名。”和尚说：“好，这也是员外的功德。”

正说着话，老尼姑清贞领着徒弟、侄女，一同前来参拜圣僧，求罗汉大发慈悲：“这是我侄女陆素贞，只因他丈夫高国泰把他留在我这庙中，不辞而别，今天已三四日，求圣僧大发慈悲，给占算占算。”和尚说：“那到容易，我们今天救了一个人，乃是宦门之女，误入烟花。他意欲出家，我等打算送到你这庙里来，你收个徒弟罢。”老尼姑说：“师父吩咐，遵命就是。”赵文会说：“少时就送到，我施舍给你庙里二百两香资。”老尼姑谢过赵员外，还求：“圣僧先给占算高国泰落在那里？”济公按灵光连拍三掌，和尚说：“呵呀，完了，完了！”陆氏娘子在旁边一听，唬得颜色更变说：“圣僧慈悲，设法搭救搭救。”清贞也苦苦哀求。和尚说：“此时天有甚么时候？”冯顺说：“天已到了午初之时。”济公说：“这个人现时离此有一百八十里路，天要到日落之时，他有杀身之祸。”苏北山说：“师父，你老人家慈悲罢！”和尚说：“我要找回他来，你可以给他成一个学馆。”苏北山说：“我愿成全他就是。”济公说：“你派家人跟我去，叫他，带二百银作盘费。”苏北山说：“苏禄，你快到钱铺之中，去取二百两白银跟圣僧去找高先生。”清贞说：“冯顺，你跟济公前往。”陆氏连忙叩头。济公说：“赵文会、苏北山，你二人等尹春香来，送她出家，你二人再走。”二人答应。

苏禄把银子取来，济公带二人出了清净庵，到了山下，往前走三步，往后退两步。苏禄说：“师父，你老人家到黑还走一百八十里路？连八里路也走不了，你老人家要换个样走才行那。”和尚说：“换个样走容易，向前走两步，向后退三步。”冯顺暗地只是笑，说：“师父，你至黑走回去了，这样走如何是行呢？”济公说：“我要快快走，你跟的上吗？”二人说：“跟的上。”济公说：“好，我就走。”说完，彳亍彳亍，往前就跑，展眼就不见了。这二人连忙追下去，只跑了有二三里之遥，二人累的浑身汗流，说：“咱们到树林之内歇歇吧。”二人方一进树林，和尚说：“才来呀。”二人说：“我们连歇歇都没有，你老人家早来了。”和尚说：“我都睡了两个盹了。那腿是你两个人的？”二人说：“腿长在我们身上，这不是我们的是谁的？”和尚说：“要是你二人的，我一念咒，他就走。”冯顺说：“好好，你老人家来念咒罢。”和尚见二人都站好了，说：“我要念咒了。”口中念念有词，说：“唵嘛呢叭㗎叭，唵敕赫。”那二人身不由自主，两腿如飞的跑下去。苏禄只嚷:“师父。可了不得了！前面竟是树,撞了准死无疑。”和尚说:“不要紧,都有我哪,到了那里就撞不上。”二人果然到了那里,穿着树就过去了。

正跑着,见由村里出来一人,手里拿了一个碗。济公睁睛一看,这是一个逆子。此人姓吴叫吴云,家里就是他寡母。今天吃包饺子,他母亲都做好了。吴云回去一瞧,没打醋,他就恼了,说他母亲:“年纪越老越昏,谁家吃饺子不打醋？你真是没用!”抱怨他母亲,他母亲也不还言。他赌气出来,拿着碗打醋,被济公瞧见,早已占算明白,用手一点指,这吴云也就跟了冯顺二人跑,腿不由己,自己喊叫道:“我不往那边去呀！这是甚么一段事？我的腿要疯呀!”三个人耳轮中,只听呼呼风响,仿佛驾了云一般往前跑着。见眼前白亮亮是河,苏禄就嚷:“圣僧呀,别叫我跑了,面前是河呀,掉在里头就死了!”和尚说:“不要紧,加点劲就过去了。”来到河这里,仿佛是飞,就过了河。苏禄想:“我快找棵树抱住就得了。”想罢好容易见有了树,苏禄忙一抱,栽倒在地。冯顺也绊倒在地,那打醋的人也绊倒。

和尚来到说:“你们起来。”三个人说:“起不来了。”和尚掏出一块药来,分给三人吃。三个人觉着身体能活动,站起来,吴云直发楞。由那边过来一位走路的,苏禄说:“借问这是甚么所在?”那人说:“这是小刘村。你们几位上那里去?”苏禄说:“我们由临安城上余杭县去。”那人说:“你们走过来了,只离余杭县二十里地面。”吴云一听:哎呀,把醋碗也摔了,饺子也没有吃,出来二百里地面,这怎么回去？和尚说:“我还把你轰回去!”吴云说:“可别轰了,我一个站不住,上了塞北,我怎么回来?”自己由这里走了两天一夜,才到了家。自此见了化小缘的和尚就跑,把穷和尚怕的极了,这且不表。

单说苏禄说:“圣僧,你我到余杭去找高先生?”济公说:“就是。”三个人这才够奔余杭县。罗汉爷又做出一件惊天动地之事,搭救高国泰。不知后事如何,且看下回分解。

第二十八回　苏北山派人找寒士　高国泰急难遇故知

话说济公带着苏禄、冯顺,来至余杭县南门外。路东有一座饭馆,和尚抬头一看说:“苏禄、冯顺,你我到里面吃杯酒,可歇息歇息再走。”二人点头,进了饭馆,要了几样菜。苏禄说:“圣僧,你我已到了余杭县,高国泰现在那里？可以把高先生找来,一同喝酒好不好?”和尚说:“咱们先喝点酒,回头再找他去,离这里道路甚遥远。”三个人说着话,喝完了酒,给了饭钱出来,离了饭店,进了南门,来到十字街,往东一拐,路北里就是县衙门,和尚迈步就往衙门跑。苏禄说:“师父做甚么去?”和尚说:“你两个人在这等着,我到里面找个人。”和尚刚一到大门,就听里面喊嚷:“抄手问事,万不肯应,左右看夹棍伺侯!”“把高国泰夹起来再问!”和尚闻听,仉伶伶打一个寒战。

书中交代,高国泰因何来到此处打官司呢？这内中有一段隐情。只因那日高国泰下了城隍山,自己回思细想:“有心投奔别处去,又没有亲故,无处棲身。”自己一想:“莫若回归余杭县。”自己搭上一只船,也是乡亲给了一百文船钱,吃了点点心,来到余杭县,二百文也花完了,自己一想:“虽然回到故土原籍,也是无处投奔。一无亲戚,二无宾朋,借几吊钱的地方都没有。在外想回家,即至回来,又该如何？有几家至亲,也可以代我分忧解闷。有几个知己的朋友,也可以谈谈肺腑。真是应了古人那两句话:贫居闹市有钢钩,钩不住至亲骨肉。富在深山有木棒,打不断无义宾朋。"自己想了半天。高国泰本是位有志气人,又不愿意求亲赖友,越想越难过,到不如一死方休!来至南门外护城河,打算跳河一死。站在河沿一看,来往船只不少,心说:"死了死了,一死就了,万事皆休。生有处,死有地,这就是我尽命之所。"想罢,刚要往下跳,就听背后有人说话:"朋友,千万别跳河,我来也。"

高国泰回头一看,见这个人身高七尺,细腰扎背,头戴青壮帽,身穿青布裤袄,青抄包,外罩青绸子英雄氅,面皮微紫,紫中透红,红中透紫,环眉阔目,准头端正,三山得配,年有二十以外,说:"先生乃读书明理之人,何故寻此短见?"高国泰说:"兄台,你不必管,我是阳世三间没有我托足之地,我非死不可。"那人说:"先生,你有甚么为难之事?何不与我说说。"高国泰见那人诚实,说:"兄台尊姓大名?"那人说:"姓王名成璧,就在此地居住。我在河沿这里当一个拢班,所有来了客货,都是我找人装卸。先生是因何事寻此短见?"高国泰说:"王兄,我也是此地人。我在南门内居住,姓高名国泰,只因家业凋零,我带着家眷,到临安城投亲,把家眷住在尼庵之内。我想男子立身于天地之间,上不能致君泽民,下不能保养妻子,空生于世上,故此我想生不如死。"王成璧说:"兄台,你聪明反被聪明误,何必如此轻生?你先来跟我到酒饭馆中吃点酒,我给你出个主意。你不必瞎想,人死则不能复生。"高国泰这才跟着王成璧来到酒饭馆。

两个人要酒要菜,吃了个酒足饭饱。王成璧说:"我这现时手底下没有钱,有一笔进项,还得等半天才能到手,今天你先去拉船纤。"高国泰说:"我手无缚鸡之力,焉能拉纤?"王成璧说道:"先生,你不要这样说,人得到那里是那里。你忘了古人那两句话:君子身可大可小,丈夫志能屈能伸,才能够行呢。今天你先去拉纤,等我的钱到手,我再给你些银两去接家眷,然后我再托朋友给你成学馆,你看好不好?"高国泰想:"此人与我萍水相逢,这等劝我,我也不可太固执。"想罢说:"兄台既是这样厚爱,小弟我就去拉船纤。"王成璧说:"好。"站起身来,领着高国泰来到河沿,见有一只杂货船,早已装好,少时就开船。王成璧说:"管船的,我这有一位朋友,叫他跟你们拉拉船纤。管船的多照看点,到了卸了货,千万还把他带回来,可别不管他。"管船的说:"是了,有王大爷在里头,我们决不能错待了。"

高国泰就在这里等候。工夫不大,管船的开船,众人都拿起纤板。人家都是行家,高国泰也不懂,有人把纤板递给他。当时开船,别人拉纤都喊号,高国泰拉着纤想起念书来了,念右第十三章:"君子素其位而行,不愿乎其外,素富贵行乎富贵,素贫贱行乎贫贱,素夷狄行乎夷狄,素患难行乎患难,君子无人而不自得焉。"他只顾的念书,众拉纤人一阵好笑。这一日到了殷家渡,货船卸了,高国泰累的迷迷糊糊,躺在船上睡了。

次日,船又装上别的货往回走,高国泰又拉起来。这一日回至余杭县,刚到了码头口,见王成璧在那里站着,高国泰赶过来。王成璧说:"先生,这一趟多有辛苦了。我在此正盼想你,合该你我弟兄有一段前缘,今天我进了一笔钱三十五吊,你先跟我来喝碗茶,吃点点心,回头再进城换银子,明天你去接家眷。今天沽酒买肉,你我痛饮一番,为通宵之乐。"高国泰说:"很好,很好,我与王兄初会,兄长这般厚待于我,我不胜感激。"王成璧说:"你我好弟兄知己,不要客套。"国泰一想:"这个朋友到很诚实。"这才跟王成璧吃了些点心,天也不早了。王成璧把钱交给高国泰,进城去买银了,带着了酒瓶,打酒买肉。高国泰拿着钱进了城,买了十两银,打酒买肉。买完了东西往回走，正要关城。国泰刚赶出了城，只见由对面来了一人，飞也是直跑，仿佛有急事的样子，正与高国泰撞了个满怀。这人连忙说："先生不要见怪，我一时太慌，我是有急事，我给先生赔罪。"抱拳作揖，说着话，竟自进城去了。高国泰本是文雅人，虽被他碰了一下，自己一想：他也不是故意，这有何妨？高国泰这才出城往前走，忽然一想："方才没把银子碰去了？"自己用手一摸，银子踪影全无。把国泰唬得目瞪痴呆！原来方才那个是个白日贼，早看见高国泰买银子。真是贼有贼智，故意撞高国泰，把银子得了去啦。高国泰越想这件事越不对："回头我见了王成璧，无话可答，莫如我一死。昨天我要死没死了，是还有两天罪未受完那。真是阎王注定三更死，谁人留得到五更？"到了护城河岸，打算要投河。自己说："高国泰，高国泰，你好命运不通！不想今天我死于此城。"

正自怨叹，只听那旁有人说话："这位莫非是恩兄高国泰吗？"来至临近，把高国泰一拉说："恩兄可想死小弟了！我往各处去找，并无下落，不想今日在此地相见。"说着话，就过来叩头。高国泰一看，并不认识。瞧着可面熟，一时想不起来，说："尊兄贵姓？不要错认人。"那人说："兄长，你连我小弟李四明都不认识了？"高国泰一听，说："哎呀，原来是你呀！"

书中交代这李四明幼年家寒，寡母住在高国泰家紧邻街坊。高国泰一家全好善，时常周济李家，后来李四明跟着高国泰家读书。他母亲死了，也是高家给葬费，花了些钱。高国泰问李四明："是要求功名啊，是要作买卖呢？"李四明说："我要找个铺子，我去学生意到好。我家又没有银钱，那有那样花费去求功名？"高国泰说："也好，我给你找一个买卖罢。"就在本城天成粮店去学生意。自上工，一切的衣服被褥，全是高家给的。李四明也好，并不荒唐，专心做那生意，三年已满，东家来铺中算帐，见李四明诸事勤俭谨慎，深为爱惜，把他带到家中，另给他开了一个粮店，在清江做买卖，甚为得利。东家没儿子，就是一个女儿，把李四明招做养老的女婿，把一分家业全都给他。后来那老夫妻也死了，李四明一手成运，全是他经理。想起当年要不是恩兄，我焉有有今日？就带着家眷，收拾细软物件，要回故土，去访恩兄高国泰。到了余杭一探访，并无人知道高家搬在何方，都说是穷跑了。李四明甚为叹息，无奈在西门外买了一所房，又在南门外开了一个粮店。今天是要回家，遇见高国泰，二人见面，悲喜交加，各诉往事。高国泰说："贤弟，我今日要不丢银，你我也见不着。"李四明说："你先跟我到家，咱二人有话慢讲。"

二人站起来，往前走了不远，高国泰脚下一绊，伸手拿起一宗物件来，有分教：小人怀仇，误害良民，忠良秉公，判断奇案。要知后事如何，且看下回分解。

第二十九回　故友相逢知恩报德　小人挟仇以德报怨

话说高国泰伸手捡起来一看，原来是两匹缎子。借着皓月当空，打开一看，上面有"兴隆缎店"四字。李四明说："这两匹缎子，还不是咱们本地余杭县的字号。咱们余杭县有两家绸缎店，字号是天成、永顺。这兴隆缎店不知在那里？"高国泰说："咱们在这里站着等等，有人来找好给他。要是本人丢得起，还不要紧，倘若是家人给主人办事，一丢了可就有性命之忧。”这二人在此等候多时，不见有人来找。李四明说：“天也不早了，你我回家罢。等明日有人找，说对了，你我就给他；没人找，咱们四门贴告白，也不算瞒昧这东西。”高国泰说：“我今天理应该去见见王成璧。我拿钱出来买东西，买银子，他还等我回去喝酒。我因为丢了银子，才要寻死。这我不回去，恐他多疑。”李四明说：“兄长先跟我到家，回头我派家人去给他送信，明天你我弟兄再回拜。”

说着话，两个人向前走。来到西关李四明的住宅门首，大门虚掩，推门进去。高国泰见二门外有西房三间，屋中灯光闪灼。高国泰说：“今天天也是晚了，明天我再到里面，咱们就在这屋里坐罢。”李四明说：“这三间房，被我赁出去，我到不为使房钱。所为我常不在家，招一家街坊，彼此都有照应。”高国泰点点头，来到二门叫门，里面出来一个婆子，开了门一看：“大爷回来了。”李四明说：“你进去告诉你主母，就提我恩兄高国泰来了。”老妈进去不多时，听里面说：“有请。”二人才来到里面上房，见屋中到也干净。里面何氏出来，见了高国泰行完了礼。李四明告诉婆子：“叫收拾几样菜，我们弟兄两个，到东配房去喝酒。”两个人来到东配房，在灯光之下，又把两匹缎子打开一看，李四明说：“这两匹缎子到是真正宝蓝的颜色，可不知这兴隆缎店的字号在那里？明天咱们四门贴上告白条，要有人来找，说对了就给他。没人找，应该你我每人做一件袍子穿。”高国泰说：“是，明天贤弟你还得替我谢谢王成璧大哥。要不是他救了我，我早已死在九泉之下。那位朋友到是一位忠正信实之人，诚笃仁厚，大有君子之风，与我一见如故，我心中甚为感念，良友颇不易得。”李四明说：“好，明日我同兄长去见见这个朋友。”二人吃完酒安息，一夜无话。

次日天明起来，二人净面吃茶，只听外面有人叫说：“李四明，你这住着一位高国泰吗？”连声叩门。二人站起来，到了外面，把门开了一看，门口站定两个头役，带着四个伙计，头戴青布英翎帽，身穿青布靠衫，腰系皮廷带，足下穿着窄腰快靴，个个手拿木棍铁尺。这两个头儿，一位叫金陵寿，一位叫董世昌。一见高国泰说：“朋友，你姓高叫国泰啊？”高国泰说：“不错，二位怎样呢？”那头儿一抖铁锁，把高国泰锁上。李四明过去一拦，把李四明也锁上了，拉住说：“进院搜赃。”到里院各屋一找，由东屋找出那两匹缎子来。李四明二人问：“头儿，你二人是为甚么，把我二人锁上？”金头说：“这里有一张票是我们本县老爷派我们来急速拘锁，我二人无故不敢误锁良民，诬良我担不了。你二人作的事，自己还不知道，还用问我们吗？”那些头役说：“拉着走，休要多说。到了衙门，他们就知道了。”立刻拉着二人，抱着二匹缎子，到了县衙班房之中坐下。

此时老爷迎官接差未回，只候至日色西斜之时；老爷方回衙署之内，立刻传伺候升堂。三班人等喊堂威，站班伺候。壮班管的是护堂施威，皂班管的是排衙打煞，快班管的是行签叫票，捕盗拿贼。三班各有所司之事。老爷姓武名兆奎，乃是科甲出身，自到任以来，断事如神，两袖清风，爱民如子，真是治的路不拾遗，夜不闭户。今日升堂，吩咐：“来，带差事！”只听下面有人说：“殷家渡抢夺缎店，明火执仗，刀伤事主，抢缎子五十匹，银子一千两，贼首高国泰，窝主李四明告进哦！”两旁一喊堂威，立刻带上高国泰、李四明。二人跪下，口称：“老爷在上，生员高国泰叩头。”“小的李四明叩头。”老爷在上面一看，只见高国泰文质彬彬，品貌端方，五官清秀，面不带凶煞之气，遂问道：“高国泰，你等在殷家渡抢夺缎店，明火执仗，同首共有多少人？抢去缎匹归于何处？讲！”高国泰听问说：“老父台在上，生员乃读书之人，不知殷家渡抢缎店之故。至于明火打抢，生员一概不知。”老爷把惊堂木一拍，说：“哇，抄手问事，万不肯应。来，拉下去，给我打！”高国泰说：“老父台暂息怒，生员有下情告禀。殷家渡明伙执仗,刀伤事主,生员实不知情,要严刑苦拷就是叫我认谋反之事,生员也只得认。"老爷说:"据我看来,你这厮必是久惯为贼之人。既是抢缎店你不知情,因何这两匹缎子在你手中?"高国泰说:"生员昨日晚在城西南角城外拾的。我原打算今日四门贴字,如有人来找,生员必还他。不想今日老父台把生员传来,这是一往从前真情实话。"老爷一听把那两匹缎子拿起来看一看,吩咐:"带兴隆缎店守铺王海。"

不多时,只见从外面上来一人,年约五旬以外,五官丰满,面带忠厚,跪下给老爷叩头。老爷叫差人:"把二匹缎子拿下去,看是你铺中卖出的,是贼人抢了去的?事关重大,不可混含。"王海拿过来一看,说:"老爷,这两匹缎子,是贼人明伙抢了去的。"老爷一听,问:"你怎么知道是被贼人抢了去的?有甚么凭证?讲。"王海说:"回老爷,有凭具。在小的铺子内,上架子的货,就有兴隆缎店,没有我们铺中兑印图记。要是有人上我们那里买的缎子,临买妥之时,单有一个兑印图记,是篆字:生财有道。这缎子上没有兑印,故此知道是贼人抢去的。"老爷吩咐下去,高国泰跪在一旁听的明白。老爷说:"高国泰,你可曾听见了么?来,把高国泰给我上挟棍,挟起来再问。"高国泰说:"老父台的明见,生员这两匹缎子实是拾的。就是贼人抢了去,也许遗失,被生员拾着。老父台说生员明火执仗,何为凭证?可以考核。"老爷一听勃然大怒,把惊堂木一拍,说:"你这厮分明是惯贼,竟敢在本县公堂之下这样刁猾,你还说本县屈断了你。"吩咐左右:"把见证带上来。"高国泰一听有见证,唬的颜色更变。

只见由旁边带上一个人来,高国泰一看,并不认得。见此人有二十余岁,头戴蓝布旧头巾,身穿蓝布小夹袄,青中衣,白袜青鞋,面皮微白,白中透青,两道斗鸡眉,一双瓯口眼,蒜头鼻子,薄片嘴,窄脑门,撇大阳,长脖子,大颏落素。李四明一看认识,原来是同院的街房姓冷行二,外号叫"冷不防",住李四明外头院三间房,素常与李四明借钱不遂,怀恨在心。冷二就是两口人过日子,他养不了他媳妇,他媳妇去给人家营工做活,他一个人在家终日盘算,气恨李四明有钱不借给他。这天晚上,他正在屋中发愁,听李四明的家中让人。冷不防想:"李四明素常没往家内让过朋友,莫非有甚么事?"他暗中偷听,让的是高国泰,李四明同着进去。冷二站在二门一听,听四明说拾这个两匹缎子,是兴隆店的,没人找,咱们两个人做两件袍子。冷二听的明白,自己一想:"我听说兴隆缎店在殷家渡前次闹明火,此案尚未拿着。我明天到衙门去,给他贴一贴膏药,就说他是窝主。李四明真是可恨,发这大财,我去借几吊钱都不借,叫他知道我的厉害!往后我再借钱,他就不敢不借给我。"故此他第二天一早,就奔县衙门来,问:"那位头该班?"有人答话:"是金陵寿金头的班。"冷二进来说:"金头,殷家渡明火执仗,这案你们办着没有?"金头说:"没办着。"冷二说:"我们院里房东李四明,他窝藏江洋大盗,昨天有贼首高国泰住在他家,两个人商量一夜,我听的明白,特意前来送个信息。"金头儿一听说:"好哇,我带你见见我们老爷罢。"叫人往里回话,老爷立刻升堂,带上冷二回话。冷二上来跪下说:"回老爷,小的住的李四明的房子,常见有形迹可疑之人从他家出入。昨夜晚间,有贼首高国泰在他家内,诉说殷家渡的明火执仗,刀伤事主。我合房东并无冤仇,怕老爷访查知道,小的有知情不举,纵贼脱逃之罪。"

老爷吩咐先把冷二带下去,派金陵寿、董世昌二人锁拿高国泰,把李四明一并带到。及至二人一到,说带见证,这才把冷二带上来。不知如何断法,且看下回分解。

第三十回　余杭县清官逢奇案　殷家渡济公捉贼人

话说冷二上堂来，老爷问道："冷二，你说高国泰明火执仗，现在已把高国泰带到，你可认识？"冷二说："认识。回禀老爷，他与李四明在屋中说话，小的都听得明白。"高国泰在旁边说："回禀老父台，我生员并不认得他。"李四明往前跪扒半步，说："老爷在上，这个冷二原来跟我在同院，住我的房屋，皆因他欠小的房钱时常不给，跟我借钱。借了几次不还，他还要借，我不借给他，因此借贷不周，他怀恨在心，诬赖好人，求老爷格外施恩。"老爷说："好，我用刑拷你们。拷明了谁，我办谁。大概抄手问事，万不肯应，把高国泰连李四明一并夹起来再问。"两旁衙役等答应。刚要动刑，忽然间公堂以前起了一阵狂风，刮的出手不见掌，对面不见人。少时风住了，老爷再一看，见公案桌上有一张纸，上写"冤枉"二字。老爷也不知是谁写的，自己揣度，其中定有缘故。吩咐："来，暂把高国泰、李四明二人押下去，把冷二也押下去。"老爷退堂。

书中交代，这阵风乃是济公来到，把手一指，起了一阵怪风，遮住众人眼目，在公案之上写了"冤枉"二字，自己出了衙门，带了冯顺、苏禄二人到了西门外。他也并不说住店，仍然往西走了有二里之遥，说："二位，你等看这是那里来的银子？"苏禄、冯顺二人立刻收拾起来，一起往口袋里装。两人说："这里那里来的银子？"济公说："这必是保镖的达官遇见贼，把银子抢了，这是剩下的，咱们拣个便宜。"三人说着，一直往西走，到一个镇店叫殷家渡。由北往南走了有一箭之地，只见路东有一段白墙，上写黑字是"孟家老店，草料俱全，安寓客商。"济公立刻到了那座门外叫开门。里面问："做甚么的？"外面说："住店，快开门。"里面说："客房都住满了。"济公说："找一个独屋就行了。"里面说："没有。"济公说："我这里银子甚多，走不了，如何是好？"里面听的明白。

书中交代，这座店乃是孟家老店。店东孟四雄、李虎，两个伙计，一个姓刘，一个姓李，久惯害人。要有孤行客，行囊多，褥套大，他们立刻用蒙汗药酒，把他治倒一害。上房全有地道，故此这店不只做买卖，竟讲究害人。

伙计一听外面说有银子，连忙到门内往外一看，见三人扛着有无数银两。伙计连忙来到柜房说："掌柜的，外面来了两个人，同着一个和尚，拿着许多的银子要住店。"孟四雄说："你何不把他们请进来？"伙计说："我已然告诉他们说没房。"孟四雄说："我教你几句话，你就说我们掌柜的说了，怕你们三位带着银两一路走，年岁荒饥，倘若遇见贼，轻者丢银两，重者伤性命。我们掌柜的最爱行好，给你们三位腾一间房，叫你们住罢。"

伙计听明白，回身出来一开门，见三个人还在门口站着。伙计说："三位没走呀？"济公说："你们掌柜的听见了，腾一间房叫我们住，怕我们丢了银子是不是？"伙计说："不错。"济公说："好，前头带路。"伙计前头走，济公三人迈步进了店门，见迎门是个大影壁，东边是柜房，西边是客房，里面东边一溜房，西边一溜房，正北是上房。和尚站在院里不走，说："你们这院里是甚么味？"伙计说："甚么味？"和尚说："有点贼味。"伙计说："和尚别打哈哈，你们住上房罢。"和尚说："好，上房凉快，八面全通着。"伙计说："可不是，没有糊窗户，你进来罢。"

和尚同苏禄、冯顺来到上房西里间一看，靠北墙是坑，地下靠窗户是一张八仙桌，两把椅子。冯顺、苏禄也累乏了，坐下歇息歇息。伙计先打洗脸水，然后倒过茶送来，说："你们三位要甚么吃的？"和尚说："你随便给煎炒蒸煮，配配给四个菜，要两壶酒。"苏禄、冯顺说："我们两个可不喝，累乏了要去睡了。"和尚说："你们不喝我喝。"伙计下去喊了煎炒蒸烧四个菜，"白干两壶，海海的迷字。"和尚说："伙计回来。"伙计回来，说："做甚么？"和尚说："你给我要白干两壶，海海的迷字。"伙计一听，大吃一惊，心说："这和尚可了不得了，许是内行人。要不然，他怎么也说江湖黑话？"伙计说："和尚，甚么叫海海的迷字？"和尚说："你说理不说理？你如不说理，我打你一个嘴巴。"伙计说："我怎么不说理？"和尚说："你说的海海的迷字，你到问我，我还要问你甚么叫海海的迷字。"伙计一想："这话对呀，方才可不是我说的吗，到叫和尚问住我了。"伙计这方才说："和尚，我方说的海海的迷字，是给你打点好酒。"和尚说："我也是说要点好酒，你去拿去罢。"

伙计到外面把酒拿来，和尚便睁开一只眼直向酒壶里瞧。伙计说："和尚你瞧甚么？"和尚说："我瞧瞧分量多少，贵姓呀刘伙计？"伙计说："你知道我姓刘又同我。"和尚说："我瞧你这个人到很和气，咱们两个人一见就投缘，来罢，你喝杯酒罢？"伙计说："不行，我是一点酒不喝，一喝酒便醉了，人事不知。"和尚说："你少喝点，喝一杯。"伙计说："不行，要叫我们掌柜的知道，我跟客人喝酒，明天就把我散了。"和尚说："你不喝我的酒，到叫我好疑心，仿佛酒里给搁上甚么东西是的，你不喝我也不喝了。"伙计说："和尚，你喝你的。到不是我不喝，叫我们掌柜的知道，不是买卖规矩。"和尚说："你喝一口酒，这也不要甚紧。"伙计说："我把酒给你温温去，许凉了。"伙计拿着酒壶来到柜房说："掌柜的，这个和尚真怪，拿了酒去，他叫我喝，我不喝，他也不喝。我先换一壶没麻药的，他叫我喝，我就喝。"掌柜的给了一壶好酒，伙计拿到上房来说："和尚，按说没有这个规矩，你既叫我喝，回头我喝点。"和尚说："你把酒温热了？"伙计说："热了。"递给和尚，和尚一仰脖子，把一壶酒都喝了。和尚拿那壶有麻药的给伙计。和尚说："你喝这壶罢。"伙计赌气往外就走。和尚说："你不喝，我也不喝了，一个人喝酒没趣。"吃了点饭菜，撤去残桌，和尚关上门睡了。

伙计到前面柜房说："掌柜的，这三个人可就是和尚扎手。回头动手的时候，可得留神和尚。"李虎说："不要紧，回头叫伙计拿刀去，你在这歇息，不用你管了。"刘伙计点头答应。

等到天交三鼓，李伙计拿了一把刀，奔北上房。来到这里，把上头门插棍拨开，再拨底下。把底下拨开，用手一推，门上头又插上。伙计一想："怪呀。"又拨上头，把上头又拨开，一推门，底下又插上。伙计把窗户捅了一个小窟窿，往里面一看，见屋内三个人睡的是呼声振耳，沉睡如雷。伙计又拨门，拨了半天，照旧没拨开。他这才够奔上房西边，单有一个单间，有地道通着上房。李伙计把一轴画卷起来，桌子移开，要从地道进去。低头向前走，走不动了，仿佛有甚么挡住。

掌柜的李虎在柜房等了半天，不见李伙计回来，叫刘伙计去瞧瞧去。刘伙计拿了一把刀，来到上房一看，见那门也没拨，也不知李伙计去那了。刘伙计便够奔上房东边，也有一个单间通到上房，有地道。他到了那东间把桌子挪开，画卷起，打算要由地道进去。及至一下地道，向前走不过去了。把李虎、孟四雄二人等够多时，不见李伙计、刘伙计回来。二人等急了，各拿钢刀一把，扑奔上房。见门关了，也不知道两个伙计去那里去了。李虎用钢刀一拨门将门拨开，二人来到外间屋中，慢慢听了听，西里间屋内鼻息如雷，这才把西里间帘栊用刀一挑，往屋中一看，见和尚头冲南，伸着脖子，脑袋在炕帘搭拉着，那两个人睡的人事不知。李虎想："活该你三个人该死。"迈步进来，举刀刚要杀和尚，见和尚冲他龇牙一乐，把李虎唬了一跳，转身便要走。见和尚又睡了，李虎一想："敢是和尚做梦呢？我怎么刚要杀他，他冲我一乐？"自己愣够多时，复又近前把刀刚举起来，要往下一落，和尚用手一点指，用定神法把他给定在那里，李虎也不能动。

孟四雄在外面等了半天，一看李虎举着刀不往下落，心中着急，这才闯进屋中，伸手拉刀。罗汉爷施佛法大展神通，要捉拿贼寇，搭救高国泰。不知后事如何，且看下回分解。

第三十一回　拿贼人完结奇案　施邪法妙兴定计

话说孟四雄拉刀要杀济公禅师，罗汉爷翻身爬起来，用手一指，口念六字真言："唵嘛呢叭谜吽，唵敕令赫。"就把贼人用定神法定在那里。和尚一脚把苏禄踹醒，一脚把冯顺踹醒，这才喊嚷："了不得了！有了贼了，要杀人呢！"和尚站起来要往外跑，苏禄、冯顺二人睁眼一看，只见孟四雄、李虎二人，各执利刃，站在那里不动。二人立刻跳下床去往外就跑，站在院中喊嚷起来，说："有了贼啦，杀了人啦！救人那！"

外边正遇巡夜官兵到来，说店内嚷有贼，本汛千总刘国斌带着有二十名官兵，正因前街兴隆缎店明火执仗，刀伤事主，失去缎子五十匹，银子一千两，并未破案获贼。今日听见店内有人喊嚷有贼，连忙叫兵丁登梯子上房，跳在院中，先把大门开放。只见从外边刘老爷进来，先把苏禄锁上。苏禄说："众位先别锁我，我不是贼，贼在屋中哪！我们同伴三人，还有一个老头儿冯顺，一个和尚济公，共三个人，是由临安来找人，昨日住在这店内。有贼人执刀欲杀我们，故此我们喊嚷。"官兵说："好，我们要不是上过当的，我们也不先锁你。只因我们前番在绸缎店内捉贼，进院内有人嚷，我们疑是本家没拿。进屋一看，把本家全上了锁，贼到跑了，我也是出于无法，这次不能上当了。"苏禄说："你们先到房内看看贼去，找我们同伴两个伙计。"

众兵丁到上房一看，原来是孟四雄、李虎、刘大、李二。先把四人刀给夺过来，然后都锁上出来。各处一找，并不见那二人，正自着急，听见马槽底下有沉吟之声，过去一看，原来是一个人，正是冯顺爬在那里。出来一问，合苏禄说的一样。先把苏禄放开，再找和尚。

众兵丁帮着苏禄、冯顺找和尚，各房中都找到了，并没有和尚。只找到厕中，听见里面呼声振耳，到里边一看，果然是和尚站在那边，身倚墙睡熟了。冯顺过去一推说："济公，你老人家还睡呢，官兵来了，把贼拿住了。"只见和尚一睁眼，说："了不得啦！有贼啦！救人那！"苏禄说："有贼，你老人家为甚么会睡着了呢？"济公说："只因贼人一闹，把我睡着了。"众人说："到上房去拿你们的东西。"三人到北上房，再看那些银子全变了石头了。苏禄问和尚："银子怎么会变成石头了？"济公但笑而不答。

官兵把三人带到武汛衙门之内，问冯顺，把已往之事述说一番。刘国斌问了贼人的名姓，一并办好文书，连济公三人解往余杭县衙门。老爷正因高国泰这案为难，不知如何办法，只见殷家渡武汛千总解上这案来，先把济公叫上来一看，是个穷颠和尚站在那里。老爷问："和尚是那里的？来此何干？见了本县，因何不跪？讲。"济公哈哈大笑："老爷，我是西湖灵隐寺济颠和尚。只因西湖有座城隍山，清贞礼拜我济颠，只因寻找高国泰，谁想公堂来鸣冤。"知县一听，说："原来是济公，弟子不知，来人看座！"和尚坐下，述说住店情由。苏禄、冯顺二人磕头，起来站在一边。

知县吩咐把贼带上来，两旁答应，先把孟四雄带上来，跪下叩头。老爷问道说："孟四雄，店是你开的？"贼人答应："是。"又问道："你为何害人？开贼店共有多少年？共害了多少人？讲！"孟四雄说："回老爷，小的务本做买卖，并不敢害人。只因昨天夜内小的店中闹贼之时，小人执刀追贼来的，正遇官兵下夜，把小人捉住当了贼啦。"知县说："你先下去。"叫上官兵问问，是怎么拿的。官兵把捉贼的情形，大概说了一回，老爷叫把李虎带上来，不准叫他二人串供。

带上李虎来跪在堂上，老爷一看那贼人，五官凶恶，定非良善之辈。年有三旬以外，一脸横肉，短眉圆眼。看罢问道说："李虎，方才孟四雄已然全招，你还不实说吗？"李虎一想："他既实说，我也不必隐瞒。"说："老爷，既是他说，小人我也说罢。我二人都是殷家渡本街人，自幼结义为友，开这座店之时，也是我二人同伙开的，今年整开了十年多。每有孤行客，行囊多褥套大，下些迷魂药酒，把人迷倒了，害了人得了财，共害了有三四十个人。今年上月二十六日，我们店内来了山东蓬莱岛的三个人，全是绿林中朋友。为首的是净江太岁周殿明，还有他两个徒弟翻浪鬼王廉，破浪鬼胡方。他三人因为买缎子，合兴隆店口角，相争打起来了，晚晌邀我等去抢兴隆缎店，抢去缎子五十匹，银子一千两，持刀押颈，锹倒更夫，有我们店中四个人。抢回来因为分赃不均，周殿明赌气走了。我等只因和尚带着二人到店之内，见他等银子多，我等派伙计去暗害他三人，不想被官人拿获。这是已往之事，小人并不敢撒谎。"

知县问明白，把两个伙计叫上堂来，一问，刘大、李二二人也都招认明白了。话不可重叙，把孟四雄带上堂来对词，都讯问明白。把高国泰、李四明、冷二三人带上堂来，叫招房书班先生一念招供，抢兴隆缎店，并无高国泰、李四明，先吩咐把二人开放。冯顺一见高国泰，连说："先生久违，我等特为找你而来。"高国泰下堂站住，见冯顺过来先行礼，然后把上项之事，从头至尾，述说一番。

只见堂上把冷二打了四十板子，钉枷示众。把孟四雄打了四十板子，连李虎带两个伙计，一同钉钮镣入狱。济公见把这案了完，立刻站起身来，谢了知县下堂。一见高国泰都引见明白。李四明说："先请高兄同济公、二位管家先到我家，明天再走。"济公说："也好。"一同往前走。

方出西门。济公问高国泰说："王成璧周济你的银两，被何人偷去？"高国泰说："弟子不知是谁，圣僧莫非知道？"和尚哈哈大笑，说："你来跟我看那边。"用手一指，只见从李四明院中出来一人，年有二十多岁，青白面皮，短眉小眼，两腮无肉，头挽空心发髻，身穿青布小夹袄，青布中衣，白袜青鞋，两只眼似篱鸡，东瞧西看。李四明一看，认得是冷二的妻弟，名叫夏一跳，久在街市窃取偷盗，是个白日贼，无恶不做。那天高国泰在钱铺买银子，被他看见。贼起飞智，假作进城，故意把高国泰撞了一个斤头，把银子掏去，在赌博场中两夜的光景，把十两银子输净。今日是来找冷二借钱，到这里一问左右街坊，才知道是冷二打了官司。自己方一出门来，正遇见济公带着众人，用手一指，夏一跳说："众位你等看我，今天报应临头。"伸手自己打了几个嘴巴，跑在河沿，跳下河去，往上冒了一冒，登时死了。地面官人知道，报无名男子一个，本地面该管职官相验已毕，就地葬埋。

李四明请众人到家，整理酒筵，款待济公。高国泰说："李贤弟，你到南门外去找王成璧，把我的事都说明白，你替我谢谢罢。"李四明说："明天我就去。"留济公住了一夜。次日天明，济公带高国泰、苏禄、冯顺由余杭县起身，顺大道直奔临安。

这日正往前走，到了一座镇店，见街市人烟稠密，买卖甚多。正走在十字街，只见东边路北有一座大门，门内高搭一座法台，三丈六尺，上安法桌法椅，头挂五色彩绸，分东西两边。济公看罢，按灵光连击三掌，说："善哉，善哉，我和尚既遇此事，焉有袖手旁观之理？且慢，我必须如此如此。"

书中交代，这座镇店名叫云兰镇，路北这家姓梁名万苍，家私巨万，膝下一子，名梁士元。老员外为人乐善好施，专好修桥铺路，斋僧布道，创修寺院，印造经文。只因有一个老道在这里化了一百两银子，说修佛殿。及至给了他银子走了，老员外在西街拜客，正看见老道由烟花院出来。老员外回到家中，对家人说："我施舍这些钱，原来老道前去问柳宿花，我是不能再舍施的。"家人梁修德说："老员外乃好善之人，咱们这此地连年失收，米贵如珠，员外何不修些好处，立个粥厂，赈济这一方之邻里乡党，到是一件好事。不知意下如何？"梁万苍一听，心中甚喜，立刻禀明本地该管官长，择日放粥。每日早来，打粥之人吃粥一份，外给钱一百文，好叫众人种地。梁员外每日在门外看打粥之人，过了半月之久。

这日梁士元在门外闲立，天有晌午之时，自己正自看过往之人，只见从正西来了一个老道，年约半百以外，头戴青布道冠，身穿青布道袍，白袜青鞋，背后欹斜宝剑，手拿尘拂，面似乌金纸，黑中透亮，粗眉大眼，一部连鬓落腮胡子。一见梁士元，恶念一起。正是：

妖人妄兴害人计，罗汉长施恻隐心。

要知后事如何。且看下回分解。

第三十二回　云兰镇恶道兴妖　梁万苍善人遇害

话说梁士元正在门外站立，见从正西来了一个羽士道人，站在面前说："无量佛，善哉善哉。贫道我闲游三山，闷踏五岳，访道寻仙，善观气色，能知吉凶。看公子这分相貌，五官端方，定是翰院之材。"梁士元一听，连忙躬身施礼，说："道爷贵姓？在那座名山何处洞府参修？我要领教。"道人说："贫道就在这正北五里之遥，五迁山祥云观出家。我姓张名妙兴，专好相法。"梁士元说："道爷既是好相法，奉求给我看看。"老道一听，正中心怀。

他此来原因他游方回庙，见群墙已倒，大殿失修。张妙兴就说他师弟刘妙通，不知化缘修庙，徒在家中吃饭。刘妙通说："我不能化缘了。如今云兰镇梁善人概不书缘，家中立了粥厂，竟赈济我们这一方穷人。也是道门中人自己坏事，前者有一位道门中朋友，在梁善人那里化了一百两纹银，说是修佛殿，后来不修佛殿，他把一百两纹银全皆在烟花院中嫖了，被梁员外看见他从烟花院出来。老员外因此不施舍僧道，我还往那里化缘？"张妙兴一听："好说，我要化不了梁善人，我给你磕头，明天我去。"故此今日来到这里，见公子梁士元在门首站立。他眉头一皱，计上心头，过来一相面，见公子一问他，张妙兴要施五鬼钉头法、七箭锁阳喉恶化恶化梁员外。他先拉过公子的手来，说："公子这分相貌，是上等相法，看尊像眉清目秀，生在诗书门弟，礼乐人家，祖上根基不薄，真乃是石中之美玉，花中之丹桂。此时不但泮水游香，定然科甲有准。此时官星未露，遇而不遇，达而不达，好比冲云之鸟，落在荆棘之中；吞舟之鱼，临于污池之内。未得三江之水，焉能脱鳞为龙？公子把生辰八字说明，我细细给你掐算。"梁士元把自己生辰八字全说明白，恶道记住，暗中掐诀念咒，照定梁士元，冷不防一掌！三魄勾去一魂，七魄勾去二魄。梁士元一愣，反身倒下。老道自己回庙中，叫师弟用于草把一个草人，他朱笔写了生辰八字，用七个新针，把草人之心钉住。刘妙通是个忠厚之人，见他这样行为，问他所害之人是谁。张妙兴说："你不要胡说，我这不叫害人，我要恶化梁员外。"从此每日往云兰镇上走走。

书中交代，那梁士元自老道走后，家人出来一看，公子爷倒在门外，立刻叫同事之人，把梁士元抬至内院上房。梁员外一听，吓的惊魂千里。自己六十多岁，就是这一个孩儿，倘有不测，那还了得！连忙派人请高明先生来这给儿子治病。把先生请来一看，都说是失去魂魄，吃药不效。急的老员外求神祷告上天，许下了大愿。一连两天，并不见好。

这天早晨，梁善人站在门首，看那打粥之人，来的不少。自己本是烦闷，只见从南来了一个妇人，头里跑着三个小子，都有十一二岁，后面跟着两个小子，也有七八岁，背后扛着一个男孩，有三四岁，怀中抱定一子，也有一两岁。老员外一看，说："呀，这个妇人把街坊的孩儿全带来了。来人把那位娘子请过来。"家人过去说："娘子，我家员外有请。"那个妇人过来，慢慢先把孩子都放下，然后叩头："惟愿员外三多九如，多福多寿多儿女，福寿绵长。"老员外问："这几个孩儿，都是你家的吗？"那妇人说："我姓赵，只因丈夫在外贸易未归，我这几个孩儿幼小，人口甚重，又过这样荒年，故此我来这里讨一分粥，我一家人也好活命。"那梁员外吩咐家人："取十吊钱赏给这几个小孩儿。"那妇人叩头谢了，拿钱去了。老员外自己一想，方才那个妇人，虽然穷，现有七个孩儿，久后要是长大之时，到是造化。我虽有百万之富，这一个儿，如今病的这样。据我看人生世上，大概也是命中所定，该当无子，苦求神佛也是徒然。

正自思前想后，只见正西来了一个老道，穿青褂，皂面如刀铁一般，一部连鬓落腮胡子，背后敧插宝剑，口中说："无量佛，善哉善哉。贫道我闲游三山，闷踏五岳，永未见过这样房煞！这房犯五鬼飞廉煞，家中不立小口，主于有恶病欺身。"梁员外一听，连忙过去说："仙长请了，我家这房犯五鬼飞廉煞，求仙长给破破。"老道说："员外先请我到宅院之内，细细看过真实。"梁万苍带着老道到了里院，往各处一看，然后随着员外到了书房之内说："员外明日在大门之内，高搭法台三丈二尺，上面预备八仙桌一张，太师椅子一把，再预备长寿香一封，五供一堂，黄毛边纸一张，砚台一方，笔一枝，白芨一块，朱砂一包，香菜根无根水一碗，五谷粮食一盘。法台头前预备五色绸子，青黄赤白黑五色，按金木水火土五行。预备五百两银子，我给你散散福，你这房子的劫煞就没有了。先把这五鬼解了，然后我再给你儿治病。"

员外一听，心中甚为喜悦，赶紧吩咐家人到过茶来，说："未领教道爷贵上下？怎么称呼？在那座名山洞府修炼？"老道说："员外是贵人多忘事，我常到员外这里来。我姓张名妙兴，在这村北五里地五仙山祥云观出家。"员外说："原来是街坊，我实在失敬了。"赶紧吩咐摆斋伺候。老道连连摆手，说："员外不必费心，容日再扰，我还得回庙预备应用的东西，明日好来除煞。"说毕，站起身来告辞。员外亲身送到外面，拱手作别。

老道去后，员外赶紧吩咐家人，在大门内高搭法台一座，把应用的东西照样预备。众多家人直忙乱了半天，至日落之时，诸事俱已齐备，大家安歇，一夜晚景无话。

次日众人起来，净等候老道来。天有巳正，老道到没来，和尚来了。原来是济公带着高国泰、苏禄、冯顺从余杭县回京，由此经过。和尚睁眼一看，大门内有法台。罗汉爷早已占算明白，心说："好逆畜，竟敢在此行妖作怪！"吩咐高国泰、苏禄、冯顺三人在此等候。

和尚迈步直奔大门，见门口站定几个家人。和尚打一问讯说："辛苦众位，我和尚从此路过，由早晨尚未用饭，我要在尊处化一顿斋吃。"众家人说："和尚你来的晚了，看我们大门上，这里贴着概不书缘。原来我们员外到是善人，最好斋僧布道，现在勿论是僧是道，我们员外一概不施舍。你要早来，粥厂可以打一分粥，你来晚了，明天再来罢。"和尚说："我由早晨没吃饭，你们众位慈悲慈悲罢。"旁边有一位老管家，最好行善，见和尚说的怪可怜的，他站起来说："和尚，我由早起身体不爽，有一碗白米饭，连菜我都一点没吃，我拿来给你罢。"说罢进去，把饭端出来要递给和尚，和尚伸手一接，老管家一撒手，和尚往回地一撒手，叭嚓，连碗带饭掉在地下。老管家说："你这和尚，我好心好意，给你端出饭来，你怎么把碗砸了？"和尚哈哈一笑说："你叫我和尚吃这个剩饭？"老管家说："你不吃剩饭吃甚么？"和尚说："要吃干鲜果子，冷荤热炒，糖拌蜜饯，鸡鱼鸭肉整桌的。把我和尚让在上面独坐，叫你们员外还得陪着我，我才吃呢。"家人一听这话，气往上撞说："你这穷和尚满嘴胡说，我们员外陪你吃饭？你这是说梦话呢。要叫我们员外陪你吃饭，你还得转世投胎。"和尚说："你说的话不算，我和尚要化不出这样斋来，我对不起你们。"说着话，和尚就嚷："化缘来了！喂！"拿手往嘴上一抓，往大门里一扔。众家人掩口而笑。

和尚连嚷了三声，就听里面说："外面甚么人喧哗？"由里面出来一位员外。和尚一看见这位员外身高八尺，头戴双叶逍遥员外巾，三蓝绣花，身穿宝蓝逍遥员外氅，衣领紧系，足下篆底官靴，面如三秋古月，慈眉善目，颏下一部花白胡须。从里面出来，一见济公，要请罗汉爷给儿治病。有分教：

行善之人有善终，作恶之人天不容。

要知后事如何，且看下回分解。

第三十三回　设阴谋恶化梁百万　发慈悲戏耍张妙兴

话说济公正自喊嚷化缘，只见梁员外从内院出来，说："甚么人在我们门首喧哗？"和尚过去，先打一问讯，然后说："员外要问，是我和尚，从此路过，久仰员外是个善人，我一看这所宅院，犯五鬼飞廉煞，家中定有病人，我要给净宅除煞，退鬼治病。一到你这门首，这些家人先令我要门包。我说我又不是来求员外，那里有门包给你？因此争吵起来。"梁员外一听说："你这些奴才！不知在门首做了多少弊端。"家人说："员外不是，他来到这里，先说化缘。"就把上项之事，也学说一回，员外也不理论，问："和尚宝刹在那里？"和尚说："我在杭城西湖灵隐寺。我名道济，讹言传言济颠僧就是我。"梁员外一听看和尚那样，半信半疑，说："济公既是慈悲，随我来。"济公跟着员外，一直来到里面上房东里间。

济公一看，见炕上躺着公子梁士元，昏迷不醒，两旁有许多婆子家人伺候。梁员外一见，连忙叫道："儿呀！梁士元醒来！"连叫数声，见梁士元昏昏沉沉，人事不知，连头也不抬。济公说："员外不便着急，我叫他说两句话，吃点东西，少时立刻见效。"老员外说："甚好，既能如是，圣僧慈悲慈悲罢。"罗汉爷伸手把帽子摘下来，叫人把梁士元扶起来，慢慢把帽子给他戴上，口念六字真言："唵嘛呢叭谜吽，唵敕令赫。"见梁士元慢慢把眼睁开，叹出一口气，说："来人，给我点水喝。"老员外一看，甚为喜悦，连连称好。

和尚说："冲这一手，值你一顿饭不值？"梁员外说："圣僧何出此言？慢说一顿饭，就是我[illegible]常供奉你老人家，也是应当的。"和尚说："那到不必。"员外说："圣僧你要吃甚么？叫他们预备。"和尚说："你把你们管厨的叫来，我告诉他。"家人去把厨子叫来。和尚说："你去预备糖拌蜜饯，干鲜果品，冷荤热炒，一桌上等摆海味席，就在这外间屋中吃。"厨子答应。本是大富贵人家，一应的东西俱都现成，家人摆设桌凳，少时厨子菜已齐备。员外请和尚上座吃酒，老员外旁边，陪着开怀畅饮。

老员外心说："和尚这个帽子到不错，比甚么灵丹妙药都强。我问他要多少钱，把帽子留下，给我儿戴。"员外见梁士元在屋中也说出话来，又喝糖水，又吃东西，心中甚为喜悦。员外说："圣僧的妙法，果然是手到病除。"和尚说："员外你瞧我这帽子好不好？"员外说："好。"和尚说："好可是好，我打算找个主儿，把它卖了。"员外一听，心中欢喜，说："和尚你要卖多少钱？我留下。"济公说："员外要留下好办，把你这分家业买卖房产地业给我，我把帽子给你。"老员外一听，连连摇头说："我买不起。"

说着话，家人把菜上齐，员外陪着和尚喝酒。和尚说："员外，你把你门上看门的那位管家叫来，我有话说。"员外当时吩咐家人叫去，少时来到里面说："员外叫我有何吩咐？"和尚说："我方才说要吃上等摆海味席，干鲜果品，冷荤热炒，糖拌蜜饯，叫你们员外陪着我。你瞧我没说错罢？对得起你。"家人说："是。"和尚说："员外你还得慈悲，我还带着三个跟班在外头等着，没吃饭呢。"员外吩咐家人赶紧让到门房，预备酒席。

家人心说："他还有跟班的？连看他都没有整衣裳，他的跟班的必然更穷了。"想着，来到外面喊嚷："那个是跟穷和尚来的？"高国泰说："是我。"家人一看，是一位儒流秀士打扮，俊品人物，一表非常，穿的甚是整齐。家人说："还有二位在那里？"苏禄、冯顺二人过来说："我们也是跟和尚的。"梁福一看，这二人更阔了。本来苏禄是苏北山的家人，穿的更齐整。梁福心里说："和尚有钱，全打扮了跟班的。"赶紧把三位让到门房，摆上酒席，让三个人吃饭。里面老员外陪着和尚喝酒，说闲话。

正在高谈阔论之际，外面进来一个家人，附在员外耳边，说话不敢叫和尚听见，"回禀员外，道爷来了。"这一句话不要紧，梁员外为了难。有心陪着和尚说话，又怕老道挑了眼走了。有心出去迎接老道，应酬老道，又怕和尚挑了眼。老员外的心思，谁也不肯得罪，不拘和尚老道，谁把他儿病给治好了，老员外都要谢承。自已正在心中为难，和尚说："员外你必是来了亲戚，你到不必拘束。"这一句话，把老员外提醒。员外说："是。"和尚说："你去应酬亲戚要紧，多一半还不是外人，许是你小姨子来了。"老员外一笑站起，吩咐家人给圣僧斟酒。"我去看看，少时我就来陪圣僧喝酒。"说罢站起来往外够奔外书房。

这院中是小四合房三间，西配房作外书房。老员外进到书房一看，见老道早已进来坐定，有家人在一旁献茶。梁员外一见赶紧行礼说："仙长驾到，未曾远迎，面前恕罪。”老道说：“员外说那里话来，知己勿叙套言。”梁员外赶紧吩咐摆酒，问：“老道用荤用素？”张妙兴说：“荤素皆可。”家人擦抹桌案，杯盘连落，摆上一桌酒菜。老员外亲身给老道斟酒，一旁相陪，闲谈叙话，梁员外说：“仙长，我跟你打听一个人，你可知道？”老道说：“那个有名便知，无名不晓。”梁员外说：“西湖灵隐寺有一位济公，你可知道？”老道心中一动：“我要说济公有能为，就显不出我来。”想罢，老道说：“员外你提的就是那西湖灵隐寺的酒醉疯颠的济颠僧，乃无知之辈，不足挂齿。”这句话尚未说完，就听院中有人答话：“好杂毛老道！背地里说人。”只见帘栊一起，由外面来者正是济公。

老员外一见，心里说：“这些个家人们实在可恨，我叫你们陪着和尚吃酒，你们为何放他出来？这僧道一见面，倘若斗起嘴来，多有不便。”

书中交代，和尚在里面喝着酒，家人在旁边伺候，无故的和尚站起，来到里间屋中，把梁士元头上的僧帽摘下来。梁士元正然坐着，又说又笑，和尚把帽子一摘下来，梁士元翻身躺下，人事不知，仍然昏迷不醒。家人说：“和尚，你为甚么把帽子给摘下来？”和尚说：“一桌酒要戴多大工夫？”家人说：“好，你拿帽子换酒喝呢，也不用我们员外吩咐，再给你摆一桌，你还把帽子给我们公子戴上。”和尚说：“我不饿了，等我饿了再吃罢。”说着话，和尚往外就走。家人说：“和尚上那去？”和尚说：“我上毛坑。”家人说：“我们带你去。”和尚说：“不用，要一有人跟着我，我就不能出恭。”家人也不敢跟了。

和尚出来，就奔西跨院，刚到这院中，正赶上老道跟员外说酒醉疯癫的济颠乃无知之辈，何足挂齿，被和尚听见。和尚这才说：“好杂毛老道胆敢背地骂人。”一掀帘子，口中说：“好杂毛老道！”张妙兴刚要答言，济公一抬头说：“呦，这屋里有个老道，你可别挑眼，我没骂你，我骂那个老道呢。”梁员外赶紧站起来说：“圣僧请坐，仙长请坐，我给你们二位引见引见。”济公说：“员外不用给我们引见，我们认识。”说着话和尚就坐下了。家人给添了一份杯筷，和尚斟酒就喝。

老道也不认识，见和尚褴褛不堪，坐下就吃，老道这才问道：“和尚你是那庙里的？”济公喝了一杯酒，把眼睛一翻说：“你要问我，就是那西湖灵隐寺酒醉疯癫无知之辈，不足挂齿的济颠。”老道一听，有些心中不悦。和尚说：“张道爷贵姓呀？”老道说：“和尚你这是成心，你知道我姓张，你又问我贵姓。”和尚说：“我跟你打听一个人，你可认得？”老道说：“那个！”和尚说：“我有个徒孙叫华清风你可认识？”老道一听，气往上撞：“他说的我师父是他徒孙，待我结果了他的性命。”想罢说：“和尚你满嘴胡说，待我山人结果于你！”老道当时手中掐诀，口内念咒，要跟济公斗法。

正是强中更有强中手，能人背后有能人。不知僧道二人斗法胜负如何，且看下回分解。

第三十四回　施妖法恶道害人　显神通济公斗法

话说济公同妖道二人正自口角相争，老道说：“和尚，我叫你三声，你敢答应我三声？”济公说：“慢说三声，六声我都敢答应你。你叫罢！”老道一连叫了三声，那老道口中念念有词，把酒杯往桌上一拍，说声："敕令。"只见和尚正自吃着酒，忽然间翻身躺地下。梁员外一见吃惊，连说："老法师这是怎么了？"老道说："你要问那，我略施小术，就把他给治倒。我这酒杯在这扣一天，和尚躺一天；我这酒杯多咱拿起来，或给他药吃了，他才能活那。"

这几句话方说完，只见和尚站起来了。老道一见说："和尚，我这酒杯并未拿起来，你就活了。"和尚说："来，你还没给我药吃，我再躺下就完了。"老道说："和尚你敢把生辰八字告诉我吗？"和尚说："那也无妨，我就告诉你，我是某年某月某日生人，都告诉了你，你怎么样罢？"老道立刻口中念念有词，说声："敕令。"照定和尚头顶之上击了一掌，说声："急！"站起身来，说："员外，我走之后，你急速把和尚放走，要不然鸡一鸣他准死，你就要打人命官司。"梁员外一看那济公昏迷不醒，人事不知。

老道往外就走，员外在后面紧紧跟随，说："仙长爷慢走，我来替和尚赔罪。"老道并不答言，一直到五仙山祥云观之内，叫师弟刘妙通："快给绑个草人来！"刘妙通问："你又害谁呀？"张妙兴说："我这不是无故害人，只因我化梁员外，这和尚济颠僧，他们胆敢戏耍于我，我是要暗害济颠，报仇雪恨，方出我胸中之气。"刘妙通也不敢违悖他，立刻用于草绑个草人来，放在那里。

恶道又派刘妙通制办物件，吃完晚饭，自己先把八仙桌儿放在那大殿以前，然后把香炉蜡扦五供应用东西物件全都排好，把两个草人按放在两旁。恶道候至星斗出全，他到外面先把道冠摘下来，把扎头绳一去，包头条一解，把头发散开，把宝剑拉出来，立刻点上香，口中祷告说："过往神灵，三清教主，保佑弟子，我要把济颠害了！我化了梁员外银两，我给烧香上供，挂袍还愿。"说完，把剑用无根水担了，拿五谷粮食一撒，先研了朱砂，撕了黄毛边纸，画了灵符有三道，先把剑放好，粘上符咒，口中说急道快，把宝剑一抡，地道符的火光，越抡越大，口中说道："头道灵符，叫他狂风大作！二道灵符，把济公魂魄拘来！三道灵符，我叫他人死为鬼，鬼死为聻！"正自扬扬得意，只觉背后一股冷风，抡刀剁来。

老道往旁一闪身，抬头一看，来了一位绿林英雄，借灯光细看，头戴透风马尾巾，鬓边斜插一枝守正戒淫花，身穿皂缎软靠。周身密排钮扣，皂缎裤，花裹腿，蓝缎袜，倒纳千层底踋鞋。面如白玉，目如朗星，眉似漆刷，鼻梁高耸，唇若丹霞，五官俊美，手执利刃，照定老道剁来。张妙兴往旁边一闪，用手一点指，口中念念有词，说声："敕令！"那人翻身栽倒。老道要过来抡剑剁，只听屋中说："师兄你千万莫杀，那是小弟我的朋友。"过去先把那人扶起。

书中交代，来者乃是镇江府丹阳县人，姓陈名亮，家住陈家堡，自幼父母双亡，跟着叔父婶母长大成人。他还有一个胞妹名叫玉梅，他叔父名叫陈广泰，开白布店生理。陈亮自幼爱练拳脚棍棒，他合保镖之人学了一趟进步连环腿的工夫。后来结交本地有一人，名叫雷明，绰号人称"风里云烟"。二人情如骨肉，把陈亮引入绿林之内。在江西玉山县，有保镖头姓杨名明，绰号人称"威镇八方夜游神"，乃是行侠仗义之人，专爱管一个路见不平之事，杀贪官，斩恶霸，平生好交结天下英雄。陈亮自入绿林之后，也就跟这些侠义在一处，人称玉山县三十六侠，内中何等人物都有。

只因这日是杨明之母寿诞之辰，众人都来祝寿，俱有厚礼。陈亮来了，并未带来一物。雷明可就说："贤弟，你今理应制办些礼物来，以表你孝敬之心。老伯母生辰，叫别位观之也好看。"陈亮说："我有礼物，少时取来，与众不同些。"此时正值四月初旬，他至夜内三更之后，他偷来一盘北鲜十个大桃，众人一看个个称奇。此时新桃未熟，陈桃已完，他会找来十个大桃，真不容易。众人给贺了一个号，人称"圣手白猿"，从此人都以此号呼之。

陈亮这一年回家探望叔父，到家，他妹子陈玉梅合他叔父可就说陈亮："不该身入绿林道。咱们陈氏门中，世代虽说没有做官的，也都是诗礼人家。你这一入江湖，绿林为贼，一则上对不起祖先，下也对不起这里街邻。一日为贼终身是寇，事犯当官，难免云阳市口，身受国法。上为贼父贼母，下为贼子贼孙。依我等相劝，你早早回头，急速改过自新，家中买卖也无人照应。"陈亮一听这些话，一语未发。这就是：酒逢知己千杯少，话不投机半句多。

次日也未告辞，他自己离家，却另有一个主意。他想："我这一走，是要到京都求访高僧高道，自己一出家，了一身之孽冤，上无父母牵缠，下无妻子挂碍。"

自己这日到了云兰镇，想要找点银钱作路费使用，夜间换上夜行衣，到了大户人家，盗了几十两银子，因天晚想要到祥云观看看刘妙通兄长。来至庙前，也没扣门，由东边窜房进来。一看那大殿头前，有一张桌子，后面站定老道，发髻散乱，黑脸带煞，手执宝剑，正自作法。陈亮并未识认，自己一想："这厮定是把刘道兄给害了！他在这兴妖作怪，真乃可恼，不免我杀了他，一出我心中之气。"想罢，跳下来一刀，未砍着老道。老道一抖袍袖，把陈亮治倒在地。那陈亮闭目等死。只见刘妙通跑出来说："师兄，这是我的朋友，看我份上别杀他。"张道一听说："好。原来你勾串外人要害我，你好独占这座庙。"陈亮说："不是，我是一时粗率，只当是你把刘妙通害了，你自己占这庙，我不知你们是师兄弟。"刘妙通给他二人见了。

陈亮认了自己之错，然后同到屋内问："张道爷在那里作何法术？"刘妙通说："贤弟，你早不来晚不来，单候至今日来，他这是要害灵隐寺的济公长老，拘人家三魂七魄。我也听人说过，那济公乃是一位得道之人，恐其未必能把人家魂魄拘来。"陈亮一听，心中说："我正要访高僧高道，想要出家，不想今日在此相遇。我今看他二人谁的能为好？"自己正在思想，只听外边老道又自己做起法来，口中说："济颠魂魄不来，等待何时？"又把二道符抡起来，火光大作，方往外一甩，只见由西边起了一阵狂风，怎么见得？有赞为证：

扬罢狂风，倒树绝林。江声昏惨惨，枯树暗沉沉。海浪如山纵，浑波万叠侵。万壳怒毫天咽气，走石飞沙乱伤人。

这阵风过去，只听有草鞋之声，随风彳亍彳亍只响，不多时，只见桌案以前，站定一个穷颠和尚。张妙兴说："好胆大妖僧！我拘你魂魄，你怎么人来见我？"济公哈哈大笑说："孽障你好胆大！你不知善恶到头终有报，只争来早与来迟！"要知僧道斗法胜负如何，且看下回分解。

第三十五回　烧妖道义收陈亮　访济公路见不平

话说张妙兴正在大殿作法，想要拘济公魂魄，焉想到济公亲身前来。老道一见，勃然大怒说："好颠僧，我拘你魂魄，你怎么人来了？"

书中交代，老道自从云兰镇梁员外家走后，梁员外没追上老道，梁员外只当是济公死了。及至回到书房，见济公在那里坐着喝酒。梁员外一见心中甚为喜悦，说："圣僧,你老人家没死呀?老道说把圣僧魂魄拘了去。怎么你没叫拘了去?”济公说:“他拘我的魂魄,他怎么配,你儿子的魂魄,可叫他拘了去。我晚上去找他!”老员外说:“不必,他一个出家人,这等作恶,早晚必遭天报,圣僧不必跟他一般见识。依我之见,由他去罢。”济公也不还言,在这里喝酒,直到天晚。济公说:“我到外面方便方便,少时就来。”老员外信以为真。

和尚出离了梁宅,一直正奔五仙山来。到了祥云观,见老道正在作法。陈亮来,济公看的真真切切,见老道第二次书符念咒,济公这才随着风来到桌案以前。按说老道自己就应当醒悟:拘魂把人拘来,济公这点道德就不小,老道就该明白。老道到冲冲大怒,用宝剑一指,说:“颠僧,我化梁万苍与你何干?你无故坏我的大事,你好大胆量!你今天要知时达物,跪倒我法台以前磕头,磕头叫我三声祖师爷,山人有一分好生之德,饶尔不死。如要不然,当时我用宝剑结果你的性命!”济公说:“好妖道,你在这里无故兴妖作怪,恶化梁万苍,你还敢见了我这样无礼,我和尚越说越有气!”冷不防济公打了老道一个嘴巴,打的老道脸上冒火,老道气往上撞,抡剑照定济公搂头就剁,二人就在大殿以前,各施所能。老道恨不能一剑把和尚杀了,和尚跟他来回乱绕,掐一把,拧一把,气得老道哇呀呀直嚷。

老道身子往旁处一闪,由兜囊掏出一宗法宝,口中念念有词,说声:“敕令!”白亮亮一宗物件,扑奔济公打去。罗汉爷睁眼一看,见半悬空刷啦啦一响,白忙忙一宗物件,扑奔济公而来。济公一看,认得这宗法宝,名叫混元如意石。这石头能大能小,要太真能有数丈大,要小如鸡子一般,可以带在兜囊。这石头要打着人,准打个头碎血出。济公禅师用手一指,口念六字真言:“唵嘛呢叭谜吽,唵敕令赫。”这石头滴溜溜一转,现了原形,落在济公袖口之内。

老道见济公把他的法术破了,气得三尸神暴跳,七窍内生烟,伸手又掏出一宗物件。老道站在正北,用宝剑一晃,口中念咒,手内掐诀,由就地起了一阵怪风,刮的毛骨竦然。济公再睁眼一看,原来是一只斑斓猛虎,摇头摆尾,扑奔济公而来。罗汉一看,好生厉害。

真是:

头大耳圆尾小,浑身锦绣难描。牧童一见胆落,樵夫闻声魂消。常在深山抖雄彪,万兽丛中招讨。

济公一见,哈哈大笑说:“好孽障!你用这等法术,也要在我跟前卖弄,真乃是江边卖水。”说着话,用手一指,那老虎变着一个纸老虎,现了原形。老道见连破了两宗法宝,不由气往上撞,说:“好,和尚真乃大胆!叫你知道我山人的厉害!”伸手由兜囊掏出一根捆仙绳,在手中一托。老道说:“人无害虎心,虎有伤人意。我本不打算害你,这是你自找,屡次讨死,休怨山人。我今天要开开杀戒!”他这根捆仙绳,最厉害无比,勿论甚么妖精,捆上就得现原形。和尚一看,连说“不好”!只见老道口中念咒,把绳扔起来,只见金光缭绕,扑奔济公。和尚连声喊嚷:“救人那!可了不得了!要捆和尚!”展眼就见这根绳把和尚捆了三道,和尚翻身栽倒。

张妙兴哈哈大笑说:“颠僧,我只当你有多大神通,敢情原来你就是这样无知之辈,待我结果了你的性命!”老道说这话,举剑照定和尚脖项就剁。宝剑砍上一道白印,见和尚瞪着眼瞧看老道,也不言语,并没砍动。老道想:“怪呀!我这宝剑怎么会砍不动和尚?”老道一连又是数剑,仍未砍动。老道豁然醒悟,心中一动:“莫非这是假的?”想到这里,再一瞧,捆仙绳捆的是一个石头香炉。再找和尚,踪迹不见。

老道正在各处寻找,和尚由后面掐了老道一把。老道一回头,气得直嚷,说:“好颠僧,气死我也!我今天与你誓不两立!”伸手由香炉内把那点着的一柱香拿起来,在大殿旁边堆着一堆柴草,口中念聚火咒,把柴草引着,一团火扑奔济公而来。老道今天下毒手,要用真火把和尚烧死,老道用咒语一催,这团火奔济公扑来。济公用手一指,口念:“唵嘛呢叭𠺗吽,唵敕令赫。”这团火卷回去扑奔老道,老道胡子也烧了,头发也烧了,衣裳也着了,往大殿里就跑。活该应当老道遭报,这火把大殿勾连上,少时凡火勾天火,烈焰腾空,火鸽子火蛇乱窜,就把老道烧在里面,尸骨化灰,连东西配殿火也连上。

和尚也不管他,先过去把老道害梁士元做的草人拿起来,把七个针拔下来,将梁士元的魂魄收在袖口里,也不管刘妙通死活,和尚往外就走。

陈亮此时在东配房里,全都看的真真切切,见火连配房要连上,陈亮一脚把窗户踹了,跑出来就追济公,和尚紧走,陈亮紧追,和尚慢走,陈亮慢追。跟着和尚来到云兰镇,见济公奔到梁员外的门首。门口有家人,一见和尚回来,家人说:“圣僧,你上那里去?我家员外都等急了。”和尚说:“好。”迈步奔向里面,来到书房。梁员外一见说:“圣僧,你老人家那里去了?”济公说:“我给你儿找魂魄去了,现在已把你儿的魂魄找回来。”说着话,济公来到梁士元的屋中,只见梁士元昏迷不醒。济公立刻先把他魂魄给入了壳,少待片刻,只见梁士元能活动了。老员外在外间摆上酒筵款待济公。

二人落坐,吃了有三四杯酒。济公问:“员外,你这里闹贼不闹?”梁员外说:“我这里不闹贼。好贼知道我是一个良善之家,也不肯偷我。那下流贼他也进不了我这宅院。”济公说:“好,我提几个好贼,你可认得?”梁员外说:“我不认识是谁。”暗中陈亮正在房上偷听多时,听见要提说几个贼,自已心中一动,不知济公说是那路的英雄。

就听和尚说:“有一个踏雪无痕柳瑞,你可知道?”梁员外说:“不知。”济公说:“这个人外号人称踏雪无痕,是从雪地里走,全无脚印的,多轻妙。”梁员外说:“好轻妙,人从雪上走都无脚印。”济公说:“他走雪地无脚印,可是拿着扫帚扫着走。”梁员外一听,也就乐了。和尚又说:“有一个登萍渡水陶芳,这个人能从水皮走,落不下去。”员外说:“世界上竟有这样能人,可真少,我实未见过。”济公说:“那不算出奇,可是冬天冻冰之时。”员外说:“冬天我也行了。”和尚说:“梁士元已然好了,我明日急速回临安。”梁员外说:“圣僧何必忙,我还要留师父多住几日,报答你老人家救命之恩。”济公说:“叫一个家人来。”梁福过来,和尚附耳如此如此,梁福出去。

陈亮在房上暗中观看,听济公说那些笑话,所说这二人,都是陈亮的朋友,心中说:“他一个出家人,为何也知道我们绿林中之事?”正自思想,只见四面人都围满。梁福带着看家、护院、更夫、壮丁三四十名,各执刀枪器械,口口声声,叫捉拿房上之人!把陈亮吓了一跳。

原来是济公吩咐梁福如此如此,就是派他叫人暗中捉人。陈亮站在房上,把手中刀一擎说:“呔!你等闪开,我也不是来偷盗,无非借路行走,如挡我者死,躲我者生。”翻身跳下房来,济公从屋中出来,有分教:英雄得登三宝地,罗汉广开大乘门。要知后事如何,且看下回分解。

第三十六回 逛西湖酒楼听闲话 气不平黉夜入苏宅

话说济公出来，见陈亮早蹿至外面，和尚随后追至村外，只见陈亮跑的甚快，围着村庄，只绕至天明之际。

济公见祥云观已然烧了一个冰消瓦解，一概皆无，尺木未剩，片瓦不存。外边有无数人救火，西边围着有十数人。济公临近一看，只见刘妙通在那里烧的浑身是泡，无一处无伤，堪堪要死。济公一见动了侧隐之心，过来说："道爷，你这是怎么了？"刘妙通一看是济公，说："圣僧，我没得罪你老人家，我师兄他行为不端，已然遭报。求师父慈悲，救救我罢！"和尚哈哈大笑，说："你既知道循环报应，你可知道他自作孽不可活？来罢，我给你一粒药吃。"那边地方官人说："不行，和尚你别惹事。你给他药吃，倘有错，那还了得。"刘妙通说："无妨，我吃死与和尚无干，是我命该如此。"旁边众人说："他既是愿意吃，何必拦他呢？"济公叫人给他找了一碗热水来，把药化开，给刘妙通端过去。刘妙通喝下去，工夫不大，觉着肚腹咕噜噜一响，浑身烧的泡立刻全化开，流出毒水，也不疼了。旁边众人齐说："好药！"

在济公身背后站立一人，说："罢了，真乃神也仙也！灵丹妙药。"济公回头一看，见那人身高八尺，细腰扎背，头上戴宝蓝缎六瓣壮士帽，上按六颗明镜，身穿一件月白绸子箭袖袍，鹅黄丝鸾带，足下薄底靴子，身披宝蓝色缎英雄大氅。面如白玉，眉分八彩，目如朗星，五官清秀。济公回头一看，照这人脸上"呸！"啐了一口，这人拨头就跑，和尚就追。

头前跑的这人，非是别人，正是圣手白猿陈亮。只因他被和尚追了半夜，好容易听不见草鞋响了，自己止住脚步，把白昼衣服换上，要打算瞧瞧刘妙通是生死存亡。刚到这里来，见和尚给刘妙通药吃。陈亮一说："好药。"和尚回头一啐，陈亮拨头就跑，和尚随后就追。

陈亮跑着，自己一想："我可是个贼，他也没拿住我，我何必跑？我问问和尚为甚么追我？"想罢，自己止住脚步，见和尚也赶到了，陈亮说："和尚，你为甚追我？"和尚说："你为甚么跑呀？"陈亮一听也乐了，说："和尚，我知道你老人家是一位高僧，你老人家收我做徒弟，我跟你出家罢！"济公连连摇头说："你是个贼，焉能跟我出家？我们出家人，讲究三规五戒，三规是规佛、规法、规僧，五戒是戒杀、盗、淫、妄、酒。你要出家，你如何能改得了这几样？"陈亮说："我上无父母牵缠，下无妻子挂碍，了一身之孽冤。师父所说的话，我都能行得了。"济公说："你既是行得了，你到临安城去等我。我把这里事情办完，咱们在临安城见。"陈亮一听，说："师父你叫我临安等你，临安城地方甚大，我在甚么地方等你老人家？"济公想了半天说："咱们在临安城床底下见罢。"陈亮一想："必是临安城有这个地名。"这才给济公行完礼，说："师父我这就起身，直奔临安去等你罢。"济公说："你头里走罢。"

陈亮告辞，也不到祥云观去瞧刘妙通，自己顺大路直奔临安。在道路之上，饥餐渴饮，晓行夜宿，这天来到临安。

陈亮本是初次到京，见人烟稠密，甚是热闹，就在钱塘门外天竺街找了店住下。

次日由店中出来，打算要逛逛西湖，自己散步而行，见西湖上有冷泉亭。自己立在苏堤上，四下观看，一眼望不到边。自己信步来到灵隐寺的门首，见有两个门头僧在那里坐定。陈亮过去说："二位师父，这庙里的济公长老，可曾回来？"门头僧说："他没在庙里。时常不在庙的时候多，也许十天八日不回来，也许三五个月不回来，没有准。"陈亮听罢，转身回来，见人就打听，逢人便问："借光，床底下在那一问人家？"这个地名问了好几位，人人俱皆不知。自己无法，心中一烦，打算找座酒楼喝点酒，回头问问跑堂的。想罢，自己转身往回走。来到上天竺街，见路北有一座酒楼，字号是天和，挂着酒幌子，里面刀勺乱响，过卖传菜。陈亮进了酒楼，登楼梯上去，靠楼窗临街有一张空桌。陈亮坐下，伙计赶紧过来擦抹桌案。陈亮要了几样菜，两壶酒，自己自斟自饮。喝着酒，陈亮把伙计叫过来。伙计说："大爷还添甚么菜？"陈亮说："不是添菜，我跟你打听一个地名，你可知道？"伙计说："你说罢，大小地名，我都可以知道。"陈亮说："这临安城有个床底下，你知道么？"伙计连连摇头说："没有这个地名。"陈亮也不好往下再问，心中暗想道："济公老人家不能跟我撒谎，没有这个地名，我那里问去？"

正在心中发闷，只听楼下街上一阵大乱。陈亮往下一看，见有一乘小轿，跟着有许多人，各拿刀枪棍棒。听轿子内直哭，仿佛这个样子，大概是抢人，由西来往东去。陈亮站起来，瞧够多时，又见由西来了一人，浑身的血迹，跟着许多看热闹的，奔到这酒馆，在这楼下争争吵吵乱嚷。陈亮也听不明白，把伙计叫过来说："伙计，这楼下方才进来那受伤的人，是被何人打的？因为甚么事？"堂官说："老爷，你老人家不是我们这本地人，要问这件事，实在可恼，令人可恨。你看见那位受伤的人，他姓王，跟我们掌柜的是磕头的弟兄，因为管闲事，路见不平，被人家打了。他门首外有一家邻居，姓韩名文成，开钱铺生意，只因把铺子荒闭了，欠下苏北山员外二百两银。今日苏宅管家去要银子去，韩文成说，等卖了房再还。苏管家不依，带着人把韩文成的妹子金娘抢去作押，把韩文成也打了。那位王三爷多管闲事，要合人打架，被人家打了，来找我们掌柜的给他出气。这位苏北山，是我们临安城内绅士，又是头等财主，结交官长，谁惹的了？"陈亮一听，说："这天子脚下，要是这样没王法，要到了外省，应该如何呢？这是恶棍，他在那里住家？"跑堂的说："在城内青竹巷四条胡同路北头一大房，门也高大，门外有四棵龙爪槐树。"

陈亮听了，吃完了酒，会钱下楼，进城在青竹巷左右探了道路。各处一看，自己找了一座茶社吃茶，心中说："帝都之所，有这样恶棍。我今既见，就要多管闲事，今夜晚我到他家，把他一家人全皆杀死，也叫他知道天网恢恢，自有报应。"想罢候至天晚，吃了晚饭，找到无人之处，换好了夜行衣，把白天所穿衣服包好，斜插式系在腰间，蹿房越脊，走了有几所院落。

到了苏宅，往各处探听。只到内宅，见是四合瓦房，前出廊后出厦的上房，西里间屋中灯影摇摇，听有人说话。就听见说："秋香，把茶给我斟上。"陈亮到窗外一看，见那边有个小小窟窿，眇一目往里看，只见靠北墙是花梨俏头案，上摆上好古玩，顺前檐是一张大床，上放着小床桌。西边坐着一个半老妇人，年约四旬以外，五官清秀，有两名丫环，两个仆妇，正伺候吃茶。听那个妇人说："员外这时候也不回来，是往那里去了？内宅又无男子，好叫我不放心。"又见那使女说："太太，咱们员外不回来，也应该给送个信来。只内宅男子非呼唤是不能来的，太太你老人家破个闷儿，我们猜猜谜。"太太说："我说一个，你们猜去：花姐最贱是油头，送旧迎新一夜休，来往客传情不尽，谁将玉体肯轻揉。"两个老妈猜了半天，也没猜着。使女秋香、秋桂叫："太太说了罢，别闷人了。"那太太说："是芝麻楷。"秋香等全笑了，又说："你老人家说个浅近的，我们猜猜。”那太太说：“呦，我可不说了，说了你们猜不着，又来搅我。”秋香说：“这回我们不问了，太太说罢。”那妇人说：“一条白蛇在乌江，乌江岸上起红光，白蛇吸尽乌江水，乌江水尽白蛇亡。说完了，你们猜罢。”

使女正是思想要猜，忽听那外边叭嚓一声响亮。众妇人往外一看，一片红光，直冲斗牛之间。有一宗岔事惊人！正是：

眼见之事犹然假，耳听之言未必真。

不知陈亮在苏宅做出何等事来，且看下回分解。

第三十七回　听奸言苏福生祸心　见济公皂白得分明

话说苏北山之妻赵氏夫人正同使女仆妇屋中闲谈，只听外面一声响。大家回头一看，外面火光冲天，见院中那些花盆架枝桃石榴树上俱有火光。仆妇丫环过去一看是火，用手一掐就灭。

书中交待，原来是圣手白猿陈亮使的调虎离山计。陈亮见众人出来，自己由房上下来，滴溜一转身，进到屋中一看，见屋中极其幽雅，墙上名人字画，挑山对联，山水人物，工笔写意，花卉翎毛，顺前檐一张湘妃竹的床，挂着床帏幔帐。地下桌椅条凳，摆着古玩应用物件。陈亮正在屋中观看，听外面婆子丫环说：“只必是福儿、禄儿两个孩子淘气，弄的这火。”说罢，众人往屋中直奔。

陈亮正在屋中观看，听众人要进来，自己一想，这要叫人堵到屋中，可不像话。急中生巧，一撩床帏，钻在床底下隐藏。

众人进来，也不知屋中藏着人。方才落座，只听外面有脚步声音。秋香紧赶问：“甚么人？”外面有人答话，原来是家人苏禄。秋香说：“甚么事？”苏禄说：“员外爷回来了，同着和尚。这位和尚，也不在书房坐着，也不在客厅坐，要到太太屋里来坐着。员外说赶紧叫太太躲避。”太太一听，赶紧叫丫环把屋中收拾收拾，心中一想：“员外太不对，外头有客厅，又有书房，为甚么暗室里让和尚进来？”正在思想，外面苏禄又进来说：“太太快挪，员外已经同和尚进来。”太太赶紧躲出去，丫环尚未收拾停妥，只听外面员外说话：“师父请你老人家来到我家，就如同你老人家自己俗家一样，不要拘束，愿意那屋里坐都可以。”

陈亮在屋中床底下藏着，心中暗想：“恶霸他往家里让和尚，也没好和尚，必是花和尚。”外面济公哈哈一笑说：“没有好和尚？我怕你等急了，早来了约会。”苏北山一听：“好呀，和尚跑到我媳妇屋里，拿约会来了。”说：“师父你老人家醉了。”和尚说：“没醉。”说着就往里走。陈亮一听，大吃一惊，来者非别，正是西湖灵隐寺济公长老。心中一想：“济公怎么会来到这里？”

书中交待，济公自从打发陈亮走后，回到云兰镇梁员外家中。梁员外一见说：“圣僧来了，我这里甚不放心，自从夜内追贼出去，不见回来。我派家人各处寻找，你老人家上那去了？”济公说：“我到五仙山祥云观瞧了瞧，那座庙烧了个冰销瓦解，片瓦无存，尺木未剩。”梁员外吩嘱摆酒。把酒摆上，梁员外陪着喝着酒说：“师父你从那来？外面带着都是甚么人？”济公就把被城隍山老尼姑清真所请，到余杭县寻找高国泰，带着苏禄、冯顺找着高国泰，要回临安，从头至尾，已往从前的事，细说一番。梁员外说："原来圣僧去找高国泰，我与高国泰是通家之好。他父在日，合我是金兰之好，不想他家中一穷如洗。"叫家人把高国泰请进来。

不多时，只见从外边高国泰进到里面。梁员外让高国泰落座。梁员外说："高国泰，你家中从前的事情，你可知道？"高国泰说："我略知一二。"梁员外说："你父亲名叫高文华，乃是余杭县的孝廉，同我乃是金兰之好，那时你尚年幼，提起这话，有十数年的光景。后来你父亲去世，你也年幼，也没给我送信，因此就断绝往来。不想这些年不见，你落的一穷如洗。方才我听圣僧提起你的名字，我才知道是你。"高国泰一听，曾记得当初母亲也提过，赶紧这才站起来行礼，说："原来是老伯父，小侄男有礼。当年我听我娘亲提过你老人家，只因这家道寒难，不能应酬亲友，未能常常给伯父请安。"梁员外说："现在你兄弟梁士元，正在用功读书，也少个人指教他。你也不必到余杭县去，我把你的家眷们接来，你同你兄弟读书，一同用功。等大比之年，你二人一同下场。"高国泰点头答应。

济公说："梁员外，我和尚要化你的缘。"梁员外说："圣僧有甚么话，只管吩咐。"济公说："你花几百两银，把祥云观烧的地基买过来，把刘妙通叫来，给他五百两银，叫他回古天山。你把祥云观仍然修盖起来。改为祥云庵，把城隍山老尼姑清真连高国泰的家眷接来，叫他们住，这段事算我和尚化你的缘。要不然，老道张妙兴也得讹你几千银子。"梁员外说："谨遵师父之命。"赶紧派家人去找刘妙通。此时刘妙通烧的伤痕已好了，来到梁员外宅中，梁员外给他五百两银，刘妙通知恩感德，拿银两告辞，自己回古天山凌霄观去了。梁员外把高国泰留在家中，把冯顺也留下，派妥当家人直奔城隍山迎接老尼姑清真等，并高国泰的家眷一并接来。把诸事办妥，济公禅师这才告辞。

梁员外给拿出数百两银，叫济公换衣裳做盘费，和尚哈哈大笑说："员外不必费心，我和尚常说：一不积财，二不积怨，睡也安然，走也方便。要钱做甚。"济公带领苏禄告辞，出了云兰镇，顺大路直奔临安。一路之上，见天气晴和，和尚信口歌曰：

参透炎凉，看破世态。散淡游灵径，逍遥无挂碍。了然无拘束，定性能展才。撒手辞凡世，信步登仙界。抛开生死路，逍洒无静界。初一不烧香，十五不礼拜。前殿由他倒，后地任他坏。客来无茶吃，宾朋无款待。谤的由他谤，怪的由他怪。是非临到耳，丢在青山外。也不逞刚强，不把雄心赛。学一无用汉，亏我有何害？

济公带着苏禄往前走，顺道路饥餐渴饮，晓行夜宿。这日到了临安，见眼前坐西朝东一座酒馆，和尚说："苏禄，咱们这里吃杯酒再走。"苏禄点头答应，刚一进酒店，只见苏北山带着苏升，正在这里吃酒。一见济公进来，苏员外赶紧站起来说："师父，你老人家回来了，一路之上多有辛苦。可曾将高国泰找来？冯顺那里去了？"济公就把找高国泰的已往从前之事，述说一遍。苏北山说："原来如此，师父多受苦了，请坐，一同吃酒罢。"

济公同苏员外刚才坐下，忽然从外面进来一位老者，苍头皓首，须发皆白，手杵拐杖，慌慌张张进来，举拐杖照定苏员外搂头就打。苏员外赶紧往旁边一闪，唬得惊慌失色，说："韩老丈你我素有相识，再者你我远日无冤，近日无仇，你为何见我用棍搂头就打，所因何故？"老丈说："苏北山，我今天跟你一死相拼，我这条老命不要了。我儿已然上钱塘县去告你，老汉我上你门口上吊去，我这里有阴状！"苏禄、苏升赶紧把老丈拦住。见这位老丈气得直哆嗦。苏北山也不知所因何故，两个家人把老丈搀扶在板凳坐下，苏北山说："韩老丈你不要着急，有甚么事要跟我拼命？你说明白我听听。"

韩老丈坐在那里，缓了半天，叹了一口气说："苏北山，可是我儿欠你二百银子，把买卖关闭了，应着卖了房子还你钱。你不但不等，你竟敢派家人带着许多匪棍，把我女儿抢了去，把我儿打了，将帐目折算人口。我韩氏门中，世代商贾传家，无故你把女儿抢去，这还了得！"苏北山一闻此言，说："老丈此言差矣！这件事我实不知道，这其中定有缘故，这不是我手下家人。你问问，我如何能做出这样伤天害理之事！甚么人去找你要钱？"韩老丈说："明明是你的家人，当初给我儿子送银子，就是他送的。"

苏北山想了半天，想不起这个人来。济公哈哈大笑说："苏北山，韩老丈，都不用着急，我带你们去找这个人去。先叫人去把韩老丈的儿子韩文成找回来，不必去到钱塘县告状去。"打发苏升去，不多时把韩文成找回来。

韩文成一见苏北山，仇人见面，分外眼红，说："苏北山，我这条命不要了！"苏北山说："贤弟你我知己相交，你欠我二百银子，我并没打算跟你要。甚么人去抢人？把这件事遗在我身上。"韩文成说："分明是你的家人去把我妹妹抢了去，打了我一身伤。我正要去告你，你还不承认？"苏北山说："这不是济公在这里。这件事求济公他老人家给办。"和尚说："你们不便争论，少时你等自然知道，跟我走。"说罢，给了酒饭帐，带领苏北山、韩老丈父子出了酒馆，一直往南。

进了一条胡同，来到一家门首，和尚就嚷："苏管家，给你送银子来了。"只见由里面出来一人，苏北山、韩老丈同众人一看，说："原来是你！"和尚要捉拿行凶作恶之人，不知出来是谁，且看下回分解。

第三十八回　苏北山酒馆逢韩老　济禅师床底会英雄

话说济公带着苏北山、韩文成来到一家门首叫门，只见由里面出来一位管家。韩文成一看，说："不错，找我要银子，带人抢我妹妹就是他。"苏北山一看，原来是苏福。苏北山赶紧叫苏禄、苏升把他揪住。

这个苏福当初他本是金华县人，他父亲带他逃难，把他卖给苏员外家十两银子，充当书僮。自从来到苏员外家，老员外待他甚厚，苏福自己很积攒两个钱。就有一样不好，苏福最好喝酒，喝了酒，不是英雄仗酒雄，坐在门房不管是谁张嘴就骂。这天同伴伙友就劝他，大众说："苏福你自己不可这样胡闹，你常常骂人，倘若叫员外听见，你是自找无趣。"苏福借着酒性说："我告诉你们众位，慢说是员外，我破出一身剐，敢把皇帝打，就是打皇上一个嘴巴，也无非把我剐了。员外也是个人，叫他听见，他敢把我怎么样？"正说着话，正赶上苏北山由外面回来，听见苏福在门房里大嚷大叫。苏员外一想："苏福这东西，真是无法无天。"本来素常苏福在外面胡作非为，声名就不好，苏员外就灌满了耳朵。今天听见苏福在门房里胡说，苏员外气往上撞，来到里面，吩咐把苏福叫进来。少时有人把苏福叫来，苏北山说："苏福，你这厮素常在外面指着我招摇撞骗，任性胡为，喝了酒胡闹，我早就要管你。现在你这样任性，实在难容！我本应当把你送到衙门办你，无奈我这家中乃是积善之家，我不肯做损德事。只可你们不仁，我不能不义，你这卖身的十两银子的字据，我也不要了。"当时点火烧了，叫家人："把苏福给我赶出去，是他的东西，全叫他拿了走，永不许进我的门。"

苏福自己有几只箱子的衣裳，还有二百多两银子，由苏宅出来，自己住店。手里有钱，年轻人无管束，自己也没事，终日游荡，交了一个朋友，姓余名通，外号人称“余鳞甲”，在二条胡同住家。家里就是夫妻两口度日，素常就指着女人过日子，在外面说媒拉纤，余通他也往家里引人，他还装不知道，假充好人。见苏福年轻又有钱，余通就把苏福带了家去，跟苏福拜盟兄弟。苏福就在余通家住了一年多，把钱也都花完了。余通见苏福没了钱，就要往外赶苏福。常跟苏福抬杠，口角相争。余鳞甲妻子暗中告诉苏福说：“你可想法弄钱，你要不想主意，余通说了不叫你在这里住着。说你也没钱，在我们这里吃闲饭，养活不起你。”苏福一听，急了。钱都花完了，没有主意。忽然想起开钱铺的韩文成，当初借过我们员外二百银子，是我给送了去，我找他要去。

这天苏福一找韩文成，韩文成应着卖了房给银子，韩文成也不知道苏北山把苏福赶出去。这天余鳞甲说：“苏福你要真打算找韩文成要钱，我倒有个主意。现在净街罗大公子，要花二百银子或三百银子买一位姨奶奶，咱们带着人去找韩文成要钱，他给钱便罢，如不给钱，韩文成有一个妹子长的十分美貌，带人把他抢了来，卖给罗公子，可以卖二三百现银子。你想好不好？要等着韩文成卖了房给钱，知道几时能把房卖出去？”苏福一想也好，说：“你给约会人，明天就去。他如不给钱，就把他妹子抢来。”

余通出去，就找了些泥土光棍，有二十多位，都是不法之徒。苏福带着余通，连余通之妻马氏，一同来找韩文成要钱。韩文成出来一看。说：“苏管家，我已经同你说，叫你回禀你家员外，等我折变产业给银子，你怎么又来了？”苏福说：“我家员外说了，这么等不行，你不给钱，我们员外叫把你妹子带了去，就不跟你要钱了。”说着话，马氏带人进去，就把姑娘抢出来，搁在车上，拉着就走。韩文成一拦，这些人把韩文成打了；韩老丈一拦，被余通等推了几个筋头。隔壁邻居出来，路见不平，要管闲事，这些人把邻居也打了。大众就把姑娘抢到余通家中，马氏又转了一个媒人，跟净街罗公子说要四百银子。罗公子说：“回头骑马到余通家看看，再还价。”余通、苏福众人在家中，静等候罗公子来瞧人。

外面济公叫门，苏福只打算是罗公子那里有人来了，赶紧到外面一看，原来是苏员外同着韩老丈父子、济公众人。苏北山一看，勃然大怒，叫苏禄苏升过去，先把苏福揪住。余通出来要拦，苏员外吩咐把他揪住，先叫本地面地方来，别放他二人走了。苏北山此地人杰地灵，立刻地保来把苏福、余通二人揪住了。一面韩文成到里面一看，韩姑娘倒缚二臂正捆着，要是不捆，姑娘早就自己撞死。正在危急之时，韩文成走进来把姑娘放开，带出来找了小轿，叫韩老丈把他女儿送到家去。

此时天已掌灯，苏北山说：“师父，余通苏福这两个东西，是把他们交官厅，是送到钱塘县衙门去？”济公说：“不必，暂为把他二人带到你家去，我自有道理。再者我还有事。”苏北山深信服济公，就吩吩苏禄等押着他二人回家去。

众人来到苏员外家中，天有起更以后，叫人看守着苏福、余通。苏北山让济公来到里面书房，济公说：“我今天不在这屋里坐着。”苏北山说：“师父，要上那屋里坐？”济公说：“我要到你住的卧室里坐坐。”苏北山一听，说：“师父你老人家到我家，如同你自己俗家一样，愿意那屋坐即那屋坐。”叫苏禄快给太太送信，把屋子腾出来，立刻太太挪出去。

和尚同着苏员外由外面进来，刚到屋门，和尚说：“来了么，约会？”苏北山说：“师父你跟谁定约会？”济公说：“有约会，不见不散的准约会。”说着话，苏员外同着济公连韩文成一并让着来到屋中。陈亮一听是济公，隔着床帏一看，见济公进来。这屋中地下一张八仙桌，两边有椅子，济公在上首椅子上坐下，韩文成也坐下。

苏员外说："师父，先喝酒先喝茶？"济公说："先坐堂，先把苏福给我带来。"员外吩咐家人就把苏福叫进来。济公说："苏福你今天给我说实话，是谁出的主意抢人？说了实话，我和尚饶了你。你不说实话，把你送到当官治罪。"苏福一听这话，自己也知道济公为人，善晓过去未来之事，不敢撒谎，说："圣僧要问，我是被主人逐出去，在店中住。余鳞甲余通把我让至家中去，我有衣服银钱，他就帮着使我的，银钱完了，他就往外逐我。他妻子告诉我说，因为我没钱，不叫我在他家住了。我是被穷所困，想出韩文成欠我主人二百两纹银，是我经手给送去的，我想要过来，我先使用。不想他当时没钱，余通听见，他给我出的主意，叫我抢他妹子，卖给净街罗公子，以帐目折算人口。不想被主人知道，把我拿来。这是已往之事，并无半句虚话。"和尚一听，说："来人，把他带到床前头，叫他冲床跪着。"

陈亮在床底下听的明白，心中暗想："哎呀，这件事我错了！敢情苏北山员外是好人，一概都是他这家人假传圣旨。这件事亏得济公他老人家前来，要不然，我还许错杀了好人。"和尚在外面用手指点说："我叫你认准了他，明天你要报应他，无故的愣要拿刀杀人，你好大胆子！你自已知道是错了？"

苏北山一听说："师父，你老人家跟谁说话呢？"济公说："你不知道，你不要多问。来人，把余通带进来！"家人把余通带到里面，跪到和尚面前，和尚用手指点说："余通你这厮好生大胆！你打算你做的事，我不知道呢？趁此说了实话，我饶你不死。要不说实话。我把你呈送到当官治罪。"余通说："众位，这件事实实不怨我，实是苏福他要找他主人家帐主要帐，于我无干。"和尚说："虽然是苏福他要找他主人的帐主要帐，你就不该给他出主意。"余通自已一想，"这件事大概不说不行，莫如我实说了，央求央求和尚。到许把我放了。"想罢，说："圣僧，你老人家不便往下追问，这件事是我的错。皆因苏福他在我家住着，想起找韩文成要钱，去要不给，我们商量着，以帐目抢他的人卖钱。"和尚点了点头，说："叫他冲床跪着去，你可听见了。"陈亮心中一动，"只是叫我听。"和尚在外面答话，"可不是叫你一听！"陈亮一想，莫非济公他老人家知道我在这里？和尚哈哈一笑，说："那是知道，要不知道呢，我还不来呢！我叫你认准了这两个人，明天你好报应他们。"

苏北山说："师父，你跟谁说话？"和尚说："你不要管。"苏北山这才吩咐摆酒。酒摆上，苏北山说："韩贤弟，你我虽系买卖交易，总算有交情。我素常为人，大概你也知道，我何能做这伤天害理之事？"韩文成说："也是我懵懂，既往不咎。"苏北山说："给圣僧斟酒。"和尚说："斟酒到是小事，我闻你这里有味。"苏北山说："甚么味？"和尚说："贼味。"苏北山说："那里有贼味？"和尚说："床底下。"苏北山赶紧吩咐拿贼，大概陈亮要想逃走，势比登天还难。不如该当如何，且看下回分解。

第三十九回　圣手猿初入灵隐寺　济长老被请上昆山

话说济公告诉苏北山床底下有贼味，苏北山立刻叫家人拿了棍，往床底下扎了数下，也没见动作，这时吓的陈亮惊魂千里。

书中交代，怎么会没扎着陈亮？原来陈亮往上一崩，贴在床上，全仗提着一口气的工夫，家人连扎几下，并未扎着。陈亮以为是躲过去了，心里说："师父，这可是跟我玩笑，这要是叫人把我拿住怎么好？"只听家人说："员外，这里头没有贼。要有人，拿棍子还试不出来？"和尚说："怎么没有贼？你拿灯笼照照，或者你们四个人把床翻过来，瞧瞧有没有？我说有贼，准有贼。"苏员外叫家人进来，把床翻过转来瞧瞧有没有。家人果然进来，四人把床一翻，陈亮如何隐的住？自己执刀往外一蹿，登时把众人吓了一跳。旁边家人用木棍一截，陈亮的刀正剁在木棍之上。众人一围，陈亮害怕，往外一跑，刀已撒了。众家人一片喊叫："拿人哪！"陈亮早已上房，吓的不敢久待。到了外边无人之处，先把夜行衣服换上，然后在暗中等候。

天光已亮，到了苏宅门外，只见从里边大门一开，苏福出来自言自语，"员外也不要我了，我可往那里去呢？"正自为难，只见陈亮过来说："你站住别走，我正想要打你。"那一伸手先把苏福抓住。抡拳就打，直打的恶奴苦苦哀求。陈亮正打的高兴，只见从那边过来二位，是一早上果子市，正走至此，只见二人打架，过来说："二位别打，清晨早起来，为甚么争斗起来？别打了。"陈亮抬头一看，说："你们二位来劝，我好说话，堂前生瑞草，好事不如无，既是你们二位来劝，依你们二位完了。"这两个人一看，这架到好劝，一劝就完，又一看，认得是苏福，"这不是苏管家么？你们二位因为甚么打起来？"苏福说："我也不知道，我同这位也不认识，无冤无仇。我今天早起，由我们宅里出来，他叫我站站，揪住我就打，我也不知因为甚么。"这二人说："苏管家走罢。"苏福也不敢不走，打又打不过，自己无奈走了。

他刚才走了，余通由苏员外家里出来。依着苏北山要把他二人送县治罪。济公说："不必，他二人是苦求，这回叫你二人知道知道，如再要不改过，必遭恶报。"苏北山说："既是师父给他二人讲情，便宜你这两个东西。"等到天亮，苏员外这才吩咐把他二人放了。先放了苏福，后放了余通，余通刚一出来，那陈亮一瞧，气往上冲，心说："好东西，要不是你这二人，我何故涉险？"想罢，赶奔过去，揪住余通，不容分说，抡拳就打，连踢带踹，直打得余通满地乱滚。这一顿比打苏福还厉害。偏巧有过路人一劝，陈亮也就不打了，连说："完了。"余通也不知因为甚么，忍痛而走。

陈亮在这里立着，工夫不大，见济公出来，手里拿着陈亮那口刀。苏员外说："师父，你吃了饭再走，何必这么早回庙？"济公说："我得回庙，我甚不放心，有半月之久，我也未能回去。"说罢，往前来。

走了不远，陈亮在那边看着，四外无人，要过去合济公要刀，又不敢过来，济公那里说："你真好大胆，还要合我要刀，你一过来，我就拿刀剁你。眼见之事犹然假，耳听之言未必真，无故要杀人家满门家眷，也不访察真假虚实。我把这刀一卖，谁要买我卖给谁。"只见那边有一位是专买古玩字画、书籍刀剑，一听济公之言，过来一看，那刀是纯钢打造的。看了一看，说："师父，你老人家要多少钱？我买。"和尚说："你给我两瓶酒钱，你就拿去。"那人说："师父，你要喝多少钱一瓶的？"和尚说："我喝十两银一瓶的。"那人一笑就走了。

陈亮跟到西湖冷泉亭，过来跪倒说："师父，我只是一时间懵懂，做错了事，你老人家慈悲罢。"济公说："你起来，把刀给你，跟我回庙。"陈亮答应，跟随在后。

到了灵隐寺山门，见了门头僧，济公说："二位师弟，我收了徒弟了，你二人看好不好？"净明一看，连连说："大好大好，师兄请罢！"济公说："也得引见引见，陈亮你过来给你师叔叩头。"门头僧只是说："不敢当。"济公说："你就不必说虚话，头是要叩的。你二人受了礼，给徒侄多少钱罢？"二人说："没有，没有，那里来的钱？你不要取笑。"

济公带陈亮进了山门，只见那边监寺的正在那里站定，济公说：“陈亮快过来给你师大爷叩头。”广亮说：“别叩头，我没钱。”济公带陈亮到方丈屋内，先给老方丈行礼。然后行到大雄宝殿，先拜佛，后鸣钟击鼓，聚集大众僧人，说：“众位师兄师弟，我可收了徒弟了，你们众位要多照应。可有一件，陈亮你是我徒弟，我要想酒喝，你就给我沽酒，我要想吃肉，你就给我买肉。”陈亮答应：“是，徒弟理应伺候师父。”济公说：“你要没了钱呢？”陈亮说：“徒弟有钱没钱，我有地方去找。”和尚说：“不必找，要偷在本庙偷，都是你师叔师大爷，那个看见也不能嚷，我说这件事对不对？”众僧一听都笑了，说：“好，你先教他偷，有甚么师父，有甚么徒弟。”

自此日起，每日陈亮给沽酒买肉供奉济公。陈亮把所有的钱也都花完，把衣服也当了，不到十几天，把衣服也都当完。这日实没有钱了，自己一想：“我今夜出去偷些钱，好供奉师父。”候至天有三更之时，只见济公睡着了，陈亮自己起来，先把那夜行衣包拿起来，要走，只听那边济公说：“我告诉你在本庙里偷，你不听我的话呀！好的，先给你落了发，我好管你。”济公站起来，到了斋堂之内说：“伙计们，给我一把开水壶。”那监斋僧说：“好，你黑夜要开水何用？”济公说：“给徒弟剃头落发。”先抢了一把开水壶。到了外边，此时众僧听见嚷都来了，说：“黑夜之间，你又犯了疯病。”陈亮不能动转，众人作好作歹，把陈亮拉到外边，说：“你快去罢，他是疯子。”

陈亮此时也能活动了，到了外面，换上夜行衣，偷了几十两银，天明把自己衣服都赎出来换上。找了一个小饭馆，进去要了四样菜，紧靠后门坐下。喝了一口酒，自己心中盘算：“本打算要出家，不想闹的这样。我想济公乃是有道行高僧，进庙之时，先不给我落发，莫非我不应出家？”自己正自后悔，只听外边说：“好一个酒馆，我和尚今日要一醉方休。古人说的，‘人生有酒须当醉，一滴何曾到九泉？’”说着话，由外边进来，正是济公长老。只因众僧把陈亮放走，他恼了，讹了监寺广亮两吊钱，一早出庙，到西湖把两吊钱都施舍了，一个也没留，来到酒馆门首，他一看里面人多，一边说着话，就进来了。陈亮一看，吓的跑了。

济公到了桌儿一旁落座，拿起酒来就喝。过卖一看，说：“要菜的走了，和尚喝上了。”和尚一边喝着，口中说道：“酒要少吃性不狂，戒花全身保命长，财能义取天加护，忍气兴家无祸殃。”吃了酒足饭饱，站起来要走，过卖一拦，说：“和尚，没给钱哪，别走！”济公说：“你到柜上说，给我写上，改日来我还你，行否？”过卖说：“和尚，我们这里没有帐。”济公说：“没帐好办，叫你们掌柜的去买一本帐。”过卖说：“你不要打架，我们这里有帐。和尚，我们不认识你，故此说没帐，你知道了。”济公说：“敢则是你不认识我？你可是胡说，你们都认识我。”过卖说：“我们要认识你装不认识，我是个忘八。”和尚说：“你发了誓了，你长这样大，连个和尚都不认识？”过卖说：“我知道你是个和尚，不知道是那庙里和尚。”正自合他争斗，掌柜的过来说：“和尚你要打算搅我可不成，没钱走不了。”

正自二人争嚷，只见从外面进来了两个人，说：“不要喊，和尚吃了多少钱，我们给了，我找和尚如同攒冰取水，轧沙求油。师父，你老人家快跟我来呀！”济公一看，不知来者二人是谁，且看下回分解。

第四十回　济公舍银救孝子　赵福贪财买巨石

话说济公正自同过卖要笑，从外边进来两个人。是长随打扮，先给还了饭帐，然后过来给济公行礼，说："圣僧，我二人赵福、赵禄，是这临安太守衙门的。我二人伺候太守老爷，只因我们太夫人双目失明，我们老爷接着信，遍请名医调治，请了多少先生，都说治眼科不行。有一位赛叔和李怀春李先生，在我们大人跟前把你老人家荐举出来，说你老人家在秦相府治过大头瘟，在苏宅治过紧痰绝，知道你老人家是一位世外的高人。故此派我二人前来，特请你老人家去给治病。望圣僧大发慈悲。跟我走罢！"济公说："我一个出家人，那里懂得医道。你二人回去罢，我不会治眼。"赵福、赵禄苦苦哀求，济公方才应允。

跟随二人来到知府衙门以外，赵福、赵禄二人进去回话，工夫不大出来，说："我家大人说了，衣冠不整，在书房恭候。"济公哈哈大笑，口中说道："行善之人有善终，作恶之人天不容。贫僧前来点愚蒙，只怕令人不惺忪。"济公跟着来到里面。

只见太守降阶相迎，头戴四楞青缎方巾，双飘秀带，身穿翠蓝袍，腰横玉带，篆底官靴，面如三秋古月，慈眉善目，三绺黑胡须飘洒胸前。和尚一看，就知道是一位干国忠良。太守一见济公，忙躬身施礼，说："弟子久仰圣僧大名，今日得见，真乃三生有幸！"济公打问讯答礼相还，让到来正屋中落座，家人献上茶来。

原来这位太守姓赵，叫赵凤山，乃是科甲出身，为人极其精明。他还有一个兄弟，叫赵凤明，自幼父母双亡，跟着婶母长大成人。近来接到家信，知道婶母老太太把眼坏了，连忙请先生打算到家中给老太太治眼。无奈请了几位先生都说不行，这才有李怀春荐举济公，说："济公精通歧黄，手到病除。"故此今天把济公请来，赶紧吩咐置酒款待，说："求圣僧到昆山前去治病。"和尚慨然应允，说："老爷既是吩咐，我和尚焉敢不从命？"赵太守说："我派赵福、赵禄二人伺候圣僧。"和尚说："不行不行，老爷派这二位伺候我，他们二位穿的是甚么衣裳？我和尚这个样，他们二位伺候我，有点不像样罢！"太守说："这到好办，我给圣僧拿一身衣裳换换。本来圣僧衣裳太难，换一身就行了。"和尚说："不行，我不爱穿新衣裳，我就是这个样。既是老爷派这二位管家伺候我，我可有一句话，这不是当着你们老爷，我要把话说明白。你们二位伺候我，走在道上，我说走就走，我说住就住，可不准违背我。那时要一违背我，我就回来不去了。"赵福、赵禄二人连连点头。太守立刻写了一封家信，多带黄金数锭，问："圣僧是坐轿是骑马？是坐车是坐船？"和尚说："我骑路。"太守说："圣僧骑鹿，我那里找去？"和尚说："我骑道路之路，全不用马车等，多带点盘费就得了，给我带二百五十两银子。"太守点头答应，把银子备好了。和尚告辞，带着赵福、赵禄起身。赵福、赵禄一想："到昆山县来回有五十两银子富足有余，我二人每人剩一百两，道路上好好伺候和尚，这趟差事当得着了。"跟着和尚往前走。天有正午，和尚说："住店。"这两人说："是。"到了店里，要酒要菜，吃喝完了，和尚躺下就睡，这两人坐着直到掌灯。和尚睡醒了，又要酒要菜，吃喝完了，赵福、赵禄困了，和尚说："算店帐，我睡醒了，我高了兴要走。"两个人困眼蒙胧，跟着深一脚浅一脚，走了一夜。

天亮人家都出店，他们进店，这两人也顾不得吃，躺下就睡了，和尚要酒要菜吃。这两人睡了一天醒了，有了精神，想着吃的甚么走呀，和尚又不高兴了。和尚睡了，这两个睡了一天，不困了，瞪着眼看着和尚睡了一夜。天亮这两人又困了，和尚也睡醒了，吃酒算店帐起身，这两人迷迷糊糊，吃也吃不下去，睡也睡不安神，和尚调动的实在难受。

这一天正往前走，离昆山县不远，走在一个山庄，见一个篱笆院内，有三间土房，听里面嚎啕痛哭，说："不睁眼的神佛，无耳目的天地，我穷困至此。老娘你老人家一死，我连棺材都买不起！"济公禅师按灵光一算，早已知道。

这里住着这人姓高叫高广立，原本是一个孝子，打柴为生，待母至孝。皆因他这天打柴由山上一滑摔倒，把腿摔伤。有人把他搭回家中，他母亲一瞧，一作急，又没养廉，如何是好？急得老病复发，一命呜呼哀哉死了。高广立连棺材都买不了，自己嚎啕痛哭。

正在悲叹之际。济公在外听见，和尚心中一动，"好事人人愿做，要一花银子，就舍不得。我和尚要明着把银子周济他，大概赵福他二人准不愿意。"济公想罢，用手冲篱笆杖里面一指，说："二位管家，你们看宝贝。"赵福、赵禄一看，里面有一块石头，七楞八半，朔朔放光，金光缭绕。赵福、赵禄二人一看，就问说："圣僧，那是甚么？"济公说："那是宝贝，价值连城。"赵福说："既是宝贝，他们本主为甚么不收起来，放在这里？"济公说："你好糊涂，常言说，'运去黄金失色，时来铁也增光'。本家必是没造化，不知道，要知道是宝贝，决不能搁在这里，我和尚过去买罢，你们两人别过去，我去买去，赚了钱，你们两人二一添作五平分，我和尚不要。"赵福说："只要赚了钱，我二人必孝敬圣僧。你过去买去罢！"

和尚赶上前问："里面有人么？"只见由里面出来一个妇人，身上褴褛不堪，说："呦，大师父，找谁呀？"济公说："我听见说你们这里死了人，我和尚问问放焰口不放？"这妇人一听，说："大师父，我们这里连棺材都没有，还能放焰口？大师父，你请罢，我们也舍不起斋饭。"和尚说："我也不化你们的斋饭。"和尚用手一指顶笆篱门的石头说："你们这块宝贝卖不卖？"妇人一想，"我们还有宝贝？这石头由我过门来扔着就这里顶门，无用之物，他怎么说是宝贝？"想罢，这妇人说："卖呀！"和尚说："要卖多少钱？"这妇人愣了半天，半晌无语，也不知要多少钱好。和尚说："你也不用讨价，我给你一个价，我多了也没有，给你二百三十七两银子，爱卖不卖？"赵福、赵禄二人一听，心说："他到真能给价，二百五十两花了十三两，还剩二百三十七两，他还说他会买东西，把银子全给人家。"两个人旁边听着生气。

那妇人听和尚一给价，有心卖罢，又怕卖漏了，有心不卖罢，又等钱使用，想罢说："卖了。"和尚说："赵福、赵禄快给他银子，你们抱起来就跑，别掉了地下，惊走了宝贝，便是一文钱不值。"赵福过来，把二百三十七两银子放在地下。赵福说："赵禄你帮我抬着。"赵禄说："我不帮你抬着，你先扛着，你扛不动，我再换你。"赵福一想也好，把石头扛起来，真有七八十斤，走了有一里多地，扛得力尽筋乏。赵福说："圣僧，这宝贝叫甚么名字？"和尚说："这叫押狗石。"赵福说："这个宝贝可不错，就是这个名儿可不好，怎么叫押狗石呢？"和尚说："本来就叫这名儿。"赵福说："圣僧，我扛不动了，歇歇行不行？"和尚说："不行，要往地下一搁走了宝，一文钱不值。"赵福说："扛在那里卖去？"和尚说："扛在昆山可卖则卖，倘卖不了，还得扛回临安卖去。"赵福一想："到要把我压死了！赵禄，你分钱不分？"赵禄说："怎么不分。"赵福说："你分钱，别将我一人扛着，你也换换我。"赵禄把石头接过来扛着，问："圣僧若在昆山卖，行不行？"和尚说：

“也行，不过少卖钱。要到临安卖，可卖两万银。在昆山卖，少一半还有一万银，听你二人之便。”赵福、赵禄同说：“我们没得两万银的命，就到昆山卖也好。”

这两人压的浑身是汗，好容易来到昆山。到了十字街热闹地方，和尚说：“你们放在地下，你两个人在两边站立。”这见由旁边过来几个人，看这两个人穿的衣帽整齐，看着一块大石头站着，众人问道：“二位是做甚么的？”赵福说：“卖宝贝。”这两个人说：“就是这块石头是宝贝？”赵福说：“是。”这两个微微一笑走了，连连十数次，俱都如是，一问就走。赵福二人正在发愣，只听那边有人说：“世界上有卖的，就有买的，请问宝价若何？”

赵福二人睁眼一看，来了两位买主。当时二人心想发财，不知来者是谁，且看下回分解。

第四十一回　昆山县巧逢奇巧案　赵玉贞守节被人欺

话说赵福、赵禄二人正卖押狗石，从外边进来二人，问：“这块石头要卖多少钱？”赵福说：“白银一万两整。”那二人一语未发，回头就走。和尚说：“二位请回来，我们要的多，也不算卖了。你二位还个价钱，我们满天要价，你二位就地还钱，倒是给多少？”那二人说：“我们是有人送给我一条狗，它会跑。我想用锁子把这只狗锁在这块石头上，他就跑不了啦！你们要的价钱太大，我要还价，你可别恼，给你一百钱罢！”和尚说：“一百钱也不少，你给满钱罢。”那人说：“也好，我就给你满钱。”把钱给了，雇了一个闲汉，扛着要走。赵福说：“济公，这宗宝贝卖一百钱，那如何行？”和尚哈哈大笑，说：“这块石头除却他还怕没主要哪。”赵禄说：“一百钱够挨压的钱了。”和尚说：“你二人二一添作五，一人五十文，我一文不要。你们赚钱，我再给你二人找去，宝贝短不了，不定甚么人遇见。”二人一听，也不敢说别的话，无奈说：“走罢，我二人这一回差事白当了，分文落不下。”和尚说：“快走快走！”

往前正走，只听对面有人说：“快躲开罢，来了疯妇人了！见人就打，这可不好。”济公一听，这件事要得我算算，按灵光连击三掌，口中说：“好好，这件事，我焉能不管，这还了得！”正自思想，只见从西边来了一个小妇人，年有二十以外，姿容秀美，身穿青布裙，蓝布衫，青丝发散乱，口中说：“来呀！你等随我上西天去见佛祖。”济公一听，早已明白，说：“好哇，闪开，我也疯了！”撒腿往前就跑。赵福、赵禄随后就追。

书中交代，这是怎么件事呢？原来昆山县有一家绅士人家，姓赵名海明，字静波，家中豪富，膝下是无儿，就是一个女儿，名叫玉贞。生得秋水为神，白玉做骨，品貌端严，知三从，晓四德，明七贞，懂九烈，多读圣贤书，广览烈女文。赵海明爱如掌上珍珠，家大业大，又是本处绅士，姑娘长到十八岁，尚未许配人家。皆因赵海明有一宗脾气不好，先前常有媒人来给姑娘提亲，赵海明不是把媒人骂出去，就是赶出去，因此唬的媒人多不敢去了。他有一个本族的兄弟，叫赵国明，乃是乡绅人家，也是本处个大财主，在外面做的一任武营里千户，后来告职在家中养老，为人极其恭正。

这一天，来瞧他族兄赵海明，二人在书房谈话，赵国明就问：“兄长今年高寿？”赵海明说：“我今年五十八岁，贤弟你忘了？”赵国明说：“今年嫂嫂多大年岁？”赵海明说："他今年六十，比我长二岁。"赵国明听罢，点了点头说："兄长你还能活五十八岁么？"赵海明说："贤弟此言差矣！寿夭穷通是命，富贵荣华自修，寿数焉能定准？"赵国明说："既然如是，我有几句话劝你，我侄女已然十八岁，媒人一来说亲，你就骂出去，再不然抢白出去，你莫非等着你死了，叫我侄女自己找婆家去？自古以来，男大当婚，女大当嫁，人之常礼。"赵海明一听，长叹一声，说："贤弟有所不知，我并非是不给你侄女找婆家，皆因来的那些媒人所提的不是浮浪子弟，就是根本不清，都不对我的意思。我要给你侄女找婆家，倒不论贫富，只要是根本人家，本人五官相貌端正，不好浮华，就可以行。真要给一个浪荡公子，岂不把你侄女终身耽误？再说儿女姻亲大事，也不能粗率就办。"赵国明说："我来就为我侄女的亲事而来，咱们这西街李文芳李孝廉，他有一胞弟叫李文元，新进的头一名文学，小考时也中的小三元，人称为才子，今年十八岁，我看此人将来必成大器。"赵海明说："好，明天你把这位李文元约来，我求他写两幅对联。我要看看此人人品如何。"赵国明点头答应。

次日早饭后，把李文元带来，赵海明一看，果然生的丰神洒脱，气宇轩昂，五官清秀，品貌不俗，连忙让至书房。家人献上茶来，赵海明说："我久仰大名，未能拜访。"李文元说："晚生在书房读书，所有外面应酬都是家兄，故此我都不认识。"谈了几句闲话，又盘问些诗文，李文元对答如流，赵海明甚喜。然后书僮研了墨，求李文元写了一幅对联，写完一看，上写是："书到用时方恨少，事非经过不知难。"写的笔法清秀，赵海明甚为爱惜。写完了，又谈些闲话，李文元告辞要走，赵海明送至外面，回来就托赵国明给说此家亲事。三言五语，这也该当是婚姻，就停当了。择日下礼行茶，过了有半月，又择了日子，搬娶过门，赵海明陪送嫁妆不少。

自过门之后，李文元夫妻甚是和好，过了一年之久，这也是该当李文元下场。自到场以后，自己以为必中，焉想到，"不要文章高天下，只要文章中试官。"三场之后，竟自脱科不第，名落孙山。李文元心中郁闷成疾，到家总说："考试官无眼，这样文章竟不中。"越病越厉害，不知不觉病势深重。赵氏玉贞衣不解带，昼夜伺候，不想大限已到，古语说的是："好花偏逢三更雨，明月忽来万里云。"李文元一病不起，呜呼哀哉，竟自死去。派人给赵海明送信，一听这信，如站万丈高楼失足，扬子江断缆崩舟。老夫妻连忙来到李宅，一见死者，痛哭不止。

到了女儿房中，只见赵氏玉贞连半滴眼泪都未落，赵海明合黄氏安人说："儿呀，你这样命苦，你丈夫死去，为何你不伤心？"赵氏一听，说："娘亲，为孩儿的红颜薄命，我怀中有孕，已经六个月之久，此时我虽然五内皆裂，也不敢哭，怕伤损胎，为之不孝。久后生养，要是一男那，可以接续李氏门中香烟，若生一女，也是我那故去丈夫一点骨血。"说着话，甚是悲惨。那赵海明夫妻，又是劝解，又是悲哀。李文芳请人开吊念经，过了几日，发引已毕。赵氏玉贞苦守贞洁。过三四个月，腹中动作，派人把赵海明夫妻请来。临盆之际，有收生婆伺候，生了一男，起了一个乳名叫末郎儿。每逢丈夫故去，守节孀妇，生这个孩儿，讹传叫慕生，正字是末生儿。人秉天地阴阳之气所生，孤阴不生，独阳不长，阴阳合而后雨泽降，夫妇合而后家道成。

闲言少叙。赵氏自生了此子之后，单打出一所院子，守节三载。儿童非呼唤不准进那院中去，赵海明夫妻也时常来看。这一日，夫妻二人又来看女儿来，赵氏说："爹爹，娘亲，明天备一份寿礼来。明天是我哥哥李文芳的寿诞之辰，前来给他祝寿，好叫他照应你这苦命的外孙子。"赵海明夫妻点头说："我夫妻明天必到，来给他祝寿。"说完了话，夫妻二人回了家。

次日先叫家人送来烛酒桃面，又送一轴寿幛，然后安人坐着轿，员外骑马，带领仆从人等，来到李宅门首。一看，真是车马盈门，真是白马红缨彩。是亲不是亲者强来亲。本来李文芳又是本处的绅士，又是财主，又是孝廉公，本处谁不恭敬？所有昆山县的举监生员，绅董富户，都来给他祝寿起来。李文芳才三十岁，家中大排筵宴款待亲友。赵海明夫妻来到里面贺喜，李文芳说："亲家翁，自我兄弟故去，你我久未得畅谈。今天趁此佳期美景，等晚上应酬亲友散去，家中现成的粗酌野芹，你我今宵可以畅谈。"赵海明点头。

天至掌灯以后，众亲友俱各散去，在书房摆了一桌酒，李文芳同赵海明慢慢小饮，吃着酒谈些个闲话。天有初鼓之际，只见由外面进来一个使女，手中拿着一个灭灯笼进来，站在桌前说："亲家老爷，员外爷，可了不得了，方才唬了奴婢一大惊。方才亲家太太同大奶奶在上房屋里吃酒，叫奴婢我去请二主母。我方到东院门首，紧对着书房那里，只见那边一条黑影，我一害怕，也没瞧出是甚么来，把灯笼也灭了。"李文芳、赵海明一听这话，心中诧异，把灯笼点上，二人跟着来到东院门首，叫使女叫门。使女叫了二声："二奶奶开门！"只听里面有脚步声音，把门一开，跑出一个男子，赤身露体。

赵海明、李文芳一看，"呀"了一声，有一宗岔事惊人。不知后事如何，且看下回分解。

第四十二回　贞节妇含冤寻县主　济禅师耍笑捉贼徒

话说使女正叫赵氏守节的院门，从里面跑出一个赤身露体的男子。李文芳一把没揪住，气得颜色改变，说："赵海明你来看，这是你养的好女儿！咱们来书房说。"二人来至书房，酒也不能喝了，赵海明气得颜色更变，在那里默默无言。李文芳说："咱们两人是官罢是私休？要是官罢，咱两个人到昆山县打一场官司。你愿意私休，你写给我一张无事字，我写给你一张替弟休妻字。我李氏门中，世代诗书门第，礼乐人家，没有这不要脸的人，给我败坏门风。"

赵海明是一位读书明理的人，一听李文芳这一遍话，自己本来是没的说，赵海明说："官罢私休，任凭你罢。"赵海明要是不讲理，也有的说："我女儿在我家好好端端，到你家这是你家的门风，我能管三尺门里，不能管三尺门外。"无奈赵海明不能这么说。李文芳说："要是依我，咱们私休。"赵海明说："也好，我先写给你无事字。"

使女站在一旁，听明白了，跑到里面上房说："亲家太太、大奶奶，可了不得了！奴婢去请二奶奶去，走在东院门首把灯笼灭了，我到书房点灯笼去，亲家老爷跟员外爷送我出来，一叫二主母的门，由二奶奶院里跑出一个男子，浑身上下一点衣服也没穿。员外爷跟亲家老爷都瞧见了，也没抓住这个人。我听员外说，要写替弟休妻字，亲家老爷要写无事字，这怎么好？"黄氏老太太一听这话，唬的颜色更变，女儿院中出这个事，酒也喝不下去了。大奶奶本是贤德人，素平妯娌很和美，一听此话也愣了，赶紧同黄氏老太太够奔东跨院。

来到赵氏玉贞这屋中一看，地下还点着灯，阴阴惨惨。这西里间是顺前檐的床，见赵氏怀中抱着小孩，脸冲里合衣而卧，已然睡熟，在他旁边有一身男子裤褂，男子鞋袜各一双。使女过去叫二奶奶醒来，连叫数声，赵氏惊醒，睁眼一看，娘亲、嫂嫂带着许多丫环、仆妇在地下站着，赶紧问："娘亲还没回去了？方才我抱着孩子睡觉，也不知天有甚么时光。"黄氏说："儿呀，你怎么做出这样事来，叫我夫妻二人有何面目见人！"赵氏一听，说："娘亲，孩儿做了甚么事了？"旁边有个使女爱说话，方把方才之事，如此如此述说一遍，说："二主母你不必装憨，这男子的衣裳、鞋袜还在这里。"大奶奶就问说："妹妹，怎是这么一段事情？平素你不是这样人。"黄氏也是这样说。

赵氏玉贞一听此言，是五内皆裂，气得浑身立抖，身不摇自战，体不热汗流，自己长叹一声，说："娘亲，孩儿此时也难以分辩，有口也难以分诉。这叫：浑浊不分鲢共鲤，水清才见两般鱼。"

正在说话之际，只见赵海明同李文芳进来，赵海明一瞧，气往上冲，告诉黄氏："你还不把你这不要脸的女儿带了走，我如今与李文芳换了字样，外面轿子已然都预备在院中。"赵氏玉贞抱了小孩，来到外面，方要上轿，李文芳过去一把揪住说："赵氏你这一回娘家，不定嫁与张王李赵，这孩儿是我兄弟留下的，趁此给我留下。"由赵氏怀中把孩儿夺过去。赵氏放声痛哭，坐着轿，母女同赵海明回了家。

到了家中，母女下轿，来到上房，赵海明气昂昂把门一锁，扔进钢刀一把，绳子一根，说："你这丫头，做这无脸无耻之事，趁此给我死。如不然，明天我把你活埋了！"黄氏老太太一心疼女儿，身行一仰死过去了。赵氏玉贞一想："我要这么死了，死后落过遗臭万年，莫若我要死死在昆山县大堂上去，死后可以表我清白之名。"自己想罢，拿刀把窗户割开，自己钻身出去。到了外面一看，满天的星斗，不敢走前院，直奔后面花园子角门。开了角门一瞧。星夜光景，自己又害怕。往外一迈步，门坎绊了一个跟头，拿着这把刀，把手也碰破了，流血擦了一身的血迹，把刀带好，自己往前行走。深一脚浅一脚，心中又害怕，又不认得县衙门在哪里，心中一想："倘若被匪人掠去，自己是死是活？"走到天光亮了，自己也不知东西南北。

正往前走，只见有一位老太太端着盆倒水，一见赵氏头上青丝发散乱，一身的血迹，不由的心中害怕，说："呦，这不是疯子罢？"赵氏玉贞一听，借他的口气说："好，好，好！来，来，来！跟我上西天成佛做祖！"唬的老太太拨头就跑，见人就告诉来了疯妇人了，甚是厉害。过路人又要躲又要瞧，聚了人不少。

赵氏玉贞也找不着昆山县，天有巳正，正往前走，只见对面有人喊嚷："我也疯了，躲开呀！"赵氏抬头一看，由对面来了一个穷和尚，口中连声喊嚷："我也疯了！"赵氏见这和尚，头发有二寸多长，一脸的滋泥，破僧衣短袖缺领，腰系绒绦，疙里疙瘩，光着脚穿着两只草鞋，走道一溜歪斜，脚步沧狂。赵氏一瞧，大吃一惊，心说："我假疯，这和尚是真疯，倘若他过来跟我抓到一处，揪到一处，打到一处，那便如何是好？"唬的不敢往前走。

来者这疯和尚，正是济公。后面赵福、赵禄跟着这个气就大了。他俩想："花二百三十七两银子买了一块石头，压的我二人力尽筋乏，卖了一百钱，他无故又疯了，到看他怎样子。"只见济公来到疯妇人跟前，止住脚步，和尚口中念道："要打官司跟我走，不认得衙门我带着去。"说着话，和尚头前就走。赵氏一想："莫非这和尚也有负屈含冤之事？他要打官司，我何不跟他走？"和尚头里走，赵氏后头就跟着，大家看着真可笑。往前走了不远，只见对面来了轿子，和尚口中说："得了，不用走了，昆山县的老爷拜客回头，我和尚过去拦舆喊冤告状，有甚么事都办的了。我和尚过去一喊冤，轿子就住着，我非得打官司，谁也拦不了。"赵氏一听昆山县老爷来了，心中说："这是该我鸣冤了。"不多时，只见从那边旗锣伞鼠，清道飞虎旗、鞭牌、锁棍，知县坐轿，前护后拥，跟人甚多。

这位知县姓曾名士侯，乃科甲出身，自到任以来，两袖清风，爱民如子，今日正是迎官接诏回来。赵氏在道旁叫："冤枉那！"轿子立刻站住，老爷一看，只见那道旁跪定一个妇人，年约二十以外，身穿缟素。知县看罢，吩咐："秉正抬头。"只见那妇人抬起头来说："老爷，小妇人冤枉！"知县一看，说："那妇人可有呈状拿上来我看。"赵氏说："小妇人赵氏，配夫李文元，丈夫故去，小妇人守孀。只因昨天是哥哥的寿诞之辰，天有初鼓，小妇人在东院守节抱着末郎儿已然睡熟，使女叫门，从小妇人院中跑出一个赤身男子，上下无根线，我婆家哥哥见事不明，也不知道怎样，写了一张替弟休妻字样，我父亲见事不明，写了人家一张无事字样，把小妇人带回家去，给了绳子一根，钢刀一把，叫小妇人自寻死道。小妇人非惜一死，怕是死后落一个遗臭万年，故此求老爷给我辨白此冤。"

老爷一听这件事，心中一动，"他告的他娘家爹爹赵海明，婆家哥哥李文芳，清官难断家务事。"打算要不准，只听人群中有一穷和尚说："放着案不办，只会比钱粮。"知县一听，说："甚么人喧哗？别放走了，拿住他！"官人过去一找，踪影全无。

老爷吩咐把那妇人带着回衙。到了衙门之内，下轿升堂，又把赵氏叫上来一问，只见赵氏一字不差，照方才所说之话不二。知县知道赵海明、李文芳二人是本处两个绅士，传来一问便知。想罢，吩咐："来人，先把赵海明、李文芳传来。"听差人等答应，立刻就到赵宅门首，一叫，门上人出来问明白，到里边一回话，赵海明一听，心中一动说："好丫头，你上县衙去，现在我有甚么脸在昆山住着？"跟人到了衙门。先禀见知县，一上堂，知县一看，是五品员外模样，五官淳厚，看罢问道："赵海明，你女儿告你，你要从实说来！"赵海明说："老父台在上，职员家门不幸，出这样事，求老爷台给职员留脸，不必问了。我要不亲看见，如何能答应？"知县说："事已到公堂，焉能糊里糊涂下去？本县必要问明。"只见人来回话："李文芳传到！"不知此案如何办法，且看下回分解。

第四十三回　巧取供审清前案　赵凤鸣款留圣僧

话说知县正在公堂之上审问赵氏，下面差役上来禀报："将孝廉李文芳传到。"知县吩咐带上来。原本李文芳正在家中料理家务，外面家人进来禀报说："老爷，现在外面有昆山县的差人来传老爷过堂，是咱们二奶奶把你告下来了。"李文芳一听，勃然大怒，说"好一个赵海明，这厮反复无常。你既不要脸面，我还怕羞耻？"自己把赵氏屋中那身男子的衣裳带着，用包袱包着，跟着差人来到县衙。禀见知县，口称："老父台在上，孝廉李文芳给老爷行礼。"

老爷抬头一看，见李文芳年有三十以外，头戴粉绫缎色幅巾，迎面嵌片玉，绣带双飘，上面走金钱踏金边，绣三蓝花朵，身穿粉绫缎色袍一件，绣三蓝富贵花，腰系丝绦，足上篆底官靴，面皮微白，眉分八彩，目如朗星，五官清秀，透着精明强干。老爷看罢，说："李文芳，赵氏是你甚么人？他把你喊冤告下来，你可知道？"李文芳说："回老父台，晚生知道。皆因赵氏犯七出之条，我兄弟已然故去，故此我写了替弟休妻字样，赵海明写了无事字，他情愿把女儿带回，不必经官，免致两家出丑，不想赵氏又听他父亲赵海明串唆,来捏词诬告。”老爷一听。说:“赵氏犯七出之条,有何为凭据?”李文芳说:“回老父台,有凭据。若没有凭据,晚生也不敢无事生非。他是守节的孀妇,晚间由他院中跑出赤身露体的男子,里面又有男子的衣服,晚生业已带来,请老父台过目。”把包袱递上去。

知县打开一看,里面是男子头巾、裤褂、鞋袜。老爷一看,问:“赵氏,你屋中可见这包袱没有?”赵氏说:“回老爷,不错,这包袱是在小妇人屋里来着。”老爷说:“你既是守节的孀妇,你那院中又没有男子出入,竟有男子的衣服?你还来刁词诬控,搅扰本县!大概抄手问事,万不肯应,拉下去给我掌嘴!”赵氏一听,心中一动:“我要在昆山县堂上挨了打,我何面目见昆山县的人?再者说赵氏门中岂不玷辱?莫如我一死倒好;死后必有稳婆验我,可以皂白得分,落个清白之名。”想罢,自己往前跪趴半步,说:“大老爷,先不必动刑,小妇人有下情告禀。”老爷说:“你讲!只要说得有情有理,本县并不责罚你。”赵氏说:“小妇人我苦守贞洁,我院中并无男子出入,老爷如不信,有跟同榻而睡的人。”老爷一听,心中一动,“既有跟他同床共榻的人,这事也许别人做的,他不知音。”老爷说:“甚么人跟你同床共榻?”赵氏说:“是我那孩儿末郎的奶娘李氏。”老爷吩咐传李氏。

手下差役人等下去,不多时把李氏传到。一上堂,李氏说:“好,我二主母把我告下来了,我正要上堂前去鸣冤!”来到公堂跪倒说:“老爷在上,小妇人李氏给老爷磕头。”老爷睁眼一看,见李氏有三旬以外年岁,长的姿容丰秀,身穿蓝衫、青裙,足下窄小宫鞋。老爷说:“李氏,从你二主母院中跑出一个赤身的男子,这男子衣服是那里来的?你必知情,从头说了实话,与你无干!”李氏说:“回大老爷,小妇人我不知道,我昨天告假回家。”老爷一听,在上面把惊堂木一拍,做官的人,讲究聆音察理,见貌辨色,说:“李氏,你满嘴胡说,你这就该打!你当奶娘,你说告假,莫不成你走了,把孩子饿起来了不成?”李氏唬的颜色更变,说:“老爷不必动怒,我这里有一段隐情。”回头说:“二奶奶,我可要说了。”赵氏说:“你说罢,只要你照实话说。”

李氏这才说道:“老爷要问,小妇人也并不是久惯指着当奶婆为生,我就在西街住,离我家主人家不远。是我家二主母雇了奶子散了,老不合式,我家就是一个婆母娘,丈夫贸易在外,我有个小女儿死了,我这也是一半行好。这一天,我二主母就问我:‘李氏,你不告假么?’我说:‘我不告假,末郎公子养活的又娇,带到我家去,二主母不放心,不带了去,公子岂不要受屈?’我家二主母因为这个,有两天没跟我说话。又过了些日子,我家二主母又叫我歇工,小妇人我就不敢违背了,我就告假,二主母还赏了我两串钱,一包袱旧衣裳。晚间给公子吃了乳,我家去睡觉,在家住了一夜。昨天我家二主母又叫我告假,我还说:‘今天是大老爷的生日,焉有我告假之理?’我家二奶奶说:‘你是我这院中的人,大老爷他也不能管。’故此我就走了,告了假,二主母还给了我三吊钱。这天晚上,就出了这个事,故此我不知。素日我家二主母实系好人,并无闲杂人进院里去。”

我爷听罢,说:“赵氏,你叫李氏告假,是所因何故?”赵氏说:“小妇人是红颜薄命,李氏他丈夫贸易在外,新近回来,我想为我这孩儿叫他夫妻分离,不叫他回去么?小妇人是修合无人见,存心有天知。老爷自己不明白,到后面问问太太就明白了。”知县一听这话,其中定有别情,说:“赵氏,你这是刁词胡话。大约不打你,你也不说实话。来呀!拉下去给我掌嘴。”赵氏一想:“我要等他打了我才死,我总算给赵氏门中丢脸,莫如我急速一死。”想罢,说:“老爷,不便动怒,小妇人我还有下情。”知县说:“讲!”赵氏说:“我死之后,千万老爷派稳婆相验,以表我清白之名,但愿老爷公侯万代。我死后老爷如不验，叫我皂白不分，老爷后代儿女，必要遭我这样险报。”说着话，自己拉出刀来就要在大堂上自刎。知县在上面也不能拦，幸有旁边差人手疾眼快，伸手把刀夺过去。

知县正在无可如何，忽听外面一阵大乱，有人喊嚷：“冤枉！图财害命，老爷冤枉！”老爷借这一乱，吩咐先把赵氏、李氏、李文芳、赵海明带下去，先办人命案要紧。差役人等将众人带下去，只见外面有一个和尚，带着一个人，两眼发直，扑奔公堂而来。

书中交代：来者和尚非是别人，正是灵隐寺的济公长老。原来济公自带着赵氏鸣冤之后，赵福、赵禄追上和尚。赵福说：“师父，你老人家别犯疯病，咱们走罢。”和尚跟着往前走，来到南街赵凤山的住宅门首，家人说：“师父，这里站一站，我二人进去回话。”不多时，由里面二员外迎出来。赵凤鸣出来一看，见济公衣服褴褛不堪，心中暗想：“我打算请了甚么高人来给治病，原来是一穷和尚。”无奈拱手往里让。到书房落座，赵福、赵禄二人先把书信拿出来，二员外叫人送上茶来。打开书信一看，是自己哥哥的亲笔手书，上写：

> 夕阳入律，曙气回春。伏念贤弟德门景福，昌茂之时矣。前接华翰，知家务一切事宜，仰赖贤弟料理，愚兄承情莫尽矣。启者叩禀婶母太君万福金安。以是侄仰赖祖宗之福庇，蒙圣上恩德，简任太守，不能日侍左右。前接二弟来函，知婶母太君玉体违和，瞳眸被蒙。奉读之下，感泣涕零，悲鸣之嘶，实伤五内。侄处请得灵隐寺济公禅师治病，精通岐黄，手到病除，可急愈矣。侄遣家人赵福、赵禄捎至黄金数锭，共五十两，供为甘旨之资已。是侄尽忠则不能尽孝矣！并候均安不一。
>
> 不孝侄男赵凤山顿首叩

赵凤鸣看罢信书，这才重新给济公行礼，说：“圣僧佛驾光临，弟子有失远迎，当面恕罪！我兄长约请圣僧前来给我老母治病，不知圣僧应用何药？何等治法？”济公说：“贫僧自有妙法。”正说着话，听外面有脚步声音，济公说：“外面甚么人进来？”赵凤鸣也问：“甚么人进来？”只见由外面进来一位大汉，头挽牛心发髻，身穿旧裤子，白袜青鞋，原来是种稻地的长工笨汉。

和尚说：“你怎么这么没根基，把我的鞋偷了去？你一走道，我就听出来了。”那笨汉把眼睛一翻说：“和尚，你别讹人，我的鞋，你说是你的？”和尚说：“二员外你看，我由临安来，穿这草鞋，这么远，走的了么？我是穿着那双鞋来的，到了门口我换上草鞋，他就把我那鞋偷了去。”这大汉方要跟济公争竞，济公说：“你说是你的鞋，有甚么凭据？说对了就算是你的。”大汉说：“我鞋底上有十四个钉子。”济公说：“我鞋上有十六个钉子。”大汉脱下来，果是十六个，急的要跟和尚打架。赵凤鸣说：“我给你两吊钱再买一双，把这双鞋给圣僧留下。”大汉也不敢再争，拿钱去了。赵凤鸣说：“圣僧要这双鞋何用？”

济公哈哈一笑，说：“要给老太太治病，非这双鞋不可！”当时拿笔开了一个方子，赵凤鸣一看，暗为点头。不知济公写的是何话语，且看下回分解。

第四十四回　诱汤二县衙完案　两公差拜请济公

话说济公合赵凤鸣二人谈话,问圣僧都用甚么妙药治眼。济公说:“这一双鞋是药引子,还要一个全单。药味不同,我开出来,你等照方儿预备罢。”叫家人取过文房四宝来,立刻济公写完,给赵二员外一看,吩咐家人照样预备,用包袱包好。济公叫:“赵福,扛着包袱跟我去,找药引子去。没有药引子不能办。”赵福跟着和尚出了大门,又告诉赵福几句话,立刻赵福去了。和尚信口唱着山歌,往前行走,唱的是:

得逍遥,且逍遥,逍遥之人乐陶陶。富贵自有前生定,贫穷也是你命该着。任你用机谋,难与天公绕。劝君跳出这朦胧,随意逍遥真正妙。杯中酒不空,心上愁须扫。花前月下且高歌,无忧无虑直到老。

济公信口作歌,一直出了西门。只见前面有一人,扛着大包裹,往前走,那街市上之人全都让他,说:“汤二哥,你老人家怎么会走了?我们都不知道,也没给你送行,有甚么急事呢?”只听那人说:“我家来了一封急信,叫我急急回家,我回来再见罢。”众人让着他,他并不站住。

济公一看,心中说:“要把此人捉住,方好办事。”想罢,随后就追,一直出了关厢。那人不住回头,直看和尚,和尚后面紧迫。那人就把包裹放在地上,坐在包裹上,心说:“这个和尚,追我干甚么?我又不认识他。看他过来怎么样?”和尚来到近前,也就坐在地下,扬着脸看着那人,目不转睛。那人气往上冲说:“和尚,你瞧我做甚么?”济公哈哈一笑,说:“你姓甚么?”那人说:“我姓汤,你问我做甚么?”和尚说:“你一说姓汤,我就知道你叫甚么。”那人说:“我叫甚么?”和尚说:“你叫汤油蜡。”那人勃然大怒,说:“和尚你又不认识我,你为何张嘴就跟我玩笑?”赌气拿起包袱来就走,和尚随后就追。走了有一里之遥,和尚后面直嚷:“汤油蜡,你等等我!”汤二一想:“这个和尚真可气,我不认识他,他跟我玩笑。”

往前走了不远,眼前有一个镇店,有买卖铺户,也有酒馆。汤二一想:“我进酒馆喝两壶酒躲躲他,大概穷和尚他没钱,等他过去我再走,省得他直叫我汤油蜡。”想罢,进了酒馆坐下,说:“伙计,咱们这里卖甚么酒菜?”伙计说:“我们这里有酒,有豆腐干,卖饺子,没别的。你要吃菜,南隔壁有卖的,我借给你一个盘子,你自己去买去。”汤二拿了个盘子,说:“伙计,你给我照应着包袱。”伙计说:“不要紧,你去买去罢。”汤二拿着盘子,刚一出酒铺,见和尚一掀帘子,进了酒铺。汤二心中好后悔,说:“我要知道和尚来,我就不喝了。”自己已然拿了人家的盘子,又不好不喝,就在隔壁买了一盘熟菜。进酒铺一看,和尚把包袱坐在屁股底下。汤二一看,也不问和尚,汤二问伙计:“我叫你看着包袱那里去了?”伙计一看,和尚那里坐着包袱,伙计过来说:“和尚,你别坐着人家的包袱,给人家罢。”和尚说:“包袱是他的给他,我是方才捡的,只当我又丢了。”伙计心说:“跑我们屋里捡东西来了。”立刻把包袱给了汤二。

汤二就在和尚对面坐下,每人要了两壶酒,伙计说:“有烫面饺,你们二位吃不吃?”和尚说:“吃,得了你言语。”伙计下去工夫不大,说:“烫面饺得了,你们二位要多少?”和尚说:“热不热?”伙计说:“刚出屉,怎么不热。”和尚说:“热,我怕烫了嘴,你晾凉了再告诉我。”汤二说:“给我来十个。”和尚见汤二要:“我也要十个。”伙计给端过来两碟,每人一碟。汤二要醋蒜碟,还没吃呢,和尚把饺子掰开,啐了一口痰,竟自搁在嘴里嚼了吃了。汤二一瞧,说:“伙计拿开罢,我要呕心死。”伙计说:“大师父你别闹脏,你怎么吃,人家一呕心,都不用吃了。”和尚说:“我不那么吃了,叫他吃罢。”汤二刚要吃,和尚把草鞋脱下来,把热饺子搁在鞋里,烫得臭汗味熏人。汤二赌气,把筷子一摔,不吃了!和尚把筷子也往桌上一摔,说:“你不吃了,我还不吃了呢。”跑堂的过来一算帐,说:“你们二位,都是一百六十八文。”汤二带着还有六百多钱,刚要掏钱,和尚那边说:“唵敕令赫!”伸手掏出有六百多钱。汤二一瞧和尚掏出那串钱,心说:“是我的那串钱。”一摸怀中果然没了。心中纳闷,“我腰里的钱,怎么会跑到和尚腰里去?”自己哼了一声,和尚拿着,说:“这串钱是你的罢?”汤二说:“和尚,钱可是我的,我不要了,你拿了去罢。”和尚说:“不能,钱是我捡的。方才我一进来,见钱在地下,我捡起来。是你的,给你,我不要。”说着,把钱拿过去。

汤二把钱拿起来说:“和尚,你到是好人,你要不闹脏,我真请你喝几壶酒。”和尚说:“我就不闹脏,你请我喝酒,两壶。”汤二说:“那有何妨,我就请你喝。”和尚说:“伙计,你给拿二十壶酒来,把饺子端过两屉来。”汤二见和尚一口就是一壶,汤面饺三个一口,两个一口。汤二一看,大概吃完了,得一吊多钱,给我六百,得拐回一半去,汤二就说:“和尚,我可没钱了,今天咱们别让,你吃你给,我吃我给,同席吃饭,各自给钱。”和尚说:“你要小气,今天连你吃都是我给,我焉能扰你?我最实心的,我说我给你就别嚷。”汤二到觉着过不去。和尚说:“我说我给就我给,算到一处。”伙计一算,二帐归一,两吊二百八。和尚说:“我给,我最实心的。你别瞧我穿的破袍子,有肉不在褶上。”汤二说:“还是我给罢。”和尚说:“你给,你就给,我是实心的。”汤二无法,委委屈屈打开包袱给了钱,自己生气。和尚扛起汤二的包袱就走,汤二说:“和尚你吃了我两吊多钱,你还要抢我的包袱。”和尚说:“不是,人得有人心,我不能白吃你,我给你扛着好不好?”汤二一想,和尚也到有良心,真倒罢了。说着话,出了酒铺。

汤二往西走,和尚往东走。汤二一回头,说:“和尚,你怎么往东走?”和尚说:“我是东川的,你是西川的,我跟你往西做甚么?”汤二说:“你拿着我的包袱,给我。”和尚说:“你的包袱我拿着。”汤二说:“和尚,你要抢我。”和尚说:“不但抢你,还要打你。”和尚用手一指,口念:“唵嘛呢叭𠺗吽,唵敕令赫!”汤二打了一个冷战,就迷糊了。和尚过去打了汤二一拳,把鼻子打破了,流出血来。和尚抹了一包袱血迹,带着汤二往城内走。刚到关厢,有人认得汤二,就问:“汤二哥,甚么事?”和尚说:“你们少管,图财害命,人命事。”唬得这人也不敢问了。带着汤二一直来到昆山县。

到了县衙,和尚往里走,口中直嚷:“阴天大老爷,和尚冤枉!”旁边有差人说:“和尚别胡嚷,那有阴天大老爷?”和尚说:“图财害命,人命案。”说着往里走,直到公堂。老爷已派人把赵海明等带下去,见来了一个穷和尚,扛着包袱,上面有血,汤二迷迷糊糊来到公堂跪下。和尚一站,老爷说:“和尚,你见了本县,因何不跪。可有甚么冤枉事?可有呈状?”济公说:“我和尚只因在庙中众僧人都欺负我,我师父叫我化缘,单修一个庙。把殿宇全都盖好了,正要开光,偏巧下了半个月的雨,又都坍塌了,又不能再化缘,我师父在这昆山县地面有两顷地,叫我卖了盖庙。我带着一个火工道,把地卖了,带着银子,走在半路,我那火工道他说要出恭,我和尚头里走。在三岔路等了有两个时辰,见这人他背着我的包袱来了,敢情他把我那火工道图财害命了。”老爷一听,把案桌一拍,说:“你叫甚么名字,因何你把火工道图财害命?”汤二才明白过来,一瞧这是公堂之上,自己就把方才之事,说了一遍。老爷说:“和尚,你这包袱是汤二的?”

济公说:“我也不必跟他争论,我和尚开个单子,他要说对了包袱的东西,我的单子不对,那是我诬告不实,老爷拿我治罪。如我的单子对了。他说不对,那是他谋财害命。”老爷一听有理,就叫和尚写。写完了,呈给老爷一看,字还很好,上写:红绫两匹,白布两匹,五尺黄绫一块,纹银二百两,大小计三十七块,钱两吊,旧头巾一顶,旧衣裳一身,鞋一双钉子十六个。

老爷一问汤二,焉想到由此人身上又勾出谋夺家产,暗害贞节烈妇之事。要搭救赵氏玉贞,且看下回分解。

第四十五回 华云龙气走西川 镇八方义结英雄

话说知县看罢和尚写的单子,这才问汤二说:“你说包袱是你的,你说里面都是甚么东西?你要说对了,把包袱给你,你若说不对,我要办你谋财害命。”汤二说:“我那包袱有碎花水红绫两匹,松江白布两匹,有钱两吊,使红线串穿着,里面还有黄绫一块,有旧头巾一顶,旧裤褂一身,旧鞋一双,有纹银二百两,余者并无别物。”老爷一听,说:“和尚,你写的跟他说的一样,叫本县把包袱断给谁?”和尚说:“老爷问的还不明白,老爷问他银子多少件?”汤二说:“我那银子就知是二百两,不知多少件。”老爷勃然大怒,说:“你的银子,你为何不知道件数?打开包袱看!”立时把包袱打开,一点,别的东西都对,银子果然是三十七件。老爷说:“汤二,我看你这东西,必是久惯为贼的。把和尚的香火道杀了,死尸放在何处?”汤二说:“小的实实不是谋财害命,这个包袱是有人给我的。老爷如不信,把给我包袱的人,传来一问便知。”老爷说:“甚么人给你的包袱?”汤二说:“是本县的孝廉李文芳,他是我的主人,他给我的,我并未谋财害命。”老爷就问手下书吏人等,本县有几个孝廉李文芳?书吏回禀,就是一个孝廉李文芳,老爷吩咐传李文芳上堂质对。

李文芳正在礼房坐着生气,众书吏都同他认识,正在劝解他。外面差人进来说:“请李老爷过堂。”李文芳问:“甚么事又叫我过堂?”差人说:“人命重案。”李文芳到堂上一看,汤二正在那里跪定,旁边站着一个穷和尚,也不知是所因何故。汤二说:“员外,你给我这个包袱,他讹我,说我谋财害命。”济公在旁边说:“你拉出你窝主也不怕,咱们看看谁行谁不行。”知县那里问道说:“李文芳,你可认识他吗?”李文芳一想这件事甚不好办,我别合他受这牵连官司。因说:“回禀老父台,孝廉不认识他,包袱不是我给他的。”知县勃然大怒,说:“好大胆鼠辈,我不动刑,你也不肯直说,来,看夹棍伺候!”三班人役,立刻喊堂威,吩咐人来,把夹棍一放,唬的汤二颜色改变,说:“老爷不必动刑,我还有下情告禀,我合李文芳还有案哪!”老爷吩咐:“招来!”

汤二说:“小人原籍四川人,自幼在李宅伺候我家二员外,书房伴读,指望我家二主人成名上达,我等也可以发财。不想我家二员外爷一病身亡,我一烦闷,终日饮酒取乐,醒而复醉。这天我家大员外李文芳把我用酒灌醉,问我愿意发财不愿意?小人说:‘人不为利,谁肯早起那!’我说愿意。他说:‘你要能赤身藏在你二主母院中,等我生日那天,我叫使女叫门,你从里面出来,我给你五百两银子。’小人一时为财所迷,就应允了。昨天是我暗中藏在二主母院中,候至天晚,我溜入房中,在床底下,把衣服全脱了，放在床上。我看见我二主母抱着小孩睡熟，我自己出去一听，只听外面叫门，我往外一跑，被我家员外同赵海明看见，也没截住我，我躲在花园书房之内。候至天明，我才知道把我二主母休了，小孩儿留下，要撵奶娘，奶娘直哭不去。我家大员外要谋夺家产，给了我二百两银子，连绫子带布，下余说等转过年来再给。我打算要回家，不想遇见这么一个要命鬼和尚，他说我图财害命，我并未作那样之事。这是一往之事，小人并无谎言。”

知县一听，方才明白此事，旁边招房先生写着供，心中暗骂：“好一个李文芳混账东西，还是孝廉，做出这样伤天害地之事！”

招房先生写完了供，知县吩咐把赵氏李氏及赵海明带上堂来。叫招房先生一念汤二的这篇供，赵海明一听，这才明白自己的女儿是贞洁烈女，自己颇觉后悔，几乎叫我逼死，心中甚是可惨，这才给老爷叩头，求老爷作主。

知县勃然大怒，说：“李文芳你既是孝廉，就应当奉公守分，竟做出这样伤天害地之事！为子不孝，为官定然不忠。弟兄不义，交友必然不信。你兄弟既死，你理应怜恤孀妇，也是你李氏门中的德行。赵氏苦守贞洁，你反施这样虎狼之心，设此等奸险之计，你就死在地府阴曹，怎么对得起你兄弟李文元的鬼魂？你知法犯法，本县要重重办你，你是认打认罚？”唬得李文芳战战兢兢，自己觉着脸上无光，心中惭愧，无话可答，求老父台开恩，请示：“认打怎么样，认罚怎么样？”知县说：“认打，我行文上宪，革去你的孝廉，本县我要重办你。你要认罚，本县恩典。你快把你家中所有的产业，归赵氏经管。他母子如有舛错，你给我立一张甘结存案，那时有舛错，我拿你治罪。我罚你五万银，给赵氏请旌表，立牌坊，你还得叫本处的绅士公同用轿，把你弟妇迎接回去。如不遵行，本县我仍然重办你。”李文芳说：“那是老父台的公断，举人情愿认罚。遵老爷堂谕办理。”老爷说：“虽然如是，本县我还要责罚你，恐你旧习不改。来！传吏房，给我责他一百戒尺！”吏房立刻上来。李文芳本是本处的绅士，苦苦的哀求，老爷说：“我不叫皂隶打你，就便宜你。”吏房过来，打了一百戒尺，打的李文芳苦苦求饶。

老爷吩咐带赵海明上来，知县说：“赵海明，你见事不明，几乎把贞节妇逼死，你认打认罚？”赵海明叩头说：“我认打如何？认罚如何？”老爷说：“认打，我把你员外革去，打你二百军棍。认罚，罚你三千银，当堂交来，并非本县要，给你女儿盖一座节烈祠，留芳千古。”赵海明说：“那是老爷的恩典，我拿六千银也愿的。”

老爷又叫把李氏带上来，老爷说：“李氏，你要好生伏侍你二主母，你虽然是不指着当奶娘，既出来就得实心任事。你二主母有体恤你之心，你也该尽心，再说把孩子奶大，你也有名有利。”李氏说：“谨遵老爷之谕。”知县说：“汤二，你这厮狼心狗肺，你二主人在日，待你如何？”汤二说：“二员外在日，待我甚厚。”老爷说：“既是二员外待你甚厚，他死了，你就该在你二主母跟前尽心，你反生出谋夺家产，合谋勾串，陷害贞洁烈妇。来人，把他拉下去，重责八十大板，用二十五斤的枷，在本处示众三个月，递解原籍，交本地面官严加管束。”众人具结，李文芳约请绅士迎接赵氏回家，与末郎儿团圆，这且不表。

众人下了堂，老爷到为了难，心说：“这个和尚怎么办法？要没有和尚，我这案断不完，要说多亏他，他又说香火道图财害命，我那里给他找凶手去？”老爷一想，心里说：“我威唬他几句话，他诬告不实，打他几下，胡乱把他轰下去就完了。”老爷刚想到这里，还没说话，和尚说：“老爷你这到为了难了，要没我和尚，你这案办不完，要说多亏我和尚，你又得给我办图财害命，莫如威唬我几句，打我儿下，糊里糊涂把我逐出去。”老爷说：“和尚你猜着了来，拉下去给我打！”官人过来就拉，说：“和尚你躺下！”

和尚说:“铺了被了么?”官人说:“没有那些话,打你。”和尚就嚷:“我要挨打了! 我要挨打了!”连嚷了两声,就听外面有人嚷:“大老爷千万别打我们那位和尚。”

由外面进来一人,背着包袱,跑到公堂。老爷一看,是长随的打扮,说:“你叫甚么名字?”这人说:“我叫赵福,我是火工道,我跟和尚走在半路,我要出恭,出完了恭,没追上和尚。我一打听,听说和尚打了官司。”和尚说:“老爷,这就是我的火工道,老爷打开包袱看,如里面东西不对,那算我和尚诬告不实。”老爷打开包袱一看,果然跟汤二的包袱一样,连银子件数都对。老爷一想:“这可怪!”看赵福不像当火工道的,老爷说:“赵福你不像火工道,你说实话,你在那? 和尚是那庙的?”赵福把济公的根本源流,如长如短一说,怎么被赵太守所请来到昆山。知县一听,赶紧离了座位,恭恭敬敬过来行礼,说:“圣僧原来是秦丞相的替僧济公,弟子实在不知,多有得罪。若非是你老人家前来,弟子这案焉能断的清? 来,把这包袱赏给圣僧跟人罢!”和尚说:“谢谢!”当时告辞,把两个包袱给赵福、赵禄每人一个。一同来到二员外家中,和尚掏出一块药来,给老太太洗洗眼,就透清爽,一连三天,就透了三光。赵凤鸣先叫两个家人回临安,留济公住着,给老太太治眼,老太太眼也好了。

济公在这里住了三个月,终日跟赵凤鸣讲文理,这天忽然家人进来回禀说:“现有临安来了两位班头,请济公有紧要大事。”和尚按灵光一算,就知临安出了塌天大祸。不知所因何故,且听下回分解。

第四十六回　贺守正花群雄结拜　逛临安城巧遇王通

话说济公正在昆山县赵宅闲住,把老夫人眼也都治好了,屡次要走,二员外不放。苦留在书房之内。每日闲谈诗文,济公对答如流,二员外益加佩服,说:“可恨合济公相见之晚,自己要早见济公,文章必然大长。”

济公在这里,不知不觉住百天之久。这天外面有人来回话,带进临安太守衙二位班头来,站在面前,给济公行礼,说:“圣僧你老人家这些日限未在临安,直闹的天翻地覆,我二人特来请你老人家。”和尚一问:“二位班头,是怎么一段事?”二人从头至尾,述说一遍。

书中交代:是西川路出了一个江洋大盗,此人姓华名忠,表字云龙,绰号人称“乾坤盗鼠”。由十八岁在绿林闯荡,跟鬼头刀郑天寿久在一处,能为出众,文武全材,就是好采花,都在镇山豹田国本家寄住。一拜之交有数十位,惟有五个至近之人,都是绿林人物,人称“五鬼”。内中有开风鬼李兆明、云中鬼郑天福、鸡鸣鬼全德亮、蓬头鬼云芳、黑风鬼张荣,人都知道西川五鬼一条龙。只因窝主田国本由西川搬走,不知去向,这些人无地可居,都四散各投亲故。

华云龙在西川采花作案,留下了九条命案,都是先奸后斩,地面官差总领各处寻踪访拿甚急。他一想此地不能久住,因此他离了西川,到了江西玉山县。听人传说此地有一位保镖达官,人称“威镇八方”杨明,乃是一位英雄,专好结交天下豪杰。华云龙去到凤凰岭如意村拜访杨明,家人回禀进去,杨明一听,知道华云龙是一个采花淫贼,告诉家人不见。家人出来告诉:“我家主人不在家。”华云龙无奈,自己走了。过了几天，又有人提说杨明在家，华云龙去拜，又未见着，一连去了三次。

这日杨明把他请进去，一说话，本来人又能说，对答如流。他一看杨明身高八尺，细腰扎臂，头戴宝蓝缎色扎巾，金抹额二龙斗宝，迎门一朵绒桃，身披宝蓝箭袖，腰系丝鸾带，足下青缎快靴，闪披蓝缎团花氅，面如古月，眉分八彩，目如朗星，准头端正，三山得配，四字方海口，海下一部黑胡须，分为三绺飘洒胸前，五官清秀，品貌端方。华云龙甚为羡慕，说："小弟我久仰兄台大名，实深想念。今幸得会，实三生之大幸也！"杨明说："愚下有何德能之处？多蒙雅爱，屡次诓驾，未能面会。"二人说几句谦虚话，华云龙说："小弟异乡客居，年幼无知，求兄台教益。"杨明见华云龙说话和气，心中甚喜，留在客厅吃酒。提说他从前在西川采花作案之事，华云龙甚是后悔，杨爷要给他庆贺守正戒淫花，戴花不准采花，华云龙也愿意。杨明撒帖从人，内中有追云燕子黄云、铁面夜叉马敬、千里独行杨德瑞、千里腿杨顺、飞天火祖秦元亮、立地瘟神马兆雄、追风燕子姚殿光、过渡流星雷天化、登萍渡水陶芳、踏雪无痕柳瑞、顺水推舟陶仁、摘星步斗戴奎、飞天鬼石成瑞、夜行鬼郭顺、三岔鬼姚洞、金脸鬼焦亮、律令鬼何清、探海鬼马诚、矮月蜂鲍雷、雷明、陈亮等，共是三十六人结拜，给华元龙庆贺守正戒淫花。大家喝了血酒，从此各人走了。

华云龙他在杨爷家中住着，无事也同到镖局里去去，跟着杨爷学打镖，学了一路八卦篆还刀，就在这里一住三年之久。

这日他想要去逛临安城，杨明给了他一百两纹银，临走嘱咐他："到外面不可胡为，无事早回来。"华云龙答应说："去不到百日，必然回来。"他自已自离了江西玉山县凤皇岭如意村，在路上晓行夜住，饥餐渴饮。这日到了临安城，先到钱塘门外，在大街一看，只见人烟稠密，买卖铺户不少。只见路北有一座酒楼，字号是"望江楼"，挂着酒幌子、茶牌子，两旁抱柱上有对联，上写"醉里乾坤大，壶中日月长。"华云龙想要在这里吃两杯酒，迈步进去一看，楼底下甚乱，登楼梯上去，找了一张桌坐下。方才要酒，猛抬头一看，见东面靠楼窗坐定一人，头戴紫缎色六瓣硬包巾，身穿紫缎色箭袖袍，腰系皮挺带，肋下佩着腰刀，足下薄底缎靴，闪披绿色缎绣团花一件英雄氅。面皮微紫，紫中透红，黑真真两道重眉，一双怪眼皂白得分，准头丰隆，三山得配，四字口，压耳两绺黑毫，海下抱长一部刚髯。看此人真是推垒着威风，叠抱着杀气。

华云龙一看那人，独自在那里摆着一桌酒，华云龙赶紧赶过去行礼说："二哥少见，久违！你我自西川分手，倏经四载的光景，不想你我在此相遇。兄台一向可好？"那人一看，哈哈大笑说："原来是华二贤弟，真是有缘千里来相会，无缘对面不相逢。"书中交代：这个人姓王名通，绰号人称"铁腿猿猴"，乃是西川路的江洋大盗，跟华云龙是换帖的弟兄。二人是许久未会，今天在此相遇，彼此各叙离别。

二人落座，重新要酒要菜，喝着酒，王通问道："二弟你我由西川分手，贤弟在那里存身？今天来此何干？"华云龙说："我由江西。"就把在江西巧遇威振八方杨明，三十六友结拜庆贺守正戒淫花，从头至尾述说一遍，这才问："兄长来此，是闲逛，是有事呢？"王通说："我来到这里，找一个仇人。只因我兄长在成都府当一名书办，因为二百两赃银，狗官把我兄长入狱，闷死在狱内，那时我并未在家，等我回去知道。我要找那狗官给我兄长报仇，无奈那狗官已然卸任，我来到京都，寻找于他。我今天才到，尚未打店，你我二人可以住在一处。"华云龙说："好，我也才到。"

二人正在说话，只听楼梯咚咚一响，上来一人，手里拿着果筐。此人有四十来往年岁，头戴青布头巾，青布小夹袄，青布夹裤，白袜青靸鞋，淡黄的脸面，细眉圆眼，鹰鼻子，裂腮额，微有几根胡须，上头七根，下头八根。一上楼来是吃酒的，他到各桌上一让,让到华云龙桌上,把筐子放下,说:“哎呀!原来是二位太爷,小人有礼!”扒地下就叩头。华云龙一看,说:“我打算是谁?原来是刘昌。”

原来刘昌生长西川,久合这些绿林人物在一处,充当采盘子小伙计,只因被事牵连,他逃在临安城,作一个小本经营,今日遇见这二位,连忙过去行礼。王通说:“起来,刘昌你在这里甚好?住在甚么所在?那里有繁华热闹所在?你说说我听。我二人初到此地,人地不熟。”刘昌说:“二位太爷要逛,这西湖三条大街,买卖铺户都有。还有西湖十景,天下第一的城隍山,都是那里热闹之地。二位太爷要逛,跟我走走,天晚也不必住店,我那里有三间上房,院中静雅,并无闲杂人等,也可住得。”华云龙一听这话,心中甚喜,刘昌坐下,跟着一同吃酒。

三人用完饭,王通给了钱,三人下了酒楼。一看街市之上,人烟不断。信步到了城隍山,一看,果然好俊一处山厂。树木森森,来往游人不少。正往前走。只见对面来了一乘小轿,内中坐定一个女子,真正是梨花面,杏蕊腮,瑶池仙子、月殿嫦娥不如也。华云龙一看,他是久惯采花之人,非得真好,不能入他的眼,他是曾经沧海难为水,除却巫山不是云,今日一见这妇人,跟随轿后,直到钱塘关外,路北有一座乌竹庵,那轿子进去。他一回头,见王通、刘昌二人也在后面跟来。到了无人之处,问刘昌:“你知道这个妇人来历么?”刘昌说:“这个人,二太爷你老人家别妄想,这个人是赵通判之女,给孙孝廉之子为妻,未过门,孙家之子已死,赵家之女要去吊孝,到那里一吊孝说:‘我合你儿有夫妻之名,没有夫妻之分,开开棺材我看看。’孙家叫人一开棺材,那姑娘把头发自己剪了,要守望门寡。婆家娘家两家都劝他不行,他自己一气到乌竹庵出家,带发修行。这是娘家常接去,你老人家问,要想别的怕不行。”

华云龙一听,心中一动,要夜入尼庵前去采花。要知后事如何,且看下回分解。

第四十七回　遇节妇淫贼采花　泰山楼复伤人命

话说华云龙听刘昌之言,自己也未答言。三人吃了晚饭,住在钱塘门外刘昌家中。天有初鼓以后,自己也睡不着,起来看了一看王通、刘昌二人都睡了,自己起来把夜行衣包打开,把夜行衣换好,把白昼的衣服换下来,用包裹斜插式系在腰间,把钢刀插在软皮鞘内,拧好了轧把簧,自己这才出离了上房,将门倒带。

抬头一看,见满天的星斗,微有朦朦的月色,蹿墙出了这所院落。见街市上路静人稀,来到尼庵以外,拧身蹿上房去,往四野一看,这座庙是三层大殿,正大殿东边有一个角门,单有一所东跨院。来到东配房一看,见那院中是北上房三间,东西配房各三间,正南是一道长墙,里面栽松种竹,院中倒也清雅。北上房东里间屋中,影影射出灯光,隐隐有念经之声,东配房北里间也有灯光。他这才由东配房上跳下来,直奔北上房台阶,来到窗棂以外,把纸湿破一看,这屋中是顺前檐的炕,炕上有一张小床桌。上面有一盏灯,有四个小尼僧,都是十四五岁上下,在那里奉着经本念经。地下靠北墙一张条案,上面堆着许多经卷,头前一张八仙桌,两旁有两张椅子,上首椅子上坐着一位老尼僧,有六十多岁,长的慈眉善目。华云龙看了一看,这里面并没有那一个带发修行的少妇,复又转身够奔东配房。

来到北里间窗棂以外，把窗纸湿了一个小洞，往里一看，也是一张床，上面有一张小方桌，桌上搁着灯，旁坐一女子，正是白日坐轿的那一位少妇，正在灯下唪经。华云龙看罢，推门而入，来到房中，把赵氏唬了一跳。自己正在念经之际，见外面进来一男子，穿着一身青，背后插着刀，赵氏赶紧问道："你是甚么人？此地乃是佛门净地，黑夜光景来此何干？快说！"华云龙说："小娘子，白日我见你坐轿由城隍山经过，我见你貌美，我跟到此处，故此我今晚特来寻你。你要从我片刻之欢，我这里有薄意相酬。"妇人一听，把脸一沉说："你趁此出了，不然我要嚷了！把我师父叫来，将你送到当官，悔之晚矣！"华云龙一听这话，勃然大怒，说："好！你要从我便罢，如不从我，你来看！"用手一指背后的刀。那妇人一看，本是位烈性的妇人，赶紧就嚷："了不得了！杀了人了！救人那！"华云龙一听，恐怕有人来，过去一揪青丝发，拔出刀，扑的一刀，竟将妇人杀死。可怜红粉多娇女，化做南柯一梦西。

华云龙本是一个高兴，今朝把人一杀，甚是懊悔。只见由外面老尼姑说："甚么人在我这里扰闹？"已把房门堵住。华云龙急了，照定老尼姑头顶就是一刀，老尼姑一闪身，正砍在肩背之上，老尼姑"哎呦！"一声，翻身栽倒。华云龙趁势蹿在院内，拧身上房，自己仍由旧路回来。

刘昌正醒着，说："华二太爷上那里去了？"华云龙也不隐瞒，就把方才采花之事，如此如此一说，王通也醒了，听的明白，说："二弟你初到此地，就做了这样的大案，惟恐你在此地住不久常。"华云龙一听，微然一笑，说："不要紧，就凭此地这几个班头，我也有个耳闻报，不足为论。"说着话，二人起来。

天光亮了，华云龙说："刘昌你做你买卖去，不要跟我二人闲逛，你有公事在身。"刘昌答应去了。王通同华云龙二人，够奔钱塘关，见街市上人烟稠密，二人就听纷纷传言，"乌竹庵回头验尸。"王通说："兄弟，咱们二人找清雅地方喝酒去罢，不要在那里闲逛。"二人进了城，来到凤山街路北有一座泰山楼，是一座大酒馆，二人想要进去喝杯酒。

二人迈步进去，见里面虽有柜灶，并无人张罗座。二人上了楼一看，见柜里坐定一人，面如青粉，头戴宝蓝缎四楞巾，身穿宝蓝缎大氅，长得凶眉恶眼，怪肉横生，有四五个跑堂的，都不像正经买卖人。二人坐下多时，也没人过来，就听那万字柜里面如青粉那人说："伙计们，方才我没起来，听你们大家嚷甚么来着？"伙计说："别提了，你回头吃完饭去瞧热闹去罢。钱塘关外有座乌竹庵，庙里有一个守节的妇人，带发修行，昨夜晚上被淫贼杀了，还把老尼姑砍了很重的刀伤，少时就要验尸，你说这事多蹊跷？"就听这位青脸掌柜的说："这个贼真可恨！可惜这样贞节烈妇，被淫贼给杀了。必是这个贼人，他上辈叫人家给淫过，他这世来报仇来了。"华云龙气得眼一瞪，又不好答话，自己在那里生气，把脚一蹬板凳，说："你们这些个东西，没长着眼睛，二太爷来了半天，怎么你们不过来？是买卖不是？"伙计一听，把眼睛一翻，说："你先别嚷，你若要来挑眼，你打听打听这个买卖谁开的？告诉你说，我们自从开张，打了也不是一个了。净说本地的匪棍，打了十几个，打完了拿片子送县。告诉你是好话，你先别挑眼。"华云龙一听此言，把眼一瞪，说："二太爷不论是谁开的，你惹翻了二太爷，我放火烧你的楼。你把你们东家找来，二太爷我要会会他，莫非他项长三头，肩生六臂？二太爷我挑定眼了。"

书中交代：这座酒楼的东家，原本是秦丞相的管家秦安的侄儿，叫"净街太岁"秦禄廾的。这座酒楼本不为卖散客座，所为是有人托人情打官司，求找秦禄，他给秦相府走动，所拉拢都是些个仕宦人等，买卖很势利。今天见华云龙一发话，秦禄由柜里就出来说："甚么东西敢在我这里发哼？来人给我打他，打完了他，拿我的名片，把他送县。"华云龙一听，气往上冲，伸手就把刀拉出来，秦禄说："你敢杀人么？拿刀怎么样，给你砍！"自己倚为有势利，把脑袋往前一递，华云龙说："杀你还不如碾臭虫！"起手刀落，秦禄脑袋分了家。唬得伙计喊嚷："我的妈！"往下就跑，脚底下一软，"咕噜噜"滚下楼梯去。立刻有人到本地面官厅去报，"我们酒楼上来了两个人，把我们东家杀了！"众官人说："赶紧拿！"及至众人来到楼上一瞧，楼上并没有人。

华云龙同王通早由楼窗跳出去，站在人群中看热闹。见泰山楼都围满了，众人说："贼跑了！"有说："不要紧，这贼跑不了，咱们太守衙门有四位班头叫柴元禄、杜振英、雷四远、马安杰，这四位久惯办有名的江洋大盗，像这个贼，不等三天必办着。"

华云龙在人群中听明白，记在心中，同王通找了个背向的所在，进了酒铺，到雅座里坐下喝酒。王通就说："贤弟，你太闹的不像，昨天你方到这里，晚上杀了一个，今天你又杀了一个。"华云龙说："我告诉大哥说，我既来到这里，我要做几件惊天动地之事，这也是他自己找死。方才我听见说，此地有四个能办案的马快，我到要斗他们一斗。晚间我到秦相府去，把当朝宰相秦喜的项上人头取来。我要在临安城住半年，到要看甚么样的人物前来拿我。"王通说："贤弟你当真有这个胆量？"华云龙说："我焉能说了不算！"王通说："贤弟真要敢做这件事，愚兄也必跟着。"他二人也是多贪了几杯酒。王通拿话一激他，华云龙气往上冲，吃完了酒，二人就够奔秦和坊前去踩道。二人探完了道，找了个僻静的酒铺，说话谈心。

候至天色已晚，二人来到无人之处，把夜行衣包打开，换去白昼衣服，打在包裹之内。来到秦相府，拧身上墙，蹿房越脊，如履平地。来到秦相府的内宅，各处一寻找，见后宅北上房屋中灯光闪烁。两个人一想，"这是内宅，大概必是秦相所居之处。"瞧见里面有两个丫环，在那里坐着值宿，都有十四五岁，桌上点着蜡灯。二人蹿下房来，伸手掏出一支薰香，点着往房中一入，少时把两个丫环俱都薰过去。华云龙这才进到屋中一看，只打算是秦相在这屋里住，赶紧是秦夫人卧室。华云龙一看，座头之上放着镯囊，内边有奇巧玲珑透体白玉镯一对，半天产，半人工，实乃外国进贡之物，被秦相留下。华云龙说："王二哥你要这个罢！"王通说："我不要，你要罢！"又回头见那边有一个凤冠盒子，里边有十三挂宝贝垂珠凤冠一顶，也拿起带在囊中，然后出来。见桌上有笔砚，拿起笔来，在墙上写了两首诗，投笔于桌上，自己转身到外面，合王通二人竟自去了。

秦相一早起来上朝，必要到里边来，一见丫环昏迷不醒，到屋中一看，失去镯囊玉镯凤冠，急派人先把夫人使女救活。一看墙上，秦相方知贼人已远去了。不知墙上写的是何诗句，且看下回分解。

第四十八回 赵太守奉令捉贼 昆山县迎请济公

话说秦丞相起来看墙上写的两首诗，是贼人留下笔迹。上写的是：

乾元宇宙逞英雄，坤刀一口任纵横。

盗取大位奸邪佞，鼠走山川乐无穷。

化日光天日正中，云游四海属我能。

龙天保佑神加护，偷盗奸臣气不平。

秦相看下面还有一首是四句，写的是：

一口单刀背后插，实是云龙走天涯。

丞相若见侠义客，着派临安太守拿。

秦相看罢，立刻派人到朝房，递了请假的折子，然后派人到临安太守衙门，把临安太守请来。不多时太守来到，一禀见，来到书房，赵凤山给丞相行礼，说："丞相呼唤卑职，有何吩咐？"秦相说："我请太守到我家验勘，昨天晚上竟有江洋大盗，把我的传家之宝奇巧玲珑透体白玉镯一对、十三挂宝贝垂珠凤冠一顶偷去，临走还留有两首诗。"太守一闻此言，唬的魂飞千里，说："卑职即刻派人昼夜巡查。帝都之所，人烟稠密，最易藏奸，丞相开恩，候卑职回去，赶紧派差拿贼。"秦相说："我给太守期限三天，要把贼人拿住，将我的传家之宝交回。"太守无奈，说："遵钧谕。"把贼人所留的诗句抄下来，带着回衙。

到了衙门，派人请钱塘、仁和二县，并镇虎厅所属的官员，一并前来。等众人齐到太守衙门，赵凤山说："现在丞相府失去玉镯、凤冠，相爷把我传去。给了三天限，缉拿贼人，诸公回衙，赶紧派人访拿，如有人拿获贼人，一府两县共赏银一千二百两，诸公回去急办为妙。倘贼人逃窜无着落，你我有地面疏防之处，恐丞相开参。"大众立刻下去，回衙各派妥差，缉捕贼人。

三天如何拿得着？钱塘县知县刘通英，原是两榜出身，为人正直，回衙立派赵大、王二等八名差役，出去访案。仁和县派田来报、万恒山等出去，标出赏格，务各尽心。三天渺无踪迹，幸喜太守托罗丞相见了秦丞相，又宽限三天。又过了三日，并未见贼的踪影。仁和县又求京营殿帅转求秦相，再宽限三天。府县就求六部九卿十三科道，这个见秦相宽限三天，那个见秦相宽限三天，不知不觉就是两个多月的光景，也并未将贼拿住。

这天太守又去求秦相，秦相说："我原是给你三天限缉拿，皆因众大人来求，面目相观，已经两个月有余，你并未将贼拿住，实属捕务废弛，我明天必要开参于你。"太守说："相爷格外施恩，卑职现在派人去迎请灵隐寺的济公长老，只要他老人家一来，要拿这些贼人，易如反掌耳，毫不费吹火之力。"秦相说："你提的就是本阁的替僧济颠和尚，我正然想念于他。他现在那里？"赵凤山说："济公现在我兄弟家中，给我婶母治眼，我已派人去请。"秦相说："我看在济公面上，给你几天限，你赶紧把济公给我请来。"赵太守唯唯听令，回衙派柴元禄、杜振英带上盘川够奔昆山，去请济公。

这天二人到了昆山赵凤鸣的门首，叫家人通禀进去。济公正在书房同赵凤鸣谈活，家人进来一回禀："现有临安太守衙门的班头柴元禄、杜振英二人求见。"济公说："叫他们进来。"家人带领两位班头来到书房。柴元禄、杜振英先给济公行礼，然后给二员外行礼，行完了礼，站在一旁，就把临安之事，从头至尾一说。济公听罢，说："这件事我和尚得管。"当时就在二员外跟前告辞。赵凤鸣说："师父可以明天再走，何以这样作忙呢？"和尚说："我有事不能久待。"赵凤鸣立刻吩咐摆酒，给济公送行。赏了两位班头的路费，济公这才带着二位班头，告辞出来。

离了昆山，顺着阳关大路，在道路上饥餐渴饮，晓行夜宿。这日走在道路上，相离临安还有三十里路，济公说："柴头、杜头，你们二位愿意拿住盗玉镯凤冠之贼，还是不愿意？"柴头说："那怎么不愿意？"济公说："你们两个人要拿盗凤冠玉镯的贼，赶紧走到钱塘关的外门洞里头，里门洞外头站着一个穿青衣的人，你两个人过去就揪，把他拿住就是贼人，到衙门领府县一千二百两银子赏格。”两个人说：“我二人就此前往。”心中甚为喜悦，以为是一趟美差，紧紧往前走。

赶到钱塘关洞一看，果然有一个穿青衣的人，在那里站着，两眼发直，直往东瞧。杜振英一看，喜出望外，说：“柴大哥，活该你我成功！把差事得着，到衙门领了赏，你我二人均分。”说着话，来至切近，掏出锁链“哗啦”一抖，把那人锁上。杜振英说：“朋友，这场官司你打了罢！你做的事你还不知道么？”那人大吃一惊，回头说：“二位为甚么锁我？谁把我告下来了？”杜振英、柴元禄二人一看，认识这人是钱塘门里炭厂子掌柜的。

柴头、杜头一愣，那人说：“二位公差为甚么锁我？”柴杜二位没还出话来，这时和尚赶到，和尚说：“二位拿住了么？”柴头说：“你说叫我们拿穿青衣的，就是此人。”那人说：“和尚为甚么拿我？”济公说：“我买你的炭，你不给好炭，净给烟炭。”柴头一听，这话不对，说：“师父，这人不是盗玉镯的贼。”和尚说：“不是，我跟他闹着玩呢。”柴头赶紧把铁链撤下来说：“师父，这可不是闹着玩的，无故锁人家。幸亏他是老实人，要不然，人家不答应。”和尚说：“我到不是撒谎，你们二位太走快了，贼还没来，你们先来了，跟我走罢。”那人也不敢说甚么。

和尚带领柴、杜二头进了城，往前走了不远，和尚说：“柴头你瞧，差事来了。”用指一指，柴头是久惯办案的人，抬头一看，见对面来了一人，两只眼东瞧西望，手中拿着包裹。柴头看此人有些形迹可疑，二人迎上去说：“朋友，你别走了，你的事犯了。”那人一听，拨头就往南胡同跑，柴、杜二位随后就追。这个人脚底下甚快，二人追进这条胡同，一直往南，和尚也后面跟着追。那人跑出南口往东一拐，就往北进了二条胡同，柴头、杜头紧追。贼人跑出北口，应该往东，他又往西跑，贼人岂非故智哉？复又进了头条胡同，刚一进胡同焉想到和尚在那里等着，用手一指说：“好贼那里走？”把贼人用定身法定住。和尚就嚷：“拿住了！快拿贼！”本地面官人过来说：“和尚，他是贼，把他交给我们罢！”和尚说：“他交给你，你放心我不放心。”正说着，柴元禄、杜振英赶到说：“师父，你老人家放开，我把他锁上。”本地面官人一看认识，说：“柴头，你把他交给我罢。”柴头一看，是本地面官人，可不知姓甚么。柴头说：“你姓甚么？”那人说：“我姓槐，我们伙计姓艾，我叫槐条，他叫艾叶。”柴头说：“你们两个人帮着送到秦相府罢，到了相府，把贼交给相爷，听候发落。”二人答应，同着济公押着贼人，来到相府门首。

相府当差人等，都认得济公，众人赶过来行礼，到里面回禀相爷。相爷正在客厅，同钱塘、仁和二位知县、知府赵凤山办理别的公事，家人进来说：“回禀相爷，现在有灵隐寺济公同着太守衙门两个班头，押着一个贼人，现在府门外求见。”相爷吩咐有请济公。家人来到外面说：“我们相爷说了。衣冠不整，在客厅恭候，有请圣僧！”罗汉爷往里够奔，相爷降阶相迎，赵太守打恭，谢过济公给婶母把眼治好。

来到里面落座，钱塘知县、仁和知县二人不认得济公是谁，一看是个穷和尚，“怎么相爷太守这样恭敬他？”心说：“这穷和尚有甚么能为？”见济公与相爷分宾主落座，先谈了几句闲话，叙了离别。秦相说：“师父，我听说你老人家走在半路上把贼拿了？”济公说：“可不是，我听说相府失盗，案情紧急，我捎带着把贼拿来。”秦相一听，心中甚为喜悦，吩咐家人：“把贼给我带上来！”下面答言，到了外面说：“相爷吩咐把贼人带进去审问。”

柴元禄、杜振英二人，先把贼人包袱搜出来，还有单刀一把，留在外面，把贼人带进去，跪在厅房之外。秦相立刻问道：“下边跪的是何人？通上名来！你把我玉镯、凤冠偷去，卖在那里？从实说来！”不知贼人如何说来，且看下回分解。

第四十九回　秦相府太守审贼　如意巷捉拿刺客

话说秦相一问那人姓名，所偷何物放在那里，那人说："小人姓刘名二，乃西川人，做小本经营为业。只因今日要回家，走至大街，不知为何官人把我拿来。至于玉镯、凤冠，小人一概不知。"秦相一听，向济公说："圣僧，他是做小本经营之人。"和尚微微一笑，说："大人不是问案之人，可派赵太守问问此事，定然明白。"秦相说："既然如此，来，太守你可问此案。"

赵凤山立刻到外边廊下，摆了一张桌儿，叫把贼人带过来，问道："你既作小本经营，来，把他所带之物件拿上来。"下面答应，立刻先把包袱刀全都呈上。太守说："你这刀是做何使用的？"刘二说："那是我走路防身之用。"太守问："你做甚么小本经营？"刘二说："我卖鲜果子为生。"正问着，只见和尚过来说："我问你，这小包袱是甚么物件？"刘二说："是随身所用之物。"和尚把包袱打开一看，有两件衣服，翻到底下，有一双新袜子。和尚说："你既做小本经营，还穿新袜子？"太守一听，这不像话，也不好答言。刘二说："回禀老爷，我做小本经营，有钱买一双新袜子，也不犯法。"和尚由袜子里一掏，掏出一个包来，打开一看，是一个珠子。和尚说："你穿袜子不犯法，你这珠子是那里来的？"刘二唬的颜色更变，说："回禀老爷，那珍珠是我捡的。"秦相在那边看的明白，这个珠子是凤冠上的珠子，叫家人把珠子拿过来细看，果然不差，说："圣僧，这个珠子是我失去的凤冠上的。"赵太守一听，勃然大怒，说："你这厮，大概我不打你，你也不实说！"秦相府这里有的是竹棍，吩咐手下人打。

刚要拉下去打，唬的刘二说："太爷不必动怒，我实说。小人姓刘名昌，绰号叫野鸡溜子，原本在西川路绿林中当小伙计跑道。这颗珠子并不是小人所偷的，原本是今天早晨，有一个西川路的大盗，叫华云龙，外号叫乾坤盗鼠，同着一个铁腿猿猴王通，他二人先在尼庵采花，后在饭馆杀人，又到秦相府盗的玉镯、凤冠。旧日我伺候过他们二人，今天他们二人给我的，叫我回西川，说：'这个珠子能值四五百两银子'，叫我卖了，可以做小本经营，也够我吃的了。今我方要出钱塘门，不想被二位公差把我拿来，这是已往从前真情实话，并无半句虚言。"太守说："这华云龙、王通在那里住着？你必然知道。"刘昌说："他们两个人原先在兴隆店住着来，现在搬了，小人我可不知道了。"和尚说："太守，把他交钱塘县钉镣入狱，这案总算破了。相爷，赏赏他们原办。"相爷吩咐家人拿五十两银子，赏给柴元禄、杜振英，钱塘县地面官人帮着送来，每人赏他们二两银子。柴元禄、杜振英谢了赏，把刘昌带下去。

秦相说："圣僧，这个华云龙现在那里？求师父可以帮着拿了，本阁过了事再谢。"济公说："我给你算算他在那里。"秦相说："甚好！"和尚说："你拿八锭金子来，我拿金子算。"秦相立刻吩咐家人，"到帐房取八锭金子来。"立刻家人取来一两一锭八锭，交给济公。和尚搁在桌子上，嘴里咕哝哝也不知念些甚么，念完了把金子带起来。和尚说："仁和县的知县呢？"秦相说："现在外面。"立刻把仁和县知县叫进来。和尚说："贵县你手下有一位班头田来报，给我叫来。"知县唬的颜色改变，也不知甚么事，说："不错，有一个田来报。"济公说："给我叫来。"知县也不知济公甚么心思，心中辗转，又怕田来报窝藏着盗玉镯、凤冠的贼人，赶紧派人把田来报叫来。

此时田来报正同万恒山在班房说话，外面进来一个伙计说："田头，了不得了，现在盗玉镯这案破了，拿住一个贼叫刘昌，招出盗玉镯的贼，一个叫乾坤盗鼠华云龙，一个叫铁腿猿猴王通。秦相叫灵隐寺的济公给占算，这两个贼人落在那里，济公占了半天，甚么话也不说，叫咱们老爷提说，叫你去有话说，把老爷都唬了一跳，也不知甚么事，老爷派我叫你来了。"田来报一听，愣了半晌，叹了一口气，说："了不得了！万贤弟，咱们哥俩知己相交。我这一去，倘有舛错，我上有老娘，有你嫂嫂，无人照管，你要多多的照应。"万恒山一听这话诧异，其中有因，万恒山说："田兄长，你说这话从何而起？"田来报说："你也不必问，少时你便知道。"站起来跟着来人，直奔相府。

到了相府，往里回禀，把田来报带到，济公吩咐把他带进来。田来报来到里面，先给秦相、济公行礼，然后给大众行完礼，往旁边一站，和尚过去说："田来报你来了。"过去伸手，把他拉到厅房之内说："你把这顶缨翎帽给我摘下来。"田来报一想，"要革我这个头，摘罢。"和尚说："把这皮挺带解下来，把青布衫脱下来，把靴子脱下来，把汗褂脱下来。"田来报一听，说："师父，你叫我把衣服都脱下来做甚么？"和尚说："我叫你脱下来有好处。我问问你，这顶头巾值多少钱？"田来报说："大约买去得两吊钱。"和尚说："不多，你这件青布靠衫多少钱买的？"田来报说："也得两吊五百钱，连皮挺带汗衫靴子也得两吊五百钱。"和尚点了点头，吩咐家人去到帐房秤二百两银子来。家人知道济公是相爷替僧，不敢违背，立刻取了二百两银子，交给和尚。济公一只手拿着二百两银子，递给田来报，田头接过来，和尚说："你去罢！"田来报也不知是怎么回来，拿了二百两银子，出了相府。

刚一出来，见万恒山在府门口站着，万恒山一看，田来报帽子衣裳靴子都没了，就剩了一条单裤子，赶紧问道："田大哥，你的衣裳那里去了？我听你方才说的话，甚不放心，我追下来。你衣裳那里去了？"田来报说："衣裳卖了。"万恒山说："卖了多少钱？"田来报说："二百两银子。"就把方才之事一说。万恒山说："你问问还要不要，我还有一身衣裳呢。"田来报说："我不能再进去了。"万恒山说："田大哥你方才说的话甚凶，又说叫我照看老娘，照看嫂嫂，到底是甚么事情？"田来报说："你好粗心，咱们两个人做的事你忘了？当初兵围灵隐寺，锁拿济公，不是你我把济公诓到秦相府？我怕他记恨前仇。"万恒山这才明白，二人拿着银两回去。

此时秦相见和尚留下田来报的衣裳，给了二百两银子，也不知是甚么心思，刚要问和尚，和尚说："太守那去了？"秦相说："现在外面。"济公说："请进来。"赵太守进来说："师父，你呼唤我有甚么吩咐？"和尚说："你把你的乌纱帽摘下来，蟒袍脱下来，玉带解下来，靴子脱下来。"秦相一想，"这倒不错，二百两银子买了一身，又买这身，这身衣裳得花二千，到看和尚怎么样？"赵太守说："圣僧不要诙谐，我非田来报可比，他是个差役。"和尚说："你脱下来，自有好处。"赵太守无奈，只好脱下来。和尚说："太守，你把田来报的这缨翎帽戴上，穿这件青布靠衫，穿这双布靴子。"太守就穿上，真像个头役了。和尚说："太守，我叫你穿这身衣裳，你知道为甚么，不知道？"赵太守说："弟子不知。"和尚说："你可知道盗玉镯的贼人临走留下诗句，末句有'着派临安太守拿'一句，我派你去拿贼。"赵太守说："我如何能拿得了？自有差役人等去办案。"和尚说："我帮你去拿贼，你带上柴元禄、杜振英、雷四远、马安杰四个人，今天三更至五更，我要把贼人拿来。"回头说："相爷今天你可别睡了，三更至五更，我把贼拿来。要审问盗玉镯贼人的口供。"秦相点头。

和尚带着赵太守、四个班头出了秦相府，够奔大街。赵太守跟着和尚，直绕了一趟四城，天有二更，赵太守说："师父，到是上那去？我实在走不动了。"和尚说："到了。"来到一条巷口，地名叫如意巷，路西有一个更棚，里面墙上有一个黄磁碗点着灯，阴阴惨惨，打更的枕着梆子睡着的。和尚慢慢进去，拿半头砖，把梆子抽出来，替上半头砖，打更的也没醒。和尚告诉柴元禄："你叫打更的，就说大人下夜。"柴、杜二班头进去一叫，打更的睡的迷迷糊糊，拿起砖头出来。和尚说："几更了？"打更的要打梆子，一瞧是砖，唬的惊慌失色。和尚说："你不用害怕，我告你。"附耳如此如此，打更的点头。

和尚把梆子给了他，带着五个人来到一家门首，和尚用手一指，说："要拿盗玉镯的贼，就在此门内。"不知后事如何，且看下回分解。

第五十回　捉贼人班头各奋勇　办海捕济公出都门

话说济公带着五个人，到了如意巷，路东有一座大门。和尚说："要办案，就在此地。柴头、杜头你们二位在门缝北边站着。雷头、马头你们二位在门缝南边站着。"四位班头说："师父做甚么？"和尚说："你们四位隔着门，由门缝往里吹气，一吹气就把贼吹出来。"这四个人也不敢不信，这可就得听和尚吩咐，上前用手拍门说："开门来！开门来！"连拍了数下。里面门房里有两位二爷，正在屋里要睡觉。听外面叫门，这个说："你瞧瞧去。"这位二爷本来素常胆量最小，点上白蜡捻出来，刚要扒门缝往外瞧，觉着一阵冷风，蜡捻也灭了，唬的拨头就走，往屋里一走，屋中这个家人说："怎么了！"这个说："黑古拢洞，毛毛轰轰鬼吹灯。"两个人正说，又听外面嚷："开门！开门！"唬得这二位二爷也不敢出来开门。正在这番景况，里面老爷出来了。

书中待表，这家主人，原本姓杨名再田，原任做个四川成都府正堂，因丁母忧，回家守制。今天正在书房，听门外喧哗，叫童子掌上灯光出来，叫手下开门，把门开了，一看门口站着几个官人。这个时节，和尚早隐在一旁蹲着。

赵太守一见大门开了，由里面出来这人，头戴青四楞方巾，身穿蓝袍，腰系丝绦，篆底官靴，面如三秋古月，三绺黑胡须飘洒在胸前。赵太守一见认识，赶奔上前说："原来是大哥，此时尚未睡觉？"杨再田"哼"了一声，说："甚么人敢跟我呼兄唤弟？"赵太守说："小弟赵凤山，莫非兄长此刻不认识了？"这二人本来自幼同窗，又系同年，又是知己相交，今日见赵太守这样的打扮，黑夜的光景，没瞧出来，故此有这一问。听赵太守说出名字，杨再田说："贤弟，拿着你堂堂的太守，怎么扮做这个样子？岂不失了官体，自讨下流。再说要被御史言官知道，形同市侩。"赵凤山说："兄台有所不知，只因秦相府失去玉镯、凤冠，有灵隐寺长老济公拿住贼人刘昌，审问出盗玉镯的贼人叫华云龙、王通，故此叫我改扮出来拿贼。"杨再田一听，"咳"了一声，说："贤弟，你我乃念书之人，怎么也信服这攻乎异端怪力乱神之事？和尚谣言惑众。"赵凤山说："兄长不要如是，济公跟着我来办案。"和尚站起来说："赵太守，咱们在他这里歇歇坐坐再走可否？"赵太守说："小弟我在兄这里歇歇，叫我这几个官人在门房等候。"杨再田说："请！"二人说着话往里走，和尚后面就跟着。

院中北上房暗五明三，东西各有配房，和尚绕着头里进去，在上首椅子上一坐。

杨再田一看，大大不悦，心里说："自天子以至于庶人，一是皆以修身为本，他连身体都不顾。"心中虽不悦，也不好说。进来落坐，赵太守说："我也忘了给你们二位引见。"杨再田说："不用引见，我已知道了。"吩咐家人倒茶。和尚说："不用倒茶罢，摆酒罢！"杨再田故作未闻，问赵太守拿住的刘昌，审出来的贼人是那里的人？和尚说："摆酒呀！"赵太守把秦相府的事述说一遍。和尚说："摆酒呀！"二人这里谈话，和尚一连说了十几声，赵太守实挂不住了，说："兄长，小弟也饿了，有甚的吃么？预备点。"杨再田说："方才和尚说，我已听见了，只因家中酒菜不齐，不敢奉敬。既是贤弟饿了，来预备。"一句话把酒菜摆上。和尚也不让，拿起酒壶就斟。和尚说："咱们一见如故，不要拘束。"喝了两三杯酒，杨再田成心要试探和尚，杨再田说："和尚你既善晓过去未来之事，我有一事奉求。我自己把我的生日忘了，不记得那年那月所生，求你给占算占算。"和尚说："那容易，你是某年某月生辰，今年五十八岁。"杨再田一听，真对。素常他本不信服谣言惑众，今天和尚真说对了。又说："和尚，你给我相相面，多怎能好？"和尚说："你可别恼。"杨再田说："是君子问祸不问福，只要说真情实话。"和尚哈哈一笑说："杨大人，你气色不好，此时印堂发暗，眼光已散，脖子是裂了纹了，今夜三更，定有掉头之祸。"杨再田一听，问道："我今夜三更准死，有何凭据？"济公说："今有你本宅家人，勾引外来贼寇来杀你。"杨再田说："我那个家人？"济公说："你把众家人全都叫来，我一看就知道。"杨再田立刻吩咐众家人都来。

这宅内计有二十七名男家人，九名仆妇丫环，于是男家人全来至书房以外，都站在那里。和尚按名一看，内中有一个三十五六岁家人，五官清秀，和尚问："你叫甚么名字？"那人说："叫杨连升。"乃是老家人杨顺之子，为人忠厚。和尚说："你勾引外来贼人，今夜来杀你家主人。"杨连升一听，把脸一沉说："和尚，你可是搬弄是非。我自幼受主人之恩，今日如何做这样无礼之事？你说这无凭无据之话。"和尚说："你先别生气，我问你，今一早你扫大门之时，有一人向门里直瞧。你问他找谁，他说：'贵宅是作过成都府正堂杨大人吗？'你就说是，对不对？"杨连升一听和尚之言，想了一想："不错，早晨虽有此事，我也没勾引贼来杀人家主人。"和尚说："你一告诉他，是作过成都府正堂杨大老爷，他是你家主人的仇人，今夜准来，与你无干？"

杨再田半信半疑，自己又害怕，听见和尚问家人不是谣言，可就说："圣僧，这件事应如何办法呢？"济公说："太守放心，我等今来此，就为此贼而来。把我带来四个头役叫进来，我有话吩咐。"杨再田立刻派人把四个班头叫进来。济公说："柴头、杜头你二人在东厢房廊下埋伏，雷头、马头你二人在西厢房廊下埋伏，候至三更以后，由东边来一贼人，等他落于地下，你四人过去，各摆兵器，把他围住拿获，杨太守自有重赏。"

四人出来，分两边埋伏。那雷四远可说："马二兄，咱们合柴、杜同衙门当差，今日他二人得了五十两银子，理应让让你我才是，他二人不但不让，连说一声也没说。今夜贼来之时，他二人过去，你我别过去，他二人要捉了贼人，叫他二人进去领赏。他二人如不行，那时你我二人过去捉贼，得了赏也是你我二人均分，不能给他二人。"马安杰说："有理，就依你罢。"二人暗暗计议。

不知不觉天有三更之时，不见动作。那边柴、杜二人也暗暗说："天到这般时候，怎么不见贼来呢？莫非济公算的不灵？要是贼人不来，今夜看济公该如何？"二人正说之际，只听院中啪的一声，落下一个问路石子，后面随下一人，身穿夜行衣靠，臂插单刀，身高八尺以外。方落下来，柴元禄、杜振英二人飞身蹿下来，说："呔！贼人休走！我二人在此等候多时！你今日可是放着天堂有路你不走，地狱无门闯进来。"摆刀就剁。那贼人哈哈一阵冷笑，说："好，杨再田你有防备，我叫你防备一年，早晚我二太爷必来取你首级。”拉出刀来，合柴、杜二人杀在一处。两个班头见贼人刀法纯熟，武艺精通，实不能拿他。那铁尺到了贼人致命之处，不敢往下落。怕伤了他的性命，贼人刀可往二位班头致命处上剁。柴、杜二人只累的力尽汗流，不见雷四远、马安杰出来帮助动手。柴头真急，口中说：“济公，你老人家快出来罢，我二人可不行了。”济公在屋中答言说：“我出去。”从里面出来。贼人一见，透些慌张，往旁边一闪，说：“今日我饶你二人不死，改日再会罢！”飞身蹿上房去。柴、杜二人说：“不好，贼人逃走了，济公快念咒罢！”和尚说：“可以。”冲定贼人，用手一指，口中念六字真言：“唵嘛呢叭噬吽！唵敕令赫！”那贼人从房上一滚，落在院中。柴、杜二人过去，立刻先把贼人按住，把刀夺过来，扔于远方，绑好了抬至上房屋中。

杨再田一看，果然长得雄壮，问道：“贼人，我合你远日无冤，近日无仇，你如何前来行刺？你叫甚么名字？说来！”那贼人愣了半晌，抬起头来说：“可恨，可恨，别无话说，我也命该如此。”杨再田说：“你与我有甚么仇，前来杀我？快些说来！如不然，我要重重罚你！”贼人说：“不要动刑，我说。”从头至尾，如此如此，述说一番。要知说出如何口供，且看下回分解。

第五十一回 救义仆同赴千家口 见拜弟各诉别离情

话说杨再田在书房内问刺客名姓，那贼人说：“我姓华名云龙，绰号人称乾坤盗鼠，乃是西川人。”赵太守说：“兄长不用问了，我把他带到秦相那里，听候相爷办理。”杨再田过来谢了济公，说：“要非圣僧来此，吾早为泉下人矣！从今我再也不敢不信服僧道了。”从新又另整杯盘，给和尚吃酒，直吃到东方发晓，鸡鸣三唱。

天色大晓，外面声音一片，门上人进来回话说：“今有太守衙来轿接大人，在外边伺候。”不多时，只见赵福、赵禄二人，拿着衣包进来。赵太守立刻换了衣服，问：“何人给你等送信，知道我在这里？”赵福说：“是如意巷的更夫李三，奉济公吩咐，今一早给我等送信，叫我等在这里杨宅迎接大人。”赵太守一听这话，心中这才明白，立刻把衣服换好。问济公：“是坐轿是骑马？”济公说：“太守你先押解贼回去，我随后就到。”太守立刻告辞，出来上轿，杨再田送出到外面。柴元禄、杜振英、雷四远、马安杰四位班头，押解着贼人直奔秦相府，有人往里面回话。

秦相自从和尚同太守走后，在书房直等到四鼓以后，不见和尚回来，身觉劳乏，眠在床上，和衣而卧。少时天亮，起来净面吃茶，方用过点心，只见家人进来回话说：“回禀相爷，现有赵太守带领班头，将贼人拿来，在府门外伺候示下。”秦相先把太守请进来，随后把贼人带上来。家人到外面说：“相爷有请！”赵太守来到里面，给秦相行礼，将昨夜在如意巷拿贼的事，多蒙济公将贼人拿获，一一述说一遍。秦相立刻吩咐将贼人带上来，两旁人答应，将贼人带到。秦相一看这贼人，比刘昌生得更雄壮，穿着一身夜行衣服，怒目横眉。秦相说：“你姓甚么？叫甚么？那里人氏？将我的玉镯、凤冠盗去，放在何处？趁此实说，免得皮肉受苦！”下面贼人说：“大人不便细问，我是西川人，我叫华云龙，玉镯、凤冠是我盗的。”秦大人说：“你卖在那里？”华云龙说：“我卖给过往客商，不知名姓，卖了一千三百两银子，被我随手将银子花去。”秦丞相一闻此言，勃然大怒，说："我的传家之宝，竟被你迷失。"正在动怒要打贼人，外面有人进来回禀："济公禅师到！"秦相吩咐有请。

书中交代，怎么济公到来晚了？只因济公由杨再田家中出来，出了如意巷，正来到大街，只见一人拿着果篮，直奔向前，跪倒行礼，口称："师父，你老人家一向可好？"济公用手相搀，原来是探囊取物赵斌。济公说："徒弟你跟我来，我有话说。"赵斌说："我今天刚到果子市，买点果子要做小本经营，师父有何话说？"和尚说："你跟我到酒铺喝杯酒。"赵斌点头，跟着济公来到小酒铺，要了两壶酒。济公说："赵斌，我看你这几日印堂发暗，气色不佳，我给你八锭黄金，你自己拿了家去，籴米买柴，过百日之后，再作买卖。"说罢，把那八锭黄金取出来，交给赵斌。赵斌谢了圣僧，给了酒钱，二人出了酒馆，和尚直奔秦府而来。

到了门首，家人回禀进去，秦相叫请，和尚到了里面，见相爷正自审问贼人。和尚说："大人可曾问明白了口供？"秦相说："今已问明了，他叫华云龙，盗我玉镯、凤冠，卖给过往客商不知名姓之人，把我两种宝贝失迷去了。"和尚说："贼人名叫华云龙，你别不要脸啦！你那样人物，连真名姓多没有吗？说姓华为是发财呀？"贼人一听，把眼一翻说："和尚，你真是我的对头冤家，我打算要替华二弟打一脱案，不招出我的案来，我也是死，不想和尚认识我。"大人说："你姓甚么？叫甚么？到是怎么一段缘故？"

贼人说："我姓王名通，乃是西川人，家住在成都府，因为我家兄在成都府当一名书办，因为使了二百两赃银，被杨再田收监入狱，置之死地。那时我正在外面流落，后来我回去，才知我家兄已死了。我要找杨再田报仇，不想赃官已然丁忧回籍，我找到临安来。在酒楼遇见华云龙，他也是西川人，绿林的朋友，我二人见面，就住在城隍山下刘昌家中。因为游城隍山，遇见一个带发修行的少妇，华云龙一见美色起意，晚间入乌竹庵意欲采花，不想因奸不允，他将那少妇杀死，又将老尼姑砍倒。他回到寓所一告诉我，我就替他担惊。我二人次日到泰山楼喝酒，因为口角相争，他一刀把静街太岁秦禄杀死。后来我同他在酒楼吃酒，我劝他不可这样胡闹，倘被官人拿住，岂不有性命之忧？他反说我胆小，他要做惊天动地事，要杀秦相。我又用话一激他，我二人晚上就来到秦相府。他到了相府，盗的奇巧玲珑白玉镯，十三挂嵌宝垂珠凤冠，他在粉皮墙题的诗，所有的事，都是他一人做的。"旁边也有先生写了招供，写完了，呈与秦大人过目。

秦相一过目，自己这才明白，问道："王通，现在华云龙他在那里住？你必知情。你如要说了实话，我必要从轻办你，你如不说实话，我必要从重办你。"王通说："大人不必生气，我同华云龙原先是一处住，也不住店，或是庙宇钟楼鼓楼，或大户人家花园僻静之处存身。自从昨天晌午，听说刘昌犯了案，他不敢在临安住。我二人商量好了，他到千家口通顺店去等我，不见不散，准约会我那时去，我二人同回西川。"秦相听明白，问济公："此事如何办法？"济公说："大人派人拿去罢。"秦相说："手下官人如何拿得了这样贼？还是师父慈悲慈悲罢！"和尚说："我拿去也行，有功就得赏，有过就得罚，大人先赏二百两银子给柴元禄、杜振英二人，办此贼有功。再给二百两银子盘费，大人办一套海捕公文，相谕我带他二人去拿贼。先把王通交钱塘县钉镣入狱，不准难为他，候把华云龙拿了，当堂叫他二人对质。"秦相说："甚好。"立刻叫太守回衙门，给办海捕公文，相爷亲笔标了相谕。

和尚说："柴头、杜头你们二位班头去跟我和尚去办案，别穿这在官应役的衣裳，你们两个人改扮做外乡人的样子，好遮盖众人的眼目。"二个班头点头答应，跟太守回衙门。太守办好文书，柴、杜二头到街上买了两身月白粗布裤褂，左大襟白骨头钮子，两只岔配鞋，二人装扮起来，把官衣包在包裹之内，带着文书，来到相府。

和尚已吃完早饭，二班头领了相谕、盘费，秦相说："师父这一到千家口，如将贼人拿获，三衙门领一千二百两银赏格外，也是一种喜事。"济公同二人出了都门，往前行走，只见桃红柳绿，艳阳天气，野外芳草一色新。和尚信口作歌：

堪叹人为岁月荒，何时能得出尘疆？
从容作事抛烦恼，忍奈长调怨远方。
人因贪财身家丧，蚕为贪食命早亡。
诸公携手回头望，元源三教礼何长！
才见英雄邦国定，回头半途在郊荒。
任君盖下千间舍，一身难卧两张床。
一世功名千世孽，半生荣贵半生障。
那时早隐高山上，红尘白浪任他忙。

和尚口唱山歌，说："二位头儿，你二人快走！华云龙在前面林子之内上吊那，他要一死，亦无能拿他去了。"柴、杜二人一听，立刻答应，飞身上前。快跑了有五六里之遥，果然见前面树林内有一人，正在歪脖树上拴套。柴元禄一瞧，说："不得了，了不得！要是贼人一上吊，这一千二百两银子的赏也不用要了，差事亦不用要办了。"自己赶紧脚底下加力，往前跑到树林，那人早已吊上。柴元禄急了，两手一抱，竟将贼人捉住。要知后事如何，且看下回分解。

第五十二回　美髯公拜请济公　会英楼巧遇贼寇

话说柴元禄过去把上吊的人抱住。杜振英追过来一看，就说："大哥，你把华云龙拿住了？"柴元禄低头一看，说："这是华云龙的老爷。"杜振英说："怎么？"柴元禄说："你看这个人胡须都白了，他这大年纪还能采花么？"两个人就把这老丈扶起来，一个捶腰，一个呼唤："老丈醒来！"缓了半天，这老丈缓过一口气来，一睁眼瞧了瞧，老丈反勃然大怒，说："两个小辈，放着道路不走，多管闲事！"柴头容老头骂完了，说："老头你真不讲理，要比我两个人在这里上吊，你瞧见了，你管也不管？人焉有见死不救之理？你别瞧我二人穿得衣服平常。你若大的年纪，为甚么事情行这样短见？是为银钱，是受人欺辱？你实细细告诉我二人，或我二人能救得的，可以救你。你骂我二人，我们也不计恼，我问你实因甚么一段情节？"

老者叹了一口气，道："方才我是一心的急火，多多得罪你二人。我到不是因为别的骂你，我想我的事，细细告诉你二人，你们也管不了，我横竖是个死，你们到叫我受两遍罪。"柴头说："你说说为甚么事寻死？我二人既说能办就能办。你别瞧我们穿的衣裳，像村庄乡人，也不是在你面前夸口，说一句大话，勿论甚么事，我二人都可管得了。"

老丈说："二位既要问我，二位请坐下，听我慢慢告禀。我本是阜丰县聚花村人，我姓傅名有德。我家主人姓冯名文泰，在安徽泾县做了一任知县。我家老爷是一位清官，两袖清风，爱民如子，病故在任上，宦囊空虚，一贫如洗。我同了我家夫人、公子、小姐，扶柩回故里原籍。我家小姐给的是临安城的官宦人家，婆家是吏部左堂朱大人，现在来信，婆家要迎娶。我家夫人无钱陪送小姐妆奁，叫我上镇江府。原本我家舅老爷做那里的二府推官，叫我去要二百两银子，陪送小姐。我去到镇江府，一见我家舅老爷，舅老爷提说既是我家老爷死在任上，埋怨我为何不把我家主母送到他那里去，难为我家夫人带着儿女过这十分苦日子。我家舅老爷给了我六百两银子，说五百两给我家主母陪送姑娘，那一百两给我，叫我垫办着用，常看我年老受苦辛不易。我怕银子在道路上不好拿，我买了十二锭黄金，做了一个银幅子，就带在腰中。我走到这树林子，觉着腹中疼痛，在道路上是白天受暑，夜晚着凉，我肚腹疼痛不能走。就在这树林下歇息。正在发愁，来了一个二十多岁的男子，手中拿着一条绳子，问我为何坐在树下不走？我说：'我肚腹疼痛的厉害。'他过来给我两颗痧药万金锭，我吃下去，觉着一行动，我就睡着了。我醒来一看，那男子踪迹不见，那条绳子在地下放着，我一摸腰里十二锭黄金银幅子都没有了。二位想想：我回去见了我家主母，怎么交代？我家夫人本来家寒，又要聘小姐，急等用钱。我有心再回镇江府，见了我家舅老爷，也是无言可答，我说：罢了，还许我家舅老爷不信。我左思右想，是前进无门，后退无路，莫如我一死到也干净，也就管不了我家夫人的事了。二位虽是好意救了我，我还是死，岂不是受二遍罪？"

柴、杜二位一听，就知道这是济公的使巧计，使我两个人来救人，那里有华云龙？柴、杜一想，"我二人何不给和尚找点麻烦？"想罢，说："傅有德，你别死，回头由南边来了一个穷和尚，你过去揪住他，跟他要银子，他不给你，你别叫他去，叫他给你想主意。"傅有德说："甚好。"

正说着，只见由北边来了一个穷和尚，一溜歪斜，脚步仓皇，来者正是济公。一边往前走，和尚信口说道："你说我疯我就疯，疯颠之症大不同。有人学会疯颠症，须下贫僧酒一瓶。"口中正自作歌。柴元禄说："师父，你老人家快来。"傅有德一看，是个穷颠和尚，衣服褴褛。和尚过来问："二位，这是何人哪？"柴、杜二人把上项事述说了一番，济公问："你二人有六百两银子吗？"二人说："没有。"和尚说："你们两人既没有六百两银子，怎么能救得了傅有德？不是无故的找事？你们两个人现有多少钱？"柴头、杜头说："我们两个人，就是这二百两银子盘费，别处并无一文钱。"傅有德一听这三个人的话，自己一想："我丢了银子，何必为难他们？"自己想罢，说："你们三位不用管了。"和尚说："焉有不管之理？我方才已听见他们两人说了，来罢！我给你把套拴上，你好上吊。"柴头、杜头说："师父你老人家说这叫甚么话？你叫我们来救他的，你老人家怎么又不管？总是想主意救了他才好。"和尚说："事既是如是，傅有德你跟我们走罢，直奔千家口，你瞧有人大喊一声奔我来，那就是你的财有了。"傅有德说："就是罢。"

三个人跟着济公，出了树林，一直往千家口走去。还有四五里之遥，和尚一边往前走，口中念道：

你会使乖，别人也不呆。你爱钱财，前生须带来。我命非你排，自有天公在。时来运来，人来还你债。时衰运衰，你被他人卖。常言道做善好消灾，怕你无福难担待。使机谋把心胸坏，一任桑田变沧海。

和尚唱着山歌，正往前走，忽然间由打千家口的村头，有人大喊一声说："圣僧长老，你老人家可来了！弟子找你老人家，如同钻木取火，轧沙求油。"后面还跟着一位，两个人跑到济公跟前，双膝跪倒。二班头一看，认识这二人。头前这位身高八尺，膀阔三停，头戴粉绫色软帕包巾，绣团花分五彩，身穿粉绫缎色箭袖袍，腰系丝绦，薄底快靴，面如白纸，两道细眉，一双大眼，裂腮额。后面跟定那位，头戴宝蓝缎色扎巾，身穿宝蓝缎箭袖袍。腰系皮挺带，薄底快靴，面似淡黄，重眉阔目。三山得配，五岳停匀，海下一部黄胡须遮满前胸，外披一件宝蓝缎英雄大氅，这个乃是美髯公陈孝。头前这位，姓杨单名猛，外号病符神，这两个人乃是保镖达官。只因保着一支镖上曲州府，客人王忠住在千家口通顺店，忽然王忠得了禁口痢疾，请了一位先生调治，又把药用反了，病症一天比一天沉重。王忠在床上眠着直哭，想起家中的父母，自己在这里又无至近的亲人，带着二十万银子作买卖去办货，倘如口眼一闭，原做他乡的怨鬼，异地的孤魂。杨猛、陈孝这两个人是忠厚人，看客人病得沉重，又是孝子，打算赶紧请先生给他治好了。千家口这里，又没有高明医家，两个人去到灵隐寺问济公。到庙中一问，说济公并未在庙，细细打听，说济公被人请到昆山县去治病。杨猛、陈孝二人无法，庙中留下话，仍回到天兴店等候。等了两天，也不见济公来，二人心中甚为愁闷。今天出来闲步，偶然听济公口唱山歌而来，杨猛大喊一声，二人过去行礼。和尚说："你二人从那里来？"陈孝就说："客人病在店中，到灵隐寺去请你老人家。没见着，我们也不能走，求师父慈悲慈悲罢！"和尚点头说："你二人起来！"柴头、杜头也认识，说："二位达官从那里来？"陈孝一瞧，是二位班头，陈孝也乐了，说："二位为何这样的打扮？"柴头说："我们出来私办访案。"

这几个跟着济公进了村口，是南北的街道，东西有铺户，路西有一座酒楼，和尚站住不走了。此时这六个人是四样心意：柴头、杜头想要办案拿华云龙；傅有德心想有人大喊一声，我这六百两银子必要跟他二人说；二位达官想济公来了，好把客人王忠治好，就可以起身；和尚见了酒楼，就想吃酒。说："各位，咱们进去喝杯酒。"大众虽不愿意，也不好违背，众人同和尚进了酒馆。济公一看是会英楼，心中一动，说："要捉拿采花淫贼华云龙，在此等候。"要知后事如何，且看下回分解。

第五十三回　绿林贼偏遇路劫　设奸谋画虎不成

话说济公进了会英楼，掌柜的见他衣服平常，是一穷僧，并未谦让。杨猛陈孝等五人进来，他过来和气的说："众位才来呀，里边坐。"济公同来站在柜外说："掌柜的，我也来了。"那掌柜的说："和尚，你来甚好，里面请坐罢。"六人进去，到了后堂，过来跑堂的说："你六位上楼啊，是在这边？"和尚问："有雅坐没有？"跑堂的说："就是一个雅座，方才进去三人，已然要酒菜吃上了。你六位上楼罢。"和尚说："不上楼，我到雅座，把那三位让出来如何？"跑堂说："那不行！"和尚说："你不要管，我到雅座去。"一掀帘子进去，看见三人正自吃酒，是新拜的盟兄弟，大哥请两个兄弟吃酒。正在谈心，只见外面进来一个和尚，到里面说："你三位在这里吃酒呢，少时酒钱我给了，我给你三位再要几样菜罢！"三人都站起来，大哥疑惑和尚与二位盟弟相好，那二人疑惑是大哥认识的，都连说："和尚不上帐，你在这一同吃酒罢。"和尚说："请，请！"自己退身出去了。

大哥问："二位兄弟，这是那庙里和尚？"那二人说："我们不知道，不是兄长的朋友吗？"他又说："不是。"三人同笑了，说："这是怎么件事呢？坐下喝罢。"三人方一落座，全都连忙站起来，"哼"了一声，大哥说："我方一坐，不知甚么扎我屁股一下。"那二人说："叫跑堂的快拿油盘来，你这屋中不好，我们挪外间去，"跑堂只可。济公六人见人家出来，他们进去。到了里边落座，要了酒菜，摆上喝了几杯，只听外面有人说话，声音宏亮，说："合字并赤字，啃撒窑儿，把合字赤字窑儿英找孙。"说完，进来三个江洋大盗。

书中交代：内中就有华云龙。只因华云龙自临安合王通分手，定准在千家口通顺店约会齐的，又不见不走。他在通顺店，人家都当他是一个保镖达官。他那日住在后院上房之中，昨夜晚上他自己吃完晚饭，觉得心神不宁，发似人揪，肉似勾打，叫店中伙计算结店帐，说："我要走，要有西川姓王名通来找我，你告诉他，我说的家中见。"伙计答应。他出了店门，天已初鼓之际，步到了村外，往前正走，只见满天星斗，皓月当空，走了五六里之遥，有一座树林，从树林内跳出一人，口中说：

自幼生来心性鲁，好学枪棒懒读书。
漂蓬四海免民祸，浪荡江湖卧草庐。
遇见良善俺要救，专把贪官恶霸诛。
我人到处居方寸，那管皇王法有无。

说完了八句，把刀一亮，说："呔！对面行路之人，快留下买路金银，饶你不死！"华云龙听罢说："对面是合字。"那拦路之人哈哈大笑说："我是海字。"华云龙说："你不是绿林中的合字么？"那人说："我一概不懂。"说着话，摆刀过来搂头就剁。华云龙拉刀刚要过来动手，一看这人身高八尺，穿着翠蓝褂，面如蓝靛，发似朱砂，一部红胡髯飘洒胸前，长得凶如瘟神，猛似太岁。这人刚要动手，一见华云龙，赶紧把刀还入鞘内，说："原来是华二哥，从那里来？因何连夜行路？"华云龙一看，说："原来是雷二弟，提起来一言难尽。"华云龙就把自己由江西来到临安，所做所为一说，就是没提乌竹庵采花。

书中交代，来者这人姓雷名明，原籍是镇江府丹阳县龙泉坞的人，也是一位绿林的英雄。他与陈亮是结义的弟兄，二人分手有一年多没见。雷明去到陈家堡找陈亮，陈亮家中人说："陈亮已然上了临安城出了家，不回来了。"雷明一听，与陈亮是知己之交，心中甚不放心，要到临安去找陈亮。今天走在半路之上，见对面来了一个夜行人，雷明故意由树林蹿出来，亮刀截住，过来一看是华云龙，二人这才行礼毕，叙离别之情。

华云龙说："雷二弟，你方才念的八句诗词，是你自己做的？"雷明说："不是，这是杨明大哥做的，我记下来。华二哥你在临安，可见着陈亮？我这一去所为找他。"华云龙说："我到没有见过陈亮，你要到临安去找他。依我说，你趁早别去，因我在临安泰山楼杀了人，秦相府盗了玉镯、凤冠，这两件事是我做的，你要一去，恐怕人家瞧见你行踪可疑，把你办了，到多有不便。"雷明说："不要紧，我到临安没事便罢，倘若我要失了脚，我替二哥打一场脱案。二哥你跟我回去，俺们二人在临安盘桓一月，你我一同回江西，也不为晚。"华云龙本是没准主意的人，一听雷明这话，自己活了心，说："既然如是，雷二弟你我一同走。"

二人这才往前走，刚走了不远，见眼前树林内转出一人，过来拦住去路，二人一看不是他人，正是圣手白猿陈亮。书中交代：陈亮自从前者济公要给开水浇头，切菜刀落发，唬得陈亮跑了，他就在临安城找了个僻静的店住着。华云龙在临安城所做所为的事情，陈亮都知道。后来听说拿住野溜鸡子刘昌，济公奉命出都办案，陈亮才到是追下华云龙送信，叫他远奔他乡。不想今天走在这里，遇见雷明、华云龙。三人见面行礼，坐在就地，各叙已往从前之事。天光已亮，陈亮说："你们先到千家口沐浴净身，吃点东西，商量着再走。"华云龙点头。三个人一同来到千家口，沐浴净身，吃点心，喝了点儿茶。天已正午，三人要到会英楼前去吃酒。

来到会英楼，华云龙一调侃说："瞧见有翅子窑的鹦爪孙，留点神。"济公在雅座早已听见，和尚也未出来。

三人上了酒楼，一看也干净，并无别位酒座，三位坐下。跑堂一看，这三位人才出众，品貌不俗，连忙过来让："三位老爷才来，要甚么酒？要甚么菜？"陈亮吩咐："要几样冷荤菜，干鲜果品，烧黄二酒，只要好吃，就得不怕钱多。"跑堂的立刻到柜上要了酒菜，不多时摆好，三人吃酒谈话，真是开怀畅饮，酒逢知己千杯少，话不投机半句多。雷明告诉华云龙说："不必走，临安城没有办案之人便罢，若要有办案之人，自有我认帐，管叫来一个拿一个，来两个拿一双。"陈亮一听此话，说："二哥，你先别说话。现有济公长老带着二位班头，前来拿华二哥，那济公能掐会算，善晓过去未来之事。"雷明一听，哈哈大笑说："陈老三，你怕和尚，我不怕和尚，就凭他一人带着两个班头，要捉拿华云龙二哥？我也不是说句大话，二百官兵围上，也捉不住他。"陈亮说："兄长你有所不知，我告诉你罢，那济公长老神通广大，法术无边，要用手一指，就不能动转。"雷明一听此言，拍案大叫说："陈老三，你真气杀我也！你这是长和尚的威风，灭咱们弟兄的锐气。这个和尚不来便罢，他要来，我先手起刀落把他杀了。要不然，你二人在此等候，我到临安去访问灵隐寺，先把这和尚杀了，方出我心中之气。他既是出家人，就应该奉公守分，和尚无故多管闲事，我先杀了他。"陈亮说："雷二哥，你趁早别说这个话，你不说到许没事，你一说就许被济公掐算出来找你，真要一来，你我三人皆不能走。"华云龙道："你们二位喝酒罢，幸亏楼上没人，这要有人叫人听见，多有不便，你我说话总要留心。"雷明说："华二哥，你不要拦他，他怕和尚，我不怕和尚。"

正在说话之际，就听楼下忽有人一声叫喊，说："好贼，我就是拿华云龙的和尚来了，我今天全把你们拿住，堵窝掏一个跑不了。"

书中交代：和尚在雅座，同着杨猛、陈孝、二位班头、傅有德正在那里吃酒，听外面有人一调绿林中的黑话，和尚就知道是他们三个人来了。容他们坐下，稳住了神，和尚这才由雅座出来，告诉杨猛这五个人说到外面方便。和尚来到楼梯以下，正听见雷明那里说大话，和尚这才答言，要上楼捉拿乾坤盗鼠华云龙。不知后事如何，且看下回分解。

第五十四回 显神通戏耍雷明 舍妙药义救王忠

话说济公在楼下一答话，楼上华云龙是惊弓之鸟，贼人一虚，一擦身跳出楼窗，竟自逃走。

陈亮一听，说："二哥你看如何？我说不叫你说，你看来了！"雷明伸手拉刀，奔到楼门，往下一看，见和尚衣服褴褛不堪，滋着二寸多长的短头发，一脸的油泥，登楼梯正要上楼。雷明举起刀来，打算和尚一上来，用刀将和尚劈下去。和尚一抬头，早瞧见他，用手一指，口念六字真言："侫嘛呢叭𠯗吽！"用定神法把雷明定住。和尚上得楼来，由雷明旁边过去。陈亮一看，赶紧行礼说："师父，一向可好？"和尚一瞧，说："亮儿，你在这里，好呀！"陈亮说："弟子在此等候多时，师父你来喝酒罢！"和尚过来坐下，陈亮斟了一杯酒，和尚端起来就喝，陈亮过来行礼说："师父，慈悲慈悲罢！把定神法撤了罢！幸亏楼上没人，要是有人，成甚么样子？再说跑堂的下楼去端菜，回头要上楼瞧见，我二哥瞪着眼，拿着刀，准唬一跳。"和尚摇头。

正在这番光景，只听楼下一声"哎呀！"咕噜噜，哗啦啦，扑咚！原来是跑堂的拿油盘托着菜，心中想："楼上这三位爷很富豪，要好好伺候，必多得酒钱。"拿着菜刚要上楼梯，猛抬头一看，见这位蓝脸红须，举着刀意欲杀人的样子，跑堂的唬得腿一软，油盘也扔了，他也翻身栽倒，滚下楼梯。

上面陈亮听见，说："师父，你快把定神法撤了罢！这叫人瞧见，实不是样子。"济公说："便宜他。"用手一指，说"你过来罢！"雷明这才能转动。方才心中明白，就是不能动，心中说："这个和尚可不好惹，我先把刀还入鞘内，我再算计他。我过去嘴里跟他说好话，跟他坐在一处，冷不防我给他一刀，把他杀了，就算给我华二哥报了仇了，叫他明枪容易躲，暗箭最难防。"想罢，过来跪了，给济公叩头说："师父，你老人家既是我拜弟陈亮的师父，如同我师父一样，方才我一时间蒙昧无知，求你老人家多有担待。"陈亮一看，心中甚为欢悦，想："我二哥到是好人，知过必改。"陈亮这才说："师父，我二哥知错认错，你老人家瞧在我的面上，饶恕他罢！"和尚说："你起来罢！"雷明站起来，就坐在和尚这条板凳上。和尚站起来，就躲到那边去了。陈亮说："师父做甚么躲开？"和尚说："明枪容易躲，暗箭最难防，冷不防一刀，不是玩的。"说得雷明心中一惊。陈亮说："师父只管放心，我二哥是个粗卤的人，他也决不敢跟师父无礼。"和尚说："我也知道。"

正说着话，跑堂的上来，向雷明说："大爷，我怎么得罪你了？你拿刀要砍我。唬得我摔下楼去，摔了四个盘子，糟踏了四碟菜。"雷明说："不要紧，回头我照数赔你的钱。我是听见楼下有我的仇人说话，我拉刀要下楼，并不是跟你。"把这件事也就遮过了。

再一看和尚，只顾跟陈亮说话，也不往这边瞧。雷明冷不防拉出刀来要刺和尚，和尚用手一指，又把雷明定住。和尚拍桌子大嚷："好贼人，你要谋害和尚！二位班头快拿贼，贼在楼上呢！下面雅座众人都听见了，柴元禄、杜振英说："二位达官帮个忙拿贼，贼在楼上哩。"二位班头拿着铁尺，蹿出雅座，直奔楼上。陈孝没兵刃，抄起一把铁铣。杨猛本是浑人，也没有兵刃，他出来一看，正赶上掌灶的掌通条正通火，杨猛跑过去一个嘴巴，把掌灶的打了一个斤头，夺去铁通条就跑，也奔楼梯上来。楼下众酒饭客唬得一阵大乱。

二位班头同杨猛、陈孝上楼，见和尚那里坐着，旁边一位白脸俊品人物，一位蓝脸红须，瞪着眼，拿着刀，跑堂的在旁边站着，别无他人。柴头说："圣僧，贼在那里？"和尚说："我一嚷，贼就跑了，这是我两个徒弟。二位班头过来，我给你们引见。"用手一指陈亮，说："这是我徒弟亮儿。"柴头说："亮爷。"陈亮说："我姓陈。"柴头说："原来是陈亮爷。"和尚又一指雷明，和尚说："这也是我徒弟明儿。"雷明此时也能动转，唬得心里直跳。二位班头过来说："明爷。"雷明说："我姓雷。"二位班头说："雷明爷。"和尚又给二位班头引见了。和尚说："你们四位下去，在雅座等我。"四个人无法，转身下楼。刚一下楼，掌灶的过来把杨猛拦住说："这位大爷，我又没招你没惹你，你把我的通条抢去，一个嘴巴，把我的牙给打跌了。"陈孝过去给人家赔罪，说了许多好话，这才四个人回雅座去。

雷明见四个人下了楼，把刀还入鞘内，心说："这个和尚可不好惹，我明着不行，暗着结果他的性命。"站起来答讪着下了楼。来到下面。问："跑堂的，我们上面吃了多少钱？连雅座的饭帐及方才你摔的家伙，一共多少钱？”堂官到柜上算清了，雷明拿出银子来给了钱，又要了一个酒瓶子，叫伙计给包上两只小鸡子，说：“我们回头带着喝。”伙计到柜上要了一个瓶子，打了一瓶酒，将小鸡子包好，交与雷明。雷明掏出一包蒙汗药来，放在酒内。

书中交待：这蒙汗药可不是雷明自己配的。原本是雷明由镇江府来，走在道路上碰见一个人，姓刘名凤，外号叫单刀刘凤，原先在绿林中当小伙计，也伺候过雷明、陈亮。因为他好赌，胡作非为，把他辞了，有二年多没见。这天碰见雷明，刘凤穿着一身华美的衣裳，骑着一匹马。一见雷明，赶紧翻身下马，过来行礼。雷明说：“刘凤你此时在那里？作何生理？”刘凤说：“我现在开了一座黑店。遇有孤客行囊多，住下我就把他害了。我这是到慈云观去，买了十两蒙汗药。”雷明说：“你这十两蒙汗药，能害多少人？”刘凤说：“能害一百人。”雷明说：“拿来我瞧瞧。”刘凤由兜囊掏出来递给雷明，雷明说：“你瞧有人来了！”刘凤一回头，雷明一刀，将刘凤结果了性命，把尸首扔在山涧之内，带药自己逃走。今日用着此药，拿出来说：“刘凤你就是和尚的对头冤家。”把药掏出来，放在酒瓶之内，立刻到楼上见济公说：“师父，我有一事不明，要你老人家指教。我看这楼上人烟太多，说话多有不便，请师父跟我到外面无人之处说话。”陈亮叫人来算饭帐，济公说：“不用算，早有人给了，走罢。”

三人下楼，和尚向雷明说：“拿着咱们那些东西再走。”雷明答应，带着酒瓶、熏鸡，出了会英楼，一直往北。到了村口以外二里之遥，前面有一松树林，到也清雅，当中一块坟田，内有白石桌一块。三人到石桌旁边，把酒放下，雷明说：“师父，我请教你老人家，不为别故，我要问你一件事。你老人家是出家人，不应管在家之事。华云龙虽说是贼人，偷的是秦相府，又未上你老人家庙中偷了围桌偏衫五供，师父何必多管？”和尚说：“这话不对，我和尚要不然也不拿他。他不应往我们庙中去闹到不堪。”陈亮说：“师父，他并未往你们庙中去呀！”和尚说：“没往我们庙中，他可往尼姑庵去了，毁坏佛门静地，我故因此拿他。”雷明说：“师父不要提那些闲话，我这里给你老人家预备有酒，你老人家喝酒罢！”和尚拿过来一瞧，又放下。雷明就把熏鸡打开说：“师父吃菜罢。”济公说：“这酒我不能喝，主不吃，客不饮。陈亮你先喝。”陈亮拿起来就要吃，雷明一把手给夺过来，说：“这是给师父预备的，你不要抢。”陈亮也不知其中缘故，就让：“师父喝罢！”济公接过酒瓶子来说：“陈亮，你可是我徒弟，我是你师父，师徒情如父子。我要叫人害了，你怎么样？”陈亮说：“我必要与你老人家报仇。”和尚说：“此话当真？”陈亮说：“那是一定。”和尚又连说数次，陈亮说：“师父太烦絮，你老人家只管放心，真有人害你，我必要给你报仇。”和尚说：“就是。”

和尚拿起酒瓶子晃了一晃，连吃了十数口，和尚翻身栽倒，雷明哈哈大笑。不知和尚性命如何，且看下回分解。

第五十五回　天兴店施法见贼人　小镇店吃酒遇故旧

话说雷明见济公喝了酒，翻身栽倒，雷明哈哈大笑说：“和尚，我打算你是个活神仙，事事未到先知，敢情你也被我制住了。”陈亮说：“二哥，这是怎么样一段情节？”雷明说："三弟要问，是我酒内下上蒙汗药，将他蒙倒。回头我把他搁在道旁，等他还醒过来，我羞臊羞臊他，看他跟我说甚么？"雷明可没提搁了几两蒙汗药。陈亮一听，说："二哥，你这是不对，他是我师父，冲着我，你也不应当。"雷明也不还言，提起和尚向东就走。陈亮只打算是雷明把和尚提在道旁去，焉想到东边这是涧沟，雷明来到沟岸，一撒手将和尚"扑咚"抛在涧沟之中，拨头往西就走。陈亮也追过来，他是面向东，见雷明把和尚抛下水去，刚要着急，见和尚往上一冒，露出半截身，吱着牙，冲陈亮一乐，唬了陈亮一跳。陈亮说："二哥你这可不对，济公是我师父，你也不应当，告诉你说，二哥，你这个乱子惹大了。济公他老人家神通广大，法术无边，你要报应呢！"雷明说："三弟，你别胡说了，我已然用蒙汗药把他制住，抛在水内，还有甚么法术？跟我走罢。"

陈亮无奈，跟雷明往北。走了有二里之遥，眼前是一道土岗，二人将一到土岗，就听得有人嚷："我死得好冤屈，不叫我见阎罗天子，叫我见四海龙王。龙王爷没在家，巡江夜叉嫌我和尚脏，把我赶出来，大庙不收，小庙不留，我死得好苦！我只等害我的人来，我们是冤家对头，我把他掐死！"雷明、陈亮抬头一看，正是济公，唬得二人魂不附体，回头就往南跑，后面和尚彳亍彳亍就追。二人跑得紧，和尚追得紧，二人跑得慢，和尚追得慢。雷明、陈亮脚底下一按劲，跑出五六里远，好容易听不见草鞋响了，二人累得挥身是汗。雷明说："老三，我们前面树林子下歇息罢！"二人刚一到树林，和尚说："二位才来呀！"二人一见是济公，唬得回头就跑，和尚就追。二人好容易跑脱了，将来到土岗，和尚又站在土岗之上说："二位才来呀！"雷明、陈亮二人又往回跑，心中暗想怪道："怎么和尚又走到头里去？"二人复又跑到树林，和尚又早到了，说："才来！"一连来回跑了六趟。雷明说："别这么跑了，你我向西南去。"二人往西南岔下来，好容易听不见草鞋响了。二人实跑乏了，见前面有树林子，雷明说："老三，你我爬上树去歇歇，躲避躲避。"说着话，雷明往树上就爬，刚爬到半截，和尚在树上说了话："我看你往那里跑去？"用手一指，用定神法把雷明定住。和尚下了树说："好东西！我也不打你，我也不骂你，我拘蝎来蜇你。"和尚一念咒，就见地下来了无数的大青蝎子，和尚摘下帽子来往帽子里就捻，和尚说："我找蝎子去。亮儿，你给我看着他。"说着话，和尚竟自往东去了。

书中交代，杨猛、陈孝二位班头同傅有德在雅座等候多时，不见济公下楼，众人到楼上一看，没了人。柴元禄说："伙计，我们那位和尚呢？"跑堂的说："早已走了，那位雷爷连你们雅座的饭帐都给了。"柴元禄一听，说："二位达官，帮我们到通顺店去办案去。"杨猛、陈孝点头答道说："可以。"同着傅有德五个人，出了酒馆，直奔通顺店。

到了店门首，柴头到柜房说："辛苦，你们这个店里住着一位姓华的么？"掌柜的说："不错，昨天走了。"柴元禄一听，说："了不得了，贼走了！"陈孝说："不要紧，济公他老人家神通广大，法术无边，要拿这样贼，亦不费吹灰之力，易如反掌。二位班头，跟我们到天兴店去瞧瞧，回头再说。"二位班头也无法，连傅有德一同来到天兴店，见客人王忠卧在床上，哼咳不住，陈孝说："客人大喜！"王忠说："咳，世界上最难受，莫过生死离别，我要做他乡的冤鬼，异地的孤魂，喜从何来？"陈孝说："我给你请了灵隐寺的济公和尚来给你治病，他老人家神通广大，法术无边，手到病除，回头少时就来。"偏巧这话叫店里伙计听见，这店里少掌柜的长腰痈，有碗口大的疮口，疼得要命，小伙计就告诉少掌柜的："你在门口去等着，回头你见了和尚就磕头，求他给你治病，那是济公活佛，手到病除。"少掌柜的果然到门口，搬了凳等着。偏巧来了个和尚，少掌柜的趴在地下就磕头说："圣僧救命！"磕了头一看，是隔壁三官庙的二和尚，少掌柜的说：

"为甚么给你磕头?"二和尚说:"我不知道你为甚么给我磕头,我叫你磕头的?"少掌柜的说:"我等济公和尚。"这位二和尚走了。

工夫不大,那边来了一个穷和尚,来到近前和尚说:"辛苦了!这店里有闲房么?我住店。"少掌柜的一看,和尚褴褛不堪,说:"我们这店一个菜三千二百四,你要住住小店铺去,三文钱鸡毛盖,四文钱的干草,可以行了,我们客店是大客店。"和尚说:"我在千家口绕了个弯都瞧了,就是你这个店小。"少掌柜的一赌气,转过脸来不理穷和尚。焉想到和尚冷不防,照定少掌柜的疮口就是一拳,打得脓血溅了一地,血流不止。店里伙计一看,各抄家伙,要打和尚,由里面杨猛、陈孝蹿出来,说:"千万别打,为甚么呢?"就见少掌柜躺在地下,"哎呀!哎呀!"直嚷,说:"和尚不好,和尚打死我了!二位达官别管,非打这和尚不可!"陈孝说:"先别打,你把情理说说。"少掌柜就把方才之事一说,陈孝说:"少掌柜,你原来是济公打你,这位和尚就是济公!"少掌柜的一听,说:"既是济公,求你老人家给治治罢,这算白打了。"和尚:"不白打你的,好了。"说罢,由兜囊掏出一块药,放在嘴里嚼了一嚼,给他敷在疮口之上,就见由疮口往外流出烂肉,和尚口念六字真言:"唵嘛呢叭𠺗吽!"用手一摸,立刻腰痈好了,复旧如初。大众这才给济公磕头,把和尚让到店内。见上房东里间屋中,卧着客人王忠,哼咳不止,一见济公进来说:"圣僧,我这里病体沉重,不能给你老人家叩头,圣僧慈悲慈悲罢!"和尚说:"好办!"叫伙计拿半碗凉水,半碗开水,和尚掏了一块药,扔在水内化开,给客人王忠喝下去。工夫不大,就觉着肚子里"咕噜噜"一响,气引血走,血引气行,出了一身透汗,五脏六腑,自然清爽,身上如失泰山一般,立刻病势痊愈。

和尚出来,到外面屋中坐下,傅有德坐在那里,等和尚给找黄金下落。和尚一看说:"柴头、杜头你二人救了人,不叫人家上吊,又没有六百两银子,这不是叫我和尚为难?"傅有德说:"师父,不便为难,你们三位办你们的公事,我自己走就是了。"屋里王忠听见,叫陈孝出来问是甚么一段情节。柴头就把上项事从头至尾说了一遍,客人王忠说:"把傅有德叫进来,把我的银子给他六百两,他也不必寻死,就算我替济公济了他。"陈孝一听,心中甚为喜悦,一想,这件事甚做得周全。拿了六百两银子,递给傅有德,傅有德道了谢,拿了银子出来说:"师父你老人家不必为难了,有客人周济我六百两银子。"济公一听,照傅有德脸上"呸"啐了一口,说:"你真真好没根由!你到听我和尚的说话,我给你找不着十二锭黄金,你再要人家的银子,你认识人家王客人么?要人家的银子。"闹得傅有德脸上一红一白,又把银子给送到屋内,自己一想:"到莫如我一死。"和尚说:"傅有德你的十二锭金子被谁偷了去,你可知道?"傅有德说:"就是那少年拿绳子的偷去。"和尚一撩衣襟,说:"你来看!"连柴元禄、杜振英都一愣,见和尚贴身系着一个银幅子,露着十二锭黄金,二位班头也不知和尚是那里来的。和尚叫傅有德瞧,是你的银幅子不是?傅有德一看,说:"是。"济公说:"你看这十二锭黄金是你的不是?"傅有德说:"是。"和尚说:"是可是,可不是我和尚偷你的?"傅有德说:"我也没敢说你老人家偷了我的。"和尚用手一指说:"你来看,偷金子的人来了。"傅有德抬头一看,见外面一个少年的男子,穿得衣服平常,后面跟定一个妇人,傅有德说:"果然是在树林子内给我药吃的。"那人两眼发直,直奔天兴店而来。不知是怎么一段隐情,且看下回分解。

第五十六回 郑雄途中见济公 王桂林内劫孤客

话说和尚在天兴店,用手指一点,从外面有一人两眼发直,后跟一妇人。书中交代,来的这人,住在千家口东街,姓马名茂。父叫马振纲,他有两位兄长都务本分,耕读传家,惟有马茂是一个逆子,吃喝嫖赌,无所不为。

那日他在大街之上,把银钱衣服全皆输了,无面目回家,买了一根绳子,意欲上千家口外无人之处去上吊。偏偏巧遇见傅有德肚腹疼痛,他带有痧药,说:"我给你些药吃吃。"傅有德吃了,靠着树就睡着了。马茂见他身上带泥,心中说:"他一个孤单行客,身上必有金银,我摸一摸他的肚腹,他要醒来,我就说,我摸你肚腹,还有疼痛否?他若不醒之时,有甚么,拿甚么,走了便了。随伸手一摸,把银幅子就拿出来,一看,里面有十二锭黄金,他把绳子扔下,拿着黄金幅子就走。自己一想:"我把我妻子接出来,找两间房子,把黄金换了一锭过日子,倒是乐事。"想罢,往前便走。见北边有一个大苇坑,自己四下一瞧,杳无一人,把银幅子连黄金埋在那里,留了一个暗记,自己回归千家口。

刚到了家门口,他父亲马振纲立在门口,一见马茂气往上冲,说:"你这畜生,在外面无所不为,怎么又回家来了?"马茂说:"做甚么,我接儿媳来也。我也不在你家里吃饭了,家里算没我这个人便了,以后你也不用再管我了。"马振纲听了,忙说:"好好!你趁早把你老婆接了走,出去罢,不要在家里再加我的气。"马茂即到房里唤出妻子,要他跟了就走。妻子不敢跟他出去,因知他在外面无所不为,怕他生出异心把他卖了。他妻子孙氏,本是贤德之妇,跟惯婆婆,禀知婆婆不肯同去。老太太说:"不要紧,你只管跟他去,有甚么事,自有我给你做主。"孙氏无法,跟着马茂出来,走到半路,马茂说:"我告诉你,我若不发财,我也不来接你。"孙氏也不理睬他,跟他出了千家口的村口。

到了苇塘,寻着埋黄金的所在暗记,马茂刨开一看,十二锭黄金踪迹不见,里面有一堆大粪。

书中暗表,十二锭黄金被济公拿了去。柴元禄、杜振英救了傅有德的时候,说:"你等着,由南边来一个穷和尚。"为何济公由北边来呢?那就是济公把柴头、杜头支开去救傅有德,和尚到北边,把黄金刨出来,带在贴身,出了一泡恭,照旧埋上。这时候马茂一瞧就愣了,方才由家中往外接妻子的时节,在家中说的时节,是一派大话不小,把妻子接了出来,此时黄金没了,再把妻子送回去,那如何能行?真是话出如箭,岂可乱发?一入人耳,有力难拔。自己无法可想,连话也没了。

带着妻子往前正走,刚来到大兴店门口,济公由里面看见,用手往外一指,说:"傅有德你看,偷你黄金的人来了!"傅有德往外一看,果然不错,见马茂两眼发直,自己打了自己一个嘴巴,说:"众位,我今天是报应临头。"一面说,一面跑,刚到面前一个水坑,自己"扑咚"跳下水去,冒了两冒,即时身死。他妻子孙氏一见,就放声大哭。正在痛哭之间,赶请家人有人跟了来,怕马茂卖了女人。跟来之人,暗见马茂跳水溺死,把他妻子孙氏劝回,告诉他父亲并两位哥哥,马茂已死,把尸身捞起来掩埋,把孙氏送回娘家另聘，这话不表。

单说这和尚把十二锭黄金给了傅有德，叫柴元禄、杜振英把二百银子盘费拿出来也给傅有德，说："我和尚念你是个老义仆，我和尚赏你二百银子。"傅有德是千恩万谢，拿着金银告辞走了。柴元禄可就说："师父，我们已到通顺店去，华云龙是昨天走了，你老人家把盘费都给了傅有德，这比不得在临安时节，眼前出门在外，吃饭要饭钱，住店要店钱，该当如何是好？"和尚说："不要紧，勿论大小饭铺店家，吃饭住店，只要我和尚一指鼻子就走不了。"杜振英说："对，不指鼻子也走不了。"

三个人这里说话，客人王忠听了，自己一想："济公给治好了病，我当酬谢酬谢，人心都该如此。"随手拿出一百两银子来给师父做盘费。和尚一瞧恼了，说："你拿这一百两银子，算谢我么？我家值万贯，身值万贯，谁来要你酬谢？快请拿回，我决不收领。"王忠听如此说，亦不敢再给了。和尚说："二位头儿不必害怕，你二人跟我前去拿华云龙去。"柴、杜二人无奈，跟和尚出了天兴店，陈孝等二人送出来。

济公早已带着二人走了，已有十数里之遥。到了一座小镇，进店坐定，三人也觉得腹中饥饿了。柴元禄一想："和尚太觉慈悲了，把银子都舍施了，现在囊中一文钱也没有，如何是好？吃饭得给饭钱，住店得给店钱，这可以把富余的夹衣裳当了一吊或八百的，方可食宿。"想定主意，说："师父，你老人家只顾行好事，把银子一两不留，这吃饭没钱，如何办法？"和尚说："不要紧，我自有道理。你们二位不用着急，跟我来！"二位班头无奈，只得跟着和尚走路。

来至西面，有一座大酒饭店，厨下刀勺乱响，座客满堂，和尚就往内进，柴、杜二人跟进，一直来到后堂坐定。跑堂的一瞧，见一个穷和尚同着两个人，穿着月白裤褂，白骨钮扣，左大襟，两只岔配鞋。伙计心中暗忖道："这个样子，还不愿在前头这桌子坐，还到后堂来吃？"后堂一概是金漆八仙桌椅条凳，和尚在当中坐下，柴、杜二人在左右两旁坐下。伙计过来说："三位来了！"和尚说："算我没来。"伙计说："来了，三位要甚么酒菜？"和尚说："你们这里卖些甚么？"伙计说："我们这里烧烤红白，煮煎炒炖烹炸，大碟中碟小碗，应时小卖，随意便酌，午用常饭，果品珍馐，两京碗菜，粗细便饭，上等高摆海味全席，一应俱全。"和尚说："上等海味，每席需价多少？"伙计说："八两银子一席。"和尚说："给我来一桌，要好绍酒一坛。"伙计答应，心中暗想："这穷和尚吃这顿饭花这些饭资，何不换些齐整的衣裳？岂不为好？这三人吃完了，拿甚么钱来给我？"当时只得揩桌抹案，杯盘狼藉，小菜碟杯筷摆好，随即将干鲜果品、冷荤热炒、糖拌蜜饯、鸡鱼鸭肉各菜齐上。和尚说："二位吃罢。"柴元禄、杜振英二人准知道是无钱，说："师父，你吃罢！吃完了没钱给人家，我们不敢吃了。"和尚大声说："没钱不要紧。"柴头说："没钱你怎么讲？"和尚说："不必担扰，吃已吃完了，没钱他也没法。若要打，打轻了也不算甚么，打重了他得给养伤之费，到有了饭落了。"柴、杜二人遂饭食不吃，趴在桌上，和尚又吃又喝，一边吃着，自言自语说："这鸭子欠烂，海参欠发，炖肉太咸，做得不是味，伙计过来！"伙计说："大师父要甚么？"和尚说："这些菜都不合口，你给我一条活鲤鱼，头尾放汤，中段糟溜鱼片，放醋。"伙计答应。和尚拣甚么好吃就要甚么，也不嫌贵贱，且越贵越高兴，大吃一顿，几乎唬坏了伙计。

吃罢，叫伙计过来算帐，堂官一算，合共计纹银二十四两四钱。和尚说："不多，值得值得！外给小帐银二两。"伙计说："谢谢师父。"和尚说："不用谢得，惟小僧匆匆，未及带得分文。"伙计说："没钱怎样？"和尚说："你告诉掌柜的，给我写上帐罢。"伙计说："小馆没有帐的。"和尚说："没帐在水牌上写着就是了。"伙计说："写水牌，也是帐！我们是一概不赊，你给钱罢。"和尚说："没钱，你瞧着办罢。"伙计一听，来告诉掌柜的说："和尚吃了二十四两四钱，他说没有钱。"

掌柜的一听，怒气上冲，说："和尚你红口白牙，吃了东西，要甜的我们不敢给咸的，要辣的我们不敢给酸的，吃完了不给钱？打你也不值，就是不要打你也要打你。且待众友吃完了饭，不给钱这买卖不用做了，众友给我打他！"和尚说："老柴、老杜你瞧怎么办？"柴头、杜头说："我们没主意。"和尚说："掌柜的不要着急，我给你们变钱。"掌柜的说："你变罢，不给钱你今天走不了。"和尚呆立半天说："掌柜的，咱们商量商量，我吃了你的东西，我给你吐出来对不对？"掌柜的一听，说声："你胡说！吐出来我卖给谁去？你是二十四两银子不给么？"和尚拍着桌子喊嚷："哎呀，二十四两四钱呀！"伙计一瞧说："好哭，然而哭也要给钱。"

正是这般光景，掌柜的正要打和尚，只听外面一声喊嚷："贤弟，你来看，好一座酒馆，你我到里面吃杯酒。"扳帘一起，进来二个人，带着十数个从人。一见济公，二人赶奔上前，要给和尚的饭帐。不知来者是谁，且看下回分解。

第五十七回 避难巧救遇难人 雷陈误入黑贼店

话说济公在酒馆吃完了酒饭，没钱会钞，掌柜的正不答应，帘栊一起，进来两个人。前头这位身高九尺，膀阔三停，头戴青缎六块壮帽，皂缎色箭袖袍，腰系丝鸾带，色单青袄薄底靴子，四扇披皂缎色一件英雄大氅。面似乌金纸，黑中透亮，重眉阔目，高鼻梁，四字方海口。这位乃是临安城凤山街的天王郑雄，带着有几个从人。后面跟着一位，武生公子打扮，俊雅人品，此人姓马名俊，绰号叫做白脸专诸，原籍是常山县人氏，为人最孝老母。他跟郑雄是因同年至好，马俊由常山县来到临安探望郑雄，在郑雄家里住着，见郑雄的母亲双目复明，问郑雄说："老太太的眼睛怎么好的？"郑雄就把因做寿济公怎样治好的话，一一述说一番。马俊一听，说："灵隐寺济公既能治眼，现在我娘亲也是眼睛看不见，何妨劳兄长同我去代求求济公？"郑雄答应可以。二人同到灵隐寺一找房头常住僧，说不在寺内，听说济公被临安太守赵凤山请到昆山县治病去了。二人无奈，回来后又连找数次，并未遇着济公。马俊要告辞回家，郑雄说："我同贤弟去逛一趟。"收拾行李，买了许多的东西，带着几个家人，二人一同起身。

这天走在道路上，阴了天飞细雨。面前是镇店，到了街上，见有酒馆，郑雄说："贤弟你我吃杯酒罢。"二人便进了酒馆。往里走，听后面一嚷，郑雄抬头一看，正遇了济公，赶奔上前，忙行了礼说："师父一向可好的？"柴、杜二人一看，是认得的，说："郑大官人，你二人从那里来的？"郑雄一看说："二位头目为何这样打扮？"柴头说："我们办紧要机密事。"郑雄说："师父嚷甚么？"和尚说："哎呀！欺侮死了我也。"郑雄说："那个敢来欺负你老人家？我把他脑袋揪了去。"和尚用手一指伙计说："就是他。"唬得伙计就跑。柴头说："郑大官人先莫着急，问问为甚么欺侮他老人家？"郑雄说："师父，为甚么欺侮你老人家？"和尚说："吃完饭不放我们走，只管要钱。"郑雄一听，到也好笑，说："吃了人家东西，那有不要钱的人？这也不算欺负你，不要紧，吃多少钱，我给还便了。师父，你出门为何不带钱？"和尚说："为甚么不带钱，带着二百两银子。"柴头说："带的二百两银子，他都施舍了，一文钱没有留下。"郑雄说："师父，没带钱就不要坐下就吃，这幸亏我来，我若不来呢？”和尚说：“你若不来，我就不吃了呢。”郑雄一想，“这到好，算计好了，吃我也到不错。”连忙叫过马俊来给重新引见，另整杯盘，连柴、杜二人一同坐下吃酒。

方才坐定，就见帘子动处，进来两个人，前头一位文生公子打扮，人品俊雅，头戴蓝绸头巾，身穿翠蓝袍，白袜云鞋，儒儒雅雅。后面跟定一人，头戴青缎软帕包巾，身穿青小夹袄，腰系钞包，青夹裤，白袜子，打绷腿跋鞋，外罩一件青绸子铜氅，面透青白，两道斗鸡眉，一双瓯口眼，鹰嘴鼻，两腮无肉，长得兔头蛇眼，龟背蛇腰。济公一看，就知道这个不是好人。

书中交代，前头这位公子，原来是龙游县人，姓高名广瑞，在龙游县北门外开高家钱铺，家中很称财主。原来三房合一单丁，伯、叔、父亲就是高广瑞一人，三房给他娶了三房媳妇，谁生养儿子，算谁院君之后。这高广瑞的舅舅，在临安城开绸缎铺，高广瑞在他舅舅店内学习买卖。这天他要告假回家，他舅舅说：“你要离不开家，你就不用来了。”高广瑞说：“不是我恋家，我昨天做了怕梦。梦见我祖母死了，我不放心，到家瞧瞧就来。”他舅舅给了他十两银子盘费，他自己还有二十多两银子，由临安起身。到了千家口，在饭铺之中吃饭，过来一位老者说：“大爷，你赏我几个钱吃点甚么。”高广瑞一看，老者须发皆白，甚为可怜，说：“老者，你那边吃顿饱饭，我给钱便了。”老者在旁吃饱了要走，高广瑞打开银包，拿了一块银子，给了那老人一块。足有二两，然后给了饭帐。刚要走，过来一个人，穿一身青，说：“贵处的？贵姓？”高广瑞说：“我是龙游县的，我姓高。”那人说：“我姓王，叫王桂，也是龙游的人氏，咱们是乡亲。方才那老人不是好人，他是山贼的采盘子，瞧你有银子，回头他告诉我在半路上等着你，不但你把银子丢了，还要没了命，你我一同走罢。”高广瑞本来没出过门，听这话害了怕，跟了王桂同走了。

到前面一座镇店，天飞起雨花来，王桂说：“老弟，你我吃点酒再走。”二人进了酒馆。和尚一瞧。就知王桂不是好人。和尚目不转睛的瞧他，不免郑雄众人也都回头瞧他，王桂说：“老弟，你我别处喝去罢。”二人又出了酒馆往前走。

出了镇店村口，来到树林子中，四外无人，王桂说：“你站站！”高广瑞说：“做甚么？”王桂说：“这就到了你姥姥家了，你打听打听大太爷我是做甚么的？我姓王名桂，绰号叫青苗神，青苗不长，我没有路，青苗一长，我就有了饭吃了。我久在大道边做买卖，你趁早把银子衣裳都给了我，我把你一杀。”高广瑞一听，唬得颜色改变说：“王二哥，你我都是乡亲，我把银子给你，你饶我这条命罢！”青苗神王桂哈哈一笑，说：“你那妄想了，大太爷做了这些年的买卖，没留过活口，不能犯案。这时候我饶你了，你到明日别处一个手指头就要我命了，你用手一指说：‘你这人是路劫贼。’就办起我来了。你趁此把衣裳给我一件一件脱下来。要不然，我拿刀胡剁，坏了衣裳少卖钱，我也骂你，你听我开导开导你，像你这岁数早就该死了，生在富家，一生养下来。就使奴唤婢，奶妈妈，看妈妈，三四岁摇车凉榻，七八岁一念书，十五六一成家，好吃好过，好穿也好过，早就该死。你快把脑袋伸了来，干脆我把你一杀，不然烦躁了，我就拿刀乱砍。你衣裳溅了血，砍些刀伤，少卖钱文，我可骂你不是么。”高广瑞一听，唬得战战兢兢，口中说不出话，苦苦哀求道：“好汉爷，我把银子给你！”一边说，一边随手给银子过去，高广瑞说：“我把衣服也都给你，只要留一条裤子。你饶我这条性命，我感你老人家的好处。”王桂听罢，一阵冷笑说：“小辈你不必多说，江湖绿林，就是我辈贼人见了我也要行礼，我是向例不留活口的。”高广瑞见哀求不转，自己气往上冲，伸手抓起一块石头，照定贼人打去。王桂哈哈冷笑说：“你真胆大包天，敢在太岁跟前动土，老虎

嘴边拔毛!”抡刀就剁。只听树林西边有人喊:“合字让我这个!”王桂回头一看,只见从那边来了二人。前头一人,诗曰:

头大项短胆气豪,蓝脸红须耳生毛。专管人间不平事,剪恶安良乐陶陶。

后跟那位穿翠蓝褂,俊品人物。

来者非是别人,乃是雷明、陈亮。只因济公和尚把二人用定神法制住,说拘蝎子螫他二人,把两个人唬得战战兢兢。济公走远了,雷明、陈亮能转动了,两个人撒腿就跑,跑到这个树林子。天下起雨来,两个人在一棵枯树里躲雨,虽不甚大,两人心神不定,商量着回头那里去好。

正在这般景况,只见来了两个人,陈亮抬头一看就说:“二哥,你看这两个人来的不对,一个是儒儒雅雅老实人,一个是贼头贼脑滑溜的式样,怕其中有缘故。”正说着猜疑话,见二人到了树林子,王桂叫住高广瑞哓哓不休,两个人所说的话,雷明、陈亮都听得明明白白。二人正要赶过去,青苗神王桂瞧见两个人的样儿,先唬了一跳,说:“二位贵姓?”雷明说:“我姓雷名明。”陈亮说:“我姓陈名亮。”王桂一听,说:“二位一说名姓,我就知道了。你就是风里云烟雷明雷大叔么?你是圣手白猿陈亮陈三爷么?”雷明一听,把眼一瞪说:“我打你个球囊的!我是雷大叔,他是爷爷。”王桂说:“你是祖宗。”雷明一拉刀,王桂说:“你是祖宗尖。”雷明说:“我也不用恨你犯贪,方才你说的话,我都听见了,你把银子给我拿过来!”王桂就把银子递给雷明,雷明又说:“你腰里这银子也给我。”王桂也摸了出来。雷明说:“你把衣裳脱下来。”王桂说:“大爷莫这么办,咱们都是合字。”雷明说:“放你娘的狗屁!”过去一刀,把贼人耳朵砍下一个来。王桂说:“大爷,我们瓢把子来了!”

雷明、陈亮一回头,叽伶伶打一寒惊,有一宗岔事惊人。要知后事如何,且看下回分解。

第五十八回 董家店双杰被害 济禅师报应贼人

话说雷明、陈亮正要杀王桂,王桂用手一指说:“我们瓢把子来了!”雷明、陈亮二人一回头,王桂撒腿就跑。陈亮随后就追,说:“奸贼,我要叫你跑了,算我不是英雄。”王桂连头也不回,急急如丧家之犬,忙忙如漏网之鱼,恨不能肋生双翅,跳出树林子。偏巧眼前遇一道水沟河,有三丈宽,王桂跳下去,浮水过去逃命。

陈亮见王桂跳下水去,有心绕过去再追,也走远了。陈亮一想,“便宜了贼人,跳下水去,便宜他去罢!”高广瑞过来说:“不是二位大太爷搭救,我这条性命死在贼人之手。”陈亮说:“你姓甚名谁,那里人氏?怎么跟贼人一同搭伴走路?”高广瑞说:“我姓高名广瑞。”就把在千家口吃饭之故,细说一遍。雷明说:“我们也不是绿林人,把你这三十两银子还给你罢!”摸出来递给广瑞。广瑞感恩不尽,说:“二位救了命,积了德了。我家三门守我一条根,我在龙游县北门外开高家钱铺,二位倘到敝地,千万到敝舍屈驾枉临一叙。”陈亮说:“好,你赶路罢!”高广瑞方告辞别往前行走。

陈亮他本是热心肠的人,说:“二哥,你看高广瑞他一个人走路,又没出过门,倘若在道路上又遇着歹人,就了不得的了。咱们二人也没有事,何妨在暗中跟着,送他一程。”雷明说：“也好。”二人说着话，远远的跟着高广瑞，往那条路去。雷明、陈亮止住脚步，也觉着饿了，天仍然下小雨，陈亮说：“二哥，你我到那里去住店吃饭？天也不早了。”雷明说：“前面有一座董家店，离此不远，那买卖做的和气，从前我在那店里住过，这话是上二年的事，而且我在那店里养过病。有一位老董掌柜很是慷慨又和气，可不定那老掌柜在不在了，或已换了人。”陈亮说：“好，你我就上董家店去。”

说着话来到一座村庄，南北的街道，朝东的店，二人上前叫门，里面有人把门开了。陈亮一看，这人三十以外的年岁，淡黄的脸膛，穿着蓝布褂，系着青围裙，白袜青鞋，像个伙计的打扮。看了一看雷明、陈亮，伙计说：“二位住店么？”陈亮说：“住店。”说着话。二人就缓步进内。一进大门，迎面是影壁，转过影壁一看，是转正的北上房，东西两溜单间，在上房廊檐下有一张桌，上面有一个纱灯，有一个人在那里吃酒。那人见雷明、陈亮进来，一扬手把纱灯扬在地下灭了，一溜进了上房。雷明、陈亮也不措意，只当是人家碰在地下，也没瞧准是谁，伙计让着，来到东配房。

书中交代，这座董家店，此时不是董家店了。皆因老掌柜一死，有两位少掌柜的不务本分，跟青苗神王桂吃喝嫖赌。这天王桂说：“二位少掌柜的，把买卖让给我做，每年我给你们几百吊钱，你们全不用管，好不好。”二位少掌柜就把店让给王桂。王桂本是打闷棍出身，找了绿林中几个小伙计，帮他做买卖，遇有孤单行客，行李稍丰的，他们商量着谋害，事了，将尸埋毕，大家分派资财。王桂素常他跟众伙友说大话，绿林中就是他大有名的，人都是他的晚辈，都叫他是大叔。众伙友也不知王桂有多大能为。

今天王桂由外面回来，身上衣裳也都湿了，耳朵短了一个，流血不止。有一个伙计姓名唤纪方，爱说笑话，说：“寨主怎么耳朵丢了一只，衣裳湿透了么？”王桂说：“莫提了，真是丧气。我在小镇店吃饭，遇见人家打架，动起刀来，人不敢劝，我过去一劝，误伤把我耳朵给削了去。我焉能答应？那人拿着刀一跑，我就追他，他跳下水去要跑，我追下水去，把衣服也湿了。出来好些人给我跪着央求，我也不能不卖了人情，大众劝我回来，明天必得给我磕头来。你把干衣裳给我拿出来换换。”伙计只当是真事，也不问了，拿出衣裳来，王桂换上说：“给我打点酒，做点心。”伙计打了两壶酒，做了两盘菜，王桂在廊檐下坐着喝酒。自己越想越后悔，幸亏我两条飞毛腿，要不然死于雷明、陈亮之手。

正在思想之际，只听外面叫门，王桂就要说不叫伙计开门，不想伙计出去开了门，王桂见把雷明、陈亮往里一让，唬得魂飞魄散，急把灯打在地下，一溜进了上房，心中乱跳，见伙计把雷明、陈亮让到东屋去。伙计出来，王桂把纪方叫进来，王桂说：“方才来的这两个人，你认识不认识？”伙计说：“我不认识他。”王桂说：“一个叫风里云烟雷明，那白脸的叫圣手白猿陈亮。”伙计一听，说：“这二位名头高大，咱们得跟他们交交，回头不叫他们给饭钱。”王桂说：“我告诉你说，这两个人是我的仇人。”伙计说：“甚么与你有仇？”王桂说：“今天我由千家口跟了一号买卖，来到大柳子下，我刚要冒做，雷明、陈亮过来说：‘王大叔你好。’过来给我请安。我说：‘你们二小子做甚么？’雷明、陈亮说：‘见一面分一半。’我不答应，他们倚仗多人，与我敌手，他们也不赢了，偏巧我把银子丢了，我一捡银子，他们把我耳朵给削了去。今天活该，回头把他们二人害了，我正好报仇，有银子多少，你们大众分，我不要。”伙计说：“就是罢。”王桂附耳说：“你如此如此……，”伙计点头。来到东配房说：“二位吃甚么？”陈亮说：“你们这里有些甚么？”伙计说：“有炒豆腐，烩豆腐。”陈亮说：“还有甚么？”伙计说：“拌豆腐豆芽，燉豆腐，豆腐干，豆腐丝。”陈亮说：“不吃这般，有别的没有？”伙计说：“没有，我们掌灶的，人家请了去办喜事，连我们家伙全借了去了。你要吃有小鸡子宰两只，白煮煮，就沁酱油，惟有酒没酒壶，要喝拿瓶子打二斤。”陈亮说：“就是罢，要二斤瓶打二斤酒，烧鸡二只。”停了一刻时光，伙计都拿了进来。

雷明、陈亮喝了几口酒，陈亮说：“不好，怎么我心里闹得慌？”雷明说：“对，我心里也是如此，眼内冒金花，天转地转。”陈亮说：“哎呀！合字朵尺窑吗？”说着话，雷明翻身跌倒。伙计一瞧，说：“寨主，这两个人老了。”王桂说：“好，这可活该。”陈亮此时尚明白，一听是青苗神王桂说话，情知没了命了。伙计见陈亮少时也躺下，告诉王桂。王桂说：“他们两个人身上有一包三十两银子，那是我劫的人家的，我要。还有一包五两，那是我的，亦我要。他身上倘有多余的银子，我不要了，均是你们伙计的。”伙计一听，大不愿意，分赃没分，犯法有名，先说为报仇这人，这时又要银子了，伙计无法可强，又不敢说。

王桂拿着刀，由上房出来，要杀雷明、陈亮。刚到东房台阶，就听外面叩打店门，说：“开门开门！睡觉来了！”王桂一听，说：“纪方，你先把外面的人支发走了，莫教他来搅我。”伙计来到门洞说：“谁呀？”外面说：“我，睡觉来了。”伙计说：“住店没有空闲房间了。”外面说：“上房没有，就是配房。”伙计说：“配房也没有了。”外面说：“配房住满了，厨房。”伙计隔门缝一看，是个和尚。

书中交代，来者正是济公。原来日中在小镇店，同郑雄、马俊、柴、杜二头在酒店吃酒，吃完了酒，天尚未晴，郑雄说：“师父，今天你我就住在这后面店里，到也方便。”济公说：“好。”来到店中，说了回话，各自安歇。

睡到有二更天，和尚说：“柴、杜二头，跟了起来拿华云龙去，他在树林上吊呢。”柴、杜二班头说：“真的么？”和尚说：“真的。”二人起来叫店门，同和尚出了店。天又下雨未晴，柴头说：“师父，华云龙在那里上吊？”和尚说：“我不知道。”柴头说：“不是你说的么？”和尚说：“我叫你两个人起来逛逛雨景，上头下雨，底下踏泥，这比睡觉还强。”柴头、杜头这个气就大了。也不好言语。

和尚来到董家店门首，讨过包袱，重新包大了些，包裹好了，和尚才去叫门。伙计说：“没房。”和尚说：“别的不妨，惟我是保镖的，怕物丢了道上，赔不起人家，我故恳求一宿。”伙计隔门缝一窥，说：“你是个和尚，怎么说是保镖的？”和尚说：“我是保的暗镖。”伙计说：“你保的是甚么物件？”和尚说：“是琮晶琎晶水晶嘟噜猫儿眼，整枝珊瑚树，古玩等货。”

伙计一听，进去告诉王桂，“外面来了一个和尚，保暗镖的，净是值钱重货宝贝等，咱们先发大财好不好？这次做成了有几万，一人足分几千就够了。”王桂说：“也好，先把东屋锁上，让他上房去。”伙计来到外面开门。济公要施佛法，大展神通，报应贼人，搭救雷明、陈亮，尽在下回分解。

第五十九回　济公火烧董家店　雷陈送信找云龙

话说王桂想要发财，先把东屋门锁上，叫伙计方去开门。伙计开门一看，和尚同着两个人，搭着一个大包袱，和尚说：“你帮着搬包袱。”伙计过来搬不动，和尚说：“二位帮着。”柴、杜二人也帮着,四个人抬着往里走。

来到上房,伙计心里想道:“这必是些好东西,四个人搭着且费尽心力,不想他三个人怎么搭来的。”和尚来到屋中说:“纪伙计,贵姓呀?”伙计说:“你知道我姓纪,还问我贵姓?”和尚说:“我瞧你像姓纪,我真猜着了。”伙计说:“大师父要用甚么菜吃的?”和尚说:“你们有甚么?”伙计说:“你要都有。”和尚说:“炒豆腐、烩豆腐、拌豆腐、豆芽燉豆腐、豆腐干、豆腐丝,没有别的。你们掌灶的,人家有喜事请了去,连家伙都借了去,有小鸡子两只,没作料,对不对?”伙计一愣,心里说:“怪呀,这话是我刚才跟他们那两位说的,怎么和尚说这话?”济公答了话说:“我省得你说呀!”伙计说:“不是,你要甚么菜全都有。”和尚说:“要三壶酒,来两样现成的菜。”伙计答应,喊嚷:“白干三壶,海海的迷字。”和尚说:“对,白干三壶,海海的迷字。”伙计一听,唬了一跳,说:“了不得了,和尚许懂得砍。”伙计想罢,说:“和尚,甚么叫海海的迷字?”和尚说:“你讲理不讲理?你说的你到问我,我还要问你甚么叫海海的迷字。”伙计一想:“对呀,可不是我说的么,也许他不知道。”想罢说:“和尚,你要问我海海的迷字,是要好干酒。”和尚说:“我也是要好酒。”伙计然后把外边酒菜拿来,和尚拿了酒壶来,瞧了半天说:“伙计你喝呀!”伙计说:“我不喝酒。”和尚说:“老柴、老杜喝。”柴、杜二人每人各拿过一壶来,三人喝了三壶,俱皆翻身跌倒。

伙计告诉王桂。“已把上房的三个人制住了。”王桂说:“好,先报仇,杀他们两个人,然后再发财。”带领手下人,各执钢刀直奔东配房,要杀雷明、陈亮。急急来到东房窗外,找不着东房门了,王桂说:“伙计,东房的门,我怎么找不着了?”伙计说:“我也找不着门路了,怪不怪?”王桂一着急说:“咱们先到上房杀和尚,然后再报仇。”大众这才直奔上房。纪方说:“我动手。”他进了西里间,刚一举刀,和尚冲着龇牙一乐,唬得纪方一跳,站在那里不能转动。王桂在外面一瞧,见纪方举着刀不杀,心中气往上冲,说:“我叫你杀他,你举着刀唬唬人家么?”王桂自己拿刀进去要杀和尚,他刚一举刀,和尚用手一指,把王桂用定神法制住。和尚说:“好东西,你要谋害亲和尚,回头我叫你知道我的厉害。”和尚又用手一指,把外面几个伙计全都定住。

和尚够奔东配房,推门进去,掏了一块药,把雷明、陈亮扶起来,把药用水化开给两人灌下去。少时二人还醒过来,睁眼一看,见济公眼前站着,雷明趴地下磕头说:“弟子愚昧无知,我害你老人家,你老人家不记仇,反来救我,真是宽宏大量,弟子给圣僧赠罪!”和尚说:“你也不用赔罪,我们两位班头叫人家拿蒙汗药给治住,在上房躺着,我给你一个人两块药,你们去把他两个人救过来,他们要问你们两个人,说如此这等这等。”雷明、陈亮点头,和尚仍回上房躺下装睡觉。

陈亮、雷明来到上房,把柴头、杜头救过来,二位班头一睁眼,说:“原来是雷爷、陈爷,二位从那里来?”雷明说:“我们由千家口来到这里住店,叫不开门,我二人蹿房进来,见他们店里要害你们,我们把他等拿住,把你们二位救过来。”柴头、杜头一看和尚还睡着呢,二位班头一看,这个气就大了。柴头说:“好呀,和尚还是能掐会算,叫我们住贼店,要不是你们二位,我们没了命了。你们二位拿药把和尚救过来。我问问他。”陈亮说:“药可没有了。”和尚说:“浑蛋,打我腰里掏出块药来,放在我嘴里,还不行么?”雷明等都笑了。和尚说:“来,你们四个人先出去,我报应青苗神。”四人出去。到了外面,只见和尚先取过干柴一把,连油亦复添于上边,用火点着。霎时间,只见得烈焰腾空。怎见得,有赞为证:

南方本是离大,今朝降在人间。无情猛烈性炎炎。大厦宫室难占。滚滚红光照地,忽忽地动天翻。由如平地火焰山,立刻人人忙乱。

众人看着四面火起来，就听济公在里面嚷："了不得了，快救人啊！我出不去了，要烧我了！"外面众人一听，说："可了不得了，和尚出不来了。"雷明本是热心肠人，一听济公喊嚷，自己一想："我用药酒害和尚，和尚反不记仇，到了店内拿住贼人救了我，总算宽洪大量。现在我瞧着要把和尚烧死里头，我居心对不起和尚，我应该舍死忘生，闯入火场，把和尚救出来了才是，人得知恩报德。"想罢，往火里就闯，连蹿带跳，跳到里面，见和尚在里面站着。和尚本是故意试试这几个人的心地。雷明蹿到里面说："师父，不要着急，你老人家伏在弟子身上，我把你老人家背着蹿出去。"和尚说："好，你过来背着我。"雷明往地下一蹲，和尚往雷明身上一伏，雷明背起来往墙上一蹿，和尚一打千金坠，连雷明带和尚都摔在火中，唬得雷明连蹿带跳躲开火。和尚说："你背不动我？"雷明说："师父，你老人家别往下坠就好了。"和尚说："别往下坠，那行。"雷明又过来把和尚背起来，刚往上一跳，和尚一个"唵敕令赫！"忽忽悠悠，连雷明起在半空中。陈亮、柴头、杜头一瞧，雷明背着和尚直往上起。陈亮说："了不得，要上天，要够着钢风。"雷明唬得魂不附体，说："师父，这要往下一掉，要摔死，摔个肉泥烂酱。"和尚说："不要紧，摔不着。"口念："唵敕令赫。"忽忽悠悠往下沉，沉来沉去，脚踏实地，也没摔着。雷明把和尚放下，唬了一身汗，心中乱跳，说："师父，可要把我唬坏了。"和尚说："我要带你上天堂，拜望拜望玉皇爷，你没那么大造化，咱们快走罢！回头叫人家瞧见，说咱们是放火抢夺，再把咱们办了。"陈亮说："对，你我快走罢。"

四个人同着和尚往前走，出了村口，陈亮说："二哥，我跟你说句话，你们三位头里走。"和尚说："二位班头，咱们头里走，他们二人要出恭。"陈亮同雷明止住脚步，雷明说："三弟叫我做甚么？"陈亮说："咱们是同师父一同走好？是单走好？"雷明本是直肠汉，说："单走亦可，同师父走亦好，那有甚么？"陈亮说："二哥，你真没心眼，你差得多呢，要论飞檐走壁之能，窃取灵妙之巧，刀棒棍枪，长拳短打，能为武艺，二哥比我强，我不如你，要论机巧伶便，眼力见精明强干，足智多能，见景生情，你可不如我。你想想师父带着二位班头拿华云龙，咱们跟着师父走，要见了华云龙是帮着师父拿华二哥呀，是帮着二哥跟师父动手呢？"雷明说："对，怎么办呢？"陈亮说："我有主意，这叫一功二德，三全其美，都不得罪。跟师父说：'咱们帮着找华云龙去。'见了华二哥，再告诉他，说济公带人拿他，叫他快躲。咱们两头都不伤，你说好不好？"雷明说："好，还是贤弟你比我的主意高。"商量好了，二人追上济公。和尚说："你们二人商量好了？"陈亮说："我们两个人打算替师父找华云龙去。"和尚说："对，见了华云龙就告诉他，说我要拿他，叫他快走，你们两头全不得罪，对不对？"陈亮说："不是，我们采访着必给师父送信。"说着话，雷明、陈亮就走。和尚说："咱们那见那？"陈亮说："师父说罢。"和尚说："咱们在龙游县小月屯见罢。"

陈亮一听和尚说小月屯见，陈亮一想："不好，小月屯有绿林的朋友在那里住着，也许华云龙上小月屯去。"跟雷明一商量，二人直奔小月屯。头一天，离小月屯还有三十余里，天黑了，住在半路镇店。第二天，给了店饭帐，二人直奔小月屯。刚一到村内，见对面来了一人，头戴粉绫缎六瓣壮帽，上按六颗明镜，绣云罗伞盖，花贯鱼长迎门一朵素绒球，突突乱晃，身穿粉绫缎窄袖瘦领箭袖袍，上绣三蓝花朵，腰系丝鸾带，单衬衫，薄底靴子，白脸膛，手中拿着菜筐，里面有几样果子，右手提着一条活鲤鱼。雷明、陈亮一看，正是华云龙。不知华云龙由何处而来？且看下回分解。

第六十回　众匪棍练艺请英雄　登山豹赌气邀拜兄

话说雷明、陈亮来到小月屯，正往前走，眼前来了一人，正是华云龙。书中交代，华云龙怎么会来到这里？原本这小月屯住着一位老侠义士，姓马双名元章，绰号人称千里独行。此人在济公传老四雄之内，称得起能为武艺出众，本领高强，平生所学的能为，并不收徒弟，就全授了两个侄儿。一个叫马静，外号人称铁面夜叉，又叫黑虎海怪，皆因马静是黑脸膛所起。一个叫马成，外号皆称探海龙。弟兄两个是家传的武艺。老英雄马元章在外面闯荡江湖数十年，永远不跟绿林人搭过伴。他手下有两个采盘子的小伙计，一个叫探花郎高庆，一个叫小白虎周兰，马元章家中置了个家成业就，本地人都不知道他是绿林人，就知道他是财主有产业。老英雄看破了红尘，自已有一座家庙毗卢寺，就在庙中出了家。虽然出了家，没受过戒，不知道僧门中有甚么奥妙。自已虽好道，常习经卷，总不得准根，把庙中事交给高庆、周兰看守，自已出外去游方。

老英雄走后，家中过日子归马静料理。每年马静出去一趟，出去一千八百里，找地方住下做买卖，偷的都是官长富户、大买卖人家，得些银钱，打着骡驮着回来，街坊邻居要问，马静就说取了租子回来。马静一身也是好武艺，平生就交了一个朋友，也是本地人，姓李名平，跟马静学了有五成能为，人送外号叫登山豹子李平。有一个兄弟叫李安，兄弟在小月屯村外开酒铺为生。常有本地的匪棍在他铺子吃酒，三五成群，凑了十数位，要立把式场，跟李平学艺。

这些人本来都是无赖匪棍，游手好闲，无所不为，敬光棍怕财主，欺服老好子打野狗，踹寡妇门，狐假虎威。这些人都有外号，叫做天平转、满天飞、转心狼、黑心狼、满街狼、花尾爬狼、狼狈老铁闵姜麻刀刺，凑了十几个人。在小月屯村外有座破三皇庙，在庙内立把式场，认李平为师。人家练工夫为的是身子坚壮，这些人练能为，所为充光棍，李平交接这些人，所为他们吃酒，各有所贪。这些人吃别人的东西不给钱，吃李平的酒饭不敢不给钱。时常跟李平练，这个练一趟刀，那个练一趟枪。

日子长了，这些人里有一个外号叫军师，大家一练，军师说："你们不用练了。"大众说："怎么不用练？"军师说："师父无能弟子浊，李平本来就是有名无实，跟他练不行了。"大众说："不跟他练，跟谁练去？"军师说："咱们这地方属谁有名？"大众说："要讲真有名，就是铁面夜叉马静真有名。"军师说："咱们何不把马大爷请出来，咱们跟他练。"大众一想："这话对呀！"

众人商量好了，次日一早晨，大众来到马静门首叫门，拿着红白帖，有家人进去一回，马静由里面出来。大众一瞧，说："马大爷早起来了。"马静说："众位找我甚么事？"众人说："我等久仰马大爷威名远振，特来请你老人家。我等在三皇庙立把式场子，要跟你老人家学学武艺，马大爷只要肯教我等，必有一分人心。"马静一瞧，心里说："交接你们这些匪徒，把我都沾染坏了。"口里不肯得罪，都是老街旧邻，马静说："众位既来约我，按说我不当推辞，无奈现在我母亲病着，我所以不能从命，众位请罢，等我母亲好了，我必去。"大众碰了个大钉子回来，都来埋怨军师胡出主意，叫我们碰钉子。

军师说:“你们众位不用埋怨我,我要不叫李平把马静请出来,我不叫军师,我叫我小卒,好不好?”大众说:“就是。”

正说着话,李平来了,军师说:“李大爷,有人给你带了个好来。”李平说:“谁给我带好?”军师说:“就是马静。”李平说:“你胡说！我跟马静是知己的朋友,情如手足,又常见,不是那带好的交情。”军师一听,说:“李大爷,你别说了,终日间你老说马大爷跟你至好,今天我见了马大爷,我说:‘马爷我提一位朋友,跟你至好,你必认得。’他问我:‘是谁?’我说:‘登山豹子李平。’他愣了半天,他说:“土居三十载,无有不亲人,就算认识罢,跟我没交情罢。”李平一听,气往上冲,说:“我告诉你说,我并未借马静的字号闯我的人物,我们哥俩实有交情那是不假。”军师说:“李大爷你要真跟马爷有交情,你能把马爷请到这里来,踢一趟腿,打一趟拳,我算信服你。”李平说:“那算甚么?我要请他,他不来也得来。”军师说:“就是罢。”

李平赌气,一直够奔马静家来,不用叫门,来到里面。一见马静,马静说:“贤弟,从那里来呀?”李平说:“兄长,我合你怎么没交情?今日你叫那军师何苦来给我带一个好去呢?”马静说:“何出此言?”李平把在三皇庙合军师说的话,从头至尾述说一遍。马静说:“贤弟,你何出此言,那军师何苦来,他是甚么东西,合你说这些话是激你,你别信他那话。”李平说:“无论是他激也罢,请兄长明天跟我去一趟,给我转转脸。”马静说:“我去,明日家里等你。”李平说:“我走了,明日见。”

次日李平找马静,二人到三皇庙之内,众人一瞧马静来了,大家欢喜非常,全都给马静行礼,说:“马大爷来了,我等正在盼望你老人家。”这个说我给马大爷倒茶,那个说我给马大爷买点心,大家众星捧月。马静一瞧,大殿前摆着一堆兵器,剑戟枪斧钺钩叉,十八般兵器一应俱全,马静在大殿前有桌椅处坐下。内中有一人姓胡叫胡得宜,外号叫黑心狼,说:“马大爷,我练一趟拳你看看。”说着话,胡得宜打了一趟拳,平天转贾有元练了一路单刀,满天飞任顺拿过大刀来耍了一越,练完了,问:“马大爷,你看这趟刀好不好?”马静说:“好,刀乃百般兵刃的元帅,自古来廉颇、黄忠的大刀,不如你的刀法纯熟。”任顺一听,把脑袋一晃,心思道:“我这能为行了。”又过来一个白花蛇贾有礼说:“马大爷。你瞧我扎一趟枪,你瞧瞧。”拿起花枪来练了一趟,完了说:“马大爷,你瞧怎么样?”马静说:“好,花枪为百兵之首,古来子胥、子龙真不如你这枪的着数。”贾有礼一听,心中甚为喜悦,自己觉着能为大了。他练完了,又过来一位叫邹士元,外号叫狼狈,说:“马大爷,你看我练一趟宝剑你看。”拿过剑来,练了半天,练完了,问马静,马静说:“真好,这路剑可赴鸿门宴。”邹士元一听,也乐了。

大众都练了,马静一看心里想道:“刀不像刀,枪不像枪。”马静说:“李平,我教你一场,你也练一趟。叫他们众位瞧瞧。”李平说:“可以。”当时把拳脚架一拉,真似了:

> 太祖神拳丢四平,斜身绕步逞英雄。迎门使上刀入鞘,倒退一步不留情。低水势,扫地龙,十二连拳往里攻。拳打南山斑斓虎,脚踢北海滚江龙。上使马蹄高,下使低四平。

练完了,真是气不涌出,面不改色,手眼身法,步神心意念足。大众齐声说:“好,果然强将手下无弱兵。”众人说:“马大爷辛苦辛苦,我等开开眼睛,见见世面。听说马大爷你老人家双锏出名,求你老人家练一趟。”马静一想,“叫他们开开眼。”自己把双锏拿起来,说:“众位多包涵。”把门路一分,施展开了。怎见得,有诗为证:

> 出手式双龙摆尾,梢带着枯树盘根。托鞭挂印惊鬼神,暗藏毒蛇吐信。白猿翻身献果,换式巧任双针。阴阳锏上下分。藏龙伏虎紧护身。夜叉探海诓敌将,摘星换斗,取命追魂。

马静一练，大众都瞧愣了。

焉想刚练完了，就听庙的土墙外有人说："练得好！"马静不瞧则可，马静抬头一看，唬得亡魂皆冒。不知叫好之人是谁，且看下回分解。

第六十一回 托义弟英雄离故土 见嫂嫂李平生疑心

话说马静练了一趟双锏，外面有人叫好。马静一看，是一位年高花甲的和尚，面如满月，身穿古铜色的僧衣，白袜云鞋，手拿一百零八颗念珠。马静一看，唬得惊慌失色，赶紧把双锏扔下，往外就跑，说："众位我要失陪！"大众说："马静爷那去？"李平一看，说："了不得了，马静的叔父来了。"书中交代，这位和尚乃是千里独行马元章，由外面游方回头到家中看，问嫂嫂侄儿马静上那里去，马静之妻何氏说："被人约出去练把式去了。"马元章一听，勃然大怒，说："好孩子！我马氏门中在这方住居多年，没人知道我家是做贼的，他恐怕人家不知道，在外面招摇是非，我去找他！"故此来到三皇庙外，有心进去叫他，当着众人多有不便，故此失声一阵冷笑。马静一看，连忙出去，到他叔父跟前叩头行礼。马元章立刻转身回家，到了家中说："马静你自己好不知自爱！咱们马氏在这小月屯居住多年，并无人知道是绿林，你还要在众目所观之处去练把式？"马静一听，说："叔父你老人不知，皆因是有我拜弟李平所约，是给他圆脸。"把上项之事，从头至尾说述一番。那马元章听罢，如梦方醒，说："我知道了，从今以后不准再和他们去练把式。"马静答应。叔侄二人吃酒，马元章说："明日我要访道游方，毗卢寺庙内你两个师弟高庆、周兰，如要是没有日用之费，你给他们些银钱使用。"马静答应。

次日他叔父马元章游方去了，马静在家中侍奉老娘，见老太太病体越发沉重，自己一想，今年手下并没有甚么余钱，倘若老太太有一个山长水远，怎得办事？又要给毗卢寺庙里送钱，有心出去做买卖，家中又没人照应，也是不成。左思右想，还是得出去弄钱要紧，家中可以托付李平给照应，想罢，这天自己够奔李平酒馆。来到门首，李平一见，赶紧把马静让到后面柜房。马静一看，见李安躺在炕上，咳哼不止，马静说："二弟还没好哪？"李平说："已见他的病证沉重，请了许多先生也治不好。"马静说："真得请高明医家，赶紧给他调治。我今天来找你，非为别故，我来求贤弟一件事，我打算要出外，家中老太太也病着，你嫂嫂也无人照应，我出外走后，早晚你没事去照看照看家里。要是没零用钱的时节，你可以给垫办垫办，我回来必如数奉还。"李平说："你我知己弟兄，何必说还不还。兄长不必嘱咐小弟，我必当从命。兄长打算多怎走？"马静说："我明天就起身。"李平说："兄长如明天走，我后天必到你家去。每天我给你家中老太太送两吊钱零用，要有别的用项，只管叫嫂嫂跟我提。我多了不敢说，二五个月，我可以垫办。"马静说："甚好，我这就告辞。"

马静回到家中，收拾行李，告诉何氏："我走后李平兄弟来给送钱，你就留下，我已然托付好了，如有甚么用项，只管跟李平借，我回来再还，大概多者两个月，少者四十天，我就回来。邻居要打听我，就说我取租子去。"何氏娘子点头。次日马静起身走了，不表。

单说李平过了一天，自己一想："马大哥托付了我，我得去瞧瞧。"把铺子的事交代伙友照管，自己带上两吊钱，出了酒馆，一直的向东往前走着。离马静的门首不远，见由马静家里出来一个妇人，李平远远一看，乃是何氏娘子，李平心中一动，我马大哥刚走，他一个妇人上那去，穿着一身华美的衣裳，浓妆艳抹。心说："我马大哥在家，家规甚严，平素他家的妇女大门不出，二门不过，我是知道的。今日我大哥刚走，他这样打扮出去，恐其中有甚么缘故，我何不去问问马老太太，是怎么一段缘故。"想罢，李平刚要往前走，只听后面有人叫："李大爷！"李平回头一瞧，是店中的小伙计。李平问："甚么事？"小伙计说："铺子有人找你。"李平复又回来，一看是东街的街坊，冥衣铺掌柜的杨万年。一见李平，杨万年说："李大爷，我在这里等你半天了，当初我赁房时节，是你老人家的中保人，立字据是许推不许夺，现在他把房租给别人，硬要拿钱赎房。他赎也可行得，我开铺子赔多少钱，他得给我，要不然，我们是一场官司。"李平说："杨大哥你不用着急，你做你的买卖，我去找房东，跟他说说，凡事都有个情理。"李平立刻去给找房主说合。这件事办完了，天也晚了，也没到马静家去。李平一想："明天再去罢。"一夜无话。

次日把铺子事办理完毕，带上几吊钱，告诉伙计："好好照应酒座，我到马爷家里去一趟。"自己来到十字街，抬头一看，见马静家双扉一开，何氏娘子浓妆艳抹又往村东去了。李平紧走几步，要打算赶上何氏问问，见何氏走得甚快，已去远了。李平一想："我问问老太太，他到底是上那去？"到马静门首，正要打门，小伙计追来喊嚷："李大爷，李大爷，可了不得了！你快回去罢！有一个醉鬼，在酒店中合邻酒座打起来，这个拿酒壶把那个脑袋打破了，还不定是死活。地面上官人都去了，你快回去瞧瞧罢！"李平无奈，回到酒铺一看，是两个醉鬼，因说闲话打起来，有本地街坊众人帮着解劝。忙乱了半天，劝完了，算没成官司，天也晚了，李平一想："今天又不能去了，明天再说罢。"

到了次日起来，把铺子事忙乱完了，天已日色平西，自己带上几吊钱，出了酒铺。刚一到十字街，见何氏已出了东村头，李平一想，"怪呀，我马大哥不在家，他妻子接连三天打扮着出去，怕其中有情节。"自己一想了不得，大丈夫难免妻不贤，子不孝，这件事，我别到他家去了。倘若这妇人见了我，说出不三不四无廉耻的话，我如何能做那伤天害理之事？我跟马大哥是知己的朋友，我断不能做无礼之事。倘若他羞恼变成怒，我马大哥回来他说我调戏他，我马大哥准信，红粉之言，能入英雄之耳。"自己愣了半天，叹了一口气；"可惜我马大哥是一位朋友，叫妻子给染了。"自己一想："我何不到东村头去等他，到看他甚么时候回来？"想罢，自己直奔东村头，一直等到二更以后，并未见何氏回家，李平这才回归酒馆，从此永不到马静家去，自己所为避嫌疑。

光阴荏苒，日月如梭，不知不觉就是两个月的光景。马静此次出去，很为得意，正遇见罗相的侄儿，在外面一任太守，剥尽地皮饱载而归，道路上马静得便，偷了些金珠细软，买了许多的土产物件，打着骡驼子回家。

来到小月屯，把东西卸了，先瞧瞧老太太，见老太太仍是病体沉重。何氏见丈夫回来，赶紧预备茶水点心酒饭。马静问："娘子，自我走后，李平贤弟给送了多少钱来使用？他共来家几次？"何氏一听，说："你交的这个朋友甚好，自你走后一次未来，也未送钱，我当了几两银子使用。他在咱家酒饭也吃过无数，实是一个忘恩负义之人。"马静一听，心中甚是有气。吃完了饭，拣了几样礼物，说："我给李平送礼去，看他见了我，应该如何说话。"

自己出了大门，到西头李平酒馆。一进去，马静问："伙计，你们掌柜的可在家么?"伙计说:"现在后面。"马静直奔后面,李平一瞧,赶忙的迎出来。马静本是大丈夫,面不改色,带笑开言说:"贤弟我给你带了些吃的来,都是你爱吃的。"李平说:"兄长一向可好? 请里面坐。"把礼物接过去,二人来到屋中落座,坐了半天,李平也没话说,马静说:"贤弟买卖好?"李平说:"快关门了。"马静又问:"二弟可好了?"李平说:"快死了。"说完了话,李平愣了半天说:"马大哥,我有句话,有心不告诉你,耽误你我弟兄的交情,有心告诉你罢,实在我难以出口。"马静说:"贤弟有甚么话难出口,你告诉我听听?"就见李平不慌不忙,说出一席话来。

马静一听,气得三尸神暴跳,五灵豪气腾空。当时回家,又生出一场是非。要知后事如何,且看下回分解。

第六十二回　暗访察路遇乾坤鼠　得私信雷陈遇盟兄

说话李平见了马静无话可说,愣够多时,自己一想:"要不说罢,又耽误了弟兄的交情。"这才说:"马大哥,我有一件事告诉你,你自己早晚多要留心。"马静说:"你有甚么话只管说,不要隐瞒。"李平就把头一天拿了两吊钱送去,碰见嫂嫂浓妆艳抹,穿着华美的衣服,由家中出来,往东去,正在追过去问,有人找我有紧要事。第二天,第三天,怎么在村头等着,从头至尾,述说一遍。马静听了,"哈哈"一声,说:"贤弟,我告诉你,今天我来,原打算跟你画地绝交,我不知有这缘故,既然如是,我也不必多说,路遥知马力,日久见人心。你这一分心,我今日方知非真知己,也不能提这些话。我走了!"站起身来,回到家中,也并不提这段事。

过了一两天,告诉何氏:"你好生看家,龙游县有一家财主请我去看家,大约得两月回来。"带上单刀,辞别了老娘,由家中出来,直奔正南。

离小月屯二里有庆丰屯,原是小镇,也有买卖铺户,路南有座万盛客舍,马静进去,店里伙友都认识,大众说:"马爷怎么闲着?"马静说:"给我找一间房,我家中来了几个亲友住不开。"伙计说:"是。"给马静找了一间上房。马静来到屋中,要了酒菜,心中闷闷不乐,正是:人得喜事精神爽,闷来愁肠困睡多。

喝了几壶酒,叫伙计把残桌撤去,自己躺下就睡了。睡醒了,又吃了些东西,自己一想:"奸乱情热,互相难拴,奸夫必找淫妇,淫妇必找奸夫,知道我不在家,必要往一处凑合。我今晚带上钢刀,到村头去等候,要遇见贱婢,我一刀将他杀死。"自己想罢,直奔小月屯村头一等。

一直等到三更以后,少时要交四鼓,并未见一人,自己到家门口瞧瞧,双门紧闭,蹿身上房,各处偷听,并没有动作,自己复返回店。到店门口,叫开了门,到了屋中倒头便睡。白天除了喝酒,就是睡觉,晚半天带刀出来,就在小月屯东村头等。

天有二鼓之时,听东边有男女欢笑之声,及至临近一看,听有人说:"你快走罢,明天就要请你去,请了好几位吉祥婆都不行。"马静一听,是请收生婆的,急忙退身,隐在树后。刚隐在树后,只见由正东来了一人,脚底下甚快,电转星飞,大约有三十多岁,白脸膛,看不甚真。马静见这人一直的奔他住宅去,来到他的门首,愣了半天,那人意思是要叫门,又害怕不敢叫的意思。马静在暗中瞧着,见这人围着门首来回绕了几个弯，就听这人说："哎呀！有心叫门，又怕大哥不在家，有心不叫门，黑夜的光景无地可投。"马静一听是熟人，即至临近一看，原来是乾坤盗鼠华云龙，说："二弟，你从那里来呀？"华云龙连忙过来行礼，叙离别之情，说："兄长，黑夜因何在此？"马静说："二弟，我在这里等人，你我家中去罢！"

二人越墙而过，到里边开了东配房门。何氏娘子起来，立刻烹茶伺候。马静也到屋中落座，问华云龙是从那里来，华云龙把在临安所做之事，述了一遍，就是没提尼姑庵采花之事。马静说："华二弟，你只管放心，在我这里住，漫说没有人到我这里办案，就有人来，我这里有现成的夹壁墙地窖子。还告诉你，我这里属龙游县管，本地面官人决不能来，也没人知道我是绿林人。"华云龙一听，说："甚好。"谢过马静。两个人说着话，天光已然大亮。

二人正在净面吃茶，忽听门外人声嘈杂，一阵大乱，唬得华云龙颜色改变。马静说："你不要害怕，我出去瞧来。"到外面开门一看，门口站定有五六十位都是小月屯本地绅士富户、举监生员，大众一看说："马大哥在家甚好，我们约你有一件事，此事非马大爷出去不能完全。皆因前街庆丰屯骡马市争税帖，帖主方大成跟姓柳的争税帖，原先打了官司，现在又要打群架。两头都约了有一二百口人，这场架要打成，就得出几十条人命。听说这两家都跟马大爷至厚，我们说合了两天，没说合好，约你老人家一出去就算完了。"马静说："就是罢，我该让众位家里坐，地方可是狭小，多有不便。众位在此少待，我到家里告诉一声。"众人说："是。"

马静到里面，拿了两吊钱，一个菜筐，说："贤弟，人家约我说合事，家中没人买菜，回头贤弟你辛苦辛苦，到前街庆丰屯去买两条活鱼，买两只小鸡，买些干鲜水菜，买回来交给你嫂嫂做去。我少时就回来，你我弟兄好吃酒。"华云龙说："就是罢。"

马静走后，华云龙拿了菜筐出去，买了些菜，正往回走，只见雷明、陈亮二人慌忙跑来。一见华云龙，雷明、陈亮说："华二哥，你原来在此！你还不快跑？后面有灵隐寺济公长老前来拿你。"华云龙向二位说："贤弟，你我由千家口分手，你二人上那里去了，你们怎么知道济公来拿我？"雷明、陈亮就把上项之事，如此如此，述了一番，"现在济公领着二班头随后就到，他说小月屯见，大概必是算出你在这里。"

华云龙一听这话，心中犹疑，正打算扔下菜筐要跑，只见那里马静来了，三个人过去，给马静行礼，马静说："雷、陈二位贤弟，既来到这里，为何不到我家，你们三个人站在这里说话？"雷明、陈亮又把上项之事学说了一遍，马静说："不要紧，雷、陈二位贤弟，华二弟，都跟我来。"

四个人一同直来到马静家中。马静把菜拿到里面去，四个人来到东配房，华云龙说："马大哥，我来到这里尚未给老伯母请安，你带我去见见伯母。"雷明、陈亮一听说："原该如是。"马静说："老太太有点身体不安，到不必惊动他老人家，三位贤弟请坐罢。"

少时间酒菜得了，四个人吃酒，谈心叙话。马静又细问雷明、陈亮济公的根本源流，陈亮从头至尾，又细说一遍。马静一听，哈哈大笑说："二位贤弟，就凭一个和尚带同两个班头，就要拿你华二哥？就有二百官兵将他围上，也未必拿得了他。再说他在我这里，更没人敢来拿他。他不来便罢，他要来时，我先拿他，将他结果了性命。"雷明、陈亮说："马大哥你趁早别说这话，你可不知济公长老的能为，你要一念道，你可就来。他能掐会算，算你要从前门跑，他在前门堵着，你要打后门走，他在后门等着，你往东，他在东面迎你，你往西，他又在西面候你，你能够四面八方无处跑，就得束手被擒。"

这几句话，马静一听，气得拍案大嚷，说："你两人休要长他人威风，灭自己的锐气，如来时，你看！"用手一指，"在东墙有一轴富贵牡丹图，把画卷起来，里面是转板门夹壁墙，进去就是地窖子，你们可以在这里面藏躲。"这句话尚未说完，就听外面打门说："华云龙在这里没有？叫他出来，见见我和尚。"雷明、陈亮一听，唬得颜色改变，说："马大哥，你瞧，说着说着来了。"马静就把这轴画卷起来，说："你们三个人都进去，自有我一面承管。"三个人无法，进到夹墙之内，马静把画放下来，往外够奔。

书中交代：济公从那里来？和尚自从雷明、陈亮走后，和尚领着两位班头往前走，走来走去，天也不早了，也饿了，眼前有酒馆，济公进去，柴头心说："我也想开了，和尚吃我们就吃，反正有给钱的。"

三个人坐下，和尚一进门要了几壶酒，吃了个酒足饭饱，和尚叫："堂官，给我拿个溺壶来，我要溺尿。"堂官说："我们管拿酒壶，不管拿夜壶，你外头去溺去罢。"和尚站起来说："给我拿两壶酒搁着，我回头喝。"说着话，和尚出去。柴头、杜头等着和尚，老是不来了，柴头说："老杜，了不得了，吃完饭没有钱，和尚走了拿我两个人押了桌。"柴头说："咱们两个也溜罢。"瞧伙计去端菜没留神，柴、杜二人一溜出来，到外面正碰见和尚。柴头说："好呀，你出来拿我两个人押了桌。"和尚说："你们两人跟我走，晚上我有钱。"柴头、杜头嘴里答应，心里说："晚上我们两人吃完了先走，拿和尚押桌。"果然晚上三人到酒馆吃饭，柴、杜二人紧紧吃完了，站起来就走，和尚说："你们两个人走呀？"柴头、杜头说："早起你拿我们两人押帐，我们不走怎么样？"说着话，两个人走了，跑堂过来把济公看上。不知济公如何走法，且看下回分解。

第六十三回　四英雄马宅谈心　济禅师酒馆治病

话说济公同柴、杜二位班头在酒馆吃饭，柴头、杜头先吃饱了，杜头站起来说："出恭去了。"柴头站起来说："我要小便。"和尚说："对，你们两个都走，拿我和尚押桌。"柴头说："你早起怎么先走了，把我两人留下来着？这没钱，我们先走。"说着话，柴头也出去。

伙计一听，这两个人是蒙吃蒙喝的。伙计留上神看着和尚，和尚坐在那里，也不言语。偏巧里面有一个人，端了一碗木樨汤，端着正往外走，外面进来一人，慌慌张张，把碗碰掉了，汤也洒了，洒了那人一身，这个叫赔碗，那个叫赔衣裳，两个人口角相争打起来了。众位酒客也一阵大乱，伙计只顾劝架，没留神，和尚趁乱出了酒馆。

来到村头，见柴、杜二头那里坐着，和尚说："好的，你二人吃饱了也不管了。"柴头说："你早起为何吃完了走了？"和尚说："对，算你有理。"柴头说："师父你怎么出来的？"和尚说："我叫掌柜的写上帐。"柴头说："人家认识你吗？给你写帐。"和尚说："你们就不管了。我出个主意，我们三个人捉迷蒙，我藏起来，你们要找着，明天早起我给饭吃，你们要找不着，明天我吃你们。"柴头一听，说："这到不错。"和尚就藏起来，这两个人找遍了也找不着，焉想到和尚连夜够奔小月屯而来。

天亮和尚来到李平的酒店门首，伙计将挂幌了，和尚迈步进了酒馆，一瞧有六张桌，桌上都摆着四碟，一碟煮鸡子，一碟豆腐干，一碟盐水豆，一碟糖麻花。和尚找了一张桌子坐下，拿过一个鸡子，往桌上磕，和尚说："掌柜的"，磕一下鸡子，叫一声"掌柜的"。伙计一瞧说："大清早起，和尚你够多讨人嫌，磕着鸡子叫掌柜的。"和尚说："你卖几个大钱？"伙计说："这么大个的，卖几个大钱？"和尚说："我问你是鸡子。"伙计说："鸡子卖六个钱。"和尚说："豆腐干卖几个大钱？"伙计说："三个钱一块。"和尚说："这碟豆儿卖几吊钱？"伙计说："这一碟豆子，怎么能卖几吊钱？"和尚说："到不是别的，我瞧这豆子皮上，难为你做的折子，工夫大了。"伙计说："和尚你真是成心，这豆子是水泡的自来折。"和尚说："敢情你是自来的折子。"伙计一听，说："这不像话，和尚，别玩笑，我有自来折？"和尚说："不是，我也说是豆子，你给我拿两壶酒来。"伙计就拿了两壶。和尚喝完了，又添了几壶，一共吃了六壶酒。和尚叫伙计算帐，伙计一算，一共二百五十六文。和尚说："你给我写上罢。"伙计说："大清早起，你搅了半天，吃喝完了，又要了几壶，没有钱那可不成。"和尚说："你给写上，怎么不成？"

二人正在狡展，李平由里面出来，问："伙计，怎么事？"伙计说："喝完了酒不给钱。"李平说："和尚你没带钱，坐下就喝酒？"和尚说："我是在你这酒店等人，是你们这方熟人，他约会我叫我来喝酒等他，要不然我也不喝酒。我等他半天也没来，故此我和尚没钱给酒钱。"李平说："你几时定的约会。"和尚说："去年定的。"李平说："在甚么地方定的？"和尚说："路遇的。"李平说："跟你约会这个人姓甚么？"和尚说："我忘了。"

李平是打算问问和尚，只要和尚提出个熟人，就不跟和尚要酒钱，叫他走。一听这话，李平说："和尚，你这可是成心胡说。"和尚说："我不胡说，因我和尚会瞧内外两科，勿论男妇老幼的病症，我都能瞧。这个人约我来，说叫我瞧病，我把这个人的名姓忘了。"李平一听和尚会瞧病，想起兄弟李安病得已在垂危之际，得病乱投医，病治有缘人。倘若和尚能治，岂不甚好？想罢说："和尚，你既能治病，我兄弟是痨病，你能瞧不能？"和尚说："能瞧，手到病除。"李平说："你要真能给治好了，不但不跟你要酒钱，还要谢谢你，给你和尚换换衣裳。"和尚说："敢情事。"

李平领着和尚来到后面，一瞧，李安在炕上躺着，哼咳不止，面如白纸，一点血色也没有了，眼睛角也开了，鼻子翅发讪，耳朵边也干了。他本是童子痨，李平为叫他兄弟保养身体，叫他在铺子住着，焉想到病体越发沉重。今天和尚一瞧，李平说："和尚你能治不能？"和尚说："能治，我这里有药。"和尚掏出一块药来，李平说："甚么药？"和尚说："伸腿瞪眼丸。"李平说："这个名可不好。"和尚说："我这药吃了，一伸腿一瞪眼就好了。告诉你，我这药是：

此药随身用不穷，并非丸散与膏丹。专治人间百般症，八宝伸腿瞪眼丸。"

和尚把药搁在嘴里就嚼，李安一瞧，嫌和尚臭，直说："哎呀，我不吃。"和尚把药嚼烂了，用手一指，李安的口不由的张开，和尚"呸"的一口，连药带吐沫粘痰啐在李安嘴里，"咕噜"把药咽下去。工夫不大，就觉着肚子"咕噜噜"一响，气引血走，血引气行，五腑六脏透爽畅快，四肢觉得有力，身上如失泰山一般，清气上升，浊气下降，立刻说："好药，好药，如同仙丹。"坐起身来就要喝水，喝下水去就觉着饿，要吃东西。李平一瞧，心中甚为喜悦，说："师父这药，果然真好，就是名儿不好听。"和尚说："我这药还有一个名儿。"李平说："叫甚么？"和尚说："叫要命丹。"李平说："怎么叫要命丹，更不好。"和尚说："你兄弟是已然要死没了命，吃了我这药，把命要回来，故此叫要命丹。"李平说："这就是了，还有一位老太太是痰中带血，师父能瞧不能？"和尚说："能瞧，不算甚么。"李平说："师父既能瞧，我拜兄马静的母亲，是多年的老病，痰中带血，病得甚厉害，我同你老人家去给瞧瞧。"和尚说："瞧病倒行，就怕人家又没请先生，你同了去，到门口不叫进去。"李平说:"不能,他家如同我家一样,要不是至交我也不能管。师父只管放心,跟我一同走。"

和尚同着李平由酒店出来,李平问:"师父在那里出家?"和尚说:"我在西湖灵隐寺出家,上一字道,下一字济,讹言传说济颠就是我。"说着话,二人来到马静的门首。

李平刚要叫门,和尚说:"我叫。"这才一声喊嚷:"华云龙在这没有?"李平说:"师父方才你说甚么?"济公说:"你不用管。"少时马静出来一开门,说:"贤弟,你叫门来着?"李平说:"不是我叫门,是这位大师父,是我同来的。这位和尚是灵隐寺济禅师,把我兄弟病给治好,我同他老人家来给老太太瞧病。"马静一愣,说:"贤弟你来的不凑巧,我这里坐着朋友,你先把和尚邀回去,候我去请罢。"和尚说:"对不对?我猜着了,是不是不叫进去?"李平说:"大哥,你胡闹!有甚么朋友在这里坐着,我见不得?给老太太瞧病,何必瞒人呢?老太太的病不可耽误,要不是济公给我兄弟治好了,我也不同来了。"马静还说:"过天再瞧。"李平真急了,用手一推马静,带着和尚往里就走。这两个人本是患难知己的朋友,马静也不好说甚么,也就随着进来。

和尚就奔东配房,马静一把手把和尚揪住,说:"大师父,请上房坐罢。"和尚说:"怎么不叫上这东屋里去?"马静说:"有堂客。"和尚说:"有三位堂客,反正一个跑不了。"李平也不知内中底细,心说:"这是书房,应该让客,怎么马大哥不叫和尚进去?"扒窗户瞧瞧没有人,李平纳闷。

三个人来到上房,李平说:"师父你给瞧病,我回去预备酒菜,回头师父到我铺子去吃酒,咱们茶水不扰。"和尚说:"你去罢。"李平走后,和尚掏出一块药来,要阴阳水化开,给老太太灌下去。少时,老太太觉着神清气爽,就坐起来说:"儿呀,我为娘病了这好几月不能翻身,怎么今天忽然好了?"马静说:"娘亲不知,现有灵隐寺济公,给你老人家吃了灵丹妙药。"老太太一听是灵隐寺济公给他治的,知道济公爱吃酒,说:"儿呀,你给济公磕头谢谢,同济公喝酒去罢。"

马静过来说:"我娘亲教我给师父磕头,请师父到外面喝酒去。"济公说:"好。"站起身来,直奔东配房。竟把雷明、陈亮、华云龙躲在夹壁墙之内。不知济公怎样捉拿华云龙,且看下回分解。

第六十四回 李平为友请济公 马静捉奸毗卢寺

说话马静见济公给老太太把病治好,心中甚为喜悦,遵母命给济公磕了头,无奈请和尚到东配房来喝酒。

和尚跟着来到东配房,一看摆着一桌残菜,四份杯筷,和尚说:"谁在这里喝酒来?"马静说:"我喝酒来着。"和尚说:"你喝酒,为甚四份杯筷?"马静说:"我四面转着喝。"立刻把残菜撤去,另整杯盘,同济公落坐吃酒。和尚杯杯净,盏盏干,喝着酒和尚说:"你贵姓?"马静说:"我叫马静。"和尚说:"我跟你打听一个人,你可认识?"马静说:"谁?"和尚说:"我有个徒孙马元章,你认得不认得?"马静心说:"这个和尚真可恨,说我叔父是他徒孙。"瞪了和尚一眼,说:"不认得这马元章。"和尚说:"我给你母亲把病治好了,你怎么谢谢我?"马静说:"师父任你要多少药钱,多少金银,只管说,我必从命。”和尚说：“我到不要钱了，我最喜爱字画。”马静说：“你喜爱字画，只要我有的，你只管拿了去。”和尚说：“别的我俱不要，我就要这张富贵牡丹图。”马静说：“可以，回头你走的时节给你带了去。”和尚说：“我说要这就要。”站起来就要去摘，马静连忙挡住，说：“师父别动，一摘就有许多尘土，这饭菜怎么吃？你且吃完了饭再摘。”和尚说：“吃完饭再摘那也行得，反正我今天不出屋子，把画摘下来坐着看他一个也跑不了。”

此时雷明、陈亮同华云龙在夹壁墙里，听得明明白白，唬得三个人战战兢兢。马静心说：“这个和尚可留不得，莫若我一刀把他杀了，省得他找我二弟。他死后，我给他修一座塔，报答他给我母亲治病之恩，逢年按节，给他烧点纸钱。”想罢，自己到屋中，暗把单刀带好，陪着和尚喝酒，拿酒灌和尚，想要把和尚灌醉了。他给和尚斟一盅，和尚喝一盅，直喝到天有掌灯以后。和尚自言自语说：“喝了这些酒老不醉，醉了也好，就省得喝了。”

和尚坐在那里直哼哼，马静说：“师父为甚么哼哼，喝醉了么？”和尚说：“我要出恭。”马静说：“要出恭外头去。”和尚站起来，马静跟着，一边走着，和尚道：“马静你瞧我这药好不好？”马静说：“好。”和尚说：“马静你猜我那药值多少钱？”马静说：“多少钱？”和尚说：“我那药合一文钱一丸。”马静说：“那药真便宜。”和尚说：“便宜可便宜，我今后打算不再配了。如今的人没好良心，我和尚给治好了病，反到安心要杀我，我死后还给我修一座塔，逢年按节还给我烧化纸钱，就算报答我。”马静一听这话，暗想：“这个和尚真怪。”

说着话，来到东村口，和尚蹲下，马静绕来绕去，绕到和尚身后，拉刀照和尚就砍，和尚用手一指，用定身法把马静定住。马静举着刀不能转动，和尚就嚷：“了不得了，杀了和尚了。”小月屯村庄居户甚多，听见喊嚷，这家问那家：“二哥，你们家杀了和尚了？”这个说：“你们家才杀了和尚。”大家拿着灯光出来看。马静可唬着了，心说：“我这里拿着刀不能动，人家问我，我说甚么？”焉想到和尚一使佛法，大众过去，都没看见。

马静说：“师父，我错了，你老人家不要跟我一般见识。”和尚说：“你跟我动刀，你何不把刀拿你媳妇的对给，杀他好不好？”马静说：“我不知在那里。”和尚说：“你跟我去捉奸。”

马静跟着和尚来到毗卢寺，和尚说：“就是这庙里。”马静说：“待我敲门。”和尚说：“捉奸那有敲门的？你真是呆笨。”马静说：“捉奸还有行家？我没捉过，不叫门怎么样呢？”和尚说：“你蹿墙进去。”马静说：“我蹿墙，你怎么进去？”和尚说：“我也会蹿。”马静这才一拧身蹿上墙去，一瞧和尚已在墙内蹲着。马静说：“你怎么进来？”和尚说：“我挤进来的。”马静说：“由那里挤进来的？”和尚说：“由墙里挤进来的。”马静说：“师父挤我瞧瞧。”济公往墙上一挤，口念：“唵敕令赫！”马静一瞧，和尚没了。和尚又念：“唵敕令赫！”马静一瞧，和尚又有了。马静说：“这个挤法倒不错，明天我学学。”和尚说：“你跟我走。”和尚带领马静往后够奔。

这座庙原本是三层殿，越过头层大殿，来到二层大殿，由东角门穿过去，是东跨院，这院内是北上房三间，东西合有配房三间。这院子里栽松种竹，清气飘然，北上房东里间灯影朔朔，人影摇摇。马静来到窗棂外，把窗纸湿了个小窟窿，往里一看，这上房本是前廊后厦，屋内靠北墙是一张大床，地上有桌椅条凳，床上搁着一张小床桌，点着蜡灯，正当中坐着一个妇人，穿着一身华美衣服，打扮得浓妆艳抹，甚是鲜明。马静一看，不是别人，正是自己的妻子何氏。两边坐着两个和尚。上首坐的这个和尚，身体胖大，赤着背，穿着青阳绉中衣，白袜青鞋，面皮微黑，粗眉大眼。马静一看，认得是探花郎高庆。下面这个和尚，黄脸膛，瘦小枯干，穿着灰色僧袍，白袜青鞋，乃是小白虎周兰。就听高庆、周兰说："嫂嫂今天怎么这样闲在？我二人听说马静回来，嫂嫂不能出来，我二人真是茶思饭想。没想到今天嫂嫂来了。"何氏说："要不然我也不能来。今天是家里来了一个济颠和尚，给老太太治病，马静陪着和尚吃酒，我告诉家里，说上娘家里去，我才到这里来，省得你们两个人想我。我今天也不回去了，明天我回去，我就说住在娘家的。你二人快给我预备点吃的，我还没吃饭呢。"

马静一看，气得三尸神暴跳，五灵豪气腾空，自己一想："真是大丈夫难免妻不贤，子不孝。辱贱婢，做出这样无廉无耻之事！"立刻伸手拉出刀来，闯到屋中，手起刀落，先把探花郎高庆杀死。小白虎周兰踹后窗户出去逃命。何氏站起来往外就跑，马静随后就追。刚赶到院中，见何氏用手一摸脸，两个眼珠子吊出来，有一尺多长，唬得马静大吃一惊。这妇人说："好好，焉敢管我的事。"说着话，一撇肚子，一张嘴，一口黑气喷来，马静翻身栽倒。

书中交代，马静的妻子何氏可并不会喷黑气，这其中有一段隐情。原本何氏娘子乃是知三从，晓四德，明七贞，懂九烈，根本人家之女。他娘家兄弟叫律令鬼何清，乃是玉山县三十六友之内的侠义英雄，当初马静与何清乃是结义的弟兄，先交朋友，以后结的亲。

这天何清来探望马静，两个人坐在书房谈话，何清说："姐丈，咱们三十六友之内有一个人出了家，当了老道，你知道不知道？"马静说："谁出了家？"何清说："黑沙岭的郭爷，夜行鬼小昆仑郭顺，他出了家。那一天我碰见他，瞧着可乐，他带着道冠，穿着道袍，我说：'你疯了。'他说：'怎么疯了？'我说：'你为何穿老道的衣服。'他说：'我看破了红尘。人在世上，如同大梦一场。'他出了家，他师父是一位高道，乃是天台山上清宫的，复姓东方双名太悦，人称老仙翁，外号昆仑子。有一宗宝贝，名曰'五行奥妙大葫芦'，这葫芦能装三山五岳，勿论甚么精灵，在里面一时三刻，化为脓血，将来老道一死，葫芦就是他的。他师父给他三道符，一道能捉妖净宅，一道避魑魅魍魉，一道能保身，避狼虎豺豹。我把他那道捉妖的符偷来，你瞧瞧。"马静一看，何清说："我不知道他灵不灵？"马静说："咱们试试。"何清说："怎么试？"马静说："现在庆丰村王员外家，他儿子被妖精迷住，贴出告白条来，谁能捉妖把他儿子病治好了，谢银二百两。我去举荐你，你就充何法官。"何清说："就是，倘要能了，就得了二百两银子。"

马静就到庆丰村王员外家一说，王员外求之不得，就把何清请了。王员外问："何法捉妖，用甚么东西？"何清说："一概不用。"王员外说："人家捉妖，都用黄纸朱砂等类，何法官怎么全不用呢？"何清说："你就把你儿搭出来，我到你儿的卧室去等捉妖。"王员外立刻吩咐，把公子挪出来。何清吃完了饭，有人带领来到后院公子的卧室，何清就把这道符贴在里间屋门上。

他在床上一躺，瞪着眼，等到天有二鼓，只外面狂风大作。何清睁眼一看，唬得毛骨悚然。不知何清怎样捉妖，且看下回分解。

第六十五回 律令鬼王宅捉妖 醉禅师古寺治狐

话说何清躺在公子卧室，时有二鼓，听外面一阵狂风。何清他本不会捉妖，心中暗自担惊，心里说："真要是妖精一来，青脸红发若这道符不管事，我趁早踹窗户逃走。"正在思想之际，听外面有"咯哒咯哒"木头底的声音，由外面进来一个妇人，长得千娇百媚，万种风流。怎见得，有赞为证：

一阵阵香风扑面，一声声燕语莺啼。娇滴滴柳眉杏眼，嫩生生粉脸桃腮。樱桃口内把玉排，粉面香腮可爱。身穿蓝衫可体，金莲香裙可盖。恰似嫦娥降瑶台，犹如神仙下界。

何清一看，心说："敢情这就是妖精。"就听这妇人说："呦，生人味！甚么人胆大，敢来到你家仙姑的卧室？"说着话就往里走。刚一走进里间屋门，只看见那道符显出一道金光缭绕，直射那妇人。那妇人"哎呀！"一声，拨头便走。何清赶过去一刀，剁下一只红绣鞋，鲜血淋淋，何清就嚷："拿住妖精了。"王员外有许多的家人俱在别的屋里伺候着，点着灯拿盆扣着，听何清一嚷"拿住了"。大家掌灯过来，说："何法官可将妖精捉住？"何清说："你们看红绣鞋成精，被我杀了。"大众一看，果然是只红绣鞋，鲜血淋淋。王员外谢了何清二百两银子，把那道符留下贴着。

何清走了，妖精果不闹了。焉想到王宅不闹了，马静家里闹起来，平白无事，眼见着桌上的茶壶茶碗没人动，自己会滚在地下。马静胆子也大，把刀拉出来往桌上一拍，破口大骂说："甚么东西敢在我家闹？"骂也不行。马静一想，知道何清那道符避邪，使人到王员外家把那道符要来。贴在马静家中，果然马静家中就不闹了，王宅又闹起妖精了，王员外又遣人把符要回来贴上，就不闹了。马静刚把符给了王员外，马静家又闹了。这样往返两家，闹了有半年。

马静正走鸿运，也不理论，焉想妖精跟马静结了仇。妖精就在毗卢寺庙里住着，凡事是以邪招邪，祸无根不生，探花郎高庆、小白虎周兰他两个人本是淫贼，跟马元章出了家，有马元章看管，他两个人不敢胡作非为。先前两个人常到马静家中去，或要钱、或送东西，高庆见马静之妻何氏美貌，高庆在庙里常跟周兰说："你瞧马静的媳妇，长得有多好，咱们再得不着这样的媳妇，这辈子在世上算白来了。"后来何氏向马静说："不必叫高庆、周兰到家里来，三姑六婆实淫盗之媒，和尚到家里来总不便，庙里没钱，你可以给送去。"马静一想也是。这天到庙里告诉高庆、周兰："不便到家去，如没钱我给你们送。"这两个人遂不能到马家去，也见不到何氏了。高庆跟周兰在庙里，天天念道："恨不能再见何氏一面方快。"

这天忽然外面打门，高、周二人开门一看，乃是马静之妻何氏。书中交代：可不是真何氏，乃是妖精变的。这两个人一看，说："嫂嫂由那来？怎么这样闲在？"妖精说："二位贤弟到家里去，我早看出你两人的心思，今天你马大哥出了外，我来瞧瞧你两个人。"高庆、周兰一听，喜出望外，说："嫂嫂请里面坐。"把假何氏让到里面。高庆、周兰二人争先求欢，假何氏任其云雨巫山之事，高、周二人如获至宝。妖精一来为盗取他的真阳；二则跟马静有仇，变作何氏的模样，直由马静家里出来到庙内，免得高、周二人疑心，叫李平瞧见，好教李平告诉马静，马静必把妻子何氏杀了，闹得他家务自乱。

妖精天天到庙里来，与高、周二人作乐。这天忽然不来了，高庆一打听，知道了马静在外回来，两个人茶思饭想。今天忽又来了，妖精说，马静陪着和尚给老太太治病，他偷空来的，高、周二人欢喜非常。

今天马静也认作真何氏，把高庆杀死，再追出何氏来。妖精把马静喷倒，说："好马静，仙姑老不吃人，今天活该把你吃了。"

妖精正要上前吃马静，济公赶过来说："你先别吃人来，我给你看看我这相貌好不好？咱们二人商议商议，你跟我去罢。"妖精一看，说："呀，好和尚，你真不要脸，敢合我说这样无脸的言语？我来拿你！"照定和尚吐了一口黑气。立刻和尚哈哈大笑说："妖精，你爱和尚，可知道有一个故事吗？在大晋朝，有个柳太师知道有一个高僧在深山修道，名为红莲和尚，派人去请三次，并不下山。柳太师甚恼，叫人把勾栏妓女荼花找来，告诉他：'你能到深山把红莲和尚叫他失了真道合你办那件云雨之事，我给你二百银子。'荷花说：'大人给我一乘小轿，两个婆子，我扮做官宦人家小姐，叫他不敢小看我。'柳太师照样全给了，荷花乃乘轿到山内古庙进香，拜见老和尚。到了方丈之内，只见老和尚端然正坐，闭目养神。荷花故作娇声说：'老和尚慈悲慈悲，我肚腹疼痛，我一病非男子肚脐对我肚脐才能好的了，此时我肚腹疼痛难过了。'和尚一听口念：'阿弥陀佛。'说：'小姐，不要胡说，男女因片刻之欢，误了一生之名节。我和尚乃出家人，坐守深山，应该戒杀盗淫妄酒，小姐乃闺门秀女，我焉敢做这伤天害理之事？再说小姐必系官宦之女，尚未出阁，恐将来闹出是非，岂不玷污了上人的脸面？小姐请要三思。'荷花本是妓女，被柳太师所托，今天见和尚所说之话，荷花噗哧一笑，往和尚怀中一扑，说：'老和尚慈悲慈悲罢，奴家心中难过。'老和尚一闻脂粉头油，异香扑鼻，见荷花百般献媚，俗言说得不错：'眼不见，嘴不馋，耳不听，心不烦，人非草木，谁能无情？'老和尚一阵心神飘荡，被荷花缠绕的欲火难挨，当时从荷花那件云雨之事。荷花回到柳太师府，把引诱和尚，和尚依从的话，说了一遍。太师给了荷花二百两银子，随后作了一首诗，派家人给和尚送到庙里去。和尚打开一看，上写的是：

红莲和尚好修行，数载苦守在庙中。
可惜十年甘露水，流入荷花两瓣中。

和尚一瞧，明白其中隐情，自己羞愧难当，悬梁自缢。死后阴魂不散，转世投胎，柳太师家的夫人所生一女，系和尚所托生。姑娘大了，名叫柳翠云，专好勾引和尚，那就是红莲和尚的报应柳太师。常有人说：'大头和尚斗柳翠'，就是爱和尚的这段故事。"

闲言少叙，且说济公过来戏耍妖精，妖精那里看得起济公？施展妖术，要跟和尚斗法。和尚微微一笑，说："你来，我看有何能为？"妖精祭起混元石子，照定和尚打去，济公说："你这孽畜，胆大无知！"伸手把石子接住，又把草鞋脱下来，照定妖精打去，妖精往旁边一闪。济公用手一指，说："拐弯，拐弯。"那草鞋一拐，正打在妖精脸上。妖精大怒，说："好一颠僧，仙姑我合你远日无冤，近日无仇，你何必跟我做对？"济公说："你今无故搅乱他安善之家，害王员外之子，又在马静家中闹得人不能安生，你又假托人之面貌，败坏佛门。"说罢，将僧帽摘下来说："你先别走，看我法宝来取你。"照定妖精一扔，立刻一片红光把妖精罩住，和尚先过去，到房中取了一碗水，把妙药一块放在碗内，一化成药水，给马静灌下，水到肚内，只听"咕噜噜"一响，"哇"的吐出几口黑水来，翻身起来说："好贱婢，你害得我好苦。"

济公说："你不要生气，你看看你妻子在那里？已现原形。"马静回头一看，"呀"了一声，不知看见是怎么一段原故，且看下回分解。

第六十六回　卧虎桥淫贼杀和尚　庆丰屯济公救文生

话说马静睁眼一看，见济公僧帽押着一个狐狸，有狗大小。济公说："你瞧，这就是你媳妇。"马静说："师父，我妻子敢情是狐狸？"济公说："你妻子不是狐狸。这个狐狸跟你有仇，它变的你妻子模样，扰乱了家务要害你。你媳妇现在家里，他原本是好人，你不要听了李平的话。先前李平瞧见的，就是妖精变的。你把李平找来，叫他瞧瞧，也可以洗出你的朋友。"

马静听罢，赶紧去到酒铺把李平找来。李平来到庙中一看，是一个大狐狸，李平说："这是甚么缘故？"马静就把从头至尾的话，对李平一说，李平只才明白何氏嫂嫂是好人。和尚说："马静，你把狐狸杀了。"马静拉出刀来，照狐狸一刀，和尚用手一指，狐狸脑袋掉下来。和尚说："你找柴草点着，把狐狸同高庆的死尸一并烧了。"马静就找了柴草，连高庆的死尸带狐狸一并烧了。和尚说："马静，你把华云龙放出来呀！是我到你家里去拿他？"马静说："慈悲慈悲罢！可以看在我的面上，饶恕了他罢。"和尚说："那可不行！华云龙罪大恶极，你要不放出来，我到你家拿他，你得跟着打官司。"马静说："我还是把他放出了，师父再拿他。"和尚说："也好，你去罢。"

马静谢过了济公，自己这才回到家中一看，果然他妻子回娘家去刚才回来。马静心中甚为感激济公的好处，自己来到东配房把夹壁墙开了，说："三位贤弟出来。"华云龙、雷明、陈亮三个人说："马大哥，和尚那里去了？"马静说："华二弟，你快逃命罢！济公他算出你在我这夹壁墙内，我实不能隐藏你了。我托我的朋友把和尚绊住，少时和尚就来拿你，你快走罢！出了门，你可快走，我也不管你往东西南北，任凭你自己。和尚也不定在那边等你，你自己酌量。"华云龙一听，吓得颜色更变，不能不走，这才谢过了马静，马静送出大门。

华云龙慌不择路，一直够奔正南。往南走了有三里路，眼前有一道桥，名叫卧虎桥，华云龙一看，桥底下有一个和尚，正探头往外瞧。华云龙唬得就要跑，自己又一想："尽跑当了甚么，终归又该甚么样，莫如我掏出镖来打和尚一镖，叫他明枪容易躲，暗箭最难防，打不了他，我姓华的这条命也不要了，跟他一死相拼。"想罢，掏出镖来，和尚又一探头，华云龙抖手一镖，正打在和尚的梗嗓咽喉。华云龙赶过去一刀，竟把和尚脑袋砍下来，"咕噜"滚在河内。华云龙把刀擦了擦入鞘内，自己一阵狂笑说："我打算这么个济颠和尚，项长三头，肩生六臂，敢情就是这样无能之辈，也是个肉体凡胎。听雷明、陈亮一说，济颠不亚如神仙，我华云龙还要到临安，再闹个二次，叫他等看看。"自己正在扬扬得意，就听后面有人说："好华云龙，我看你往那里走？"华云龙回头一看，是济颠和尚，贼人唬得魂飞魄散，撒腿就跑。

书中交代，这是怎么一段事呢？方才华云龙杀的和尚，不是济颠，乃是由毗卢寺跑出来的小白虎周兰在桥底下藏着。他只当是马静追下来，细一瞧不是马静，他也没想到华云龙拿镖打他。这小子也没做好事，他做小白虎，犯了地名，这道桥叫卧虎桥。阴差阳错，他也是情屈命不屈。华云龙认着是把济公打死，故此济公一说话，华云龙唬得没了魂，尽命逃走，和尚随后紧紧赶来。

华云龙围着庆丰屯绕，和尚直追了一夜，天光亮了，把华云龙也追丢了。和尚慢慢往前寻找，见眼前围了一圈人，和尚说："借光我进去瞧瞧。"内中有一个人，最讨人嫌。和尚说："借光。"那人说："借光给多少钱利钱？"和尚说："要多少钱给多少钱。"那人说："我还挤不进去呢，你还挤甚么？"和尚照定头里的人拿嘴吹那人脖子，那人觉得脖子一股凉气，一回头，和尚挤进去。那人说："和尚，你为甚么吹我脖子？"和尚说："你脖子上落着一个蚊子，我怕叮了你，我是好心吹蚊子呢。"和尚又照头里那人一吹，那人一回头，和尚挤到里面去。那人说："你做甚么又吹我？"和尚说："那蚊子由他的脖子上，飞到你脖子上来。"

和尚来在里面瞧瞧，是一个二十多岁的男子，赤身露体，身上一根线都没有，头挽牛心发髻，品貌端方，长得不俗。众人问："你这是怎么一段事？"这人说："渴。"众人问："你是那里人？"这人说："渴。"众人说："你姓甚么呀？"这人说："渴。"众人说："你叫甚么呀？为何不穿衣裳？"这人说："渴。"和尚说："他是可沽县的，叫可沽。"大众说："和尚别胡说了。"

和尚来到旁边铺户说："掌柜的，借我一个碗，给点水给那赤身露体的喝，他直嚷渴。"掌柜的说："我们不给，倘喝了水竟自死了，我们反担不起。"和尚一瞧，那边菜园子有人在那里汲辘轳打水，和尚过去说："辛苦，借光有井没有？"那打水的说："做甚么？"和尚说："跳井。"那人说："跳井别处跳去，我们不准在这里跳。"和尚说："你们有桶，借我一个桶打点水。"那人说："没有，你要好好来说，倒许借给你，你说跳井，不说在理话，有也不借给你。"和尚说："你要不借给我，我就跳井，叫你打一场人命官司。"那人说："你只要不要命，跳了井，我就打一场人命官司，就怕你不敢死。"和尚说："你瞧我敢死不敢死。"说着话，和尚跳下井去，那人大吃一惊，前到井口一看，和尚没跳井下去，两只脚挂住井口，倒挂蜡烛，脑袋冲下，和尚拿僧帽舀水呢。本来井也浅，那人一瞧说："和尚你唬杀了我，我看你怎么上来。"和尚使了一个鲤鱼单鹞子翻身上来，说："我不用跟你借桶，你瞧我帽子舀水行不行？"本来帽子的油垢多了，盛水都不漏，和尚拿着来到这赤身男子的跟前，把水给他喝了，和尚把僧衣脱下来，给这人盖上。

工夫不大，这人出了一身冷汗，大众一瞧说："好了。"就见这人"哼呀"了一声，说："好和尚，你害得我好苦。"破口大骂。

众人瞧着，就有气不平的说："你这人可真太不懂情理，和尚给你找了水，把僧衣给你盖上，你出了汗好了，你不说谢谢和尚，你反倒骂和尚，真是以怨报德，太是无礼。"这人"唉"了一声说："众位有所不知，我骂的不是这位和尚。我姓张叫张文魁，乃是文生秀才，才在龙游县北门外张家庄住家。因家中这几年种落不收，家中度日艰难，我到临安找我娘舅借了二百两银子回家，好垫办过日子。没想到走在半路上，我觉着肚腹疼痛，坐在树林子歇息，来了一个秃头和尚，面如襁血紫脸膛，一脸的斑点，他问我怎样了，我说肚腹痛。他给我一丸黑药，我吃了就觉着不能动转，他把我的包裹连银子都拿了去。我一发迷蒙，也不知道怎么会来到这里，落到这般光景，我骂的是那个和尚。"大众说："这就是了。"

济公说："我把僧衣给你穿，你跟我走罢。"张文魁站起来，跟着济公走。跟前有一座酒馆，和尚就往里走，伙计一瞧，一个和尚穿着破中衣草鞋，光着背，一个穿着破僧袍。伙计只当是要饭的乞丐，伙计说："喂，和尚，没有剩的。"和尚说："新鲜的都不爱吃，吃剩的？满嘴胡说！"和尚带领张文魁，直奔后堂落座。和尚说："掌柜的，你别瞧我们穿得破，包子有肉不在褶上，好招顾主，财神爷来了。"伙计说："是。"和尚说："给我煎炒烹炸，配十六个菜来，两壶人参露酒。"伙计说："人参露卖一吊二百钱一壶。"和尚说："不多，我们那地方人参露都卖两吊四百文一壶，这里便宜一半呢。"伙计也不敢说不卖给他，饭馆子又没有先要钱的规矩，只得揩抹桌案，把菜给要了，把酒拿过来。菜都给端来，和尚让文魁吃，张文魁说："我不吃。"和尚说："你怎么不吃？"张文魁说："吃完了，没钱给人家。"和尚说："没钱你嚷甚么，反正吃完了再说。他要打，就卖给他两下，打轻了不怕，打重了得给养伤，看，到有了下落。"伙计在旁一听，"这到不错，和尚卖打来了。"和尚正同张文魁说着话，忽然由外面闯进两个人来，一声叫嚷："好和尚，你在这里！"说着话，直奔济公而来。不知来者是谁，且看下回分解。

第六十七回　二班头饥饿寻和尚　两豪杰酒馆求济公

话说济公正在酒馆跟文魁说话，由外面进来了两个人。伙计一看，这两个人穿着月白裤褂，左大襟，白骨头钮子，两双鞋四支岔班：一只开口僧，一只山东皂，一只踢死牛，一只搬尖靸。原来是柴元禄、杜振英二位班头。自从跟和尚捉迷矇，这两个人找不着和尚，柴、杜二人腰中一文钱没有，连夜追到小月屯。次日直饿了一天一夜，围着小月屯找遍了，也没找着和尚。两个人又饿又气，正在街上闲游，远远望见济公赤着背，同着一个人，穿着和尚的僧衣，进了酒馆。柴、杜二人来到酒馆一看，柴头说："好，你在这里吃上了，我们两个人直饿了一天一夜。"和尚说："到是你们两个人嘴懒，为甚么不吃呢。"柴、杜二人说："没钱，吃甚么？"伙计说："这到不错，又来了两个白吃的。"柴、杜二人饿急了，坐下就吃。伙计暗中告诉掌柜的："一个穷和尚同着一个光眼子的，又来了两个怯货，大概都是没钱。"掌柜的说："等他们吃完了再说。"

正在这般光景，只听外面一声喊嚷："老三，你我到里面吃杯酒，好一座庆丰楼。"说着话，进来两个人。头前这位赤发红须蓝靛脸，紫缎色壮士帽，紫箭袖袍，腰系皮挺带，肩披蓝缎色英雄大氅，后跟这位身穿蓝褂，翠白脸膛，俊品人物，正是风里云烟雷明、圣手白猿陈亮。这两个人在马静家，自华云龙走后，马静说："雷、陈二位贤弟，在我这里多住几天罢。"雷明、陈亮说："兄台不必相留，我二人还有事呢，天亮我二人就要告辞。"等到天亮，雷明、陈亮告辞，马静说："二位贤弟，吃了饭再走。"陈亮说："我二人实有要紧事呢，你我知己之交，何在一顿饭。"

当时二人由马静家出来，一直往南，来到庆丰楼听得里面刀叉乱响。二人想要吃杯酒再走，迈步进了酒馆。二人直奔后堂，抬头一看，见济公同柴、杜二位班头在那里吃酒，雷明、陈亮赶紧上前给济公行礼。掌柜的见这二人穿得衣裳整齐，过去给穷和尚行礼。心中甚为纳闷。听雷明说："师父，你老人家从那里来？怎么赤着背，把僧衣给这位穿上？这位是谁？"

济公就述说张文魁的话，雷、陈二位这才明白。和尚说："陈亮，你先同着张文魁出去，到估衣铺中给他买一身衣服鞋袜。"陈亮点头答应，领着张文魁出去，从上到下买的文生巾，文生氅，白袜云鞋，裤褂襟衫，俱都穿好，回到酒馆，把僧衣给了和尚。

大家归座，要酒添菜。和尚说："雷明、陈亮你们两个人谁带着钱？周济周济张文魁。"陈亮说："有四锭黄金，我留两锭，把他两锭，每锭可以换五十两银子。"雷明说："我有五十两银子，给他罢。"说着，两个人便掏出来，递给张文魁。文魁说："我与二位萍水之交，如此厚赠，我实惭愧之甚。”雷明说：“四海之内，皆兄弟也。些须银两，何足挂齿。”

众人吃酒，陈亮、雷明二人把济公拉到别的桌上无人之处，济公说：“你们两个人鬼鬼祟祟甚么事？”陈亮说：“师父，你老人家慈悲慈悲罢，看在我二人面上，你老人家别拿华云龙。你回临安去，我二人给你老人家叩头。”济公说：“你二人不叫我拿华云龙，好办。陈亮，你去买一张信纸，一个信封，到柜上借一支笔来。”陈亮不知和尚写甚么东西，即到外面买了信纸信封，到柜上借了支笔，拿过来交给和尚。和尚背着雷明、陈亮写了半天，把信封封好，信面上写了一个酒坛子钉着七个拘子。这是和尚的花样。陈亮说：“师父，这是甚么用？”和尚说：“我把信交给你二人带回，回头你两个人把张文魁送到龙游县北门外张家庄，你二人进北门，路西里有一座酒楼，字号是‘会仙楼’，你两个人进去，上楼在楼门口头一张桌上坐下，打开我这封信来看，要是华云龙今天晚上没有做这件事，我和尚就不拿他。”

雷明、陈亮也不知和尚写的是甚么东西，二人只得点头答应。和尚说：“我叫你两个人把张文魁送到家里去，你两个人若不送到了，叫我和尚算出来，和尚要你两个人的命。”雷、陈二人说：“是。”和尚说：“你两个人送到了张文魁，若不入北门，不上会仙楼去，我和尚算出来，要你两个人的命。你两个人到会仙楼去，若不上楼，不在靠楼门头一张桌上坐下，我和尚算出来，要你两个人的命。你两个人在头一张桌上坐了，不打开我这一封信瞧，我算出来，要你两个人的命。”雷明、陈亮一听，“这倒不错，错一点就要命。”二人点头，把信收好。吃喝完了，把酒饭帐给了，和尚说：“张文魁，我派他二人把你送到家去，你跟他二人走罢。”

张文魁给和尚磕了头，跟着雷明、陈亮，三个人在和尚跟前告辞。出了酒馆，顺大路直奔龙游县，三十余里也不甚远，三个人不知不觉到了龙游县北门。张文魁说：“既然离我家不远，二位恩公到我家里坐坐罢。”雷明、陈亮说：“既是离你家不远，你回去罢，我二人还有事呢。”张文魁再三谦让，这两个人不去，张文魁无法，又谢了雷明、陈亮，自己告辞去了。

雷明说：“三弟，你我进北门瞧瞧去。”两个人进了北门，往南行走，抬头一看，果然路西里有一座会仙楼，门口挂着酒牌子酒幌子，上有“李白斗酒诗百篇，长安市上酒家眠。天子呼来不上船，自称臣是酒中仙。”应时小卖，午用果酌，闻香下马，知味停车，里门刀叉乱响。二人迈步往里面奔，一进门南边是柜，北边是灶。二人直奔后面，地方甚为宽阔，楼下酒饭座甚多。靠北墙是楼梯，二人登楼梯上楼，靠楼门有一张桌。

雷明、陈亮刚才落下座，就听楼下有人让帐说：“华二哥你不用让，这笔帐我们早给了。”陈亮一听一愣，往楼下一瞧，原来是华云龙同着两个人在楼下让帐，一个人是壮士打扮，头戴翠蓝色六瓣壮士帽，上安六颗明镜，身穿翠蓝箭袖袍，腰系丝鸾带，薄底靴子，肩披一件蓝缎色英雄大氅，三十以外的年岁，黄脸膛，细眉圆眼。一个人是武生公子打扮，二十以外的年岁，青白的脸膛。陈亮一看，说：“雷二哥，你看两个人同着华二哥，决不是好人。”雷明说：“你不必管他，你瞧瞧师父这封字柬写的是甚么。”陈亮把字柬拿出来一看，就是一愣，说：“二哥，你看，了不得了。”雷明说：“我看甚么？我又不认字，你念与我听就得了。”陈亮说：“师父这是八句解语，我念你听了，上写是：

侠心义胆壮千秋，为救云龙苦谋求。今至龙游三更后，北门密访赵家楼。有染美女伊须护，剪恶先当断贼头。云龙今夜无此事，贫僧明日返杭州。”

陈亮看罢这张字柬说：“二哥，师父这八句话，是说华云龙今夜要在赵家楼采花。师父说，华二哥今天要没这事，他老人家就不拿他。这件事可真假难辨，叫你我二人暗中瞧着，保护贞节烈女。咱们打听打听赵家楼在那里。”雷明说：“就是。”二人这才要了几壶酒，要了四碟菜，吃喝完了，给了酒饭帐，二人一同下楼。出了酒馆往北，见对面来了一位老者，苍头皓首，须发皆白，陈亮过去施礼说：“借问老丈，有一个赵家楼在那里？叩求老丈指示明白。”那老者一听，说：“尊驾打听赵家楼？小老儿今年七十余岁，在这里根生土养，大小的胡同没有我不知道的，这里没有赵家楼这个地名。哎呀！我们这本地到有一家财主姓赵，人称他赵善人，他家里可有楼房。”陈亮一听，真是随机应变，赶紧说：“不错，是人家托我带一封信，说龙游县北门里有一家财主姓赵，有楼，是我方才说得不明白。”老丈说：“你要找赵善人家，你往北瞧，路东有一座德泰裕粮店，北边那条胡同叫旧兴隆街，你进胡同一直往东，到东头路北的大门口有‘乐善好施’的匾额，有两个大槐树，那就是赵宅。”

陈亮、雷明打听明白，二位英雄这才要夜探赵家楼，保护贞节烈女，捉拿淫贼华云龙。不知后事如何，且看下回分解。

第六十八回　看字柬寻访赵家楼　见孝妇英雄施恻隐

话说雷明、陈亮听老丈说明了道路，二人一直往北，走了不远，果见路东有一座德泰裕粮店。北隔壁是一条大街，二人进了旧兴隆街，一直往东，走到东头一看，见路北里是广亮大门，门口有两个龙爪槐，门上有“乐善好施”的匾额。陈亮一看，知道里面栽着内挂。

书中交代，甚么叫内挂呢？这乃是江湖绿林中的黑话。保镖的调坎，说叫外挂，看家护院的调坎，说叫内挂，街上卖艺的叫星挂。陈亮看罢，同着雷明二人又往东走。瞧大门东边有一个向北小胡同，雷明、陈亮二人进了小胡同，一直往北，这个胡同甚窄，大约也就有二尺宽。陈亮说：“二哥，你瞧这个小胡同，要是对面来了个胖子就挤不过去。”

二人来到北头一看，西墙里是赵宅的花园子。雷明、陈亮站在高坡之处一看，见着座花园，里面极其讲究，有假山子石，有月牙河，牡丹亭，蔷薇架，小舟船，留芳阁，避暑楼，赏雪亭，真有四时不谢之花，八节长春之草。花园子当中有三间楼房，支着楼窗，挂着帘子，有几个仆妇丫环拿了筐子下楼摘花往楼上拿。陈亮说：“二哥，你看这楼上必住着姑娘妇女。”隔着帘子，也瞧不出来是姑娘是少妇，二人也不肯紧望里瞧，又怕人家里面瞧见。陈亮说：“二哥，你我今天晚上就由这条来路探访。”说着话，二人复又往南。刚才出了小胡同，只见赵善人门口围着一圈子人。陈亮一愣。“方才进小胡同的时候，这里并没人，这是甚么事？”陈亮分开众人，挤进去一看，是一个年轻的少妇，头上抹着白布，身上穿着孝衣，系着麻瓣子，穿着白衣，白布蒙鞋，旁边站着一个老者，在地下铺着一张毛头纸。上写着告白：

> 四方爷台得知：小妇人刘王氏，在旧兴隆街西头路北住家。只因家中寒难，婆婆忧虑日深，旧疾复发，服药无效，于昨日申时病故，小妇人丈夫素作小本营生，现在身长人面疮，不能动转，小妇人婆婆一故，衣衾棺木寸草皆无，家中素无隔宿之粮，当卖俱无，四壁空空，遭此大难，惟唤奈何。万出无奈，叩乞四方仁人

君子,施恻隐之心。自古有麦舟之助,脱骖之谊,今古皆然。倘蒙垂怜,量力资助,共成善举,以免小妇人婆婆尸骸暴露,则殁存均感矣!

刘王氏拜叩

陈亮一看,甚为可惨,就听旁边站着那老者说:"众位大爷,这妇人是老汉的街坊,只因他婆婆死了,他丈夫长了人面疮,不能殡葬,他家里又没人,我同着他出来,求四方仁人君子老爷们,行好积德,有一个赈济他一个。"大家辐辏,旁边就有好行善的,瞧着可怜,刚要掏钱,旁又有一人说:"二哥,你不必信,这个不知是真是假,这是借此做生意的。"这一句话,那人要掏钱就不掏了。这叫做一言兴邦,一言丧邦。

说坏话的这人,姓程,名叫事不足,外号叫坏事有余。陈亮一瞧,说:"二哥,这是好事,我们两个人周济周济他。"雷明说:"好。"掏出一包银子,有二十多两,陈亮掏出一包银子,有十余两,递给那妇人。陈亮说:"这银子一共约有四十两,你拿去回家买棺木罢,省得你一个妇人家在这里抛头露面的。"这妇人一见陈亮给这些银子,赶紧问:"二位恩公贵姓大名?"陈亮说:"你也不用问我,我们也不是这里人,你也不必打算报答,你回去罢。"

书中交代,这个妇人到没想到过路的人有如此行好事的,他本意化赵善人家。当初赵善人施舍棺材,皆因有无耻之徒闹坏了事,真死了人,可以去化棺材,这些小人没有死人,也穿个孝袍到赵家磕头化材,诓了棺材,他把木头劈开卖钱,因此赵宅现在不施材了,非得瞧见是真死人才舍。这妇人原打算到赵宅门口来化赵善人,没有想到雷明、陈亮二人周济他这些银两,那妇人谢了雷、陈二位竟自去了。

雷、陈二人做了这件好事,见妇人去后,二人出了兴隆街西口,找了一座酒馆,二人吃酒,直吃到天有初鼓以后。会了酒饭帐,二人出了酒馆,找在无人之处,把夜行衣包打开,换上皂缎色软扎巾,迎门拉慈菇叶,穿上三岔通口寸帕衣,周身扣好了骨钮,寸半罗汉股丝绦,在胸前双拉蝴蝶扣,把走穗掖于两肋,头前带好了百宝囊的兜子,里面有千里火、自明灯、拨门撬户的小家伙,一切应用的物件,皂缎兜当裩裤、蓝缎子袜子、打花绷腿、倒纳千层底的鞍鞋,把刀插在软皮鞘内,拧好了轧把簧,把白昼的衣服包在包裹之内,斜插式系在腰间,抬了抬背膀,收拾停当,二人拧身蹿上房去,越脊穿房,往前够奔。

二人走到一所院落,是北房三间,东里间屋中有灯光闪闪,人影摇摇,猛然听屋中说:"娘子,你把二位恩公供上了么?烧了香么?"就听有妇人说:"供上了。"又听说:"娘子,你歇歇罢,明天再去买棺材。真难为你,这几天受这样累,你歇息睡觉罢。总算老天爷没绝人之路,真有这样挥金如土的人。"陈亮在房上一听,说话甚耳熟。一拉雷明,二人由房上窜下来,到窗棂外,把窗纸湿了个小窟窿,往屋中一看,地下停着一个死人,是老太太;顺前檐的炕上一个三十多岁的男子,腿上长着有碗大的疮;靠东墙有一张桌,桌上供着牌位,上写"二位恩公之神位。"烧着三柱香,地下站立一个妇人,正是白天那化棺材的妇人。陈亮见这妇人往炕上一躺,和衣而卧,把灯吹了。

陈亮一拉雷明,二人来到东墙根,陈亮低声说:"了不得了,那妇人把咱们两个供上烧香牌位,上写着'二位恩公之神位'。雷明说:"供上怕甚么?"陈亮说:"二弟你可不知道,你没瞧过闲书,古来隋唐上有一位叔宝秦琼,他在临潼山救了唐王李渊,唐王李渊问他姓叫甚么,秦琼走远了说:'我叫秦琼。'唐王李渊没听明白,回去供琼五大将军,折受的秦琼在潞州城当锏卖马。似我凡夫俗子,他若供着烧香,岂不把你我折受坏了?"雷明说:"我去把牌位偷出来。"陈亮说:"那不行。你今偷出来,明天他再写了。"雷明说:"那可怎么办?"

二人正说着话，只见墙上往下一掉土，陈亮、雷明只当是华云龙到赵家楼采花去，走在这里。二人赶紧往墙根下一贴，翻着脸往上瞧着，只见由墙外立起一根杉杆，上面绑着横棍，这叫蜈蚣梯子，由外面上来一人，贼毛贼眼，望四下里瞧。

书中交代，来的这个贼人姓钱，叫钱心胜。这小子原来在兴隆街住，素日无所不为，吃喝嫖赌，把老人家的产业都花完了，媳妇出去给人家当仆妇，他在家里也无甚事。今日白昼，他瞧见雷、陈二人周济刘王氏一包银子，有四十余两，钱心胜恨不能把银子给他。

晚间他这才想出主意，做好了蜈蚣梯子。来到刘家，上了墙瞧了一瞧，顺梯子下去。掏出一把小刀，来到上房拨门。拨一下，听一下，拨了三下，将门拨开。贼人进去一瞧，屋内也没有箱子柜。刘王氏夫妇睡着了。本来也没地方搁银子，就在席底下搁着，贼人一摸就摸到手中了，心中颇为欢喜。由屋中出来，顺着蜈蚣梯子爬上墙去，骑在墙上把杉杆提出去，立在墙外，顺着梯子下去。雷、陈二人看得明明白白，心上说：“好贼人，真是狼心狗肺，人家死了人没棺材，叩头化来的银子他给偷了去。”

陈亮气往上撞，说：“二哥，你在这里等我，别动，我去追他。”雷明说：“就是。”陈亮这才伸手拉刀，蹿出墙外要报应贼人。不知后事如何，且听下回分解。

第六十九回　钱心胜黑夜偷银两　圣手猿暗探赵家楼

话说陈亮拉刀蹿出来一看，见贼人一晃，进了路北一个门楼。陈亮赶过去，由门缝一看，贼人在院中把蜈蚣梯子解了，拿着进了北上房。陈亮拧身蹿到院内，这院内是北房三间，见贼人到北房东里间，点上了灯。陈亮来到窗外，把窗纸湿了个小窟窿，往屋中一看，这屋里是顺后檐的炕，炕上搁着一张床桌，搁着一堆棉被，地下有八仙桌，钱柜杌凳，桌上搁着一盏灯。贼人坐在炕上，把银子掏出来，乐得心花俱开，把钱包打开，瞧着自言自语，拿出一块银子来说：“这块银子置房，这块银子买地，这块银子置买卖。”说了半天，把银子包起来，搁在钱柜之内，由钱柜里拿出一吊钱来，拿了一百文，拿酒壶出去打酒。陈亮早藏在房上。

钱心胜出来把门带上，唱着哈哈腔，又唱二簧，又唱时调小曲，自己欢喜的不知如何是好。来到酒铺，说：“王掌柜给我打酒。”这个酒铺掌柜的是山西人，叫老西。钱心胜把他冤怕了，先前钱心胜常诓老西的酒喝，到晚上去打酒，老西上了门，隔着小洞儿卖酒，钱心胜带两把一样的酒壶，灌上一壶凉水，拿空壶给老西打酒，老西打好了递给钱心胜，钱心胜说：“掌柜的，给我记上帐罢。”老西说：“不赊。”钱心胜说：“不赊，你把酒倒下罢。”

他把那壶凉水递给老西，老西倒在酒坛子里，钱心胜白换一壶酒。日子长了，老西生了疑心，是吃酒的都说酒不好。这天钱心胜又打酒，把酒打上，他要赊，老西说：“不赊。”钱心胜说：“不赊，倒下去。”又把凉水递进去。老西一尝是凉水，出来把钱心胜揪住，一瞧他是两把壶，老西跟钱心胜打起来，有街坊给劝完了。今天钱心胜一说打酒，老西说：“钱先生，你又来骗酒来。”钱心胜说：“我先给你钱，打一百钱。”把酒打上，钱心胜拿着酒壶，心满意足往回来。刚一到门口，陈亮由后面一把手，把钱心胜的脖子一捏。

书中交代，钱心胜走后，陈亮到他屋中，开了钱柜，把银子拿出来，连他剩的九百钱也拿着，把他炕上的棉被，用火点着，拿桌子一押，来到外面等着。见钱心胜打酒回来，陈亮过去将贼人揪住，拉出刀来说："你要嚷，我要你的命。"贼人也不敢嚷。陈亮把他捆上，把嘴塞上，往大门坎外头一搁，陈亮说："我乃夜游神是也，专察人间善恶，你偷了人家的银子，应当叫你报应。"说完了话，陈亮走了。

钱心胜往院里一瞧，屋中直往外冒烟，钱心胜着急，又不能动，塞着嘴又不能说，直哼哼嚷不出来。由东面过来两个打更的，一个拿着梆子，一个拿着锣，这个说："二哥，我一走这条胡同我就发毛。"那个说："怎么？"这个说："这条胡同不干净。"那个说："你别呼唬我，我可胆子小。"正说着话，就听"哼"的一声，原本是钱心胜他嚷不出来，恨不能由鼻子哼哼，好叫人过来把他放开。这一个哼哼，唬得两个打更的背脊沟一发麻，脑门子冒了一股凉气。这个说："是鬼呀。"钱心胜又"哼"了一下，两个打更的壮着胆子过来一瞧，认得是钱心胜，这才把他放开，嘴里的东西掏出来，打更的说："钱先生，你怎么了，被人捆上？把我两个人唬着了。"钱心胜说："我遇见夜游神了，你们二位请罢。"贼人赶紧到屋中，一瞧被褥全烧着了，即忙唤人把火救灭，再开钱柜一瞧，银子也没有了，连钱也没了，没打成米，把麻袋丢了。贼人这是报应。

不言讲钱心胜，再说陈亮拿着银钱回到刘王氏院中，偷进屋中，把老太太的死尸手扳开，把银子搁到死尸左手里，把钱搁到右手里，把桌上供的牌位撕了，来到院中，拿了个破盆"扒叹"往地下一掷。刘王氏夫妇也惊醒了，赶紧点上灯一瞧，见老太太死尸左手拿着银子，右手拿着钱，夫妻二人正在纳闷。陈亮外面喊嚷说："本家主人听真，明天不准再供恩公牌位，再供必有大祸，我要去也。"说完了话，雷明、陈亮拧身上房，蹿房越脊直奔赵家花园。

来到花园，暗中瞧探，院中一无人声，二无犬吠。二人蹿到里面，直奔楼下，拧身蹿到楼上，见楼上东间点着灯，二人来到窗外，把窗纸湿破，往里一看，这屋里真是幽雅佳境，靠北墙是一张湘妃竹的床，床上挂着洋绉的幔帐，当中挂着花篮，里面有支子茉莉夜来香晚香玉，床上有藤席凉枕，香牛皮的夹被，两旁是赤金的帐钩，扇缎的床围。靠东墙有一张俏头案，当中摆着水晶金鱼缸，里面养着龙睛凤尾淡黄鱼，桌上摆着金钟玉磬，两头摆着一支子珊瑚子树，一棵翡翠的白菜，还有官格帝定的磁器；靠东墙外边，有一张月牙桌，桌上有镜子，上面有粉缸，梳头油瓶，一切妇人应用的物件；靠窗户一张八仙桌，镶着墨玉的棋盘心，两边有把太师椅子，桌上有图书，盘里面搁着文房四宝，有斑竹镌成一支笔筒，里面有几支笔；东墙上挂着一轴挑山，画的是富贵牡丹图，两旁有两条对联。上写：

女虹各月四十有五日，饮酒百年三万六千觞。

陈亮看够多时，见屋中就有一个仆妇，并无别人，复返同雷明二人下楼。陈亮说："这楼上没有人，二哥，你我同到前面瞧瞧去。"二人施展飞檐走壁蹿房越脊本领，如履平地相仿，往前够奔。

这院中是三层房，头一层是待客厅、外书房，陈亮、雷明二人来到二层院子东配房，趴在后房坡，往下一看，见院中支着四个气死风，两个高脚子戮灯，北上房明三暗五，房檐下挂着八个牛角灯，北上房屋中灯光闪灼，见有两个男暹暹抱着弦子胡琴，两个女暹暹弹琵琶打洋琴，正在弹唱。原来今天是赵员外的寿诞之期，大家忙乱了一大，亲友来祝寿，天色已晚，大家陆续告辞。

雷明、陈亮看够多时，陈亮说："二哥，你我到后面去等着罢，本家大概有喜事，总得亲友散净了,本家才能安歇呢。”二人复返蹿房越脊,来到后面。在暗中一等。

直等到天交二鼓,忽见由前面灯光一闪,有两个丫环打着灯笼,两个仆妇搀着一位女子,雷明、陈亮暗中借灯光一看,这位女子真是千娇百态,万种风流。怎见得?

有赞为证:

只闻香风阵阵,行动百媚千娇。巧笔丹青难画描,周身上下堆俏。身穿蓝衫可体,金钗轻笼鬓梢。坠金小扇手中摇,粉面香腮带笑。

陈亮暗中一看,果然绝类无双,头上脚下,无一不好。陈亮再一看,这女子后,见又有两个丫环搀着一位女子,也不过十八九岁,尤加貌美。见这位女子怎样打扮?

有赞为证:

头上乌云,巧挽盘龙髻。髻心横插白玉簪,簪插云鬓飞彩凤。凤袄衬花百子衫,衫袖半吞描花腕。腕带钏镯是法蓝,蓝缎绾裙捏百褶。褶下微露小金莲,莲花裤腿鸳鸯带。带佩香珠颜色鲜,鲜妍长就芙蓉面。面似桃花眉柳弯,弯弯柳眉衬杏眼。眼含秋水鼻悬丹,丹朱一点樱桃口。口内银牙糯米含,含情不露多姣女。女中魁元,好似仙女临凡。

陈亮看罢,心中暗为赞美,再一看后面,还有一位十六七的女子,也有两个丫环搀着。陈亮细看:

见佳人,天然秀,不比寻常妇女流。乌云巧挽青丝髻,黑真真长就了未擦油。眉儿弯,如春柳,秋波儿眼情儿漏。鼻梁端正樱桃口,耳坠金环挂玉钩。穿一件,藕色氅;翠挽袖,内衬罗衫楼外楼。百褶宫裙把金莲透,端又正,尖又瘦。瞧着好像不会走,行动犹如凤点头。心儿灵,性儿秀,美貌天仙比她丑,真正是貌美丰姿体态温柔。

雷明、陈亮看了都愣了,这三位女子,真是一个比一个强,称起梨花面,杏蕊腮,瑶池仙子月殿嫦娥不如也。这三位小姐,这个说:“你碰了我的手的。”那个说:“我踩了他的脚的。”说说笑笑,都顺着楼梯上楼进去。陈亮同雷明来到窗外一瞧,见三位姑娘都把衣裳脱了,这个说:“姊姊,你可累着了,老员外的生日,有多少亲友来,那里得走?你我此刻且歇息罢。”只见三位姑娘喝了一碗茶,把床帐一撩,和衣而卧。丫环把灯吹了,众人够奔西里间安歇。

陈亮、雷明在暗中等着,天交三鼓,忽然来了三个江洋大盗要来采花。不知二侠义如何捉拿淫贼,且听下回分解。

第七十回　见美丽淫贼邀知己　遇故旧三人同采花

话说雷明、陈亮见三位姑娘安歇,两个人奉济公之命,在暗中保护,等候捉拿淫贼。陈亮说:“二哥,你看这三位女子,果然是十分人才,世上第一的美人,不怪华云龙要来采花。”两个人说着话,在暗中藏着,忽然打一块石子来,见东墙上一连三条黑影,行走如飞,都是一身夜行衣。陈亮说:“二哥你看,果然师父未卜先知,有先见之明。你看这三个人,当中走的是华云龙,头里走的那个,我认识他,也是西川人,跟华云龙是拜兄弟,也是个采花淫贼,叫桃花浪子韩秀。后头走的那个人,我可不认识。”雷明说:“前头那个我不认识后头这个我认识,叫白莲秀士恽飞。”说着话,见三个贼人眼不观邪,直奔楼房东里间窗户去了。

书中交代,华云龙自从马静家出来,被济公追了一夜,好容易逃脱了,自己直奔龙游县而来。刚来到北门,抬头一看,见眼前来了两个人,一个是穿翠蓝褂,壮士打扮,乃是桃花浪子韩秀,一位是武士公子打扮,正是白莲秀士恽飞。这两个人也是西川路上有名的江洋大盗,跟华云龙是知己相交,同类之友。今天一见华云龙,两个人赶奔上前行礼说:“华二哥你一向可好,怎么今日会来到这里?”华云龙一看,说:“原是二位贤弟,哎呀!呼吸之间,你我兄弟恐今世不能见面了。”韩秀、恽飞说:“兄长何出此言?”华云龙说:“你我弟兄自西川分手,我在外面事多了。”就把三访凤凰岭,巧遇威镇八方,后来在临安乌竹庵采花伤人,泰山楼杀死秦禄,秦相府盗玉镯凤冠的事,从头至尾对二人述说了一番。

韩秀、恽飞说:“好,兄长在京都做这样惊天动地的事,真算出类拔萃。兄长这打算上那去?”华云龙说:“我也无地可投。”韩秀说:“兄长可曾带着熏香盒子?”华云龙说:“做甚么?韩秀说:“我告诉二哥,我们两个人来到这龙游县,住在十字街富盛店,有十数天。我二人没事闲游,在兴隆街有一家赵姓,是大财主家,里有花园子,有楼房,我们那日瞧见楼窗满支,有三个女子,长得绝类无双,真可算天下第一佳人,世间罕有。我二人没熏香盒子,不敢去采花,恐怕人家里头人多,到反为不美。我二人自那天瞧见,时刻惦念在心,实没有主意,要不碰见兄长,我二人打算要走,这是活该,你要带着熏香,该当你我作乐。真要得这样美人,你我生平之愿足矣!”

华云龙一听,淫心一动,说:“好办,你我弟兄先喝酒去。”三个人这才一同复返进城,来到会仙楼要酒要菜,开怀畅饮,快乐非常。三个人都吃得酒足饭饱,伙计一算帐,三个人一让帐,楼上陈亮、雷明刚来到,瞧见华云龙同着两个人,这三个人可不知雷明、陈亮在楼上。

韩秀会了帐,三个人出了酒饭店,韩秀说:“华二哥,你我仍回富盛店罢,不必在街市闲游。”华云龙说:“好。”三个人同来到十字街富盛店。伙计一瞧,说:“二位大爷又回来了?”韩秀说:“我们碰见朋友,暂且不走了,还要盘桓几天,你把上房开了。”伙计答应,拿钥匙把门开了,三个人来到上房,伙计端上一壶茶来,三个人也俱有点醉了,华云龙说:“你我没事,可以睡一觉。”三个人就躺下睡了。睡到天黑起来,要酒要菜吃喝完了,天有初鼓,韩秀、恽飞说:“二哥,咱们走罢。”华云龙说:“你们两个人真是小笨头,那有这么早去的?人家没有睡呢。倘被人瞧见一嚷,看家的、护院的出来把你我拿住了,如何是好?偷盗采花总在三更以后,路静人稀,都睡着了才能使熏香。”这两个贼人无奈,急得了不得。

好容易盼到三更。三个贼人换好夜行衣,由屋中出来,店里早都睡了,将门反带,留了个记号,拧身上房。蹿房越脊,行走如飞,心急似箭。来到花园,见静寂寂,空落落,一无人声,二无犬吠,先用问路石一打探有无动静,三个贼人直奔楼房。来到窗儿外,华云龙先掏出六个布卷,三个人把鼻孔塞好,华云龙把熏香盒子点着,一拉仙鹤嘴,把窗纸通了个小窟窿,把仙鹤嘴搁了进去,一拉尾巴,两个翅膀一扇,这股烟由嘴里冒进屋子里去。

此时陈亮、雷明来到楼房上前坡趴着。三个人觉着工夫不小了,把熏香盒子撤下来收好,把上下的窗户摘下来,三个人蹿到屋里,华云龙一晃火折把灯点上。

此时那三位姑娘都被香熏过去,人事不知,这乃赵员外一个侄女两个女儿。华云龙撩起帐子,借灯光一看,这三女子真正貌比西施。贼人心中甚为喜悦,韩秀说:“华二哥,你瞧好不好?"华云龙说:"果然是好,你我弟兄每人一个,也不必挑选。我出个主意,写三张字,一、二、三,咱们三个人拈阄,省得争夺。"韩秀说:"也好,这三个女子,我都爱。要依我说,咱们三个人乐完了,每人背一个走到不错,每人有这么一个媳妇,总算这世没白来。"

雷、陈二人在房上一听贼人所说的话,二位英雄把肺都气炸了。陈亮赶紧够奔前面,自己要去给本家送信。雷明揭起瓦来,照定华云龙就是一瓦。华云龙正要写字拈阄,脸向里说话,由后面来了一瓦,正打在后脑海上,把脑袋也打破了。雷明砍了贼人一瓦,赶紧跳下来要跑,三个贼人由里面蹿出来就追。雷明赶紧把香牛皮的隔面具戴上,遮住本来面目。见三个贼人追出来,雷明准知道这三个贼人的能为,都是艺业出众,自知敌不过了,不敢动手,蹿房越脊就跑。贼人要想把雷明追上瞧瞧是谁,焉想到前面人声喊嚷起来。

原本是陈亮先来到前面,站在房上喊嚷:"本家主人听真,后面楼上有贼,快去拿贼去,晚了可就了不得了!"陈亮说完了话,隐在一旁。本家的看家的、护院的、打更的、打杂的,众人听见,各执灯球火把,齐声喊嚷:"拿贼。"三个贼人本打算要追杀雷明,听得人声嘈杂,三个贼人不敢再追。华云龙说:"合字风紧,扯活罢。"三个人蹿房越脊,竟自逃走。

雷明找着陈亮,二人也蹿出来,到无人之地,把包裹打开,将夜行衣脱了,把白昼衣换好。陈亮说:"二哥,你我不必管了,叫济公拿华云龙罢。"雷明说:"对,咱们不管。这三个人真可恨,乱臣贼子,人人得而诛之。"说着话,等到天光大亮,红日东升。陈亮说:"二哥,咱们找师父去。"

二人慢慢往前正走,只见对面来了两个行路的,这个说:"二哥,你去瞧热闹去罢,在东门外头,有一个人买棺材,抬着正往前走,来了一个穷和尚,把棺材截住不叫走,他问:'买棺材是盛衣裳,是盛钱?'人家说'是盛死人',和尚就要躺在棺材里试试。人家不叫试,和尚把棺材踹了,打起架来。你去瞧去罢。"陈亮一听,说:"二哥,这必是济公,咱们去瞧瞧。"二人来到东门外一瞧,果然是济公。

书中交代,济公在酒馆打发雷明、陈亮送张文魁走后,同柴、杜二班头由酒馆出来,柴头说:"师父,你老人家说到千家口就把华云龙拿住,直到如今到是怎么样?"和尚说:"你们跟我到龙游县去,准把华云龙拿住。"柴、杜二人跟着济公来到龙游县北门。天已黑了,三个人找了一店,要酒要菜,吃喝完毕,要了三份铺盖,躺下睡了。柴头道:"师父,明天店钱饭钱怎么办呢?"和尚说:"不要紧,都有我呢。"睡到四更天,和尚起来,悄悄到了院中,一拍窗户说:"柴、杜头,明天龙游县见。没有店钱饭钱,我可不管,我要走了。"说完了话,和尚跳墙出店,一直来到东门外。

和尚一蹲,等到太阳出来,只见由那边来了四个人抬着棺材,后跟着一个老丈。和尚过去把抬棺材的拦住,和尚说:"抬上那里去?"抬棺材的说:"进城。"和尚说:"这棺材是盛衣裳的,是盛钱的?"有掌柜的跟着过来说:"和尚你疯了,那有买棺料盛衣裳的?这是装死人的。"和尚说:"装死人先得活人试试长短,你搁下,我躺下里头试试。"掌柜的说:"不能叫你试。"和尚过去一脚,把棺材踢破了,直流锯末。掌柜的一瞧,气往上冲,吩咐伙计要打和尚。不知后事如何,且看下回分解。

第七十一回 奉师命趋吉避凶 华云龙镖伤三友

话说济公过去一脚把棺材踹了,掌柜的一瞧真急了,要打和尚。

书中交代,济公为甚么拦住棺材不叫走呢?皆因棺材铺掌柜的心地不公。这个买棺材的老丈姓李,就是跟着刘王氏化棺材的那老者。原是刘王氏家中没人,他丈夫刘福长着人面疮,不能动转,有雷明、陈亮周济的四十多两银子,刘王氏就烦李老丈去买棺材。李老丈也不会买,来到东门外同峰桅厂一瞧,这口棺材足够四五六的尺寸,上着黑油。一问掌柜的卖多少钱,这位掌柜的说是赔苦了。这口棺材,是削檐钩头,原本是两层板包的,里面是刨花锯末,外头一上油,瞧着好像杉木,实是碎木头做的,尽值五两银子。掌柜的是成心冤人,跟李老丈要十五两,连抬代埋二十两银子。李老丈也不懂还价,就答应了。

掌柜的一想:"这号买卖做着了,可以剩十几两银子,又够赔一个月的伙食。"赶紧叫四个伙计抬着跟去人殓。那想刚走到东门,和尚拦住,要躺在里头试一试。掌柜的不肯,和尚用脚一踹,把一层薄板踹碎了,由里面直掉下锯末。李老丈一瞧说:"我不要了。我只说是厚木头,那知里面净是锯末,我不能要。"掌柜的一想,已然银子到手,和尚给他打去了,气往上冲,吩咐伙计:"你们拉住尽打!"四个伙计就奔上来,要揪济公。济公用手一指,口念六字真言:"唵嘛呢叭谜吽,唵敕令赫。"这四个伙计眼定了,瞧着他们掌柜的当是和尚,四个伙计揪住掌柜的就打。掌柜的说:"别打,是我!"伙计说:"打的是你。你为甚么搅我的买卖?"掌柜的说:"我是王掌柜。"四个伙计方才明白,过来一瞧,把掌柜的打了。复反四个人又要奔和尚打。

这个时光,雷明、陈亮赶到。陈亮说:"别打,怎么回事情?"掌柜的一瞧,这两个人都是壮士打扮,穿的衣服相貌不俗,说:"二位大爷别管,我跟和尚是一场官司。"李老丈一瞧,认识是二位恩公。陈亮说:"因为甚么?"李老丈说:"二位恩公要问,皆因刘王氏家中没人,托我买棺材,我上了年岁瞧不真,我只当这棺材真有四五寸厚,那知是两层薄板夹着锯末。"陈亮一听说:"掌柜的,你这就不对了,作买卖不准欺人,你趁早给人家换一口好棺材,不准争斗。要不然,我拿片子送你。"

掌柜的也不知雷明、陈亮有多大势力,敢怒而不敢言。济公掏出一块药来,说:"李老丈,你把这块药拿回去,给刘福上在疮上,包管药到病除。"李老丈说:"大师父甚么称呼?"陈亮说:"这是灵隐寺济公长老。"李老丈谢了济公,拿着药,同棺材铺掌柜的回店,另换了一口棺材,抬到刘福家。把药给刘福上了,疮也好了,把他母亲葬埋了,一家人感念济公的好处,这话不表。

单说济公见了雷明、陈亮,和尚说:"你们两个人由那里来?"陈亮说:"别提了,我二人再也不管华云龙的事了。"济公说:"好,咱们喝酒去罢。"三个人进了城,来到一座酒店。到了后堂,要酒要菜。济公喝着酒,咳了一声,一跺脚。陈亮说:"师父为何叹气咳声?"和尚说:"我看你两个人怪惨的。"陈亮说:"惨甚么?"和尚说:"天有甚么时候?"陈亮说:"天有巳初,早的很。"和尚说:"天交正午,你两个人就准要死。"陈亮一听,大吃一惊,知道济公是未卜先知。陈亮说:"师父,既知道我二人有大难,可以躲得了躲不了？”济公说：“你二人要打算趋吉避凶，天到正午，你两个人须出了龙游县的交界，方可躲得了。”陈亮也不知龙游县有多大地方，忙问走堂的：“这龙游县的交界有多远？”伙计说：“往西有三十余里，向东有五六十里，往南北俱有七八十里。”陈亮一听，就是往西近。这才说：“师父，我两个人这就逃命了。”济公说：“你走罢。天到交午千万可要离开。”陈、雷二人说：“是。”二人给了酒钱，出了酒店，一直往西。

刚一出西门，雷明说：“老三，我实困了，走不了。一夜没睡，我眼睛睁不开，腿也走不动。”陈亮说：“二哥，你快走罢。师父的话，不可不信。”说着话又往前走。眼前是大柳林，雷明说：“我可实在走不动了。”陈亮说：“你不走，可许有性命之忧。”雷明说：“这里又没有人，我歇息罢。”说着话，他就在地下一坐，往树上一靠就睡着了。陈亮心神不安，也不敢睡，坐在旁边。工夫不大，只见由南来了一个人，正是华云龙。

书中交代，华云龙自从赵家楼逃走，三个贼人回了店。华云龙是埋怨韩秀、恽飞：“要不是你两个人，我何至涉这一险！”恽飞说：“你别埋怨我们，到是你愿意去。我们两个人要上临安去逛去。你走你的罢。”这两个人今天一早走了。华云龙心中很烦，自己出来闲游，正走在大柳林。一瞧是雷明、陈亮。华云龙心中一动：“昨天在赵家楼跟我动手，好像雷明，也许是他。”陈亮这个人机伶，赶紧站起来说：“华二哥一向可好？从那里来，怎么还不远走？”华云龙说：“你们两个人从那里来？”陈亮说：“我们由小月屯来。”

正说着话，雷明醒了，一睁眼说：“华二哥，恭喜，贺喜，大喜呀！”华云龙说：“喜从何来？”雷明这个人口直心快，不懂撒谎说：“你在赵家楼采花做案，还不是大喜？”华云龙说：“你怎么知道？”雷明说：“要得人不知，除非己莫为。”华云龙说：“好，昨天是你这小辈跟我动手。”雷明一听说：“好，狗娘养的，你骂我小辈，我拿刀剁了你！”说着话，拉出刀来，照云龙就剁。贼人摆刀相迎，二人杀在一处。陈亮说：“华二哥，雷二哥，不可动手。三两句话翻了脸，你我自己弟兄，岂不被人耻笑？”雷明那里肯听，一刀跟着一刀，恨不能把华云龙杀了，方出胸中恶气。贼人的武艺，比雷明强得多，故意游斗，把雷明累得是浑身是汗。陈亮一瞧，把刀拉出来说：“雷二哥闪开！”雷明闪身躲开。陈亮说：“华二哥，你也站住。咱们弟兄是金兰之好，你们两个人一动手，叫兄弟帮谁？华二哥你走你的。”雷明把口气缓过来，又摆刀过来动手。

工夫大了，还是不行。陈亮一瞧，又过来拦住说：“华二哥，你是个做哥哥的，总得有容让。异姓有情非异姓，同胞无义枉同胞。”说着话，雷明把气歇过来。仍然摆刀照华云龙就砍。雷明又累乏了，陈亮又过来相劝。如是三次。华云龙说：“好呀！你两个人这叫车轮战法。他乏了，你过来说，他歇过了又动手。就叫你两个小辈摆刀来过，华二太爷也不放在心上。”忽然华云龙掉头就跑。雷明刚往前一追，贼人回头喊说：“镖来！”抖手就是一毒药镖。雷明见镖奔哽嗓打来，一闪身没躲开，正打在华盖穴上，翻身栽倒。雷明觉着镖打上，半身一发麻，就知道没了命了。陈亮赶过来说：“二哥怎么样？”雷明说：“我完了。我受了毒药镖，十二个时辰准死。贤弟，你走罢。你要念兄弟之情，你到玉山县凤凰岭，找威镇八方杨明，告诉杨大哥，说华云龙拿毒药镖打我。杨大哥若念兄弟交情，叫他撒绿林帖，请绿林人布四网阵，拿华云龙。你只要把他的心搁到我灵前一祭，就是你尽了弟兄的义气。”陈亮一听这些话，好似万把钢刀穿心，不亚如刀剜肺腑、箭刺心肝一般。准知道华云龙的毒镖，跟杨明学的，打上没有解药，情知雷明准死。华云龙在那里站着，听雷明说叫陈亮送信。华云龙一想：“真要那么办，我这条命活不了，莫若我剪草除根。”想罢，照陈亮一镖，正打在陈亮背脊之上。陈亮哈哈大笑，说：“姓华的，你成全了我。绿林中知道，有雷明就有陈亮。雷明一死，我焉得独生？我两个一处为人，死了一处做鬼。”说着话，药性一发，雷明、陈亮疼得就地乱滚。

华云龙一看，心上说：“我跟他二人是拜兄弟，何必瞧着他乱滚受罪？莫若把他二人杀了。”贼人还算是好心，伸手拉刀要结果他二人性命。不知二位英雄性命如何，且听下回分解。

第七十二回 镇八方赌气找张荣 乾坤鼠毒镖打杨明

话说淫贼华云龙在大柳林用毒镖打了雷明、陈亮，正要过去杀二人。只听后面有人说：“华二贤弟，你因何如此？要杀甚么人？”华云龙回头一看，只见后面来了一人，身高八尺，头戴翠蓝色扎巾，勒金抹额，二龙斗宝，迎门一朵绒球，突突乱晃。身穿蓝箭袖袍，丝鸾带系腰，足下薄底快靴。身披宝蓝英雄大氅，周身绣牡丹花。面如满月，眉分八彩，目如朗星，准头端正，颔下三绺须髯，飘洒胸前。肋下佩刀，手中提小包袱。来者非别，正是大义士威镇八方杨明！华云龙一看，吃了一惊，暗说：“他来了可不好办。”贼人眼珠一转，计上心头，赶紧说：“杨大哥，一向可好？”杨明说：“你要杀甚么人？”华云龙说：“我要杀雷明、陈亮。”杨明一听一愣，说：“华二弟，为甚么要杀他两个人？”华云龙说：“兄长要问，只因雷明、陈亮两个人无所不为。在临安府乌竹庵采花，因奸不允，杀死带发修行的少妇，刀伤老尼姑。又在泰山楼杀死净街太岁秦禄。在秦相府盗了秦相的玉镯凤冠。昨天在这龙游县北门里赵家楼采花。是我今天碰见他两个人，我用好言相劝，他两个人拉刀跟我动手，反杀我。我才用毒药镖将他二人打倒。我一想不必叫他两个人受罪，我要杀他，兄长来了。”杨明一听说：“二弟，你不该用毒镖打他。自己弟兄，下这样的毒手。”华云龙说：“兄长，你看有人来了。”用手一指。杨明一回头，华云龙也就抖手一毒镖，正打在杨明的琵琶骨上。眼瞧杨明翻身栽倒。

书中交代，杨明本不是出门的人。家中开着镖局子，又有银钱，又有势力。皆因华云龙有一个拜弟，叫黑风鬼张荣，也是西川人。张荣这天到杨明家找华云龙。家人进去一回禀，杨明出来一看，见张荣有二十来往的年岁，武生公子打扮。杨明说：“尊驾贵姓，来此何干？”张荣说：“我乃是西川人，姓张名荣，跟华云龙是拜兄弟。我听说他在这如意村杨大爷家中住着，我特来找他。”杨明一听，说：“你既是华云龙的拜弟，你我弟兄，都不是外人。现在华云龙到临安城逛去了，又约三两个月就回来。你也不必去找他，就在我这里住罢。”

杨明这个人最好交友，就把张荣让到家中。说：“你要闷时，可到镖局子去坐着。”张荣就在杨明家住着。杨明真是小心待承，不想张荣忽然病了。杨明给请先生调治，精心作意，好容易把张荣调养好了。张荣说：“兄长待我这番光景，我实感念。我给兄长叩头，认为义兄。”杨明说：“张贤弟跟华二弟磕头，就如同我拜弟一样，何必再要磕头呢？”张荣说：“那不算。”一定要给杨明磕头。当时给杨明磕了头，到里面见太太行了礼，见过了满氏嫂嫂。从此就拿他更不当外人，内外不避。

杨明的妻子，本来长得容颜美貌，人才出众，很贤惠无比。张荣这小子，素常说话一点规矩没有。杨老太太是一位正直人，常常当面说张荣。满氏娘子怕给他丈夫得罪朋友,常给张荣掩盖。焉想到张荣这小子错想了,他疑满氏心中有了他。那天杨明不在家,张荣也就到里面去。老太太正睡午觉,满氏娘子在屋中做活。张荣说:"嫂嫂,做甚么活?"满氏说:"做袜子。"张荣说:"我瞧瞧。"满氏一递。张荣并不是要瞧活计,他没怀好心,要调戏满氏。他一接,伸手一拉满氏的手腕子。满氏立刻把脸一沉,说:"你这厮可真不要脸!"扬手照定张荣脸上就是一个嘴巴。这小子可不知道满氏是一身的好能为。她父亲名叫满得公,绰号人称铁棍无敌。膝下无儿,把一身的武艺,都传授了女儿。满氏今天一变脸,把张荣打了一个嘴巴。唬得那小子跑到前面,拿上自己的小包袱,不辞而别,竟自逃走。

晚半天杨明回来,问张荣那去了。满氏还不肯说,怕丈夫知道生气。有这两句话:"父不忧心因子孝,家无烦恼为妻贤。"这话一点不错。满氏不肯说,杨明再三追问,满氏无法,才把张荣如何调戏的话说了。杨明气得三尸神暴跳,五灵豪气腾空。杨明说:"非得找他,那里见着,那里结果他小辈的性命。竟敢在我家这样无礼!我拿他当自己兄弟,这厮真是人面兽心。"越想越气。次日告诉老太太,说要出去保镖。带上盘费兵刃,由家中出来,寻找张荣。

这天走在龙游县的西南,见眼前有一片苇塘,有一位老者,欲要跳河。杨明过去一把揪住,说:"老丈为何跳河?这大的年岁,寻此短见,你跟我说说。"老丈抬头一看,"咳"了一声,说:"这位大爷要问,小老儿我姓康双名得元。我膝下无儿,过继了一个侄儿,叫康成。自己有一个女儿,许配临安开杂货铺的张家,尚未过门。前者来了信,要娶我的女儿。我把家里房产卖了几百银子,叫我女儿骑着一条驴,连我义儿,打算一同到临安去就亲。今天早起出了店,连我儿带我女儿都走丢了,我也找不着了,我故此要跳河一死就完了。"杨明说:"你儿多大年岁?你女儿多大年岁?"康得元说:"我义子今年二十八岁,我女儿十八岁。"杨明说:"素常他们和睦不和睦?"康得元说:"他兄妹素常不和。"杨明说:"你别寻死,我代你找去。找着更好,找不着你也别死,你跟我走。"康老丈说:"大爷贵姓。"杨明通了名姓。老丈一听,说:"原来是保镖达官,威镇八方杨爷,我久仰久仰!"杨明说:"你跟我走。"领了老丈正向前走,见大柳林华云龙拿刀要去杀人。杨明说:"华二弟要杀甚么人?"华云龙回头一瞧,是保镖师父来了,贼人心中暗说:"不好,我要说拿毒镖打了雷明、陈亮,他准要我的命。莫如我一狠二毒三绝计。量小非君子,无毒不丈夫。"

当初华云龙不会打毒镖。他知道杨明会打毒镖,他苦苦要跟杨明学。杨明就嘱咐过他,说:"这毒镖是三十六味毒药,十八味草药,非有蛇红虿尾木变石不能配。你学会了,不可轻易妄动。打上了只要一见血就死,没有解药。"

今天华云龙见杨明走来,贼人暗说不好,赶紧过来行礼。杨明问要杀甚么人,华云龙说要杀雷明、陈亮。杨明说为甚么事,华云龙把他做的事说了,我才拿毒镖打他。杨明一听就一愣,说:"你不该拿毒镖打他。"华云龙说:"你瞧有人来了。"杨明一回头,贼人抖手一镖,正打在琵琶骨。

杨明被打倒,哈哈一笑,说:"好,这是我交朋友的下场!我教会了你,你能拿镖打我,天下人你都可以打。"康得元一瞧,气往上冲,说:"好贼人,你嘴里说好话,你施展这样狠毒之心!把杨大爷打了,我这条老命不要了,跟你拼了!"华云龙一瞧,说:"老头儿,你休要前来送死。"说着话,贼人把刀拉出来。

杨明此时痛得乱滚,汗珠子真有黄豆大小,直往下流,说:"康老丈,你去你的罢。我本打算要救你,替你把女儿找回来。这我的命没了,我也顾不了你。你趁此去罢,不必生一瘀气。这是我杨明交朋友的好处!来来,华云龙,你把我杀了罢。"

康得元到是个热心肠的人，见杨明这般光景，心中瞧着难过。老头说：“好淫贼，你这厮人面兽心。你先把我杀了罢，我正不愿意活着。”说着话，把脖子一伸。华云龙说：“你这老匹夫！真是放着天堂有路你不走，地狱无门自找寻。”康得元说：“你把我杀了好。”华云龙一想：“我何必杀他，跟他远日无冤，近日无仇，便宜他去罢。”想罢说：“老匹夫，你不必自己讨死，我杀你，我也不算英雄，你去罢。”贼人一想：“莫若我把他三人一杀，我远走高飞，也没人知道。”想罢，拉刀要结果杨明、雷明、陈亮三个人。

正在这般光景，就听草中呱哒的一响。华云龙回头一看，来者正是济公禅师。大约贼人难脱活命。不知济公由何处而来，且看下回分解。

第七十三回　大柳林济公惊淫贼　小酒馆班头见圣僧

话说华云龙见是济公，唬得魂飞胆裂。济公说：“好华云龙，你往那里走！”书中交代，济公从那里来呢？只因和尚半夜里由店里走了，柴头、杜头也不敢睡了，怕的是第二天没钱给店饭帐。两个人没等店里起来，二人也跳墙出来，一直够奔龙游县衙门。来到衙门口一瞧，对过是茶铺子。两个人进了茶馆一瞧，有几位龙游县的班头在那里喝茶。柴头说：“借光有一位和尚，你们众位瞧见没有？”众人说：“回头就过堂。”柴头说：“甚么事。”那人说：“不是三官庙的二和尚拐带妇人那案么！”柴头说：“不是。我打听的是一个穷和尚。”旁边有一人说：“方才有一个穷和尚，在东门外拦住抬棺材的不叫走，打来着。你们二位上那里去找罢。”柴、杜二人，复反来到东门外一找，还是没有。二人各处酒饭馆找来找去，找到一座小酒馆，把济公找着。柴头说：“好的，你在这里。你半夜里又跑了，这里不错，我们两人没受过这个罪，你趁早说罢。”和尚说：“你们二人不用着急，坐下。”柴头、杜头坐下，和尚叫添酒添菜。二人喝着酒，和尚说：“解手。”由酒馆出来，一直出了西门。正往前走，两旁是河，当中一条小道。由对面来了一匹驴，骑着一个女子，跟着一个男子，长得兔头蛇眼，正是康成同康得元的女儿。原本康成这小子没好心，他打算把他妹子卖几百银子，褥套还有几百银，全是他的，娶个媳妇，岂不是乐事。早起由店里出来，他轰着驴子，钻了小胡同。姑娘问：“爹爹那去了？”康成说：“你走罢，在头里等呢。”姑娘不愿意，在驴上下不来。正走在这股小道，济公早已占算明白。在那里一站，挡着路过不去。康成就说：“和尚，你回去罢。”和尚说：“你回去罢。”康成说：“我们这是驴。”和尚说：“我是人。”康成说：“你没瞧见我们是堂客？”和尚说：“我是官客。”康成说：“我们回不过去。”和尚说：“我拐不过弯来。”康成说：“你这和尚真可恨。”和尚说：“好东西！”用手一指，口念“唵嘛呢叭咪吽”，用定神法将康成定住。和尚又一指驴，姑娘就迷住了。和尚轰驴就往前走。

来到大柳林，和尚一指，驴就站住。华云龙正要杀雷明、陈亮、杨明，和尚说：“好华云龙，你往那走！”华云龙一瞧，拨头就跑，和尚随后就追。此时雷明、陈亮还醒过来，心里明白。陈亮一瞧说：“杨大哥，你怎么了？”杨明说：“华云龙拿毒镖打了我。你们两人为甚么被他打了？”陈亮说：“我因为在临安要出家，济公收我做徒弟，要开水浇头，切菜刀落发。我跑出来，在店里住着，听说华云龙在临安城乌竹庵采花，因奸不允，杀死少妇。又在泰山楼杀死净街太岁秦禄。又在秦相府盗了奇巧玲珑透体白玉镯，十三排嵌宝垂珠凤冠。后来铁腿猿猴王通、野鸡溜子刘昌，破了案被拿，招出华云龙来。有灵隐寺济公，带着两位班头，到千家口去找他。我听见说，到千家口给他送信，碰见雷二哥。我二人同华云龙在小月屯马静的夹壁墙藏着。后来济公要拿他。我二人苦求济公不要拿他。济公给我二人一封信，说华云龙在这龙游县北门内赵家楼采花，叫我二人保护闺门贞洁。果然昨天华云龙同韩秀、恽飞三个人去采花。已然用熏香把人家姑娘熏过去。三个人已进了屋子，被我二人给搅了。今天在这里碰见，说反了，他用毒镖把我两个人打了。"

陈亮说完了话，疼得又昏过去了。杨明一听，说："好华云龙，做这场伤天害理之事，真算我交朋友交着了！"康得元说："杨大爷，你觉怎么样？"杨明说："我不行了。"雷明说："你死不得的。我二人死了到不要紧，上无父母的牵缠，下无妻子的挂碍，死了死了，一死就了，万事皆休。你老人家有白发的娘亲，绿鬓的妻子，未成丁的幼儿。母老妻单子幼，你死了，可怎么办？"这一句话，说得杨明心中一惨。雷明此时也疼得昏过去。

杨明心中如万把钢刀扎心，猛一抬头，见那边树上有一个穷和尚上了吊，手足乱蹬乱刨。杨明一看，说："康老丈，你快去把那上吊的救下。"康得元一看，果然歪脖树上吊一个人。赶紧往前跑。刚来到和尚跟前，和尚跳下来了。到把康老丈唬了一跳。康得元说："和尚你没死呀？"和尚说："我吊的是后脑勺子。我试试难受不难受。要不难受，我才上吊呢。"康得元说："你为甚么上吊？"和尚说："我师父交我五两银子买僧袍僧鞋，我把银子丢了。我不敢回去，怕师父打我，故此上吊。"

康老丈说："为几两银子，何必如此短见？你跟我来。"带着和尚来到杨明跟前。杨明就问："为甚事寻死？"和尚一一告明。杨明说："你为五两银子，何必寻死？我这腰中银幅子有银，你拿几两去。"和尚伸手把杨明银幅子打开，有散碎银子二十多两。和尚一瞧，说："比我的银子还多呢，就是太碎些，有点成色。"杨明一听，说："和尚，你将就用罢。"和尚说："也只得将就些。"拿着银子就走了。康老丈在旁瞧着气就大了，说："这个和尚，真不知事，到像该他的，连一句情理话也不说，真是可气。白给他银子，他还挑成色。"

正说着话，和尚走了几步，又回来说："人是当局者迷。我只顾见了银子，也忘了问你，你为甚么在这里躺着睡了？"杨明说："我是被贼人打了毒镖，活不了了，十二个时辰准死。"和尚说："你要死你死罢，我走了。"说完了就走。走了几步又回来。和尚说："你贵姓？"杨明说："我姓杨。"和尚说："你真要死，我同你商量一件事。"杨明一想："必是和尚听说要死，他不忍把银子都拿了走，他许给我买一口棺材。"想罢说："和尚，你商量甚么？"和尚说："我瞧你这身衣服好，可值几两银子。你死了也是给人剥去了，白便宜人家，莫如你脱下来送给我罢。"杨明一听，气往上撞，说："你这和尚，好不通情理，气死我也！"心中一气，镖伤一疼，就昏过去了。康得元说："你这和尚真太淘气。杨大爷周济你银子，你不说谢，反说这些话。你不是欺负人么？"

正说话间，雷明、陈亮又醒过来。睁眼一瞧，济公在那里站着。两个人挣扎起来磕头，口嚷："圣僧救命！"康得元也不知和尚是谁。和尚过去说："你们两个人怎么了？"陈亮说："华云龙拿毒镖打了我们，师父救命罢。"和尚说："我叫你二人出龙游县交界，你们不听。受了毒镖，我也救不了。你我师徒一场，你们死了，我给你三卷咒罢。"

陈亮说："师父别打哈哈，救命罢！"和尚说："可不定行不行。"掏出药来，给雷明、陈亮每人吃一块。把镖起下了，把药嚼了，上在伤口上。二人展眼之际，复旧如初，好了。来给济公行礼。陈亮说："求师父替我杨大哥治治罢。"和尚又把杨明镖起下来。杨明一疼，苏醒过来。和尚又上了药，又把一块与杨明吃了。杨明也好了。陈亮说："杨大哥，你过来谢谢，这就是灵隐寺的济公长老。"杨明过来行了礼。济公扒在雷明耳边说："你知道为甚么华云龙拿镖打你？"雷明说："不知。"和尚说："有一个坏人，我已拿住，在南边小道站住，你杀他去。"雷明说："我去。"雷明走后，杨明、陈亮还不知道做甚么去呢。

杨明说："康老丈，你过来见见，这个是灵隐寺活佛济公。你求求他老人家，好给你找女儿。"康得元过来叩头，求圣僧慈悲慈悲。和尚说："你不用着急，你女儿在树林外头。"和尚把验法一撤，康得元一瞧，果然女儿骑着驴发愣。康得元说："和尚，给我找找我儿。"和尚说："我派雷明杀他去了。"康得元说："怎么？"和尚说："你问你女儿就知道了。要留着他，他就要害你了。"康得元谢过济公，带着女儿走了。雷明也回来。和尚说："你们跟我拿华云龙去。"

众人跟济公往北走了不远，忽然和尚不见了。再一看，华云龙同着一个人，在那里站着。三位英雄一瞧，气往上冲，伸手拉兵刃要捉拿淫贼。不知后事如何，且看下回分解。

第七十四回　施佛法戏耍豪杰　杨雷陈又遇淫贼

话说济公叫杨明、雷明、陈亮跟着往北走了不远。三位英雄一瞧，济公没有了。再一看，眼前树林子，华云龙同一个人在那里站着。三英雄一瞧，这个人身长一丈，头如麦斗。头上戴皂缎色六瓣壮士巾，身穿皂缎色箭袖袍，腰系丝鸾带。单衬袄，薄底靴子。面似黑锅底，粗眉大眼，直鼻阔口。扛着一条四楞镔铁锏。杨明细细一看，不是别人，就是绛丰县的原籍，姓陆名通。这个人天生的一条大汉，一落生就有三尺长。由小就是太浑。父早丧，母王氏家中也甚寒苦，全仗王老太太做针黹度日。陆通长到一十六岁，人情世故一概不懂。这天王老太太说："儿呀，你也这么大了，肩不能挑担，手不能提篮，一个钱的能为没有。为娘的也老了，你有甚么能为找饭吃？"陆通说："不要紧，我找去。"说着话就出去了。

少时陆通拿回二斤饼来，说："娘呀，吃罢。"老太太一瞧，说："你那里拿来的？"陆通说："方才出去，有一小子拿着饼。我过去打他一个嘴巴，把饼就抢来了。"老太太一听，说："你这孩子，怎么这样浑！国有王法，例有明条。你在街上打抢，叫人家拿着，就了不得了！明天不准抢了。"

陆通本是个浑人，出去抢惯了，不管是谁，瞧见了便抢。人都不敢惹他，他天生来的力气大，再也打他不过。

这天本地有一位吴孝廉，家里是财主，最好行善。开着许多的买卖。见陆通在他铺子门口抢东西，吴孝廉就问："甚么人？好大胆！竟敢白昼打抢。把他揪住，拿片子送到衙门里去治罪！"旁有一位老者是好人，说："吴大爷，你老人家不认得他。他叫陆通，是个浑人。家中孤儿老母，没有养活。这个人虽然太浑，最孝母，抢了东西给他母亲吃。你老人家可以周济他，也是德行。"吴孝廉本是个善人，一听陆通是个孝子，人人可敬，叫陆通过来，说："你姓甚么？"陆通说："我姓陆叫通。"孝廉说："你别抢了。每天到德裕粮店取一吊钱，给你母子度日，好不好？"陆通说："你一天给一吊钱，好小子！"吴孝廉一听，这到不错，施舍一吊钱，落一个好小子，到不错。知道陆通是个浑人，也不怪他。陆通就每天拿一吊钱，买了吃的，先给母亲，剩多剩少，他全吃了，老吃不饱。

这天他吃完了饭，家有一条铁棍拿到山里去游玩。正赶上有二十一家猎户打围，赶下许多的獐猫野鹿。陆通瞧见，他过去拿棍全给打死，拿棍挑起来就走。众猎户赶到，大众说："我们撒下围赶下来的野兽，黑汉你别给拿了走。"陆通说："不许爷爷拿去，你们抢罢，谁抢了去是谁的。"猎户过来跟他动手，不是他的对手。大众无法，不要了。

陆通把野兽挑着一卖，他也不知值多少钱，给钱就卖。把钱拿回家去，有了钱就不上粮店要那一吊钱去。天天到山里去打野兽，众猎户都不敢惹他。大众一商量说："陆通天天搅咱们，咱们跟他商量，每天给他一吊钱，叫他帮咱们打猎，省得他抢我们大家。"这天又碰见陆通，跟他商量，一天给他一吊钱，叫他帮着打野兽，众猎户分。陆通也愿意。一天拿一吊钱到家里，给老母买吃的。

这天他老娘死了，陆通回来，他也不懂。见老娘在炕上躺着。也不说话，陆通就叫："娘呀，吃饭。"街坊过来一瞧，说："你老娘死了！"陆通说："甚么叫死了？"街坊说："死了，就不说话了，不吃东西。你买一口棺材埋了，不然搁两天就臭了。"街坊说完了，陆通过去，把老娘背起来，往外就走。街坊说："你上那去？"陆通说："上棺材铺，瞧那口棺材好，搁里头就得了。"街坊说："你真是个浑人！没有背着死尸满街跑的。你搁下，你去找猎户，叫他们买一口棺材埋了。"陆通答应，到猎户家去。大众问："你做甚么来了？"陆通说："老娘死了，也不说话，也不吃东西了。买一口棺材埋了，要不然，搁两天就臭了。我找你们给买棺材。"大众一想："这倒不错，我们是孝子。"内中就有好人说："这是好事。"遂大家凑着买一口棺材，把他老娘给埋了。

陆通剩自己一个人，仍然帮众人打猎，一天要一吊钱。这二十一家猎户，都不愿意，又不敢不给他。这天内中有一个姓殷的，外号叫殷到底，说："咱们见天给陆通一吊钱，冤不冤？"大众说："没法子。"殷到底说："你们众位每人交给我一吊钱，我能把他发出去。"大众说："你准能办的了，我们二十家，交你二十吊钱。

殷到底允了，大众给了他的钱。这天请陆通吃饭。陆通本是浑人，天日不懂，请吃就吃。殷到底说："陆通，你跟着我们这些猎户在一处，一天一吊钱，你也发不了财。你愿意发财不愿意？"陆通说："怎么发财？"殷到底说："你到常山县去，找南路镖头追云燕子黄云。你把他捶住，跟他要二百银子。就凭你这个脑袋，这个身量，他就得给你，你算是人物字号。"陆通说："对，我这就去。"殷到底说："我给你两吊钱盘费，你拿了去。"陆通本是个浑人，拿了棒锤认针，拿着两吊钱就起身够奔常山县。

来到常山县，他不知道打听人说句谦恭话。过去一把把过路的人揪住，这个人唬得不知道为甚么。陆通说："小子，你告诉我，追云燕子黄云在那里住？"这人说："就在这路北店里。"陆通说："你要冤我，我把你脑袋掰下来。"夹着这个人来到店门首。那人说："把我放开罢，就是这店里。"陆通这才把人家放开。那人瞧陆通这个样，也不敢惹他，自己竟自去了。陆通站在店门口，喊嚷："姓黄的给银子！"

追云燕子黄云正在店里，听外面叫姓黄的给银子，黄云一想："我并不欠人的银子。"自己来到外面一瞧，站着一个大汉，不认识。黄云说："你找谁呀？"陆通说："我找姓黄的。"黄云说："做甚么？"陆通说："要二百银子。"黄云说："该你的？"陆通说："不该。"黄云说："你认识姓黄的么？"陆通说："不认识。"黄云说："你不认识，为甚么找他要银子？"陆通说："姓殷的叫我找姓黄的，要二百银子。说我就长了人物，立了字号，就凭我这个脑袋，这个身量，不给不行。"黄云一听，心中明白，知他是个浑人，必是有人叫他来的。黄云一想："这个人到很雄壮。莫如我把他支到杨明兄处，叫杨明兄长调理他，入在镖行里，到是个膀臂。"想罢，说："你进来。"陆通就跟着来到里面。黄云问："你姓甚么？"陆通说："我姓陆，叫通。你姓甚么？"黄云说："我姓黄。"陆通说："你是黄云？给我二百银子。"黄云说："你别忙，我告诉你一个人，你找他跟他要四百银，你去不去？"陆通说："去。"黄云写了一封信，拿出十两银子说："你到玉山县，去找威镇八方杨明。见了他，和他要四百两银子。"

陆通答应，拿了书信银子出来。他不认得玉山县，要打探人，见了人他一声："呔，站住！"唬得人家就跑。问了好多人，一呔就跑。陆通想出主意，见村头蹲着两个人说话，陆通绕在人家身后头，伸手把那人脖子一捏。陆通说："你小子别跑！"唬得人跑了一个。这个跑不了了，问他："怎么了？"陆通说："我问你上玉山县往那里去？"这人说："往北。"陆通一放手，把那人扔在地下，腿也折了，从此不敢再在外头蹲着。

陆通他这样问道，遇见坏人，明是往北说往南；遇见好人，告诉他正道。走了八天，才到玉山县。好容易遇见好人，告诉他杨明的门口。陆通两天没吃饭，有银子也不知换钱。来到门口，拿铁棍一打门。管家出来开门，问："找谁？"陆通说："你姓杨？"管家说："是。"陆通说："给我四百银子。"管家到里面回禀。

杨明出来一瞧不认识，问："找谁？"陆通说："找姓杨的要四百银子。"杨明一愣，说："你找姓杨的要银子，果该你的？"陆通说："不该。"杨明说："不该，要甚么银子？"陆通说："是保镖姓黄的叫我来的。"连十两银子一封书信，同拿出来，交给杨明，杨明拆书一看，心中这才明白。不知信上写着何话，且看下回分解。

第七十五回　猛汉听言找黄云　义士见信收陆通

话说杨明拆开书信一看，原本是黄云叫杨明把陆通收下，教训教训他，将来可以当镖局子伙计。杨明这才问他贵姓。陆通说："我姓陆，叫陆通。"杨明唤他进来。陆通来到里面，杨明说："你家中有甚么人？"陆通说："家里有老娘。"杨明说："你有老娘，你出来谁替你照应？"陆通说："我老娘死了，不吃东西，也不说话了。拿棺材装上埋了，不然搁两天就臭了。"杨明说："我不问你到好，我一问你到糊涂了。你没吃饭么？"陆通说："两天没吃了。"杨明说："你为甚么有银子不换吃？"陆通说："甚么叫银子，我不知道。"杨明吩咐给预备饭。当时叫厨子一备，陆通这顿饭吃了有三斤米饭，真吃饱了。杨明说："陆通，你就在我这里住着罢。见天我给你饭吃，我收你做兄弟。"陆通说："我也叫你兄弟。"杨明说："不对，你叫我兄长。"陆通说："就是罢。"

杨明把陆通留在家里，天天教给他人情世故。住了有两个多月，还是叫不清楚。陆通是天生来的浑人。

这天老太太知道了，问杨明："外面住着甚么人？我听说你留野人在这住着。"杨明说："到是一个浑浊的人。"老太太说："你带进来我瞧瞧。"杨明来到外面说："贤弟。”陆通也懂了，说：“兄长。”杨明说：“我带你进去见见老娘。”陆通说：“死了，也不说话了。”杨明说：“谁死了？”陆通说：“我老娘死了。”杨明说：“你老娘死了，我老娘没死。”陆通说：“怎么还不死？”杨明说：“胡说！见了老太太，你可规矩些。”

陆通点头，跟着杨明往里走。刚一进上房，杨明说：“你在外间屋子站着等，我到里面回禀老太太一声。”杨明进里间去。陆通抬头一看，正面上是穿衣镜。他没见过，瞧里面一条大汉。陆通一睁眼，镜子里自然也一睁眼。他用手一指，镜子里他的影也向他一指。陆通赶上前一脚，把镜子踢了。杨明说：“怎么了？”陆通说：“跑了。这小子直跟我睁眼。”杨明一瞧，见镜子也碎了，也无法。带陆通进到里面，说：“你见见。”陆通说：“老娘在上，兄弟有礼。”杨明说：“胡说。你见我称兄弟，怎么见老娘也称兄弟？”陆通说：“称甚么？”杨明说：“你说，老娘在上，孩儿有礼。”陆通又说：“老娘在上，孩儿有礼。”杨明说：“对了，你见见你嫂嫂。”陆通说：“嫂嫂在上，孩儿有礼。”杨明说：“又不对了。”陆通说：“怎么？”杨明说：“你见嫂嫂，称呼兄弟。”陆通说：“嫂嫂在上，兄弟有礼。”杨明说：“这是你侄儿侄女。”陆通说：“侄儿侄女在上，兄弟有礼。”杨明一听也笑了，说：“你跟我到外面去罢。”

陆通就在杨明家住着。杨明也不拿他当外人。素常没事，杨明就教他说话。后来杨明见他略明白些，杨明叫他够奔陆杨山去找碗饭吃。陆杨山莲花岛有一位和尚，叫花面如来法洪，也是在长江五省保镖的镖头。杨明给他写了一封信，叫陆通去跟花面如来法洪当伙计。出去跟着保镖，每月挣十几两银子，也都交给杨明。没衣裳跟杨明要，家就算他的家。

陆通在外面保镖有四五年的景况，人送外号叫万里飞来，皆因他是天生两只飞毛腿。今天是保镖回来，要到杨明家去瞧瞧，正走在这里，见华云龙慌慌张张，由对面跑来。原本华云龙是被济公追下来。陆通一瞧，认识华云龙，在杨明家里见过。陆通说：“你小子那去？”华云龙一瞧，说：“陆贤弟，你怎么叫我小子？”陆通说：“我忘了。华二哥你那去？”华云龙说：“我有事。”陆通说：“你同我瞧杨大哥去。”华云龙说：“我不去。”陆通说：“你不去，我把你捆上扛着去。”华云龙一想，知道陆通的脾气，说得出来行得出来。贼人一想，莫如我拿镖打他。又知道陆通跟金凤和尚练的一身金钟罩。华云龙一想，非得拿镖打他的眼睛、或梗嗓、或肚脐。金钟罩这三处练不到。华云龙说：“你瞧，树上有两个脑袋的乌鸦！”陆通扬着目瞧，问：“在那里？”

华云龙正要掏镖打他，只见杨明、雷明、陈亮赶到。雷明一声喊：“好球囊的，你往那走？”华云龙一瞧，撒腿就跑。杨明这才说：“陆通，你干甚么呢？”陆通说：“我瞧两个脑袋的乌鸦。”过来给杨大哥行礼。又见过雷二哥、陈三弟。陆通说：“你们为甚么把华云龙追跑了？”雷明说：“方才华云龙拿毒药镖把我二人连杨大哥都打伤了。”陆通一听，把眼一睁说：“好狗娘养的！镖打雷明、陈亮我到不恼，决不该打我杨大哥。我去找上他，要他的命。”说着话，撒腿就跑。

杨明见陆通追华云龙去，知道他是飞毛腿，这三个人也赶不上，遂说：“雷、陈二位贤弟，你我该找地方住罢，天也不早了。”陈亮说：“这北边就是蓬莱山，咱找孔二哥去罢。”杨明说：“也好，你我见了朋友，千万不必提着华云龙镖打咱们。”陈亮说：“怎么还给他瞒着？”杨明说：“到不是帮他瞒着，恐其朋友错想。不知道的，到许说你我交朋友不好。要好么，怎么朋友会打咱们呢？咱们不必提他。叫他自己行去，大约必有恶贯满盈之时。”说着话，够奔山坡而来。

这山上有一座蓬莱观。有一位老道，叫矮脚真人孔贵。当初这个人，也在玉山县三十六友之内的。他自己看破了绿林没下场头，因此上山出了家。今天杨明、雷明、陈亮三个人忽然想起来，要到蓬莱观瞧瞧孔贵，这才一同顺着山坡上山。来到半山一看，这庙头里有一个牌楼，上有四个字，写的是："蓬莱仙境。"这庙是两层殿，坐北向南，正中山门，两旁角门。三个人来到东角门一拍，由里出了一个道童，把门开了一瞧认识，说："杨大爷、雷叔父、陈叔父，由那里来？"道童赶紧行礼。杨明说："你师父可在庙里？"道童说："在里面。"杨明说："你到里去回禀一声，说我三个人来看望他的。"道童说："是。三位伯父叔父先到里面坐。"杨明同雷明、陈亮进去。小道童把门关好。

这殿中北房是大殿，东西各有配房三间。把三个人请到西配房。一打帘子，三个人进去。见这屋中甚是干净。靠西头一张俏头几，摆着老子道德五千言。头前一张八仙桌。两边有太师椅子。迎面挂着一轴大挑，画的是四仙出洞。两旁有一幅对联，写的是：

怕事忍事不生事，自然无事；平心守心不欺心，何等放心。

三个人落了座。陈亮说："杨大哥，你看这庙里极其清雅，院中栽松种竹，清气飘然。这鹤轩里到很洁净，真是别有一洞天。"说着话，小道童出去烹茶。

只听外面有脚步声音，口念："无量寿佛。"口中又信口说道："寻真误入蓬莱岛，青松不改人自老。采药童子未回来，落花满地无人扫。"只见帘板一起，孔贵由外面进来。这个人是五短的身材，头戴青缎道冠，身穿蓝布道袍，白袜云鞋。面皮微紫，燕尾髭须，浓眉大眼。一进来说："原来是大哥二弟三弟来了，一向可好？由那里来？"雷明说："差一点你我弟兄不能见了。"孔贵说："雷二弟这话从那里说起？"杨明瞧了雷明一眼，陈亮一睁雷明。孔贵说："杨大哥，陈三弟，你我弟兄知己的朋友，有甚么话瞒我呢？"雷明说："杨大哥、老三，不必瞧我，反正我不说华云龙拿镖打咱们。"杨明一听，说："你这是不说！要说该怎么说呢？"

孔贵说："华云龙怎么回事？"杨明咳了一声说："孔二弟，你问陈老三，叫他说说。"陈亮这才把华云龙在临安怎么采花杀人，盗玉镯凤冠，怎么在赵家楼采花，怎么镖伤三友，多亏济公搭救，已往从前之事，细说一遍。孔贵一听，说："好华云龙，真是忘恩负义！我要是头三年的脾气，当时下山，拿刀找他去。当初要不是杨大哥给撒绿林帖，三十六友结拜，谁认得华云龙是谁？"杨明说："孔二弟，不便提了，你我谈别的。"孔贵吩咐童子，捡素菜预备酒。当时童子把里间床桌排好，四个人来到屋中吃酒谈心。正喝着酒，外面童子嚷："了不得了，厨房有了火了。"四个人一听，赶紧奔到后面。一瞧，厨房窗户纸着了，赶紧拿花盆里水扑灭。孔贵要打小道童不留神。杨明说："孔二弟你到别打童子。你闻，有硫磺味。你我是做甚么的，这分明是调虎离山计！你我到外面去。"四个人来到外面西配房。刚才坐下，就听床下"咕咕噜噜"一响，仿佛肚子里肠鸣。杨明说："孔二弟，你养狗那？"孔贵说："没有。"杨明说："我听床底下有肠鸣之声。拿灯来照照。"正说着话，由床下往外一窜，正是华云龙。雷明伸手拉刀。不知贼人由何处而来，且看下回分解。

第七十六回　蓬莱观四英雄谈心　密松林猛豪杰受骗

话说杨明、孔贵、雷明、陈亮四位英雄把火救灭，复反来到前面西配房。听床下有一阵肠鸣之声，刚要拿灯照，只见华云龙由床底下出来。

书中交代，华云龙自从树林逃走，正往前跑，后面猛英雄万里飞来陆通追赶下来，口中叫喊："好华云龙球囊的！你镖打杨大哥，我把你脑袋掰下来！"华云龙回头一看，唬得惊忙失色。知道陆通是两只飞毛腿，贼人料想走不脱，眼看就赶到来，华云龙赶紧上了一个大树。陆通他不会上树，来到这里说："华云龙你下来。我打你一百棍，就饶了你。"华云龙一想，慢说打一百棍，一棍就得死。陆通在下面直嚷："你要不下来，我把树打倒了。"说着话拿棍就打。华云龙一瞧，他拿棍打得这个树直晃，工夫大了，真许打倒了。华云龙贼起贼智，把英雄氅脱下来，说："陆通，你瞧，我要驾云。"把英雄氅往西一扔。陆通本是浑人，拿棍就追过去。华云龙往东跳下来，陆通没瞧见，贼人这才逃脱了。

一看天色已晚，华云龙一想："我够奔蓬莱观，找矮脚真人孔贵。"想罢来到庙外。刚要叫门，自己心中一动："且慢。倘若杨明、雷明、陈亮在这里，可了不的。莫若我暗中哨探哨探。"主意已定，拧身蹿上房去。一见西配房有灯光。华云龙来至切近，暗中一听，正是雷明、陈亮跟孔贵提说这件事。云龙一想："量小非君子，无毒不丈夫。我一不做，二不休。用调虎离山计，将他几个人调出去，我藏在屋中，等他睡了，我全要把他们结果了性命。"

自己这才到后面放一把火，把四个人调出去。贼人来到屋内，藏在床底下，焉想到天不由人，华云龙肚子饿了，"咕噜咕噜"一响，被杨明等听见，要拿灯照。华云龙实在藏不住了，由床底下跳出来，给杨明跪下。雷明一瞧眼就红了，伸手拉刀要结果华云龙性命。杨明赶紧说："雷二弟，不准。只可叫他不仁，你我兄弟不可不义。"华云龙向雷明跪着说："小弟身该万死，我也没脸活着，兄长你把我杀了罢。"杨明哈哈一笑，说："我杀你做甚么。我同你也无冤无仇。你趁此请罢。"雷明又要拉刀。杨明这个人是大德君子，宽宏大度，到解劝雷明不可。叫华云龙起来去罢。华云龙立起身来也不走，无皮无脸说："孔二哥，我饿了，你给我吃的。"孔贵心中有些不悦，也有些不肯，说："酒也没了，菜也完了。你要饿，叫童子来给你华二叔熬点粥。"童子进来说："好呀，我给你磕头。"华云龙赶紧上前拦住。童子说："我再给你磕一个。你再来，可别放火来了。山上没有水，我师父还打我们，说我们不留神。"说得云龙脸上一红一白的。

小童出去，把粥熬好了，端上两碗来。华云龙一瞧，小米粥，热气腾腾。端起来刚要喝，就听外面打门甚急，叫："来开门，来开门！"大众一听，声音像是陆通。华云龙一听，唬得惊魂千里。说："杨大哥你救我救到底。陆通他一瞧见了我，就要把我脑袋揪了去。"杨明说："他是个浑人，一见你也不容我说话，他就跟你动手，叫我怎么救你？你去躲罢。"华云龙说："我在那躲？"杨明说："你方才那儿躲来着，这又问我！"华云龙无法，又往床底下一躲。孔贵吩咐小童出去开门。道童来到外面，开门一看，正是陆通。

书中交代，陆通被华云龙所骗，说要驾云，扔起英雄氅来。陆通追过去一瞧，衣裳掉在地下，里面有一支镖。陆通一瞧华云龙没了，他说："这小子会地遁。"自己站了半天，天色已晚，刚往北一走，只见眼前黑乎乎的三尺多高，也没脑袋也没腿，冲陆通"呜"的一声。陆通一瞧说："这是甚么东西！"拿棍过去，照这个一打。这个东西蹿起来有一丈多高，落在陆通身上。把陆通砸了一个筋斗，唬得陆通心中乱跳。爬起来就往南跑。刚向南一走，眼前一晃。这个东西又呜了一声，又把陆通跌了一个筋斗。陆通也不知道是鬼是魔，是妖怪，唬得又往西跑。西边也有一个三尺多高的，没脑袋没足。陆通掉头往东跑。幸喜东面没有，陆通往前飞跑。自己一想，没处可去。忽想起蓬莱观，这才顺着山坡，来到庙门忙忙的叫开门。

道童一开门，陆通往里就跑，跑进西配房中。杨明众人一瞧，见陆通颜色都改了。杨明说："陆通，你打那来？"陆通说："也不知甚么，三尺多高，也没脑袋也没足，把我唬了。"杨明说："你坐下。我问你，你如见了华云龙怎么样？"陆通说："我见了他，把球囊的脑袋揪下来。"杨明说："不准。久以后当着了，见了华云龙，不准你无礼。"陆通最听杨明的话，自己"哼"了一声说："要不是杨大哥说，我决不饶他。"雷明向床下一指，伸了两个手指。用手一比，是告诉陆通说，华二在床底下，叫他揪出来，把华云龙摔死。雷明把手一比，陆通错想了。瞧桌上有两碗粥，只当是叫他喝粥，喝完了把碗摔了。陆通拿起粥来就吃，吃完了把碗扔在地下给摔了。孔贵一瞧说："这怎么了，要折了？"陆通说："雷明叫我摔。"雷明说："你浑蛋！"杨明说："陆通，不准你打华云龙，听见没有。"陆通说："是了。"华云龙听了明白，这才由床底下钻出来，就给陆通作揖。陆通一瞧说："你小子在这哪！要不是杨大哥不叫，我揪你脑袋，我非得要你的命。"华云龙说："你别跟我一般见识。你把我的粥也喝了。孔二哥，我还是饿，怎么办？"孔贵无奈，又吩咐道童，"再给你华二叔熬点粥来罢。"两个道童就有些不愿意，嘟嘟囔囔地两个人去熬粥，这个把米里搁一把沙土，那个就把咸菜拿尿泡了，说："给他爱吃不吃！"工夫不大，把粥熬熟了，给华云龙端了去。华云龙一闻小菜，打鼻子能香。正是："饿咽糟糠甜似蜜，饱饫烹宰也无香。"华云龙刚要喝，就听外面打门说："借光您哪。华云龙在这没有？"华云龙一听，是济公的声音，唬得惊伤六叶连肝肺，吓坏三毛七孔心。雷明一听，哈哈一笑说："华云龙你这可跑不了了，你别听和尚在前面叫门，你往后跑，他能后面等着。你往东，他在东边截着。往西，他在西边堵着。你不用打算跑。"华云龙说："众位给我讲讲情，我先躲躲。众位给我求求和尚行不行？给众位叩头。"杨明这个人是好人，见华云龙苦苦地哀求，说："你出去躲躲。我们见了济公，给你求情。"瞧华云龙赶紧出去，躲在西配房的北墙极角。陆通说："我没见过和尚，我也躲出去。"杨明这才叫小道童去迎接济公。

书中交代，济公打那来呢？自从白天济公由大柳林拿着杨明的银子，回到酒馆。柴、杜二人等急了，见和尚回来，柴头说："师父出恭，怎么这半天？"和尚把银子掏出来，往桌上一搁。柴头说："这是那来的银子？"和尚说："对你说，工夫大，得等着，有好处。"跑堂一看，心说："这个和尚不老实，必是个贼，偷来的银子。"和尚给了酒饭帐，刚要走，就听众饭座有人说："二哥，你瞧咱们龙游县好几任知县，都是贪官。好容易升来了这位吴老爷，真是两袖清风，爱民如子。没想到南门外头秀才高折桂家花园子闹妖精，请了一位叶半仙捉妖，妖没捉成，把脑袋没了。一无凶手，二无对证。北门外高家钱铺门口，无缘无故一刀之伤，脖颈连筋砍死一个叫刘二混，也没凶手。这两条命案，知县就担不了，就许革了职。"柴头一听，说："师父，你知南门外高家花园子死的这个老道，跟北门高家钱铺门口死的这个是谁杀的？"和尚说："你两个人少说话，少管闲事。岂不知：是非只为多开口，烦恼皆因强出头。不用管人家的事。"柴头碰了个钉子。三个人出了酒馆，柴头说："咱们住店罢。"和尚走过好几座店，都不住。来到德兴杨家老店，和尚进去。伙计说："三位来了。"和尚说："来了，有上房么？"伙计说："上房有一位大师父住着，你住配房罢。"

三个人来到东配房。和尚说："柴头，你猜方才众人说本地那两条命案谁杀的我知道不知道？"柴头说："方才问你，你又不说，我不问你，你又问我。"和尚说："方才是茶馆，莫谈国事。这是店家，到店里就同家里一样，可以讲得。"柴头说："你说说谁杀的？"和尚说："凶手杀的。"柴头说："我知道是凶手。凶手是谁？"和尚说："凶手是杀人的那个。”柴头说：“你这是成心。”和尚用手一指，说：“你瞧，凶手来了。”柴头只听外面一声叫喊，往外一看，不知凶手是谁，且看下回分解。

第七十七回 德兴店班头见凶僧 蓬莱观济公找淫贼

话说济公同柴头、杜头三个人在店中正提说龙游县这两条命案。柴头问：“和尚，知道不知道？”和尚用手望外一指说：“你瞧，凶手来了。”柴头往外一看，听外面一声叫喊：“阿弥陀佛。”由外面进来一个大脱头和尚，身高九尺，头大项短，披散着发，打着一道金箍。面如喷血，粗眉大眼，两只眼朔朔地放光。穿了青僧衣，肋下佩着戒刀。伙计就嚷：“大师父回来了。酒菜都预备齐了。”那和尚说：“也到罢了。”说着话进了北上房。柴头说：“师父你瞧这个和尚，长得甚凶恶。”济公说：“不用管他，咱们要酒要菜。”当时叫伙计要酒要菜。

吃喝完了，济公说：“伙计，你给说一声，告诉住店的，说我们这东配房住着一位大师父，两位在家，别的屋中不准哼哼咳嗽。要吵了和尚，和尚上他们屋里去嗽一夜。”伙计说：“我不管这个事。”济公说：“我不叫你白说，我给你一块银子。”掏出一块银子，有二两多重。伙计一瞧，说：“和尚你真把银子给我，我就说。”和尚说：“给你，我和尚有钱，就爱这么花。”伙计接过银子去就嚷：“众位住店的听真，我们这东配房住着一位和尚，两位在家人。和尚说，不叫别的屋里哼哼咳嗽，谁要一咳嗽，和尚上谁屋里去咳嗽一夜。”济公说：“伙计，你回来。你说，住店客人睡觉老实点来睡去。要往一个屋里凑合，我和尚知道，也上他们屋里凑着睡去。”伙计说：“这话我可不敢说，我怕人家打我。”济公说：“你要说，我再给你一块银子。”伙计说：“你给我银子我就说。”柴头说：“师父，你这是有银子折受的。”和尚说：“我愿意折受。”又给了伙计一块银子。伙计又给照样说了一遍。旁边屋里住店的一听，赶紧叫伙计给挪屋子。伙计说：“做甚么？”住店的这个人说：“我是痨病，爱咳嗽，我趁早躲开些儿好。”伙计说：“不要紧，你睡你的，我为得几两银子。这个和尚是半疯，不用管他。”说着话，伙计到前面去。济公同柴头、杜头也张罗睡觉。和尚说：“你们两人头朝里，足要向外。”柴头说：“我们头向外。”和尚说：“我头向里。”柴头说：“我们头向里。”和尚说：“我头向外，我怕闻你的臭脚味。”柴头说：“我也头向外，好不好？”

柴头、杜头枕着包裹，和尚头枕着茶壶。睡到有二更天，和尚把茶壶也弄碎了，弄了一炕的茶。和尚就喊：“了不得了，杀了人了！快救人那！”唬得掌柜的、伙计全行起来。伙计跑过来一瞧说：“怎么了，和尚？”和尚说：“我要出恭。”伙计说：“你要出恭，你嚷杀人，唬我们！”和尚说：“我要不这么说，你们就起来了。我叫你起来，跟我出恭去。”伙计说：“你出恭有茅房，我凭甚么跟你去。”和尚说：“你给我打着灯笼，跟我去出恭。不叫你白跟着，我给你五两银子。”伙计说：“真的？”和尚说：“我不说瞎话。”伙计就把灯点着，跟了和尚奔茅房。和尚说：“你就在茅房外头立着，把灯笼举高的，不许探头探脑往里瞧。你要一瞧，五两银子我就不给。”伙计说：“就是罢。”

和尚进了茅房，一使验法，跳墙出去，直奔蓬莱观。走到树林，见陆通正拿棍打华云龙的英雄氅。和尚用僧袍把脑袋一蒙，向陆通鸣了一声，把陆通跌了一个筋斗。三面截着，叫陆通往来奔了蓬莱观。罗汉爷后面跟着，来到蓬莱观门首。等陆通进去，里面乱完了，和尚这才一拍门，说："借光，华云龙在这里没有？"唬得华云龙央求众人给讲情，他同陆通躲在院内。

杨明叫道童掌灯光，众人迎接出来。一开门，众人过来行礼。和尚哈哈一笑说："你们都在这那。"杨明说："是，师父打那来？"济公说："我由龙游县来。"杨明说："师父请里面坐。"和尚点头，进了庙门。小道童把门关好。众人围着进来到西配房。和尚一瞧，床桌上有酒有菜，就在靠北墙椅子上面向南坐下。杨明说："师父喝酒罢。"斟了一盅酒递给济公。孔贵就在和尚对面椅子上坐下。他本是矮子，上椅子得往上蹿。和尚一抬头，说："这位道友贵姓呀？"孔贵赶紧跳下来说："弟子姓孔叫孔贵，人送小号矮脚真人。"和尚说："坐下坐下，不要拘束。"孔贵刚跳上椅子坐下，和尚说："道友，你出家有多少年了？"孔贵又跳下说："弟子是半路上出家的，有七八年了。"和尚说："坐下说话。"孔贵又跳上椅子坐下。和尚说："庙里有几位令徒？"孔贵又跳下来说："四个童子。"和尚说："别拘束，坐下坐下。"陈亮一瞧也乐了，说："孔二弟，你坐着说罢。你不知道师父的脾气，最好耍笑。瞧你身材矮，跳上去跳下来，这是成心溜你作玩。"济公哈哈一笑说："好陈亮，我正要瞧海里蹦，你给说破了。"孔贵说："师父，你我自己爷们，别瞧海里蹦呀，师父喝酒罢。"

这个时节，外面华云龙直央求陆通，给陆通叩头说："陆贤弟，你把英雄氅给我罢。"陆通本是肉眼佛心人，见华云龙一磕头，他就把英雄氅给了他。华云龙说："陆贤弟你蹲下来，我踩着你的肩头，趴窗户。我瞧瞧这个颠和尚甚么样。"陆通说："你瞧瞧就下来。不然，我摔你球囊的。"华云龙说："就是。"踩了陆通的肩膀。贼人一趴北山墙的窗户，往里一瞧，见和尚面向南坐着。华云龙一想："我叫他明枪容易躲，暗箭最难防。我一镖把他打死，省得他拿我。"想罢掏出镖来，照定和尚后脑海一镖。和尚一闪身，这镖正打在孔贵的椅子上，唬得孔贵跳下椅子说："无量佛，无量佛！"和尚说："呦，好东西，你要谋害亲和尚。陆通，你把他腿攒住。别叫他跑了。"陆通在外面就答应喊嚷："攒住了！"和尚站起来，往外就要走。孔贵赶紧拦住说："师父，你老人家要拿他，那里都拿不了，何必在我这庙里拿他。这要送当官，在我庙里拿的，连我得跟着打官司，我就跟他是一党。师父慈悲慈悲罢。"杨明也说："师父，你老人家今天看在我等的面上饶了他。孔贵已然是出家有好几年了，别叫他受了连累。师父慈悲慈悲罢。"和尚说："也罢。既是你等大众给华云龙讲情，我看在你等面上，今天我不拿他。陆通呀，"陆通在外面就答应。和尚说："你攒着华云龙的腿，把他隔墙扔出去。外面是山涧，把他摔到外面，滚下山涧喂了狼罢。"陆通本是个浑人，说甚么听甚么。他就攒着华云龙的腿，隔着庙里往外一扔。也不知华云龙摔死没摔死，暂且不表。

陆通把贼人扔出去，他这才来到西配房屋中。睁睛一瞧，见和尚一脸的泥，头发有二寸多长。破僧衣，短袖缺领。腰系绒绦，疙里疙瘩。光着两只脚，穿着两只草鞋。猛英雄上下直打量和尚。杨明说："陆通，你还不给师父行礼。"陆通说："这不像师父！"济公说："好东西，你说不像师父，你瞧我样儿不好。"当时把僧袍往脑袋上一蒙，冲他喊了一声，唬得陆通往外就跑。杨明说："怎么了？"陆通说："好厉害，好厉害。"杨明说："你进来，快给师父叩头罢。"陆通这才跪向济公行礼。济公说："你怕不怕？"陆通说："怕了，师父别鸣了。"杨明说："师父喝酒罢。"济公喝了一杯酒，咳了一声。杨明就问："师父怎么了？"和尚说："我瞧着你五个人脸上气色不好，必有大凶大险。不出一个月之内，你五个人有性命之忧。"杨明众人一听，大吃一惊。知道济公说话必应，赶紧说："师父，你老人家得救我们！"和尚说："你们要听我和尚的良言相劝，这一个月之内，你五个人别出蓬莱观，可以趋吉避凶。要不听我的话，一个月之内要出了蓬莱观，有性命之忧，我可不救了。你们可别说我和尚心狠。”杨明、孔贵说：“就是。我们一个月不出去，谨遵师父之命。师父在这里可以住几天再走。和尚说：“我还有事情，少时就走。”大众说着话，天色大亮。和尚说：“我要走了。我嘱咐你们的话，可要记住了。”大众点头，送济公奔外面。和尚直到庙门，又谆谆嘱咐一遍，和尚这才顺山坡下山。

刚一进城，来到十字街，只见由对面来了许多的官兵。有几位班头锁着两个人，正是柴元禄、杜振英。和尚按灵光一算，早已明白。不知柴、杜二位班头因何被人锁住，且看下回分解。

第七十八回　丢公文柴杜被捉　说假话圣僧投案

话说济公刚走到十字街，见许多的官兵衙役锁着柴元禄、杜振英。书中交代，一支笔难写两件事。怎么柴、杜二位班头会被人锁上呢？这其中有一段隐情。和尚由店里起来说出恭，柴、杜二人在屋中等候。工夫大了，不见和尚出恭回来。柴头可就说：“杜贤弟，你瞧和尚真是半疯。把茶壶也弄碎了，洒了一炕的茶，把包裹也沾湿了。”杜振英说：“打开包袱瞧瞧罢，许海捕公文也湿了。”二人把包袱打开一看，果然文书湿了一个尖角。虽有油纸包着，日子多了，油纸磨破了，故此印进水去。二人把文书拿出来了，放在炕上。又等了半天，和尚还不进来。柴头说：“咱们瞧瞧去，和尚又许出了岔了。”二人出了东配房。来到茅楼一瞧，见伙计拿着灯笼在茅房外头站着发愣。柴头说：“我们那位和尚出恭，还没出完呢？”伙计也等急了，探头往里一瞧，和尚踪迹不见。伙计说：“怪呀，怎么会没有了？”柴头说：“怎么啦？”伙计说：“我瞧着和尚进了茅楼，怎么会没有了？”柴头说：“是不是和尚走了不是？”杜振英说：“真是被你猜着了。”

说着话，二人转身往回走。只见由东配房他们住的屋里出来一个人，穿着一身夜行衣，拧身上房。柴头、杜头一愣，这个时节要追也追的上。柴头说：“快到屋里瞧瞧丢了东西没有。”二人赶紧来到屋中一看，办华云龙的海捕公文没有了，柴头就嚷起来。伙计过来问：“甚么事？”柴头说：“我们丢了东西。”伙计说：“这到不错。你们来了三个人，剩了两个。反说丢了东西，打算讹我们可不成？你打听打听我们这店里，开了不是一年半年，都要这样讹起来，我们的买卖就不用做了。”柴头是真急了，伙计一吵闹，掌柜的也过来。

这个店的东家，原本是龙游县的三班总头杨国栋，在本地很是人物，无人不知。今天掌柜的过来一问，伙计说：“他们来了三个人。有一个和尚，也不知那去了。他们两个人还说丢了东西。”掌柜的一听说：“好，这必是和尚把东西拿了走，他们活局子讹咱们。伙计，你问问住店的众位客人去，丢东西没丢？要丢了东西，跟他们两个人要！”伙计就嚷：“众位住店的客人，瞧瞧屋里丢东西没有？要丢了，趁早说。”各屋里全点上灯。伙计按着屋子问，里面都答话说没丢甚么。问来问去，问到上房屋里，没人答话。伙计说：“上房的大师父丢东西没有？”连问了数声，屋里并不答言。伙计一推门，门浮掩着。伙计进去一瞧，里间屋子有灯光。伙计刚一掀帘子，“呦”了一声，吓得掉头往外就跑。掌柜和众伙友一瞧，这个伙计颜色都变了。大众就问：“怎么了？”这个伙计连话都说不出来。缓了半天，说：“我的妈，吓死我了！”大众来到上房一看，见那个脱头和尚的大脑袋掉在地下，死尸坐在椅子上，半倚半靠。掌柜的一瞧说：“别叫东配房那两个人走了！这必是他们一同来的那个穷和尚，把这个脱头和尚杀了跑了。”

大众一想，这话对，赶紧来到东配房，就把柴元禄、杜振英堵住。掌柜的说：“穷和尚杀了人跑了，你两人必知道。人命关天，我担不了，咱们是一场官司。”柴元禄、杜振英实不知情，那能应答。大众一吵嚷，下夜的官兵来了，一瞧，问：“甚么事？”掌柜的说：“众位别叫这两个人走了。”当时叫地保给县里送信。少时，该班的头役也都来了，刘头说：“你们二位，打官司去罢。”哗拉一抖铁链，把柴元禄、杜振英锁上。柴头说：“众位班头锁我们，应为甚么？”刘头说：“你们二位不必分说。有甚么话到堂上说去。”柴元禄、杜振英把文书丢了，本来着急。这又出来人命案，心中暗恨和尚。天光亮了，众官兵衙役拉着柴元禄、杜振英够奔龙游县去过堂。

出了杨家店，刚走到十字街，济公由对面来了。和尚一瞧说：“好的，你们这两个人，到底是晕天亮清字，把花把的瓢摘了。摘了，不急付流扯活，可叫翅子窑的鹦爪孙把你们两人浮住，这还得叫我跟着打官司。”柴头、杜头一听和尚这话，把眼都气直了。

书中交代，和尚说的这是甚么话？这原本是江湖黑话。晕天，就是夜里，亮清字把花把的瓢摘了，是拿刀把和尚杀了。不急付流扯活、叫翅子窑的鹦爪孙浮住，说是不跑被官人拿住。柴头一听，说：“好和尚，谁教给你这些话？”和尚说：“不是你们两人教给我的吗？”官人一听说：“大师父是好朋友，全说了。官司你打了罢。”和尚说：“打了。好朋友做好朋友当。”小伙计散役过来，一抖铁链，把和尚锁上，拉着就走。这个散役说：“和尚真是好朋友。”和尚说：“那是，冲这一手，喝你个酒多不多？”这个散役本是新当差的，一听和尚要喝酒，他说：“你走罢。你别觉着够瞧的了，你喝我个酒，你真是得了屋子想炕。”和尚说：“你这东西，给脸不要脸。我和尚冲你官司不打了！”说着话，和尚一抖铁链上了房。刘头一瞧，过来打了伙计一个嘴巴，说：“你这是把差事挤走了，你担得了？”小伙计也不敢言语。刘头说：“大师父请出来。喝酒我请。”和尚说：“我冲你官司不打了。”说着话，和尚蹿下来，说：“刘头贵姓呀？”刘头说：“大师父这是成心。叫我刘头，又问我贵姓。”和尚说：“你请我那喝？”刘头说：“龙游县衙门对过，有一座大酒饭馆，甚么都有我赊的出来。你想吃甚么要甚么，我决不吝惜。我那里有帐，现钱我可没有。”和尚说：“就是罢。”

说了话来到龙游县衙门对过。一瞧，路南的酒馆字号是“三义居”。和尚同众人进了酒店，来到后堂落座。刘头说：“和尚，你是好朋友，不能叫我们费事。你回头把案全说了罢。”和尚说：“全说，一点不留。”刘头说：“南门外头那案是你罢？”和尚说：“是我。”刘头说：“北门外高家钱铺门口那案也是你罢？”和尚说：“是我。有甚么话，吃完了再说。”刘头说：“也好。回头吃完了饭，到班房，你把案一说，一写单子递上去，就得了。”和尚说：“先吃。伙计过来！”柴头、杜头知道和尚这是没安好心，要吃人家。伙计过来问：“大师父吃甚么？”和尚说：“你们有甚么？”伙计说：“应时小卖，午用果酌，大碟小碟，中碟烧烤白煮、煎炒烹炸、南北碗菜，上等高摆海味席，一应俱全。”和尚说：“你给我来一桌上等高摆海味席，五斤陈绍。”伙计答应，当时擦抹桌案。小菜步碟摆好，酒烫热了，干鲜果品、冷荤热炒，摆了一桌子。和尚说：“柴头、杜头，你们两个人不吃，瞧我吃。”和尚又吃又喝。

刘头一瞧,心说:“和尚这是想开了。这几条人命,反正一定案,就得当时立斩之罪。”见和尚吃了个酒足饭饱。叫伙计一算帐,共合十两四钱。刘头说:“写我的帐。”这才带领和尚与柴、杜二人,一同来到衙门班房。刘头说:“和尚你说吧,南门外秀才高折桂的花园,请了老道叶秋霜捉妖,在法台上,老道的脑袋没了,是怎么一段事?”和尚说:“我不知道。”刘头说:“你这就不对了。方才你说南门外的案是你,你怎么又不认了?”和尚说:“我说的是南门外我偷过一个小鸡子,人命案我可不做过,我没有那么大胆子。”刘头说:“北门外高家铺门口,无缘无故一刀之伤,脖颈连筋,那条命案是你呀?”和尚说:“不是。我在北门外,那一天在高家钱铺门口,捡了一个大狸花猫。我偷了走,别的我不知道。”刘头说:“你这可是不对,我没问你偷鸡偷猫的案。东门外杨家店杀死脱头和尚,这总是你了?”和尚说:“那我更不知道了。”刘头说:“你这时不说,回头等老爷一升堂,用刑一拷,三推六问,你也得招认!那就晚了。”和尚说:“我真不知道。那也无法。”

众班头赌气,也不问了。有人进去回禀老爷,老爷当时传壮皂快三班立刻升堂,吩咐带和尚。不知济公上堂该当如何,且看下回分解。

第七十九回 龙游县日办三案 二龙居耍笑凶徒

话说济公来到衙门,工夫不大,老爷升堂,吩咐带和尚。济公来到大堂一站,见这位老爷五官端正,一表非俗。老爷往下面一瞧说:“你这僧人,见了本县为何不跪?”济公说:“老爷为官,官宦自有官宦贵,僧家也有僧家尊,我又不犯国法王章,这里又没有佛祖,我跪的是那个!”老爷一听说:“你这僧人叫甚么?在那里庙里出家?”和尚说:“老爷要问,我乃是灵隐寺济颠和尚。老爷可知道济公的名头高大?闻其名,未见其面。”老爷一想:“济公乃是秦相的替僧,焉能这个样子?”心中有些不信。老爷说:“你是济颠,东门外杨家店内脱头和尚被杀,你必知情?”和尚说:“我一概不知。”老爷说:“你既是灵隐寺的济颠,来此何干?”和尚说:“老爷要问,我是奉秦相谕,带着临安两个班头出来办案,捉拿临安盗玉镯凤冠的贼人华云龙。”老爷吩咐:“把两个班头带上来。”原办立刻把柴、杜二人带上公堂。

柴元禄说:“老爷在上,下役柴元禄给老爷请安。”杜振英也给老爷行礼。老爷问说:“你两个人是临安的班头?”柴元禄说:“是,下役在临安太守衙门当捕快。”老爷说:“既是你们出来办案,可有海捕公文?拿来我看。”济公说:“老爷要问公文,是昨天晚上在店里丢的。”老爷一听这话,勃然大怒,说:“没这么巧事。大概我抄手问事,万不肯应。先把和尚给我拉下去重打四十大板,打完了再问。”旁边皂班一声答应,过来就把和尚拉下堂去。和尚就嚷:“我要挨打了。”连嚷了两声,皂班说:“和尚你嚷也不行,快趴下,叫我们费事。”

正在这般光景,只听外面一声叫嚷:“千万别打,我来了!”说着话由外面跑进一个人来,直奔公堂之上,道:“老爷千万别打和尚。下役尹士雄,我认得这是灵隐寺济公。”知县说:“尹士雄你怎么认得?”尹士雄说:“当初救徐治平徐大老爷,我在秦相府阁天楼盗五雷八卦天师符,我见过济公一次。老爷打不的!”

书中交代，尹士雄怎么会在这衙门当官人呢？只因前者在临安秦相府盗五雷八卦天师符之后，搭救了徐治平。后来徐治平连登科甲，榜下即用知县。尹士雄去找徐治平，要跟徐治平去当差役。徐治平说："你是我救命的恩人，你跟我当差，我坐着叫你站着，我居心不安。要叫你坐着，又不成规矩。说我给你荐举一个地方去当差罢。"就把尹士雄荐在龙游县。吴大老爷跟徐治平乃是同窗知己的朋友，也不能错待了尹士雄，就留下他叫他当八班的班总。今天尹士雄正在外面班房坐着，听说要打济颠和尚，尹士雄一想："要是济颠和尚，我认识，我去瞧瞧去。"故此这才来到公堂，一看，果然是济公，尹士雄赶紧回禀老爷。

老爷听说忙下了坐位，上前说："圣僧千万不可见怪，弟子是一时的懵懂。今请圣僧上坐。"和尚说："老爷说那里话来，不知不作罪。"知县忙忙赔礼，说："弟子久闻圣僧大名，善晓过去未来之事，佛法无边。现在弟子这龙游县出了三条命案，都是一无凶手，二无对证。求圣僧你老人家给占算占算罢。"济公说："不用占算。老爷把文房四宝拿来，我和尚给你写出来好不好？"老爷一听，赶紧吩咐取过纸笔墨砚，交与济公。济公背着人，在袖口里写好封好。和尚说："老爷，你把我这张字柬带好。等着回头你到东门外杨家店验完了尸回来，那时轿子一落平，你打开我这张字柬瞧。这三条命案，我都给你写明白。可别早打开，如早打开，可不灵了。"

知县吴老爷点头，接过字柬一看，上面画一个酒坛子，钉着七个锯子，这是和尚的花样。老爷把字柬收好，和尚说："老爷，你派你的两位班头杨国栋、尹士雄跟我和尚办案去，叫我这两个班头暂在衙门歇歇。"知县答应，叫杨国栋、尹士雄跟圣僧去办案。两位班头答应，跟着和尚下堂，一同出了衙门。尹士雄说："圣僧一向可好？"和尚说："好。没有病。"尹士雄说："杨大哥，我听说嫂嫂不是病着么？"杨国栋说："不错。"尹士雄说："大哥你给济公叩头，求求他老人家。真称得是妙药仙丹，手到病除。无论甚么病，都能治得好。"杨国栋一听，立刻给和尚行礼，说："圣僧慈悲慈悲罢，给我点妙药灵丹。"济公说："到不忙。丹药也有，咱们先办案去要紧。"尹士雄说："师父上那去办案？"和尚说："上五里碑。"这两个人一瞧，和尚往前走三步，往后退两步。尹士雄说："圣僧你这么走，甚么时候走得到呢？快点走呀。"和尚说："我要快走，你两个人跟得上么？"杨国栋说："跟得上。"和尚迈步踢他踢他就走，电转星飞。这两人随后就追，展眼之际，再瞧和尚没了影子。这两个人一想，快追罢，反正五里碑见。

两个人一追，焉想到和尚藏在小胡同里。等这两个人追过去，和尚由小胡同出来，慢慢往前走。走了不远，见路西里有一座酒馆。掌柜的姓孙，正拿笔写花帐呢，没安着好心，有好照顾主才写花帐。到节下一算帐，说多少是多少。多写两笔，人家也不查细帐。掌柜的翻着帐，拿着笔正要往下写，和尚迈步进去说："辛苦，掌柜的姓孙吗？"掌柜的说："我姓孙，甚么事？"和尚说："你跟龙游县的三班班总杨国栋是拜弟兄是不是？"掌柜说："不错。"和尚说："杨国栋的媳妇死了，你知道不知道？"掌柜的一听，呦了一声，一着急，笔往下一落，把帐上画了一道黑圈。自己一瞧，没写成花帐，满把帐都钩了。掌柜的说："和尚你怎么知道？"和尚说："今天早起，杨头到我的庙里去，讲接三焰口。他说五个和尚接三，七个和尚放焰口，搭鬼面坐。我说七个人接三，十一个人放焰口，搭天花座。临完了唱一出四郎探母，代打脸挂胡子。"掌柜的一听，说："你们庙里焰口真热闹。"和尚说："热闹。杨头告诉我说，叫我顺便来给个信，故此我才来送信。"掌柜说："大师父劳驾。里面坐，喝碗茶，吃盅酒罢。"和尚说："赶情好，我正想喝酒。"掌柜的立刻叫伙计拿了两壶酒和尚喝，掌柜的说："我跟杨头换帖，我不能不去。回头先到饽饽铺定一桌饽饽，记我的帐。"那个伙计说："素日杨头跟咱们都不错。咱们大家送个公礼，到布铺撕八尺蓝呢，叫刻字铺做四个金字，要‘驾返瑶池’。”大众说：“就是罢。”和尚喝完了酒，说：“我走了。”大众还说：“劳驾。”

和尚无故给人家报丧，诓了两壶酒吃。出了酒店慢慢往前走，来到十字街。和尚抬头一看，见路南有一座酒饭店，字号是“德隆居”。刀砧乱响，过卖传菜，里面酒饭座挤不动，偏要挤着。对过路北也有一座酒饭馆，字号“二龙居”，里面一个饭座没有。掌柜的坐在店内冲盹，跑堂的坐着发愁，灶上空敲擀面杖。和尚迈步进了二龙居。和尚说：“伙计，你这屋里怎么这样清净？”伙计说：“大师父别提了。先前有老掌柜的在日，这屋里的买卖，龙游县是要算头一家，谁不知二龙居？现在我们老掌柜的去了世。我们少掌柜的，可就差得多。真是买卖在人做。他一接手，买卖就不好。又偏巧我们这屋里的伙计出去，在对过开了一座德隆居。虽然说船多不碍江，到了挤得慌，人家那屋里一天比一天好，我们一天不如一天。昨天卖了八百多钱，大家吃了，今天还没开张。我是这屋里的徒弟。我打算赌口气，多买点条货，跟对过比着卖。他卖一百二的菜，我卖一百。无奈我有心没力。”和尚哈哈一笑，说：“你愿意多卖钱不愿意？”伙计说：“怎么不愿意？”和尚说：“你既愿意，我有主意。”

罗汉这才施佛法，大展神通，要在二龙居招酒座，捉拿凶手。不知后事如何，且看下回分解。

第八十回　听闲言一怒打和尚　验尸厂凶犯吐实情

话说济公来到二龙居，听伙计一说，和尚说：“你愿意卖钱不愿意？”伙计说：“我愿意多卖钱。你瞧没有多少条货，就有几斤肉，还有个十几斤面，有一只小鸡子，酒也不多。就是有座没东西，怎么多卖钱？”和尚说：“不要紧。有水没有？”伙计说：“后头有井。”和尚说：“有水就得有酒。你就打水当酒卖，我准保没人挑眼。我能叫你当时卖一百吊钱。你叫掌柜的摇摇算盘，叫灶上小勺敲大勺。我要两壶酒，你就唱白干两壶，叫他们嚷卖，回头就有座。做饭馆子的买卖，是得热闹才好。”伙计也是穷急了，就依着和尚主意，告诉掌柜的摇算盘，灶上就敲勺，摔擀面杖。和尚说：“来两壶酒。”伙计喊嚷：“白干两壶。”堂柜的、众人全都答应，喊嚷卖呀。

伙计刚把酒给和尚拿过来，外面进来了酒客。伙计一瞧，认得是对过杂粮店的陈掌柜。素常这位陈掌柜最恼喝酒的人。他屋里的伙计，要一喝酒，叫他知道就不要了。今天他自己刚吃完饭，在门口漱口，心里一迷，进了二龙居说：“来两壶酒。”伙计知道陈掌柜素不吃酒，就问他道：“陈掌柜，今天怎么也要喝酒？”陈掌柜把眼一瞪，说：“我要喝，你管我么！”伙计碰了个钉子，给他拿了两壶酒过来。陈掌柜心里一明白，自己一想：“我刚吃完饭，我又不喝酒，怎么心里一糊涂就要吃酒呢？”自己一想：“既然要了，我到尝尝酒是甚么味。”他不喝酒的人，今天也喝上了。

这个时节，又进来一个酒客，两眼发直，手里端着一个碗，买了三个钱的韭菜花，一个钱的香油。他是吃的半截饭出来买东西，走到二龙居门口，心里一迷，进来坐下说：“来两壶酒。”伙计答应，把酒拿过来。这个人忽然明白了，自己一想：“我家里的饭没吃完，怎么我进来要酒呢？”自己正发愣，外面又进来一个人，也端着一个碗，里面有两块豆腐。原本家里等着做菜叫他买豆腐。走到酒店门口，自己不由的进来了，坐下就要酒。伙计把酒拿过来，这才明白了，家里等做菜，叫我买豆腐。自己说："干甚么进来要两壶酒吃呢？"这个说："我有韭菜花，你把豆腐搁在里拌着，咱们两个喝罢。我也没打算成心来喝酒。"这两人也喝上了。三五成群，直往里走。忽见外面进来一人，手里拿着五包菜，进来坐下，自言自语说："老二说给你一包。老三一包。老四一包。老五一包。伙计，来十壶酒，先来六个菜。你们哥四个，想甚么要甚么。"伙计一瞧。见他一人好像跟几个人说话，也不知怎么回事。

书中交代，这个人原本是拜兄弟五个，他行大。请四位兄弟吃饭，定的是德隆居。那四个人进了德隆居。他一迷糊，仿佛瞧见那四个人都在这里坐着，把酒菜要了。伙计给端了来，他这明白了，自己一想："这是二龙居。"已然把菜要了，也无法了。即到德隆居一瞧，那四个人等着他，还没要菜。他把四个人叫过来。少时，酒座就满了。伙计也忙不过来了。人一多，酒都打完了。伙计一想，没酒打凉水。当时到后面打了一桶凉水，倒在酒坛子里。拿酒壶灌了，就给酒座拿过两壶去。刚给拿过去，那位酒座就叫："伙计过来。"伙计一想："了不得了，必是给凉水，不答应了。"伙计赶紧过来说："大爷甚么事？"这位酒坐说："你们这酒怎么改了？"伙计说："许是打错了。"这位酒坐说："这个酒比先前的好，好得多。要老卖这个酒，我就见天来吃。"伙计一想："真怪！怎么给他凉水，他反说好呢？"心中甚是纳闷，屋中酒客，随来随走，拥挤不动。

只见由外面又进来两个人。头里这人是青白脸膛，两道短眉毛，一双三角眼，鹰鼻子，俏下颏，两腮无肉，穿着一身青，歪戴着帽子，肩披着大氅。后面跟定一人，也是兔头蛇眼，龟背蛇腰。这两个人一进来，众酒客全嚷："三爷四爷，这边喝罢。"这两个人流水腰一咧嘴说："众位别嚷。"透着酸狂美大，外带自足的样子，进来就在和尚后面一张桌子坐下。伙计一瞧，是这两个人，就一皱眉，知道这两个人素常净讲究嘴上抹石灰白吃。伙计无奈，过去擦抹桌案说："二位要甚么酒菜？"这两个人要了两壶酒、两个菜、喝上了。

和尚一回头说："二位才来呀。"这二人没听见，众酒客皆都知道和尚是让他们两个人。和尚又说："二位才来。"这两个人又没听见。和尚连让了三回，这两个人都没听见，也没答话。和尚把桌子一拍说："我和尚让好朋友，不理我还罢了。就凭你们两个忘八，也在这里充好朋友不理我。我和尚二十顷稻田地、两座庙，都花在你们媳妇身上，把你们养活大了。这回不理我，充好朋友。"这两个人也不知道和尚是骂谁，也不能答话。众酒饭客可都知道和尚是骂这两个人。众人心说："敢情这两个人是忘八，不是好朋友。"都拿眼瞧着这两个人。

和尚直骂，这两个人说："我问问他骂谁呢。"说着话，就站起来。那个说："老四，你坐下。和尚说二十顷稻田地、两座庙都花了，花在你家里。你去问他是吗？"这个说："别胡说，那时花在你家里！"这个说："你既不认得，你何必去问他？"说着话这个又坐下了。和尚说："我骂的是你两个人，站起来又坐着，怎么样！"两个一听这话，真急了，站起来说："和尚你骂谁呢？"和尚说："我二十顷稻田地、两座庙都花在你们家里，你二人媳妇身上。今天叫我做衣裳，明天叫我打镯子。你们两人见我穷了，不理我了。"这两个人一听这话，气得颜色更改，说："好和尚，你认得我们两个人是谁？只要你说出我二人的名姓来，就算你把二十顷稻田地花在我们女人身上了。"和尚一听，说："你叫抓天鹞鹰张福，行三。你家里就是两口人，你媳妇是白脸膛，今年二十五岁。你叫过街老鼠李禄，行四。你家里也是小两口，你媳妇是黑黄脸膛。我花了许多钱，我还不知道？连你们家里有几床被，我都知道。"这两个人一听，真急了，就要跟和尚动手。和尚说:“要打,咱们外头街上打去,别连累人家的买卖。”

说着话,张福、李禄同和尚三个人出了酒店。张福、李禄就要揪和尚。和尚围着这两个人绕弯,拧一把,掐一把。这两个人老揪不住和尚,张福实急了,抡拳照着和尚脑袋就是一拳,正打在后脑袋上。直仿佛打在豆腐上,“扑吃”一下,拳头打在脑袋里去,立刻花红脑浆崩流。和尚说:“你可打死我了。”翻身栽倒,蹬蹬腿,咧咧嘴,和尚绝气身亡。张福大吃一惊,心说:“好糟脑袋!我一拳就会打碎了。”本地面官人过来说:“好,你们打死了人。”张福说:“是李禄打死的。”李禄说:“是张福打死的。”官人说:“你们二人不用争论,到衙门再说去罢。”哗楞一抖铁链,把两个人锁上。刚要带着走,就见由正东上鸣锣开道。说:“闲人躲开,县太爷轿子来了。”

书中交代,知县是坐着轿子,到东门外杨家店去验尸。带着刑房仵作,来到杨家店。仵作找本地面官人,给预备五十斤酒,洗洗手。要一领新席,一个新锅。地方姓干,叫干出身,赶紧跑来说:“众位头儿闭闭眼罢。验完了,我必有个面子。”仵作说:“就是。你给预备半斤酒我们洗洗手。”当时一验,仵作一报说:“皮吞肉卷,生前致命。一刀之伤,并无二处。”先生写了尸格。老爷把店里掌柜的叫过来一问:“这个和尚被谁杀死?你可知道?”掌柜的回老爷:“昨日三更,不知被谁杀死?”老爷问:“他在这里住了多少日子?几个人住店?”掌柜的说:“就是他一个人,住了二十三天。”老爷说:“你店里几个伙计?谁跟和尚不对?”掌柜的说:“八个伙计,都在这里。没有跟和尚不对的。”老爷吩咐:“你且把死尸盛殓起来。”掌柜的答应。老爷吩咐打轿回衙。仵作找地方问:“怎么样?”地方说:“你们几位要面,到对过每位吃两碗,我来算。”仵作说:“我只当是临完有面,是给我们几吊钱哪,赶情叫我们吃面。我们也不吃,底下有事,咱们再说。”赌气跟着老爷轿子,一同回衙。

刚走到十字街,官人过来说:“回禀老爷,打死和尚了!”老爷说:“那里的和尚?”官人说:“一个穷和尚。已然拿住两个凶手。”老爷吩咐轿子落平,带凶手。当时把张福、李禄往轿前一带。老爷一审问口供,焉想到又招出一条人命案来。不知后事如何,且看下回分解。

第八十一回 看字柬心服圣僧 追尸身路遇班头

话说知县吩咐把凶手带过来。官人把张福、李禄带过来。知县一看,说:“你们两个人姓甚么?”这个说:“小人叫抓天鹞鹰张福。”这个说:“小人我叫过街老虎李禄。”老爷说:“你两个人谁把和尚打死的?”李禄说:“是张福把那和尚打死的,我是劝架来的。”张福说:“李禄打死的。”老爷说:“你这两个东西混帐,到是谁打死的?”李禄说:“老爷不信,瞧张福手上有血。他说我打死,我手上没血。”老爷立刻派官人一验,果然张福手上有血。知县说:“张福,明明是你打死的,你还狡赖。”张福说:“回老爷,和尚是我打死的。北门外高家钱铺门口,一刀砍死刘二混,可是李禄杀的。”老爷一听一愣。

书中交代,不怪和尚说他,他两个是忘八。原本张福、李禄这两个人是破落户的出身,在外面敬光棍,怕财主,欺负老好子,踹寡妇门,打野狗,骂瞎子,无所不为。家里每人娶了个好媳妇。这两个人在外面尽交的有钱的浮荡子弟。瞧见人家一有钱，这两个人就套着跟人家交朋友，要安心交朋友没有交不上的。爱吃的人，他就先请你吃。爱嫖的人，他也陪着嫖。日子长了，他就往家里带，叫他女人勾引人家。他作为不知道，充好朋友。不是跟人家借钱，就是跟人家借当。他媳妇今天叫打镯子，明天就叫给置衣裳，两口子吃人家。

怎么刘二混会被李禄杀了呢？皆因刘二混有个本家，给了他几百两银子。李禄见刘二混有钱，他就把刘二混招了家去住着，吃喝不分。李禄的妻子一勾引刘二混，刘二混也是年轻的人，焉有不贪浮华的？把自己银子拿出来，吃喝穿戴，全是他的。后来刘二混把银子都花完了，还在李禄家吃喝，李禄就往外撵。刘二混说："我把钱都花在你们家里，我也没处去，你叫我走不行。你们吃，我就吃，你们喝，我就喝。"李禄实没有法了，也撵不出去，心中暗恨刘二混。

这天张福跟李禄两个人在酒馆喝酒谈心。这两个人是拜兄弟，彼此一类人，谁也不瞒谁。李禄说："张三哥你瞧，现在我家里这个刘二混，他吃我喝我，讹住我了。我也撵不出去，实在可恨。我打算把他约出来，请他喝酒。拿酒把他灌醉了，我把他杀了。三哥，你给帮个忙儿行不行？以后你也有用我的地方，我也不能含糊。"张福说："就是罢。"

两个人商量好了。次日把刘二混约出来一起喝酒。李禄暗带钢刀一把。两个人拿酒一灌刘二混，刘二混本来心里又烦，酒喝多了，喝得酩酊大醉，不能转动，人事不知。李禄由酒店把他背出来，天有二更以后，张福跟着，走到高家钱铺门口。见众铺户都关了，四外无人。李禄素常跟高家钱铺有仇。皆因换银子，钱铺给他约钱，他老说合的少，常常口角相争。李禄一想："就把刘二混杀在他铺子门口，叫他打一场无头案的官司。"想罢，立刻将刘二混放在地下。刘二混醉得人事不知，李禄拿出刀来，一刀竟将刘二混结果了性命。杀完了各回各家。张福与李禄从此更亲近了。自打算这件事人不知，鬼不觉，就算完了。焉想到天网恢恢，疏而不漏。今天张福一想："打死和尚，李禄往我身上推干净。"心中一恨，这才说："回禀老爷，和尚是我打死的。高家钱铺门口的一刀杀死刘二混脖颈连筋，那可是李禄杀的。"知县一听这话一愣，说："张福，你怎么知道是李禄杀的？"张福就把从前已往之事，如此这般一回禀。老爷听明白，这才问李禄怎么杀的刘二混。李禄张口结舌说："是张福的主意，他帮我杀的。"老爷说："你这两个东西混帐之极。来人！先把他两个人押起来，本县先验尸。"

刚要吩咐仵作验尸，忽然想起济公那封字柬："和尚说叫我由东门外回头。轿子一落平，就看字柬。我到看看和尚的字柬写的是甚么？"想罢掏出字柬来。打开一看，上写的是"贫僧今日必死。老爷前来验尸，吩咐仵作莫相移，休叫贫僧露体。"知县一看，暗为点头，果然济公有先见之明。立刻吩咐仵作："不准脱和尚衣裳，移动死尸，就验验脑袋上的伤就是了。"仵作答应，过来看明白说："回禀老爷，和尚后脑海有二寸多长、三寸多宽的伤。伤了致命处，花红脑碎崩流。"老爷点了点头。叫招房先生把尸格写了，吩咐先用席将和尚盖上，派地方官人看着，老爷这才叫官人押张福、李禄回归龙游县衙门。

老爷走后，地方本地面的官人，拿席把和尚死尸盖上。众官人来到二龙居说："掌柜的，这件事喝你个酒多不多？吏不举，官不究。我们要一回老爷，说由你这铺子里打的架，你就得跟着打官司。"掌柜的说："众位，没这个事来到我这里喝酒，我也没含糊，何在乎有事没事。这件事完了，我必有一分人心。"叫伙计来给众位打酒，炒几样菜。

众人坐下，地方说：“刘头，你瞧和尚脑袋，怎么这么遭一拳就会把脑袋打碎了？”刘头说：“我想着也怪。”掌柜的说：“可惜这位和尚死了。他是我们的财神爷。素常我们这屋里没上过座。今天都是他接招来的座。和尚要不死，我见天管他两顿饭吃。”地方说：“你别胡闹了。我瞧瞧和尚伤，是怎么死的？”说着话，地方出来一掀席，就见和尚朝他龇牙一动，吓了地方一哆嗦。官人就问：“怎么了？”地方说：“死尸朝我一乐！”官人说：“你别胡说了。已然死了，还能朝你乐？必是你眼迷离了。我瞧瞧。”这个官人过来，刚一掀席，和尚一翻身坐起来了，拿手一摸脑袋说了个“哎呦”站起来，和尚往南就跑。地方官人就追，喊嚷：“截住点，诈了尸了！”众人一听诈了尸，谁不躲远远的？都怕死尸掐住就得死。

和尚一直出了南门往东。刚到东南城极角，往北一拐，见眼前一个人，身高不满五尺，五短的身材，头戴紫金帽，身穿紫箭袖袍，腰系丝绦，薄底靴子。面皮微紫，凶眉恶目，押耳两绺黑毫。手中拿着包裹。和尚一瞧，心里说：“要办龙游县这两条命案，就在此人身上。”和尚自言自语说：“这个龙游县的地方，可不比外乡村镇。要是外乡人来到这里，吃东西都不懂的要，准得露怯叫人家耻笑。”和尚说着话，赶在这人头里走。这个矮子一听和尚的话，心中一想：“谅情龙游县的地方，与别处不同。真是一处不到一处迷，是处不到永不知。我何不跟着和尚？他要进酒馆要甚么，我也要甚么，准就不能露怯了。”想罢，后面跟着和尚。

来到东门关乡，见和尚进了路北一座酒馆。这矮子也进了酒馆。见和尚脚一蹬板凳说：“来呀，小子拿壶酒来！”这个矮子一想：“这地方许是这个规矩。”他也脚一蹬板凳说：“来呀，小子拿壶酒来。”跑堂的一瞧：“这到不错。”他不敢说这个矮子，跑堂说：“大师父，别这么叫小子。”和尚说：“你是丫头？”跑堂的说：“我可是小子，你别这么叫。”和尚说：“算我错了。你给我来一壶酒，要两层皮有馅的来一个。”伙计心说：“和尚连馅饼都不懂。”伙计刚要走，这个矮子也说：“小子，给我来一壶酒，要两层皮有馅的来一个。”伙计一想：“这两个人到是一样排场来的。”赶紧给和尚拿了一壶酒、一碟一个馅饼。也给矮子拿了一壶酒、一碟一个馅饼。和尚拿一根筷子在当中一扎说：“吃这个东西得会吃的，不会吃叫人家笑话。”和尚拿筷子一挑，一口就咬了半个。这个矮子也拿一根筷子一挑，刚一咬，连热气带油，把嘴烫了。和尚一连要了十壶酒、十碟馅饼。这个人也照样要了十壶酒、十碟馅饼。和尚吃完了，把十个碟子拿手一举，这个矮子也一举。和尚往下一落，仿佛要摔；这个也往下一撒手，把十个碟子摔了。和尚没撒手，见那人摔了，和尚哈哈一笑说：“冤家小子。”这个一听，说：“好和尚，你冤我，那可不行。”和尚拿这十个碟子照那人脸上就砍，把脑袋也砍破了。这人当时气往上撞，要跟和尚一死相拚。不知后事如何，且看下回分解。

第八十二回 济公饭馆打贼人 徐沛旅店遇故友

话说济公拿碟子照这人一砍，这人真急了，要跟和尚动手。和尚往外就跑，这人随后就追。伙计一瞧，这是活局子，两个人吃完了，把碟子摔了，装打架成心不给钱。伙计随后也追出来，后面就嚷：“二位别走，给了酒钱。二十壶，二十碟馅饼，不给钱可不行。”和尚也不回头，一直进了东门。这矮子随后紧紧追赶说：“好和尚，无缘无故你拿碟子砍我，我焉能跟你善罢干休！你上天，我赶到你灵霄殿；你入地，我赶到你水晶宫，好歹把你赶上。”和尚一边往前跑，一边嚷：“了不得了，咱们两人是一场官司。”

和尚说着话，跑到十字街，正碰见尹士雄、杨国栋同十字街的地方官人在那里站着说话。地方官人原本是追赶和尚，出了南门再找和尚不见踪迹。地方官人正在发愣，见尹士雄同杨国栋由正南而来。这两个头儿也是追和尚。直追到五里碑，也没有追上。杨头说：“咱们回去罢。”二人复返往回走。刚走到南门，地方官人一瞧说：“尹头、杨头，瞧见死尸没有？”尹士雄说：“那有死尸？”地方官人说：“在我管的段上死了个穷和尚。”尹士雄说：“在你的地面上，我们还没走到十字街，怎么会瞧见呢？”地方官人说：“不是。这个死尸诈了尸，跑出了南门。”尹士雄就问：“死的是甚么人？”地方官人就把抓天鹞鹰张福，过街老虎李禄怎么打死穷和尚，老爷验了尸，怎么派人看着，和尚诈尸跑的话，从头至尾一说。杨国栋一听说：“了不得了，济公被人打死了。”尹士雄说：“你们不知道，济公神通广大，死不了，你不用害怕。咱们一同回去罢。”地方官人这才同尹士雄、杨国栋一同回来。

刚走到十字街，见和尚由正东跑来。地方官人一瞧说：“死尸来了！”尹士雄、杨国栋赶紧就问：“师父，怎么回事？”和尚说：“了不得了，我们两人是一场官司，别叫追我的那矮子跑了。”尹士雄、杨国栋过去就把那矮子截住。尹士雄说：“朋友别走了，你跟和尚打一场官司罢。”那人说：“好，我们是得打官司。”尹士雄过去，“哗啦”一抖铁链，就把这矮子锁上。这矮子说道：“和尚打官司，也不能锁我。”尹士雄说：“我们老爷有吩咐，在家人要跟出家人打官司，先锁在家人，不锁和尚。你走罢。”

拉着这人刚要走，后面酒店伙计赶到说：“别走。”杨国栋一瞧认识，说：“刘伙计甚么事？”伙计说：“这位吃了十碟馅饼、十壶酒。和尚吃了十碟馅饼、十壶酒。两人一打架，把二十碟子都给摔了，酒钱也没给，两个人就跑出来了。”杨国栋说：“伙计你回去罢。写我的帐，该多少钱我给。”伙计一听，说：“既是杨大爷这么说，我就回去了。”伙计转身走了。和尚说：“咱们上衙门去打官司去。”地方官人过来说：“杨头，您替我回回老爷罢，大师父又活了，我就不上衙门去了。”杨头说：“就是罢。”

尹士雄拉着这个矮子，大众往北走了不远，路西酒铺孙掌柜的跑出来说：“杨大爷您烦恼了。”杨头一愣，说：“我甚么事烦恼？”孙掌柜说：“不是杨大奶奶死了么？”杨头说：“这丧不丧，谁说的？”孙掌柜用手一指，说：“就是这位大师父给送的信。”杨头说：“师父怎给我报丧来着？”和尚说：“我跟他闹着玩来着，皆因他给人家写花帐。”孙掌柜一听说：“好和尚，你无缘无故诓我，我把礼物都买了，还没送去。你就赔我！”杨头说：“得了，孙贤弟你受点委屈罢。这位和尚也不是外人，瞧着我罢。”尹士雄说：“师父您怎么说人家死了，本来就病着。”和尚说：“一咒十年旺，就死不了啦。”杨国栋说：“师父慈悲慈悲，给我一块药。”和尚点头，掏了一块药，给了杨国栋。这矮子就问：“这个和尚是那庙里的？”尹士雄说：“你要问和尚？我告诉你说，跟和尚打官司，算你露了脸，增了光。这是灵隐寺济颠和尚。”这矮子一听，呵了一声说：“他是济颠哪！官司我不打了。”说着话，冷不防一揪铁链，拧身蹿上房去。和尚说：“别叫他走了，龙游县这两条命案，都在他一人身上。”

书中交代，这个人姓徐名沛，外号叫小神飞，也是西川路的江洋大盗。龙游县的两条命案，怎么会在他身上呢？这其中有一段隐情。

南门外高宅捉妖的那个老道叶秋霜，当初也是绿林人。后来在南门外三清观出了家。他得了一部邪书，名叫《阴魔宝箓》，上面有些个炼邪术的法子，能炼呼风唤雨、撒豆成兵、移山倒海、五行变化、点石成金、捉妖的符咒，拘五鬼的法子，擒妖捉鬼各种的法子，还有学削器埋伏的法子。这天老道正在庙里炼功夫，来了一个僧人，乃是西川路五鬼之内的，姓李叫李兆明，外号人称开风鬼，跟老道系故旧之交，来望看老道。两个人一见面，各叙寒温。叶秋霜就问："李贤弟打那来？"李兆明说："西川来。西川的绿林窝子叫人家挑了，我也无处投奔。"老道就留下李兆明在庙里住着。

老道早晚炼功夫，李兆明就问："炼的是甚么功夫？"老道就提说得了一部天书，能炼各种法术。李兆明说："道兄，你教给我炼炼。"老道说："你炼不了。要炼一天得磕一千头。"李兆明一想："他这是不教给我。"心中暗恨着老道。这天老道就给高折桂家栽了妖，高折桂家里就闹妖精，请老道给捉妖。李兆明知道这件事，他暗中跟着，老道在法台捉妖，李兆明就后面一刀把老道杀了，把这本书得在手内。他也没回家，他就住在德兴杨家店，没事在店里瞧书，早晚炼功夫。

这天开风鬼李兆明在店门口站着，只见由东边来了一个人，乃是小神飞徐沛。一见李兆明赶紧过来行礼。李兆明就问："徐贤弟打那来？"徐沛说："我要到临安逛去。西川绿林的朋友都散了，我也无地可投。"李兆明把徐沛让到店里。一谈话，徐沛就问李兆明在这住着做甚么呢？李兆明说："我得了一部天书，炼功夫呢。"徐沛说："你教给我炼炼。"李兆明说："你要炼也行。你得找一个幼女的天灵盖来。"徐沛说："找天灵盖炼甚么？"李兆明说："能炼千里眼、顺风耳。"徐沛本是浑人，他就出来找幼女天灵盖。遇见看坟的，他就问："这坟里埋的甚么人？"看坟的只当是他要偷坟掘墓，也不肯告诉说："不知道。"徐沛连问了好几个，都不告诉他，他也问烦了。

正在树林子发愣歇着，由对面来了一个僧人，架着拐，是个瘸子。一见徐沛说："徐贤弟，你在这做甚么呢？"徐沛一瞧，认识这个和尚，叫昼瘸僧冯元志，也是西川路的江洋大盗。怎么叫昼瘸僧呢？皆因白天架着拐装瘸子，晚上上房飞檐走壁更灵便。他为是遮盖，叫人家知道他是瘸子，不能做贼。今天一见徐沛，问徐沛做甚么呢，徐沛把李兆明叫他找女儿天灵盖、炼功夫的话说了一遍。冯元志说："徐贤弟，你真实心眼，李兆明他是冤你。今天晚上我同你到店里，把李兆明杀了，你就把天书得过来，好不好？"徐沛说："好。"冯元志他原本跟李兆明有仇，这叫借刀杀人。

两个人商量好了，一同到酒馆，吃完了饭。天有二鼓，来到德兴店。冯元志巡风，徐沛下去，进了上房一瞧，李兆明正趴在桌上睡了。徐沛手起刀落，把李兆明杀了，把书得在手内。刚要往外走，就听东房嚷："杀了人了！"吓了徐沛一跳。济公嚷杀了人，那就是上房杀了人。后来听和尚说出恭去，上了茅厕。冯元志他巡风，听屋里说公文湿了。他也不知道甚么公文。见柴头同杜头出去找和尚，冯元志由房上下来，进屋中一瞧，是宪批柴元禄、杜振英捉拿乾坤盗鼠华云龙的公文。冯元志就把公文揣在怀里，由屋中出来上房。柴头、杜头已瞧见，当时要追也就把冯元志追上。贼人盗了公文，等徐沛出来，冯元志就问："怎么样了？"徐沛说："我已然把天书得来。咱们上那去？"冯元志说："咱们上开化县去。现在铁佛寺金眼佛姜天瑞姜大哥，撒绿林帖、传绿林箭。有西川路绿林朋友好几十位，在他庙里。他要修夹壁墙地窨子。所为绿林人有了案，可以在他那里躲避，是个扎足之地，咱们上开化县去。"徐沛说："也好。"

二人顺大路往前走。走到一座树林，见对面来了一个人。二人抬头一看，真是久旱逢甘雨，他乡遇故知。不知来者是谁，且看下回分解。

第八十三回 小神飞夜刺开风鬼 济禅师耍笑捉飞贼

话说昼瘸僧冯元志、小神飞徐沛二人正往前走，只见对面来了一个人，正是乾坤盗鼠华云龙。冯元志、徐沛二人赶紧上前行礼说："华二哥由那里来？"华云龙说："我由蓬莱观来。好险，好险！几乎被陆通把我摔死。"冯元志就问："怎么回事？"华云龙就把已往从前之事，细说了一遍。冯元志说："华二哥，我告诉你一件事，叫你放心。我把拿你的海捕公文盗了来。"华云龙说："真的么？"冯元志就把杀李兆明、徐沛得天书、巧遇两个班头，在店里把文书怎么盗来的话，对华云龙一说。华云龙这才明白，说："你们二位上那里去？"冯元志说："上开化县。你我一同走罢。现在铁佛寺金眼佛姜天瑞，撒绿林帖，请了多少朋友，要一同修夹壁墙地窨子呢！咱们三个人，一同去罢。"华云龙说："也好。"三个人这才一同走。

书要剪断，这天来到开化县铁佛寺。一瞧庙里庙外，人烟稠密。三个人一打听，问甚么事，有人说："庙里铁佛显圣，口吐人言。"三个人一直进庙，直奔后面一瞧，就是金眼佛姜天瑞一个在庙里。三个人给姜天瑞一行礼，冯元志说："姜大哥，众位朋友那里去了？"姜天瑞说："众位朋友都出去，分四路去做买卖。这里还有几位，当叫出来，给你三人引见引见，大家彼此行礼。"姜天瑞说："三位由那来？"华云龙就把自己的事一说。徐沛也把自己的事一说。姜天瑞说："徐贤弟，你得的甚么书？给我瞧瞧。"徐沛就把书拿出来，递给姜天瑞，姜天瑞一瞧说："徐贤弟，这书你也用不着，我留下了。"徐沛心中大大不悦，自己一想："我的东西，我还没爱够。我又没说给他，楞留下，实在可气。"满心不愿意，又不敢说不给，惹不起姜天瑞，自己默默无言。华云龙这个时节说："我要走。"姜天瑞说："怎么？"华云龙说："我心里不安神。我怕济颠和尚一来，一个跑不了，那时连累了你们众位。"姜天瑞一听说："众位朋友，那位到龙游县去，把这济颠和尚杀了，把人头带来。谁有这个胆量，替华二兄充光棍，谁敢去？"徐沛说："我去。"徐沛心里有自己的心思："我到龙游县不犯事便罢，犯了事，我先把你们拉出来，一个跑不了。"他是暗恨姜天瑞，故此他说："我去。"姜天瑞说："好。徐贤弟你辛苦一趟罢。"徐沛这才由开化县起身。

这天到龙游县东南城极角，碰见济公。和尚一念道说："龙游县这地方，不比别处，吃饭馆不懂得要菜，不知这里规矩的，花多了钱，还被人耻笑。"徐沛一听，他原本是个浑人，他这才跟和尚到酒铺去喝酒。和尚故意要抓歪跟他打起来，跑来十字街，叫尹士雄把徐沛锁上。徐沛先还要跟和尚打官司，只一听是济公，徐沛一拧身蹿上房去说："官司我不打了。"和尚说："别叫他走，龙游县两条命案，都在他身上。"杨国栋、尹士雄一听和尚这话，赶紧拧身上房。徐沛打算要跑，焉想到和尚用手一指说："唵敕令赫。"贼人要跑跑不了了。被尹士雄、杨国栋把贼人揪住，揪下房来。众人一齐的奔龙游县衙门。

来到衙门，杨国栋进去一回话，说："济公没死，现在拿了一个贼人，听候老爷审讯。"老爷正审问张福、李禄的口供。一听济公没死，老爷赶紧吩咐有请。立时刻，济公叫尹士雄带领贼人上堂。老爷一瞧说："圣僧请坐，下面贼人姓甚名谁？"徐沛也不隐瞒说："回禀老爷，我叫小神飞徐沛。东门外杨家店脱头和尚，叫开风鬼李兆明，是我杀的。他也该死，南门外老道叶秋霜，是李兆明杀的。我把他杀了，算他给叶秋霜抵命偿了，没我的事。"老爷说："你满嘴胡说。店里和尚是你杀的，公文可是你盗的？"徐沛说："公文不是我盗的，是昼瘸僧冯元志盗的。他同华云龙都在开化县铁佛寺住着。铁佛寺还有许多绿林人在那里。"老爷一听，也不再往下问他，吩咐将徐沛钉镣入狱。老爷说："圣僧，还求你老人家辛苦一趟，带着我的班头去办案，将贼人可以拿来。"和尚说："可以。老爷办一套文书，我和尚带杨国栋、尹士雄、柴元禄、杜振英四个人去。"知县立刻把文书办好，交与杨国栋。

和尚带领四位班头出了衙门，一直顺大路往前行走。和尚一面往前走，口唱狂歌，说道是：

南来北往走西东，看得浮生总是空。天也空，地也空，人生杳杳在其中。日也空，月也空，来来往往有何功？田也空，土也空，换了多少主人翁。金也空，银也空，死后何曾在手中。妻也空，子也空，黄泉路上不相逢。官也空，职也空，数尽孽随恨无穷。朝走西来暮走东，人生恰是采花蜂。采得百花成蜜后，到头辛苦一场空。夜深听尽三更鼓，翻身不觉五更钟。从头仔细思量看，便是南柯一梦中。

和尚说："哎呀，阿弥陀佛。"和尚刚才将歌唱完，只听后面一声"无量佛。"大众回头一看，来了一位老道。头戴九梁道巾，身穿着一件古铜色的道袍，腰系丝绦，白袜云鞋。面如三秋古月，年过古稀。发如三冬雪，鬓似九秋霜。海下一部银髯，洒满胸前。真是仙风道骨。跟着两个童子，都在十五六岁上下，都是眉清目秀。发挽双丫髻，身穿蓝布道袍，青色护领相衬。腰系丝绦，白袜云鞋。一个童子抗着宝剑，挂着一个轧轧葫芦；一个童子抗着雨盖，挂着一个包裹。老道一面往前走，口中念道：

玉殿琼楼，金锁银钩，总不如山谷清幽。蒲团纸帐，瓦钵磁瓯，却不知春、不知夏、不知秋。万事俱休，名利都勾。高官骏马，永绝追求。溪山作伴，云月为俦。但乐清闲、乐自在、乐优游。

老道口念："无量寿佛。"和尚回头瞧了一瞧，老道走了。往前不远，和尚说："哎呀，了不得了，我腰疼、腿疼、肚子疼、脑袋疼，走不了啦。"杨头说："师父怎么了？"和尚说："我要死，不能走了。"尹士雄也不知道和尚的脾气，也过来问说："师父怎么了？"和尚说："我心里发堵，嘴里发苦，眼睛发努。"柴头说："对，说话都乱了。"这两个人也不理和尚，在一边蹲着生气。和尚躺在地下，"哎呦，哎呦"直嚷。

那老道来到近前，说："无量佛。这位和尚是一个人走路，还是有同伴的？"尹士雄说："我们是一处的。"老道说："好，和尚的病体沉重，我山人这里有药。"柴头说："道爷，你趁早别管，你走你的罢。要一给药吃，准一吃就死。"老道一听说："我这药，好人吃一粒，能延寿一年；吃两粒，能多活二年；吃三粒，能多活六年，要死的人，吃我九粒药，名为"九转还魂丹"，能多活十二年。和尚要吃死了，我给抵偿。"柴头说："我拦你不听，你就给他吃。"老道吩咐把葫芦拿过来，倒出一粒药来。其形似樱桃，色红似火，清香喷鼻。

老道给和尚吃了一粒。和尚吃下去，嚷："肠子烧断了！"柴头说："是不是？"老道又给和尚吃了两粒，和尚嚷："肚子破了！"老道又给和尚吃了三粒，和尚说："了不得了，心里着了火，肺肝全烂了！"老道把九转还魂丹都给和尚吃下去，和尚说："不好，要死，难受！！"这句话说完了，和尚一张嘴，话说不出来了。只见和尚蹬蹬腿，咧咧嘴，"咕噜"一声，气绝身亡。不知济公性命如何，且看下回分解。

第八十四回 陈玄亮捉妖铁佛寺 马玄通路遇济禅师

话说济公吃下九粒药去，绝气身亡。柴头说："道爷你瞧，死了没有？我说不叫你给他吃，你说吃死你给抵偿。你是上吊呀，你是抹脖子？老道吓得惊慌失色，说："无量佛，无量佛！怪哉，怪哉！"柴头说："你也不用念无量佛。你给治死，我给治活了。"尹士雄说："柴头，你怎么给治活了？"柴头说："杜头，你把酒都喝了罢，不用给和尚留着。"杜头说："快喝。"这句话没说完，和尚一翻身爬起来说："那有酒？拿来我喝点。"柴头说："你们瞧，好了没有？"和尚翻身站起来说："好老道，你给我要命丹吃，你别跑。"过去一把竟把老道脖领揪住。

书中交代，这个老道乃是天台山上清宫东方太悦老仙翁的徒弟。在开化县北门外，有一座北兴观，庙里有一个老道叫陈玄亮，也是老仙翁的门徒。陈玄亮也是修道的人。这天陈玄亮在庙中一看，正北上有一股妖气冲天。陈玄亮一想："我在这方，岂能容妖魔作怪？我去找找妖怪在那里，我把他除了，省得扰乱世间。"想罢带着宝剑，往正北找，找到铁佛寺。一瞧，正是铁佛寺那里口吐人言，说："众善男信女来求药，吾佛所为搭救众生。每人给留下一吊钱，共成善举，可以修盖大殿。拿包药去，可保汝一家平安。"陈玄亮一瞧，这股妖气由铁佛像里出来。众烧香人传言说：本地臌胀流行，一求佛爷就好。陈玄亮一想："这是妖精洒的灾，我何不把他斩了。"想罢，拉出宝剑，照定铁佛这股妖气一砍。焉想到由铁佛嘴里出来一股黑气，竟将陈玄亮喷倒在地，当时浑身紫肿，不能动转。

早有人报与金眼佛姜天瑞，姜天瑞一想："陈玄亮无缘无故来搅我，坏我的事，莫若我把他搭到后面来，将他结果了性命，剪草除根，省得萌芽复起。"想罢，刚要派人去搭，有人来回禀说："本处知县郑元龙来烧香，瞧见陈玄亮。老爷吩咐把老道搭到衙门去发落。"姜天瑞说："也好，叫知县搭了去发落他罢。"

郑老爷把陈玄亮搭回衙门，知县平素知道老道是好人，一问陈玄亮怎么回事。老道也还醒过来了，说："铁佛寺乃是妖精作怪。我打算把妖精除了，没想到妖精道行大，把我喷了。我不定活得了活不了。"知县说："你准知道是妖精？怎么办呢？"陈玄亮说："只要把我师父请来，就可以把妖精捉了。"知县说："也好。"立刻派人把老道搭回庙去。

老道一想："浑身疼痛难挨，请师父东方太悦老仙翁，恐其道路太远来不及。"这才派童子去到龙游县三清观，去请大师兄马玄通。告诉两个童子："叫你师大爷带着师父的九转还魂丹，急速快来。"两个童子到龙游县，请了马玄通，够奔北兴观。

走在半路上，遇见济公作歌，马玄通没瞧起济公，老道心说："这个穷和尚，他也会说这修道的话。"见和尚一病不能走，老道是一番好心，把九转还魂丹都给和尚吃了，和尚到死了，柴头把济公诓起来。和尚一揪老道，尹士雄说："师父，方才多亏这位道爷给您药吃，您才好了。"和尚这才撒手说："这位道爷给我药吃来着？"老道说："不错。和尚贵宝刹在那里？"和尚说："我这两天押宝来着，没拉扯。"老道说："我没问你那个，问你庙在那里？"和尚说："西湖灵隐寺。上一字道，下一字济，讹言传说济颠就是我。马道爷贵姓呀?”老道说:“你知道我姓马,还问我贵姓?”和尚说:“叫玄通不是你么?”老道说:“是叫玄通。”和尚说:“你上那去?”老道说:“开化县北兴观。”和尚说:“我也上北兴观,一处走罢。”老道说:“好。”和尚说:“我听说你们老道会驾趁脚风,你带着我走两步行不行?”老道说:“行。你闭上眼,可别睁开。”和尚就把眼一闭。老道一架和尚的胳膊,只听耳轮中呼呼风响。走在半路上,和尚一睁眼说:“了不得了,漏了风了,道爷你站站罢。”老道惦念着师弟赶紧,也不管和尚落下,驾着趁脚风,直奔开化县。

刚来到北兴观庙门首,老道一瞧,门首有一人躺着睡觉。老道近前一看,是济公。和尚一翻身起来,说:“才来呀,道爷。”老道说:“我驾着趁脚风没歇着呀。”老道心中暗想:“怪道这个和尚,许有点来历,怎么他到先来了?”和尚说:“道爷,你走后,我出恭来着,把你的九粒丸药都拉出来,你瞧瞧,还给你罢。”老道一瞧,药还是原来一样,并没改了颜色。自己暗想:“怪道。”把药接过来,带在腰中,这才扣打庙门。时候不多,出来一个小道童,把门一开说:“师大爷来了。我两个师兄呢?”马玄通说:“他两个在后面走着,就来。和尚请里面坐。”

济公跟着进去一瞧,这庙中正北是大殿,东西各有配房三间。小道童一打东配房鹤轩的帘子,老道同和尚进来。屋中是两暗一明,正当中有张八仙桌。两边有椅子,靠东墙有一张床,床上躺着正是陈玄亮,在那里哼咳不止。一见马玄通,说:“师兄来了,这位和尚是谁?”马玄通说:“这是灵隐寺济公。”陈玄亮说:“师兄,可把九转还魂丹带来了?我被妖精喷了。”马玄通说:“我带了九粒丸药,都给这位和尚吃了,他可又拉出来。”陈玄亮说:“好脏。”马玄通说:“你瞧颜色可没变。”陈玄亮说:“我不吃。”和尚说:“我这里有药,叫伸腿瞪眼丸。你不信你吃点,一伸腿一瞪眼就好。”和尚掏出一块来,给了陈玄亮吃下去。工夫不大,就听肚子里咕噜咕噜一响,要走动。陈玄亮叫道童搀着出去,走动了两次,立刻浑身肿消疼止,好的复旧如初。陈玄亮说:“好药,好药,真是妙药灵丹。多蒙圣僧搭救,弟子实深感念。”立刻给济公行礼,连马玄通都给和尚道谢。和尚说:“这到不要紧,小事一段。你这屋里有味,熏鼻子。”陈玄亮说:“甚么味呀?”和尚说:“有贼味。”两个老道一听这话诧异。

书中交代,这屋里床底下真有两个贼人在这里藏着,两个老道可不知道。自开化县知县郑元龙由铁佛寺庙里把陈玄亮搭到衙门去,金眼佛姜天瑞只打算是知县把老道搭到衙门去,说他搅闹庙场,把老道治罪,焉想到老爷派人把老道搭回庙去了。

早有人得了信,告诉姜天瑞。姜天瑞一想,知道陈玄亮的师父是天台山上清宫东方太悦老仙翁昆仑子,怕陈玄亮捉妖没捉成,必然要请他师父前来捉妖,坏了我庙中大事。莫若我先下手的为强,后下手的遭殃。想罢,姜天瑞叫过两个朋友来。一个叫铜头罗汉项永,一个叫乌云豹陈清。这两个人都是飞檐走壁之能手,也是绿林中江洋大盗,在姜天瑞庙里住着。姜天瑞今天把这两个人叫过来说:“二位贤弟,我有一件事求你们,二位辛苦一趟。”项永、陈清说:“兄长何出此言。有用我等之处,万死不辞。”姜天瑞说:“你二人带上钢刀,晚间够奔北兴观去,把老道陈玄亮杀了。人头给我带来。”项永、陈清点头答应,说:“这有何难。”

候至天有掌灯之时,二人收拾好了,带上钢刀,出了铁佛寺,施展陆地飞腾,来到北兴观。蹿墙进去,暗中窥探。陈玄亮出去走动,二人进了屋子,在床下一藏,打算等老道睡着了,晚上行刺。焉想到马玄通同济公来了。济公一说有贼味,项永低声就问陈清:“你身上有味么?”陈清说:“没有。”济公在外面答了话说:“你两个人没了味了,滚出来罢。”项永、陈清实藏不住了,由床下往外一钻,伸手拉刀,到把两个老道吓了一惊。不知罗汉爷怎样施佛法捉拿贼人,且看下回分解。

第八十五回　显神通捉拿盗贼　施妙法法斗铁佛

话说项永、陈清两个贼人，由床下往外一钻，伸手拉刀，意欲要跟和尚动手。和尚用手一点指，把贼人用定神法定住。这个时节帘板一起，由外蹿进四个人来，正是柴元禄、杜振英、杨国栋、尹士雄。

书中交代，四位班头，两个小道童，走在道路上。马玄通带着和尚，一施展趁脚风，把四位班头、两个道童落下。柴头就问："道童，是那庙里的？"小道童说："我们是开化县北兴观的。"柴头说："方才那位道爷，是你们师父吗？"道童说："不是，是我们师大爷。"柴头说："我们那位和尚，许跟你们师大爷上你们庙里去，咱们一同走罢。"道童说："要一同走，怕你们四位跟不上，我们两人会趁脚风。"柴头说："我们四个人会陆地飞腾法。你们二人慢着点，我们四人快着点，咱们对复着一同走。"道童说："就是罢。"六个人这才一同顺大路来到北兴观。

到了庙门口，道童说："到了，等我叫门。"柴头说："不用叫门，我进去给你开门。"说着话，柴元禄、杜振英一拧身蹿上墙去。这两个人心里有心思，为是叫杨国栋、尹士雄瞧瞧，我两个人是办华云龙的原办，不是无能之辈。焉想到杨国栋、尹士雄这两个人也跟着蹿上墙去。这两个人也有心思，也要叫柴元禄、杜振英瞧瞧，我们虽是外县的官人，也不是无能之辈。这四个人彼此意见相同，这叫斗心不斗口。

四个人蹿到里面，把门开了。两个小道童进去，把门关上。众人够奔东配房。四位班头一进来，正赶上和尚把两个贼人定住。柴头、杜头就问说："师父，那个是华云龙？"和尚说："没有华云龙。"杨头、尹头说："师父，那个是盗公文的贼？"和尚说："也没有盗公文的贼。先把这两个贼捆上。虽然都不是，也别放走了。"柴头众人就把两个贼人捆上。陈玄亮吩咐道童摆酒。四位班头见过老道，彼此行礼。大众落座吃酒。

和尚说："二位道友，天亮把这两个贼人解到知县衙门。告诉知县，就提我和尚来了，要在铁佛寺捉妖，为这一方除害。二位道友，可别明着把贼人解送衙门。要明着解了走，这开化县遍地是贼，不但把贼抢回铁佛寺，跟你们二位道友结了仇，就与你二人有性命之忧。"陈玄亮说："师父你给出个主意怎么办？"和尚说："你把两个贼人拿被包上，雇抗肩的搭着，以送供尖为名，就说庙里给老爷送供尖。"老道点头答应。

喝着酒，天光已亮。陈玄亮就把两个贼人拿锦被包起来，叫小道童出去雇了四个抗肩的，说给县衙门送供尖。四个卖力气的进来一瞧，两个锦被包直动。本来贼人闷得很，焉有不动之理？抗肩的人就问："甚么东西？"老道还未答话。和尚说："变蛋。"抗肩的说："我们真没听见过这个名目。"和尚说："你们就不用管了。"当时两个老道跟着，叫人搭着，够奔知县衙门。和尚说："柴头，你们四个人先到铁佛寺巡检司，先去投文，就提我和尚随后就到。"四位班头点头，这才够奔巡检司。

来到挂号房一投文，巡检司的老爷刘国绅，立时把四位班头叫进去。四个人给刘老爷行礼。刘老爷一问，柴头说："同济公来到铁佛寺来办案。"把底里根由一说。刘老爷说："原来是圣僧前来办案。怎么还没来呢？"柴头说："少时就来。"济公随后来到巡检司挂号房。和尚说："辛苦，掌柜的。"官人一听，说："大师父，你这是成心，这里没有掌柜的，这是衙门。”和尚说：“衙门没掌柜的，有甚么？”官人说：“有老爷。”和尚说：“有舅舅没有？”官人说：“和尚，你这是找打。”和尚说：“你告诉你们老爷说，提我老人家来了。”官人一听，说：“和尚你是谁呀？”和尚说：“我是灵隐寺济颠，我找你们老爷。”立刻叫人进去一回禀。少时刘国绅迎接出来，官人心说，这个穷和尚可以的，我们老爷迎出来了。见刘老爷赶奔上前说：“圣僧来了，请里面坐。”和尚说：“呦，刘老爷请，请。”一同到了书房。是北房三间，屋中到也干净，是一明两暗。四位班头也在这里。

和尚来到屋中落座，有人献过茶来。和尚说：“刘老爷，你拿你的名片到铁佛寺去，请那庙的和尚，就说有本处的绅董富户要给他修庙，把和尚请来问问，得多少银子。你先把盗公文的贼人诓来，我和尚在里间屋里藏着。等他来了，我先把他拿住，然后我再到铁佛寺去捉妖。”刘国绅点头答应，立刻派手下人拿名片到铁佛寺去，教给家人一番话，家人立刻来到铁佛寺去请和尚。

书中交代金眼佛姜天瑞，自从徐沛上龙游县走后，未见回来，他手下众绿林的朋友，都出去做买卖，就留下乾坤盗鼠华云龙、昼瘸僧冯元志、皂托头彭振、万花僧徐恒这四个人跟他看庙。今天姜天瑞、华云龙不在庙里。只因小西村众绅士富户，内中有明白人说：“这开化县八百多村，家家闹臌症，勿论甚么名医，都瞧不好，非得到铁佛寺去求铁佛才能好，这其中定有缘故。咱们也不必去求铁佛，求铁佛，穷家讨药，要一吊，富家讨药，要银一两。咱们村庄人家多了，也不少花钱，莫若把庙里和尚找来，跟他商量，大家凑钱给他修庙，叫他给求求铁佛，就许能除了灾。”大家商量好了，派人去请和尚。姜天瑞同着华云龙，够奔小西村去。

他二人刚走，巡检司的家人来请，说：“现在众绅士富户，跟我们老爷商量，要给修庙。请和尚商量用多少银子。”昼瘸僧说：“我去。”立时他架着拐，同着家人来到巡检司，让到书房。刘老爷说：“和尚来了。”冯元志冲着刘老爷打一问讯。济公此时在东里间屋中躲着，四位班头在西间屋子躲着。刘老爷让冯元志坐下，说：“和尚贵姓？”昼瘸僧说：“我在家姓冯，名叫元志。”刘老爷说：“你出家几年了？”冯元志说：“我是半路出的。皆因腿受了残疾，就算是残人了。”刘国绅说：“现在有人要修庙。你那庙里要重修，得用多少银子呢？”昼瘸僧他本是个贼，那里懂得修庙用多大工程？当时也说不出多少来。刘国绅说：“你说不出来，我到约了一位行家和尚，给你见见。圣僧请出来。”

济公一掀帘子出来，说：“好东西，冯元志，你敢把我们公文盗去。我看你那里走！”冯元志一听这句话，大吃一惊。打算站起身来，往外要走。济公用手一点指，用定神法把贼人定住。济公一伸手，由贼人兜囊之内把拿华云龙的海捕公文掏出来，济公说：“柴头，给你，把文书带起来罢。”柴头接过来一瞧，果然不错。和尚说：“刘老爷，你先叫官人把这个贼人锁起来，暂把冯元志押到你衙门。我和尚要上铁佛寺捉妖，四位班头跟我走。”刘国绅立刻叫人把冯元志锁上，押到班房去。

柴元禄、杜振英、杨国栋、尹士雄四个人跟着和尚出了巡检司衙门，隔壁就是铁佛寺。见庙门口真是拥挤不动，也有卖吃的来赶庙会，也有卖耍货的。庙里庙外，人烟稠密，来来往往。这些善男信女，来烧香求药的人无数。这座庙是三座山门，全都大开。庙门口有两根刹杆，庙里有两根旗杆。正山门上有匾，上写：“敕建护国铁佛寺。”

和尚带领四位班头进了东角门一看，正北是大殿五间，东西各有配殿五间。大殿的东边，是四扇绿屏风，开着两扇，关着两扇，套着是第二层院子。这庙里是五层殿，连东西跨院共有百余间房子。头一层殿就是铁佛。济公抬头一看，由正殿里一股妖气直冲斗牛之间。和尚说:“阿弥陀佛,善哉善哉。”

罗汉爷这才要施佛法,大展神通,要在大殿捉妖。不知后事如何,且看下回分解。

第八十六回 华清风古天山见妖 金眼佛一怒杀和尚

话说济公带领四位班头,来到铁佛寺,见大殿里一股妖气冲天。和尚一瞧,大殿头里东边一张桌,有人管帐,专收银子;西边一张帐桌,专管收钱。只见有一个妇人在那里烧香,约有二十以外的年岁,光梳油头,发亮如镜,一脸的脂粉,打扮得不像好人,在那里烧香说:“佛爷在上,小妇人姚氏,只因我有一个小亲家得了臌症,求佛爷慈悲慈悲,赏点药罢。只要我亲家好了,我给佛爷烧香上供。”上面铁佛口吐人言说:“姚氏,你可曾给佛爷带了一吊钱来?”姚氏说:“带来了。”铁佛说:“既带了钱文,交在帐桌上。佛爷给你一包好药,拿回去保你一家病都好了。”姚氏说:“谢谢佛爷。”拿着药,竟自去了。

这姚氏刚走,只见外面又来了一个少妇人。由外面一步一个头,磕着进来。书中待表,这个姓刘,娘家姓李,在开化县正南刘家庄住家,丈夫在外贸易,有数年不通音信。刘门李氏有一个婆母,家中寒苦至极,就倚靠做针指糊口。刘李氏最贤孝无比。只因她婆母身得臌症,有二年之久。刘李氏听说铁佛寺佛爷显圣,专治臌症。刘李氏一片虔心,由家中一步一个头,走了一天一夜,才来到铁佛寺。

刘李氏一烧香说:“佛爷慈悲。小妇人刘门李氏,家有婆母,臌症二年之久。求佛爷赏点药,只要我婆母好了,等我丈夫贸易回来,必给佛爷烧香上供。”妖精一瞧,这臌症不是他洒的,他也治不了,说:“刘李氏,你可曾给佛爷带了钱来?”刘李氏说:“我家中太寒,没有钱,求佛爷慈悲罢。”铁佛说:“不行。佛爷这里是一概不赊,没钱不给药,你去罢。”刘李氏一听,咳了一声,心说:“不怪人间势利,连佛爷都爱财,可惜我这一片虔心。”自己无法,转身往外走。济公一瞧,知道这一位贤良孝妇。和尚说:“这位大娘子不用着急,我这里捡了一块药,你拿回去,给婆母吃了就好。”刘李氏把药接过去,说:“谢谢大师父。”竟自去了。

济公迈步来到大殿一瞧,这铁佛是坐像,一丈二的金身,五尺高的莲花座。头前摆着香炉蜡扦,许多的仙果供素菜。和尚过去,伸手拿了一个苹果,一个桃,拿过来就吃。旁边打磬的一瞧说:“和尚你是那里来的,抢果子吃?”和尚说:“庙里有东西就应当吃庙里。你们这些东西,指佛吃饭,赖佛穿衣,算是和尚的儿子,算是和尚的孙子?”这个打磬的一听这句话,气往上撞,过来就要打和尚。和尚用手一指,用定神法把这人定住。和尚跳上莲花座说:“好东西,你敢在这里兴妖作怪,利害陷民。我和尚要找你,结果你的性命。”说着话,和尚照定铁佛就是两个嘴巴。众烧香人大家一乱,说:“来了个疯和尚,打佛爷嘴巴呢。”四个班头也站在外头瞧着。就听铁佛肚子里咕噜咕噜一阵响,其声似雷鸣相仿。忽然山崩地裂一声响。四位班头眼瞧着铁佛的一丈二的金身连莲花座往前一倒,竟把和尚压在底下。柴元禄、杜振英一跺脚,放声痛哭,说:“师父你老人家没想到死在这里,死得好苦。”杨国栋、尹士雄也深为叹息,说:“可惜济公是个好人,这一砸一准砸在地里去,肉泥烂酱。”杨国栋说:“柴头,你也不用哭了，人是生有处，死有地，这也无法。咱们走罢。”

四个人正要走，只见和尚彳亍彳亍由庙外头进来了。和尚说：“柴头，你们探丧呢。”柴元禄也不哭了，说：“师父你没死呀。”和尚说：“没有。好妖精，他打算要暗害我和尚。我非得找他去，跟他誓不两立。”柴元禄说：“我们眼瞧着把师父砸在底下，怎么你打外头来了？”和尚说：“没砸着我。我一害怕，一踹腿蹿出去了。”正说话，和尚就嚷：“了不得了，快救人哪，妖精来了。”这句话没说完，只见一阵狂风大作。真是：

嗖嗖云雾卷，嗯嗯过树林。海翻波浪起，山滚石头沉。尘沙迷宇宙，昏暗惊鬼神。这风真浩大，刮遍锦乾坤。

一阵狂风大作，由半悬落了一个妖精，竟把和尚围住。书中交代，是甚么妖精呢？这内中有一段缘故。凡事无根不生。金眼佛姜天瑞的师父，姓华双名清风，人称九宫真人。专习左道旁门，乃是华云龙的叔叔，他在古天山凌霄观参修。当初凌霄观有一位老道姓黄，乃是正务参修之人，被华清风杀了，他占了灵霄观。这庙里甚是丰富。只因庙后面有一座塔，名为烟云塔。每逢下雨过去，由塔的砖缝冒出烟来，起在半悬空不散，尤如浮云一般，乃是庙里的古迹。常有贵官长者，富豪人家，去到庙里住着，所为瞧这个烟云塔的古迹。焉想到自华清风接过庙来，这座塔也永不冒烟了。华清风心中暗想怪道。他时常瞧这座塔，就见鸟儿就半悬空一飞，就飞到塔里去，只见进去就不飞出来。围着塔四面地下净是鸟毛。华清风心中纳闷，也不知道塔里有甚么东西。

这天华清风无事，又去瞧塔。正在发愣，忽听后面一声“无量佛”，说：“华道友，你做甚么呢？”华清风回头一看，见一人身穿豆青色道袍，腰系丝绦，水袜云鞋。面似青呢，轧似冬瓜皮，两道硃砂眉，一双金眼叠抱，押耳两绺红毫，满部的红胡须。华清风一瞧不认识，赶紧说：“道友从那里来的？”这老道说：“华道友，你不认识我，你是我的房东。我在你庙里住了半年了。”华清风说：“是是，道友请前面坐。”

二人这才来到前面鹤轩落座。这老道说：“华道友，你真不认识我？”华清风说：“我实在不认识，未领教道友贵姓？”这老道说：“我姓常，我跟你有一段仙缘。”华清风说：“道友在那座名山洞府参修？”常老道说：“我在盘古山。”华清风道：“常道友参修多少年了？”常老道说：“我告诉你说罢，文王出虎关，收雷震子，我亲眼得见。姜太公斩将封神之时，我去晚了没赶上。你不用问多少年了。”华清风心中有点明白，猜着大概必是妖精。两个人一盘道，果然常老道道德深远，呼风唤雨，拘神遣鬼，样洋皆通。华清风让他吃就吃，让他喝就喝，两个人很是亲近。日子长了，两个人真是知己。

这天华清风说：“常道友，你我彼此至近，我瞧瞧你的法身行不行？”常老道说：“甚么？”华清风说：“我要瞧瞧你的本像。”常老道说：“可以。你要瞧，得星斗落尽，太阳未出之时，我可以叫你瞧。咱们修道的人，最避三光要紧。要被日月星三光一照，就怕是要遭雷劫。你明天星斗一落，天似亮不亮，你开开后庙门往正北看。我在北山头等你。”华清风说：“就是罢。”当时吩咐童子摆酒。童子点头答应，立刻擦抹桌案，杯盘连落，把酒摆上。两个人吃酒谈心，开怀畅饮，直吃到日落黄昏。常老道说：“我要告辞。明天天亮见。”华清风送到外面，拱手作别。

华清风自己回来，心中暗想：“可知道这个常老道是个妖精，可不知道是甚么妖精，打算到要瞧瞧，可以明白。”常老道走后，华清风告诉童子：“到三更天就叫我，早点起来，恐怕误了。”童子答应。华清风躺在床上，合衣而卧。童子等到三更以后，就把华清风叫起，来到外面瞧瞧，满天的星斗。华清风复返到屋中喝茶等候，直等到东方发晓，出来一看，斗转星移，这才来到后面。开开庙后门，往正北一瞧。华清风不瞧则可，一瞧唬得仉伶伶打一寒战。有一宗岔事惊人。不知后事如何，且看下回分解。

第八十七回　济公法斗金眼佛　云龙二次伤三友

话说九宫真人华清风抬头往北山坡一瞧，原来是一条大蟒，头在东山头，尾在西山头，真有几百丈长，有大缸粗细。华清风瞧着，倒抽一口凉气。只见那蟒往山里抽，抽来抽去，抽到一尺来长，一溜烟起在半悬空。华清风看得目瞪痴呆，正在发愣，后面一声："无量佛。"说："华道友，你可曾看见了？"华清风唬了一哆嗦，回头一看，乃是常老道。华清风说："看见了，道友请庙里坐罢。真是法力无边。"常老道说："华道友，你我道义相投，要有用我之处，我万死不辞。"华清风说："甚好。"两个老道，朝夕在一处讲道。

这天姜天瑞来到凌霄观，一见华清风，华清风说："你做甚么来了？"姜天瑞说："我那铁佛寺，日久失修。我打算重修，奈工程浩大，独力难成，我求师父给我想个主意。"华清风尚未答言，常老道答了话，说："不要紧，你得用多少银子？"姜天瑞说："总得一万两银。"常老道说："你回去罢。我明天在开化县洒三天灾。你贴上报子，就说铁佛显圣治病，不出十天，我能给你聚个十万八万的。"华清风说："好。你谢过你师伯。"姜天瑞就给常老道磕了头，自己先回庙贴报单。常老道他就在河里井里一喷毒，谁一吃水，立刻就得臌症。蟒精就来到铁佛寺，充铁佛说话治病。有钱人家求药，要一两银子，穷苦人要一吊钱。这开化县所属方圆人家，八百多村庄，无数人多得一样病。

妖精正然给聚钱，焉想到今天济公来了。一打铁佛嘴巴，妖精已然害怕惊走了。自己一想："这穷和尚把我赶走，我有何面目去见华道友？莫若我把穷和尚吃了。"想罢一阵风回来，显露原形，由半悬空往下一落，是一条大蟒，有三四丈长。把和尚盘住，抬头要咬。和尚拿手一掐蟒的脖子，妖蟒不能动瞪着眼瞧着和尚，和尚瞧着蟒。唬得庙里作买作卖的、烧香的善男信女，连四位班头，全都跑出庙去。

正在这般光景，外面一声"无量佛"，金眼佛姜天瑞来了。书中交代，姜天瑞带领华云龙够奔小西村，一见众绅士，大众彼此行礼，问："道爷贵姓？"姜天瑞通了名姓，说："众位找我甚么事？"众绅士说："现在我们这村里，家家人人得臌症。大概这必是佛爷显圣，所为修庙。只要道爷给求求佛爷，大发慈悲，我们村里人都好了，我等情愿凑钱给修庙。省得我等自己求佛爷去，道爷给代代劳。不知道爷意下若何？"姜天瑞说："好办。只要众位肯施舍银钱修庙，我可以求求佛爷。"正说着话，外面有人进来回禀说："外面有铁佛寺两位和尚，一个叫皂托头彭振，一位叫万花僧徐恒，来找道爷，有要紧事。"姜天瑞一听一愣，赶紧告辞。带华云龙出来一瞧，见皂托头彭振、万花僧徐恒二人，惊慌失色。姜天瑞就问："甚么事？"彭振说："了不得了！现在济颠和尚来到庙中搅闹，你快去瞧瞧罢。"华云龙一听就要跑，姜天瑞说："华二弟不要担惊，待我去结果济颠的性命。我将济颠拿住叫你杀他报仇。"华云龙知道姜天瑞有能为，自己跟着一同来到铁佛寺。

姜天瑞一瞧，济颠和尚被大蟒缠住，姜天瑞伸手拉出宝剑说："好和尚，你无缘无故来搅我。"恶狠狠照定和尚脖颈就是一剑。和尚口中念："唵敕令赫。"这一剑落在蟒的脖颈，"扑吃"一响，红光忽现，鲜血直流，蟒头滚落在地，一溜黑烟，妖蟒竟自逃走。

这一剑打去了五百年的道行。赶到下文书，五云祖晃动聚妖番，群妖怒摆五云阵跟济公作对，那就是报今日一剑之仇。这是后话，暂且不表。济公见妖蟒走了，说："道友，我谢谢你，劳你驾。"姜天瑞说："好济颠，你无缘无故坏我的大事，我焉能容你！"和尚说："咱们二人到后山去，有甚么话再说好不好？"姜天瑞说："好。三位贤弟跟我来。"华云龙、彭振、徐恒也跟着，一同出了庙后门。

来到无人之处，和尚说："姜天瑞，你说怎么样？"姜天瑞说："济颠，你要知时达务，跪倒给祖师爷磕三个头，叫我三声祖师爷。山人有一分好生之德，饶你不死。如要不然，山人当时我要结果你的性命。"和尚说："好东西！姜天瑞你这厮，出家人不知道奉公守法，窝藏江洋大盗。你还敢妖言惑众，叫妖精陷害黎民。你所为贪财，贻害众人。所作所为，伤天害理，上招天怒，下招人怨。见了我和尚，还敢这样无礼。我给你磕头，叫你三声祖师爷？你给我磕头，叫我祖宗，我和尚也不能饶你。"姜天瑞一听，气往上撞，举宝剑照定和尚劈头就剁。和尚滴溜一闪身躲开，转在姜天瑞身后，和尚拧了姜天瑞一把。姜天瑞回头用宝剑照和尚分心就扎，和尚一闪身躲开，滴溜溜围姜天瑞转弯，拧一把，掐一把，摸一把，捅一把。

姜天瑞真急了，拧身跳出圈外说："好和尚，我跟你誓不两立！你这是自来找死，休怨山人。待山人拿法宝取你。"说着话，由兜囊掏出一宗法宝，口中念念有词，祭在空中。和尚一看，原来是一块混元如意石，随风而长，能大能小；随风而落，就如泰山一般，照和尚头顶压下来，和尚哈哈一笑，用手一指，口念六字真言："唵嘛呢叭㖿吽，唵敕令赫！"这石子一溜黄光，现了原形。有鸡子大一块石子坠落在地。姜天瑞一看，气往上撞说："好和尚，胆敢破了山人的法宝！待山人再拿法宝取你。"老道又由兜囊中掏出一宗物件，往空中一扔，口中念念有词。和尚一看，原来是一只斑斓猛虎，摇头摆尾，直奔和尚而来。和尚说："你这不是江边卖水，圣人门前卖字？"和尚用手一指："唵嘛呢叭㖿吽，唵敕令赫。"这老虎一道黄光，掉在地下，是一个纸老虎。

姜天瑞见和尚连破了他两宗法宝，当时姜天瑞站在那里，口中一念咒，用宝剑一指，老道一跺脚，只见半悬空无数的石子打将下来。和尚用手一指，把僧帽拿下来一接，这石子石块全都掉在僧帽里。和尚说："我今天不叫你知道知道也不行。"一招手，那帽子内石子，全倒出来，堆了一座山。和尚又用手照姜天瑞一指，说："唵敕令赫。"姜天瑞一打冷战，自己用手就打自己的嘴巴。和尚说："对，真得打，使劲打，再打几下。"姜天瑞自己打得顺嘴流血。和尚说："该打，把胡子揪下来。"姜天瑞真听话，自己就把胡子揪下来。和尚说："姜天瑞，你自己所作所为，从今以后改不改？要不改过自新，我和尚当时要结果你的性命。"姜天瑞自己也明白过来，疼痛难挨。知道和尚厉害，这才说："师父，慈悲罢，我从此改过，决不敢了。"和尚说："恐你的口不应心，你得起誓，我才能放你。"姜天瑞说："我再不改，叫我遭雷劫，棍破天灵，头破身死。"和尚说："你去你的。华云龙，你往那里走？"华云龙站着瞧愣了。一听和尚这句话，皂脱头彭振、万花僧徐恒二人就往南跑。华云龙就往西跑。和尚就往西追。

华云龙真是急急如丧家之犬，忙忙似漏网之鱼，不亚如脱笼之鸟，恨不能肋生双翅飞上天去，尽命逃跑，连头也不回，好容易听不见草鞋呱哒响了，自己这才站住。累得浑身是汗，遍体生津。一瞧眼前有一座庙，华云龙打算到庙里可以躲避躲避，刚来到庙的界墙，就听庙里有妇人喊嚷："救人那！好贼和尚，你敢抢良家妇女，你快把我放了没事！"华云龙一听，心说："这庙里和尚必不是好人，我进去瞧瞧。"想罢，拧身蹿进庙去，一看，是北房三间，南房三间，西房三间，北房屋中有妇女喊嚷。华云龙捅了窗户往里一看，是一个托头和尚，脸冲里，披下着发髻，打着一道金箍。有一个妇人，二十多岁，长得有几分姿色。和尚意欲霸占妇人，妇人直嚷。华云龙一想："我冷不防由后面把和尚杀了，我把这妇人留下，就在庙里一住，也到不错。"想罢拉出刀来，慢慢进去，冷不防蹿进去，一刀竟将和尚杀死，人头滚落在地。华云龙细一瞧，和尚不是外人，贼人"呀"了一声。不知和尚是谁，且看下回分解。

第八十八回　施佛法暗渡华云龙　见美色淫贼生邪念

话说华云龙由后面一刀把和尚杀了。一瞧和尚不是外人，乃是自己的拜兄，西川路五鬼之内的云中鬼郑天福。华云龙自己一瞧愣了，愣了半天。已然是杀了，也无法，人死不能复生。书中交代，这个贼人，一世也是没做好事。这套《济公传》，济公就所为渡世而来。忠臣孝子，义夫节妇，必然遇难成祥；赃官佞党，淫贼恶霸，终归必有报应循环。做书人笔法，为看书人改恶行善，劝醒世界人。比如忠臣义士遇难，听书看书都恨不能一时有救。为何乱臣贼子，人人得而诛之？此乃人心公平之处，自古至今一理。郑天福也是报应临头，临死糊里糊涂就死了。华云龙也没瞧明白是谁，一刀将贼人杀死。

那妇人只当华云龙是好人，赶紧说："多亏了好汉爷搭救小妇人。我姓李，娘家姓刘。只因我住娘家，我兄弟刘四送我回婆家。骑着一条驴，走在这庙门口，不想遇见这贼和尚。他把我兄弟捆上，搁到西厢房。他把小妇人抢进来，意欲霸占小妇人。多亏你老人家把他杀了。你老人家把我兄弟放开，小妇人回到家去，一家感念恩公的好处。"华云龙微然一笑说："小娘子你听我告诉你，我杀的这个和尚，也不是外人，他叫云中鬼郑天福，是我一拜兄弟。我没瞧明白，错把他杀了。已然他也死了，你也不用走，咱们两个人成其夫妻。把你兄弟一杀，咱们两个人就在这庙里一住就得了。"这妇人一听这话，也知不是好人，妇人就嚷："快救人那！要霸占人那！"华云龙说："你要嚷，我当时把你杀了。"这妇人说："你把我杀了罢，杀了到好。"华云龙看这妇人有几分姿色，贼人淫心妄动，舍不得说杀就杀。

正在这番景况，只听窗外哈哈一笑，说："好华云龙，你这厮做出这样事来！可惜杨大哥撒绿林帖，传绿林箭，给你庆贺守正戒淫花。你这厮人面兽心，我先结果你的性命。"华云龙一听，拉刀窜出来一瞧，外面站定三个人。头前这人身高八尺，膀阔三停。头戴宝蓝缎扎巾，勒着金抹额，二龙斗宝，身穿蓝缎色箭袖袍，腰系丝鸾带，单衬衫，薄底靴子，外罩一件宝蓝缎英雄大氅。面如赤炭，吹灰两道重眉，一双环目，押耳两绺黑毫，三绺黑胡须，飘洒在胸前。这个叫飞天火祖秦元亮。第二个也是身高八尺，紫扎巾，紫箭袖袍，闪披豆青色英雄大氅。面似青呢，青中透亮，两道硃砂眉，一双圆眼，押耳红毫，满部红胡须。这位叫立地瘟神马兆熊。第三位穿白带素，白脸膛，俊品人物。此人姓杨名顺，绰号人称千里腿，乃是威镇八方杨明的叔伯兄弟。这三个人由曲州府回来，在道路上听说华云龙在临安采花做案。三个人想着不能，也许以讹传讹。想着杨大爷给华云龙庆贺守正戒淫花，他焉能做不遵王法之事呢。

今天这三个人走在这古佛院西界墙外，听庙里有妇人喊嚷："救人那，要霸占人那！"三个人止住脚步，都是侠义英雄，专好管路见不平之事。杨顺说："二位兄长，听里面有妇人喊嚷，救人霸占人，必是这庙里僧人不法，咱们到里面瞧瞧。”三个人拧身窜到里面，暗中一探，原来是华云龙要做伤天害理之事。秦元亮这才哈哈一笑说：“好华云龙，你做出这样事来。”华云龙拉刀出来一看，恼羞变成怒，说：“你三个小辈，敢管二太爷的事！今天二太爷全把你们杀了。”这三个人拉刀蹿过去就奔华云龙。

华云龙一想：“他们倚仗人多，跟我动手，我非下毒手不可。”想罢将刀一摆，拧身蹿出庙来。这三个人那里肯舍，随着往外就追。焉想到华云龙一蹿出来就掏出两支镖来，见秦元亮往外一蹿，脚没落地，贼人抖手一镖，正打在膀背之上。马兆熊也往外一蹿，贼人又一抖手打在左肩头。两个人俱皆翻身栽倒。杨顺一瞧，眼就红了，说：“好华云龙，你拿镖打了我两个兄弟，我这条命不要了，跟你一死相拼。”一摆刀照定华云龙搂头就剁。华云龙用手中刀海底捞月往上一迎。杨顺把刀往回一撤，照定华云龙分心就扎。华云龙一闪身躲开，用刀照定杨顺的脉门就点。杨顺把刀往回一撤，一偏腕子，照定华云龙的脖颈就砍。杨顺是真急了，一刀紧似一刀，一刀快似一刀。华云龙闪展腾挪，诱斗杨顺。两个人走了有十几个照面，华云龙摆刀照杨顺分心一刺，杨顺一闪身，华云龙拨头就跑。杨顺那里肯舍，说：“好华云龙那里走！”刚往前一赶，华云龙回头一抖手，说：“招镖。”杨顺赶紧一闪身。见华云龙一扬手并未打出镖来。杨顺刚一愣，华云龙又一抖手说：“着镖。”这镖杨顺未躲开，正中在华盖穴上。杨顺“哎呦”一声，翻身栽倒。华云龙哈哈一阵狂笑说：“你这三个小辈，还敢跟二太爷动手。你们就这样能为，也敢称英雄。今天这是你三个人，放着天堂有路你不走，地狱无门自找寻。休怨二太爷意狠心毒，结果你等的性命。”

说着话，华云龙刚要摆刀过去，只听对面一声喊嚷说：“好东西，华云龙你在这里那。我和尚找你半天没找着，你这可跑不了啦。”华云龙一看，来者正是济公。贼人唬得魂不附体，拨头就跑。急如闪电，恰似流星一般。和尚随后就追，彳亍彳亍，草鞋呱哒直响。华云龙尽着命一跑到天黑，好容易听不见后面草鞋呱哒响了，自己这才止住脚步。回头看了看，和尚不见了。自己累得力尽筋乏，浑身热汗直流。见眼前一座树林子，华云龙进了树林子。靠着树往就地一坐，自己“咳”了一声，心中展转：“要不是自己胡作胡为，何必如此闹得遍地官人捉拿，坐不安，睡不宁，没有扎足立步之所。”

自己心中一烦，靠着树一阵心血来潮。双睛一闭，渺渺茫茫、迷迷离离，似睡非睡，忽然往对面一看，见路北一座大门，挂着门灯，是一家财主的样子。自己一想：“我也越过了镇店，又饥又渴，何妨到这家借宿一宵，求一顿饭吃。”自己想罢，来到大门前。方要叫门，只见由里面出来一位老丈，头戴四楞逍遥员外巾，迎面嵌美玉，双飘秀带，身穿宝蓝缎员外氅，腰系丝绦，白袜云鞋。面如三秋古月，慈眉善目。年过花甲，花白胡须洒满胸前，一表非俗。华云龙赶紧深施一礼说：“老丈请了。我乃行路之人，错过店道，求老庄主方便方便，借宿一宵，赏我一顿饭吃，我必有一分人心，明日早行。”那老丈抬头瞧了瞧说：“客人贵姓？同伴有几位？”华云龙说：“我姓华，就是我自己。”那老丈说：“客人请里面坐罢。”华云龙跟着来到里面，是客厅。朝南三间，屋中倒很幽雅。老丈说：“客人请坐。”华云龙说：“未领教庄主贵姓？”老丈说：“我姓胡。”

说着话，有人献过茶来。老丈待人甚是恭敬。忽由外面进来一个家人，说：“老员外，二员外生日，有许多亲友都等着员外去喝酒呢。”老员外说：“客人，我可不能奉陪，少时再谈。来人，赶紧给华客人预备饭，务须小心伺候。”家人说：“是。”华云龙说：“老丈有事请罢。”老丈出去，立刻家人给华云龙把酒菜摆上。华云龙一瞧，各式蔬菜，都是他素常爱吃的。自己甚为喜悦，吃了个酒足饭饱。自己一想：“这位庄主，与我平生未会，路不相识，这样厚待。”心甚感念。

正在思想之际，听外面有木头底的脚步声音。外面说："呦，老员外在屋里没有？"华云龙一听，说话娇滴滴，声音婉转，也不好答话。忽见帘子一起，华云龙睁睛一看，是一位千姣百媚的女子。头梳盘龙髻，耳坠竹叶梅钳子，银红色女衫，银红色的汗巾，葱心绿绉绸中衣，窄小的宫鞋。真是蛾眉皓齿，杏脸桃腮，真比十成人材强出百倍，难以细述，似仙女一般。华云龙一瞧，眼就直了，心说："我自生人以来，也没见过这美貌的女子。"

只见这女子一掀帘子，"呦"了一声说："这是谁让他进来的？野男子，也不言语一声。"把帘子一摔，拨头就走。华云龙本是采花的淫贼，曾经沧海难为水，除却巫山不是云的人。淫心一动，站起来就跟着，这女子直到后院，进了北上房，华云龙也跟着来到上房。一掀帘子，那女子一瞧，把面目一沉说："华云龙，你真是胆大包天。你想想你做的事，有脑袋没有？你来瞧！"用手一指墙上，华云龙一瞧，板壁墙写的是他在秦相府题的那首诗。华云龙心中暗想："怪呀，这女子怎么知道我是华云龙？"方要打算问，女子用手一指说："你瞧济颠来了。"

华云龙一回头，只见和尚脚步踉狂来到，贼人唬得亡魂皆不附体，不知后事如何，且看下回分解。

第八十九回　遇张荣二人谈心事　买铁镖淫贼见公差

话说华云龙追到姑娘屋中。姑娘用手一指说："济公来了。"华云龙一回头，果见和尚一溜歪斜来到。贼人唬得机伶伶打一寒战，心中一明白，睁眼一看，还在树林子坐着。原来是南柯一梦。

书中交代，这乃是济公的点化狐仙，要暗渡华云龙。试探试探贼人的心地，到这般狼狈，能改不能。济公原本是一位修道的人，出家人以慈悲为门，善念为本，有一番好生之德，不肯当时把贼人拿住，呈送当官。但能渡贼人改过自新，济公就不拿他。焉想到贼人在梦中，仍然恶习不改。华云龙一惊醒，唬了一身大汗，方知是梦。看一看满天星斗，天约有二鼓以后。自己站起身来，往前行走。正往前走着，只见前面一晃身，有一个人。贼人心虚，赶紧把刀拉出来，对面那人也把刀拉出来。二人来至切近，那人说："华二哥吗？"华云龙细一看，不是外人，乃是黑风鬼张荣。华云龙说："张贤弟，你上那去？"张荣过来行礼说："二哥久违少见。"

书中待表，张荣自从前者由杨明家里逃出来，自己也是无地可投，他就到古天山凌霄观去找华清风。华清风知道张荣跟华云龙是拜兄弟，也不拿张荣当外人，就留他在庙里住着。这天金眼佛姜天瑞由铁佛寺逃走，就逃到凌霄观去。一见他师父华清风，华清风就问姜天瑞："为何这样狼狈，怎么胡子会没有了？"姜天瑞就把济公在铁佛寺捉妖之故，从头至尾述说一遍。华清风一听，气往上撞，说："好济颠，这样无礼，我非得找他报仇不可。"从此记恨在心。

华清风一瞧姜天瑞得的这部《阴魔宝篆》，华清风要炼五鬼阴风剑。炼好了可以找济颠给姜天瑞、常道友报仇。要炼五鬼阴风剑，得把五个人开膛摘心，用五个阴魂，才能炼得了。华清风就派黑风鬼张荣下山，诓五个人上山，可以炼五鬼阴风剑。张荣这才下了古天山，出来诓人。今天碰见华云龙，二人彼此叙礼。华云龙说：“张贤弟，你在那住着？”张荣说：“前日我找你，到凤凰岭如意村去住了几天。不想到这个杨明实不是朋友。我在他家住着，他慢不为礼，还说了许多不情礼的话。二哥，你知道我的脾气，我如何受的了？我由他家出来，就在古天山凌霄观住着。现在你叔父派我下山办事。二哥你上那去？”华云龙说：“现在我是无地可投。灵隐寺济颠和尚拿我甚紧。”张荣说：“二哥，你我一同上古天山去好不好？慢说济颠和尚不能到那去拿你，就急便他去了，有你叔父九宫真人，也可以护庇你。也可以劝劝济公和尚。僧赞僧，佛法兴，道中道，玄中妙。红花自藕青莲叶，三教原来共一家。他也是出家人，一不在官，二不应役，你犯了国家的王法，与他僧人何干？你同我去见真人，到可以是个安身之处。”华云龙说：“去是可去，我先得买镖去，我囊中一支镖都没有了，我全凭毒药镖护身。”张荣说：“你要买镖，到前面兴隆镇买去。”

二人慢慢往前走，天光也亮了。来到兴隆镇，太阳高高的。张荣说：“我就在村口外这里等你，你去到村里瞧瞧去。”华云龙说：“也好。”进了村口，来到十字街，往东一拐，只见路南里一座大铁铺子，字号“舞岳斋”，三间门面，西边是栏柜，东边是八卦炉。华云龙抬头一看，见铺子门口，站着一位老者。头戴蓝缎四楞巾，身穿蓝缎袍，面如重枣，粗眉大眼，花白胡须，精神百倍。华云龙一瞧，这必是掌柜的。赶紧上前说：“掌柜的，咱们这铺子卖镖么？”这老者抬头上下瞧了瞧，华云龙是穿白带素，壮士打扮。老者说：“不错，卖镖。尊驾买甚么镖？”华云龙说：“我要出风轧亮的，我要毒药镖。”老者一听，说：“尊驾贵姓？”华云龙说：“我姓华。”老者说：“尊驾姓华，要买出风轧亮的毒药镖。”华云龙说：“不错，有没有？”老者说：“有到有，没有出风轧亮的。壮士你里面坐，你瞧瞧使的使不的，可以叫伙计现收拾。”华云龙点头，跟着来到柜房落座。老者说：“华壮士你买几支镖，要多大分量？”华云龙说：“八支为一槽，六支为半槽，十二支为全槽。我买全槽十二支，多要一支为镇囊。要三两三一支。”老者说：“是。我这里可有现成的，许分量大点。你要一槽镖是六两银子。要出风轧亮，伙计现做，得加二两银子酒钱。”华云龙一想：“几两银子不算甚么。”说：“价钱依你，我等着使。”老者说：“可以。”拿了一支镖。华云龙一瞧说：“分量大。”老者说：“华壮士你等等，少时就得。”一面叫小伙计：“去外面泡壶茶去。咱们铺子火没着，你外头打水去。”趴在小伙计耳边附耳说如此如此。小伙计点头走了。

老者陪着华云龙说话。老者说：“华壮士素常作何生理？”华云龙说：“保镖为生理。”老者说：“尊驾既是保镖，我跟你打听几个人，你可认识？”华云龙说：“有名便知，无名不晓。”老者说：“有一位南路镖头追云燕子黄云，你可认识？”华云龙说：“认得。”老者说：“北路镖头美髯公陈孝、病符神杨猛，你可认识？”华云龙说：“那跟我自己弟兄。”老者说：“东路镖头铁棍无敌陈声远，西路镖头铁头太岁周坤，神刀将李恒，尊驾知道？”华云龙说：“都知道。”老者说：“中路镖头威镇八方大义士杨明，你认识？”华云龙说：“那更不是外人。”老者说：“这就是了。”

说着话，小伙计拿了茶来，给华云龙斟了一碗。少时镖打得了，老者拿进来，给华云龙一瞧，华云龙说：“镖尖微沉一点，恐其打出去摆头。”老者说：“华壮士你试一试，我这后院里有地方。要不合手，再叫伙计锉锉。”华云龙说：“也好。”

老者手里拿着这支镖，带领把后门一开。华云龙一瞧，这个后院地方甚宽阔。西南有五六丈一段长墙，靠南边一个后门周围的院墙也没房子。地下都是三合土砸的土基，是个练把式场子的样式。华云龙一瞧说：“掌柜的也能练罢，这个地方很好。”老者说：“我也爱练。”这句话尚未说完，就听四外哗楞哗楞有兵刃响。华云龙一愣，只见后门磕叹一响，把门踹了，进来两个人，手中拿着铁尺。头前这人，身高八尺。头戴缨翎帽，青布靠衫，腰系皮挺带，青布鹦脑窄腰快靴。面似乌金纸，黑中透亮。两道英雄眉，斜飞入鬓。一双虎目，皂白得分。准头端正，四字口，海下无须，正在少年。后面跟定一人，也是官人打扮。面如赤炭吹灰，红中透紫，粗眉大眼。后面带领无数官人，将门堵住。这两位班头一声喊嚷："好华云龙，你往那里走？你敢明火打劫，劫牢反狱，今天你休想逃走。"

书中交代，华云龙可并未在此地作案，这内中有一段缘故。兴隆镇归常山县管。只因常山县知县到任未久，出了几件逆案。南门外当铺明火执仗刀伤事主。东门外路劫，杀死事主少妇车夫，抢去银两首饰衣服，一无凶手，二无对证。老爷立刻把马快班头叫上来。两位都头，一位姓周名瑞，绰号人称小玄坛，一位叫赤面虎罗镳。这两个人都是飞檐走壁之能。老爷堂谕："派两位班头，急速办案，给十天限。如将贼人拿获，赏银一百两。如逾限不获，定要重责。"

周瑞、罗镳二人，领堂谕下来，每人带了十数个伙计出来下道。这天正走在恶虎山，就听山下一片声喧。原来是常山县马家湖白脸专诸马俊，同铁面天王郑雄，由临安回来，打着骡驮子，正走在这里。只见对面跑过一人说："二位救命，那边有劫路的了。"马俊说："你且跟我来。"催马向前。忽见对面蹿出一人，身高九尺，膀阔三停。头上青扎巾，身穿青绑身小袄，腰系钞包，薄底靴子。手擎鬼头刀，面如刃铁，一脸的白斑。押耳黑毫，短茸茸一部钢髯。

这人把手中刀一顺说道："此地我为尊，专劫过路人。若要从此走，须留买路钱。若无钱买路，叫你命归阴。对面的眠羊孤雁，趁此留下买路金银，饶尔不死。如要不然，要想逃命，势比登天还难。"不知郑雄、马俊该当如何，且看下回分解。

第九十回 蓬头鬼劫径遇英雄 华云龙逃走逢故旧

话说铁面天王郑雄见贼人一顺刀，要买路金银。郑雄一看，这个人身躯高大，汉仗魁伟，是个英雄的样子。郑雄很爱喜，心说："这个人必是被穷所挤，我可以周济周济他，叫他改邪归正。"想罢，郑雄赶奔上前说："朋友，我看你到是个堂堂正正英雄，烈烈轰轰豪杰，必是被穷所逼，在此劫路。我周济你二十两银子，你可以做个小本经营，千万不可做贼为寇。你或是投亲访友，盘费不够用，你只管说，我还可以多给你。"贼人哈哈一笑，说："你休要跟我动舌箭唇枪，给我二十两银子！今天大老爷既遇见你，你非把骡驮子东西都给我留下不可。"郑雄一听，气往上冲，说："你这厮真太不知事物，你打算我怕你不成。今天我管教管教你。"说罢，郑雄伸手拉出竹节鞭，照定贼人搂头就打。贼人一闪身，摆刀照郑雄就剁。郑雄往回一撤鞭，手疾眼快，使了个百草寻蛇，往上一迎。呛啷一响，把贼人的刀磕飞了。趁势一鞭，竟将贼人打倒，郑雄吩咐家人将贼人捆上。郑雄打算打贼人几下，把他放了，叫他知道知道，不肯送他当官治罪。焉想到贼人破口大骂说："你们既把大老爷拿住，你两个人敢把自己名姓告诉我不敢？"马俊说："好贼人，你家大太爷怎么不敢把名姓告诉你！我是马家湖的，姓马名俊，绰号叫白脸专诸。告诉你便怎么样？你不服，你叫人找我去。"贼人说："好。姓马的，你候着罢，早晚有你个乐。”书中待表，下文书群贼夜入马家湖，马俊几乎一家被害，那就是报今日之仇。这是后话。

今天把贼人拿住，正说着话，小玄坛周瑞、赤面虎罗镳，带领众官人赶到。二位都头一瞧认识，周瑞说：“原来是马大官人。拿住贼人甚好。现在南门外当铺明火执仗，抢去衣服首饰无数，已呈报到官。东门外路劫人案，老爷要这两案，要的甚紧，派我等出来。你把贼人交给我们罢。”马俊说：“也好，交给你们罢。”又把那逃难之人叫过来，一问丢了甚么。那人说：“我叫胡德元，并未丢甚么。要非老爷，我命休矣。”谢了马俊等，自己去了。马俊等也自去了。

周瑞、罗镳叫伙计搭着贼人回到衙门。往里一回话，老爷立刻升堂，吩咐：“把贼人带上来。”两旁答应，立刻将贼人带上堂来。贼人怒目横眉，立而不跪。老爷在上面问道：“下面贼人姓甚么？”贼人说：“我姓恽名芳，外号人称蓬头鬼。”老爷说：“恽芳，南门外当铺抢劫，你们共有多少人？趁此实说，免得皮肉受苦。”贼人说：“我不知道。”老爷说：“东门外路劫杀人，你等几个人办的？”恽芳说：“我也不知道，不是我。”老爷说：“你在绿林几年，做了多少案？说！”恽芳说：“我没做案，这是头一回。”老爷一听。勃然大怒，把惊堂木一拍，说：“你这厮必是贯贼呀！见本县竟敢言语支吾。大概抄手问事你万不肯应，来人，给我拉下去，重打八十大板！”皂班答应，将贼人打了八十板。打完了，贼人并不哼哈，复反带上堂去。老爷说：“恽芳你趁此说了实话，本县我必要从轻办理。你如不说，本县三推六问，那时你也得招认。”恽芳说：“我实在不知，你便把我怎样？”老爷一听，气往上冲，吩咐：“把夹棍伺候。”三根棒为五刑之祖，往大堂前一扔，老爷吩咐：“把他夹起来再问。”官人立刻把贼人夹起来。老爷一伸手，用了五成刑，贼人并不言语。老爷一伸手，用八成刑，贼人睡着了。用十成刑，滑了杠。贼人不以为然，老爷再问，贼人还是没口供。老爷无法，吩咐暂把贼人钉镣入狱。连过了两堂，贼人没口供。焉想到第三天夜内三更，来了一二百飞檐走壁的江洋大强盗，来到常山县劫牢反狱，把恽芳救走，拐走了七股差事。来到东门，杀死门军，持刀押颈，要钥匙开城逃走。知县衙门就乱了。

次日，知县把周瑞、罗镳叫上去，标下堂谕：“三天限要这案。如拿获，着赏银二百两。三天如拿不着，必要重办。”马快小玄坛周瑞跟罗镳一商量，这件案真不好办。周瑞、罗镳这两人原本是师兄弟，罗镳是周瑞的父亲的徒弟。这两个人一商量，周瑞说：“咱们两个人到家去问问老爷子，这个恽芳是那路贼。他老人家也许知道，叫他老人家给咱们出个主意。”罗镳说：“好。”两个人带领二十多个伙计。各带兵刃，出了衙门，够奔兴隆镇。

周瑞他住家在兴隆镇的东村头路北。他父亲名叫周熊，绰号人称燕南飞。当年老英雄在镇江府住家，同一轮明月赵九州、铁棍无敌满得公在外面保镖，皆因闲事打了一场官司，打输了，老英雄赌气，离开镇江府，就在这兴隆镇落户，在十字街开了一座“舞岳斋”铁铺。跟前就是一子周瑞，教了一个徒弟罗镳。这两个人在常山县当红差事。周瑞是三班都头，罗镳是班总。

今天这两个人带着伙计，回到家中，一见老英雄周熊，周熊诘问：“儿呀，你二人带着伙计，来到家中甚么事？”周瑞说：“爹爹有所不知，常山县出了逆案了。”周熊说：“甚么逆案？”周瑞说：“这位老爷新官到任，交代尚未办理清楚，南门外万兴宫夜内闹明火执仗，刀伤事主，抢去银两首饰，贼人逃窜，当铺呈报到县。东门外路劫杀人，一无凶手，二无对证，人头不见。老爷派我二人出来办案。我带着伙计下道，走到恶虎山，正遇贼人路劫。常山县马家湖的白脸专诸马俊马大官人已把贼人拿住。我二人把贼带到衙门。老爷一问，这个贼没有口供，老爷把贼人入了狱。焉想到昨天夜内，来了好几百个江洋大盗，大反常山县，劫牢反狱，把贼人救走，还拐走了七股差事，到东门砍死门军，持刀押颈，要钥匙开城逃走。老爷为这事，纱帽都保不住。出了堂谕，给我二人三天限，拿不着贼人，必要重办。我等要拿着这案，不但得赏，还成名露脸。也不知是那路的贼。你老人家可有甚么耳闻没有？"周熊说："救走的这个贼叫甚么？"罗镳说："这个贼叫蓬头鬼恽芳。"周熊一听，说："这个贼我知道，这是西川路的贼。西川有五鬼一条龙：蓬头鬼恽芳，云中鬼郑天福，开风鬼李兆明，鸡鸣鬼全得亮，黑风鬼张荣，这是五鬼。一条龙是乾坤盗鼠华云龙。你两个人不用着急，在家里等着，我出去采访采访。"周瑞、罗镳点头答应。

老英雄燕南飞周熊这才由家中出来，刚来到铺子门口，正赶上华云龙来买镖，周熊就心中一动。华云龙要出风轧亮的镖，周熊心中暗想："使出风轧亮镖的是装毒药用。天下没几个人，就是千里独行马元章，他传授了徒弟威镇八方杨明。杨明传了个拜弟西川路的华云龙。除此这几个人之外，没有要出风轧亮镖的。"老英雄这才一问："壮士贵姓？"华云龙说："姓华。"周熊就知道是乾坤盗鼠华云龙。周熊一想："大概劫牢反狱必有他。就把他拿住，这案就破了。"故此把华云龙稳住了，叫小伙计去倒茶，趴在小伙计耳边说："你赶紧到家里送信，就提乾坤盗鼠华云龙在铺子里买镖。叫周瑞、罗镳带众伙计来，把铺子围上，赶紧快来。"小伙计听得明白，点头答应，把茶壶搁在水铺里，赶紧到家中一送信。

周瑞、罗镳正为这案着急，一听这个信，立刻带人来，就把铺子围了。华云龙怎么也没想到有人拿他，还在睡里梦里。周熊把华云龙诓在后院，地方平坦好拿，华云龙正要试镖，小玄坛周瑞、赤面虎罗镳，每人手擎一把铁尺，重有二十四斤，把门踹了，蹿到院中。周瑞一声："好华云龙，明火路劫，杀伤人命，劫牢反狱，杀死门军，持刀押颈，要钥匙开城。你真是胆大包天，我看你今天那里走！"华云龙唬得魂惊千里，也不知是那的事。二位班头各摆铁尺，往前够奔。华云龙一看人多势众，自己不敢动手，急忙拧身往墙上就蹿。老英雄周熊抖手就是一镖。华云龙没躲开，正中贼人的幽门。终日贼人采花，今天叫他尝尝铁家伙，这也是报应。小玄坛周瑞见贼人要逃走，赶紧喊嚷："外面伙计们，别叫贼跑了！"

众官人各摆兵刃，阻住大路。大约华云龙难逃活命。不知后事如何，且看下回分解。

第九十一回　五英雄送友古天山　恶妖道自炼阴风剑

话说众官人各摆兵刃一截华云龙，这些人如何截得住？华云龙说："挡我者死，闪我者生，尔等让路！"摆刀往下一蹿，手中刀乱砍官人。杀开一条人胡同，贼人闯出来往正北就跑。后面周瑞喊嚷："千万莫放走了他！追拿！"众人随后紧紧追赶。华云龙跑得紧，后面追得紧。周瑞、罗镳是死心眼带领众人飞追，去华云龙不多远。华云龙跑得吁吁带喘，热汗直流，腿也发了酸，实跑不动了。后面仍然是追，华云龙又不敢站住，追上就没了命，自己尽命往前正跑。眼前东西的一道沙土冈，约有一丈多高。华云龙心里说："这道土冈我要两腿一发软上不去，一爬下可就没了命了。"自己来到土冈，用着力往上。焉想到土冈北边有五个人在那里站着。乃是威镇八方杨明，同风里云烟雷明、圣手白猿陈亮、矮脚真人孔贵、万里飞来陆通。

书中交代，这五个人怎么会来到这里呢？原本这五个人在蓬莱观庙里住著，济公说叫他五个人在蓬莱观，一个月之内不准出庙，要一出庙有性命之忧。别人都能行，惟有陆通，他在庙里不出来不行，自己急得了不得。没事他就拿着棍在院里练棍，以为解闷。分为三十六手左门棍，四十八手右门棍，庄家六棍，他自己就要开了。这天他正要着，一失手把花盆砸了。道童说："陆爷，你别练了，要练庙门口练去罢。"陆通说："对，我上庙门口练去。"雷明说："我陪着你，咱们两个人练去。"杨明就说："陆通别出去！济公说一个月不叫出去，出去有性命之忧，不可不信。"孔贵说："庙门口又没人，在山上头有甚么要紧？叫他出去瞧瞧，省得他发急躁。"陆通就同雷明来到庙门口，一个练棍，一个耍刀。

正练得高兴之际，就见山上跑过一只野猫来。陆通一瞧，拿棍就打。野猫往山下一跑，陆通同雷明两个人随后就追。道童瞧见，去告诉杨明，说："陆通同雷明追野猫，追下山去。"杨明、陈亮、孔贵不放心，赶紧带上兵刃，追下山来。焉想到陆通、雷明追这只野猫，一直追过了有五六十里之遥。只见这野猫钻了一座坟窟窿里。陆通追到这里一瞧说："好球囊的，你快出来，你不出来，我把你的窝拆毁了！"拿著棍就要拆坟。这个时节，杨明、陈亮、孔贵赶到。杨明说："陆通你还不躲避，要叫人瞧见，说你偷坟掘墓，就把你拿住。快跟我走罢。"

正说著话，就听正南上人声喊嚷，说："别叫贼人走了！"雷明往土冈南边一瞧，是华云龙被官人追下来，雷明说："杨大哥，你瞧华云龙被官人追下来，咱们帮著官人将他拿住，好不好？"陈亮说："不用，咱们趁早躲开罢，依我说，不用管他闲事。"杨明说："不要紧，我有主意，咱们不用明著过去拿他，跟他为仇。咱们暗中拿石子打他，把他打躺下，官人就把他拿了，咱们也不必露面。"雷明说："对，杨大哥会打暗器，你打得准，你打罢。"杨明就拿起一块石子，在沙冈后，见华云龙刚要一上沙冈了，杨明一抖手说："云龙招打！"这石子照华云龙打去。焉想到华云龙身往旁边一闪，这石子正打在小玄坛周瑞的华盖穴。周瑞"哎哟"一声，翻身栽倒，立刻"哇"的一口血吐出来。

华云龙趁著周瑞一躺下，贼人连蹿带跳，越过土冈。抬头一看，是杨明、雷明、陈亮等五个人。华云龙只当是杨明暗中救他，拿石子打官人呢。华云龙赶紧过来，给杨明磕头，说："多蒙兄长搭救，要不然，小弟今朝不测。"杨明也不好说我不是救你，要帮官人拿你。只好随口应承说："我救你到是小事，你快逃命罢。"华云龙说："兄长，你要救人救到底，我要上古天山凌霄观，找我叔叔九宫真人华清风去，求兄长把我送了去罢。"杨明说："你上你叔叔庙里去，何必我送你？"华云龙说："兄长有所不知。我叔叔的脾气太厉害，要见了我，知道我外面做的这些事，必要杀我。求兄长送了我去，给我讲讲情。我给兄长磕头。"杨明本是个热心肠的人，见华云龙苦苦哀求，杨明说："就是罢，我送了你去。"雷明、陈亮众人可都不愿意，关着杨大爷又不好不跟着。无奈，大众一直够奔古天山而来。

相离此地也不过十数里之遥，众人来到古天山下。陆通就说："杨大哥，你们去，我在这里等著罢。我不去见华清风。见了他，还得给牛鼻子老道行礼，我不愿意。我在这里等著，你一天不来，我等一天。两天不来，我等两天。多怎杨大哥来了，咱们一同回去。"杨明说："也好，你等著罢。"四个人这才同华云龙上山。来到庙门首，一叫门，道童出来一开门说："华二哥来了，您好呀。"华云龙说："好，承问承问。师弟，祖师爷在家没有?”道童道:“在家呢。”众人这才一同进去。

见庙中栽松种竹,清幽之极。正北是大殿五间,东西各有配房。道童带领众人越过头层殿,由第二层院子出东角门,来到东跨院。这院中是北房三间,南房三间,东房三间。道童用手一指北上房说:“祖师爷在上房鹤轩里。”众人隔著帘栊往里一瞧,见里面有一张云床。上面有黄云缎子坐褥,在当中坐定一个老道,盘膝打坐。闭目垂睛。头戴青缎九棱道冠。身穿著紫缎色道袍,上绣金八卦,按着乾三连,坤六段,离中虚,坎中满,当中太极图。腰系杏黄丝绦,白袜云鞋。背后背著宝剑,绿沙鱼皮鞘,捡铜什件,黄绒穗头。面如生羊肝,押耳黑毫,海下一部黑胡须,微有几根白的。

杨明、雷明、陈亮、孔贵四个人在外站著,华云龙先进去,跪倒行礼说:“叔父在上,小侄男给叔父叩头。”老道华清风一翻二目说:“你这逆子,在外面胡作非为!华氏门中,乃根本人家,出了你这现眼的逆子。你还有何面目前来见我!”说著话,伸手把宝剑拉出来。杨明一瞧,恐怕老道杀了华云龙,赶紧迈步进去说:“祖师爷暂且息怒,饶恕他罢。”华清风抬头一看说:“你是甚么人?”杨明说:“我姓杨,叫杨明。”华云龙说:“叔父。这是小侄男的恩兄,威镇八方杨明。”雷明、陈亮、孔贵也都进来。华云龙说:“叔父,这都是我的恩兄义弟。”华清风一听,说:“你这孽障就该打,既是你的恩兄义弟前来,你为何不早回禀我?众位请坐。这位道友贵姓?”孔贵说:“无量佛,弟子叫孔贵。”华清风问:“这二位贵姓?”陈亮说:“我姓陈。”雷明说:“我姓雷。”

华清风说:“众位来此何干?”杨明说:“祖师爷要问,只因我义弟华云龙,他在临安闯下塌天大祸,现在灵隐寺济颠和尚到处拿他,他无处藏躲,我等把他送到祖师爷这里。求祖师爷大发慈悲,将他留下。济颠和尚也许不能来拿他。就急便来了,祖师爷可以劝劝济公。僧赞僧,佛法兴,道中道,玄中妙,红花白藕青莲叶,三教归一一家人。祖师爷可以护庇他。”华清风一听,说:“你等来把他送到我庙里来,是怕济颠和尚拿他,所为救他是不是?”杨明说:“是。”华清风说:“你等还是真心要救他呢,还是假心呢?”杨明听这话一愣,说:“祖师爷这话从何说起?我等要不是真心救他,为何我等跟着送上山来?”

华清风说:“好,你等既是真心救他,我跟你们几位借点东西,肯借不肯借呢?”杨明说:“看是甚么东西,除非是脑袋,在脖子上长着不能借。别的东西都可以借。”华清风说:“我到不借脑袋。我要炼五鬼阴风剑,炼好了,能够斩济颠罗汉的金光。要不炼好了法宝,济公他来拿他,我也不是济颠对手。你们打算救他,把你们几位的人心,借给我炼五鬼阴风剑,可以斩济颠和尚。”雷明一听这句话,他先恼了,张嘴就骂:“好杂毛老道,满嘴胡说。给脸不要脸,爷爷走了。杨大哥跟我走。”杨明也是气得颜色更变,说:“你们是叔侄,爱管不管。”站起来就要走。华清风哈哈一笑,说:“你几个小辈要走,焉能由得了你?放着天堂有路你不走,地狱无门闯进来。姜天瑞出来,把他等给我拿住。”

一句话,金眼佛姜天瑞由屋中出来,用袍袖一点指,口念敕令,竟把这四位英雄,用定神法定住,要想逃走,势比登天还难。不知性命如何,且看下回分解。

第九十二回 黑风鬼害人终害己 金眼佛杀人被人杀

话说姜天瑞用定神法把四位英雄定住。华清风吩咐:"去到西塔院,栽上五根柏木桩。把香蜡桌案应用东西预备好了,山人我要炼五鬼阴风剑。"华云龙站在旁边,竟不开口。杨明说:"好,姓华的,我们可是为你来的。你瞧着我等死,这到不错。"华云龙听杨明这话,他这才说:"祖师爷,你老人家慈悲慈悲罢。这都是我的朋友,你看在我的面上,别杀他们。"华清风说:"华云龙,你还给他等求?你打算他等是你的朋友?在沙土冈,姓雷的他说要帮着官人拿你。姓杨的说,他会打暗器,拿石头原是打你,错打了官人,你还在睡里梦里。"

杨明一听,心说:"怪道,我们说的话,老道怎么会知道?真是神仙,未卜先知!"雷明是破口大骂。华清风立刻吩咐,把众人捆上,搭著来到西跨院。见那里栽著五根柏木桩,放著八仙桌。有香炉蜡扦、香烛纸马、五谷粮食、香菜根、无根水、黄毛边纸、朱砂、白芨、笔砚,一应的东西俱都预备好了。就把四个人往木桩上一捆。陈亮说:"罢了,没想到今天死在这里。哎呀,应了济公的话了,他老人家说,一个月不可出蓬莱观,要不听话,有性命之忧,他救不了咱们。这都是陆通不听话,连累了咱们几个人。"杨明说:"事已至此,也就不必说了。"

雷明、陈亮说:"我们两个人死了到不要紧,上无父母的牵缠,下无妻子的挂碍。孔二哥已然是出了家,死了死了,万事皆休,了一身之冤孽。就是杨大哥死不得,家有白发老娘,绿鬓妻子,未成丁的幼儿。你要一死,是母老妻单子幼,无人照管。"这一句话,勾起杨明心中一阵难过,"咳"了一声说:"二位贤弟,到不便提这个了。一则生有处,死有地,阎王造就三更死,谁敢留人到五更。二则你我弟兄,到是一件乐事。"陈亮说:"怎么要死到是乐事呢?"杨明说:"你没瞧过闲书,想当初三国志宴桃园豪杰三结义,斩黄巾英雄首立功,刘关张结义之时说,不能同年同月同日同时生,但愿同年同月同日同时死,尚且不能。现今你我弟兄岂不是同年同月同日同时死么?"

正说著话,华清风吩咐:"给我拿过一个瓶来,我可以把他等的阴魂拘来,收在瓶内。"姜天瑞说:"师父,您炼五鬼阴风剑,这是四个人,还短一个呢。"华清风一听,豁然大悟,说:"有理有理。山人一时懵懂住了。还短一个人,这不能炼。"姜天瑞说:"只可下山,再找一个人来。"华清风说:"何必现找去,你把厨房吃饭那个,将他添上就得了。"

书中交代,谁在厨房吃饭呢?乃是黑风鬼张荣。原本张荣在树林子等著华云龙去买镖。等候工夫大了,不见华云龙回来。正在心中焦躁,只见杨明、雷明、陈亮、孔贵、陆通这五个人,由正北往南跑。张荣大吃一惊,赶紧隐藏起来。恐怕杨明瞧见他,必然要他的命。自己在暗中观看,见正南上官人追下华云龙来。雷明说,要帮著官人把华云龙拿住,杨明说拿石子打华云龙,张荣在暗中听得明明白白。这小子怕被杨明众人瞧见,他先回到古天山来。一见华清风,提说华云龙之事。要不然,华清风怎么会知道杨明拿石子打华云龙?他又不是神仙,未卜先知,都是张荣说的。

此时张荣正在厨房吃饭,姜天瑞来到厨房说:"张荣,现在祖师爷炼五鬼阴风剑,短一个人。”张荣说：“我给下山诓去。”姜天瑞说：“你也不用诓去，祖师爷说了，把你添上就够了，你少活几年罢。”张荣一听，唬得颜色更变，说：“别把我添上呀。”姜天瑞说：“由不了你。”用袍袖一指，张荣不能动转，当时也把张荣搭到西塔院来。张荣口中直央求说：“祖师爷饶命。”杨明一瞧见张荣，心中咬牙忿恨。自己一想：“要不是出来找张荣，焉能离家在外，遇见这等事？”杨明破口大骂，说：“张荣，你这厮人面兽心，我姓杨的出来，原为找你这小辈报仇，没想到今天在这里会遇见你。”张荣只顾央求老道饶命，也不管杨明骂不骂。张荣直说：“祖师爷饶命！”华清风本是个恶人，并不理他，吩咐姜天瑞：“你看我用宝剑挑起符来一烧，抖起来符落到谁头上，你先取谁的人心。”姜天瑞点头答应。

华清风把符画好了，往宝剑尖上一粘，口中念念有词，把符点著，用宝剑一甩。这道符正落在黑风鬼张荣的头上。杨明一看，说：“罢了。我只要看著张荣一死，先死在我眼前，我就死在九泉之下也甘心瞑目。”只听华清风那里吩咐行刑，姜天瑞拿宝剑，照定张荣胸前就是一剑。只听“噗哧”一响，张荣胸中冒出五股气来，是阴毒损坏狠。冒完了五股气，才往外流血。姜天瑞用凉水一浇头，伸手把人心取出来，一瞧，心中净是小窟窿，都烂了，没有一个好心眼。把人心递给华清风。老道用宝剑将人心一穿，口中念念有词。宝剑一晃，把张荣的阴魂招了去，装在磁瓶之内。老道说声：“急急如律令敕。”用手一指，张荣的阴魂不能出来。

华清风就把第二道符点著，口中一念咒，用宝剑一抖，这道符落在杨明的头上。杨明说：“三位贤弟，愚兄头里走了。你我弟兄在枉死城见罢。”雷明、陈亮瞧着难过，心中如乱箭钻心一般。华清风吩咐姜天瑞行刑。杨明把眼睛一闭，牙关一咬。姜天瑞伸手一解杨明的衣裳，用宝剑照定胸前就刺，只听“噗哧”一声响，红光崩溅，鲜血直流，姜天瑞的死尸栽倒在地。

书中交代，姜天瑞拿宝剑杀杨明，怎么他到会死了？书有明笔、暗笔、伏笔、记笔、倒笔岔、惊人笔。这乃是惊人笔。姜天瑞拿宝剑刚要扎杨明，焉想到由墙外蹿进一人，正是万里飞来陆通。人到棍到，竟把姜天瑞脑袋打碎了。

陆通原本是在山下等候杨明。工夫大了，不见杨明回来。傻人也有傻心眼。陆通一想：“我等杨大哥，回头饿了怎么办？没地方吃饭去。”正在思想之际，由那边来了个卖馒头的。挑着一挑子馒头刚由家中出来。陆通一见是卖馒头的，他乐了，一声喊嚷：“吠，站住。”卖馒头的一瞧陆通身高九尺以外，犹如半截黑塔一般，旁边搁著一条铁棍。卖馒头的只打算陆通是打扛子的，唬得颜色更变，说：“大太爷要甚么？”陆通把英雄氅往地下一铺说：“爷爷要馒头。”卖馒头的赶紧就数，一五一十全数完了，一百零五个。把馒头搁下，挑起挑子就走。陆通说：“回来。”卖馒头的唬得说：“大爷，你还要剥我的衣裳么？”陆通说：“爷爷给你银子。”掏出一锭有五两，递给卖馒头的。他这才知道陆通是好人。卖馒头的说：“这些馒头用不了这许多银子。”陆通说：“你滚罢。”他这才挑起挑子走了。陆通瞧著馒头，拿风一吹，一干皮裂了口。陆通说：“你乐了，先吃你。”拿起来就吃。再一瞧又裂一个，他说：“你也乐了，该吃你。”自己自言自语说：“大哥他们来了，就够吃的了。”

陆通正在这说这话，一瞧和尚来了，还同着一个人。济公说：“陆通，你还不瞧瞧去，你杨大哥叫人害了，要开膛摘心那。”陆通说：“真的吗？”和尚说：“真的。”陆通拿起铁棍大氅就往山上跑，馒头抖了一地，也不要了。来到庙界墙，往里一看，墙有八尺高，他身高九尺，探头往院里一瞧，果然都把杨明捆上。陆通真急了，蹿进去，手起棍落，竟把姜天瑞打得脑腔崩裂。

华清风一看，眼就红了，说："好个胆大的囚徒，竟敢把我的徒儿打死。"陆通摆棍就要跟华清风动手。华清风用手一指，把陆通定住。老道拉出宝剑，照陆通脖颈就是一剑，砍了一道白印。陆通哈哈一笑说："爷爷身上有金钟罩，就是不告诉你，金钟罩就怕火烧、活埋、开水煮这三样，不告诉你，你不知道。"他本是浑人，说不告诉，全说出来。老道一听，吩咐童子："搬两捆干柴来，将他烧死，给我徒儿报仇。"童子立刻搬了干柴来，陆通一瞧，说："这着真损，谁告诉你的?"杨明瞧着深为叹息，说："陆通是个浑人，肉眼佛心，一世不懂奸滑，怎么会遭这样惨报，可谓上天不睁眼。"

陆通也是真急了，口中直嚷："师父快来救我！"只听外面答话："来了。好东西，要烧我徒弟，徒弟不用害怕。"大众睁睛一看，乃是济公一溜歪斜，脚步踉狂跑来搭救众人。不知罗汉爷从何而来，且看下回分解。

第九十三回　古天山华清风炼剑　铁佛寺济禅师救人

话说华清风正要火烧陆通，济公禅师赶到。书中交代，济公由古佛寺追走了华云龙，和尚复返回去。掏了三块药，把飞天火祖秦元亮、立地瘟神马兆熊、千里腿杨顺三个人的镖伤治好。这三个人给济公行礼说："多蒙师父救命之恩，未领教圣僧尊姓大名。"济公通了名姓。这三个人说："师父搭救我等再生，我等铭感于五中。青山不改，绿水长流，他年相见，后会有期，我等必要报答你老人家。"济公说："你三个人去罢，我和尚还有事呢。"三个人千恩万谢告辞去了。

和尚复返到庙里，把刘四放开，叫李刘氏跟他兄弟回家。姊弟二人谢了济公，竟自去了。和尚叫本地官人报官，将古佛寺入官，另招住持僧人。

济公这才回铁佛寺。来到铁佛寺一看，众人正在埋怨和尚："要不是和尚把大蟒赶走，大众虽然花些钱，可以把臌症治好。这一来，病人多得很，没人治了。"济公来到铁佛寺一听这片话，和尚说："众位不必埋怨，我和尚在庙里舍圣水，有病的只管来喝，我准保管好。"立刻派人挑来几十挑水，倒了十大缸水。和尚掏了十块药，放在水缸里。大众就闻一阵清香喷鼻。大众传嚷出去，和尚舍圣水治病。果然是得臌症的，来到铁佛寺喝一口水就好。不但能治臌症，百病全能治好。开化县众民人没有不感念济公的。

次日和尚说："我可不能看着舍水，我还有事。"这才回到巡检司，叫四位班头把冯元志送到开化县。和尚一同来到开化县，知县郑元龙立刻把济公迎接进去，来到书房，知县说："多蒙圣僧给我地面除害，搭救黎民，本县实深感激。"和尚说："那到是小事一段。"知县说："圣僧这是由那里来，这个贼人是怎么一段事?"和尚说："这个贼人是盗公文的贼，现在龙游县还有一个贼，叫小神飞徐沛，跟那个贼是一案。我带著这两个班头杨国栋、尹士雄，就是龙游县的原办。求老爷办一套文书，派几个官人，把这个贼人解到龙游县去圆案。"知县郑元龙点头答应。旁边贼人冯元志一听这话，心中一动。心里说："只要把我解了走，遍地是绿林的朋友，只要碰见，准可以把我救了走。"他是心里的话。和尚答了话，说："好东西，你心里到想得不错，只要把你解了走，道路上就有人把你抢了走，我和尚更有主意。老爷，你叫人把黄土泥用水合了，把贼人的脑袋脸上都抹上，就给他留着眼睛、鼻子、嘴出气，省得有人认得他。”知县立刻办了一角文书，派了四个解差，同尹士雄、杨国栋把贼人解走。尹士雄、杨国栋谢过知县，又谢过了济公，这才押解贼人起身。和尚带领柴、杜二位班头也告辞。知县送出衙门，和尚拱手作别。

柴头说：“师父，你老人家由临安带我二人出来拿华云龙。今天也拿华云龙，明天也拿华云龙，事到如今也没拿住。我们家里都上有老，下有小，指著这份差事度日。这些日子，披霜带露出来，到是拿华云龙不拿了！”和尚说：“你两个人不用著急，跟我走，准把华云龙拿住。”二位班头无奈，跟著和尚往前走。和尚说：“了不得了，我这身上的虱子太多了，咬得我实在难受。”说着话，和尚用手一掏，掏出一把虱子来。由前头掏出一把来，放在后身。由后面掏出一把来，搁在前面。柴头说：“师父，你还不把虱子扔了！还往身上放，这有多脏！”和尚说：“你不知道，我给虱子搬搬家，它一不服水土就死了。”柴头说：“师父，别胡闹了，一个人身上的虱子，还不服水土？依我说，快扔了罢。”和尚说：“这虱子还得拿水饮饮它。”说著话，眼前有一道河，和尚“噗咚”跳下河去。柴头就知道和尚又要走，说：“师父又要走罢？咱们那见？”和尚说：“咱们常山县见罢。”说完了话，和尚一试验法，柴、杜二人瞧不见和尚了。两个人抱抱怨怨，往前走了。

和尚见他二人走了，和尚由水内上来，一直够奔古天山。往前正走，见眼前一个乞丐，抗著一个钱叉子，上写：“日吃千家饭，夜住古庙堂。不做犯法事，那怕见君王。”和尚说：“你上那去要饭吃？”乞丐说：“我去给人家念喜。”和尚说：“咱两个人一同走罢。”乞丐说：“和尚你上那去？”和尚说：“我也给人家念喜歌去。”这乞丐一听，说：“人家办喜事，你是个和尚，一去人家准不愿意。”和尚说：“不要紧。和尚安口锅，也比在家差不多。”说著话，二人一同往前走。

刚到古天山下，一瞧陆通正然瞧著馒头自言自语那里说话。和尚说：“陆通，你还不瞧瞧去，你杨大哥在庙里被人害了。”陆通说：“真的吗？”和尚说：“真的。”陆通拉起英雄氅就跑，馒头滚了一地。和尚说：“朋友，你把馒头捡了走去罢。”乞丐一看说：“和尚你不要么？”和尚说：“我不要，拿着坠手。”要饭的说：“拿着坠手，饿了好吃。”和尚说：“你拿了吃去罢。”和尚叫这个要饭的来，所为怕是这些馒头糟踏了。在山下扔著，没人捡，要饭的把馒头捡了走，和尚这才上山。

刚到凌霄观，就听陆通那里嚷：“师父快来救我！”和尚说：“来了。”立刻用手一摸天灵盖，把佛光、灵光、金光三光闭住。和尚跳进去一看，华清风正要点火烧陆通。和尚说：“好杂毛老道，你敢无故害人，待我来拿你。”华清风气得“哇呀呀”直嚷，说：“你是何人？”和尚说：“我乃西湖灵隐寺济颠是也。你既是出家人，三清教门徒，你就应该戒杀、盗、淫、妄、酒。你无故要杀害性命，我和尚焉能容你。”

华清风一听是济颠，老道睁睛一看，见和尚身量不高，汉仗不大，一脸的油泥，短头发有二寸多长，破僧衣短袖缺领，腰系绒绦，疙里疙瘩，褴褛不堪，原是一丐僧。华清风心里说：“闻名不如见面，见面胜似闻名。听说济颠乃是罗汉。要是罗汉，头上必有金光。要是带路金仙，头上有白光。要是妖精，必有黑气。看他头上一无金光，二无白气，乃是凡夫俗子。”他焉知道和尚把三光闭住。老道说：“好济颠，气死我也。”和尚说：“我气死你，你死罢。”老道说：“济颠，你这厮好大胆量，屡次欺我太甚。我徒弟张妙兴，在五仙山祥云观被你给烧死。你又无故搅闹铁佛寺，常道友给我托梦，说你打去了他五百年的道行。你又把我徒弟姜天瑞胡子给揪了去，羞臊他的脸面。你还要捉拿我侄儿华云龙。今天你还敢来管我的事。你岂不是飞蛾投火，自来送死。你要知事物，跪倒给山人磕头，叫我三声祖师爷，山人有好生之德，饶你不死。”和尚哈哈一笑说：“好老道，满嘴胡说。你跪下给我和尚磕头，叫我三声祖宗爷，我也不能饶你。”

华清风一听，不由怒从心上起，气向胆边生，举宝剑照定和尚劈头就剁。和尚一闪身，滴溜绕在老道身后，拧了老道一把。老道回头，用宝剑照和尚分心就扎。和尚闪身躲开，左手一晃，右手照定老道就是一个嘴巴。老道气得“哇呀呀”直嚷。和尚身体灵便，拧一把，掐一把，摸一把，捅一把。老道的宝剑老到不了和尚的身上。老道真急了，身行往圈外一跳，说：“好济颠，你真是找死！休怨山人，待山人拿法宝取你，叫你知道祖师爷的厉害。”说著话，由兜囊掏出法宝，往就地一洒，老道口中念念有词，用手一指说：“太上老君，急急如律令敕。”展眼之际，只见平地忽起了一阵怪风。怎见得？

有赞为证：

无影又无踪，卷扬花，西复东。江湖常把扁舟送。飘黄叶舞空，推白云，过山峰。过园林乱摆花枝动。吼青松，穿帘入户，银烛影摇红。

一阵狂风大作。和尚再然一看，有许多獐猫野鹿，兔鹤狐群，直奔和尚而来。和尚用手一指，口念六字真言：“唵嘛呢叭𠰻吽。”这些野兽一道黄光，显露原形，都是纸的。老道一看，说：“好和尚，胆敢破我的法宝。”老道口中一念咒，用手掐剑诀一指，只见来了许多毒蛇怪蟒，要咬和尚。和尚哈哈一笑，用手一指，口念六字真言。这毒蛇怪蟒，一道黄光全化没了。

老道见和尚连破了两种法宝，老道真急了，要下毒手。当时把柴火点著。老道用咒语一催，展眼烈焰飞腾，五昧真火把和尚围上。不知济公如何破法，且看下回分解。

第九十四回　僧道斗法凌霄观　弟兄送信马家湖

话说九宫真人华清风点著火，用咒语一催，要烧济公。焉想到和尚口念六字真言：“唵嘛呢叭𠰻吽，唵敕令赫。”用手一指，这团火就奔著老道去，立刻老道衣裳也著了。华清风一瞧，事情不好，赶紧拧身蹿进烟云塔去。和尚一念咒，这火越烧越旺，就把烟云塔围了。华清风胡子也烧了，衣裳也著了，火往塔里直扑。老道直嚷：“圣僧慈悲饶命，弟子再不敢了。”济公本是佛心人，一听华清风央求，和尚赶紧用手一指，火就灭了。华清风由塔里出来，架起趁脚风，竟自逃走。

和尚并不追他，这才把杨明众人放开。再一找，华云龙早已逃走。庙里就剩下四个小道童，唬得战战兢兢。和尚不忍伤害，且说：“你等不必怕，我且问你，庙里还有甚么人？”道童说：“还有我二师兄刘妙通，他病著呢。”和尚说：“好。少时我给他治病。”

杨明众人过来给济公行礼，杨明说：“多谢师父救命之恩。你老人家要不来，我等性命休矣。”和尚说：“杨明、雷明、陈亮，你三个人给我办点事去。我这里有封书信，你三个人送到常山县马家湖，找白脸专诸马俊，交给马大官人。明天可务必掌灯以前送到，别等落太阳送到才好。此事可关乎重大。你们三个人勿论有甚么要紧的事，可别办，先给我送信要紧。”杨明说：“是了。这点小事，我三人决不办错了。”济公把书信交给杨明带好，和尚说："你们这就起身罢，在道路上千万别多管闲事。"杨明说："师父不必嘱咐，反正我等赶早不赶晚，必给送到。"

立时刻三位英雄告辞，由凌霄观出来，顺着山坡下了古天山往前紧走。大约走了有数十里之遥，甚么事也是活该，偶然间云生西北，雾长东南，正是天有不测风云，人有旦夕祸福。

朗朗红日在天，顷刻雾锁云漫。霹雷交加震动，蛟龙沧海何安。白云童子拥世，霎时雨落人间。闪电雷鸣雾缠绵，天地连连染染。

展眼之际，粗风暴雨下来。这三个人紧跑。见眼前有一座小村庄，人家不多。三个人来至切近，一瞧路北一座大门。三位英雄无法，来到大门洞避雨，打算等雨住了再走。焉想到越下越大，沟满河平，平地水深数尺，山水响得可怕。展眼之际，天又黑了。

三个人正在著急，由里面出来一个庄客，说："三位快走罢，我们要关门了。"杨明见外面雨尚未住，说："借光咱们这方有店么？"这个人说："没有。这是个小村庄，金家庄那里有店。"杨明说："有庙没有？"这人说："也没有。"杨明说："我等是远方行路之人，赶上下雨，这里也没店，望求庄主，这里可以方便方便，我等借宿一宵罢。"这人说："那可不行。到不是别的，前人撒土迷后人眼。前者有一位，走在这里直央求要投宿，我们庄主还给他一份铺盖，次日天没亮，他连铺盖都拐了走，还偷了好些东西。这不是烧纸到引了鬼了？看你们三位，到不像歹人，可就怕我们庄主不敢留了。"杨明看了实不能走，无奈说："尊驾说的这话，可也是难怪，不得不留神。我三个人原是江西保镖的，谁想到今天赶上雨了，求庄主方便方便，我等必有一份人心。天下人交遍天下友，人也不能一概而论。"这人说："你们几位候一候，我去回禀我家庄主去。我也不能作主。"说著话转身进去。

少时出来说："三位，我家庄主有请。"三个人立刻跟着进了二道垂户门，一瞧，是北房五间，东西配房各三间。一打北上房的帘子，三个人进来一看，有一位老庄主，年过古稀。一部银髯，头戴宝蓝缎员外巾，身穿宝蓝缎团花大氅。见三个人进来，老员外举手抱拳说："三位壮士请坐。方才我听我庄客说，三位是保镖的，未领教三位贵姓？"杨明这三个人各通了姓名。说："未领教老庄主尊姓，我等今天来此骚扰庄主。"老丈说："三位说那里话来。四海之内，皆兄弟也，小老儿我姓金，名叫金荣。三位请坐。"

杨明瞧了一瞧，这屋里很讲究，都是花梨、紫檀、楠木雕刻的椅桌。墙上名人字画，挑山对联，山水人物，花卉翎毛。摆著都是商彝周鼎，秦环汉玉，上谱古玩，是个财主的样子。有人献过茶来。金老丈立刻吩咐摆酒。当时家人擦抹桌案，杯盘连落，摆上酒菜。家里很是便宜。金员外说："三位吃酒罢，老汉这里可没有甚么好的，三位今天受屈罢。"杨明说："老员外说那里话来，我三个人这就感恩不尽。"说著话，大众落座吃酒，菜蔬也都可吃。

众人吃著酒，只见这位老员外面带忧相，愁眉不展。雷明他是口快心直，说："老丈，你这就不对了。你既让我们吃，你就别心疼。你要舍不得，就别叫我们吃好不好。"老员外一听说："雷壮士，你这话从何而起？我要舍不得，我就不让你们三位进来了。"雷明说："我瞧你脸上带着不愿意，为甚么呢？"金员外说："三位有所不知。我面带忧愁，并非心疼这顿饭，我实有忧心之事。老汉今年六十八岁，膝下无儿，跟前就是一个女儿名叫巧娘，今年一十九岁，尚未许配人家，老汉爱如掌上明珠一般。现在我女儿被妖精迷住了，病得不成样子。听我女儿说，这个妖精是个女妖。我贴告白贴，打算请能人给把妖捉了，我情愿谢银五百两，也请不着人，故此我时刻为这件事发愁。”雷明一听，说：“这个事不要紧，你早不说，我师父会捉妖。”金老丈说：“尊师父那一位？”雷明说：“我师父是灵隐寺济公。我也会捉妖。”金员外说：“尊驾捉妖，是跟谁学的？”雷明说：“我跟江西信州龙虎山铁冠老道张天师学的。”老员外一听，心中甚为喜悦，说：“雷法官既是会捉妖，回头求你老人家辛苦辛苦罢。只要把我女儿救了，老汉我必有一份人心。”雷明说：“不要紧，回头我们上后面给你捉妖去。”老员外立刻吩咐家人再把鸡鸭宰两只，多添几样菜来，家人答应，又添了许多菜，雷明吃了个酒足饭饱，老员外吩咐家人去送信，叫姑娘挪出去，让三位到姑娘屋中去捉妖。

家人答应，少时来回禀说：“姑娘挪出去了。”老员外这才让着三个人来到后面，是北房三间。三个人来到屋中一瞧，东里间屋中是姑娘的卧室，屋中有一阵香粉扑鼻。老员外告辞归前面去。杨明就说：“雷二弟，你疯了。”雷明说：“没疯呀。”杨明说：“你没疯，你楞说会捉妖？是怎么回事？”雷明说：“不要紧，我瞧这个老员外太悭吝，我一说会捉妖，你瞧他又给添鸡鸭鱼肉。先饱餐一顿再说。妖精来了，你我上房再走。”杨明说：“那如何使得？”雷明说：“不要紧，我在屋里等著。妖精不来便罢，他要来了，我就拿他，拿刀砍他，管他甚么妖精。”杨明说：“也好，只要胆子正正的。凡事人心一正，百邪远离，邪不能侵正。圣人云，致中和，天地位焉，万物育焉。也许你我的正气，把邪避去。”雷明说：“对。人有十年旺，神鬼不敢谤。”陈亮说：“对。我在门后头拿刀等著。”雷明说：“我在帐子里床上一躺，装姑娘。”杨明说：“我总担心，我就在外间屋里坐著罢。”雷明说：“杨大哥，你上西里间睡去罢，你不用管。”杨明就在西里间坐著，也不敢睡。三个人等来等去，天有二鼓以后，偶然就听外面一阵风响。再然一听，外面有脚步声音，似乎木头底响，说：“贤妹，你睡了，我特意来找你谈话。”

说着话，妖精就进了屋子说：“呦，生人味。甚么人敢在这屋里？”雷明一听，这才要伸手拉刀捉妖。不知后事如何，且看下回分解。

第九十五回　三英雄避雨金家庄　猛豪杰正气惊妖女

话说雷明、陈亮听外面说生人味，雷明也不答话，拉出刀来。只见帘子一起，是一个女子，刚要往里迈步，雷明说：“甚么东西！”抡刀就是一刀。只见一道火光，妖精竟自逃走。这刀还真砍著了。只见地下有血，有黄毛，也瞧不出来是狼毛是狐狸毛。雷明这里一嚷，老员外早有预备。同家人点著灯，拿盆扣着，并没敢睡觉，听后面雷明一嚷，大家赶紧掌起灯光，过来一瞧，地下有血有黄毛，也不知是甚么妖精。

书中交代，这个妖精乃是黄鼠狼，有一千二百年道行。前套《济公传》有济公九渡黄鼠女，就是这个黄鼠狼。他仍然不改，今天被雷明砍了一刀。今天这一逃走，逃到立空山去，拜立空和尚为师。赶到下文书五云老祖摆群妖五云阵，他也在其内，要报今天一刀之仇，跟济公作对。这三个人总算是济公的徒弟。这是后话，暂且不表。

金老员外见雷明把妖精赶走，果然地下有血迹，当时谢过雷明。大众说著话，天光大亮。金员外拿出二百银子送给雷明，雷明不肯要。老员外执意相送，不收不行。这三个人无法，把银子收了。三个人分著，各带六十余两，这才告辞。

出了金家庄。雷明说："大哥，三弟，你瞧这到不错，白吃白喝，一个人白得六十多两银子。"杨明说："往后你再别办这宗险事。倘若妖精青脸红发，就许把你吃了。你有甚么能为，这也许济公他老人家暗中保护你我。"说著话往前走。

相离常山县不远，眼前道旁有一道土岗，有几棵树，陈亮说："大哥、二哥，头里慢慢走着，我要出恭。"杨明、雷明点头答应。陈亮来到土岗下，蹲下出恭。焉想到后面来了一人，身高八尺，黑脸膛，头挽牛心发纂，穿着青布单坎肩，青中衣，靸鞋。手拿钢刀，由陈亮身背后，照定陈亮就是一刀。陈亮正在出恭，幸亏瞧见，又不能站起来。身行往前一趴，抬腿照贼人就是一腿，把贼人踹了一溜滚。陈亮这才赶过去，把贼人按住，陈亮说："你这厮好生大胆！这幸亏是我，你真不睁眼。"

这贼人口中直央求说："大太爷饶命。"陈亮说："你大概久惯为贼，必有案，你姓甚么？那的人？说实话，我饶你不死。"贼人说："我是镇江府丹阳县人。"陈亮一听他说是丹阳人，口音也像。陈亮一想是乡亲，可就有意不杀他。陈亮说："你是丹阳县人，姓甚么？在甚么村住？"贼人说："我在陈家堡住。"陈亮一听，心说："他在陈家堡住，我怎么不认识？"又问贼人姓甚么，在陈家堡那边住，贼人说："我在陈家堡十字街路北，我姓陈，叫陈亮，外号叫圣手白猿。"陈亮一听，气往上撞，照定贼人就是一个嘴巴。

杨明、雷明尚未走远，也跑回来。杨明说："老三，怎么回事？"陈亮说："我蹲着出恭，他由背后拿刀砍我，被我拿住。这还不算，大哥问问他姓甚么？"杨明说："你姓甚么？说实话！"贼人说："我姓陈，叫陈亮，外号叫圣手白猿。"雷明"噗哧"一笑说："你小子冒充名姓，当著陈亮，你还充陈亮。"贼人"呦"了一声说："我可是瞎了眼了。我可是丹阳县人，我不姓陈了，我姓宋，叫宋八仙。只因我知道有一位陈三爷是英雄，我故此充他老人家姓名。你们二位贵姓？"杨明说："我叫杨明，他是雷明。"贼人一听，说："你是威镇八方杨大爷，你就是那位风里云烟雷二爷么，我是瞎了眼了。三位饶了我罢。"杨明说："我给你几两银子，你做个小本经营，别做贼了。"陈亮说："大哥，别胡闹了，亮清字把瓢给摘了就得了。"贼人说："别家，三位饶命罢。三位上那去？"杨明说："上马家湖。"贼人说："是了，本会风字万，水多鱼旺，荦天汪钻越马肘局密，急付流扯活，对不对？"他说的这是江湖黑话。本会是本村，风字万是姓马，水多鱼旺是银子多。荦天汪钻越马肘局密，是晚上跳墙偷银子。他只当是这三个人上马家湖做买卖去。雷明一听，说："这是谁教给你的这些话？"踹了贼人一脚说："你滚罢。"贼人站起来，竟自逃走。只顾今天雷明、陈亮跟贼人一为仇，下文书大闹丹阳县，陈家堡双雄搭救陈玉梅，几乎雷明、陈亮死在宋八仙之手，那就是贼人报今日之仇。这话休提。

三位英雄放走了贼人，这才够奔马家湖。来到马家湖天光尚早。一打听马大官人是人人皆知，说在十字街路北大门，门口有"孝廉方正"的匾，有"义重乡里"的匾。三个人问明白，来到十字街一瞧，果然不错。上前叩门，由里面出来一位管家，有三十多岁，很透著和气，说："三位找谁？"杨明说："我等奉济公之命，前来送信，找马大官人马俊面交。"管家说："是。三位在此少候。我到里面通禀一声。"转身往里够奔。马俊正同铁面天王郑雄在书房谈话，听家人到常山县买东西回来，学说常山县狱里收着一个贼，叫蓬头鬼恽芳。夜晚去了有几百个江洋大盗，劫牢反狱，把贼人救走，砍死门军，持刀押颈，要钥匙出东门逃走。马俊说："郑大哥，你我晚上把兵刃预备手底下，恐其贼人记恨前仇，来找你我报仇。"郑雄说："不要紧，你我晚上留神就是了。"

正说著话，家人进来回话，说："回禀大官人，现在外面来了三个人，说是灵隐寺济公派来的投书信，要面交大官人。"马俊说："你到外面问问，是济公特派这三位来送信，还是顺便带来的，还是济公花钱雇他们来送信呢？问明白进来禀我知道。"管家点头答应。马俊这是为甚么这样问呢？原本马俊乃是世路通达的人。要是济公花钱雇的人，必须得多赏钱。要是济公托人顺便带信，也另有一番的恭敬。要是济公特派来的人，必须亲自迎接。故此叫家人问明白。管家到外面说："我家大官人叫我问问三位，是顺便稍来的信，是济公叫三位特为此事而来，还是济公花钱雇三位来的？我可嘴冷点。"杨明说："是济公特派我三人前来下书，有紧要的事。"管家立刻来到里面说："回禀大官人，这三位是济公特派来的。"马俊同郑雄赶紧往外相迎。

来到外面一看，见杨明头戴宝蓝缎壮士巾，宝蓝缎大氅，眉分八彩，目如朗星，鼻如梁柱，四字方海口，一部黑胡须，飘洒胸前，一表非俗。见雷明是红胡子蓝靛脸，壮士打扮，精神百倍。陈亮是穿白爱素，也是壮士打扮，俊品人物。管家用手一指，说："我家大官人迎出来了。"杨明一看，见马俊头戴粉绫缎武生巾，双垂灯笼走穗，垂头珠在两肩头飘摆，双飘绣带，上绣三蓝花朵。身穿翠蓝色窄领瘦袖箭袖袍，周身走金线蹈金边，腰系丝鸾带，套玉环，佩玉珮，单衬衫，薄底靴子，闪披一件西湖色英雄大氅，上绣大团花朵朵。三十以外的年岁，淡黄的脸膛，两道粗眉，一双虎目，准头丰满，未长髭须。后面跟定一人，身高八尺，穿黑褂，皂黑脸膛，粗眉大眼，虎背熊腰。

马俊先举手抱拳说："三位虎驾光临，有失远迎，面前恕罪。"杨明三个人也答礼相还。马俊指手往里让，三个人往里够奔。进了二道门内一瞧，是北房明三暗五，东西各有配房。家人一打北上房帘子，众人来到里面。马俊让杨明上座，雷明、陈亮也落座，马俊主坐相陪。家人献上茶来，马俊说："未领教三位尊姓。"杨明说："我姓杨，名明。"雷明、陈亮也各通名姓。马俊说："久仰，久仰！三位从那里来？"杨明说："我等在古天山凌霄观遇见济公禅师，特派我三个人来给马兄台送信。"说着话，把书信掏出来递给马俊，马俊接过信来一看，上面画著一个酒坛子，钉著七个锯子，这是济公的花样。马俊打开书信一看，立时刻唬得颜色更变。不知上面书写何等言辞，且看下回分解。

第九十六回　奉师命投信马家湖　赛专诸见字防盗贼

话说白脸专诸马俊打开书信一看，立时刻颜色更变。铁面天王郑雄就问："贤弟甚么事？为何这般景况。"马俊说："了不得了。兄长你看，这是八句偈语。"郑雄接过来一看，上面写的是：

为救行人秉义侠，惹起是非乱如麻。群贼大众齐聚会，各逞强霸入官衙。前来劫牢反过狱，今夜难免到汝家。马俊若不速防备，全家老幼被贼杀。

郑雄看罢说："济公他老人家未卜先知，贤弟你打算怎么样呢？"马俊说："这件事可不大好办。"郑雄说："杨兄长，素常你们三位做何生理？"杨明说："我等在外面保镖为业。未领教尊驾贵姓？"马俊说："真是，我也忘了给引见，这是我拜兄，他姓郑名雄，绰号人称铁面天王，你们众位彼此多亲多近。"杨明说："久仰久仰。"马俊说："杨兄长，你们三位既是保镖，我今天有一事奉求。"杨明说："甚么事？"马俊说："你看看济公这封信，我前者得罪了绿林的贼人。现在贼人要来杀我满门家眷。我这里人单势孤，终怕受贼人之害，求三位可以拔刀相助，协力相帮，不知尊意如何？"

杨明接过信一看，心中明白。自己忖度了半天，说："马大官人，这件事我可不敢从命，又不知是那路的贼人。要是玉山县的那一路人，我要出头管，就许我一拦就完了。倘若是西川路的贼人，不但我管不了，他等认准了我，贼人还要跟我为仇。我久在外面保镖，只有为人的，焉敢得罪人。"马俊一听，说："我久闻杨兄长是慷慨人物，挥金似土，仗义疏财，在外面行侠做义，杀贪官，斩恶霸，剪恶安良，搭救义孝子妇贤孙，专管路见不平之事，故此我今天才敢直言奉恳。要不然，你我今天总算初会，也不敢求兄长分神。"杨明说："在下也不敢称侠义英雄，英雄无非是常常爱多管闲事。你我彼此一见如故，既是马大官人不嫌，我可从命。可有一节，晚上你叫人预备点锅烟子，我等把本来面目遮住，倘有认识的人，拂不开脸动手。"马俊说："那到好办。你我商量商量，怎么预备。"杨明说："你家里可有多少家人？"马俊说："我家里连长工佃户打杂的更夫都算上有百余人。"杨明说："好。你都把他等叫来，我有话说。"

当时马俊叫家人去把众家丁少时聚齐。杨明一看，不要老弱年岁太大的，挑了六十人，都是年力精壮的。杨明说："现在你们大官从得罪了绿林人，今天晚上有群贼来明火执仗，你等可愿意齐心努力，护庇你家主人，督挡贼人？"众家人大家一口同音说："我等情愿跟贼人一死相拼！至死不二！"

杨明一听，就知道马俊素日待人必宽厚，才能众人齐心。杨明说："你等把内宅收拾出来，叫夫人、老太太、小姐都挪在空房去安歇，别点灯。后院有多少房？"马俊说："后院也是四合房。"杨明说："既然如是，你等各拿兵刃，在南屋里藏着，点上灯，拿盆扣上，听外面我一嚷'拿贼'，你等自抄兵刃出来，齐声喊嚷'拿贼'。不用你等动手拿贼，就用你等助威。"众家人各自点头。杨明说："马大官人，你同郑爷在北上房收拾好了。把兵刃预备在手底下等候贼人。我三个人在东配房屋里，西配房锁上。"马俊一听杨明调度有方，心中甚是佩服，立刻家人安置。当时吩咐摆酒，大众吃喝完毕，天已掌灯。马俊这才带领杨明众人来到内宅。众家人都在南屋里，马俊同郑雄在北屋里，收拾利落，紧趁兵刃放在手底下。杨明、雷明、陈亮都用锅烟子把脸抹了，在东配房屋中一坐，开着门往外瞧着。

等有二更以后，忽见由房上蹿下一个人来。头上是透风马尾随风倒，身上穿三叉通口寸帕夜行衣，周身骨钮寸绊，胸前罗汉股丝绦，双拉蝴蝶扣。皂缎子兜裆裤，蓝缎子袜子，打花绷腿。倒衲千层底，鱼鳞靸鞋，手中拿着一口刀，跳下来东瞧西望。见东配房开着门，贼人迈步就要上台阶。杨明抖手一镖，正打在贼人嘴里。雷明赶出来一刀就把贼人杀了，也不知贼人是谁。

刚把这个贼人一杀，就见北房上有人说话，说："了不得，咱们合字叫人把瓢摘了！"贼人说："好马俊，你敢跟我们绿林中作对，今天将你家中刀刀斩尽，剑剑诛绝。合字上！"这一句话，北房上也是人，南房上也是人，东西房上也是人。众贼人往下就跳。有一个贼人，叫双刀无敌李泰，过来就奔东房。东房杨明看见，这才一声喊嚷："好贼，竟敢明火执仗！"跳出房中。到院内一看，四面房上贼人不少。雷明、陈亮二人也出来站在院中。只见过来一个人，名叫李泰，一摆双马，照杨明一剁。杨明、雷明、陈亮三个人是香炉脚脊背。杨明见李泰摆刀一剁，杨明一闪身，使了个百草寻蛇，竟把贼人杀死。旁边又过来一个贼人，叫铜背猿李祥。这是个很有名的贼人，见李泰一死，摆刀照杨明劈头就砍。杨明真是手急眼快，用刀海底捞月往上一迎。贼人把刀刚往回一撤，杨明一偏腕子，照贼人脖颈就砍。贼人缩颈藏头大闪身，刚一躲开，杨明跟进身一腿踢在贼人腰上，贼人翻身栽倒。杨明赶过去一刀，将贼人结果性命。

一连杨明杀了四个，从对面又过来一个贼，也是一身夜行衣。杨明一看，黑脸膛，是夜行鬼郭顺。杨明一想："是郭贤弟，我不可跟他动手。既有他，我赶紧把他调出去问问他，为甚么跟群贼来打群架，我可以给说合说合。"想罢，杨明一捏嘴，一声胡哨，这是凤凰岭如意村的暗号。果然贼人也一捏嘴，一声胡哨。杨明头里走，贼人跟着也出来，来到村外无人之处。杨明说："对面是夜行鬼郭贤弟么？现有愚兄杨明在此。"

书中交代，杨明认错了人，这个贼不是郭顺，乃是白莲秀士恽飞。他拿锅烟子抹的脸，故此是黑脸膛。恽飞一听是杨明叫郭贤弟，贼人一想："了不得，这是杨明，我要动手，不是他的对手。我要一跑，他必拿刀砍我。莫若我先下手的为强，后下手遭秧。"想罢，掏出囊沙迷魂袋，照定杨明一砍。杨明闻见一股异香，说："恽飞，"这句话没说完，翻身栽倒。贼人"哈哈"一笑说："杨明，你就是这样的英雄，待我结果你的性命。"就听后面有人嚷："合字，这个交结我杀。"恽飞说："何必你。"赶上前举刀就剁，只听"噗哧"一响，红光崩现，鲜血直流。这个时节，就听树林子有人说话，说："哎呀，好快呀，给杀了。阿弥陀佛。"来者乃是济公禅师。

书中交代，济公从何处而来？只因和尚跳下河去洗虱子，说常山县见。柴、杜二位班头又恨又气，连夜够奔常山县而来。来到常山县，天有巳正，二位班头刚一到十字街，只见路西酒铺门口，站着一个人，身高八尺，黑脸膛，头戴鹦翎帽，青布靠衫，皮挺带，青布快靴，有两个人搀着这位班头。柴头说："杜贤弟，你看这个班头好样子。"这位班头是那个？就是那小玄坛周瑞。前者追拿华云龙，被杨明打了一石头，当时就吐了一口血。罗镳赶紧把周瑞搀到家去。

燕南飞周熊一瞧就急了，说："我这大的年岁，就是这一子，他要死了，我就竭了。"赶紧叫罗镳去到衙门给周瑞去告假。焉想到老爷不信，说："我这地面出了这样急案，他要告假，我要瞧瞧周瑞是真是假。"罗镳无法，到家里搀着周瑞够奔衙门。周瑞一见老爷，立刻给老爷叩头说："下役追贼，被贼人余党拿石子打了，现在大口吐血。"老爷验了验，果是真被了伤。周瑞一连又吐了几口血，老爷这才赏了二十两银子，赏十天假调理。

有人搀着周瑞出了衙门。走在十字街酒铺门口，周瑞要歇歇。有许多朋友跟他说话。忽见酒铺里出来一人，头戴粉绫缎六瓣壮士帽，粉绫缎箭袖袍，手中拿着包裹。三十多岁，白脸膛。周瑞一看是华云龙，赶紧说："伙计们快拿，他是华云龙！"这人微然一笑说："你拿谁呀，你养病罢。"贼人往北就走，柴元禄、杜振英听得明白，一瞧果然是华云龙。

当时二位班头拉出铁尺，要捉拿华云龙。不知后事如何，且看下回分解。

第九十七回　杨明助友战群贼　恽飞智捉镇八方

话说小玄坛周瑞正在小酒铺门口站着歇息，有许多的朋友都问周瑞怎么病了。周瑞说："我只因捉拿乾坤盗鼠华云龙，被贼人余党用石子暗中伤了我，打得我吐了血。"众朋友个个都说："慢慢养着，别受累了。"周瑞这个人最好交友，素常朋友最多，常山县认识周瑞的人不少。

正在说话，忽见酒铺出来一个人，正是华云龙。周瑞还说："伙计们拿他，别叫华云龙跑了。"柴元禄、杜振英听见这句话，抬头一看，果然是华云龙。二位班头过去截住说："朋友，你别走了，这场官司你打了罢。我叫柴元禄，他叫杜振英，我二人由临安出来，披霜带露，所为拿你。你在临安做了多少案。"杜振英说："华云龙，你还叫我们费事么？好朋友做事好朋友当，你跟我们走罢。"贼人拿眼瞧二位班头，贼人微然一笑说："你们二位是奉命拿华云龙的原办？"柴头说："不错。"贼人说："我可是华云龙。你们二位就这么说要拿我，我到愿意跟你走，我有一个朋友，他不答应。"柴元禄说："你的朋友在那里？"贼人说："远在千里，近在面前。"说着话，把刀拉出来。

柴元禄说："好贼，你敢拒捕么？"贼人说："看看你两个人有甚么能为要办案，你二人要赢得我手中这口刀，我就跟你去打官司。"柴元禄、杜振英说："好，你我比并比并。"伸手拉出铁尺，照贼人搂头就打。贼人摆刀相迎。一交手，柴元禄、杜振英见贼人这口刀上下翻飞，门路精通，这两人拿不了。柴头心里说："这个贼人果然是武艺高强，怪不得在临安县做案杀人，盗玉镯凤冠。今天要不是我两个人，就得死在贼人之手。"这个光景，柴元禄心中暗恨和尚，早也不分手晚也不分手，偏巧这时分了手，就遇见华云龙了，动着手，柴元禄就说："杜头，你瞧和尚可恨不可恨，这时节济公也不来。"杜振英说："济公来了可不好。"

这两个人话未说完，只听半悬空说话，说："我来了。我下不去，要摔死。"柴元禄一瞧，是济公在药铺的冲天招牌上站着，也不知道怎么上去的。大众都抬头瞧说："了不得，和尚要摔死。"

书中交代，济公打那里来？原本济公在五仙山凌霄观给陆通、孔贵医了病，叫这两人走了，然后来找华云龙。也到了东跨院，见屋中病着一个老道刘妙通。济公给他把病治好，叫刘妙通看庙，和尚这才来到常山县。刚到十字街，见柴、杜二班头，正跟贼人动手。和尚一使验法，上了冲天招牌。柴头说："师父快下来拿贼。"和尚在上面也说："我不要命了，我愣往下跳。"大众都说："和尚准得摔死！"眼瞧着和尚往下一跳，焉想到和尚往下一落，脚离地还有二尺，并未摔着，大众说："这个和尚真怪。"柴头一瞧说："师父快念咒拿贼。"和尚说："我把咒脑袋忘了。"贼人这时一摆兵刃，打算要逃走，刚往房上一蹿。和尚说："我又想起来了。唵敕令赫。"贼人脚刚落到房檐上，仿佛有人揪了贼人脊背，把贼人按住，掉下房来，正掉在小玄坛周瑞的面前。周瑞过去将贼人按住。

柴元禄、杜振英一瞧，暗恨和尚："这个样的好差事，单叫病人拿住。"有心过去就锁，又怕人家不答应。二位班头这才上前说："朋友辛苦，我叫柴元禄，他叫杜振英，我二人是临安太守衙内马快，奉堂谕捉拿华云龙，你把贼人赏给我们锁上罢。"小玄坛周瑞真是宽宏大量，并不争竞，说："你们二位锁罢。"柴元禄这才抖铁链，把贼人锁上。和尚说："你们两个人大喜，拿着华云龙，回去一销差，得一千二百银赏格。"柴头说："师父不喜吗？"和尚说："你们二位大喜，这一拿着华云龙，回去得一千二百银子赏。"柴头说："师父你不喜吗？"和尚说："你们二位大喜呀。"柴头说："贫了，又是这套。"和尚一连说了五遍。柴头说："师父走罢，别说了。"和尚说："你们先到衙门去，我还要出恭。"

二位班头这才押解贼人，来到常山县衙门。往里一回禀，知县立刻升堂。柴元禄二人带领贼人来到公堂，柴头给知县请安说："下役柴元禄给老爷行礼。"杜头也报名请安。柴元禄说："回禀老爷，下役在临安太守衙门当马快，现奉太守谕，出来捉拿临安盗玉镯、凤冠之贼乾坤盗鼠华云龙。今在本地面已将贼人拿住，前来回禀老爷。"知县冯老爷说："你可有海捕公文？"柴头说："有。"立刻把公文递上去。

知县一看不错，这才问道："下面贼人可是华云龙？"贼人说："我姓华，叫华云龙。"老爷问："你叫甚么绰号？"贼人说："我叫乾坤盗鼠。"知县说："你在临安都做的甚么案？"贼人说："我在尼姑庵因奸不允，杀死少妇，砍伤老尼姑。在泰山楼因口角，伤人命。在秦相府盗玉镯、凤冠，粉皮墙题诗，都是我做的。"知县说道："你题的甚么诗？"贼人说："题的是藏头诗，头一个字是乾坤盗鼠华云龙偷。"知县说："你在我地面南门外抢当铺，明火执仗。东门外路劫，杀伤人命。在我衙门劫牢反狱，抢去蓬头鬼恽芳，拐去七股差使，大概必有你呀。"贼人说："我并没在这本地做案。这些事我一概不知。"老爷一听，勃然大怒，说："大概抄手问事，你万不肯应。拉下去，给我打。"贼人说："老爷你先别发裁，我一个人有几条命案，已然把临安城所做的事情，都招出来，也就够我打的了，反正我也是死罪。这本地我并没做案，你愣要叫我承认，那可不行。老爷，你打算叫我一个人承认起来，省得你把面上背案，你打算要保住你的纱帽，对不对？你要叫我给你打算一妥案，你说明白那也行。"老爷一听，气得须眉皆竖，说："你这厮，必是个惯贼。我不打你，你是不招。"

说着话，老爷正要打贼人。这时节，只见由外面脚步踉狂一溜歪斜，济公禅师赶到。柴元禄一瞧说："回禀老爷，济公来了。"知县立刻站起身迎接。一瞧，和尚后面带着一个人，两眼发直，直奔公堂而来。

书中待表，济公由十字街跟二位班头分手之后，和尚随后也够奔常山县而来。刚走到衙门口，和尚抬头一看，见衙门对过有一座酒铺，是"一条龙"，和尚一瞧，有一股怨气直冲霄汉。和尚一掀帘子进去，见柜里坐着一人，有四十多岁，一脸的横肉，长得凶眉恶眼。和尚说："掌柜的，借我笔使使。"掌柜的说："做甚么？"和尚说："我喝酒，借笔写字。"掌柜的把笔递给和尚。和尚在手心写了几个字。写完了在旁边坐下，要好两壶酒，一碟菜。

旁边就听有人说："今天济公长老在十字街拿贼，你没瞧见么？"那人说："没瞧见。"这个说："我瞧见了。和尚身高一丈，头如麦斗，赤红脸，穿着黄袍，手拿一百单八颗念珠，真是罗汉的样。"那个就说："你别胡说了，济颠僧是酒醉疯颠，一脸油泥。破僧衣，短袖缺领，头发很长那才是呢。"用手一指，说："就跟这位和尚仿佛。"那人说："你怎么知道？"这个说："我跟济颠有交情。"和尚答了话说："你认识济颠？多咱认识的？"那人说："去年春天，我在临安见过，一同吃过饭。"和尚说："去年春天，你不是在镇江府做买卖吗？"这人一想："怪呀，和尚怎么知道我在镇江府做买卖？"忙问："和尚，你怎么知道我在镇江府做买卖？"和尚说："我在镇江府见过你。"

正说着话，外面有人吆喝："好好肥狗，谁买到了。"宋氏年间许卖狗。和尚一看说："卖狗的过来，你这条狗要多少钱？"卖狗的这人"咳"了一声说："大师父要留下甚好。家里我们三口人，我母亲病得甚厉害。家里实在当也当尽了，卖也卖没了，就剩这一条狗了。你要留下甚好，你给一吊钱罢，你只当行好。"和尚说："不要。"这人说："算九百罢。"和尚说："不要。"这人说："八百你留下罢。"和尚说："不要。"卖狗的想："好容易有主，也罢，七百。"和尚说："不要。"这个人实没法，说："六百。"和尚说："不要。"

旁边就有人瞧不过，说："大师父，别拿人家穷人打哈哈，你到是多少钱才要？"和尚说："我还一个价，你可别恼。"卖狗的说："不恼。"和尚说："给你五吊钱。"旁边就有人说："和尚你是半疯。"卖狗的说："卖了。"和尚说："卖了，掌柜的给五吊钱罢。"掌柜的说："我凭甚么给五吊钱？"和尚一扬手说："你瞧，就凭这个。"掌柜的一瞧，唬得连忙说："我给五吊。"不知所因何故，且看下回分解。

第九十八回　董士元欺心求圣僧　孔烈女被逼投古井

话说济公一扬手说："就凭这个要五吊钱。"掌柜的一瞧和尚的手心，唬得颜色更变，连忙说："我给五吊钱。"立即拿出五吊钱交给和尚。大众也不知是怎么一段情节。和尚说："卖狗的，你把狗放开，我听它叫唤一声，就把五吊钱给你。"卖狗的说："一放开就跑了，它还是跑回我们家去。"和尚说："不要紧，跑了算我的。"卖狗的立刻把狗放开，狗竟自跑了。和尚就把钱给了卖狗的走了。

掌柜的说："大师父，我这件事，你可别说，咱们两个人尽在不言中，我给你买菜去。"和尚说："你买去罢。"掌柜的立刻买了许多的菜来给和尚吃酒。和尚说："这场官司我要不跟你打，屈死的冤魂也不答应我。"和尚用手一指，和尚往外走，掌柜的两眼发直，就跟着和尚出了"一条龙"酒馆，一直来到常山县大堂。

知县站起身说："圣僧佛驾光临，弟子正失远迎，望乞恕罪。圣僧请坐。圣僧带来这个人，是做甚么的？"和尚说："老爷先派人把这人看起来，少时再问。"老爷立刻吩咐："把这人看起来。"手下官人答应。和尚说："老柴、老杜，二位大喜呀，拿住华云龙，只一到临安，得一千二百银子赏。大喜，大喜！"柴元禄说："师父不喜吗？"和尚说："贼人你姓甚么呀？"贼人说："我叫华云龙。"和尚哈哈一笑说："你姓华，有甚么便宜？"说着话，和尚过去把贼人的衣裳一剥，和尚说："你们来瞧，这就是他的外号。"柴元禄、杜振英一瞧，贼人脊背上，有钱样大小九个疤痢。

和尚这一句话，贼人说："罢了，和尚你既认得我，我不姓华了。"老爷说："你到底姓甚么？"贼人说："我姓孙，叫孙伯虎，外号叫九朵梅花。我在恶虎山玉皇庙里住着。我是西川人。玉皇庙有西川绿林人在那里啸聚。南门外抢万兴当铺，明火执仗，是蓬头鬼恽芳率领，有桃花浪子韩秀，有白莲秀士恽飞，双手分云吴多少，低头看物有得横，恨地无环李猛，低头看塔陈清，造月蓬程智远，西路虎贺东风，跳涧虎陈达，白花蛇杨春，连我一共三十一个人，那天抢的当铺、东门外路劫，是我同无形太岁马金川我二人做的。前者只因蓬头鬼恽方被官人拿来，他兄弟白莲秀士恽飞撒绿林帖，传绿林箭，请了绿林的朋友，来劫牢反狱，共七十三个人来的，把恽芳救走。拐走了七股差事，砍死门军。大众一同出的东门，把恽芳救回去。他的腿被夹棍夹坏了，他说：常山县的老爷是他的仇人，马家湖的白脸专诸是他的仇人。今天众绿林的朋友到马俊家去，杀他的满门家眷。我跟恽芳是拜兄弟，他派我来杀官盗印。没想到被官人拿住。华云龙他也没在玉皇庙跟这些人在一处，我可认识他。我打算替华云龙打一脱案，没想到和尚他认识。这是以往真情实话。"老爷吩咐把贼人钉镣入狱，官人答应，将贼人带去。

柴头、杜头此时气大了。和尚说："你两个不必着急，早晚我必给你二人把贼捉住。"知县这才问说："圣僧，方才带来那个人是怎么一段事？"和尚一扬手说："老爷你看。"知县一看，方才明白，立刻吩咐把那人带过来。

书中待表。这个酒铺掌柜的姓董名叫士元。当初这座"一条龙"酒铺的东家，姓孔，行四，跟董士元乃是拜兄弟，患难相交的朋友。董士元就是孤身一人。孔四家中，有妻子周氏，跟前有一儿一女。董士元帮着孔四照料买卖。后来孔四身染重病，病至垂危之际，就把董士元叫了家去。孔四说：“董贤弟，你我弟兄患难相顾如手如足。现在我不久于人世，我倘一死，你嫂嫂带着侄男侄女度日，无倚无靠。我这酒铺就交给贤弟你照管，我死后只要你别叫你嫂子饿着，能够把孩子养大成人，接续我孔氏门中的香烟，我就死在九泉之下，也甘心瞑目。”董士元说：“兄长，你养病罢，不必担忧。倘兄长要有不测，嫂子侄男侄女我必然照应。”说话之后，果然孔四呜呼哀哉。董士元帮着办理丧事，将孔四葬埋。“一条龙”酒铺就归董士元承管。

他时常给周氏家中去送钱。周氏的女儿名叫小鸾，年长十七岁，尚未许配人家，长得十分貌美。董士元本是酒色之徒，自孔四死后，他就打算要霸占姑娘，时刻记念在心。这天活该周氏带着孩儿上姥姥家去行人情，留下姑娘看家。董士元知道，他买了许多东西，到周氏家中去。就是姑娘一个人。董士元说出无礼之话，伸手拉姑娘，意欲求奸。焉想到姑娘乃是贞洁烈女，见董士元一拉，姑娘急了，往后院就跑。后院有一口井，是浇花井，姑娘就跳下井去。董士元唬得跑回铺子，故作不知。周氏晚上回到家中不见了女儿，各处找，并无踪迹。直到三天，见井里姑娘死尸漂上来。周氏想着，必是姑娘浇花打水，失脚坠落井内，并不知是董士元因奸不允，逼死姑娘的。立刻把死尸打捞上来，给董士元送信。董士元帮着买棺材，把姑娘埋了。他以为这件事人不知、鬼不觉。焉想到今天跟他要五吊钱，和尚手中写的是“强奸逼死孔小鸾”。故此董士元忙给五吊钱。他打算给和尚几个钱，就把这件事完了。焉想到和尚用验法将他带到衙门。

老爷一瞧和尚的手心，方才明白。立刻把惊堂木一拍，老爷说：“你这厮好大胆量，因何强奸逼死孔小鸾？快实说来。不然，本县我要重办你。”董士元这时明白过来，一瞧到了公堂。自己一想：“我这件事没人知道，这可怪道。”想罢，说：“老爷在上，小人叫董士元。我是买卖人，并不认识谁叫孔小鸾。”和尚说：“你这厮好大胆量，你还敢不认！屈死的冤魂，已然在我跟前告了你。老爷用大刑拷打，他就认了。”老爷立刻吩咐：“用夹棍夹起来问。”官人就把董士元夹起来。董士元实在疼痛难禁，这才说：“老爷不必动刑，小人愿招。”老爷说：“你招罢。”董士元就把跟孔四交友，孔四托妻寄子，因姑娘貌美，他谋奸不从，跳井自尽，从头至尾一说。老爷说：“你这东西，真是无伦无礼，做出这样伤天害理之事。”立刻吩咐：“先将他钉镣入狱，候把尸亲传来对质，再照例拟罪。”

老爷这才退堂说：“请圣僧书房坐，本县还有事相商。来人摆酒伺候。”手下人答应，知县说：“圣僧，现在今天晚上有群贼夜入马家湖。倘若杀伤人命在我地面上，本县也要担忧的。圣僧可有甚么高妙的主意？”和尚说：“这到小事，喝酒是大事。”柴头、杜头此时气得傻了。和尚说：“二位大喜。”柴头说：“不是华云龙，喜甚么？”和尚说：“你二人不必着急，回头我带别人去拿华云龙，把贼拿来交给你两个人，论功受赏，好不好？你两个人在这衙门等着，我和尚绝不敢说瞎话。老爷，你派小玄坛周瑞、赤面虎罗镳挑二十名快手伺候，少时叫他等跟我和尚到马家湖去拿贼。”知县点头，立刻传谕。

小玄坛周瑞一听派差，上来回禀说：“下役已然蒙老爷赏假，现在大口吐血，不能跟济公长老出去办案，求老爷派罗镳单去罢。”和尚说：“周瑞，你吐血愿意好是愿意死？”周瑞说：“愿意好。谁能愿意死？”和尚说：“怕好不了。我给你一块药吃试试。”周瑞说：“好。”和尚立刻给了一块药。周瑞吃下去，少时间气血化开，当时觉着好了，连说：“好药，好药！”和尚说：“你好了，同罗镳带二十名快手，在书房外伺候。每人要一根白鹅翎，听我说走就走。”周瑞答应。

家人说：“酒菜齐了。”知县让和尚来到书房，和尚说：“老爷，这个酒我不喝。”知县说：“圣僧要喝甚么酒？可以吩咐。”和尚说：“先把菜都拿下去。上一样菜，叫手下人喊嚷：‘老爷同圣僧在书房喝酒。’大众答话，伺候端菜。我和尚要听热热闹闹的。”老爷说：“是，来人先把菜撤下去，上一个菜，大众说一遍。”家人立刻又把菜撤下去。往里端一样，说：“老爷在书房同圣僧喝酒，你等端菜来。”大众答应说：“是。”和尚这才落座喝酒。

酒过三巡，和尚说：“老爷，我变个戏法你瞧瞧，我要变玉女临凡。”用手一指，下来几个美女来弹唱歌舞。“我要变平地抓鬼。”说着话，和尚伸手往桌底下一抓，抓出一个贼人来，到把老爷唬得目瞪口呆。不知后事如何，且看下回分解。

第九十九回　常山县周罗拿贼犯　马家湖济公救杨明

话说济公说变戏法，变平地抓鬼，一伸手，抓出一个贼人来。和尚说：“老爷你瞧，抓出鬼来了。”老爷立刻吩咐手下人，将贼人捆上。老爷一问，贼人说：“我叫无形太岁马金川，前来杀官盗印。”原是蓬头鬼恽芳派九朵梅花孙伯虎、无形太岁马金川两个人，一个杀官，一个盗印。马金川受过异人的传授，他有十二道隐身符。按着子、丑、寅、卯、辰、巳、午、未、申、酉、戌、亥十二个时辰贴在脑袋上，谁也看不见。今天贼人来，听家人说，老爷同济公在书房喝酒，贼人就奔书房来了。又听济公说要变玉女临凡，贼人要瞧着学学戏法，他迈步进了书房。别人都瞧不见有人进来，和尚可瞧见了。贼人刚往桌底下要钻，和尚一伸手，把他那道符揭下来。大众这才瞧见，就把贼人捆上。老爷问明白，把贼人钉镣入狱。

和尚吃了个酒足饭饱，站起身行说：“周瑞、罗镳你等跟我走。”众班头跟着出了衙门，一直正奔马家湖。和尚叫周瑞，附耳如此如此，周瑞点头。来到马家湖村口，正听见说现有杨明在此，白莲秀士恽飞用囊沙迷魂袋把杨明打倒。后面有人说：“合字，这个交结我。”恽飞说：“何必你，我杀罢。”赶上前“噗哧”一声，红光崩现，鲜血直流，人头落地。和尚说：“好快。杀了么？”可不是杨明死了，是白莲秀士恽飞被小玄坛周瑞杀了。恽飞听后面说：“合字，这个交结我。”恽飞回头瞧了一瞧，见周瑞鬓边有白鹅翎，故此贼人没留神。今天来的这些群贼，都是白鹅翎为记。焉想到济公也叫周瑞等插上白鹅翎，这叫鱼眼混珠。有这么两句话：混浊不分鲢共鲤，水清才见两般鱼。小玄坛周瑞把恽飞杀了。和尚过来一瞧，杨明躺着人事不知。和尚叫周瑞找了一碗水来，掐了一块药，给杨明灌下去。当时杨明醒过来，爬起来一瞧，说：“原来师父来了。可了不得，群贼来到马家湖，明火执仗，这个乱大了。”和尚说：“你到马俊家里去瞧瞧，乱子还大。”杨明赶紧复返回来，蹿房越脊来到里面一瞧，群贼大佛升殿，雷明、陈亮、郑雄、马俊俱被贼人捆上。

书中交代，一落笔难写两件事。杨明走后，马俊等四个人跟贼人动手。群贼之中也有能人。内中有皂托头彭振、万花僧徐恒瞧得明白，两个人下来一施展邪术，把四个人拿住。群贼把北上房屋中点上灯，群贼大众落座。桃花浪子韩秀一瞧，说：“这两个人，拿锅烟子抹着脸，必是熟人，拿水来给洗洗。”

正说着话，外面杨明一声喊嚷：“好贼人，真乃大胆。今有威镇八方杨明在此。”众贼人一听一阵大乱。本来杨明的名头高大，再说群贼一想，要是杨明来就不能来一个人，故此群贼一乱，皂托头彭振说：“众位别乱，都有我。大众看我略施小术，保管来一个拿一个，来两个拿一双。”这句话尚未说完，群贼出来一瞧，见济公一溜歪斜，脚步仓皇，口念“阿弥陀佛，善哉善哉”。皂托头彭振、万花僧徐恒也不吹了。他两个人先自逃生。群贼都知道济公在铁佛寺法斗铁佛，神通广大，焉敢动手，群贼全往房上蹿。济公用手一指，口念“唵敕令赫”，用定神法定住了十六个贼人，杨明这才同济公到屋中把马俊、郑雄、雷明、陈亮放开。

马俊立刻给济公行礼。和尚说：“不用行礼，你们先把这些贼人杀了，不杀也是后患。留几个别杀，我是带着有常山县的班头，留几个活口，交到常山县去完案。”雷明众人这才拿刀把贼人杀了十三名，留下三个贼人没杀。一问这三个人，叫桃花浪子韩秀、粉蝴蝶杨志、燕尾子张七。问明白了，把三个贼人捆上。和尚说：“马俊，给我找一条好扁担，拿两根绳子。”马俊说：“做甚么呀？”和尚说：“我去办案去。把这三个贼人交给常山县两位班头小玄坛周瑞、赤面虎罗镳，天亮解到常山县去。可等我回来再解了走。”马俊立刻叫家人找了一条山榆木的扁担，两条绳子，交给济公。

和尚拿著出了马家湖村口一直往北。离马家湖八里地，有个镇店，叫八里铺。和尚抗着扁担，来到八里铺，天光太阳出来。八里铺这里有个人市口。怎么叫人市口呢？皆因早晨有几个卖力气都在这里会齐。可不许外人来卖力气，都是本地的自己人，在这里挑肩抗肩。和尚来到人市口，把扁担一放，往就地一蹲，也不言语。旁边这些卖力气的就问：“大师父，你是做甚么？”和尚说：“我是卖力气挑肩的。”这人说：“你要挑肩上别处去，我们这里不许外人在这里卖力气。”和尚说：“你们在这里卖力气，司里有帖，府里有牌，县里有告示？”这人说：“没有。”和尚说：“既没有，许你们卖力气，不许我卖力气？我偏在这里定了！”那人就说：“你不用理他，大概和尚是半疯。”这个说：“和尚，你在这罢，我不管好不好！”和尚说：“你叫我在这里，我偏不在这里，我走了。”那人说：“你瞧，是半疯不是？”

和尚抗着扁担往前走了不远，一瞧路西有一座大酒饭馆，和尚迈步进去，就奔后堂。跑堂的心里说：“这个穷和尚，他也到这大饭馆子来吃饭。一个菜三百二、二百四，一顿饭好几吊，换换一条裤子好不好？”见和尚坐下，把扁担一立。跑堂的一瞧，这条扁担到不错，山榆木的，值二两银子。心里说：“和尚吃完了饭要没钱，留他这条扁担，留着送席使。”想罢，跑堂的说：“大师父来了，要甚么酒菜？”和尚说：“你瞧着办罢。”跑堂的说：“你吃东西，我怎么瞧着办？”和尚说：“你不是要留我这条扁担么？你瞧值多少钱，给我多少钱的酒菜，好不好？”伙计说：“没有，我不要扁担。”和尚说：“你别瞧我穿的破，包子有肉不在褶上。好主顾不赊不欠，给现钱，是你们的财神。”跑堂的说：“是是。大师父要菜罢。”和尚说：“你煎炒烹炸，给我配四个菜来。两壶人参露。”跑堂的说：“人参露可卖一吊二百钱一壶！”和尚说：“不多。我们那地方，都卖两吊四一壶，这还便宜一半呢，我今天得多喝两壶。”跑堂的说：“是是。”立刻给和尚把酒菜拿来。

和尚自斟自饮，忽听外面一声“阿弥陀佛”，声音洪亮，帘板一起，进来两个脱头和尚，乃是皂托头彭振、万花僧徐恒。这两个贼人由马家湖逃走，先往北跑，一走山弯走迷了，又往南跑。跑了半夜，天亮来到八里铺，两个人要喝酒歇息歇息。刚一进来，瞧见济公，唬得惊魂失措，就要跑。济公用手一指，把两个贼人定住。济公过去就打彭振嘴巴，说："好东西，我两座庙，二十顷地的银子，都被你二个人拐了走了。今天咱们是一场官司。"济公打了两个贼人每人十个嘴巴，众人瞧着说："这两个和尚，怎么穷和尚打他，也不言语？"那人说："想必他们是没理。"和尚由彭振兜囊掏出有十几两银子，由徐恒兜囊掏出有四十余两。和尚说："这是偷我的银子，还没花完呢。"

和尚拿银子给了酒饭帐。把这两个人一捆，用扁担一挑，大众也没人敢管。和尚挑着出了酒铺，街市上瞧着都觉新鲜。说："一个穷和尚，挑着两个和尚，这是怎么回事？"济公说："你们不开眼，这是我们庙里搬家。"和尚挑着两个和尚来到人市口。众卖力气的说："你们瞧，和尚揽了买卖。"正说着，和尚来至切近。众人一瞧，挑着两个和尚，大众纳闷。济公伸手把银子掏出来说："你们瞧，他们雇我挑到马家湖，给了五十两。你们谁去，一个人我给一两银子，挑到马家湖。"大众一听说："去，我们八个人，四个人倒换着，两个人搭一个。"和尚说："就是。"大众搭起来往前走。刚到马家湖村口，就听那边有人喊："好老道，你敢把我们差事杀了，济公快来。"

和尚抬头一看，是一个老道，手拿宝剑。罗汉爷这才赶奔上前，要跟老道斗法，且看下回分解。

第一百回　济公火烧孟清元　贼道智激灵猿化

话说济公雇人搭着皂托头彭振、万花僧徐恒，刚来到马家湖村口，只听对面有人嚷："好老道，你敢劫杀差事。济公快来。"和尚一看，乃是一个老道，截住小玄坛周瑞一干众人。

书中交代，济公夜内由马家湖走后，小玄坛周瑞、赤面虎罗镳带领二十个伙计一见马俊，马俊说："二位班头，现有济公的吩咐，这里有三个贼，叫你们二位等候天亮，把贼人押回衙门，请老爷前来验尸。济公说等他老人家回来你们再走。"周瑞、罗镳点头答应。

等到天亮，有常山县衙门的二爷骑着马，来到马俊家来打听。原本知县不放心，一夜未见周瑞等回衙门，又不知出了多少人命，总算是常山县的地面，故此老爷派管家到马俊家来打听。管家一见周瑞，周瑞就把夜内杀贼的话一说，管家说："周头，你赶紧请老爷来验尸。"周瑞说："是。"立刻雇了一辆车，把三个贼人搁在车上。大众班头散役，押解着出离了马俊家中。

刚走到马家湖的村口，只见对面来了一个老道。披散着发髻，身穿蓝缎道袍，白袜云鞋，手中擎着宝剑，长得凶眉恶目，一部钢髯。老道口念"无量佛"，把车辆截住，说："你们是做甚么的？"周瑞说："我们是常山县的官人，在马家湖拿住的明火贼犯，往衙门解。"老道说："我瞧瞧拿住的贼。"周瑞说："老道，你瞧甚么？你是那的？"老道说："山人我姓孟，叫清元。"

这个老道，原是华清风的二师弟，在二狼山三清观修行。只因前者有古天山凌霄观内的两个小道童逃在二狼山去，提说他师父被济颠和尚烧跑，不知生死存亡。孟清元一听，说："好，那时我见着济颠和尚，我有周天烈火剑，活活要把济颠烧死，必要给我师兄报仇。"今天是他山上砍木头，有几个做活的，是马家湖的居民，到二狼山去做活，提说闲话，说道："老爷，昨天晚上，我们马家湖热闹了，白脸专诸马俊马大官人家中，闹明火执仗，闹得真凶，听说都是济颠和尚杀了。"这个说是无心，老道是有心听。孟清元一听，济颠和尚到马家湖来了，"我去找他，给我师兄报仇。"老道把发髻披散开，带着宝剑下山，原是来找济公。

老道走到马家湖村口，碰见周瑞众人，押解差事。老道说："我要瞧瞧。"这三个贼人都认得老道。桃花浪子韩秀说："孟道爷救我罢。"杨志说："孟道爷救我罢。"张七说："孟道爷救我罢。"孟清元一听，说："你三个人待我有甚么好处，我救你们？"老道跟杨志素常认识，就有个不对，孟清元说："杨志，你也有今日之下场，还叫我救你。"杨志一听说："老道，你少称雄，我大老爷狠不怕死。满打受了国法王章，再有二十年，我又二十多岁。你少说便宜话，趁此滚开，不然，我可骂你。"老道一听，气往上撞，拉出宝剑竟将杨志结果了性命。周瑞一瞧说："老道你好大胆量！这是明火执仗的要犯，你敢给杀了。伙计们，把他锁上。"众人刚要奔老道，老道用手一指说："前来送死。"用定神法把众人全都定住。

周瑞正在着急喊嚷，见济公来了，周瑞喊道："济公快来！"和尚说："来了。"和尚用手一指，把众人的定神法撤了。叫周瑞把彭振、徐恒搁在车上，一并解到衙门去。给了挑肩的八两银子。和尚这才过来说："孟老道，你认得我不认得？"老道说："你是谁？"济公说："我是灵隐寺济颠。"孟清元一听说："我打算怎么个济颠！项长三头，肩生六臂，原来是一个丐僧。我找你如同钻冰取火，轧沙求油，今天你休想逃命。"和尚说："孟老道，你要不服，咱们两个人到无人之处去说。"老道说："好。"立刻同著和尚，来到山口以内。和尚说："杂毛老道，你打算怎么样？"孟清元说："好济颠，你把我师侄张妙兴烧死，你又把我师侄姜天瑞置死，你把我师兄华清风烧走不知生死。我特要找你报仇。今天你要认罪服输，跪倒给我磕头，叫我三声祖师爷，我饶你不死。如要不然，当时叫你死无葬身之地。"和尚哈哈大笑说："杂毛老道。你这厮不知奉公守法，无故前来找寻死，你跪倒给我磕头，叫我三个祖宗尖，我也不能饶你。"老道一听，气往上撞，摆宝剑照定和尚劈头就剁。和尚滴溜钻在老道身后，拧了老道一把。老道一转身，和尚又掐了老道一把。和尚围着老道直转，掐一把，拧一把，掏一把，抓一把。老道真急了。往旁一跳，口中念念有词。当时三昧真火，平起一起，连山坡柴草都着了，一片火扑奔和尚而来。和尚口念六字真言："唵嘛呢叭㖿吽，唵敕令赫。"用手一指，这片火扑奔老道，立刻老道胡子也着了，头发也烧了，衣裳也着了。老道急忙驾趁脚风逃走。展眼衣裳都烧没了，赤身露体。

老道来到一个石洞，打算要躲避躲避。刚一到石洞，只见里面有一个赤身露体的老道，正是华清风。孟清元一瞧说："师兄，你怎么这个样子？"华清风说："我被济颠和尚烧的。师弟你打那来，为何这个样子？"孟清元一说："我也是被济颠烧的。"华清风说："好济颠和尚，我非得跟他誓不两立。"孟清元说："你我不是他对手，咱们老道，还有比你我强的，咱们三清教数谁？"华清风说："头一位就是万松山云霞观紫霞真人李涵陵，第二就是天台山上清宫东方太悦老仙翁昆仑子，第三就是八卦山坎离真人鲁修真，第四就是梅花山梅花岭梅花真人灵猿化。"孟清元说："咱们找梅花真人去，求他们老人家来给咱们报仇。"华清风说："赤身露体，怎么去？"

正说着话，只见由对面来了一个老道，挑着扁担，上面有两个包裹，青布道冠，蓝布道袍，白袜云鞋，面如古月，三绺黑胡须。华清风一看，不是外人，正是他三师弟尚清云。这个老道可不像他们，乃是正务参修，到处访道学仙。华清风连忙叫："师弟快来！"尚清云一看，说："二位师兄，因何这般景况？"华清风说："我二人被济颠和尚烧了，跟我二人为仇做对。”尚清云一听说：“济颠和尚那乃是好人，普救众生，大概这必是二位师兄的不是。”华清风一听，勃然大怒说：“你是我师弟，你不说帮我报仇，反到说我不好。我非得跟济颠一死相拼，找他报仇不可。”尚清云说：“二位师兄找济颠，我也不管，不找我也不管。我给二位师兄留两身衣裳就是了。”说着话打开包裹，留了两身衣裳，立刻告辞。尚清云挑起扁担往前就走。信口说道：

红尘波浪两茫茫，忍辱柔和是妙方。到处随缘延岁月，终身安分度时光。休将自己心田昧，莫把他人过失扬。谨慎应酬无懊悔，奈烦作事好商量。从来硬弩弦先断，未见钢刀身已伤。惹事尽从闲口舌，招殃多为热心肠。是非不必争你我，彼此何须论短长。吃些亏处原无害，让几分时也不妨。春日才逢杨柳绿，秋风又见菊花黄。荣华总是三更梦，富贵还同九月霜。人为贪财身先丧，蚕因夺食命早亡。一副养身平胃散，两剂顺气太和汤。休斗胜来莫逞强，百年溷事戏文场。离合悲欢朝朝乐，好丑嫌妍日日忙。行客戏房花鼓懈，不知何处是家乡。

尚清云唱着山歌，竟自去了。唱这片话所为劝解华清风二人。焉知这二人恶心不改，痴迷不悟。当时穿着衣裳，驾起趁脚风，要到梅花山梅花岭找梅花真人灵猿化，跟济公报仇。不知后事如何，且看下回分解。

第一百零一回 施佛法智捉蓬头鬼 仗妖术炼剑害妇人

话说华清风、孟清元见尚清云走后，两个人把衣裳穿好，立刻驾起趁脚风，够奔梅花山而来。

来到洞外一看，有两个童子在那里把守洞门。华清风说：“童子，祖师爷可在洞内？”童子说：“现在洞内。”华清风二人立刻往里走。一瞧里面有一面云床，梅花真人灵猿化在上面打坐。头戴鹅黄道冠，身穿鹅黄色道袍，赤红脸，一部银髯。华清风、孟清元跪倒行礼。说：“祖师爷在上，弟子华清风、孟清元给祖师爷叩头。”梅花真人一翻二目，口念：“无量佛，你两个人来此何干？”华清风说：“我二人来求祖师爷大发慈悲，替三清教报仇。尘世上出了一个济颠和尚，兴三宝，灭三清。他跟我二人为仇，无故把我徒弟张妙兴烧死，又把我徒弟姜天瑞逼死，把我二人用火烧的这个样子。他说咱们三清教里没人，都是披毛带角，脊背朝天，横骨叉心，不是四造所生，要灭三清教，实在可恶之极。求祖师爷大发慈悲，一来替我二人报仇，二则也给三清教转转脸，把济颠除了。”灵猿化一听说：“你两个孽障，必是前来搬弄是非，无故济颠焉能跟你等做对？必是你二人招惹了济颠。”华清风说：“祖师爷，你老人家别不信，实是济颠和尚无故欺辱三清教的人。”灵猿化说：“既然如是，你两个人下山，见了济颠，你们跟他说，你不用跟我们做对，你找我们得样的老道去，叫他来找我，我将他结果了性命。我不能下山去找他去。”华清风说：“就是。师弟你我走，找济颠去。”说着话，二人出来。

刚一出洞门，只见济公彳亍彳亍，脚步仓皇，直奔梅花洞而来。和尚说：“我来找你们的得样的老道来了，叫他出来我瞧瞧。”华清风一见，赶紧就嚷：“祖师爷快出来，济颠来了！”灵猿化立刻由洞里蹿出外。抬头一看，见和尚头上并无金光白气，褴褛不堪，原来是一乞丐。老道心中一动，原来是凡夫俗子。老道这才说：“颠僧，我且问你，你为何烧死张妙兴，置死姜天瑞，跟华清风他二人为仇？”和尚说：“你也不必说那个，皆因他等行凶作恶，早就该剐之有余。你怎么样的老道，要跟我老人家怎么样？”灵猿化说：“颠僧！”和尚说：“好，捎信问你姥姥好。”灵猿化说：“我看你有多大能为。”立时刻老道一撇肚子，一张嘴，喷出一道黄光。和尚“哎呀”一声，翻身栽倒，当时绝气身亡。灵猿化一瞧，“咳”了一声说：“华清风，你二人无故搬弄是非，他乃是个凡夫俗子，叫我做个孽。这一来不要紧，万松山紫霞真人李涵陵、九松山灵空长老长眉罗汉来查山，必不答应我。”老道颇觉后悔。

原来这个老道不是人，乃是猿猴。在山中修炼多年，化去横骨，能口吐人言。李涵陵同灵空长老，是十年一查山，他必要预备鲜桃美酒，给李涵陵、灵空长老喝。他是一片恭敬之心。后来他要认李涵陵为师，李涵陵说：“不行，我们老道修行都是人，焉能收你猿猴？”他苦苦哀求。李涵陵无法，说：“我赐你一姓，姓灵罢。”灵空长老说：“我赐你一个名字，叫猿化。”故此他才叫灵猿化。素常他永不下山，在山里采些个草配成丹药，出去普救四方。到是正务参修，打算要成其正果。也跟李涵陵炼了点能为。今天把济公喷倒，自己到也懊悔，怕将来李涵陵不答应他。

华清风见和尚躺下，他乐了，说：“祖师爷把宝剑给我，我杀他。”孟清元说：“我杀他。”灵猿化说：“不能叫你等杀他，我这就做了孽了。我将他置倒，非我给他丹药吃不能起来。一天不给他药吃躺一天，两天不给他药吃躺两天，永不给他药吃，他就得在这里躺死。”这句话还没说完，和尚一翻身爬起来了。灵猿化大吃一惊，说：“和尚，我没给你药吃，你怎么起来了？”和尚说：“我再躺下，等你给我药吃。我到有心给你做个脸，等你给药吃再起来。无奈地下太凉，你也不认识我和尚是谁，我叫你瞧瞧。”说着话，和尚用手一摸天灵盖，口念：“唵敕令赫。”灵猿化再一瞧，和尚身高丈六，头如巴斗，面如蟹壳，身穿织缀，赤着两条腿，光着两只脚，穿着草鞋，是一位活暴暴的知觉罗汉。吓得灵猿化跑进洞去，将洞门一关，不敢出来。和尚也不去追赶。那华清风、孟清元吓得拨头就跑，和尚拿手一指孟清元，口念“唵敕令赫”，和尚也不赶他，一直往东够奔恶虎山。

和尚来到玉皇庙内，蓬头鬼恽芳正在盼想无形太岁马金川、九朵梅花孙伯虎杀官盗印，也不回来。众人到马家湖去杀马俊的满门家眷，也不见回来。天光不早了，自己正在着急之际，和尚由外进来说：“合字。”恽芳一瞧，是个穷和尚，不认识。恽芳说：“甚么叫合字？”和尚说：“我也是线上的人。”恽芳说：“我不懂得这话。”和尚说：“你这可不对。你不认识我了？你兄弟白莲秀士恽飞，撒绿林帖，传绿林箭，请我们来的。那一天劫牢反狱，有我由常山县把你救出来，我还背了你二里多路，你怎么忘了？”恽芳一听说：“我可实在眼浊。那天黑夜景况，人也太多，我实没瞧出来。你叫甚么呀？”和尚说：“我叫要命鬼么。”恽芳说：“你是要命鬼？你是那路的？”和尚说：“我是东路的。”恽芳说：“我怎么没听见说过，你们头儿是谁？”和尚说：“我们头儿是阎王爷。”恽芳说：“我也不认识。”

和尚说：“你不认识，我带你去见见。昨日晚上，无形太岁马金川把印也盗了，九朵梅花孙伯虎把知县也杀了。我们大众到马家湖把马俊全家老幼都杀了。大众都得了金珠细软，大众商量着要回西川。你兄弟白莲秀士恽飞想起来说：‘庙里还有我们大爷，你们谁去把他背来？’都不愿意来。你兄弟就叫我说：‘要命鬼，你去到恶虎山玉皇庙里，把我哥哥背来，咱们一同回西川。’故此我这才来。他们大众都在半路等着呢，你快跟我走罢。”恽芳信以为真，就说：“要命鬼，你背得我动么？”和尚说：“背得动。你别瞧我身量矮小，我有气力。”立时刻和尚背起恽芳，下了恶虎山，一直够奔常山县。

恽芳说："要命鬼，你别往那里走，那是常山县。要碰见官兵，你我都没了命了。"和尚说："不是，你认错了。"

说着话，来到常山县衙门门口。恽芳说："要命鬼，你怎么背我上常山县衙门那？"和尚说："不背你上衙门上那去？你认了命罢。"恽芳一听说，"好，你是我的要命鬼呀！"和尚说："对了。"说着话，来到公堂。老爷正审问桃花浪子韩秀、燕尾子张七、皂托头彭振、万花僧徐恒。老爷见济公来了，赶紧说："圣僧请坐。"和尚把恽芳放下落座。周瑞说："圣僧方才同那老道上那里去了？"和尚就把方才之事述说一遍。

老爷这才说："恽芳，你也有今日。你们劫牢反狱，共多少人？"恽芳说："老爷要问，我也不知道。劫牢反狱，也不是我叫他们劫的。"老爷又闻韩秀众人，上马家湖去明火执仗共多少人？韩秀众人俱皆招认。老爷吩咐将他等全皆钉镣入狱，一面给济公道谢个礼。

这个时节，只见由外面进来一个老道，两眼发直，直奔公堂。周瑞一瞧说："回老爷，这个老道就是方才劫差杀杨志，就是他。"老爷吩咐："把他锁上带过来。"老爷一拍惊堂木说："你这道人叫甚么？"孟清元此时明白过来，既然到了公堂。方才由梅花山走逃，心里一迷，也不知怎么来到衙门。老道一一俱皆招认，老爷也吩咐一并入狱。柴头过来说："圣僧，由临安太守行礼求你，秦相打恭作揖求你老人家带我们出来拿华云龙。今天也拿，明天也拿。龙游县那个样的为难案，你伸手就办了。这常山县这么大事也办了，到是华云龙遂拿不着了。"和尚说："你二人不必着急，跟我走，去拿去。要拿不着华云龙，你二个人就拿我，好不好？"柴头说："拿你做甚么？"和尚立刻告辞。知县说："圣僧，住几天再走。"和尚说："不用。省得他二人着急。我带他们拿华云龙去。"这才带领二位班头，出了常山县往前行走。刚走到山里，只见眼前树林子中，杨明、雷明、陈亮在地下躺着。华清风正要拿宝剑杀这三个人，和尚赶到。不知所因何故，且看下回分解。

第一百零二回　杨雷陈仗义杀妖道　十里庄雷击华清风

话说济公带领二位班头，正走到山内，只见华清风手举宝剑，要杀杨明、雷明、陈亮。

书中交代，华清风由梅花山逃走，自己一想，非得想法把济公杀了不可。他打算要炼子母阴魂剑，能斩罗汉的金光。要炼子母阴魂剑非得把怀男胎的妇人开膛，取子母血抹在宝剑上，用符咒一催就可以炼成了。华清风自己想罢，一施展妖术，弄了点银子，买了个药箱，买了些丸散膏丹，打算到各乡村庄里以治病为名，好找怀男胎的妇人。

华清风拿着药箱，走在一座村庄，只见有两个老太太在那里说话。这位说："刘大娘，吃了饭了？"这位说："吃了。陈大姑，你吃了？"这位说："吃了。"两位老太太，一位姓刘，一位姓陈。这位刘太太说："大姑你瞧，方才过去的，那不是王二的媳妇么？"陈老太太说："是呀。"刘老太太说："不是王二他们两口子不和美吗，怎么他媳妇又给他送饭去？"陈老太太说："刘大娘你不知道，现在王二的媳妇有了身孕了，快生养了，王二也喜欢了。他自己种两顷稻田，他媳妇给送饭去。现在和美了。”华清风一听那妇人怀了孕，赶紧往前走。追到村头一瞧，那妇人果然怀的是男胎。

书中交代，怎么瞧得出来是男是女呢？凡事世上无难事，只怕用心人。要是怀胎的妇人印堂发亮，走路先迈左脚，必是男胎；要是印堂发暗，走路先迈右脚，必是女胎。华清风看明白，赶过去一打稽首，口念：“无量佛。这位大娘子，我看你脸上气色发暗，主于家宅夫妇不和。”老娘们最信服这个，立刻站住说：“道爷，你会相面么？真瞧得对，可不是我们夫妇不和么。道爷你瞧，有甚么破解没有？你要能给破解好了，我必谢谢你。”华清风说：“你把你的生日八字告诉我，我给你破解。”这妇人说：“我是某年某月某日某时生人。”华清风听得明白，照定妇人头顶就是一掌，妇人就迷糊了。老道一架妇人的胳膊，带着就走。村庄内有人瞧见说：“可了不得，老道不是好人，要把王二的妻子拐去了。咱们赶紧聚人把老道拿住活埋了。”急至一齐人，老道驾着趁脚风，早不见了。

华清风来到山内找了一棵树，把这妇人缚上，由兜囊把应用的东西拿出来。刚要炼剑，把妇人开膛，只见由那边来了三个人，正是威镇八方杨明同雷明、陈亮。这三个人是在马俊家见事情已完，杨明说：“我该回家了，恐其老娘不放心。我出来所为找张荣，张荣已死在古天山，我该回去了。”雷明、陈亮说：“大哥咱们一同走。”马俊给三个人道谢，拿出几十两银子，给三个人做盘费。三个人也不好收回，退了银子，告辞出了。马俊送到外面说：“你我青山不改，绿水长流，他年相见，后会有期。”彼此拱手而别。

这三个人正往前走，只见老道要谋害妇人。雷明是侠肝义胆，口快心直，立刻一声喊嚷：“好杂毛妖道，你在这里要害人，待我拿你。”华清风一看说：“好雷明，前者饶尔不死，今又来多管闲事。这可是放着天堂有路你不走，地狱无门要找寻，待山人来结果你的性命。”雷明刚一摆刀剁，老道用手一指，竟把雷明置住。陈亮见老道要杀雷明，自己真急了，说：“好华清风，我这条命不要了，跟你一死相拼。”摆刀就砍。老道一闪身，用手一指点，也把陈亮定住。杨明一想：“罢了，今天当我三人死在老道之手。”当时过去一动手，老道又把杨明定住。老道哈哈一笑，刚要动手杀人，就听济公一声喊嚷：“好东西，杂毛老道，你敢要杀我徒弟。”华清风一瞧，吓得连魂都没有了，立刻驾起趁脚风竟自逃走。

和尚不再追他，过来救了杨明三人，叫柴头把那妇人放下来。和尚用手一点指，那妇人也明白过来。大众复反出了山口。只见来了许多的乡人，来追赶老道。和尚说：“老道已然叫我们打跑了，你们将这妇人送回去罢。”众乡人把妇人带了走。

和尚说：“杨明，你回家罢。”杨明立刻告辞，竟自去了。和尚说：“雷明、陈亮跟我来。”二人点头，跟着和尚，来到十里庄。这里有一座茶馆，搭着天棚，茶座不少。和尚说：“咱们进去歇息。”众人点头。和尚进了茶馆，不在天棚底下坐，一直来到屋中落座。陈亮说：“师父你看天气甚热，怎么不在外头凉快？在屋里有多热。”和尚说：“你瞧外头人多，少时都得进来，屋里就坐不下。”陈亮说：“怎么？”和尚说：“你瞧着。”说完了话，和尚来到后院，恭恭敬敬朝西北磕了三个头。陈亮心里说：“我自从认济公为师，也未瞧见过他磕头，他在庙里也永没烧过香，拜过佛，这是怎么了？”只见和尚磕完了头进来，说：“拿一壶茶。”伙计拿过来。刚喝了两三碗，只见云生西北，雾长东南，展眼之际，暴雨下起来了。外面喝茶的人，全跑进屋子里来避雨。只见狂风暴雨，霹雳雷电闪，一个跟着一个，雷闪围着这屋子直绕。内中就有人说：“咱们这里头的人谁有亏心事，可趁早说，趁早出去，这个雷可来的邪形，可别连累了别人！”和尚也自言自语说："这个年头，真是现世现报，我知道雷要劈谁，他愣敢打他爹两个嘴巴，还不该劈他？等甚么！"只一句话旁边有一个人吓得颜色更变，赶紧过来给和尚磕头说："圣僧，你老人家给求求罢，原本我父亲有个疯癫，我那天喝醉了，是打了我父亲两个嘴巴。圣僧给我求求，我从此不敢了，改过自新。"和尚说："你准改了，我给你求求，不定行不行。"说着话，和尚一抬头，仿佛望空说话，说："我给你求，要不改还是劈你。"这人说："改。"和尚说："不但要劈一个人，还有一个谋夺家产的，他把他兄弟轰出去，祖上的遗产，他一个人霸住。心地不公，也要劈他。"旁边有一人听这句话，也过来给和尚磕头说："圣僧你老人家给我求求罢。我到不是霸占家产，只因我有一个兄弟是傻子，我把他轰出去。只要圣僧给我求求，我把我兄弟找回来。"和尚说："我给你求着瞧，可不定雷公爷答应不答应。"说着话，和尚望空祷告了半天。和尚说："我给你求明白了，给你三天限，你要不把你兄弟找回去，还是要劈你。"这人说："我准把我兄弟找回去。"和尚说："随你罢。"大众一听，真是报应循环，了不得，纷纷议论。

陈亮就说："师父，像华清风这样为非作恶，莫不曾上天就不报应他么？"和尚说："少时他就现事现报，叫你瞧得见。"正说着话，只见由远远的跑了老道来，大约要到茶馆来避雨的样子。刚走到茶馆门口，眼瞧一道电光，照在老道的脸上，跟着一道火光，山崩地裂一声响，老道面朝北跪着，竟被雷击了。大众一乱说："劈了老道了！"一个霹雳，雨过天晴，露出一轮红日将要西沉。陈亮出来一瞧，认识是华清风，被雷霹了，雨也住了。

和尚说："雷明、陈亮，我这里有一封信有一块药，你两个人顺着常山县大道，够奔曲州府。离曲州府五里地有个五里碑，在五里碑东村口外有座庙，庙门口躺着一条大汉。你把我这药给他吃了，把这封信给他，叫他照我书信行事。你两个人在道路上可别多管闲事。要一管闲事，可就有大祸。"陈亮说："咱们在那见了？"和尚说："大概曲州府许见着。你们到了曲州府，瞧见甚么事，瞧在眼里，记在心里，可别伸手管，是便宜，要伸手管，可就找不自在。"雷明、陈亮听和尚这话半吐半咽，也测不透。

两个人拿着书信，别了济公，顺大路来到常山县北门外，天色已晚。陈亮说："咱们住店罢。"雷明说："好。"立刻见眼前有一座德源店。二人进去，住的是北上房三间。喝吃完毕，陈亮睡了。觉天气太热，雷明出来到院中乘凉。店中都睡了，院里还没凉风。雷明一想，高处必有风，立刻蹿上房去，果然凉快。雷明正打算要在房上躺躺，忽听有人喊嚷："杀人了！杀人了！"雷明一想，必是路劫。立刻带上刀，蹿房越脊，顺着声音找去。找到一所院落，是四合房。见北上房东里间有灯光，在屋中喊嚷："杀人了！"雷明蹿下去，湿破窗纸一瞧，不瞧则可，一瞧气得须眉皆竖，伸手拉刀，要多管闲事，焉想到惹出一场横祸非灾。不知后事如何，且看下回分解。

第一百零三回 雷明夜探孙家堡 陈亮细问妇人供

话说雷明扒窗户一看，见这屋里是顺北墙的一张床，靠东墙是顶箱立柜，地下有八仙桌、椅子、梳头桌，屋中很是齐整。床上躺着一个妇人，有二十多岁，脸上未擦脂粉，穿着蓝布裤褂，窄小宫鞋，长得到是蛾眉杏眼，俊俏无比。地下站定一个二十多岁男子，头挽牛心发纂，赤着背，穿着单坎肩，月白中衣。长得一脸横肉，凶眉恶眼。左手按着妇人的华盖穴，右手拿着一把钢刀，口中说："你就是给我说实话。不说实话，你打算我把你杀了，那便宜你，我一刀一刀把你剐了。"就听那妇人直嚷说："好二虎，你要欺负死我，我这是烧纸引了鬼。我跟你有何冤何仇，你敢来持刀威吓。"

雷明一瞧，气往上撞，有心要进去，自己一想："我别粗卤。老三常说，我要讲机灵便眼力见，我不如他；要讲高来高去，飞檐走壁，他不如我。我别莽撞，我去跟他商量商量，可管则管，不可管别管。"想罢，撤身上房，仍蹿到店内，来到屋中，一推陈亮。雷明说："老三醒来。"陈亮说："二哥叫我甚么事？"雷明说："我瞧见一件新鲜事。我因为天热，我在院中乘凉。院中还热，我就上房去，可以得风。刚到房上，就听有人喊嚷：杀了人，救人那！我自打算是路劫，我顺着声音找去，找到一所院落。见一个男子拿着刀，按着一个妇人，直叫妇人说。我也不知么事。我有心进去，怕你说我粗莽。我跟你商量商量，是管好，不管好？"陈亮一听，说："二哥，你这就不对。无故上房，要叫店里瞧见，这算怎么回事？再说这件事，要不知道，眼不见，心不烦。既知道要不管，心中更不痛快。你我去瞧瞧罢。"

说着话，两个人穿好衣服，一同出来。仍不好惊动店家，拧身上房，蹿房越脊，来到这院中。一听，屋里还嚷救人，二人下去，陈亮扒窗户一看，就听妇人说："好二虎，你要欺负死我。我这是烧纸引鬼，你还不撒开我，快救人那！"那男子说："你嚷，我剐了你。"拿刀背照定妇人脸上就钉，一连几下，钉得妇人脸上都血晕了。妇人放声痛哭，还嚷救人。

陈亮一瞧，不由怒从心上起，气向胆边生，当时说："二哥跟我来。"二人来到外间屋门一瞧，门开着。二人迈步进去，一掀里间帘子，陈亮说："朋友请了。为甚么事半夜三更拿刀动杖？"这男子一回头，吓了一哆嗦。见陈亮是俊品人物，见雷明是红胡子蓝靛脸，相貌凶恶。这男子立刻把刀放下说："二位贵姓？"陈亮说："姓陈。"雷明说："姓雷。"这男子一听说话，是个雷声音洪亮。陈亮说："我二人原是镇江府人，以保镖为业。由此路过，今天住在德源店。在院中凉快，听见喊嚷杀人救人，我二人只打算是路劫。出来一找，听这院中喊嚷，我二人自幼练过武艺，故此跳墙进来。朋友，为甚么这里拿刀行凶？"这男子说："原来是二位保镖的达官。要问我，姓孙，叫孙二虎。我们这村庄叫孙家堡。小村庄到有八十多家姓孙的，外姓人少。他是我嫂嫂。我兄长在日开药铺。我兄长死了三年，她居寡守寡。你们瞧她这大肚子，我就要问问她，这大肚子是那里来的。因为这个，她喊嚷起来，惊动了二位达官。"

陈亮一听，人家是家务事，这怎么管。陈亮说："我有两句话奉劝。天子至大，犹不能赡其宗族，何况你我平民百姓？尊驾不必这样。依我劝，算了罢。"孙二虎一听说："好。既是你不叫管，我走了。你二人在这里罢。"雷明一听，这小子说的不像人话。雷明说："你别走，为甚么你走，我们在这里？这不像话！"孙二虎看这两人的样子，他也不敢惹。赶紧说："你我一同走。"

雷明、陈亮刚要往外走，那妇人说："二位恩公别走，方才他说的话连一句也不对。"陈亮一听诧异，说："怎么不对？"这妇人说："小妇人我丈夫可是姓孙，在世开药铺生理，今年已故去三载。我娘家姓康，我过门时就不认识他。后来才听见说，就是这么一个当家的兄弟，已然出了五服。素常我丈夫在日，他也不常来，只因我烧纸引鬼。我那一日在门前买线，瞧见他十月的天气，尚未穿棉衣。我就说，孙二虎，你怎么连衣裳都没了？他说，嫂嫂，我肩不能挑担，手不能提篮，分文的进项没有，那里能置衣裳？我见他说得好苦，我是一分恻隐之心，把他叫进来，有我丈夫遗留下的旧衣裳，给了他一包袱，还给他两吊钱，我说叫他做个小本经营。焉想到他后来没钱就来找我借钱，我也时常周济他。焉想到慈心惹祸，善门难开。一次是人情，两次是例，后来习以为常。他就来劝我改嫁，叫我把他骂出去。今天我的仆妇告了假，他无故拿刀来欺负我，问我肚子大是那来的。我对二位恩公说，我这肚子实在是病，他竟敢胡说。他又不是我亲族弟，今天我家里没人，只有一个傻丫头。我这里嚷，他都不来管。”

外面听得有人答话说：“大奶奶，你叫我怎么管呀？我要偏向你罢，二爷他说我吃黑饭抱乌柱；我偏向二爷罢，你又说我吃里爬外。”说着话进来。陈亮一看，是个丑丫头，一脑袋黄头发，一脸的麻子。两道短眉毛，一双三角眼，蒜头鼻子，雷公嘴，一嘴黄板牙，其脏无比。陈亮说：“孙二兄，你自己各扫门前雪，休管他人瓦上霜。你我一同走罢。”孙二虎说：“走。”立刻三个人出来，丫头关门。

三个人走到德源店门首，陈亮说：“孙二兄，你进来坐坐。”孙二虎说：“你们二位在这店住，我走了。劳驾，改日道谢。”陈亮说：“不必来道谢，你回家罢。”孙二虎说：“我还要进城。”陈亮说：“半夜怎么进城？”孙二虎说：“城墙有塌了的地方，可以能走。”说着话竟自去了。雷明、陈亮二人仍不叫门，蹿到里面，到了屋中。陈亮说：“这件事总算救了一个人。明天你我可得早走，恐怕有后患。”雷明说：“没事，睡觉罢。”二人安歇。

次日起来，陈亮说：“伙计，我们上曲州府，这是大道不是？”伙计说：“是。”陈亮说：“你赶紧快给我们要酒菜，吃完了，我们还要赶路。”伙计答应，立刻要了酒菜。雷明、陈亮吃喝完毕，算还店帐。刚要走，外面来了两个头儿，带着八个伙计，是常山县的官人。来到柜房说：“辛苦。咱们这店里，住着姓雷的姓陈的，在那屋里？”掌柜的说：“在北上房。”官人说：“你们言话一声。”掌柜的说：“雷爷、陈爷，有人找。”雷明、陈亮出来，说：“谁找？”官人说：“你们二位姓雷姓陈呀？”陈亮说：“是。”官人说：“你们二位，这场官事打了罢。”陈亮说：“谁把我们告下来？”官人说：“你也不用问，现在老爷有签票，叫我们来传你，有甚么话，衙门说去罢。”掌柜的赶紧过来说：“众位头，甚么事，跟我说说，都有我呢。这二位现住在我店里，店家有甚么事，如同我的事，我给了，众位头儿先别带了走。”官人说：“那可不行。现在老爷有签票，我们不能做生意。要是我们能主的事，掌柜的你出来一句话，我们必不能驳回。这件事你了不了，先叫他们二位去过一堂，该了的事，必归你了，你候信罢。雷爷、陈爷跟我们走罢。”

雷明、陈亮也不知甚么事。这两个人本是英雄，岂能畏刀避刑，怕死贪生。勿论甚么事，也不能难买难卖。陈亮说：“掌柜的，你到不必分心。我二人又不是杀人的凶犯，滚了马的强盗，各处有案。这个连我二人也不知那儿的事，必是旁风邪火。你只管放心，无论天大的事情也不能连累你家店。”掌柜的说：“我到不是怕连累。能管得了，焉能袖手旁观？既是二位要去，众位头儿多照应罢。”官人说：“是了。”雷明、陈亮立刻跟着来到衙门。偏赶巧小玄坛周瑞、赤面虎罗镳告了假没在衙门里。官人将雷明、陈亮带到，往里一回禀，老爷立刻升堂。这两个上去给老爷行礼。老爷勃然大怒，说出一席话来，把雷明、陈亮气得颜色更变。不知这场官司所因何故，且看下回分解。

第一百零四回　孙二虎喊冤告雷陈　常山县义士闹公堂

话说雷明、陈亮来到公堂，二人给老爷行礼，老爷说："你两个人姓甚么？那个姓陈？"二人各自通名。知县说："雷明、陈亮，你两个人跟孙康氏通奸有染，来往有多少日子？现在有孙二虎把你二人告下来。"雷明、陈亮一听，气得面色更变。

书中交代，孙二虎由夜内分手，这小子连夜进城。有人串供他，用茶碗自己把脑袋拍了，天亮到常山县喊冤，说雷明、陈亮跟他嫂子通奸，被他撞见。雷明、陈亮持刀行凶，拿茶碗把他脑袋砍了，现有伤痕。他在衙门一喊冤，故此老爷出签票，把雷明、陈亮传来。

老爷一问跟孙康氏通奸有多少日子，陈亮说："回老爷，小人我是镇江府人，雷明是我拜兄。我二人初次来到常山县，昨天才到德源店。只因晚上天热，在院中凉快，听见有人喊嚷'杀人了，救人哪！'我二人原在镖行生理，自幼练过飞檐走壁，只当是有路劫，顺着声音找去。听声由一所院落出来，我二人蹿进院中一看，是一个男子拿着刀要砍妇人。我二人进去一解劝，方知是孙二虎要谋害他嫂嫂。我等素日并不认识他，把孙二虎劝出来。不想他记恨在心。他说我二人同孙康氏有奸，老爷想情，我二人昨天才住到德源店。老爷不信，传店家问。再说，我等与孙康氏一不沾亲，二不带故，并不认识。老爷可以把孙康氏传来讯问。再说我们是外乡人，离此地千八百里，昨天才来，怎么能跟孙康氏通奸？要在这里住过十天半月，就算有了别情。"

正说着话，老爷早派人把孙康氏传到。原来今天早晨，孙康氏正在啼哭，仆妇回来一问缘由，仆妇说："大奶奶别哭了，何必跟孙二虎一般见识，他乃是无知的人。"正在劝解，外面打门，仆妇出来一看，是两个官媒、两个官人。仆妇问："找谁？"官媒说："孙二虎把孙康氏告下了。老爷叫传孙康氏去过堂。"仆妇转身进来，说："大奶奶，孙二虎把你告下来了，现有官媒来传你过堂。"孙康氏一听说："好孙二虎，他把我告下来了。好，我正想要告他去。"当时雇了一乘小轿，带着一个仆妇，来到衙门下了轿，仆妇搀着上堂。

知县一看，见孙康氏脸上青黄，就知道他必是男人久不在家，或者是寡妇。做官的讲究聆音察理，鉴貌辨色。孙康氏在堂下一跪，老爷问道："你姓甚么？"孙康氏说："小妇人姓孙，娘家姓康，我丈夫故去三年，小妇人居寡。"老爷说："现在孙二虎把你告下来，说你私通雷明、陈亮被他撞见。要说实话。"孙康氏说："我并不认识姓雷姓陈的。孙二虎他是一个出五服的当家，也是我烧纸引鬼。"就把已往从前之事如此如此一说。老爷吩咐，暂把孙二虎、雷明、陈亮带下去。

老爷说："孙康氏，现在就是你我，这都是我的公差，你这肚子是怎么一段情节，你要说实话。本县我要存一分功德，我必要救你，你到底是胎是病？"孙康氏说："回禀老爷，小妇人实在是病。"老爷吩咐立刻把官医找来。当时手下官人就把官医找来。老爷吩咐叫官医当堂给孙康氏看脉，看看是胎是病。这个官医本是个二五眼的先生。当时一瞧脉，他说："回禀老爷，吾看她这是喜脉。"孙康氏一听，照定官医"呸"啐了一口，说："你满嘴胡说。我丈夫已然死了三年，我居寡守寡，那里来的胎？你满嘴放屁!"官医一听,说:"混帐,吾说你是胎,必定是胎。"老爷说:"孙康氏,我且问你,你跟孙二虎在家中辨嘴,为何雷明、陈亮给你们劝架呢?"孙康氏说:"小妇人我也并不认识姓雷姓陈的。皆因孙二虎要杀我,我喊嚷救人,姓雷的、姓陈的来的。我并不认识。"

老爷吩咐把雷明、陈亮带上来。这两个人上来,老爷说:"雷明、陈亮,你二人为何无故半夜三更跳在人家院中去多管闲事?"雷明说:"我二人是为好,见死焉有不救之理?"孙康氏说:"可恨。"老爷说:"你恨甚么?"孙康氏说:"可恨这里没有刀。要有刀,我开开膛,叫老爷瞧瞧是胎是病。"雷明一听说:"那一妇人,你当真有这个胆量开膛,我这里有刀给你,你开了膛,要是病,反正必有人给你报仇。你要是胎,那可是你自己明白跟谁通奸作的。"说着话,伸手把钢刀拉出来,就往地下一扔。孙康氏就要拈刀。幸亏旁官人手急眼快,将刀抢过去。老爷一见,勃然大怒,立刻把惊堂木一拍说:"好雷明,你真是胆大妄为,竟敢目无官长,咆哮公堂。在本县的公案以前,竟敢亮刀行凶。来人,给我打。"说着话,老爷一抽签。方把签抽出来,只见签上拴着一个纸包,拿纸捻拴的。老爷打开一看,勃然变色,"呵"了一声,立刻点头发笑说:"雷明,本县我看你到是一个直人,极其爽快。来人,摆一桌酒席,本县赏给雷明、陈亮二人到配房吃去,少时本县定要替你二人作主。"雷明、陈亮谢过老爷,立时下堂来到配房。有人伺候,把酒摆上。陈亮说:"二哥,你瞧,了不得,老爷赏你我这席酒,其中定有缘故,大概必是稳君计。要拿你我,怕当时拿不了。"雷明说:"我全不懂,吃饱了再说。"

书中交代:陈亮真猜着了。老爷抽出签来看上面字柬写的是:

雷明陈亮恶贼人,广结天下众绿林。前者劫牢反过狱,原为恽芳系至亲。

老爷看了这个字柬,心中暗想:"怪道,这字柬是那里来的呢?"有心当时要拿雷明、陈亮,看看手下官人,没有有能为的。故此以怒变喜,赏二人一桌酒席,用稳君计稳住,暗派官人看着两个人。一面赶紧遣人去把小玄坛周瑞、赤面虎罗镳找来,可以拿雷明、陈亮。老爷越想这四句话来得怪异。又一看雷明这口刀,跟马家湖明火执仗贼人使的刀是一样,更觉生疑。知县一想:"把蓬头鬼恽芳提出,叫他认认。他要不认得雷明、陈亮,这其中定有缘故。他要认得,必是雷明、陈亮跟他等是一党。前者劫牢反狱必有他二人。"其实这件事要真把恽芳提出来,恽芳跟玉山县的有仇,他必说认识。贼咬一口,入骨三分,雷明、陈亮跳在黄河也洗不清。

凡事该因,老爷正要标监牌,就听外面喊嚷:"阴天大老爷,晴天大老爷,我冤枉,冤苦了我了!我跟你是官司!"老爷正要问外面甚么事喧哗,只见济公由外面进来,拉着一个文生,直奔公堂。

书中交代,济公从那来呢?和尚由十里庄打发雷明、陈亮走后,带领柴、杜二位班头正往前走,只见眼前来了一乘小轿,走得甚急。和尚一瞧,说:"哎呀,阿弥陀佛,你说这个事焉能不管。"说着话,和尚带着二位班头,跟着小轿,进了一座村庄,只见路北大门,小轿抬进去。和尚说:"老柴、老杜,你们两个人在外面等等。"和尚来到大门里说:"辛苦,辛苦。"由门房出来一位管家,说:"大师父,你要化缘别处去罢,你来得不巧。你要头三天来,我们员外还施舍呢。此时我们员外心里烦着呢,僧道无缘,一概不施舍了。"和尚说:"你们员外为甚么事情烦,你跟我说说。"管家说:"你一个出家人,跟你说也无味,你既要问,我告诉你。我们三少奶要临盆,现在三天没生养下来,请了多少收生婆都不行。有说保大人不保孩子的,有说保孩子不保大人的,方才这不是刚用轿子把刘妈妈接来,我员外烦得了不得。"和尚说:"不要紧,你回禀你们员外,就说我和尚专会催生。"管家说:"和尚你是找打!谁家叫和尚进产房催生?和尚说:"你不明白,我有催生即下的药,吃下去立刻生养。"管家说:"这就是了。我给你回禀一声。”管家立刻进去一回禀，老员外正在得病乱投医，赶紧吩咐把和尚请进来。管家出去说：“我们员外有请。”和尚这才跟着来到书房。

老员外一瞧，是个穷和尚，立时让坐，说：“圣僧，可能给催生的药？”和尚点了点头。罗汉爷施佛法要搭救第一的善人。不知后事如何，且看下回分解。

第一百零五回 论是非砸毁空心秤 讲因果善度赵德芳

话说济公来到书房，老员外说：“大师父宝刹在那里？”和尚说：“西湖灵隐寺。上一字道，下一字济，讹言传说济颠僧就是我，老员外怎么称呼？”老员外说：“我姓赵，名叫德芳。方才听家人说，圣僧有妙药，能治催生即下。圣僧要能给催生下来，我必当重谢你。”和尚说：“我这里有一块药，你拿进去，用阴阳水化开，给产妇喝下去，管立见功效。”赵德芳把药交给家人拿进去，告诉明白，这里陪着和尚说话。少时，仆妇出来说：“老员外大喜，药吃下去，立刻生产，你得了孙子。”赵德芳一听甚为喜悦，说：“圣僧真乃神也仙也。”立刻吩咐摆酒，和尚说：“我外面还带着两个跟班的，在门口站着。”老员外一听，赶紧叫家人把柴、杜二位班头请到里面。家人把酒摆上，众人落座吃酒。

赵德芳说：“我有一事不明，要在圣僧跟前请教。”和尚说：“甚么事？”赵德芳说：“我实不瞒圣僧，当初我是指身为业，耍人出身。瞒心昧己，白手成家，我挣了个家业。就去年我六十整寿做生日，我有三个儿子、三房儿媳妇，我就把我儿叫到跟前。我说，儿呀，老夫成立家业，就是一根空心秤，买人家的，能买二十两算一斤，卖给人家十四两算一斤，秤杆里面有水银。前者我买了几千斤棉花，有一斤多得四两，那卖棉花的客人赔了本钱，加气伤寒死了，我就心中讨愧。现在我儿女满堂，从此不做亏心事了。当时把这杆秤砸了，我打算改恶向善。焉想到上天无眼，把秤砸了，没有一个月，我大儿子死了，大儿媳改嫁他人。事情刚办完，我二儿也死了，二儿媳也往前走了。过了没两个月，我三儿子也死了。三媳妇怀胎有孕，尚未改嫁。圣僧你看，这不是修桥补路双瞎眼，杀人放火子孙多，怎么行善倒遭恶报呢？”

和尚哈哈一笑说：“你不必浊想。我告诉你说，你大儿子原是当初一个卖药材的客人，你算计他赔了，他转生你大儿子，来找你要帐。你二儿子是给你败家来的。你三儿子要给你闯下塌天大祸，你到年老应该得饿死。皆因你改恶向善，上天有眼，把你两个败家子收了去。你这是算第一善人。比如人一世行善，忽有一件恶事，要知道不应做，要做了，把从前的善事都勾了；书上注写第一的恶人，比如半辈子净做恶事，忽然改过自新，不做恶了，做一件善事把从前的恶事都勾了；书上注写第一的善人，寡妇失节，不如老妓从良。”赵德芳一听，如梦方醒，说：“多蒙圣僧指教。现在我得了一个孙男，可能成立否？”和尚说：“你这个孙子，将来光宗耀祖，改换门庭。”赵德芳说：“这就是了，圣僧喝酒罢。”喝完了酒，天色已晚，和尚同柴、杜就住在这里。

次日天光一亮，和尚起来说：“出恭。”由赵宅出来，来到常山县城内十字街。见路北里有一座门楼，门口站着有二十多人，吵吵嚷嚷。和尚说：“众位都在这里做甚么呢？”大众说：“我们等着瞧病的。这里许先生是名医，一天就瞧二十个门脉，多了不瞧。来晚了就赶不上了，我们都早来等着上号。先生还没起来。”和尚说：“是了，我去叫他去。"说着话，迈步来到门洞里，和尚就嚷："瞧病的掌柜的没起来！"有管家由门房出来说："和尚你别胡说，瞧病的那有掌柜的？"和尚说："有伙计？"管家说："也没伙计，这里有先生。"和尚说："把先生叫出来，我要瞧病。"

正说着话，先生由里面出来。和尚一瞧，这位先生头戴翠蓝色文生巾，身穿翠蓝色文生氅，腰系丝绦，厚底竹履鞋。这位先生乃是本地的为医，名叫许景魁。今天刚才起来，听外面喊嚷瞧病的掌柜的，故此赶紧出来，一瞧是一个穷和尚，许景魁说："和尚甚么事？"和尚说："要瞧病。"许先生一想："给他瞧瞧就完了。"这才走到门房来瞧。

来到门房，和尚说："我浑身酸懒，大腿膀硬。"许先生说："我给你诊诊脉。"和尚一伸大腿。许先生说："伸过手来。"和尚说："我只打算看脉在腿上呢。"这才一伸手。许先生说："诊手脖。"和尚说："不诊手？脑袋你诊罢。"许先生诊了半天，说："和尚你没有病呀。"和尚说："有病。"许先生说："我看你六脉平和，没有病。"和尚说："我有病，不但我有病，你也有病。你这病，非我治不行。"许先生说："我有甚么病？"和尚说："你一肚子阴胎鬼胎。"许先生说："你满嘴胡说。"和尚说："胡说？咱们两个人是一场官司。"说着话，和尚一把把许先生丝绦揪住，揪着就往外拉。大众拦着说："甚么事打官司？"和尚说："你们别管。"拉着就走，谁也拉不住。

和尚力气大了，一直拉着来到常山县。和尚就嚷："阴天大老爷，晴天大老爷，冤苦了我。"官人刚要拦，老爷一看是济公。赶紧吩咐把孙康氏等带下去。说："圣僧请坐。"知县也认识许景魁，他到衙门看过病。知县说："圣僧，你跟许先生甚么事？"和尚说："老爷要问，昨天我住在赵德芳家，我病了。赵员外见我病了，提说请名医许景魁给我瞧。就是他的马钱太贵，一出门要六吊，一到关乡就是十二吊，一过五里地就要二十四吊。我说：我瞧不起，我自己去罢。今天早晨，赵员外给了我五十两银子。我由赵家庄自己走了二十里路，才进城到许先生那里去瞧门脉。他问我有钱没有？我说有银子，我把五十两银子掏出来放在桌上。他把银子揣在怀里，他说我是有银子折受的，把银子给他就没病了。他叫我走。我要银子，他不给我。因此我揪他来打官司。"

知县一听，这也太奇了，说："许景魁，你为何瞒昧圣僧的银子？"许景魁说："回禀老爷，医生也不致这样无脸。我原本因家务缠绵，起得晚些。刚起来，听外面有人嚷。我出来一瞧，是这个和尚。他叫我给他瞧病，我一瞧他没有病。他说我有病，我有一肚子阴胎鬼胎。他就揪我来跟他打官司，我并没见他的银子。"和尚说："你可别亏心。你怀在怀里揣着呢。老爷不信，叫他解了丝绦抖抖。"老爷说："许景魁，你怀里有银子？"许景魁说："没有。"老爷说："既没有，你抖抖。"许景魁果然把丝绦解了，一抖，掉在地下一个纸团。许景魁刚要拈，和尚一伸手拈起来说："老爷看。"老爷把这纸团打开一看，是个草底子，勾点涂抹，上写是：

雷明陈亮恶贼人，广结天下众绿林。前者劫牢反过狱，原为恽芳系至亲。

老爷看了看说："许景魁，你这东西那里来的？"许景魁说："我拈的。"老爷说："你早晨刚起来，那里拈的！"许景魁说："院里拈的。"老爷说："怎么这样巧？"和尚说："老爷把孙康氏带上来。"知县立刻叫人把孙康氏带上来，孙康氏一瞧说："许贤弟，你来了。"许景魁说："嫂嫂因何在此？"老爷说："孙康氏，你怎么认得许先生？"孙康氏说："回老爷，我丈夫在日开药铺，跟他是拜兄弟。我丈夫病着，也是他瞧的。我丈夫死，有他帮着办理丧事。出殡之后，小妇人跟他说，寡妇门前是非多，我有事去请你，你不必到我家来。他从此就没来。故此认识。"和尚又叫把孙二虎带上来。孙二虎一上堂说："许大叔，来了。"老爷说："孙二虎，他跟你哥哥是拜兄弟，你为何叫大叔？"孙二虎说："不错，先前我跟许先生论弟兄，只因我常找许先生借钱，借十吊给十吊，借八千给八千，我不敢跟他论兄弟，我叫大叔。"和尚说："把他们都带下去。"立刻都把众人带下来。和尚说："单把孙二虎带上来。"孙二虎又上来。和尚说："孙二虎，方才许景魁可都说了，你还不说？老爷可将他夹起来！"知县一想："这到好，和尚替坐堂。"立刻吩咐把孙二虎一夹。孙二虎说："老爷不必动刑，许景魁既说了，我也说。"老爷说："你从实说来！"

这孙二虎这才从头至尾述说一遍。老爷一听，这才明白，不知说出何等话来，且看下回分解。

第一百零六回 找医生鸣冤常山县 断奇案烈妇遇救星

话说孙二虎听说许景魁已然招了，他这才说："老爷不必动刑，我招。原本我时常找许先生去借钱。他那一天就说，说孙二虎，你是财主。我说，我怎么是财主？他说，你叔伯哥哥死了，你劝你嫂子改嫁，他家里有三万银的家当。他带走一万，分给当族一万，你还得一万呢。岂不是财主？凡事谋事在人，成事在天。我就跟我嫂子一说，我嫂子骂了我一顿。从此不准我再说这话。后来许先生常问我说了不说。我一想，他媳妇死了，他必是要说我嫂子，我就冤他。我说，我给你说说。他说是为我发财，他到不打算要我嫂子。我又一说，他说怕我嫂子不愿意。我说，我给你说着瞧。他就答应了。我倚着这件事，常去跟他借钱。这天他说，二虎你常跟我借钱，你到是跟你嫂子说了没有？我说，你死了心罢，我嫂子不嫁人。他说他瞧见我嫂子门前买线，肚子大，其中必有缘故。他说，二虎，我给你一把刀，你去问你嫂子，他这肚子大是怎么一段情节？你嫂子要说了私通人，你把他轰出去，家私岂不是你的？我一想也对。我这才拿刀到我嫂子家去，偏巧仆妇都没在家。我正在问我嫂子，雷明、陈亮把我劝出来。我跟许先生去一提，他说不要紧。他跟刑房杜先生相好，他叫我把脑袋拍了来喊告。他暗中给托，准管保我官司打赢了，把雷明、陈亮治了罪。这是已往从前真情实话。"

老爷叫招房先生把供写了，立刻连孙康氏、许景魁一并带上堂来。叫招房先生当着众人一念供，许景魁唬得颜色更变。老爷把惊堂木一拍说："许景魁，你是念书的人，竟敢谋算孀妇，调唆人家的家务，主使谋夺家产，你知法犯法，你是认打认罚？"许景魁说："认打怎么样？认罚怎么样？"老爷说："认打我要重重地办你。认罚我打一百戒尺，给你留脸，罚你三千银子，给孙康氏修贞节牌坊。"许景魁说："医生情愿认罚。"老爷吩咐，立刻打了许景魁一百戒尺，当堂具结，派分官人押着去取银子。老爷说："孙二虎，你这厮无故妄告，持刀行凶，欺辱孀妇，图谋家产。来人！拉下去打四十大板。照宋朝例，枷号一百日释放。本县这是从轻办理。"

知县这才说："圣僧，你看孙康氏这肚子怎么办？"和尚说："她这肚子是胎。"知县说："圣僧不要取笑，她是三年的孀妇，那里有胎？"和尚说："老爷不信，叫她当堂分娩。胎可跟胎不同。"老爷说："别在大堂分娩。"和尚给了一块药，派官媒带到空房去生产。官媒带下去，来到空房，把药吃下去，立刻产生一个血胎，有西瓜大小一个血蛋。官媒拿着到大堂，给老爷瞧。和尚一掩面说："拿下去。"知县说："这是甚么？"和尚说："这是血胎，乃是气裹血而成。妇人以经血为主，一个月不来为疾经，两个月不来为病经，三个月不来为经闭，七个月不来为干血痨。这宗血胎，也是一个月一长。”老爷这才明白，吩咐把孙康氏送回家去。

知县又问：“圣僧，现在雷明、陈亮这两个人怎么办？方才在大堂以前，雷明咆哮公堂，亮刀行凶，我正要提恽芳质对，圣僧来了。”和尚说：“那一天我走时，在签筒底下留了一张字，老爷一看就明白了。”知县挪开签筒一瞧，果然有一张字柬。老爷打开一看，上面写的是四句话：

字启太爷细思寻，莫把良善当贼人。马家湖内诛群寇，多亏徒儿杨雷陈。

老爷一看，心中明白，说：“原来是圣僧的门徒，本县不知。”立刻先出革条，把刑房杜芳因假公济私、贪赃受贿、捏写假字、以害公事，把他革了。这才派人叫雷明、陈亮上来。老爷把刀还给雷明，赏给二人十两银子。雷明、陈亮给师父行礼。和尚说：“我叫你们两个去办事，你两个要多管闲事。”陈亮说：“要不是师父前来搭救，我二人冤屈难伸。”和尚说：“你两个人快走罢。”雷、陈谢过了老爷，辞别了和尚，出了衙门。

二人顺大路往前走。走到日落西沉，见眼前有村庄。东西的街道，南北有店有铺户。二人进了一座店，字号“三益”。伙计把两个人让到北上房，打过洗脸水，倒过茶来。二人要酒要菜，吃喝完毕二人走路劳乏，宽衣解带安歇睡觉。

次日早晨一醒，雷明一看，别的东西不短，就是裤子没有了。雷明说：“老三，你把我的裤子藏起来？”陈亮说：“没有。”陈亮一瞧，裤子也没了。陈亮说：“怪呀，我的裤子也没了。”二人起来，围着英雄氅坐着。心中一想，有心叫伙计，又不好说把裤子丢了。陈亮说：“二哥，不用找了。叫伙计给买两条裤子去吧。”雷明说：“也好。”陈亮这才叫伙计进来，陈亮说：“伙计，街上有估衣铺没有？”伙计说：“有。”陈亮说：“你给买两条裤子，不拘多少钱。”伙计说：“要买裤子到巧了。早起东跨院有一位客人，拿出两条裤子，叫我给当也可，卖也可，要二十两银子。我没地方卖去，我瞧有点穷疯了。”陈亮说：“你拿来我们瞧瞧。”伙计出去，少时拿了两条裤子来。陈亮一瞧，原是他二人的裤子。两个人拿起来就穿上。伙计一瞧，心说：“这二位怎么没裤子。”雷明说：“伙计，这个卖裤子的在那屋里？你带我们瞧瞧去。”

那伙计点头，带着雷明、陈亮来到东跨院。刚到院中，就听有人屋里说话，是南边人的声音，说：“唔呀，混帐东西，拿裤子给那里卖去，还不回来。”雷明、陈亮一瞧，这院里是北方两间。伙计说：“就是这屋里。”二人迈步进去一看，见外间屋靠北墙，一张条案头前一张八仙桌，两边有椅子，上手椅子上坐着一个人。头戴翠蓝色武生公子巾，双垂灯笼走穗。身穿翠蓝色铜氅，腰系五彩丝鸾带，薄底靴子。白脸膛，俊品人物，粗眉大眼。雷明一看说：“赶情是你这东西，跟我们两个人玩笑！”

书中交代，这个人姓柳名瑞，字春华，绰号人称踏雪无痕。也在玉山县三十六友之内，跟雷明、陈亮是拜兄弟。这个人虽系儒雅的相貌，最好诙谐。柳瑞是由如意村出来，奉杨明的母亲之命叫他寻找杨明。他来到这北新庄，住了有几天了。皆因风闻此地有一个恶霸，叫追魂太岁吴堃。柳瑞要访查访查这个恶霸的行为，要果是恶霸，他要给这一方除害。在这店住了好几天，也没访出有甚么事。昨天雷明、陈亮来，他瞧见，故意要跟雷、陈耍笑。

今天雷明二人过来，柳瑞这才说：“雷二哥，陈三哥，一向可好？”上前行礼。陈亮说：“柳贤弟，为何在这里住着？”柳瑞说：“我奉杨伯母之命，出来找杨大哥。”陈亮说：“现在杨大哥回去了。我们前天由常山县分手，大概一两天就到家了。”柳瑞说：“你们三位怎么会遇见？”陈亮“咳”了一声说：“一言难尽。”就把华云龙为非作恶，镖伤三友的事，如此如此一说，柳瑞一听，咬牙忿恨，说："好华云龙，真是忘恩负义。杨大哥撒绿林帖成全他，待他甚厚，他施展这样狠毒之心！我那时见了他，我必要结果他的性命。"陈亮说："不必提他了。你这上那去？"柳瑞说："我听见说此地有个恶霸，我要访访。"陈亮说："我二人也没要紧事，回头一同出去访去。"

三个人一同来到上房，吃了早饭，一同出去。刚出了村口，往前走不远，只见眼前有一人要上吊。口中说："苍天，苍天，不睁眼的神佛！无耳目的天地！罢了罢了。"陈亮三个人一瞧，见这人头戴蓝绸四楞巾，蓝绸子铜氅，很儒雅，不到四十岁。三个人赶过去，陈亮说："朋友，为何上吊？看尊驾并非浊人，所因何故？你说说。"这人"咳"了一声，说："我生不如死。"三位要问，这才从头至尾一说。三位英雄一听，气往上冲，要多管闲事。焉想到又勾出一场是非。不知后事如何，且看下回分解。

第一百零七回　雷明陈亮双失盗　踏雪无痕访贼人

话说雷明、陈亮、柳瑞三个人一问这人为何上吊，这人说："我姓阎，名叫文华。我乃是丹徒县人。我自幼学而未成，学会了丹青绘画。只因年岁荒乱，我带领我妻曹氏、女儿瑞姐，来到这北新庄店中居住，我出去给人家画画度日。那一日我走到吴家堡，有一位庄主，叫追魂太岁吴堃，他把我叫进去，问我都能画甚么。我说，会画山水人物，花木翎毛。他问我会画避火图不会。我说也行。他叫我给他画了几张。他一瞧愿意，问我要多少钱一工，我要一吊钱。他说我明天到店里找你去。次日他就骑着马来了。我店中就是一间房，也无处躲避。他进来就瞧见我妻子我女儿。我女儿今年十七岁，长得有几分姿色。焉想到他一见，暗怀不良之心。他跟我说，叫我开一座画儿铺，他借给我二百银子。我一想很好，就在这村里路北，开了一间门面的画铺，字号古芳阁，后面带住家。我就给他画了有许多的画。开张有两个多月，昨天他骑马出来，到我铺子，拿着一匣金首饰，一对金镯子，说寄存在我铺子，回头拿。我想这有何妨？他昨天晚上也没拿来，我把东西锁在柜的。今天早晨，他来取东西，我开柜一瞧，东西没了，锁钥匙并未动。他立刻翻了脸，说我昧起来，叫手下人打了我几下，把我妻子女儿抢了去，他说做押帐，我拿东西往回赎，不然不给了。我实不是瞒心昧己，我又惹不起他，故此我一想，死了就完了。"陈亮说："你别死。"这三个人心里明白，各中人晓得各中事，说："阎文华，你同我们到你家去。我们自有道理。"

阎文华点头，同着三个人来到"古芳阁"。陈亮说："你把应带的东西，收拾好了。今天夜里，我们去把你妻子女儿抢回来。给你点金银，你逃走行不行？"阎文华说："三位要能把我家口找回来，我情愿离开此地。"柳瑞说："你等着罢，三更天见。"三个人这才复反出来。到吴家堡一看，这所庄院甚大，四面占四里地，墙上有鸡爪钉，周围有护庄濠，岸上栽着垂杨柳。南庄门大开，里面有几个恶奴。头前有吊轿，后面有角门。三个人探明白道路，这才回店。

到店里要酒菜，吃完了晚饭，候到天有二鼓，店中都睡了，三个人换好了夜行衣，把白昼的衣服用包裹包好，斜插式系在腰间，由屋中出来，将门倒带，画了记号，拧身蹿上房去，蹿房越脊，出了北新庄三里地，来到吴家堡。

到了庄墙下，由兜囊掏出白链套锁扔上去，抓住墙头，揪绳上去。摘了白链套锁，带在兜囊。三个人抬头一看，见这所庄院，真是楼台殿阁，甚是齐整。三个人蹿房越脊，各处哨探。探来探去，到一所院落，是四合房，北房三间，南房三间，东西各有配房。北上房西里间灯影闪闪，人影摇摇。三个人来到北房，珍珠倒卷帘，夜叉探海，试往屋中一看，顺前檐的炕有小桌，点着蜡灯。炕上搁着两包袱衣裳，桌上有金首饰、银首饰、珍珠翡翠首饰。炕上坐着一位妇人，有四十来往的年岁。旁边有一位女子，不过十七八岁，长得十分美貌，都是倒剪二背。地下有四个仆妇，正然说："你母女两个不必想不开，在你们家里，吃些个粗茶淡饭，穿些个粗布破衣。只要跟我们庄主，岂不是享荣华富贵？我们劝你为好，你叫你女儿别哭了，擦点粉，我们庄主为你们费了不是一天的心机，你要把我们太岁爷招恼了，一阵乱棍，把你母女打死也是白死，谁能给你们报仇？慢说你们，就是这本地人，谁家姑娘媳妇长得好，太岁爷说抢就抢。本家找来，好情好礼，还许给几十两银子。要不答应，就是一阵乱棍打死，往后花园子一埋。"这女子说："我情愿死。活着跟我娘为人，死了一处做鬼。"

雷明、陈亮听得明白，一拉柳瑞说："跟我来。"三个人跳下去，亮出刀闯进屋中。唬得四个仆妇战战兢兢。柳瑞说："你们谁要嚷，先杀谁。"仆妇说："大太爷饶命，不嚷。"柳瑞把这些细软金银打了一个包裹，捆上两个仆妇，把嘴堵上，叫这两个坚壮的仆妇背起他母女来跟着走，"你们要一嚷就杀你们！"仆妇唬得点头答应。柳瑞说："二位兄长在此，暗中少候。我先把他母女送回去，少时就来。"雷、陈点头。叫仆妇背着这母女，柳瑞拿着包裹后面跟着。开开后花园子角门，一直来到"古芳阁"。柳瑞上前叫门，阎文华正在心中盼想，听外面打门，出来一瞧，是柳瑞。柳瑞叫仆妇把母女背进去放开。柳瑞说："按说把你们杀了。你们背了一趟，不杀你两个人就是了。先把你两个人捆上，口堵上，等回头再放你们。"这才说："阎文华，你赶紧带着你妻子女儿逃命罢。这一包袱是细软金银，我再给你三十两银子，你们快走。我还要回去杀恶霸。"阎文华千恩万谢。柳瑞说："你也不用谢。青山不改，绿水长流，他年相见，后会有期。"阎文华立刻携眷逃走。

柳瑞复返回到吴家堡，找着雷明、陈亮。三个人复又哨探，来到一所院落，见北大厅五间，屋中灯光明亮，有条案八仙椅子，上手椅子上坐定一人。头戴青绸四楞巾，身穿大红缎箭袖袍，周身绣三蓝牡丹花。面如油粉，粉白脸，两道黑真真剑眉，一双环眼，押耳黑毫，一部钢髯，犹如钢针，亚似铁线，长得凶恶无比，手里拿着一把摺扇。这个正是恶棍追魂太岁吴堃。他原先也是西川绿林人，因为发了一件邪财，自己来到这里隐避，仍然恶习不改，在外面结交官长，走动衙门，杀男掠女，无所不为。雷明、陈亮、柳瑞，今天在暗中一看，就知是恶霸。就听恶霸那里说："孩儿们，天有甚么时光？"手下家人说："不到三鼓。"正说着话，只见由外进来一个恶奴说："回禀太岁爷，外面来了一位你的故友，西川路的乾坤盗鼠华云龙来拜你老人家。"吴堃一听说："哎呀，华二弟来了！我正在想念他。孩儿们，开庄门，待某前去迎接。"雷明等在房上听得明白。少时就见把华云龙让进来了。

书中交代，华云龙自从古天山逃走，自己一想无路可投，有心回西川，西川已没了窝子。有心回玉山县，又怕杨明不能留他。自己悔恨当初做事不该狠毒，到如今只落得遍地仇人。华云龙此时坐如痴，立如痴，如同雷轰顶上时。饥不知，饱不知，热锅蝼蚁似。自己信步往前走，忽然想起吴堃，听说在吴家堡很有声气。他打算来躲避躲避，可以安身。白天不敢来，怕有人瞧见，故此晚上来找吴堃。叫家人往里一回禀，吴堃把他迎接进去。

雷明、陈亮在房上一瞧，华云龙又黄又瘦，不似从前。吴垫把华云龙让到屋中落座。吴堃说："华二弟，从那里来?"华云龙说："一言难尽。自西川你我兄弟分手，倏经几载景况。我在玉山县，有威镇八方杨明的引荐，交了几个朋友。现在皆因我进临安，惹了祸，闹得无地可投。"吴堃说："甚么祸?"华云龙就把秦相府盗玉镯凤冠，泰山楼杀人，乌竹庵因奸不允，杀死少妇，如此如此一说。

吴堃说："这点事不要紧，你在我这里住着罢，就急便有人来拿你，都有我呢。现在有你一个知已的朋友发了财，你知道不知道?"华云龙说："那位?"吴堃说："在西川坐地分赃的镇山豹田国本，现在曲州府大发财源。结交官长，走动衙门，手下人也多，财也厚，听说跟秦相府还结了亲。我知道跟你知己。"华云龙一听说："这可话该我要找田大哥去。兄长可别多心，我到他那里住烦了，再到兄长这里来住。现在我盘费短少。"吴堃说："不要紧。孩儿们开库拿银子。"

这个时节，雷明在房上一想："趁此机会，可以拿华云龙。一则给众朋友报仇，二则交给济公，以完官事。"想罢这才要伸手拉刀，捉拿淫贼。不知后事如何。且看下回分解。

第一百零八回　三豪杰偷探吴家堡　恶太岁贪色设奸谋

话说雷明、陈亮一见华云龙，气往上撞，伸手拉刀，要下去捉拿贼人。柳瑞一把手把雷明揪住，说："二哥、三哥，打算怎么样?"雷明说："你我下去，将华云龙拿住。"柳瑞说："二位兄长且慢。依我相劝，不必。一则你我人力势孤，他这里余党甚多。二则你我又不在官应役，就急便把华云龙拿住，往那里送？再说咱们总跟他当初神前一股香。即有今日，何必当初。只可叫他不仁，你我不可不义。他为非做恶，自有济公拿他，你我何必跟他为仇？况且也未必拿得了他，只恐画虎不成，反类其犬。"陈亮一听也有理，说："二哥，不用管他，由他去罢。"雷明也只可点头。

三位英雄在暗中观看，就听华云龙说："吴大哥，你给我点盘费，我先到田大哥那里住些日子，我再来到兄长家里住着。只要有你们二位，我就不怕了。"吴堃说："也好，孩儿们开库拿银子去。"管家吴豹，点上灯笼，拿着钥匙，出了大厅。

三位英雄在暗中一听，恶霸家里还有库，三个人一商量，在暗中跟随。只见吴豹打着灯笼，由大厅的东箭道往后够奔。来到第二层院子，往东有一个角门，一进角门，这里有间更房，里面有四个打更的。吴豹说："辛苦众位。"打更的一瞧说："管家甚么事?"吴豹说："我奉庄主之命，来开库拿银子。庄主爷来了朋友了。"打更的王二说："甚么人来了?"吴豹说："西川路的乾坤盗鼠华云龙二太爷来了。"王二说："管家去罢。"吴豹来到北房台阶，把灯笼搁在地下，拿钥匙开门，把门开开，回头一瞧，灯笼没了。吴豹一想："这必是打更的王二跟我耍笑。"自己复反回到更房门口。一瞧灯笼在更房门口地下搁着，也灭了。吴豹说："王二你们谁把灯笼给我偷来?"众打更的说："没有。我们大众都没出屋子，谁拿你的灯笼来着。"吴豹说："你们不用不认，没拿，灯笼怎么会跑到这来?"说着话，又把灯笼点上，复反够奔北房。焉想到这个时节，雷明、陈亮、柳瑞早进了屋子。

三个人来到屋中一瞧，都是大柜躺箱。三个人正要开箱子拿银子，见吴豹来了，三个人赶紧藏到东里间屋中柜底下。吴豹进来开单柜，拿了两封银子，转身出去，把门带上锁上。三位英雄也在柜里，每人拿了两封银子，想要出去，一瞧门已锁上。用手一摸，窗户都是铁条，墙前都是用铁叶子包的闸板。雷明、陈亮一摸，说："这可糟了，出不去了！"柳瑞急中生巧说："不要紧。"立刻柳瑞一装猫叫。打更的听见，说："管家回来，你把猫关在屋里了。"吴豹一听，复反回来，说："这个狸花猫真可恨，它老跟脚。"说着话，用钥匙又把门开开，在外间屋用灯笼一照，没有，吴豹进了西里间。三位英雄由东里间早溜出去，上了房。柳瑞又一学猫叫。打更的说："猫出来上了房了。"吴豹这才出来，把门锁上，够奔前面。

三位英雄在暗中观看，见家人把银子拿到大厅，交给华云龙，贼人立刻告辞。吴堃一直送到大门以外说："华二弟，你过几天来，愚兄这里恭候。"华云龙告辞去了。吴堃迈步回来，刚一进大门，焉想到柳瑞早在门后头藏着，冷不防照贼人一刀，竟将吴堃结果了性命。家人一阵大乱。柳瑞早拧身蹿出来。家人次日报官相验，再拿凶手，那里拿去？

柳瑞把恶霸除了，三位英雄就回了店中，安歇睡觉。次日早晨起来，柳瑞说："二位兄长上那去？"雷明、陈亮说："我们上曲州府给济公办事。"柳瑞说："我还要访几位朋友，你我弟兄分手，改日再见。"三个人算还店帐，由店中出来。

不表柳瑞，单说雷明、陈亮，顺大路够奔曲州府。刚来到五里碑东村口外，只见路北有一座庙，庙门口站着一条大汉。穿青皂褂，形色枯槁，站立不稳，口中喊嚷："苍天苍天！不睁眼的神佛，无耳目的天地，没想到我落在这般景况。"雷明一瞧认识，说："赶情是他。"二位英雄赶奔上前，说："二哥，为何这般景况？"这大汉一瞧说："你两个是牛头马面，前来拿我？"雷明说："你是疯了？我二人是雷明、陈亮。"这大汉说："你两个不是牛头马面，是黄幡童子，接我上西天。"陈亮说："二哥，你不认得人了，我二人是雷明、陈亮。"这大汉心中一明白说："原来是雷明、陈亮二位贤弟，痛死我也。"说完了话，翻身栽倒，不能动转。

陈亮赶紧到村口里有一家门首叫门，由里面出来一位老者说："尊驾找谁？"陈亮说："老丈，借我一个碗，给我一口开水，那庙门口有我一个朋友，病得甚重，我给他化点药吃。"老丈说："原来如是，那大汉是尊驾的朋友。他在我们这村口外病了好几天了。头两天我还给他送点粥吃，这两天见他病体甚重，我们也不敢给了。尊驾在此少候，我去拿水去。"说着话，转身进去。端出一碗水来，递给陈亮。陈亮拿了来，把济公那块药化开，给这人灌下去，少时就听他肚腹一响，气引血走，血引气行，当时五脏六腑觉着清爽，去了火病。身上如失泰山，当时翻身爬起来，说："陈、雷二位贤弟，由那来？"陈亮说："郭二哥好了。"

书中交代：这个人非是别人，他姓郭名顺，外号人称小昆仑，又叫夜行鬼。当年也在玉山县三十六友之内。自己看破了绿林，拜东方太悦老仙翁为师，出家当了老道。在外面云游四方，自己要赎赎罪，了一身之冤孽。焉想到来到这五里碑病了。自己在外面化缘，手中又无有钱住店，就在这庙门口躺着。头两天，村里还有人给点吃的，这两天病得沉重，都不敢给了，怕他死了担不是。今天雷明、陈亮来给他把病治好。郭顺这才问："二位贤弟从那来？"陈亮说："由常山县，济公特派我二人来救你。现有济公一封信，交给你，叫你照信行事。"郭顺接过书信一看，这才明白，当时向北磕头，秉心谢济公救命之恩，说："二位贤弟，盘费富余不富余？"陈亮说："有。"郭顺说："我到临安去给济公办事。"陈亮、雷明给了郭顺一封银子，郭顺说："二位贤弟受累，改日再谢。”告辞竟自去了。

雷明、陈亮这才够奔曲州府,来到城内十字街,往北一拐,见路西有一座酒铺。二人掀帘子进去,一瞧有楼,二人这才上楼。见楼上很清净,两个人找了一张桌坐下。跑堂的过来说:“二位大爷喝酒么?”陈亮说:“喝酒。”跑堂的说:“二位要喝酒,楼下去喝罢,今天楼上不卖座。”陈亮说:“怎么今天楼上不卖座呢?”跑堂的说:“今天这楼上,有我们本地三太爷包下了。二位请下面去喝罢。”雷明一听这话,把眼一瞪说:“任凭那个三太爷,今天二太爷要在这楼上喝定了!”跑堂的说:“太爷别生气,凡事有个先来后到。比如你老人家要先来定下座,我们就不能再卖别人。”陈亮说:“二哥不要粗卤,你我楼下喝也是一样。”雷明这才同陈亮复反下了楼,来到后堂,找了一张桌子坐下。

伙计赶紧过来擦抹桌案,说:“二位大爷要甚么酒菜?”陈亮说:“你们这里都卖甚么?”跑堂的说:“我们这里应时小卖,煎烹炸,烧烤白煮,大碟小碟中碟,南北碗菜,午用果酌,上等高摆海味席,一应俱全,要甚么都有。二位大爷,随便要罢。”陈亮说:“你给煎炒烹炸配四个菜来,两壶女贞陈绍。菜只要好吃,不怕多花钱。”伙计说:“是。”立刻给要了。少时把酒菜端上来,陈亮就问:“伙计贵姓?”跑堂的说:“我姓刘。二位大爷多照应点。”陈亮说:“我跟你打听一件事。这楼上三太爷请客,是你们安西县知县的兄弟,称呼三爷?”伙计说:“不是。”陈亮说:“要不然,必是这位年高有德,是一位好人,大家以三太爷呼之。”伙计说:“不是。”陈亮说:“怎么叫三太爷呢?”伙计说:“二位大爷不是我们本地人,不知道详细。我看看要没来,我告诉二位大爷。”说罢,他往外一看没来,刘二过来说:“我跟你说说。”陈亮说:“你说罢。”伙计低言对陈亮如此如此一说。二位英雄一听,气得三尸神暴跳,五灵豪气腾空。不知所因何故,且看下回分解。

第一百零九回　五里碑医治小昆仑　曲州府巧遇金翅雕

话说雷明、陈亮一问跑堂的这个三太爷是何许人也,跑堂的说:“二位大爷要问,这位三太爷是我们本地的恶霸。在本地结交官长,走动衙门,本地无人敢惹,家里打手就有百八十个。”陈亮说:“这个三太爷姓甚么?”伙计说:“姓杨名庆,外号人称金翅雕。”陈亮说:“他们必是亲哥三个。还有大太爷、二太爷?”伙计说:“不是亲哥们,听说是异姓弟兄。大爷叫镇山豹田国本,二爷叫鹞子眼邱成。”雷明、陈亮听明白。

这里喝着酒,只见由外面进来一个管家,歪戴着帽子,闪披着大氅,透着酸狂美犬外代自足。进来说:“掌柜的,菜齐了没有?三太爷少时就来。”掌柜的说:“齐了。请三太爷来罢。”雷明、陈亮往外一看,就知道这个人是个恶奴的样子。正说着话,外面又进来了一个恶奴,说:“三太爷来了。”跑堂的赶紧按着桌上告诉:“众酒坐站起来。三太爷来了。”伙计一说,众饭坐全都站起来。伙计一告诉雷明、陈亮,也叫这二位英雄站起来,“三太爷来了。”陈亮说:“三太爷来,我们做甚么站起来,三太爷替我们给饭帐么?”伙计说:“不给。”陈亮说:“既不给,我们不能站起来。”伙计说:“我可是为好,你们二位要不站起来,可找不得。”雷明说:“我自幼生人以来,老没找着不得,今天我到要瞧瞧不得怎么样。”伙计怕惹事，叫众饭坐在头里站着，挡着他们。

雷明、陈亮又要瞧瞧恶霸甚么样，不站起来，头里挡着瞧不见，二位只可也站起来。见外面进来三个人，头前两位都是蓝绸四楞巾，蓝绸子铜氅，篆底官靴，都是拱肩梭背。这两个是本县的刀笔先生，一位姓曹，一位姓卢。后面跟着这位三太爷，是身高七尺，头戴宝蓝逍遥员外巾，身穿宝蓝缎宽领阔袖袍，周身绣团花，足下薄底靴子。打扮得文不文，武不武。三十多岁，黄尖尖的脸膛，两道细眉，一双三角眼，明露着精明强干，暗隐着鬼计多端，不是好人的样子。

圣人有云：小人诚于中形于外，忠厚人也瞧的出来。雷明一看说：“老三，原来是这小子。当初他也是西川路的贼，怎么此时会这么大势利。”陈亮见恶霸众人上了楼，把伙计叫过来。陈亮说：“这个三太爷来，为甚么大众都站起来，莫非全都怕他？”伙计说：“告诉你说罢，他跟秦丞相是亲戚。慢说乡民，就是本地知府，也不敢得罪他。他要稍有不愿意，给秦丞相一封信，就能把知府撤调了。”陈亮一听说：“这还了得。”又问伙计：“这位三太爷在那里住？”伙计说：“由我们这铺子往北走，到北头往东，一进东胡同路北大门，门口八字影壁，就是他那处，房子高大。”陈亮打听明白。吃喝完毕，给了酒饭帐，出了酒铺往北，到北头往东一拐，果见路北大门。二位英雄探明白道路，就在城内大街找了一座店，字号是“亿魁老店”，来往客商，仕宦行台，坐西冲东。二人来到店中，找了北跨院两间西房。伙计打洗脸水倒茶。陈亮说：“二哥，你看这恶霸，大概必是无所不为，今天晚上咱们去哨探哨探。”雷明点头答应。

二人直候到天交二鼓，店中俱各安息，二位英雄这才把夜行衣换好，收拾停当，由屋中出来，将门倒带，画了记号，当时拧身上房，蹿房越脊如履平地。今天街市上路净人稀，展眼之际，二人来到恶霸的宅院。蹿房越脊，在暗中哨探。来到一所院落，是北房五间，南房五间，东西各有配房三间。北上房廊檐下，挂着四个纱灯，院中点着两个气死风灯，屋中灯光闪烁。雷明、陈亮在东房后房坡往下瞧，见屋中有两个家人，正然擦抹桌案。这个家人说道：“咱们庄主爷来了朋友了。”那个家人说：“谁来了？”这个家人说：“乾坤盗鼠华云龙华二太爷来了。少时咱们庄主陪着华二太爷，在这屋里吃饭。”雷明、陈亮在暗中听得明明白白。

暗中观看工夫不大，只见由上房西边角门，灯光一闪，有两个家人前头打着灯笼，后面跟着四个人。头一个就是华云龙。第二个这人，身高九尺，膀阔三停，头戴鹅黄色六瓣壮士巾，上按六颗明镜，绣云罗伞盖花贯鱼长，身穿翠缎窄领瘦袖箭袖袍，腰系五彩丝鸾带，蛋青衬衫，薄底靴子，闪披鹅黄色英雄大氅，上绣三蓝富贵花。再往脸上看，面如白粉，两道剑眉，一双环眼，裂腮额，押耳黑毫，海下一部钢髯。这个就是镇山豹田国本。第三个穿白爱素，黄脸膛，就是鹞子眼邱成。第四个穿蓝挂翠，就是金翅雕杨庆。

四个人一同来到北上房屋中落座，就听田国本说：“华二弟，自从你我分手，倏经四载，愚兄想念你非是一天。你在临安做的那点小事，你要早到我这里来，给临安秦相写一封信，把海捕公文追回去，把和尚追回去，早就完了案。你不来，我那里知道你的事？”华云龙说：“兄长在这里，我那里知道。我新近听见追魂太岁吴堃吴大哥说，我才知道兄长在这里住著。我这里有两件东西，送给兄长留着罢。”田国本说：“甚么？”华云龙说：“我在秦相府得的奇巧玲珑透体白玉镯，十三挂嵌宝垂珠凤冠。这两件东西，是价值连城无价之宝，可就是没处卖去。”田国本说：“贤弟，你先带着，等我生日那天，还有旧日绿林的几位朋友来，你当着众人，你再给我，也叫他等瞧瞧。你我弟兄认识多年，也不枉我常夸奖你。我常跟朋友提你，自出世以来，能为武艺超群，叫他等看看，有志不在年高，无志空活百岁，做这样惊天动地之事。你在我这里住着，我给秦相一封信，管保叫你官司完了。”

华云龙说：“兄长怎么跟秦相有来往？”田国本说：“贤弟，你不知道，我跟秦相是亲戚。慢说你这点小事，告诉你说，前任知府不合我的事，我给秦相一封信，就把知府调任。现在这个知府姓张，自他到任，我去拜他，他不但不见我，反说了些不情理的话，我又给秦相写了一封信。我们亲戚给我写了回信来，叫我查他的劣迹，再给秦相写信，好参他。我前者报了一回明火。实对贤弟你说罢，我这家里谁敢来明火？原本我自己做的。叫几个绿林的朋友，晚上来虚张声势。我写了一张大失单，交到知府衙门。叫他地面背这案，他一个拿不着，我就可以叫他挪窝。我还想起一件事来：后面看花园子的那老头，也是无用的人，邱二弟，你摘他的瓢，给知府送礼去。”鹞子眼邱成点头出去。

这个时节，有家人来回禀：“现有造月篷程智远、西路虎贺东风回来了。”田国本吩咐有请。家人出去，工夫不大，带进两个人来。一个穿白爰素，一穿蓝挂翠。来到大厅，彼此见礼。田国本说：“程贤弟、贺贤弟，你二人回来了。好，劣兄烦你二人到临安西湖灵隐寺去，把庙里方丈、知客、监寺的，全都杀了回来，行不行？”程志远、贺东风说：“这乃小事一段，我二人这就起身。”田国本说：“好，带上盘费，你二人去罢。”

这两个刚走，鹞子眼邱成手提着一颗血淋淋的人头，来到大厅说：“兄长，你看杀了。”田国本说：“你拿包裹包上，给知府送礼去罢。”雷明、陈亮在暗中瞧看，不知道怎么给知府送礼。陈亮说：“二哥，咱们跟着。”雷明点头。只见邱成用包裹将人头包好，施展飞檐走壁，来到知府衙门的三堂。把人头包袱挂在房檐子上，竟自去了。雷明、陈亮看的明白。一数，由西往东数，第十七根房椽子。雷明说：“老三，咱们把人头给拿回去，挂在田国本家去。”陈亮说：“不用，师父说过，叫咱们瞧在眼里，记在心里，不可多管闲事，你我回去罢。”二人只才回店。

次日知府一起来，看见房檐上挂着包袱，叫人一数，由西往东数第十七根房椽子上，拿下来打开一看，是一个男子的人头。知府唬得惊慌失色。不知太守该当如何办案，且看下回分解。

第一百一十回 鹞子眼杀人头送礼 张太守派班头拿人

话说知府张有德叫人打开包裹，一看是人头，知府勃然大怒，立刻派人把安西县知县曾大老爷请来。知县一见太守，赶紧行礼说：“大人呼唤卑职，有何吩咐？”太守说：“昨天衙内竟有贼人在我这三堂房檐下，由西往东数房椽子上挂了一个包裹，里面是一颗血淋淋的男子人头。竟有贼人这样大胆。贵县赶紧派人，给我捉拿凶手。访查系何人被杀，尸身落在何处。”知县一听，连连说：“是。大人不便动怒，候卑职赶紧派人缉拿。”太守说：“贵县要即速办，本府也派人缉捕。”知县点头回衙。

立刻把手下快班刘春泰、李从福叫上来。老爷吩咐：“尔等急速给我拿贼。拿着，我赏银五十两；拿不着，我要重重责罚你们。”刘春泰、李从福点头答应，立刻下来，聚集手下眼明手快的伙计，同府衙的班头，在十字街路西酒铺会齐，大众商量办案。众官人都来到酒铺后堂，众伙计就问："甚么案?"刘春泰说："在知府衙门三堂，由西往东数，第十七根房椽子上，挂着人头。老爷说了，办着赏五十两银子，办不着要重重责罚。"众伙计官人一听，一个个紧皱眉头，都说："这案不大好办。"

众人正在议论之际，就听酒铺门口有人说话，说："都是你把包袱挂在由西往东数第十七根房椽子上。"又有人说："不是你叫我挂的么?"众官人一听，刚才一愣。只见由外面进来一个穷和尚，同着两个人，都是月白裤褂，骨头钮子，左大襟，四只鞋四样：一只开口僧，一只山东皂，一只踢死牛，一只搬尖靸。众班头瞧着这一僧两俗，语音不对，面生可疑，说话有因。

书中交代，来者非是别人，正是济公带领柴、杜二位班头。和尚由常山县叫雷明、陈亮走后，和尚告辞，回到赵员外家中。柴、杜二位班头正等急了。见和尚回来，赵员外就问："圣僧那去了?"和尚说："我在外面蹲着出恭，瞧见有一个人，拿着钱褡裢直往外漏钱，我就后面跟着捡，直跟了八里地。"赵员外说："大概圣僧拈了钱不少罢?"和尚说："我随着拈，随着往怀里揣，拈完了，我一摸，怀里腰没系带子，随着又都掉了，一个钱也没落着。"赵员外一听也乐了，立刻吩咐摆酒，又留和尚住了一天。

次日和尚要告辞，赵员外还要留，说："圣僧何妨多住几天。"和尚道："我实在烦有事。"员外拿出五十两银子来说："圣僧带着路上喝酒。"和尚说："不要不要，拿着银子怪重的。"柴头说："师父不拿着，回头咱们吃饭住店，又没钱。依我说，拿着罢。"和尚说："拿着，你拿包袱包起来。"柴头就用包裹包好。和尚说："你们要拿华云龙，你们两个有甚么能为?"柴头说："我们会飞檐走壁之能。"和尚说："你们把这个银子包袱，由西往东数，第十七根房椽子，你要能给挂上了，我就带你们拿华云龙去。"柴头说："那算甚么。"当时拿着包袱，一纵身，一只手扒住房檐，一只手把包袱挂上。柴头说："师父，你瞧是第十七根不是。"和尚说："走罢。"柴头说："把包裹拿下来呀。"和尚说："别不害臊了，真拿人家的银子，跟人家有甚么交情? 走罢。"柴头一想："你不怕饿着，我们必得怕饿?"赌气也不言语，和尚告辞，赵员外送到外面。

和尚带领二位班头，出了赵家庄，一直来到曲州府。走到酒铺门口，和尚说："咱们进去喝酒。"柴头说："喝酒，有钱么?"和尚说："你把包袱挂在由西往东数，第十七根房椽子上，你又问我。"柴头说："不是你叫我挂的么?"和尚说："我叫你挂的? 这也是冤魂不散，神差鬼使，叫你挂的。"柴头说："甚么神差鬼使?"和尚说："走罢。"说着话，进了酒铺，坐下要酒要菜。柴、杜二位班头还在睡里梦里。

这个时节，安西县与府里的众官人都看上了。和尚捡甚么好吃要甚么，吃得有八成饱了。和尚又说："你把包袱给挂在第十七根房椽子，这回头走不了。"柴头说："不是你叫我挂的么!"刘春泰越听越是。这才过来说："朋友，由西往东数，第十七根房椽子的包袱，是你挂的?"柴头说："是我挂的。"刘春泰说："好，这场官司你打了罢。"柴头刚要分辩，和尚说："不用说了，官司打了，我们可没有饭钱。"刘春泰说："饭钱我给。"柴头也不言语，就知道和尚没安好心，要吃人家这顿饭。直至吃喝完毕，一算帐，和尚这里吃了十两零三钱，刘头说："我给了，三位跟我们走罢。"和尚说："走。"

大众一同出了酒馆，来到知府衙门。刘头说："朋友，你说说罢，在三堂第十七根房椽子上，挂的人头，是杀的甚么人? 尸身现在那里? 你说说罢。"柴头一听说："甚么人头不人头? 我不知道。"刘春泰说："方才在酒馆，不是你说的，由西往东数，第十七根房椽子上的包裹，是你挂的么?"柴头说："不错。我告诉你说，我姓柴，叫柴元禄，他叫杜振英，我二人是临安的马快。这个和尚是济公，奉秦丞相赵太守谕，出来办案，拿乾坤盗鼠华云龙。昨天我们住在赵家庄，今天早晨，济公问我们二人有甚么能为，要办华云龙。我说会飞檐走壁，济公叫我把五十两银的包袱，挂在由西往东数第十七根房椽子上，看看我的能为，我挂得上挂不上。包袱可是我挂的，可是银子包袱。你要不信，我这里有海捕公文。”刘春泰一听，心说：“这顿饭钱白花了。”这才往里一回禀，知府在京中见过济公，知道济公是得道高僧。赶紧吩咐，把圣僧请到书房。

和尚一见太守，彼此各叙寒温。太守说：“圣僧从那里来？”和尚说：“我奉秦相所托，带着两个班头，出来办案，捉拿乾坤盗鼠华云龙。这个贼人，盗了秦相府的玉镯凤冠，在泰山楼杀死人命，乌竹庵因奸不允杀死少妇。这个贼人，现在老爷的地面窝藏。”知府说：“在那里？”和尚说：“在镇山豹田国本家。”知府一听说：“原来如是。我自到任，上任官就跟我说，本地有一个势棍田国本，他跟秦相是亲戚，上任知府就是他蛊惑秦相给调开。我自到任，他来拜过我一次。我一问是甚么人，说是本地的民人。我说，他是黎民百姓，无官职，不应当无故拜官，我也没见他。后来他家里报明火执仗，我也不知是真是假。昨天晚上，无故在我这三堂房椽子挂了一颗人头，我想其中定有缘故。”

和尚说：“不要紧，老爷只要把田国本拿住，这案就都有了。可有一节，老爷要派官人去拿可拿不了。田国本房子也多，外面一有信，打草惊蛇，贼就跑走了。老爷你坐轿去拜他，我和尚扮作老爷的跟班的，把贼人稳住，我可以拿他。”老爷说：“圣僧扮跟班的，行得了么？”和尚说：“行得了。老爷，把你跟班的衣裳，给我拿一身来。”立时给和尚打了洗脸水。和尚一洗脸，本来济公五官清秀，无非是脸上太黑。把僧帽揣在怀内，戴上皂缎色软帕包巾，穿上一件皂缎色铜氅，把草鞋脱了，换上薄底靴子，装扮好了，知府一看像。老爷这才换好了官服，吩咐外面传轿。柴元禄、杜振英、刘春泰、李从福，还有许多官人，一并跟随。

老爷上了轿，鞭牌锁棍，旗锣伞扇，铜锣开道，一直来到田国本门首拜会。家人进去一回。田国本正在大厅同邱成、杨庆、华云龙说话。家人回禀说：“现有知府来拜。”田国本一听一愣，说：“众位贤弟，前者我拜知府，他不见我。今无故他来拜我，恐其中有诈。”邱成说：“兄长不便多疑，大概知府他知道兄长跟秦相是亲戚。他前者不见兄长，他这是来陪不是。”

田国本一听也有理，说：“二位贤弟，在东西配房去躲着。要有动作，你二人再出来动手。华二弟你到花园子，摆桌酒，你喝酒去。待我见他。”众人点头。田国本这才出来迎接知府。不知济公如何拿贼，且看下回分解。

第一百十一回　知府定计拜贼人　济公巧捉华云龙

话说镇山豹田国本听说知府来拜，立刻由里面迎接出来。到了大门外一瞧，见许多的官人跟随，知府坐着绿轿。田国本来到轿下，说：“公祖大人驾到，草民田国本接待来迟，望乞大人恕罪。”知府张有德立刻吩咐轿子撤抬杆，去扶手，当时下轿。知府说：“久仰田员外大名，今幸得会，员外何必太谦。”田国本说：“大人请。”知府往里走。济公贴身后面跟随。众班头都在二门外站住。济公同知府来到大厅。田国本说：“大人请坐。”知府坐下。田国本并不谦让，也主坐相陪，吩咐手下人献茶。田国本说：“今天大人驾临，有何贵干？”知府说：“本府久闻员外大名，特来拜访，借可畅谈。”说着话，济公站在知府身后，身子往槅扇上一靠，二目一闭，似乎要睡。田国本一瞧说：“大人尊管必是熬了夜，身体困倦，何妨到外面歇歇去。”济公借他这句话，一睁眼往外就走，知府也并不拦。

焉想到和尚出了大厅，一直够奔花园子。来到花园子角门，探头往里一看，见花园子修得很齐整，真有四时不卸之花，八节可观之景，暖阁凉亭，楼台小榭。正北是三间花厅，乾坤盗鼠华云龙站在花厅门首，正往角门这边看。贼人原本在花厅里摆了一桌酒，自己也喝不下去。终然贼人胆虚，心中盘算：“知府无故来拜，其中必有隐情。”自已一想：“莫非前来拿我？”心中究属不安。站起身出了花厅，往外探头，瞧见济公是跟班的打扮，又洗了脸，华云龙认不出来，点手叫济公，华云龙要问问知府带多少人，做甚么来了。

华云龙直叫：“二爷，这里来。”济公也不言语。华云龙一想，这个跟班的，不是聋子，定是哑子，赌气也不叫了，进了花厅。济公随着来到花厅门首，用两手把门一揸，说：“华云龙，你这可跑不了了。”华云龙一听，是济公的口音，贼人唬得亡魂皆冒。华云龙说：“师父，你老人家为甚么拿我？”和尚说：“我到不打算拿你。我要拿你，在小月屯马俊的夹壁墙也把你拿了。再不然，蓬莱观陆通攒住你的腿，我也就拿住你了。”华云龙一想：“是呀，这为甚么拿我呢？”和尚说：“田国本到知府衙门去送信，叫我拿你来么。”华云龙一听说：“好田国本狗娘养的，真是人面兽心。”和尚说：“你认了命罢。”用手一指，把华云龙用定神法定住。

和尚转身出来，来到二门，把柴元禄、杜振英叫进去，来到花园子，和尚说：“这可把华云龙拿住了，你们锁罢。”柴、杜二人喜出望外，来到花厅一瞧，果然不错。这才抖铁链把淫贼锁上。和尚一伸手，由华云龙兜囊把奇巧玲珑透体白玉镯、十三挂嵌宝垂珠凤冠掏出来交给柴元禄。和尚说：“带着走，拿田国本去。”

书中交代，田国本是西川坐地分赃大贼头。他自己因为金银也存足了，手下绿林人，在外面做的案也多了，田国本恐怕一人犯案，牵连大众，自己携眷逃至在曲州府。手里有银钱，就在这里买房落户，同邱成、杨庆三个人在这里隐避。先前到是循规蹈矩，后来皆因秦丞相的兄弟花花太岁王胜仙来到曲州府取租子，在曲州府打了公馆。田国本去拜王胜仙，打算要走王胜仙的门子，看王胜仙喜爱甚么送点甚么。见王胜仙古玩字画金珠一概不爱，他本是色中饿鬼，花里魔王，就是喜爱美女，别无所好。

田国本一想，他定了一条美女胭粉计。他花三千银子，买了一个歌妓，长得十分貌美，名叫玉兰。田国本就把玉兰叫到跟前，说：“玉兰，我打算拿你走个门子，把你给秦丞相的兄弟，不知你意下如何？”玉兰说：“员外有甚么话只管吩咐。”田国本说：“我明天请王胜仙来吃饭，你打扮淡妆素服，故意到厅房去，作为找我，叫王胜仙瞧见你。他要问我，我就说你是我妹子，在家守寡。他要愿意，我把你聘给他。你也可以享荣华，受富贵，比跟我胜强百倍，我得一门好亲戚。”玉兰点头。

次日，田国本就把王胜仙请来吃饭。正在厅房喝酒谈话，玉兰打扮好了，来到厅房门首说：“员外在屋里没有？”说着话，一掀帘子，故意说：“呦，这婆子丫环真可恨，这屋里有生客坐着，也不告诉我。”说罢，呆斜杏眼，瞧了王胜仙两眼，放下帘子回归后面。王胜仙瞧得眼都直了。这才问：“田员外，这是你甚么人？”田国本故意“咳”了一声说：“这是我小妹。他出阁不到一个月，就把丈夫死了，现在就在我家住着，到是我一块病。”王胜仙说：“员外何不再给找个人家另聘呢？”田国本说：“没有合适的主我也不肯给。”王胜仙也不便再往下说。吃完了饭告辞，自己回了公馆。

王胜仙就对众家人说:"我自生人以来,没见过这样的美女,就是田国本他这个妹子,实在貌甚西施。"旁边有家人王怀忠说:"太岁爷不便盼想,我去跟田员外说去,就提你老人家再续弦,大概他也愿意给。"王胜仙说:"好,你若能给我说妥了,我给你二百银子。"王怀忠说:"就是罢。"立刻到田国本家,一见田国本,提说王胜仙求亲之事。田国本正愿意,就把玉兰给了王胜仙。过门之后。田国本从此倚仗跟秦相的兄弟结了亲,在本地无所不为,结交官长,走动衙门,包揽词讼。前任知府是清官,不合他的事,他给王胜仙一封信,王胜仙一见秦相,秦相奏折子,把知府调开。这个知府张有德,又不合他的心,他又给王胜仙一封信,王胜仙又一见秦丞相,秦丞相就问:"你怎么个亲戚,皇上家的命官,都不合他的事?焉能由他调遣。"王胜仙碰了秦丞相的钉子,给田国本写回信,叫他查知府的劣迹,再参他。

田国本前次捏报明火,这又派邱成送人头,打算要把知府毁了。焉想到天网恢恢,疏而不漏。贼人也是恶贯满盈,今天正在厅房陪知府谈话,见柴、杜二位班头,锁着华云龙,同济公来到厅房。田国本一见,勃然大怒,说:"甚么人胆大,敢在我这里办案!"贼人站起身,意欲动手。济公用手一指,把田国本定住,刘春泰赶进来抖铁链把贼人锁上。鹞子眼邱成、金翅雕杨庆听见一乱,蹿出来拉刀要拒捕,也被济公用定神法定住,一并锁上。知府吩咐打道回衙,立刻押解贼人,一同回到衙门。老爷升堂,吩咐将放告牌搭出去,少时就有二十多人来告状田国本。也有告他霸占房产的,也有告他抢夺妇女的,也有告他因帐目折算田地的,种种不一。这个时节,安西县曾大老爷派人来请济公,到衙门去喝酒。和尚去后,知府讯问了众贼的口供,暂为看押起来,候济公回来再解了走。这曲州府街市上吵嚷动了,都知道灵隐寺济公拿了华云龙、田国本、大太爷、二太爷、三太爷。

这一吵嚷不要紧,惊动了两个江洋大盗,一个叫追云燕子姚殿光,一个叫过度流星雷天化。这两个贼人,乃是玉山县三十六友之内的,正在曲州府这里住着,听说华云龙被济颠和尚拿到知府衙门去,姚殿光说:"雷贤弟,咱们跟华云龙金兰之好,不知道便罢,既知道,你我不能不管。咱们或是劫牢反狱,或是把济颠和尚杀了,给华二弟报仇,总得设法把华二弟救出来。"雷天化说:"兄长言之有理,你我到外面采访采访去。"两个人由店里出来,正在街市闲游,天光已然掌灯,只见由对面两个从人搀着一个穷和尚。从人说:"师父,你是喝醉了罢?"和尚说:"没醉。我就是拿华云龙的济颠和尚,有不服的,只管来斗我。"姚殿光一听是济颠和尚,贼人要伸手拉刀,替华云龙报仇。不知后事如何,且看下回分解。

第一百十二回 众百姓公告田国本 二绿林行刺济禅师

话说济公由知县衙门吃完了酒饭出来,两个人搀着,正遇见两个贼人。和尚自言自语:"我就是拿华云龙的济颠。"姚殿光一听,意欲拉刀过去动手,自己又一回思:"先别莽撞。华云龙既被和尚拿住,和尚必然能为不小,我二人明过去,未必是和尚的对手。莫如暗中瞧和尚住在哪里。晚上去行刺,叫他明枪容易躲,暗箭最难防。"贼人这是心里的话。和尚嘴里就说:"对,瞧准了我和尚,我今天住在府衙门西跨院,要不服就去找我去。”两个贼人一想：“真怪，我们心里的事，和尚给说出来，这个和尚许有点来历。”暗中跟着，见和尚进了府署。

姚殿光、雷天华探明白道，二人回店。到店中吃喝完毕，候有二鼓天以后，这才把夜行衣换好，由店中蹿房越脊，来到府衙门。找到西跨院，一瞧是北房三间，屋中有灯光，两个人一看，和尚躺在床上睡了。姚殿光说：“你巡风，我进去杀他。”雷天化点头，姚殿光刚在掀帘子进去，和尚一翻身爬起来，说：“好东西，你往那走！”贼人吓得拨头就跑，和尚随后就追。这两个人跑出府衙门，和尚追出府衙门。这两个人直跑了半夜，和尚追了半夜。天光亮了，两个人跑出了城，好容易瞧后面没人追了。眼前一个树林子，靠山坡两个人要歇息歇息。刚一到树林子，和尚说：“才来。”唬得两个贼人就要跑。和尚用手一指，把两个人定住。和尚说：“我也不打你们，我也不骂你们，我掏蝎子把你们蜇死。”

正说着话，只听山坡一声“无量佛”。和尚一看，来了一个老道。头戴如意道冠，身穿蓝缎道袍，腰系丝绦，水袜云鞋。肋下佩着宝剑，面如童子一般。

书中交代：这个老道，乃是铁牛岭避修观，姓褚名叫道缘，外号人称神童子。他师父叫广法真人沈妙亮，乃是万松山云霞观紫霞真人李涵陵的徒弟，褚道缘是李涵陵的徒孙。他在避修观出家，每逢早晨起来，他要在外面闲游，借天地之正气，能精神倍长。今天闲游来至此地，姚殿光、雷天化一瞧，赶紧就嚷：“道爷救人。”褚道缘抬头一看说：“我为甚么救你们，你们是那的？”姚殿光说：“我二人是玉山县的人。因为我们有一个拜兄弟被这个和尚拿了，我二人要替朋友报仇，没想到被和尚把我们置住，要掏蝎子蜇我们。道爷救命罢。”褚道缘一听说：“你二人既是玉山县的人，有一个夜行鬼小昆仑郭顺，你们可认识？”姚殿光说：“那不是外人，郭顺我们是拜兄弟。”褚道缘一听说：“既待如是，我山人冲着郭顺给你们管管。这和尚是谁？”姚殿光说：“是济颠。”

褚道缘一听，“呵”了一声，说：“原来是济颠僧！我山人找他，如同钻冰取火，正要拿他，这到巧了。我风闻济颠和尚在常山县捉拿孟清元，雷击华清风、火烧张妙兴，害死姜天瑞，屡次跟三清教为仇。我正要拿济颠给三清教报仇，今天颠僧你可来了！”和尚说：“杂毛老道，你打算怎么样？”褚道缘说：“好济颠，你要知道祖师爷厉害，跪倒叫我三声祖师爷，我饶你不死。”和尚说：“好老道，你跪倒给我磕头，叫我三声祖宗尖，我也不能饶你。”老道一听，气往上撞，拉宝剑照和尚劈头就砍。和尚一闪身，滴溜转在老道身后，拧了老道一把。老道回头摆宝剑，照和尚就扎，和尚围着老道直转。拧一把、捏一把、掐一把、捅一把，老道真急了，说：“好颠僧，真乃大胆，待山人用法宝取你。”伸手由兜囊掏出一个扣仙钟。这宗法宝，是他师父给他的，勿论甚么妖精扣上，就得现原形。老道往空中一祭，口中念念有词，钟能大能小，往下一落，眼瞧把和尚扣在底下。

褚道缘一看，说：“我打算济颠有多大能为，原来是一个凡夫俗子。”过去要救姚殿光、雷天化。就听身后有人说：“好老道，你敢多管闲事。”老道回头一看，是和尚。老道暗想怪道，说：“好颠僧，我把你扣在钟下，你怎么会出来了！”和尚说：“你扣我，你也配！”老道立刻由兜囊掏出一根捆仙绳来，说：“和尚，我叫你知道我的厉害。”和尚一瞧说：“可了不得了，褚道爷，你饶了我罢。”褚道缘说：“和尚，你无故欺负三清教，我焉能饶你！”说着话把捆仙绳一抖，和尚没躲闪，竟把和尚捆上。这个捆仙绳，也是勿论甚么妖精，捆上就现原形。褚道缘见把和尚捆上，老道哈哈一笑说：“和尚，你叫我三声祖师爷，我放你逃走。如其不然，我当时把你扔到山涧里。”和尚说：“我叫你三声孙子。”老道一听，气往上撞，当时夹起和尚，往山涧一扔。和尚一把手揪住老道的大领，喇叹一下，竟把蓝缎道袍撕下一半去，和尚落在万丈深山涧之内。

老道见和尚掉下去，自己"咳"了一声说："我师父不叫我无故害人，今天我作了孽了。"自己愣了半天，大概和尚掉下去已死，不能复生，老道这才过来，把姚殿光、雷天化救了。老道说："我已把和尚扔在山涧摔死，你两个人去罢。"姚殿光二人谢过老道，竟自去了。

老道一想："不必回庙去吃饭，我就在眼前镇店上找个酒铺，要一壶酒，要一个溜丸子，要半斤饼，一碗木樨汤就得了。"想罢进了村口，只见路西是酒铺，酒铺门口站着伙计，冲老道一指说："来了。"老道回头，瞧后面并没人，老道也不知伙计说谁呢。自己来到酒铺，找了一张桌坐下。伙计说："道爷来了。"褚道缘说："来了。"伙计也并不问老道要甚么菜，擦抹桌案，拿过一壶酒来，一碟溜丸子，一碗木樨汤，半斤饼。老道一想："怪呀，真是思衣得衣，思食得食。"老道说："伙计，你怎么知道我要吃这个？"伙计说："那是知道。"老道说："罢了，你们这买卖要发财。"

少时吃喝完了，伙计一算说："三吊二百八。"老道说："溜丸子卖多少钱？"伙计说："二百四。"老道说："怎么会三吊二百八呢？"伙计说："你吃了四百八，你老师爷吃了两吊八，叫你给算到一处。"老道说："谁是我师老爷？在那里？"伙计说："是一个穷和尚，他走了，吃了两吊八。要不然，我们也不能叫他走，他给留下半件蓝缎道袍，还有一根丝绦。他说，教你给钱，把缎子丝绦给你。"老道气得瞪着眼说："你满口胡说。他是和尚，我是老道，他怎么是我师爷爷！"伙计说："方才和尚说，你当老道当烦了，要当和尚，认师爷爷。他说教你赶紧追，晚了他就不要了。你要不给两吊八百钱，我们留这丝绦合缎子，也卖出钱来了。"老道有心不要，又怕配去颜色不对，还得多花钱。老道无奈，把三吊三百八饭钱给了，出来要追和尚一死相拼。

老道正往前追，对面来了一个走路的，说："道爷姓褚不是？"老道说："是呀。"这人说："我方才碰见一个和尚，他说是你师爷爷，叫我给你带信，叫你快追去。晚了他就不要你了。"老道说："你满嘴放屁！是你师爷爷！"这人说："老道，你真不讲理，和尚叫我给你带信，我好心好意告诉你，你怎么骂我呢。"老道也不还言，气得两眼发直，就追和尚。追来追去，见眼前有井，有几个人在井台上打水。老道也渴了，要喝点水。刚来到近前，老道说："辛苦，赏我点水喝。"打水的人说："道爷叫褚道缘么？"老道说："不错。"这人说："方才你师爷爷说了，留下话叫你少喝罢，怕你闹肚子。"老道说："谁是我师爷爷？"这人说："穷和尚。"老道说："那是你师爷爷。"这人说："老道你怎么出口伤人？你别喝了！"老道说："不喝就不喝。"气得老道要疯，又往前追。

刚来到一个村头，老道正往前走，只见由村口里出来二十多人，一个个拧着眉毛，瞪着眼睛。老道也不留神，焉想到这些人过来，把老道围住，揪住就打，不容分说。不知所因何故，且看下回分解。

第一百十三回 济公法斗神童子 罗汉制服沈妙亮

话说神童子褚道缘正往前追赶和尚，由村里出来二十多人，揪住老道就打。老道也不知所因何故。

书中交代，济公跑到这个村里，有一个茶铺子，喝茶的人不少。和尚来到这里，说："众位快救我！"大众说："怎么了？"和尚说："村外有一个老道，他在村外拿宝剑，要给村里下镇雾，他说的这村里都生病，非他治不好，他要恶化三千银子。我一劝他，他恼了。他说我坏他的事，拿宝剑要杀我。"大众一听说："这还了得，咱们把老道活埋了。"众人这才跑出村来，一瞧果有一个老道，手拿宝剑，两眼发直。大众过来，揪住就打。

褚道缘直嚷："众位为甚么打我？"众人说："你来下镇雾，要害我们村里人，不打你等甚么！"老道说："谁说的？"众人说："和尚说的。"老道说："好，我跟和尚有仇，众位别听他的话。我是铁牛岭避修观的，我叫神童子褚道缘，我正要找和尚。他在那里，咱们对对。"大众一同来到茶铺，一瞧和尚没了。众人说："和尚那去了？"内中有人说："和尚到隔壁给田二爷瞧疯病去了。"老道一听，恨不能把和尚拿住千刀万剐，方出胸中之气。赶紧来到田宅门首喊叫："济颠僧快出来，山人跟你一死相拚！"

和尚原本在茶铺子坐着，众人去打老道，和尚说："我和尚指着瞧病为生，勿论甚么疯症，我专能治。"旁边就过来一个人，说："大师父，我们田二爷疯了不是一天，见人就打，现在在后面空房锁着，你能治么？"和尚说："我一治就好。"这人说："既然如是，你跟我来。"带着和尚来到院内。和尚说："疯子在那呢？"这人说："在后院锁着。"和尚叫把钥匙拿来。和尚来到后面，把锁一开，疯子由里面跑出来，来到门首。老道正叫和尚，疯子出来揪住老道就打，把老道按躺下，又踢又打，打完了，撒了老道脖子上一泡尿，好容易大众把疯子拉回去。和尚说："我这里有一块药，回头给他吃了就好。"和尚拿了点东西，由院中出来，只见大众正劝老道："回去罢，他是个疯子，这有甚么法。"老道猛一抬头，见和尚在那边站着直乐。老道一瞧，气冲肺腑，说："好和尚，你往那走！"和尚拨头就跑，老道随后就追。

追出村口，一瞧和尚没了。见眼前有三间土地庙，老道听庙后有脚步声音，褚道缘绕到庙后一看，是一位老道。头戴鹅黄道冠，身穿鹅黄道袍，水袜云鞋，面如三秋古月，一部银髯，背后背着分光剑。褚道缘一看，不是别人，正是他师父广法真人沈妙亮。褚道缘赶紧跪倒磕头，说："师父在上，弟子有礼。"他师父也不言语。褚道缘又磕头说："师父在上，弟子有礼。"越磕头越不言语，褚道缘也不知他师父因何瞪着眼不理他。磕了无数的头，正在纳闷，和尚由那边过来说："褚道缘，你就是这样道行，一个鸡蛋壳，你就磕一百多头，明天给你个鸭蛋壳，叫你磕二百头。"褚道缘听和尚一说，再一瞧，是一个苇子挑着一个鸡蛋壳。褚道缘气得浑身立抖，颜色更变。伸手拉宝剑，再找和尚没有了。褚道缘愣了半天，见天色已晚，自己够奔眼前三清观他师叔李妙清的庙。

褚道缘来到庙内，李妙清说："道缘从那来？"褚道缘一一备诉前情。李妙清一听说："不要紧，明天我同你找济颠去。"褚道缘坐着生气，也不言语。李妙清叫他吃饭，他也不吃，自己赌气睡了。

次日李妙清尚未起来，褚道缘由庙中就出来，要找和尚一死相拚。出庙走来不远，只见对面来了一个老道。头戴鹅黄道巾，身穿鹅黄道袍，背着分光剑。褚道缘一看，只当是和尚又用鸭蛋壳要笑他。焉想到这真是沈妙亮。原本沈妙亮自己化缘，化了一千银子修庙。他自己明过誓：化缘的银子，自己要妄用，必遭天雷之报。现在他使了有二百多银子，他恐怕起誓应誓，要来找李妙清借银子，补这项亏空。今天驾着趁脚风来的，将收住趁脚风，见褚道缘来了。

沈妙亮正要问徒弟上那去，见褚道缘把眼一瞪，说："好鸭蛋壳，你打算我不认得你。”沈妙亮一瞧，褚道缘这不是疯了么！刚才一愣，褚道缘拉出宝剑就砍。沈妙亮用手一指，把褚道缘定住说：“你这孽障，真是无故找死。”伸手拉出分光剑，要杀褚道缘。褚道缘这才明白，知道不是鸭蛋壳，真是师父到了，赶紧说：“师父先别杀我，我有下情。”沈妙亮说：“好孽障，你为甚么叫我鸭蛋壳？趁此快说！”褚道缘当时把根本缘由，备诉前情。沈妙亮这才明白说：“这就是了。你先跟我到你师叔庙里，少时有甚么事再办。”褚道缘这才跟随沈妙亮，一同来到三清观。一见李妙清，沈妙亮说：“师弟，你师侄跟济颠和尚为仇做对，受这样欺辱，你既知道，你为何不解劝道缘，置之不闻？”李妙清说：“昨天他住到我这里，我今天早晨没起来，他就走了，没等我劝他，这也怨不上我来。”

正说话间，就听外面喊嚷，说：“呔！沈妙亮，李妙清，快出来。”沈妙亮一听，只当是济颠和尚来了，一同来到外面一看，见庙门首站定一人，头挽牛心发纂，身穿蓝布裤袄。沈妙亮刚要问找谁，这人把眼一瞪，用手一指，说：“好胆大沈妙亮！你化缘修庙，你对天明誓，不使这里的银子，今胆敢妄用二百余两，吾神特意请雷来击你。”沈妙亮一想：“我的事，别无二人知晓。”一听这话，唬得连忙跪倒说：“祖师爷大发慈悲，弟子赶紧赔补。”李妙清也只当是神灵显圣，赶紧跪倒说：“你老人家是那位祖师爷？”这人“噗哧”一笑说：“李道爷，你不认识我了，我就是本村卖豆腐的老吴么。”李妙清方才明白说：“老吴，你为何来装神仙？”老吴说：“我到不是自己要来的，是有一个穷和尚，他花五百钱雇我来的。他教给我叫我这样说。”

正说着话，抬头一看，见和尚来了。老吴说：“这不是和尚来了？”沈妙亮一看乃是一个丐僧，褴褛不堪，说：“这就是济颠么？”褚道缘说：“不错。”沈妙亮说：“待我问他。”和尚来到近前，沈妙亮说：“颠僧，你为何无故这样欺负我徒弟？着实可恼！你要说出情理来，我山人饶你不死。你要说不出理来，我今天要结果你的性命。”和尚哈哈一笑说：“沈妙亮，你这厮好说大话。大概你也不知和尚老爷的厉害。”沈妙亮一听说：“颠僧好生无礼，我先拿住你再跟你说。”

当时拉出分光剑，照定和尚就砍，和尚滴溜就躲开。真是身体灵便，围着老道乱转，拧一把、捏一把、掐一把、捅一把。老道真急了，口中念念有词，就见由平地起了一阵旋风，变出两个沈妙亮来，都是一样打扮。这个照和尚就砍，那个照和尚就斫。和尚说：“好东西，没搭窝就下了一个。”老道还是宝剑砍不着和尚。老道又一念咒，当时化出四个沈妙亮来，把和尚一围。和尚乱跑，围不住。老道四个变八个，八个变十六个，十六个化三十二个，俱是手拿宝剑。和尚一瞧说：“我可真急了。”当时就地抓了一把土，和尚就跑。沈妙亮收住验法，随后就追。

和尚展眼跑远了，进了一座村镇。路西有酒楼，和尚进了酒馆，上了楼。一看，楼上坐着一个老道。头戴九梁道冠，身穿蓝缎子道袍，青护领相衬，白袜云靴，面如紫玉，粗眉大眼，花白胡须，洒满前胸。桌上搁着一个包裹，很规矩的样子，也是刚才来，尚未要菜。这个老道，乃是戴家堡至真观的，姓郑名叫玄修，今天由此路过，要在这里吃饭。和尚一上楼，瞧见老道，和尚说：“道爷才来。”老道说：“是，大师父才来。”和尚说：“道爷，这边一处吃罢。”老道说：“请请。”和尚找了一张桌坐下，伙计过来擦抹桌案。罗汉爷眼珠一转，计上心头，要在酒馆戏耍郑玄修。不知后事如何，且看下回分解。

第一百十四回　郑玄修酒馆逢和尚　沈妙亮听歌识圣僧

话说济公来到酒楼，找了一张桌坐下，伙计给摆上杯筷。老道就问："伙计，你们这里有素菜么，我是吃素。"伙计说："有。"和尚说："我是吃荤。"伙计说："荤素都有。"和尚说："你先给道爷要一个炸面筋，我敬的。"老道一想："我又不认得和尚，人家敬我菜，我也得回敬。"赶紧叫伙计："给大师父要一个炸丸子，我敬的。"伙计答应，少时把菜给端来。和尚要了酒，又叫："给老道要一个醋炒豆芽菜，我敬的。"老道又给和尚要了一个炒肉丝。和尚又给老道要了一个炒豆腐，老道又给和尚要一个包羊肉。和尚给老道要了一碗素白菜汤，老道又给和尚要了一碗汆丸子。两个人换着吃。和尚就叫伙计过来。和尚说："回头道爷吃多少钱，我给你，先别说，别耽误人家的饭。"伙计说："是了。"老道早听见，老道吃完，就叫伙计算帐："和尚吃多少钱我给。"和尚赶紧过去说："道爷别让，我给。"老道说着话，就要解包袱，包袱里有二百银子。和尚说："我给。"一把手把老道的包袱抢过来，和尚拿着下了楼。

老道只当是和尚热心肠，下楼到柜上去把钱给了，再把包袱给拿回来。老道左等和尚也不来，右等和尚也不来，叫伙计下楼一瞧，说："和尚早走了。"老道一想："赶情和尚是骗子手，把我二百银子也拐了去，也没给饭钱。"还幸亏老道兜囊有散碎银子，赶紧把饭钱给了，下了楼就追和尚。

刚追到村口，一瞧，和尚正在村口地下，把包袱打开，瞧银子的成色呢。和尚自言自语说："这块是高白，这块有成色，这块太潮，不定好不好。"老道郑玄修一瞧，说："好和尚，你拐了我的银子，你还瞧成色。"过来按住和尚就打。和尚就数着："一下子，两下子。"老道打了和尚五拳，和尚说："该我打你了。"一拧老道的拐子，把老道翻在底下，和尚打了老道五拳。和尚就往地一躺说："该你打我了。"老道又打了和尚五拳。和尚又一拧老道的拐子，又把老道翻下去。瞧热闹的人，也都不劝，说："这两个打架到不错，一个人打五下。"那人说："和尚公道，打老道五下，和尚自己就躺下，叫老道打。老道不公道，非等和尚把他翻下去。"老道一听说："我还不公道，他吃了我一顿饭，把我二百银子拐出来，我还不公道！"

大众正然劝解，这个时节，沈妙亮、李妙清、褚道缘赶到。沈妙亮说："和尚，我正找你，你在这哪！我到问问你，为甚么欺负我徒弟？"和尚说："他自己找的，无故多管闲事。我告诉你沈妙亮连你也不行，我和尚是让着你。"沈妙亮说："和尚你有多大来历！"和尚说："我有几句话叫你听听：

昔日英名四野闻，杀妻访道入玄门。涵陵赐汝分光剑，方入三清古道门。"

沈妙亮一听和尚这几句话，自己一阵发楞。书中交代：沈妙亮当初原本是江西人，以保镖为生，名叫沈国栋，在外面威名远震。常出外保镖，家中妻子曹氏，两口人过日子。这天沈国栋歇工在家，出去正在茶铺子喝茶，旁边有两个人谈闲话，这个人说："世界上的事难说。大丈夫难免妻不贤，子不肖。就说沈国栋在外面保镖，很是英雄，家中他妻子做出那些寡廉鲜耻之事。可惜沈国栋那样的英雄，叫妻子给毁了。"这个说："你怎么知道？"那个说："我有个亲戚，跟沈国栋是近邻，我常到我们亲戚家里去。听见说沈国栋的妻子太无廉耻，这件事要叫沈国栋知道了，准得出人命。”那人说：“也许不能知道，谁敢说这个话。”沈国栋旁边听见，故作未闻，也不认识这两个人。这两个人也并不认识沈国栋，闻其名未见其面。沈国栋听到心里，回了家，也并不提。

这天沈国栋就说要出外，曹氏就问，得多少日子回来。沈国栋说，得两个多月，有要紧的事。沈国栋由家中出来，就在附近有个小镇店，离他家三里地，找了一座店住下。晚上有起更以后，自己带上刀，由店中出来，暗中到家里一探，并没有动作，自己仍回店睡了。

次日晚上有二更天，他又到家里来一探，就听他妻子屋中，有男女欢笑之声。沈国栋把窗户捅了一个窟窿，往屋中一瞧，见他妻子浓装艳抹，打扮得鲜明。床上摆着床桌，桌上有酒菜，旁坐着一个文生公子，长得俊品人物。沈国栋一瞧这个男子，认识是隔壁的街坊孙公子，名叫祖义，号叫秀峰，家里还是宦家，上辈做过教官，也是祖上无德，出这样浮浪子弟，跟曹氏通奸有染。就听他妻子说：“这两天他在家里，我恐怕你来，叫他撞上，多有不便。好容易他可走了，这趟得去两个多月呢。”这公子说：“娘子，这两天我诗书懒念，茶思饭想，恨不能你我朝夕在一处欢乐，才合我的心。”曹氏说：“你愿意做长久夫妻不愿意？”孙公子说：“怎么做长久夫妻？”曹氏说：“你给我买一包毒药来，等他回来，我做为给他接风掸尘，把毒药下在酒里，把他毒死，你我岂不是长久夫妻么？”

沈国栋听到这里，心中一阵难过。自己一想，至亲者莫若父子，至近者莫过夫妻。真是夫妻同床，心隔千里。自己无明火往上一撞，闯进屋中，竟将两个人结果了性命。自己投案，一打官司。三五天官司完了，自己一想，人生在世上，犹如大梦一场，功名富贵妻财子禄，一概是假，尽皆是空，莫若出家到好。这才拜紫霞真人李涵陵为师，涵陵赐名妙亮。给他一口分光剑护身。现在沈妙亮已九十多岁，他自己的事并无人知晓。

今天和尚一说这四句话，乃是他的根本。沈妙亮见和尚也无非二十多岁，怎么会知道这数十年的事？自己愣了半天说：“和尚，你怎么知道我的事？”和尚把二百银子给了郑玄修。和尚说：“我叫你瞧瞧我的来历。”用手一摸天灵盖，露出佛光灵光三光。沈妙亮一看，原本是一位知觉罗汉。老道连连打稽首，口念“无量佛”。和尚哈哈一笑，回头便走，信口做歌说道是：

> 人生七十古来少，先除幼年后除老。中间光景不多时，又有闲愁与烦恼。过了中秋月不明，过了清明花不好。花前月下且高歌，急须满把金樽倒。世上钱多用不尽，朝里官多做不了。官大钱多心转忧，落得自家白头早。春夏秋冬弹指间，钟送黄昏鸡报晓。诸君细看眼前人，一年一度埋荒草。草里高低多少坟，一年一半无人扫。

和尚唱着山歌，来到曲州府。知府张有德一瞧说：“圣僧那里去了？我正派人各处去寻找圣僧。”和尚说：“我碰了朋友喝酒来着。老爷找我和尚甚么事？”知府说：“我已然把华云龙、田国本等二人的口供问了，贼人俱皆招认。等圣僧来，我派人一同将贼人解到临安去。”和尚说：“好。”知府派两个头目，带十个兵，用差船走水路，把贼人木笼囚车搭上船去。和尚带着柴、杜二班头告辞。知府送到河坝。和尚上了船，立刻开船。和尚说：“二位班头，这可大喜。把贼人解到临安，三衙门领一千二百银子，赏每人六百两。”柴头、杜头也喜欢了，说：“我二人多蒙师父成全。”

大家谈着闲话，船往下走着一天。这天走在小龙口地面，焉想到由水内来了四个江洋大盗，要抢劫木笼囚车。不知济公如何挡贼，且看下回分解。

第一百十五回 金毛海马闹差船 济公善救冯元庆

话说济公同柴、杜二位班头，押解四个贼人，船只正往前走。这天走到小龙口，济公忽然灵机一动，就知道水里来了贼人。和尚说："我在船上闷得很。我出个主意，钓公道鱼罢。"大众说："怎么叫公道鱼？"和尚说："我钓鱼，也不用网，也不用钩子。你们给我找一根大绳子，我拴一个活套。往水里一扔，我一念咒，叫鱼自己上套里去。我要钓一个百十多斤的鱼，咱们大家吃好不好？"大众说："好。"就给和尚找了一根大绳。和尚拴了一个来回套，坠上石块，扔在水内。和尚就说："进去进去。"大众都不信服。和尚说："拿住了，你们帮着往上揪。"众人往上一揪，果然很沉重。揪出水来，一瞧不是鱼，原本是一个人。头戴分水鱼皮帽，日月莲子古水衣，水靠香河鱼皮岔，油绸子连脚裤，黄脸膛，三十多岁。和尚叫人把他捆上。和尚说："还有。"又把绳子扔下去。果然功夫不大，又揪上一个来，是白脸膛，也是水师衣靠。

书中交代，这是甚么回事呢？只因前者把姚殿光、雷天化放走，这两个人到陆阳山去约人，约了四个人。一个叫金毛海马孙得亮，一个叫火腿江猪孙得明，一个叫水夜叉韩龙，一个叫浪里钻韩庆。准知道押解华云龙，众官人必由水路走，叫这几个贼人，在小龙口等候，抢劫差事。探听明白，船来到了，孙得亮、孙得明先来奔船底。自己身不由己，就钻在套里，被和尚拉上去捆上。

和尚说："你们这些东西，胆子真不小。姓甚么？叫甚么？干甚么来了？"孙得亮、孙得明各通了名姓，说："我二人一时懵懂，被朋友唆使来的，师父慈悲慈悲罢，我二人情愿认你老人家为师。"和尚说："我要把你两个人放了，还来不来？"孙得亮说："再不敢来了。"和尚说："我要有事，用你二人行不行？"孙得亮说："师父要有用我二人之处，万死不辞。"和尚说："既然如是，我把你两人放了。你叫你们那两个伙计也别来了，我也不拿他了。"这两个人放开起来，给和尚磕头。和尚附耳说如此如此，二人点头跳下水去，竟自去了。柴元禄、杜振英一看说："要不是师父，我二人那里知道水里有人。"和尚说："你二人放心罢，这就没了事了。"

这天往前走，相隔临安不远，和尚说："我要头里走了。"柴头说："师父别走。倘师父走后，出了差错，那还了得。"和尚说："不要紧，没有差错。我说没有，你二人只管放心。有了差错，那算我和尚的错处。"和尚说着话，下了船，施展验法，来到钱塘关。

和尚刚一进城，只见钱塘县知县坐着轿子，鸣锣开道，后面众官人锁着一个罪人，带着手铐脚镣大三件的项锁。和尚抬头一看，口念："阿弥陀佛！你说这样事，我和尚焉能不管。要不管，这个样的好人，屈打成招，就得死在云阳市口，残刀废命，我和尚焉能瞧着。"说着话，和尚过去说："众位头，带着甚么案呀？"官人一瞧，有认识和尚的官人说："济师父么，你要问告诉你说，他是图财害命的路劫。"和尚说："他有点屈枉，把他放了罢。"众人说："谁的主意？"和尚说："我的主意。"官人说："你的主意不行。"说着话，就见这个罪人的爷娘妻子孩儿，一个个哭哭啼啼，甚为可惨。

书中交代，这个罪人原本姓冯，双名元庆，住家在临安城东城根二条胡同，家有父母妻子孩儿。他本是锤金匠的手艺人，极其精明诚实。他有个师弟姓刘，叫文玉，在镇江府开锤金作。只因买卖赔累,用人不当,写信把冯元庆叫了去,给他照料买卖。冯元庆实心任事,不辞劳苦,帮着他师弟经理买卖,四五年的景况,把所赔的钱找回来,反到赚了钱。刘文玉就拿冯元庆当做亲弟兄,深为感念冯元庆的这份劳苦,要把买卖给冯元庆一半股分。每年冯元庆自回一次家。

不想冯元庆日久积劳,常常染病,实不能支持,跟刘文玉说自己要回家歇工,把病养好了再来。刘文玉见师兄病体甚重,也不能拦,给拿了五十两银子,叫他回家养病。冯元庆自己还有二十两银子,也带着,雇了一只船回临安。这天到了临安,天已掌灯,管船的不叫冯元庆下船,说:"天已晚了,明天再下船。"冯元庆是恨不能一时到家,自己拿了铺盖褥套,下了船,走到东城根树林。自己本来带着病,走不动了,离家尚有二里地,自己打算歇歇再走。焉想到往地下一坐,就睡着了。天交二鼓,打更的过来瞧见,把冯元庆叫醒了。打更的说:"你怎么在这里睡觉,这里常闹路劫!"冯元庆说:"我是二条胡同住家,我由镇江府回来病了,刚下船,我走到这里走不动歇歇,没想到睡着了。"打更的说:"你快回去罢。"冯元庆刚要走,打更的拿灯笼一照,眼前一个男子死尸,脖颈有一刀伤,是刚杀的。打更的把冯元庆揪住,说:"你敢情杀了人装睡呢,你别走了。"冯元庆说:"我不知道。"打更的说:"那可不行,你走不了。"当时揪着冯元庆,找本地面官人,立刻把冯元庆送到县衙门。

新升这位钱塘县姓段,叫段不清。一听官人回禀,即刻升堂,把冯元庆带上。老爷一问,冯元庆说:"回老爷,小人姓冯,叫冯元庆,我在东城根二条胡同住家,我是锤金的手艺,由镇江府做买卖,病了,坐船回家,下船晚了,走到树林子走不动,歇息睡着了。打更的把我叫醒,眼前就有一个死尸,我并不知谁杀的人。"知县说:"你这话全不对,拉下去打。"打完了又问,冯元庆本不知道,还说不知,立刻把冯元庆押起来。

次日知县一到尸厂验尸,有人认尸说:"被杀人是钱塘县大街天和钱铺掌柜的,姓韩。昨天到济通门外粮店取了七十两银子,一夜没回铺子,不知被谁杀了,银子也没了。"知县验尸回来,一搜冯元庆的褥套,内有七十两银子。知县一想,更不是别人了,必是他谋财害命,用严刑苦拷。冯元庆受刑不过,一想:"情屈命不屈,必是前世的冤家对头。"自己说:"老爷不必用刑,是我杀的。"知县问:"那的刀?"冯元庆说:"随身带的刀。"知县叫他画了供,就把案定了。往府里一详文书。

知府赵凤山是个精明官长,一瞧口供恍惚,言语支离,这个案办不下去,把知县的详文驳了。赵凤山府批提案,要府讯,亲自审问。知县今天提出这案,坐轿叫官人押解上知府衙门。冯元庆的爷娘妻子都赶了来,他娘说:"儿呀,你怎么做出这样事来?"冯元庆咳了一声说:"爹娘,二老双亲呀,白生养孩儿一场,孩儿不能够在爹娘跟前养老送终了。孩儿那里做这样事,这也是我情屈命不屈,有口难分诉,严刑难受。我那时出来到云阳市口,家里给我买一口棺材,把尸首领回去就是了。"他爹娘妻子一听这话,心如刀绞,一个个泪如雨下。众瞧热闹人瞧着都可惨。

这个时节,和尚过来,说:"他冤屈,你们把他放了罢。"官人说:"谁敢把他放了?你见知府去,叫知府放行了,我们没有那么大胆子。"旁边有认识和尚的说:"济公你要打算救他,你见知府去。"和尚说:"我就见知府去。"立刻和尚头前来。

到知府衙门,一道辛苦,官人问:"找谁?"和尚说:"你回禀你们老爷,就提灵隐寺济颠前来。"官人一听,那敢怠慢,赶紧进去回禀。知府赵凤山,由前者秦相府济公带两个班头出去拿华云龙,直到如今两个月有余,渺无音信,心中甚为悬念。今天听说济公回来,赶紧吩咐:"有请。"官人出来,让着和尚往里够奔。知府降阶相迎,举手抱拳说:"圣僧一路风霜,多有辛苦。"和尚说:"好说好说。"一同来到书房落座。才献上茶，手下官人进去一回禀："现有钱塘县大老爷，把凶犯冯元庆带到。"知府说："叫他少待，我这里会客。"和尚说："老爷升堂罢，我和尚特为此事而来。"赵凤山说："我的两个班头呢？师父可将华云龙拿住？"和尚说："随后就来，少时再说这件事，老爷先升堂问案，我和尚要瞧瞧问供。"知府立刻传伺候，升坐大堂。

知县上来行礼，说："卑职将冯元庆带到，候大人讯供。"知府叫人给知县搬了旁座坐下。知县瞧一个穷和尚，也在旁坐着，心说："我是皇上家的命官，民之父母，他一个穷僧，也一般的配大堂坐着。"知县有些不悦，他也不知济公是秦相爷替身。这时知府把冯元庆带上来。知府说："冯元庆，东树林图财害命，可是你杀的？"冯元庆说："老爷不必问了，我领罪就是了。"知府说："你说实话，到是怎么杀的？"冯元庆说："小人实在冤屈。县太爷严刑审讯，小人受刑不过。"自己又把前番被屈之事一说。知府一想，现有活佛在此，我何不求他老人家给分辨。想罢，说："圣僧，你老人家瞧，这件事如何办法？"

和尚哈哈一笑，这才要搭救良民，正曲直，捉拿凶手问根由。不知后事如何，且看下回分解。

第一百十六回　赵太守明断奇巧案　济禅师开棺验双尸

话说赵太守审问冯元庆，问济公该当怎么办。和尚说："老爷要问，冯元庆是被屈含冤。"知府说："圣僧既说冯元庆是被屈枉杀人，凶手到是谁呢？"和尚说："凶手好办。我和尚出去就把凶手拿来。"知府说："圣僧慈悲慈悲罢。"和尚说："老爷派两个人跟我去。"知府派雷思远、马安杰跟圣僧前去办案。

雷头、马头同和尚出了衙门，和尚说："我叫你们锁谁就锁谁，叫你们拿谁就拿谁。"雷头、马头说："那是自然。"说着话往前走，对面来了一个人，穿着一身重孝，手里拿着菜筐。和尚过去说："你干甚么去？"这人说："我去买菜去。"和尚说："你穿谁的孝？"这人说："我穿我母亲的孝。"和尚说："雷头过来，把他锁上。"雷头过来，就把这穿孝人锁上。这人说："为甚么锁我？"和尚说："你母亲死了，你为甚么不给他放焰口念经呀？"这人说："我没有钱。"和尚说："那不行，咱们打场官司罢。雷头，把他带了衙门去。"雷头一听和尚说的这不像话，也不知和尚是甚么心思，也不敢违背，当时带领这人就走。马安杰就问："朋友你贵姓？"这人说："我姓徐，叫徐忠，在东城根四条胡同住家，我是厨行的手艺。"雷思远又问："你母亲怎么死的？"徐忠说："紧痰绝老病复发死的。"和尚说："大概你也不说实话。把他的孝衣白鞋脱下来，带到衙门去，叫老爷问他去罢。"

说着话，来到衙门，先把他的孝衣脱下来，带着来到里面，一回禀老爷，老爷立刻升堂，把徐忠带上来。和尚在旁边一坐，老爷说："你姓甚么？"徐忠说："我姓徐，名忠。"和尚说："你母亲到是怎么死的？"徐忠说："紧痰绝死的。"知府说："圣僧，他到是怎么一段情节？"和尚说："他把他母亲害死的。"知府一听一愣，说："徐忠你要说实话。"徐忠说："回老爷，我母亲实是病死的。"和尚说："老爷去验尸去，就知道了。"知府立刻传刑房仵作，带领衙役人等，一同去验尸。知府坐着轿，押着徐忠，和尚跟随一同来到徐忠家中。本地面官人众街邻，都说："老爷胡闹，明明徐忠他母亲是病死的，众人帮着入的殓，这愣要开棺验尸，老爷可要担不是。"知府吩咐将棺材搭出来。徐忠说："老爷要开棺验不出伤来，该当如何？"知府说："你这东西混帐！济公活佛既说你母亲有缘故死的，必有缘故。来，开棺给我验。"立刻官人把棺材打开。刑房仵作过来一瞧，见老太太死尸并无缘故，是好死的。连刑房仵作也都愣了。心说："我们老爷无故要开棺，这一来纱帽要保不住。"

知府问仵作："死尸有伤没有？"仵作痴呆呆发愣，知府也大吃一惊。和尚微然一笑说："徐忠你还不说实话？"徐忠说："我母亲是好死的。老爷无故要开棺相验，我有甚么法子。"和尚赶过来，照着棺材堵头一脚，把棺材堵头踹掉了，由棺材里滚出一颗男子的人头来。知府一看，勃然大怒，说："这人头是那来的？"和尚说："对！老爷问他。"徐忠唬得颜色更变，说："老爷要问这个人头，不是外人，是我兄弟，他叫徐二混，原本这内中有一段隐情。我兄弟他在钱塘街钱铺打杂，那一天他晚上回来，拿着七十两银子。我两个人一喝酒，他喝多了，我问他银子那来的，他说错非是亲弟兄，他也不说。他说他们钱铺掌柜的，那天晚上到通济门外粮店取银子，他知道，他拿了一把刀，在东树林等着，他把韩掌柜杀死，他把银子得回来。我一听怕他犯了事，把我连累上，我把他用酒灌醉了，我把他杀了，我们老太太一着急死了。我就把我兄弟的脑袋搁在我母亲棺材底下，我把他的死尸藏在炕洞里。我以为人不知鬼不觉，没想到今天老爷查出来。这是已往从前真情实话。"知府说："圣僧，这件事怎么办？"和尚说："把天和钱铺少东人哭主传来圆案。告诉他父亲是他们铺子打杂的徐二混杀的。"立刻就把钱铺少东人传到，说明白徐二混已死，叫他当堂具结。知府派官人押着徐忠起赃，又将他母亲埋葬，把徐忠边远充军。老爷同和尚回衙门，将冯元庆提出来。他本是被屈含冤，老爷当堂释放。这件事临安城吵嚷动了。错非济公长老，谁能辩得了这件奇巧案？

知府把冯元庆放了，行文上宪，参了钱塘县知县段不清，轻视人命，办事糊涂，不堪委用，奉旨把知县革了职。留下济公喝酒。这才问："圣僧，怎么拿的华云龙？"和尚把已往从前之事一说。少时有人回禀，柴元禄、杜振英将差事解到。知府立刻升堂，给曲州府一套回文，赏了曲州府押解官人二十两银子，打发众官人回去。柴元禄、杜振英上来交差，将华云龙拿住。窝主田国本、邱成、杨庆一并解到听审。奇巧玲珑透体白玉镯、十三挂嵌宝垂珠凤冠得回呈交知府。知府一看，并未伤损，就是凤冠短了一颗珠子，这才立刻吩咐将贼人带上来。

手下人把华云龙、田国本、邱成、杨庆带上堂来，知府说："谁叫华云龙？"四个贼人，各自报名。知府说："华云龙在临安乌竹庵，因奸不允，杀死少妇，泰山楼白昼杀死秦禄，秦相府盗玉镯凤冠，粉皮墙题诗，俱都是你？"华云龙说："是我。"知府说："田国本，邱成、杨庆，你等窝藏华云龙可是不假？"田国本一想："我满打招认，也不要紧，只要我们亲戚知道，他必不杀我。"贼人也都招认。知府吩咐："暂把贼人钉镣入狱。"和尚说："我要告辞回庙瞧瞧，等明天秦相亲审贼人之时我再去。"知府说："也好，圣僧请罢。"

和尚告辞，出了知府衙门。刚来到冷泉亭，正碰见夜行鬼小昆仑郭顺，郭顺赶紧给济公磕头。和尚说："郭顺不用行礼。前者我叫雷明、陈亮给你一封信，你可见着？"郭顺说："前者多蒙师父救命之恩。我见着信，即来到临安。白天住店，晚上天天在灵隐寺大殿房上趴着。那天来了两个贼，是造月篷程智远、西路虎贺东风。到庙中行刺，被我将贼人赶走。"济公说："好。你这上那去？"郭顺说："瞧我师父去。"和尚说：

"你给你师父，给我代问好。"郭顺说："是。"竟自告辞去了。

和尚来到灵隐寺庙门首。门头僧一瞧说："济师父回来了。"济公说："辛苦众位。我到后面瞧瞧老和尚。"说着话来到庙内。见了见老和尚，自己回到自己住的屋内安歇。

次日，有秦相派人到庙中请济公。和尚立刻来到相府。秦相一见说："圣僧，这一路风霜，多受辛苦。我特意置酒给圣僧接风。"和尚说："相爷一向可好？"秦相说："承问承问。"立刻来到书房，摆上酒筵，落座吃酒。方吃喝完毕，有家人进来回禀："相爷，知府押解盗玉镯凤冠贼人，来到相府外听审。"秦相立刻吩咐："请太守进来。"知府来到书房，给相爷行礼，把玉镯凤冠呈上。秦相一瞧，甚为喜悦。宝贝失而复得，此乃大幸也。当时将贼人带上来。秦相一问华云龙，尽皆招认。秦相说："粉皮墙题诗是你亲笔？"华云龙说："是。"秦相还怕错拿了，当面叫华云龙拿笔把诗写出来。秦相看笔迹相符，秦相这才吩咐知府把众贼仍带回衙门入狱。秦相拟定，众贼不分首从，一并斩立决。连野鸭溜子刘昌、铁腿猿猴王通一并出斩，在钱塘门外高搭监斩棚，这件事嚷嚷动了。

是日这天瞧热闹人拥挤不动。焉想到有两个江洋大盗，听说要斩华云龙，这两个人也是玉山县三十六友之内的，一个叫金面鬼焦亮，一个叫律令鬼何清。这两个人由北省回来，从临安路过，听说华云龙要出斩，焦亮、何清也不知道华云龙犯的何罪，要知道也就不管了。两个人一想："我们跟华云龙一拜之交。他在临安打了官司，我二人既知道，焉能袖手旁观？"焦亮跟何清一商量，二人各带钢刀一把，当时够奔钱塘门外，要抢劫法场。不知后事如何，且看下回分解。

第一百十七回　奉堂谕监斩华云龙　听凶信二鬼闹法场

话说金面鬼焦亮、律令鬼何清二人商量好了，来到法场一看，天光尚早，差事还没出来。二人一瞧，对面有一个酒铺。二人掀帘子进去，一看酒饭座不少。跑堂的一看，这两个人都长得不俗。金面鬼焦亮是紫壮帽，紫箭袖，腰系丝鸾带，薄底靴子，闪披宝蓝缎英雄大氅，上绣金牡丹花，面似淡金，粗眉大眼。律令鬼何清是黄白脸膛，穿翠蓝褂，都是一表非俗。跑堂的赶紧腾了一张桌，让两个人坐下，要酒要菜。就听众酒饭座大家纷纷议论，说："这个华云龙，在临安闹得地动天翻。在尼姑庵杀人，泰山楼杀人，秦相府盗玉镯凤冠。要不是济公和尚给带人出去拿，这个样的江洋大盗，马快焉能办得了？"焦亮、何清一听，赶情是和尚拿的，二人低声一商量："今天先劫法场，把华二哥救了。然后咱们再找这个和尚，把和尚杀了，给华二哥报仇。"

正说着话，由外面进来一个穷和尚。大众有认识的就嚷，这个说："济师父来了！"那个说："圣僧来了！"和尚说："众位别嚷，我就是拿华云龙的和尚，拿华云龙的就是我。有不服的，只管找我。"焦亮、何清一瞧，心里说："原来就是这么个穷和尚拿的我们华二哥。今天我们先劫法场，然后跟着这个和尚，看他在那庙，晚上去杀他。"和尚瞧了一瞧这两个人，在旁边坐下，也要了酒菜。

工夫不大，就听外面瞧热闹人一阵大乱，说："差事来了！"由北面一下车，两个官人搀着一个。头一个就是镇山豹田国本。都是绳缚二臂,背着招子。田国本很不含糊说:“在下我叫田国本。阎王造就三更死,谁敢留人到五更。生有处,死有地,我乃是堂堂正正英雄,烈烈轰轰豪杰,死而无惧。虽然身受国法,很不算甚么。”第二个就是铁腿猿猴王通,口中直骂说:“我姓王名通。我也不是杀人的凶犯,滚了马的强盗,我只因替兄报仇,要杀知府杨再田,没杀成他,今天身受国法王章。我虽死也是好朋友,死后我有阴魂,也把杨再田活捉活拿去。”第三个是野鸡溜子刘昌。这小子垂头丧气,低着头心想:“无缘无故被华云龙牵连,不分首从,全都斩立决,自己此时连魂都没有了。”第四个是邱成,第五个是杨庆。都比刘昌还强点。第六个是华云龙。自己谈笑自若,说:“众位瞧热闹人听真,在下我就是乾坤盗鼠华云龙。我自生以来,杀人也过了百了。好吃也吃过,好穿也穿过,大丈夫生而何欢,死而何惧?我今天身受国法,不过二十余年,又长成这样。头里众朋友都是我的至友,应该活着一处为人,死了一处做鬼。众位比我年长,应当叫他们众位头里走。”众瞧热闹人,一阵大乱。

这时节酒铺里有爱贪热闹的,也往外跑。金面鬼焦亮、律令鬼何清听差事到了,二人伸手拉刀,唬得伙计往桌底下藏,就喊:“掌柜的救命!”焦亮刚把刀拉出来一举,何清尚未拉出刀来,和尚用手一指,一个“唵敕令赫”,把这两人定住。和尚头里站着,这两人在后面比着不能动转。就听外面喊嚷:“好刀!”华云龙人头落地,瞧热闹人四散。和尚就往外走,说:“掌柜的,给我写上。”掌柜的说:“是了,济师父请罢。有你徒弟杨猛、陈孝留下话,你勿论吃钱多少,不跟你要,到三节跟杨太爷去要钱。”和尚说:“掌柜的,我跟你要点东西,给不给?”掌柜的说:“甚么?”和尚说:“我要你们一个老倭瓜。”掌柜的说:“你拿罢。”和尚扛起一个倭瓜,出了酒铺,信口唱着山歌说道是:

> 堪叹人生不悟空,迷花乱酒逞英雄。图劳到底还吾祖,漏尽之时死现功。弄巧长如猫扑鼠,光阴恰似箭流行。倘然使得精神尽,愿把尸身葬土中。仔细思想从头看,便是南柯一梦中。急忙忙,西复东,乱丛丛,辱与荣,虚飘飘,一气化作五更风,百年浑破梦牢笼。梦醒人何在?梦土化宜踪。说甚么鸣仪凤,说甚么入云龙,说甚么三王业,说甚么五霸功,说甚么苏秦口辩,说甚么项羽英雄。我这里站立不宁,坐卧魔生。睁开醉眼运穷通,看破了本来面,看破了自在容。看破了红尘滚滚,看破了天地始终。只等到五运皆空,那时间一性纵横。

和尚唱着山歌往前走。焦亮、何清此时也能动了。自己尚不醒悟,要杀定了和尚。两个人给了酒饭帐,后面跟出来。和尚一直来到灵隐寺门首。门头僧说:“老济回来了。”和尚说:“辛苦众位。”和尚来到门首不往里走。和尚说:“我在大雄宝殿的西跨院西房,由北头数头一间,我在那屋里住,谁要打算杀和尚,勒死和尚,就到那屋里去。”门头僧说:“你这是个半疯,谁跟你有那么大仇。”和尚说:“反正你们两人心里明白。”焦亮、何清一听,暗想这可活该,晚上省得找。

二人见和尚进了庙,二人找了一座酒馆,吃完了酒,找了一座店。等到天交二鼓,两个人把夜行衣包打开,换上皂缎色软帕包巾,迎门拉茨菇叶。身穿三叉通口夜行衣,周身扣好了骨钮寸绊,头前带好了百宝囊,里面有千里火自明灯,十三太保钥匙,一切应用的东西。皂缎子兜裆裤,蓝缎子袜子,打花绷腿,倒纳千层底靸鞋,把刀插在软皮鞘内,拧好轧把簧带上油纸包裹。二人出来,施展飞檐走壁,直奔灵隐寺。

来到庙中,找到西跨院一看,各屋里全都睡了,惟有北头那一间西房有灯光。二人来到窗外,把窗纸舔破一看,只见屋中一张床,一张桌子,屋里甚么也没有。墙上有一个黄瓷碗,半碗油,棉花沾点着。庙里有规矩,每人晚上管油的只给两羹匙油,今天济公要多要,管油的不给,和尚说:“我没在庙里有好几个月,你按天包给我。”管油的没法，多添了两羹匙油。见和尚手拿酒瓶，自言自语说："生有处，死有地。我昨天晚上就没做好梦，梦见脑袋掉下来，今天就许有贼崽子来杀我。"焦亮、何清还不介意。

少时见和尚枕着倭瓜睡了，焦亮说："我杀他，你给巡风。"何清点头。焦亮刚要开门，就听和尚说："好东西，好大胆量。"焦亮唬了一跳，又听和尚说："你要咬我呀，好大个老鼠。"焦亮一听，赶情和尚说老鼠呢。等了半天，听和尚睡着了。焦亮又刚要开门，就听和尚说："好东西，你可真找死，打算要害我呀。"焦亮唬得心里乱跳，又听和尚说："好大个蝎子，亏得我没睡着。要睡着了，可了不得。"焦亮一听，心说："真是这么巧。"无奈又等到天交三鼓，听和尚呼声震耳，焦亮进了屋中。见灯光昏昏惨惨。先把灯吹了，把包袱油纸往地下一铺，伸手摸着短头发，手起刀落，竟把脑袋砍下来，搁在包袱包好，同何清这才上房回店。焦亮说："咱们去找杨明去，跟他讲讲理。华云龙跟三十六友结拜，是杨明撒绿林帖，传绿林箭，他的引见。现在华云龙在临安犯罪，他为何不管？"何清说："也好。"二人这才起身。

书要简断，两人在道路之上，饥餐渴饮，晓行夜宿，这天来到江西玉山县凤凰岭如意村。到了威镇八方杨明的门首，金面鬼焦亮、律令鬼何清抬头一看，二人"呀"了一声，忽然想起一宗事来。不知后事如何，且看下回分解。

第一百十八回　提首级寻找杨明　见魔怪二人遇害

话说焦亮、何清二人来到杨明门首，见门前悬灯挂彩。焦亮忽然想起来说："何贤弟，今天你我来巧了，今天是杨老伯母的生日，我还忘了呢，今天正应当来拜寿。"何清说："对。"二人来到门首，家人一瞧说："原来是焦大爷，何大爷，你快进去罢。厅房人不少呢，净等你们二位了。"焦亮、何清来到里面一看，人真不少，有追云燕子姚殿光，过度流星雷天化，千里腿杨顺，千里独行杨得瑞，飞天鬼石成瑞，飞天火祖秦元亮，立地瘟神马兆熊，金毛海马孙得亮，火眼江猪孙得明，水夜叉韩龙，浪里钻韩庆，铁面夜叉马静，摘星步斗戴瑞，顺水推舟陶仁，登萍渡水陶芳，踏雪无痕柳瑞，一干众人，都在这里。见金面鬼焦亮、律令鬼何清二人来，大众齐站起来谦让，彼此行礼。杨明说："二位贤弟来了，我想着怕你两个人来不了，还真没忘了。"焦亮说："我二人先给老太太拜寿去。"杨明说："二位贤弟来到就是了，先喝酒，少时我替你二人说到就是了。"焦亮、何清二人坐下。杨明说："今天咱们三十六友不能齐了。有死的，有出外的，有不知去向的，总得短几位。"众人说："那是自然。飞天鬼石成瑞就问焦亮二人从那来。焦亮说："由京都。"石成瑞说："京都可有甚么新闻？"焦亮说："有新闻，杀华云龙。"杨明一听说："谢天谢地。"焦亮说："杨大哥，华云龙是你的引见，跟三十六友结拜，他不好，你应当管他，现在他死在临安，身受国法，你怎么到说谢天谢地？"杨明说："焦贤弟，你知道华云龙所作所为不知道？"焦亮说："不知。"杨明就把华云龙大闹临安，乌竹庵因奸不允杀死贞节烈妇，泰山楼杀人，秦相府盗玉镯凤冠，赵家楼怎么采花，大柳林怎么镖伤三友，怎么夜入篷莱观，后又镖伤三友的话，从头至尾一说。秦元亮、马兆熊听见提华云龙，恨不能生食华云龙之肉。

焦亮、何清一听，说："了不得，我二人做错了事了。"杨明说："你二人做错了甚么事?”焦亮说:“大哥可知道济颠僧?”杨明说:“知道。”焦亮说:“我二人不知细情,替华云龙报仇,把和尚杀了。”杨明一听说:“济公那是活佛,你怎么配杀得了?”焦亮说:“你不信,人头在包袱包着带来了。”杨明说:“你打开我瞧瞧。”焦亮立刻打开一看,就愣了,原来是半个老倭瓜,上面有四句字,写的是:

可笑焦亮与何清,误把倭瓜当我僧。

二人勉强行此事,难免当下有灾星。

众人一看,哄堂大笑。马静说:“济公乃是活佛,在我家毗卢寺捉过妖,你们如何杀得了!济公说的话,准得应验,说你二人有灾,你二人还得赶紧躲避。”焦亮说:“我二人回家躲几天,然后到灵隐寺找圣僧,给他老人家赔不是去。我二人已把事做错了,他老人家还能跟我等一般见识?”大众说:“言之有理。”众人在杨明家热闹了两天,过了寿日,众人告辞,各分南北东西。

马静同焦亮、何清,一同奔小月屯。这天来到小月屯,有日色西斜之时,见小月屯里家家关门闭户,街上连一个人都没有。素常不是这个样子,马静说:“这是怎么了?莫非有甚么缘故?”三个人来到马静家门首,一叫门,里面何氏娘子出来问:“谁呀?”马静说:“我。”何氏一听,把门开开说:“你可回来了,可了不得了,小月屯住不得了!”说着话,来到里面。马静就问:“怎么了?”何氏说:“由你走后,天天到初鼓以后,由西来一阵风,也不知是妖、是怪、是鬼嚷,喊喊啕啕,冲谁家门口一笑,第二天准死人。今天第七天,闹了六天,死了六个人了,西边本家马大爷死了,第二天隔壁李大爷死了,家家唬得到晚半天就不敢出来,连铺户都上店门不敢卖了。”何清一听说:“那的事,我就不信服。在外面行侠做义,老没遇见过鬼,晚上我等他。”焦亮说:“对。晚上也不管他是甚么,咱们拿刀斩他。”马静说:“你二人别要胡闹。”何清说:“不要紧。”三个人说着话,吃完了晚饭。

天有初鼓后以后,就听由正西来了一阵风,刮得毛骨悚然。就听喊嚷喊喊啕啕,焦亮、何清二人拿刀往外就跑。只见由正西来了一团白气,其形有一丈多,也瞧不出是甚么来。焦亮、何清一声喊嚷:“好大胆妖怪,待我二人结果你的性命。”说着话,摆刀就剁。这股白气照两个人一扑,两人跑回院中,躺在就地,人事不知,昏迷不醒。这个东西冲马静对门一笑走了。马静见这两个人躺在院中,叫之不应,唤之不语,如死人一般。天光亮了,听对门街坊哭起来,当家人刘二爷死了,门口烧引魂车。

马静正在着急,听外面叫门,马静出来一看,是雷明、陈亮。马静说:“二位贤弟,从那来?”雷明、陈亮说:“我二人由曲州府上杨大哥家去,济公拿华云龙之时,我二人正在曲州府,我二人到杨大哥家去,听说焦亮、何清得罪了济公。杨大哥叫我二人来陪焦亮、何清,到临安给济公赔不是去。”马静说:“二位贤弟来此甚巧。焦亮、何清叫妖怪给扑了。二位贤弟辛苦一趟把济公请来,一则搭救这方人,二则求他老人家慈悲慈悲,救焦亮、何清。”雷明说:“怎么回事?”马静把二人让到里面,就把闹喊喊啕啕之故,从头至尾一说。雷明、陈亮听明白。见焦亮、何清果然死人一般,这才告辞。从马静家出来,顺大路够奔临安城。

书中交代,和尚自拿了华云龙众贼出斩之后,和尚就在庙里住着,没事出去找本处几个徒弟家吃酒盘桓。这天来了一个老道,到庙里找济公。门头僧一瞧,这个老道,身高八尺,头戴青缎九梁道冠,身穿蓝缎子道袍,腰系杏黄丝绦,白袜云鞋。背后背着一口宝剑,绿鲨鱼皮鞘,铜什件黄绒穗子,手拿蝇拂。面似淡金,长眉朗目,高鼻梁,四字口,三绺黑胡须,飘洒胸前。真雅是太白李金星降世,一表非俗。这个老道原本是四明山玄妙观出家,姓孙叫道全,乃是褚道缘的大师兄,只因褚道缘前者回庙加气伤寒病了,孙道全去瞧他,问:“师弟甚么病?”褚道缘说:“是济颠和尚气的。”就把前番的事一说。孙道全说:“不要紧,我去找济颠,把他杀了给你报仇。”褚道缘说:“师兄当真敢去,我病好了,我还去呢。”孙道全说:“我这就去。”当时孙道全起身,这天正来到临安,住在钱塘关店里。次日来到灵隐寺,一问门头僧,济颠可在庙内,门头僧说:“你找济颠,道不知可他出去没有。他要出去,可不定三天五日,一月半月才回来。要在庙里,他少时必出来,等有人出来问问。”

老道等着,少时,只见由里面出来一个穷和尚,破僧衣,短袖缺领,僧帽在左边腰里掖着。老道说:“你可是济颠?”和尚说:“不是。我们师兄弟四个,胡颠、混颠、乱颠、济颠。我叫胡颠。”老道说:“你把济颠叫出来。”和尚说:“你得请我喝酒,给我钱,我就给你叫去。”老道抓给和尚两把钱。和尚进去,等候工夫大了,好容易只见由里面穷和尚出来。老道说:“你给叫济颠,怎么不出来?”和尚说:“我不知道。你认错了人罢,我叫混颠,你瞧我帽子在那掖着。”老道一瞧,帽子在头前掖着。老道说:“你不是胡颠?”和尚说:“胡颠是我大师兄,他喝了酒就睡。”老道说:“混颠,你把济颠叫来。”和尚说:“我不能白给你跑,你得请我喝酒。”老道又给了两把钱。和尚进去,直等到日色西斜,只见里面出来一个穷和尚。老道也认不准了。说:“你是胡颠是混颠?”和尚说:“我叫乱颠。你找谁?”老道说:“我找济颠。”和尚说:“我给你叫去,你请我喝酒。”老道说:“你不是混颠么?”和尚说:“你瞧我帽子在那?”老道一瞧,帽子在后头掖着。又给了两把钱。直等到天黑,也没人出来,老道赌气回了店。今天又来,堵着庙门骂济颠。

正骂着,雷明、陈亮来了。雷明说:“杂毛,你怎么骂我师父?”老道一听说:“你是济颠的徒弟?”雷明说:“是呀。”老道说:“好,我找不着济颠,就是你罢。”用手一指,用定神法把雷明、陈亮定住。老道伸手拉宝剑,要结果二位英雄性命,不知后事如何,且看下回分解。

第一百十九回　报弟仇灵隐访济公　搬运法移钱济孝妇

话说孙道全拉宝剑,正要杀雷明、陈亮,就听庙里一声喊嚷:“哈哈,好杂毛,休要欺负我徒弟,待我来跟你分个高低上下。”老道一瞧,由庙中出来一个穷和尚:破僧衣,短袖缺领,腰系绒绦,疙里疙瘩,头发有二寸多长,一脸油泥,光着两只脚,穿着两只草鞋,三分不像人,七分到像鬼。老道说:“你是济颠?”和尚说:“正是,然也!你别欺辱我徒弟。冤各有头,债各有主。咱们老爷两个来来。”和尚把雷明、陈亮定神法撤了。雷明、陈亮说:“师父,我二人由小月屯来找你来了。”和尚说:“你二人不用说,我都知道,你两个人头里走,我跟老道说句话,我随后就到。”和尚说:“老道,咱们两个人找没人地方说去。”老道说:“甚好。”

和尚头里走,老道随后跟着。展眼之际,和尚没了。老道遍找,找不着了,自己无奈,只好回店罢。老道又一想,盘费用尽了,想法子弄点钱,好吃饭住店,再访查和尚。老道就在街上买了二斤切糕,回在店中,把枣儿、豆子都挖了去,把切糕团成丸子,用飞金贴上衣子,用药一熏,把丸子带在兜囊。老道来到钱塘关,找地方赁了一张桌子,他说舍药,桌子用一天一百钱,讲明白了。老道拿了一个木头盒,就在这里一站,口中念道说："贫道我乃梅花山梅花岭梅花道人是也。正在洞中打坐，心血来潮，我掐指一算，知道这方有难，贫道脚踏祥云，来至此处，舍药济人。众位要求方，勿论多少钱，搁在我这盒里，我会给把药取来。"老道一念道，就有许多人围上。内中有好事人拿二百钱，往老道这盒子一搁，老道把盒盖一盖，老道用手指一指，口念："无量佛。"把盒子打开一瞧，钱没有了，一粒药在盒里。老道说："众位看见了，这药是太上老君赐的，能治诸虚百损，五劳七伤，妇人胎前产后，男人五积六聚，勿论男妇大小，诸般杂症百病，一吃就好了。把药拿回去，用阴阳瓦焙了，用红糖冲服。"大众一瞧，钱搁在盒里就没了，药就来了，真是神仙稀奇之事。凡世上人，都是少所见多所怪。老道这是换数，他会搬运法，能把钱换在腰里去，把药换在盒里来。大众瞧着一新鲜，这个也要讨，那个也要讨。老道说："众位别瞧我这盒子小，能装得三山五岳，大众不信，拿钱作寃。搁一吊也没了，搁八百也没了。"

老道正在诓钱舍药、高兴之际，那边和尚来了。和尚远远一瞧，心里说："好杂毛老道，又在这里诓人家的资财呢，拿切糕丸换钱。"和尚远远瞧明白，见眼前地下坐着一个穿孝的妇人，在地下铺着一张毛头纸。上写告白：

四方仁人君子得知：小妇人张门吴氏，丈夫贸易在外，我家中婆娘病故，衣衾棺椁抬葬，手无分文，万出无奈，只得叩求四方仁德君子，施恻隐之心，量力帮助。众人扶凑，聚少成多，俾得将婆母娘埋葬，以免尸骸暴露。殁存均感大德也。

和尚来到近前一瞧，许多人围着看，并无一人给钱。和尚说："你们有钱给几百，这是好事。"旁边有一个人，扛着五百吊，说："和尚，你别说便宜话，你给他几百，我就给他几百。"和尚说："我给他，你敢跟我比着给么？"这人说："就凭你这么个穷和尚，我不敢跟你比？我给他一吊。"和尚说："我也给一吊。"和尚由兜囊一掏，口念："唵敕令赫！"掏出五把钱，约有一吊多，给了那妇人。那人说："我再给五百。"和尚又一掏兜囊，口念："唵敕令赫！"又掏出三百来，和尚又一掏，掏出二百来。这串钱是大黄铜样钱，拿红线穿着，和尚刚掏出来。旁边有一个人瞧见，"呦"了一声。

书中交代，旁边这个人姓张，叫张大。他因为手麻木，拿着二百文黄铜样钱柔手，今天同着他一个拜弟李二，两个人出来闲游。张大要出恭，把这二百钱交给李二拿着。李二见老道舍药真奇怪，他要讨药，又没有钱，就把这二百样钱搁在老道盒里，讨了一粒药。张大出完了恭，一问钱，李二说："我给老道了，讨了一粒药，回家我再还你。"张大说："花了花了罢。"二人又来到了这里瞧热闹。见和尚舍钱，一掏把这串钱掏出来。张大他认识这串钱是他的，就问李二："怎么这串钱，跑到和尚腰里去？"李二说："真怪。"这两个人又跑来到老道这边来瞧，见有一个人，拿着五百钱讨药，搁在盒里，老道一念"无量佛"，钱没了。这两个人赶紧跑回和尚这边来，见和尚一伸手："唵敕令赫！"掏出五百来，果是方才老道讨药那五百。这两个人正事也不办了，又跑回老道这边来，来回瞧二仙传道。又见有一个人讨药，是八百钱给老道搁在盒里，老道一掀盒没了。这两个人又跑到和尚这边来，一瞧，和尚果然掏出八百来。众人也不知道这两个人来回跑甚么。

直到天西。老道一想："钱也诓得不少了，该回去了。"老道说："众人各位明天见罢，山人我今天不施舍了。"大众全散了。老道伸手一摸钱兜子，一个铜钱都没有了。老道一愣，说："怪呀！"张大、李二两个人一笑说："没了。"老道说："好呀，必是你两个人拿了去。"张大说："我们又没到你跟前去，怎么我们拿了去？"老道说："你怎么知道没了？"张大、李二说："我们两个人瞧了半天了。你的钱都叫穷和尚施了棺材钱。你这里进五百，那边和尚掏出五百来。"老道说："和尚在那里？"张大说："就在那边。"老道一想："这光头必是济颠，我找他跟他拚命。"老道刚要走，旁边过来一个人说："道爷别走，给赁桌子钱。"老道说："我一个钱都没有了。"那人说："那可不行。你把蝇刷留下做押帐罢，我给你押在对门纸铺里，明天你拿一百钱来取蝇刷。"老道无法，把蝇刷留下，气得须眉皆竖，要找和尚一死相拼，急至再找和尚，踪迹不见。

书中交代，和尚用搬运法把老道的钱都搬运完了，都施舍给了这妇人，连别人比着给凑了有二十多吊钱。和尚说："大娘子，你把钱拿回去买口棺木，先把你婆母盛殓起来。你丈夫不过半个月，也就回来了。"张吴氏给和尚磕了一个头，竟自去了。

和尚这才往前走，抬头一看，一股怨气直冲霄汉。和尚口念："阿弥陀佛！你说这件事，焉有不管之理？我和尚一事不了，又接上一事。"说着话，和尚抬头一看，见路西里酒铺新开张，字号"双义楼"。门口满挂花红，高搭席棚，都是红呢红绸子，钉着金字，有"财源茂盛，利达三江"，"如日之升，如月之恒。"都是吉庆话，众亲友送的。

和尚掀帘子进去一看，酒饭座满了，拥挤不动，一点地方没有。为甚么酒饭座会这样多呢？只因贪贱吃穷人。今天新开张，减价一半；一百二的菜，卖六十；二百四的菜，卖一百二。故此都来吃饭。和尚一瞧没地方，有一个胖子刚来，他一个人坐着，把腿搁在板凳上，占两个人的地方。和尚过去也不言语，就坐在胖子腿上。这胖子说："和尚你不硌得慌?"和尚说："我觉着很柔软，不硌得慌。"跑堂的赶紧过来说："二位对付着坐。"胖子无奈，把腿拿下去，和尚坐下了。伙计说："大师父，要菜可得候候。这位胖爷也是刚来，要了一个南煎丸子，还得等着呢。"和尚说："不忙，我也要一个南煎丸子，你先给我壶酒，我喝着，菜那时来那时吃。"伙计说："就是罢。"要了一壶酒，和尚喝着。少时端了丸子来，是胖子先要的。伙计刚往桌上一搁，和尚就是一把抓了一个丸子，往嘴里就搁。伙计说："这是胖爷先要的，不是你的。"和尚说："他要的给他。"由嘴里吐出来，连痰带吐沫搁在盘子里。胖子一瞧，说："我不要了。"伙计说："胖爷不用着急，我再给你要。"少时又给端来。伙计说："这个丸子才应当是和尚要的哪。"和尚说："这是我的，我吃。"又抓了一把，胖子赌气，躲开和尚，在别的桌子另要去。和尚吃完了两盘丸子，叫伙计算账。

罗汉爷旋展佛法，大显神通，要戏耍掌柜的。焉想到又勾出一场人命是非。不知后事如何，且看下回分解。

第一百二十回　双义楼匪棍讹人　借还魂戏耍老道

话说济公在双义楼吃完了酒饭，叫跑堂的算帐。跑堂的一算，说："一共七百二十文。"和尚说："不多。外打八十给八百罢。"伙计说："大师父，费心。"和尚说："给我写上。"伙计说："那可不行。今天新开张，一概不赊，减价一半，俱要现钱。"和尚说："你敢不写帐，咱们是一场官司。"伙计一听这话，自己一想："我何必跟他费话，我告诉掌柜的，随他爱赊不赊。"想罢，伙计来到柜上说："掌柜的，那位大师父吃了八百钱，要写帐，他说不给他写帐，要打官司。"掌柜的抬头一看，见和尚穷苦不堪。掌柜的说："伙计，你不用跟和尚争竞，他是个穷人。我由困苦间过来，我知道穷人的难处，你告诉他，给他写上就是了。"伙计过去说："大师父，我们掌柜的说，给你写了。"和尚说："等等写。”伙计一想，必是和尚挂倒劲，要给现钱。伙计说：“大师父怎么样？”和尚说：“要写写两吊，找给我一吊二百钱，我带着零花。我出来没带零钱。”伙计一听，说：“掌柜的，听见没有？”掌柜的“咳”了一声说：“昨天我还没准饭吃，今天我开了好几万银子的买卖，这总算上天有眼。今天我总算大喜庆的日子了。也罢，和尚是个出家人，我给他一吊二百钱。你告诉大师父说，只当我舍在庙里了。”伙计立刻把一吊二百钱，给和尚拿过来。和尚说：“再给我要一壶酒，要一个菜。”伙计说：“你不是吃饱了么？”和尚说：“我吃完了，再找呀，这回另吃一吊，找九吊。”伙计一想，和尚这是赶尽杀绝，找对头呢。也不理他，又给要了酒菜。和尚又喝上了。

旁边酒饭座，就有无知的人，见和尚吃完了找钱，不找要打官司，掌柜的找给他，必是怕打官司。这两个人吃完了，叫伙计一算，吃了两吊，要找三吊，一共写五吊，掌柜的也给找了。俗话说得不差，善门难开，善门难闭。旁边又有三个人，吃了三吊五，给四吊，要找六吊，写十吊。掌柜的一听可恼了，当时说：“众位，我开这个铺子，我说昨天没饭吃，今天开了这几万银子的买卖，我可不是明火路劫，偷来抢来的银子，也不是挖着银矿。方才和尚找钱，我知道穷人的难处，再说他是出家人，我只当施舍了。众位别跟和尚学，吃两吊找三吊。我想都是老街旧邻，不好意思的，这又吃四吊找六吊，到别处也不能这么找么！我可不是怕打官司，我也是穷人出身，在这方也不是一年半年！众位别欺负我，我可不叫人欺负。那位要找，可趁早说话。”这众人一听，全都愣了。

正在这番光景，一掀帘子，进来一个人，说：“掌柜的，该我二百银子，还不给我吗？”掌柜的一瞧，这个人歪戴着帽子，闪披着大氅，五十多岁，黄脸膛，两道短眉毛，一双小圆眼，鹰鼻子，裂腮额，微有几根黄胡子，上头七根下八根。这人姓姚名变，字荒山，素常就在外面讹人，无事生非，今天听说双义楼掌柜的怕打官司，吃饭倒找钱，姚荒山想要讹掌柜的来。一进门就说：“掌柜的，该我二百银子，还不该给我么？”掌柜的一听，气往上撞，过来照定姚荒山，就是一个嘴巴。焉想到这一嘴巴，姚荒山翻身栽倒，绝命身亡。众酒饭座一阵大乱。

书中交代，这位掌柜的，本姓李，名叫李兴，当年在酒饭馆跑堂。人也勤俭，又正在年轻力壮，很务本分，做了几年买卖，手中存有几百吊钱。就有人见他有钱，说：“李兴，你为何不说个亲事，也可以生儿养女。”李兴说：“我到打算安家，没人给说。”立刻就有人给提亲，是寡妇老太太有个姑娘，一说就说妥了，择日搬娶过门。娶过来，岳母无人照管，也就跟着他。又过了两年，又生养了两个孩子，未免他一个人一份手艺，家内四口人吃饭，他就紧拘了，所进不敷所出。偏巧有一位饭座姓赵，是财主。见李兴很和气，被家所累，赵老头就问：“李兴，你一个人要手艺，家中够过的么？”李兴说：“不够，有甚么法子？”赵老头说：“我成全成全你。你采地方，我给你五百银子，你自己开一个小饭馆。好不好？”李兴深为愿意，一想领东做买卖，比要手艺强得多了。自己就在钱塘门外，开了一座小酒铺，五百银子成本。偏巧时运不济，买卖作赔本了。赵老头一看，买卖所不行了，这天说：“李兴，你到不必为难。买卖做赔了，我也不要了，我送给你自己支持去罢。再弄好了，我也不要了，你关门我也不管。”李兴也无法，自己把伙友都散了，就剩了一个小伙计，李兴自己掌灶，后院带住家，一天一天对付着。

这天忽然来了几个人，骑着马来到门首下马，就问：“掌柜的，有清净地方没有？”李兴说：“有。”本来素常就清静，这几个人下马。少时来了几顶轿子，众人下轿进来，都是衣帽鲜明、很阔，当时要酒要菜。带着天平，秤的都是十两一个的马蹄金，这个分三百两，那个分二百两，分完了，也没吃多少东西，说：“借掌柜的光，掌柜的忙了半天，给你五两银子罢。”李兴说：“谢谢众位大爷。”众人走了。李兴一想，这是活该，正没有钱，有这五两银子，可以多买点条货，支持几天。自己一擦抹桌案，一瞧桌上有个银幅子。李兴一瞧，里面有十两一锭，二十锭马蹄金，是方才人家忘下的。李兴一瞧到里面去。他妻子王氏问：“甚么？”李兴说：“饭座落下的二十锭黄金。”王氏一看说：“这可是财神爷叫咱们发财！你快买香祭祭财神爷。”李兴说：“做甚么呀？这算咱们的了？我要留下，准得把我折受死。谁找来，趁早给谁。”王氏一听真急了，说：“你真是死催的，穷得这个样，偷还偷不到手，捡着还给人家，那可不行！”李兴说：“由不了你。收起来，谁找来给谁。”夫妻为这件事，拌起嘴来。

头一天也没人来找。次日天有正午，由外面进来一个骑马的，是长随的打扮，下马进来问：“掌柜的，昨天我们管家大人在这里吃饭，有个银幅子，落在这里没有？我们大人叫我来问问。”李兴说：“谁丢的甚么东西，你说说我听听。”这位二爷说：“昨天在这里吃饭，那是秦相府四位管家大人。因为给相爷置坟地，剩了一千二百两黄金。大都管秦安，二都管秦顺，三都管秦志，四都管秦明，每人分二百两。给里头丫头婆子分二百两。大众三爷们分二百两。昨天回去，短了一份，是个蓝绸子银幅子。十两一锭，里面有二十锭黄金。管家大人叫我问问，落在这里没有。”李兴忙到里面，拿出来说：“你瞧对不对？”这二爷一看说：“罢了，你真不爱财。我告诉你，我们管家大人也不准知道丢在你铺子，丢也丢得起。怎么办？你我每人十锭分了，好不好？你也发了财，我也发了财。”李兴说：“那可不行，我要打算分，我就说没有，我一个人就留下了。”这二爷说：“我是闹着玩。”李兴说：“我跟你给管家大人送了去罢。”

当时一同来到秦安家。一见四位大管家，李兴一瞧，是昨天吃饭那几位，把银幅子拿出来，原物交回。秦安说：“你真不瞒昧下，给你一锭银子留着喝酒罢。”李兴说：“管家大人不便给我，我要没这件事，我到要。有这件事，我不能要。”秦安说：“就是罢，你不要，请回去。”李兴自己两手空空，到家中一瞧，王氏正哭着。李兴说：“你哭甚么？”王氏说：“我跟你这活忘八受罪得受死，为止得了金子，你没命要给人送回去。”李兴说：“我告诉你，野草难肥胎瘦马，横财不富命穷人。我要这金子，到许我没了命。”两口子为这件事，打了好几天架。

过了有一个多月，就见西边绸缎铺关了，满拆满盖，平地起五五二十五间，一所三层楼。说是开饭馆子。磨砖对缝，油漆彩画，无一不鲜明，都是大木厂的官木，李兴一想：“更糟了，这大馆子一开张，我这小饭馆，更不用卖了。”见饭馆子修齐了，高搭席棚，次日就开张了。

这天晚上，忽然来了一乘小轿。有一位二爷，拿着包裹，来到李兴的铺子说：“那位姓李？”李兴说：“我姓李。”这位二爷说：“你换上衣裳上轿罢，我家四位管家大人，叫我来接你。”李兴说：“我不去。”这位二爷说：“不去也得去。”李兴说：“我去，走罢。”这二爷说：“你坐轿去。”李兴说：“我没坐过轿子。”叫他换衣裳，他也不换，跟着来到双义楼。对过一所大房，来到厅房一瞧，秦安、秦顺、秦志、秦明都在这里。李兴说：“四位管家找我甚么事？”秦安说：“我们现在有一位引见官，托我们求相爷的事，给了五万两银子，我们四个人这五万两没分，想你是个朋友，给你开这座双义楼。到底是八千两，修盖使了一万二千两，连这所房子置家伙，连铺子家伙磁器都是江西定烧的，共用一万两。下余二万银，在钱铺存着。我们四个人作为送给你的，房子、买卖都算你的。我四人喜爱你心眼好，咱们今天磕头换帖，久以后我们要穷了，你还不管么？”李兴不答应也不行，立时预备三牲祭礼磕了头，一序年齿，就是李兴小，把王氏也接了来。

今天开张，所有送礼的，都是四位管家知会的，连本地绅商，大小官员，都来送礼贺喜，都冲着四位管家大人，宰相门前七品官，有求相爷的事，先得见管家。楼上满是亲友应酬贺喜来的人，楼下卖座，故此和尚要找钱，李兴说："昨天没饭吃，今天自本自立，开这大的买卖。"焉想到冤家路窄，姚荒山来讹诈，被李兴一个嘴巴，会打死了。大众一乱，李兴一想："这是我命小福薄，没有这个造化。"自己一想："打官司罢。"

这个时节，楼上四位管家，早得了信，把李兴叫上楼一问，李兴说："皆因他来讹我，要二百银子，我打了他一个嘴巴，他就死了，这也是活该。"秦安说："不要紧。贤弟，你只管放心。决叫你抵不了偿。"当时叫人把雷头请过来。李兴一看，这位雷头好像貌，五十多岁，四方脸，一表非俗。这位雷头是钱塘县八班班总，今天也来给贺喜。秦安给李兴一引见，二人彼此行礼。秦安说："雷二哥，这件事你给想法了了罢，勿论多大人情，都有我们哥四个罢。"雷头说："是了。"当时下楼，一找本地面官人，本地面官人过来。雷头说："是刘三兄弟么?"刘三说："雷头少见哪。"雷头把刘三叫到无人之处，说："刘三，这件事给了了罢。你过去就说，你别讹人了。前者你讹钱铺，我给了的，你别装着玩了，你把死尸给架在大道边，一报无名男子，吏不举，官不究，叫掌柜的给你弄三百吊二百吊的，你冲着我给办办罢。"刘三一听说："雷头，你说这话可不对。三百吊钱我移尸，这件事我担不了，要真是那个事，我不怕犯了案，把命饶上也值这个。要说交朋友都好说，要讲三二百吊钱，我可卖不着。"雷头说："得了，只当你交朋友了，久以后你有用我的时候，我决不能含糊。你冲着我给办罢。"刘三这才来到死尸跟前说："你别要装死人了，前者你讹钱铺，我给了的，今天人家新开张，你别搅了，跟我走。"说着话，就往起架。

众酒饭座都知道是死了，正往起要架，就听见外面有人哭："舅舅呀，舅舅呀，你死得好苦，我外甥必给你报仇。"众人睁眼一看，来的那人，怎生打扮？有赞为证：

> 头戴四楞巾，却像从钱眼中攒出，身穿青布氅，又相似煤窑内滚来。两道杨眉，明露奸诈；一双马眼，暗隐祸胎。耳小唇薄非人累，鼻歪项短是奸雄。逢钱急写借帖，天下无不可用之钱；遇饭便充陪客，世上那有难吃之饭。挑词架讼为生理，坑崩拐骗是经营。

此人姓史名丹，字不得，外号人称铁公鸡，素日指讹人为生。今日来到双义楼，听说打死人了，他一看认道是他同伴之人姚荒山。他就想要讹人，故说是他舅舅，刘三也不敢搀了。雷头过来一拉史丹说："你跟我来，我有话合你说。"二人进了雅座，外边有人看着死尸。只见从外面进来一个道人，正是黄面真人孙道全，要找济公斗法。

这段节目，二下小月屯捉妖，紧接济公探娘舅，白水湖捉妖，巧断金扇、智取摄魂瓶，巧杀妖道，甥舅相认，修缘公子朝宝悦，知觉罗汉会昆仑。法斗老仙翁，神鬼闹王宅，报应花花太岁，白狗闹洞房。下有一百二十回。不知后事如何，且看下回分解。

济公后传

第一回 善心人终得善报 奸险辈欺人被欺

前部《济公传》未能全完，皆因工本浩大，独力难成，今本房不惜重资觏求全部刊刻，以图全豹。此书正人心，化风俗，讲循环果报。书中之题名曰“天理人情、因果报应”，这八字内有劝世要言。

前部至双义楼打死姚谎山，史丹讹人。紧接上部。

话说史丹正哭之际，从里面出来一个老班头，姓雷名玉，乃是钱塘县八班的总头，今天也来送礼。一见史不得直哭，雷头知道这个史不得，素常净指着插圈告状、讹人吃饭，赶紧把史不得叫到屋中。雷头说：“史爷别哭了，死的是你甚么人？”史不得说：“是我舅舅。雷头你不用管，我得给我舅舅报仇！”雷头说：“史爷你不必着急，凡事皆是该因。这铺子掌柜的也并没打他，他自己大概必是病虚了的人。这件事别管怎么样，叫掌柜的给他买一口好棺材，给你弄个三百两二百两的；你逢年按节，给你舅舅上上坟，烧点纸钱，也就得了。”焉想到史不得这小子，更是打官司的油子。他一想：“我当时先别答应，要一答应，把姚谎山一成殓，一埋，满不给我银子，我也没法子，我也不能再告他；连我私合人命，我也担不了。莫如我咬定牙关，跟他打官司，过一堂下来，他给我银子到手，我再顺他的供。那时钱也到了手，我还算好朋友。”想罢说：“雷头，你管不了。勿论多少钱，我也不能卖我舅舅的尸骨，我非得叫他给我舅舅抵偿不可！”雷头怎么劝也不行。

焉想到这时节，外面来一个老道，正是黄面真人孙道全。老道只因被和尚把他卖切糕丸的钱，都给搬运净了，老道要找和尚。来到这里一看，大众正在谈论，掌柜的一个嘴巴，会把人打死了。孙道全听明白，说：“掌柜的是那位？”李兴说：“是我。做甚么？”老道说：“我能够叫这死尸活了，站起来走在别处再死，省得你打官司。你管我一顿饭，我就能给办这件事。”李兴一听，说：“好，道爷，你真能叫死尸站起来，挪开，慢说一顿饭，我还要重谢呢。”老道说：“就是罢。”立刻拉出宝剑，口中念念有词，立刻把魂拘来滴溜滴溜直转。老道眼瞧刚要入窍，滋溜又跑了。老道一想怪呀，莫非有毛女，或者有四眼人给冲了？要不然不能呀？老道又念咒，又把魂拘来，眼瞧刚要入窍，滴溜又跑了。如是者三次，老道可就留了神了。老道回头一看，他身后头有一个穷和尚，用法术给破了。老道一瞧，正是济颠。老道照和尚脸上“呸”啐了一口。和尚说：“好的，你可啐了我。”说着话，和尚一仰身躺下，蹬蹬腿，咧咧嘴，“呕”的一声死了。大众一乱，说：“得，老道又啐死一个。”本地面官人过来，抖铁链把老道锁上。老道直念：“无量佛，无量佛，怪哉怪哉。”官人说：“嚷‘怪哉’也不行，你跟着打官司去罢。”拉着老道就走。这个时节，姚谎山的死尸会活动了。大众说：“先死的这个要活！”史不得在里面听见，大吃一惊，心说：“姚谎山本不是我舅舅，他要一活，他一说我不是他外甥，我准得捱打唬的。”同雷头赶紧跑到死尸跟前来。雷头一瞧说：“史不得，你快叫你舅舅，腿活动了。”史不得心说：“你可别活，你要一活，不但我生不了财，这顿打还不能轻了。”史不得过去,照定姚谎山心口,用力按了一把。雷头一瞧说:“史不得,你这是怎么了!他刚要还醒过来,你过去给他心口一把。他要死了,可是你谋害的。你快把他扶起来!”史不得无奈,把姚谎山扶起来,口中叫舅舅,叫了几声,姚谎山答应出来,说:“好东西,你是我外甥,你坏舅舅的事。前者我讹当铺,你也去搅我,这你又来了。”大众一听姚谎山说话,嗓音变了,像穷和尚的声音。这时雷头说:“史不得,你们到处讹人,你还不把你舅舅背了走!不背走,把他锁起来!”史不得心说:“亏得姚谎山没说他不是我舅舅,这还算好。”无奈把姚谎山背起来。雷头叫两个官人跟着他,看他背那去,叫他非得背往他家去没事。史不得背着走,他本来没家,他媳妇在河沿开娼窑。他背着姚谎山,来到他媳妇院中。就往屋里走,他媳妇说:“屋里有客,你那背来的死尸呀!”不得说:“别嚷,别嚷,不是外人,是舅舅。”说着话来到屋中,把姚谎山往炕上一放,史不得再叫舅舅,叫之不应,唤之不语,又死了。他媳妇一瞧说:“好忘八,你真气死我!一天给你五百钱吃着,你背个死尸来搅我。我告你去。”史不得说:“娘子别嚷!”赶紧把隔壁狗阴阳二大爷请来,史不得说:“二大爷,你救我罢,你给出个主意罢。”这位阴阳一瞧说:“怎么回事?”史不得就把讹人之故一说,狗阴阳说:“你这孩子净讹人,说你不听。这个你得买棺材,穿孝办事,就说是你舅舅罢,要不然,这人命官司你打不了。”史不得说:“我买棺材那有钱?”狗阴阳说:“我给你出个主意,你把你媳妇卖了就够了。”史不得无法,把媳妇卖了,葬埋假舅舅,这也是报应循环,这话不表。

单说双义楼史不得把姚谎山背走之后,大众说李掌柜运气好,不该遭事,都说这个和尚真怪,怎么老道一啐会死了?那个说:“我瞧瞧啐了那里?”这一个过来一瞧和尚,和尚龇牙冲他一乐,这人唬得一哆嗦说:“唬死我了!”旁边就有人说:“怎么了?”这人说:“和尚跟我一乐。”大众说:“你别瞎说了,和尚死了,还能乐?”这人说:“是真的。”正说着话,和尚一翻身,爬起来就跑,追上老道。

官人正锁着老道上衙门去,和尚赶到说:“众位别锁老道了,我和尚没死,活了。”官人一瞧说:“既是和尚活了,立刻给老道撤去铁锁。”老道一瞧说:“好和尚,我山人焉能跟你善罢干休!”和尚说:“你因为甚么要跟我和尚为仇做对?”黄面真人说:“我因为我师弟褚道缘叫你给气病了,我要替他报仇。”和尚说:“褚道缘他是自找,我和尚跟他远日无冤,近日无仇,他无故帮着两个不认识的贼人要逞能,跟我和尚做对,我和尚焉能容他。大概你也不知道我和尚的来历,叫你瞧瞧。”用手一摸天灵盖,现出佛光、灵光、金光。老道唬得跪倒磕头说:“原来是得道的圣僧。弟子愚昧无知,求圣神格外慈悲。弟子要认你老人家为师。”和尚说:“你要认我为师,你知道规矩?我要喝酒吃肉,你得给买去。”老道说:“那行。”和尚说:“既然如是,跟我走。”一同来到山门。

门头僧一看,这个老道找了他好几天,也不知怎么又跟他好了。和尚说:“孙道全你见见,这是你师叔。”孙道全立刻给门头僧行礼,叫师叔。济公说:“师弟你答应。”门头僧一答应。济公说:“你们每人给一吊钱见面礼罢。”门头僧说:“没钱。”和尚说:“没钱混充大辈徒弟?跟我进庙罢。”刚一进庙,遇见监寺的广亮。和尚说:“徒弟你见见,这是你师太爷。”广亮说:“我可没钱,你趁早别叫。”

和尚带领老道,来到大殿,鸣钟击鼓,把庙中众僧聚齐。和尚说:“众位师兄师弟,我可收了徒弟,起名叫悟真。”众僧说:“大喜。”和尚说:“你们大众不送礼吗?”众人说:“你办善会,我们就送礼。”和尚说:“我告你徒儿,你要没钱花,庙里谁屋里没人有东西就拿,就是你师叔师太爷瞧见,也有个不好意思的。众位,我是这么教训徒弟不是?”大众说:“好。”心里说:“他一个人就偷到了,这又带一个贼来。”和尚说完了,叫徒弟打酒买肉去。

老道要自己尽心，好跟师父学法术。头一天先打里头脱，当趁褂子，打酒买肉。第二天当趁袍。花完了，当道袍顶趁褂。末末了，把趁褂也当了。老道光着膀子，和尚又叫打酒，老道说："没钱了。"和尚说："没钱你去罢，我收徒弟都得有钱，不要你了。"老道说："我不走，我等着呢。"和尚说："你等甚么？"老道说："等西北风下来冻死算完。"和尚说："我教你念咒，念唵嘛呢叭𠺗吽，唵敕令赫。你跪着学。"老道说："这我会念。"当时老道跪下，口念："唵嘛呢叭𠺗吽，唵敕令赫。"刚念完，由地下飞起一块小砖头，打在老道脑袋上。老道说："师父，这是怎么了？"和尚说："这是咒催的。"老道说："要遇见砖堆，一念咒，还不把我打死！"和尚说："我教给你，你瞧见砖堆就磕头，你说：砖头在上，老道有礼。我不念咒，你也别起。"老道说："我那不成疯子了。我不练了。"和尚说："你要打算发财，你瞧由庙外大喊一声，进来人，那就是你的落儿来了。"

老道就在大雄宝殿里往外瞧。工夫不大，果然就听外面大喊一声，进来两个人。不知来者是谁，且看下回分解。

第二回　周员外派人请圣僧　胡秀章诉说家乡事

话说孙道全正在大殿往外看，只见外面进来两个人，都是家人打扮，头上青扎巾，身穿青铜色大氅。口中喊嚷："济公长老在那里？"和尚由里面出来说："那位？"这两个人一见，连忙赶过来行礼。说："圣僧，你老人家一向可好？"和尚说："二位贵姓呀？"这两个人说："圣僧，你老人家贵人多忘事。我家员外在太平街，姓周名景，字望廉，人称周半城。你老人家不是在我们那里扛韦驮、捉过妖么？我二人叫周福、周禄。"和尚说："这就是了。你二人来此找我和尚甚么事情？"周福说："我家员外有一个朋友，姓胡叫胡秀章。他是绍兴府白水湖的人，在京都赁我员外的房子，开绸缎店，把买卖作赔了，要关门。我员外跟他相好，借给他三千两银子，叫他重新另找伙友。这二年又把买卖作好了，把先前赔的银子都找回来，反到赚了钱。现在胡秀章来了家信：他们住的白水湖地面闹妖精，每天妖精要吃一个童男、一个童女。胡秀章家里有孩子被妖精吃了，今天来找我们员外，提说要回家，托我们员外照应绸缎店，急得直哭。我们员外想起你老人家，知道圣僧佛法无边，叫我们请你老人家到我们员外家去。要求圣僧大发慈悲，到白水湖去降妖捉怪，普救众生。"和尚一听说："降妖捉怪，到可以行的了，就是我不能去。"周福、周禄说："圣僧为何不能去？"和尚说："我现在收了一个徒弟，太淘气。我要一出去，他不是撕窗户，就是往人家身上抹香油；再不然，就在人家锅里去撒尿。"周福说："圣僧，这个徒弟多大年岁？"和尚说："九岁。"周福说："本来太小。在那里？我瞧瞧。"和尚说："在大雄宝殿里那。"

周福、周禄二人来到大殿一瞧，有一个老道光着背，三绺黑胡子。周福说："道爷，你是济公徒弟么？"老道说："不错。"周福说："你才几岁？"老道说："我五十九岁，你们二位不必听我师父的话，他老人家净说瞎话。我也不撕窗户，不撒尿，叫我师父去罢。"周福二人出来说："师父，你老人家净说谎言，快走罢。"和尚说："不行，我不放心。你们叫我徒弟跟我去，我才去呢。"周福说："恐怕道爷不肯去。"和尚说："他不去，你们两个揪着他走。"周福点头答应。两位管家进了大殿，说："道爷一同走罢。"老道说：

“光着背，我可不去。”周福二人就拉。和尚一指，口念：“唵敕令赫。”老道身不由己，周福、周禄拉着出了庙门，和尚后头跟着往前走。街市上的人瞧着都新奇，两个人拉着一个老道，赤着背，后面跟着一个穷和尚。

周福、周禄拉着一个老道，一直来到太平街周宅。到了书房，周员外正同胡秀章在书房等候。一见周福、周禄拉着一个老道，赤着背，周员外就问：“周福，这是谁？”周福说：“这是济公长老的徒弟。”正说话，济公进来。周员外连忙举手抱拳说：“圣僧久违少见。”和尚说：“彼此彼此。”周半城叫过胡秀章来说：“我给你引见引见，这就是济公活佛。这是我的至友胡秀章。”和尚瞧了一瞧，这位胡秀章，是文生打扮，穿蓝翠褂，三十以外的年岁，到是儒儒雅雅。胡秀章过来给和尚行礼，说：“久仰圣僧大名，今幸得会，真乃是三生有幸。我听我周大哥说，你老人家佛法无边。现在白水湖闹妖精，每天妖精要吃一个童男、一个童女。我原本家眷在白水湖住，家中有一儿一女，现在家中来信，叫我急速回去。求圣僧大发慈悲，到绍兴去一趟，降妖捉怪，给百姓除害。”和尚说：“降妖捉怪到可以行。我和尚要去，一则没有盘费，二来我这个徒弟太淘气！我留下他甚不放心。”胡秀章说：“圣僧只管望安，盘费我有富余。令徒可以唤他跟了去。”和尚说：“那行了。悟真跟我走。”老道说：“我跟了去到行。我光着膀子，可不能去。”胡秀章说：“那到是小事。我赶紧派人给你买衣裳去。”老道说：“到不用买，我有衣裳都当在钱塘关，给我师父打酒喝了，拿钱赎来就得了。”胡秀章说：“你有当票？”老道把当票拿出来。老道说：“员外再破费一百钱，我有一个蝇刷在钱塘关纸铺押着，一百钱就取来了。”周员外立刻派家人去赎当，少时连衣服、蝇刷一并拿来。老道打扮好了，仍然又是仙风道骨的样子。人是衣，马是鞍，这话不错。和尚说：“咱们上白水湖去，可得走小月屯，我还有个约会，有我徒弟请我捉妖，我先到小月屯捉妖，然后再上白水湖。”胡秀章说：“就是罢。”和尚立刻带领孙道全，同胡秀章三个人告辞，周员外送到外面作别。和尚带领两个人，顺大路往前行走。

书要简短。这天来到小月屯马静门首，和尚一叫门，里面马静正同雷明、陈亮谈话，提说济公随后就到。正说着，听外面打门，马静出来开门。一看是济公，马静赶紧行礼，说：“师父可来了！现在焦亮、何清这二十多天昏迷不醒，茶水未进，如同死人一般，就是胸前有点热。你老人家快救命罢。”和尚说：“有甚么话里头说去。”大众一同来到里面。和尚说：“雷明、陈亮过来见见，这是我收的徒弟，叫悟真，你们给师兄行礼。”又给胡秀章都引见了。和尚说：“马静，闹甚么妖精？”马静说：“可了不得了！请你老人家去的时节，小月屯死了有六七个人。现在一天死一个。由西头，一家挨一家，死了有二十多个人了。昨天西隔壁张家死了人，今天就该我这个门了。天天初鼓以后，由西来一阵风，这宗东西有一丈高，是白的，也瞧不出是甚么东西。他一来就嚷‘喊喊嗨嗨’，冲谁门口一笑，必定死人。”和尚说：“原来如是，不要紧。今天我和尚到要瞧瞧这个‘喊喊嗨嗨’是怎么样！”马静说：“师父，慈悲慈悲，先把焦亮、何清救活了才好。”和尚说：“容易。”一伸手掏出两块药来，叫马静拿阴阳水化开，把他两个人的牙撬开灌下去。少时，就听焦亮、何清两个人肚腹“咕噜噜”一响，心里一明白，翻身爬起来，就如初好人一样，就仿佛做了一场大梦一般。马静说：“二位贤弟被妖精喷了，躺在地下，人事不知，二十余日。今天多亏济公活佛前来，给你二人仙丹妙药，吃了才好。你二人还不知给圣僧磕头。”焦亮，何清这才明白，赶紧给济公行礼，说：“我二人前者得罪圣僧，圣僧并不记恨，反来救我二人，活命之恩，我二人实深感激，给你老人家磕头。”和尚说：“不用磕头，起来罢，这乃小事一段。”这两个人站起来，和尚说：“别的都不要紧，喝酒到是大事。天也不早了，该喝酒了。有甚么事吃饱了再办。”马静立刻答应。赶紧擦抹桌案，把酒菜摆上。和尚坐上座，大众两旁陪着。

和尚又吃又喝，直吃到初鼓以后，就听由正西风响。马静说："师父，妖精来了！"这句话尚未说完，就听外面这阵风刮得毛骨悚然，就听喊嚷"嘁嘁喝喝"。和尚这才站起身来，往外够奔，一溜歪斜，脚步踉狂。和尚说："我到要瞧瞧是甚么东西！"说着话，够奔门首。刚一出大门，只见由正西来了一股白气，身高有一丈，直奔马静门首而来。今天和尚要不来，就该当马静这个门首死人了。凡事也是遭劫的在数，在数的难逃。和尚一看说："好东西，你敢兴妖作怪！"和尚把僧帽拿下来，照这宗东西一砍，竟把这宗东西扣在地下。和尚说："拿住了。"马静、焦亮、何清，连孙道全大众都出来观看。不知拿住到是甚么妖精，且看下回分解。

第三回　奉父谕主仆离故土　表兄弟对面不相识

话说众人出来一看，这宗东西，其形像人，一概净是人骨头，大约有一百八十块凑成，左手拿着勾魂取命牌，右手拿着人骷髅骨。书中交代：这宗东西，名叫百骨人魔，原本是有一个妖道炼成的，能使他招魂。凡事无根不生，皆因慈云观有一个老道，叫赤发灵官邵华风，他要拘五百阴魂，练一座阴魂阵。他打发五个老道招五百魂。这五个老道，一个叫前殿真人长乐天，一个叫后殿真人李乐山，还有左殿真人郑华川，右殿真人李华山，还有一个七星道人刘元素。每人出来招一百阴魂。刘元素就在这小月屯正西有一座三皇庙。他占了这座庙，在乱葬岗子，找了一百块死人骨头，老道练在一处，用符咒一催，把这百骨人魔练成了。每天初鼓以后，老道在庙中院内，设摆香案，预备一个葫芦，给百骨人魔一面招魂取命牌，叫他出来，到小月屯招一个魂回去。老道把魂拘来，收在葫芦之内。打算是一百天，就把魂招够了，小月屯就死了一百个人。没想到今天被济公把魔给拿住。和尚随后就够奔三皇庙，打算要捉拿老道。

焉想到老道真有点能为，今天正在院中做法，见灯光一绿，就知有人破了他的法术。又见正东上金光缭绕，瑞气千条，老道揣起葫芦，架趁脚风，竟自逃回慈云观去了。从此跟济颠和尚结了仇。和尚来到三皇庙，老道早已逃走。和尚这才复返回到小月屯，叫马静等把这个百骨人魔架火烧了。和尚说："这又得了，从此小月屯安然无事。"马静谢过济公，次日和尚告辞。雷明、陈亮说："师父，你老人家到白水湖去捉妖，我二人随后找师父去。"和尚说："去罢。"当时带领孙道全、胡秀章告辞。出了小月屯，顺大路往前够奔。

道路上有话即长，无话即短。这天走到萧山县地面，正往前走，见大道旁边树林子，有两个人，那里歇息。一位是文生公子打扮，头带翠蓝色文生巾，双飘秀带；身穿翠蓝色文生氅，腰系丝绦；白绫高腰袜子，厚底竹履鞋，三十来往的年岁，白脸膛，俊品人物。跟着一个老者，是家人的打扮，青截帽，青铜色大氅，有五十多岁，花白胡须。和尚一看，不是外人，立刻叫孙道全、胡秀章头里走着，白水湖不见不散。准约会孙道全说："师父上那去？"和尚说："我办点事，随后就到。"这两个人头前走了。和尚梯他梯他，来到树林，冲这位文生公子，打了一个问讯，说道："施主请了。"

书中交代：这位文生公子不是别人，乃是罗汉爷亲表兄，奉父命寻找表弟李修缘。

此人姓王名全，乃是台州府天台县永宁村人，是济公的娘舅王安士之子。原本济公自年幼的时节，父母就给把亲事定下了，定的是刘家庄刘百万的女儿刘素素。这位姑娘自落生，就是胎里素，一点荤东西都不吃。自济公离家之后，偏巧姑娘父母双亡，就剩下姑娘孤身一人，跟着舅舅董员外家住着。董员外的女儿，又是王安士的儿妇，乃是亲上做亲。姑娘刘素素也长大了，董员外催王安士找他外甥李修缘，找回来好把姑娘搬娶过门。王安士也不知外甥李修缘是上那去了。人嘴两张皮，就有说李修缘自己走的，就有说是王安士把外甥逼走了的。王安士这天把自己孩儿叫过来，叫王全同家人李福，出去找你表弟李修缘，多带黄金，少带白银，暗藏珠宝，一天找着，一天回来，两天找着，两天回来，一年找着，一年回来，十年找着，十年回来，找不着不许回来。王员外所为，省得人家说把外甥逼走了。自己叫自己亲儿子也出去找，找不着外甥，不许儿子回去。王全是遵父命，带着老管家李福，出离了家乡，往各处寻找。所过州城府县，必要贴告白条，雇人访问探听着。有说李修缘出了家的，也不准知道下落，究未见其实信。今天王全同李福走在这萧山县地面，也觉着累了。王全说："哎呀老管家，你我主仆这一出来，在外面披霜戴月，找不着我表弟。我与你何时才能回去？我也实在累了。"李福说："公子爷不必着急，凡事自有定数。你我歇息歇息再走。"说着话来到大柳林子，就地而坐。李福把褥套放在地下，两个人正在歇息，和尚来到近前说："施主请了，贵姓呀？"王全说："我姓王。"和尚可认识他表兄王全，王全可不认识表弟了。不但王全不敢认，连老管家李福。当初把罗汉爷抱大的，他原本是济公家里的老仆，他都认不出来了。

原本济公当初在家的时节，是白面书生文生公子打扮，现在到外面风吹雨打，一脸的油泥，短头发有二寸多长，又是出家人，把本来面目全遮盖住了，故此王全、李福都不认识。和尚又问："施主是贵处的？"和尚是明知故问。王全说："我是台州府天台县永宁村人氏。"和尚说："我也是台州府天台县的人，咱们还是乡亲。施主有钱施舍，给我和尚几个钱喝壶酒。"王全一想，一个出家人，这有何妨？伸手抓了两把钱，递给和尚。和尚把钱接过来，说："施主给我这两把钱，我到难为了，喝酒使不了，吃一顿饭又不够。施主要给，给我一顿饭钱。"王全说："就是罢。"又给和尚掏了两把钱。和尚接过钱来说："施主给我这钱，到叫我为难了。"王全说："怎么给你钱到叫你为了难？"和尚说："不是别的，喝酒吃饭使不了，赎件衣裳又不够。施主行好行到了底，再给我点钱，我凑着弄一件衣裳。"王全一想："一两吊钱不算甚么，只当施舍在庙里头。"当时又给和尚掏了两大把钱，给了和尚。和尚说："施主给我这些钱，更叫我为了难。吃饭赎衣裳到够了，回家盘费又没有。"王全尚未答话，家人李福大不愿意，说："和尚你别不知自爱，给你钱到叫你为了难，你还有够没有？你真是瞧见好说话的人了。"和尚微然一笑说："我和尚不白要钱，我和尚专会相面，我送你一相，我看施主印堂发暗，此地不可久待。听我和尚良言相劝，赶紧起身，这叫趋吉避凶之法。听与不听，任凭施主，我和尚要走了。"说完了话，和尚梯他梯他脚步踉狂，一溜歪斜，竟自去了。

和尚走后，老管家李福就说："公子爷，你老人家不用信服，这个大道边，甚么事都有。你说是念书的，他就跟你讲论子曰学而时习之，不亦说乎；你说是练武的，他就能讲弓刀石马步箭；你说是山南的，他也是山南的；你说是海北的，他就是海北的。他说是乡亲，无非是谎钱套事。公子爷你老人家没出过外，外头甚么事，都许遇见。"王全说："他一个出家人，给他一两吊钱，也不算甚么。你我不拘干甚么，省点就有了。

主仆二人，说了半天话，李福觉着肚腹疼，说："公子爷，你老人家看着东西，我要走动走动。"王全说："你去罢。"李福一瞧，南边有一片苇子，他就进了苇塘去出恭。王全等了半天,见李福出完了恭,由苇地出来,拿着一个蓝包裹。王全说:“那里的包裹?”李福说:“公子爷你看,我方才出恭捡来的。”王全一听说:“你趁早照旧给人家搁那去。要是有钱人,本人丢的,丢得起,不要紧;要比如替人办事,或者是家人丢的,咱们拿了走,人家就有性命之忧。”李福说:“我打开瞧瞧是甚么,再搁回去。”说着话,把包袱打开一看,原来是血淋淋一个少妇的人头。李福大吃一惊。王全说:“你快送回去!”

这句话尚未说完,由正北上来了十几位公差,一瞧说:“这可活该。你们杀了人,还在这里看人头呢。找没找着碰上了。”赶过来“哗啰”一抖铁链,就把王全、李福锁上。李福说:“这人头是我捡的。”官人说:“那可不行,到衙门说去罢。”当时拉着王全、李福,够奔萧山县。不知二人被屈含冤,这场官司该当如何,且看下回分解。

第四回　捡人头主仆遭官司　救表兄梦中见县主

话说李福捡了一个妇人的人头,正被官人看见,将王全、李福锁上。书中交代,原本萧山县出了一件无头案。西门外梁官屯,有一个卖肉的名叫刘喜,家中夫妇两口人度日,刘喜在东关乡卖肉。这天七月十五,天已日色西斜。刘喜到东关外乡村去要帐,走在萧山县衙门门口,碰见衙门的官人刘三。这个人最爱玩笑,外号叫笑话刘三。刘三就问刘喜上那去。刘喜说:“我上东关外乡村要帐去。”刘三说:“天不早了,你今天还回来的么?”刘喜说:“我就住在东关外乡村之中,明天回来。”刘三是爱玩笑,说:“刘喜,你今天不回来,我晚上到你家里,跟你媳妇睡去。”刘喜说:“你敢去,我媳妇把你骂出来。”刘三说:“他敢骂我,我把他宰了。”说完了话,刘喜就走了。

次日刘喜一回家,他妻子被人杀了,人头踪迹不见。刘喜到萧山县一喊冤,就把刘三告下来,说刘三因奸不允,把他妻子杀了。老爷是清官,姓张双名甲三,是两榜出身,立刻一升堂。把刘三带上来,一问刘喜,刘喜就把昨天刘三所说的话一回,说:“今天我妻子果被他杀了。”老爷一问刘三,为甚么杀刘喜之妻?刘三唬傻了,就回禀老爷:“昨天我是跟刘喜说玩笑,他妻子被谁所杀,下役实不知道。昨天我在衙门该班,看守差事,一夜并没出衙门。”老爷不信,问众官人。老爷一问众官人,大家递保状,保刘三实系一夜没出去。老爷这才派两个班头王雄、李豹限三天,出去拿凶手,拿着有重赏,拿不着重责不贷。王雄、李豹领谕,带领手下伙计出来办案。三天踪影皆无,限满一见老爷,老爷把官人每人打了四十板,又给三天限。又过了三天,没拿着,老爷又打,一连打了三回。今天是十二天,要拿不着又得捱打。王雄、李豹带领众伙计出来,刚走到大柳林,见李福正打开包裹看,众官人一瞧是少妇的人头,鲜血淋漓。大众说:“这可活该,今天不能捱打了。”过来就把王全、李福锁上,一直够奔衙门。

来到班房,王雄进去一回,老爷立刻升堂,把王全、李福带上去。老爷一看,就知道其中有缘故。做官的人,讲究聆音察理,鉴貌辨色。看王全是懦弱的书生,李福是个老家人,老爷就问:“下面两个姓甚么?”王全说:“老父台在上,生员王全有礼。”李福说:“大老爷在上,小人李福磕头。”老爷问道:“王全,你是那里人氏?”王全说:“生员是台州府天台县永宁村人氏,奉父命带着家人李福,出来寻找表弟。”老爷说:“王全你既是天台县人，为何来到我这地面，在梁官屯杀死卖肉刘喜之妻？”王全说：“回老父台，生员并未杀人，一概不知。”老爷说：“你没杀人，怎么人头在你手里？”王全说：“实是我这家人李福，在苇子地里出恭捡得，求老父台格外施恩。”老爷把惊堂木一拍，说：“你满嘴胡说！大概抄手问事，万不肯应。来，看夹棍伺候。”老爷这也是一半威吓。手下官人答应，刚要取夹棍，忽然大堂以前一阵旋风，刮得对面不见人。这阵风过去，老爷再三看公案桌上有一张字，上写的是：

堂神显圣法无边，你我今朝巧遇缘。

二人并非真凶犯，速拿凶手把案完。

老爷一看，“呵”了一声，半晌无语，这才吩咐把王全、李福带下去，看押起来，不准难为了他二人，该吃给吃，该喝给他们喝。手下官人答应。老爷立刻退了堂，来到书房，手下人预备晚饭。

老爷吃完了饭，喝茶，坐在灯下，心中辗转这案。看王全是一个念书的人，李福是个诚实样子，断不能做这样恶事，忽于大堂起一阵怪风，也不知那里来的字柬，究属怪道。越思越想，自己踌躇，手扶桌案扶几而卧，曲肱而枕之，心血一迷，刚一闭眼，见外来一个穷和尚，短头发有二寸余长，一脸油泥，破僧衣短袖缺领，腰系绒绦，疙里疙瘩，光着两只脚，穿着两只草鞋。老爷就道：“甚么人？”和尚说：“我。”老爷说：“你是谁？”和尚说：

我本灵隐醉济颠，应为白水过萧山。

老爷要断无头案，须醉贫僧酒一坛。

老爷一听，说：“酒到有，你可知道凶手是谁？”和尚拨头就走。老爷说：“回来。”和尚并不回头。老爷一急，又嚷：“回来。”睡梦之际，嚷出口来。正赶上两个家人张福、张禄在旁边站着伺候，见老爷睡着了，张禄低声跟张福说：“昨天我跟他们掷骰子，输了好几吊，老爷睡了，哥哥你在这里伺候，我再去跟他们耍耍。”张福说：“你快去快来。”张禄点头，刚要往外走，老爷做梦说：“回来。”老爷说的是叫和尚回来，张禄唬着了，只当是他要掷骰子去被老爷听见，叫他回来呢，赶紧说：“小人没走。”老爷醒了，梦中事记得清清楚楚，立刻吩咐张福把笔砚拿过来。张福答应，拿过纸墨笔砚。老爷就把梦中和尚说的这四句话写出来。老爷拿着瞧这四句，心中纳闷，瞧来瞧去，往桌上一靠，又睡着了。只见和尚由外面梯他梯他又来了。老爷就问：“和尚，方才你说的话我不明白。我且问你，你可知道杀人的凶手是谁？告诉我，我必谢你一坛酒。”和尚说：“老爷要问，我是西湖灵隐济颠。应为白水，路过萧山。王全、李福，不白之冤。杀人凶手，现在西关。原告同类，非同等闲。追究刘喜，此案可完。”和尚说完了话，回头就走。老爷说：“你说的我还不明白，你回来。”和尚又走了。老爷一惊醒了，当时拿笔把这十二句话又写出来。老爷听外面天交二鼓，自己一想，这梦实实怪得很，未免一阵发愣。坐够多时，不知不觉又把眼睛闭上了。渺渺茫茫，迷迷离离，刚才一沉，瞧见那穷和尚又来了。老爷一看，说：“和尚，到底杀人凶手是谁？你要说明白。”和尚微然一笑，说：“老爷当真要问凶手？是绒绦两截，大石难携。未雨先行，持刀见血。”和尚说完了话，竟自去了。老爷一睁二目，原来还是一梦。只听外面天交三鼓，知县又把这四句话写出来，自己一忖度，知县张甲三，本是两榜出身，满腹经纶，怀揣锦绣，一想这四句话是偈语。绒绦两截必是断，大石难携即是山，未雨先行，风乃雨之头定是风，持刀见血乃是杀，凑成四字，即“断山风杀。”知县一想：“必是音同字不同，凶手必是段山峰。”自己思索了半天，已然夜深人静，这才安歇睡觉。

次日早晨起来，净面吃茶，立刻传皂壮快三班升堂。老爷向众人问道：“本地人可有叫段山峰的？你等谁知道？”旁边过来一位书办李先生说：“回禀老爷，本县有一个杀猪的官屠户，叫段山峰。”知县一听，立刻派王雄、李豹：“给我急拘锁带段山峰。”王雄、李豹一听，唬得颜色更变，立刻给老爷磕头说：“回禀老爷恩典，段山峰下役实在拿不了。”老爷说：“怎么？”王雄、李豹说：“回老爷，段山峰有断凳截石之能，大块石头一掌能击石如粉，勿论甚么结实板凳，坐着一使劲，板登就两截。段山峰能为出众，本领高强，下役实在拿不了，求老爷恩典。”知县一听，气往上冲，一拍惊堂木说：“做官者究情问理，办案者设法拿贼，派你们办，就得给我办。”王雄、李豹还只是磕头一再，看老爷退了堂，转过屏门，归后宅去了。王雄、李豹这才来到班房。王雄说：“怎么好？慢说你我两人，就是二十人也拿不了段山峰。”

李豹忽想起一个人来，要捉拿段山峰，不费吹灰之力。不知后事如何，且看下回分解。

第五回　奉堂谕捉拿段山峰　邀朋友定计庆丰楼

话说知县派王雄、李豹捉拿段山峰。王雄、李豹知段山峰能为，武艺出众，不但拿不了，还恐怕有性命之忧。李豹说：“王头，你我不是段山峰的对手，有人是段山峰对手。”王雄说：“谁呀？”李豹说：“你忘了？当年不是单鞭赛尉迟刘文通，在卖艺场中赢过段山峰一掌？咱们跟刘大哥知己相交，何不找他，叫他帮着？大概不致推辞。”王雄说：“有理。”二人赶紧够奔后街。往东一拐，路北的门楼，就是刘文通的住家。二人上前一叫门，刘文通刚起来，漱完口，出来开门。一看是王雄、李豹，刘文通说：“二位贤弟打那来？”王雄说：“由衙门来。”刘文通指手往里让，来到厅房落座。王雄说：“兄长没出去走镖？”刘文通说：“刚从外头回来不多日子，二位贤弟因何这样闲在？”王雄说：“我们哥俩来找你来了。只因梁官屯卖肉的刘喜之妻被杀，老爷派我们拿段山峰。我二人实拿不了，求兄长助一膀之力，拔刀相助，捉拿段山峰。”

刘文通一听，说：“段山峰能为，武艺超群，我也是拿不了。”王雄说：“兄长不必推辞，当年兄长在卖艺场子，赢过段山峰一掌。除非兄长，萧山县没有是段山峰对手的。”刘文通说：“二位贤弟休要提起当年那一掌，提起那件事来，我更觉心中难过。当年是西门外来了一个卖艺的，我看那卖艺人并非久惯江湖做买卖的，到是受过名人指教，大概是被穷所挤。我想下去帮个场，多给他凑些钱，没想到段山峰也来，跟我比式。我二人一揸拳，我就知道段山峰能为比我强，我想我要一输给他，我这镖行就不用吃了。我就说：‘姓段的朋友，你我远日无冤，近日无仇，我可指着保镖吃饭。’我把话递过去。段山峰到是个朋友，一点就透，他故意让了我一掌，他说：‘不忘你叫单鞭赛尉迟。’他走了，我自己明知他是让着我。我次日去找他，给他赔不是。我说：‘昨日多蒙尊驾成全我，都说当场不让，故举手不留情。尊驾果有容人之量，让我一掌。’他说：‘你知道我让着你就好。’我二人因此到交了朋友，常来常往。他跟我也是朋友，你两个人也跟我是朋友。要是别人拿段山峰，我知道我得给他送信才对；这是你两人要拿他，我也不能给他送信，我也不能帮你们拿他。”王雄、李豹再三说，刘文通也不答应。

王雄、李豹实在没了法，两个人到里面去见刘文通母亲。二人给老太太一行礼，老太太就问："你两个人这般早从那里来？"王雄说："伯母有所不知，现在衙门里出了逆案。"老太太说："甚么逆案？"王雄说："梁官屯出了无头案，现在老爷派我们拿段山峰。"老太太说："你二人为甚么不拿去呢？"王雄、李豹说："段山峰能为出众，我二人拿不了么。"老太太说："莫非萧山县就没有比段山峰能为大的么？你二人不会请人帮着拿么？"王雄说："别人不行，就是我大哥可以能行。"老太太说："你没跟你大哥提么？"王雄说："提了。我大哥他说他跟段山峰相好，他不管帮我们拿。"老太太说："你把你大哥给我叫来。"王雄立刻到外面，把刘文通叫进来。刘文通说："娘亲呼唤孩儿，有何吩咐？"老太太说："你两个兄弟来找你帮着拿段山峰，你为何不管？"刘文通说："娘亲有所不知，我跟段山峰也是朋友相交，再说段山峰能为出众，孩儿也恐怕受他人所算。倘若孩儿受了伤，我又无三兄四弟，谁人服侍老娘？"老太太说："你这话不对，你就不应当跟匪类人来往，本地面既有这样匪恶之徒，你就应该早把他除了。老身我派你帮着去拿段山峰，你去不去？"刘文通本是个孝子，说："娘亲既吩咐叫孩儿去，孩儿焉敢违背。"老太太说："既然如是，你跟王雄、李豹三个人商量着办去罢。"三个人这才来到外面。刘文通说："二位贤弟要怎么去拿？可拿不了，一则打草惊蛇，二来你我还得受他的伤。"王雄说："依兄长怎么办？"刘文通说："要依我，你两个人回衙门见了老爷，叫老爷给调城守营二百官兵，本衙门一百快手，你二人先给庆丰楼酒馆送信，叫掌柜的明天楼上别卖座，我把段山峰诓在酒楼上吃酒，把他灌醉了，你们叫这三百人在庆丰楼四面埋伏，听我击杯为号，大家再动手拿他。我不摔酒杯，你等可别莽撞，要一个拿不着跑了，再想拿可就费了事。可千万叫官兵要严密，别说出办谁来。"王雄说："就是罢。"

二人告辞，回到衙门，一见老爷，老爷说："你二人把段山峰拿来了？"王雄说："没有。求老爷给城守营一个信，调城守营二百官兵，老爷传堂谕调衙门一百快手，别说办谁，明天在庆丰楼四外埋伏。下役还请一个朋友是保镖的，帮着捉拿段山峰。"老爷一听，说："这一个段山峰怎么这么费事？"王雄说："实在段山峰本领高，艺业强，若非定计，还拿不了。"老爷说："就是罢。"王雄、李豹这才来到庆丰楼，一见掌柜的。王雄说："掌柜的，你这铺子一天卖多少钱？"掌柜的说："卖一百多吊钱。"王雄说："明天你们楼上面别卖座，一天该赚多少钱，我们照数给。明天借你们楼上办案，同单鞭赛尉迟来的人，那可就是差事。你可嘱咐你们众伙友，千万别走漏消息，要漏了风声，这案情重大，你可得跟着打官司。"掌柜的说："二位班头，只管放心，没人走漏消息。"王雄、李豹都安置好了，这才来到刘文通家，告诉刘文通都照样办妥。刘文通说："你二人回去罢。"

次日早晨，刘文通起来，换上衣服，暗带单鞭，由家中出来，一直够奔西关。刚来到段山锋的肉铺门口，一瞧围着好些人，有一个穷和尚在那里打架。书中交代，这个穷和尚非是别人，正是济公和尚。由打大柳林见众官人把王全、李福锁了走，和尚也进了南门。刚一进城，只见路东里一座绒线铺，掌柜的姓余名叫余得水。在铺子门口，有一个人腿上长着人面疮，正在那里借着太阳亮疮。和尚一看，口念："南无阿弥陀佛。"

原本这个长疮之人，姓李叫李三德，乃是跑堂的手艺人，极其和蔼。家中有父母，有妻有子，就靠着他一个人要手艺度日。只因南门外有一座段家茶楼代卖酒饭，买卖做亏空了，段掌柜的要收市关门。就有人说："你别关门，你把李三德找来，叫他给跑跑堂。那个人和气能事，人缘也厚，就许把买卖给你做好了。"掌柜的果然把李三德找来,酒饭座越来越多,都冲着李三德和气,爱招顾。二年多的景况,买卖反到赚了钱。掌柜的自然另眼看待李三德,年节多给李三德馈送。时常也垫补他,李家里也够过日子的。偏巧李三德腿上长了人面疮有碗口大的疮口,自己又不敢歇工,家中指他一人吃饭。掌柜的见李三德一瘸一颠,实在支持不了。这天掌柜的就说:“李三德你歇工罢。”李三德一听,大吃一惊,说:“掌柜的,你要辞我,我到愿意歇工,无奈我家中四五口人要吃,闲不起。”掌柜的说:“我到不是辞你,我看你实在挣扎不住。我这买卖是你给我做好了的,你只管歇工养病,我照旧按月给你工钱。我这里有四十吊钱,给你养病,只要有人给你包治管好,花几十吊钱我给。”李三德一想,掌柜的既是体恤,这才回家养病。病越来越重,没钱叫孩子到铺子取去。日子长了,内中伙友就有人说闲话,说:“咱们早起晚睡,也只一分工钱,人家家里道吃太平宴。”孩子回来一传舌,李三德一气,架着拐到铺子去。一见众人,李三德说:“素常我没得罪过那位,现在我得这宗冤孽病,掌柜的体恤我,怎么我孩子来取钱,众位说起闲话来?”大众说:“没人说闲话。你别听孩子传言,你回去养病罢。”众人劝着,李三德往回走,走在绒线铺门口。绒线铺掌柜的余得水素常认识,就说:“李老三,你还没好么?”李三德说:“别提了,我这病难好,这叫阴疮。我也不知做了甚么损德事。我一死,我家里全得现眼。”余得水说:“你找人治治,没钱花几吊我给,只要能治得好。”他准知道不容易治,他要说这样便宜话。

焉想到济公活佛赶到,罗汉爷施佛法,要搭救李三德,戏耍余得水。不知后事如何,且看下回分解。

第六回 余得水逞口失钱财 济长老戏耍掌刀人

话说余得水正说便宜话,和尚赶到,说:“朋友,你这腿怎么了?”李三德说:“人面疮。”和尚说:“你愿意好,不愿意好?”李三德说:“为甚么不愿意好?”和尚说:“就怕好不了。”余得水说:“和尚,你这不是废话?你要能给治好了,花三吊四吊药钱我给。”和尚说:“你准给吗?”余得水说:“只要治好了,我就给。”和尚说:“你也不用给三吊四吊,你给两吊钱,我就给他治好了。你可得拿一张纸,把你铺子的字号水印按上,你拿笔我开几味药,有你的水印,到铺子取药去。”余得水一想:“这样的恶症,焉能说好就好?”立刻就拿了一张纸,按上水印,交给和尚。和尚要过笔来,写了半天,谁也没瞧见和尚写甚么。和尚写完了,说:“我要给他治好了,你可给两吊钱。”余得水说:“我给。”和尚嚼了一块药,给李三德糊在疮口之上,当时就见烂肉脓血直往外流。流净了,和尚用手一摸疮口,和尚口念:“唵嘛呢叭咪吽!唵敕令赫!好了罢。”立刻疮口复旧如初。李三德站起来了,众瞧热闹人齐说:“真是神也仙也,灵丹妙药。”和尚说:“余掌柜你给两吊钱罢。”余得水也愣了,他本是说便宜话,不打算真给钱,见和尚要钱,余得水说:“得了,大师父你真跟我要钱?我为甚么给钱?”和尚说:“你说便宜话,不给钱,那可不行。我这里有张字,有你的水印。”和尚拿出来一念,上面写的是:“长疮之人李三德,约我和尚来治腿;言明药价两吊钱,中保来人余得水。”一面写着保人,盖有水印。和尚说:“你不给,咱们打官司。”余得水无法,给了两吊钱。

李三德说："大师父，你老人家是我救命的恩人，救了我，就救了我一家了。你跟着到南门外段家酒饭铺去，我还要重谢你老人家。"和尚说："好，我正要喝酒。"这才同李三德来到段家酒铺。李三德说："掌柜的，你瞧我疮好了。"掌柜的说："怎么好的？"李三德说："这位大师父给我治好的。掌柜的，先给要酒要菜，大师父吃多少钱都是我给。我先到家去，叫我父母瞧瞧好放心，可别叫大师父走了。"众人说："就是罢。"李三德回家去。和尚在这里喝着酒，出去出恭，到萧山县大堂，施展佛法，留的字柬。和尚复返回到酒铺，住在酒铺，晚上施展佛法，前去给知县警梦。次日李三德不叫和尚走，又留和尚住了一天。第三天还不叫和尚走，吃饭也不叫和尚给钱。和尚早晨起来，把两吊钱给饭铺留下一吊五，和尚拿着五百钱往外就走。饭铺众伙友说："大师父别走，李三德留下话，不叫你走。"和尚说："不走，我出恭就来。"

说着话，和尚出了酒铺，直奔西关。来到段山峰的肉铺，和尚进去说："辛苦辛苦！"掌刀的一瞧，见和尚破烂不堪，心说："这和尚必是买十个钱的肉，挑肥拣瘦。"就说："和尚买甚么？"和尚说："买五百钱的肉。"掌刀的说："你要肥的要瘦的？"和尚说："大掌柜的瞧着办罢，我又不常吃肉，甚么好歹都行。"掌刀的一想，早晨起来头一号买卖，到很痛快，未免多给点，这一刀有三斤四两，多给二两，和尚拿起来就走。刚出门走了五步，和尚转身又回来说："掌柜的，你瞧这个肉净是筋跟骨头。我忘了，不常吃肉吃点肥的才好，你给换肥的罢，越肥越好。"掌刀的一听，说："你瞧，早问你，你可不说。"和尚说："你给换换罢。"掌刀的一想："给换罢。"当时又给换了一块肥的，也够三斤二两。和尚拿出来，走了四步又回来了，和尚说："掌刀的，你瞧这肉，一煮一锅油全化了，吃一口就得呕心。常言说：'吃肉得闹口肉。'你给换瘦的罢。"掌刀的一听，这个气就大了，说："你这是成心搅我们，大清早起的。"和尚说："劳你驾给我换换罢。"这个无法，又把瘦的给拿了三斤一两，少给一两。和尚拿起来出门，迈了三步，又回来了。和尚说："掌刀的你瞧，这肉太瘦了，煮了锅里，一点油都没有，吃着又腥又塞牙，你给换五花三层的，要吃肉是肥中瘦。不然，我不要。"掌刀的这个气压了又压，忍了又忍，一想，何必跟他辨嘴，无奈又给换了五花三层的。和尚拿出门，走了一步，又回来说："掌刀的，你瞧我忘了，我们庙里是大长处，没有做荤菜的家伙。我忘了，你给换熟肉菜罢。"掌刀的说："你是成心，不能给你换。"和尚说："敢不换？"拿肉冲掌刀的脸上砍了去。掌刀的说："好和尚，没招你，没惹你，你敢来找寻我？伙计们出来打他！"

一句话，由里面出来七个伙计，就奔和尚。和尚用手一点，这七个人眼一花，揪倒了掌刀的拳打脚踢。掌刀的直嚷："是我。"众人说："打的是你，你敢来搅我们。"掌刀的说："我是王二。"众伙计一瞧，可不是把掌刀的王二打了么，和尚在旁边乐呢。众人说："怪呀，瞧着是和尚，怎么会打错了？"大众说："别叫和尚走了。"众人又一齐奔和尚。和尚用手一指点，口中念："唵敕令赫！"这七个伙计，这个瞧那个有气，过去就打那个，说："我早就要打你，不是一天了。"六个人揪上三对，剩下一个过来把掌刀的王二揪住打上了。众街坊铺户都不知为甚么，本铺子的伙计打起来，和尚在旁边说："咬他耳朵。"那个就真咬。和尚说："你拧他。"那个就拧。众人正过来劝，刘文通来了，说："别打了，为甚么？"和尚说："对，别打了。"众人这才明白过来，这个说："你为甚么打我？"那个说："你为甚么打我？"一个个互相埋怨。刘文通说："众位应为甚么？"掌刀的就把和尚买肉之故一说，刘文通说："众位瞧我了，他一个穷和尚，何必跟他一般见识。把五百钱给他，叫他去罢。"和尚说："我要不冲着你，不能完。"刘文通说："大师父也瞧我罢。"和尚说："冲你完了，回头咱们那见？"刘文通说："那见呀？"和尚说："楼上见么。"刘文通暗想和尚怪道。

见和尚已跑远了，刘文通一问：“你们掌柜的那？”众人说：“还没起来”。正说着，段山峰由里面跑出来。原本是还没起来，就听说跟和尚打起来，段山峰赶紧起来往外跑，说：“别叫和尚走了。”

刘文通一瞧，说：“大哥不便跟他一个出家人一般见识，叫他去罢。”段山峰一看是刘文通，赶紧说：“兄弟里面坐。”刘文通来到里面。段山峰说：“贤弟，今天为何来此甚早？”刘文通说：“兄长，小弟我给兄长磕头来了。”段山峰说：“甚么事？”刘文通说：“今天是我的贱造。”段山峰说：“原来今天是贤弟的千秋，我还真忘了。”刘文通说：“我今天特意来找兄长谈谈心，泄泄我这一肚子牢骚。我自生人以来，没有交着几个知己的朋友，都是浮常，惟有兄长你我知己。我常说‘酒肉兄弟千个有，急难之时一个无’，除非你我弟兄可称知己。俗言说的不错，‘万两黄金容易得，一个知心也难求’。”段山峰说：“好，你我弟兄一同吃酒去。贤弟，你说咱们萧山县那个酒馆好？”刘文通本是精明人，不肯说就上庆丰楼，怕段山峰起疑心，到说：“兄长，随便上那去都好。”段山峰说：“庆丰楼是萧山县第一家大酒馆，好不好？”刘文通说：“好。”心里说正合心思。当时段山峰换好了衣裳，洗了脸，带了银两，刘文通出来，这才要够奔庆丰楼。不知单鞭赛尉迟刘文通如何设法捉拿段山峰，且看下回分解。

第七回 施妙法游戏助义士 谈心事冷语惊贼人

话说段山峰同刘文通由铺子出来，够奔庆丰楼。刚一进城，就见街市上三三两两的官兵，都带着军装械器，穿着号衣。官兵都认识段山峰、刘文通，众人就嚷：“刘爷、段爷二位上那去？”段山峰说：“闲逛。众位有甚么差事？”众官兵说：“我们奉上宪谕伺候，也不知甚么事，听说办紧要的密案。”众官兵也不知拿段山峰。知县给城守营老爷文书，提派二百官兵扎在庆丰楼左右，听王雄、李豹的招呼，故此大众官兵不知。刘文通心里明白，同着段山峰来到了庆丰楼。楼上来一看，一个座没有。掌柜的告诉伙计不叫卖座，有衙门借了办案，故此没敢卖座。刘文通、段山峰二人落了座，伙计明白，当时擦抹桌凳，把干鲜果品、各样酒菜摆上。

二人刚要要菜，就听楼梯一响，有人喊嚷：“我吃饭给钱，那个红了毛的不叫我上楼？”伙计一瞧，来了一个穷和尚。原本和尚由肉铺打完架走了，见刘文通同段山峰进了庆丰楼，和尚也跟了来。刚一进饭馆，伙计就说：“大师父，楼上不卖座，有人包了。”和尚说：“我就是对付着吃顿饭。今天我得了点外财，也无非在楼下吃点。要不然，我也不敢进饭馆子。楼上都是阔大爷，明是一百六的菜，楼上要卖二百四，我和尚也吃不起。”伙计一想楼下不要紧，让和尚进去。跑堂的一转脸，和尚上了楼梯，说：“那个红了毛的不叫我上楼来？”到楼上找了一张桌坐下。楼上伙计说：“大师父。”一努嘴，和尚说：“干甚么呀？”伙计当着刘文通、段山峰，又不敢明说，掌柜的也怕叫段山峰瞧出来，赶紧叫伙计：“大师父要甚么菜，给人家要。”伙计这才说：“大师父要甚么酒菜？”和尚说：“你们有甚么酒？”说：“有白干、陈绍、玫瑰露、五加皮、状元红、茵陈莲花、白荷叶青、人参露。”和尚说：“给我来两壶梅花鹿罢。”伙计说：“没有梅花鹿，是玫瑰露。”和尚说：“对了，你们有甚么菜？”伙计说：“煎炒烹炸，烧烩白煮，应时小卖，午用果酌，上等高摆海味席，都有。”和尚说：“就是肉拿刀一切，搁锅里一做，就是那个。”伙计说：“炒肉片呀？”和尚说：“对。”伙计少时给要来。和尚一瞧，说：“不是这个，这么一切，还有那么一切。”伙计说：“那是炒肉丝，你将就点吃罢。”和尚说：“你这菜卖多少钱一个？”伙计说：“一百六。”和尚说：“八十钱罢。”伙计说：“饭馆子那有还价的？”和尚说：“你也将就点，你叫我吃东西将就点么。”刘文通那边一瞧，说：“把炒肉片给我们吃，伙计你再给大师父要。”伙计把菜给刘文通端过来，又给和尚要了一个炒肉丝。和尚一瞧，说：“不是，那么一切，还得那么一切。”伙计说：“那是肉丁炒辣酱。”和尚说：“我不要这个。”伙计无法，又把肉丝卖给别人，又给和尚要了肉丁炒辣酱来。和尚一瞧，说：“你成心搅我，你们家喝酒都就炸酱？”伙计说：“你到是要甚么？”和尚说：“你没等我说完，把肉那么一切，这么一切，团成蛋。”伙计说：“那是丸子。你要炸丸子？是溜丸子、川丸子、四喜丸子、海参丸子、三鲜丸子？说明白了。”和尚说：“炸丸子卖多少钱？溜丸子卖多少钱？”伙计说：“炸丸子卖二百，溜丸子卖二百四。”和尚说：“怎么溜丸子比炸丸子多卖钱呢？”伙计说：“溜丸子多点卤汁。”和尚说：“你给我要一个炸丸子，白要点卤行不行？”伙计说：“不行，你就要炸丸子罢。”

少时又把丸子端来，和尚说：“我要一个，你怎么给我来十一个？”伙计说：“这就是一个菜，大师父你再挑点，我就要下工了。”和尚说：“我愿意要吃一个大的，捧着吃得香，只可以将就点罢。可有一节，我要喝醉了，我可就摔酒盅子。”这一句把刘文通唬了一跳，心说：“我定的击杯为号，不把段山峰灌醉了，他要一摔，回来官人都上来，段山峰准拿不住。”就听伙计那说：“大师父，别摔呀。”和尚说：“我一摔有不愿意的，请请我和尚，别惹着我，我就不摔。”伙计说：“没人惹你。”刘文通暗想：“这个和尚真怪。”立刻说：“大师父，你别闹了，别叫伙计担不是。回头吃多少钱我给。”段山峰说：“贤弟那有这么大工夫理他。”刘文通说：“我看这个和尚太讨人嫌。”

两个人说着话，越喝越高兴，杯杯净，盏盏干。段山峰老不醉，刘文通心里说：“每常段山峰没有这么大酒量，今天怎么老不醉，醉了好拿他。”就听和尚那里自言自语说：“人要喝酒不醉，有主意，一提烦事，叫他心里一烦，准得醉。”刘文通一听：“对呀，这话有理。”这才说：“段大哥，兄弟我拿你当亲哥哥一般，我有甚么事没瞒过你；你就没拿我当兄弟待承，有事就瞒着我，你这就不对。”段山峰说：“贤弟，这话差矣，哥哥我有甚么事瞒着你了？”刘文通说：“大哥做的事，打算我不知道？其实纸里包不住火。”段山峰说：“我做甚么事了？”刘文通说：“就是梁官屯那件事。”段山峰一听这句话，立刻脸飞红，酒往上一撞。

书中交代，梁官屯这案，本是他做的。段山峰他原籍是湖南台州府人，当初是绿林中江洋大盗，善会飞檐走壁之能，逃至在萧山县来，开了一个肉铺。自己手里也有钱，也没有家眷，就是孤身自己一人，到并不做绿林的买卖，也没人知道他是绿林出身，很务本分。这天段山峰到西关乡去要帐，走在梁官屯，见有一个妇人在门前买绒线。段山峰一看，这个妇人长得够十分美貌，头上脚下无一不好。对门就是杂货烟铺，段山峰就来到烟铺里。掌柜的都认识，说：“段掌柜上那去了？”段山峰说：“我去要帐来。着我跟你们打听打听，这个买线的妇人是谁家的媳妇？”烟铺掌柜的说：“你不知道？这就是你们同行的卖肉刘喜家里么。”段山峰一听一愣，说：“凭刘喜长得言不压众，貌不惊人，他会有这么好媳妇？”烟铺说：“那可不是别的，人各有命定。”段山峰同明白，自己回铺子就问伙计：“刘喜取咱们的肉，欠咱们多少钱？”伙计说：“刘喜不欠钱，现钱取现货，也不赊给他。”段山峰说：“明天早晨刘喜来取肉，别叫他走，我有话跟他说。”众伙计答应。

次日早晨刘喜来了，伙计一告诉段山峰，段山峰出来就问："刘喜，一天能卖多少钱？"刘喜说："卖二十多斤肉。"段山峰说："你家里几口人，够吃的么？"刘喜说："家里人口到不多，就是我们两口子，一天就卖这两吊多钱的本钱，我也不敢赊帐。"段山峰说："你要有货，一天能卖多少呢？"刘喜说："要有货，能卖五六十斤，那也就有了利了。我没有那些本钱么。"段山峰说："不要紧，我赊给你一千斤肉，你只管卖，到年节你再给我归帐。我看你也很诚实，你瞧好不好？"刘喜说："那敢情好。"段山峰是所为套着跟刘喜交朋友，焉想到刘喜是个老实人，也不往家里让段山峰。

这天到了七月十五，段山峰就问："刘喜，你外头撒的帐怎么样了？"刘喜说："我今天晚上上东乡里讨帐去，不能回来。"段山峰听说刘喜不回来，他晚上带上钢刀，带着五十两银子，就到刘喜家走走。越墙进去，见杨氏正在灯下做活，院中独门独院，三间北房，门没关着。段山峰推门进去，杨氏就问："谁？"段山峰说："我姓段，叫段山峰，久仰小娘子这一分芳容，今天我特意来求小娘子赐片刻之欢。我这里有白银五十两，赠与小娘子，这是我一份薄意。"杨氏本是贤惠人，说："呦，你休要满口胡说，这幸亏我丈夫不在家，你趁此快去，我绝口不提。如要不然，我要喊嚷，你就没了命。"段山峰说："你敢喊嚷，你来看。"用手一指刀，把杨氏唬的就嚷："救命。"段山峰恐怕有街坊听见过来，这方都认识他，一急拉刀，竟将妇人结果了性命，将人头包上，扔在隔壁院里。院中有一位老头正出恭，见扔进包裹来，还说："这可是财神爷给的。"叫老婆点灯。一看唬呆了，急忙包上，扔在大洼苇塘里，要不然怎么会叫李福捡着。

段山峰以为这件事没人知道，今天刘文通一提梁官屯这件事，段山峰唬得颜色更变。不知后事如何，且看下回分解。

第八回　众官人奋勇捉贼　李文龙无故受计

话说刘文通一说梁官屯这件事，段山峰立刻酒往上撞。自己一想："这件事没人知道。听说刘喜把笑话刘三告下来，也没把刘三办怎么样。我这事没人知道，我承认不得。"想罢说："刘贤弟，我梁官屯做甚么事？"刘文通说："要得人不知，除非己莫为。你在梁官屯杀死刘喜之妻，你打算我不知道？"段山峰说："你满嘴胡说，知道你便怎么样？"刘文通说："现在有人拿你，我给你送信，尽其朋友之道。"段山峰说："除非你勾人拿我。"和尚那边说："要打起来。"和尚"叭嚓"把酒盅摔了，立时楼下王雄、李豹众官兵喊嚷："拿！"王雄、李豹刚一上楼，和尚用定身法给定住。段山峰一瞧不好，一脚把桌子踢翻了，劈下桌腿照刘文通就打，刘文通甩了大氅，拉出单鞭就交了手。伙计唬得一跑，忘了楼梯，滚下去了。和尚直嚷："了不得了。"顶起八仙桌乱跑，段山峰拿桌腿一打刘文通，和尚顶着八仙桌一截，就打在八仙桌上，刘文通拿鞭打段山峰，和尚不管。段山峰一听四面声音喊嚷："拿段山峰，别叫他跑了！"段山峰一想："三十六着，走为上策。"拧身由楼窗往外一蹿。刘文通不会飞檐走壁，说："要跑！"和尚说："跑不了。"段山峰刚蹿下楼去，和尚也往下一蹿，正砸在段山峰身上，把段山峰砸倒。官兵围上，就把段山峰锁上。和尚说："你摔了我的腰，砸了我的腿。"说着话，和尚竟自去了。段山峰心中暗恨和尚，要不是和尚就走脱了，这也无法。王雄、李豹也能动了，同刘文通下了楼，带着段山峰够奔衙门。

来到萧山县衙，老爷立刻升堂，王雄、李豹一回话："把段山峰拿到。"老爷问："怎么拿的？"王雄也不隐瞒，提说请刘文通怎么帮着拿，怎么有一个穷和尚帮着，照实话一回，老爷一问："穷和尚怎么样？"王雄一说，老爷心中明白。"呵"了一声，立刻把段山峰带上来。老爷说："段山峰，梁官屯刘喜之妻杨氏，你为甚么杀的？"段山峰说："小人不知道。"老爷勃然大怒，说："大概抄手问事，万不肯应，看夹棍伺候！"立时把夹棍拿过来。三根棒为五刑之祖，往大堂一扔，段山峰一看，说："老爷不必动刑，我招就是了。刘喜之妻，皆因奸不允，被我杀的，求老爷恩典。杀人偿命，欠债还钱。我也没三兄四弟，有该我的账，老爷给派人要来，我可以使用。"老爷点了头，叫人先把段山峰钉镣入狱。把刘文通叫上来看了看："王雄、李豹拿一百银子，赏给刘文通。"刘文通不要。王雄说："兄长别不要，老爷赏的么。"刘文通说："怎么办罢，给官兵众人分二十两银子，他们辛苦一趟；给衙门伙计大众分二十两；你们哥俩个每个分二十两；剩二十两给段山峰狱里托置托置，别叫他受罪，以尽我交友之道。"王雄说："就是罢。"

正说着话，老爷传王雄、李豹二人上去。老爷说："你二人赶紧把那帮忙的穷和尚给我找来，我赏你们每人十两银子；找不了来，我重责你二人，每人重责四十板。"王雄、李豹下来，一想："那找去？"赶紧派伙计出去找穷和尚。少时，伙计给锁了三四个穷和尚来，都是化小缘的，也有拿着木鱼的，也有拿着鼓的。王雄一瞧，说："不对，都放了罢。"这才同李豹出来，两个人出来寻找和尚。

书中交代，和尚那去了？原来和尚拿着段山峰，和尚往前走，只见眼前一乘花轿，抬着往西去了。和尚一看，按灵光连接三掌，和尚口念"阿弥陀佛"，说："怎个事，我和尚焉有不肯管之理？"书的节目，叫"巧断垂金扇"。和尚往前走，见眼前有一位文生公子，怀抱着一个婴儿；看文生公子脸上带着忧愁之像，头上的文生巾烧下窟窿，一个绣带剩了半根，身上文生氅斜钉定补钉七条；看那个样子，步步必摇，似乎胸藏二酉，言言者也，恐未能学富五车，很透着穷酸。

书中待表，此人姓李，名叫李文龙，原本是萧山县神童子，十四岁进的学，家中很是豪富，父母早丧；娶妻郑氏，也是宦门之女，也因父母双亡，舅母家给聘的，自幼在家中曾读过书，颇识文字，贤惠无比，知三从，晓四德。自过门之后，李文龙只知道念书，不懂得营运，坐吃山空，家业萧条，一年不如一年，直过的上无片瓦遮身，下无托足之地，日无隔宿之粮，郑氏并无半分的埋怨。实在无法，李文龙出去卖字，多少进两个钱，夫妻买谷米二升，日食稀粥，就黄虀为菜，苦难尽述。又生了一个孩儿，今年三岁，方会叨叨话，也不能吃饭。这天李文龙出去了半天，也没卖出一文钱来，家中米无一粒，柴无一束，等钱吃饭。李文龙一想："大街上粮米店新开张，我可以送副对子，要两个钱可以充饥。"自己来到粮食店，李文龙说："辛苦！掌柜的，今天新张之喜，我来送一副对联。"掌柜的说："先生别写，给你一文钱带着喝茶罢。"李文龙说："掌柜的，给我一文钱，我怎么拿？"掌柜的说："先生你别看不起一文钱，卖一斤粮食也未必找出一文钱来。"李文龙自己臊的脸一红，钱也没要。回到家中，李文龙说："今天没有卖钱，娘子，你到隔壁王大娘家借二三百钱，你我好吃饭，明天我进了钱再还他。"郑氏娘子到隔壁说："大娘，有钱暂借给我二三百钱，今天你侄儿没赚钱回来，等明天进了钱，再还给你老人家。"王大娘一听，说："呦，孩子，你从没有跟我张过嘴，今天赶巧了家里一个钱都没有，你兄弟说送来没送来。等回头我儿要给我送钱来，我给拿过去。"郑氏回来说："官人，王大娘没钱。"李文龙咳了一声，说："英雄志捧日，擎天难解饿。大将军手中枪翻江搅海，不当穷饥寒债。人生在世，皆害这三宗病，英雄到此，也未必英雄。"

自己正在叹息,听外面打门,李文龙出来一看,是个买卖人的打扮。这人说:“我是大街德茂绸缎店的,我们东家要给一个朋友写信,是做官人的书信,要有文理。我们铺子人都写不了,知道先生高才,特来请先生大笔一挥。大概我们东家必要送给先生三两二两的笔资,不知先生有工夫没有?”李文龙连连说:“有工夫。尊驾在此守候,我带上笔袋。”立刻来到里面说:“娘子你在家中等候,绸缎店找我写信,我去去就来。给了我笔资,你我再吃饭。”郑氏跟着关门。李文龙同这人来到绸缎店,刚一进铺子,众人都嚷:“先生来了,请坐!我们东家少时就来。”李文龙坐下,人家给倒过茶来,李文龙瞧瞧茶太酽,自己肚内无食,不敢喝,怕把虚火打下去,更饿得难受。等来等去,等到日色西斜,东家还没来。李文龙等得心中焦急,问众人:“怎么贵东家还不来?”众人说:“少时就来。”又等了半天,天黑了,铺子大家都吃饭,让先生一同吃罢。李文龙说:“请罢。”眼看着人家吃上了。好容易等着东家来了,同着朋友,先应酬朋友。好容易朋友走了,东家出来,说:“诓先生驾,要给人家写信。方才这位朋友给带了信来,先不写信了。给先生点个灯笼,先生请回去罢,改日再谢。”

李文龙饿了一天,信又不写了,自己也不能讹住人家,无法,打着一个灯笼,垂头丧气,回家来了。一叫门,郑氏一开门说:“官人回来了,我等你吃饭。”李文龙一愣,说:“方才米无一粒,那里来的饭?”郑氏说:“你走后,王大娘给送了三百钱来,我熬了一锅粥。”李文龙说:“好!好!好!”这才来到屋中吃饭。郑氏说:“官人去写信怎么样了?”李文龙说:“我的运气坏到家了!我等到掌灯,人家信不写了。”说着话,吃完了饭,自己到后院去出恭。刚蹲下,就听后门有人拍门叫:“娘子,我来了。你不是说你丈夫去给人家写信?我学生特意来探望娘子,快开门!”李文龙一听这话,气得站起来就开门,说:“好贼。”那人拨头就跑,一把没揪住。那人由袖口掉下一宗物件。李文龙捡到屋中一看,气得颜色更变。不知所因何故,且看下回分解。

第九回 见字柬立志休妻 济禅师善救烈妇

话说李文龙捡起这宗东西,拿到屋中一看,原来是一个手卷包。打开一看,里面有对赤金耳坠,里面还有三张字柬。李文龙一看,头一张是七言绝句,上写:

难割难舍甚牵连,云雨归来梦里欢。
学生至此无别事,特意前来送坠环。

李文龙气得颜色更变。再一看第二张,也是七言绝句一首,上写:

学生前者约佳期,娘子恩情我尽知。
回家焚香求月老,但愿长久做夫妻。

李文龙越看越有气,再一瞧第三张,是《西江月》,上写:

前赠镯串小扇,略表学生心田。寄与娘子要收严,莫与尊夫看见。　预定佳期有日,后门暗画白圈。云雨归来会巫山,定做夫妻永远。

李文龙看罢,三尸神暴跳,五灵豪气腾空。自己一想:“好贱婢,做出这样事来!原来与人私通。”李文龙一想,“字柬上有前赠过镯串小扇,我何不找找这个东西!”本来屋中就是一个破箱子,也没别的地方可掩藏东西。李文龙过去就开箱子,郑氏说:

“官人开箱子找甚么?”李文龙说:“我找东西。”说着话,一翻箱子,果然箱子里有一只赤金镯子,一把垂金小扇。李文龙把镯、扇拿来,往桌上一摔,问郑氏这东西那里来的。郑氏一瞧也愣了,说:“我不知道。”李文龙说:“好,我家里日无隔宿之粮,你那里来的这东西?你不知道,这东西怎么会到箱子去?好、好、好,我李氏门中,清门净户,书香门第,焉能要你这无耻无脸之辈跟我在一处!”说着话李文龙由家中出来,一直来到西门。说:“门军兄在那里?”门军一看认识,说:“李先生黑夜光景上那里去?我正要求先生给写两把扇子。”李文龙说:“写扇子到容易,劳驾你把城门开开,我出城找人去。”门军立刻开了城。李文龙来到二条胡同一叫门,原本是郑氏娘家的舅妈马氏在这住家。当初郑氏出聘时,是舅母家给聘的,现在马氏也居了孀,跟前有一个孩子叫赖子。李文龙来此一叫门,赖子出来把门开开,一瞧说:“大姐夫来了。”李文龙气哼哼来到里面。马氏一瞧说:“大姑爷,这般时候来此何干?”李文龙说:“我请你到我家,有要紧事。”马氏说:“不用说,你们夫妻又拌嘴了。依我说别吵闹,过这份苦日子,别叫人家笑话,说穷急了。”李文龙说:“不是,你到我家就知道了。”马氏无法,跟着来到李文龙家中,一瞧郑氏正哭得死去活来。李文龙说:“趁此把你外甥女带了走,我这家中不要他。”马氏说:“为甚么呀?拌两句嘴,也不要紧,何必这大气呢!”李文龙说:“他不犯七出之条,我也不能休他。你来看这镯子,他与人私通来的,你趁此带了走。”马氏说:“甥女你到我家去住两天罢,等大姑爷把气消了,我再把你送回来。”马氏劝着,郑氏刚抱起孩子要走,李文龙一把把孩子夺过来,说:“郑氏你这一走,不定嫁与张、王、李、赵甚么人,这孩子是我李文龙的,我要留下。”郑氏见把孩子夺过去,心中好似箭刺刀剜一般。李文龙直催着快走,马氏把郑氏娘子带着走了。孩儿哇哇直哭,孩不能离娘,况且还吃着乳食。

马氏把郑氏带到家中,次日郑氏娘子直哭,叫他舅母来给劝解李文龙,本来郑氏实不知这东西是那里来的。马氏来到李文龙门首一叫门,李文龙没开门问:“谁?”马氏说:“大姑爷还有气么?我来劝劝你。孩子也得吃乳,我还把姑娘送回来罢。”李文龙说:“你趁此快走,谁是你的大姑爷?那个认得你?”马氏一听,说:“好李文龙,你真不知自爱,仿佛还求着你!”马氏堵气自己回去告诉郑氏说:“李文龙不开门,出口不逊,我不能再给他跪门去。姑娘你就在我这里住着罢。我这里做针指,有你一碗粥吃。你自己拿主意,我也不能管。先嫁由爹娘,后嫁由自己。你不愿意跟我住着,任凭你自便。”郑氏一听,放声痛哭,又思想孩子。孩子也是想娘。李文龙见孩子要吃乳想娘,手里又无钱,听外面卖烧饼的来了,出去说:“卖烧饼的,我这孩子直哭,你赊给我一个烧饼,过天我再还钱。”卖烧饼的咳了一声,说:“先生有所不知,我没有本钱,赊不起。先生从没跟我张过口,也罢,我给孩子一个吃罢,给钱不给钱到不要紧。”李文龙把烧饼嚼烂了喂孩子,那焉能行?一连三天,李文龙生闷气,又气又惨,三天水米未进,孩子也饿坏了。

东隔壁有一家邻居姓王,也是夫妻两口人过日子。男人王瑞,在外面保镖。今天王瑞回家来,就问妻子陈氏:“西隔壁李先生因为甚么把媳妇休了。”陈氏说:“你怎么知道?”王瑞说:“不但我知道,我还听说李先生的媳妇在他舅母家,已然说妥了人家,给做过兵部尚书卞大人的儿子卞虎卞员外续弦,今天晚上就要娶了。你过去问问李先生,到是因为甚么休的?”陈氏即来到李文龙门首一打门,李文龙开门一看,说:“嫂嫂来此何干?”陈氏说:“你大哥叫我过来打听打听,因为甚么把弟妹休了。”李文龙咳了一声,说:“一言难尽,他犯了七出之条。”陈氏一看孩子不成样了,陈氏说:“可了不得,这孩子要糟蹋,我这里给你二百钱,你给孩子买点药吃罢,给他买点糕干泡泡吃,我给你看门。”李文龙无法，抱着孩子出来要买吃的。

济公来到近前，和尚说：“好孙女婿，你真胆子不小。你欺负我们娘家真没人，愣把我孙女无故给休了。甚么叫七出之条？是亲眼见的么？我非得跟你打一场官司，你家里等我去，我非得告你去。”李文龙一想，凭空又跑出一个爷爷来，过门也没听见提过。看和尚疯疯癫癫，李文龙心中纳闷。和尚过来说：“好东西，我刚到外面游方回来，出了这个事。你瞧，我这重孙子也不成样了，我给你点药罢。”和尚给小孩嚼了一点药，搁在孩子嘴里。和尚说：“李文龙，你家里等着过堂罢。”说完了话，和尚就走。李文龙懵懂住了，也没问问和尚到底是怎么一段事。

和尚往前走着，正碰见王雄、李豹。这两个人奉老爷谕出来找和尚。王雄、李豹一瞧见和尚，王雄跟李豹一商量，说：“咱们过去要提说老爷叫他，和尚准不敢去，莫若咱们蒙他，把他锁上，到衙门再放他。”李豹说：“对。”王雄见和尚来到近前，“哗啷”一抖铁链，把和尚锁上。和尚说：“呦！为甚么锁我？”王雄说：“和尚，你惹的乱够多大，衙门说去罢。”拉着来到衙门，不敢锁着见老爷，王雄说：“和尚你央求央求，我们把铁链给你撤了。”和尚说：“谁敢撤？你们指官诈骗。老爷一无签二无票，我和尚没做犯法事，楞敢锁我？你们央求我，我也不撤，见老爷去。”王雄一想没蒙成和尚，叫和尚蒙住，赶紧说：“圣僧，你老人家别跟我们一般见识，我们错了。”和尚说：“便宜你们。”这才把铁链撤了。王雄、李豹一回话，老爷正在大堂开放王全、李福。老爷说：“你二人幸亏遇见本县，要不然，你两个人有冤难伸，趁此你二人回家，不准在外面游荡了。”吩咐人把他二人的东西都给他。

正说着话，王雄回禀将和尚带到，老爷吩咐有请。罗汉爷这一到大堂，要巧断垂金扇，搭救义夫节妇。不知后事如何，且看下回分解。

第十回　知县公堂问口供　济公巧断垂金扇

话说老爷开放了王全、李福，听王雄一回禀，和尚来了，知县吩咐有请。和尚刚一上堂，老爷一看，跟梦中见的穷和尚一般不二，知县赶紧站起身，抱拳拱手说：“圣僧可是灵隐济颠？”和尚说：“老爷忘了，咱们见过，就是王全、李福不白之冤么？”知县说：“是是。”赶紧吩咐人看座。和尚在旁边落座，知县说：“圣僧从那里来？”和尚说：“我是上白水湖去捉妖，由此路过。”知县说：“原来如是。圣僧到白水湖去，绍兴府知府顾国章到跟我相好，我二人虽是执员上司，到是不分彼此。圣僧要去，我给知府写一书信。”和尚说：“好，我请问老爷一句话。”知县说：“圣僧有话请讲。”和尚说：“老爷在这里为官，声名如何？”知县说：“本县自己也不知道，圣僧可有耳闻怎么样？”和尚说：“老爷声气可到不错，到是两袖清风，爱民如子。就有一件事，老爷不应当不管。”知县说：“甚么事？圣僧可以说明白。”和尚说：“本县内有一位生员李文龙无故休妻，老爷就不应当不管。”知县张甲三一愣，说：“本县并没见有这案。”和尚说：“有。”老爷立刻传值帖二爷上堂，知县问：“是有人在你手里状告李文龙么？”值帖的说：“没有。”知县又叫官代书：“可有人在你手里写呈状，告李文龙么？”代书说：“没有。”老爷又传值日班问：“有人喊冤，告李文龙么？”值日班也说：“并没有。”知县说：“圣僧可曾听见？这件事叫我难办了。吏不举,官不究,没人来告状,我怎么办呢?”和尚说:“有人告他。”知县说:“谁告他?”和尚说:“我告李文龙。”知县说:“圣僧为何告他?”和尚说:“老爷把李文龙传来,他要不是无故休妻,老爷拿我和尚治罪。李文龙不是外人,跟我是亲戚。”知县说:“是是。”立刻派王雄、李豹,说:“去传李文龙。”王雄、李豹立刻来到李文龙门首一叫门。

李文龙正回到家中纳闷,那来的这么一个疯和尚爷爷呢?自己正在思想,听外面打门,李文龙出来一看,王雄、李豹说:“李先生,有人把你告下来了。”李文龙说:“谁把我告下来?”王雄、李豹说:“穷和尚。”李文龙一听,立刻到里面把镯子、小扇坠环、字柬一并带着,抱着孩子同王雄、李豹来到衙门。李文龙一上堂,见穷和尚旁边跟知县平起平坐,心里说:“我这官司要输。”立刻口称:“老父台在上,生员李文龙有礼。”知县一看,说:“李文龙,你无故休妻,既是念书人,知法犯法,该当何罪?”李文龙说:“回禀老父台,我休妻有因,何言无故?他犯了七出之条。”老爷说:“有何为据?”李文龙说:“回禀老爷,自那一日我出去给人家写信回来,在后院里出恭,听后门有人叫娘子开门。我开门一把没揪住,那人跑了,由袖口掉下手卷包,我捡起一看,是一对金坠环,情诗三首。我一找找出金镯、小扇,因此我将妻子郑氏休回。老父台请看这东西、诗句。”立刻把坠镯、小扇、诗句呈上去。老爷一看,勃然大怒,说:“你这东西就该打,先给我打他二百戒尺。”李文龙说:“请示老父台明言,生员身犯何律,老父台要打我?”知县说:“打完了你,再告诉你。”和尚说:“老爷瞧着我,饶恕他,暂记他二百戒尺,老爷告诉他。”知县说:“李文龙,素常你夫妻和美不和美?”李文龙说:“和美。”老爷说:“素常你妻子是贤惠人不是?”李文龙说:“素常到贤惠。”知县说:“却原来既是你妻子素常安分,夫妻和美,你岂不知这件事有阴人陷害,捏造离间你夫妇么?凡事要三思,你妻子与人私通,可是亲眼得见么?”和尚说:“老爷派差人把马氏、郑氏带赖子一并传来。”老爷立刻教王雄、李豹下去传人。

书中交代:郑氏自从那日跟他舅母回来,第二日求他舅母去给说合,马氏到李文龙家去,李文龙不但不开门,反把马氏辱骂回去。马氏到了家一说,郑氏哭得死去活来,马氏说:“我也不能再去了。”吃早饭后,就来了一个老太太,有六十多岁,到马氏屋中来一见郑氏,这老太太就问马氏:“这位姑娘是谁呀?”马氏说:“这是我外甥女,给的李文龙为妻。”这老太太说:“呦,这位姑娘头上脚下够多好,给的就是那穷酸李文龙么?真怪可惜的。”马氏说:“现在李文龙不要了,休回来了。”这老太太说:“敢情好,早就该跟他散,省得跟他受罪。这可逃出来了。我给你说个主罢,做过兵部尚书公子卞虎卞员外,新近失的家,要续弦。这一进门就当家,成箱子穿衣裳,论匣子带首饰,有多好。”郑氏一听,说:“这位妈妈今年多大年纪?”这老太太说:“我六十八岁。”郑氏说:“好,再活六十八岁,一百三十六岁,你这大年岁说点德行话才是,不该拆散我夫妇,你快去罢。”这个老太太被郑氏抢白走了。工夫不大,又来了一个四十多岁的妇人,一见郑氏也提说不必跟李文龙受苦,你不必想不开。嫁汉嫁汉,穿衣吃饭,我给你提提卞虎卞员外好不好?进门就当家,一呼百诺,出门坐轿子。郑氏又给驳走了。一连来了四个,都是给卞虎提亲。郑氏也是聪明人,自己一想:“来了四个媒人,都给卞虎一个人提,要提两家还有可说,都提一家,这其中定有缘故。”郑氏一想:“这必是卞虎使出人来离间我夫妇,我莫若应允他,跟他要五百银子给我先夫李文龙,叫他奋志读书,抚养孩儿。等过了门,我暗带钢剪一把,我话里引话,话里套话,套出卞虎的真情实话,我用钢剪把卞虎扎死,我自己一开膛,方显我贞节之名也,叫我丈夫李文龙明明白白。”想罢,就跟这个媒婆说:“我愿意了,你说去罢。可有一节,我先要银子五百,没有银子我不上轿。可得把我先夫李文龙找来，我得见一面，不依着我，我还是不行。”媒婆一听，说：“那都好办，打发人把你丈夫李文龙找来你见见，你要银子也现成，只要你愿意，我去说去。”郑氏说：“就是罢。”媒婆去了。次日回来，就说：“停当了，今天晚上就娶，先有人送银子来，随后轿子就到。”

正说着话，外面打门，马氏叫赖子开门一看，乃是二位公差。马氏问：“找谁?”王雄、李豹说：“有人把你们告下来了。”马氏说：“谁敢告下我们来?”王雄说：“李文龙。”马氏说：“好呀！李文龙把媳妇休了，反到把我们告下来。”王雄说：“老爷有谕，传郑氏、马氏、赖子去过堂。”马氏说：“呦，我们赖子一个傻孩子，招着谁了！”王雄说：“老爷有分派。”马氏无法，找人看家，同郑氏带着赖子一同来到公堂。王雄上去一回话，老爷吩咐：“先把郑氏带上来。”郑氏一上堂，李文龙的孩子雨生三岁，一瞧见娘，“哇”的一声就哭了。老爷就说：“你是郑氏?”郑氏说：“小妇人伺候。”老爷一看郑氏，衣服平常，说：“你丈夫李文龙为甚么休你?”郑氏说：“小妇人不知道。”老爷说：“你愿意跟李文龙不愿意呢?”郑氏说：“小妇人虽不敢说知书达理，我也知道忠臣不事二主，烈女不嫁二夫，求老爷恩典，我愿意跟我丈夫。”老爷说：“你这两天在家里，你舅母说甚么呢?”郑氏说：“我求我舅母去跟我丈夫说合，我舅母被我丈夫辱骂回去，我舅母也不管了。昨天一连去了四个媒人都给我提亲，都提卞虎卞员外一家，小妇人我可就生了疑心，这必是卞虎主使出来，离间我夫妇。”老爷说：“你应允没有?”郑氏说：“我应允了。”老爷说：“你既愿意跟你前夫，怎么又应允呢?”郑氏说：“我打算跟他要五百银子，给我丈夫李文龙，垫办用功读书，抚养我那孩儿。我虽应允，等他把我娶过去，我暗带钢剪，话里引话，套出他的真情实话，我把他扎死，我一开膛，那时呈报当官，可洗出小妇人清白之名。”知县点点头，叫把郑氏带下去，带马氏上来。老爷一看马氏，三十多岁，也很貌美，透着风流。老爷问道：“马氏，你外甥女被休回去，你为何不给说合?”马氏说：“回禀老爷，小妇人到李文龙家去，李文龙不开门把我骂回去。我就跟我外甥女说，你愿意在我家住着，我做针指，有你两碗饭吃，先嫁由爹娘，后嫁由自身，我也不能管。媒人给他说亲，是他自己答应的，小妇人也并没叫他另嫁。”知县一听这案没处找头绪，这才问圣僧怎么办。和尚说：“把马氏带到外面去，立刻把赖子带上来。”知县问道：“赖子你说实话，我给你换新衣裳，买肉吃。”赖子本是傻子，说：“不知道。”知县说：“你妈跟谁商量甚么计害你姐姐?”赖子说：“不知道。”老爷又问：“知道你妈叫谁给你姐姐说亲？你告诉我。”赖子说：“不知道。”问甚么，他就会说不知道。知县为了难，又问和尚。

和尚把王雄、李豹叫过来，附耳如此如此，王雄、李豹答应。不知和尚有何等妙计，要审问真情，且看下回分解。

第十一回　吐实情马氏拉卞虎　定妙计佛法捉贼人

话说和尚在王雄、李豹耳边说了几句，王雄转身够奔外面。李豹拿了一方肉，在大堂用板子一打，仿佛是打人一般，众官人吓喊堂威，说：“打，打，打！”外面马氏就问：“打谁呢?”王雄说：“打你儿子赖子呢。”马氏一听，心痛得了不得。少时，和尚说：“把赖子藏起来，把马氏带上来。”马氏一瞧他儿子没有了，也不知搁在那去，往大堂前一跪。老爷把惊堂木一拍，说：“马氏你好大胆量，你做出这样事来！方才赖子都招了，你所作的事还不实说么？”马氏刚才一愣，老爷说：“大概不用刑，你还不说，已然你儿子都说了，你还敢隐瞒？来人，给我掌嘴。”马氏一听，唬得颜色更变，说：“老爷不必动刑，既是赖子说了，我也说。”知县说：“你快实说，本县不打你。”

马氏说：“回禀老爷，小妇人居孀守寡，只因没养廉，我跟卞虎住街坊，常给卞员外做活。卞员外常给我家里送钱，给我打首饰，做衣裳，常来常往，跟小妇人通奸有染。那一天卞员外到我家去，提说在城里二条胡同，瞧见西头路北墙门出来一个妇人，二十多岁，生得标致可爱，出来倒脏水，他骑着马由那里过瞧见，提说怎么长得美貌。我说：‘你别胡说，那是我外甥女。’他说叫我给接回来拉皮条。我说：‘不行，我外甥女是贞节烈妇。’后来他交给我一对金镯子，一把垂金扇，叫我给搁到我外甥女家去。他说他能够拆散他夫妇，许给我五十两银子。我把镯子留下一只。那一天我瞧我外甥女去，他出去方便，我就把镯子、扇子放在箱子里，这是我办的。后来有甚么事，我就不知道，那都是卞虎做的。那一天李文龙找我，就叫我把外甥女带回来，我也不知是怎么回事，这是以往从前真情实话。”

老爷一听，吩咐王雄、李豹：“给我传卞虎。”和尚说：“老爷你传得了来么？”知县说：“怎么传不了来？”和尚说：“你想，卞虎乃是兵部尚书之子，家里手下人极多，又是深宅大院，官人一去，他一得着信，由后门就走了。”知县说：“依圣僧之见，该当如何呢？”和尚说：“我带着王雄、李豹、赖子去拿他，我自有道理。”知县说：“好，圣僧辛苦一趟罢。”和尚这才带领王雄、李豹、赖子出了衙门。和尚说：“二位头儿跟赖子上他们家去等我。”王雄二人点头答应，同赖子到马氏家去。

和尚一直来到卞虎的门首，一瞧悬灯结彩，热闹非常。和尚来到大门前说：“辛苦辛苦！”门上管家一看，说：“大师父快去罢，我们员外大喜的日子，你赶甚么来了？”和尚说：“我念喜歌来了。”管家说：“没有出家人念喜歌的，你快去罢。”和尚说：“咱们是乡亲，你叫我得几吊好不好？”管家一听和尚的口音，说：“大师父你是台州府的么？”和尚说：“是呀！”管家说：“我念你是乡亲，你念罢，念完了，我到帐房给你要两吊。”和尚说：“劳你驾罢，我念：‘悬花结彩满堂红，锦绣门挂锦绣灯。和尚至此无别事，特意前来念藏经。’”管家说：“和尚你别念藏经呀，这要叫我们员外听见，立刻就把你送衙门。你念吉祥的。”和尚说：“悬花结彩满门昌，千万别添女字旁。福神喜神全来到，阎王有信请新郎。”管家一听，说：“和尚你自找打，你念好的罢。”和尚说：“我不会了，你给我要钱去罢。”管家说：“我念你跟我是乡亲，要不然，我真给你回察员外。”和尚说：“你给拿钱去罢。”

管家到里面，给要了两吊钱拿出来，和尚扛着来到西城根二条胡同。到了马氏家中，王雄说：“圣僧，咱们怎么拿卞虎？”和尚说：“赖子。”赖子就答应，和尚说：“赖子你到卞员外那去，你就说：‘我娘说了，叫卞员外不必等晚上娶了，睡多了梦长，这就发轿去娶，想着带五百银子。’你说：‘我娘说新人下轿子，叫卞员外亲自递给新人一个苹果，为是平平安安的。’你别提打官司，照我这话说。”赖子说：“嗳。”他本是痴子，立刻就到卞员外家去。刚来到卞虎门首，家人都认识，说：“赖子，你做甚么来了？”赖子说：“我娘说了，叫卞员外不用等晚上娶，睡多了梦长，这就发轿娶罢。”家人说：“是。”带着赖子一见员外，卞虎说：“赖子，你做甚么来了？”赖子说：“我娘说了，叫卞员外这就娶，想带着银子。新人下轿，叫卞员外亲自递给新人一个苹果，平平安安的。”卞虎说：“是了，你回去罢。”赖子立刻回来。卞虎叫娶亲太太，立刻鼓乐喧天，坐着花轿来了。

这里王雄、李豹就问："和尚怎么办事？轿子来了娶谁呀？"和尚说："我上轿，你们两个扶轿杆，你两个人先要五百银子，每人带二百五。我和尚上轿，到那下轿拿他，要不然拿不了。"正说着话，轿子到了。

和尚先把门关上，叫王雄、李豹说："新人上轿，忌十二属相，不用娶亲太太，叫娶亲太太请回去罢。"王雄、李豹隔着门一说，外面娶亲太太自己回去了。外头鼓手叫："开门，别误了吉时。"和尚说："吹个大开门。"外头就吹打。和尚说："吹个小开门，吹个半掩门。"外头说："不会。"和尚说："打个花德胜。"外头就打。和尚又说："打个孙大圣。"外头鼓手说："不会。"和尚说："拿红包来。"外头隔门缝往里扔红包，包着钱。和尚说："扔一个一门五福，扔两个二字平安，扔三个三阳开泰。"和尚说："还得撤满天星。"都说完了，和尚滋溜进了屋子。王雄一开门，花轿搭进来，有管家跟着，认识王雄、李豹。管家说："二位头儿跟着帮忙么？"王雄说："可不是，带了五百银子来没有？没带来可不上轿。"管家说："带来了。"王雄说："带来交给我们罢。"管家把银子交给二位班头。花轿堵着门口，和尚上了轿子，王雄、李豹扶着轿杆，吹吹打打，来到卞员外家。轿子搭到里宅落平，卞虎拿着一个苹果往轿子里一递，和尚接过来就吃，一把手揪住卞虎的手腕子。卞虎心里还说："怎么美人手这样粗？必是洗衣裳洗的。"众多的姨奶奶、婆子、丫环都要瞧这个美人，必是天上少有，地下缺无，急至一打轿帘，是一个穷和尚，大众哄堂而笑。和尚说："好卞虎，往那里走！"王雄过去一抖铁链，把卞虎锁上。众多家人要拦，被和尚用定身法定住，拉着卞虎来到公堂。

知县说："下面是卞员外？"卞虎说："老父台。"知县说："卞虎。"卞虎说："张甲三。"知县说："好恶霸！"卞虎说："好赃官！"老爷勃然大怒说："卞虎，好大胆量，竟敢目无官长，咆哮公堂！你为何诡谋定计，图谋良家妇女，与马氏通奸？趁此实说。"卞虎说："我不知道。"知县说："大概抄手问事，万不肯应，拉下去给我重责四十大板！"皂班立刻将卞虎按倒，打了四十大板，打得皮开肉绽，鲜血直流。老爷又问。卞虎本是公子哥出身，从来没受过这样苦，焉能支架得住？这才说："老爷不必用刑，我实说。我原与马氏通奸，一天我看见郑氏貌美，我一问马氏，知道是他外甥女，他说是贞节之妇。我家有个教读先生，姓童双名介眉，他给我出的主意，叫我买一对镯子，一把小扇，先叫马氏给郑氏栽上赃。我家开着一座绸缎店，那天故意说请李文龙写信，童先生给我做了两首诗，一首词，拿一对耳环。我派人给李文龙送去，故意叫李文龙知道，休他妻子，我可以托媒人说到我手。这都是童先生出的主意。"知县立刻叫先生写了供，问："卞虎认打认罚？"卞虎说："认打怎么样？认罚怎么样？"知县说："认打，我革去你的员外，照律重办；你认罚，罚你五千银子。"卞虎情愿认罚。把马氏叫上来就打了四十嘴巴。知县说："我念你妇人无知，便宜你下去具结，从此安分。"又把李文龙叫上来，叫先生一念供，知县说："李文龙你听见了，你妻子本是贞节烈妇，无故被屈含冤，你趁此接回去。本县赏你五千银子，愤志读书，下去具结。"李文龙给知县磕头，千恩万谢，卞虎交银子，李文龙领下去，众人具结完案。知县这才问："圣僧在我这里住几天罢。"和尚说："还有那五百两银赏王雄、李豹二人就是，我明天就走，要上白水湖去捉妖。"知县说："我给绍兴府顾国章写一封信，派王雄、李豹送圣僧去好否？"和尚点头。知县摆酒款待和尚，天晚安歇。

次日，和尚告辞。王雄、李豹拿着书信，和和尚一同起身，要够奔白水湖。真假济颠捉妖，且看下回分解。

第十二回 送圣僧捉妖白水湖 假济公投刺绍兴府

话说济公禅师由萧山县告辞，同王雄、李豹顺大路够奔白水湖。道路上饥餐渴饮，晓行夜宿。这一日刚来到绍兴府东门，只见街市上男男女女，拥挤不动。王雄、李豹就打听过路人："甚么事这样热闹？"有人说："白水湖济公长老捉妖。"王雄说："怎么我们还没来，就知道济公来捉妖呢？"就听大家纷纷议论，这个说："我因为瞧捉妖，行人情都没去。"那个说："我因为瞧捉妖，买卖都没做。"正说着，就听那边哄赶闲人，说："大人来了，同着济公长老在马王庙打公馆喝茶吃饭，少时就上台捉妖。"王雄一看，头里是鞭牌锁棍，旗锣伞扇，后面跟着两匹马，左边是一匹红马，骑着一个大和尚，看那样子，跳下马来，身高有一丈，大脑袋，膀阔三停，项短脖粗，赤红脸，穿着黄袍，脖子上挂着一百单八颗念珠，背后带着戒刀，白袜黄僧鞋，真像个罗汉样子。右边骑马的，是知府顾国章，头戴展翅乌纱，身穿大红蟒袍，玉带官靴。旁边就有人说："瞧这位济公长老，真是罗汉样子。"那个就说："这许不是济颠僧，济颠僧是颠僧，短头发有二寸多长，一脸泥，破僧衣，短袖缺领，腰系绒绦，疙里疙瘩，光着两只脚，穿着两只草鞋，褴褛不堪，酒醉疯癫，那才是济颠僧呢。"用手一指济公，那人说："就跟这位大师父不差，往来比他还脏。"和尚说："比我还脏，你认识济颠么？"那个人信口说："我认识，我跟济颠有交情，去年夏天我在临安盘桓了好几个月呢。"和尚说："你去年夏天不是在扬州做买卖来着，怎么你又上临安去？"那人一听一愣，说："我在扬州做买卖，你怎么知道？"和尚说："那是我知道。"这时节王雄、李豹可就说："圣僧，你看这里可有一个济颠，你要是真济颠，咱们再投信。你要是假济颠，可趁早别碰钉子。"和尚说："我也不知道我是真的是假的，你们两个人瞧着办罢。"正说着话，马到了眼前，济公一声喊嚷："好王八猴儿狗，待我来。"过去一把，竟把假济颠的马嚼环揪住。

书中交代，这个假济颠是怎么一段缘故呢？原本绍兴府知府顾国章到任不多的日子，东门外有一道河，名叫投捞河，这道河叫白了，说《济公传》的都叫白水湖。愚下做书也不能独出己见，再为改正，也就说是白水湖就是了。这个湖的水，忽然放香，沿湖一带小孩子，走在那里，闻着湖水一香，就跳下去。后来众村庄摆设香案，冲着湖水一祭奠，只见由湖里出来两股阴阳气，听得见说话，瞧不见人，说一天要吃一个童男、一个童女。要不给送，要把绍兴府一带地面小孩全吃了，一个不留。六百多村庄一会议，谁家有孩子都要写上名儿，团了纸团，搁在斗里，天天抓，抓出谁家的，把谁家的孩子送给妖精吃。大众一禀官，知府各处张贴告示，谁能给把妖捉了，谢白银一千两。这天，忽然知府衙门门口，一声"阿弥陀佛"，来了一个大和尚，赤红脸，身高一丈，穿着黄袍，口称："我乃灵隐寺济颠和尚是也，正在庙中打坐，心血来潮，知道白水湖有妖精害人，贫僧特意脚驾祥云来到此处，所为降妖捉怪，搭救众民。尔等进去回禀你们太守，就说贫僧来了。"官人进去一回禀，知府迎接出来，说："圣僧佛驾光临，弟子有失远迎。"跪倒行礼。这大和尚一摆手，大模大样说："不便行礼，头前带路。"来在书房落座。知府说："圣僧由灵隐寺来，何时起身？走了多少日子？"假济颠和尚说："贫僧今天早晨脚驾祥云而来，特为降妖。了然功德也不用你谢承。"知府说："圣僧捉妖，用甚么东西?”和尚说:“一概不用,就在湖岸高搭法台,贫僧上台做法。”知府一面派人搭法台,一面问和尚吃荤吃素,和尚说:“荤素皆可。”知府吩咐在东门外马王庙打公馆。陪和尚到公馆用饭。用完了饭,法台搭好,知府同和尚来到白水湖岸。头一天也没有多少瞧热闹人,和尚一跺脚,上了法台,一烧香,心中祷告:“过往仙灵,弟子本是飞龙山炼气士,皆因白水湖妖精害人,我也不是兴妖作怪,所为把妖精除了,搭救这方黎民,望求神灵保佑!”祷告已毕,画了三道符,用戒刀粘上,一点一晃,这团火光有海碗大小,口中说:“这道符出去,甩到湖里,就叫妖精出来。”说罢往湖里一甩,只听湖水“哗啦啦”一响,声如牛吼雷鸣一般,就见水往两旁一分,由湖里出来两股阴阳气,直奔这和尚照下来。这和尚一张嘴,出来一股黑气,把那阴阳气顶住。他这股黑气有核桃粗。那股阴阳气有茶杯口粗,细瞧这湖里出来的阴阳气,把他这股黑气直往下压。

书中交代,湖里这妖精,有八九千年的道行,这个假济颠,只有五千年的道行,故此敌不住。众人瞧着也不懂要是这股阴阳气把他这股黑气欺回一卷,就把他卷到湖里去,他就得没了命。众人瞧着,就见这和尚热汗直流,法台咯吱咯吱直响。天到日色西斜,偶然云生西北,沉雷“咕噜噜”一响,这股阴阳气收回去,这和尚累了一身汗,说:“老爷,今天贫僧未带法宝,我回庙去去取法宝,明天再来捉妖。”知府说:“圣僧回灵隐寺有千八百里,那能就来了?”和尚说:“贫僧会驾云。”说完了话,滋溜一股黑烟没了,众人都说这可是神仙。

知府回衙,次日果然这和尚又来了。他原本不是白水湖妖精的对手,他回山要请一位老道帮忙。那老道也有八九千年道行,偏巧老道不肯出来管。他一怒,今天要跟白水湖的妖精来拼命。一见知府,知府知道这是取了宝贝来,仍吩咐在马王庙打公馆,预备吃饭。今天就吵嚷动了,瞧热闹人拥挤不动。知府同着假济颠够奔马王庙,正往前走,真济颠一声喊嚷,过去一把将假济颠马嚼环揪住。真济颠说:“好东西,你敢前来捉妖!”众官人赶紧就轰,假济颠一看,是一个疯疯癫癫的穷和尚,焉想到罗汉爷早把佛光、金光、灵光三光闭着,假济颠看着是个凡夫俗子,连忙就问:“这位法兄请了。”真济颠说:“你跟我论兄弟么?”假济颠说:“论哥们你不愿意么?”真济颠说:“我到怕你不愿意,你上那去?”假济颠说:“我去捉妖去。”真济颠说:“你去罢。”又把马嚼环松开了。假济颠同知府够奔马王庙去了。

王雄、李豹一瞧,和尚虎头蛇尾,有前劲没后劲,王雄、李豹就说:“圣僧,咱们这信是投好,是不投好?”和尚说:“你们两位瞧着办罢。”王雄、李豹一想,有心不投信罢,又怕老爷说:“你管他是真济颠假济颠,我叫你投信你不投?”有心投罢,又怕老爷说:“既瞧见有一个济颠,你二人为甚么还投信,碰钉子呢?”左思右想,落不出好来,自己无奈还是投罢,这才同和尚到马王庙。

王雄、李豹来到里面门房,一道辛苦,绍兴府稿案本姓张叫张文元,原先也是萧山县当过稿案,认识王雄、李豹,连忙问:“二位头儿从那来?一向可好?”王雄说:“我二人奉县太爷之命,来给太守下书,荐来一位济公长老,给白水湖捉妖。”张文元一愣,说:“我们这里有一位济公长老,怎么会又来了一个,这位济公长老在那呢?”王雄说:“在门首呢。”张文元同着来到门口一瞧,和尚靠着影壁在地下坐着睡着了。王雄用手一指。说:“就是这位和尚。”张文元一看,咳了一声说:“依我说你们二位不必投信了,瞧我们这位济公,真是罗汉的样子。这个和尚简直是乞丐。”王雄、李豹说:“我二人奉老爷之命来投信,不能不投呀!你给回回罢。”张文元无法,到里面一回,知府顾国章正同假济颠谈话。张文元把信拿进来,知府一看,微然一笑说:“圣僧,你看世界上真有这等无知之辈,冒充你老人家的名姓。”假济颠一听,说:“怎么回事?”知府说:“现有我的朋友萧山县知县，又给荐了一个济颠和尚来，真乃可笑。"假济颠一听，一哆嗦，心说："许是真的来了。"知府说："请进来瞧瞧罢。"立刻张文元出来一找，和尚没了。

正在各处找寻，听厨房里厨子嚷开了："那来的这个穷和尚偷菜吃来了，这是给济公长老预备的。"张文元来到厨房一看，见穷和尚偷酒喝呢，大把抓菜。张文元说："和尚，我们太守请你那。"济颠一声答应，这才往里够奔。不知真假济颠见面该当如何，且看下回分解。

第十三回　真假僧会面马神庙　邀道友携宝报前仇

话说知府吩咐有请，张文元同着真济颠来到里面。假济颠一看，是方才揪马嚼环的那个穷和尚，假济颠就问："来者法兄，怎么称呼？"真济颠说："我乃灵隐寺济颠僧是也，你是谁呀？"假济颠说："我也是济颠。"真济颠说："你也是济颠，我在庙里怎么没瞧见过你？"假济颠说："你也不用瞧见过没瞧见过，回头上台做法，谁有能为谁捉妖。"济公说："也好，咱们先吃饭要紧，千里为官，还为的是吃穿呢。来，摆酒摆酒！"知府立刻吩咐把酒摆上，和尚大把抓菜，抓起来还让："知府你吃这把。"知府一瞧，和尚伸出手来好似五根炭条一般，连忙说："请罢。"和尚大吃大喝，吃喝完毕，知府同着真假济颠来到法台，但只见这瞧热闹的人就多了。假济颠说："法兄上台呀。"真济颠说："怎么上去？"假济颠说："施展法术上去呀。"真济颠说："我不会，我搬梯子上去。"假济颠就一剁脚上了法台。真济颠故意爬梯子上去。假济颠说："你先烧香罢。"济公拿过香来就点，假济颠说："你把纸捆划开再烧呀！你没烧过香么？"济公说："我没烧过香，怨不得人家说和尚烧香，隔行如隔山，还有这些事情。"假济颠说："你把纸捆划开拈开再点。"济公拿起香来把上下纸捆全划开，香也散了。假济颠一瞧，说："你别把两头都划开，划一头好点那。"济公说："这烧香真麻烦。"又用纸裹上一头把香点着。假济颠说："你祝告甚么？"真济公说："祝告甚么？"假济颠说："你心里有甚么，就祷告甚么。"济公说："我穷。"假济颠说："穷没人管。"济公就说："我饿。"假济颠说："你到是捉妖念咒，施展法术，别耍笑看玩。"济公说："我不会。"把香火冲下，往香炉里一插，真济公一滚身跳下法台，正碰见胡秀章、孙道全二人，说："师父怎么不管捉妖？"和尚说："你们两个人早来了，咱们不管，回头有比咱们爷们能为大的来捉妖，咱们瞧热闹罢。孙道全，我和尚教给你的咒，忘了没有？"孙道全说："甚么咒呀？"和尚说："唵嘛呢叭谜吽！唵敕令赫！"孙道全说："那我记得。"和尚说："你记得，好，你拿着宝剑，站在湖沿上，冲着湖念我这个咒，湖水就上不来。要不然，湖水一上来，就把众黎民全都淹了。"孙道全点头答应，就到湖沿上去念咒。这个时节，假济颠在法台上见真济公一下去，连众瞧热闹人都瞧着好笑。假济颠在台上画了三道符，点着了，往湖里一甩，就听湖里水一响，声如牛吼，往两旁一分，波浪滔天，由当中出来一股阴阳气直奔法台。假济颠一张嘴，出来一股黑气就把阴阳气顶住。本来他不是湖里妖精的对手，仍然这股阴阳气直往前赶，他这股黑气直往回抽，眼看就要抽完了。

假济颠正在危急之际，就听台下一声"无量寿佛"，来了两个老道。头里走的这老道，发挽双鬟髻，穿着青布道袍，青缎护领相衬，腰系黄绒绦，白袜青云鞋，面黑如铁，粗眉大眼，押耳黑毫，颏下一部钢髯，犹如钢针，雅似铁线，在肋下佩着宝剑，背后背着一手乾坤颠倒迷路旗。后面跟定一个老道，头带青缎九梁道冠，身穿蓝缎道袍，青护领相衬，腰系丝绦，白袜云鞋，白脸膛，俊品人物，身背后背着周天烈火剑。

书中交代，这位白脸膛老道，乃是神童子褚道缘。前者跟济公为仇，分手之后，他回到铁牛岭避修观，得了加气伤寒病了，他师兄孙道全到临安去找济颠，替他报仇，一去不回来。褚道缘病好了，一打听不但孙道全没替他报仇，反认了济颠和尚为师。褚道缘这个气就大了，他自己带上周天烈火剑，够奔双松岭三清观。这庙中有一个老道，叫鸳鸯道张道陵，跟褚道缘至好。褚道缘知道张道陵庙中有一宗镇观之宝，叫乾坤颠倒迷路旗，勿论甚么精灵，一晃这旗子就得显原形，就是带路金仙，一晃这旗子就得翻身栽倒；要是凡夫俗子，能把三魂七魄晃散。

褚道缘这天来到三清观，一见张道陵，就把受济颠和尚欺辱的话一说。现在孙道全怎么玷辱三清教，认了和尚为师，褚道缘说："我来求兄长替我报仇雪恨，我知道你有乾坤颠倒迷路旗，你可以带着跟我到临安去找济颠报仇。"张道陵说："这件事我可不敢应允，乾坤颠倒迷路旗乃镇观之宝，上辈遗留。前番有蟒精来偷盗，没盗了去，后来又来了一个壁虎精，也没盗了去。有我师爷在日就说过，无故不准妄动，你另请高明罢。"褚道缘说："兄长你我知己，勿论怎么样，兄长得替我出力，不管也得管。"张道陵见褚道缘苦苦哀求，自己无法，说："也罢，我跟你去一趟就是了。"这才请出乾坤颠倒迷路旗，带着同褚道缘下山。这天来到临安，到灵隐寺一找济颠，门头僧说："济颠有人请去，上白水湖捉妖去了。"二人这才往白水湖追赶，要找济颠，连孙道全找着全杀，谁也不留。

这天，两个老道刚来到绍兴府东门，就见街市上瞧热闹的人拥挤不动，纷纷传言说："济公长老在白水湖捉妖。"二人来到法台临近一看，并不是真济颠。张道陵说："贤弟你来看，我打算是真济颠捉妖，赶情法台上也是妖精，妖精捉妖，这到新鲜。"褚道缘说："兄长你我今天上法台，帮着这个妖精把湖里妖精捉了，你我二人显显能为。兄长你留着宝贝迷路旗捉拿济颠，我这周天烈火剑能请天火、地火、人火三昧真火，是我师父的宝贝，可以捉妖。"二人商量好了，来到法台，说："上面僧人不必害怕，待山人前来帮你捉妖。"说罢，二人驾趁脚风上了法台。

假济颠正在不得了，恨不能有人帮着才好，连忙说："二位真人快大发慈悲，把妖精捉了，给民间除害。"褚道缘说："兄长瞧我的。"立刻画了三道符，用周天烈火剑一粘，说："我这一道符甩在湖里，就能叫妖精上来现原形。"自己以为能为大了，其实更不行。就见他把符点着，口中念念有词，说声"敕令"，往外一甩符，焉想到真仿佛有人从手里把宝剑夺出去似的，连宝剑出手，落到湖内。褚道缘一跺脚说："了不得了，把我的宝贝失了。"张道陵说："谁叫你多管闲事，又要捉妖，这已然是失了。你我走罢，找济颠去罢。"褚道缘无法，立刻跳下法台。这两个人来得很勇，回去得更快，褚道缘垂头丧气同张道陵往回走。

正往前走着，只见对面来了两个人，都是壮士打扮。一位是紫色壮士帽，紫箭袖，闪披大氅，面似蓝靛，发似朱砂，红胡子；一位是穿蓝翠褂，俊品人物。来者非是别人，正是雷明、陈亮。这两个人是由小月屯来找济公，要瞧热闹，正碰见两个老道。雷明、陈亮不打听也没事，偏巧雷明就问："借光，道爷是从白水湖来么？"老道说："是呀。"雷明说："你瞧白水湖是济公捉妖么？"褚道缘一愣，说："你们二位打听济颠，跟济颠认识么？"雷明说："那是认识，济颠是我们师父。"褚道缘听了，"呵"了一声，说："你二人既是济颠的徒弟，甚好。我正找济颠，找不着，就是你二人罢。张道兄把宝剑给我，我杀他二人。”张道陵说:“何必你动手,叫你瞧瞧我这乾坤颠倒迷路旗的厉害。”说着把旗子拿出来,打开一晃,口中念念有词,雷明、陈亮就瞧天旋地转。雷明、陈亮破口大骂,说:“好个杂毛老道,二位大太爷跟你们远日无冤,近日无仇,冤各有头,债各有主,无故跟二位大太爷做对?我杀你两个杂毛老道。”雷明、陈亮打算要拉刀动手,无奈身不由己,头晕眼眩,翻身栽倒在地,不能转动。张道陵把旗子卷上,哈哈一笑,说:“贤弟,你可看见了?”褚道缘说:“看见了,真是宝贝。”张道陵说:“这找不着济颠,杀他两个徒弟,也算报了一半仇。”把宝剑递与褚道缘,褚道缘刚要杀雷明、陈亮,就听那边一声喊嚷:“好杂毛,无故要杀我徒弟!冤有头,债有主,待和尚老爷与你们分个高低上下。”

济公禅师赶到,初会乾坤颠倒迷路旗。不知僧道斗法,胜负如何,且看下回分解。

第十四回 白水湖丢失烈火剑 密松林初试迷路旗

话说老道褚道缘正要杀雷明、陈亮,济公禅师赶到。褚道缘一看,说:“道兄,你看济颠来了。”张道陵说:“好,待我来。”伸手拉出乾坤颠倒迷路旗,说:“济颠,你可认得山人?”和尚说:“褚道缘,你先等等,冤各有头,债各有主,我跟你有仇,我徒弟没招你惹你,你叫我徒弟走他们的,有甚么话,咱们再说。”褚道缘说:“可以。”和尚过去把雷明、陈亮救起来,给了两个人两块药吃,这两个人好了。雷明、陈亮说:“师父,你老人家上那去?”和尚说:“你们两人不用管,去到白水湖等我去,我少时就去。”

这两个人走了。和尚这才说:“你们两个老道,打算怎么样?”张道陵说:“和尚,你无故欺负三清教的人,今天山人特来找你,你可认识山人这宝贝?”和尚说:“我认识怎么样?”张道陵说:“你要知道我的厉害,跪倒给我磕头,叫我三声祖师爷,饶你不死,如要不然,当时我拿乾坤颠倒迷路旗,结果你的性命。”和尚呵呵一笑说:“我叫你三声孩子。”张道陵一听,气往上撞,当时一晃迷路旗,口中念念有词,眼瞧和尚滴溜溜乱转,东倒西歪。老道说声“敕令”,和尚翻身栽倒。张道陵一看,说:“贤弟你看见了,我已将和尚治住,是你杀我杀?”褚道缘说:“我杀。”立刻赶过去,恶狠狠照着和尚脖颈就是一剑。只听宝剑“当呛啷啷”一响,和尚脖子冒火星。褚道缘说:“和尚好结实脖子。”张道陵说:“这不是和尚罢。”一句话说破,再一瞧,是半截石头桩,和尚踪迹不见。张道陵说:“了不得了,这叫五行移挪法大搬运。这个和尚能为不小,既是我这宝贝拿不了他,比你我的道行大,你我不是他的对手,咱们得请能人拿他。”褚道缘说:“请谁去?”张道陵说:“请你师爷爷紫霞真人李涵龄去。”诸道缘说:“不行,我师爷爷决不管。”张道陵说:“要不然,到八卦山去请坎离真人鲁修真。他有一宗镇观之宝,名曰乾坤子午混元钵,勿论甚么妖精装在里面,一时三刻化为浓血;岛洞金仙,装在里面,能把道行没了;连西方的罗汉装上,都能散去金光。”褚道缘一想说:“也好。”二人这才够奔八卦山去了。

和尚借遁法走了,回归白水湖。刚来到湖岸,雷明、陈亮赶过来行礼说:“多蒙师父救命,要不然,已死在老道之手。”和尚说:“不便行礼,小事一段。”雷明、陈亮说:“师父,那台上捉妖的和尚是谁?”济公说:“那是假济颠。”雷明说:“怎么济颠还有假的?”

和尚说："那是自然。你瞧，了不得了，这个假济颠要了不得。"雷明、陈亮瞧着也不懂，就是湖里出来一股阴阳气，把他这股黑气压得剩了有几尺了，再要少待片刻，把黑气欺没了，阴阳气一卷，就把他卷到湖里去，他这五千年道行就完了。眼瞧这假济颠热汗直流，法台咯支咯支直响，济公禅师看着心中有些不忍，这才口念阿弥陀佛，由腰里把僧帽拿出来戴上。和尚说："亮儿给我拿个折。"陈亮一想："这到不错，把'陈'字去了，净叫'亮'儿。"立刻给和尚把僧袍拿了个折。和尚把绒绦紧了紧，说："雷明、陈亮你两个人上西边铺子门口，雨搭底下去，我和尚有事。"雷明、陈亮就到铺户廊檐下去一站。和尚恭恭敬敬，冲西北磕了三个头，起来也到廊檐下去一站。少时云生西北，雾长东南，沉雷一响，大雨点真有钱大。赶情雷一响避邪，湖里这股阴阳气收回去了。台上假济颠也怕雷，他也是妖精，自己一想："得找个有造化的人，可以躲避雷，大概知府顾国章皇上家的四品官，必有造化。"

假济颠正要找知府去，忽然往西一看，见穷和尚一摸脑袋，透出三光。他一看是身高丈六，头如麦斗，身穿直裰，赤着两只腿，光着两只脚，是一位活报报知觉罗汉。假济颠连忙来到真济颠跟前，说："圣僧你老人家救命。"和尚一掀僧袍，说："这里头蹲着来，老实点，别碰了零碎。"这个时节，狂风暴雨就下来了。瞧热闹人，跑的跑，躲的躲，知府在看台上也下不来了。眼瞧这法台上的大和尚，跑到那穷和尚的僧袍底下蹲着去，知府心中纳闷。这个时节一个电闪，跟着一个雷，这霹雷老打不开。济公一按灵光，说："好东西，真是作怪。假济颠你出来，我用用你。"假济颠说："圣僧，我不敢出去，怕霹雷。"和尚说："不要紧，把我帽子给你戴上。此时湖里的妖精，叫雷震迷了。他头上顶着一块妇人的脏布，雷不能劈他。你到湖里去把脏布抢过来，雷就把他击了。"假济颠这才戴上济公的僧帽，够奔湖岸，滋溜跳下湖去。知府看得明明白白，少时"呱啦"一个霹雷，雨随着就小了，就听湖水"哗啦啦"一响，妖精翻上来了。大众一看，这个妖精，其形是龙，脑袋两只眼没了，有两条腿，长有三十余丈，一身净鳞。这种东西名叫鳄鱼，乃是龙种。这鳄鱼天底下，地上头，只有一个长够五百里地长，这是个小的。这种东西最厉害无比。龙之性最淫，比如龙要污了牛，下出子来，名曰特龙；污了马，下出驹来名曰龙驹；污了驴，下出子来名曰骞龙；污了羊，生子名曰猬龙；污了猪，生子名曰 猿龙；要污了野鸡，下了蛋，入地一年走一尺，四十年起蛟，它一起出，能山崩地裂，平地带起四十丈水来，乃是龙王爷的反叛。这个鳄鱼今天被雷击了，雨也住了。知府知道是穷和尚的法术，请的雷，知府这才下了看台，过来给济公行礼，说："圣僧佛法无边，弟子深为感念。请圣僧到衙门一叙。"和尚说："太守大人，你把这鳄鱼叫人抬回去。他那两只眼，是两颗避水珠，在内肾囊里，取出来，乃是无价之宝。他周身骨头节里都是珠子，他那两只爪，是真锹块。大人你得这个鱼，取出珠子来，胜似敌国之富。"知府一听，喜乐非常，吩咐把方才那假济颠骑的马，给圣僧备过来。手下人答应，旁边胡秀章赶过来，说："圣僧你老人家上衙门去，我要回家了，在家中候着你老人家。"和尚点头，雷明、陈亮、孙道全过来，跟随着济公左右。

和尚上了马，同知府并驾而行，刚走到绍兴府东门，忽然济公骑的这匹马一叫，连蹿带跳，往北就跑。知府赶紧吩咐人快截，马要惊。大众官人都嚷截，谁也没截住。和尚的马，一直往北跑下去了。雷明、陈亮、孙道全随后就追。和尚这匹马奔走如飞，跑下有二十多里来。和尚说："好东西，真跟我玩笑。"正往前走着，眼前树林子一声："阿弥陀佛。师父别走，弟子给你老人家送帽子来了。"济公一看，正是假济颠。

书中交代：这个假济颠是怎么一段缘故呢？这内中有一段隐情。只因绍兴府正南有一座会稽山，山下住着一个打柴的，姓李名云。这个人乃是饱学，时运不佳，家中贫寒，不能念书。家有老母，事母至孝，就指着打柴度日。一天打两担柴，一担柴籴米，一担柴自己烧。这天拿着扁担板斧，要上山打柴，刚走到山口，见那里有一条大蟒，有好几十丈长，两只眼似两盏灯，张着血盆的大嘴。李云唬得魂不附体，把扁担板斧都扔了，跑回家去，唬得战战兢兢。他母亲就问："儿呀，怎么了？"李云说："唬死我了！我拿着扁担板斧刚要上山去打柴，刚走到山口，就见有一条大蟒，真有皮缸粗细，有好几十丈长，两只眼像两盏灯，张着大嘴要吃我，几乎我没了命，唬得我把扁担板斧都扔了，也顾不得捡了，赶紧跑了回来。"老太太一听，说："扁担板斧到是小事，只要我儿有命，可以养赡为娘。"次日李云还得去打柴，家中又并无余粮，无奈跟街坊又借了一根扁担，一把斧子，够奔会稽山。刚来到山口一看，大蟒尚未走，唬得李云又把扁担斧子扔了，又跑回去。老太太一看，见李云唬得颜色更变，又一问，李云说："大蟒还在那里。"老太太说："可别去了。"又过了一天，次日家中颗粒全无，不去就得饿着，李云又一想："我把人家的扁担也扔在那里，怎么赔人家？"自己一想，把心横了，该死活不了，当时由家中出来，够奔山口，捡扁担打柴。不知李云性命如何，且看下回分解。

第十五回　济公请雷诛妖怪　飞龙诚心拜圣僧

话说李云因家中无柴米，老娘不能充饥，自己无法，来到山口，一捡两条扁担，两把板斧，大蟒也并不吃他。李云由蟒旁边过去，上山打柴。打柴回来，仍由蟒旁边过，大蟒也并不动。后来一传，嚷动了会稽县知县来祭奠大蟒。知县一烧香说："大蟒你真有道德，你快走，找深山洞府去参修可以成正果，省得民间作乱。"大蟒果然一阵风，起在半悬空去，往四外一看，见有一座山洞，洞里有一股妖气。大蟒摇身一变，变了一个老道，头戴九梁巾，身穿蓝道袍，白袜云鞋，来到洞门。往里一看，里面有一个和尚，端然正坐，闭目参修。老道说："这位师兄请了。"和尚一看说："道兄从那里来？"蟒老道说："我原本在虎丘山禅家院参修，那里有大造化人占了，我此时无地安身。师兄你怎么称呼？在此何干？"和尚说："我乃飞龙僧是也，在洞中修真养性。未领教道兄你怎么称呼？修炼有多少年？"蟒老道说："我有八千年的道行，我乃无名氏。你有多少年的功德？"和尚说："我有五千年的道行。我虽是五千年，我可做了些功德事，常在外面施符水治病，了然功德。我常常下山，不在洞内。道兄既是没处去，何妨你就在我这洞中参修，你我彼此也有个伴。"蟒老道说："也好。"就同飞龙僧二人在一处，时常盘道说法。

这天和尚说："道兄，你在洞里养静罢，我要下山去做点功德事。"老道说："好，你去罢。我也不懂得做功德，我就懂得参星拜斗，务正参修，不求有功，但求无过。"

和尚下了山，在外面治病。听说白水湖妖精闹得厉害，飞龙僧一想："知府贴榜文，请人捉妖，我要把妖精除了，也是一件功德事。"自己一想："我见知府，我说，我是飞龙僧，他准不恭敬我。听说尘世上有个济颠僧，名头高大，莫如我变做济颠僧，知府准恭敬我。"他又没见过济颠僧甚么样儿，他自己一想，济颠必是个大罗汉的样子。他这才变了一个大和尚，赤红脸，穿黄袍，一见知府很恭敬。焉想到一捉妖，他不是那湖里妖精的对手。他说回庙去取法宝，他是回了山，一见蟒老道说在白水湖捉妖之故。

飞龙僧说："道兄，你帮我把妖精捉了，你我也是一件功德。"老道说："我不行，我也不会法术。再说咱们两个人也是妖精，又非正果，那有妖去捉妖的道理，你自己去罢，我也不想有功，但求无过就是了。"飞龙僧一想："蟒道真不懂交情。"说："也罢，我不用你。明天我自己去，跟白水湖妖精以死相拼，破出我这五千年道行不要了。我捉不了他，我也就不回山了。倘如上天有眼，可怜我，也许我成了事。"次日，他这才来跟妖精拼命，偏巧遇见真济颠。他一想："济公他老人家乃是罗汉，我趁此机会何不认圣僧为师，也可以学点法术。"济公叫他戴着帽子，把湖里鳄鱼头上的妇人脏布抢了去，雷把鳄鱼击了。飞龙僧在暗中看着，知府给济公备马，请济公上衙门。他暗中一打济公这匹马，马往北跑下来，他这才由树林绕出来，口称："圣僧别走，弟子给你老人家送帽子来了，求圣僧大发慈悲，收弟子做个徒弟罢。"

济公禅师一看，原来是假济颠。济公哈哈一笑说："你要拜我和尚为师，我瞧瞧你是甚么变的。"假济颠说："师父要瞧我的本像，那到现成。"立刻把帽子递给济公，他把身形一晃，露出本像。济公一看，这宗东西，有二十余丈长，有十二条腿，也是龙脑袋，他本是龙种，要污了蜈蚣，就生这宗兽，名叫飞龙，故此他叫飞龙僧。济公看罢，说："你要认我和尚为师，我不能收你，我们和尚都是人，没有畜类当和尚的。"飞龙嗞嚁嚁直叫，人有人言，兽有兽语，说："圣僧慈悲慈悲罢。"和尚说："你要认我也行，我把你用火烧了，你再投胎，托生人世，长大了，我收你做徒弟。"飞龙说："火烧不好受。"和尚说："要不然，我拿石头把你打死。"飞龙说："我舍不得我这五千年的道行。"和尚说："要不然，我不收你。"飞龙一听，身形一晃，一溜烟没了。忽然济公的这匹马又惊了，和尚说："呦！好东西，你这可是成心跟我要笑。"说着话，正往前走，只见眼前一晃，来了一个和尚，也是短头发有二寸多长，一脸的油泥，破僧衣，短袖缺领，腰系绒绦，疙里疙瘩，光着两只脚，穿着两只草鞋，跟济公一个样的打扮。来到近前说："师父你这收我不收我？"济公一瞧也乐了，说："也罢，我和尚收你就是了，你过来。"济公用手拍着他的天灵盖，说道："你得道绍兴南，出家会稽山，神通多广大，舍药济贫寒，修行飞龙洞，道德五千年，拜在贫僧面，赐名叫悟禅。"小和尚立刻给济公磕了头。济公说："徒弟跟我走罢。"

师徒二人刚要往回走，雷明、陈亮、孙道全三个人追赶下来。远远一看，雷明说："老三你看，咱们师父分身法。"孙道全说："不是，东边站着穷和尚，是方才那个假济颠变的，西边站着那才是咱们师父呢。"雷明说："你怎么瞧得出来？"孙道全说："我拿符水洗过眼，我看得出来。他头上有黑气，是妖精。"陈亮说："甚么妖精？"孙道全说："我看不出来是甚么妖精，我就知道是妖精。"说着话走到切近。济公说："雷明、陈亮、悟真过来见见你师兄，我收他做徒弟，起名叫悟禅。"雷明、陈亮说："师父，你收徒弟，有个先来后到，我们先进门，他后进门，怎么他到是师兄呢？"济公说："不论先收后收，他的道行比你们大，过来见见。"雷明说："比比身量，他也矮得多。"雷明、陈亮过来，要跟悟禅比，悟禅赶紧跑在旁边躲开。济公说："你跑甚么？"悟禅说："师父不是别的，我身上零碎东西多，怕他们两人挨着我，得便偷点甚么。"雷明说："好，你这个嘴真坏。"济公说："别打哈哈儿，咱们走罢。"师徒五个，这才回到知府衙门。济公下了马，大家往里够奔。来到书房，知府顾国章一瞧一愣，说："那位是济公？"和尚说："这是我的徒弟悟禅，改头换面，你就不认识了。"知府说："原来是少师父，请坐请坐。"立刻大众落座，有家人献茶，知府吩咐摆两桌酒，悟禅、悟真、雷明、陈亮四个人一桌，知府陪着济公一桌，喝酒谈话。

正喝着酒，家人进来回禀，拿着一封信，说："大人家里来了信了，有紧要的事，请大人过目。”知府接过信来一看，咳了一声，说：“圣僧你看，我的官运实在不好。”和尚说：“怎么？”知府说：“现在我家有老娘，今年已七十余岁，病得甚沉重，倘若我娘亲一故，我岂不是要丁忧守制？”和尚一按灵光，说：“不要紧，我和尚有药，管保叫老太太吃了多活几年。”知府说：“虽有药那也不行，我家离此地有一千八百里，遥远往返，得走一个月，有药也赶不上。”和尚说：“不要紧，叫我的徒弟给你家里送去。悟禅过来。”悟禅说：“伺候师父。”和尚说：“我派你给太守家里去送药，得几天回来？”悟禅说：“大人家里不是山东么？”知府说：“是。”悟禅说：“要没甚么耽误，有两个时辰，我就回来了。”知府一听，心中有些不信，说：“少师父要真能两个时辰打来回，我写一封信，求少师父把药送到我家里，有一挂多宝串，给我要来。”悟禅说：“那行。”济公掏了一块药，交给悟禅。悟禅说：“师父我走了。”济公说：“你去罢。”悟禅刚一出门，转身又回来，说：“师父我不去了。”济公说：“怎么？”悟禅说：“师父你瞧，知府有多大样子，这么远我去给送药，他连送都不送，仿佛应当职分，我不去了。”知府一听说：“少师父，不要见怪，我疏忽了。少师父请，我送你。”悟禅这才往外走，知府刚送出屋门，说：“少师父多辛苦。”悟禅一晃脑袋，滋溜一股烟没了。就听二门里“哎呦”、“噗冬”、“哗啦”，怎么回事呢？原本是家人刚到厨房拿油盘，托着四样菜来上菜，刚一进二门，只见一个小和尚一晃脑袋，一溜烟没了，唬得他把油盘也扔了，摔了一个跟头。知府故作没瞧见。这就是大人不见小人过。知府进来陪着济公喝着酒。

偶然和尚一哆嗦，赶紧把雷明、陈亮叫到无人之处。济公禅师说了一夕话，把雷明、陈亮唬得赶紧就走。不知所因何故，且看下回分解。

第十六回 知府衙悟禅施妙法 曹娥江雷陈赶贼船

话说济公禅师正喝着酒，打了一个冷战，自己一按灵光，早已占算明白。连忙站起身，把雷明、陈亮叫到无人之处，说：“雷明、陈亮，你们两个人是我徒弟不是？”雷明、陈亮说：“师父这话从那里说起呀？”和尚说：“我待你两个人好不好？”雷、陈说：“怎么不好？”和尚说：“我救你两个人的性命有几回？”雷明、陈亮说：“有数次了。师父待我二人恩同再造，有甚么只管吩咐。”和尚说：“既是我待你二人不错，现在我和尚有事，你二人可肯尽心么？”雷明、陈亮说：“师父有甚么事，我二人万死不辞。”和尚说：“好，我这一回到白水湖来，一来是捉妖，二来所为够奔天台县去，探望我娘舅。现在我舅舅派我表兄王全，同我家的老管家出来找我，今天我表兄同老家人可上了贼船了。天到正午，他二人就有性命之忧，准活不了。你二人要是我徒弟，赶紧出绍兴府，顺江岸一直往西，够奔曹娥江，看江里有一只船，那就是贼船。你们看有一个年轻的文生公子，那就是你师伯王全，有一个老头，那就是老管家李福。船上没别的客，余者船上的人都是贼。你二人赶紧去，天一到正午，他二人可就没了命了。你二人要救不了你师伯王全，从此也就不必见我了，也不算是我徒弟。”

雷明、陈亮一听这句话，也顾不得跟知府告辞，撒腿就跑，跑出衙门，奔南门。出了南门，二人顺江岸施展陆地飞腾法，一直往西，两个人一口气跑了就有二十多里。看看有正巳，微缓一缓，又一跑二十多里。刚来到曹娥江地面，远远就见有一只小船，就见由船的后梢出来一人，手拿一把钢刀，够奔前舱。二人来到临近，就见有一人由前舱里提出一颗血淋淋的人头，是个少年人的头。雷明一瞧就急了，船离着岸有三丈多远。雷明一声喊嚷："好囚囊的！"一个急劲，拧身就往船上蹿。没蹿到船上，噗咚掉在江内。陈亮一看，眼就红了，自己一想："我二哥一死，我焉能独生？"来到江岸，施展鹞子钻云三踪法，拧身往船上一蹿，前脚刚落到船沿上，船上那人举刀照定陈亮劈头就剁。

书中交代，这只船正是贼船。坐船的非是别人，正是王全、李福。凡事也是该因，王全、李福由萧山县完了官司，依着王全还要寻找表弟李修缘。李福一想说："公子爷依我说，你老人家回去罢。头一件，老员外虽然说一天找着一天回去，一年找着一年回去，找不着我家公子，不准回去，据我想老员外也是不放心公子爷。你是读书的人，圣人有云：父母在，不远游，游必有方。再说公子也未必准找得着，这几年的工夫，还不定生死存亡。再往后天气一天冷似一天，一到三冬，天寒地冷水无一点不成冰，你我在外面，早起晚睡，老奴我到不要紧，公子爷懦弱的身体，焉能受得了这样辛苦？再说无故遭这件官司，几乎有性命之忧，要不是上天有眼，神圣保佑，你我主仆有冤难伸，岂不置之于死地？到不如你我回家去，也省得老员外提心吊胆，以待来春天暖花开，老奴再同公子爷出来寻找。你道是与不是？"公子王全一想："也是。"回想这场官司，也令人胆战心惊。这才说："既然如是，你我往回走罢。"

主仆二人顺大路，饥餐渴饮，晓行夜宿往回走。这天来到小江口镇店，李福说："公子爷，天也不早了，你我找店罢，明天由此地码头可以雇船了，也省得走旱路。早起晚歇，跋涉艰难，甚为劳乏，错过站道，就得担惊骇怕。"王全点头答应，就在小江口找了一座万胜客店。主仆进了店，伙计让到北上房，是一明两暗三间。李福把褥套放下，擦脸喝茶，歇息了片刻，要酒要菜，主仆二人同桌而食。正在吃酒之际，听外面有人说话："掌柜的，客人都住满了罢？"掌柜的说："可以，有几十位住客。"这人在院中喊嚷："那位雇船？我们船是天台县的，有搭船走的没有？我们是捎带脚，明天开船。"

王全、李福听见，正要出来商量雇船，只见有一人来到上房，一开门说："咱们这屋里客人，是上那去的？雇船走罢？"王全一看这个人有二十多岁，白脸膛，俊品人物，头上挽着牛心发纂，身穿蓝布小褂，月白中衣，蓝袜子打绷腿，两只旧青布鞋。王全看这个人很眼熟，这个人一看王全也一愣，迈步进来说："这位客人贵姓呀？"王全说："我姓王。"这个人呵了一声说："你老人家是台州府天台县永宁村的人么？"王全说："是呀。"这人赶紧上前行礼，说："原来是公子爷，你不认识小人了？"李福说："你是谁呀？"这人说："李伯父，你真是贵人多忘事，小侄我给公子爷当过伴童，我叫进福么。"王全也想起来了，说："进福，你怎么会在这里？做甚么呢？"进福咳了一声，说："公子爷别提了，一言难尽。"

书中待表，这个进福原本年幼的时节，他父母是乡下人，皆因旱落不收，家里过不了，把他卖给王安士家中，永远为奴。王安士就叫进福伺候王全念书，当伴童。后来进福长到十八九岁，手里也有两个钱，在外面无所不为，吃喝嫖赌全有。本来王安士家里，乃是富豪人家，待人极厚，奴婢个个都有钱。进福不但吃喝嫖赌，后来宅里有一个做针线的仆妇，也二十多岁，跟进福通奸有染，被进福拐出去，在外赁房过日子，就算是他的外家，进福可还在王员外家里伺候王全。凡事纸裹包不住火，要得人不知，除非己不为。进福把老婆子拐出去，被老员外知道了。这天老员外叫手下人把进福捆起来一打，老员外说："我这家里，乃是书香门第，礼乐人家。你这奴才，敢做出这场伤天害理之事！"要把进福活活打死。那时众人给他讲情，王员外本是个善人，立刻吩咐："把进福给我赶出去，从此不准他进我的门。"众家人把他放开，老员外立刻叫走，是他的东西全给他。进福哭哭啼啼，一见王全，提说老员外要赶出去。王全说："我给你三十两银子，你先出去，过几个月等老员外把气消了，再给你央求，你再回来。"

因为这个事，进福由王员外家出来。这几年光景，永没回去，今天在这小江口店中遇见，王全就问："进福，此时做何生意呢？"进福说："公子爷有所不知，自从老员外把我轰出来。我受了罪了。现在如今我就在这码头上，当一名拢班，给人家船上揽买卖。一吊钱的买卖说妥了有我一百钱，一天挣一百吃一百，挣二百吃二百。"王全说："谁叫你自己不安分呢？你要在我家，到如今也不至这样。跟你一同当书童的，现在老员外都给指了婚，娶了媳妇，住老员外房，还管吃穿。你今天既见着我，我还把你带回去就是了。明天我这里有衣裳，先给你一两件，等到家再给你换。"进福说："公子爷带我回去，恐怕老员外不答应罢！"王全说："不要紧，我给你求求，大概老员外也不至跟你一般见识。"进福说："那敢情好。公子爷你这是上那去了？素常你不是出门的人。"那王全咳了一声说："我奉老员外之命，叫我出来寻找我表弟李修缘，叫我多带黄金，少带白银，暗藏珠宝，一天找着一天回去，一年找着一年回去，找不着不准回去。在萧山县打了一场无头案的官司，几乎把命没了。现在天也冷了，我打算回去过年。"进福一听这话，心中一动，一瞧王全的褥套不小，大概金银珠宝值钱的东西不少了："我何必跟他回家，当一辈子奴才，永远伺候人？我何不勾串贼船，把他主仆一害，大概有一万两万的，我跟船上二一添作五分一半，有一万还分有五千呢。大爷我找个地方，一娶媳妇，岂不是逍遥自在、无拘无束？"想罢说："公子爷我去找船去，我雇船准得便宜。"王全说："好，你去罢。"

进福出了店一想："听说姜家爷们使船是黑船，一年做两场买卖，很富足，我找他们商量去。"当时来到码头一瞧，偏巧姜家的船在这里靠着。进福上了船一瞧，管船的姜成老头，正在船上。进福说："姜管船的，我跟你商量商量，你可别多心。我听说你们爷们做黑面的买卖？"姜成说："你满嘴胡说。"进福说："你听我说，现在我有一个旧主人，主仆两个，带着有金珠细软的东西，少说也有一万银，只有多的。咱们走在半路，把他一害，咱们二一添作五，你一半我一半，你也发了财，我也生发了，从此洗手，你瞧好不好？"不知姜成如何答应，且看下回分解。

第十七回　小江口主仆逢故旧　恶奴才勾贼害主人

话说进福跟管船的姜成一商量，姜成一听他这些话，就同："你这主人在那里呢？"进福说："在万胜店住着，你愿意我就带你去见见。"姜成本是久惯害人，他外号叫混海龙姜成，他有三个儿子，叫姜龙、姜虎、姜豹，有一个侄子叫姜彪。船上没外人，亲爷们五个人，称姜家五虎。素常他也不揽铺户的买卖，专揽孤行客，或三两个人，行囊多，褥套大，走在半路，把人杀了，往江里一推，东西就是他的了。今天进福一说，他焉有不愿意之理？姜成说："就这么办。我同你到店里去见见去。"进福同着姜成来到万胜店，一见王全、李福，进福说："公子爷，我把船雇妥了。偏巧人家这只船，是上台州府去的，顺便稍带脚，不等人，明天开船，我把管船的带来了。"王全一看，是一个老者。

王全就问："上台州府搭船要多少钱？"姜成说："太爷不用说价，我们这样船是去装货，没人雇，也是明天开船，带坐是白得钱，到了，太爷愿意多给就多给，少给也不争竞，你瞧着办罢。"王全一想，这到痛快，说："既然如是，明天上船罢。"进福说："你就不用走了。"姜成说："今天上船罢，明天天一亮就开船走了。"王全本是赶路的心胜，恨不能一时到家，一想更好，立刻算还店帐，叫进福去买点路菜，打点酒，叫李福扛着褥套，随同姜成，来到码头上了船。少时进福把酒菜都买来。

次日，天光一亮，提篙撤挑，拽风篷开了船。王全、李福起来，喝了一碗茶，往前走，看见水势甚狂，波浪滔天。王全叫李福把菜打开，喝点酒可以解闷。船往前走，刚来到曹娥江地面，天有正午。此地遍野荒郊，无人行路，江里又没有同伴走的船，进福由后梢里拿出一把刀，来到前舱，一把就把王全的胸前文生氅揪住，说："王全，你打算大太爷真跟你回家，还当奴才去？你那算在睡里梦里！我把你一杀，把金珠跟管船的一分，就算完了。你也该死了，好吃也吃过，好穿也穿了，死了也不冤。"李福此时哎呀一声，翻身栽倒，唬死过去。王全唬得战战兢兢，说："你、你、你这奴才真要造反么？"进福哈哈一笑说："是要反。"立刻一举钢刀，只听"噗咚"一声响，红光皆冒，鲜血崩流。人头滚滚在船板之上。

王全可没死，进福的脑袋掉下来了。怎么进福拿刀杀人，他脑袋到会掉下来呢？这内中有一段缘故。凡事好人必有好报，常言说，害人先害己，这话诚然不错，这小子也是死催的。王全以恩礼相待，不但不记恨他的前非，反要把他带回家去，给他饭吃。他不讲以恩报德，反生祸心，这也是报应循环了。原来他一举刀没往下落，姜龙一刀把他杀了。这事怎么一段事呢？原本是混海龙姜成自己一想："为甚做了买卖，害了人，分给他一半呢？莫若把他也杀了，一则可以把银子独吞，二来也省得犯案。"故此叫姜龙把进福杀了。他只顾跟王全说话，没留神身后，姜龙把进福一杀，王全一唬也躺下了。

姜龙提着人头出来，这个时节，雷明、陈亮赶到。雷明远远瞧见，有人由后梢拿刀奔前舱，原是进福。见把人头拿出来，可是进福的人头。雷明往船上蹿没蹿到，掉下江去。陈亮刚蹿到船上，尚未站稳，姜龙照陈亮拦头就是一刀。陈亮要一闪身，也就掉下江去。陈亮一低头，本来前脚刚一粘船，借劲使劲，蹿到船头。姜龙跟着又一刀，也就是陈亮身体真是灵便，急又一闪身，这才拉出刀来还手。姜龙一声喊嚷："合字风紧，抄家伙！"一句话，混海龙姜成、姜虎、姜豹、姜彪，一齐抄起刀来，出来就把陈亮围上。陈亮一想："不好！一人难敌四手，好汉打不过人多。"船上地方又狭窄，陈亮又不会水，又怕掉下河去。正在危急之际，只见由正东水上来了一个穷和尚，破僧衣，短袖缺领，腰系绒绦，疙里疙瘩，光着两只脚，穿着两只草鞋，梯他梯他在水上走，如走平地一般。姜龙、姜虎一瞧就愣了。陈亮瞧见，只当是济公来了。

书中交代，来者非是济公，乃是悟禅。悟禅打那来呢？书一落笔，难写两件事。济公打发雷明、陈亮走后，仍到书房吃酒。知府说："圣僧，二位令徒那去了？"和尚说："我叫他二人办事去了。"说着话，喝酒谈心，工夫不大，风门一开，悟禅由外面进来，说："师父，你瞧我回来得快不快？"。济公说："你把药送到了？"悟禅说："送到了。我把多宝串带来了，大人你瞧瞧。"知府顾国章接过来一看，果然不错，说："真乃神也仙也，少师父多有辛苦了。"济公说："徒弟你别歇着，给我办点事，我派你师弟雷明、陈亮去到曹娥江救你师伯王全。他二人也要受害，你赶紧去把他们都救了，把贼船给他毁了，叫雷明、陈亮暗中跟着，保护我表兄王全、李福，就提我说的。"悟禅说："是了。"转身就往外走，刚一到院子，管家二爷过来拦住说："少师父，方才你一晃脑袋，一溜烟就没了，唬得我把油盘菜都摔了。我也没瞧明白，你再晃一回我瞧瞧，行不行？”悟禅说：“那行，你跟我出衙门去。”管家跟着出了衙门，悟禅说：“这里人多，你跟我到没人的地方，我叫你瞧。”管家跟着出了西门，说：“少师父你晃罢。”悟禅说：“你瞧，后头有人追下你来。”管家一回头，没人，再一瞧和尚，没有了。管家一想：“这个和尚真会冤我，叫我跟出西门来。”也没瞧见，无奈自己回去。

悟禅来到曹娥江，打水皮上走。他本是龙种，在水上如走平地。来到这里一瞧，陈亮正不得了局。悟禅一张嘴，把这五个贼人俱皆喷倒，立刻到水里把雷明捞上来，搁在河坡，头冲下，往外控水。这才到船上，把王全、李福全都抱下船来，连褥套东西都给拿下来，搁在这两个人眼前。此时王全、李福尚未还醒过来，陈亮只当是济公来了，赶紧上前行礼说：“多蒙师父前来搭救，要不然，我等性命休矣。”悟禅说：“我不是师父，我是你小师兄悟禅，奉师父之命，前来搭救你等。师父说了，叫你两个人暗保师伯王全。我要把贼船烧了，报应贼人。今天办一回盂兰会，烧真船真人。”说着话，悟禅就把船上的柴草引着了。船上着火更没救，当时烈焰飞腾，把五个贼人烧得焦头烂额。这几个贼人是恶贯满盈，一辈子没做好事，先见了火德真君。船板烧到底上一散，往江里一沉，又见水底龙王，然后才见阎罗天子。悟禅把船烧了，竟自回去。

陈亮见雷明慢慢把水都吐出来，还醒过来。一睁眼见陈亮在旁边站着，陈亮说：“二哥你好了？”雷明说：“老三，我曾记得掉下江去，你怎么救的我？那只船那去了？”陈亮说：“不是我救的你，是师父派小师兄悟禅救的。”就把方才之事，对雷明一说。雷明这才明白，翻身起来，把衣裳全都拧干了，搁在那边树上晒着。陈亮说：“二哥，咱们师父说了，叫咱们暗保师伯王全。”雷明点头答应，远远暗藏在树后头瞧着，见王全、李福还醒过来。王全一睁眼，天已黑了，满天星斗，王全一看，李福也在旁边，王全说：“哎呀，李福，你我主仆是生是死了？”李福一看所有的东西褥套一概不短，都在旁边，这才说：“公子爷，这必是神灵显应，救了你我主仆二人的性命。”王全说：“真唬死我也，怎么船也没了？真乃怪道。”李福说：“公子爷，你我趁此走罢，这黑夜的光景，荒郊野外，路静人稀，倘如再有歹人，也是了不的。”说着话，立刻扛起褥套，主仆往前行走。雷明早把衣服穿好，同陈亮在后面远远跟随。王全、李福并不知道后面有人跟着。雷明、陈亮跟来跟去，走在山内，遇见一个三岔路口，也没瞧见王全主仆往那条路去，把人跟丢了。雷明、陈亮就进了当中这条路的山口，都是高峰峻岭，越走道路越崎岖，月被云蒙，也分不出东西南北，大峰俯视小峰，前岭高接后岭，越走越迷。陈亮说：“二哥别走了，你我站住，辨辨方向罢。”

二人正在大岭站定，也听不见鸡鸣犬吠之声，忽听有钟声响亮，二人顺钟音找至切近一看，原来是一座古庙。焉想到二位英雄，今天误入八卦山，又遇见一场杀身之祸。不知后事如何，且看下回分解。

第十八回　救众人悟禅烧贼寇　二义士误入八卦山

话说雷明、陈亮二人迷失路径。忽听有钟声一响。顺声音走到切近一看，乃是山中一座古庙，露出月光，一看山门上有字，写的是“敕建松阴观”。两个人来到角门一叫门，只听里面一声“无量佛”，出来两个道童。这个说：“师弟你猜谁来了？”那个说：“许是云霞观的紫霞真人李涵龄，再不然就是东方太悦老仙翁，也许是白云仙长。不是白云仙长，就是野鹤真人。除非是这几个人来，没有别人上咱们庙里来。”说着话一开门，道童儿一楞，说：“那里来的凡夫俗子？”雷明、陈亮赶紧说：“仙童请了。我二人原本是迷失道路，误踏宝山，求仙童回禀观主一声，望求观主方便方便，我二人借宿一宵。”小道童拿眼瞧了一瞧，说：“你两个人姓甚么呀？”陈亮说：“我姓陈叫陈亮，他姓雷叫雷明。我二人原是镇江府保镖的，由打绍兴府来，走迷了。”道童说：“你二人在此等候，我到里面回禀一声，不定我家祖师爷肯见你们不肯。”陈亮说：“好，仙童多费心罢。”小道童进去，工夫不大，出来说：“我家祖师爷叫你两个人进去呢。”雷明、陈亮这才往里走，小道童把门关上。

二人跟着来到院内一看，院中栽松种竹，清风飘然。正当中大殿带月台，在月台上有一个老道，正在那里打坐观月。东西各有配殿。果然是院中别有一洞天。陈亮自己一看，心中思想：“人生在世上，如同大梦一场，争名夺利，人皆被利锁名缰所缠，不怪人说：铁甲将军夜渡关，朝臣待漏五更寒；山寺日高僧未起，算来名得不如闲。到不如跳出三界外，不在五行中，出了家在山中参修，另有一番清雅。”陈亮看罢，小道用手一指说：“这就是我家祖师爷。”雷明、陈亮来至切近一看，见这位老道发如三冬雪，须赛九秋霜，穿着古铜色道袍，白袜云履鞋，真是仙风道骨。雷明、陈亮就知道这老道是道高德重之人，赶紧行礼，说：“仙长在上，弟子雷明、陈亮参见祖师爷。”老道口念“无量佛”说：“二位远方来临，请至鹤轩一叙。”说着话，站起身来，带领雷明、陈亮够奔东配房。道童一打帘子，屋中掌着灯。雷明、陈亮一看屋中，心中大吃一惊。陈亮一想：“这个老道非妖而即怪，非怪而即狐，定不是人。”何以见得呢？看他这屋中的摆设，全都是世中罕有之物，各样的盆景古玩，俱都是珊瑚玛瑙，碧犀翡翠，价值连城，雷明、陈亮一生目所未睹。陈亮就问：“仙长。这是天堂还是人间呢？”老道哈哈一笑说：“这是人间，那里来的天堂。”

书中交代，这个老道原本姓鲁，他乃是宋朝一家国公，自己看破了红尘，出家当了老道，道号修真，人送外号叫坎离真人。自己采这座山的地理，由府里发来的帑银修盖这座庙。这座山名叫八卦山，乃是半天产半人工修的，俗常人休打算进来，一绕就迷了。今天雷明、陈亮是误入八卦山，要是成心来，凡夫俗子来不了。鲁修真在这庙中多年，把府里心爱的陈设，都搬到庙里来，自己也好做道学，颇有点道德，素常也不与世俗人来往，所有跟他常在一处的，也都是清高之人。今天雷明、陈亮看他这屋子，故此诧异。老道让二人落坐，问：“二位尊姓？”雷明、陈亮各通了名姓，说：“我二人原是保镖为生，未领教道长贵上下，怎样称呼？”老道说：“山人姓鲁，双名修真。二位今天与山人遇缘，大概二位没吃饭罢？我这庙里有现成的素菜，二位到不必做假。”陈亮见老道很恭敬实在，也不推辞，说：“祖师爷既是慈悲，我二人实没用过饭。”老道说：“好。”立刻吩咐童子备酒，童子答应，当时擦抹桌案，杯盘连落一摆。雷明、陈亮一看，庙中真讲究，一概的磁器，都是九江磁，上面都有“松阴观”三个字。干鲜果品，都是上等的索菜。二人落座，老道一旁主座相陪，开怀畅饮。雷明、陈亮心中甚为感激，跟老道生而未会，素不相识，亲非骨肉亦非朋友，人家这一分高待。雷明、陈亮本是热心肠的人，心中辗转：“也不能白吃老道，临走可以多送香资。”

正在喝酒谈心，忽听外面打门，老道吩咐童子出去看看去。道童立刻够奔外面，开门一看，非是别人，乃是神童子褚道缘同鸳鸯道张道陵。这两个人由打前者在白水湖跟济公做对，济公施展五行挪移大搬运走后，鸳鸯道张道陵跟褚道缘一商量，要找坎离真人下山捉拿济颠和尚，报仇雪恨，今天这才来到松阴观。小道童一看，说："你两个人来此何干？"褚道缘说："小师兄请了。我二人来给祖师爷送信，有紧要的事，请二位小道兄到里面回禀一声，我二人要求见祖师爷。"小道童说："祖师爷会着客呢。"褚道缘说："谁在这里？"小道童说："一个姓雷，一个姓陈，他们说是镇江府的保镖的。"褚道缘一听，说："了不得了！我告诉你说，我们两人来非为别故，只因尘世上出了一个济颠僧，兴三宝，灭三清，无故跟三清教做对。现在这个姓雷姓陈的，就是济颠和尚的徒弟。这两个人是江洋大盗，必没安着好心。这必是济颠打发来的，知道祖师爷庙中值钱东西，必是要来偷东西。你快到里面禀一声。"道童转身进来，鲁修真就问："甚么人叫门？"小道童说："张道陵、褚道缘来了。"雷明、陈亮一听，大吃一惊，就知道这两个老道不是好人。鲁修真就说："二位慢慢喝着，来的这两个人，论起来还比我晚两辈呢。我跟紫霞真人李涵龄相好，这是李涵龄徒弟。"雷明、陈亮说："我二人见他们多有不便，莫若我们躲开。"鲁修真说："也好，你二位要不愿见，就到里间屋中去坐着。"雷明、陈亮赶紧进到南里间去。

鲁修真吩咐道童："把他两个人给我叫进来。"道童转身出去，少时同褚道缘二人来到里面。两个老道跪倒行礼，说："祖师爷在上，弟子褚道缘、张道陵参见祖师爷。"鲁修真说："你两个人来此何干？"褚道缘说："我二人来给祖师爷送信，尘世上出了一个济颠僧，兴三宝，灭三清。他说，咱们三清教没有人，都是披毛带角，横骨插心，脊背朝天，不是四造所生，无故跟三清教做对。求祖师爷下山捉拿济颠僧，给咱们三清教转转脸。"鲁修真一听说："我听说济颠僧乃是个得道的高僧，焉能无故说出这样话来？必是你这两个孽障，来搬弄是非，谣言乱语，满嘴胡说。"褚道缘说："弟子不敢在祖师爷跟前撒谎，实有其事，求祖师爷大发慈悲罢！"鲁修真说："既然如是，你两个人去把济颠给我找来问问他。"褚道缘道："我两个人找不了来，我二人见了济颠僧也不是他的对手。方才我二人听小师兄说，祖师爷这里来了一个姓雷的，一个姓陈的，是镇江府的人。"鲁修真说："不错。"张道陵、褚道缘说："祖师爷，你老人家可千万别拿这两个人当好人。这两个人原本是济颠的徒弟，必是济颠僧主使来的，知道祖师爷庙里有陈设古玩，前来偷盗。这两个人原本是绿林中江洋大盗，祖师爷可千万别放他们走了。"坎离真人鲁修真一听，说："你两人满口胡言乱道，我看这两个人，并非奸滑之人，尚且未走，还在这里。"褚道缘说："祖师爷要如果不信，有凭据。这两个人身上准有刀，并有夜行衣包。要没有夜行衣包，没有刀，那就算我们两个人妄言，祖师爷拿我二人治罪。"鲁修真一听也有理，真假难别，这才说："既是你二人这样说，我到要看看，他二人如果真有夜行衣，休想出我这松阴观。要没有夜行衣，净有刀。那不算，他二人是保镖的，应该带兵刃防身，我必要处治你二人。"褚道缘说："就是。"

鲁修真这才站起身行，一同够奔南里间，要搜雷明、陈亮。不知二位英雄如何，且看下回分解。

第十九回　八卦山雷陈逢妖道　三清观张董设奸谋

话说鲁修真一进里间屋子，再找雷明、陈亮，踪迹不见。一掀床帏，见床底下东墙掏了一个大窟窿。拿灯一照,窟窿旁边地下搁着一锭黄金,重够五两。宋朝年间黄金白玉最贵,每一两能换五十两白银。

书中交代,雷明、陈亮在里间屋中坐着,就知道这两个老道要搬弄是非,动手又不是老道的对手,前者在白水湖就差点被老道杀了,今天要见着还不能善罢干休。陈亮一想:“莫若三十六着,走为上策。”跟雷明一商量,挖了一个窟窿钻出去。陈亮说:“二哥,咱别这么走了。这庙里老道待你我甚厚,咱们不能白吃人家,给他留下一锭黄金,以表寸心。”故此搁在地下一锭金子。鲁修真一瞧人没了,留下一锭黄金,老道就明白了,立刻勃然大怒,说:“你这两个孽障,分明是搬弄是非。我可并非见财开眼,想必人家是好人,临走不但我屋中的东西分毫不短,反给留下这一锭黄金,不白吃我这顿饭。你这两个孽障,实在可恼。我要不看在李涵龄的面上,你无故来搅我,焉能容你?便宜你两个东西。来!道童,把他两个人给我赶出庙去!”这两个人又不敢不走,无奈转身往外够奔,道童跟着关门。

来到外面,褚道缘说:“小师兄,我二人今天求你方便方便,天也太晚了,我二人在你们屋里藏藏。别叫祖师爷知道,天亮就走行不行?”小道童说:“也罢,你二人就在我们屋里蹲半夜罢。可别说话,叫祖师爷知道,我们可担不起。”张道陵、褚道缘点头,两个人就在道童屋里坐了半夜。

天色大亮,这两个告辞出了松阴观。正往前走,猛一抬头,见雷明、陈亮在南山坡坐着。怎么这两人还没走呢?并非是不走,由半夜出了庙,打算要走,走来走去,绕回来了,直走了半夜,也没离开松阴观。本来这八卦山曲曲弯弯是难走的,雷明、陈亮进去的时节,也是误打误撞。见天亮了,陈亮说:“二哥咱们歇歇罢,怎么会出不去呢?”二人正歇着,见角门一开,褚道缘、张道陵出来了,雷明说:“了不得了,这两个杂毛来了。”褚道缘一瞧哈哈一笑说:“道兄,你看这两个小辈还没走,这可活该。”张道陵说:“交给我拿他们。”伸手把乾坤颠倒迷路旗拉出了,赶奔向前,说:“你两个小辈,这往那里走?”雷明气往上撞说:“老三,咱们跟他拼了,把两个杂毛宰了。”陈亮说:“好。老道,我二人跟你远日无冤,近日无仇,无故跟我二人苦苦做对,我这命不要了。”老道哈哈一笑,把旗子一晃,口中念念有词。雷明、陈亮打算摆刀过去动手,焉想到身不由己,只见天转地转,二人头昏眼眩翻身栽倒。张道陵把旗子卷上,仍插在背后,伸手拉出宝剑。褚道缘说:“道兄,交给我杀。”张道陵把宝剑递给褚道缘,褚道缘刚要过去,只见由西边石头后头一长身,正是济公。和尚哈哈一笑说:“好杂毛,无故楞要杀我徒弟,咱们老爷们较量较量。”老道一瞧,就一愣。

书中交代,济公打那来呢?不但济公一个人来了,连悟禅、悟真都来了。和尚在绍兴府衙门同知府吃酒,悟禅救了雷明、陈亮、王全、李福,把贼船烧了,仍回到知府衙门。来到书房,一见济公,济公说:“徒弟回来了。”悟禅说:“回来了。”把救人的事一说,济公说:“好,喝酒罢!”悟禅同孙道全一桌去喝酒。吃喝完毕,知府顾国章说:“圣僧不用走了,你老人家在这里住几天罢。”和尚说:“不走就不走。”家人把残桌撤去,伺候茶,知府陪着和尚谈心叙话。晚上仍是预备两桌席。吃完了晚饭,天到二鼓,知府告辞归后面去。济公说:“悟禅、悟真,明天天微一亮,你我就起来走,够奔八卦山。你们师弟雷明、陈亮有难,咱们得去救他。”悟禅、悟真说:“是了。”当时安歇。刚到天明,东方发亮,济公说:“咱们该走了,谁有能为,谁先到八卦山。”孙道全说:“我走的慢,笨鸟先飞,我头里走。”和尚给知府留了四个字,写的是“暂且告别”。和尚说:“悟禅看谁走得快,咱们爷俩赛赛。”小悟禅一想:“我准比我师父快。”立刻一晃脑袋,滋溜没了。急至赶到八卦山一瞧,济公在那坐着呢。悟禅说:“师父怎么先来了?”和尚说:

“你的道行还差得多，孙道全还没到呢。他先走的。”孙道全拧袍袖，架着趁脚风直跑，累了一身汗，还来了后头的。

师徒三人刚来到，只见张道陵已把雷明、陈亮治躺下，褚道缘刚要杀这两个人。和尚哈哈一笑赶过去，张道陵一瞧，说：“好颠僧，前者你施展五行挪移大搬运逃走，今天还敢前来送死！”悟禅一晃脑袋，滋溜没了，把两个老道唬了一哆嗦。济公说：“好杂毛，今天咱们到得分个强存弱死，真在假亡。”这句话没说完，一瞧悟禅又回来了，手里拿着一根旗子，说：“师父你瞧，我把杂毛的旗子偷来了。”张道陵回手一摸，身背后插着一根檀木棍，老道气得哇呀呀直嚷。济公说：“把旗子给我，拿他的旗子拿他。”老道心说：“我的旗子，他也不会使，没咒语不行。”焉想到和尚拿着旗子一晃，口中念：“唵嘛呢叭谜吽！唵敕令赫！”立刻两个老道就天旋地转，身不由己，翻身栽倒，不能动转。和尚过去，把雷明、陈亮救起来，这两个人给师父行礼。和尚说：“雷明、陈亮，这两个老道无故欺负你们，你两个人报应他们，不准你们要他的命，爱怎么报应就怎么办！”陈亮说：“二哥，咱们把两个老道衣裳剥点甚下来，当了吃么？”雷明点头，立刻把老道连裤子都给脱下来。陈亮说：“这个褚道缘顶可恨，就把张道陵搁在褚道缘身上。”两个老道都赤身露体，褚道缘在底下趴着，张道陵在上头压着。孙道全一瞧也乐了。

雷明、陈亮把两个老道的衣裳用包袱包好，这才问：“师父，咱们上那基？”和尚说：“悟真，你等知道师父的出身来历不知道？”孙道全说：“弟子不知。”和尚说：“我本是台州府天台县永宁村的人氏，我这一来，一则为白水湖捉妖，二则为探望娘舅。现在我表兄王全出来找我，可往回走着。我舅舅王安士家中，现在被阴人陷害，堪可就要没命。我要带你小师兄去找坎离真人，有要紧事，不能不去见他，将来我有一步大难临身，非用他不可。悟真你过来。”附耳如此这般怎么办，然后如此这等这样，又说：“你带着雷明、陈亮急速去，你给我去办这件事，也不枉你我师徒一场。我说的话，你都记住了没有？”孙道全说：“记住了，遵师父之命。”立刻带领雷明、陈亮起身，够奔永宁村。

书中交代，王安士被何人所害呢？一落笔难写两件事。只因王安士叫公子王全出来寻找李修缘，家中虽有百万之富，家中没有亲丁，就剩下夫妇两个。安人娘家有一个内侄，叫张士芳。张士芳家里，也是财主，只因张士芳父母一死，他吃喝嫖赌，无所不为，把一份家业全花完了，自己闹得连住处都没有。就在永宁村外，有一座三清观，庙里老道姓董叫董太清，原先跟张士芳家中有来往。他没地方住，就在庙里浮居。张士芳也无所事事，坑蒙拐骗，在外面还是眠花宿柳，常找王员外家要钱。先前三二百两给他，后来常找，也就是十两八两也还给。老安人偏疼内侄，偷着还常给他银子。张士芳这天跟董老道说：“我听见说你们老道能够害人。我跟你商量商量，你愿意发财不愿意？”董老道说：“害人到能行，害谁呀？”张士芳说：“我姑父王安士，家有百万之富。现在我表弟王全出去找我亲家表弟李修缘去，不定几年回来。李修缘家当初也有百万家资，也归了王安士家。你要能把我姑父给害了，家里没人，我姑母准叫我总办丧仪，准得剩几万，我准得发财。”老道说：“你发财，我白害人么？多了我也不要，你给我五百银子，我能叫他七天准死。”张士芳说：“只要我姑父准死，我给你五百银子。”老道说：“口说无凭，你得写给我一张借字。”张士芳说：“写。”立刻拿笔就写：

> 立字人张士芳，今因手乏，借到三清观老道董太清纹银五百两，每月按三分行息。空口无凭，立字存照。并无中保来人，张士芳亲笔立字画押。

写完了字，一问老道怎么害法，老道这才要施展妖术毒计，陷害王员外。不知后事如何，且看下回分解。

第二十回　张士芳奸心诓八字　董太清妖术设魂瓶

话说张士芳把借字写完了，一问老道，老道说："你只要把你姑父的生日八字问来，我就能把他的魂拘来，叫他七天准死。"张士芳说："那容易。"立刻他就够奔王员外家里来。众人看见他，就不耐烦，王福说："王孝，你瞧这小子又来了，不要脸，不是来借钱，就是来偷点甚么。"大众当着面，可又不敢得罪他，他是老安人的内侄。见张士芳来到切近，大众都嚷："张公子来了？"张士芳说："来了。"迈步就往里走。他一过去，众家人又骂他："这小子家里没做好事，早晚喂了狗。"张士芳来到里面，王安士正吃饭，一瞧见他，就一皱眉。张士芳说："姑父才吃饭？"王安士说："你这孩子又做甚么来了？我瞧见你，又气又疼。瞧着你父母都死了，又很苦的，可气你这孩子不务正，在外面无所不为。你自己要务本分，我的铺子，那都交把与你，给你成家立业。无奈你是癞狗，扶不上墙去。"张士芳也不爱听，来到里间屋中，一见安人，安人一看说："你这孩子又来了。不用说，必是又没钱花了，来要钱对不对？我这有二两银子给你罢，你自己留着吃饭，我也不敢多给你。多给你，你也是胡花去。"张士芳把银子接过来，说："姑母，我并不是要钱来了，我是来打听打听，我姑父多怎的生日。"老安人一听说："罢了，你还惦念着你姑父的生日呢，总算没白疼了。你本来是，你姑父的生日你也应该来给磕头，来送礼。不送礼，谁还能挑你？你姑父的生日快到了，他是八月二十七日的生日。"张士芳说："甚么时辰？"安人说："午时。"老太太那想到他生出这样狠毒之计？拿他不当外人，全都信口说了。

张士芳听明白，赶紧回到三清观。一见董太清，老道就问："你打听来没有？"张士芳说："我问明白了，我姑父是八月二十七日午时生人。"老道说："好，我给你开个单子，你去买点东西，你有钱没有？"张士芳说："有，我有二两银子。"老道说："你去买东西，找一枝子桃木来，要东南方背阴的树枝。"张士芳拿着单子出去，把香烛、纸马应用东西全买齐了，找了一枝桃木枝，交给老道。老道把桃木做成一个人样，也有鼻子、眼睛、胳膊腿，把王安士的生辰八字写好，搁在桃木人里。等到天有三更，星斗出全了，老道在庙中摆设香案，把道冠摘了，扎头绳解开，披散开发髻。手中拿着宝剑，预备一个摄魂瓶。老道把香烛照着，用黄毛边纸画了三道符，用宝剑尖把符贴上香菜根，无根水一洒五谷粮食，口中念念有词，说声"太上老君，急急如律令敕！"立刻把王安士的三魂拘来一魂，七魄拘来两魄，放在摄魂瓶之内，用红绸子一幪，五色线一系，画了一道符，贴在瓶口之上。老道把瓶揣在怀内，这才说："张士芳，明天你一早到王员外家去，别等王安士起来，你把这个桃木人拿着，他要是在炕上睡，你给搁在褥子底下，要在床上睡，你偷着拿黄蜡给粘在床底下，准保七天，叫他准死。"张士芳说："那行。"立刻把桃木人带好。次日一清早，他就到王安士家来，两眼发直，一直往里就走，家人都不敢拦他，这小子一直奔王安士的卧室，掀帘子就进去，他又是晚辈，也没人拦他。老安人起来了，王安士尚未睡醒，张士芳来到屋中说："我姑父还没起来呀？"安人说："你别惊动他，你姑父晚上睡得晚，家务劳心，歇不过来。你这孩子这么早又做甚么来了？"张士芳说："没事，我到这来瞧瞧。"说着话，一瞧是床，得便他就把桃木人给粘在床底下了。自己回到三清观，就是三天没出门。

第四天，张士芳一早就到王安士家里来，一瞧老安人正在哭哭啼啼。张士芳明知故问："姑母为甚么哭呀？"老安人说："孩子你来了，你瞧你姑父，由打你来那一天，就没起炕，人事不知，昏迷不醒，也不吃，也不喝。请了多少先生，都没给开药方，一瞧就推，都说瞧不出甚么病来。你瞧你兄弟王全也没在家，这可怎么好？"张士芳一听，这小子精神来了，说："老太太，你这还不张罗，给我姑父预备后事？咱们这人家，还等着人死了现定规？这个我兄弟不在家，我就如同跟我兄弟一样，我就得张罗给办。姑母你别糊涂了，我姑父这大的年岁，到了岁数了，快张罗后事罢！我兄弟在家，我不管，他既不在家，就是我是近人。我姑父有棺材没有？"安人说："棺材早有了，你姑父那年自己买了两口茵陈木的寿材，三千银子，在庙里寄存着呢。"张士芳说："既是棺材有了，也得讲棚讲杠，别等人倒了头再办。一来也忙不过来，二来也叫人家笑话，怎么大财主没人办事。老太太你只管放心，我是你内侄，总比底下人给你办事强。他们底下人办甚么事，都要赚钱。我办事，将来我兄弟回来，我自对得起我兄弟。姑母你给拿银子，我先去讲棚讲杠要紧。"

安人本没有主意，老太太架不住三句好话，立刻开柜，就拿银子。这个时节家人王得禄进来说："老太太，老员外这病，总得请人瞧。东村有一位张先生，听说是名医，可以把他请来瞧瞧，好不好？"安人尚未答言，张士芳答了话说："你们这些东西混帐，老员外已然是要死的人了，你还要拿苦水子灌我姑父，你们安着甚么心？所为请先生抓药好赚钱。由不了你们，快出去！"王得禄一听，心里说："这小子真可恨！他愿意老员外死，他好谋总办丧仪。"心里骂他，当面又不敢惹他，他是老安人的内亲，无奈王得禄转身出去！他刚出去，管家王孝由外面进来说："安人，老员外许是受了邪了，要不然，请个捉妖的来瞧瞧。"张士芳一听说："你满嘴胡说，我们最不信服妖言惑众，你快滚出去！姑母你别听他们胡出主意了。你给我拿银子，我办事去罢。"老太太拿出四百银子交给他，张士芳转身往外就走。

王孝一想："这小子没安好心，我要叫你赚了一个钱，算我白混了。"王孝就在后面，远远跟着，见张士芳进了后街天和棚铺。张士芳一道辛苦，李掌柜说："张公子，甚么事？"张士芳说："我姑父王安士堪可要死，我来讲棚。前后搭过脊棚，都要瓦垄起脊，要暖棚客座，两面包新细席，满带花活，四面玻璃窗户。要五色的天井子，门口搭过街牌楼，起脊带花活，扎彩子。要鼓手楼子，里面搭天花座，满要五色彩绸。扎月亮门带栏杆，月台要铺地锦。灵前要玻璃圈门，扎彩绸带牌楼，周围月台，要玻璃栏杆，全要新材料，搭七七四十九天。连伙计酒钱一包在内，要多少银子？"掌柜的拿算盘一合，说："别人来讲，得六百银子，你来给五百两，至已尽已的价钱。"张士芳磨到四百两，讲停当了，叫掌柜的开单子，开八百两银数。掌柜的给开了单子，张士芳说："明天送定银。"拿着单子出来。

王孝见他走了，王孝到棚铺去说："掌柜的，方才张士芳来讲甚么棚？"掌柜的照样一说，王孝说："多少银子？"掌柜的说："八百两。"王孝说："你别胡说，我们太太叫我出来讲，谁家便宜用谁的。你说实话，不然，你的买卖也不能停当。"掌柜的无法，说："原是四百两，他叫我开八百两。"王孝说："你照样给我开四百两的单子，准管保用你的。"掌柜的开了单子，王孝拿着出来一笑。瞧张士芳进了德义杠房，也是一见掌柜的，提说王安士要死，要用六十四人杠换班，要新绣的罩片，绣五福捧寿的，抬杠的满穿甲衣靴子，用八对白牌，六十对红牌。现销官衔全分幡伞要新绣的，全分金执事满见新，要鞭牌锁棍，刽子手执刀，旨意亭子。全分銮驾，龙旗龙棍，令旗令箭，对子马影亭，配亭鹤鹿同春，用二十四对花盆、二十四对小拿满穿孝，清音鼓手三堂，什幡丧子鼓，要满新软片，要旗锣伞扇，魂轿、魂椅、魂车，用七曲红罗伞，棺材头里要福禄寿的童子，前护后拥，由倒头满亮杠四十九天，加钱在内，一共多少银子？掌柜的一合算，要一千两，说来说去，要八百两。

说妥，张士芳叫开一千六百两的单子。他走了，王孝又到杠房盘问明白，也是照样开八百两的单子。王孝出来，见张士芳回来，王孝也跟回来。不知二人见了安人，该当如何，且看下回分解。

第二十一回　众家人忠心护主　孙道全奉命救人

话说张士芳这小子瞒心昧己，把棚杠讲妥，开了两个单子，都没留定钱。四百银子在他怀里揣着。回来见安人，老太太就问："孩子，你把棚杠都定妥了？"张士芳说："姑母不用你老人家分心，我办事准得鲜明。咱们家里搭棚，不能叫人家耻笑。我定的是搭过脊棚，都要起脊带瓦垄，前后搭暖棚，客座两边包细席，不漏木头，满带花活，四面玻璃窗户，要五色，天井子门口搭过街牌楼，起脊带花活，扎彩子，有鼓手。楼子里面焰口座，搭天花座，满要五色绸子，扎月亮门，带栏杆，月台有铺地锦。灵前圈门满用玻璃的，扎彩绸，带牌楼。周围月台，玻璃栏杆。这个棚，要叫别人讲去，准得一千两银子，我这八百两讲的，先省二百银子，我办事不能叫我兄弟回来抱怨。"老安人一个女流之辈，那里懂得，只说："不多，不多。"旁边王孝站着，等他说完了，说："张公子，你在谁家定的棚？"张士芳说："天和棚铺讲的。"王孝说："我也在天和棚铺讲的。照你所说的东西一样不短，短一样你别答应，可是四百两讲的。还告诉你说，你讲杠多少钱？"张士芳说："一千六百两。"王孝说："我讲的八百两，也跟你所用的东西一个样。"张士芳一听一愣，这叫当时眼里插棒锤。这小子也真是口巧舌能，当时说："姑母你别听他们的，他们打算把我哄开，他们好赚钱，我怕没有这便宜事。"老太太一听，咳了一声说："王孝，你们这是何必！我内侄他还能赚我的钱么？你们去罢。"王孝一听，老安人愣说他不能赚钱，自己一想："我一片好心白费了。"赌气转身出来，众家人在大门洞坐着，一个个生气，这个说："张士芳这小子，狼心狗肺。"那个说："就盼着咱们公子爷一回来，这小子就得滚开，省得他充二号主人。"

大家正在议论，只听得外边一声："无量佛！贫道闲游三山，闷踏五岳，访道学仙。我乃梅花山梅花岭梅花道人。"众家人一看，来了一位羽士黄冠，玄门道士。头戴青缎九梁道巾，身穿宝蓝缎道袍，青护领相衬，腰系杏黄丝绦，白袜云鞋，背背一口宝剑，绿沙鱼皮鞘，黄绒穗头，黄绒挽手，手拿一把蝇刷，面似淡金，细眉朗目，鼻直口方，三绺黑须飘洒在胸前，根根见肉，真是仙风道骨，一表非凡。众家人就问："道爷来此何干？"老道说："贫道乃梅花山梅花岭梅花道人，正在洞中打坐，心血来潮，掐指一算，知道王善人有难。贫道特脚驾祥云，前来搭救。尔等到里面通禀，贫道并不要分文资财，所为了然功德。"

家人一听，说："道爷来救我们员外爷呀？"老道说："正是。"王孝一听，甚为喜悦，赶紧往里飞跑。来到里边，说："大喜来临！"老太太一听，说："你这东西好混帐，员外爷堪可要死，你还说大喜，喜从何来？”王孝说：“现在外边来了一位道士，说是梅花山梅花岭梅花神仙，他说能救员外，岂不是大喜？”张士芳一听，赶紧就拦说：“你们那弄来的老道？妖言惑众，左不是来蒙两个钱？有银子也不给他，趁早叫他快去。”王孝说：“人家老道说了，所为行好不要钱。”张士芳说：“你满嘴胡说，他不要钱，莫非他自己带着锅走？”王孝说：“人家自己说不要钱么。”旁边王全之妻董氏可就说：“王孝你把老道请进来，给员外瞧瞧也好。倘若瞧好了，真花一千两二千两还花呢。瞧不好，可不能给他。”王孝说：“是。”立刻转身，来到外边，说：“道爷，我家夫人有请。”老道点头，大摇大摆，往里就走。

书中交代，来者老道，非是别人，乃是黄面真人孙道全，奉济公之命，前来搭救王安士。同雷明、陈亮来到海棠桥，叫雷明、陈亮在酒馆等着，孙道全这才来到王员外门首，假充神仙。同家人来到里边，张士芳一瞧，就说：“你这牛鼻子老道，那里来的？跑到这里来冤人。”孙道全口念“无量佛”，说：“贫道我岂能跟你一般见识，我要来搭救王善人。”张士芳说：“你不用妖言惑众，你知道老员外是甚么病？”老道说：“山人自然知道，我恐怕说出来，有人难以在这里站着，怕他脸上挂不住。”张士芳说：“你到说说老员外是甚么病？”老道说：“王老员外乃是被阴人陷害。”张士芳说：“你满嘴胡说，老员外素常待人甚厚，是一位善人，那个家人能害老员外？”老道说：“那不是家人陷害，有人陷害。我出家人以慈悲为门，善念为本，说话要留口德，不能明说。常言道：‘话到舌尖留半句，事从礼上让三分。’”张士芳说：“老道你真是造谣言，到是谁陷害老员外？”老道微然一笑说：“你当真要问害老员外之人？乃是男子之身，阴毒妇人之心，内宅之亲，外姓之人。”张士芳一听这几句话，脸上变颜变色。众家人大众一听，都猜疑是他，内宅之亲，外姓之人，不是他是谁？大众明白，又不敢说，都拿眼瞧他。张士芳恼羞变成怒说：“老道你不用信口胡说。你说有阴人陷害，有甚么凭据？你说有人害就有人害么？”老道说：“那是有凭据，你把家人叫过一个来。我别叫人，我要叫人，这里头有夹带藏掖。”张士芳说：“叫家人干甚么？王得禄过来。”老道说：“管家，你到老员外床底下床板上摸，有个桃木人拿下来。”王得禄果然到床底下伸手一摸，说：“不错，有东西。”立刻把桃木人拿下来，一看，其形跟人一样，里面有老员外的生辰八字。

张士芳这小子心中有鬼，他溜出来了，直奔三清观。一见董太清，张士芳说：“董道爷，你这个方儿真灵，我姑父只打那一天就没起来，昏迷不醒。我姑父一死，我就能张罗办白事。”董太清说：“总得七天，人才能够死，不到七天是不行的。”张士芳说：“灵果是灵，白费了。”董太清说：“怎么？”张士芳说：“今天来了一个老道，是梅花山的梅花真人，他说能给王安士治病，他叫家人把桃木人给拿出来。他还说出害王员外的人，是男子之身，阴毒妇人之心，内宅之亲，外姓之人，不是我是谁？他算没明说我的名姓，我跑出来了。”董太清说：“我告诉你，勿论他是谁，他也救不了。我由那一天晚上，我做法把王安士的三魂拘来一魂，七魄拘来两魄，我在这摄魂瓶装着，他焉能好得了。”张士芳一听，说：“虽然你把王安士的魂拘来，在摄魂瓶中装着，要据我想，这个梅花真人必来找你要摄魂瓶。”董太清说“他敢，叫你一说还了得！”张士芳说：“不信，你瞧着。”董太清说：“他不来便罢，他如果真来，我先将他结果了性命。”张士芳说：“怕你不行。我瞧人家那个老道，真是仙风道骨，穿着蓝缎子道袍，黄脸膛，三绺黑胡子比你阔得多，大概能为比你大。找你来要，你不给，也许要了你的命。”董太清说：“你真是气死我也。”

正说着话，就听见外边一声“无量佛”。张士芳说：“是不是来了？”董太清一听，气往上冲，自己一想：“好老道，竟敢坏我的事，还敢找到我门口来？我给他个先下手的为强，后下手的遭殃。”想罢，由壁上把宝剑摘下来，手中擎着剑，气哼哼往外够奔。一开门，举剑刚要剁，一瞧不是梅花真人，见门外站定这个老道，身高八尺，膀阔三停，头上挽着牛心发纂，身穿青布道袍，腰系丝绦，白袜云鞋，肋下佩着一口宝剑，绿沙鱼皮鞘，黄绒穗头，黄绒挽手，肩挑一根扁担，扁担上有两个包袱，面如刀铁，两道重眉，一双环眼，鼻直口方，押耳两绺黑毫，短拥拥一部钢髯，犹如钢针，轧似铁线，根根见肉。

董太清刚要用宝剑剁，一瞧不是外人，赶紧把宝剑擎住，唬得亡魂皆冒，急忙上前行礼。不知来者老道却是何人，且看下回分解。

第二十二回　二妖道贪财施邪术　两豪杰设计盗魂瓶

话说董太清拿宝剑出来一看，不是别人，正是他师兄张太素，由外边回来。董太清赶紧一行礼。张太素一瞧，气往上撞，说：“好师弟，我教会了你能为，你会拿宝剑要杀我？这到不错。”董太清说：“师兄别生气，这内中有一段隐情。”张太索说：“甚么隐情？”董太清说：“师兄进来说。”张太素来到里面，说：“怎么一段事？”董太清说：“师兄，你教给我害人那个方法，还是真灵，现在我害了一个人。”张太素说：“害谁？”董太清说：“害永宁村的王安士。”张太素一听，勃然大怒，说：“你害别人我不恼，你害王安士，我且问你，咱们庙里两顷香火地谁施舍的？”董太清说：“王安士。”张太素说：“修盖大殿谁的银子？”董太清说：“王安士。”张太素说：“缘簿准给你写的？一年四季海灯油谁供给庙中？庙里吃的粮米谁施舍的？”董太清说：“也是王安士。”张太素说：“四外二百多棵树谁给栽的？”董太清说：“王安士。”张太素说：“你既知道都是王安士，他是咱们庙里第一家施主，你害他，你还有心没有？”董太清说：“我到不是要害他。是张士芳他叫我害的，许给我五百两银子。”张太索一听，“呵”了一声说：“既是五百两银子还罢了，杀人到落得两把血呀！我只打算白害人呢，这还可以。”

张士芳先一听要不好，这一提五百银子，见张太素也是贪财的。张太素说：“你害人为甚么拿宝剑要砍我呢？”董太清说：“现在有一个梅花真人把桃木人要去了，我只打算他来找我要摄魂瓶，我故此拿宝剑出去。这个老道要坏我们的事。”张太素说：“不要紧，我教给你害人七天准死，我还会叫他当天就死的法子。张士芳，你去买点应用的东西，今天晚上我管保叫王安士咽气，明天张士芳你就办白事情。”张士芳甚为喜悦，立刻把应用的东西买来。等到天有二鼓以后，星斗出全了，张太素在院中摆设香案，把包头上扎头绳解开，披散开头发髻，手中仗剑，烧香一祷告：“三清教主在上，保佑弟子张太素把王安士害了，得张士芳五百银子，我给三清教主挂袍，还愿上供。”其实三清教主也不能为挂袍上供，就保佑他害人，也没有这样不开眼的神仙。张太素祷告完了，画了三道符，用宝剑尖一挑，点着，口中念念有词。三道符烧完，老道一用宝剑，说声：“太上老君，急拘如律令敕！”把摄魂瓶打开。立时就见一阵阵冷气吸人，一声山林失色，“咕噜噜”声如牛吼，“哗啦啦”进来一个，滴溜溜就地乱转，原来是王安士魂。一阵阴风惨惨，眼瞧那老道就把摄魂瓶之盖揭开，把魂魄收在瓶内，用红绸子一封，五色线一系。两个老道同张士芳来到西配房屋中。这屋里靠西墙有条案，头前八仙桌，两边有椅子。两个老道在两边椅子上一坐，把摄魂瓶放在条案当中。张太紊说：“张士芳，你不信你去瞧去，你姑父此时咽了气了。明天你办白事情，你可得给五百银子，不给我照样收拾你。”张士芳说：“我焉有不给之理？”

正说着话，就听东配房后有人喊嚷：“我要上吊了。”张太素一听，说：“贤弟你听，东边有人喊嚷要上吊，你我去瞧瞧，焉有不管之理？”董太清说：“瞧瞧去，我听声音像东后院。”说着话，两个老道同张士芳出来，将门倒带上，绕到东配房后。一瞧，本来院里有一棵树，在树上搭着一件大氅，见这人头戴翠蓝色六瓣壮士帽，蓝翠箭馆薄底靴子，白脸膛俊品人物，正解下丝绦，搭在树上拴套，口中自言自语：“罢了，人是生有处，死有地，阎王造就三更死，谁敢留人到五更？死了死了，万事皆休。”老道一看说：“朋友，你怎么跑到我们院里来上吊的呢？我们跟你无冤无仇，素不相识，你这可不对。”这个抬头一看，说：“道爷可不必见怪，我实不知道这庙里有人，我这打算是空庙呢。我要知道有观主，我天大胆也不敢来搅扰。”老道一听，这人说话很通情理，这才说：“朋友，你为甚么要寻死呢？我看尊驾堂堂一表非俗，大概不致不明白，为何寻此短见？”这人咳了一声说：“道爷要问，一言难尽。我本是镇江人，保镖为业。我保着二十万银子镖，走在这东边漫洼里，不想出来一伙强盗，约有四五十个人，把我截住，要留镖车。我一提我们镖局子的字号，这些贼人也不懂场面，他们说：‘不管是谁，就是当今皇上从此路过，也要留买路钱来。’我一动手，他们人多势众，我一人焉能敌得了？二十万银子，竟被他们劫去。我自己越想越没路。有心回去，这场官司打不了，客人焉能答应？叫我赔，我那有银子赔？我一想，除非一死方休。”董太清说：“你家里还有甚么人呢？”这人说：“家里有白发娘亲，绿鬓的妻子，未成丁的幼儿，母老妻单子幼。”老道说：“既是你家中有老母妻子，你要一死，家中一家子全竭了。依我劝你，你别想不开。你到本地衙门去报去，留下案底。你还是回去，你不能把送葬的埋在坟里。刽子手偿不了命，你总是实有其事。客人不信，叫他到本地衙门去查案，客人不能够要你的命。你想对不对？你快去罢！我也不让你庙里坐着了，今天我们庙里有佛事。”这人点点头，说：“多亏道爷开导我，真是话是开心钥匙。要依我连急连气，我就打算一死。我谢谢道爷。”立刻深施一礼，由树上把铜色氅拿下来，立刻跳墙出去。

老道转身往回去，刚来到院中，只见西配房屋中有一个人，红胡子，蓝靛脸，正要盗摄魂瓶。老道一看，气往上撞，说：“大胆好孽障！”立刻把屋门堵住。书中交代明白，来者非是别人，正是雷明、陈亮。这两个人打那来呢？原来孙道全在王安士家中，把桃木人拿下来，王员外还是不能起来。众家人就问说：“仙长，你老人家看咱们员外是甚么病？”孙道全说：“你家员外被阴人陷害，失去了魂魄，我得出去给找魂去。”众家人说：“好道爷那里找去？”老道说：“你们不用管我，今天晚上把员外的魂给找来就好了。”众家人说：“只要仙长把我们员外救好了，准得重重谢你。”老道说：“我到不要谢礼，所为了然功德。我要去找魂去了，晚上再见。”说罢出了王宅，一直来到海棠桥酒馆。雷明、陈亮在酒馆喝酒等着呢，见孙道全来了，陈亮说：“师兄喝酒罢。”三个人吃喝完了，孙道全把雷明、陈亮叫到酒馆以外无人之处，说：“二位师弟，师父有吩咐，叫你二人今天晚上够奔西边那座三清观。师父提说，那庙里西配房屋中，条案桌上有一个瓶，叫摄魂瓶，咱们师祖王安士的魂，被那庙里老道拘了去，搁在瓶里。你二人去把瓶盗来，就把王员外救了。可千万要小心，那两个老道可不好惹，都会妖术邪法，你二人可要留神。”

雷明、陈亮点头，立刻往前走。雷明说：“三弟，咱们二个人你盗我盗？”陈亮说：“二哥，你飞檐走壁之能，窃取灵妙之术，比我强。要说讲话口巧舌能，见甚么人说甚么话，机灵、眼便、力健，我比你强。二哥，你盗瓶，我使调虎离山计，把老道调出来。”雷明说：“你怎么使调虎离山计？”陈亮说：“我没准，瞧事做事，也许放火，也许装神装鬼。”两个人说着话，来到庙门以外。陈亮说：“二哥你在西边，瞧我打东边使调虎离山计。”陈亮上墙一看，两个老道在西配房里，一瞧东后院有一棵树，陈亮这才嚷上吊。雷明瞧两个老道出去，他由房上下来，刚要进西配房，雷明又怕屋里还有人，方才也没问孙道全他这庙里有几个老道。雷明心中一犹疑，又怕两个老道回来撞上，他又到东边来探探，听两个老道正与陈亮说话。雷明复反回来，刚要推门，又怕屋中有人，听了一听，才推门进去。这两耽误不要紧，两个老道回来了，见雷明正要伸手拿摄魂瓶，董太清一声喊叫：“好孽障，大胆！”雷明一回头，见老道已到门口，顾不得拿摄魂瓶，拉刀想要往外闯，焉想到张太素用手一指，竟把雷明用定身法定住。不知雷明性命如何，且看下回分解。

第二十三回　雷明智杀张太素　悟禅气吹董太清

话说张太素用定身法把雷明定住，老道心中就明白了。说：“贤弟，你看方才那白脸上吊的，是跟他一处的，一个使调虎离山计，一个来盗瓶，对不对？”董太清说：“有理。”立刻吩咐张士芳把雷明捆上。两个老道坐下说：“你这厮好大胆量，竟敢前来盗摄魂瓶？你姓甚么？谁叫你来的？那个白脸使调虎离山计的是谁？趁早说来。”雷明说：“我一个人来的，那个白脸我不认识。”张太素说：“谁叫你来偷摄魂瓶的？”雷明说：“我自己要来偷你。”张太素说：“你怎么不偷别的，单偷我这瓶子呢？”雷明说：“做贼的瞧见甚么偷甚么，我爱这瓶子，我就要偷。”张太素就把雷明的衣服解开，用绳子沾水一抽，雷明破口大骂。“叭、叭、叭”一连就是数十下，打得雷明身上尽是伤。陈亮在外面等候多时，不见雷明出来。陈亮暗中一探，见道士正打雷明。陈亮一看二哥挨打，心中难受，有心下去，又知道妖术邪法，不是老道的对手，不下去，瞧着二哥受这样委屈，心中又不忍。陈亮真急了，一瞧大殿后面堆着许多干柴，陈亮立刻掏出自来火，给把柴草点着，少时连大殿就着了。张士芳偶然看外面一亮，往外一瞧，大殿火起来了，张士芳说：“可了不得了，大殿着了火。”董太清一听，先把桌上摄魂瓶揣起来，同张太素、张士芳出来，到后面打算救火。

陈亮此时进去，把雷明背出来，一直够奔海棠桥。再回头一看，三清观烈焰飞腾，火光大作。陈亮来到海棠桥，找着孙道全。孙道全说：“二位师弟把摄魂瓶盗来没有？”陈亮说：“师兄你看，不但摄魂瓶没盗来，我二哥被老道打了浑身伤，我使调虎离山计，才救出来。咱们得找个地方，叫我二哥歇息，上点止痛的药才好。”孙道全说：“只可到王宅去罢。”这才带领陈亮，背着雷明，来到王宅，先叫陈亮在旁边等着。老道一叫门，管家王孝开门一看，说：“仙长来了甚好。”孙道全说：“我有两个采魂童子受累了，要在你们书房歇歇，你等可别偷着瞧。”王孝说：“是了，我们躲开，你同着进去罢。”老道这才同陈亮，把雷明背到书房，搁到里间屋中。叫雷明定定神，上上金疮止痛散，把帘子落下。老道在外间屋中一坐，少时有家人进来献茶，说：“祖师爷，你给我们员外把魂找来没有？我们员外可咽了气了。”老道说：“你告诉里面安人，千万别哭，我准管保死不了。”正说着话，就听外面一乱，说：“三清观着了火，把庙都烧了。”孙道全见家人出去，说：“二位师弟，你们两个人这个乱惹大了，三清观庙都烧了，那两个老道准要来找我拼命。”陈亮说：“那也无法，我焉能瞧我二哥叫老道活活打死呢？他不来便罢，他要来咱们三个人跟他拼命，也说不上算不来。”孙道全说：“事已至此，二位师弟也不必管。那两个老道都会妖术，你两个人动手也是白送死。你二人逃命去罢，我自有道理。他要找我，我跟他去就是了。”说着话已然东方发白，只听外面叫门。家人出去一看，是董太清、张太素。

这两个老道见大殿东西配殿一点没剩，只烧得片瓦无存，两个老道一跺脚说：“张士芳，因为你，把我的庙都烧了，我两个人的命不要了，非得找这个梅花真人去拼命。这两个人必是梅花真人主使来的。”张太素说：“我知道这个梅花真人，是灵猿化身，咱们去找他去。”立刻来到王安士门首，一叫门，家人开门一看认识，说：“董道爷、张道爷，二位这么早，来此何干？”张太素说：“你们这里住着一个梅花真人么？”管家说：“不错呀。”张太素说：“你叫他出来，就提我二人找他有事。”家人立刻到里面说：“仙长爷，现在外面有三清观的董道爷、张道爷找你。”孙道全一听说：“二位师弟，走你们的路罢。”雷明、陈亮说：“师兄，我二人惹的祸，要一走，岂不叫兄长受累？”老道说：“你二人去罢，我去见他。”孙道全当时来到外边一见，董太清一瞧认得，说：“原来是你呀。”孙道全说：“二位道友有甚么话说？咱们找清静地方说去。你们不必说我，我也不必说你，两个人事情，彼此说出来，叫人家耻笑。你我都是三清教的门人，咱们去找地方说去。”张太素说：“好，跟我走。”三个一直够奔海棠桥而来。焉想到雷明、陈亮早越房出来，后面远远暗中跟随。三个老道来到海棠桥，天光大亮，张太素说：“孙道全你说罢。”孙道全说：“咱们往北去，到天台山下，那里没人那说去。”张太素说：“走。”三个人一直到天台山下。孙道全说：“二位道友找我为甚么？”董太清说：“你无故坏我的事，你主使一个蓝脸，一个白脸，把我的庙烧了，我焉能容你！”孙道全说：“二位道友不便动怒，咱们彼此都是三清教的人，你把摄魂瓶给我，好叫王员外给你修庙，照样赔你。也别管蓝、白脸那两个人是我叫去的不是我叫去的，咱们一概不提，你瞧好不好？”董太清说：“你那算白说，今天我非得把你宰了，方出我胸中之气。我拿摄魂瓶，我自已会叫王员外修庙，何必你给我叫王员外修庙？”孙道全说：“二位别生气，慢慢说。”董太清那里肯听，伸手拉出宝剑，照定孙道全就是一剑。孙道全并不交手，往旁边一闪，口中直央求说：“二位道友饶了我罢，我给赔罪磕头，还不行吗？”董太清一剑跟着一剑，张太素脸朝着南站着，说：“非杀你，不出我二人胸中之气。”口中直骂。

这个时节，雷明、陈亮两个由东边绕到北边去，蹲在石头上面。雷明一瞧说：“三弟，你瞧咱们师兄不动手，净躲。这两个老道真可恨，我先把这个老道冷不防宰了，以报他打我之仇。”说着话，雷明拉出刀来，慢慢往前就走，张太素脸朝南站着，雷明由北边打他身后头往前来，心里说：“你要不回头，我就把你宰了。你要一回头，我就竭了。拿定身法把我定住，我这条命就不要了。”陈亮见雷明往前凑，心中为雷明担惊害怕，又怕张太素一回头，又怕董太清瞧见一嚷。陈亮又不敢叫雷明，一叫雷明怕老道听见。焉想到老道也是恶贯满盈，该当死，并不回头，只顾瞧董太清动手。雷明凑到近前，冷不防手起刀落，“扑哧”一下，红光崩现，鲜血直流，张太素的人头滚落在地下，死尸栽倒。董太清一瞧，师兄被那蓝脸杀了，说：“好孙道全，我说你们是一党不是？把我师兄杀了，我今天非要你等命不可。”雷明、陈亮说：“师兄咱们三个人，要他的命。”

正说着话，只见张太素的人头忽然由地下忽悠忽悠飞起来，有两丈多高，照定董太清的脑袋砸下去。董太清说：“师兄你死得屈，你别找我闹鬼呀！你找你的仇人，我准给你报仇。”正说着话，人头又飞起来，又照他打去，一连数次。大众留神一看，在西边石头后，有个小和尚在那里吹呢。孙道全一看认得，是悟禅。

书中交代，悟禅打那来呢？原本济公带悟禅到松阴观，一拜鲁修真。本来鲁修真是个修道的人，跟济公一谈，知道济公是得道的高僧，二人到是道义相投。和尚把乾坤颠倒迷路旗送给鲁修真，和尚说：“将来我到常山县慈云观，有一步大难，非道友救我不可。”鲁修真说：“圣僧有用我之处，给我信，我必到。”越谈越对，就留和尚师徒住下。次日天刚亮，和尚说：“悟禅你到天台山下去，救你三个师弟去，悟真那里有难。”悟禅点头，来到天台山下，在暗中藏着，见孙道全直央求，后来见雷明把张太素杀了，悟禅这才吹人头打董太清。孙道全一瞧见，说：“小师兄快来。”董太清也瞧见，说：“好妖精，竟敢这样无礼！”悟禅一撇肚子，一口气把董太清给吹起来，离地有一丈，“扑咚”把老道摔下去。

正摔董太清，忽听山坡一声“无量佛”，说：

山中清，山中清，万缘不到好修行。眼前浮云倾富贵，崖下流水无困横。是是非非不管我，长长短短没人争。惟有一时动情处，岭头一曲古英风。

一位老道信口作歌而来，大众睁眼一看，唬得亡魂皆冒。不知来者是谁，且看下回分解。

第二十四回　老仙翁一怒捉悟禅　二义士夜探天台山

话说悟禅正在气吹董太清，忽听山坡一声“无量佛”，信口作歌，来了一位老道：头戴旧布道巾，身穿破衲头，白绫高腰袜子，直搭护膝，厚底云履鞋；面如古月，鹤发童颜，一部银髯，真是发如三冬雪，须赛九秋霜；在手中提着花篮，背后背着乾坤奥妙大葫芦。来者老道非别，乃是天台山上清宫东方太悦老仙翁昆仑子。董太清一看，赶紧跪倒，口称：“祖师爷在上，弟子给祖师叩头。”孙道全也跪下了，悟禅也唬得不敢吹了，雷明、陈亮不知这老道的来历。这个老道在天台山，道德深远。这座天台山，有四十里地高，他的庙站在上面，叫接云岭。这座山上面，豺狼虎豹、毒蛇怪蟒极多，凡夫俗子也到不了山上面，都知道老道是神仙，在山上修行。孙道全、董太清都认识，故此赶紧行礼。老仙翁一看说：“你两个人为何在此争斗？从实说来！这个妖精是谁？”孙道全说：“回禀祖师爷，这个小和尚是我师兄，我拜了济颠和尚为师，我要跟济公学习点能为法术。”老仙翁一听说：“好，我山人正要找济颠呢。”

书中交代，老仙翁为甚么要找济颠作对呢？内中有一段缘故。只因前者褚道缘、张道陵两个老道被雷明、陈亮给把衣裳都剥了去，两个老道及至还醒过来，一瞧赤身露体，褚道缘说：“这怎么好？要在街上一走，谁瞧见，谁不打光眼子的？”老道张道陵说：“咱们到天台山上清宫去找祖师爷去罢。”两个人白天不敢走，等天黑，还是走山里，不敢走村庄。到上清宫一打门，小道童由里面出来，一开门说：“二位怎么连裤子都没有了？必是赌输了。”褚道缘说：“不是，我二人被济颠和尚欺负苦了。我二人要见祖师爷，求祖师爷替我们报仇。”说着话，来到里面。一见老仙翁，老仙翁这个气就大了，说：“两个东西，怎么这样不要脸？连裤子都没了？”张道陵说：“祖师爷有所不知，尘世上出了一个济颠和尚，兴三宝，灭三清。他说三清教没有人，都是畜类，全都是披毛戴角，不是四造所生，脊背朝天，横骨插心。他把我二人的衣服全都剥去了。求祖师爷大发慈悲，给我们报仇，也给我们三清教转转脸。”老道说：“我听说济颠和尚是个罗汉，怎么会说出这些话来？童儿去拿出两身衣服来，叫两个人穿上。那时节我见着济颠，我到要问问他。”褚道缘、张道陵两个人穿上衣服，在庙里住了一天走了。

今天老仙翁是早晨起来，在山中采药，看见山下一股妖气，直冲斗牛之间，故此这才下山来看看。一问孙道全，他提说拜济公为师，故此老仙翁说：“我正要找济颠僧。”又问：“你两个人为何争斗？”孙道全就把奉济公之命，搭救王安士，怎么董太清、张太素害人拘魂，从头至尾，细述一遍。董太清说：“祖师爷，你看孙道全他无故使人把我的庙烧了，方才那个蓝脸把我师兄杀了。”老仙翁说：“董太清，你这孽障，无故不守本分，贪财害人，张太素死有余辜。你把摄魂瓶拿出来，不准你再动手，山人今天便宜你。”董太清不敢不拿出来，立刻把摄魂瓶掏出来。老仙翁说：“孙道全，你拿摄魂瓶去救王安士。这个小妖精是你的小师兄呀，我把他带上山去吊起来。你给你师父济颠送信，叫他前来见我，他一天不到，我把他这徒弟吊一天，两天不来，我把他徒弟吊两天。那时他来，我把这妖精放开。”孙道全也不敢多说，悟禅就唬得不敢跑。怎么不敢跑呢？知道老仙翁身后背着乾坤奥妙大葫芦，勿论甚么妖精装到里面，一时三刻化为脓血。老仙翁立刻把悟禅搁到花篮之内，老道竟自上山去了。

雷明、陈亮这两个人急了，雷明说：“师兄，你瞧这个杂毛老道，把咱们小师兄弄了走，你为何不管呀？”孙道全说：“二位师弟有所不知，这个老道可惹不起，神通广大，法术无边。连咱们小师兄那么大的道行都不敢跑，我更不敢惹了。”雷明、陈亮一听，气往上撞说：“你惹不起，我两个人可惹得起！咱们小师兄被他拿去了，我二人焉忍袖手旁观？”孙道全说：“二位师弟打算怎么样呢？”雷明说：“这个老道不是就在山上庙里住么？”孙道全说：“是呀。”雷明、陈亮说：“我二人非把老道宰了，给小师兄报仇不可。”孙道全说：“二位师弟可千万不可任性，这个老道可非同别人可比，你二人岂不是白送死？依我说，趁早别碰钉子。”雷明、陈亮说：“你说不算，我二人拼着我们两条命不要了。”

说着话，往山上就跑，孙道全再三拦也拦不住。这两个人随后就追老道，展眼再瞧，老道不见了。这两个人焉能追得上？老道驾着趁脚风走了。这两个人追去，山路甚是崎岖，坑坎不平。正往前走，见眼前一道涧沟，南北有五丈余宽，深有万丈，当中就有一道独木桥，东西没有路，非得走这根独木桥过不去。陈亮一看，这根木头年深日久，都糟了，用手一挖，木屑就往下面掉。陈亮说：“二弟，你看非得走这独木桥过不去。要走当中头一断，摔下去落在山涧，就得摔个肉泥烂酱。”雷明说：“咱们拼个死去。非得把老道杀了，把小师兄救回来。”陈亮说：“走。”两个人就把心一横，立刻施展陆地飞腾，就打这根木头上走过来。也没怎么样，二人这才又往前走。约走了数里之遥，忽见眼前有一只猛虎，两只眼灯笼相仿，张着血盆大嘴，尾巴来回直摆，把地下的石子扫得往起直飞。雷明、陈亮两个人一看，吓得亡魂皆冒。雷明说：“老三，你看这可要没命。”有心回去罢，走在独木桥也许掉下去，老虎若要追，也跑不了。两个人一想：“该要死活不了。”拉出刀来，愣往前走，走到猛虎跟前，老虎拿鼻子闻闻，都摇头不吃。雷明说：“咱们两个人走罢，不该是他嘴里食。”

说着话，二人又往前走，眼前日落西沉。正往前走，只见大岭上有一条大蟒，只有三十余丈长，有皮缸粗细，两只眼似两盏灯一般。雷明、陈亮被老虎唬得一身汗，觉着毛骨悚然，刚把汗落下去，身上仿佛长点力气，这又瞧见大蟒，把两个人又吓得惊魂千里。不往前走是不行，山上没有两条路，陈亮说："二哥，生有地，死有处，方才老虎没吃咱们，这条大蟒也许不害人。咱们愣往前闯。"正说着话，只见这条大蟒一阵怪风，竟自去了。雷明、陈亮说："好险，好险，你我两世为人。"二人微缓了一缓，又往上走。

来到了上清宫，约有二更天，一看满天星斗，朦朦月色，山上静悄悄，空落落。见这座庙前至后三层大殿，周围地势占的不小。正山门坐落正北，上面有字，是泥金匾刻的字，上写"护国敕建上清宫"。东西有角门，都关着，庙门口有两根刹杆，庙里有两根旗杆。雷明、陈亮二人看罢，拧身蹿上墙去，往里一望，正当中大殿五间，带月台，东西各有配殿，中院栽松种竹，清气飘然。大殿东西，有四扇屏门套着，是第二层院子。两个人蹿房越脊，施展飞檐走壁，如履平地相仿，往后够奔。站在房上一看，东跨院里有灯光，这院中也是四合房。北上房五间，南倒座五间，东西配房各三间，北上房屋中射出灯光。雷明、陈亮来到北上房前披，施展珍珠倒卷帘，夜叉探海式，往屋中一看，见屋中靠北墙条案上面有些经卷，头前八仙桌上面有一盏灯笼，两边有椅子，老道正在上首椅子上坐着，在灯下看书。这屋中是明三暗五，再一看房柁上吊着悟禅，绳子拴着脚，头向下倒吊着。

雷明、陈亮一看，气往上冲，立刻伸手拉刀，由上面一翻身跳下来，往屋中就闯。一掀帘子，打算摆刀杀老道，焉想到老道一抬头，说："好孽障！大胆！"用手一指，用定身法就把雷明、陈亮定住。雷明、陈亮气往上撞，破口大骂。老道立时吩咐："来人，把他两个小辈，缚到后面去，结果了性命。"不知二位英雄性命如何，且看下回分解。

第二十五回　永宁村法救王安士　韩家院捉拿章香娘

话说老仙翁把雷明、陈亮定住，吩咐把二人搭到后面去结果性命。这个当儿，旁边过来一人说："师父，你老人家大发慈悲罢！这两个人是弟子我的结拜兄弟，又是我的救命恩人。求祖师爷看在弟子面上，饶恕他二人罢！二位贤弟跟我到后面去。"雷明、陈亮一看，说话这人是夜行鬼小昆仑郭顺。雷明、陈亮正破口大骂，郭顺说："二位贤弟别骂了。"立刻把雷明、陈亮带到后面去，老仙翁还怒气未息。天光刚亮，只听外面一声"无量佛"。小道童出来一看，来者乃是孙道全。

书中待表，孙道全自从山下见雷明、陈亮追赶老仙翁去，他也无法，拿着摄魂瓶，够奔永宁村。来到王安士家一打门，家人一看，说："道爷来了，可曾把我们员外爷的魂给找来？"孙道全说："找来了。"家人立刻同孙道全来到里面，一看王员外已然如死人一般。孙道全把摄魂瓶拿出来，打开一念咒，王安士的魂魄归了窍。当时王安士"啊呀"了一声，一睁眼说："我好闷得很。"众人一瞧老员外说出话来了，都欢喜了。安人说："员外你好了。"老员外说："我没有病，仿佛做了一场大梦。"众家人说："员外爷，你躺了好几天了，昏迷不醒。要不是这位仙长救你老人家，就了不得了。"老员外说："原来如是。"立刻翻身起来，如同好人一般，要给老道磕头。孙道全说："老员外千万别给我磕头。我给人治病，我许过愿，谁要一给我磕头，我要损阳寿。"家人先给拿桂圆茶来，王安士喝了，就觉着心里发空。家里有现成的燕窝粥，给员外先喝了一碗。老员外吩咐请真人外面书房坐。老员外也就不敢给老道行礼了，穿好了衣服，陪着来到书房，叫家人预备上等果酒。众人无不感念老道的好处，家人把酒摆上，老员外陪着孙道全喝酒谈心。

老道喝着酒，忽然往东一看，一股妖气直冲霄汉。书房是西房，正往东看，老道就问："员外，这东院里是甚么人住着？"王安士说："那院里是我一个拜弟，姓韩名成，跟我也是世交。"老道说："他家里有甚么人？"王安士说："他家里夫妻两个，有一个儿子叫韩文美，有媳妇。道爷问这个做甚么？"孙道全说："我看那院里有一股妖气冲天，那院里准有妖精。"王安士一听，说道："没听说他家里有妖精，真人看着准有妖精？"老道说："那不假，准有。"王安士一想，我跟韩员外至有交情，既知道焉有不管之理？想罢，说："道爷，既瞧出来，何妨慈悲慈悲，跟我过去给把妖精除了。那院里韩员外跟我至好，也不是外人。"孙道全说："可以，我山人去瞧瞧。"

老员外同老道来到隔壁一叫门，韩员外家的管家出来开门，一看说："王员外，你老人家好了？"王安士说："好了。你家员外可在家里？你到里面通禀一声，我来见你家员外有事。"家人立刻进去一回禀，韩成赶紧迎接出来。孙道全一看，这位韩员外好样子，身高八尺，膀阔三停，头戴宝蓝缎子员外巾，迎面嵌美玉。他本是武举出身，身穿宝蓝缎员外氅，腰系丝绦，白袜云鞋，面如紫玉，浓眉大眼，三绺黑胡须。一见王安士，连忙施礼说："兄长身体欠安，可曾好了？小弟少来问候。"王安士说："你我兄弟知己，勿叙套言。"韩成说："这位道爷是谁？"王安士说："这位乃是梅花真人，我的病就是这位道爷救的。"韩成拱手让到里面书房落座，家人献上茶来。王安士说："今天我同道爷来此，非为别故，方才我同在书房吃酒，真人看你这院中有妖精。我想你我知己，我不能不管。我求真人过来，给你降妖捉怪。"韩成说："我这院中从没闹过妖精，道爷怎么瞧有妖精呢？"孙道全说："我看这股妖气，还是阴气，必是女妖。员外你把女眷连婆子、丫环都叫他出来，我山人一瞧，就瞧出来。"韩成说："可以。"立刻叫家人给内宅送信，叫安人、少奶奶、众婆子、丫环都出去。少时内宅女眷都出来，老道来到院中一看，有一位妇人二十多岁，长得姿容秀美，绝类无双，真是娇滴滴声音婉转，软却却万种风流，有两个丫环搀着。孙道全一看这个妇人是妖精，老道拉出宝剑一指说："好妖精，见了山人还敢这么大模大样？"这妇人并不言语。孙道全说："你还不现原形？"这妇人也不言语，孙道全举宝剑赶过来就要剁。这个少妇非是别人，乃是韩成的儿媳妇。怎么会是妖精呢？这其中有一段因由。

韩成之子韩文美，本是个念书的人，当初跟王全、李修缘都是同窗的书友，就是韩文美年纪居长，王全次之，李修缘顶小。皆因李修缘一走，王全也不念书了，韩文美就剩下一个人自己在家中用功。偏巧他妻子故去，韩文美更无心念书，时常带书童出去游山玩景，以解胸中之闷。韩成打算给他续室，老不合适，高不成，低不就，大户人家不愿给添房，小户人家韩成家里有钱，不班配，他又不要，故此乃耽误下了。

这天韩文美带着书童又出去游玩，走在永宁村西，觉着口干舌燥，韩文美说："童子，你我到那里去歇息歇息，找杯茶吃。"童子说："眼前不是清静庵么？庙里老尼姑，不是公子爷的师父么？我见老尼姑给公子爷送过百家锁，常常到咱们家去送礼，咱们到庙里去喝茶好不好？韩文美一想："也好。"立刻同书童来到庙门首叫门。工夫不大，就见由里边出来一个小尼姑，把门开了，说："公子爷来了。"韩文美说："老师父可在庙里？"小尼姑说："在庙里，公子爷请里面坐罢！"韩文美带领书童，这才往里边够奔，一直来到西跨院。这院中是西房三间，北房三间。小尼姑来到北房禅室，一打帘子，说："师爷，韩公子爷来了。"这庙里老尼僧名叫妙慧，一听说韩公子爷来了，赶紧由里间出来。说："公子爷来了，怎么这么闲在？"韩文美赶紧行礼，说："师父一向可好？

弟子有礼。”老尼僧说：“好，公子爷请坐！”

韩文美坐下，老尼姑叫来人倒茶来，只听里面屋中一声答应，真是娇滴滴声音，一掀帘子，由里面出来一个带发修行的少妇。韩文美一看，真是貌比天仙胜百倍。给韩文美过来一倒茶，韩文美就闻着这少妇身上带着有一阵兰麝之香透入鼻孔之内。这妇人把茶倒上，慢闪秋波，斜乜杏眼，瞧了韩文美一眼，转身进屋中去。韩文美一瞧这妇人，当时心神飘荡，这才问老尼僧：“这位妇人是谁呀？”妙慧说：“这是我新收的徒弟，他姓章，名叫香娘，他原是这村北的人。他丈夫故去，家有婆母，要逼他改嫁，他不愿改嫁，情愿出家，拜我为师，就在我这庙里，侍奉佛祖。”韩文美点了点头，坐了片刻，告辞。一出庙，真仿佛把魂留在庙里。到了家中，茶不思饭不想，躺在炕上茶饭懒用，一闭眼就见章氏香娘在眼前，自己得了单思病。

韩员外夫妇跟前，就是这一个儿子，一见儿子病了，赶紧请名医给治。先生也瞧不出甚么毛病来，一天不如一天。韩成一想：“这病来得奇怪。”就把书童叫过来一盘问：“你公子上那去了？不说实话，就把你打死。”书童不敢隐瞒，就把上清静庵里去，遇见章香娘之故一说。韩成夫妇疼儿子极了，赶紧叫人把清静庵老尼姑请来。安人说：“亲家，你瞧你徒弟病得厉害，你得救你徒弟，我夫妇就是这一个儿子。”老尼姑说：“我怎么救他？”安人说：“你庙里听说有一个章氏香娘，你要给我儿子把亲提妥了，他的病就好了。”老尼姑说：“呦，人家跟我出家，我劝人家改嫁，那如何使得？”安人说：“你费费心罢，只要你给提妥了，我必当重谢你。”老尼姑说：“我提着瞧罢。”当时老尼姑回去，到庙中跟章氏香娘一提，先前章氏香娘不愿意，后来愿了意。老尼姑给韩宅送信，韩成还是定花轿，照娶姑娘一样。韩文美一听说定下，病就一天比一天见好。等娶过来，夫妻好得如胶似漆，公婆也爱喜儿媳妇，婆子、丫环都没有不跟少奶奶合适的。半年多的光景，也没人知道她是妖精，今天无故被孙道全看出来。孙道全摆宝剑刚要剁，焉想到韩成恼了，由后面冷不防打孙道全一个嘴巴，挟起来，来到大门外，把老道扔下，说：“你那来的老道？跑到我家里来撒野！说我好好的媳妇是妖精，你快滚罢。”说完了话，关上大门进去。

孙道全一想：“真是：‘是非只为多开口，烦恼皆因强出头。’自己也觉着脸上无光。莫若找我师父去，非把妖精捉了，可以转转脸。”想罢往前走。刚一出村口，就听后面起了一阵怪风，赶情是妖精追赶下来。不知孙道全性命如何，且看下回分解。

第二十六回　孙道全捉妖遇害　济禅师拉船报恩

话说孙道全出了永宁村，正往前走，忽听由后面起了一阵怪风，刮得走石飞沙四起。孙道全一闻这阵风，异香扑鼻，心里说：“了不得了，这个妖精追下我来，要跟我做对。”正在心中思想，何尝不是？只听后面有人说话：“好孙道全，你往那走？仙姑跟你远日无冤，近日无仇，你敢坏我的事，拆散我的金玉良缘。仙姑我这几年没吃人了，今天我开开杀戒，把你吃了，我饱餐一顿。”

孙道全一回头，果然是那个妇人追下来了。孙道全赶紧拉出宝剑一指，说：“好妖怪，你好大胆量，竟敢跟山人前来做对，我今天结果你的性命！”妖精说：“并非仙姑我来找你，你无故坏我的事，我焉能饶你？”孙道全摆宝剑就剁，妖精一闪身，抖手祭起一块混元如意石。这石头能大能小，起在空中好似座泰山，照孙道全头顶打来。孙道全也有点能为，受过广法真人沈妙亮的传授，一瞧石头打下来，赶紧口念护身咒，掐剑诀一指，说声“敕令”。立刻石子现了一道黄光，坠落于地。妖精一瞧，说：“好孙道全，你敢破仙姑的法宝！”立即又一抖手，孙道全一看，无数的长虫奔孙道全要咬。孙道全知道这是障眼法，立刻把舌尖咬破，往上一喷血。这些长虫全显露原形，都是纸的。妖精勃然大怒说：“孙道全，你敢破仙姑的法术！”说着，一撇肚子一张嘴，喷出一道黄光，这是她三千多年的内丹。孙道全立刻觉着浑身一麻，翻身栽倒。妖精哈哈一笑说：“我打算你有多大能为，原来就是这样。今天活该我吃你。”立刻把孙道全一提，来到山神庙，把孙道全搁到里面。妖精把门一关，打算要显原形吃孙道全。

正在这般情况，就听门外哈哈一笑说：“好孽障，真乃大胆，竟敢要吃我徒弟？来来来，咱们爷们较量较量。”妖精一听，往外一看，来了一个穷和尚。

书中交代，来者乃是济公。济公由八卦山叫悟禅走后，跟坎离真人鲁修真告辞。鲁修真说：“圣僧何妨在我这庙里多住几天？你我可以盘桓盘桓。”和尚说：“我还有要紧的事，你我后会有期。”和尚离了八卦山，往前行走，来到一个小码头，见王全、李福正进酒馆，和尚也掀帘子进去。王全、李福刚坐下，要了一桌酒席，和尚也进来，向王全说：“乡亲才走到这里？”王全一看，是萧山县树林子里遇见那穷和尚，王全说：“大师父，你也来了？”和尚说：“你们二位，这些日子才到这里？”王全说：“别提了，我二人在萧山县遭了一场官司，耽误了几天。”和尚说：“乡亲你回家去罢，你不必找你表弟，找也找不着。你一天到家，你表弟也一天到家，你两天到家，他也两天到家，你那时到家，他也就到家了。”王全说：“是、是，大师父没吃饭罢？”和尚说：“可不是。”王全说：“你在这里一同吃罢。”和尚说：“敢情好。”王全立刻叫伙计拿过一份杯筷碗碟来，和尚就坐下。伙计把干鲜果品菜蔬上齐，和尚大把抓菜，李福就瞧着不愿意。和尚抓起来还让呢：“你们二位吃这把。”王全一瞧，和尚真脏，满脸抹油。王全嫌脏，说：“和尚你吃罢，那盘子都是你吃，尽其所有。”和尚说：“我就得其所哉！”王全点染吃点不吃了，李福也饱了。和尚大吃大喝大抓，连跑堂的都拿眼瞪和尚。跑堂的心说：“好容易来了一位阔大爷，要成桌的酒席，吃不了，好吃点剩的，这叫和尚拿手一抓怎么吃？”王全见和尚吃完了，叫伙计算帐。

这个时节，由外面进来一个人，说：“那位搭船走，我们船上海棠桥。”李福说：“公子爷，咱们搭船走罢。”王全一听说：“你还提坐船？提起唬得我魂飞胆裂。你曾记得曹娥江坐船？”李福说：“曹娥江那是包船，这是搭船，这船上别的客座多着呢。”这才问管船的：“你船上有多少人了？”管船的说：“有二十多位了。”李福说：“上海棠桥我们去，船上有舒展地方没有？”管船的说：“前后舱人都满了，就是上铺闲着。你们二位上海棠桥，坐上铺，给五百钱罢。”李福说：“钱到好说，今天这就开船么？”管船的说：“这就开船。”李福这才把酒饭帐给了，说：“公子爷上船罢。”王全站起身往外走，和尚说：“咱们那里见罢。”王全也不知和尚说那里见，主仆同管船的出了酒铺，来到码头河岸上船。众坐船人都说：“还不开船么？”管船的说：“开船？我们船上就是两个人，还得雇一个拉短纤的就走。”

正说着话，那穷和尚梯他梯他由东来了，管船的正嚷：“谁拉短纤？”和尚答了话说：“我去。”管船的说：“大师父，你一个出家人，拉纤行么？”和尚说：“行。出家人按一口锅，也跟俗家差不多，都得挣钱吃饭。”管船的说：“就是，大师父你拉罢。”立刻把纤板给了和尚。管船的提锚撤跳板开船，济公禅师把纤板一任，拉着就走。

书中待表，济公要拉船纤，所为报答表兄王全出来找他披霜戴雪、早起迟眠这点辛苦，和尚故此拉纤。人家拉纤喊船号，和尚一边拉着纤，信口说道：

这只船，两头高，坐船的主人心内焦。踏破了铁鞋无处寻找，弟兄相见不分晓。到天台，才知道，骨肉至亲两相照。

和尚念完了，往前走着，信口又说道：

想当年，我剃度，舍身体，洗发肤，归于三宝做佛徒，松林结茅庐。妄想除，余思无，真被累，假糊涂。脸不洗，手不沐，无事笑尼姑。走陆路，游江湖；好吃酒，爱用肉；不管晨昏香焚炉，混寄在世俗。风霜冷到穿葛布，天气热到披裘服；为善要救急，恶必诛，济困要危扶。

和尚一边念着，往前走，又念：

你说这一只船，两头摇，管船的女人好细腰。由打去年抱了一抱，直到如今没摸着。

管船的一听说："和尚别玩笑，你满嘴说的是甚么话呀？"和尚说："我不管了。"说着话，和尚把纤板一扔，撒腿就跑。管船的说："你们瞧这个和尚，真是半疯。拉了这半天纤，快到了，他跑了，他也不要拉纤的钱。"众坐船的人，一个个全都乐，说："这个和尚是有点疯病。"大众纷纷议论，这且不表。

单说和尚撒腿就跑，直奔山神庙而来。罗汉爷先把佛光、灵光、金光三光闭住，来到山神庙门口，和尚一推门说："好孽障！你这胆子真不小，竟敢吃我徒弟？待我来结果你的性命。"妖精正要吃孙道全，忽听门外有人说话，妖精回头一看，是一个穷和尚。短头发有二寸多长，一脸的油泥，破僧衣短袖缺领，腰系绒绦，疙里疙瘩，光着两只脚，穿着两只草鞋，长得人不压众，貌不惊人，三分不像人，七分到像鬼。济公禅师把三光闭着，妖精一看，是一个凡夫俗子，当时气往上撞，说："好穷和尚，你敢前来无故多管仙姑的事？你岂不是前来送死？"和尚说："你这东西，无故不守本分，缠绕韩文美，还敢欺负我徒弟？今天我非得要你的命。"妖精一张嘴，照定和尚喷出一股黄气，打算要把和尚喷倒。焉想到和尚哈哈一笑道："好孽障，你会喷毒呀！你使坏我也不怕。大概你也不认识我老人家是谁？我叫你瞧瞧。"和尚一摸脑袋。露出佛光、灵光、金光，妖精一看，见和尚身高丈六，头如麦斗，身穿织缀，赤着两只腿，光着两只脚，原来是一位知觉罗汉。妖精吓得连忙跪倒，"嗥嗥"直叫。

人有人言，兽有兽语，妖精说："圣僧你老人家饶命，并不是我要兴妖害人。因那韩文美他瞧见我，他要托人说我，我才跟他成亲。求圣僧大发慈悲，饶了我罢。"和尚说："你现原形我瞧瞧。"妖精立刻身形一晃，现了原形。和尚一看，这才明白，不知道是甚么妖精，且看下回分解。

第二十七回　济公施法治妖妇　罗汉回家探姻亲

话说济公露出佛光、灵光、金光，妖精这才跪倒央求。和尚叫妖精现了原形，一看原来是一个香獐子。

书中交代，这个香獐子，乃是天台山后天母宫，有一个玉面老妖狐的第三个徒弟，他有三千五百年的道行。这个老妖狐，乃是五云山五云洞五云老祖的女儿，他自称玉面长寿仙姑。这个香獐子，他常到清静庵去听经，后来他一想："莫若我拜老尼姑为师，跟他学学经卷。"自己摇身一变，变了一个美貌的妇人，到庵里去投奔老尼姑。他说他是村北住家，丈夫故去，婆母要叫他改嫁，他不愿意改嫁，要拜老尼姑为师，情愿晨昏三叩首，早晚一炉香，侍奉佛祖，他说姓章名叫香娘。老尼姑妙慧信以为真，也不知道他是妖精，把他收下。焉想到韩文美瞧见他，惦念在心，托老尼姑说媒。老尼姑到是怕韩文美死了，韩成夫妇绝了后，到是一番好意，把香獐子给韩文美说了去。今天香獐子遇见济公，当时求济公饶命。人有人言，兽有兽语，一哀告，和尚说："你要叫我饶你也行，你得依我一件事。"香獐子说："只要圣僧饶命，有甚么事，圣僧只管吩咐。"和尚说："你附耳如此如此，然后这等这样，依我的话照样办，我就饶你。"香獐子说："圣僧怎么说我怎么办。"和尚说："既然如是，你去你的，咱们那里见。"香獐子立刻一晃身，竟自去了。和尚这才把孙道全救过来，孙道全一明白过来，睁眼一看，济公在旁边站着，孙道全赶紧给师父行礼。和尚说："你无故要多管闲事，'是非只为多开口，烦恼皆因强出头'。没有那么大能为，愣要捉妖？没捉成妖，差点叫妖精把你吃了。"孙道全说："多亏师父前来搭救，不然我命休矣！"济公说："你捉妖叫人家把你打出来，你还有甚么脸见人？我还捧你一场，叫你把神仙充整了。"孙道全说："师父，我怎么把神仙充整了。"和尚说："你附耳如此这般，这等这样，就把神仙充整了。"孙道全点头答应，和尚说："你去罢，我还有事。"

和尚出了山神庙，一直来到海棠桥，路西里有一座酒馆，字号"凤鸣居"。当初这座酒馆，原来是韩文美、王全、李修缘三个人，每人拿三百银子成本开的。到不为赚钱，所为三个人随便消遣。后来李修缘一走，王全也不到铺子去照料。韩文美一病，把这个铺子就交给家人王禄照管。本来王禄就不务正，最好押宝赌钱。现在王全又一出外去找李修缘，王禄更没人管他了。自己胡作非为，把买卖全叫他输了。铺子后头搁上宝局了，前头把掌柜的跑堂的全散了，就剩下一个小伙计。王禄今天正在拦柜里坐着发愁，只见由外面进来一个穷和尚。和尚说："辛苦辛苦。"王禄也不认识是李修缘，一来济公离家数年，二则又是僧人打扮，一脸的泥，谁也认不出来了。王禄说："大师父，喝酒呀？"和尚说："喝酒，拿两壶来。"王禄给拿过两壶酒来。和尚喝了，又要了两壶。喝完了四壶酒，和尚站起来就走。王禄说："大师父，怎么走么？"和尚说："喝够了，不走怎么着？要没喝够还喝呢！"王禄说："你走，给酒钱。"和尚说："给钱上你这里来？"王禄说："上我这里来，怎么就不给钱呢？"和尚说："我没钱，我本不打算喝酒，皆因你这写着穷和尚喝酒不要钱，我才来喝酒。"王禄说："那写着呢？"和尚用手一指说："你瞧。"王禄一瞧，果然墙上贴着一张红纸，上面写着"本铺穷和尚喝酒不要钱"。王禄说："这是谁跟我闹着玩，给贴的？"

和尚说："掌柜的，你这铺子怎么这么热闹？"王禄咳了一声说："大师父，别提了。先前我这买卖，一开张很好，都叫我押宝输了，现在把买卖做的这个样。"和尚说："咱们两个人，到是同病相怜。我和尚有二十顷稻田地，两座庙，都叫我输了，我也是押宝押的。现在我可学出高眼来，都说'高眼没裤子穿'，这话一点不错，是局上瞧见我，都不敢叫我要。给我拿个三百钱，叫我喝茶。我就指着吃局上。"王禄一听说："大师父，你会押宝么？"和尚说："会。勿论甚么宝，瞒不了我。铜盒子、木盒子、打宝、飞宝、传宝、递宝，全瞒不了我。我一要就得赢，如同捡钱一般。就是众局上都不叫我押，我没了法。"王禄一听说："咱们这后院有宝局，和尚你要给我猜几个红，不但我请你喝酒，我还给你换换衣裳。"和尚说："你有钱么？"王禄说："有。我告诉你说罢，我刚借了二十吊印子钱。坐地八扣，给九六钱，十吊给八吊，二十吊实给十六吊，一天打二吊四百钱，打一百天合满钱二十四吊，连底子我得出十吊钱的利钱。没法子，不能不借，这还是指着铺子借的。大师父，你跟我到后面去，你给猜几个红。我赢了，苦不了你。”和尚说：“就是罢。”

立刻同王禄来到后面一看，后面这里有好几十个人，围着宝台子，刚把宝盒子开出来。和尚说：“掌柜的，你押罢。这宝进门闯三，你押大拐三孤钉，准是正红。”王禄一想：“那有这么巧？倘若押上一揭盖两瞪眼，要开了么二四，把十六吊钱一输，那还了得？”自己不敢押，和尚说：“你不押，这宝可是三。”王禄说：“瞧瞧再押罢。”正说着话，做活的叫宝一揭盖，果然是三。王禄一瞧一跺脚，自己后悔不该不押，这要听和尚的话，把十六吊钱都押上孤钉，赢四十三吊二百。少时就见又把宝盒开出来，王禄说：“大师父，这宝你猜实么？”和尚说：“方才我叫你押三，你不押，这宝还是三。”王禄心中犹疑，说：“方才开三，这宝那能还是三呢？”和尚说：“你爱信不信。”王禄一想：“先瞧瞧再说罢。”焉想到一开宝又是三。王禄自己又一跺脚，说：“这是怎么说话？要听和尚的话，两宝来钱并住赢一百多吊。”和尚说：“你是不听话。”王禄说：“我那知道？”说着话，第三宝又摔上盒子。王禄又问：“大师父，这宝押甚么？”和尚说：“这宝押二，这叫黑虎下山。”王禄一想：“和尚连猜了两宝红了，这宝许没准，我莫若瞧一宝罢。”和尚说：“你又不押？”王禄说：“等等别忙。”眼看着又一揭盖是二，王禄自己一想：“我是甚么东西？和尚果然是高眼，我不听？”和尚说：“你老不押我走了。”王禄说：“别走。”自己一想：“这宝破出十六吊钱不要了，和尚叫我押我就押。”想罢一瞧，宝又开出来，王禄说：“大师父，这宝我押甚么？”和尚说：“我猜三，你爱押不押！”王禄一想狠了，当时把十六吊钱满搁在三上押孤钉，心里担着心，见宝盖一揭，是么，红的冲么，白的冲三。王禄一瞪眼，说：“和尚你瞧这宝么了，押揄了。”和尚说：“谁叫你先不押！我连猜三宝红你不押，我那能够宝宝猜着？”王禄一想：“这有甚么法子？不答应和尚也是白饶。和尚连一条整裤子都没有。”自己噘着嘴，赌气出来。和尚也跟着出来。

刚来到外面，就见王全、李福一掀帘子进来。和尚说：“乡亲才来呀。”王全一瞧说：“和尚你也来了。”和尚说：“可不是，乡亲你快回去罢，不必在外面耽延了，在外面耽延，你也找不着你表弟。你回去，你一天到家，你表弟也到家，你两天到家，你表弟两天到家，你那时回去，你表弟也就到了。”王全说：“是。和尚你做甚么在这里呢？”和尚说：“我喝了四壶酒没钱，他不叫我走，乡亲你替我给了钱罢。”王全说：“是了，我给罢。”李福可就有点不愿意。王禄一瞧主人回来，赶紧过来行礼。王全说：“王禄我且问你，这两天老员外喜欢不喜欢？要喜欢我好回去。”王全本是个孝子，来打听打听，倘如老员外要不喜欢，自己暂且不敢回去，怕爹爹说，故此先来问。王禄说：“公子爷你回去罢，老员外几乎死了，又听说今天才好。公子要昨天回来，还赶上着急了。老员外已然都上床咽了气，多亏有一位老道给救了。”王全一听一愣，说：“老员外甚么病呀？”王禄说：“不是病，听说是被阴人陷害。听说大概是张士芳，勾串三清观的董老道、张老道，可不知是怎么陷害的，公子爷快回去罢。”

王全一听，说：“别人都可说，惟有张士芳他可不该。素常我给他银钱，他到生出这样心来，真乃可恨。”和尚说：“乡亲，你们说着话，我要走了。”立刻济公出了酒馆，这才要够奔永宁村，甥舅相认。不知后事如何，且看下回分解。

第二十八回　探娘舅济公归故里　点奇梦圣僧度善人

话说济公出离了酒馆，一直够奔永宁村，来到故土原籍。济公一看，叹了一声，离家这几年的光景，村庄都改了样了。正是兔走荒苔，狐眠败叶，俱是当年歌舞之地；露冷黄花，烟迷碧草，亦系旧日征战之场。济公一看旧日儿童皆长大，昔年亲友半凋零。罗汉爷一进西村口，见路北一座大门封锁，正是当初济公自己的住宅。紧挨着三座大门，正当中就是王安士的住家，东隔壁是韩成韩员外的宅子，西隔壁就是李修缘的房子。自李修缘走后，王员外派人就把这所房子腾空了，用封条封上。济公今日一看，睹物伤心，回忆当年有父母在堂，家中一呼百诺，现在如今只落得空房一所，自己孤身一人，未免心中可惨。济公再抬头一看，见娘舅王安士正在门首站定，两眼发直，似乎心有所思的样子。

书中交代，王员外为甚么今天在门口站着呢？皆因韩成韩员外把老道打了一个嘴巴，挟着扔出去，王员外觉着脸上下不去。见韩成进来，王安士就说："韩贤弟，你这件事做得太莽撞了。老道同我过来，乃是一番好意，贤弟你太有些粗鲁。"韩成说："兄长有所不知，这是我儿妇。无缘无故，那来的这么个老道，拿宝剑威吓我儿媳妇。倘若要吓着怎么办呢？本来你侄儿韩文美就有病。"王员外自己颇觉无味，甚为后悔，不该多管闲事，立刻告辞。回到自己家中，一问家人，老道并没回来。王员外一想："老道是我的救命恩人，这一来老道大概是没脸见人，不肯回来。"王员外打算要谢承老道几千两银子，也不知道老道那去了，自己颇觉烦闷，又想对不起老道，故此来到门口了望。

正在发愣，济公赶奔上前，跪倒在地，口称："舅舅在上，甥男李修缘给舅舅行礼。"王安士一瞧，是一个穷和尚，褴褛不堪。老员外一愣，并不认识，连忙说："来人那！给拿出两吊钱来，给这位大师父，你趁此去罢。"王员外终朝每日找李修缘，恨不能李修缘一时回来，怎么见了李修缘到叫给两吊钱叫去呢？皆因王员外看着不是李修缘，想当年李修缘在家之时，是白脸膛，富豪公子的打扮。现在一脸的泥，又是穷僧人，老员外那里认得出来？王安士只打算是和尚必是知道我的心思，他故意要这么说，故此要给两吊钱，叫和尚去罢。济公跪着不起来，说："舅舅不必拿钱，实是甥儿李修缘回来了。"王员外一听，"啊"了一声，正在发愣，王全、李福来到。王全一瞧这个穷和尚在这跪着，也不知所因何故，赶奔上前行礼说："爹爹在上，孩儿有礼。"王全是在凤鸣居听王禄说老员外差点死了，王全甚不放心，因此赶紧回来。见老员外正在门首，王全上前一磕头。王安士说："儿呀，你回来了！你可曾找着你表弟李修缘？"怎么当着李修缘还问李修缘呢？原本老员外看着和尚不对。王全说："孩儿并没找着李修缘，在萧山县孩儿遭了一场不白之冤的官司，几乎丧了性命，因此孩儿回来了。"王安士点了点头。王全就问："你这和尚，跟我们走了一遭，为何在此跪着？"济公说："表兄，你不认识我了，我就是你表弟李修缘回来了。"李福一看说："你这和尚真是蒙事，吃了我们一顿饭，你还来假充我小主人？我家公子，我是认得的。"和尚说："李福哥，你是不认识我了，我脸上泥糊住，我一洗脸，你就认识了。"王安士一听，说："好，你进来洗洗脸，我看看。”立刻济公同着众人来到书房。

老员外吩咐家人打脸水来，家人答应，立刻把脸水打来。济公一洗脸，把脸上的泥都洗了去。王安士再一看，何尝不是李修缘？王全一看就哭了，说：“表弟，你在萧山县见着我，你为何不说？你要说了，我早就把衣裳给你换了，何必叫你受这一路的苦楚。”李福一看说：“哎呀！公子爷，你老人家千万不可见怪，老奴实在太莽撞了。言语冒犯，望公子爷多多的恕我。”济公说：“你不必行礼，不知罪不怪罪。”王安士看出是自己的外甥，落到这般光景，老员外到觉伤心，又是心疼，不觉掉下泪来，说：“修缘你这孩子，怎么当了和尚了？”济公并不说实话，说：“我皆因由家中出去，遇见一个化小缘的穷和尚，他劝我出家。他说当了和尚，吃遍天下，走在那里都不用盘费。我一想也好，我就跟他出了家了。后来他把我的衣裳全诓了跑了，我一着急，我就疯了，因此我也不好回来。现在我在外面化小缘，遨游四方，无拘无束，到处为家。常言说：‘一日但有三抄米，不做人间应酬僧。’我一想出家到比在家好，跳出红尘，静观云水，笑傲江湖，醉里乾坤，壶中日月，荣辱不惊，祸福不计。虽处寂寥之滨，而心中快乐；虽仅藜藿之食，而物外逍遥。我是‘到处有缘到处乐，随时守分随时安’。”王员外一听，说：“你这孩子真是胡闹，家中万贯家财，享不尽的荣华，受不尽的富贵，你自己要不出去，何必落到这般景况？从生人以来，你多怎穿过这样破烂的衣裳？再说你父母在日，由你从小就给你定下亲事。现在刘素素姑娘，父母也已故去，跟着他舅舅董员外家，时常催我把你找回去，好搬娶过门。你这一出去，知道的，是你自己要出去的；不知道的，还说我贪图你家的富贵，把你逼走了。你快把你这脏衣裳脱下来罢！王孝，你到里面把公子爷的衣服拿出来，给他换上。”立刻家人答应，由里面抱出一包袱衣裳来。

济公换上文生公子的衣裳，把自己的旧僧帽、僧袍卷好，说：“舅舅千万别把我这破衣裳扔了，扔了可有罪。等我还俗的时候，还得用这身衣裳。”王员外说：“既然如是，把这衣服拿到里面去，交给安人收起来。等我择一个好日子，到国清寺去给你还俗。”济公点头答应。老员外吩咐摆酒，家人答应。正要擦抹桌案，里面婆子出来说：“老员外，老安人说了，叫李公子爷，同咱们公子爷到里头去呢，老安人要瞧瞧那！”王安士说：“好。儿呀，你同修缘到里面见见安人。”王全这才同李修缘来到里面。老安人一来多日没见自己的儿子，二则也要瞧瞧外甥。王全先给娘亲行了礼，李修缘这才给舅母行礼。老安人说：“修缘你在旁边坐下，我且问你，这几年在外面做甚么呢？”李修缘还是不说实话，就照着跟老员外说的话，又对安人一说。在里面说了几句话，家人进来说：“书房摆上酒了，老员外等着跟二位公子爷吃饭呢。”王全、李修缘这才站起身，够奔外面。

来到书房，老员外正在这里等候，家人已然把干鲜果品、冷荤热炒摆上。今天王安士心中甚为畅快，儿子也回来了，外甥也回来了，可以同在一桌吃酒。老员外在上面坐，叫李修缘在旁边上手里坐下，王全在下手里，爷三个同桌而食，开怀畅饮。甥舅父子一面吃酒，一面谈心，老员外要问问外甥，这几年在外面的根本源流细情。焉想到李修缘并不说实话，不肯说出自己的道德来历，说着话言语总带着一半劝解老员外。济公要打算度脱娘舅，出家修行，无奈王安士贪恋红尘，执迷不悟。三个人吃完了晚饭，把残桌撤去，倒上茶来。老员外吩咐把卧具搬出来，今天同在书房安歇。家人把铺盖铺设停当，老员外在一张床上，王全同李修缘在一张床上，躺下谈心叙话。王安士恐怕儿子、外甥行路劳乏，说多了话伤神，歇不过来。老员外说：“不便说话了，今天早点歇着，明天起来再说话。”老员外说完了话，二目一闭，心神一定，正在迷离昏沉之际。

老员外再一抬头，唬得亡魂皆冒，济公禅师要施佛法，大展神通，暗度娘舅。不知后事如何，且看下回分解。

第二十九回　妖妇现形唤醒文美　真人赠药救好修缘

话说王安士刚才睡着，忽见四外火起来了。王安士唬得魂不附体，又怕把儿子、外甥烧在里面，赶紧说："王全、修缘，快跟我走！"王全、李修缘跟着王安士就跑出来。正往前走着，只见后面来了一只猛虎，摇头摆尾，张着血盆大嘴，就赶过来。王安士带着王全、李修缘，撒腿就跑，猛虎后面就追。正往前跑，看见眼前一道大河，截住去路，并没有船只。王安士一想："这可了不得了，要叫猛虎追上，就没了命了。"正在心中着急，忽见河里的水"哗啦啦"一响，当中露出一座莲台，在莲台上坐着一位老僧，头戴五佛冠，身穿古铜色僧衣，脖领上挂着一百单八颗念珠，盘膝打坐，双手打着闷心。王安士一瞧，赶紧就说："圣僧救命。"那老和尚口念："南无阿弥陀佛，善哉善哉！苦海无边，回头是岸。"说着话，见老和尚掐了一朵莲花，扔在河内，立刻这朵莲花变了一只船。老和尚说："王善人，你等上船罢。"王安士自己要上船，又怕猛虎赶到把儿子、外甥吃了，赶紧叫修缘快上船："儿呀，快上船。"王全、李修缘点头，刚才上船，王安士还没上船。猛虎赶到，张嘴就咬。王员外唬得"呀"的一声，惊醒了。

睁眼一看，自己唬得一身凉汗，原来是南柯一梦。王安士觉着心中乱跳，方一明白，就听李修缘那里嚷："舅舅，可了不得了。"王安士说："修缘你嚷甚么？"李修缘说："我做了一个怕梦，我看见咱们房子着了火，舅舅带我们两个人跑出去，又遇见一只老虎追咱们。咱们正跑着，见眼前一道河过不去，忽然有一位老和尚坐着莲台，掐了一朵莲花，扔在河里，变了一只船，他说：'苦海无边，回头是岸。'我同我表兄刚上船，瞧见老虎要咬你，把我唬醒了。"王员外一听，说："真乃怪道，我方才也是做这个梦。"李修缘说："舅舅要依我说，还是出家好，我看出家到比在家好。人生百岁终须死，莫若修福做德，不修今世修来世。出家，了一身之冤孽。像你老人家这个岁数，更应当出家才是。"王安士说："你这孩子，疯疯癫癫，还说出家？我这里家中一呼百诺，出家有甚么好处？你这孩子不想想，你在外面这几年出家，落得何等困苦艰难，风吹雨洒？再说你李氏门中就是你一条根，并无三兄四弟，总想着光宗耀祖，显达门庭，封妻荫子，可以接续香烟。孟子曰：'不孝有三，无后为大。'你既读孔孟之书，必达周公之礼。莫不是你就忘怀了？"李修缘说："舅舅此言差矣！你岂不知一子得道，九祖升天。"老员外叹了一声，赌气不说了。又觉着一沉，照样又一梦，如是者三次。

书中交代，这是济公禅师要度脱王安士出离苦海，不想王安士连得三警，并不醒悟。听外面天交三鼓，自己思想了半天，又复睡去。天光一亮，老员外、王全、李修缘俱都起来了，家人伺候洗脸，喝茶吃点心。

济公就问："舅舅，那韩文美韩大哥他怎么没过来。"王员外说："你韩大哥现在病着呢。"济公说："咱们得去瞧瞧他去，这几年老没见了。"王员外说："好，你我一同过去。"王全也跟着，三个人来到韩员外门首。一叫门，家人由里面出来一瞧，说："老员外过来了。"王安士说："你到里面回禀一声，就提我外甥李修缘回来了，特意来看望你家公子。”家人说：“是。”转身进去，少时出来说：“员外，公子有请。”王安士这才带领李修缘、王全往里够奔。来到韩文美的卧室一瞧，韩成也在屋中，大众彼此行礼。济公一看韩文美瘦得不像样子，脸上一点血色都没有。韩文美一瞧是李修缘，不是外人，有数年没见，赶紧说：“李贤弟，你这几年上那去了？”济公说：“我在外面化小缘来着。”韩文美说：“你化小缘一向可好？”济公说：“化小缘也没甚么好处，无非是到处有吃有喝的。韩大哥你这病，怎么不吃药呢？”韩文美说：“吃了许多的药了，也不见好。”济公说：“我这里有一块药，给你吃罢。”韩文美说：“甚么药？”济公说：“伸腿瞪眼丸。”文美说：“兄弟你别跟我玩笑呀，怎么给我伸腿瞪眼丸吃？”济公说：“你不知道，这药一伸腿，一瞪眼，就好，能治百病。这块药不是我的，是我偷的济颠和尚的。”王员外拿眼瞪了他一眼。和尚说：“真是我偷的这个药，勿论男女老幼，诸般杂症，一吃就好。”韩文美立刻把药吃了，真立刻觉着神清气爽。和尚又说：“你这病是甚么病，你知道不知道？”韩文美说：“不知道。”和尚说：“我知道你这病是虚痨。”韩文美说：“兄弟，你这可胡说。”济公说：“不但我说你是虚痨，你还带着妖气，你瞧你的眼睛都发浑了。”韩文美说：“兄弟你是疯了罢？”济公说：“我一点不疯，我瞧瞧我韩大嫂子在那呢？”韩文美说：“在西厢房呢。”济公说：“我去瞧瞧去。”说着话，往外就走，众人也都跟出来。

济公来到西厢房一看，说：“可不是，他是妖精。”韩文美说：“兄弟真是疯了，这是你嫂子么，怎么你说是妖精呢？这也就是兄弟你说，要是别人满嘴胡说，我立刻就把他轰出去。”济公也不答话，过去照定韩文美之妻，就是一个嘴巴。韩文美一看，就要翻脸，就见他妻子一张嘴，一口黑气照济公一喷，济公当时翻身栽倒，就地人事不知，如同死了一样。妖精现露原形，一阵风竟自去了。韩文美看得明白，妖精现了原形，是有小驴子大的一个香獐子，驾风逃走。韩文美自己也愣了，心中这才明白，敢情是这么一个香獐子，天天跟我同床共枕，现在如今，我这才知道。从前恩爱，至此成空，昔日风流，而今安在？不怪人说芙蓉白面，尽是带玉的骷髅；美艳红妆，亦系杀人的利刃。韩文美从此醒悟。

这个时节，王员外见外甥被妖精喷倒，真急了，连忙叫：“修缘醒来。”连叫数声，叫之不应，唤之不语。王员外一跺脚，说：“这可怎么好？盼来盼去，好容易把他盼回来。这要一死，真算是活该。”王全也着了急。老员外心中一想：“真要是李修缘由这一死，我把他的一分家业，全给他办了丧事。”自己痴呆呆正在发愣，由外面进来一个家人，说：“王员外，现在外面来了一位老道，是梅花真人。他说知道李公子被妖精喷了，他特意前来搭救。他有仙丹妙药，能够起死回生。”王员外一听，赶紧吩咐有请，只见老道由外面进来。王员外说：“仙长你老人家慈悲慈悲罢。”老道掏出一块药来，叫人用阴阳水化开，给济公灌下去。果然少时就听济公肚子里“咕噜噜”一响，睁开二目，翻身爬起来，立刻好了。济公装不认识孙道全。王员外一见李修缘好了，这才说：“仙长，你老人家别走了，前者救了我的性命，今天又救了我外甥，我实在感恩不尽。先请到我家去吃酒，我有一点薄意，要奉送仙师。”韩成此时也知道儿媳妇果是妖精，前者把老道打出去，大为抱愧，今天赶紧上前赔礼说：“前者我实在粗鲁，冒犯真人，我今天给真人陪罪。”老道哈哈一笑说：“二位员外，你我后会有期，我还有公事在身，暂且告辞。”说罢孙道全驾趁脚风竟自去了。老道是奉济公之命，够奔上清宫去，给东方太悦老仙翁送信，这话不提。

单说王员外见老道走了，这才带领王全、李修缘告辞，回到家中。刚要摆酒，只见张士芳由外面进来。这小子自打火烧了三清观，他就把讲棚杠安人给他那四百银子，连嫖带赌都输没了。自己一想，还是没落剩，又听说王全、李修缘都回来了，张士芳一想："这两人一回来，这可是我的噎隔。"他岂不想人家是自己的产业，为甚么是他的噎隔？这小子天生来的狼心狗肺。他一想这两人一回来，我姑母就不能给我钱了，我莫如想法把他两个人一害，将来王安士一死，百万家资就全是我的了。想罢到药铺买了一百钱砒霜，一百钱红矾。药铺问他："买这毒药做甚么？"张士芳说："配耗子药。"将砒霜、红矾带好，一直来到王安士家，要施展毒计，暗害王全、李修缘。不知后事如何，且看下回分解。

第三十回　买毒药暗害表弟　点恶梦难度迷人

话说张士芳暗带砒霜、红矾，来到王安士家，一见老员外，张士芳说："姑父你好了？我听说我两个兄弟回来了，我特意来瞧瞧。"王安士并不知张士芳勾串老道陷害他，还以为张士芳是好人。怎么一段缘故呢？皆因老安人偏疼内侄，王安士病好了，老安人给张士芳说了些个好话，说："你瞧你病着，还是张士芳这孩子心眼不错，见他兄弟不在家，瞧你要死，甚么事都张罗在头里。又给讲棚，又去讲杠，在这里帮着忙，乱了好几天，见你好了才走的。"王安士听安人所说，信以为真，说："这孩子就是不务正，其实到没别的不好。"今天张士芳一来，王安士到很喜欢，说："张士芳，你瞧你两个表弟都回来了。你从此改邪归正。我给修缘把喜事办了，我也给你说个媳妇。"张士芳一瞧说："表弟，你这几年那去了？我还真想你。"这小子嘴里说好话，心里盘算："回头我抽冷子，就把毒药给搁在茶里，再不然搁到酒里、饭碗里，把他们两个人一害死，我就发了财。"心里思想害人，嘴里很是仁义道德。李修缘说："张大哥来了！咱们回头一处吃饭罢。"王安士说："好，你三个人在一桌吃，我瞧着到喜欢。"说着话，家人把酒茶摆上，王全、李修缘让张士芳在当中上坐，这两个人皆在两旁边。

刚要喝酒，济公说："张大哥，你瞧我，这时候要一跟人家在一个桌上吃饭，我就害怕，心里总留神。如今好人少，坏人多，别看见面和气，我总怕嘴里说好话，心里打算要害我：买一百钱砒霜，一百钱红矾，抽冷子给搁到饭碗里，再不然给搁到酒里。"张士芳一听，说："表弟，你这是疯了？谁能够害你呀？"济公说："去年我们有一个同伴，也是穷和尚，他跟我一处吃饭，带着毒药，差点把我害了。由那一回，我跟人家一处吃饭，我老留着神。其实，咱们自己哥们，你还能害我么？张大哥，你别多心，你身上带着砒霜没有？"张士芳说："没有。"济公说："你带着红矾那？"张士芳说："没有。"济公说："我也知道，你不能，总是留点神好。"说得张士芳心里乱跳。本来他心里有病，他还心里纳闷，怎么世界上真有这一样事，唬得他也不敢往出掏。一天两顿饭，他也没敢搁。天色已晚，老员外说："张士芳你要不走，你们三个人在这书房睡，我到后面去。"张士芳说："就是罢。"老员外归后面去，这三个人在书房安歇，王全同济公在一张床上，张士芳在一张床上。

王全躺下就睡着了，济公也打呼噜。惟有张士芳翻来覆去睡不着，心中盘算，我总得把他们两个人设法害了，我才能够发财。想来想去，昏昏沉沉睡去。刚才一沉，只见由外面进来一个人，有五十多岁，白脸膛，黑胡子，头戴青布缨翎帽，穿着青布靠衫，腰扎皮挺带，薄底麖脑窄腰快靴，手拿追魂取命牌。后面跟定一个小鬼，面似青泥,两道红眉,红头发滋着,赤着背,围着虎皮战裙,手拿锯翎钉钉狼牙棒。张士芳一瞧,吓了一哆嗦。这公差说:“张士芳,你所作所为的事你可知道?现在有人把你告下来了,你跟着走罢。”“哗啰”一抖铁链,把张士芳锁上,拉着就走。张士芳说:“甚么事?”这位公差说:“你到了就知道了。”拉他赶一走。张士芳就瞧走的这道路黄沙漠漠,仿佛平生没走过的道路。正往前走,见眼前一座牌楼,上写“阴阳界”。张士芳一想:“了不得了,必是到了阴曹地府。”过了牌楼,往前走了不远,只见眼前一座城池,好生险恶。但见:

阴风惨惨,黑雾漫漫,阴风中仿佛闻号哭之声,黑雾内依稀见魑魅之像。披枷戴锁,未知何日脱阴山;锯解臼舂,不识甚时离狱地。目莲母斜倚栏杆望孩儿,贾充妻呆坐奈河盼汉子。牛头马面,簇拥着曹瞒才过去;丧门吊客,勾率的王莽又重来。正是人间不见奸淫辈,地府堆积受罪人。

张士芳一看,正在吃惊。只见有一个大鬼,身高一丈,膀阔三停,面似瓦灰,红眉毛,红眼睛,披散着发髻,一身的毛,手拿三股托天叉,长得凶恶无比,高声叫道:“汝是何方的游魂,来俺酆都地狱?快些说来,免受捉拿。”这公差说:“鬼王兄请了,我奉阎罗天子之命,将张士芳的鬼魂勾到。”大鬼说:“既然如是,放尔过去。”这公差拉着往前走,只见眼前一座大门,西旁边站立无数狰狞恶鬼,门口有一副对联,上联是:“阳世奸雄,伤天害理皆由你。”下联是:“地府阴曹,古往今来放过谁。”横批是:“你可来了。”张士芳一看,唬得胆战心惊。进了大门一瞧,里面仿佛像一座银安殿,殿柱上有一副对联,上联是:“莫胡为,幻梦生花,算算眼前实不实,徒劳机巧。”下联是:“休大胆,热铁洋铜,摸摸心头怕不怕,仔细思量。”横批是:“善恶分明。”张士芳抬头一看,上面是阎罗天子,端然正坐,头戴五龙盘珠冠,龙头朝前,龙尾明后,身穿淡黄色滚龙袍,上绣龙番身、蟒探爪,攒五云把海水闹。上绣寿山福海永,下配海水江牙。腰横玉带,篆底官靴。再往脸上一看,面如刀铁,三绺黑胡须,飘洒在胸前,真是铁面无私,令人可怕。左右两旁站着文武判官,一位拿着善恶簿,一位拿着生死簿。那判官都是头戴软翅乌纱,身穿大红袍,圆领阔袖,束着一条犀角宝带,足下方头皂靴。两旁还有牛头马面,许多狰狞恶鬼,排班站立。这位公差口称:“阎罗天子在上,鬼卒奉敕旨将张士芳鬼魂带到。”张士芳自己不由就跪下了。阎罗天子在上面,往下一看,说:“张士芳,你前世到是积福做德,应该今世托生富贵人家,享安闲自在之福。不想你自己所作所为,俱都是伤天害理,在外面寻花问柳,败坏良家妇女,损阴坏德。你又谋害你姑父王安士,今又想谋害了你表弟王全、李修缘,实属恶大罪重。来呀!鬼卒你带张士芳先见过秦广王、楚江王、宋帝王、五官王、卞城王、泰山王、都市王、平等王、转轮王、左三曹、右四曹、七十四司,然后带他游遍地狱。”

鬼卒一声答应,拉着张士芳见过十殿阎罗,然后来到一个所在。一瞧,有两个狰狰大鬼,缚着一个人,拿刀正割舌头。张士芳一看,说:“鬼王兄,这是怎么回事?”公差说:“这个人在阳世之间,好谈人闺阃,搬弄是非,胡言乱语,死后应入这割舌地狱。”张士芳瞧着可怕。又往前走,有一个开膛摘心的。张士芳又问,鬼卒说:“这个人在阳世瞒心昧己,奸淫邪盗,死后应入剜心地狱。”说罢又往前走,见有一座刀山,有几个大鬼,举起人来,就往上扔,都是刀尖冲上,扎得人身上鲜血直流。张士芳说:“鬼王兄,这是因为甚么?”鬼卒说:“这是不孝父母,打爹骂娘,恨天怨地,骂雨呵风,死后应上刀山地狱。”再往前走,一看,有一根铁柱,烧得通红,叫一个人去抱,不抱有大鬼就打,张士芳说:“这个怎么回事?”鬼卒说:“这人在阳世奸淫妇女,败人名节,死后应抱火柱。”说罢又往前走,见有一座冰池,把人剥得赤身露体,卧在冰池冻着。张士芳一看就问，鬼卒说：“这人在生前唱大鼓书，专唱淫词，引诱良家妇女失身丧节，死后应入寒冰地狱。”再往前看，有一个血池，有许多妇人在里面喝脏血，张士芳又问，鬼卒说：“这些妇人，有不敬翁姑的，有不惜五谷的，有不信神佛的，有不敬丈夫的，死后应该入血污池。”看罢，又往前走了不远，再一看有一杆秤，吊着一个人的脊背，说这个人在生前专用大斗小秤，损人利己，应该这样报应。再一看，有倒磨研的，有下油锅的，有千刀万剐的，有剥皮抽筋的，种种不一，都是在身前杀人放火、奸盗邪淫这些犯罪的人。

张士芳游够多时，再一看有一座金桥银桥，有一个老者，长得慈眉善目，有两个金童银童，打着两把扇，每人手里托着一个盘子，盘子里有一把折扇，一块醒木。张士芳就问：“这个人为何这样清闲？”鬼卒说：“这个人在阳世说评书，谈今论古，讲道德，说仁义，普渡群迷，劝人行善。死后金童银童相送过金桥银桥，超生在富贵人家。凡在阳世修桥补路，放生，斋僧布道，冬施姜汤，夏舍凉茶，济困扶危，敬天地，礼神明，奉先祖，孝双亲，这些人死后必过金桥银桥。”张士芳自己点点头，不怪人说，“善恶到头终有报，只等来早与来迟”。张士芳游遍地狱，复反又带他一见阎王爷，阎罗吩咐：“把张士芳扔在油锅炸了罢。”鬼卒一声答应，眼瞧一个大油锅，烧得油滚开，把张士芳夹起来，往里就扔，唬得张士芳“哎呦”一声，睁眼睛一看，有一宗岔事惊人。不知后事如何，且看下回分解。

第三十一回　到地府见罪人恶心不改　遇妖怪起淫心丧命倾生

话说鬼卒把张士芳往油锅里一扔，张士芳唬得“哎呦”一声，一睁眼原来是南柯一梦，自己还在屋里床上躺着，竟唬得一身汗，被褥都湿了。刚一睁眼，就听和尚那里嚷：“可了不得了，心疼死我了，我的张大哥。”张士芳道：“李贤弟，你嚷甚么？”和尚说：“我做了一个怕梦，梦见来了两个官人，把你锁了去见阎王爷。阎王爷叫鬼卒带你游地狱，我在后面跟着。你游完了地狱，阎王爷说你害王员外，又不知还想害甚么人，我瞧把你扔到油锅里，炸了个嘣焦酥脆，把我唬醒了。”

张士芳一听：“怪呀，怎么我做的梦他知道呢？”自己心中又一想：“做梦是心头想，那有这些事？还是得想法子把他们两个人害了，我才能发财。不然，是不行。”心里想着，又睡着了，照样又是一梦。这回没往油锅里扔，往刀山上扔，又唬醒了，又是一身凉汗。如是三次，张士芳唬得心中乱跳。听外面天交三鼓，张士芳一想：“我别在这睡了，这屋子有毛病，再睡得把我唬死。”想罢，翻身爬起来说：“二位贤弟你们睡吧，我要走了。”王全也醒了说：“张大哥，半夜三更你上那去？”张士芳说：“你别管，我是不在这了。”王全说：“既然如是，你叫家人开门。”张士芳穿好了衣裳，跑出来叫家人开门。众人都刚睡着了，起来给他开门关门，没有一个不骂他，本来这小子素常就不得人心。

张士芳出了永宁村，一直来到海棠桥。抬头一看，秋月当空，水光似镜，正在残秋景况，金风飘洒，树尖枝叶都发黄了。再一看桥下，一汪秋水，冷嗖嗖直往东流。夜深人静，鸡犬无声，张士芳站在桥上，自己一想：“半夜三更上那去呢？莫若到勾栏院去，可以住一夜。”自己正在心中思想，忽听北边树林子之内，有妇人女子啼哭的声音。张士芳顺着声音找去，到切近一看，果然是一个少妇，也不过至大有二十龄，娇滴滴的声音，哭得透着悲惨得了不得。张士芳借着月光细细一看，这位少妇真是花容月貌，窄小金莲不到三寸，称得起蛾眉杏眼，芙容白面，头上脚下真够十成人才。张士芳一见，淫心已动，他本是个色中的饿鬼，花里的魔王，连忙叫道："这位小娘子，为何黑夜光景在此啼哭？"这妇人抬头看了一看说："这位公子大爷，要问我小妇人章氏，只因我丈夫不成人，好赌钱，把一分家业都押宝输了，直落到家中日无隔宿之粮。这还不算，他今天因为要钱，把我卖了，要指着折输赢帐，我故此晚上偷着跑出来。我打算在这里痛哭一场，我一上吊，就算完了，一死方休。大爷你想，我是一点活路没有。"张士芳一听，心中一动，这可是便宜事，赶紧说："小娘子，你别想不开，人死不能复生，你正在青春年少，死了怪可惜的，你跟了我去好不好？"这妇人说："呦，我跟你去上那去？"张士芳说："我告诉你，你在这方打听打听，我姓张叫张士芳，是这本地的财主，家里有房屋地业，买卖银楼缎号。我也是新近失的家，皆因没有对事的，我也没续弦。不是人家不给填房，再不然就是我不愿意。我总要亲眼得见人才长得好，我才要呢。你要跟了我去，咱们两个人到是郎才女貌。你一进门就当家，成箱子穿衣服，论匣子戴首饰，一呼百诺，你瞧好不好？"这妇人说："公子爷你在那住？"张士芳说："你跟我走罢。"伸手就要拉。这妇人说："你瞧谁来了？"张士芳一回头并没人，再回头一瞧，那妇人没了。张士芳正在一愣，过来一个香獐子，就在张士芳梗嗓咽喉一口，把张士芳按倒就吃，就剩下一个脑袋、一条大腿没吃。书中交代，这个妇人就是香獐子变的，奉济公禅师之命，在这里等着吃张士芳。这小子也是心太坏了，才能落到这样收成。妖精从此走了。第二天王安士听说张士芳走了，还派家人出来寻找，看见张士芳的人头、大腿一条，回去一回禀王安士。王安士叫家人给买了一口棺材，把张士芳的脑袋腿装上，埋在乱葬冈子。这话休提。

单说王安士要给李修缘还俗，然后好娶亲。择了一个好日子，先叫人给国清寺的方丈送信。李修缘本是当初国清寺许的跳墙的和尚。这天老员外同王全送李修缘上国清寺去跳墙。老员外叫家人备上三匹马，把李修缘原就那一身破僧衣带着，众家人也都骑马跟随。刚一出永宁村门口，和尚一施展验法，他这匹马就惊下去了。和尚来到一座树林子，翻身下马，把文生公子的衣裳都脱了去，仍就把自己僧衣穿好，用手一指，把马拴在树上，用影身法，把身影起来。和尚刚要往前走，只见由那边来了有五六个穷和尚，这个说："咱们快走去，晚了可就赶不上了。今天董员外的外甥女，刘百万的女儿刘素素，斋僧布道，每人给一个馒头，每人给二百钱。这位姑娘原本许配李节度之子李修缘为婚。李修缘由十八岁走了，不知去向，姑娘跟着舅舅家。董员外要给姑娘另找婆家，姑娘说：'古之人有云忠臣不事二主，烈女不嫁二夫，至死不二。'这位姑娘大才，咱们天台县的绅衿富户，都惦记说这位姑娘。董员外也逼着，叫姑娘你不必等李修缘，另给找婆家。姑娘没法子，出了一个对子，说谁要对上，就把姑娘给谁。姑娘这是难人，所以咱们台州府的举监生员都对不上，碰钉子碰多了。姑娘最好行善，咱们去讨馒头钱去。"济公听见这片言语，知道这是未过门的妻子，济公赶过去说："辛苦辛苦，咱们一同走。"众和尚一看，说："你也是去领馒头上董家庄么？"济公说："可不是么。"

说着话，眼前不远，出了这树林子，就是董家庄。一进村口，路北大门，门口高搭席棚，众僧人来到门首一看，有管家放馒头放钱。济公说："我们一共七个和尚，给七个馒头，一吊四百钱，都交给我罢，我再分给他们。"管家就拿了七个馒头，一吊四百钱，都有一斤重一个，交给济公。济公拿着说："馒头你们自己拿着，钱到那边慢慢分去。"

说着话，一瞧门洞摆着一张桌子，上面有笔墨砚，压着一条对子。济公一看这个上联对子，是十一个字，都有宝盖。写的是："寄寓客家，牢守寒窗空寂寞。"和尚就问："这条对子是干甚么的？"管家说："这是我们姑娘出的。我们员外说了，要有老头给对上下联，认一门干亲；要有僧道给对上，我们员外给修庙；要是少年公子对上，只要年岁相当，情愿把姑娘许配他。这个对子把我们本地念书的人难住多了。"济公说："我给你对个下联行不行？"管家说："和尚你要有这个才学，能配上下联，我们员外准给你修一座庙。"和尚拿起笔来就写，写完了，管家拿进去，叫婆子交给姑娘。姑娘一看，连声赞美，真乃奇文妙文绝文。本来这条对子是不好对，他这上联十一字都有宝盖，再说姑娘出这条对子就说是自己的终身之事，父母双亡，在舅舅家住着，就算寄寓客家一般，"牢守寒窗空寂寞"，说的是自己孤身一人，独坐香闺心中寂寞，何时是出头之日。要对下联，还得意思对，十一个字，也得一个样。或是全用乱丝，或是三点水，或是口字旁，或是单立人，双立人，要用言字旁，全是言字旁。济公对的下联，全是走之，写的是："远避迷途，退还莲迳返逍遥。"这十一个字的意思书中待表：这位刘素素姑娘自落生以来，就是胎里素，一点荤腥都不吃，连葱蒜一概不动。他本是一位莲花罗汉一转，错投了女胎。今天济公来对这对子，是暗度他未过门的妻子。"远避迷途"，言讲的是人生在世上，如同大梦一场，仿佛在迷途之内，远避迷途，即是要躲开迷途之意。"退还莲迳返逍遥"，是不如出家到逍遥自在。

姑娘一看，连声称赞说："快把这个人叫进来，我要见。"家人说："是一个穷和尚。"姑娘说："勿论是僧是道，我要见见。"家人到外面找和尚，踪迹不见。和尚拿着一吊四百钱，施展验法走了。这六个和尚一展眼，没留神，见和尚没了，这六个和尚赶紧就追。刚追出村口，一瞧，济公正在地下挑钱呢，自言自语说："这个是小钱，这二百不够数。"这六个和尚一瞧，气往上撞，大家过来围上济公就打。不知后事如何，且看下回分解。

第三十二回 修缘公子朝宝悦 知觉罗汉会昆仑

话说济公正在地下数钱，六个化小缘的穷和尚赶到。大众说："好和尚，你把我们六个人的钱都拐了来，你还在这里数钱？"说着话，这个和尚过来就是一拳。济公说："咱们一对一个的打。"六个和尚围着济公动手，谁要打济公一拳，济公必还一拳，六个人都不能多占便宜。正在动手之际，只见由北边来了两匹坐骑，骑马的正是王孝、王福。老员外见李修缘的马惊下来，赶紧派家人追赶。两位管家正在寻找，见李公子爷又穿上了破僧衣，跟众和尚打起来了，王孝赶紧下马说："别打别打。"众穷和尚说："你别管，他把我们的钱诓了去。"王孝说："你们别胡说了，还不滚开！这是我家公子爷。"众和尚一听，就不敢动手了。王孝说："你们快去罢，这还了得！你们真要造反？这是我家公子李修缘，上国清寺跳墙还俗去。"一个个和尚一听，每人拿了二百钱，诺诺而退。王孝说："公子爷，你上那去了？"济公说："我跟他们上董家庄化缘去了，领了一个馒头二百钱。"王孝说："唉！公子爷，你也不怕人家耻笑，那不是外人家，董员外跟咱们还是亲戚呢。你的马呢？"和尚说："在那边树上拴着呢。"王孝说："我们方才怎么没瞧见?”和尚用手一指说:“那不是?”王孝、王福一回头,果然马在那边树林拴着,这才一同来到树林,把马解下来。济公翻身上马,同家人回来。

王员外说:“你上那去了?”济公说:“没上那去,我化缘去了。”王安士说:“你这孩子是胡闹,已然要还俗,你还忘不了化缘。从此可不许你再化缘了。”济公点头答应。众人催马,这才够奔山坡国清寺。

这座庙原本在半山坡里。众人催马,刚来到山坡以下,只见国清寺庙门以外,两旁边一对一对和尚,站着班迎接,大约有数十对僧人。王安士一看,只打算庙里方丈知道王员外有钱,要这样的恭敬。其实不然。当初国清寺的老方丈叫性空长老,现在老方丈圆寂了,是性空长老的徒弟宝悦和尚当家。性空长老乃是一位得道的高僧,临圆寂之时,把徒弟宝悦叫到跟前,说:“某年某月某日,有知觉罗汉前来降香,必须如此这般,这等这样。”故此宝悦和尚谨记在心。今天由大殿前往外排班,是五十四对,一百零八位和尚各穿偏衫,手拿手炉手磬,口念真佛,迎接知觉罗汉。王安士那里知道其中的细情?众人来到庙前下马,济公说:“这些个秃葫芦头。”大众和尚心里说:“这个和尚真讨人嫌,他说我们是秃葫芦头。他也是和尚。”众僧都是凡夫俗子,也不知道济公的来历。王员外众人一进庙,宝悦和尚迎接出来,见了济公打问讯,济公也答礼相还,老员外并不解其意。宝悦说:“老员外来了。”王安士说:“方丈怎么称呼?”和尚说:“我叫宝悦。”书的节目,是“修缘公子朝宝悦,知觉罗汉会昆仑”。

王安士今天来到国清寺,先施舍众僧人每人一件僧袍,每人一双僧鞋,每人给钱两吊。方丈请老员外在禅堂待茶,王安士说:“我今天特意给我外甥李修缘跳墙还俗,求老方丈慈悲慈悲罢。”宝悦和尚点头,吩咐外面预备,众人来到大殿以前烧上香,在大殿前搁着一条板凳,就算是墙。宝悦和尚说:“老员外,你外甥要跳墙,我得打他一百禅杖,赶出庙去。”王安士一听,说:“我外甥懦弱的身体,要打一百禅杖,他如何受得了?”宝悦和尚说:“不用真拿大禅杖,就拿一百根筷子以代禅杖,打一下,算十下。”老员外说:“这就是了。”宝悦和尚说:“修缘,我打完了你,你跳过板凳,跑出庙门就算完了。”济公点头,宝悦拿起筷子一比,打一下说一句,说:“你,初一不烧香,十五不礼拜。前殿不打扫,后殿堆土块。终朝饮美酒,狗肉随身带。出家亦无缘,送你还俗寨。脱下直裰来,赶出山门外。”说完了,叫李修缘跳墙,济公跳过板凳,撒腿就往山门外跑。王安士说:“别跑。”这句话没说完,就听李修缘嚷:“我收不住脚了。”王安士众人赶紧往外追,眼见李修缘掉在万丈深的山涧之内。老员外一瞧一跺脚,说:“修缘儿呀!没想到你死在这里。”立刻放声痛哭。宝悦和尚说:“老员外不便伤感,李修缘大有来历。”老员外说:“罢了,他既是一死,我回家把他的那份家业,全都给他念经设坛,都给他花了。”王全说:“爹爹不便这般,我看我表弟有些个道德。也许回家来点化你老人家,还不定死活呢。”宝悦和尚说:“公子之言有理,老员外请回罢。”王安士一概不听,回家要超度李修缘。

书中交代,济公那里去了呢?罗汉借着遁法,够奔上清宫而来。来到上清宫一打门,由里面出来一个道童。一瞧是个穷和尚,破僧衣短袖缺领,腰系绒绦,疙里疙瘩,光着两只脚,穿着两只草鞋,褴褛不堪。济公早把三光闭住。道童就问:“和尚,你找谁呀?”和尚说:“烦劳仙童到里面回禀一声,就提我是西湖灵隐寺济颠僧,前来拜访你家观主。”道童一听,“呵”了一声,说:“你就是济颠僧么?你等着罢!”和尚说:“可以。”道童这才往里回禀。此时老仙翁正会着客呢。

书中交代,甚么人在这坐着呢?原本是上清宫后天母宫的玉面长寿仙姑。他是五云洞五云老祖的女儿,他正在洞中打坐,忽见上清宫里有一股妖气冲天,玉面老妖狐一想:“怎么上清宫会有妖精呢?我何不到那瞧瞧,是怎么一段事。”自己这才来到上清宫。老仙翁见了他,以仙姑呼之。他见了老仙翁,就称呼老仙翁。这两个人是对兵不斗。老仙翁知道他父亲是五云老祖,辖管天下群妖,勿论大小精灵,只要是披毛带角,横骨插心,不是四造所生,脊背朝天,就属五云老祖所管。他有一宗聚妖幡,要一晃,天下的妖精,全部得来到。老仙翁故此也不惹他。玉面老妖狐也知道老仙翁道德深远,庙里有镇观之宝,有乾坤奥妙大葫芦,勿论甚么妖精装在里面,一时三刻化为脓血,他也不惹老仙翁。今天老仙翁听说玉面长寿仙姑来了,赶紧降阶相迎,说:“仙姑来了,因何这样闲在?”老妖狐说:“仙翁,我看你这庙里有一股妖气冲天,不知是甚么一段缘故?”老仙翁用手一指,说:“你来看。”老妖狐一看屋里房柁上,倒吊着一个小和尚,头上有黑气。老妖狐说:“这个和尚是谁呀?”老仙翁说:“尘世上出了个济颠和尚,兴三宝,灭三清,欺负我三清教的门人,火烧了祥云观,烧死张妙兴,火烧烟云塔,雷击华清风,捉拿孟清元,戏耍褚道缘、张道陵。这个妖精是济颠的徒弟,我把他吊起来,等济颠。济颠一天不来,我吊他一天,那时济颠僧来了,我把他放开。我要看看济颠是何等人物。”

玉面老妖狐一听说:“老仙翁,那时济颠一来,千万给我送信。我大徒弟在临安城周宅,跟周公子有一段金玉良缘,无故被他赶回来。我三徒弟章氏香娘,在永宁村韩员外家,也被他赶回来。我还有一个小徒弟,在小月屯被他杀了。我说我徒弟不会跟他们斗法么?他们说惹不起他。那时济颠僧要来,老仙翁何必跟他动怒?给我一个信,我来略施小术,就把他拿了。”老仙翁说:“既是仙姑肯费心,那时济颠僧来,我必给仙姑送信。”正说着话,道童进来说:“师父,济颠找你来了。”其实济颠没这么说,是说来拜访观主,他要给这么传话。老仙翁也是个高人,赶紧说:“有请!”道童出来并不说“有请”,他说:“和尚,我师父叫你走进去呢。”和尚也不嗔怪,说:“可以,进去就进去。”当时济公禅师脚步仓狂,一溜歪斜,梯拖梯拖够奔里面。一见老仙翁,要僧道斗法,且看下回分解。

第三十三回 玉面狐上清宫访道 济禅师天台山会仙

话说老仙翁吩咐:“有请济公!”老仙翁心中思想:“我见了济颠,看看他是何许人也?要是大路金仙,头上有白气;要是西方的罗汉,头上有金光、佛光、灵光;他要是妖精,必有黑气;要是凡夫俗子,我也看得出来。”正在思想之际,见和尚由外面进来。老仙翁一看,乃是个凡夫俗子。心里说:“闻名不如见面,见面胜似闻名。褚道缘、张道陵也太无能,受他的挫辱,真正可笑。”老妖狐一看,也是这样想:“凭他一个凡夫俗子,我徒弟会不敢惹他?”

和尚来到鹤轩一看,这院子是东跨院,北房五间,暗五明三。北上房鹤轩帘栊高卷,靠北墙一张条桌,上面摆着许多的经卷,老子《道德》五千言。正当中搁着乾坤奥妙大葫芦。头前一张八仙桌,两边有椅子,上首椅子上坐着一个道姑,约有四十来往的年岁,白净面皮,很透着年少的样子,长得甚为貌美,头戴青布道冠,身穿蓝布道袍,青护领相衬,白袜云鞋。下首椅子上坐着是老仙翁。

和尚一看，说："你们公母俩好呀？"玉面老妖狐一听臊得面一红。老仙翁一听，"呵"了一声，说："来者是灵隐寺济公？"和尚说："岂敢！仙翁，我叫道济。"老仙翁说："道济。"和尚说："呦，好说，太悦。"老仙翁说："颠僧。"和尚说："毛道。"老仙翁说："好颠僧，真乃大胆。"和尚说："胆子小，还不敢来呢！"老妖狐说："我打算怎样个济颠和尚呢，原来是一丐僧。你瞧你这件破僧袍，实在难看。"和尚微然一笑，说："是人莫笑我这件破僧衣，我这件僧衣甚出奇：三万六千窟窿眼，六十四块补钉嵌；打开遮天能盖地，认上袖袂一僧衣；冬暖夏凉春温热，秋令时节虫远离；有人要问价多少，万两黄金不与衣。"老仙翁一听，哈哈一笑说："你知道你的僧衣有好处，你可知道我这身上穿的衲头？我常说：这衲头，不中看，不是纱来不是缎；冬天穿上暖如绵，夏天穿上如凉扇；不拆洗，不替换，也不染，也不练，不用红花不用靛，线脚八万四千行，补钉六百七十片；乾三连，坤六断，离中虚，坎中满，中间星斗朗朗排，外边世界无边岸。也曾穿至广寒宫，也曾穿赴蟠桃宴。休笑我这破衲头，飞腾直上灵霄殿。"和尚一听，说："好好好！你把我徒弟拿来，叫我来怎么样呢？"老仙翁说："和尚，你可知道是事如棋局，不着者便是高手；一身似瓦瓮，打破了才见真空。"和尚说："你既知道是事如棋局，不着者便是高手，一身似瓮，打破了才见真空。你可知道一枝竹杖担风月，担起亦要歇肩；两个空拳握古今，握住亦须放手。"老仙翁一听，说："好，既然如是，咱们两个人，今天就分个强存弱死，真在假亡。"和尚说："你先把我徒弟放开，有甚么话咱们再讲。"老仙翁说："可以。"立刻先把小悟禅放下来。悟禅一晃脑袋，说："师父，你瞧咱们爷们，准没含糊，吊了我这几天，我准哼哈没有？"济公说："好，这才是我的徒弟。"老仙翁说："颠僧，咱们到院中来较量。"和尚说："毛道，你出来。"

老仙翁刚要动手，玉面长寿仙姑说："仙翁暂且息怒，谅此无名的小辈，何必仙翁跟他动手？割鸡焉用宰牛刀，有事弟子服其劳，待我拿他不费吹灰之力。"说着话，老妖狐拉出宝剑，照定和尚劈头就剁。和尚一闪身，滋溜躲开，伸手就是一把没摸着。老妖狐臊得面红耳赤，说："好颠僧，胆子真不小，仙姑今天非得将你拿住不可。"和尚说："那是胆子不小。旗杆上缚鸡翎。"老妖狐一剑跟着一剑，和尚真快，滋溜滋溜直跑，左一把，右一把。老妖狐真急了，说："颠僧真正找死，我叫你知道我的厉害，待仙姑用法宝取你。"说话中间，掏出一根捆仙绳，长够九寸九，按三寸三分为三才，又名叫子母阴魂绳。这绳子炼的时节，先得害一个怀男胎的妇人，把妇人开了膛，用子母血把这根绳子染了，有符咒催着，借天地正气，日月精华，炼七七四十九日。这绳子扔起来，能长能短，勿论甚么妖精，捆上就现原形，连大路金仙捆上都得去五百年的道行。今天老妖狐把这根绳子祭起来，口中念念有词，说声"敕令"，眼瞧这根绳光华缭绕，直奔和尚。和尚就嚷："了不得了，快救人那！"话音未了，只见这根捆仙绳早已把和尚捆上，和尚翻身栽倒。仙姑微然一笑，说："我打算济颠有多大法力，原来就是这无能之辈。我也不杀你。尔等去把他搭着，扔到后面山涧去罢。老仙翁，你看我略施小术，就把他拿住。"老仙翁一看，哈哈大笑，说："这点小法术，他就不行了，尔等把他搭着扔到后山去罢。"

此时雷明、陈亮、孙道全都在后面，小悟禅在旁边，瞧着师父被人家捆上，有心过去罢，又不是这两个人的对手，虽然不敢过去，口中不干不净的也是直骂。玉面长寿仙姑一听，气往上撞，说："要不然，我到不杀济颠和尚，冲着你，我把他杀了。"说罢，就要举宝剑杀。老仙翁赶紧就拦，说："仙姑且慢动手，我这庙中是清静之地，要把他杀了，岂不把我这院子脏了？"

正说着话，只见由外面梯他梯他和尚来了。老仙翁、老妖狐一瞧愣了，再一看捆的不是和尚，是老仙翁的二徒弟小道童。老仙翁赶紧把徒弟放开一瞧，捆得都没了气了。老仙翁气得须眉皆张，先把徒弟救了，给了一块药吃。老妖狐说：“好颠僧，你真气死我也。”和尚说：“我气死你，你就死罢。”老妖狐立刻伸手，又掏出一种宝贝，口中念念有词。和尚一看，由半悬空来了许多毒蛇怪蟒，兔鹿狐獾，这个就要咬和尚，那个就要盘和尚。和尚哈哈一笑，用手一指，口念：“唵嘛呢叭㖿吽！唵敕令赫！”立刻一道黄光，这些东西全都化为纸的。这本是障眼法。老妖狐一见，说：“好颠僧，胆敢破我的法宝！真是人无害虎心，虎有伤人意。今天你休怨仙姑狠毒，这是你自找其祸。”说罢，口中念念有词，一抖手，只听“呱啦”一声，一道火光，原来是一块石头，泰山压顶，照和尚砸下来。他这块石头名叫雷火石，最厉害无比，勿论甚么精灵，打上就得死。岛洞金仙，要被石子打上，得打去了白光。今天济公一看，说：“呦，好东西。”用手一指，口念六字真言：“唵嘛呢叭㖿吽！唵敕令赫！”这块石头一道黄光，复就归原，和尚一扬手接了去。

老妖狐见和尚连破了他三宗法术，不能取胜，自己臊得满面通红。老仙翁说：“仙姑，你不便跟他为仇做对，待我来拿他。”摆宝剑照和尚就剁，和尚滋溜一闪身，一把没摸着，老仙翁就把八仙剑的门路施展开了。真是：

拐李先生剑法高，洞宾架势甚英豪。
钟离背剑清风客，果老湛卢削凤毛。
国舅走动神鬼惧，彩和四面放光毫。
仙姑摆下八仙阵，湘子追魂命难逃。

老仙翁这个八仙剑施展开了，和尚围着乱绕。老仙翁的剑老砍不到和尚的身上，老道真急了。

此时后面雷明、陈亮、孙道全、夜行鬼小昆仑郭顺，都得了信，来到前面一看，郭顺说：“这怎么办？僧道都是我师父，打起来了。”依着孙道全打算，众人过去给老仙翁跪着，给讲合。见老仙翁那个气大了，动着手，老道说：“颠僧，就凭你这么个凡夫俗子，也敢这样个猖狂？你叫我三声祖师爷，我饶你不死。”和尚说：“毛道，你叫我三声祖宗大和尚老爷，我也叫你不活。”老道一听，气往上撞，立刻口中一念咒，就地起了一阵怪风。真是：

好大风，好大风，声如牛吼令人惊。损林木如同劈砍，遮日光煞气腾空。
天昏暗，宇宙封，滚滚尘沙来得凶。从古也闻风古怪，不似今朝古怪风。

一阵狂风大作，和尚众人再然睁睛一看，又一宗岔事惊人。不知后事如何，且看下回分解。

第三十四回 老仙翁法斗济公 请葫芦惊走妖狐

话说老仙翁一念咒，一阵狂风大作。和尚再一看，老道会分身法，又变出一个老道来，也是跟他一般高，手里拿着宝剑，这个拿宝剑就砍，那个就扎。和尚说：“好的，老道会分窝，又下了一个。”说着话，两个老道各掐诀念咒，两个老道化出四个来，四个老道把和尚围上。和尚滋溜滋溜跑得真快，四个老道还是砍不着和尚。四个老道一念咒，变八个，八个化十六个，十六个变三十二个，三十二个变六十四个，老道一院子都满了。和尚滋溜滋溜乱跑，和尚说："我可真急了。"立时刻和尚抓了一把土，口念："唵嘛呢叭㗵吽！唵敕令赫！"一阵狂风，变出无数的老仙姑。这个老仙姑抱着那个老仙翁不放，那个老仙姑抱着这个老仙翁叫乖乖。老道一瞧事情不好，当时把舌尖咬破，一口血喷出来，把无数的老道都收回去，仙姑也化了。真玉面老妖狐气得要跟和尚拼命，臊得脸红耳赤。老仙翁说："仙姑不用你，待我今天要颠僧的命。"立时刻由那屋中把乾坤奥妙大葫芦拿出来了。老妖狐知道这葫芦的厉害，勿论甚么妖精装到里面，一时三刻化为脓血。老妖狐他虽有八千年的道行，他也当不得了，急忙一跺脚，架起妖风，竟自逃走。

老仙翁把葫芦在手中一擎，说："颠僧，你可认识我这葫芦？"和尚说："我怎么不认识？这必是酒铺的幌子，叫你偷来。我常在酒铺喝酒，不用说你要赊酒，酒铺不赊给你，你一恨，把人家的幌子偷来。"老仙翁说："你满嘴胡说！你可知道我这葫芦的来历？"和尚说："我没说吗？酒铺的幌子。"老仙翁说："我告诉你我这葫芦，蔓是甲年栽，花是申月开。甲日结葫芦，还得甲时摘。里面按五行，外面按三才。吸得精灵物，等时化尘埃。我这葫芦经过四个甲子。勿论甚么精灵装在里面，一时三刻化为脓血。你别看我葫芦小，能装三山五岳，万国九洲。"和尚说："还有甚么些个奥妙呢？"老仙翁说："那是自然我要把你装到里面，六个时辰，就把你化为脓血。"和尚说："咱们两个人，也没有这么大冤仇呀，你何必要我的命呢？你把我要装到里面，我一难受，我说：'道爷你饶了我罢。'我一嚷，你可把我放出来。"老仙翁说："可以。只要你知道我的厉害，服了我，我就饶你。"和尚说："随你装罢。"老仙翁立刻把葫芦盖一拔，口中念念有词，只见出来一道霞光，金光缭绕，瑞气千条，霞光一片，眼瞧把和尚一裹，展眼之际，就见和尚被霞光绕得瞧不真了。老仙翁把霞光一收，葫芦盖一盖，老仙翁叫道："颠僧。"就听和尚果在葫芦里答应："哎。"老仙翁说："颠僧，你觉着怎么样？"就听葫芦里说："这到很好，我有个地方住着到不错。"老仙翁："颠僧，你不央求我，少时就把你化了。"

这个时节，夜行鬼小昆仑郭顺、孙道全、雷明、陈亮，连小悟禅，都给老仙翁跪下了。众人说："祖师爷饶命，我师父有点疯疯癫癫，你老人家不要跟他一般见识。"郭顺说："师父，济公也是我的师父，前者在曲州府五里碑救过我的命。求师父看在弟子的面上，把济公放出来罢。"老仙翁说："我山人原本和他往日无冤，近日无仇，皆因他兴三宝灭三清，欺负我们三清教的门人太过，我也要给三清教下转转脸。既是救过我徒弟，你等起来，我山人不要他的命就是了。"众人这才起来。

老仙翁刚要往外放济颠，只见和尚由打外面梯他梯他进来了。众人一瞧，也都愣了。老仙翁"呵"了一声，说："颠僧，我将你装在葫芦之内，你怎么会跑出去了？"和尚说："我在里边闷得慌，故此挤了出来。"老仙翁一瞧，葫芦盖盖着，怎么会挤出来呢？葫芦还觉着很沉，老仙翁掀开盖往外一倒，"叭哒"掉出来，原来是和尚那一顶破僧帽。老仙翁说："原来是这一顶破僧帽。"和尚说："你别瞧不起这顶破僧帽，你还驾不住我这顶帽子打呢。"老仙翁一想："我仰观知天文，俯察知地理，我怕他这僧帽？"想罢，说："和尚，你这帽子有甚么来历？"和尚说："到没有甚么来历，有点厉害。"老仙翁说："我却不信，你把帽子的厉害，拿出来我瞧瞧。"和尚说："可以。"立刻把帽子往上一扔，口念六字真言，老道一瞧，这帽子起在半悬空，霞光万道，瑞气千条，金光绕缭，犹如一座泰山，照老道头顶压下来。老仙翁一看，暗说："不好。"心中一动："这个和尚必有点来历，也许是故意戏耍我。"

老道见帽子要落下来，老道知道是厉害，真急了，口中一念真言，立刻天门开了，由天灵盖出来有一尺多长的一个小老道，伸上两只手要接帽子。这就是老道练的那点道行，将来他要成了，把皮肉囊一脱，就由天门走了。要不然，一落生的小孩，天灵盖会动，那就是天门。等到一懂人事，会说话了，天门就闭上了。老道自己这点真灵，今天显露出来。和尚这帽子要真打下来，得把老道打去五百年的道行。济公想和老道无冤无仇，又知道老道素常是好人，罗汉爷不忍伤他，用手一指，把帽子收回来，说："仙翁，你别听褚道缘、张道陵一面之词，火烧祥云观，只因张妙兴无故施展五鬼钉头法，七箭锁阳喉，恶化梁万苍。雷击华清风，因为他炼五鬼阴魂剑、子母阴魂剑害人。孟清元身受国法，因为他在马家湖杀人。皆因他等为非作恶，实不可解。我和尚有好生之德，并非无故杀害生灵。褚道缘年幼无知，他要跟我和尚做对，我和尚才报应他。大概仙翁你也不认识我和尚是谁。"

说着话，和尚一摸天灵盖，露出佛光、金光、灵光，老仙翁一看，和尚身高丈六，头如麦斗，面如獬盖，身穿直裰，赤着两只脚，光着两只腿，是一位活包包的知觉罗汉。老仙翁一看，这才连忙稽首，口念"无量佛"，说："原来是圣僧，弟子不知，多有冒犯！望圣僧大发慈悲，不要跟弟子一般见识。圣僧请屋里坐。"和尚说："仙翁不便陪罪，你我到要多亲近呢。"老仙翁立刻把和尚让到屋中，吩咐童子摆酒。和尚说："先等等摆酒，我奉烦仙翁一件事。"仙翁说："圣僧有甚么事，只管吩咐。"和尚说："现在我娘舅王安士家中要念经设坛，我这里有一封字柬，求老仙翁架趁脚风送到永宁村，交到就回来，你我再吃酒。"老仙翁说："是。"立刻接过字柬，竟自去了。

书中交代，王安士只打国清寺回来，要搭棚办事，叫国清寺给念经，用九十九个和尚，接三放焰口，一百零八个和尚，念梁王经，谁劝也不听。老员外正要派家人去张罗，办事搭棚，知会亲友，大办白事，超度李修缘。王员外要打算把李修缘的那一份家业，全都给花了。正在忙乱之际，外面一声"无量佛"。家人一看，是一位老道，面如古月，发似三冬雪，须赛九秋霜，一部银髯，身穿破衲头，身背后背定乾坤奥妙大葫芦。家人有认识的，说："这不是天台山的那位神仙么？"这方都知道天台山上有神仙，在山下也瞧得见山上隐隐有树有庙，就是人上不去。山前没有山道，再说山上毒蛇怪蟒狼豺虎豹野兽极多，也没人敢去。老仙翁常下山采药，人人都知道他是神仙。其实后山有道上下，并不费事，有树影着，也没人知道。老仙翁也不告诉人，不愿意与仕宦人往来，山上所为清净。今天老仙翁来到门首，说："我乃天台山上清宫昆仑子是也，贫道特意前来给王善人送信。"家人把信接过去，拿到里面说："回禀员外爷，现有天台山上那位神仙前来送信。"

王安士接过信来，打开一看，"呵"了一声，目瞪口呆。不知济公上面写的何等话语，且看下回分解。

第三十五回　送书信良言劝娘舅　回灵隐广亮请圣僧

话说王安士打开书信一看，认得是李修缘的笔迹。上面写着四句话，写的是：

不必念经与设坛，实是未死李修缘。

大略不过三二载，修缘必定转回还。

王安士一看，“呵”了一声，甚为诧异，立刻叫家人把老道请进来。家人出来再找老道，踪迹不见。老仙翁早架趁脚风回到庙中，说：“圣僧吩咐，弟子已将信送到。”和尚说：“劳驾，劳驾。”仙翁说：“不便太谦。”和尚说：“我和尚将来还有奉求之事，非仙翁助我一膀之力不可。”老仙翁说：“只要圣僧给我一个信，我必到。”立刻吩咐摆酒，老仙翁陪着和尚喝酒。二人一盘桓，到是道义相投。老仙翁说：“圣僧这打算上那去？”和尚说：“我得回庙。现在我庙中有要紧事，有人找我，不回去是不行的。但只一件，别的徒弟我都可以带回庙去，惟有这个徒弟，他是个妖精。我带回去临安城，天子脚下，大邦之地，人烟稠密，多有些不便。”老仙翁说：“那好办，我给他写封信，叫他拿信够奔九松山松泉寺去，给长眉罗汉去看庙。长眉罗汉叫灵空长老，僧门中是他掌教。他本是韦驮转世，手使降魔宝杵，所有天下万国九洲、山林海岛、四大部洲、东胜神洲、西牛贺洲、南瞻部洲、北俱庐洲的精妖，只要是披毛带掌，横骨插心，脊背朝天，不是四造所生，就属灵空长老所管。道门中就是万松山紫霞真人李涵龄掌教。他两个人十年一查山，大概三两天必到我那里来。圣僧何妨在我这庙中多住几天，等他二人来了，我给你引见引见。”和尚说：“我实在有事，你我后会有期。就烦仙翁给写一封信，叫我徒弟悟禅去。”老仙翁当时写了一封信，济公写了一封信交给悟禅，悟禅立刻告辞，竟自去了。和尚说：“雷明、陈亮，你二人拿我这简帖，”附耳如此这般这样，“别给我耽误事。”雷明、陈亮点头，和尚说：“悟真，你也回你的庙，安置安置，到灵隐寺找我去。”孙道全点头，同雷明、陈亮各自告辞，一同下山去了。和尚同老仙翁喝完了酒，和尚也告辞，老仙翁送到外面。

和尚告了别，一施展验法，展眼来到灵隐寺。刚到庙门首，说：“辛苦，辛苦。”门头僧一瞧，说：“济师父你可回来了，监寺的广亮找了你五天了，打发人在临安各酒馆连你所认识的施主家都找遍了，你快上监寺的屋里去罢。”和尚说：“可以。”梯他梯他进了庙。刚来到里面，广亮瞧见说：“师弟，你回来！到我这屋里来罢。”济公说：“师兄，你好呀？”广亮说：“好，承问承问。”立刻把济公让到屋中。广亮说：“师弟，你多日没回来了。我今日得给你接接风。我知道你吃荤，我给你摆一桌上等海味席来。师弟，你可一个人吃。我们吃素，都不能陪你呢。”济公说：“咳。”广亮说：“你们去多要几斤好绍兴酒来，我知道我师弟能喝。”手下伺候人答应。工夫不大，把酒席摆上。济公也不谦让，坐下就吃，大把抓菜，喝了三杯酒。济公说：“吃人酒饭，得与人做事；使人钱财，得与人消灾。师兄，今天请我喝酒，必然有事罢？素常我在庙里一喝酒，你就说我犯了清规，应当打四十棍，赶出庙去，这都是你的主意。今天你出主意喝酒，你是知法犯法，罪加一等。”广亮说：“师弟你别说了，我今天是给你喝酒。素常我们哥俩有些言差语错，别管怎么样，我是你的哥哥，比你大几岁，你还能记恨我吗？咱们哥俩师兄弟，在一个庙里，总不算外人。”济公说：“你别绕弯了，不用这些零碎，有甚么话照直说罢。”广亮说：“既然如是，你们两个人进来，给你师叔磕头。”说着话，只见由外面进来两个小和尚。给济公跪下磕头，跪着不起来。济公一看这两个小和尚，都是面黄肌瘦，罗汉爷一按灵光，早已察觉明白。

这两个小和尚是怎么一段缘故呢？皆因石杭县南门外头，有一万缘桥，这座桥年深日久失修，全都坍塌了，不能走人。万缘桥本是一条大路，行路人极多，桥塌了，这道河来往过不去了。后来就有人在这河里摆摆渡，过一个空行人要十个钱，过一个挑子要五十钱，过一辆车要一百钱，过一顶轿要二百钱，一天这摆渡能落几十吊钱。过路人非得打这过摆渡，没处可绕。日子长了，他这边摆摆渡讹人，就有人瞧出便宜来。

人为财死，鸟为食亡。人家也在那边摆摆渡，比他那边减价一半，过一个人要五个钱，自然他这边就没有买卖了。他不叫人家摆，人家说：“你也不奉官，许你摆，就许我摆。”两造里一争竞，就打起来了。彼此邀人来，一打群架，两下里都受了伤，就在石杭县打了官司。知县一坐堂，把原、被告带上去一讯问，两个人一个姓赵行大，一个姓杨行三。知县说：“你们因为甚么打架？”赵大说：“回禀老爷，只因万缘桥坍塌了，不能过人，我在那里摆摆渡，他也摆摆渡，抢我的买卖。”杨三说：“回禀老爷，他摆摆渡，过一个人要十个钱，一个挑子要五十，一辆车要一百钱，一顶轿要二百，太讹人。我摆摆渡比他减价一半，所为渡人。他不叫我摆，因此打起来，他邀人把我的伙计都打伤了。”知县一听说：“你这两个东西都混帐，万缘桥系官道，谁许你们在这里讹人生财？每人罚你们五百吊钱，交出来，助工修万缘桥。下去具结完案，不然我要重办你们。”这两个人无法，每人交五百吊钱，具结完了案。知县把地方传来一问：“这座万缘桥，可以修补修补行不行？”地方说：“回老爷，这座万缘桥自宋室定鼎以来就有，工程浩大，独力难成，甚不易修。”知县一听，立刻坐轿，带人来到万缘桥一验，瞧桥上两泊岸的砖石都没了，还有新起的印。知县一问地方说：“这桥上的砖石，都那去了？”地方说：“下役不知道被谁偷去。”知县回衙，立刻派官人各处去访查：“看万缘桥的石头、大城砖在谁家，前来禀我知道，我必要重办他。”官人领堂谕出来一访，见海潮寺的后墙，是桥上的砖石修的。官人看明白，立刻一回禀知县，知县当时出签票，锁带海潮寺的和尚。

海潮寺的方丈名叫广慧，他有两个徒弟，叫智清、智静。官人来到庙中，就把师徒三个锁到衙门。老爷一升堂，吩咐把僧人带上来，广慧同智清、智静上堂，各报己名一磕头。知县说：“你既是出家人，就应该奉公守法，无故把万缘桥的砖石偷去，卖钱修墙，你是认打认罚？要认打，我把你的庙入官，还要重责你。认罚，你给我化缘，化一万银子修万缘桥。”广慧说：“僧人愿意认罚化缘。”知县说：“你们愿意认罚好。”老爷派了四个官人，押着广慧、智清、智静，每人背五块城砖游街，还叫他手下打铜锣，嘴里说：“尊声列位请听言，手打铜锣来化缘。施主要问因何故？只因偷了万缘桥的砖。”四个官人押着，不说就打。天天出去，这五块砖背着。有十几斤一块，谁瞧见谁也不施舍，都说：“有钱也不给贼和尚。”师徒三个，这点罪实受不了啦。广慧说：“智清、智静，你两个人到灵隐寺去找你师叔广亮去罢，他在那庙里监寺。他那庙里有一位活佛济颠，叫你师叔求求活佛济颠慈悲慈悲，求给咱们化缘。他老人家名头高大，化两万都化得了。”这才在官人手里花了两个钱，在老爷跟前给递了病呈，提说和尚都病了，老爷准了病假，智清、智静够奔灵隐寺而来。一见广亮，智清说：“师叔，了不得了，出了塌天大祸。”广亮一问，智清就把偷砖、现在怎么化缘受罪的话一说，又说：“我师父叫我来找师叔，你给转求活佛济颠，帮我们化化缘。他老人家名头高大，准化得出来。”广亮说：“他可有点奇巧古怪的能为，这临安城绅董富户，上至宰相下至庶民，没有不敬服他的，他给人家治的病就多了。现在无奈他多日没回庙了，他不定在那酒饭馆里，再不然就是临安城这些财主家里住着。”就赶紧派人找罢，所有各酒饭馆，是济公有往来的地方，全找到了，都没找着。

今天找了第五天，忽然济公回来，广亮这才置酒款待，要求罗汉爷化缘。不知后事如何，且看下回分解。

第三十六回　验桥口捉拿贼和尚　见县主重修万缘桥

话说济公回到庙中，广亮甚为喜悦，先给济公要了一桌酒，这才叫智清、智静进来给济公磕头。济公说："师兄，你瞧，我昨天做了一个梦。"广亮说："做甚么梦？"济公说："我梦见一个大贼和尚，带两个小贼和尚，每个背着五块砖，手打铜锣，口中直喊嚷：'尊声列位请听言，手打铜锣来化缘。施主若问因何故？只因偷了万缘桥的砖。'有四个官人押着，不嚷就打，你说这个梦新鲜不新鲜？"广亮一想："怪呀，他怎么会知道？"这才说："师弟，你做这个梦，到是真事。这两个小和尚是我师侄，他师父叫广慧，在万缘桥海潮寺当家。只因他们把万缘桥的砖头搬了几块，现在石杭县把他们师徒三个锁了去，叫他们背着砖，化一万银子修万缘桥。你想谁能施舍？他们实在受不了这个罪，知道师弟你能行，故此来求你慈悲慈悲。师弟，你冲着我，功德功德罢。"智清、智静说："师叔，你老人家要不答应，我两个人跪着不起来。"济公说："你们两个人起来！我就知道这顿饭不能白吃，这桌菜席是一万银子。"广亮说："多慈悲罢。"济公说："就是，回头咱们一同走。"智清、智静这才起来，说："师叔何时走呀？"济公说："今天就走，回头就化缘，明天就动工修万缘桥。"智清、智静心里说："这可是吹着玩。"嘴里说："那敢情好。"济公吃喝完毕，说："咱们走呀。"广亮说："师弟，等你回来，我再谢你。"和尚说："不用谢，小事一段。"说着话同智清、智静出了灵隐寺，顺大路往前走。

和尚一边往前走，信口唱着山歌说：

> 劝世人，要修福，茅屋不漏心便足。布衣不破胜罗衣，茅屋不漏如瓦屋。不求荣，不近辱，平生安分随世俗。远去人间是与非，逢场做戏相桓舞。也若义，也若朴，一心正直无私处。终朝睡到日三竿，起来一碗黄斋素。粥一碗，菜一箸，自歌自舞无拘束。客来相顾奉清茶，客去还将辕马扶。或弹丝，或品竹，空笑他人终碌碌。南北奔驰为利名，为谁辛苦为谁处。七情深，儿爱度，雨里鲜花风里烛。多少乌头送白头，多少老人为少哭。满库金，满堂玉，何曾免得无常路。临危只落一场空，只有孤身无伴仆。高大坟，厚棺木，此身亦向黄泉赴。世上总无再活人，何须苦苦多忙碌。张门田，李门屋，今日钱家明日陆。桑田变海海为田，从来如此多反复。时未来，眉莫蹙，八字穷通有迟速。甘罗十二受秦恩，太公八十食周禄。笑阿房，谈今古，古来兴废如棋局。奉劝世人即回头，我今打破迷魂路。

和尚念着往前走，智清、智静二人跟随。和尚说："你们两个快点走行不行？"智清说："行。"和尚说："腿是你们两人的不是？"智清、智静说："师叔，你说这话真新鲜，腿在我们两个人身上长着，怎么不是我们两个人的？"和尚说道："我给你们轰着走。"智清说："怎么轰？"和尚说："我一念咒，你们两个人就走快了。"智清、智静说："念罢。"和尚口念六字真言："唵嘛呢叭𠺗吽！唵敕令赫！"这两个人身不由己，仿佛有人在后头推着一般，行走如飞，收不住脚了。智清就嚷："师叔呀，你快把法术撤了罢！眼前是树呀，碰上就得脑浆迸裂呀！"和尚后面就嚷："不要紧，唵敕令赫！拐弯就过去了。"智清、智静果然到树林子，一拐弯过去了。又往前跑，智清说："了不得了，眼前是沟，掉下就摔死。"和尚说："不要紧，加点劲就蹿过去了。"说着话，眼瞧到了有三四丈宽的沟,真仿佛有人托着飞过去了。展眼之际,来到石杭县,这两人也跑不动了,躺在地下起不来了。和尚来给了两个人每人一块药吃,和尚说:“你们两人先到庙里给你师父送信,你别往那去。我上知县衙门找知县去讲理去,问问他为甚么锁我们和尚。智清、智静,你两个人随后到知县衙门找我去。今天少时我就要化缘,明天就动工修万缘桥。”智清、智静点头,竟自去了。

和尚一直来到石杭县,迈步竟往衙门里走。值日班头一瞧,是个穷和尚,官人立刻拦住,说:“和尚上那去?”和尚说:“我到里头倒口茶喝。”官人说:“你睁眼瞧瞧,这是卖茶的铺子么?”和尚说:“不卖茶。我到里头吃顿饭,买一壶酒喝。”这个官人说:“你这和尚,真是成心,这也不卖酒饭。”和尚说:“卖甚么?”官人说:“甚么也不卖,这是衙门。”和尚说:“衙门是做甚么的?”官人说:“衙门是打官司的。”和尚说:“我就打官司罢!”官人说:“你打官司告谁呀?”和尚说:“我告你罢。”官人说:“你这和尚是疯子,你凭甚么告我!我招你惹你了?”和尚说:“我不告你,没人可告,咱们两个人打一场官司罢。”官人说:“这都是没有的事。”和尚说:“怎么没有?这就是真的么!”

正在吵嚷之际,只见里面一声咳嗽,说:“外面甚么人在此喧哗?”众人一看,说:“老管家出来了。”只见由打里面出来一位老者,年过花甲,头戴四楞巾,身穿皂缎铜色氅,白袜云鞋。官人一看,说:“老管家,你看这个穷和尚,无故前来搅闹。”老管家抬头一看,说:“原来是圣僧。”赶紧跪倒给和尚磕头。官人一瞧楞了,心说:“这个和尚必有点来历,我们稿案门都给他磕头,也不知和尚是谁?”

书中交代:这位老管家名叫徐忠。这石杭县的大老爷,原本姓徐,双名致平,前套《济公传》探囊取物赵斌夜探秦相府,阁天楼盗五雷八卦天师符,巧遇尹士雄,搭救徐致平主仆的性命,见过济公。徐致平连登科甲,榜下即用知县,就升在这石杭县做知县。故此今天老管家认识济公,赶紧行礼,说:“圣僧,你老人家从那里来?我家老爷时常想念圣僧,为何不叫他等通禀?”和尚说:“我叫他等通禀?这位头儿跟我要门包,我就剩三两银子,都给他了。他不答应,他要跟我要十两银子,不然他不管回,叫我走。故此我跟他吵嚷起来,你出来了。”徐忠一听,说:“你们这些东西真好大胆量,竟敢跟圣僧要银子?还不把银子拿出来!你们素日间,想必做了多少弊了。”官人说:“老管家,你别听大师父的话,我实没要门包。”和尚说:“你分明在怀里揣着,我的三两银子是四件,你说没有,你把带子解了抖抖。”徐忠说:“对,你身上有银子没有?”这个官人方才给人家托了一件人情,刚分了三两银子,在怀里揣着。这一来,闹得张口结舌,说:“老管家,我腰里有三两银子,可是我自己的。”徐忠说:“你满嘴胡说,还不给圣僧?要不给,我给你回禀老爷,革去你的差事。”官人唬得无法,委委屈屈把银子拿出来,说:“大师父,给你罢。”和尚哈哈一笑说:“我不要,我这是管教管教你。谁叫你多管闲事?你要阻拦我,我叫你认识认识,我和尚乃是灵隐寺济颠僧是也。我再来,你就别拦我了。”官人说:“是。”大众一听,是济颠活佛来了,众人就吵嚷动了。

和尚同徐忠来到里面,徐致平一见,赶紧行礼,说:“圣僧久违少见,今天这是从那里来?”和尚说:“我今天来见你一件事。”徐致平说:“圣僧甚么事?”和尚说:“海潮寺的和尚跟我有点瓜葛,求老爷你把他们放了,我给你化缘修万缘桥。”徐致平说:“是。弟子实不知海潮寺的和尚跟圣僧有瓜葛,我要知道,天胆也不敢锁拿他们。既是圣僧要给化缘修万缘桥,不必圣僧化缘,弟子到有个主意。”和尚说:“你有甚么主意?”徐致平这才如此如此说毕。和尚一听,哈哈大笑。不知徐致平说出何等言词,且看下回分解。

第三十七回　施佛法善度王太和　因家贫经营离故土

话说济公来到石杭县,提说要化缘修万缘桥。徐致平说:“圣僧既是说给化缘,何必圣僧亲自去化?我这地面上有十家绅士财主,每家捐他们一千两银子修万缘桥就可以了。”和尚哈哈一笑,说:“老爷不便分心,我自有道理。”正说着话,两个小和尚来了,在外面伺候济公。知县立刻吩咐把广慧传来,当堂释放。徐致平说:“现有济公来给你等讲情,本县看在济公的面上,把你等放回,从此各守清规。万缘桥有济公替你等化缘,不用你们了,下去罢。”济公说:“智清、智静别走,我还有事。”两个小和尚答应,广慧谢过老爷,自己回庙。这个信外面嚷嚷动了,都知道现有济公活佛来化缘,要修万缘桥。知县这里摆酒款待圣僧,正喝着酒,外面当差人进来回禀,说:“现有十家绅士递了一张公禀,请老爷过目。”

书中交代,光棍不是吹的,泰山不是垒的,外面听说济公来了,人的名,树的影,大众一传嚷,传到十家财主耳朵里。众人一商量,说:“咱们大众得见见这位济公活佛。他老人家既是来化缘修万缘桥。”这个说:“我给一千两。”那个说:“二哥,你给一千两,我也不能给五百。”十家财主一议:“对,每人拿一千银子来修万缘桥。”十个人写了一张公禀,来见知县。当差人拿进来,给徐致平一瞧,徐致平说:“圣僧你看,十家绅士听说你老人家来了,他等自相情愿,每家出一千银子,冲着圣僧修万缘桥。”和尚说:“我和尚化缘,化一万银子,就化一家,不化十家。你问他们谁一个人给一万银子,我和尚才要呢。”徐致平说:“圣僧,你别得罪他们。这本地可就是他们十家有钱,除此之外,别人拿不起。要得罪了他们,可就没人施舍了。”和尚说:“不要紧,我回头上兴隆庄王百万家化去。”徐致平说:“圣僧,可千万别去,那王百万可是人称王善人。每逢冬天施粥舍棉,夏天舍凉茶暑汤,他报效过皇上家银子,他捐了个五品员外。可就是一样,他最恨和尚老道,不斋僧,不布道。前者在我这里打过几回官司,都是因为僧道化缘,不但不施舍,反把僧道打了,拿片子到我衙门送来。我念他是个善人,也不肯得罪他。圣僧,万万去不得。”和尚哈哈一笑,说:“老爷不必管我,和尚今天非得去不可。他既不施舍,我和尚才化他。说化他一万两银子,他不能给九千九百九十九两。我今天就要化出来,明天修万缘桥动工。我和尚要没有这点手段,我也不来,到要叫老爷你瞧瞧。智清、智静跟我走。老爷,咱们回头再谈。”徐致平也拦不了。

和尚带领两个小和尚,出了石杭县衙门,一直来到兴隆庄。刚一进东村口,济公就说:“智清、智静,你两个人带着法器没有?”智清说:“我带着手磬呢。”智静说:“我带着木鱼子。”济公说:“好,打着念着走。”智清说:“做甚么呀?”济公说:“咱们念子弟焰口游街。”智清说:“就是。”立刻念着往前走,过路的人一瞧,都说这是半疯。

往前走了不远,只见路北广亮大门,门口上马石,下马石,有八株龙爪槐树,上有幌绳,拴着有百八十匹骡马,对面八字影壁。这所房高大无比,一概是磨砖对缝,雕刻花活。和尚来到门首一看,迎门是影壁,白灰抹的棋盘心,真白花瓦码的咕噜钱。和尚一道“辛苦”,由门房出来一位管家,有二十多岁,说:“和尚你快去罢!你看我们门口贴着,僧道概不书缘。我们员外可是善人,就是不斋僧布道。前者来了一个老道,不叫他化，他偏要化，我们员外出来，拿马棒抽了一顿，还给送衙门去。这幸亏我们员外没在外头，你要化一股香钱我给你，你快走，我可说的可是好话。”和尚说：“你给我，你知道我化多少钱?”管家说：“你化多少钱?”和尚说：“我化一万银子，修万缘桥，还得今天施舍给我，明天我就不要了。”管家说：“我不叫你化，可是为你好。”心里说：“这个和尚必是穷疯了。”

和尚说：“要不叫我化，你得借我笔使使，我在影壁上写几个字，我在门口喊三声，我就走。”管家说：“那行。”立刻把笔拿出来，和尚接过笔来，在影壁上写了几句。管家说：“和尚，可惜你这点笔法，真可以的。”和尚说：“那是自然。”和尚就嚷：“化缘来了！喂！”拿手比着往里扔。管家说：“你这是干甚么?”和尚说：“往里扔呀！”管家说：“你嚷罢，我们员外要出来就得了。”和尚就嚷了三声，说：“回头你们员外要出来，劳你驾，就提我是灵隐寺济颠僧，要化一万银子修万缘桥，明天给我，我就不要了。他要不施舍，就提我说的，他不久必有一场横祸飞灾，我和尚走了。”说罢，和尚就走，管家也并不解其意。

焉想到和尚刚走，王员外带着四个家人，由里面出来。员外原本在紧后面书房里坐着看书，耳轮中就听外面喊嚷：“化缘来了！喂！”连嚷了三声。王员外心中纳闷，暗说：“怪道，这院子是五层房，素常大门外要有叫卖东西的里面听不见。”王员外一想：“外面喊嚷化缘来了呀，我怎会听得真真切切?”立刻带着四个家人出来，王员外就问：“甚么人在此喧哗?”管家正要叫瓦匠拿灰水把影壁上的字涂去了，省得员外瞧见，还没涂呢，员外出来了。管家说：“员外要问，方才来了一个和尚来化缘。”员外说：“你没告诉他么？我这里僧道一概无缘。”管家说：“我告诉他了。他跟我要笔在影壁上写了几个字，他说员外爷出来，叫我告诉你，他是灵隐寺济颠僧，他要化一万银子修万缘桥。他说员外爷要施舍，今天施舍，明天给他他就不要了。员外要不施舍，必有一场横祸飞灾。”王员外一听，抬头一看，影壁上和尚写的墨迹淋漓，王员外“呀”了一声，说：“你要赶紧追，把和尚追回来，我施舍一万银子。”管家也不知所因何故，赶紧追赶和尚。

书中交代，王员外为甚么一瞧影壁上的字，就要施舍一万银子呢？这其中有一段缘故。

这位王员外名叫太和，原是这兴隆庄生长。年幼的时节，家中很有钱。父母给定下前庄韩员外之女为婚，与王太和同岁。不料王太和少运乖舛，七岁丧父，九岁丧母，把一份家业全被家人坑骗了，自己过得一年不如一年。长到十六岁，家中直落得柴无一把，米无一粒。自己住的这所房子，都被家人拆着零碎卖了，就剩了两间破房。王太和已到十六岁，自己一想：“莫非束手待毙不成？总得想个主意，护住身衣口食才好。”左思右想，实在无法，把家中的破烂书籍收拾收拾，买点笔墨纸张，挑着书箱出去游学，到各学馆去做买卖。游来游去，游到松江府地面，学馆也多。王太和做买卖，人也和蔼，凡事死店活人开，做买卖是运筹有道定生财。王太和做一条道来，各学馆的学生都不买别人的东西，专等他去，买他的笔墨纸张。买卖颇得利息，越做越活动，也带着卖点书帖字画等类。王太和就在松江府西门城外，有一座准提寺庙里住着，过了有二三年的景况。自己刨去吃穿用度，存下有五六十两的银子。王太和自己虽说年轻，在外面创业，并不贪浮华，很务本分。

这天王太和走在松江府大街，见有许多人围着拥挤不动。王太和一瞧，是一个卦棚，见蓝布棚上有白字，是一副对字，上联是：“一笔如刀，劈破昆山分玉石。”下联是：“双瞳似电，冲开沧海辨鱼龙。”王太和也挤到里面一看，是一位老道，面如古月，一部银髯，飘洒在胸前，头戴青布道冠，身穿蓝布道袍，青护领相衬，白袜云鞋。看这位老道精神百倍，发如三冬雪，鬓赛九秋霜，真是仙风道骨。摊着卦摊，上面摆着是六爻的卦盘，按单折重交，有十二元辰，按八八六十四卦，三百八十四爻，摆着各样的卦子，有父母、兄弟、妻子、官鬼等类。就听老道说："山人也能算卦，也能看相，可是诚则灵。可有一节，喜直言前来问我，爱奉承另找别人，卦礼到不拘多少。"大众也有算卦的，也有叫老道相面的，一个个没有说老道相得不对的。王太和一想："我也叫老道给相相我的终身大运。"这才说："道爷，给我看看相。"老道睁眼一看，就一愣，说："贫道我可是直言无隐，尊家可别恼。"王太和说："君子问祸不问福，道爷只管说。"

老道这才从头至尾一说，王太和不听则可，一听唬得颜色更变。不知老道说的何等言词，且看下回分解。

第三十八回　李涵龄神相度群迷　王太和财色不迷性

话说王太和叫老道给相面，老道一看说："贫道可是直言无隐，尊家可别见怪。"王太和说："道爷只管说。"老道说："看阁下的相貌，可与众不同，额无主骨，眼无守睛，双眉寒散，主于兄弟无靠；山根塌陷，主于祖业不擎；准为土星，乃人之财，财库左为井，右为灶，井灶太空，有财而无库，你是一世不能存财。螣蛇纹入口，将来必主于饿死。你七岁丧父，九岁丧母，十六岁犯驿马星。这几年在外面奔忙劳碌。幸喜你还勤俭，也没落下甚么。从此之后，你是一天不如一天。尊家的相貌，贫道也就不能往下再说了。"王太和一听老道所说之话，已过之事，果然一点不错，大概未来之事也必有准。自己把卦礼给了，回到准提寺，自己一思想："我终归饿死，我还往前奔甚么？莫如我赶紧回家，把亲事退了，叫我岳父给姑娘另找婆家。我是这个命，别连累人家，跟我受罪。"心中越想越难过，真是如万把钢刀扎心一般，买卖不做了，告诉和尚把房交了，自己挑着书箱，由松江府往回够奔。

这天走在半路上，本来是无精打采，垂头丧气，也觉着累了，要在大道边树林子歇息歇息。刚来到树林子一瞧，见地下有一个黄缎子包袱，自己把书挑放下，把包袱捡起来，打开一瞧，里面有一个硬木小匣子，有锁锁着，有一个黄缎子小口袋，里面有钥匙。王太和拿钥匙把锁开开一看，匣子里是黄澄澄耀眼镜光两对金镯子、两头赤金首饰。宋朝年间，黄金最贵，每一两可换白银五十两。大概这两对镯子有八两一对，首饰总有五六两一头，大概可值一千多两银子。王太和一想："我自己终归得饿死，我别害人家。这个东西要是本主丢的，丢得起不要紧。倘若要是家人给主人办事，或替人办事，把这东西丢了，就有性命之忧。我莫如在这里等等，有人来找，我给人家。"想罢，把这个包袱包好，放在书箱里，王太和就在地下一坐。

等了工夫不大，只见由北边飞也似赶来了一个骑马的，是一匹黑马，走得甚快，来至切近，马站住，这人翻身下马。王太和一看，这个人是长随行路的打扮，有二十多岁，白净面皮，看这人脸上颜色都变了，带上惊慌失色的样子，热汗直流。下了马赶奔上前，冲王太和一抱拳，说："这位先生请了！在下我姓苏叫苏兴，在临安城苏北山苏员外家当从人。今奉我家员外之命，到松江府我们姑奶奶家，取来一个包袱，内中是两对金镯，两头金首饰。走在这里，我这马一眼岔惊下去，把包袱由马上掉下来，我也下不了马。马惊下去好容易把马勒住，我这才回来找包袱，可没碰见有过路的人。先生你老人家要看见这包袱，你老人家得救我。我要把这包袱丢了，我就回去见我家员外，我说丢了我家员外也不信，我就得一死。你老人家要瞧见捡着，给我，可就救了我的命，将来我必有一份人心。”王太和瞧了瞧，说：“朋友你贵姓？”苏兴说：“我叫苏兴，我在临安城苏北山苏员外家。”王太和说：“你丢的都是甚么东西。”苏兴说：“是一个黄缎子包袱，里面有一个硬木匣，匣里有两头金首饰，两对金镯子，是一个小黄口袋，装着钥匙，并没有别的东西。”王太和点了点头，开开书箱把包袱拿出来，说：“你瞧瞧，点点东西对不对。”苏兴一看说：“先生，你真是我的重生父母，再养的爹娘，救了我的命了。要没这个东西，我真得死。也就是你老人家这样好人，千金不昧。未领教先生贵姓呀？”王太和说：“我是石杭县兴隆庄的人，我姓王叫王太和。”苏兴说：“老人家多怎到了临安城，可千万要到青竹巷四条胡同苏北山苏员外家去找我，我叫苏兴。”王太和说：“是了罢。”苏兴实在心里过不去，掏出五两银子，说：“先生，我也不敢说谢你，我尽我这点穷心，给你老人家买一杯茶吃吃。”王太和微然一笑，说：“你胡闹。我打算要你的银子，我捡着你这东西，我就不给你了，你趁此拿着去罢。”苏兴见了王太和实在不要，自己也无法，说：“先生，既是不要，我也不敢强给。先生那时到了临安，可千万赏脸找我去。”说罢，趴地下给王太和磕了一个头，竟自告辞走了。王太和自己还是心里烦，想：“老道所说的七岁丧父、九岁丧母、十六岁犯驿马星，说得真赛神仙，未到先知其实。

书中待表，这个老道本是大路的活神仙，乃是万松山云霞观的紫霞真人李涵龄。老道下山，并不是相面算卦为要钱，所为是普度群迷，教化众生，故此断事如见。

王太和那里知道老道的来历？今天见苏兴走后，王太和又烦了半天，挑起书箱往前赶路。这天正往前走着，上不靠村，下不着店，天有日落之时，偶然云生西北，雾长东南，狂风暴雨下起来了。王太和想要找个地方避避雨，见眼前一座破庙，并没有和尚老道，院墙俱都坍塌，就有三间大殿，尚可避雨。王太和赶到切近，刚要进大殿，一瞧大殿里有一位十七八岁的姑娘，长得十分美貌，正在大殿里避雨呢。王太和一瞧一愣，自己一想：“男女授受不亲，凡人生在世，做事须循天理，出言要顺人心，虽然是四野无人，我焉能做这样伤天害理之事？男女因片刻之欢娱，误一世之名节。我莫若不便理他，我就在外面廊檐下避避雨罢。”想罢，王太和就在大殿以外廊檐下一蹲，并不与那女子过话。焉想到雨越下越大，直下到天有五更方住，平地数尺深的水。幸喜山道水下去得快，天亮水都流没了。王太和挑起书箱就要走，那女子说了话，说：“这位君子尊姓？”王太和说：“我姓王。”那女子说：“尊驾乃是一位好人，奴家我原本姓马，叫马玉荣，就在这前面马家庄住家，望求尊驾携带我几步。”王太和说：“那有何妨。”立刻送着姑娘来到马家庄。这位姑娘家里有父母，有哥哥。姑娘原本在舅母家住着，跟舅母拌了几句嘴，姑娘赌气回家，走到半路，赶着雨了。王太和把姑娘送到门首，自己要走。姑娘到家跟父母、哥哥一提，在庙里避雨，遇见王太和怎么是好人，连大殿都没进，并未过话，今天送到家来。把这话一说，姑娘的父亲追出来，把王太和让到家中，置酒款待，一家老少甚感激王太和的好处。姑娘的父亲说：“尊驾贵处？是那里人？昨天小女原本在他舅舅家住着，因为拌了两句嘴，姑娘也太任性，他舅母也不该叫他一个人回来。偏巧赶上下雨，在庙里避雨。幸亏遇见尊驾，乃是真正君子。这要遇见歹人，那还了得？”王太和说：“我姓王，叫王太和，原本是兴隆庄的人。往后姑娘别叫他一个人走路，总是得有人跟着才好。”马老丈说：“是、是。王先生可以在我家多住几天罢。”王太和说：“我还有事。”立刻告辞，姑娘的父母千恩万谢送出来，王太和这才顺大路往回去。

这天回到自己家中，还有这两间破房，有本村一个苦人住着呢。王太和到了家，自然还得让他住。王太和把书箱放下，自己甚为凄惨，吃了点东西，安歇睡觉。次日亲身到韩员外家去退婚。韩员外自从王太和年幼的时节，把女儿给他，那时王家还有钱呢。自从他父母一死，一年不如一年，后来听说王太和出了外了。韩员外家里有几顷地，也算是乡下财主，也不能把女儿另聘了，就得等他。姑娘跟王太和同庚，偏巧姑娘心重，自己想着命不好，将来到婆家也得受苦，日积月累，一忧愁把两只眼睛急瞎了，双目失明。工太和还不知道呢。今天来一见韩员外，一论起来又是老街坊。韩员外说：“贤婿，这几年在外面还好？”王太和说：“一言难尽。我现在一个人，无非奔忙劳碌，没饿着。我打算叫你老人家把姑娘另聘罢，我的命苦，别连累了姑娘跟我受罪。所有的定礼，我也不要了。”韩员外一听，说：“那可不行，现在我女儿把眼也瞎了，你定的时节，可没有残疾。现在我也不能再给人家，你赶紧搬娶过去，你自己慢慢地混。不怕你不能务农，你做个小买卖多也不行，二三百银子我给你拿。你只要勤俭，还不可以吃饭么？”王太和一听姑娘既把眼瞎了，自己一想：“不是一家人，不进一家门。该当要饭吃，我前头走，拉着一个瞎子，这到也不错。”想罢，说：“岳父，既是你女儿把眼瞎了，我也不能说不要。你可得成全我，我也没多少钱办事。”韩员外说：“那好办，你有轿子就搭人。”王太和自己无法，还有几十两银子，回家张罗办事，定了吉日，把妻子娶过来。

他这个时节，也没有亲友来行人情。韩员外打算女儿过门后，过一两个月，再给王太和拿钱做买卖。焉想到王太和娶过来，未到半月，王太和晚上睡不着，思想这日子怎么过，翻来覆去睁着眼，偶见地下有一个火球，滚到南墙根没了，一连三天。王太和就跟他妻子说：“地下有一个火球，你是瞧不见？”韩氏说：“许是闹财罢。”王太和说：“那的事。”韩氏说：“你瞧准了，拿我的金簪插到那里，明天刨开瞧瞧。”王太和果然用金簪记上，次日拿铁锨一刨，刨有二尺深，只听“咯当”一响，王太和再然一看，目瞪痴呆。不知后事如何，且看下回分解。

第三十九回　得金宝福随相转　访娘亲跋涉天涯

话说王太和拿铁锨一刨，刨了二尺多深，就听“咯当”一响。王太和一瞧是石板，掀开石板一看，是一窖金元宝银元宝。金元宝都是一百两一个的马蹄金，银元宝都是二百两一个的大元宝。王太和一看，先拿出几个来，照样埋好，也不敢声张。次日到岳父家提说要盖房。韩员外说：“你有钱么？”王太和说：“没钱，对付着办。”先买了两个银柜，找木厂子一看，他这片地基不小，先盖三层瓦屋。随着动工，随着往外搬运金银，把房盖好了。把金元宝一数，是六百个，每个能换银五千两；银元宝是四百个，共一千个。从此陡然富贵，有三百多万银子，在本地开的银楼、缎号，买置房产良田。大众都知道王太和发了财回来了，都不知道怎么发的财。王太和自己想起，当初在松江府老道给我相面，说我该当饿死，现在我得了这大家私，还能饿得死么？老道几乎耽误了我的终身大事。从此不信服和尚、老道，说僧道都是谣言惑众。每年王太和冬施粥，夏施茶，舍棉裤棉袄，遇穷苦人等，贫老病瞎，必要周济，就是不斋僧布道。今天为甚么要把和尚找回来，施舍一万银子呢？皆因他瞧见影壁上写的字了。济公写的是两首绝句。头一首是："昔日松江问子评，涵龄道我一身穷。事至而今陡然富，皆因苏兴马玉荣。"第二首是："梦醒更深三更天，见一红光奔正南。揭开石板仔细看，四六白黄整一千。"王太和一看，暗说："怪道，我的事没人知道，这个和尚可是神仙？"故此赶紧叫家人追回来。

管家追出村口，一瞧和尚正往前走。管家说："大师父请回来，我家员外施给一万银子。"和尚这才转身回来。王太和一见，说："圣僧，请里面坐。"和尚来到书房，有家人献上茶来。王太和说："圣僧，我的事情，圣僧何以知晓？"和尚说："你那事瞒不了我，你休要毁谤僧道。你可知道这两句话：'心命都不好，穷苦直到了。命好心也好，富贵直到老。命好心不好，中途夭折了。'人要做些阴骘事，能逢凶化吉，遇难呈祥。当初老道给你相面之时，你是縢蛇纹入口，主于饿死。你做这两件阴骘事，你这縢蛇纹通下来，变为寿带纹。"王太和这才如梦方醒。

和尚说："你要不信，我还有个主意，给你瞧瞧。你拿一万银子修万缘桥，在海潮寺做公馆，明天吉日兴工。你叫人抬四块石头来，我写上四句话，一块上写一句，搁在万缘桥旁边，派两个家人看着。头一块石头，叫大众白瞧白看，谁要瞧第二块石头，跟他要二百两银子，要瞧第三块是三百两，看第四块是五百两。这一千两银子，助你修万缘桥作为酒钱，可别说是我写的，就说是神仙写的。"王太和一想，说："谁花二百两银子瞧一块石头呀！我虽有钱，我也不能那么冤。"和尚说："你不信，你瞧着有人瞧没有！"王太和立时派人到海潮寺，收拾预备公馆，叫家人搭了四块石头，都够一百多斤一块。和尚去把字写好，把四块石头码上，叫家人看着。王太和也在海潮寺同和尚同住，没事下棋。万缘桥就动工修起来了。

两个家人看着四块石头说："众位瞧石头，头一块是白瞧白看，瞧第二块是二百两银子。"街市上都吵嚷动了，大众围着，瞧石头上有字，写的是七个字："不姓高来本姓梁"。大众一瞧，都说这两个人是财迷，谁能花二百银子瞧石头？众人纷纷议论。过了有十几天，也并没有一个问的，都是瞧瞧头一块，一笑就走。这天王太和就说："圣僧，你老人家说有瞧石头的，怎么不灵呢？"和尚说："你别忙，大约不过五天，就有人来瞧。"

果然到第四天，这天忽然来了一位文生公子，头戴翠蓝色文生巾，身穿翠蓝绸文生氅，腰系丝绦，白袜云鞋，白净面皮，俊品人物，带着两个书童，挑着琴剑书箱。来到近前一看，这位文生公子就问："这石头谁写的？"家人说："神仙写的。"文生公子说："神仙在那里？"家人说："你不用管神仙在那里，你要瞧第二块，是二百银子，头一块是白瞧。"这位文生公子说："我给你二百银子，你搭开我瞧。"家人说："赶紧回禀员外爷去，就提有人来瞧石头。"立时有人到海潮寺一回禀，王太和赶紧来了，心里说："真有这等样的冤人，真花二百银子瞧石头？"来到这里一瞧，是一位文生公子。王太和说："尊驾要瞧石头么？"这位公子说："不错。"王太和说："瞧第二块石头是二百银子。"这公子说："我给二百银子。"立刻打开书箱，拿出四两黄金，折银二百两，交与王太和。王太和叫家人把石头搭开一块，众家人都不愿意搭，都说石头太沉，搭不动。王太和说："你们谁来搭？每人我给二两银子赏。"大众一听，这个也要搭，那个也要搭，都抢着要搭搭不上。立刻，搭开一块。这位公子一瞧第二块石头更愣了。

书中交代，这位公子为甚么他要花二百银子瞧二块石头呢？这内中有一段隐情。

头一块石头上写的是“不姓高来本姓梁”。这位公子就是不姓高来本姓梁，他原本是这石杭县梁王庄的人。他五岁的时节，正赶上金宋交兵，斡离布的大队反到江南，他母亲带着他逃难，正遇见贼队，把他母子冲散了。他找不着娘了，站在街上哭。由那边来了一个人，歪戴着帽子，闪披着大氅，说：“小孩子，你哭甚么呢？”小孩虽说五岁，很机灵，说话很清楚，说：“我是梁王庄的，我叫兴郎。我娘带我逃反，遇见贼，把我娘冲散了，我找不着了。”这人说：“你跟我找你娘去罢，我是你舅舅。”梁兴郎人小不吃亏，说：“你不是我舅舅，你是我哥哥。你带我找我妈去罢。”这人说：“跟我走。”立时刻带着梁兴郎一走，来到甘泉县地面，住在高家店。这地方太平，他打算要把梁兴郎卖了。偏赶巧这开店的高掌柜就是夫妇两个，家有百万之富，也并不指着开店吃饭，所为应酬苦亲友。这夫妇没儿没女，就问他带着的小孩是你甚么人呀？这拐子手说：“我姓郎叫郎赞，这是我外甥。他父母都叫贼兵掠了去，这孩子跟着我也赘手，我打算找个主把他卖了。”高掌柜说：“我瞧瞧。”把兴郎叫到柜房去，一给吃的，说：“你姓甚么？”梁兴郎说：“我姓梁，叫兴郎。”高掌柜说：“他是你舅舅么？”梁兴郎说：“不是，我不认得他。我娘带我逃难，遇见贼，我娘丢了。他说他是我舅舅，我就说你是我哥哥，他说带我找我娘去。”

高掌柜问明白，一问拐子手要卖多少钱，郎赞说：“五十两银子。”高掌柜说：“五十两，我留下了。你给写一张字罢。”郎赞说：“我不会写字。”高掌柜说；“你不会写字，叫我们先生代笔。我们这里可有规矩，说五十两可是减半，给二十五两；在店里卖有三成用钱，五十两是十五两；叫先生写字是十两，刨净了，一两不找。你去罢，没你的钱了。你要不答应，我把你送到衙门去，照拐子手办你。”郎赞一听也傻了，大众作好作歹，算给了他几吊钱盘费，郎赞走了。高掌柜人称高百万，在家里以员外呼之，把梁兴郎留下，雇老妈哄着，要一奉十，起名高得计。后来请先生教他念书，到十六岁娶的媳妇，也是本处杨百万的女儿。杨员外也是夫妇两个，就是一个女儿。过了门有五六年，杨员外夫妇也死了。高员外夫妇也死了。梁兴郎这点造化大了，两份百万家私都归他一人。这天梁兴郎跟他妻子说：“我本是梁王庄的人氏，现在我养身父母已死，我要出去访访我亲生母，找着下落。如死了，我把尸骨请回来。如没死，我把娘亲找回来。我这一去，多带黄金，少带白银，暗藏珠宝，扮作游学的书生。说不定几年回来，家中托靠娘子料理。”杨氏说：“官人这是一份孝道，我也不能拦。官人去罢。”

梁兴郎这才带着书童出来，逢山朝山，逢庙拜庙，求神佛保佑母子相见。今天来到万缘桥一瞧石头，罗汉爷指引孝子迷途，母子团圆。且看下回分解。

第四十回　梁兴郎千金看隐诗　济禅师佛法指孝子

话说梁兴郎来到万缘桥一瞧，石头上写的是“不姓高来本姓梁”。自己一想，我出来这些日子，并无访着一点消息，我也不知梁王庄在那里，这也许是神人指示。只要把我娘亲找着，花几千两也不要紧，故拿出四两黄金，折二百银子。王员外叫家人把头一块石头搭开。梁兴郎一看，第二块上写“巧妆改扮觅萱堂”。梁兴郎一看，这明明是我。这才问：“第三块还有字么？”家人说：“要瞧第三块，是三百银子。”梁兴郎一想，

“我到要看看。”立时刻又拿了六两黄金折三百两银，交给王太和。王太和一想：“真怪，真有人拿银子瞧。”叫人把第二块搭开。梁兴郎一看，第三块写的是“兴郎要见生身母”。梁兴郎一看，这更对了，说：“你把这块拿开我看。”家人说：“要看第四块，是五百两。”梁兴郎说：“你怎么讹人那？”家人说：“不讹人，你爱瞧不瞧呀。”梁兴郎一想：“已然花了五百，再花五百，只要有了我娘亲的下落，慢说花一千，两千也花。”想罢又拿出十锭黄金。王太和叫人搭开第三块，一瞧第四块上写“去到临平问法王”。梁兴郎一看这句话，“呀”了一声，几乎翻身栽倒。自己一想，了不得了，这许是有人知道我由家中出来的心思，设出圈套，诓骗我一千银子。自己又一想，我的乳名没人知道，此事令人难测。自己这才问道：“众位可知道这临平法王是怎么一段事？可是地名？可是人名？”大众一个个俱皆摇头，说：“不知道。”梁兴郎自己心中如万把钢刀扎心。正在发愣，那边来了一位老丈。众人说：“你要打听，问这位老头罢。他叫福地圣人，甚么事他都知道。”梁兴郎赶紧施礼，说：“借问老人家，可知道这临平法王是在那里？”这老者说：“你要问临平，由这往东南走二十余里，有一座兴隆镇，上那里打听去。这里没人知道。”

梁兴郎一听，无奈叫书童挑起琴剑书箱，一直够奔东南。约走了有二十余里，见眼前有一座镇店。村口外树林子有二位老者在树下酌棋，一位是白面长髯，一位长得相貌清奇古怪。梁兴郎连忙上前说：“二位老人家请了！我打听打听，有个临平法王，二位老人家可知道？”这位老者一听说：“临平我可知道，当初金宋未交兵以前，这座兴隆镇就叫临平镇。后来宋室天下太平，改为叫兴隆镇。这个法王我可不知。”那位老者说：“贤弟，你是不知道。我比你大几岁，我十二三岁的时节，你还是小孩不记事。这村口如意庵尼姑庙，我记得就叫法王庵，后来改的如意庵。你要打听法王，尊驾到庙里去打听罢。”

梁兴郎一听，谢过二位老丈，赶紧带着书童，进了村口一瞧，路北里有一座庙，山门上写着“如意庵”。上前一叩门，由里面出来一个小尼姑，把门开开，说：“施主找谁？”梁兴郎说：“我是前来降香。”小尼姑说：“我们这是尼僧庙。”梁兴郎说：“不论是甚么庙，我要烧股香。”小尼僧便领来到大殿开了门。梁兴郎烧上一股香。烧完了香，说：“小师父，你带领我到庙里游逛游逛。”小尼僧说：“可以。”立刻带着梁兴郎到各院中观看。这个庙是三层殿，有东西跨院，甚为宽敞。游来游去，来到一个东跨院。这院中是北房门三间，东西配房，北房门外挂着一块匾，上写“冰心堂”三字。梁兴郎一看，就知道这院中有孀妇守节。正在一愣，只见由北上房出来一位老婆娘，有六十多岁。鬓白成霜，穿的衣服平常。梁兴郎一看这位老太太的模样，不由自己心中一惨，二目落泪。这位老太太一看，他也觉着眼圈一酸，眼泪流下来了。母子天性所感，老太太并不敢认，说：“这位先生尊姓？”梁兴郎说：“我姓梁，乳名叫兴郎。”老太太一听，心如刀剜，说：“儿呀！我只打算今生今世，你我母子不能相见，没有想到为娘还见着你了。”梁兴郎叫了一声：“亲娘呀！”也哭起来了。

书中交代，他母亲怎么会落到这庙里呢？凡事自有个定数。自从母子一失散，老太太找不着孩儿，自己一想，“我还活甚么？”想欲要自尽。幸遇见一位好人劝解老太太，说：“你别死，倘若你儿在着，将来也可以母子见面。你暂为找个尼僧庙一住，慢慢再寻访你的孩儿。”老太太一想也是，就投奔这法王庵来了。这个庙离梁王庄三里地，这庙的老尼姑也是忠厚人，见梁老太太这份光景，老尼僧说：“你就在我这住着罢。那时你儿有了下落，你再走，没有音，你就跟我在庙里修行罢。”梁老太太就在这庙中苦守，早晚侍奉佛祖。后来附近村庄都知道庙里有一个梁李氏守节，大众送了一块匾，写了“冰心堂”三个字。梁老太太终日吃斋念佛，祷告神祇显应，叫母子可以见面。今天果然梁兴郎来了，母子见面，抱头痛哭。兴郎说：“娘亲，你老人家不便哭了，孩儿现在甘泉县娶了亲。我养身父母把我抚养大了，现在二老已经故去，孩儿出来寻找我娘亲。多蒙神人指示，得见你老人家。娘亲生养孩儿一场，孩儿未能在你老人家跟前时日定省，叫你老人家受这样清苦。孩儿今天接娘亲跟我家去罢，还可以享两天安闲自在之福。”老太太一听，说：“儿呀，今天你我母子一见面，也总算是神灵默佑。为娘终日烧香祷告，但愿你我母子见一面，现在我瞧见你，就得了，你也不便接我回去。我已然是出了家，侍奉佛祖，我也就不想再还俗了。”梁兴郎一听，苦苦的哀求，总要请老娘回去。老太太执意不肯，梁兴郎自己无法，就把家眷接到兴隆镇来，单给老太太买了一座庙，叫老太太在庙里修行养静，梁兴郎不时到庙里去问候。

这天梁兴郎一想到万缘桥这几块石头，是甚么人写的呢？我到要访问访问。自己带着两个书童来到万缘桥一看，万缘桥已快告竣。梁兴郎一打听，方知道是济公禅师写的。梁兴郎要见见这位活佛济颠，正赶上王太和同济公来到万缘桥监工。有人指引告诉他：“这位穷和尚就是灵隐寺济公长老。”梁兴郎赶奔上前，说：“圣僧在上，弟子有礼。前者多蒙你老人家指示，我找着我娘亲，弟子实在感恩不尽。”和尚说：“你起来，不便行礼。你母子既然见了面，你要好好地尽孝，你回去罢。”梁兴郎还要承谢礼物给圣僧长老，和尚说：“不必，我和尚不要，我和尚常说，一不积财，二不积怨，睡也安然，走也方便。”梁兴郎无法，竟自告辞去了。

王太和正同和尚在万缘桥这里监工，偶然就见由对面来了一阵旋风。和尚一看，说：“来了，来了。”王太和一看，随着这阵风，来了一个老道，披发仗剑，身高八尺，黄脸膛，三绺黑胡须，穿着蓝缎色道袍。王太和一看一愣，见老道赶奔上前，给济公行礼。来者老道非是别人，正是黄面真人孙道全。和尚说：“悟真，你干甚么来？”孙道全说：“弟子自天台山分手，回到我自己庙里，把庙里安置好了，到灵隐寺去找你老人家，听说你老人家来修万缘桥，我就在庙里住着。焉想到临安城出了塌天大祸，钱塘县知县派我来请你老人家。”和尚一按灵光，早已察觉明白。

书中交代，怎么一段事呢？只因钱塘县知县新升来一位赵文辉赵大老爷，他本是两榜出身，自到任以来，两袖清风，爱民如子，焉想到地面上出了一件逆案。秦丞相的兄弟花花太岁王胜仙，他本是个恶霸，在本地无所不为，依仗着他哥哥是当朝宰相，无人敢惹他。王胜仙家中有二三十个如夫人侍妾，就有一个得宠的爱妾，就是田国本那个妹妹。本来她是歌妓出身，琵琶丝弦，自己能弹能唱。这天王胜仙要到西湖湖心亭去吃酒做乐，先叫田氏坐着轿，带着婆子、丫环先去。三乘轿正走在西湖苏堤，忽然来了一阵旋风，围着轿子，绕了几个弯，抬轿的都睁不开眼。及至旋风过去，再一看田氏，踪迹不见，小轿内婆子、丫环，一刀之伤殒命，大众唬得目瞪痴呆。不知后事如何，且看下回分解。

第四十一回　逛西湖恶霸遇妖风　看偈语私访白鱼寺

话说王胜仙的爱妾被旋风刮丢了，婆子、丫环被杀，一无凶手，二无对证。有人报与王胜仙，王胜仙勃然大怒，给钱塘县三天限，要破案。钱塘县知县一听这个信息，赶紧带领刑房仵作验尸。仵作一验婆子、丫环都是梗嗓咽喉一刀之伤身死，生前致命，并无二处。知县一想，这件事甚是奇异，回到衙门，派赵头、张头、王头、李头赶紧捉拿凶手。赵头、王头一听，赶紧给老爷磕头，说："回禀老爷，这件案，求老爷开恩，下役办不了。老爷想要捉拿凶手，要是人，可以锁来，这旋风怎么拿得了？"知县说："这旋风其中定有缘故，你们得想法子给我办。现在王大人给三天限，要不把凶手办着，连本县也担不了。"赵头说："老爷要办这样蹊跷案，可有一个人办得了。"老爷说："谁能办？给我说来！"赵头说："现在灵隐寺济公长老。那乃是当世的活佛，神通广大，法术无边，善晓过去未来之事。老爷去到灵隐寺拜访济公，求他老人家给占算占算，可以能把这案办出来。"知县一听，说："好。"立刻传轿，带领赵头、王头、张头、李头、孙头、刘头、耿头、马头，一同来到灵隐寺。当差人过去一问，门头僧说："济公没在庙内。"正赶上孙道全在庙内住着。他由打天台山回自己庙内，安置好了，来到灵隐寺找济公。济公未在庙内，孙道全就在庙内等着。今天听说钱塘县来拜济公，孙道全出来一见，说："我师父上万缘桥去了，老爷有甚么事？"知县说："尊驾原来是少师父。"孙道全说："是。"知县说："求少师父，辛苦辛苦，把圣僧请回来，行不行？"孙道全说："那到行。老爷有甚么要紧事么？"知县就把王胜仙的夫人被旋风刮丢了，婆子、丫环被杀之故一说。孙道全说："老爷回衙门去听信罢，我去找我师父去。"知县说："少师父要去，得明天回来才好，往返有五六百里。"孙道全说："那行，一千里我也能一天回来。"知县半信半疑回去。

孙道全架着趁脚风，两个时辰就来到万缘桥。见济公一行礼，提说："奉钱塘县知县之命，来请师父。"和尚说："钱塘县干甚么请我？"孙道全就把旋风杀人之故，从头至尾一说。和尚说："我现在不能回去呀，我得等万缘桥工竣，才能回去。我给你写一封信，你给钱塘县知县送去，叫他照我书信的话行事，就把凶手拿着了。"孙道全点头答应，和尚写了一封信，封好交与孙道全。信面上是一个绍兴酒坛子，上面锔着七个锔子，这是和尚的花押。孙道全把书信带好，辞别了济公，仍驾着趁脚风回来。到了县衙门，往里一回禀，知县赶紧吩咐有请。孙道全来到书房，知县说："少师父真快，往返才几个时辰。"孙道全说："我还耽误了半天，要不然早来了。"知县说："可曾见着圣僧？"孙道全说："我师父说暂时不能来，叫我带了一封信来。"立时把信掏出来，递与知县。知县一瞧，信面上画着一个酒坛子，钉着七个锔子。打开书信一看，上面写的是：

> 字启钱塘县老爷知悉：贫僧乃世外之人，不能与国家办理公事。老爷要捉拿凶手，照贫僧下面这八句话行事，可能拿获贼人。余容晤谈，书不尽言。

老爷一看，下面写的是：

> 此事搔头莫心焦，花花太岁岂肯饶？
> 若问杀人名和姓，八月十五月半超。

下面还有四句，写的是：

> 此事搔头莫心急，花花太岁岂肯依？
> 若问杀人何处住，巧妆改扮访白鱼。

老爷一看，心中忖度了半天，说："圣僧这是叫我出去私访，可不晓得这白鱼是人名是地名？今天天色已晚，明天少师父出去，帮本县访访这件事。"孙道全说："可以。"知县把孙道全留下，款待酒饭，老爷就在书房安歇。次日老爷吃完了早饭，换上便衣，带家人赵升出去私访。一面派钱塘县八个班头，赵大、王二、张三、李四、孙五、刘六、耿七、马八，同孙道全也出去访查。

赵文辉赵大老爷带着老管家，出了艮山门，慢慢往前走。知县心中踌躇，也不知这白鱼是怎么一段事。往前走了有三四里之遥，觉着身倦体乏，打算要找个地方歇息歇息，吃一杯茶才好。抬头往四外一望，但只见北边是山，半山坡松林密密，隐隐射出红墙，乃是一座大庙。知县一想：“庵观寺院，是过路的茶园，到可以去歇息歇息。”想罢，说：“赵升，你我到山上庙里去找杯茶吃。”赵升点头，主仆二人顺着山坡小路，一直往前面奔，来至切近一看，这座庙四处都栽着松柏树，真是古柏苍松万年青。一瞧，庙前头有一座石牌楼，上面有“同参造化”四字；牌楼后面是正山门，东西有角门，都关着；山门上面有字，上写“敕建古迹白鱼寺”。赵文辉一看，心中一动：“济公禅师那四句话，是‘此事搔头莫心急，花花太岁岂肯依？若问杀人何处住，巧妆改扮访白鱼。’莫非就是这白鱼寺，也未可定。”自己愣够多时，一瞧遍山的青草，东角门外有一股小道，不长草，大概必是有人出来由东角门走。这才来到东角门叩打门环。

工夫不大，只听里面一声“阿弥陀佛”，把门开开，是一位小沙弥，有十八九岁，穿着半大的僧衣，白袜云鞋，白脸膛，长得眉清目秀。小沙弥抬头一看，说：“二位施主来此何干？”赵文辉说：“我来到这里烧香。”小和尚说：“施主请！”赵文辉带领家人往里够奔。小和尚把门关上，头前引路，来到了大殿。引着火，赵文辉烧了一股香，磕完了头。小沙弥说：“施主请客堂坐！”这庙中前后是五层殿，同着赵大老爷由大殿往西，有四扇屏门，开着两扇，关着两扇。一进这西跨院，是北房五间，东西配房各三间，院中极其幽雅。小和尚一打西配房帘子，知县主仆来到屋中一看，有八仙条案，两边有椅子，条案上摆着许多的经卷。知县在椅子落坐，小和尚说：“施主贵姓？”知县说：“我姓赵。小师父，这庙里有几位当家的？”小和尚说：“有我师父，有一位师叔，我们师兄弟四个，余者就是使唤人。施主这是从那里来的？”赵文辉说：“我们是远方来的，从此路过。”小和尚说：“是是，施主在此少坐，我去烹茶去。”小和尚更透着伶牙俐齿，说着话竟自去了。

赵升见小和尚去后，他来到院中一看，北房五间，当中是穿堂，通着后面，有院子，东西里间屋中都垂着帘子。赵升来到北上房，走过厅一掀东里间帘子，闻着屋中有一阵兰麝胭粉之香。一瞧，屋中靠北墙是一张床，挂着幔帐，屋中有梳头桌，有镜子，有些个妇女应用的东西，摆着粉缸、梳头油瓶等类物件。赵升一想：“怪呀，和尚庙里那有这些妇女用的东西？”正在瞧着纳闷，小和尚由后面倒茶回来，一见赵升在这里偷看，小和尚说：“你做甚么来这屋里？”赵升说：“我瞧瞧。”小和尚说：“你别满处混跑，我们庙里常有官府太太来烧香，你要冲撞了，怎么得了？”赵升说：“你们这和尚庙里，怎么有粉缸、梳头油瓶等物，做甚么的呢？”小和尚说：“我师父爱闻梳头油粉味，买了为是闻的。”赵升一听，说：“这不像话了。”两个人正在狡展之际，只见由后面出来了一个大个的和尚，身高九尺，头大项短，披散着发结，打着一道金箍，紫脸膛，粗眉大眼，一脸的怪肉横生，身穿蓝绸子僧衣，月白绸子中衣，白袜僧鞋，手拿蝇刷，说：“甚么人在此喧哗？”小和尚说：“师父，你瞧他们来烧香，满屋里胡跑，我拦他，他不听。”大和尚睁眼一看，说：“他们这来了几个烧香的？”小和尚说：“西配房还有一位。”这和尚说：“待我来看。”立刻来到西配房。这和尚一看，哈哈一笑说：“我打算是谁？原来是县太爷。我算计你就该来了，大概你所为王胜仙之事而来。告诉你说，那件事是我做的。”

知县一听这句话，大吃一惊，大概今天来到庙中，凶多吉少。不知这凶僧却是何人，且看下回分解。

第四十二回 孙道全惊走妖和尚 周得山穷困被人欺

话说这个和尚一见知县，竟敢目无官长，不但不畏惧，反到一阵狂笑，说："县太爷，你必是为王胜仙那案来的。那案正是咱家做的，你来了便该怎么样？"知县一瞧，这事情不好，唬得惊慌失色，连忙说："和尚你错认了人了，我那里是县太爷？我原本是行路的客商。"凶僧哈哈一笑说："你不用不认，钱塘县我是常去。"赵文辉说："和尚你不要错认人，我要告辞赶路。"说着话，站起身就要往外走。和尚道："你那里走！今天你自来到我这庙中，尔休想逃走！这叫放着天堂有路你不走，地狱无门要找寻。徒弟，来给我将赃官缚了！"立刻小和尚进来，就把赵大老爷倒剪二背。

书中交代，这个和尚名叫月明，他有三个师弟，叫月朗、月空、月静。月空、月静没在这庙里住着，就是月朗在这里。这两个和尚本是酒色之徒，庙里有夹壁墙地窖子，藏着有几个妇人，都是烟花柳巷买来的。这两个和尚都会妖术邪法。那天两个人到西湖去闲游，见王胜仙的爱妾坐着轿，长得十分美貌。两个和尚一看，淫心已动，月明说："师弟，你看这真是绝色的佳人，你我施展法术，把他抢了走。"当时就地一画起了一阵怪风，把田氏由轿子里拉出来，背着就走。婆子、丫环瞧见要嚷，被和尚拉出戒刀给杀了。将田氏背回庙来，和尚说："你要不从我二人，当时把你杀了。"田氏他本是歌妓出身，还有甚么不从？百般献媚。从此两个僧人那件云雨之事，和尚只打算没人知道，焉想到被济公给指出来。今天知县一来，月明常瞧知县过堂问案，不拦闲人看，故此他认识。月明一想："他既来了，不能放他走。莫如剪草除根，省得萌芽复起，纵虎归山，长出牙爪，定要伤人。"立时叫小和尚把知县捆起来。赵升一看说："好和尚，胆子真不小，敢情是贼和尚！"一边嚷着，就往外跑。和尚说："别叫他跑了，把他拿回来。"

这句话尚未说完，外面角门"喀嚓"一响，把门踹开，由外面赵大、王二等八个班头闯进来了。这八个人也是出来私访，刚来到庙门首，就听里面赵升喊嚷。八个头儿把门踹开，各拉铁尺闯进来，就要动手。和尚用手一指，用定身法把八个人俱都定住。和尚伸手拉戒刀，刚要杀人。就听外面一声喊嚷："好孽障大胆！光天化日，朗朗乾坤，竟敢在此要杀人？待山人来也！"和尚一看，来者正是孙道全。和尚一想："事情不好，越闹越大，莫如三十六着走为上策。"赶紧够奔后面，告诉他师弟月朗，带着小和尚开后门，一并逃走。

孙道全先救了八个班头，顾不得追赶和尚，又把县太爷找着救了。在庙中各处一搜，由夹壁墙搜出五个妇人来，一同带着回衙门。一问，这五个妇人内中就有王胜仙的爱妾田氏。那四个都是妓女，当堂开放。然后将白鱼寺庙入官，另招住持僧人。用轿子把田氏给王胜仙送回去。田氏见了王胜仙，还说没失节，其实跟和尚睡了两夜了。王胜仙这也是报应，他素来常常霸占良家妇女，这他的爱妾被人家抢了去。田氏本是他心上的人，见找了回来，很喜欢，又留下了，叫知县案后访拿和尚。知县总算便宜，没被参了。把事情办完了，孙道全告辞回庙去。过了几天，济公也回来了，万缘桥已工程报竣。知县听说济公回来，派人把济公请到衙门，置酒款待，开怀畅饮。吃喝完毕，知县说："圣僧没事，在我衙门多住几天，可以盘桓盘桓。"和尚说："我得赶紧走，还有要事，你我暇时再谈。"

和尚告辞，出了钱塘县。刚来到钱塘关，一瞧关乡里，有一座豆腐房，门口围着许多人，里面磨盘也碎了，水桶也劈了，豆子撒了一地，豆腐包也撕了。里面有一个人，穿着青布小袄，腰系钞包，蓝中衣，蓝袜子，打绷腿，两只搬尖大尾巴靸鞋，长得兔头蛇眼，龟背蛇腰，在那里指手画脚，口中乱嚷。和尚一按灵光，说："哎呀！阿弥陀佛！你说这件事不管，焉能不管？我和尚真是一事不了，又接一事。"

书中交代，这个豆腐房的掌柜的，姓周名叫得山，夫妇两个，跟前有一儿，名叫周茂。他本是巡典州的人氏，只因家中年岁荒乱，度日艰难，来在这临安钱塘关，开了一座豆腐房，养着一条驴拉磨，供给各饭馆子、各大油盐店送豆腐，买卖做得很茂盛。做了几年，手下存下几十两银子。焉想到时运不济，一家三口都得了瘟病。指身为业的人，一不能做活，就得往外赔垫。一病病了半年，连吃药带养病，不但把所存的钱用尽，还拉下亏空。好容易周茂能起来了，周得山叫周茂出去要要帐，好垫办吃饭。周茂还走不动，就出去骑着驴要帐去。别处的帐都好要，惟有万珍楼酒饭馆欠二十多吊钱，去要老不给。这个饭馆子的东家姓孙，原本是本地的泥腿，外号叫麻面虎孙泰来。万珍楼的了事的，姓廖双名廷贵，外号叫廖货，也不是好人。这天周茂去要帐，廖廷贵一瞧，周茂骑的这条驴很快。廖廷贵说："周茂，我骑骑这条驴试试。"周茂说："骑罢。"廖廷贵骑着走了一趟，果然这条驴足底下真快。廖廷贵说："周茂，你们家又不做买卖，把这条驴卖给我好不好？"周茂说："不卖。"廖廷贵说："我多给你钱。"周茂说："多给钱也不卖。告诉你说罢，别的驴拉磨磨二斗豆子，这条驴就能磨四斗。我父亲病好了，早晚就要开张做买卖。"廖廷贵说："你们做豆腐有本钱么？"周茂说："没有，等开张再说罢。"廖廷贵说："不要紧，你们那时开张，没本钱，我借给你。"周茂说："好。"跟万珍楼要了几吊钱回来了。后来陆续把万珍楼的欠帐也要完了，都垫办着吃了饭。

好容易周得山病体好了，想要做买卖，没本钱，到处去借也借不了来。周茂忽然想起廖廷贵说过，要做买卖，他借给本钱。周茂跟他父亲一提，周得山说："你去借去罢。"周茂就来到万珍楼说："廖掌柜，现在我父亲好了，要做买卖没本钱，前者你提过，没本钱你借给我们。我父亲说叫我跟你提提，借二十吊钱。"廖廷贵说："现在我可没钱，我给你转借罢，你明天来拿。"周茂一听，很欢喜回去。次日又来，一见廖廷贵，廖廷贵说："你要借二十吊可不行，我给你借了十吊，一个月一吊钱利钱。"周茂一听，一皱眉说："利钱太大点。"廖廷点说："利钱大还没处借去呢。你嫌大你就别使。"周茂一想无法，说："就是罢。"廖廷贵说："可是十吊给九吊。"周茂也答应了。接过来一瞧，不是现钱贴，是日子条，到下月取九吊钱。周茂说："怎么下月取钱呢？"廖廷贵说："你要欠帐还人家，日子条，比空口应日子准强。"周茂说："我们不是还帐，是用现钱买豆子，好做买卖呀！"廖廷贵说："你要换钱，我换给你，现钱一吊换八百。"周茂是等钱用，无法换罢，九八换七吊二百钱。周茂拿到家一数，每吊短二百，只剩五吊八百钱实钱，还有小钱。周得山瞧着钱，叹了一口气，无法穷吃亏，只可买了几斗豆子且做买卖罢。一天磨二斗豆子，刨去度日，只赚一百多钱。一个月要拿出一吊钱利钱，那个月利钱到日子就来取，迟一天都不等，再不然就叫归本钱。小本经营，拉这十吊钱亏空，何时能补的上？

这天廖廷贵又来取利钱，正赶上周得山没钱。廖廷贵不答应，周茂可就说："廖掌柜多等一两大，也不为之过。这加一钱，已然利过本好几折了。"廖廷贵一听恼了，说："你当初借钱的时节，怎么不这么说呀？我没找你来要借给你，叫你使的。"周茂又一分证，廖廷贵张口就骂，三言两语，跟周茂打起来。周得山出来一拉，廖廷贵揪住周得山就打。周茂一瞧打他父亲，他真急了，拿起斧子照定廖廷贵就砍，把膀背砍伤了。廖廷贵说："好周茂，你敢拿斧子砍我？我走了，回头再说！"说着话，廖廷贵走了。少时他带了有三十多人，各持刀枪木棍，来到豆腐店，把周得山父子拉躺下就打。不知这父子性命如何，且看下回分解。

第四十三回　廖廷贵倚势欺人　陈声远助拳惹气

话说廖廷贵带领数十个匪徒，各持刀枪器械，来到豆腐房，把周家父子拉出来按到就打。幸亏街坊各铺户出来劝解，廖廷贵叫众人把豆腐房全都摔了，连磨盘也摔碎了，水桶也劈了，一概的家伙全摔净了。廖廷贵带着人走了。

周得山父子浑身是伤。周得山见把屋中的东西都拆了，自己买卖也不能做了。周得山一想说："儿呀，咱们爷们活不了了，打架咱们也没人，打官司咱们也没人情势力。我这大的年岁，从来没受过这样的欺负。咱们活着惹不起他，我揣上一张阴状，我一死到阴间告他。周茂你到钱塘县去喊冤，给我报仇。叫你娘到临安府去告他，我这条老命不要了。"周茂也是想要报仇，也不能拦他父亲。

父子两个正说着话，外面进来一个人。周茂一看，这个人认识，也是这本地的泥腿，素常无所不为，敬光棍，怕财主，欺负老好人，踹寡妇门，打野狗，骂瞎子。此人姓毛，外号叫毛嚷嚷，他就在这门口住。起先廖廷贵带着人来，他也不出来。这等人家都走了，他跑出来到豆腐房，说："谁敢上这拆豆腐房？好呀，在我眼皮底下，这如同抓了我的脸一样，不知道我姓毛的在这住吗？方才我是没在家，我要在家，我拿刀把他们全砍跑了。"他这里指手画脚一说，他为是叫这方瞧他是人物。毛嚷嚷正在这里大嚷大叫，和尚由外面进来，照定毛嚷嚷就是一个嘴巴。毛嚷嚷一瞧，说："好和尚，你敢打我？"和尚说："打你还是好的，谁叫你这里放肆？"毛嚷嚷说："好和尚，咱们俩是一场官司。"和尚说："你出来。"毛嚷嚷出来就揪和尚。和尚把毛嚷嚷揪倒就打，打了三下，和尚说："该你打我了。"毛嚷嚷抡拳就打。和尚数着一来、二来、三来，和尚说："该我打你了。"一拧拐子，把毛嚷嚷翻下去。和尚打了他三下，和尚也不多打，说："你该打我了。"和尚自己就躺下，毛嚷嚷又打了三下。还想多打，和尚又把他翻下去。大众瞧着，也没人来解劝，都说和尚公道，打毛嚷嚷三下，和尚就叫他打。毛嚷嚷打三下，非得和尚把他拧躺下。众人正瞧着和尚跟他一对打三下，就听旁边有人说："别打，我来也。"

众人一看，来者这人好样子，身高九尺以外，膀阔三停，头戴皂缎色六瓣壮士巾，上按六颗明珠，身穿皂缎色箭袖袍，腰系丝鸾带，薄底靴子，闪披一件皂缎色英雄大氅，上绣三蓝富贵花，面似乌金纸，粗眉大眼，颏下一部钢髯洒满前胸。来者乃是铁面天王郑雄。

书中交代，郑雄自打前者由常山县马家湖跟济公分手，他就回到家中来，没事也不到钱塘关来。只因郑雄有一个朋友，姓陈名叫陈声远，乃是东路保镖的镖头，也在这临安城住家，人也极其厚道，家中置了个家成业就。这天陈声远没事，带着家人出来闲游，走在钱塘关外，见着有一个卖艺的在那里练把式，围着许多瞧热闹的人。陈声远一看，这个卖艺的，练得拳脚精通，一着一式受过点名人指教，大概不是久惯卖艺的江湖人，也不会说江湖话，也没人给钱。在外面做生意，算命打卦，全凭说话，应该是未从要练先交代交代说："众位，在下是远方人，不是久惯卖艺的，只因来到贵方宝地，投亲不遇，访友不着，把盘费花完了。在下在家中练过几趟乡下粗拳，我也不知子弟老师在那里住家，未能登门递帖，前去拜望。一站一立，踢过一腿，打过一拳的，都是我的子弟老师。我练完了，众位有钱帮把钱，没钱帮站脚助威，帮个人缘。"应当得有一套江湖话，交代明白。陈声远一看，这个卖艺的，也不会说话，练有好几趟也没有几个给扔钱的。陈声远一想："君子到处有成人之美，我下去帮他练一趟，给他几吊钱垫垫场子，周济周济他。"想罢叫家人陈顺："去到钱塘关里恒源钱铺，与我拿五吊钱来，回头我帮他练完了，你把钱串揪断了，给往场子里扔。把式场有规矩，不准带串扔。"陈顺就答应，到钱铺取了五吊钱来。

陈声远进了场子说："朋友，我帮你练一回。"卖艺的赶紧作揖说："子弟太爷贵姓？"陈声远说："我姓陈。我看你不是久惯江湖卖艺的样子。"卖艺人说："可不是。我也是无法，找朋友没找着，困在这里。子弟爷你帮我，我给你接接拳，还是站在旁边给你报报名？"陈声远说："你也不用接拳，你旁边看着罢。"说着话陈声远刚要练，只见由外面跳进一个人来，说："朋友先等等练，我也帮个场子，咱们两个人揸揸拳。"陈声远说："可以。"一看这人身高八尺，头带粉绫缎软帕包巾，身穿粉绫缎箭袍，腰系丝鸾带，单衬袄，薄底靴子，闪披一件粉绫缎英雄大氅，上绣蓝牡丹花，面似油粉，一脸的麻子斑点，长得透着奸诈的样子。陈声远刚跟这人一揸拳，偏巧陈声远胸前岔了气了，陈声远赶紧往圈外一跳，说："朋友慢动手，我岔了气了。"焉想到这小子不懂得场面，这小子哈哈一笑说："就凭你这样的能为，也要下来帮场子？"陈声远一听，气往上撞，说："你是甚么东西，胆敢羞辱于我？怎么我岔了气，你这样不懂事务？"这人说："本来你无能为，还要遮盖。今天你我到要分个强存弱死，真在假亡。"大众一看，二人要打起来，连瞧热闹的，带卖艺的，大众赶紧劝解，有人把那人拖走了。陈声远叫家人把五吊钱给了卖艺的，陈声远说："众位，那位知道方才这人是那的？姓甚么？我必要去找他，这厮太不懂事务。"大众劝解说："大爷请回去罢，不必跟他一般见识，也不知道他是那的。"大众都不敢告诉他。

陈声远无法，岔气岔得很厉害，自己只得回家。再找家人陈顺，找不着了，自己雇了一辆车回到家中，这口气实在出不来。少时家人陈顺也回来了，陈声远说："陈顺你上那去了？我跟人家打起来，你必是怕打了你，你躲了？"陈顺说："老爷不要错怪小人。我见那粉白脸的棍徒一走，我想老爷受他的侮辱，也不知他的名姓，小人我暗中跟下去了。"陈声远一听，说："好，你可曾打听明白？"陈顺说："小人打听明白，这厮是万珍楼的东家，叫孙泰来，外号叫麻面虎。乃是本地的匪棍，结交官长，走动衙门，欺压良善，无所不为，常常讹人吃事，在本地很叫字号，无人敢惹。"陈声远说："好，等我把病养好了，我必要前去找他。"自己气得了不得，请人给瞧，吃了几剂药，也不见好。

这天铁面天王郑雄来瞧他，两个人是知己拜兄弟。陈声远说："兄长来了，好，你给我捏捏罢，我岔了气了。"郑雄说："怎么会岔了气？"陈声远说："别提了。"就把帮场子之故，从头至尾一说。郑雄一听说："贤弟，你只管养病，愚兄必要替你报仇，去找孙泰来。凭他一个泥腿，也敢欺负你我兄弟？"陈声远说："兄长不便跟他为仇做对，兄长的身价重，跟他犯不着，他不配。等我好了，我自己去找他。"郑雄说："兄弟你不用管，我是不知道你岔了气，我要知道，把灵隐寺济公活佛请来，给你一点灵丹妙药，准吃了就好，手到病除。我娘亲多年二目失明，济公都给治好，何况这点小症？”家人陈顺说：“郑大官人，你提的不是灵隐寺那位疯穷和尚么？”郑雄说：“是呀。”陈顺说：“我方才在钱塘关去买东西，瞧见那位穷和尚在周老儿豆腐房门首，跟毛嚷嚷打起来了，一对三下呢。”郑雄说：“我去看看，贤弟你在家里听信罢。我必要到万珍楼找出个样子来。”

郑雄说着话，就往外走，陈声远叫家人拉没拉住，郑雄就出来了。一直来到钱塘关，正瞧见济公跟毛嚷嚷厮打。郑雄说：“别打！师父，你老人家为甚么跟他打起来？”这一句话毛嚷嚷一听，郑雄对穷和尚叫师父，本来郑雄在临安城威名远震，毛嚷嚷唬得急流勇退。郑雄给济公一行礼说：“师父，为甚么跟他一个无名小辈打起来？”和尚说：“我打算把这碎铁锅片，捡点卖了打酒吃。”郑雄说：“师父要喝酒，弟子这里有钱。”和尚说：“我一个人不去喝酒。”郑雄说：“师父上那去？弟子陪你去。”和尚说：“我上万珍楼。”郑雄说：“我正要上万珍楼。”和尚说：“好。”当时这才要上万珍楼找孙泰来，大概必有一场凶杀恶战。不知后事如何，且看下回分解。

第四十四回　为朋友怒找麻面虎　邀师父大闹万珍楼

话说郑雄见了济公，济公说要上万珍楼去喝酒。郑雄说：“我正要上万珍楼去。”和尚说：“好。”郑雄说：“我上万珍楼去不是喝酒，我要替朋友去报仇，找孙泰来。师父要喝酒，上别处去喝去。”和尚说：“我也要去找孙泰来。”郑雄说：“既是师父愿意去，我也不拦，你我一同走罢。”和尚说：“你先等等。”和尚来到豆腐房里说：“周得山你先别死，你也别写阴状，周茂你也先别上钱塘县告去，我和尚替你到万珍楼去找廖廷贵。少时必叫你过得去，准得叫廖廷贵给你陪不是来。摔砸你的东西，我管保照样赔你。你等我两三个时辰，听我和尚的回信。要没有场面，你再死也不为晚。”周得山听这话一愣，说：“大师父怎么称呼？”和尚说：“我乃灵隐寺济颠僧是也。”周得山耳闻听见说过，本来济公在临安城名头高大，无人不知。周得山说：“圣僧既是慈悲，我听你老人家回信。”和尚说：“对。”这才同郑雄一直进了钱塘关。

往前走了不远，路北里就是万珍楼酒饭馆。郑雄头里走，一掀帘子进去。一进门，东边是柜，有柜房，西边是灶。郑雄在拦柜上一拍，说：“呔！孙泰来，郑大太爷今天在这里照顾照顾你小子！”麻面虎孙泰来正在柜房里埋怨廖廷贵，说：“你不当依仗我这铺子，拆人家的豆腐房，倘要逼出人命来怎么办？再说临安城乃藏龙卧虎之地，就许有人出来，路见不平，拔刀相助。连我此时都收了心，不敢无故惹祸。”廖廷贵说：“不怨我呀，皆因周茂先拿斧子砍我。你瞧瞧我这膀子有多重伤？”

正说着，听外面一拍拦柜说：“孙泰来，今天郑大太爷照顾照顾你小子！”孙泰来隔帘缝往外一看，是铁面天王郑雄。孙泰来知道郑雄在临安城晃动乾坤人物字号，郑雄眼皮最杂，上至公侯下至庶民，没有不认识郑雄的。本来素常郑雄也真爱交友，挥金似土，仗义疏财，慷慨大道，济困扶危。勿论是谁，求到郑雄的跟前，三五吊，十吊八吊，三十五十，真不含糊。故此临安城远近皆知，比孙泰来的字号大得多。郑雄是正直为人，孙泰来是个恶霸，常依仗人情欺人。当面都不敢惹他，背地人人皆骂。郑雄的声气，是人皆仰望。今天孙泰来一瞧是郑雄，他就一愣，说："廖廷贵你瞧，祸来了。郑雄可是本地的人物，今天这是旁风邪火。他来堵着门一骂我，我要不出去，我就不用混了。头十年他要来骂我，我不惹他不要紧，谁都不知道临安城有个郑雄，提不起我孙泰来。现在我要一栽了，往后我就不用叫字号了，再一叫字号，人家就说：'孙泰来，你不用欺负我们，郑雄你就不敢惹！'这一句话，我就得臊死。这可讲不了，我到得斗斗郑雄。廖廷贵你出去，把他用好言稳住，别叫他走，我去找人去。我一个人不是他的对手，我约了人来把他打坏了，反正是一场官司。"廖廷贵点头，转身出来。见郑雄气哼哼，廖廷贵说："郑大爷，你来了？为何这么大气？谁得罪你老人家了？"郑雄说："我来找麻面虎孙泰来，叫他出来见我。"廖廷贵说："郑大爷先消消气，我们掌柜的没在家。你先上楼喝盅酒，有甚么话好说。伙计，来把郑大爷陪上楼去，给郑大爷要两壶酒，要几样菜。郑大爷请罢！"伙计过来说："郑大爷楼上坐着罢。"郑雄一想："冤各有头，债各有主。我找孙泰来，他既没在家，我不便跟别人闹，我上楼去等他。"想罢说："既是孙泰来没在家，我楼上等他，他回来叫他见我。"伙计说："是了。"郑雄就往里走。

和尚由外面进来，也一拍拦柜说："孙泰来，今天和尚老爷照顾照顾你小子。"廖廷贵一想："真是墙倒众人推。"一瞧和尚，廖廷贵想起来，是蒙饭吃的和尚！济公前者只因知道万珍楼是恶霸开的，和尚在这白吃过两顿饭。那一天来到万珍楼，吃了十吊多钱，和尚说："我去钱铺拨钱。"廖廷贵叫伙计跟着和尚，出了酒铺，一展眼和尚没了。伙计回去说把人跟丢了，掌柜的打了伙计一个嘴巴，说："和尚是蒙饭吃的，那时见着再说。"次日和尚又去了，又一进门说："掌柜的，你瞧昨天我碰着朋友了，也没得给你送钱来，今天我特为来给你送钱还帐。"大众一想："和尚不是蒙饭吃的，要是蒙吃蒙喝，今天就不来了。"和尚又坐下要酒要菜，甚么好吃要甚么，要了一桌子。吃完了，一处算，二帐归一。伙计一算，合银子十二两八钱，和尚说："不多。我到柜上。"和尚来到柜上说："掌柜的，我吃了十二两八钱，跟我上钱铺取去罢。"廖廷贵一想："昨天叫伙计跟着跟丢了，今天别叫伙计跟着了。"廖廷贵说："和尚，你昨天到钱铺取钱你跑了，今天又到钱铺取钱？"和尚说："我昨天也不是跑了，是碰见朋友说话，跟伙计走岔了。"廖廷贵说："我跟你取去罢。"跟着和尚出了酒铺。和尚说："你瞧过人飞没有？"廖廷贵说："没有。"和尚说："你瞧，这就是人飞。"梯他梯他撒腿就跑。和尚一边跑，口中说：

酒似青浆肉又肥，酩酊醉后欲归回。
任凭掌柜不赊帐，架不住贫僧腿似飞。

廖廷贵追着，展眼和尚没了。廖廷贵回到铺子，说："和尚又跑了。那时见着他，那时揪住打他。"今天和尚自己来了，一拍柜说："孙泰来，今天和尚老爷来照顾照顾你。"廖廷贵一瞧恼了，说："好和尚，你蒙了两顿饭吃，还敢来搅我们？"和尚说："这是好的。"郑雄一回头，说："师父上楼。"廖廷贵一瞧，唬得就不敢说了，说："大师父同郑大爷来的，请罢。"郑雄说："是我师父。"廖廷贵说："是是。"往下不敢再说别的。

和尚同郑雄上了楼，找桌坐下。和尚说："郑雄，你不是找孙泰来斗气么？"郑雄说："是呀！"和尚说："要闹就得像个闹的。"郑雄一想这话对，立时刻把眼一睁，说："把这楼上的酒饭座，都给我逐下去！"伙计唬得战战兢兢，说："是是。"楼上酒饭座真有几十位，就有胆小的赶紧走了，就有自生人以来不怕事的，听郑雄一说都逐下去，这人就大大不悦，说："怎么样都逐下去？我花钱喝酒，就要在这喝定了。别管是谁，要把我轰下去，非得把我脑袋揪下去，没了我这口气。要不然，我就不能下去。"同座人就说："二哥，你别答言。你不认识，这位是凤山街的铁面天王郑雄，你不认识郑大官人？素常郑爷这个人挥金如土，仗义疏财，有求必应，没得罪过人，这必是饭馆子得罪了郑爷。本来孙泰来就是个恶霸，郑爷这是来跟饭馆子斗气，与你我不相干。咱们又跟郑爷远日无冤，近日无仇，你要一答言打起来，这不是淤气么？"说得这人也不答言了，算饭帐，大众下楼走了。

少时，楼上全走净了。郑雄叫伙计过来把小菜摆上，伙计赶紧把小菜杯碟摆好。郑雄拿起一个碟子摔了，和尚说："我没听见甚么响声，你再摔一个。"郑雄又摔了一个。和尚说："伙计，你们都卖甚么菜？"伙计说："应时小卖都有。"和尚说："你给煎炒烹炸，配几个菜，拿几壶酒来，把夜壶给我拿来。"伙计说："不行，你要酒可以，就是不管拿夜壶。"郑雄说："你去拿去，不拿把脑袋给掰下来。"

伙计赌气下了楼，来到柜上说："掌柜的，你再找人罢，我不能做这买卖。跟郑雄来的这个穷和尚，叫我拿夜壶。我不能拿，我怕坏了行规。"廖廷贵一听，说："这可是太难了，姓郑的他也是一个人。掌柜的去找人还没来，不必等掌柜的。我的主意，你们去把掌柜的立的把式场那些朋友找来，先把姓郑的拉下楼来打他，打坏了跟他打官司。不论他是多大字号人物，破出一身剐，敢把皇帝打。"伙计答应，立时够奔把式场来。一瞧，正有二十多人，在这里练拳脚。素常这些人都跟孙泰来同吃同喝，今天伙计来说："众位，现在我们铺子有人来搅闹，掌柜的叫我约你们众位去助拳。拉下来打坏了，有我们掌柜的打官司，不与你们众位相干。"大众一听，说："就是，咱们替孙大爷去充光棍。"立刻各抄刀枪棍棒，直奔万珍楼而来。不知郑雄该当如何抵挡，且看下回分解。

第四十五回　孙泰来忍气邀知己　猛英雄错打法元僧

话说各人各持刀枪，来到万珍楼。廖廷贵说："众位来了，姓郑的在楼上呢！"众人说："是。"立刻上楼。大众来到楼上一瞧是郑雄，大众都愣了。这些人都受过郑雄的好处，逢年按节，一没落子，就去找郑大爷，都知道郑雄慷慨；谁一找借钱，多少不拘，郑雄没驳回过，常周济他们。今天众人瞧见是郑雄，大众居心就不敢瞪眼，俱都一愣。郑雄说："你们众人做甚么来了？"大众说："郑爷，是你跟孙泰来怄气？"郑雄说："是呀。"众人说："我们要知道是你老人家，我们也不来。郑大爷因为甚么找孙泰来？我们给说合说合。"郑雄说："你们管不了。"大众说："我们既管不了，帮你老人家拆他，反正不能帮孙泰来跟你翻脸。我们都受过大爷的恩惠。"郑雄说："我也不用帮着，你等去罢。"众人这才下楼说："这个架我们不能打，叫你们掌柜的另请高明。"说罢各自去了。

廖廷贵一看，说："这一干人都是虎头蛇尾。"他焉知道郑雄比孙泰来眼皮杂得多。廖廷贵正在生气，见麻面虎孙泰来来了，带着一个大脱头和尚。这个和尚原本是陆安山莲花岛的，叫神拳罗汉法元。他到临安来逛，来了常在万珍楼吃饭。孙泰来一盘问和尚，知道和尚有一身好本领。他套着跟和尚一交朋友，两个人到很亲近，孙泰来把法元让到他家里住着。今天孙泰来一想："要约别人，打不了郑雄，认得郑雄的人多。

非得找生脸人,可以打郑雄。”孙泰来知道神拳罗汉法元本领高强,艺业出众。孙泰来回到家中,一见法元,即造出一片捏词,说:“法师兄,我这买卖开不来了。”法元说:“怎么?没有本钱不要紧,我有银子,你只管使。”孙泰来说:“不是,本钱到有。现在临安城有一个铁面天王郑雄,他是本地的恶霸,结交官长,走动衙门,欺压良善,买卖客商,时常到我铺子吃饭,不给钱还不算,挑鼻子弄眼,吃完了就摔就砸。今天他又来了,一进门说:‘孙泰来,郑大太爷来照顾照顾你小子。’伙计一劝他,他张嘴就骂。我在柜房,我没有答言。要一答言,当时就得打起来。有人把他劝到楼上喝酒去,我这才回来。你想我还怎么混?”法元一听说:“不要紧,我去替你报仇。你不便跟他翻脸,把他叫出来指与我,我跟他分个高低上下。满打我把他打死,我告诉你说,不用你打官司。你就说都是酒饭座,你都不认识。一问三不知,神仙也没法办。你我一回陆安山莲花岛,他也没地方拿凶手去。”孙泰来说:“好。”立时刻同法元够奔万珍楼来了。

法元在门口站着,说:“你把他叫出来。”孙泰来这才登楼梯上楼。郑雄一瞧孙泰来上楼来,仇人见面,分外地眼红,说:“孙泰来,我找你来了!”孙泰来说:“你找我来了,好。外面有人找你呢,你出来罢!”郑雄说:“好,你必是预备上刀山油锅。我姓郑的既敢来找你,不论你有甚么刀山油锅,我就敢试试!”说着话,郑雄下了楼,立刻来到外面一看。外面站着一个大脱头和尚,身高九尺,膀宽三停,披散着发结,打着一道金箍,身穿蓝缎色的僧衣,青缎子护领相衬,白袜青僧鞋,面如蓝靛,两道朱砂眉,一双金睛叠暴,押耳两绺黑毫,长得凶如瘟神,猛似太岁,手拿一把蝇刷。孙泰来用手一指,说:“就是这位和尚找你。”郑雄就知道这是孙泰来的爪牙,这才说:“你一个出家人,我跟你素不相识,远日无冤,近日无仇,你找我做甚么?”法元说:“你就是铁面天王郑雄么?”郑雄说:“然也,正是某家。尔是何人?”和尚说:“酒家叫神拳罗汉法元,我找你,皆因你在本地欺压买卖客商,为非作恶。酒家特意前来,要结果你的性命。”郑雄说:“好僧人,尔有多大能为,敢说此朗朗狂言大话?”抡拳照定法元就打,法元立刻急架相迎。二人各施所能,打在一处。真是棋逢对手,将遇良才。

郑雄本来能为出众,受过名人的指教;法元也是拳脚精通,艺业高强。两个人打在一处,不分高低上下。围着瞧热闹的人就多了,都不敢上前解劝。众人纷纷议论,说:“这场架可大了!”都知道郑雄是本处的人物,麻面虎孙泰来也是本地的恶霸,两造都不是好惹的。郑雄正跟法元打着,未分胜负,这个时节济颠和尚在楼上把楼窗开开往下瞧着,直嚷:“可了不得了,打起来了!快劝快劝!”酒铺众伙计大众就说:“你们瞧这个蒙吃蒙喝的和尚,还帮着捣乱。”这一句话不要紧,旁边瞧热闹之中站着一个浑大个,阴错阳差他听差了,他只打算法元是蒙吃蒙喝的和尚呢。这位浑大个有两天没吃饭了,他一想:“这个黑脸的,必是酒铺掌柜的,因为和尚蒙吃蒙喝打起来。我要过去帮着这黑脸掌柜的把和尚打跑了,酒铺掌柜的准管我一顿饭吃。”想罢,一摆手中熟铜棍,照定法元和尚就打,连郑雄也愣了。

书中交代,这位猛英雄原本是巡典州的人氏,姓牛名盖,外号叫赤发瘟神。按着说书演义说,他乃是前宋《精忠传》牛皋之孙,乃是金毛太岁牛通之子。天生来的浑浊猛愣,自年幼家传了一身好武艺,最力大无穷,就是太浑。家中很是富豪,只因他父母一死,牛盖是人事不懂,把一份家业全被家人给分散了,牛盖自己直落到没饭吃。他又不懂得营运,要一饿了,瞧见那家街坊一做饭,他进去就吃,人家一家子的饭被他吃了还没饱。先前老街旧邻,都不好意思,念其都是瞧他长大的,就给他吃。后来日子长了,谁能供给他吃?每逢一要吃饭,将门关上,怕牛盖去。把门关上也不行,他把门踹了进去就抢,谁也不敢惹他,大众实没了法子。内中有一位殷二太爷,说:“牛盖呀,你净在家里，今天这家吃，明天那家吃，又该怎么样了？凭你这个身量，这个大个，到军营去投效，出去一开兵一打仗，准得得个头品官，好不好？”牛盖本是个浑人，说：“头品官是甚么？”这个说：“提督。”牛盖说：“对，做提督去。”殷二说：“我给你一吊钱盘费，你去罢。”

牛盖就拿着一吊钱，由家中起了身。他也不知道上那去，往前走着。牛盖一想：“我问问军营在那里呀？”想罢，见有过路的人，牛盖在后面一嚷：“呔，站住小子。”这人一回头一瞧，牛盖身高一丈开外，面似青泥，红眉毛，发似朱砂，手里拿着一条茶杯口粗细的铜棍，这个唬得撒腿就跑。牛盖一看说：“好小子，不告诉我，跑了。”见人他又嚷：“呔，站住小子。”这个一瞧也是跑。连问了三四个，一问就跑。牛盖有了主意，这回不嚷了，瞧见有过路人，他过去一把，把那人脖子一掐，牛盖说：“你这可别跑了，小子！”唬得这人说：“怎么了？我招惹了你了？”牛盖说：“我问问你，军营在那？我们街坊说了，凭我这个身量样子，到军营去，一开兵打仗，我就做提督。”这人说：“你撒开我，我告你。”牛盖说：“你可别跑。”这人说：“不跑。”牛盖这才撒开。这人知道他是浑人，说：“你到要投军，上京都去。那个地方，天子脚底下。求名在朝，求利于市，你要做官上那去罢。”牛盖说：“京都在那？”这人说：“在临安，你往北走罢。”牛盖也还是不明白，瞧见有店，就住店，进去就吃，第二天吃完了就走。店里一要钱，牛盖说：“老爷没钱，等做了官给钱。”说完话撒腿就跑，人家也追不上。糊里糊涂，他也不知道东西北南，这天真来到临安了。牛盖又一问人：“上那投军营？”有人说：“你上衙门投军营去罢。”牛盖来到钱塘县衙门一瞧，门口有许多当差的那里坐着。牛盖说：“投军营来了。”内中有一位老者就问他找谁？牛盖说：“我们街坊说的，就凭我这身量个头，到军营出兵打仗，准做得了官。”老者一瞧，就知道他是浑人。老者说：“你来投军，现在没军务。你要找个保人保你，我给你在军营挑份差事，吃一份粮，成全成全你。”牛盖说：“我找保人去。”老者说：“对了。”牛盖转身就走，碰见过路人，他也不认识，他就说：“咳！你别走，你给我当保人。”这人说：“甚么事，我给你做保人？”牛盖说：“营里挑份差吃份粮，成全成全我，你给我当保人。”这人说：“我不认识你呀？”牛盖说：“就算你认识我。”那人说：“不行。”牛盖说：“不行，我再找去。”

自己找来找去，来到钱塘关，瞧见郑雄跟法元打在一处。伙计一嚷蒙吃蒙喝的和尚还帮乱，牛盖闹错了，他只当是法元蒙吃蒙喝，郑雄是酒铺掌柜的。牛盖一摆熟铜棍，奔赶上前，照定和尚就打。不知法元性命如何，且看下回分解。

第四十六回　愣牛盖穷途卖艺　病符神无故被摔

话说赤发瘟神牛盖，摆棍照法元就打。郑雄一看，见牛盖身高一丈有余，头上戴豆青色六瓣壮士巾，身穿豆青箭袖袍，腰系丝绦，单衬袄，薄底靴子，面似青泥，两道朱砂眉，长得凶恶无比。手中使的这条棍，真有茶杯口粗细，照法元一打，法元唬得身形往圈外一跳。自己一想：“这条棍子要打上，就得脑浆迸裂。”连忙撒腿就跑。猛英雄一声喊嚷：“好囚囊的，那里走！”随后就追。郑雄也并不认识他，自己到直发愣。麻面虎孙泰来自打算是郑雄的帮手。正在发愣之际，济公禅师由楼窗里跳下来，把麻面虎孙泰来唬了一跳。和尚刚跳下来，只见由北边来了四个人，是钱塘县的四位班头，柴元禄、杜振英、雷思远、马安杰，这四个人是上别处办事去，由此路过。一瞧都认识，柴头说："郑大官人，跟谁辩嘴？济公，你老人家在这做甚么呢？"和尚说："郑爷在这钱塘关开了一座豆腐房，被孙泰来给砸了。因为这个，我们来找他，他还要讲打。"杜振英赶紧把孙泰来叫在旁边说："孙泰来你不认识这个和尚？这是当朝秦丞相的替僧，你惹得起么？依我说，你趁早认罪服输，到是便宜。"孙泰来说："我也不认得这个和尚。再说豆腐房也不是我砸的，是廖廷贵砸的，我也不知道是郑爷的买卖。"杜振英说："廖廷贵砸的如同你砸的一样，你认个赔就得了。"孙泰来说："你们众位分分心，瞧着给了罢。"杜振英说："圣僧，你给说和说和罢。豆腐房砸了甚么东西，叫孙泰来赔。"和尚说："我给说和，准得对得起人。豆腐房门窗砸了算白砸了，不叫你赔，水桶劈了不叫你赔，豆腐槽子拆了不叫你赔，锅碎了不叫你赔，一切碗盏家具摔了白摔，豆腐包撕了也不叫你赔。"郑雄说："怎么都不赔？"和尚说："孙泰来你就赔那一盘磨得了，那可是见过二百五十两银子没卖，也不跟你多要，你就给二百五十两银子得了。我和尚管闲事，你们谁也别驳我，郑爷也得冲着我，孙泰来也得冲着我。"柴头说："对，你们二位谁也别驳回。"孙泰来一想："这到不错，和尚亮了一大片人情，这一样就得了。"当着大众又不好驳，只可忍个肚子疼，当时给拿出二百五十两银子交给和尚。和尚说："郑爷，咱们走罢，劳众位头儿的驾。"柴头、杜头说："圣僧请罢！我们也要办事去。"和尚这才同郑雄来到豆腐房。和尚说："周得山你也别死了，我给你讹了麻面虎孙泰来二百五十两银子，全都给你。你父子好整理买卖，张门度日。"周得山一看，给和尚磕头，千恩万谢，自己也就不死了，张罗置家伙，重整买卖。和尚总算救了他一家人的性命。

郑雄说："圣僧，上弟子家去罢。"和尚这才同郑雄来到凤山街。到了郑雄家中，天已掌灯，郑雄赶紧叫家人摆酒，陪着和尚开怀畅饮。郑雄就问说："圣僧，今天那个青脸使棍的大汉，是跟圣僧认识么？"和尚说："不是，我不认识。"郑雄说："我也不认识他。他今天帮着把法元和尚追走，我也不知道他姓甚么，是那里的人。我看他到是一条英雄，可惜也不知他那里去了。"和尚说："你要找他，我明天带你去，就可把他找着。"郑雄说："好，明天圣僧带我把那猛汉找着，我问问他。"说着话，和尚闭上了眼，直冲。郑雄说："圣僧为何这样困倦？莫不是熬了夜了？"和尚说："我最爱喝了睡，睡了喝，到有趣。"郑雄也只得陪着。喝到了天交三更，忽见由房上跳下一个人来。郑雄一看，来者正是神拳罗汉法元，手中拿着戒刀。原来法元被牛盖追得望影而逃，好容易走脱了。

法元记恨前仇，今天晚上要前来刺杀郑雄。郑雄一看，大吃一惊，就要抄家伙动手。法元刚迈步来到上房门首，济公禅师用手一指，口念："唵嘛呢叭㖡吽！唵敕令赫！"用定身法把法元定住，不能动转。济公说："好法元，你真胆子不小，胆敢前来行刺！你一个出家人，无故多管闲事。麻面虎孙泰来，他原本是本地的恶霸，欺压良善买卖人，倚强压弱，你还敢助桀为虐？今天我把你拿住，要一呈送当官，你黑夜持刀，跳墙入室，行凶作恶，你想想你这罪名，打得了打不了？我和尚是佛心人，出家人以慈悲为本，善念为本，我念着你也是个出家人，我和尚不忍加害于你，我今天把你放了。你改也在你，不改也在你，随你的自便。"法元一听，说："罢了，和尚你在那庙里？"和尚说："我乃灵隐寺济颠僧是也。"法元说："好，你我后会有期，你放了我罢。"和尚这才将定身法撤了。法元竟自去了，回到孙泰来家，次日自己同陆安山莲花岛去了。

书中交代，牛盖那去了呢？他拿着棍追和尚，把法元追丢了。他再打算回万珍楼，找不着旧路了。他不认识道，自己真饿了。瞧眼前有一座大店，牛盖拿着棍就进了店了。伙计一瞧说："大爷来了！"牛盖说："来了！"伙计把他让到东单间去，他也不懂的挑屋子。伙计说："大爷吃了饭没有？"牛盖说："没有。"伙计说："你吃甚么？"牛盖说："要五斤酒。"伙计一听这位是大酒量，说："还要甚么？"牛盖说："要五斤牛肉，要五斤面。"伙计说："要五斤面怎么吃？"牛盖说："拿嘴吃。"伙计说："知道拿嘴吃，要五斤面的饼罢。"牛盖说："对，就是饼罢。要五斤醋，五斤蒜。"伙计说："没有那么些个醋、蒜？"牛盖说："少点也行，你拿来爷爷吃罢。"伙计说："别玩笑呀！"牛盖说："不玩笑。"伙计知道这是个浑人，也不理他，把酒肉给他拿来。牛盖饱餐一顿，吃完了睡了。次日早晨起来又吃了一顿，吃完了就走。伙计说："你给钱呀！"牛盖说："等老爷做了官给钱。"伙计说："做甚么官呀？"牛盖说："做提督。凭我这样身量，到军营里一当兵打仗就做了官，我们街坊说的。"伙计说："谁管你多怎做官，你给店饭钱。"牛盖说："没钱。"伙计说："没钱你吃饭？"牛盖说："饿。"伙计一想："这是个大浑人。瞧他这样子，拿着棍必会把式，打也打不过他。"伙计说："你会练把式不会？"牛盖说："会呀！"伙计说："你会练，我带你到大街练把式，挣了钱给我们饭钱行不行？"牛盖说："行呀，我那练去？"伙计无法说："我带你去。"立时伙计买了一块白土子，带领牛盖来到了十字街，伙计画了一个白圈说："你练罢。"牛盖也不懂说江湖话，他就要棍，要完了棍，就练拳。有人就围上了，伙计就替他说："众位，人贫当街卖艺，虎瘦拦路伤人。这位也不是久惯卖艺的，在我们店里住着，困住了。众位瞧着练完了，有钱帮个钱缘，没钱帮个人缘，站脚助威。"说完了话，牛盖练了一趟棍。伙计说："要钱了。"这一回见了有五六百钱。要完了钱又练，练了有三四回，见了有一吊五六百钱。伙计一瞧，够了他的饭钱了，说："你再练见钱，是你自己的了，我不管了。这也够我们的饭钱了，我要走了。"说罢，伙计竟自去了。牛盖一瞧，说："好囚囊的，把钱给拿了走了，这到不错。"自己愣了半天，再练罢。牛盖说："我再练一顿饭钱，够了饭钱我就不练了。"大众瞧着可乐，他又练了两回，见有了五百多钱。

旁边正赶上病符神杨猛、美髯公陈孝由此路过。这两个人是上青竹巷四条胡同瞧朋友去。有北路镖头铁头太岁周堃的姊丈，姓窦叫窦永衡，外号人称打虎英雄。他夫妇来到京都，窦永衡拿着周堃的信，来找杨猛、陈孝，求杨猛、陈孝给找事。陈孝在青竹巷四条胡同，周老头院中给找了三间房屋，叫窦永衡夫妻先住着，慢慢地找事。这几天没见了，杨猛、陈孝要去瞧窦永衡，由此路过，见牛盖这里练把式，很有点能为。杨猛说："兄长你看，这位朋友必是被穷所挤，不是江湖卖艺的。咱们都是一家人，我下去帮个场子，周济周济他。"陈孝说："好，你下去罢。"杨猛分开众人，进去一抱拳说："朋友，你这个地方站得不错呀。"牛盖一听，心中一想："方才叫伙计把钱拿了走，他也必是来抢我的钱。"过来一把把杨猛脖领一揪，这只手一托腿，给举起来，牛盖说："囚囊的滚罢。"隔着人扔出场子来。杨猛使了个鹞子抄水的架式，脚落实地没摔着。大众一乱，杨猛气往上撞，说："好小辈，你敢扔子弟大爷？"伸手拉刀，要跟牛盖以死相拼。不知后事如何，且看下回分解。

第四十七回　铁天王感义找牛盖　黑面熊含冤见刑廷

话说杨猛被牛盖扔出来，自己觉着脸上挂不住，伸手拉刀，要跟牛盖以死相拼。陈孝赶紧拦住说："贤弟不可，头一则看他也是个浑人，再者你我弟兄不便跟他一般见识。大人不见小人过，宰相肚内有海涵，何必如此？你我走罢。"陈孝把杨猛劝着走了。牛盖赌气也不练了，自己拿着五百多钱往前走。肚子又饿了，见有一个火烧摊子，牛盖说："给我数罢。"卖火烧的就给数，一五一十，数了五十个。牛盖用箭袖袍兜着，给卖火烧的扔下二百多钱，转身就走。卖火烧的说："大爷，这钱不够。"牛盖说："就是那些钱，你爱要不要。"说着话，牛盖就跑。卖火烧的有心追罢，又没人看摊子。牛盖拿着火烧走远了。正往前走，见羊肉铺煮羊肉刚出锅。牛盖过去说："这块给我，那块给我。"羊肉铺掌柜的就给他拿，牛盖拿了五块肉，把三百钱扔下就走，羊肉铺说不够。牛盖撒腿就跑，掌柜的追也追不上。牛盖拿着火烧、羊肉来在一条胡同，见一家门首有上马石，牛盖就把火烧往石头上一倒，他打算要坐在这里吃。偏巧火烧掉在地下，一个咕噜到墙根去，有一只狗咬起火烧来就跑。牛盖一瞧，说："好狗，我还没吃，你先抢我的吃，我打死你囚囊的。"拉着棍就追狗，他也不管这些火烧、羊肉在石头搁着丢了。

他一追狗，狗跑来跑去，钻进一家沟眼里去。牛盖一瞧，说："好狗，我把狗主找出来，叫他赔我。"站在门口就嚷："狗主出来！"嚷了两声，里面没人答话，牛盖拿棍就打门，打得门"喀嚓喀嚓"声音大了。

此书中交代：这个门里正是打虎英雄窦永衡在这住着。杨猛、陈孝刚才来，工夫不大，正跟窦永衡提说方才帮场子之故，遇见一个不通情理的卖艺的真正可恼。正说着话，听外面街门"喀嚓喀嚓"直响，外面喊嚷："狗主快出来！"杨猛说："谁砸门？咱们瞧瞧去。"三人就一同出来，开了门一看，是方才那卖艺的人。陈孝一想："这到不错，他到上门追来了。"陈孝一使眼，叫窦永衡绕到牛盖身后，一揪牛盖的发纂，杨猛就揪牛盖的手腕子，陈孝底下一腿，就把牛盖踢倒，三个人拿一个，把牛盖给捆上。牛盖直嚷："好狗主不讲理，我那边还有火烧、羊肉呢。"窦永衡说："甚么狗主？乱七八糟的。且先把他搁到院里影壁头里，少时咱们喝完酒再盘问他。"三个人把牛盖搁到门洞里，把门关好了，把棍也立到墙下。三个人来到屋中去摆上酒菜，喝酒谈心。刚喝了两杯酒，就听外面打门说："开门来！"杨猛一听是济公的声音，说："师父来了。"窦永衡就问："谁？"陈孝说："这可不是外人，是我二人的师父。咱们出去瞧瞧去。"三个人一同来到外面，开门一看，果然是济公同着铁面天王郑雄。济公由昨天夜内把法元放走，就住在郑雄家里。今日早晨起来，吃完了早饭，和尚说："郑雄，我带你去找昨天帮忙的那青脸大汉去。"郑雄说："敢情好。"同着济公来到这四条胡同。和尚一叫门，杨猛、陈孝同着窦永衡出来。杨猛、陈孝先给济公行了礼，跟郑雄也认识，彼此问好。陈孝说："窦贤弟过来，我给你见见，这是我师父，灵隐寺济公长老。"窦永衡见和尚褴褛不堪，心中有些瞧不起，关着杨猛、陈孝的面子不能不行礼，给和尚作了一个半截揖。牛盖在里面瞧见郑雄，牛盖就嚷："黑掌柜的，你快救我罢！狗主不讲理，把我捆上了。”郑雄说：“谁是黑掌柜的？”杨猛、陈孝就问师父同郑爷打那来。郑雄说：“这位大个你们为甚么把他捆上？”杨猛说：“因为他无故来砸门。”郑雄说：“你们几位冲着我，把他放了行不行？”陈孝说：“我们也跟他不认识，也无冤无仇，既是郑爷讲情，把他放了罢。”立刻把牛盖放开。和尚说：“郑雄，你把他带了走罢。”郑雄说：“师父不回我家去了？”和尚说：“不去了。”郑雄这才告辞，带着牛盖竟自去了。

杨猛就问：“师父上那去？”和尚说：“我回庙。”陈孝说：“师父到里面坐坐，喝盅酒再走。”和尚说：“这又不是你家，我不便进去。”陈孝说：“这也如同我家一样，师父里面歇息无妨。”和尚说：“进去就进去。”说着话往里就走。窦永衡就有点心里不愿意，心里说：“杨大哥，陈大哥，做甚么往我家里让和尚？我又有家眷。”当面又不能说，同着和尚来到里面。陈孝说：“师父喝盅酒罢，现成的。”和尚也并不谦让，坐下就喝。这三个人也坐下了。和尚喝了三杯酒，咳了一声。陈孝就问：“师父怎么了？”和尚说：“我和尚跟着好朋友一同坐着喝酒还罢了，跟王八荒子一同坐着喝酒，我和尚真不愿意。”陈孝说：“甚么叫王八荒子？”和尚说：“要当王八还没当，就叫王八荒子。”陈孝说：“我是王八？”和尚说：“不是。”杨猛说：“我是王八？”和尚说：“不是。”总共三个人，这两个人都不是，窦永衡一听就恼了，说：“你这和尚，真是满嘴胡说！我要不看着陈、杨二位兄长，我真把你打出去。”杨猛、陈孝赶紧就劝说：“窦贤弟，你不知道，济公好诙谐。”和尚说：“我看君颜色不正，有点印堂发青。横祸飞灾难辨明，大约难逃数定。妻被他人抢去，家财一旦成空。永衡须得早逃生，难免临期事应。”说得窦永衡气得直哆嗦，颜色更变。和尚说：“你要到了大急大难之时，连叫济公和尚三声，必有救应。我和尚走了。”说着话济公站起来就走。杨猛、陈孝见济公去后，窦永衡气得了不得。这二人也觉着无味，当时也告辞。

杨猛、陈孝走了，窦永衡心里是烦，躺在炕上就睡了，一连三天没出门，净睡。周氏娘子是个贤德人，怕丈夫烦出病来，可就说：“官人别净发烦，净烦睡，又该怎么样？再说找事也不是忙的，倘若忧虑出病来，更糟了。你带上几两银子，出去找杨爷、陈爷开开心，散散闷好不好？”窦永衡听妻子一劝解，自己一想，净烦也烦不出事来，自己把衣服换上，带上了几两散碎银子，由打家中出来，打算去约杨猛、陈孝到酒铺喝酒去谈谈心。刚一出家门口，往前走了不远，见由对面来了两位班头，带着有十几个伙计，都是头戴青布缨翎帽，青布靠衫，腰系皮挺带，足下薄底窄腰鹦脑快靴，各拿单刀铁尺，像办案的样子。一见窦永衡，官人说：“借光你那，这是青竹巷四条胡同么？”窦永衡说：“是呀。”官人说：“有一位打虎英雄黑面熊窦永衡，在那个门住？”窦永衡说：“你们找窦永衡做甚么？”官人说：“我们跟你打听打听。”窦永衡说：“在下就姓窦，叫窦永衡。”官人说：“呵，尊驾就是窦永衡。尊驾在周老头周老婆子院里住么？”窦永衡说：“是呀，找我甚么事？”官人说：“有你一个朋友在京营殿帅府衙门打了官司，叫我们来给你送信，你跟我们到衙门瞧瞧去罢。”窦永衡说：“甚么人打了官司？”官人说：“你到那瞧瞧就知道了。”窦永衡一想：“自己朋友是多的，去瞧瞧去吧。”自己跟着就走。

本来窦永衡又没做犯法的事，心里并不多疑。俗言有这两句话说得不错：“心里不做亏心事，不怕三更鬼叫门。”“心里没病，不怕冷言考。”跟着刚来到京营殿帅府衙门里，官人一使眼色，大众过来就把窦永衡围上，抖铁链把窦永衡锁上。窦永衡一愣，说：“你们为甚么锁我？”官人说：“你做的事，你还不知道么？”窦永衡一想：“我并未做犯法的事，这真是闭门家中坐，祸从天上来。”自己又不敢拒捕，只可得瞑目而受死，等着过堂再说罢。官人进去一回禀，少时就听里面响鼓响梆子打点。响了三遍梆点，立刻京营殿帅二品刑庭大人升堂，有四十名站堂军刽子手，抱刀刀斧手，也都在大堂伺候。壮皂快三班,“威武”二字喝喊堂威,吩咐带差事。有人拉着窦永衡上堂,官人喊嚷:“白沙冈断路劫银,杀死解饷职官,抢去饷银贼首,黑面熊窦永衡告进。”窦永衡一听这案由,自己唬得惊魂千里。不知这场横祸飞灾从何而来,且看下回分解。

第四十八回 见美丽恶人定奸计 陆炳文献媚害良民

话说窦永衡一上堂,唬得战战兢兢。抬头一看,见上面坐的这位大人,头戴二品乌纱帽,身穿大红蟒袍,玉带官靴,白生生脸面,三绺黑胡须。这位刑廷大人姓陆,叫陆炳文。宋朝年间,京营殿帅刑廷大人,就类似大清国的九门提督一般,统辖文武,辖管陆、步两营地面,查拿盗贼、赌博、流娼。刑廷大人见把窦永衡一带上来,窦永衡在下面一跪,口称:“大人在上,小人窦永衡给大人磕头!”陆大人在上面把惊堂木一拍,说:“窦永衡,你在白沙冈断路劫银,杀死解饷职官,抢去饷银,还不从实招来?免得本院三推六问,你的皮肉受苦。”窦永衡向上磕头说:“大人在上,小人窦永衡,原本是常州府北门外窦家冈的人。原先以打猎为生,后来想要在镖行找碗饭吃。我夫妇二人来到这临安城谋事,寄居在青竹巷四条胡同,小人从来并未做过犯法之事。今天我出来要去看望朋友,不知所因何故,被官人把我拿来?求大人明镜高悬,格外开恩,小人实在冤枉冤屈。白沙冈甚么劫饷杀人,我一概不知。”

刑廷说:“你这厮,大概跟你好好说,你不肯认。抄手问事,你万不肯应。来,看夹棍伺候!”窦永衡说:“大人明鉴,大人要用严刑苦拷小的,说小人是明火执仗,谋叛大逆,大人就说我在白沙冈断路劫银,杀死职官,何为凭据?那为考证?小人实在冤枉,求大人明鉴!但愿大人这辈为官,辈辈为官,公侯万代,禄位高升。”刑廷大人说:“呵,你说本部院断冤屈了你是不是?本院自为官以来,上不亏君,下不亏民,岂肯亏负于你?要没有凭据,我也不能勒令于你。你说我怎么不拿别人呢?我把凭据给你找出来看,你认不认?”大人立刻标监牌,咐咐提差事。窦永衡一听有凭据对证,自己大吃一惊,心里说:“可了不得了,真有凭据。俗言说的不错:‘贼咬一口,入骨三分。’”自己一想:“我没有结交匪类人那,我又没有仇人,这是甚么人攀我呢?”

正在心中思想,工夫不大,就听“哗楞哗楞”铁链响,窦永衡一看,带上两个罪人来,都是穿着罪衣罪裙,大项锁手镯、脚镣。头里走的这个,身高九尺,大脑袋,项短脖粗,面如蓝靛,发似朱砂,凶眉恶眼,连鬓络腮胡子楂。后头跟着那个,身躯高大,汉仗魁伟,黄脸膛,两道剑眉,一双环眼,长得一脸的横肉。窦永衡一瞧这两个犯人,并不认识。见这两个人往堂下一跪,刑廷说:“你两个人可认识他?”这个蓝脸的说:“窦大哥,你这场官司打了罢。想当初你我弟兄一处做的案,一处吃,一处乐,各分银钱。现在我两人犯了案,你连瞧瞧我们都不瞧,你作为知之不闻。我二人实受刑不过了,但凡能挺得了刑,也就不能把哥哥你拉出来,这也无法。当初你我怎么好来着?这你我活着在一处做人,死了在一处做鬼,吃过乐过,也总不算冤。”刑廷大人说:“窦永衡你这还不招么?”窦永衡说:“回禀大人,小的并不认识他两个人。大人公侯万代,小人实在冤枉。”大人说:“王龙,王虎,你二人说实话,到底认识窦永衡不认识?”王龙说:“回大人,我二人跟窦永衡是结拜的兄弟,在白沙冈断路劫银,杀死解饷职官,是窦永衡率领，我二人听从。”陆大人说：“窦永衡你可曾听见了？”窦永衡说：“小人实不认识他两个，他所说的话，俱是捏词，实没有这么回事。求大人开恩！但愿大人这辈为官，辈辈为官，公侯万代。”陆大人说：“本院自为官以来，上不亏君，下不亏民，岂肯亏负于你？我自有道理。他二人既说跟你是结拜的兄弟，大概你多大年岁，多怎生日，家乡住处，家里有甚么人，他必知道。窦永衡你拿笔先细细的把年岁、家乡、住处，都写出来，本部院我再问他二个人。他要说不对，必定是攀拉你，我要重重办他二人，本部院把你当堂开放。他二人要说的跟你写的一般不二，那时本部院我可要照例办你。”

窦永衡一想：“这么办甚好。大概他二人仇攀我，必不知道我的年岁生日。我写出来，他一说不对，大人就把我当堂放了。”想罢说：“大人的恩典，小人我会写字，求大爷赏给我的纸笔，我写就是了。”刑廷说：“好，你会写字，你先写罢。”大人说：“王龙、王虎，你可曾知道窦永衡的年岁生日？”王龙说：“知道。”大人说：“先叫窦永衡写完了，你二人再说。”有当差人把纸墨笔砚拿过来。刑廷大人说：“窦永衡你背着他二人写，别叫他们瞧见。”窦永衡说：“是。”立刻拿笔一写：“窦水衡，年二十八岁，三月十五日子时生辰，原籍系常州府北门外窦家冈的人。先以打猎为生。娶妻周氏，今年二十四岁。现在来京谋事，住在青竹巷四条胡同周老头同院，北房三间，东房两间。”写完了，交与当差人递给刑廷大人。大人看罢，这才问王龙、王虎：“你二人既跟窦永衡结拜，必知道他的底细，你二人说罢。”王龙、王虎说：“大人要问窦永衡，他原是常州府北门外窦家冈的人氏，先以打猎为生，现在不打猎了，来在这临安，住在青竹巷四条胡同的路北。他今年二十八岁，三月十五日子时生人。我们那位盟嫂，娘家周氏，今年二十四岁，二月初九日卯时生人。他住的是周老头周老婆的房，同院北房三间，东房二间。北房三间是一明两暗，东里间是他的卧房，西里间来人让客做客屋。堂屋一进门有条案、八仙桌，两边有椅子。里间屋里炕上有两只箱子，地下有一张连二抽屉桌，有一个钱柜，东房做厨房。”

窦永衡一听，一概说的全对，我妻子的生日时辰都对，屋里摆设也不差。窦永衡一想：“这可怪，这两个人并未到我家去过，怎么他们会全知道呢？”自己一想：“这场官司可了不得了。”刑廷陆大人一听，就问窦永衡：“王龙、王虎说的对不对？”窦永衡说：“对可是对，小人实在冤屈，求大人公断！”刑廷大人立刻把惊堂木一拍，说：“窦永衡你还敢狡展？大概抄手问事，万不肯应，你这厮必是个惯贼呀！来，看夹棍，给我把他夹起来再问。”官人一声答应。三根棒为五刑之祖，往大堂上一扔，真是人心似铁非是铁，官法如炉果是炉。窦永衡唬得战战兢兢，说：“大人，这辈为官，可要辈辈为官。陆大人，你要看那头上的青天！”陆炳文勃然大怒，说：“窦永衡，你还敢说叫我看头上的青天？本部院断你不屈，夹起来！”官人立刻把窦永衡套上了夹棍。

窦永衡此时，忽然想起济公的那几句话来，怪不得说我颜色不正，印堂发青，有横祸飞灾，敢情我有这样的大祸。果然济公长老他老人家是活佛，有先见之明。事到如今，我窦永衡才知道，我要听济公的话，早逃生离开了临安城，还许把这场祸躲开了。掌刑的把夹棍给窦永衡套上两条腿，回头一看刑廷陆大人，陆大人一伸手，官人一看用八成刑。两个人一背绳，一个人一拉，窦永衡就觉着夹得疼入骨髓。自己想起前者，济公说完了几句话，要走之时说我有大急大难之时，连叫济颠和尚三声，必有救应。窦永衡此时疼得不亚如刀剜肺腑、箭刺了心肝、叉挑五脏、油烹肝花一般，自己口中祝告说：“弟子窦永衡，前者不知圣僧是活佛，现在弟子大难临了身。济公长老，你老人家真要有灵有圣，要搭救弟子，弟子此时实受不了。”

窦永衡嘴里咕咕哝哝，连祝告了三遍。众官人也不知他嘴里说甚么话。言未了，就在大堂上起了一阵怪风。真是：

扬把狂风，倒树绝林；海浪如初纵，江波万叠侵。江声昏惨惨，枯树暗岑岑；万壑怒嚎天咽气，走石飞沙乱伤人。

这一阵刮得毛骨悚然，大堂上出手不见掌，对面不见人。只听"喀嚓"一声响，这阵风过去，陆炳文再睁眼一看，大堂以下有一种岔事惊人。不知后事如何，且看下回分解。

第四十九回 王胜仙见色起淫心 陆虞侯嘱盗施奸计

话说陆大人把窦永衡用夹棍夹起来，忽然大堂上起了一阵怪风。本来窦永衡这场官司是被屈含冤。

书中交代，窦永衡这场事，皆因他妻子周氏长得美貌，惹出来的。临安城有四个恶霸，头一个就是秦丞相的兄弟，花花太岁王胜仙，第二家就是风月公子马明，第三个是追命鬼二公子秦怛，第四家是静街罗罗公子。这天周氏正在门口买绒线，正赶上花花太岁王胜仙骑着马，带着许多恶奴，由青竹巷四条胡同路过。本来周氏长得天姿国色，虽不是浓装艳抹，穿着淡装素衣，更透着一番娇态，秀而之中透雅，称得起眉舒柳叶，唇绽樱桃，杏眼含情，香腮带俏，梨花面，杏蕊腮，瑶池仙子、月殿嫦娥不如也。王胜仙一见，心神飘荡，问手下众家人："这个妇人是谁家的？"家人王怀忠说："大爷先回去，我打听打听。"

王胜仙到了家，工夫不大，王怀忠回来了。王胜仙说："你打听明白没有？"王怀忠说："小人可问明白了，大爷你死了心罢。"王胜仙说："怎么？"王怀忠说："我打听这个妇人，是打虎英雄黑面熊窦永衡之妻。这个窦永衡两膀有千斤之臂力，那如何抢得了？"王胜仙一听，说："哎呀，我瞧见这个妇人实在长得好！我这些孺君、侍妾，长得都是平平无奇，要比上这个妇人差多了。我真一瞧见他，把魂都吊没有了。你们谁想个法子给我把美人弄到手，我给五百银子。"众家人一个个俱皆摇头说："我们实在没法子。"王胜仙自己就如同入了迷，茶思饭想，真仿佛丢了魂一般，也不正经吃东西。

过了有两三天，这天有家人进来禀报："有京营殿帅陆炳文前来拜见。"王胜仙一听门生来了，赶紧吩咐有请。书中交代，王胜仙他乃是大理寺正卿，为甚么陆炳文拜他做老师呢？只因他是秦丞相的兄弟，陆炳文所为有事求秦相，借他的鼎力，故此拜他为老师。今天王胜仙把陆炳文让到书房，陆炳文给老师行过礼已毕。王胜仙说："贤契，今天怎么这样闲在？"陆炳文说："特意前来给老师请请安。"王胜仙说："这两天我中了病了。"陆炳文说："老师欠安了，甚么病症？"王胜仙说："我难以跟贤契说。"陆炳文说："老师有甚么不可说的？何妨说说。"王胜仙说："实不瞒你，我那天骑马出去拜客，走在青竹巷四条胡同，看见一个美貌的妇人，乃是打虎英雄黑面熊窦永衡之妻。我回来茶思饭想，得了相思病，没有主意。贤契，你要能把这个美人设法给我送了来，我必然保举你越级高迁。"陆炳文说："既是老师抬爱，门生必当设法给办，老师候信罢。"

陆炳文说完了话，自己回了衙门，要打算给王胜仙办这件事，就是想不起主意来。他手下家人陆忠说："老爷要办这件事，我小人有主意。"陆炳文说："陆忠，你要能把这件事办好了，我赏你二百银子。”陆忠说：“既是赏我二百银子，我就给办。这个窦永衡，我知道，我可没见过。我到见过他妻子周氏一面，实是长得美貌。他住的是周老头周老婆的房，周老头是我义父。那一天我去义父义母家去，窦永衡他妻子给窦永衡算了一命，他自己也算了一命，我还记着他们的生日。窦永衡是二十八岁，三月十五日子时生，他妻子是二十四岁，二月初九日卯时生。我义母周老太也算了一命，我也算了一命，我知道窦永衡的根底。老爷要把查狱的差事派我，买通大盗买盗攀脏，把窦永衡咬上。老爷把窦永衡拿来，一人狱就好办了。”陆炳文说：“好，我就派你管狱，你给办罢。”

陆忠得了这个管狱的差事，早晚一查狱，狱里收有两个大盗。陆忠就问：“你两个人姓甚么？”这两个罪人说：“我们亲哥俩，叫王龙、王虎。”陆忠说：“你们两个人甚么案？”王龙说：“在白沙冈抢劫饷银，杀死解饷职官。”陆忠说：“你们两个人这个案活不了。”王龙说：“可不是。”陆忠说：“你们家里还有甚么人？”王龙说：“有老娘，我两个人都有妻子。”陆忠说：“你两人年轻轻的，为甚么做这个事？这你两个人要一死，家里你老娘、妻子怎么好？谁能管吃管穿呀？”王龙说：“这也是无法，谁叫当初做错了事呢？”陆忠说：“我到瞧着你们怪可怜的，有心救你们救不了。皇上家的王法，不能改例，你两个人愿意活不愿意？”王龙说：为甚么不愿意活？谁能愿意死呢？你要能想法救了我们，我二人决忘不了你的好处。”陆忠说：“我要救你们也容易，你两个人得拉出一个为首的来，你两个人就能够保住命。”王龙说：“本就是我两个人做的，有谁可拉？”陆忠说：“我有个仇人在青竹巷四条胡同住，叫黑面熊窦永衡。你两个人过堂，就把他拉出来，说他为首，我管保叫你两个人不死。”王龙说：“就是罢。”商量好了，晚上一过堂，王龙就说：“回大人，在白沙冈路劫抢饷银，杀死职官，是黑面熊窦永衡他率领为首。”陆炳文心里明白，说：“你说的话当真？”王龙说：“小人不敢说谎。他在青竹巷四条胡同住家，大人把他传来对证。”陆炳文这才派原办马雄，急拘锁带窦永衡。今天当堂上一讯供，王龙、王虎所说的话，都是陆忠早把供串好了，故此王龙、王虎知道永衡的根根切切。

陆炳文把窦永衡用夹棍夹起来，忽然大堂刮了一阵怪风。风过去，再看夹棍，折了三截。陆炳文糊里糊涂，叫王龙替窦永衡画供，吩咐将窦永衡钉镣入狱。王龙、王虎来到狱里，托牢头说：“要把窦永衡治死，我二人的官司就好打了。只要我二人活了，将来我二人必有重谢。”牢头说：“是了，你不用管了。”官人把窦永衡送到狱里来。牢头一见窦永衡，把窦永衡带到一间屋子里。窦永衡一看，这屋里有一张八仙桌，桌上摆着四盘菜，有酒壶酒盅。牢头说：“窦贤弟，你喝酒罢，你许不认识我了。”窦永衡说：“我可实在眼浊，尊驾贵姓？”牢头说：“我也是常州府的人，咱们老街坊，我姓刘名叫得林。我因为争行贴，用刀砍死人，我打了个待值。现在我在这狱里当了牢头，我知道你是被屈含冤，我可救不了你。你只管放心，不能叫你受了罪。”窦永衡这才想起来，说：“原来是刘兄长。”二人坐下吃酒谈心，窦永衡说：“幸亏遇见故旧，狱里还不受罪。”

陆炳文把窦永衡入了狱，这才问：“陆忠，怎么想法子，把他妻子诓出来，给王大人送了去？”陆忠说：“我有主意。”立时叫过一个家人来，陆忠说：“你外头雇一乘小轿来……”附耳如此这般这般。这个家人姓白，叫白尽忠，点头答应，雇了一乘小轿，来到青竹巷四条胡同窦永衡家的门首。一打门，正赶上周老头也没在家，周老太太出来，把门开开问了找谁。白尽忠说：“我是杨猛、陈孝二位大爷那里打发我来的。现在窦大爷打了官司了，杨爷、陈爷有心先去打听，给窦大爷去打官司，又怕窦大爷家里窦大奶奶没人照管。有心来照看家里，又没人去给窦大爷衙门里托人情。杨爷叫我带了轿子来，接窦大奶奶到陈爷、杨爷家去商量。”周老婆一听，唬得赶紧往里就跑，说：“窦大奶奶，可了不得了！窦大爷也不是为甚么，他打了官司了。后街杨爷、陈爷，打发家人搭了轿子来接你，你是去不去？”周氏娘子一听丈夫打了官司，恨不能打听打听是为甚么。俗言说的不错：“至亲者莫过父子，至近者莫过夫妻。”听说丈夫打了官司，焉有不动心之理？周氏一听，是杨猛、陈孝打发人来接，焉能不去？赶紧穿上蓝布褂，青布裙，把门关锁上了，说：“周大娘，给照应点罢。”周老婆说：“窦大奶奶去罢，打听打听也好。回头等我老头子回家，我再叫他去给打听明白，到杨爷家去给你送信。”周氏来到外面，还给白尽忠万福万福，说：“劳你驾。”白尽忠说：“大奶奶上轿罢。”周氏就上到轿子。焉想到白尽忠头前带路，轿子抬着，一直够奔泰和坊，抬到花花太岁王胜仙家里来。

这个时节，陆炳文早坐着轿来见王胜仙，正在书房谈话，陆炳文说：“老师大喜！现在门生买盗攀贼，已将窦永衡入了狱了，少时就给老师把美人送到。”王胜仙说：“贤契多费神，我必有一番人心。”正说着话，有家人禀报美人抬到。王胜仙忙来到院中，见轿子落平，撤栽杆，去扶手，一掀轿帘，把周氏唬得亡魂皆冒。不知后事如何，且看下回分解。

第五十回 中奸计误入合欢楼 闻凶信寻师灵隐寺

话说陆炳文遣人把周氏诓到王胜仙家中，一打轿帘，周氏就愣了，连忙问道：“呦，这是那里？”旁边过来两个仆妇说：“大奶奶你要问，我告诉你，你丈夫已然打了官司，入了狱了。现在我家太岁爷姓王，是当朝秦丞相的兄弟，现任大理寺正堂。久慕大奶奶芳容美貌，特意把大奶奶接来，跟我家太岁爷成其百年之好。你这一辈子，享不尽的荣华，受不尽的富贵，成箱子穿衣裳，论匣子戴首饰，一呼百喏，出门坐轿子，就是夫人了。比你跟着窦永衡胜强百倍。”周氏一听这句话，如站在万丈高楼失脚，扬子江断缆崩舟。周氏虽然娘家不是书香门第，也是根本人家，自己颇知礼义，立刻气得浑身发抖，说：“好恶霸，你既做皇上家的官职，理应该修福行善；无故谋算良家妇女，做出这样伤天害理之事！我丈夫既被你陷害，我这条命不要了。”自己说着话，伸手就抓自己的脸，欲要撞死。王胜仙一看，本来周氏长得芳容貌美，绝类无双，赶紧叫婆子把他拦住，揪到合欢楼去劝解劝解他。婆子把周氏手拉住，就把二臂捆上。周氏本来懦弱的身体，焉能拉拉扯扯？婆子把周氏架到花园子合欢楼上去，有四五个伶牙俐齿的婆子，劝解周氏娘子。周氏破口大骂，骂累了，再不然就不言语了。众婆子一个个你一言我一语，说：“大奶奶你别想不开，咱们妇人生一世，所为是吃喝穿戴，嫁汉嫁汉，穿衣吃饭。跟着窦永衡一个平民百姓，也无非是受苦，吃些粗茶淡饭，穿些个粗布衣裳。这要跟了我们大人，想吃甚么有甚么，龙肝凤胆，样样现成，穿得都是绫罗绸缎。依我们说，你不便哭，自己洗洗脸，搽点粉，换上衣服，回头晚上陪着我们太岁爷一喝酒，把太岁爷哄喜欢了，你要甚么有甚么。”周氏娘子气得颜色更变了，说：“谁家没有少妇长女？你这婆子岁数也不小了，总要说点德行话。你总盼着别当奴才，给人家支使着。

你们要瞧着恶霸家里好，你们是谁家里有少妇长女，就送给恶霸成亲好享福。"众婆子一听，说："大娘子，你别绕弯骂我们，太岁爷叫我们劝你，我们也是为好。你要不依从，真把太岁爷招恼了，就是一顿马鞭子，那时你也得应。再不然把你打死了，就在花园子一埋，你也是白死，谁也给你报不了仇！"周氏说："我情甘愿意死！"自己空着急，就是死也死不了，走也走不了，被人家困在这合欢楼。丈夫窦永衡在狱里收着，还不知道信呢。夫妻两个分在两下里，音信不通。

书中交代，周老婆见窦永衡的妻子走后，把门关好。少时周老头由茶铺子喝茶回来了，周老婆说："你回来了，咱们街坊窦大爷打了官司了。方才东街陈爷、杨爷打发人用轿子把窦大奶奶接了去，也不知窦大爷因为甚么事打官司？"周老头一听就一愣，说："陈爷、杨爷亲身来接的？"周老婆说："不是，打发一个家人来接的。"周老头一听，说："既不是陈爷、杨爷亲身来接，你就不应当叫去。临安城有四家恶霸，常常设圈套，诓骗良家妇女。倘若窦大奶奶年轻轻的有点差错，这场官司咱们打得了么？你这么大岁数，就不知道慎重慎重。"周老婆说："我那想到这些事情？你到陈爷、杨爷家去打听打听罢。"周老头连忙来到杨猛、陈孝门首一打门。这哥俩在一个院里住，杨猛在前头院，陈孝在后头院。杨猛、陈孝正在一处谈话，忽听外面打门，二人开门一看是周老头，陈孝说："周老丈，为何这样闲在？"周老头说："我来打听打听，窦永衡为甚么打官司？"杨猛、陈孝说："不知道。"周老头一听，说："二位不知道？哎呀！可了不得了！"周老头"哎呀"了一声，翻身就地栽倒。到把杨猛、陈孝唬了一跳，赶紧把周老丈扶起来。杨猛、陈孝说："老丈，有甚么话慢慢说，何必这样着急？"

老丈醒来，缓了半天，周老头才把这口气缓过来。陈孝说："老丈不必着急，慢慢说。"周老头说："方才我回家去，听我老婆子说，我上茶铺子喝茶，我没在家里，有人去带着轿子，说你们二位打发去的，说窦大爷打了官司接窦大奶奶，把窦大奶奶接了走。我回去我就说我老婆子，不是你们二位亲自去接，就该拦阻窦大奶奶别去。我就想到怕是有差错，果然你们二位不知道，这怎么办？也不知道把窦大奶奶抬到那去了！"杨猛、陈孝一听也愣了，说："周老丈不便着急，先请回去。我二人赶紧打听打听罢。"周老头无奈，告辞走了。陈孝说："杨贤弟，你我去打听打听，窦永衡在那衙门打官司，因为甚么。这件事你我焉能袖手旁观呢？窦永衡来投奔咱们弟兄，他要有了差错，你我也对不起铁头太岁周堃。要不然，你我先去找济公，求他老人家给占算占算。"杨猛说："也好。"二人这才赶紧换上衣服，由家中出来，要打算到灵隐寺去找济公。

二人正往前走，见对面来了一个人，头戴缨翎帽，青布靠衫，腰系皮挺带，青皮快靴，面皮微黄，粗眉大眼，燕尾髭须。杨猛、陈孝一看认识，是京营殿帅府的大班头，此人姓白名平。杨猛、陈孝一看，说："白头那去？"白平抬头一看，说："原来是杨爷、陈爷，我正想找你们哥俩去。我今天心里是憋，咱们哥仨去喝酒去罢。"杨猛、陈孝一想也好，正要打算打听打听窦永衡在那衙门打官司，可以打听打听白头知道不知道。三个人一同来到一座酒楼，跑堂的一看都是熟人，说："杨爷，陈爷，白头，你们三位今天怎么聚会到一处了？三位要甚么酒？"白平说："你给我们来一百壶酒，随便给我们配几个菜。"陈孝说："白头干甚么，要这么些酒？随着喝，随着要好不好？"白头说："我告诉你二位说罢，我简直不愿意混了。今天咱们哥仨痛饮一醉，我把我这肚子的牢骚，跟你们哥俩说说。"陈孝说："白大哥，有甚么可烦的事呢？"白头说："咳，别提了！咱们哥们在六扇门当这份差，大概也有个名儿姓儿，你们二位有个耳闻，勿论甚么样的难办的案，我出去伸手就办着。"杨猛、陈孝说："那是不错，我们哥俩是知道的。"白平说："现在我眼皮底下的像样的案，我会没办着，会叫我手下的伙计马雄给办了。当初马雄跟我手下当小伙计，现在人家会把我给压了去。”杨猛、陈孝说：“甚么案叫他办了？”白平说：“就是白沙冈断路劫银、杀死解饷职官、抢劫饷杠那案。贼首黑面熊窦永衡就在青竹巷四条胡同住，我会不知道？这案叫马雄给办了。人家露了脸了，刑廷大人赏他一百银子。我冲着他这六扇门，是不吃了。”杨猛、陈孝一听窦永衡打这样的官司，心里一哆嗦，说：“怎么知道是窦永衡做的呢？”白头说：“有王龙、王虎把窦永衡供出来的。”杨猛、陈孝说：“这就是了，白大哥这也不必想不开，后浪催前浪，一辈新人换旧人。兄长早年把脸也露够了，也该叫人家出头了。”白头说着话，一扬脖子一壶酒，少时喝得酩酊大醉。杨猛、陈孝叫伙计：“把白头搀到雅座去躺躺，我们哥俩去去就来，伙计多照应罢！”伙计说：“是了。”

杨猛、陈孝惦着去找济公，二人这才下楼。陈孝说：“杨贤弟，你听见了，窦永衡打这样官司。要据我想，窦贤弟决不能做出这样的犯法事来，这必是有人买盗攀赃，将他拉上。还不知窦大奶奶被谁诓了去。”杨猛说：“不要紧，我有主意。”陈孝说：“你有甚么主意？”杨猛说：“你我回家，拿上刀，到京营殿帅府见一个杀一个，见两个杀一双，劫牢反狱，把窦贤弟救出来，再找窦弟妇。找着，你我一同找个老山老岳，一当山大王就得了。”陈孝说：“你满嘴胡说，临安城净护城兵就有几十万，凭你我两个人就要造反？三步一个官厅，五步一个栅栏，一传信，护城兵一齐队，连你我二人都白白饶上。再说你我都有家眷，焉能跑得了？”杨猛说：“连家眷一齐跑呀！”陈孝说：“你别嚷，嚷了这要叫官人听见。当时先把你办了。”

二人说着话，幸亏街上没人听见。往前走了不远，只见由对面来了一个人，走道一溜歪斜，说话舌头都短了，是喝醉了的样子。杨猛、陈孝抬头一看认识。这人说：“杨爷、陈爷二位贤弟别走，你我一同喝酒去。”陈孝点头答应。要打听窦大奶奶的下落，就应在此人的身上。不知来者是谁，且看下回分解。

第五十一回 遇故友巧得真消息 见义弟述说被害事

话说杨猛、陈孝刚出了酒楼，往前走了不远，又碰见一个醉鬼。书中交代，来者这个人，此人姓黄名忠，是长随路跟官的。当年跟过两任外任知府，手里有两个钱，也没剩下。此人心地最直，最好交友，把银钱都交了朋友了。现在跟着旧主人来京引见，把他荐到花花太岁王胜仙手下当管家。他在这临安城又交了一片朋友，上至绅董富户，买卖客商，下至街上乞丐，他都认识，跟杨猛、陈孝也有来往。今天碰见杨猛、陈孝，黄忠说：“二位跟我喝酒去罢，我方才一个人喝了半天无味，我心里不用提有多烦了。咱们哥们素常最对劲，今天总得喝喝。”杨猛、陈孝虽然心中有事，又不好驳复，反同着黄忠仍回到这座酒楼。

伙计一瞧，刚把白平挽到雅座去睡着了，这二位又同了一位醉鬼来。三个人坐下，伙计过来擦抹桌案。黄忠说：“给我来三百壶酒。”伙计一听：“这到不错，方才白头要一百壶，这位要三百壶。”伙计连忙说：“有有，你先慢慢喝着，酒到现成，没有那么些个酒壶，你随喝随灌。”杨猛、陈孝说：“黄大哥干甚么要三百壶酒？我二人方才已喝了半天了。”黄忠说：“今天咱们一处喝一回，明天你们二位就见不着我了。”杨猛、陈孝说:“兄长此话从何而起?”黄忠说:“阳世人间是没了我了,我决不能活了。”陈孝说:“兄长受了谁的欺负?是甚么过不去的事?只管说,我二人可以管,替兄长管管,素常咱们弟兄总算知己。”黄忠说:“你们哥俩不用管,也管不了,我心里瘪。先前我在外任跟官,挣多挣少,到是小事。现在我们旧主人,把我荐到大理寺正卿花花太岁王胜仙家里当差,我把肚子都气破了。我这脾气爱生闷气。这个王胜仙这小子,身为大员,又是秦丞相的兄弟,不知自重,净做些个伤天害理之事。今天无故他把人家安善良民窦永衡,给买盗攀赃入了狱,把窦永衡的妻子给诓到他家里来。人家这位妇人,还是贞节烈妇,一下轿子,破口大骂。王胜仙叫老婆子把人家捆上,搁到合欢楼,派婆子劝解,愣要叫人家依从,跟他成亲。我瞧见这事情,我真瞧不下去。我也想开了,我又没儿没女,人生一世,百岁也要有个死。我今天晚上买一把刀,到合欢楼把王胜仙这小子杀了,给大众除害,我自己一抹脖子就算完了。我上无父母的牵缠,下无妻子的挂碍,我落个名在人不在到好。”

杨猛、陈孝的心中,得着周氏的下落,一看黄忠说话舌头都短了,喝得酩酊大醉,往地下一溜,人事不知了。杨猛、陈孝叫伙计:“把这位暂且叫他在雅座躺躺睡一觉,醒醒酒,我二人去办点事,少时就来。”伙计说:“杨爷、陈爷可别再同醉鬼来了,我们一共四个雅座,这他们二位给占了两间。再来两位,买卖就不用做了。”杨猛、陈孝说:“伙计多辛苦点罢,谁叫咱们都是熟人,少时我们必多给酒钱。”说着话,杨猛、陈孝二人下了楼。陈孝说:“杨贤弟你瞧,敢情窦弟妹被花花太岁王胜仙诓了去,搁到合欢楼。倘若窦弟妇周氏要被恶霸摅造一把,你我怎么对得起铁头太岁周堃?”杨猛说:“要依我,还是拿刀劫反狱牢,把窦永衡抢出来,咱们三个人一齐到花花太岁王胜仙家去,把狗娘养的一杀,把周氏抢出来,咱们三个人一同跑了,就结了。”陈孝说:“你别满街上胡说了,惹出祸来,你就不说了。”

说着话,二人来到钱塘关。刚一出钱塘关,见对面来了一个人,身高九尺,膀阔三停,头上青色壮士帽,身穿皂缎色箭袖袍,腰系丝鸾带,单衬袄薄底鞋子,闪披一件皂缎色英雄大氅,任着袖子,未系衣领,左手拿着一蒲包大八件,右手拿着一蒲包土物;再往脸上一看,面如刃铁,粗眉环眼,正在英雄少年。杨猛一看,非是别人,正是北路镖头铁头太岁周堃。

凡事不巧不成书。周堃原本是由北路保着镖,由此路过,离临安城有二十多里路。周堃叫伙计押着镖先头里走,他拿着一蒲包土产的东西,又买了一蒲包点心,要到临安城瞧瞧姐姐、姐丈,顺便探望杨猛、陈孝,焉想到走到钱塘关碰见了。周堃连忙上前行礼说:“陈大哥,杨大哥,一向可好?前者我姐丈同我姐姐来京,拿着我的书信投奔二位兄长,多蒙二位兄台照应,我承情之至。现在我姐丈他们在那里住着呢?请二位兄长先指示我,我去看看,少时我必要亲身到二位兄长家去请安。”陈孝刚一愣,尚未答言。杨猛本是个浑人,说:“周贤弟,你来了好,我二人正要想劫牢反狱,人少,你来,这到有了帮手了。”陈孝赶紧过去推杨猛一掌,说:“你在大街上说造反,你是要疯?”周堃听这话一愣,连忙说:“二位兄长,到是怎么一段事?”杨猛说:“我们两人正为你姐姐、姐丈为着难呢!你姐丈窦永衡被人家买盗攀赃入了狱,你姐姐被秦丞相的兄弟大理寺正卿、花花太岁王胜仙诓了去,搁在合欢楼,要立逼着成亲呢,还不定怎么样了!”

周堃一听,“哇呀”一声喊嚷,一甩手把两个蒲包扔起去。这蒲包点心正掉在一家院里,这家是老夫妇两个过日子,老婆说要吃大八件,老头说:“你瞧家里连柴米都没有,你还想吃大八件细饽饽,那有钱给你买去?”正说着话,见院中“叭哒”由半悬空掉下一个蒲包来，捡进来打开一看，是大八件。老婆说："这是上天可怜我，天赐的点心。我这造化不小，大概还有几年福享。"老头说："这可真怪！"夫妻两个悦喜非常。那一蒲包土物，掉在一家院里：这家小两口过日子，男人没在家。这位大奶奶素常就不安分，常常在门口倚门卖俏，勾引少年的男子。今天见扔进一个蒲包来，大奶奶一想："这必是隔壁二兄弟给我扔进来的，我说昨天他跟我眉来眼去呢，这准是他。"这位大奶奶胡思乱想起来了。这是闲话休题。

单说铁头太岁周堃，听说姐丈遭了官司，姐姐被人家诓了去，焉有不动心之理？当时无名火往上一撞，如站在万丈高楼失脚、扬子江断缆崩舟一般，把蒲包一扔，撒腿就跑。进了钱塘关，要找花花太岁王胜仙的住家，见一个杀一个，见两个杀一双，刀刀斩尽，剑剑诛绝，把姐姐救回来，方出胸中的恶气。自己往前走着，两眼发直。周堃忽然一想，自己叫着自己的名字："周堃周堃，你这不是糊涂了么？天上无云，不能下雨，手中无刀，焉能杀人？自己并未带着兵刃，先得买口刀再去。"想罢往前走，见眼前一座刀铺，周堃迈步进去，说："掌柜的，有好刀没有？"掌柜的一瞧周堃两眼发直，说："你买刀做甚么？"周堃说："你卖刀做甚么？"掌柜的说："卖的是兵刃。"周堃说："我买的是兵刃。你给我拿纯钢打造的，刀越快越好，能一刀一个、杀人不费事的。"掌柜的说："没有。"周堃把眼一瞪，说："你敢说没有？我自己找，找出来，先拿你开刀。"掌柜的唬得连忙说："有有有！大爷别着急，我给你找。"周堃说："快给我拿来，只要刀好，不怕多花钱。"掌柜的赶紧到里面拿出一口纯钢刀来。周堃一看说："还有好的没有了？"掌柜的说："这就是顶好的了。这个刀能斩钉剁铁，再没有比这个好的了。"周堃一看，果然不错，问："掌柜的，要多少钱？"掌柜的说："四两银子。"周堃并不驳价，由兜囊掏出几块散碎银子，交与掌柜的自己平，爱平多少平多少。掌柜的把银子收下。

周堃拿着刀出来，自己一想："我也不知道花花太岁王胜仙恶霸在那里住，我脸上带着气，要打听人，就许人家不告诉我。再说我拿着刀满街走，也不是样子。我自己先把刀暗带起来，定定神再问人。"自己找了个地方，些微定定神，天光已然黑了。周堃见有过路人，这才说："借光，大理寺正卿花花太岁王胜仙在那里住？"这人说："由此一直往北，见路北有一座庙叫狼虎庙，由庙前一直往西，就是秦和坊，头一座大门是秦相府，往西走隔十几个门，由西数头一个大门，那处房子大了，那就是花花太岁王胜仙的住宅。"

周堃打听明白，当时这才够奔秦和坊，要杀王胜仙的满门家眷。不知后事如何，且看下回分解。

第五十二回 合欢楼姐弟同受困 凤山街师徒定奇谋

话说铁头太岁周堃问明白道路，顺大街往北，果然见有一座狼虎庙，这才往西。到了西头一瞧，果然路北的大门。见门口有一乘大轿，多少马匹从人，门洞里点着大门灯，外面站着许多的差官，抬轿的轿夫。原本是京营殿帅陆炳文今天没走，给王胜仙贺喜。师生在客厅摆酒，开怀畅饮。王胜仙打算今天痛饮一醉，晚间好洞房花烛，跟美人成亲。

周堃由外面来到大门洞里，家人问："找淮？"周堃说："可是花花太岁王胜仙在这里住？"家人说："你要反那？这是王大人住宅。"周堃一听是王胜仙的家，拉出刀来，照家人就是一刀，人头滚落在地。家人一乱，周堃摆刀乱砍，往里就走，逢人便砍，遇人便杀，杀了有十数个人。周堃一想："这宅院大了，不知道姐姐在那里，先救姐姐要紧。"想罢揪住一个家人，周堃一举刀说："我且问你，王胜仙诓来那个妇人周氏在那里？你告诉我实话，我不杀你。"这家人唬得直哆嗦说："大太爷饶命！我告诉你，出西边角门，穿过一层院子，往北是花园子，有五间合欢楼，在那楼上呢。"

周堑听明白，把这个家人也杀了，一直够奔西角门。穿过一层院子，果然来到了花园子，见正北有五间楼房，楼窗灯影朗朗，人影摇摇。周堃登楼梯上楼一看，见姐姐周氏倒捆着二臂，有四个婆子还解劝呢。周堃一摆刀，"噗哧噗哧"把四个婆子杀了，说："姐姐跟我走。"过去把周氏绳扣解开。这时就听楼下一阵大乱，齐喊嚷："拿！别叫他跑了。"周氏一看说："周堃你来了好，你快把刀给我，我一抹脖子，你快逃命罢。"周堃说："姐姐不要寻死，小弟我背着你走。"周氏说："你看外面人都围上了，你快设法走罢！我反正不能落到恶霸手里。你要不逃命，连你也饶上了。"周堃说："姐姐别死。"再一看楼下，人都满了，灯球火把，亮子油松，照耀如同白昼一般，各持刀枪棍棒。

原本周堃一进来，在门口一杀人，就有人报与王胜仙。王胜仙赶紧传话，叫家丁人等、看家的、护院的拿。净他家里就有百余个家丁，大众各抄家伙，追到合欢楼，把楼就围了。周堃见楼上有一根顶门的杠子，他抄起来站在楼门一堵，说："那个不怕死的上来！"众家人干嚷，都不敢上楼。王胜仙同陆炳文也来到花园子，有众多人围随保护着。王胜仙传话："谁要把杀人凶手拿下来，赏银二百两。"人为财死，鸟为食亡。听这句话，有胆子大的就往头上闯，刚一上楼梯，上到三四层，就被周堃用棍点下来。再有人上去，被周堃一棍，把脑袋打碎了，花红脑袋髓崩流，死尸栽倒。内中有两个护院的，是亲哥俩，这个说："兄弟你上楼梯，我爬楼栏杆，叫他首尾不能相顾。"周堃更有主意：见一个爬栏杆奔楼窗，一个奔楼梯，周堃先把上楼梯的用棍打下去；这个刚爬到栏杆，周堃赶过去一棍，正打在天灵盖，给打下来了。一个个又都不敢上前了。周堃口中喊嚷："那个敢来太岁头上动土？"大众家丁一听，齐声喊嚷："这个太岁爷厉害呀！"正在这般景况，外面喊声大震，来了无数的官兵。

敢情陆炳文早传下令去，调本衙门两员官，五六百兵，知会城守营各官厅，陆、步两营齐来拿贼。大众一聚会，来了真有几千官兵衙役，各掌灯球火把，长枪大刀，短剑阔斧，就把合欢楼四面围了个滴水不通。众人乱嚷拿，可都不敢前进，这个说："二哥你头里上呀！"那个说："我当这份差，每月挣豆大的一点银子，卖命不干。你要贪功，你上楼呀！你瞧这位太岁爷，拿着明晃晃的刀，又是木杠子。谁不怕死，谁就往前进。"大众虽围着不往前上，周堃也是着急，下不来，不能把姐姐救了走。

正在危急之际，只听外面一声喊嚷："尔等让路，天王来也！"有一人身高九尺，蓝脸红胡子，手中一条铁棍，由官兵后面乱打。这些官人真是挨着就死，碰着就亡，着实一下，筋断骨头伤。官兵大众一乱，说："天王厉害呀！"哗！人往两旁一闪，这位天王打了一条血路，直奔合欢楼的楼梯而来。周堃一看这人脸上抹着蓝靛，挂着红胡子，周堃赶紧就问："甚么人？"这人说："周贤弟，我。"周堃听说话口音甚熟，又问："那位？"这位天王说："到里面再说。"

书中交代，来者这位天王，是怎么一段事呢？原来周堃跟杨猛、陈孝分手之后，杨猛、陈孝无法，也不能拦周堃，二人一直够奔灵隐寺而来。来到庙门首，陈孝一道"辛苦"，门头僧问："找谁？"杨猛、陈孝说："济公可在庙里？"门头僧说："你们二位找济颠呀?”陈孝说:“是。”门头僧说:“别提了,这个济颠真可恨!一早起来,他就走出去一天,晚上非等关山门他才回来。我们打算把他关到外头,老不行。往山下瞧二里多地远,瞧不见他,我说这关山门他可赶不上了。刚一关门,焉想到他伸进一条腿来,说:‘别关,还有我呢。’天天如此,也不知道怎么那么巧,那时关门,那时他回来。今天你们二位来得巧了,由早晨他就没出去,在大雄宝殿拿虱子呢。你们二位瞧瞧去罢!”杨猛、陈孝二人立刻进了庙,来到大雄宝殿一瞧,果然济公在大雄宝殿拿虱子呢。杨猛、陈孝二人赶紧行礼,和尚说:“你两人做甚么来了?”杨猛、陈孝二人说:“师父,应了你老人家的话了。”和尚说:“应了我甚么话了?”陈孝说:“现在窦永衡打了官司了,他媳妇被花花太岁王胜仙诓了去。求师父你老人家慈悲慈悲罢,设法救他才好!”和尚点了点头说:“我救他。你二人,”附耳如此如此,“你二人先走,咱们不见不散,准约会。”杨猛、陈孝点头答应,竟自去了。

和尚穿上了僧袍,出了灵隐寺,一直往前走。进了钱塘关,走了不远,见对面来了一个人,身高九尺,面似乌金纸,环眉阔目,正是探囊取物赵斌。一见济公,连忙上前行礼,说:“师父,一向可好?”和尚说:“赵斌呀,今天你不用卖果子了,我烦你点事。”赵斌说:“师父有甚么事,只管说。今天我正心里发烦,不爱做买卖呢。”和尚说:“我这里有一封字柬,你拿着到凤山街,就是你头一天卖果子那家,他叫铁面天王郑雄。你把信给郑雄送去,交到门房,他必要应酬你,你就在那等我。”赵斌点头。济公写了一张字柬,交给赵斌。赵斌把果筐存起来,一直够奔凤山街,来到郑雄门首,一道“辛苦”,家人一看,说:“这不是那位卖果子的么?你找谁呀?”赵斌说:“我奉灵隐寺济公之命,来给郑爷送信。”家人说:“你认识济公么?”赵斌说:“济公是我师父。”家人一听说:“呵!你贵姓呀?”赵斌说:“我姓赵。”家人说:“你是济公的徒弟,我们大爷也是济公的徒弟,你跟我们大爷还是师兄弟呢!你在这门房坐坐,我给你进去回禀。”

赵斌来到门房,家人把书信拿进去,郑雄正在书房跟牛盖说闲话呢。日前把牛盖带到家来,一问牛盖那的人,他说是巡典州的人;问他姓甚么,他说姓牛;叫甚么,叫盖。郑雄问他别的话,牛盖也说不清楚。郑雄到很喜爱他,把牛盖留在家里住着,早晚没事,教给牛盖人情世态,说话礼路。牛盖太浑,也有明白的,也有不明白的。今天二人正在书房坐着,家人把书信拿进来,说:“外面来了一个姓赵的,说是灵隐寺济公叫他来给送信。”把信呈上去,郑雄打开一看,心中明白,叫家人把赵斌让到厅房去,给他预备几样菜,灌一壶酒,就提济公说了,叫他在这等着,至迟二更天,济公必来。给买一百钱蓝靛,再把唱戏用的红胡子买一挂来,交给赵斌,等济公来了,自有吩咐,别叫他走。把铁棍给他拿出来。家人点头答应,出来说:“赵爷,我们大爷说了,请你到厅房去坐着喝酒。济公有话,叫你在这等着,至迟二更天,济公必来。”赵斌点头,这才来到书房。家人擦抹桌案,把酒菜摆上,赵斌自斟自饮喝起来了。家人把蓝靛红胡子都买来,将郑雄的铁棍拿出来,交与赵斌。赵斌问:“做甚么?”家人说:“等济公来了,他老人家自有吩咐。”赵斌就在郑雄家喝着酒。少时天色掌灯,吃喝完了。

天有初鼓以后,外面济公来了,和尚来到厅房。见和尚背着一个大包袱,赵斌说:“师父,来了。”和尚把包袱打开,众人一看,全都目瞪痴呆。不知包袱包的何等物件,且看下回分解。

第五十三回 改形象暗救贞节妇 施佛法火烧合欢楼

话说济公禅师来到郑雄家中，背着一个包袱，打开一看是五身衣裳。有青布缨翎帽、青布靠衫、皮挺带、薄底鹦脑窄腰快靴，连裤子、腿带、裤腰带、袜子全有，整整五份。赵斌一看，说："师父，这衣裳帽子是那来的？"和尚说："我偷来的。"

书中交代，还是真偷来的，这话不假。原本仁和县有一位班头，姓焦，在钱塘关外住家，家里就是一个妻子孙氏住着，独门独院，三间北房，一间茅楼。素常孙氏就不正经，常与人私通。焦头出去办案去了，仁和县衙门众散役，都常到焦头家里去，跟孙氏不清楚。知道焦头出去办案不在家，他们凑了五个人到焦头家里去。孙氏一见，说："众位兄弟哥哥来了。"大众说："来了。"这个打酒，那个买菜，众人喝起来了，乱说乱闹乱玩笑。喝完了酒，五个人说："焦大嫂子，我们都不走了。今天我焦大哥不回来，咱们凑一夜。"孙氏说："不走就不走了，你们都住下吧。"这五个人欢天喜地，也都有点醉了，全把衣裳脱了，五个人赤身露体往炕上一躺。

众人刚躺下来，就听外面叫门说："开门来！"孙氏一听，说："可了不得了，我男人回来了。"这五个人唬得亡魂皆冒，说："这可怎么办？"孙氏说："你们快藏到茅房去吧。"这五个人顾不得穿衣裳，都藏在茅房里。孙氏赶紧把五人的衣服、帽子、靴子、裤子、带子，捡到一处，用包袱包起来，这才出去开门。把门开开一瞧，并没有人。孙氏心中纳闷，找了半天真没有，复返回来。到屋里一瞧，五个人的衣服全丢了。把五个人由茅房叫出来说："我男人并没回来，你们的衣裳可都丢了。"

这五个人一听愣了，说："怎么办呀？"孙氏说："你们快走罢，要等天亮这怎么走？"五个人无法，跑出来，溜着墙根走，怕碰见熟人。偏巧有过路人，打着灯笼。这五个人越溜墙根，人家越要照照，还是熟人，用灯笼一照，说："你们几位头儿，怎么光着眼子？是要输了？"五个人说："不是，我们洗澡去，刚脱了衣裳，澡堂子着了火，我们跑出来了。"这人说："那个澡堂子着火，怎么没听见打锣呀？"这五个人说："许是把火救灭了。"用话遮盖过去，这五个人各归各家，也不敢上别处去。谁瞧见光眼子的，谁也不能不打。这五个人好找便宜，这也是报应，衣裳原是被济公偷了去。和尚拿着五身衣裳，来到郑雄家，见了赵斌，叫赵斌拿着三身衣服，附耳如此这般这等这样。

赵斌把话记住了，用蓝靛抹了脸，挂上红胡子，拿着铁棍，一直够奔秦和坊。来到王胜仙的门首，往里就闯，摆棍见人就打，口称天王来也，打了一条人胡同，来到合欢楼。上了楼，周堃问谁，赵斌说："我是探囊取物赵斌。"周堃原与赵斌也认识，说："赵大哥打那来？"赵斌说："我奉灵隐寺济公之命，前来搭救你姐弟二人。我带来三身官人的衣裳靴帽，你同你姐姐都换上，我也换上。济公说了，见楼下旋风一起，你我就下楼逃走，这叫鱼目混珠。"周堃赶紧说："姐姐换上罢。"周氏这才把靴子穿上，用绳子扎好，套上青布靠衫，腰系皮挺带，戴上缨翎帽。周堃也换好了，赵斌也把胡子摘了，把壮士帽揣在怀内，换上官人这身衣裳。刚换好，就见楼下起了一阵旋风，刮得出手不见掌，对面不见人。周堃同周氏、赵斌趁此下楼，赵斌在头里，周氏在当中，周堃在后面，分着众人就往前走。大众官兵被风刮得睁不开眼，这三个人都是官人打扮，众人瞧见，也不介意。本来官人太多了，各衙门的全有，谁能准认得谁？再说刮风刮得也顾不得睁眼。三个人闯出重围，不敢奔前面走，奔后面花园子角门，把门开开，出了角门。周堃说："哎呀，两世为人！"这句话尚未说完，只见对面来了两个人，都是缨翎帽，青布靠衫，腰系皮挺带，薄底窄腰鹦脑快靴。这两个人用手一指，说："惊弓之鸟，漏网之鱼，那里逃走？"周堃、赵斌一看，说话这两位非是别人，正是杨猛、陈孝。

书中交代，和尚在郑雄家打发赵斌走后，和尚出来找着杨猛、陈孝，把两身官人的衣裳给了杨猛、陈孝，叫这两个人换好了，一同来到王胜仙的后花园子角门，和尚叫杨猛、陈孝这里等候周堃、周氏、赵斌。嘱咐杨猛、陈孝几句话，和尚先进了后花园子，施展佛法，起了一阵怪风，周堃同周氏、赵斌才混出来。杨猛、陈孝一瞧是周堃，赶紧过来说："周贤弟，多有受惊了！济公叫我二人在此等候，叫赵贤弟回家，不必管了。周贤弟先同你姐姐到我家去，济公说了，明天必搭救你姐丈窦永衡。"周堃点头，同周氏跟杨猛、陈孝走了，赵斌自己就回了家，这话不表。

单说和尚来到里面花园子一施展佛法，这些官兵这个说那个："你为甚么捅我？"那个说："我这只手拿着火把，这只手拿着灯笼，我多怎捅你了？"那边就说："你为甚么拧我？"那个说："你为甚么掐我？"大众一乱，这个跟那个揪起来了，那个跟这个打起来了，这个把火把扔了，那个把灯笼扔了。灯笼扔在楼上，一着凡火，勾引神火，展眼之际，把合欢楼着了，烈焰腾空。真是：

南方本是离火，今朝降在人间。无情猛烈性炎炎，大厦宫室难占。　滚滚红光照地，呼呼地动天翻。犹如平地火焰山，立刻人人忙乱。

王胜仙一瞧火起来了，急得直跺脚，疑惑把太岁、天王、美人都烧到楼内。太岁、天王烧死到不要紧，王胜仙心疼可惜我这美人也烧死了，连忙吩咐人救火。大众怎么用水泼也不灭，展眼之际，把一座合欢楼烧了个冰消瓦解。

天光地亮了，火也着完了，王胜仙自己是灰心丧气，许多家人被太岁杀了，也有被天王打死的。王胜仙这件事，又不敢告诉秦丞相，怕秦丞相究起底里根由，反到抱怨他。王胜仙无奈，死一个人给五十两银子办白事，叫各家的尸亲把尸领回去。这件事乐也没乐成，闹了个天翻地覆，他也该当遭这样的恶报。

和尚早就走了。天刚一出太阳，济公来到京营殿帅衙门门口。衙门对过有一座小酒铺，刚挑开火，有几位喝酒的都是做小买卖的，一早出来赶市，也有卖青菜的，也有这卖耍货的，都在酒铺来喝酒。和尚掀帘子进去，内中有认识的，说："济公这么早，打那来呀？"那个说："圣僧，这边喝酒。"和尚说："众位别让，我和尚今天心里瘪，我等着跪刑廷大人，非得打官司不可。"众人说："济公你老人家一个出家人，跟谁打官司呀？"和尚说："别提了，昨天我们庙里应了一家佛事，应得是七个人接三。偏巧我们庙里和尚忙，不够七位，去五位还短一个，只有四位和尚。好容易找了一个秃子，凑着去了。接完了三，本家说：'我们有一锅汤饭，给和尚吃罢，可得饶一台焰口。'本来我们这几个和尚都是饿疯了，一想既给汤饭吃，就饶一台焰口，也不算甚么。焉想到把焰口放完了，本家挑了眼了，他说：'正座嗓子不好，驳文的不会驳，念完了不能给钱。'三说两说说翻了，打起来。人家本家人多，把我们那四位和尚都给打了，就是没打了我。"众人说："济师父，你打了人家了？"和尚说："没有，我跑出来了。要不跑出来，也就叫人家打了。我非得告他，念完了经，打和尚，那可不行。"众人说："济公，把气消消，这也不是要紧事，不必跪刑廷大人，官司不是好打的。"说着话，过来一人说："圣僧，慈悲慈悲，我有个舅舅，寒腿疼得下不了炕，求你老人家给点药。"那个说："我拜兄弟的母亲，痰喘咳嗽，老病复发，求师父慈悲慈悲，赏了药罢！"和尚说："今天我和尚一概不应酬，过了今天，那天都行。今天我心里烦得了不得了，非得等着跪刑廷。”

正说着话，就听外面轰赶闲人，说：“闲人躲开，刑廷大人回来了！”大众都要出去看热闹。本来刑廷大人出来威严大了，头里有鞭牌锁棍刽子手，前护后拥一大片。刑廷大人坐着轿子刚到，和尚一声喊嚷：“冤那！”过去一把揪住轿子，和尚一使劲，就听“咯嚓”一声，轿杆两断了。不知该当如何，且看下回分解。

第五十四回　见刑廷法术惊奸党　请济公神方买良心

话说济公禅师一声喊嚷“冤枉”，过去一伸手，把轿杆揪住，“咯嚓”一响，轿杆两断了，轿子往前一栽，刑廷陆大人几乎摔出来，人往前一低头，把二品纱帽掉下来。偏巧一滚，滚在撒尿窝子里，轿子也不能坐了，纱帽也不能戴了。陆炳文勃然大怒，吩咐把和尚锁上，自己赌气，走进衙门去。

官人把和尚锁上，带着来到班房。官人说：“和尚你好大胆子，竟敢把刑廷大人的轿子按断了！回头你有个乐子。”和尚说：“我也不知道，怎么股子劲，就把大人弄出来了。”官人对和尚说：“你回头见了大人，可也这么说。”和尚说：“那是自然。”正说着话，就听梆点齐发，大人升堂。陆炳文这个气大了，到衙门换上帽子，立刻传伺候升堂，吩咐带和尚。官人立刻把和尚带上来，陆炳文原打算和尚一上来，不容分说，拉下去重重地责打，方出胸中的恶气。那和尚一上来，陆炳文尚未说话，旁边过来一个家人，在陆炳文耳边说：“大人，这个和尚可打不得的，乃是灵隐寺的济公。他是秦丞相的替僧，大人要一打他，岂不是羞辱秦丞相么？”陆炳文一听，心说：“怪不得和尚这样放荡不拘，敢情是我师伯的替僧，怎可打下的？”自己无奈，把气压下去说：“和尚，你是个出家人，做事不可这样粗鲁呀！把我的轿杆按断，勿论你有甚么冤枉之事，可以慢慢说呀！岂能这样？”和尚回说：“我也不是故意，大人不必动怒。”陆炳文找到个台阶，就说：“既是你不是存心，我念你是出家人，不怪罪你，你下去罢。往后须要安分。”也就算完了，焉想到和尚偏不这么说，和尚说：“我和尚实在冤枉！昨天晚上，我们庙里应了一件佛事，是七个人接三，庙里忙，和尚不够了，剩了四个和尚，添上一个秃子，共去了五个人。接完了三，本家说给汤饭吃，叫饶一台焰口。我们和尚本都饿疯了，就吃了汤饭，给饶了一台焰口。焉想到念完了经打和尚。本家说正座嗓子不好，驳文的不会驳，不给钱，还把我们和尚打了。我来一喊冤，也不知怎么一股子劲使猛了，把大人给弄出来。”

陆炳文一听和尚说得太不像话了，当着这许多的官人，再不打和尚，太下不去了。陆炳文一想：“我先打了他再说。秦相问我，我再到秦相跟前去请罪，我就说不知道是秦相的替僧，大概也不致为和尚把我丢官罢职。”想罢，一拍惊堂木说：“僧人，你好大胆量，满口胡说，搅扰官署重地，拉下去给我重打四十板！”掌刑的答应：“是。”过来一拉和尚，掌刑的说：“走。”和尚说：“走你们家去，我和尚是循规蹈矩，就懂得奉经念佛，无故的你往家拉我，我和尚是好人，不去。”掌刑的说：“和尚别开玩笑呀，我拉你下堂打你。”和尚说：“打我打罢，我要挨打了。”官人说：“你嚷甚么！”和尚说：“我要嚷。”官人把和尚拉下堂去，按倒就地，一个骑着和尚的脖子，一个按着腿。掌刑的刚把板子拿过来要打,忽然大堂以前起了一阵怪风,刮得人人都不能睁眼,按人的也不能睁眼,掌刑的也睁不开眼。

正刮着风,陆炳文在堂上坐着,好好的忽然肚中臌起来,臌的有大皮缸相似,自己两只手够不着肚脐。陆炳文心里一迷,连说:"别。"官人自然就不能打了。陆炳文自己用手就掀胡子,转眼三绺胡子掀下两绺来。从人说:"大人怎么疯了?"赶紧把陆炳文搭到内宅去,有官人暂把和尚看押起来。陆炳文到了内宅,夫人、少爷、小姐一瞧都急了,说:"大人这是怎么了?方才好好的,片刻的工夫,肚子会胀这么大?你们快给请先生去罢。"家人慌慌张张出去,就把隔壁卖药的王先生请来了,这位王先生叫做三元会。怎么叫三元会呢?只因他给治好了三个人,一个牙疼,一个长大疮,一个长痔疮,三个人都是他治好了的,三个人给他挂了一块匾,写的是"三元会",故此众人都叫他三元会。这位王先生,本来少读王叔和,未念药性赋,不懂得切脉,甚么叫浮沉迟数,用药那叫寒热温凉,何为五脏六腑,那论阴阳五行,一概素常就是糊饭吃。今天把他请到内宅,陆炳文在帐子里伸出手来诊脉,夫人、小姐、婆子、丫环都在屋中围随。得病不避医家,王先生听说肚子大,他错疑是姨奶奶分娩呢。本来陆炳文的手十指尖尖,王先生把医家的规矩都忘了,一进门应该望闻问切,他也没问是谁,伸手一诊脉,装模做样半天。王先生说:"不要紧,这是要生产,你们快去请收生婆吧。"夫人一听,说:"快把他赶出去!"王先生还说:"我说是喜,夫人不信?"夫人说:"这是我们大人。"王先生一听,没的说了,被家人把他赶出去了。夫人说:"你们这些奴才,没有能办事的,请这样的狗先生。快出去请名医去!"家人说:"临安城就有两家名医,一位赛叔和李怀春,一位指下活人汤万方。"夫人、少爷说:"不拘把那位请来都行。"家人复又去了。

少时赛叔和李怀春请到。李怀春一给刑廷诊脉,诊够多时,说:"大人这个肚子可奇了,我看六脉平和,内里十二经并没有病,这个肚子我瞧不了。"夫人说:"先生瞧不了,谁还能瞧得了呢?望求先生指示。"李怀春说:"我看不了,汤万方也看不了,就有一个人可能治,手到病除。"夫人说:"谁呀?"李怀春说:"灵隐寺的济公长老。前者我在秦相府看病,二公子秦怛得长大头瘟,我也瞧着脉理没病,就是济公治好了。非请他老人家来,别人治不了。"家人在旁边答话,说:"灵隐寺济颠僧,在我们衙门班房锁着呢。"李怀春说:"原来如是,快去请他。"夫人问:"为甚么锁着?家人就把方才之故一说,夫人说:"你们快去把和尚请来,只要把大人的病治好,我的主意把他放了。"家人跑出来,到了班房,本来这个家人也不会说话,说:"和尚,我们夫人叫你进去呢。"和尚说:"你们夫人叫我有甚么心思,你们老爷还没死呢,也不能先定接三焰口念经。再说我和尚到内宅去,你们夫人叫我,我怕落口舌,言言语语不好听。"家人说:"和尚,别胡说!我们夫人叫你进去,是给大人治病。"和尚说:"治病呀,你告诉你们夫人,说我和尚刷了。"家人一听,说:"好和尚,你真找着要挨打?我就照你这话回。"家人来到里面说:"回禀夫人,和尚不来,他说刷了。"夫人一听不懂这句匪话,说:"甚么叫刷了?"李怀春说:"夫人可以派少爷亲身去请,见了和尚说几句谦词话,和尚就来了。"夫人说:"好,少爷你同家人请去。"少爷答应,连忙同家人来到外面,说:"圣僧,你老人家慈悲慈悲吧。我父亲得了大肚子病,求圣僧给治罢!"和尚说:"既是少爷你来请我,和尚就去给瞧瞧,可不定治得好治不好。"和尚这才往里走,少爷先叫人把和尚的铁链撤去。

这位少爷到很恭敬,本不是陆炳文的亲儿子,是抱来的。他家里是大杂伴一家子。这位夫人当初本是勾栏院的妓女。陆炳文原系四川人,带着三万银子来京乡试,他就在勾栏院一嫖，认识这个妓女，名叫翠红。陆炳文也没乡试，把三万银子都花到翠红的身上，后来只落得分文皆无，连盘费都没有，也不能回家了。翠红到有一番恻隐之心。看陆炳文实不得了局，翠红就把陆炳文留在勾栏院，在门房管管帐，买卖东西，一天管他两顿饭。后来翠红手里存了到有两万多银子，自己一想："将来青春一过，又该如何？"看陆炳文到是饱学，他跟老鸨儿一商量，要跟陆炳文从良。出来花钱给陆炳文捐了一个小武职官，得了实缺，居然翠红是个官太太了，老鸨儿就是岳母老太太。买了一个姑娘，就是小姐千金；抱了一个孩儿，就是公子少爷。后来陆炳文拜了王胜仙做老师，官运也旺，又有人情，未到十年，就做了刑廷，翠红就是夫人了。今天少爷把济公请进来，李怀春赶紧站起来说："圣僧，你老人家来了！"和尚说："李怀春，你净给我和尚找事。"李怀春说："这病非师父治，别人治不了。"

和尚哈哈一笑，立时刻要施佛法度脱陆炳文，展神通搭救窦永衡，尽在下回分解。

第五十五回　秉良心公堂释好汉　访故友夫妻得团圆

话说济公禅师来到里面给陆炳文一看，夫人、少爷、小姐都说："圣僧，你慈悲慈悲罢！"和尚说："我看大人这病，我和尚要说，夫人你们准都不信。"夫人说："圣僧说罢，焉有不信之理？"和尚说："大人这肚子是胎。"夫人一听一愣，心说："怪不得方才那个先生说是胎，这和尚也说是胎。"连忙问说："圣僧，你看是胎怎么办呢？"和尚说："胎可跟胎不同，大人这是一肚子阴阳鬼胎，非得把胎打下来才能好。我和尚开个药方，到李怀春你的药铺去取药去。"李怀春说："好，师父开罢。"立刻家人拿过笔来，和尚背着人写好封上，交与家人，大众也不知和尚开的甚么药。家人拿着去了。

到了李怀春的药铺，把字柬交在柜上，家人说："你们先生在我们大人衙门坐着，这是灵隐寺济公开的方子，叫我来取药。"药铺伙友打开一看，上面写的是："天理良心一个，要整的；公道全分。"药铺一看，说："管家，你把药方拿回去吧，我们药铺没有良心。"管家说："你们药铺没良心？"伙计说："不但我们没良心，是药铺都没良心。"

管家无法，回来到里面说："回禀夫人，药没抓来。"李怀春说："怎么？我那药铺里是药都有，怎么会没抓来呢？"家人说："你们药铺没良心。"李怀春说："为甚么？我们药铺怎么没良心？"管家说："他说是药铺都没有良心，没有这味药。"陆炳文说："拿来我看看。"家人把方子递给陆炳文，陆炳文一看是："天理良心一个，要整的；公道全分。"陆炳文一想，说："这药不用买，我自己就有良心。"和尚说："你只要有良心，就好的了。"陆炳文说："传伺候升堂。"家人说："大人这个样子，升得了堂么？"陆炳文说："升堂，升堂！我做得亏心事，我知道非升堂好不了。"他刚一说升堂，肚子就往回抽。李怀春说："大人升堂办公，医生要告辞了，我还要到别处去看病。"说罢竟自去了。

陆炳文立刻有家人搀着，升坐大堂。给和尚搬了一个座，就在旁边坐下。陆炳文吩咐拿着监牌，提王龙、王虎、窦永衡，手下原办马雄答应，立刻到狱里把王龙、王虎、窦永衡提上堂来。三个人在堂下一跪，陆炳文说："王龙、王虎在白沙冈抢劫饷杠，杀死解饷职官，有窦永衡没有？你两个人可要说公道良心话。"王龙、王虎一想："前者已然都画了供，大人这又问，久状不离原词，我二人改不得口。"想罢，说："大人，有窦永衡。”陆炳文勃然大怒，一拍惊堂木说：“你这两个人混帐！拉下去给我重打，每人四十大板！”掌刑的答应，立刻把王龙、王虎拉下去。打完了，陆炳文又问：“王龙、王虎，你两个人说实话，到是有窦永衡没有？”王龙、王虎一想：“这必是窦永衡的人情到了，大人要拷拷我二人，到别改嘴，一口咬定。大概要把窦永衡办了，我二人许把命保住。”想罢说：“实有窦永衡。”陆炳文说：“你这两个东西是找打，再给我每人重打四十！”立刻又打，打完了又问。王龙、王虎一想：“这可真怪，前者我二人拉窦永衡之时，到没打，这是怎么缘故呢？”二人还不改口，陆炳文又吩咐打。把两个人连打了三次，打得皮开肉绽，鲜血直流。

陆炳文说：“你两个人要不说良心话，我生生把你两个人打死。到是有窦永衡没有？”王龙、王虎一想：“这个刑受不了啦！倘再说有，还是打。”二人无法，说：“回禀大人，没有窦永衡。”陆炳文说：“这不结了。人说话要良心，本部院我有良心，我知道窦永衡是好人，你两个人仇攀。是没有窦永衡？”王龙、王虎说：“没有。”陆炳文吩咐：“来呀！把窦永衡的锁镣砸了，我将他当堂开放。”

旁边众官人一瞧，大人这是无故疯了。书办赶紧过来说：“回禀大人，窦永衡在白沙冈打劫饷银，杀死解饷职官，情同叛逆。再说大人已然都定了案，奏明皇上，呈请勾到本，大概这个案必是立决，不久旨意下来。大人这里把窦永衡放了，那如何使得？”陆炳文说：“你休要多说，我有良心，皇上他没我的大。现官不如现管，我要放窦永衡，皇上他管不了我。”书办一听，这更不像话了，说：“大人要放窦永衡，书办担不了，大人先把书办革了到好。”陆炳文说：“革你不费事，来贴革条，先把他革了。”立刻写了革条贴上。

原办马雄也过来给刑廷磕头说：“回禀大人，窦永衡放不得的。”陆炳文说：“怎么？”马雄说：“大人想，窦永衡谋反大逆，已画了供，大人给秦丞相行了文书，秦丞相已然知道。大人再把他放了，秦丞相再要问这案，大人怎么办？”陆炳文说：“你放屁！秦丞相他管不了我的事。他做他的丞相，我做刑廷，他管不着我。我有良心，窦永衡是好人。”马雄说：“大人要放窦永衡，先把下役革罢。”陆炳文说：“革你不费事，来贴革条，把马雄给我革了。”手下众官人，一个个唬得往后倒退，谁一拦就革谁，众人都不敢言语了。陆炳文吩咐：“来人，把窦永衡手铐脚镣砸开。”手下官人立时把窦永衡的大三件摘了。陆炳文说：“窦永衡，本部院我知道你是被屈含冤，你是个好人，我将你当堂开放。”

窦永衡心中纳闷，心说：“这是怎么一段情节？”抬头一看，济公在旁边坐着呢，窦永衡到瞧着陆炳文发愣。和尚说：“混蛋，你还不快走！等他明白过来，再叫人把你锁上呢！”窦永衡这才明白，赶紧往外走。来到衙门门首，就听门口众官人大家纷纷议论，这个说：“咱们大人无故放窦永衡，这事可新鲜！”那个说：“你听信罢，早晚他这个刑廷快做不长了。”窦永衡一出衙门，只见对面两个骑马的，都是长随路的打扮，来到刑廷衙门门口，翻身下马。书中交代，来者这两位骑马的，非是别人，乃是秦相府两位管家大人秦安、秦顺。皆因陆炳文把济公锁了，街上全都吵嚷动了，传到秦相府。秦相府的家人，都感念济公的好处，前者济公初到秦相府之时，是家人每月多增三吊银工钱，是济公出的主意。今天听说刑廷把灵隐寺济公锁了去，有人回禀了四位管家大人，大管家秦安一听，说：“好一个胆大陆炳文，竟敢把相爷的替僧锁去了，这分明是羞辱相爷的脸面！”立刻进去一回禀秦相，相爷一听，大大不悦，叫家人：“拿我的片子，赶紧到刑廷的衙门去，就提我请济公即刻就来。”管家秦安、秦顺拿着相爷片子，故此忙奔刑廷衙门来。

不言讲二位管家请济公，单说窦永衡出了龙潭虎穴，自己有心回家罢，又不敢回去，遭这样的官司，不晓得家里抄了没抄。自己一想：“先到杨猛、陈孝家去打听打听，再作道理。”想罢，这才来到杨猛、陈孝门首。一打门，杨猛、陈孝正同周堃在里面一处谈话。听外面打门，陈孝出来开门，一看是窦永衡，陈孝到一愣，说：“窦贤弟你怎么会回来了？”窦永衡说：“陆炳文当堂把我放了，到里面我细对兄长说。”陈孝说：“你来好了，你妻子也在我这里，你内弟周堃也在这里，你进来罢！”窦永衡同着陈孝来到这里面，周堃一看说：“姐丈，你怎么会回来了？官司怎么样了？”杨猛一瞧也乐了，大众彼此行礼。窦永衡就把方才陆炳文当堂开放，怎么革书办官人，济公在堂上坐着，这话从头至尾细述一遍，杨猛、陈孝、周堃三个人方才明白。窦永衡就问周堃：“你打那里来？”杨猛、陈孝说：“窦贤弟，你还不知道，你打了官司被人家买盗攀赃入了狱，你妻子被花花太岁王胜仙诓了去，搁在合欢楼。”杨猛、陈孝就把以往从前，怎么找济公，怎么周堃到王胜仙家里杀人，济公怎么施佛法把众人救出来，火烧合欢楼之故，如此如此一说。窦永衡一听唬得毛骨悚然，说：“原来有这些事，令人可怕！”陈孝说：“这件事要没有济公，可就了不得了。窦贤弟你今天既来了，咱们是合家欢乐，我预备点酒菜，痛饮一番。今天听听信，明天你们哥俩带领弟妹好逃走，临安是住不得了。杨贤弟，你陪着窦贤弟、周贤弟说着话，我去买菜去。”说着话，陈孝出去买菜。

工夫不大，见陈孝回来了，甚么菜也没买来，脸上颜色更变。众人问：“怎样陈兄长没买菜来？”陈孝说：“了不得了，京营殿帅传下令事，水旱十三门紧闭，各街巷口扎住官兵，按户搜拿窦永衡。”众人一听，唬得神魂皆冒。不知后事如何，且看下回分解。

第五十六回 陆刑廷下令捉强盗 美髯公闻信挡官兵

话说美髯公陈孝出去买菜，见街市上都乱了。听说京营殿帅下来令，水旱十三门紧闭，按户搜拿越狱脱逃江洋大盗黑面熊窦永衡。书中交代，怎么一段事呢？原本刑廷陆炳文把窦永衡放走之后，秦相府派管家把济公也请了走了，陆炳文忽然明白过来。一看在大堂上，王龙、王虎在下面跪着，陆炳文就问手下人：“王龙、王虎在这跪着做甚么？谁叫他们出来的？”手下官人说：“大人你方才派人把王龙、王虎、窦永衡提出来的，大人不是把书吏革了？把马雄也革了？把窦永衡放了么？”陆炳文说：“谁把窦永衡放的？”手下人说：“大人叫放的，莫不是大人方才的事就忘了么？”陆炳文一想，真仿佛心里一糊涂，如做梦一般，渺渺茫茫，有点记得，自己唬得惊慌失色。窦永衡已然定了案，奏明圣上，这如何放的？立时吩咐：“赶紧传我的令，水旱十三门紧闭，知会各地面官厅，把守左右两家搜一家，官至三品以下者，勿论甚么人家，按户搜查！”他不能说他放的窦永衡，他说拿越狱脱逃的大盗窦永衡。如有人隐匿不报，知情不举，罪加一等。如有人将窦永衡献出来，赏白银一千两。这一道令下来，水旱十三门就闭了，街市上全乱了，各该管地面的老爷，带官兵各查各段。

陈孝听见这个信，菜也顾不得买了。跑回家来，一见杨猛、周堃、窦永衡，就把这件事一说。窦永衡一听，咳了一声，说：“二位兄长不便吃惊，我窦永衡情屈命不屈，别连累你们二位。我由后面跳墙出去，到刑廷衙门投案打官司。二位兄长设法把我内弟同敝贱内将他们送了走，叫他们逃命就是了，二位兄长就不便管我了。”陈孝说：“那如何使得？”杨猛说：“我到有主意。”陈孝说：“你有甚么主意？”杨猛说：“我同周堃每人拿一把刀，到花花太岁王胜仙家，见一个杀一个，见两个杀一双。你同窦贤弟二人，够奔刑廷衙门，刀刀斩尽，剑剑诛绝，把狗养的杀一个鸡犬不留根，咱们大反临安城。杀完了，闯出临安城，远远的找一座山，一当山大王，扯起旗来，招军买马，聚草屯粮，官兵要去了，咱们也不怕，反正已就就已就了。”陈孝说：“你别满嘴胡说，就凭我们四个人就要造反，那如何能行？你先别乱出主意，咱们看事做事。”

正说着话，只听外面一乱，有人打门。杨猛说：“你瞧，搜来了，我先拿他开刀。”陈孝说：“你别莽撞，待我出去跟他说着。瞧能用话把他们支走了更好，实在不行，那可讲不了。是福不是祸，是祸躲不过。”说着话，陈孝赶紧来到外面。一开门，见门外站定了无数的官兵。有两位本地面的老爷，一位姓黄，一位姓陈，都是将巾折袖，鸾带扎腰，箭袖袍，前后衣裳掖着，外罩红青跨马服，薄底官靴，胁下佩刀。陈孝一看，两位老爷都是熟人。陈孝故作不知说：“二位大老爷来此何干？”黄老爷说：“陈孝，咱们彼此都是老街旧邻，一辈又一辈子的交情，其实素常我们也知道你是安分度日的人。今天我们是奉京营殿帅的令，按户搜查越狱脱逃的大盗窦永衡，这是官事，没偏没向，不得不如此。你闪开，我们到里头瞧瞧罢。”这是跟陈孝有个认识透着，还有面子，要是到别的人家，没有这些话，带人就往里闯，叫搜也得搜，不叫搜也得搜。陈孝一听这话，说：“二位老爷且先等等进去，我有句话说。其实我在这方住了，也不是住了一天半天了，素常我也没结交过匪类，也没有乱招的朋友到我家来，大概你们老爷们也有耳闻。今天我到不是不叫你们众位进去搜，我这家里住着亲戚呢，有我两侄女，一个外甥女，在这住着，都是十八九岁，未出闺门的大姑娘。二位老爷带着官兵进去，叫我这几个亲戚姑娘抛头露面的，多有些个不便。二位老爷既是跟我陈孝有个面子，二位先带人到别处查去，少时我把这几个姑娘送走了，你们再来查。”二位老爷一听，说：“那可不行，这是官事，莫非你敢抗令不遵么？”陈孝说：“我也不能抗令不遵，二位老爷多关照吧，谁叫我家里赶上不便当呢。”二位老爷说：“陈孝，你家里隐藏着窦永衡呢？”陈孝说：“没有，二位这是从那说起？”黄老爷说：“既是你家里没有窦永衡，就满打有几位姑娘也不要紧，我们到里头瞧瞧，这有何妨呢？”说着话，就要推开陈孝往里走。此时杨猛早拿着刀，在二门里听着，心说：“那个囚囊的一进来，我先拿他开刀。”

正在这番景况，陈孝正跟二位老爷狡展之际，见由对面来了三乘小轿，有一个人骑着一匹马，来到陈孝门首，翻身下马。这人说：“陈爷，我们来接你侄女、外甥女来。”陈孝一听一愣，心里说：“我说住着侄女外甥女，是信口开河撒谎，怎么真有人来接来？”看这人是长随路的打扮，陈孝并不认识。陈孝也真是随机应变，当时说：“二位老爷，你瞧我不是说瞎话，是我家里有亲戚住着不是？人家来接了。二位老爷先候一候，等我侄女他们上了轿子走了，你们再搜，这可以行了。”黄老爷、陈老爷说：“就是罢。”陈孝同着这人，带着三乘小轿子来到里面。陈孝说：“尊驾是那来的？”这人说：“我是凤山街铁面天王郑雄郑爷叫我来接窦永衡。我这带来一封信，你看。”掏出信来，陈孝一看信，是济公的信。陈孝这才明白，赶紧叫窦永衡、周堃、周氏三个人上轿，把轿帘扣好，这人带着就走。轿子走后，陈孝说：“黄老爷、陈老爷，你们二位带人进来搜罢。”二位老爷带人这再搜，那还搜谁，自然是没有了。

黄老爷一想这个事，自己忖度了半天。这二位老爷也都是精明干练，在外面久惯办案，一见这三乘轿子来得诧异，先见陈孝不叫搜，说话言语支吾，脸上变颜变色的。这三乘轿子抬走了，见陈孝颜色也转过来了，说话也透着理直气壮了。二位老爷一想，这三乘轿子之内定有缘故，即派官人赶紧在后面跟着这三乘轿子，看搭到谁家去，给本地面官送信，勿论查过去没查过去，赶紧带人搜拿。官人答应遵令，在后面跟着。一看这三乘轿子搭到凤山街，进了一座路北的大门。官人一打听，是铁面天王郑大官人家。官人立刻到凤山街地面官厅一报，这本地面两位老爷，一位姓白，一位姓杨，官人到这一回禀，说："我们黄老爷、陈老爷派我跟下来，有三乘轿子由东街杨猛、陈孝家搭出来，搭到这凤山街郑大官人家去。我们老爷说，轿子里有情弊，叫我给老爷送信，赶紧去查去。"

白老爷、杨老爷一听，立刻带本汛官兵，来到郑雄门首，一道辛苦说："我们奉京营殿帅之令，按户搜查越狱脱逃大盗窦永衡，烦劳众位管家到里面回禀一声，我们要进去搜查。"家人郑福进去一回禀。郑雄原本前者有济公给他的信，叫他今天遣三乘轿子，到杨猛、陈孝家去接窦永衡夫妇、周堃，刚把三个人搭了来。家人进来回禀，说："本地面官带兵搜来了。"郑雄一听愣了，说："这可怎么好？"心里说："济公叫我把窦永衡接来，这要由我家搜了去，我落个窝主，这场官司我可打不了。"自己唬得半晌无语。窦永衡说："郑大官人不便着急，我是命该如此，别连累你老人家。我跳后墙出去，投案打官司就是了。"郑雄说："如何使得？济公既叫我把你们救来，我又焉能把你送入牢笼？"家人郑福说："奴才到有主意。官人仍叫他们三位上轿子，官人骑上马带着走，作为携眷出城上坟。大概他们也不能拦住轿子掀轿帘瞧看，各门上的老爷都跟官人有认识，只要混出城去，就好办了。"郑雄一想，言之有理，立刻叫人备马，把轿子搭进来，复又叫周堃、周氏、窦永衡上轿子。郑雄带着轿子，出来就上马。白老爷、杨老爷问："郑大官人上那去？"郑雄说："带家眷上坟。"说着话，郑雄催马同轿子就走。家人再叫白老爷到里面搜，那不是白搜么？白、杨二位老爷更有主意，一看这三乘轿子刚到郑雄家去，刚要来搜，复又把轿子搭出来说上坟，显然更有情弊，立刻派官人跟着，看出那门，给门汛老爷送信，务去搜轿子，别放出城。

见郑雄带着轿子够奔艮山门而来，焉想到来到艮山门，门汛四位老爷带官兵拦住要搜。大概轿子想要出城，势比登天还难。不知后事如何，且看下回分解。

第五十七回　佛法点化救英雄　途中逃难逢山寇

话说铁面天王郑雄，带着三乘轿子，够奔艮山门而来，心中真是提心吊胆。刚来到艮山门，一看城门关着，门汛官厅四位老爷由里面出来。这四位老爷，一位姓王，一位姓马，一位姓魏，一位姓赵，这四位老爷原本都跟郑雄认识。本来郑雄这个人，素常最好交友，眼皮是宽的，上至公侯，下至庶民，跟他认识的人甚多。今日四位该班老爷一看说："原来是郑爷，轿子里是甚么人，上那去？"郑雄说："轿子里是我的内眷，今天是祭祀日子，我要出城去上坟。烦劳众位老爷开开城，我要出城。"四位老爷一听，说："郑爷，今天可不比往天，平常也不关城，任凭来往人出人。今天有京营殿帅府的令，水旱十三门紧闭，查拿越狱脱逃的大盗窦永衡。此事关系重大，你轿子要出城，我们得掀轿门帘瞧瞧。其实咱们素常有交情，这个事官事官办。"郑雄一听，说："众位老爷这话不对，我姓郑的，大概你们众位也知道。我素常也不与匪类人来往，我这轿子还能隐藏奸细么？这轿子里都是小男妇女，众位要瞧，在大街上多有不便。”众老爷说：“郑爷你是明白人，我们是办的官事，这个承重，我们担不了。你要出城，不叫瞧，我们把你放出去，回头再有人，我们怎么办？叫你出去，不叫别人出去，岂不是有了偏向么？”郑雄说：“既是你们众位不瞧不叫出去，我回去不去了。”

四位老爷正与郑雄这里狡展，焉想到有凤山街的官人赶到说：“我们白老爷叫给众位老爷送信，这三乘轿子可别放出城去。原由东街杨猛、陈孝家搭出来，搭到郑雄家。我们老爷要查，郑雄又带着搭出来，其中可有缘故。”四位老爷一听这话，说：“郑雄你叫瞧我们也得瞧，不叫瞧我们也得瞧。”郑雄说：“我不能叫年轻的妇女在街上抛头露面的，我不去了，我回去就是了。”众位老爷说：“你回去，我们也得瞧。”郑雄说：“你们众位这就不对了。我出城，你们要瞧，怕带出奸细去。我回去，怎么你们还要瞧呢？”众位老爷说：“郑爷，你这三乘轿子里是谁？”原本头一顶轿子是周堃，第二是窦永衡，第三是周氏。郑雄说：“头一顶轿子是我敝贱内，第二顶轿子是我侄女，第三是我外甥女，都是年轻的少妇姑娘。”众老爷说：“有窦永衡没有？”郑雄说：“我也不认识窦永衡，那里来的窦永衡呢？”众老爷说：“既是没有窦永衡，我们瞧瞧也无妨。”郑雄说：“你们太不讲理，真是倚官仗势。”

正说着话，只见由那边“梯他梯他”，济公来了。书中交代，和尚由京营殿帅府大堂上，被秦相府的管家请到秦相府去。秦相一见，连忙让坐说：“圣僧因为甚么，刑廷陆炳文敢把你老人家锁去？”和尚说：“相爷要问我和尚，原本有点不白之冤。昨天我们庙里吊半零三钱应了一个接三，本家一锅冷饭，叫饶一台焰口。五位和尚念完了经，本家不给钱，说正座嗓子不好，驳文的不会驳，打和尚，把我们那四个和尚都打了，就是没打了我。我要跪刑廷告他，焉想到刑廷不讲理，把我锁了去。到了大堂上，陆大人他疯了，他把大盗黑面熊窦永衡给放了。”秦相一听，说：“窦永衡白沙冈断销劫银，杀死解饷职官，情同叛逆，我已然奏明圣上，呈请勾到，怎么他给放了？”和尚说：“现在他给放了么，大人不信，你派人打听去。”秦相说：“好。既是他给放了，我看圣上旨议下来，他怎么办？他真要把这案放了，那可是找着被参。暂且不便管他，圣僧，在我这里吃酒罢。”和尚说：“也好。”秦相立刻派家人擦抹桌案，把酒摆上。和尚喝了两三杯酒，站起来要告辞。秦相说：“圣僧忙甚么？喝完了酒再去。”和尚说：“我去瞧热闹去。现在刑廷他把窦永衡放了，他又派人传令，水旱十三门紧闭，按户搜查大盗窦永衡。”秦相说：“这事可新鲜。”和尚说：“他要自己捣乱么。”说着话，和尚告辞，出了秦相府，一直来到艮山门。

郑雄正跟门汛老爷在这里狡展，怕人家搜轿子。见济公来了，郑雄连忙说：“济公来了，你是出家人，你给评评这个理。”和尚说：“甚么事呀？”郑雄说：“我带着家眷，要出城上坟，他们众位老爷要搜轿子。我想在大街上，年轻妇女抛头露面的，多有不便。我说我不去了，他们说不去了也要瞧瞧轿子里甚么人。你想这事，他们众位太不讲交情了，有些不对罢？”和尚说：“不对，可是郑爷你不对。人家这是官事，你要不叫瞧，别位走到这里也都不叫瞧了。你想人家官事，还怎么办呢？”众老爷一听说：“大师父这是明白人。”郑雄一想，心里说：“济公这可是跟我玩笑，他叫我拿书信、轿子接的窦永衡，现在人家要搜，他到说这些话，这可是成心叫我打这场官司。”自己无法，说：“你们瞧罢。”

众老爷说：“头一乘轿子是谁呀？”郑雄说：“是敝贱内。”众人掀轿帘一看，是一位白胡子老头，连郑雄一瞧也愣了。众人说：“郑爷，你不是说这是你贱内么？”郑雄说：“你们没听明白，是我贱内的父亲。”众人说：“第二乘轿子是谁？”郑雄说：“是我侄女。"众人打帘一看,是一位老太太。众人说:"这是你侄女?"郑雄说:"是我侄女的姥姥。"又问第三乘轿子,郑雄说:"是外甥女。"打开一看,是一位老尼姑。郑雄说:"是外甥女的师父。"众老爷说:"郑雄,你这是成心打哈哈,轿子又没有年轻的妇女,又没有窦永衡,你故意戏要我们。开城放郑爷他们出去罢!"立时刻把城开了。三乘轿子连和尚一并出了城,来到郑雄的阴宅。周堃、窦永衡、周氏下了轿子,过来给济公行礼。窦永衡说:"圣僧,你老人家真是佛法无边,搭救弟子再生。我窦永衡但得一地步,必报答你老人家的厚恩。"和尚说:"郑雄,你送给他三匹马,一把佩刀,叫他三人逃命去罢,远走高飞,将来你我还有一面之缘。"窦永衡又谢过郑雄,这才同周氏、周堃三人告辞。郑雄说:"你们二位打算奔那去呢?"窦永衡说:"我也无地可投。"周堃说:"我打算同我们舍亲,暂为投奔一个朋友处安身。"说罢,拱手作别。

三个人上了坐骑,顺大路往前走,也没有准去处。道路之上饥餐渴饮,晓行夜宿。这天,往前走,天色已晚,有掌灯的景况。三匹马正往前走着,眼前是山口,"呛啷啷"一棒锣声,出来了这几个人,都是花布手巾缠头,短衣裳小打扮,各拿长枪大刀,短剑阔斧,把去路阻住。有人一声喊嚷:"此山是我开,此树是我栽,有人从此过,须留买路财。牙缝说半个'不'字,一刀一个土内埋。"又说:"对面的绵羊孤雁,趁此留下买路金银,饶尔不死。如要不然,要想逃生,势比登天还难。"周垫一看,对面有了截路的,赶紧往前一催马说:"对面的朋友请了!在下姓周名堃,原本是北路镖头。今天同我的舍亲由此路过,烦劳众位回禀你家寨主,就提我周堃今天不能上山去拜望,暂为借山一行,改日再来给你家寨主请安。"众喽兵一听,说:"原本尊驾是北路的镖头周爷。尊驾在此少候,我等回禀我家寨主一声。"

说着话,有人往山上飞跑。工夫不大,就听山上"呛啷啷"一棒锣声,来了有二百余人,各掌灯球火把,亮子油松,照耀如同白日一般。周堃抬头一看,为首有三骑马,当中一匹红马。骑马这人,头上戴宝蓝缎扎巾,蓝箭袖,黄脸膛,押耳黑毫,胁下佩刀,马的得胜钩挂着一条枪。上手一匹黑马,这人穿黑褂皂,黑脸膛,也是挂着一条枪。下手一匹白马,这人穿白爱素,白脸膛,得胜钩上也挂着枪。三位寨主来到近前,把马一绷,问:"对面来者何人?"周堃说:"我乃北路镖头铁头太岁周堃,今日同我的舍亲由此路过,要借山一行,改日再谢。"这位黄脸的大寨主说:"令亲是那位?"周堃说:"我姐丈打虎英雄黑面熊窦永衡。"

三位寨主一听,"呀"了一声,说:"原来是窦大哥。"赶紧三人翻身下马,上前行礼。不知三位寨主是准,且看下回分解。

第五十八回 翠云峰英雄落草 陆刑廷献媚欺人

话说周堃一提说打虎英雄黑面熊窦永衡,三位寨主赶紧翻身下马,上前行礼,说:"原来是窦兄长,久违少见。"窦永衡一见这三位寨主并不认识,连忙答礼相还说:"三位寨主贵姓?我可实在眼浊。"三位寨主说:"窦大哥是贵人多忘事,请至山寨一叙。"窦永衡说:"三位到是谁呀?"这位黄脸的说:"提将起来,你我不是外人,此地亦非讲话之所,请上山寨去再谈。"窦永衡也不好不去,随同大众上山。

来到大寨门一看，这座大寨房子不少，进了头道寨门，马匹交与从人，一直来到分赃聚义大厅落座，有手下人献上茶来。周堃说："未领教三位寨主尊姓？"这黄脸瞠的说："在下你我是五百年前一家人，我也姓周，名叫虎，有个小小的外号，人称笑面貔貅。这是我两个拜弟。"用手一指那位黑脸的说："他叫铁背子高珍，那位白脸的叫黑毛虿高顺，这座山名叫翠云峰。窦兄长，你们这是从那里来？"

周堃说："别提了，我姐丈在临安城寄居，无故遭了一场不白之冤的官司，幸亏遇见一位高僧，将我等救出龙潭虎穴。我打算同我姐丈投奔一个朋友去，由此路过，遇见三位寨主，不知三位寨主怎么认识我姐丈？"周虎说："我弟兄三人，在此久候多日，奉上命委派我等在此。久闻窦兄长威名远震。今幸得会，真乃三生有幸。前者我们派人请过窦大哥两次，没找着住处。今天在此巧遇窦大哥、周贤弟，你们二位都别走了。"窦永衡说："你们几位在此占山，怎么还有上司么？"周虎说："我们在此占山，原本是所为招聚天下的英雄，将来我们都是开国大将军之职。"窦永衡说："三位原是大宋国的将军么？"周虎说："到不是大宋国的官，我们有一位祖师爷叫赤发灵官邵华风，他有一宗宝贝，名曰乾坤子午混元钵。他老人家能掐会算，善晓过去未来之事。在常州平沙江当中有一座山，叫卧牛矶。山上有一座庙，叫慈云观。现在那庙里有前殿真人、后殿真人、左殿真人、右殿真人，有绿林人五百多位，要设立薰香会，大众都在那庙里作落脚。窦大哥你们别走了，就在我这山上住着。我们给慈云观祖师爷去一封信，听候祖师爷的回音。你们帮助我等共成大业，将来亦可以得个一官半职的，好不好？"

窦永衡一想："暂时也无处可去，只可先在这里住着罢。"当时也就应允了。周虎派人单给窦永衡夫妇打扫出一所房子来，叫他住，有婆子人等伺候。周堃也在这山上住着。笑面貔貅派人给慈云观去了一封信。终日五位寨主在一处盘桓，光阴荏苒，日月如梭，过了些日子。

这天众人正在大厅谈话，窦永衡提起在临安城受了王胜仙的挫辱，深为可恨。周虎说："不要紧，将来你我成了事，就可以报仇。"正说着话，由外面跑进一个喽兵来说："报！回禀众位寨主，山下现有临安城京营殿帅陆炳文卸任回家，由山下经过。我等出去把驮轿车辆截住，他拿了一个名片子，他说拜望寨主，要借山一行。"笑面貔貅周虎一听，说："高贤弟，你们谁认识京营殿帅陆炳文？"高珍、高顺俱在摇头说不认识。周虎又问："窦兄长可认识？"窦永衡一听是陆炳文，立刻气得颜色更变说："三位寨主有所不知，这位陆炳文跟我仇深似海。我在临安就是他买盗攀赃把我入了狱，把我妻子诓了去，给花花太岁王胜仙送了去，几乎我一家被害。要不是济公救我，我等全皆死在他的手内。济公早都告诉我，他是我的仇人。今日既是他来，我焉能跟他干休善罢？既是你们三位不认识这个陆炳文，今天活该我报仇雪恨。"当时拿起一口刀来，往外够奔。

书中交代，陆炳文怎么会来到这里呢？这内中有一段缘故。只因前者陆炳文把窦永衡放了，自己明白过来，再派人搜拿，也没拿着。自己一想："这事已然奏明了皇上，这如何担得了？"赶紧坐轿来到秦和坊王胜仙的住宅。一求见，王胜仙把他让到书房，陆炳文给王胜仙一行礼说："老师得救我，门生遭了事了。"王胜仙说："贤契有甚么事？慢慢说。"陆炳文说："现在白沙冈抢劫饷银之窦永衡越狱脱逃，这件事已然奏明了圣上，求老师爷得护庇门生。"王胜仙一听，勃然大怒说："窦永衡是我的仇人，你不知道么？火烧了合欢楼，把我的美人也给烧死在内，我落了个人财两空。你单把他放了，等着他拿刀来跟我拼命，这个事你还叫我护庇你？他要来找我报仇，谁护庇我呀？你自己办的好事，你自作自受，我也没法。你请回去罢。"

陆炳文碰了一个大钉子，自己无法，只得告辞。坐着轿子正往回走，打算回衙门再设法托人情。坐着轿正往回走，偶然见大道旁站着一个美人，真是千娇百媚，如花似玉。陆炳文偶然心中一动，自己一想，王胜仙最爱美色，要求他的事，非得送给他美人，可以买动他的心。想罢，赶紧吩咐住轿，问："旁边站着甚么人？"当差人说："没有人，就有一个卖画的。"陆炳文定睛一看，原来是挂着一个轴画，上面画的一个美人图，猛一看真似活人一般。旁边站着一个卖画的，是一位儒流秀才打扮，俊品人物。陆炳文连忙叫把卖画的人叫到近前，陆炳文说："你这轴美人卖多少钱？"这人说："大人要买，不敢多要钱，大人给一百银子罢，少了也不卖。"陆炳文说："一轴画怎么值这些银子呢？"这人说："我这画卖的是工夫钱，货卖识家明公。我这画阴天不画，下雨不画，刮风不画，大寒大暑不画。每逢天气晴和，还得人高兴，神清气爽之时，拿起来画两笔，微有一点不高兴就不画。这轴画画了一年多的工夫，才能够有神，故此少了不卖。"陆炳文说："先生贵姓？"这人说："我姓梅，双名成玉。"陆炳文说："你是那里人氏？"梅成玉说："我原是镇江府人氏。"陆炳文说："你来京何干呢？"梅成玉说："只因我家中父母双亡，带着小妹来京，有两家亲戚，所为多有个照应。现在青竹巷二条胡同寄居，我兄妹就指着画画度日。"

陆炳文心中一想："每逢画画必随人，五官必随人一官。看梅成玉他的相貌清秀，大概他妹妹也许长得好。"想罢，说："先生你把画卷起来，跟我到衙门去。"梅成玉就拿着画，随同来到京营殿帅衙门。把梅成玉让到书房，陆炳文又问："先生，你家中共有几口人？"梅成玉说："就是我兄妹二人。"陆炳文说："先生，令妹也会画么？"梅成玉说："也会画。"陆炳文立刻叫人平了一百银子，交与梅成玉。陆炳文说："先生，你把你的住脚留下，一半天我还要找你画几条屏。"梅成玉心中很欢喜，留下住脚，告辞走了。

陆炳文次日一早，派了一个婆子，拿着两包点心，交给婆子几句话，叫婆子坐小轿，够奔青竹巷二条胡同来。一打听画画的梅先生住家，打听明白，来到门首下了轿。一打门，梅成玉正同他妹妹碧环在家中说话，听外面打门，梅成玉出来一看是一位仆妇。梅成玉说："找谁？"仆妇说："我是京营殿帅陆大人衙门的，只因我们大人昨天买先生一轴画，我们夫人瞧见很爱，叫我来找先生，还要画几样画。我到你家里扰个坐。"梅成玉一想："是个仆妇，让进去有何妨呢？"立刻把仆妇让到里面，碧环姑娘自然也见着了。仆妇一看这位姑娘，卓然是貌似天仙。陆炳文所为派仆妇来看看姑娘，如果美貌就便把梅成玉请了去，如果姑娘长得平常，就作为罢论。婆子一看姑娘，真是千娇百媚，这才说："我们大人叫我来请先生到衙门去面谈，还要画多少样的，我也说不清楚。先生亲身去见了我们大人说好了，就把定银带来了。"

梅成玉一想甚好，当时随同仆妇，来到刑廷衙门。焉想到无故生出一场是非。不知后事如何，且看下回分解。

第五十九回　梅成玉急中见表兄　点白犬耍笑惊奸党

话说梅成玉同着仆妇来到刑廷衙门，仆妇先进去一回禀。陆炳文赶紧把梅成玉让到书房。今天分外透着恭敬，说："先生请坐！"梅成玉一想，我一个穷儒，刑廷大人这样谦恭？自己到觉着发毛。坐下一谈话，陆炳文说："先生今年贵甲子？"梅成玉说："小生今年二十七岁。"陆炳文说："听说先生家中有一位令妹，可曾有了婆家？"梅成玉说："到没有婆家。"陆炳文说："既是令妹没有婆家，这到是天缘凑巧，我给你保一门亲罢。现在火理寺正卿花花太岁王大人，新失的家，尚未续室，我给你保这门亲到是甚好。"梅成玉也来到临安住了好几个月，向有耳闻，知道王胜仙乃是本地的恶霸，赶紧说："小生乃一介穷儒，不敢仰视高攀，大人不必分心了。"陆炳文说："先生，你到别推辞，这门亲你我都找不着。王大人乃是当朝秦丞相的兄弟，他是我的老师，将来过了门，论起亲戚来，你还是我舅舅呢！"梅成玉心里说："我不给你当舅舅，恐怕多挨骂。"连忙说："大人分心，我领情。这件事我也不能自主，还得回去跟小妹商量商量。"陆炳文说："不用商量，你不愿意也得愿意。来，拿二百银子来，你带了去，作为定礼，也不便打首饰，择吉日就娶。你请回去听信罢，这件事我给作了主。"梅成玉不拿银子不行，勒令叫他拿着。梅成玉无奈，拿着二百银子回了家。

一见姑娘，梅成玉说："妹妹，你快把细软东西收拾收拾，你我快逃走罢。我去雇船去。"姑娘说；"呦，哥哥甚么事这样慌张？"梅成玉说："我也不便告诉你，没有工夫，你快收拾，我去雇船去。"

说着话，由家中出来，焉想到刚走到东胡同口，这里有两位班头带着十个伙计，在这里扎着。众官人一见梅成玉，大众说："梅先生你那去？我等奉京营殿帅之令，在这里把守，你要打算逃跑，那是不行。你要走可以，可得把家眷留下。"梅成玉一听就愣了，自己想着要跑，焉想到陆炳文早派人看上了。自己拨头又往西走来，到西胡同口一看，也是两位班头十个伙计把上。梅成玉一看，心中真急了，这便如何是好？自己正在发愣，只见对面来了一人，说："贤弟，为何在此发愣？"梅成玉一看，说："表兄，你来了好，我这里出了塌天大祸。"

书中交代，来者这人非是别人，正是探囊取物赵斌。原本赵斌的母亲是梅成玉的姑母，这两个人是表兄弟。赵斌一看梅成玉这样惊恐，问："贤弟甚么事？"梅成玉说："到我家再说。"二人一同来到梅成玉家中。赵斌说："贤弟因为甚么？"梅成玉说："我卖画卖出祸来了。"赵斌说："怎么？"梅成玉就把陆炳文勒令说亲之故，如此这般一说，现在要跑也跑不了啦，东西胡同俱有官人扎上，见长你给我出个主意罢。赵斌一听，把眼一瞪。说："好狗娘养的，终日抢人害人，欺负到你我兄弟的头上！我拿把刀到京营殿帅府，见一个杀一个，然后连王胜仙全都把他们杀了，方出我胸中恶气。"梅成玉说："兄长这话不行，你一个人焉能反得了？京营殿帅有多少兵，你就满打算杀一个杀两个，叫人家把你拿住，更糟了。再说你又无三兄四弟，不但你救不了我，你再有个差错，那时姑母她老人家怎么办？兄长总得想个万全之策才好。"赵斌愣了半天，自己一想，说："我有主意了。"梅成玉说："兄长有甚么高明主意呢？"赵斌说："我有个师父，乃是灵隐寺济公活佛。他老人家能掐会算，善晓过去未来之事。你我兄弟去请他老人家来，给出个主意罢。"梅成玉说："也好。"二人这才赶紧站起身往外走。

由打家中出来，往前走了不远，偏巧见济公由打对面一溜歪斜，脚步踉狂，梯拖梯拖来了。赵斌一看说："这可是活该，济公他老人家来了。"连忙赶奔上前行礼说："师父在上，弟子有礼，我正要去找你老人家去。"和尚说："赵斌你起来，不便行礼。"赵斌说："贤弟，你过来见见，这就是我师父济公。"梅成玉一看和尚褴褛不堪，心中有些瞧不起，过来给济公作了个揖。赵斌说："师父，这是我表弟梅成玉。"和尚说："你要找我甚么事？"赵斌说："师父，跟我到我表弟家里去说。"和尚说："也好。"这才同着梅成玉、赵斌，来到梅成玉家中。让和尚在堂屋落座，赵斌说："师父，你大发慈悲罢，我表弟出了塌天大祸。”和尚说：“你不用说，我都知道。你们两个人快到屋里瞧瞧罢，屋里这个乱还大。”

赵斌、梅成玉一听这话诧异，连忙赶到里间屋中一瞧，碧环姑娘上了吊了。原本方才梅成玉在外间屋跟赵斌说话，姑娘听明白了。姑娘一想，别为我连累我哥哥，莫若我一死到好，故此梅成玉同赵斌出去要找济公，这个时节姑娘上了吊。幸亏工夫还不大，梅成玉赶紧把姑娘救下来，慢慢呼唤，姑娘悠悠气转。梅成玉说：“贤妹，你不可这样想不开，你我兄弟亲丁两个，你要一死，剩我孤身一人，我也无依无靠。现在有表兄请了灵隐寺济公活佛前来，他老人家必能救你我兄妹，贤妹你不可再胡思乱想。”姑娘自己一听这话，心中一惨，二目落泪。和尚说：“梅成玉、赵斌，你二人出来。”赵斌说：“师父怎么样？”和尚说：“梅成玉你赶紧去到京营殿师府见了陆炳文，你就提跟你妹妹商量好了，跟他要白银千两，一头真金首饰，裙衫衬袄，要上等高摆海味席。给这个东西，当时送来，今天晚上就叫他轿子搭人。不给这东西，可不能把姑娘给他。”梅成玉说：“师父这话倘若他都应允，把东西给了，拿轿子来搭人，那便如何是好？”和尚说：“不要紧，你只管去。他给了东西，轿子来自然有人上轿子。”梅成玉说：“谁上轿子呀？”和尚说：“我看院中不是有一条白狗么？就叫它上轿子。”梅成玉说：“那如何能行？”和尚说：“你就别管，我保能行。”赵斌说：“贤弟，师父叫你去你就去。师父他老人家神通广大，法术无边，他自有道理。”

梅成玉半信半疑，自己这才起身出去。走到胡同口，众官人说：“梅先生那去？”梅成玉说：“我到京营殿帅衙门见陆大人去。”众官人说：“是，先生请罢！”梅成玉一直来到刑廷衙门，往里一回话，陆炳文吩咐赶紧有请。把梅成玉让到书房，问：“先生来此何干？”梅成玉说：“我回家跟我妹妹一商量，他到愿了意，可得要一千银子，一头真金首饰，要一套裙衫衬袄，一桌上等高摆海味席。把这东西送了去，今天晚上就叫王大人拿轿子搭人。要不给我银子，那是不行。再说过门之后，他是豪富人家，我没有钱，这个亲戚也走动不了。不给我这些东西，这件事作为罢论。”陆炳文一听，心中甚为喜悦，说：“只要你愿意，要银子东西现成。先生你回去，随后我派人将银子、衣服、首饰、酒席就送了去。”梅成玉这才告辞。回到家中说：“师父，陆炳文都答应了。”和尚说：“好。”

话言未了，有人把银子东西俱皆送到。和尚说：“摆上酒，咱们喝酒。”梅成玉说：“师父，少时轿子可就来。”和尚说：“你先去买四个叉子火烧，半斤咸牛肉来，我给白狗吃上轿子饭。”梅成玉立刻到外面把火烧牛肉买来。和尚说：“家里有红头绳、胭脂粉没有？”梅成玉说：“有。”和尚说：“拿来。”立刻把四个火烧拿上，每个夹上牛肉二两。和尚说：“赵斌，你先去到钱塘关雇一只船，预备好了。梅成玉你赶紧把家中细软的东西收拾收拾，回头我打发白狗上轿子一走，随后赵斌你送你表弟、表妹逃走。要不然白狗一现了原形，他必要来不答应。”赵斌点头答应，和尚这才把白狗一招手叫过来。

罗汉爷这才要施佛法，大展神通，点化白狗变人，报应王胜仙。不知后事如何，且看下回分解。

第六十回　娶美人白狗闹洞房　丢官职狭路逢山寇

话说济公禅师把白狗叫过来，把四个火烧给白狗吃了，白狗摇头摆尾，前蹿后跳。和尚拿红头绳把白狗的两个耳兜拴上，又用红头绳把白狗的嘴一系，拿胭脂粉给白狗脸上一抹，把裙衫衬袄给白狗一穿，把红绣鞋给白狗后爪一穿，和尚口念："唵嘛呢叭㖿吽！"用手一抹白狗的脸，和尚说：

你遍体白毛乌嘴，摇头摆尾发威。昼防门户夜防贼，主人寒苦不悔。善犬永不乱吠，今夜同入香闺。贫僧点化你变娥眉，要你报应花花太岁。

和尚用法术点化了白狗。赵斌、梅成玉再一看，白狗坐在那里，真是变了一个千娇百媚的美人。赵斌、梅成玉二人喜出望外。赵斌先出去到钱塘关把船雇好，回来同和尚开怀畅饮。直喝到天有掌灯以后，只听外面鼓乐喧天，花轿来了。

书中交代，陆炳文给梅成玉派人送了银子去，随后他坐轿拿着美人图，到王胜仙家去。一见王胜仙，陆炳文说："老师大喜！"王胜仙自从火烧了合欢楼，他只当把美人烧死，心中实深想念，并无一刻忘怀，烦得了不得。今天听陆炳文一来说大喜，王胜仙说："我喜从何来？"陆炳文说："门生我给老师访着一个美人，已然说妥。这位姑娘有自己画的行乐图喜容，老师请看这轴画，跟人一般不二。"王胜仙打开美人图一看，说："世上那有这样的美人？"陆炳文说："现在就有，我都给老师办妥了，乃是青竹巷二条胡同梅成玉的妹妹，定规今天晚上，拿轿子就娶。老师娶过来，一见就知道了。"王胜仙他本是酒色之徒，一听这话，说："贤契，你这样替我劳神，我实在抱愧。"陆炳文说："只要老师能护庇我把窦永衡放了，别丢官罢职就得了。"王胜仙说："那到是小事一段，好办，好办！来人摆酒！"同陆炳文开怀畅饮，一面遣家人即刻找花轿娶亲。只要有钱好办事，少时俱皆齐备，悬灯结彩，鼓乐喧天，花轿奔青竹巷二条胡同来了。

和尚先安置好了，见花轿到门口，和尚把门关上，叫吹打吹打，外面就吹打。和尚说："吹大开门、工尺上、柳青娘、扑粉蝶。"和尚说："完了，要喜包。"要了无数的包，和尚这才跑进来，叫梅成玉说："新人上轿，轿子堵门口上，忌生人。"轿夫答应，把轿子搭到门口。和尚搀白狗上了轿。有和尚的法术，治得白狗也不能动，在轿子里坐着，吹吹打打，搭着轿子，来到王胜仙家。有婆子掀帘把白狗搀下轿，王胜仙一看，果然是美人，真白，脚底下真小。拜了天地，王胜仙喜悦非常，一坐帐，桌上摆着成席的酒，大家让新人吃。新人也不言语也不吃，大众瞧着是美人。白狗也是被和尚法术治得要动也不能动，瞧这一屋子的生人，它这气大了。摆着一桌子吃的，也张不开嘴，白狗净生气。直到天有二鼓以后，陆炳文说："老师请入洞房罢，少时门生也要回去，明天再来道喜。"王胜仙来到屋中一瞧，美人坐着也不言语。婆子要给新人脱衣裳，过来刚一解钮子，把白狗捆嘴的绳儿碰掉了。王胜仙这个时节说："婆子你等去罢。"婆子都退出来。王胜仙赶过去，说："美人你不必害臊，这乃是人间大道理，你我是夫妇。"说着话，这小子淫心已动，过去一搂白狗，他要跟白狗亲嘴。本来白狗正有气呢，照定王胜仙脸上一嘴，把王胜仙的鼻子咬掉了。白狗也现了原形，把衣裳连咬再撕，往外就跑。王胜仙疼得乱滚，说："狗精！"家人唬得也都跑了，也没人敢拦狗。

狗跑之后,才有人把王胜仙的鼻子头捡起来,趁热血给他粘上,再找陆炳文。陆炳文早听见说,跑回衙门,派人再拿梅成玉,已剩了空房子。王胜仙这件事也瞒不住了,大众都说这是陆炳文的奸计,安心陷害王胜仙。这件事一回禀秦相,秦相勃然大怒,说:“本来我兄弟就无知,陆炳文他还引诱他,这断深为可恨!”秦相递折本一参他,说他放走了大盗窦永衡,捕务废弛,行同市侩,有玷官箴,任意胡为。圣上旨议下,将陆炳文即行革职,永不叙用。陆炳文虽然革了职,这一任刑廷,他总剩十万八万的银子。他自己带着夫人、少爷、小姐,打点行囊褥套,雇驮轿车辆,由临安起身,回归南京。这天驮轿车辆正往前走,走在翠云峰山下,忽然出来数十个喽兵,把去路挡住,一声喊嚷:“对面的绵羊孤雁,趁此留下买路金银,放尔逃生。如要不然,叫你等人财两空。”陆炳文一想,赶紧催马往前走,拿了一个名片子,说:“你们寨主贵姓?”喽兵说:“我们大寨主叫笑面貔貅周虎。”陆炳文说:“劳众位驾,拿我的名片子,就提我是京营殿帅陆炳文,卸任归家,特意绕道来给你寨主请安,就提我要借山一行。”喽兵拿着名片到山上一回禀,周虎、高顺、高珍三位寨主彼此盘问,都不认识。

窦永衡一听是陆炳文,不由怒从心上起,恶向胆边生,说:“三位寨主既不认识,这可活该,陆炳文是我的仇人,该当今天报仇雪恨。”说着话,窦永衡抄起一把刀来,就要往山下奔。笑面貔貅周虎说:“窦兄台且慢,你跟他有甚么仇,你细说说。”窦永衡就把临安被他所害之故,从头至尾一说。周虎说:“既是你跟他有这样仇,你到不必下山杀他,杀了他,他一死也就算完了,那也不算报仇。我到有个主意,也不便要他的命,我下山把他让上山来,用好言把他安慰住了,我三个人就说送他一程,把他押到慈云观,送到祖师爷那里去。把他的妻子女儿,叫祖师爷爱给谁给谁,祖师爷那里有乾坤所妇女营。把陆炳文留在那里,叫他伺候众人,没事就打他一顿,零碎挫辱他,比杀他甚好。山寨就烦你们二位给照料,我弟兄三人回头就把他送了走。”窦永衡一想也好,说:“我见他不见?”周虎说:“你就不便见他了,我下山去见他。”说罢,周虎同高顺、高珍三人一同下山。

陆炳文正在这里着急,周虎来到近前,说:“原来是大人驾到,小可未曾远迎,当面恕罪。”陆炳文赶紧说:“寨主在上,我陆炳文有礼!今日借山一行,改日必来答谢。”周虎说:“大人今天既来到敝山,请至山上一叙,大人必须赏脸。”陆炳文心中是害怕,又不敢说不去。三位寨主立刻派喽兵牵马上山,同陆炳文来山寨之内,分宾主落坐。陆炳文说:“未领教三位寨主尊姓?”周虎三人各通了名姓,赶紧吩咐摆酒,款待陆炳文。周虎说:“大人这是从那来?”陆炳文说:“我是由临安城要回金陵上元县。”周虎说:“今天你我一见有缘,回头我弟兄三人送大人一程。”陆炳文说:“不敢劳烦各位寨主这样分心。”周虎说:“大人不必太谦,我三人是要送的。”吃喝完毕,这三位寨主带着一百喽兵,送陆炳文走下了翠云峰,就奔常州府慈云观去了。

这山上就剩下窦永衡、周堃二人照料山寨的事情。周堃说:“姐丈,这一来陆炳文可遭报应了,总算他是害人反害已。现在你我弟兄还是这样。”窦永衡说:“虽然你我报了仇,但只一件,咱们本是安善良民,守分百姓,被事所挤,挤得无奈,现在也占山落草为寇。终归你我还得想主意,这总不是常法。”弟兄二人就在山中过了有五六天。

这天忽然有喽兵上山来报:“回禀寨主,现在山下有一人,堵着山口大骂,要走路的金银,如不给送下山去,杀上山来,杀个鸡犬不留。”窦永衡、周堃想:“这事可太难了,人家当山大王,讲究断路劫人。这到有人来找山上大王要银子,真是欺我太甚!”

二人立刻抄兵刃,翻身上马,带领喽兵,撞下山来。不知山下要走路金银之人是谁,且看下回分解。

第六十一回 醉禅师书写忠贤祠 假道姑掐花盗婴胎

话说窦永衡、周堃二人气哼哼来到山下一看，二人赶紧翻身下马，上前行礼。山下非是别人，正是济公禅师。二人上前行礼说："原来是圣僧，你老人家从那来?"和尚说："我由临安城要上江阴县去。"窦永衡说："师父，你老人家上山罢!"和尚说："我不上山，你二人在这当山大王那?"窦永衡说："我二人无地可投，暂为借山栖身。"和尚说："窦永衡你附耳过来，如此这般这等这样。"窦永衡点头答应说："师父，给你带点盘费。"和尚说："我不要，有钱花，我要走了。"和尚告了辞往前走。

这天和尚来到江阴县地面，眼见一座村庄，村口外那里围着许多的人。和尚刚来到近前，内中有人说："和尚来了，我们领教领教和尚罢。大师父请过来!"和尚说："众位甚么事?"内中有人说："我们这座村庄，有七八十户人家，有三四辈人，没有一个认字的，都是目不识丁。"大众说："这个事真怪，许是我们这村庄犯了甚么毛病了。请了一位瞧风水的先生一看，他说我们不供文武圣人之过，供奉文武圣人，就有了文风了。我们村庄公议修了一座庙，是关夫子？孔圣人？我们大家为了难了。有些说是关公庙罢，又有孔圣人；尽说圣人庙，又有关夫子。这个匾没法起名，和尚你给起个名，大概你必能行。"和尚说："我给起名就叫忠贤祠罢。"大众一听说："好，还是和尚高明！你会写字，就求你给写块匾行不行?"和尚说："行。"立刻拿了笔来，和尚就写。写完了忠贤祠的匾，大众说："大师父，你给写一副对子。"和尚说："可以。"提笔一挥而就，上联是："孔夫子，关夫子，二位夫子。"下联是："作春秋，看春秋，一部春秋。"大众一看，书法甚佳，文理兼优，无不齐声赞美。众人说："大师父，再求你山门上写一副对联。"和尚提笔写起，山门上写的是："天雨虽宽，不润无根之草；佛门广大，难度不善之人。"

和尚写完了，众人说："这位大师父写得这么好，你怎么落的这样寒苦？这样脏呢?"和尚说："众位别提了，我是叫媳妇气的。"大众说："怎么叫媳妇气的?"和尚说："我娶了个媳妇，过了没有十天，我媳妇跟人家跑了。我找了半年，把他找回来了。"众人说："那就不要他了。"和尚说："我又要了，跟我在家过了一个多月，他尽招和尚、老道往家里跑。我说他爱和尚，我睹气做了和尚，我媳妇又跟老道跑了，气得我各处找他，找着我决不能饶他。"众人说："你媳妇既跑了，你就不用找他了。你已然是出了家，就在我们这忠贤祠住着罢，我们给你凑几十亩香火田，有你吃的。你在庙里教书，给你凑几个学生，你自己一心修行，好不好?"和尚说："不行，我得找他去。"说着话，和尚一抬头说："这可活该，我媳妇来了。"

大众抬头一看，由对过来了一位道姑，长得芙蓉白面，脸似桃花，手中拿着一个小包裹。和尚过去，一把手将道姑揪住，说："好东西，你跟老道跑了，你当了道姑了？我娶了你，不跟我过日子，我找你这些日子，今日可碰见你了。道姑说："呦，你们众位快给劝劝，我本是自幼出家，我也并没有男人，和尚是疯子，他满嘴胡说。"众人就赶过来劝劝，说："到是怎么一段事?"和尚说："他是我媳妇，他跟老道跑了，他当了道姑了。"道姑说："你们众位听和尚他是那的口音？我是那的口音？和尚他是疯子。"众人过来说："和尚一撒手，叫他去吧。"和尚说："不行。"大众好容易把和尚拉开，道姑竟自去了。和尚说:"你们大众把我媳妇放走了,你们就得赔我媳妇。"众人都以为和尚是疯子,众人说:"咱们给和尚凑几串钱罢。"大众给和尚凑了两串钱,说:"大师父你去吃点甚么罢。"和尚拿着两串钱,说:"我再去找罢。"

说着话,和尚扛着两吊钱,往前走。来到江阴县城内十字街,见路北里有一座卦棚,这位先生正冲盹呢。本来这位先生也是不走运气,由大早晨出来就没开张,人家别的卦摊拥挤不动,抢着算卦,他这里盼得眼穿,连一个人都没有。先生正冲盹,就听有人说:"来一卦。"先生一睁眼,只打算是算卦的,睁眼一瞧不是,是人家买一挂红果。先生赌气,又把眼闭上。刚一闭眼,和尚来到近前说:"辛苦,算卦,要多少钱?"先生一抬头说:"我这卦理到好说,每卦十二个钱,你要算少给两个罢,给十个钱。"和尚说:"钱到不少,你给我算一卦,算着我请你吃一顿饭,算不着我把你告下来,我们两人打一场官司。"先生说:"我给你算着,你也不必请我吃饭,算不着我也不跟你打官司。"和尚说:"也好,你给算吧。"先生说:"你抽一根签吧。"和尚说:"不用抽,就算一个子罢。"先生说:"那不行,这是十二根签,是子、丑、寅、卯、辰、巳、午、未、申、酉、戌、亥,你说子不行,你得抽出来才算呢。"和尚说:"我抽也是子。"先生说:"那不能。"和尚说:"你瞧。"用手一抽,先生一看,果然是子,说:"和尚你嘴到灵了。"先生拿起卦盒刚要摇,和尚说:"你不用摇,就算个单罢。"先生说:"不摇那不行,分为单、策、冲、交。"和尚说:"你摇也是单,不摇也是单。"先生不信,拿起卦盒一摇,到出来果然是单。和尚说:"你就摆六个单罢。"先生说:"那能净是单。"和尚说:"你不信你就摇,枉费事!"先生连摇了五回,都是单,赌气不摇了,摆上六个单说:"这是六冲卦,离而复合。和尚你问甚么事?"和尚说:"我媳妇丢了,你算算找得着找不着?"先生说:"按这卦说,找得着。"和尚把两吊钱往摊上一扔,和尚说:"我要找着我媳妇,两吊钱给你,我不要了。找不着我媳妇,我跟你要四吊,我还把你告下来,我们打一场官司。"先生唬得说:"你也别告我,我也不要你这两吊钱。"

和尚说着话,一抬头见那道姑又来了,和尚说:"先生真灵,我媳妇来了,这两吊钱送给你罢。"说罢,和尚赶上前,一把将道姑揪住,说:"你这可别跑了,你是我媳妇,不跟着我,跟老道跑了,那可不行!"道姑说:"你这和尚,疯疯癫癫,满嘴胡说。我跟你素不相识,你为何跟我苦苦作对?"和尚说:"我们两人就是打官司去。"道姑说:"打官司就打官司。"正说着话,对面来了两个班头,说:"和尚,你们二位打官司么?"和尚说:"打官司。"班头抖铁链就把道姑锁上。道姑说:"二位头儿,你们这就不对,我又没犯了国法王章,就满打我跟和尚打官司,怎么单锁我不锁和尚呢?"班头说:"我们老爷这里有规矩,要有道姑跟和尚打官司,单锁道姑不锁和尚。"道姑一听这话,透着新鲜,其实不是这么一段事,皆因江阴县本地面出了两条人命案,老爷正派差人拿道姑呢。江阴县有一位班头,姓黄名仁,他有个兄弟叫黄义,开首饰铺,弟兄分居另过。这天黄仁要下乡办案,家中就有妻子吴氏住着,独门独院,三门北房。黄仁要出去办案,得四五天才能回来,临走之时,找他兄弟黄义去,黄仁说:"我要下乡去办案,这三两天不能回来,你明天给你嫂子送两吊钱日用,我回来再还你。"黄义说:"哥哥你去罢。"黄仁走后,次日黄义带了两吊钱,给嫂嫂送了去。来到黄仁家中一看,在他嫂子家中,坐着一个道姑,二十多岁,芙蓉白面。黄义就说:"嫂子,我哥哥不在家,你在家里招三姑六婆,有甚么好处?"吴氏说:"你管我呢,他又不是男子,连你哥哥他在家也不能管我。"黄义也不好深说,给他嫂子把两吊钱留下,自己回了铺子,一夜就觉着心惊肉跳不安。

次日黄义一想:"莫非有甚么事?我哥哥不在家,我再瞧瞧去。"立时又来到他嫂子门首。一叫门,把嗓子都喊干了,里面也不答话。左右邻都出来了,同着黄义把门撬开来，进到屋中一看，唬得黄义“呀”了一声，有一宗岔事惊人。不知后事如何，且看下回分解。

第六十二回 吴氏遇害奉谕捉贼 济公耍笑审问崔玉

话说黄义同街邻人等进到屋中一看，见吴氏在墙上钉子崩着，手心里钉着大钉子，腿上钉着大钉子，肚子开了膛，肠子肚子流了一地。吴氏怀胎六个月，把婴胎叫人取了去。黄义一看，赶紧到江阴县衙门喊了冤。老爷姓高，立刻升堂，把黄义带上来一问。黄义道：“回禀老爷，我哥哥黄仁，奉老爷差派出去办案，托我照料我嫂嫂吴氏。昨天我给送去两吊钱，今天我嫂嫂被人钉在墙上，开了膛，不知被何人害死，求老爷给捉拿凶手。”知县下去验了尸，稳婆说：“是被人盗去婴胎紫河车。”老爷这件事为了难，没有地方拿凶手去。

过了几天，黄仁回来，一听说妻子被人害了，黄仁补一呈子，说：“素日与黄义不和，这必是黄义害的。”老爷把黄义传来，说：“你哥哥说是你害的，你哥哥不在家，你去了几次？是怎么一段细情？你要实说：“黄义说：“回察老爷，我哥哥走后，次日我送了两吊钱去，见我嫂子家中坐着一个二十多岁的道姑。我说我嫂子不应让三婆六姑进家，我嫂子还不愿意。我就回铺子了，觉着心神不定。次日我又去，就叫不开门，进去一看，就被人害了。”

老爷一听有道姑在他家，豁然大悟。前两天西门外十里庄有一案，是夫妻两个过日子，男人外面作买卖，家里妇人头一天留下一个道姑，住了一夜，次日被人开了膛，也是怀胎有孕。左右邻居都瞧见他留下一个道姑，次日他也死了，道姑也不见了。此案告在当官，尚未拿着凶手，这又是道姑。老爷立刻派马快访拿道姑，两位班头奉堂谕出来，访拿道姑。故此见和尚这揪着道姑，过来把道姑锁上，就是和尚不揪着道姑说打官司，班头也是锁拿道姑。

二位班头，一位姓李，一位姓陈，把道姑锁上，拉着够奔衙门。和尚随同来到江阴县衙门，班头进去一回禀老爷，说：“有个穷和尚揪着一道姑，下役把道姑锁来。”老爷一听，心中一动，立刻传伺候升堂，带和尚、道姑。和尚来到大堂之上，老爷一看，赶紧离了座位，说：“原来是圣僧佛驾光临。”上前行礼。众官人一看，心说：“怎么我们老爷会给穷和尚行礼？”

书中交代：这位老爷非是别人，乃是高国泰。前套《济公传》，济公在余杭县救过高国泰、李四明。后来高国泰在梁万苍家攻书，连登科甲，榜下即用知县。故此今天见了济公，连忙给和尚行礼，吩吩来人看座，和尚在旁边落了座。高国泰说：“圣僧因为甚么揪着道姑？”和尚说：“我有五十两银子掉在地下，道姑捡起来，他不给我了。我揪着他跟他要，他不给，因为这个我要跟他打官司。”知县一听，吩咐把道姑带上来。官人立刻把道姑带上堂，道姑一跪，知县说：“你是那里人？姓甚么？叫甚么？”道姑说：“小道是扬州府人，我姓知，叫知一堂。自幼出家，在外面云游访道。”高国泰说：“你为何瞒昧圣僧的银子？”道姑说：“我并不认识和尚，他满口胡说。”和尚说：“老爷叫人搜他身上。”老爷立刻传官媒在当堂一翻，道姑上身并没有甚么东西。和尚说：

“你都翻到了？”官媒一搜道姑的下身，搜出一个包裹来。官媒说：“回禀老爷，他不是道姑，他是个男子。”老爷一听，勃然大怒，说：“你这东西混帐！你既是男子，为何假扮道姑？大概你必有缘故，趁此说实话，免得皮肉受苦。”道姑说：“回禀老爷，我原本是扬州府的马快，只因我们本地有两个女贼越狱脱逃，我出来改扮道姑，所为访拿女贼。”知县说：“你是办案的番子，你可有海捕公文？”道姑说：“没有。”知县说：“大概抄手问事，你万不肯应，来人，看夹棍伺候！”

旁边官媒打开他这包裹一看，里面有油纸包着三个血饼子，有一个似乎成了人形的，有好几把钢钩、钢刀。官媒说：“回禀老爷，这是三个婴胎，这就是六条人命。”老爷说：“你这东西那来的？”假道姑说：“我捡的，我还没打开瞧，我还不知是甚么呢。”知县说：“你捡的，你为何带在贴身隐藏着？大概你也不说实话。”立刻派人用夹棍将他夹起来。再一看他到睡着了。高国泰说：“圣僧，你看这怎么办？”和尚说：“不要紧。”当时用手一指，口念六字真言：“唵嘛呢叭𠺗吽！唵敕令赫！”贼人当时觉着夹棍来得疼痛难挨，热汗直流，口中说：“老爷不必动刑，小人有招。我原本姓崔，叫崔玉，外号叫玉面狐狸。我奉常州府慈云观赤发灵官邵华风祖师爷差派出来，盗去妇人的婴胎紫河车，配熏香蒙汗药。我扮作道姑，所为跟妇人不避，得便行事。这是真情实话。”高国泰说：“慈云观有多少贼人？”崔玉说：“有前殿真人、后殿真人、左殿真人、右殿真人，有五百多位绿林人都在那里啸聚。”高国泰立刻叫崔玉画了供，吩咐钉镣入狱。和尚说：“拿脏秽之物把他嘴堵上，吃饭时再给他拿出来，不然他会邪术，他能跑了。”官人点头答应。

高国泰退堂，请和尚来到书房，高国泰说：“现在我这里还有一案，求圣僧指示我一条明路。”和尚说：“甚么事？”高国泰说：“西门外八里铺，出了两条命案。我出去验看，门窗户壁未动，两个被杀，别的东西不丢，失去黄金百两。我没验出道来，这案怎么办？”和尚说：“不要紧，我请两个人替你办这案。”高国泰说：“请谁呀？”和尚说：“我把我们庙里韦驮请来，叫他给办这案。”高国泰说：“那行吗？”和尚说：“行，前者我请韦驮在秦相府盗过五雷天师八卦符。今天晚上在院中设摆香案，我一请就请来。你们可别偷着瞧，要偷着一瞧就瞎眼。”高国泰说：“是。”立刻吩咐，叫家人预备香烛纸马，摆上席，在书房同和尚喝酒，直喝到天有初鼓。外面桌案预备妥当，高国泰说：“圣僧该请了罢？”和尚说：“该请了，你在屋里，可别出去。”高国泰说：“是。”和尚来到院中，把香烛点着，和尚说：“我乃非别，我乃灵隐寺济颠是也。韦驮不到，等待何时？”和尚连说了三遍，只听高处一声喊嚷：“吾神来也！”飕飕来到两个人，说：“罗汉圣僧，呼唤吾神，有何吩咐？”和尚说：“八里铺门窗未动，杀死了两条人命，盗去黄金百两，尊神把凶手给我拿来。”上面一声答应：“吾神尊法旨！”说罢，竟自去了。

高国泰在屋中听着，心中说着，这韦驮爷来得真快。书中交代，来者这两位神仙，非是别人，乃是雷明、陈亮。这两个人原本由前者济公在天台山法斗老仙翁之后，叫孙道全回庙，叫悟禅投奔九松山灵空长老和尚，交给雷明、陈亮一封信，叫这两个人某月某日到江阴县，晚间在二堂后房上听招呼，叫这两个人装神仙，给和尚捧场。雷明、陈亮由头几天就来到江阴县，在店里住着，天天晚上到江阴县衙中来。今天听济公说叫他两个人去给办八里铺这案，雷明、陈亮一声答应说：“遵法旨。”二人出了知县衙门，雷明说：“老三，这案怎办去？”这两个人头两天就听见说八里铺这案，门窗未动，两条命案，雷明、陈亮也不知是谁做的。今天济公叫给办这案，雷明没有主意，陈亮说：“要探贼事，先入贼伙。我们到八里铺左右去瞧探去。”雷明说：“也好。”二人这才一直来到西门，顺马道上城，用白练套锁抓住城头，顺绳下去。抖下白练套锁带在兜囊。

二人施展陆地飞腾，往前走，只见眼前一座树林。

二人刚来到树林，只听树林一声喊嚷，怪叫如雷，说："吾神来也！"雷明、陈亮二人抬头一看，唬得亡魂皆冒。不知后事如何，且看下回分解。

第六十三回 因奇案济公请神 见大鬼雷陈问盗

话说雷明、陈亮正往前走，只听树林内一声喊嚷："吾神来也！"二人睁眼一看，只见由树林子出来一个显大神，身高丈六，头如麦斗，头上戴着凤翅盔，五色的脸膛，五色的衣裳，两只眼似两盏灯相仿，一张嘴由嘴内喷出一股黑烟起在半悬空，这股烟不散。雷明、陈亮大吃一惊，雷明说："这是甚么东西？"二人打算要跑。陈亮说："二哥且慢，你我弟兄在绿林这些年，可没遇见过这些事。大道边甚么装神弄鬼的事可都有，真要是神他也不能害人，要是妖魔鬼怪，你我跑也跑不了。莫若你我长起胆子，问他一问。"雷明说："对。"

二人立刻拉出刀来，一声喊嚷："呔，对面你是神趁此归庙，你是鬼趁此归坟。我二人也是绿林人，也没做过伤天害理的事情，跟你远日无冤，近日无仇，你别唬呼我们。"这个大个"呵"了一声，说："原来是雷明、陈亮。"说完了这句话，晃晃悠悠复又进了树林子。雷明、陈亮心里说："怪呀，他怎么知道我二人是雷明、陈亮呢？"两个人在这里站着发愣。

工夫不大，只见由树林子出来一人，头上青壮士帽，青绫氅，说："原来是雷爷、陈爷！"雷明、陈亮一看，这人原来是绿林中小伙计姓王，叫王三虎，外号叫云中火。雷明、陈亮说："原来是王三虎呀！你怎么干这个？"王三虎说："我也是不得已而为之。我就在这江阴县住家，我家里七十多岁的老娘病着，家里没有吃的。我在这里虽然装神，我可不截孤行客，我怕把人家唬死。我瞧有两三个人，我才出来。我也不害人，只要得点财帛就罢了。没想今天遇见你们二位。"

雷明、陈亮说："我跟你打听打听，你是这本地人。在这八里铺，门窗户壁未动，杀死两条命案，盗去黄金百两，你知道这命案是谁做的不知道？"王三虎说："这件事我到知道，你们二位怎不知道？做这案的人，跟你们二位连盟的拜兄弟呀，也是西川路的人。"雷明、陈亮说："我们拜兄弟里，没有甚能为的人。你说说是那位？"王三虎说："这个人是乾坤盗鼠华云龙的拜兄，叫鬼头刀郑天寿。当初他把华云龙带出来的，不是跟你们二位连盟吗？"雷明说："你知道这个郑天寿，他在那住着？"王三虎说："他就在这西边，有个地名叫盆底坑，那里有座庙，叫大悲佛院。庙里有两个和尚，一个叫铁面佛月空，一个叫豆儿和尚拍花僧月静。他们可虽是和尚庙，可跟常州府慈云观的老道是一党。这庙是慈云观的下院，郑天寿就在那庙里住着。听说他们都会邪术，墙上画个门就能走。"雷明、陈亮说："你带我们到那瞧瞧去，你只要指给我们就得了。"王三虎说："可以。"立时到树林拿上自己的包裹，带领雷明、陈亮往前走。雷明说："你方才拿甚么弄的那么大个？"王三虎说："我拿竹皮子支的架子，假人脑袋，我有一个铜筒子，一烧狼粪就由嘴里冒出烟来不散。"雷明说："这就是了。"

三个人说着话，来到盆底坑。王三虎用手一指说："就是这座庙。"雷明、陈亮说：

“我二人到里面去探探，你在外面等着。”王三虎说：“就是罢。”雷明、陈亮二人这才来到庙界墙，拧身蹿上房去，在东配房后房坡，趴着望下一瞧，借着月光看得甚真。正大殿头里有月台，月台上有一张月牙桌，桌上摆着茶壶茶碗，旁边坐着一个大脱头和尚，黑脸膛，穿着青僧衣，看那个样子，身躯胖大。就听和尚那里叫：“来人！”只见由配房出来两个小和尚，都是长得凶眉恶目，来到月台以前，说：“师父呼唤我等甚么事？”就听那脱头和尚说：“今日白天这件事，你郑大叔回来别跟他提，叫他一知道有钱，他就爱花。勿论有多少钱，到他手一嫖一赌就完了，我是把他慝透了。”两个小和尚说：“师父心里既慝他，不会把他撵走了，不叫他这住？”大和尚说：“你两个小孩子懂得甚么？满嘴胡说。去亮青字把那个溜丁的瓢儿摘了，把他一埋，你郑大叔回家别提。”两个小和尚一声答应，到东屋里拿了一把刀，往后够奔。

雷明、陈亮在暗中一听：“这是杀人那！”二人由在房上暗中跟随。只见这座庙是三层殿，两个小和尚往后走着，这个就说：“师兄，你瞧咱们才冤呢，分赃没分，犯法有名。杀人教我们杀去，分银子一两也不给咱们。”那个小和尚说：“师弟你别瞎抱怨了，咱们庙里时常害人，那个月不害几个？一回也没有给我们钱呀！”雷明、陈亮在暗中听得明白。到了第三层院子，雷明、陈亮由后面跳下来，每人拿一个，由后面一个老鹰拿兔，把两个小和尚脖子掐住。雷明、陈亮拿刀在小和尚脑袋上一搁，说：“你们两个人要嚷，当时把你两个人杀了。”小和尚说：“不嚷，二位大太爷饶命！”雷明、陈亮说：“我问你们拿刀要杀谁？”小和尚说：“有一位公子姓曾叫曾三品，离此五十里地有个曾家堡，他是那的人。今日来到我们庙里找茶喝，我师父瞧他有一匹马，褥套里有银子，用蒙汗药把他麻过去，捆上搁在这东跨院北房屋里，叫我们两人去杀他。”雷明说：“这个公子的马匹褥套银子在那里？”小和尚说：“在西边花园子马棚拴着，褥套银子郡没动，里面说有三百多两银子，我师父怕叫别人知道，都藏在西跨院。”雷明、陈亮问明白，手起刀落，把两个小和尚杀了。

二人来到东跨院北房屋中，用白蜡点照一看，在床上捆着一位文生公子，昏迷不醒。陈亮先把绳扣结解开，在院中找着荷花缸，拿碗扤了一碗水到屋中给这公子灌下去。少时公子还醒过来，陈亮说：“你别嚷，我二人是来救你，你在这庙中被了害，你姓甚么？”这公子说：“我姓曾，我叫曾三品。我原是曾家集的人，今天来到这庙中找茶喝，我也不知怎么就糊涂了。”陈亮说：“你快跟我们走，给你找你的东西，送你逃命。”曾三品活动了活动，同着雷明、陈亮来到西跨院花园子一找，果然马匹褥套都在这里。陈亮说：“你瞧这是你的东西不是？”曾三品一看，银两东西一样不短。雷明、陈亮带着他，开开花园子角门，把马拉出来，又绕到前面找着王三虎。陈亮说：“你没走甚好。”王三虎说：“你们二位到庙里怎么样？可瞧见郑天寿没有？这大的工夫，我甚不放心。”雷明、陈亮说：“到没瞧见郑天寿，我二人杀了两个小和尚，把这位曾公子救出来。王三虎，我二人给你十两银子，你拿到家去奉养你老娘。你可得把这位曾公子送到曾家集去。”王三虎说：“就是罢，我谢谢二位大爷。”雷明、陈亮说：“不用谢，你们去罢。”曾三品说：“二位恩公尊姓大名？救了我一条命，我一家感念二位恩公的好处。”陈亮说：“我姓陈名亮，这是我二哥雷明。我也不便说，你赶紧快走。”

曾三品同王三虎二人走后，雷明一想，“先回去先把这个秃头拿了，回头再拿郑天寿。”本来雷明是个浑人，他想罢，也没跟陈亮说，二人复又拧身上房，往下一探。这个时节，月台上那黑脸和尚正在着急，心中暗恨这两个徒弟实在可恨，这半天还不来，杀一个人这么大工夫，也不知那里去了。正在心中犹疑，忽然间瞧见地下有人影，原来雷明、陈亮在东房上，有月亮照得如同白昼一般。和尚一抬头看，说：“甚么人？好大胆量，竟敢在我这屋上？”雷明更口快心直，伸手拉刀说：“好囚囊的，雷二爷把狗头给你砍下来！”说着话，雷明跳下来，摆刀就要过去。焉想到这个和尚会邪术，用手一指，说声“勒令！”雷明翻身栽倒。陈亮一瞧雷明躺下，立刻一摆刀跳下来，说：“好贼和尚，我焉能与你善罢干休！你敢伤我兄长？”说着话，刚要过去，和尚用手一指，陈亮也躺下了。和尚说：“好孽障，这是你自来送死，休怨洒家。”立刻伸手拉戒刀。不知雷明、陈亮二人性命如何，且看下回分解。

第六十四回　王三虎泄机大悲院　愣雷明智捉铁面佛

话说这凶僧刚要抽刀杀雷明、陈亮，偏赶巧这个时节，由房上跳下一人，穿着一身夜行衣，紫脸膛，说：“甚么事？且慢动手！”陈亮一看，是鬼头刀郑天寿。陈亮认识他，他可不认识陈亮。陈亮真是见景生情，真伶俐，赶紧说：“郑大哥么？”郑天寿说：“那位？”陈亮说：“我陈亮同雷明。”郑天寿一听，说：“哎呀！这可不是外人，你们二位做甚么来了？”陈亮说：“我二人做买卖来了。”郑天寿说：“咳，咱们自家，幸亏我来。”赶紧过来，把验法撤去，把雷明、陈亮扶起来，说：“我给二位贤弟见见，这位和尚叫铁面佛月空。”雷明、陈亮彼此赶紧行礼。月空和尚说：“贤弟你打那来？”郑天寿说：“我今天白天瞧见一个美貌的妇人，我晚上去采花作乐，没想到我找不着门了。合该总是人家祖上有余德，不应当失节，我赌气跑回来。也亏得我回来，我要不来，你这个乱惹大了。这二位是玉山县三十六友的人，你要给杀了，你想想玉山县的人答应不答应？”月空说：“这也难怪，我也不认识。事从两来，莫怪一人，这位雷爷他先要跟我动手的。”郑天寿说：“得了，不必说了，你我彼此都是自家。雷、陈二位贤弟既来了，我们一同吃酒罢。”

月空立刻叫小徒弟收拾菜蔬预备酒席。月空他庙里有四个徒弟，那两个到后面去杀人，这半天没回来，这两个小徒弟立刻在厨房，收拾酒菜。这个小和尚说：“咱们师兄他们两人怎么还不回来呢？”那个说：“管他做甚么？回头他们两人，找着要挨打。”

两个小和尚正说着话，把菜都打点好了。刚要做，雷明跑到厨房来说：“你们做甚么菜呢？”两个小和尚说：“没做甚么，连荤带素，打算要配十二样。”雷明眼珠一转，他腰里有包蒙汗药，是前者得的单刀刘凤的，要害济公使了几两，腰里还剩下几两。雷明自己手里拿着药，搭讪着说话，用手点指说：“这盘是炒的，这盘是爆的，这样是拌的。”两个小和尚也没留神，雷明把麻药下在菜里，六样有药的，六样没药的。雷明记住了，仍出来跟月空、郑天寿谈话。少时小和尚擦抹桌案，就在月台上把酒菜拿来。雷明早记着呢，他就说：“老三你吃这盘，我吃这盘，郑大哥你吃那盘。和尚哥哥你吃这盘。咱们分着吃，别打架，我爱吃的我留下。”

和尚同郑天寿也没想到菜里有毛病，以为雷明是个实落人，到不拘束。焉想得雷明把六盘有药的给郑天寿跟和尚吃，没药的雷明同陈亮吃。少时之际，和尚和郑天寿一吃菜，俱皆翻身栽倒。陈亮说：“这是怎么回事？”雷明哈哈大笑，说：“我把囚囊的用麻药麻躺下了。”陈亮说：“你怎么搁的？”雷明说：“我到厨房去，冷不防给把药洒上，六样有药，六样没药，咱们吃的是没药的。”陈亮说：“二哥，真罢了，我佩服你。”立刻先把月空和尚、鬼头刀郑天寿捆上，把这两个小和尚也拿住捆上。雷明说：“等天亮开了城，咱们把这几个贼人解到江阴县去，交给师父就得了。”陈亮说：“也好。”二人自己弄酒弄菜，又吃又喝，直等到天亮太阳出来。

雷明、陈亮刚要打算把贼人解了走，忽见外面进来了两个班头，都是头戴缨翎帽，身穿青布靠衫，腰扎皮挺带，薄底窄腰莺脑快靴。带着有几十位伙计，来到这里，说：“二位姓雷姓陈吗？”雷明、陈亮一听一愣，说：“不错，二位头儿贵姓呀？”官人说：“我姓李，他姓陈，我们是江阴县的。你们二位是济公的徒弟么？我们是济公打发来的，说你们二位在这里拿住贼了。你把贼交给我们罢，少时济公就来。”雷明、陈亮说：“不错，二位头儿，拿住了一个铁面佛月空，一个鬼头刀郑天寿。”官人说：“咱们押着贼人一同走罢。”手下伙计刚把两个贼人扛起来，大众一同出了庙，只见对面济公扛着一个和尚来了。

书中交代，和尚昨天住在知县衙门，今天一清早，跟高国泰说明白，和尚带着众班头出了衙门。和尚说：“众位头儿，你们大众够奔盆底坑大悲佛院。那里有一位姓雷的，一位姓陈的，是我两个徒弟，他们那里拿住贼了。你们到那里去等我，随后我就到，我还得去办一般差事。”众官人头里走了。

和尚来到西门里，路北有一座酒馆。和尚进去，要了一碟菜、两壶酒喝着，就听众酒座大众纷纷议论，说：“我们这江阴县出这样新鲜事，无故净丢二十多岁的小伙计。若是小孩丢了，说是拍花的拍了去，这净丢大人，莫非也叫拍花的拍了去？街市上都乱了，这几天，听说有好几十家丢人的。都告在当官，各处寻找，街上尽是找人的，你说怪不怪？”大众正在议论之际，只听外面一声“阿弥陀佛”，只见由外面进来一个和尚，淡黄的脸膛，有二十多岁，手里托着笸箩，里面有绿豆，按各桌上抓施舍，只给三四十颗。书中交代，这个和尚就是月空的师兄，叫豆儿和尚拍花僧月静。他这豆儿有麻药，叫吃三四十粒不怎么样，只要一过五十粒，药劲一发散开，这个人就得迷糊。他一天只拍一个，不定由那拍，大众也不理会。他拍了人给慈云观送了去，都要年轻力壮的，到慈云观就不叫出来。

今天和尚又来到酒铺，打算拍人，按各桌上一给绿豆，济公说：“才来吗？”月静一看是个穷和尚，豆儿和尚说：“早来了，大师父。”济公说：“我来了半天了，你给我点豆儿吃，可得过五六十粒，少了可不行。”豆儿和尚一听这话一愣，连忙抓给济公有三十多粒豆子，济公说：“不够。”自己伸手就抢了一把。豆儿和尚心里说：“你一吃就迷糊。”心说：“我拍他这疯疯癫癫的做甚么？也罢，等他迷糊了，我把他带出城，没人的地方，将他推在大江里就得了。”心中想着，见济公把豆儿都吃了，嘴里自言自语说：“这豆儿怎么不灵呢？不是五十多颗就行了吗？我吃了有一百颗还不怎么样，你再给我点罢。”豆儿和尚一听这话，唬得心里直跳，恐怕给明说出来，心中暗想怪道，又给济公抓了一把，心说只要把他迷糊过去，省得他满嘴胡说，坏了我的大事。济公又吃了好几十粒，说：“我吃了有一百五六十粒，还是不行，你再给我吃点罢。”豆儿和尚赶紧又给抓了一把，见穷和尚吃下去，一打冷战，两眼发直，不言语了。豆儿和尚一想：“必是迷了。”赶紧把济公酒钱给了，说：“掌柜的，这是我们庙里疯和尚，我把他的酒钱也给了罢，我带他走，省得他发了疯病，打人骂人。”掌柜的说：“是。”大众也不理会。

豆儿和尚往外走，济公站起来一声不言语，随后就跟着一直出了西门。豆儿和尚心中想，要把穷和尚推在江里就完了。正往前走着，济公在后面一声喊嚷：“站着！”把豆儿和尚唬了一哆嗦，立刻站住，说：“不是迷糊过去了么？”济公说：“没有。我为是叫你给我的酒钱，你不是拍花的么？”月静说：“你怎么知道？”济公说：“我是专拍拍花的。”豆儿和尚说：“怎么你拍拍花的？”济公用手一指，口念：“唵敕令赫！”豆儿和尚迷糊了。济公头里走，他后头就跟着。济公一高兴，把他给扛起来，走街市上。过路人一看，说：“和尚化缘有打锣的，有拉大锁的，没见过扛着和尚化缘的。”济公说：“不开眼，少说话，我们庙里搬家，大和尚搬运小和尚。”大众一听，这到新鲜。和尚扛着拍花僧，来到盆底坑，正碰见雷明、陈亮，众官人押解着郑天寿、月空。济公把月静交与官人，雷明、陈亮给师父行礼，大众一同来到江阴县。高国泰立时升堂，给济公在旁边搬了座位，将三个贼人带上堂来。

月空、月静、郑天寿也明白，还醒过来，高国泰一拍惊堂木说：“你等姓甚名谁？快说实话！”郑天寿从头至尾一说，把高国泰唬得目瞪痴呆。不知后事如何，且看下回分解。

第六十五回 解强盗同至常州府 为故友涉险入贼巢

话说高国泰升堂一讯问，这三个贼人一看已然到了公堂之上，济公在旁边坐着，料想不招也是不行。郑天寿说：“老爷不必动怒，我实话实说。小人姓郑，叫郑天寿。我同这两个和尚，都是慈云观祖师爷差派出来，叫我等给他们诓人。”高国泰说：“慈云观是怎么一段事？”郑天寿说：“慈云观有一位老道，叫赤发灵官邵华风。他有一宗宝贝，叫乾坤子午混元钵。那庙里有五殿真人，有三十二位采药仙长，三十二位巡山仙长，三十二位候补真人，有薰香会上三百六十位绿林人，在外面有七十二座黑店，五百只黑船。不久祖师爷要起首，夺取大宋江山社稷。”高国泰一听就愣了，问说：“我这西门外八里铺，门窗户壁未动，杀死两条人命，盗去黄金百两，可是你做的？”郑天寿说：“不错，是我小人做的。我夜晚去窃盗，他瞧见一嚷，被我将他杀死。”高国泰又问两个和尚，这两个人亦都实话实说了。

高国泰当时吩咐把他三个人钉镣入狱，和尚在旁边说：“老爷你别把他们入狱，这几个贼都会妖术，要跑了，你也担不起。我和尚所为常州府慈云观这件事来的。你赶紧坐轿，我和尚帮你押解到常州府去，连假道姑崔玉，一并你把差事交到上司，就没你的事了。”高国泰说：“甚好。”立刻传两顶轿，给雷明、陈亮备两匹马，手下官人俱各带兵刃，把四个贼人带上三件手铐脚镣，装在车上，前后有人把着。高国泰先请和尚上轿。和尚一上轿，把轿底蹬掉了，高国泰也不知道。上了轿，抬轿的也不知道，搭起轿子走，和尚在轿子里跟着跑。街上走路人一瞧，“这可新鲜，四个人搭轿子，怎么十只脚呀？”大众直嚷。高国泰在轿子里坐着，听着草呱哒梯他梯他直响，赶紧吩咐住轿。高国泰下了轿一瞧，和尚在轿子里露着两只脚。高国泰说：“圣僧这是怎么一段事？”和尚说：“你真冤苦了我，难为老爷你这两只厚底靴子，会没把靴子头跑破了。我瞧还没有走着舒服，跑快了头里挡着，跑慢了后头兜着，累了我一身汗。我可不坐这轿了。”高国泰一看和尚坐的这轿没有底，说：“这是那的事？你们这些轿夫混帐！”众抬轿夫说：“我们也不知道，怪不得抬着轻呢！”高国泰说：“快来人给圣僧换马。”立刻有人给和尚拉过马来。和尚骑上马，大众押解差事，来到常州府。有人往里一回禀，提说:“江阴县知县同济公押解四个叛逆前来禀见。”知府一听是济公,赶紧吩咐有请。这位知府本是新由绍兴府调过来的,就是顾国章顾大老爷,前者济公在白水湖捉过妖见过,故此今天赶紧有请。

高国泰同济公带着雷明、陈亮来到里面,一见顾国章,彼此行礼。高国泰回禀上宪,把公事交代清楚。顾国章说:“贵县先请回衙办公。”高国泰告辞去了。顾国章说:“圣僧四位门徒,那两位呢?”济公说:“那两个人没跟我来。老爷升到这里,贫僧未来道喜。”顾国章说:“圣僧说那里话来,弟子到时常想念圣僧。”和尚说:“老爷升到这常州府,声名如何?”顾国章说:“我自己也不知道。”和尚说:“在你该管地面,有无数的邪教叛逆啸聚,不久就要起事,你还不赶紧查拿?将来要一起首,你的地面担得了么?”顾国章说:“弟子一概不知,那里有反叛?圣僧指示我一条明路。”和尚说:“常州府正西,平水江卧牛矶,有一座慈云观,有一个老道叫赤发灵官邵华风。他招集了无数贼人,在四外害人诓人,将来不久就要造反。”顾国章说:“这话当真?”和尚说:“你把这几个贼人带上来一问,你就知道了。”顾国章立刻传伺候升堂,吩咐把江阴县解来的贼人带上来。立刻将四个贼人带上公堂。顾国章说:“你等都是那里人?”四个贼人各道名姓,鬼头刀郑天寿说:“回禀大人,我四个人都是一处的,都是慈云观祖师爷差派出来的。”顾国章说:“慈云观共有多少人呢?”郑天寿说:“要说人多了,难以尽述,净说有能为的,就够好几百。有五殿真人,有三十二位采药仙长,有三十二位巡山仙长,三十二位候补真人,三百多绿林人。在薰香会的,外有七十二座黑店,五百只黑船,人是多了,没有数。”顾国章一听,说:“圣僧,这件事可怎么办?贼人势派太大了。”和尚说:“太守,你不便着急,我和尚所为这件事来的。”

正说话,只听外面一声喊嚷:“无量寿佛。”手下官人上来回禀,说:“外面来了一个老道,来找济公长老。”顾国章说:“甚么人?”和尚说:“要办慈云观这件事,就应在此人身上。”

书中交代,来者是谁呢?这内中有一段隐情。只因前者济公捉拿华云龙之时,有玉山县的两个人追云燕子姚殿光、过度流星雷天化,这两个人在半路要抢劫差事,打算要救华云龙,没救了。后来一访问,才知道华云龙在临安城为非作恶,镖伤三友,种种不法,罪大恶极。姚殿光说:“雷贤弟你我不必管了。”二人这天走在鲍家庄,雷天化说:“兄长你我瞧瞧鲍二哥去。”在这鲍家庄住着一位绿林人,叫矮岳峰鲍雷,也在玉山县三十六友之内。姚殿光、雷天化二人,这天来到鲍雷的门首,一叫门,由里面老管家鲍福出来了,认识这两个人。鲍福连忙行礼,说:“原来是姚爷、雷爷,一向可好?”姚殿光说:“承问承问!你家大爷可在家里?”管家鲍福说:“二位休提,我家大爷提不得了。”姚殿光说:“怎么?”鲍福说:“你们二位不知道,我家大爷归了慈云观,简直是疯了,永不回家来,把老太太也想病了。我去找他去,我家大爷说得真不像话,他说他已然出了家,要成佛做祖,不管在家的事了。谁劝也不行,连家都不要了。现在老太太病得甚厉害,想我家大爷起的。”

姚殿光、雷天化二人一听,说:“这事可透着新鲜,我们到里面瞧瞧老太太去。”管家说:“好。”立刻带着姚殿光、雷天化来到里面,一见鲍老太太在床上躺着,病体沉重,形容枯槁。姚殿光、雷天化说:“老伯母,你老人家这是怎么了?小侄男我二人来瞧你来了。”老太太一翻眼,看了一看,原来是儿子两个拜兄弟。老太太二目垂泪,咳了一声,说:“老身我是不行了,家里没有德行,你鲍二哥归了慈云观,疯了,家里老娘妻子他都不要了,你们看这可怎么好?我跟前又没有三个两个,就是他这一个忤逆子。他把家抛了,我鲍氏门中断绝了香烟,我这病是不好了。”姚殿光、雷天化一听这话可惨,说："我鲍二哥他素常是个明白人，怎么会做出这样事来呢？老伯母不便伤心，我二人去找我鲍二哥去。我们见了他，劝劝他，把他劝回来就得了。"老太太说："你二人真能把他劝回来，我烧高香，我的病还许得好了。"姚殿光说："伯母请放宽心，我二人自有道理。鲍福你告诉我们，说你家大爷在甚么地方住着？"管家说："在常州府正西平水江当中，有一座山叫卧牛矶，那一座山上有庙叫慈云观，那庙里有一个老道叫赤发灵官邵华风。你们二位去，不定进得去进不去。再说就满打见着我家大爷，也未必你们二位能劝得了，他说他现在封为镇殿将军了，谁劝他，那算白说。"姚殿光说："瞧罢，我二人尽力而为。实在不行，那也无法。"二人当时告辞。出了鲍家庄，二人尽其交友之道，顺大路够奔常州府而来。

这天正往前走，只见对面来了一个人，骑着一匹白马，鞍镫新鲜。看这人头戴粉绫缎软帕包巾，身穿粉绫缎团花大氅，衣服鲜明来到近前，滚鞍下马，过来行礼说："原来是雷爷、姚爷。"姚殿光二人睁睛一看，"呀"了一声。不知来者是谁，且看下回分解。

第六十六回　逢贼党述说慈云观　人虎穴有意找盟兄

话说姚殿光、雷天化正要奔慈云观，在道路上碰见一个骑马的。这人下马，赶上前一行礼。姚殿光、雷天化二人一看，认识这个人，原本当初是绿林中采盘子的小伙计，姓张叫张三郎，外号叫双钩护背。今天姚殿光一看，说："张三郎，你发了财了？你在那住着呢？"张三郎说："我现住在慈云观呢！当五路的督催牌。"姚殿光说："你在慈云观，我跟你打听个人，你可知道？"张三郎说："不用说，你们二位必是打听矮岳峰鲍雷，对不对？"姚殿光说："不错，你怎么猜着了？"张三郎说："我知道你们二位跟鲍雷是拜兄弟，我常听鲍爷提说你们二位。"姚殿光说："他此时在慈云观，是怎么一段事？"

张三郎说："人家这个时节位分大了，在慈云观封为镇殿将军。你们二位要去找他，我告诉你们，二位可别由前山进去。前山牛头峰下，有镇南方五方太岁孙奎，带着四员大将镇守，你们也进不去，找人也不行。要去，奔卧牛矶的后山。这座山头里占六里，北面宽有十二里。你们二位顺着平水江一直往西，过了桃花渡口，有一座孤树林，那里靠着有一只小船，有四位该值的头目，专伺候我们合字绿林的人。你们二位到那，一捏嘴，一打胡哨，他就过来。你们一上船，不用说话，他就把你们渡到卧牛矶后山码头去了。有二十多里的水面，你们下了船，爱给多少钱给多少，他也不争竞，不给钱都行。那山坡上有几间屋，你们要坐坐喝茶都行。要上山一直往南，瞧见东西的一道界墙，高有一丈六，没有门。你们二人蹿上墙去，可别往下跳，地下瞧着是平地，可尽是削器埋伏。你们站在墙上，看里面有五个亭子，离一百二十步远一个。瞧当中的亭子，有一块汉白玉，你们二位跳在汉白玉上，走当中那一条永路，可别走错了。一直往南，有三间穿堂的过厅，那屋里有桌椅条凳，也没人看着。只要你们往凳子、椅子上一坐，那就有人来。那凳子、椅子都有走线，是绿林人买薰香蒙汗药，都在那里买。找人有人来给通知。外人也不知道，也进不去，到不了那里，生人进去，就叫埋伏拿住。你们二位记住了，要去找鲍雷去罢，咱们回头见，我办公事去。"

姚殿光、雷天化一听，心里说："好险要的地方，幸亏有人告诉明白。要不知道愣去，就得闹出乱来。"姚殿光说："张三郎你上那去？"张三郎说："我当五路督催牌，是咱们合字各处的催饷传信，都归我办。"姚殿光说："你去罢。"张三郎上马去了。姚殿光说："雷贤弟，你听慈云观这点势派大了，大概必是要造反。"雷天化说："咱们到那瞧瞧，见着鲍二哥，能劝得了更好，实在劝不了，那也无法，你我尽到心了。"

二人说着话，过了桃花渡口打听。来到孤树林一看，果然有这小船靠着。二人一打胡哨，由船里出来四个水手，说："合字吗？"姚殿光说："合字。"水手说："上船罢。"二人立刻上了船，当时撑船就走，一直往南，来到卧牛矶山坡码头靠了船。姚殿光掏了一块银子给了水手，真是并不争竞。二人下了船，顺着山道上山，往前走了二里之遥，见东西的一道界墙，高有一丈五六。二人蹿上墙去一看，里面地方甚为宽阔，果然有五个亭子。二人奔当中亭子蹿下去，走正当中永路。往前走了有半里之遥，抬头一看，是三间穿堂的过厅。屋里有三张八仙桌，有椅子杌凳，并没有人，二人就在凳子上一坐。只见穿堂南院有东西配房，由西房屋中出来了一人，头戴翠蓝六瓣壮士帽，身穿蓝箭袖袍，有三十多岁，两道细眉，一双三角眼，一脸的白斑。来到过厅，说："二位来了！"姚殿光说："辛苦辛苦！"这人说："二位贵姓？"姚殿光说："我姓姚，他姓雷，未领教尊驾贵姓？"这人说："我姓甘，名叫露渺。二位尊字大号，怎么称呼？"姚殿光、雷天化各通了名姓，甘露渺说："久仰久仰！二位是来此买薰香蒙汗药，是有别的事？"姚殿光说："我们来到这里来找人，有一位矮岳峰鲍雷，他在这里？"甘露渺说："不错。"姚殿光说："烦劳尊驾，给传禀一声，就说我二人前来找他。"甘露渺说："是。二位在此少候，我去给通禀。"说罢，仍转身出去，奔西厢房。

工夫不大，只见由西厢房出来了四个道童，都在十四五岁，都是发挽牛心，别着金簪，蓝绸子道袍，手里打着金锁提炉。再一看，有四个人搭着一把椅子，上面坐着矮岳峰鲍雷，头上紫缎色六瓣壮士帽，上按六颗明镜。鲍雷原本是五短的身材，身高五尺，田字体，紫脸膛，粗眉环眼，身上穿着蓝缎色箭袖袍，腰系鹅黄丝鸾带，薄底靴子，闪披一件紫缎色团花大氅，来到穿堂过厅。姚殿光、雷天化一看鲍雷大模大样，二人忙上前行礼，说："鲍二哥一向可好？"见鲍雷大不是从前，见了故友，并没有一点亲热的样子，说："原来是你二人，来此何干？"姚殿光说："二哥，我二人是由鲍家庄来。我二人原来是去瞧看兄长，听说兄长没在家，老太太想你想得病的，甚为沉重。我二人特意来找你，你还不到家里瞧瞧老太太去？"鲍雷说："你二人胡说，我已然出了家，不管在家的事了。"姚殿光说："兄长你是个明白人，怎么这样糊涂了？老娘乃生身的母亲，你莫非不要了？"鲍雷说："我已然出了家，不久要成佛做祖，不管他们在家的事了。"姚殿光说："兄长你不回家，家中嫂嫂岂不守了活寡？再说也没人照应。"鲍雷说："那是阳世三间搭伙计，不算甚么。"姚殿光说："哥哥你这话是疯了罢？至亲者莫过父子，至近者莫过夫妇。嫂嫂你也不要了，孩子你莫非也不管么？"鲍雷说："咳，那是讨债鬼。甚么叫儿子？你两个人全不懂。"姚殿光、雷天化一听，这番不像话，说："二哥你在这里有甚么好处呢？兄长自己不要胡闹。依我二人说，兄长别想不开，还是回家去罢。不然老太太想你，病越来越厉害。"鲍雷说："你二个人满嘴胡说，我不久就要成仙得道，谁管他们这些事情。"姚殿光说："世上神仙自有神仙做，那有凡夫俗子做神仙的？"鲍雷说："我这里就做了神仙，不信你跟我去瞧瞧。"姚殿光、雷天化说："可以，我二人开开眼，瞧瞧你在这里怎么成仙。"

鲍雷吩咐叫人带着姚殿光、雷天化二人，奔西配房，也是穿堂门。鲍雷仍坐着椅子，四个人搭着，曲曲弯弯走了许多的门，来到一所院落，是四合房，来到北上房屋中落坐。姚殿光说:“这地方就是住神仙的么?”鲍雷拿出两丸药来,说:“给你两个人每人一颗仙丹,吃了能化去俗骨。”姚殿光说:“我们不吃。”鲍雷说:“你二人既来了,不用走了。祖师爷早就提说,叫我约玉山县的众朋友,今天你们自己来了,这也到好。”姚殿光说:“你不必,你瞧着这里好,我不愿意。你不听劝,我们要走了。”鲍雷说:“你两个人那里走呀?这庙里只许往里进人,不许往外出人。前天有秦元亮来找我,我不叫他走,他一定要走,被我把他拿住。我念其朋友之道,没肯杀他,将他幽囚起来,那时他应了归降,我把他放开。你两个人要不知自爱,少时我也把你两个人幽囚起来了。”姚殿光、雷天化一听这话,气往上撞,说:“鲍雷,你太不懂交情,我二人来找你,是为你好。你归了慈云观,连父母都不要了。为人子不孝,为臣定然不忠,为兄弟不义,交朋友定然不信,你还说叫我们归降?凡事得两相情愿,我不愿意归你。”说着话两人站起来就走,鲍雷哈哈一笑,说:“没人带着,你两个人焉能出得去?”

话音未了,姚殿光、雷天化走到削器上,被绊腿绳绊倒。鲍雷吩咐手下人缚这两人,两人气得破口大骂。大约二位英雄难得活命,且看下回分解。

第六十七回　刘妙通有心救好汉　济长老写信邀英雄

话说姚殿光、雷天化二人被获遭擒,二人气得破口大骂。鲍雷吩咐叫人看守着,他立刻回禀了正殿真人赤发灵官邵华风。立刻前殿真人长乐天、后殿真人李乐山、左殿真人郑华川、右殿真人李华山五殿真人升了座位,手下一干人众都在两旁边排班站立,邵华风吩咐将姚殿光、雷天化搭上来。这两个人捆着来到大殿前,抬头一看,见上面坐定五位真人,头前有十六个道童,打着金锁提炉,真是香烟缭绕;两旁站着无数的老道,也有俗家,高高矮矮,胖胖瘦瘦,老老少少,面分青红黄白紫绿蓝,都是四野八方的山林海岛的盗寇。

正殿真人邵华风口念“无量寿佛”,说:“姚殿光、雷天化,你二人休要执迷不悟。山人奉佛祖牒文,玉帝敕旨,降世凡间,所为急救黎民于水火之中。大宋国气数已终,山人乃应天顺人。你两个人跟山人有一段俗缘,奉佛派天差,你二人临凡保护山人,共成大业。将来山人面南拜北,你二人都是开疆拓土的功臣,列土分茅的大将。”姚殿光、雷天化二人一听,气得颜色更变,破口大骂,说:“好妖道,你既是出家人,就应当奉公守分,跳出三界外,不在五行中,一尘不染,万虑皆空。扫地不伤蝼蚁命,爱惜飞蛾纱罩灯。出家人以慈悲为门,善念为本,无故妖言惑众,蛊惑愚民,在这里占山落草。乱臣贼子,人人得而诛之。你家大太爷乃堂堂正正英雄,烈烈轰轰豪杰,岂能归你等这些叛逆?不久皇上家天兵一到,把尔等全皆拿住,碎尸万段,刨坟灭祖,死后也落个骂名千载。你家大太爷既被你拿住,杀剐存留,任凭于你。”这二个人破口一骂,邵华风气得哇呀呀怪叫,说:“众位,此事该当如何?”旁边有一个叫单刀太岁周龙说:“祖师爷,这两个人还留着他?他敢毁谤你老人家,还不速将他两个人结果了性命!”邵华风立刻吩咐:“来人,将他拉到后面去,给我枭首号令!”

旁边过来一个老道,叫董太清。他原本是从前要陷害王安士,也没害成,自己庙也烧了,他投奔到慈云观来。邵华风封他为后门真人,把守慈云观的后门。今天董太清说："祖师爷要把他两个人杀了，岂不便宜他？往后去只要拼出一死，就敢骂祖师爷了。要依我把这两个人交给我，到后面把他剐了。再说这两个人是玉山县三十六友之内的，跟雷明、陈亮是拜弟兄。我师兄张太素死在雷明之手，我今天把他两个人凌迟了，也算给我师兄报了仇。"邵华风说："既然如是，就派你将他二人结果了性命，随你自便。"董太清吩咐手下人："搭着走！"旁边过来一个老道，说："董道兄，单丝不线，孤树不林，我也跟玉山县的人有仇，我帮你将他二人剐了。"董太清一看，说话这老道是刘妙通。董太清说："刘道兄，你怎么跟玉山县的人有仇？"刘妙通说："我师兄张妙兴五仙山祥云观被他们给烧了，我师父华清风被济颠和尚所害，我正要想报仇雪恨。"董太清说："好，你我二人去结果他等的性命。"说着话，有人搭着头里走，董太清、刘妙通跟随。

来到西跨院，将姚殿光、雷天化放在地下。董太清拉出宝剑说："我来杀！"往前赶奔，刚一举宝剑要杀姚殿光。他的宝剑尚未往下落，刘妙通由后面手起剑落，把董太清的人头砍下来，随后用宝剑将这二人绳扣挑开。刘妙通说："你二人快跟我走。"姚殿光、雷天化也并不认识刘妙通，二人跟着来到后面，蹿出界墙，来到后山江岸。幸喜小船在这边靠着，刘妙通同姚殿光二人上了船。船上知道是慈云观的人，也不盘问，刘妙通催船快走。姚殿光说："祖师爷，你老人家贵姓？"刘妙通说："此时没有说话的工夫，下了船有甚么话再说。"小船刚来到北岸，下了船，只听慈云观乱起来了。原本是刘妙通把董太清一杀，早有人报与邵华风，邵华风派七星道人刘元素、八卦真人谢天机两个老道，急速连刘妙通一并拿回来。这两个道人都会妖术邪法，随后就追赶下来，相离也不甚远。两个老道手中仗剑喊嚷："刘妙通慢走！"这个时节，姚殿光、雷天化说："了不得了，要跑不了。"刘妙通说："你两人把眼闭上。"这两个人就把眼闭上。

刘妙通带着两个人，驾起趁脚风，往下一逃。好容易听后面没了声音，大概是离远了，不追了，三个人这才止住脚步，姚殿光、雷天化这才跪倒给刘妙通行礼说："多亏祖师爷你老人家救命，未领教仙长怎么称呼？"刘妙通说："我姓刘叫刘妙通，我原是五仙山祥云观的。只因我师兄张妙兴不务正道，无故兴妖害人，前者济公到余杭县搭救高国泰之时，把我师兄火烧死，连庙烧了。我师父九富真人华清风，也不是好人，要炼五鬼阴风剑，被雷击了。我到不敢做为非之事，在外面游方，来到这慈云观挂单。不想遇见这些叛逆，把我留下，也不叫我走了。今天我看你们二位到是英雄，又是玉山县三十六友的人，故此我趁此机会把二位救出来。我有个朋友，叫圣手白猿陈亮，你二人可认识？"姚殿光说："陈亮，我们是拜兄弟，怎么不认识？"刘妙通说："这提起来，你我不是外人了。你我一同奔常州府罢。"姚殿光、雷天化二人点头答应。

三人一同来常州府，打算找一座店住下，盘桓几日。不想到了常州府城里就听街市上纷纷传言说，济公长老在知府衙门，那拿了慈云观几个贼人，要帮着知府老爷办这件事，大概这个乱不小。刘妙通一听说："这可活该，原来济公长老来了。我算计这件事，济公就得来，非他老人家办不了。二位我们一同见见济公去好不好？"姚殿光、雷天化说："好，我二人前者为华云龙，几乎把济公得罪了。他老人家既在这里，我们一同去拜访圣僧去。"三人一同这才到知府衙门。刘妙通口念"无量寿佛"，说："烦劳众位到里面通禀一声，就提我叫刘妙通，同姚殿光、雷天化前来拜见济公！"当差人往里一回禀，知府顾国章说："圣僧，是谁来找你？"和尚说："雷明、陈亮出去把他们让进来。"

雷明、陈亮二人来到外面一看，都认识，连忙行礼。姚殿光说："雷、陈二位贤弟在这里甚好。"陈亮说："三位请里面去罢！济公在这里。"大众一同来到里面。刘妙通、姚殿光、雷天化给和尚行礼，见过知府。刘妙通说："圣僧你来了好，现在这个乱大了。"和尚说："你不用说，我都知道。你三个人来了好，我烦你三人办点事。"三个人说："师父有甚么事，只管吩咐。"和尚要过笔来，写了字柬，拿了一块药，说："姚殿光、雷天化，你二人先去到陆阳山莲花坞，请金毛海马孙得亮、火眼江猪孙得明、水夜叉韩龙、浪里钻韩庆，叫他四个人急速前来，帮着我办慈云观。然后，你二人拿我这块药，照我这字柬行事。"姚殿光、雷天化二人点头，即刻告辞知府。顾国章说："二位壮士，何妨吃杯酒再走？"姚殿光说："不用大人费心，回头再见。"这二人竟自告辞去了。和尚说："刘妙通，你赶紧够奔八卦山松阴观，请坎离真人鲁修真前来，这件事非他来办不了。"原来，邵华风当初他是鲁修真的徒弟。他盗出乾坤子午混元钵，来到这慈云观，又拜马道玄为师。刘妙通也遵命去了。

顾国章说："圣僧，这件事贼人势派太大了，甚不易办。"和尚说："等孙得亮他们四个人来，先把贼人的五百只截江贼船破了要紧。水面的贼人甚为猛烈。官兵不习水战，先破了贼人的船，然后再调官兵。我帮你破慈云观。"和尚在衙门住着。过了几天，这天有人进来回禀："外面来了四个人，求见圣僧。"和尚哈哈一笑："这几个人一来，要破慈云观易如反掌。"不知后事如何，且看下回分解。

第六十八回　四雄奉命探长江　妖道施法捉侠义

话说济公禅师在知府衙门等候，这天有人回禀，外面来了四个人求见。和尚吩咐让进来。工夫不大，只见由外面进来了四位英雄。顾国章抬头一看，头一位，这人身高七尺以外，细腰扎背，头上戴银红色六瓣壮士巾，上按六个明镜，迎门一朵素绒球突突乱晃，鬓边斜插一枝守正戒淫花，身穿一件银红色箭袖袍，腰系鹅黄丝鸾带，薄底靴子，闪披一件西湖色英雄大氅，面似淡金，粗眉大眼，准头端正，颏下无须，正在英雄少年。这位正是金毛海马孙得亮。第二位头戴粉绫缎六瓣壮士冠，上按六颗明镜，也是戴着戒淫花，身穿粉绫缎窄领瘦袖箭袖袍，周身走金线踏金边，上绣三蓝牡丹花，腰系丝鸾带，套玉环，佩玉佩，单衬袄，薄底靴子，外罩一件粉绫缎英雄大氅，周身绣的团花朵朵，面似银丝，雅如美玉，双眉带煞，一双金眼叠暴，这位是火眼江猪孙得明。第三位穿蓝褂，也是壮士打扮，淡黄的脸面，细眉朗目，这个就是水夜叉韩龙。第四位穿青皂褂，身高九尺，犹如半截黑塔一般，粗眉环眼，这位就是韩庆。

知府一看，这四个人都是一表非俗。和尚说："四位来了！"这四个人连忙行礼，说："圣僧久违少见。"和尚说："坐下坐下。"四个人见过知府，雷明、陈亮彼此叙礼已毕，众人告了坐。和尚说："你们四个人来了甚好，我和尚特为请你四个人有事奉烦。"孙得亮说："我四个人也听见姚殿光、雷天化提了，皆因慈云观的事情。圣僧有何吩咐，叫我四个人做甚么，圣僧只管说，我等万死不辞。"和尚说："别的不用你们，就是卧牛矶的前山牛头峰下，有贼人的贼船五百只，你四个人能把拦江绝护网、滚龙挡刀轮船只给毁了，就算你等奇功一件。这件事别人办不了，就烦你四个人给办这件事。"金毛海马孙得亮等四人点头答应，说："圣僧吩咐，这乃小事一段。我四人这就告辞，圣僧听信罢！"

四个人立刻出了知府衙门,找了一座酒饭馆,吃了点饭。候至天黑,给了酒饭帐,四个人出来,一直顺江岸往西。离卧牛矶不远,四个人把水师衣靠打开,把白昼衣脱下来,用包裹包好,拿油绸子一裹系在腰间。四个人都换了分水鱼皮帽,日月莲子古水衣水靠,油绸子连脚裤,香河鱼皮袜。收拾停妥,顺江岸落水,四个人浮水往前走,来到牛头峰以前抬头一看:这座山口坐北冲南,东西两座牛头峰,其形似牛角一般,东西两座水师营,正当中有浮桥,都是明分八卦,暗合五行。晚间有灯笼分为五色,按着东方甲乙木是蓝灯笼,西方庚辛金是白灯笼,南方丙丁火是红灯笼,北方壬癸水是黑灯笼,中央戊己土是黄灯笼。就听里面来往有人巡更走筹,梆锣齐发。金毛海马孙得亮、火眼江猪孙得明、水夜叉韩龙、浪里钻韩庆四人看够多时,见这些船只紧把山跟以下,要由山里出来人,也得坐船过浮桥大关,由外面进去船,也得由这里过。四个人沉身落水,睁睛一看,当中水寨门以下,当中有拦江绝护网,两旁边有半鱼头的刀轮。要有会水的人,由水面一钻,就被拦江绝护网拿住,要碰在刀轮上,轻则就得带伤,重则就得废命,非得从此走过不去。

金毛海马孙得亮看明白,他手中使的是一口折铁钢刀,能够斩钉剁铁。孙得亮一看那网,是绒绳做的,慢说是人,连大鱼都拿得住。孙得亮慢慢用刀把绝护网割了一个大窟窿。四个人俱都钻过去,钻上水来露着半截身一看,贴着船往前够奔。孙得亮说:“三位贤弟,今天济公派我们这点小事,他老人家永没求过你我。前者抢劫差船,被他老人家拿住,圣僧有好生之德,复又把你我放了,总算待我们恩重如山。现在我们几个人,净把贼人的船坏了,这点小事不算露脸。一不做,二不休,今天咱们到得努努力,既来捣贼巢,把赤发灵官邵华风的人头带回,也叫济公长老看看,不枉你我几个人来一场。”孙得明三人点头,说:“咱们瞧事做事罢。”

四个人在暗中瞧探,各船上窃听。抬头一看,见有一只大船在当中,上面有大黄灯笼,上面写着一个“孙”字,四个人料想这必是中军。来至切近,隔着窗户往里一看,里面灯光明亮,正当中坐定一人,头上戴紫缎色六瓣软帕包巾,身上穿紫箭袖袍,腰系丝鸾带,外罩紫缎色一件团花大氅,紫红的脸膛,长得凶眉恶目,一脸的怪肉横生,押耳黑毛。旁边坐定一人,头上青壮帽,皂缎色箭袖,黑脸膛,浓眉大眼,花白的胡须。书中交代,这个紫脸的就是镇南方五方太岁孙奎,这个黑脸的叫净江太岁周殿明。两个人正在谈话,就听周殿明说:“孙大哥,今天祖师爷传下谕来,你可知道?”孙奎说:“甚么谕?”周殿明说:“常州府衙门对门有一座五福居,那是咱们慈云观开的,常州府衙门有甚么事,酒铺就来给祖师爷送信。今天有人来送信,提说我们合字有几个人被江阴县拿住,有灵隐寺济颠僧押解来到常州府,叫祖师爷早作准备,恐其济颠要跟我们为仇做对。祖师爷叫我们昼夜多加小心,要留神,有甚么动作,赶紧报与祖师爷知道。”孙奎说:“贤弟你多此一虑,咱们这座卧牛矶慈云观不亚似铁壁铜墙天罗地网一般,一人把守,万夫难过。水旱两路,能人辈出,祖师爷有乾坤子午混元钵,这种法宝就能挡几万官兵。再说众位真人,都是神通广大,法术无边。就即便有官兵来,都是凡夫俗子,也不足为论。除非有天兵天将临凡,要打算破慈云观,势比登天为难。”周殿明一听,说:“兄长言之甚善。可有一节,凡事不可大意,总以小心为妙。岂不知泰山高矣,泰山之上还有天;沧海深矣,沧海之下还有地。人外有人,天外有天。做事胆要大而心要小,智要圆而行欲方,见狸猫而当虎看,方保无虞。”

金毛海马孙得亮四个人听得明明白白,孙得亮用手一拉这三个来到无人之处。孙得亮说:“三位不必拿他们,打草惊蛇。这些东西俱都是无名小辈,就把他们杀了也不算甚么。今天既来到这里,不入虎穴,焉得虎子?畏首畏尾,焉能成事?你我够奔慈云观去找赤发灵官，把他杀了，你我也人前显耀，鳌里夺尊。”四个人真是艺高胆大，浮水来到北山坡，上了岸，一直往北走了十数里地。只见眼前是慈云观的大门，墙高一丈七八，周围占三十六里地。四个人一看，有两旁的脚门，不敢奔迎面去。由东南角蹿上界墙，往里一看，房子真有七八百间。四个人蹿房越脊，各处哨探，见有一个院子东西两溜房都是单间，北房南房也是一大溜，各屋中都有灯光。四个人跳在院中一窥探，各屋中俱都是妇人女子，都是二十多岁三十以内，没有上年岁的。有唉声叹气的，有悲悲惨惨的，有哭哭啼啼的。这个说：“我是叫卖花婆把我拍来的，一家骨肉不能见面。”那个说：“我是道姑把我拍来的，也不知怎么迷迷糊糊来到这里。这到是那也出不去，如同坐监一样。”这五六百妇女都不明白，糊里糊涂在这里住着。四位英雄一听，种种不一，说得可惨。四个人复又上房，探来探去，来到一所院落，见院中灯光明亮，北上房挂着四个纱灯，里面坐着一个紫脸的老道，花白胡须，气度不俗，有四个童子伺候，料想必是邵华风。

四个人并不认识邵华风是甚么样，胆子也不小，各拉兵刃蹿下来，打算要闯进屋中，就凭一个老道，还算甚么？焉想到四个人刚一跳下来，老道呵了一声，说：“好大胆！”站起身出来，用手一指，说声“敕令！”把四个人俱皆定住，老道吩咐缚住四位英雄。四位英雄今日来到虎穴龙潭，被获遭擒，大概难脱活命，且看下回分解。

第六十九回　邵华风升殿问豪杰　小悟禅一怒找妖人

话说金毛海马孙得亮四位英雄来到慈云观，瞧见一个紫脸的老道，只打算是邵华风呢。四个人拉刀下来，就被老道用法术制住。其实这个老道还是慈云观的无名小卒，他姓董，叫董云清，外号叫妙道真人。当初他原本是镇坞龙王庙的，来在这慈云观，认邵华风为师，派他管妇女营的外围子，他也会点术学的工夫。这四个人都是艺高人胆大，被老道妖术邪法制住。老道手下人把四个人绑上，说：“好大胆量！四个刺客是那里来的？”孙得亮说：“妖道，你要问，大太爷是陆阳山莲花坞的。”董云清说：“你四个人是陆阳山的不能罢？陆阳山的当家的，跟我们祖师爷是拜兄弟，至有交情。我且问你陆阳山的当家的叫甚么？”孙得亮说：“叫花面如来法洪。”董云清说：“对呀！你四个人既是陆阳山的，来此何干？是怎么一段情节？”孙得亮本是个直人，说：“妖道，我告诉你，你也不用说交情。我等虽在陆阳山，我们在莲花坞可是跟法洪一事，我们是奉济公长老之命，前来杀你这杂毛老道。你就是赤发灵官邵华风么？”老道说：“山人我乃是妙道真人董云清，原来你这几个小辈是前来行刺。好好好，来人把他四人看起来，等候天亮，我回禀祖师爷，任凭祖师爷发落去。”立时有人看着四位英雄。等到天光已亮，董云清叫人搭着四个人去回禀了邵华风。

当时五殿真人升了坐位，吩咐将刺客带上来。这四个人一看，见赤发灵官邵华风，头戴鹅黄色莲花道冠，身穿鹅黄色道袍，上绣乾三连坤六断离中虚坎中满，当中太极图。老道是赤发红须，蓝靛脸，长得凶如瘟神，猛似太岁。这四个人破口大骂。赤发灵官邵华风说：“你这四个鼠辈，休要这等无礼！你等姓甚么？叫甚么？是那里人？为何前来行刺？趁此说实话。你家祖师爷跟你往日无冤，近日无仇，生而未会，面不相识，究系被何人主使前来？只要你等说出道理，祖师爷有好生之德，饶你等不死。”

金毛海马孙得亮立刻把眼一瞪，说：“妖道，你要问你家大太爷，行不更名，坐不更姓，我乃陆阳山莲花坞人金毛海马孙得亮。这是我一个兄弟，叫火眼江猪孙得明。那是我的两个拜弟，叫水夜叉韩龙、浪里钻韩庆。皆因你等为非作恶，使出贼人各处拍花，各处设立贼船黑店，陷害客旅行商，起意叛反，败坏妇女的名节，拆散人家骨肉，杀害生灵，种种不法，济公长老派我等来结果你的性命，给四方除害。乱臣贼子，人人得而诛之。我等既被你拿住，甚好！你家大太爷乃堂堂正正英雄，烈烈轰轰豪杰。大丈夫生而何欢，死而何惧？来来来，快把你家大太爷杀了，我等死而无怨。你要把我等幽囚起来，可别说我辱骂你万代。”老道邵华风一听，气往上冲，立刻吩咐：“把他四个人给我推出去枭首号令。”手下人答应说：“是。”旁边过来一人，说：“祖师爷把他们杀了，岂不便宜他们？他等既来行刺，情同叛逆，应该把他们剐了。”邵华风说：“也好，既然如是，就派你结果他等的性命。”金毛海马孙得亮一看，说话的这人，乃是铁贝子高珍，这四个人从前跟高珍认识。今天高珍一说这话，孙得亮一想：“这小子真是小人得志，癞狗生毛。我等跟他素有认识，他出这样主意，害我们这四个人。”立刻破口大骂高珍。

书中交代，铁贝子高珍、黑毛蚤高顺、笑面貔貅周虎，三个人自打翠云峰送陆炳文回家，就把陆炳文押到慈云观来。陆炳文也是报应循环，他女儿叫赤发灵官邵华风收为侍妾，他妻子叫乾法真人赵永明霸占了，把陆炳文打到囚犯营，给众人支使着。他做了一任刑廷，刮尽地皮，得来十数万银子，也被慈云观留下了。陆炳文无故害人，到都没害成。他自己落了个人财两空，死不了，活不了，在囚犯营受罪。笑面貔貅周虎同高顺、高珍来到慈云观就没走。今天铁贝子一出主意，邵华风就派他结果金毛海马孙得亮四人。

高珍刚要押着四个人走，忽然由外面跑进一个老道来，说：“回禀祖师爷，现在外面来了一个穷和尚，口称是济颠僧，堵着山门破口大骂，点名叫祖师爷出去。我等也没看见这个和尚从那来的。”赤发灵官邵华风一听，说：“好，这四个人就是济颠僧主使来的。我料想济颠僧他必来，我正要瞧瞧济颠僧是何许人也。把他拿住，问问他因何跟我为仇作对。来，先暂为把他四个人押起来，等候拿住济颠僧一并再杀。”高珍一声答应，立刻把四个人交到囚犯营。管理囚犯营是一个在家，叫义侠太保刘勇。高珍把四个人交给刘勇，回来禀报邵华风。邵华风说：“待我出去捉拿济颠僧。”话言未了，旁边有人答话，说：“祖师爷暂息雷霆之怒。谅此无名小辈，何必你老人家亲身劳动。待我等出去拿他，不费吹灰之力，易如反掌看纹。”邵华风一看，说话非是别人，乃是乾法真人赵永明、妙道真人董云清。邵华风说：“二位真人要去也好，须要小心留神。”

赵永明、董云清二人立刻同左门真人来到外面。赵永明说：“那里来的颠僧，胆敢前来送死？”说着话，来到山门以外一看，并没有人。赵永明说：“济颠僧那里去了？”左门真人说：“方才他站在这里一骂，我就跑进去回禀，也不知道此时那里去了。也许知道二位真人出来，他不敢见，逃走了。”赵永明说：“也罢，既是他逃走了，便宜他去罢。他如果再来，我必要结果他的性命。”两个老道说罢，转身刚要往里走，就听后面一声喊嚷：“呔，好杂毛老道回来！和尚老爷没走。”两个老道回头一看，见山门外站定一个穷和尚，短头发有二寸多长，一脸的油泥，破僧衣短袖缺领，腰系绒绦，疙里疙瘩，穿着两只草鞋，头上有一股黑气。两个老道咳了一声，说：“我打算怎么个济颠僧呢，原来是一个妖精。”

书中交代，来者并非是济公禅师，乃是小悟禅。悟禅自打前者济公法斗昆仑子，老仙翁给悟禅一封信，叫他投奔九松山松泉寺，给长眉罗汉灵空长老去看庙。济公不肯带悟禅回临安去，恐怕他是一个妖精，在天子脚底下多有不便。济公也知道悟禅心地最正，赶到下文书小悟禅成其正果，他也在五百尊小罗汉之内。悟禅在松泉寺，跟着长眉罗汉习学僧门中的规矩，唪经念佛，修道学法。这天悟禅忽然跟长眉罗汉说："我要到临安瞧我师父去。"灵空长老咳了一声，说："你不去为是。"悟禅说："我要去。"灵空长老说："你要去，现在济公在常州府衙门。你去罢，贫僧也不能拦你。"悟禅临出门之时，灵空长老说："遭劫在数，贫僧也不能阻拦，逆天行事。"悟禅也并不措意，一晃脑袋，来到常州府衙门。一见济公，济公咳了一声，眉头紧皱，说："你为个甚么来？"悟禅说："我想念师父，我来瞧你。"知府顾国章嘴快，说："小师父来了甚妙，济公正在为难。"悟禅说："甚么事？"顾国章说："现在拿住几个贼，是慈云观的余党。现在慈云观赤发灵官邵华风势派闹得甚大，方才圣僧请了四个会水的能人，到慈云观去了，先破贼人的船只，尚未见回来。我打算急速调官兵去破慈云观，又怕不行。圣僧也正在为难呢。"悟禅一听，说："师父不用为难，我去找他，把杂毛儿拿来。"济公说："你别去。"一句话没说完，济公一把没揪住，小悟禅一晃脑袋走了。济公咳了一声，说："他这一去，给我惹这个乱大了。"

罗汉爷有未到先知之能，说："凡事天意，劫数当然。"小悟禅这一来到慈云观，焉想到惹出一场杀身之祸，给济公招出一步大难。不知后事如何，且看下回分解。

第七十回　悟禅僧施法救四雄　赤发道法宝捉和尚

话说小悟禅一晃脑袋，来到慈云观，堵着山门一骂，说："趁早叫赤发灵官邵华风杂毛老道滚出来，就说有灵隐寺济颠僧和尚老爷来也！"把门老道这才进去回禀。赵永明、董云清二人出来，和尚没有了。小悟禅并没走，先到慈云观暗中一看，见金毛海马孙得亮四个人正绑着，义侠太保刘勇看着。小悟禅知道这四个人是济公打发来的，小悟禅下去，一口气把义侠太保刘勇喷躺下，把四个人放开，叫四个人闭上眼，悟禅把四位英雄带在江岸。孙得亮说："圣僧你老人家不来，我等性命休矣！"悟禅说："我不是济颠，我是济颠的徒弟，我叫悟禅。你们四个人赶紧回常州府罢，我师父还在常州府呢。你们四个人焉能是这些妖人的对手？岂不是白送残生！这个事都有我呢！"说罢，复反。一晃脑袋，复又回来。

赵永明、董云清出来没找着和尚，刚要回去，悟禅在后面一声喊嚷："和尚老爷没走，杂毛老道你回来！"赵永明、董云清一回头一瞧，原来是一个穷和尚，头上有黑气，必是妖精。两个老道也并不放在心上，说："好妖僧，真乃大胆！竟敢这样猖狂，待山人前来拿你。"悟禅说："你就是赤发灵官邵华风么？"赵永明说："你要问山人，我乃乾法真人赵永明是也。拿你这无名的小辈，何用我家祖师爷。"董云清也道了名姓。两个老道各摆宝剑，往前够奔。悟禅一张嘴，一口黑气，把两个老道俱皆喷倒在地。早有人看见，把两个老道搭着往里去，回禀赤发灵官邵华风。五殿真人一看，说："这是怎么了？"左门真人说："被那个穷和尚给喷倒了。"邵华风一听，口念"无量佛"，说："好孽畜，真乃大胆！待我亲身拿他。"

这句话尚未说完，只见甲马兵库火着起来了。原本邵华风这庙里有两座库，一名叫甲马兵库，乃是老道炼成的纸人、纸马、纸刀枪，用符咒炼成的，静等造反的时节，老道用咒一催，能够天昏地暗，日色无光，十万纸人马能够杀人。还有一座阴兵库，是他派人收来的不该死的阴魂。前者七星道人刘元素在小月屯害了好几十个人，还有前殿真人长乐天、后殿真人李乐山同左殿真人郑华川、右殿真人李华山，这五个老道收来的五百阴魂，装在一个大葫芦之内，有符贴着。要用的时节，把葫芦嘴一拔，咒语一催，能够天昏地暗，阴风惨惨，鬼哭神号，是一座阴魂阵。他这两个库，是对面有一个老道叫赤发真人陆猛看守。小悟禅今天他把董云清、赵永明喷倒，有人往里搭，小悟禅随着进来，见有一个紫脸红头发的老道，看着这两座库。小悟禅下来，赤发真人陆猛说："甚么人？"刚要念咒，被小悟禅一口气喷倒，当时就把甲马兵库点着，少时烈焰飞腾。邵华风见火起来，烧了甲马兵库，赶紧叫童子拿了一碗茶来。邵华风果然是神通广大，法术无边，口中一念咒，把茶往空中一泼，当时一阵暴雨，把火浇灭。邵华风气得"哇呀呀"怪叫如雷，再找小和尚踪迹不见。又有人报拿住的四个人丢了，义侠太保刘勇人事不知，昏迷不醒。邵华风有百草夺命金丹，立刻给刘勇一丸、赤发真人陆猛一丸，连赵永明、董云清每人都灌下一丸药去，将众人救醒过来。邵华风说："好妖僧，我山人跟他誓不两立。"

正说着话，有人进来回禀："现见穷和尚又堵着山门骂呢！"赤发灵官邵华风气得颜色更变，立刻吩咐众位真人："尔等随我来。"大众一同都随着，来到山门以外，睁睛一看，果然门外站定一个穷和尚，头上有一股黑气。邵华风说："好孽障，竟敢这样搅乱我的庙，尔真乃前来送死！"小悟禅一看，出来了真有百余人。又见赤发灵官邵华风，头戴鹅黄色莲花道巾，身穿淡黄色的道袍，上绣乾三连坤六断金八卦太极图，腰系杏黄丝绦，水袜云鞋，背着一口宝剑——你看这把剑：绿沙鱼皮鞘，黄绒穗头，黄绒腕手，真金的什件——手拿蝇刷。小悟禅说："你等这些叛逆之贼，真乃可恼！今天和尚老爷把你等全皆拿住送到当官治罪。"邵华风一听，就要往前够奔。旁边有七星真人刘元素在旁边说："祖师爷你老人家不便动怒，谅此无知的小妖魔，何必你老人家拿他？有事弟子服其劳，割鸡焉用牛刀，待我拿他易如反掌。"邵华风说："你须要小心留神。"刘元素微然一笑说："此乃小事一段。"说罢，拉宝剑赶奔上前，说："来者尔可是济颠僧？"小悟禅说："非也。拿你们这些狐群狗党，何必他老人家亲身前来。我乃济公的大徒弟悟禅是也。皆因你等无故兴妖害人，各处拍花，设立贼船黑店，获罪于天，无所祷也，和尚老爷特来拿你。杀恶人即是善念，你就是赤发灵官邵华风么？"刘元素说："你家祖师爷乃七星道人刘元素是也，拿你何用我家祖师爷。"说着话，摆宝剑劈头就剁，悟禅滋溜闪身躲开。左一剑，右一剑，和尚跑得甚快。刘元素说："好和尚，气死我也！"悟禅说："气死你，你死罢！"老道说："待山人用法宝取你。"悟禅说："好，你把宝贝拿出来我瞧瞧。"

刘元素由兜囊掏出一宗物件，口中念念有词，说声"敕令！"就见平地走起一阵怪风，来了一只斑斓猛虎，摇头摆尾，要啖和尚。悟禅喷了一口气，把老虎喷起来，现了原形，乃是一个纸老虎。悟禅照老道一喷，这口黑气喷得老道说声："好厉害！"拨头就跑，立刻浑身都肿了。跑到赤发灵官邵华风跟前，刘元素就要栽倒。邵华风当时给刘元素一粒金丹吃下，方能止住疼痛，把毒气散了。

八卦真人谢天机说："好大胆妖僧！竟敢伤我的朋友，待山人用宝贝拿你。"说着话，祭起扣仙钟。这样东西，其厉害无比，勿论甚么妖精，别管有多大的道行，扣上总是现原形。老道瞧出悟禅是个妖精，头上有黑气，故把扣仙钟祭起来。焉想到悟禅可与别的妖精不同，他受过济公的传授，再说他在九松山松泉寺跟长眉罗汉在一处，又习学各样妙法，此时悟禅能为大长。有这么两句话："鸟随鸾凤飞腾远，人伴贤良品自高。""近朱者赤，近墨者黑。"这话一点不错。八卦真人谢天机这一扣仙钟，往下一落，眼睛瞧着把小和尚扣在底下，八卦真人谢天机哈哈一笑，说："列位可曾看见了，我这打算这妖精有多大能为，据我看来更是无名小辈，被我用扣仙钟扣住了。"赤发灵官邵华风说："谢道兄，你先等等说大话，据我看来其中有缘故。方才扣仙钟一落，我只见起了一阵黑风，恐其未必将和尚扣住，你掀开钟看看罢。"八卦真人谢天机说："不能罢，我眼看将他扣上。慢说他这小小的妖精，勿论多大的道行，也跑不了。"说着话，立刻把扣仙钟一掀，再一看，大众都皆愕了：扣的并不是和尚，把邵华风的小道童扣上了。谢大机"呵"了一声，说："真乃怪道，怎么就把小道童扣上了？"话言未了，只见小和尚在眼前一晃，说："和尚老爷焉能叫你杂毛老道拿得住？"谢天机一看，气往上撞，说："好妖僧，我看你今天那里走？"拉宝剑就要砍，小悟禅张嘴一口黑气，照老道一喷，立刻谢天机浑身紫肿，口中喊嚷："好厉害！"急忙跑到邵华风跟前，邵华风赶紧给谢天机一粒药吃，方才止住疼痛。邵华风说："你等拿不了这等妖僧，还是山人我拿他罢。"

邵华风立刻拉宝剑往前够奔，说："好孽畜，真乃大胆！竟敢这样猖狂！待山人来拿你。"小悟禅说："你就是赤发灵官邵华风么？"邵华风说："然也，正是你家祖师爷。"悟禅说："我正要拿你，你乃是罪之魁，恶之首，拿了你给四方除害。"邵华风立刻用宝剑照悟禅就剁，悟禅一闪身，张嘴就喷。焉想到赤发灵官邵华风真有点能为，口中念定护身咒，并不怕喷。悟禅连喷了几口，老道并不躺下。老道可也用宝剑砍不着和尚，邵华风气往上撞，吩咐童子："取我的乾坤子午混元钵来！"老道就倚仗他这种法宝为镇观之宝。这个乾坤子午混元钵，经过四个甲子，里面有五行真火，勿论甚么妖精，装在里面，六个时辰化为脓血。就是西方罗汉装上，都能把金光炼散，过不去伽蓝山。老道叫童子把乾坤子午混元钵取来。悟禅也是胆量不小，并不知他这乾坤子午混元钵的厉害。焉想到邵华风口中念念有词，把混元钵的盖打开，出来五道光华，分为青黄赤白黑，把悟禅一卷，卷到混元钵里去。老道把盖一盖，说："孽畜自来找死，休怨山人，六个时辰将你化了就完了。"众人说："还是祖师爷佛法无边。"

邵华风当时用符咒封上混元钵。大概悟禅要想逃命，势比登天还难。不知后事如何，且看下回分解。

第七十一回　鲁修真涉险入慈云　坎离道施智放悟禅

话说赤发灵官邵华风，将悟禅装到乾坤子午混元钵之内，大众立刻回归到里面。邵华风升了殿，把乾坤子午混元钵用符咒封好，说："六个时辰，他准得化为脓血，这也是他自送残生。"大众说："还是祖师爷法力无边。"正说着话，只见由外面跑进来左门真人陈本亮说："回禀祖师爷，外面现有八卦山松阴观坎离真人鲁修真前来禀见。"

书中交代，鲁修真从那里来呢？这内中有一段隐情。原本前者济公差刘妙通拿书信够奔松阴观去请鲁修真，刘妙通拿着书信来到松阴观门首，一叫门，由里面小道童儿出来。刘妙通说："道兄请了！"小道童说："你来此何干？"刘妙通说："我叫刘妙通，奉济公禅师之命，前来禀见真人，有要紧的大事。”小道童说：“你在此少候，我到里面去回禀。”当时来到里面，一见鲁修真，道童说：回禀祖师爷，现有刘妙通奉济公之命前来禀见。”鲁修真说：“叫他进来。”小道童来到外面，说：“祖师爷叫你进去。”刘妙通一看屋中幽雅沉静，鲁修真在上首椅子上坐定，头戴青布道冠，身穿蓝布道袍，腰系杏黄丝绦，水袜云鞋，面如三秋古月，发如三冬雪，须赛九秋霜，一部银髯。刘妙通赶紧行礼，说：“祖师爷在上，弟子刘妙通参见祖师爷！”鲁修真说：“你来此何干？”刘妙通说：“我奉济公禅师之命前来，有一封书信给祖师爷观看。只因赤发灵官邵华风，在慈云观谣言惑众，起意造反，招聚绿林中的江洋大盗，发卖薰香蒙汗药，使人在外面拍花害人，有七十二座黑店，五百只黑船。济公由常州府叫我前来。”说罢，将书信拿出来，递与鲁修真。鲁修真打开书信一看，面上没字，就是画着一个酒坛子，钉着七个锔子，里面书信写的是：

灵隐寺遣济字启鲁真人台览：日前一别，天南地北，人各一方，实深想念。伏思真人坐守深山，清修古观，乃道高德重之人。近仙驾起居安燕，阖庙清吉，定如意祝耳！敬启者，令徒赤发灵官邵华风，现在慈云观，招聚绿林贼寇，妖言惑众，起意叛反。手下有贼船黑店，发卖薰香蒙汗药，使人四处拍花，陷害良民，罪莫大焉。贫僧乃世外之人，你我俱不应管尘世之事。无奈令徒太以招摇，杀害生灵，势派太大。诛恶人即是善念。今小徒悟禅受邵华风所害，装在乾坤子午混元钵之内，祈真人鹤驾光临搭救！见字切勿耽延，则功德无量矣！余无别叙，面见再谢，即请法安！不一。

鲁修真看罢，点了点头说：“济公前者跟我提过此事。刘妙通你就给我看庙，我赶紧就走。我这庙中几个童子，不能掌事。”刘妙通说：“祖师爷请罢，我看庙就是了。”鲁修真当时下了八卦山，驾起趁脚风，展眼之际，先来到常州府衙门。叫官人往里一通禀，济公正同知府在书房谈话，济公赶紧吩咐有请。鲁修真有人带领来到书房。和尚说：“真人来了！”鲁修真说：“圣僧，久违少见！”和尚说：“顾大人，我给你引见引见，这是八卦山坎离真人鲁老道爷。”知府顾国章跟老道彼此行礼。鲁修真说：“圣僧方才遣刘妙通去给我送信，所有的事我都知道了，圣僧还有甚么吩咐么？”和尚有未卜先知之能，说：“现在小徒已被赤发灵官邵华风用乾坤子午混元钵装起来，真人急速去搭救才好。去晚了，小徒悟禅性命休矣！”

鲁修真立刻告辞，出了知府衙门，驾起趁脚风，来到慈云观门首。一声“无量佛”，说：“烦劳你等，到里面通禀，就提八卦山鲁修真前来拜见。”左门真人到里面回禀，邵华风说：“原来鲁修真来了。按说从先我在八卦山之时，他是我的师父。现在我已然另投别门，再说不久我得了宋守江山社稷，乃九五之尊，就不能论师徒之情，先得论君臣礼。”大众说：“祖师爷言之有理。”邵华风说：“有请。我不便迎接他，叫他自己进来。”左门真人陈本亮立刻来到外面，说：“我家祖师爷有请！”鲁修真迈步往里够奔，一直来到大殿。抬头一看，见赤发灵官邵华风在上面端然坐定，两旁边也有老道，也有僧家，高的，矮的，胖的，瘦的，老的老，少的少，真有百余人。鲁修真来到大殿上，邵华风并没离开座位，坐着一抱拳，说：“真人来了，旁边看座！按说你我也算师徒，现在我不久就要登基坐殿，有九五之分，先论君臣礼为重，再说我又拜了马道玄为师。”鲁修真到并不动怒，在旁边落座，说：“我到是前来望看望看你，听说你这里声势甚大，我特来瞧你，到并无别事。”邵华风说：“我将来面南拜北，封你为护国仙师。”鲁修真说：“好。我听说你有一宗宝贝，叫乾坤子午混元钵，你拿出来我瞧瞧。当初这宗宝贝，可是八卦山松阴观镇观之宝，我可没试验过。你拿出来，我开开眼，见见世面。你可不必多心，我并无别意。”

邵华风料想给他瞧瞧也不要紧，说：“你要瞧也可行，我现在混元钵里可装着人呢。”鲁修真故作不知，说：“装甚么人呢？”邵华风说：“装着济颠和尚的徒弟，是一个妖精，六个时辰就能化为脓血。他无故前来跟我做对，这也是自找其死。真人你要看可别掀盖，一掀他可就跑了。”鲁修真说：“我瞧瞧甚么样儿。”邵华风说：“童子把乾坤子午混元钵取来。”童子拿过混元钵，就递给鲁修真。鲁修真一看，说：“原来是这种样子，还用符咒封着呢。这有甚么好处呢？”邵华风说：“里面有三昧真火，勿论甚么妖精，装到里面，六个时辰都化脓血。就是西方罗汉，都能把金光炼散。”鲁修真说着话，一掀盖，由里面滋溜冒出一股黑烟，小悟禅跑了。邵华风说：“你怎么把妖精放了？”鲁修真说：“我到是无意之中。小小的妖怪跑了跑了罢，总是他不该死，便宜他去了。那时他来再拿他，也不算甚么。”邵华风一见，心中一动，勃然大怒，说：“好鲁修真，这分明你被济颠和尚的主使，前来救他徒弟。你不说帮着我，你反向着外人。你今天既来到这慈云观，休想放你出去。”鲁修真说：“你休要多疑，我跟济颠和尚并不认识。”说着话，站起来往外就走。邵华风说：“你拿我的宝贝那去？”鲁修真并不回头，往外就跑。邵华风下了座位，往外就追。追出山门再找鲁修真，踪迹不见。焉想到鲁修真借着遁光走了，把乾坤子午混元钵收了去。

邵华风一瞧鲁修真把宝贝拐了去，他就愣了，众人追赶出来，说：“祖师爷怎么样了？”邵华风说：“好鲁修真，把我的宝贝诓了去，这必是济颠僧叫他来的。”大众说：“祖师爷这一丢宝贝，此乃大大不幸！再说倘若济颠和尚前来，如何敌他？”邵华风说：“那到是小事，我有几个朋友，在万花山圣教堂，有八魔，都是术学旁门，要拿济颠和尚，易如反掌，不费吹灰之力，再说还有陆阳山花面如来法洪。”大众说：“祖师爷进去罢。”邵华风回来，立刻升殿。

忽然外面有双钩护背张三郎，探事回来禀报。如此这般一说，把邵华风气得须眉皆张，当时要派人夜入常州府前去行刺。不知后事如何，且看下回分解。

第七十二回　黄天化行刺被捉　顾国章调兵剿寇

话说双钩护背张三郎，一见邵华风，说：“常州府现在调官兵，要前来攻打慈云观，祖师爷早作准备。”邵华风一听，气往上撞，说：“这是济颠僧的蛊惑，哪位先去到常州府，把知府连济颠僧一并给我杀了，算奇功一件。那位敢去？”大众听这句话，目瞪痴呆，并没人答话。邵华风说：“莫不成这些人，就没有一位敢去的么？”话言未了，旁边有人答言，说：“祖师爷不便着急，这件事我去。”邵华风一看，说话这位乃是都天道长黄天化。邵华风说：“黄道兄你有这样胆量？”黄天化说：“这小事一段。无奈我一个人，单丝不线，孤树不林。一个人是死的，两个人是活的，那位跟了我去？”大众一个个并没人答话。黄天化说：“众位都畏刀避剑，怕死贪生么？既是众位都不敢去，我只好一个人去罢。”邵华风说：“黄道兄要去，待山人敬你三杯酒，以助英雄之胆！”黄天化说：“祖师爷不必预备酒。等我回来，将知府、济颠的人头带来再喝，方显我的英名。”邵华风说：“好道兄，请罢！我等眼观旌旗捷，耳听好消息。但愿你到那里，旗开得胜，马到成功。”黄天化立刻告辞下山，直奔常州府而来。

书中交代，一落笔难写两件事。济公遣鲁修真去救悟禅走后，少时有人进来回禀：“外面有金毛海马孙得亮、火眼江猪孙得明、水夜叉韩龙、浪里钻韩庆，四个人前来禀见。”济公吩咐叫他等进来。四个人来到书房，一见和尚，孙得亮说：“我等奉圣僧之命，够奔慈云观破贼船，我四个人心高性傲，要打算拿邵华风，不想被贼人妖术所擒。幸亏少师父悟禅去，把我四个人救出龙潭虎穴，叫我四个人回来。圣僧还有甚么用我等之处？”和尚说：“还有一事奉烦。”孙得亮说：“圣僧有话只管吩咐，我等只要能行，万死不辞。”和尚说：“我这里有一封锦囊……”附耳如此这般这般，“照我字柬行事，你四个人奔西湖灵隐寺去罢。”四个人点头答应。和尚叫知府给四个人拿了五十两作盘费，四人告辞去了。少时小悟禅也回来了，济公说：“我不叫你去，你不听。”悟禅说：“我没想到这个妖道真厉害，要不是鲁修真前去救我，我命休矣。”和尚说：“我这里不用你，你到西湖灵隐寺去，”附耳如此如此，“谨记在心，我已然派孙得亮四个人去了，恐其他四个人办理不善，你去，过了下月十五再回来，不准违背我的话。”小悟禅点头。

正说着话，有人进来回禀：“鲁修真回来了！”和尚叫人把鲁修真让进来。鲁修真说：“圣僧吩咐的事，我都办了。少师父可曾回来？”和尚说：“回来了。”小悟禅过来答谢鲁道爷救命之恩。和尚说：“悟禅你去罢。”悟禅告辞走了。和尚说：“真人多有辛苦！”鲁修真说：“圣僧还用我不用？”和尚说：“真人先请回山！”鲁修真告辞去了。知府说：“贼人势派太大了。圣僧，你看怎么办才好？我已然知会了兵马都监，叫他调官兵去办案，可不定怎么样。”和尚说：“大人不用忙，慢慢地商量着办。”

知府见天光已不早了，吩咐在书房摆酒，陪着和尚吃饭，直吃到一更多天。忽然间和尚打一冷战，和尚一按灵光，早已察觉明白，口念：“阿弥陀佛，善哉善哉！”知府顾国章说：“圣僧甚么事？”和尚说：“没甚么事，我变个戏法给你瞧。”顾国章说：“甚么戏法？”和尚说：“我变平地抓鬼给你瞧。”知府纳闷，不懂得甚么叫平地抓鬼。书中交代，此时都天道长黄天化早来了，老道在房上趴着。黄天化暗中窥探，是一个穷和尚，褴褛不堪，短头发有二寸多长，一脸的油泥，长得人不压众，貌不惊人。黄天化心里说：“这就是济颠僧？我打算是项长三头，肩生六臂，脚蹬肩膀走道，人上之人呢。真是闻名不如见面，见面胜似闻名，原来是一个丐僧。据我看大概也没有甚么能为。”心中正在思想之际，听和尚说要变戏法，黄天化一想：“我何必等他睡着了行刺呢，径直下去亮刀把他杀了就完了。”心里正在盘算，主意未定。和尚在屋中用手一指，口念：“唵嘛呢叭嗻吽！唵敕令赫！”黄天化就仿佛有人推他一把，由房上翻身掉下来，把知府唬了一跳。手下人说：“有贼！”立刻把老道按住捆上，拿到房中。和尚说：“好东西，你这胆子真不小！你趁此说实话。”黄天化说：“罢了，我既被你等拿住，我告诉你。我叫都天道长黄天化，我奉赤发灵官邵华风之命，前来行刺，杀知府，杀济颠，不想今天被获遭擒。这是以往真情实话，杀剐存留，任凭于你。”和尚说：“大人，你派人先把他钉镣入狱。”知府立刻派手下人，将老道带下去收监。

这个时节，忽然有差官来回禀：“今有兵马都监陆大人派人来知会，今天白天陆大人派一位承信郎杨忠，带一百兵坐着两只小船，去到慈云观办案。不想船到牛头峰以下，贼人竟敢亮了队，贼首净江太岁周殿明，带领无数水鬼喽兵，用锤钻下水，把小船钻了一只，承信郎杨老爷阵亡了，一百官兵落水，淹死五十三个，逃回四十七名，糟蹋了一只船。兵马都监陆忠陆大人派人来报。”知府顾国章一听，大吃一惊，说：“这还了得！贼人竟敢拒捕官兵，情同叛逆，慈云观简直是反了！圣僧，你老人家可有甚么高妙主意？本府我打算调本地面的兵船，会合兵马都监，前去剿贼，求圣僧你老人家帮着破慈云观。”和尚说：“我帮着破也行，可得依我出主意。头一则得调水兵战船，贼人牛头峰有水鬼喽兵，陆营官兵不习水战，去了也是白送命，往返徒劳。再说老道妖术邪法，须排演激筒兵，找妇人的脏秽之物，要用黑狗血、白马尿，方能破得了贼人的妖术。”知府说：“别的都好办，惟有妇人的脏水可难找。”和尚说：“容易，只要有钱就买得出来。大人你拿二百银子，十两银子一筒，叫手下人去买二十筒来。”顾国章点头答应，叫手下人拿二百银子出去买去。果然有钱就能办事，就有人卖，两天的工夫，把二十筒脏水预备齐了。和尚叫顾国章知会了兵马都监陆忠陆大人，调一千能征惯战的水兵，战船二十只。和尚教给众兵练激筒，两个人抬筒，两个人手持兵刃护激筒，两个人打激筒，一个人掌令旗，七个人一分。和尚把激筒兵先排演好了。

这天兵船齐备，和尚同知府顾国章、兵马都监陆忠，带领雷明、陈亮，本衙门挑二百快手，共一千二百人，上了兵船，飘飘荡荡够奔牛头峰。和尚吩咐：“叫水性精通的兵先护住船底。”兵船来到牛头峰，相离不远，只见牛头峰三声炮响，金鼓大作，贼人把战船一字排开。原本早有人报进水师营去，镇南方五方太岁孙奎，正同净江太岁周殿明在中军帐谈话。周殿明说：“孙大哥，这几天也没听见信，前者五路督催牌双钩护背张三郎回来禀报，说常州府要来攻打慈云观。那一天来了两只小船，也无非百八十个官兵，一个小武职官，被你我把他等船钻了一只，伤损几十个官兵。我只打算常州府决不能善罢干休，必然还有官兵前来。祖师爷叫你我昼夜小心防范，不可大意。不想这几天到安静了，真令人难测。”镇南方五方太岁孙奎说：“贤弟你看将来怎么样？祖师爷可能成事否？”周殿明说：“要据我想，祖师爷神通广大，法术无边，再说众位真人都是精通法术，官兵来了，也是白送残生。”孙奎说：“我想官兵这两天没动作，必有缘故。要来必不善，善者不来。”

正说着话，忽然外面有人进来禀道：“现有常州府来了二十只兵船，官兵无数，刀枪如林，直奔牛头峰而来。相离不远，请都督早作准备。”孙奎说：“你看如何？”赶紧吩咐齐队，“呛啷啷”一棒锣声，把队伍调齐，兵船撞出牛头峰，要与官兵决一死战。不知后事如何，且看下回分解。

第七十三回　雷陈奋勇杀水寇　妖道施法战官兵

话说镇南方五方太岁孙奎得报，现有官兵前来攻打卧牛矶。孙奎立刻吩咐手下水鬼喽兵调齐了队伍，麻洋战船五十只，一字摆开，旗幡招展，号带飘扬。当中一杆大旗，三丈三高，葫芦金顶，火雁掏边，蜈蚣走穗，坠脚铜铃，被风一摆，“哗愣愣”乱响，白缎子旗上面有黑字，写着“三军司命”，当中斗大的一个“孙”字，背面一个“帅”字。孙奎手擎三截钩连枪，头戴分水鱼皮帽，日月莲子古水衣水靠，油绸子连脚裤，香河鱼皮岔，面如紫玉，紫中透红，粗眉大眼，颏下一部花白胡须扇满胸前，真是威风凛凛，相貌堂堂。对面官兵船只，队伍整齐，正当中一杆大旗，上面一个“陆”字，上首里是知府顾国章，下首里是一个穷和尚。

五方太岁孙奎吩咐：“你等那个前往？先把知府顾国章结果了性命！”话言未了，旁边有人一声答话说：“待我前去！”孙奎一看，乃是翻浪鬼王连，手中一摆三截钩连枪，船往前一撞。王连站在船头，说："那个小辈敢前来送死？"兵马都监陆忠一看，这个贼人，身高有八尺，膀阔三停，头上戴分水鱼皮帽，日月莲子古水衣水靠，油绸子连脚裤，香河鱼皮岔，面似油粉，两道剑眉，一双三角眼，鹰鼻子裂腮额，长得凶如瘟神，猛似太岁，手中擎着三截钩连枪。陆忠吩咐："尔等何人前往，把贼人给我拿来，算奇功一件。"旁边有一位承信武功郎王文玉说："大人不必着急，待卑职前往。"王文玉刚要摆刀出来，和尚说："且慢！这些贼人都是高来高去，江洋大盗，能为武艺出众，本领高强。王老爷去未必拿得了他，恐其受他人所算。"陆忠说："依圣僧该当如何？这些贼人竟敢堂堂掌鼓，正正执旗，拒捕官兵，这还了得？"和尚说："陈亮你去把贼人结果了性命，以振军威。"圣手白猿陈亮遵命，立刻拉出单刀，往前赶奔。

翻浪鬼王连正在扬扬得意，一瞧由官兵队闪出一人，身高七尺以外，细腰扎背，头上戴翠蓝色六瓣壮士巾，迎门拉茨菇叶，鬓边斜插一朵守正戒淫花，身穿蓝箭袖袍，腰系丝鸾带，单衬袄，薄底靴子，前后衣襟掖着，面如美玉，粗眉大眼，手擎钢刀，来到船头。王连用三截钩连枪一点指，说："来者小辈，尔是何人？竟敢前来送死！"陈亮说："你要问，你家大太爷我姓陈名亮，绰号人称圣手白猿。尔是何人？"王连说："我姓王名连，绰号人称翻浪鬼是也。你要知道我的厉害，趁此回去，休要前来送死。"陈亮哈哈一笑，说："你等这些无知的叛逆，真是执迷不悟！大宋国自定鼎以来，君王有道家家乐，天地无私处处同。你等都是大宋国的子民，不思务本分，听妖道谣言惑众，聚党成群，叛反国家；皇上家省刑罚，薄税敛，五谷丰登，万民乐业，君正臣忠，那一样亏负了你们？你等无故杀害生灵，涂毒百姓，上招天怨，下招人怨，乱臣贼子，人人得而诛之。你岂不知一日为贼，终身是寇？上为贼父贼母，下为贼子贼妻，被在官应役拿住，刨坟三代，祸灭九族，死后落个骂名千载。你等要知时达务，趁此率众跪倒，认罪服输。本处知府大人，有一分好生之德，还许饶尔不死。如要逞强抗横，谅慈云观也无非弹丸之地，尔手下统带，不过蚁群蚁团，乌合之众，架不住婴儿投石。现在都监知府，带领天兵一到，尔趁此投降免死！"王连一听，气得哇呀呀怪叫如雷，说："小辈休要说此朗朗狂言大话！你岂不知天下乃人人之天下，非一人之天下，有德者居之，无德者失之。胜者王侯，败者贼寇。桀犬吠尧，各为其主。谅尔有多大能为？"陈亮一听，气往上撞，摆刀照贼人劈头就剁。王连用手中枪往上一架，陈亮撤刀分心就扎，贼人斜抱月往外一崩。陈亮一顺刀，照贼人脖颈就砍，贼人立上铁门闩，往上相迎。两个人在船头一动手，各施所能。陈亮一想："今天当着知府顾国章一干众人，总得努点力，人前显耀，鳌里夺尊。"两个人杀了个难解难分，陈亮把刀的着数一变别，一刀跟着一刀，一刀紧似一刀，贼人王连只有招架之功，并无还手之力。

这个时节贼队之内，有人一声喊嚷："待我来！"一摆钩连拐直奔船头，要帮着王连动手。这边雷明一看，出来这个贼人，黄脸膛，短眉毛，母狗眼，也是头戴分水鱼皮帽，日月莲子古，一身水师衣靠。雷明拉出手中刀，一声喊嚷："好囚囊的！打算两个打一个？待我来拿你！"贼人一看雷明，长的红胡子，蓝靛脸，二眸子一瞪，令人可怕。贼人不顾去帮着王连，赶紧把手中兵刃一顺，问："来者尔是何人？"雷明说："你家大太爷姓雷叫雷明，人称风里云烟。你小子姓甚么，叫甚么？你家大太爷刀下不死无名之鬼。"贼人说："你要问，大太爷名叫胡芳，人称破浪鬼。"雷明说："你小子是鬼，今天就叫你做鬼。"一摆刀照定贼人劈头就剁，贼人用钩连拐急架相还。要议论能为，雷明、陈亮胜强百倍，胡芳焉能是雷明的对手？三五个照面，被雷明一刀，扎在梗嗓咽喉。贼人当时一翻身，掉在水内。翻浪鬼王连见胡芳一死，他心里一发慌，被陈亮手起刀落，将贼人结果了性命。

五方太岁孙奎一见手下两员偏将死在雷明、陈亮之手，贼人气得"哇呀呀"怪叫，手下令旗一摆，有水鬼喽兵五十名，各拿锤钻下水，打算要钻官兵的船底。焉想到和尚早有防备，船底下有能征惯战水兵一百名，各擎兵刃护船底。见对面来了数十个水贼，各拿锤钻奔船底来，这边官兵用枪就扎，来一个扎一个。五方太岁孙奎在上面看着水花一滚，死尸往上一翻，水一发红，大慨是死了一个，孙奎就知道事情不好，当时一摆手中纯钢鹅眉刺，赶奔上前，照定雷明分心就扎，雷明摆刀急架相还。陈亮刚要摆刀过去帮着雷明，净江太岁周殿明，一摆钢刀过来敌住陈亮。四个人如同走马灯相仿，真是棋逢对手，将遇良才，四个人不分高低上下。

正在动手之际，和尚说："陆大人，你传令叫官兵前进，一拥齐上。"陆忠这才一晃令旗。这些官兵都是久操练之兵，真是队伍齐整，大众一声喊"杀"，各摆兵刃往上就拥。贼兵虽人多，队伍杂乱。本来这些贼人，都是些无业的游民，素常又不操练，有事也无非狐假虎威，打胜不打败。官兵众人，抱成一个团，枪刀乱递。贼人大众一乱，展眼杀伤数十个。后队见前队一伤人，后队更乱了，也有跳河的，也有会水的由水内逃命。镇南方五方太岁孙奎、净江太岁周殿明，见事不好，孙奎说："合字风紧急，浮流扯活罢！"周殿明一想："已然是敌挡不住了，莫若趁此逃走。"想罢，摆刀照定陈亮虚点一刀，拨头拧身窜下水去。孙奎也跳下水去逃命。雷明、陈亮不会水，见贼人跳下水去，二人回归本队。展眼之际，贼人四散奔逃，官兵把贼人船只，都抢过来。济公吩咐船进山口，来到山坡，把船只靠岸，陆忠带队下船，激筒兵也都下了船。方要上山，只听山上锣声阵阵，众人抬头一看，见由慈去观出来无数的老道，真有百余人。

原来赤发灵官邵华风早已得报。邵华风正在大殿升坐，有牛头峰的小头目跑进来说："回禀祖师爷，大事不好！现有常州府带领无数官兵，二十只战船，来到山口，跟水军都督孙奎开了仗，请祖师爷早作准备。"赤发灵官邵华风一听，勃然大怒，说："众位真人随山人出去，跟他等决一死战。"众老道一个个扬扬得意，各持宝剑，出了慈云观。只见官兵队已然进了山，邵华风说："好一班无知的孽障，胆敢前来送死！待山人全把他等结果了性命。"话言未了，旁边七星道人刘元素说："祖师爷暂息雷霆之怒，谅他等这些无名小辈，何必你老人家亲身临敌？待我拿他，不费吹灰之力。"刘元素立刻口中念念有词，一声"敕令"，平地起了一阵狂风，走石飞沙，直奔官兵队。真是天昏地暗，日色天光，官兵俱不能睁眼。众官兵说："妖术邪法可了不得，济公快来！"和尚哈哈一笑。僧道斗法，且看下回分解。

第七十四回　激筒兵扬威破邪术　济长老涉险捉贼人

话说七星道人刘元素一念咒，走石飞沙，直奔官兵队而来。官兵全都不能睁眼，大家齐声喊嚷："济公快来！"和尚用手一指，口念六字真言："唵嘛呢叭㖿吽！唵敕令赫！"立刻风定尘息。七星道人一见穷和尚，唬得拨头就往回跑。八卦真人谢天机一声"无量佛"，说："贤弟你闪在一旁，待我拿他。"伸手拉出宝剑，往前赶奔，说："来者你就是济颠么？"和尚说："然也，正是。"谢天机说："你可知道你家祖师爷的厉害？你要知时达务，趁此过来跪倒，给我磕头，叫我三声祖师爷，山人有一分好生之德，饶尔不死。如要不然，当时我要结果你的性命。”和尚说：“好杂毛老道，你给我磕头，叫和尚老爷三声祖宗尖，我也不能饶你。”八卦真人谢天机看和尚是一个凡夫俗子，他那里瞧得起他？焉知道和尚早把佛光、灵光、金光闭住。老道举宝剑过来，照和尚劈头就剁，和尚滴溜一闪身躲开，伸手掏老道一把。老道一剑跟着一剑，也砍不着和尚。和尚掏一把，拧一把，拧一把，掏一把。老道真急了，立刻口中念念有词，由平地起了一阵怪风，从空中来了许多毒蛇怪蟒，兔鹿狐獾，无数的野兽，直奔官兵队，张牙舞爪，要咬官兵，唬得官兵纷纷倒退。和尚用手一指，口念：“唵嘛呢叭㗂吽！”立刻现了一道黄光，这些东西都现了原形，全是纸的，坠落于地。八卦真人一瞧事情不好，连忙跑回去说：“祖师爷，我等法力太小，敌不了和尚。请祖师爷大施佛法，去把和尚拿住。”

邵华风一见，气得连声喊嚷，立刻一摆宝剑，赶奔上前说：“好济颠，我山人跟你远日无冤，近日无仇，你无故跟我作对。今天祖师爷将你拿住，碎尸万段，方出我胸中的恶气。”和尚说：“好孽畜，你就是赤发灵官邵华风么？”老道说：“正是你家祖师爷。”和尚说：“好，我正要拿你。你既是出家人，就应当奉公守分，跳出三界外，不在五行中，一尘不染，万虑皆空，扫地不伤蝼蚁命，爱惜飞蛾纱罩灯，老道应当戒去贪嗔痴爱恶。你无故妖言惑众，杀害生灵，招聚绿林江洋大盗，发卖熏香蒙汗药，贻害四方，使人各处拍花，败坏良家妇女，拆散一家骨肉分离，上招天怒，下招人怨。天作孽，犹可违；自作孽，不可活。我和尚并不愿多管闲事，无奈你实属罪大恶极，我和尚诛恶人即是善念。今天该当你罪贯满盈，你还执迷不悟，强欲抗横？”老道一听，气得三尸神暴跳，五灵豪气腾空，摆宝剑照和尚劈头就剁。和尚闪身躲开，走了三五个照面，和尚身体灵便，老道砍不着，真急了，身子往旁边一闪，说：“好颠僧，气死我也！待山人用宝贝取你。”和尚说：“你把你的宝贝掏出来，我瞧瞧。”老道由身背后拿出一个葫芦，里面是五百阴魂，都是不该死的人，前者众老道炼百骨神魔害的人收来的。今天老道真急了，口中念念有词，把葫芦嘴一拔，放出五百阴兵，立刻天昏地暗，日色无光，鬼哭神嚎，直奔官兵队。和尚赶紧吩咐拿激筒打，众官兵立刻用激筒一打。这脏秽之物，专破邪术。展眼之际，阴兵四散，化为飞灰。赤发灵官邵华风一见和尚破了他的阴兵阵。老道大吃一惊，立刻又要念咒。和尚吩咐官兵用激筒打老道，官兵用激筒照老道一打，众老道浑身上下都是脏水，念咒也不灵了。大众说：“祖师爷可了不得了。”邵华风说：“快跟我走。”众人拨头就往庙里跑。和尚说：“追！”官兵队直追到慈云观山门以外。和尚吩咐官兵把东西南三面围住，陆忠传令围庙。官兵虽有一千余人，慈云观地势太大，也不能满围过来，官兵就把前面扎住。和尚说：“陆大人顾大人随我进庙。”

大众带领亲随人等，进了庙门一看，正北是大殿五间，有月台，东西各有配房。在大殿两旁边有两个八角的亭子，里面当中仿佛像两眼井口。和尚来到东边井亭子，往下探头一看，大众说：“不用说，众妖道许由井亭子逃走，也许是地道。”话言未了，只见由井口里伸出一只大手，真有五六尺大，一手的黑毛，竟把济公的脑袋抓住，就听和尚一嚷：“可要了我的命了！”大手把和尚揪下井亭子去。知府顾国章众人唬得亡魂皆冒，说：“这可竭了！大概济公要没了命！”此时雷明、陈亮等一看，心中好似万把钢刀扎心，不亚如叉挑五脏，油烹肝花，箭刺了雄心，刀剜了铁胆。雷明本是一个忠厚人，心中一想：“师父待我等恩重如山，屡次救我等的性命。现在他老人家被大手抓下去，不知生死，我这条命不要了，到要跳下去看看这里面是怎么一段情节，看个水落石出。”猛英雄想罢，撒腿就跑，来到井亭，把心一横，跳下去了。陈亮一看，急得一跺脚，自己心中一阵难过，想二哥已跳下去，世上都知道有雷明就有陈亮，有陈亮就有雷明，我二人活着在一处为人，死了在一处做鬼。想罢就往前跑。知府顾国章刚要拦，这句话没说出来，见陈亮已跳下去了。急得顾国章一跺脚，自己一想："济公、雷明、陈亮，大概是没了命。这老道再出来，谁能敌挡得了？"官兵众人一个个无不胆战心惊。顾国章一想："为人子孝当竭力，为人臣忠则尽命。既受国家俸饷之德，理应当答报君恩，以身许国，为国捐躯，莫若我也跳下去，一死万事皆休。"正在心中思想之际，只听大殿旁一声喊嚷："无量佛，善哉，善哉！你等放着天堂有路你不走，地狱无门自找寻。"众官兵抬头一看，只见由后面出来一个老道，头戴青缎子九梁道巾，身穿蓝缎色道袍，周身绣八卦，按着乾三连坤六断离中虚坎中满，当中八卦太极图，紫脸膛，凶眉恶目，众官兵唬得魂不附体。

书中交代，怎么一段事呢？原来赤发灵官邵华风众妖道被激筒打得一身脏血水，众妖道跑到后面。邵华风说："可了不得，好济颠僧，施展这样狠毒之计，破了我的法术。众位快把身上洗干净，再作道理，山人焉能跟济颠僧这厮善罢干休？"众人赶紧打了净水，把浑身都洗干净。赤发灵官邵华风说："众位那位去探探去？"乾法真人赵永明说："我去。"邵华风说："你附耳过来，如此如此。"赵永明点头答应，说："那位去到前面探探去？"旁边有黑虎真人陆天霖说："我去。"立刻往外够奔。

方奔到二门，有两个从人说："真人你上那去？方才和尚被大手给抓下去了，连那两个姓雷姓陈的都跳到井亭子里去。"陆天霖一听，说："这可是活该，待我去看看。"老道这才来到外面，站在大殿一看，工夫不大，只见由井亭里扔出一只胳膊来，鲜血淋淋，是现砍下来的样子。老道在大殿上看得真真切切，鼓掌大笑。兵马都监陆忠同知府顾国章也都看见了，唬得颜色更变。顾国章说："可了不得了，大概是济公被贼人害了，把胳膊砍下来。"兵马都监陆大人说："顾大人你看，这不是济公的胳臂。"顾国章说："都监何以见得呢？"陆忠说："你看，要是济公的手有泥，肉皮不能这么白。"顾国章一想言之有理，说："要不是济公，这必是雷明、陈亮。可惜这二位侠义英雄，一不为名，二不为利，一旦之间丧在妖人之手。"正在叹息之际，忽见由井亭子又扔出一条大腿来，也是鲜血淋淋，瞧着甚为可惨。老道黑虎真人陆天霖看够多时，一阵狂笑，说："好一个胆大的知府，竟敢前来送死！山人今天全把你等结果性命。"

说着话，老道摆宝剑往前够奔，口中咕哝咕哝，又念起咒来。顾国章一瞧事情不好，赶紧吩咐："尔等快拿激筒打。"这句话尚未说完，就听由西角门一声喊嚷："哎呀，阿弥陀佛！好孽畜！你又来兴怪作妖？待我拿你。"众官兵抬头一看，见和尚"梯他梯他"脚步踉狂，来到大殿以前，众人目瞪痴呆。不知罗汉爷从何处而来，且看下回分解。

第七十五回　济公兵困慈云观　妖道率众渡长江

话说黑虎真人陆天霖方要念咒，跟官兵作对，只见济颠和尚来了，老道唬得拨头就跑。跑到后面一看，赤发灵官邵华风众人全都踪迹不见。陆天霖一想："这到不错，大众拿我作了押帐了，全都跑了，我也跑罢。剩我一个人，单丝不线，孤树不林。"老道立刻奔后山牛背驼竟自逃走。

书中交代，赤发灵官邵华风那去了呢？原本众人一商议，见事不好，大概今天慈云观是保守不住了。邵华风咬牙忿恨济颠和尚无故跟我作对，把我这座铁桶相似一座庙给毁了，闹得我上天无路，入地无门。邵华风说："众位，现在济颠和尚把我的庙毁了，我焉能跟他善罢干休？我由这里够奔临安城，到西湖灵隐寺，把他庙里的僧人见一个杀一个，刀刀斩尽，剑剑诛绝，然后放火一烧庙，我也算报了仇。众位，那位愿意去跟我走一趟？如不愿意去，众位够奔仙人峰弥勒院，到通天和尚法雷那里去等我，不见不散。"旁边有前殿真人常乐天、后殿真人李乐山、左殿真人郑华川、右殿真人李华山、七星道人刘元素、八卦真人谢天机、乾法真人赵永明、艮法真人刘永清、乾坎艮震巽离坤兑八位真人，连黑毛蚤高顺、铁贝子高珍，这些人都要跟着邵华风；迷魂太岁田章，带领单刀太岁周龙，笑面貔貅周虎，一干众薰香会的人单走；众采药真人巡山真人在一处走：分为三起，逃出了慈云观。来到后山牛背驼，上了船，渡过平水江，来到孤树冈，天光已晚。头一起邵华风众人说："暂且先找地方住下罢。"这孤树冈有慈云观的一座黑店，邵华风带领众人进了店。

这些贼人分头逃走，四散奔逃，也有单走的。内中矮岳峰鲍雷一个人单走，自己觉着垂头丧气，不知如何是好，顺着江岸往东，走了数里之遥。自己觉着口干舌燥，偶见对面有一座小村庄，有茶摊子，鲍雷正想喝茶。来到近前一看，这里坐着两个人，正是追云燕子姚殿光、过度流星雷天化。这两个人是前者奉济公之命，叫他二人今天在这里等候鲍雷，焖上一碗茶，有济公的一块药放在茶内。今天鲍雷方来到近前，姚殿光说："鲍二哥你来了！"鲍雷一见这两个人，立刻把眼一瞪，说："你两个小子，在此做甚么呢？前者叫你归慈云观，你二人不但不归，反到伤了我们一个人，今天你们又在这里。"姚殿光一听，说："你先不用瞪眼，你喝碗茶，有甚么话再说。"鲍雷是真渴了，当时把这碗茶喝下去，出了一身的透汗，心中豁然大悟。鲍雷说："二位贤弟从那来？"姚殿光说："我二人特为来等你。"鲍雷说："我打那来？"姚殿光、雷天化说："我们知道你打那来，你自己不知道么？"鲍雷心中迷迷糊糊，真仿佛做了一场大梦一般，说："哎呀！我家中还有人没有？"姚殿光说："怎么没有？前者我二人到慈云观，奉老太太之命去找你，你要杀我二人，莫非你忘了么？"鲍雷自己一想说："我渺渺茫茫，可记得我自从到了慈云观，邵华风给我一粒药吃，我心里就迷了，瞧见你们就有气，只要你等一归慈云观，我就喜欢了，真乃怪道。"姚殿光说："现有灵隐寺济公长老派我二人来接你，茶里有药，你喝下去才明白了。现在你家里老太太盼你，盼得病了。你先同我二人到家去看看，叫老太太好放心，然后你我再找济公，给圣僧道谢。"鲍雷这才点头，同姚殿光、雷天化回归鲍家庄。这且不表。

单说赤发灵官邵华风，同众人来到孤树冈店内，心中甚是不安。邵华风说："众位，那位到慈云观去探探官兵走了没有？"艮法真人刘永清说："我去探探，祖师爷听候我的回信。"邵华风说："刘真人须要小心。"刘永清立刻出了店，驾着趁脚风，来到慈云观一探，原来官兵正在搜庙放人呢。和尚叫官兵把乾坤所妇女营的被难的放出来，问明白了众妇女的家乡住处，叫官兵给护送回去。

书中交代，和尚由井亭子怎么出来的呢？著书一枝笔，难写两件事。原本八角亭子伸出那只大手，是削器，人在上面一踏削器，这大手就出来，正把人抓住，底下有八个人看守地道，专等拿人。和尚故意叫大手抓下去，底下八个人要打算捆和尚，被和尚用法术定住。雷明、陈亮跳下去，见济公正在地道里站着。和尚说："这八个人害人多了，你两个人先把他等结果了性命。"雷明、陈亮杀这八个人，把胳臂、大腿扔上去，顾国章只打算是雷明、陈亮被害了，其实不是。雷明、陈亮把这八个人杀完了，和尚说："你们两个人到那边地道去找找，有一个人把他救出来。"雷明、陈亮二人顺着地道，找有半里之遥，只见对面有一个人正在那里唉声叹气。雷明、陈亮在头里，济公随后跟着，来至切近一看，见这人身高八尺，膀阔三停，头戴青缎色六瓣壮士帽，身穿青缎色箭袖袍，腰系丝鸾带，单衬袄，薄底靴子，面如紫玉，粗眉朗目，此人非别，乃是飞天火祖秦元亮。雷明、陈亮一看，说："秦大哥你在这里？快快跟我们走！"秦元亮一看，说："雷、陈二位贤弟，你们从那里来的？"雷明说："我等奉济公之命，帮着常州府知府带兵来剿灭慈云观，济公知道你在此遇难，我等特来救你。你怎么会来在这里？"秦元亮说："咳！二位贤弟别提了，我原本是一番好意。我到鲍家庄去瞧矮岳峰鲍雷，听说他归了慈云观。他母亲想他想得病了，我来到这里找鲍雷，劝他回家。不但他不听，他反到叫我归慈云观。我说不归，他把我捆了。一见赤发灵官邵华风，他们给我一粒药叫我吃，我不吃，他说要杀我。后来也不知因甚么，又不杀了，把我弄到这地牢幽囚起来，更难受，生不如死。有四个人看守着我，天天也到给我吃，给我喝，就是出不去。每天这些人劝我，叫我吃他这粒药，说能化去俗骨，成佛做祖。所有是上慈云观来的人，就不叫走，就得吃他们的药，不吃药就给幽囚起来，永不放，急得我心似油烹。我来了有半个多月了，今天看守我这些人都走了。我自己打算出去，也找不着出去的路。你二人由那里进来的？"雷明说："我二人是由亭子跳下来，有济公带领着。"正说着话，见济公来到近前。雷明说："秦大哥，我给你见见，这就是济公长老。"秦元亮赶紧给济公行礼，说："圣僧你老人家来救我再生，我心中实深感激！"和尚说："不便行礼，跟我走罢。"

三个人跟着和尚，走在地道内，各处搜寻，救出数十个被难的人来。和尚把众人带到慈云观前门，问明众人的来历，叫官兵用船只送过平水江，一面派官兵搜查慈云观庙内，抄出无数的金银物件。和尚问道："雷明、陈亮，你二人打算上那去？"雷明、陈亮说："师父不用我等，我二人打算要回家。"和尚说："你二人要回家，可有一节，走在道路上千万要少管闲事，戒之慎之。你二人要不听话，惹出祸来，我和尚可救不了你们。"雷明、陈亮说："是，我二人也不管闲事。"和尚说："我嘱咐你们的。"问："秦元亮你上那去？"飞天火祖秦元亮说："我也要回家了，改日再答谢你老人家救命之恩。"和尚说："那到是小事一段。你三个人要走，可有盘费么？"雷明、陈亮说："盘费到有，师父不必惦念着。"知府顾国章说："三位壮士要走？"吩咐手下人，给三位壮士每人拿五十两银子。三个人还不肯要，和尚说："大人既赏你们，你们就拿着罢。"三个人这才把银两收好，立刻告辞，官兵有船送到南岸。秦元亮谢过雷、陈，告辞单走。

雷明、陈亮二人，连夜往下一走。天光亮了，眼前一座镇店，叫五里碑，有一座万成店，专住来往保镖的达官。雷明说："老三，咱们到店里吃点甚么，歇息歇息再走。"陈亮点头，二人这一到店中，焉想到狭路相逢，又生出一场大祸临身。不知后事如何，且看下回分解。

第七十六回　五里碑雷陈逢妖道　慈云观济公救难民

话说雷明、陈亮由慈云观来到五里碑这座镇店。连夜走路，觉着身体劳倦，也觉着腹中饥饿，见眼前有一座店。原本这座店常住保镖的，雷明、陈亮一进店，小伙计王三认识，知道雷明、陈亮是威镇八方杨明的同伴。伙计说："雷爷、陈爷二位少见那！"雷明、陈亮说："少见少见。"王三说："二位打间上房好不好？"雷明说："好。"伙计带领来到北上房，是一明两暗三间，东西都是单间屋子。二人来到北上房西里间一看，屋里有八仙桌椅子，靠后窗户是一张床，挂着床帏，床上有小桌。伙计给打洗脸水，倒了茶来，说："二位吃甚么？"雷明、陈亮说："你给来两壶酒，先给煎炒烹炸，配六个菜来。"伙计说："是。"转身出去，少时擦抹桌案，把小菜杯碟摆好，把酒菜端来。雷明说："王伙计，你喝一杯。"王三说："请罢。你们二位这是从那来？"雷明说："我们由平水江。"王三说："你们二位由平水江来，没听见慈云观怎么样了？"雷明道："你们也知道慈云观的事么？"伙计说："我们也听见说慈云观有些个老道，谣言惑众，听说常州府调官兵去拿贼，可没得准信。"雷明说："现在有灵隐寺济公长老，带领官兵把慈云观抄了。"伙计说："这就是了。"说完了话，转身出去。

雷明二人喝着酒，雷明说："老三，你我这回闲事总算管得不错，要不是济公他老人家，这些妖道可真办不了。"陈亮说："你我要不是济公，咱们也不管。凡事多一事不如少一事。是非只因多开口，烦恼皆因强出头，这件事总算全始全终。"

二人正说着话，只听后面一声喊嚷："无量佛！店家，有地方没有？"伙计说："有。"雷明、陈亮听声音甚熟，偷着往外一看，来者非是别人，正是赤发灵官邵华风、前殿真人、后殿真人、左殿真人、右殿真人、七星道人、八卦真人这一干群贼，把雷明、陈亮唬得亡魂皆冒。

书中交代，邵华风昨天夜里住在孤树冈店内，派艮法真人刘永清一哨探，官兵围着慈云观，正在放人。刘永清回去说："回察祖师爷，现在官兵并没走。"邵华风说："好，明天你我一早起身，先够奔灵隐寺，见僧人就杀，放火烧庙。回来到弥勒院，找通天和尚法雷，大众聚会在一处，把外面五百只黑船调齐，连七十二座店的人一并凑齐，先杀济颠和尚，然后跟常州府知府决一死战。把知府杀了，我自立为常州王。你等大家须要助我一膀之力。"众老道全都点头答应。在店内住了一夜，今天天一亮众人头一起起身，要够奔临安城。走在这五里碑，众人要吃早饭，见万成客店是一座大店，众人进了店。邵华风说："伙计这里有宽大的屋子么？"伙计说："上房这里方才来了两位，到是打间，众位道爷等一等。我叫上房那两位挪出来，到别的屋吃去也行。"邵华风说："甚好。"

伙计立刻来到上房一看，见雷明、陈亮踪迹不见。书中交代，雷明、陈亮那去了呢？这两个人偷着看是邵华风妖道来了，把雷明、陈亮唬得亡魂皆冒，心中一想："这是对头冤家到了。这要一见着老道，准得要我们的命。"唬得这两个人无处可躲。一撩床帏，藏在床底下去。心里说："只要老道不找，等他们吃完了饭走了，再钻出来。倘若要搜寻着，也是无法，只可认命，万事皆由天定。生有处，死有地。"两个人藏起来，伙计一瞧没了人，说："这件事可怪，怎么会没了人？莫非这两个人是骗子手，没给饭钱就跑了？怎么也没见出去呢？是不是鬼呀？"伙计愣了半天，说："众位道爷进来罢，上房这两个人没有了。"赤发灵官邵华风众人来到屋中说："怎么一段事？"伙计说："这两个人连饭钱没给，也不知甚么时候走的。"邵华风说："走了走了罢，你赶紧给我们要两桌菜。快来，我们吃完了还要赶路呢。"伙计点头，转身出去。邵华风众人也没想到是雷明、陈亮，幸喜没往床底下找。少时伙计把桌子摆上，酒菜端进来，众老道坐下喝酒。邵华风心里是烦。说："众位真人，今天你我快吃，吃完了就走。我恨不能一时到了临安城，把灵隐寺庙里和尚刀刀斩尽，剑剑诛绝，放火一烧庙，我这个仇算报了。我然后再把常州府知府一杀，我自立常州王，众位助我一膀之力。我得了江山社稷，跟你等列土分茅，平分江山。”

说的正在高兴之际，忽听外面有人说：“阿弥陀佛！伙计，咱们这里有十几位老道在这里吃饭，有没有？”伙计说：“有。不错。”众老道一听是济公和尚的口音，众老道唬得连魂都没有了。邵华风说：“众位可了不得了，济颠和尚来了。可恨就是鲁修真，他要不把我的乾坤子午混元钵诓了走，我焉能不是济颠和尚的对手。”此时雷明、陈亮在床底下一听，心中暗喜。

书中交代，外面来者非是别人，正是济公禅师。和尚在慈云观把庙抄了，所有庙里被难的人都放净了，抄出贼人的细软金银不少。知府顾国章把银子赏了这些被难人，分散了有一半，直闹了半夜天光，东方发晓。和尚说：“陆大人你带兵回去罢，暂且把庙封锁。顾大人你也回衙理事，我和尚带着你手下马快班头何兰庆、陶万春两个人，去到戴家堡拿众老道完案。”知府说：“圣僧你老人家既是慈悲，甚好！”立刻叫何兰庆、陶万春跟着圣僧去办案，带上一百银子作盘费，二位班头点头答应。和尚说：“咱们回头见！”立刻告辞分手，坐船来到平水江南岸下了船。和尚带着何兰庆、陶万春往前走来。到五里碑，和尚说：“二位头儿，咱们吃点东西再走。”说着话，进了万成店，和尚说：“辛苦辛苦！咱们这店里，有十几位老道在这没有？”伙计只打算和尚跟老道是一同伴的，赶紧说：“不错，在上房里，我同大师父去。”和尚说：“好。”伙计头前走，说：“众位道爷，有一位和尚来找你们众位。”伙计说着话，没听见上房里有人答言，急至来到上房，掀帘子一看，众老道一个没有了，方才那两位，一位蓝脸的，一位白脸的，又在那里坐着喝上了。伙计一愣，说：“这是怎么一段事？众老道那去了？”雷明、陈亮说：“由后窗户都跑了。”伙计说：“你们二位方才那去了？”雷明说：“老道是我们仇人，我二人在床底下藏着来。”

正说着话，和尚同陶头、何头进来，雷明、陈亮赶紧给师父行礼。伙计说：“老道他们走了，你们二位给这两桌饭钱罢！”雷明说：“我们凭甚么给呀，方才我们要的六样菜，都叫老道吃了，我们这是他们剩的，谁要的菜谁给钱。”伙计说：“这可不行。”正说着话，掌柜的过来问怎么一段事，伙计照样一学说。掌柜的一听，说：“老道为甚么跑呢？这位大师父是谁？”雷明说：“这是灵隐寺济公长老，方才那些老道，都是漏网的贼人。”掌柜的一听说道：“既是济公活佛，这不要紧，勿论吃多少钱，我候了。伙计再给济公添酒换菜，圣僧在这里吃二年，我也不要钱。”本来济公名头高大，掌柜的一恭敬和尚，和尚到说：“不要紧，我给钱。”立刻落座，连二位班头，五个人一处喝酒，开怀畅饮。

吃喝完毕，和尚照数连雷明、陈亮先要的菜，都给了银子。陈亮说：“师父上那去？”和尚说：“我上戴家堡，你二人要回家去罢，千万可要少管闲事。伸手是祸，缩手是福。诸事瞧在眼里，记在心里。要不听我和尚的话，闹出祸来，我和尚可不能管。”陈亮说：“师父不用嘱咐。我二人也不管闲事。”当时二人先告辞出了万成店，顺大路行走。陈亮说：“二哥，你我也该回家了，头一则我妹妹也该聘了。”本来陈亮家里有叔婶，在镇江府丹阳县开白布铺，并不指着陈亮做绿林。他自幼跟叔叔、婶母长大成人。陈亮是自己好在外面闯荡江湖，行侠做义，跟雷明住家相离十里地的街坊。这两个人往前走，来到一座村庄，忽见有一老丈，揪着一个十二三岁的小孩直打。小孩破口大骂，看光景也不是父子，也不是爷孙。雷明一看，有些诧异，连忙上前询问。焉想到这一问，又生出无限是非。不知后事如何，且看下回分解。

第七十七回 赵家庄英雄见怪事 七星观罗汉捉妖人

话说雷明、陈亮要回镇江府,走在道路之上,来到一座村庄,见有一个老者,拉着一个十二三岁的小孩直打,这小孩子口中不住直骂。雷明一看,说:"老三,你看这个小孩,老头为甚么这么大年岁跟小孩一般见识?我过去问问。"雷明来到近前,说:"老头,这孩子是你甚么人,你打他?"老头说:"二位要问,这孩子并不是我甚么人,实在可恨!"雷明说:"既不是你的甚么人,你这么大岁数打小孩子,因为甚么?"老者说:"我告诉你们二位,你给评评理。老汉我姓赵,叫赵好善,我们这地方叫赵家庄。这个孩子叫二哥,他姓陈,他有一个母亲,娘家姓孙,跟我并不沾亲带故。只因他母子逃难,来到我这村庄,我是一片慈心,见他母子可怜,一个年轻的妇人,带着一个小孩子,流落在外乡,连住处都没有,我对门有三间场院房,叫他母子白住,我并不要房钱。他母亲到很安分,天天到七星镇有一家财主家去做针钱过活,早去晚归。人家财主家有小孩子怕打架,他母亲天天去也不带着他。昨天他母亲回来,躺在炕上,一句话也没说就死了。今天我听见说,我一想已然死了,这也无法,谁叫他住我的房呢?我只好给买一口棺材,把她埋了罢。谁想到这孩子他说不叫埋,他说他母亲没病,他还要留着他母亲做伴。二位想想,莫非我这房子就搁着一个死尸占着?世界上也没有死了人不埋的道理。我说要埋,这孩子张口就骂,不叫埋定了。因为这个,骂上我的气来,我这才打他。"

雷明说:"你这孩子这可是太浑,你娘业已死了,焉有不埋的道理?"小孩说:"我娘没病,我不叫埋,我还留着叫我娘跟我做伴呢。"雷明说:"你这孩子可是胡闹,你快叫人家把你娘埋了罢。不要紧,你没人管,我们把你带了走,我瞧你也怪苦的。"赵老丈说:"好,二位把他带了走罢。"小孩直哭直闹,赵好善说:"二位贵姓?"雷明、陈亮各通了名姓。赵好善说:"二位跟我来瞧瞧,他说他娘没病死不了,你们二位来瞧瞧,是死了没有?"雷明、陈亮二人跟着,进了这西村口。赵好善说:"我就在这路北大门住家,路南里这是我的场院。"

雷明、陈亮一看,路南里是一片空地,周围有篱笆圈,里面有三间南房。大众一同来到里面,到了屋中一看,东里间顺前檐的炕,炕上躺着一个少妇,已然是死了。虽然衣服寻常,看年岁也不过有三十岁,长得到有几分姿色。雷明、陈亮一看,果然是死了,说:"二哥,你娘分明是死了,好端端又不是人害的,你不叫埋怎么样?"

正说着话,听外面一声:"哎呀!阿弥陀佛,善哉,善哉!你说不管,我和尚焉有不管之理?"雷明、陈亮一听是济公的声音,赶紧往外一看,果然不错,是和尚带着何兰庆、陶万春两位班头。雷明、陈亮说:"好,赵老丈你看看灵隐寺济公来了!"赵好善也有个耳闻,知道济公名头高大,赶紧把和尚让进来。雷明、陈亮说:"师父从那来?"和尚说:"我告诉你两个人,不叫你们两个人管闲事,你两个人还是不听。方才我一出店,要上戴家堡,偶然打了一个冷战,我就知道你两个人要惹祸。我和尚不能不追来,我要不来,这个乱大了。"雷明、陈亮说:"师父,这有甚么祸呢?"和尚说:"那是有祸。我且问你,这个妇人是怎么一段事?"雷明说:"赵老丈,你跟圣僧说说这件事。"赵老丈又照样把话学说一遍，提说："人死，小孩不叫埋。"和尚说："这是死人么？"赵好善说："怎么不是？"和尚说："你来看！"用手冲这死人一指，口念："唵嘛呢叭㖿吽！唵敕令赫！"雷明、陈亮、赵老丈再一看，和尚把障眼法给撤了，众人一看炕上躺着并不是真人，原来是一个纸人，众人全愣了。

书中交代，这是怎么一段事呢？原本这村北有一座庙，叫七星观。庙里有一个老道，叫吴法通，绰号人称广法真人，乃是赤发灵官邵华风的记名徒弟。素常这个老道无所不为，庙里有夹壁墙，他在烟花巷中买了几个妇人，搁在夹壁墙之内，终日作乐。吴法通自己有一部邪书，老道会炼妖术邪法。老道常在庙门口站着，见孙氏早起上七星镇去做活，晚半天回来，天天由他庙门口经过。老道一看，本来孙氏长得美貌，虽系衣服平常，人才出众，称得起眉舒柳叶，唇绽樱桃，杏眼含情，香腮带笑。老道他本是花里的魔王，色中的饿鬼。这天孙氏又从他门口过，老道访问别人，问："这个妇人是谁家的？"有人说："道爷你不知道？这个妇人原本是逃难来到赵家庄，在赵善人的场院房住着，天天到七星镇李宅去做针线活。"老道听明白了，自己一想："我要把这个妇人用法术引到庙里来。大概妇人一丢，必有人找，我总得把这件事办严密了，免生口舌是非。"

老道用纸糊了一个妇人，跟活人一般。老道能用法术催着，叫这个假人能走。这天老道在门口等候，又见孙氏来了，老道一念咒说声："敕令！"孙氏一打冷战，两眼发直，自己就进了庙。老道把孙氏搁到夹壁墙，叫那四个妓女给顺说。老道一面给假人贴上一道符，用咒语一催，这假人来到场院房一躺，有障眼法遮着，凡人瞧跟真人一样。

老道在庙内点着一炷信香，要有人把假人埋了，他也能知道；要有人破了他的法术，他这信香就灭了，他也能知道。今天被济公把法术一破，雷明、陈亮、赵好善一看是个假人，赵好善说："这是怎么一段事？"和尚说："你也不用问，少时你看，必有人来不答应。"雷明、陈亮说："师父这是怎么一段缘故？师父给管管罢！"和尚说："我既来，焉有不管的道理？我要不管，就得出人命。我和尚诛恶人即是善念，咱们等着罢。"赵好善说："圣僧到我家去罢。"和尚说："也好。"连雷明、陈亮一同来到赵好善家中，是南倒座五间为客厅，屋中到很幽雅沉静。众人落了座，有手下人倒过茶来，赵好善说："圣僧吃荤吃素？既来到我家里，不要做客，我这里荤素都可以现成。"和尚说："我荤素都可以用。"赵好善立刻叫家人预备酒饭。家中到是便当，少时擦抹桌案，把酒菜摆上，大众落座，开怀畅饮。谈心叙话，直吃到天有初鼓以后。

忽然间，只听外面狂风大作，走石飞沙，声如牛吼，令人胆战心寒，刮得毛骨悚然，立刻屋中灯头火就绿了。和尚说："来了。"众人唬得亡魂皆冒。书中交代，和尚把假人的障眼法一撤，老道在庙里就知道了。心中一动，说："这是甚么人？好大胆量！竟敢破我法术，坏我大事？我焉能跟你干休善罢！"吴法通他庙里早有炼成的百骨神魔，是他素日在乱葬冈子捡的人骷髅骨。也并非容易，非是一日之功，凑来凑去凑齐了，也有脑袋，也有胳臂腿脚，凑成一处，用舌尖中指的鲜血滴上，借天地阴阳之气日精月华。老道再用符咒一催，把这百骨神魔炼好了。在大殿里有一口空棺材，将此骷髅骨藏在里面，要用他，能用符咒一催，给他宝剑，使他出去，非得杀了人不回来。这样东西，专能害人。前者小月屯闹"喊喊嘲嘲"，就是这一类的东西。今天老道吴法通知道有人破他的假人，心中暗恨。到晚上星斗出全了，老道在院中，预备香烛纸马，五谷粮食，黄毛边纸，朱砂笔砚，香菜根，无根水，老道披发仗剑，画了三道符，一念咒，把百骨神魔催起来，给他一口宝剑。这样东西，带着一阵阴风，直奔赵好善家中来了。

雷明、陈亮众人一看，就是一个旋风裹着雪白，有一丈多高，也看不准是甚么。和尚说："来了，好孽畜！"立刻把僧帽扔出来，霞光万道，把百骨神魔压在就地。和尚说："你们瞧。"众人一看，是个人骷髅骨。和尚说："赵好善，你叫人点火烧。"立刻用些柴火一烧，烧的有血迹，有腥臭之气。赵好善说："这是那来？"和尚说："你跟我走。"连雷明、陈亮二人，俱跟随和尚要够奔七星观，捉拿老道吴法通，搭救难妇。不知后事如何，且看下回分解。

第七十八回　戴家堡妖魔作怪　八蜡庙道士捉妖

话说济公禅师把百骨神魔烧化，随即带领雷明、陈亮、赵好善出了赵家庄，来到七星观。老道吴法通正在院中作法，不见百骨神魔回来，桌上的七盏灯花都灭了，老道就知道有人破了他的法术。正在心中一愣，只听外面一声喊嚷："好孽障！你敢兴妖，无故害人，我和尚焉能饶你？"老道抬头一看，见来了一个穷和尚，短头发有二寸多长，一脸的油泥，破僧衣短袖缺领，腰系绒绦，疙里疙瘩，穿着两只草鞋，梯他梯他，一溜歪斜，长得三分不像人，七分到像鬼，带着一个蓝脸，一个白脸，一位老丈。老道看和尚是个凡夫俗子，罗汉爷早把三光闭住。吴法通一见，口中喊嚷："甚么人？好大胆量！"和尚说："就是我老人家。"老道打算要跑，和尚用手一指点，口念六字真言："唵嘛呢叭㗘吽！唵敕令赫！"用定身法将老道定住。和尚说："雷明、陈亮，你两个人把老道杀了罢。这东西害过无数的人了，留着他贻害于后人，我和尚诛恶人即是善念。"雷明、陈亮立刻拉出刀来，手起刀落，将老道结果性命。和尚说："在大殿里有一口空棺材，就把老道搁在里面，明天赵好善你叫人把他埋了，就完了，这座庙就给你作为家庙。"赵好善点头答应。

和尚带领众人，把夹壁墙开开，里面有四个妓女，连孙氏也在里面。和尚说："你们这四个妇人，赶紧收拾自己的东西，天亮各奔他乡。"叫赵好善："你把孙氏领回去，叫他母子团圆。"等候天光亮了，四个妇人各自回去，众人把孙氏带回赵家庄。和尚说："雷明、陈亮，你二人要回家，去罢！还是少管闲事为要。我和尚也要上戴家堡，去拿邵华风。"赵好善谢过济公，雷明、陈亮告辞分手。

和尚带领何兰庆、陶万春，由赵家庄出来，直奔戴家堡而来。大约有四五十里之遥，戴家堡也属常州府所管。和尚同二位班头方来到戴家堡，只见由对面鼓乐喧天，八个人搭着一个彩亭子，里面坐着一个十二三岁的小孩，有好几十人护送。何兰庆、陶万春一看，这事透着新奇，心里说："这么一个小孩，可有甚么好处呢？"何兰庆见旁边站定一位老者，在那里唉声叹气，何兰庆过去深施一礼，说："借问老丈，这小孩可有甚么好处呢？大众围随着，用亭子搭着上那去？"这老者咳了一声，说："尊驾不是我们本处人么？"何兰庆说："不是。"老者说："尊驾有所不知，在我们这村北，有一座庙。只因前者八岔神在我们这村庄里闹得甚厉害，不是伤人，就是着火。众村会首到八岔庙一烧香上供，八岔神附下人来说，叫我这村庄一天给他供一个小孩，他要吃一百天就走，要不给供，把我们合村的人都要了命。我们这村庄方圆有两千多户人家，众会首一商议，谁家有孩子也舍不得去给八岔神上供，花钱买谁也不卖。大众说：'这是咱们的村难。’众人出了个主意，谁家有孩子，写上名字，团上纸团，搁在斗里摇，摇了谁家的小孩，就把谁家的小孩去上供，没偏没向，碰命，每天送一个。今天二十九天了，八岔神吃了二十八个小孩子。今天这个小孩姓刘，家里开杂货铺，人家三门守着这一个孩子。人家家里是善人，真称得起乐善好施，急公好义，按说不应当遭这样报，偏巧就把他家孩子的名儿摇出来，不能不送去，大众瞧着可惨。老哥们三个用亭子搭着这小孩，给八岔神送去。”

何兰庆一听。说：“这还了得！”回头说：“济公，你老人家给管管这件事好不好？把妖精捉了，搭救这一方的黎民，也算你老人家一件功德。”和尚说：“我不管。”何兰庆说：“圣僧能行，为何不管呢？”和尚说：“到不是我不管，回头有比咱们能为大的来管。等人家管，不行，咱们再管，不信你瞧着。”

正说着话，只听对面一声“无量佛”。何兰庆抬头一看，只见对面来了一个老道，头戴青缎子九梁道巾，身穿蓝缎色道袍，青护领相衬，腰系杏黄丝绦，白袜云鞋，面似银盆，眉分八彩，目如朗星，鼻如梁柱，唇似朱涂，一表非俗。手中拿着蝇刷，胁下佩着一口宝剑，绿沙鱼皮鞘，黄绒穗头，黄绒挽手。来者老道非是别人，正是神童子褚道缘。

书中交代，前者褚道缘同鸳鸯道长张道陵由上清官给老仙翁送信之后，二人由上清宫回来，各归自己的庙。褚道缘回到铁牛岭避修观，自己一想：“这口气不出，非得找济颠和尚报仇不可。”无奈不是济颠和尚的对手，褚道缘偶然心生一计：“我何不到万松山云霞观去，找我师爷爷紫霞真人李涵龄？他那庙里，有一宗镇观之宝，名日八宝云光装仙袋。这宗宝贝，勿论甚么妖精，装上立刻现原形。要装上人，即刻云光一照，照去三魂七魄，就是大路金仙，都能照去白光。”自己想罢，立刻够奔万松山而来，来到门首一叫门，道童开门一看，说：“师兄来了！”褚道缘说：“祖师爷在庙里？”道童说：“在庙里。”

褚道缘来到里面，一见紫霞真人李涵龄，跪倒行礼。李涵龄说：“你来做甚么？”褚道缘说：“没事，我来瞧瞧祖师爷。”李涵龄说：你没吃饭，去吃饭罢。”也没拿他措意，当初褚道缘在这庙里当道童。他在这庙里住了两天，这天黑夜，他把八宝云光装仙袋盗出来，跑下山来，各处寻找济颠。今天走在这戴家堡，见许多人搭着彩亭，里面坐着一个小孩。褚道缘就问：“甚么事？这个小孩有甚么好处呢？”众人说：“道爷你有所不知，我们这里闹八岔神，一天要吃一个小孩，今天已然二十九天了，吃了二十八个小孩了。八岔神说：‘要吃一百天就走了。’这也是我们村中该当遭劫。这个小孩原本是刘善人家的，三门守着这一个，人家家里是善德人家，遭这样恶报，真是上天无眼。”

褚道缘一听，心中一想：“这必是妖精，我有八宝云光装仙袋，我何不把妖精捉了，给这一方除害，也算我一件功德。”想罢，说：“众位，你们不用把小孩送去，我去把八岔神捉了好不好？今天你们就拿我上供，我去等他。”刘善人一听，心中喜悦。本来要送孩子去上供，老哥三个哭得眼都红了，听老道说能捉八岔神，刘善人连忙过来说：“道爷，你老人家真能把八岔神除了，要多少银子，我给多少银子。”老道说：“我到不要银子，所为了然功德。”刘善人说：“那更好了。”立刻叫人把亭子抬回去。

大众一同老道来到八岔庙，刘善人说：“未领教仙长贵姓？在那座洞府参修？”褚道缘说：“我是铁牛岭避修观的山人，姓褚名道缘，绰号人称神童子。”刘善人说：“仙长你老人家真要把八岔神捉了，我必有重谢，这一方都感念你老人家的好处。仙长你用甚么东西？我这里好预备。”褚道缘说：“我甚么都不用，就等候捉妖。你等有胆量大的，在这配房等候，瞧我用法宝将妖精捉住，把他结果了性命，你等看着。”

不关心的人,谁也不敢在这里舍命瞧捉妖。倘若老道要捉不了妖精,就会被妖精所害。众人都走了,就剩下刘家弟兄三个。先叫人给老道预备素斋,吃喝完毕,刘氏兄弟在配房藏着,把窗户捅了一个小窟窿往外看。褚道缘就在大殿内供桌上一坐,由兜囊将八宝云光装仙袋掏出来,手中一擎。等来等去,听外面一阵狂风大作,走石飞沙,直奔八岔庙而来。就听从风中一声喊嚷:"吾神来也!"褚道缘往外一看,风里裹着落下一个老道来,面似青泥,一双金睛叠暴,两道朱砂眉,押耳红毫,满部的红胡子,头戴鹅黄道冠,身穿鹅黄色道袍,腰系丝绦,白袜云鞋。这老道刚往院中一落,"呵"了一声,说:"那里来的生人气?好大胆量!甚么人敢来到吾神前的大殿?"褚道缘一看,这才要用宝贝捉妖。不知后事如何,且看下回分解。

第七十九回　试法宝误装道童　显金光道缘认师

话说褚道缘见妖精一来,立刻把八宝云光装仙袋往外一扔,口中念念有词,真是霞光万道,瑞气千条,妖精滋溜一溜烟,竟自逃走。褚道缘并未将妖精拿住,把八宝云光装仙袋捡起来,直等到天色大亮,妖精并未复来。刘氏弟兄在配房看得真切,出来给老道行礼。褚道缘说:"你等可曾看见了?"刘善人说:"仙长,你老人家果然神通广大,法力无边,把妖精赶走。可有一节,道爷可别走,你要走了,恐其妖精再来,我等村庄可就要受了大害了。"褚道缘说:"我不走,我在这里住三天就是了,如妖精再来,我必将他拿住。如三天不来,大概也就不来了,那时我再走。"刘善人说:"好,仙长不必在这庙里住着,我们把你送到北边三清观去。那庙里有一位老道,叫铁笔真人郑玄修。你们二位道爷可以一处盘桓,那庙里也有人伺候。"褚道缘说:"郑玄修我认识他,跟我师父沈妙亮相好,我去看看。"刘善人说:"道爷既认识更好了。"

这天就同褚道缘来到三清观。一叫门,由里面道童出来开门,一看认识,说:"道爷从那来?"褚道缘说:"你家祖师爷可在庙里?"道童说:"我家祖师爷会着客呢。"褚道缘说:"谁在这里?"道童说:"灵隐寺济公带着两位班头。昨天住在这里。"褚道缘一听说:"这可活该,我正要找济颠僧报仇找不着,他在这里甚好。"

书中交代,昨天济公见褚道缘拦住彩亭,和尚就带领何兰庆、陶万春进了酒馆,要了酒菜,吃喝完了,给了钱,同二位班头出来,够奔三清观。刚来到庙门首,见郑玄修在门首站着,和尚说:"郑道爷,你好呀!"郑玄修一瞧是济公到乐了,想起前者济公戏要神童子褚道缘之时,在酒楼和尚把郑玄修的银子诓了走,在村口瞧银子的成色,郑玄修跟和尚打起来,正碰见沈妙亮,和尚现露了三光,郑玄修知道和尚是得道的高僧。今天一见,连忙行礼说:"圣僧久违!这是上那去?"和尚说:"我特意望看你。"郑玄修说:"无量佛!圣僧请庙里坐。"和尚说;"可以,扰你个座。"带着二位班头进了庙,来到鹤轩一看,到很清雅。和尚落了座,有道童献上茶来,郑玄修跟和尚一谈话。本来和尚肚腹渊博,怀揣锦绣,腹隐珠玑,小腹大才,二人越谈越对趣。郑玄修很佩服和尚,留下和尚吃饭,住在这里。

今天一早起来,喝着茶,用过点心,刚要摆饭,听外面打门。道童开门,一看是褚道缘,道童一提起济公在这里,褚道缘说:"这可该当我报仇。"迈步往里就走。和尚一看说:“了不得,我的仇人来了。”郑玄修赶紧站起来说:“褚道缘你来了!今天济公在我这里,冲着我算完了,我给你们讲合了。”褚道缘说:“那可不行!勿论谁说,也管不了。他欺负我苦了,我特为找他报仇。”说着话,立刻伸手把八宝云光装仙袋掏出来,说:“我今天非得把济颠装起来,叫他知道我的厉害。”郑玄修说:“不可,瞧我罢。”和尚说:“得了,褚道爷你饶了我罢。”连何兰庆、陶万春都央求老道。褚道缘说:“不行。”立刻把八宝云光装仙袋一砍,眼瞧把和尚给装在里面。褚道缘捡起装仙袋,就要往地下摔,打算把济公摔死,被郑玄修一把抢过去,说:“褚道缘,你不准,出家人以慈悲为门,善念为本,不许无故害人的性命。你跟济公又没有多大的仇,装了就是了。”说着话,郑玄修把八宝云光装仙袋往外一倒,再一看,大众全愣了,里面装的并不是和尚,原本是郑玄修的大徒弟道童儿,已然身上都直了,昏迷过去。郑玄修说:“褚道缘你怎么把我的徒弟装起来?”褚道缘说:“我也不知道这是怎么一段事,我分明装的是济颠那!”

正说着话,只见和尚由外面来了,一溜歪斜,脚步踉狂,说:“好东西!你真要跟我和尚做对?来来来!咱们爷们到得分个高低上下。”褚道缘一看,气往上一冲,又要抓八宝云光装仙袋,见和尚早由地下把装仙袋捡起来。和尚说:“我把你装上罢。”郑玄修说:“圣僧瞧我罢!”和尚说:“褚道缘,你不用不服,大概你还不知道我是何许人也,我叫你看看。”和尚用手一摸脑袋,露出佛光、金光、灵光。褚道缘再一看,见和尚身高丈六,头如麦斗,面如獬盖,身穿直裰,赤着两只腿,赤着两只脚,乃是一位知觉罗汉。唬得褚道缘赶紧认罪服输,跪倒在地,说:“圣僧不要跟我一般见识。弟子有眼如盲,不认识你老人家,求圣僧慈悲罢!”和尚哈哈一笑,说:“你既知道我就得了,你起来,有话屋里说。”大众这才来到屋中落座。和尚说:“我也不要你的宝贝,我还给你,你也是个好人。今天咱们两个人到八岔庙里去捉妖,今天妖精勾了兵来,咱们看看谁能把妖精捉住。”褚道缘说:“甚好。”众人在三清观,郑玄修预备斋饭,大众吃饭到晚半天。刘善人请和尚老道够奔八岔庙去捉妖,在八岔庙预备下上等酒席。

和尚同褚道缘、刘善人来到八岔庙,吃完了晚饭,叫刘善人仍在配殿屋中瞧热闹。和尚同褚道缘在大殿里坐等,到二更多天,忽听外面一阵狂风大作,真是:

扬把狂风,倒绝树林。海浪如初纵,江波万叠侵。江声昏惨惨,孤树暗沉沉,万壑怒嚎天咽气,走石飞沙乱伤人。

一阵狂风大作,和尚同褚道缘往外一看,风中裹着昨天来的那青脸红发的老道,还同着一个黑脸的老道,直奔大殿而来。和尚说:“褚道缘,你拿我拿?”褚道缘说:“昨天这青脸的妖精来,我就没拿住。今天又来了两个,我更拿不住了。还是圣僧大施佛法拿罢。”和尚说:“瞧我的。”立刻把僧帽往外一扔,就见霞光万道,瑞气千条。那黑脸的老道一溜烟竟自逃走,这青脸的老道打算要跑,被和尚的帽子金光罩住,压将下来,妖精立刻显了原形。和尚说:“你们大众出来瞧妖精!”刘善人众人出来一看,和尚僧帽压着一个大青狼。褚道缘立刻拉宝剑,把青狼脑袋砍下来。这个狼原本有一千五百年的道行,不习正道,常在外面害人。今天这也是遭了雷劫。昨天褚道缘用八宝云光装仙袋,把他惊走,青狼精他的道行小,怕装仙袋把他装上。他约来这个黑脸的老道,原本是一个狗熊精,有三千五百多年的道行,到没害过人。青狼打算把他约来,跟褚道缘做对,没想到今天遇见罗汉爷。和尚有未到先知之能,那黑狗熊没害过人,故此和尚有好生之德,不肯伤他,单把青狼捉住,将他杀死。

刘善人在配房,见和尚把妖精捉住,老道将狼杀死,众人这才敢出来,给和尚道谢。天光亮了,和尚说:“刘善人你回去罢。”褚道缘说:“圣僧,你老人家慈悲慈悲罢!

弟子情愿跟你出家,认你老人家为师。"和尚说:"你既愿意,你先回庙,把庙中事情安置好了,然后到灵隐寺去找我。我见你师尊沈妙亮,我把你要过来就是了。我还要在三清观住两天,等候拿邵华风,大概他们必要从这里走。"褚道缘点头答应,竟自告辞。刘氏兄弟要送给和尚银子,和尚不要。济公仍回到三清观,同二位班头在这庙里又住了两天。

这天和尚忽然打了一个冷战,和尚一按灵光,说:"哎呀!可了不得!我得快走。"郑玄修说:"甚么事?"和尚连说都顾不得说,带何兰庆、陶万春慌慌忙忙出了三清观。不知所因何故,且看下回分解。

第八十回 众妖道灵隐放火 恶高珍信口谣言

话说济公禅师带领何兰庆、陶万春,慌慌张张出了三清观,二位班头也不知和尚是有甚么事。书中交代,赤发灵官邵华风,自前者由五里碑万成店逃走,带领五殿真人、七星道人、八卦真人、黑毛蚕高顺、铁贝子高珍,顺大路够奔临安城。这天众人到了临安,晚间够奔灵隐寺而来,暗中一探,见庙内静悄悄,空落落,一无人声,二无犬吠,众僧人俱都安歇。邵华风说:"众位搬柴草给放火!今天把灵隐寺一烧,我总算报了仇了。然后再拿了济颠僧,结果了他的性命,方出我胸中的恶气。"众妖道点头,来到灵隐寺庙外九里云松观,搬了许多的柴草,堆在大雄宝殿左右。

刚要点火,忽然就听大殿之内,一声喊嚷:"好杂毛老道!胆子真不小,看你们往那走?待我和尚拿你!"众老道一听说话是济公的声音,又听大殿房上四面喊嚷:"好老道,我等在此久候多时!拿妖道,别叫他们跑了!"众老道唬得惊魂千里,拨头就跑,跑出庙来。邵华风说:"可了不得,原来济颠在庙里,你我快走。他既回了庙,你我够奔常州府去,劫牢反狱,搭救咱们的人。把知府一杀,然后到弥勒院,把咱们的手下人会齐了,我自立常州王。"众人唬得只顾跑,顾不得说话,怕济颠和尚追上。其实庙里不是济公,乃是少师父悟禅,房上四面是金毛海马孙得亮、火眼江猪孙得明、水夜叉韩龙、浪里钻韩虎。前者由常州府奉济公之命,在灵隐寺看庙。这四个人在大殿的四极角,分为四面,虚张声势一嚷,老道也不知是有多少人,众人把妖道唬走。次日金毛海马孙得亮四个人,告辞回陆阳山莲花坞去了,小悟禅奉济公之命在庙里看庙,这话休提。

单说众老道夜内由灵隐寺跑出来,不顾东南西北,四散奔逃。惟有铁贝子高珍唬迷了,要奔常州府应该往南,高珍他往北跑出有三十多里路来,累得浑身是汗,遍体生津。自己止住脚步,一辨别方向,明白过来,要奔常州府须往南,这越走越远了。自己复又回头往南,打算还要追赶邵华风众人,那如何追得上?他一往一来,就是七十多里。自己料想是追不上了,心中一想,大概邵华风众人必上弥勒院去,我随后到弥勒院去,反正也就见着了。天光亮了,自己找酒馆吃点东西,顺大路往前行走,在道路上饥餐渴饮,晓行夜宿。这天来到常州府地面,相离弥勒院还有二三十里之遥。高珍低着头,正往前走,忽听对面有人说:"上那去?小子!"贼人胆虚,唬了高珍一哆嗦,抬头一看,见对面来了一人,身高八尺以外,膀阔三停,头上戴豆青色六瓣壮士巾,上按六颗明珠，身穿豆青色箭袖袍，腰系丝鸾带，翠蓝绸子衬衫，薄底靴子，面似青泥，亚似冬瓜皮，两道朱砂眉，一双金睛叠暴，押耳红毫，满部的红胡须，闪披一件豆青色英雄氅，胁下佩刀。高珍一看，认识此人乃是立地瘟神马兆熊。原本高珍他素常就怕马兆熊，知道马兆熊是个浑人，最不讲理，赶紧上前行礼，说："原来是马大哥。"马兆熊说："你小子往那走？"高珍一想："我要说上常州府，他必盘问我，就许不叫我走，我莫如拿话冤他。"这小子眼珠一转，随机应变，就犯上坏来了，随口说："我正找你那！没想到找没找着碰上了。"马兆熊说："你找我做甚么？"高珍说："我给你送信，你的朋友飞天火祖秦元亮，被人害了，死的好苦。"马兆熊一听，说："被谁害了？"高珍说："被雷明、陈亮两个人害的，死的可惨，把眼睛也剜了，开膛摘心。"高珍知道马兆熊是浑人，必要找雷明、陈亮去拼命。前者破慈云观有雷明、陈亮，我给他们拢上对，谁爱杀谁就杀谁，他一气必走，我好走我的路。焉想到马兆熊一听，更刨根问底说："你小子说这话，是真的？你瞧见雷明、陈亮害的？"高珍说："我瞧见的。"马兆熊说："好，雷明、陈亮他把我秦大哥害了，我非得找他。你上那去？"高珍说："我没事。"马兆熊说："跟我走。"高珍说："上那去？"马兆熊说："你跟我找着雷明、陈亮，对对这话。要是雷明、陈亮没害秦元亮，你小子给我们拢对，我要了你的命。"高珍说："我不去，我还有事。"马兆熊把眼一瞪，说："你小子要不跟我走，我立刻把你脑袋掰下来，走不走？"高珍又不敢惹，连忙说："走。"马兆熊就要往北，高珍说："往北上那去？"马兆熊说："找雷明、陈亮去。"高珍说："找雷明、陈亮往南去。这两个人在常州府呢，我带你找去。"马兆熊说："好。"二人一同往南走。高珍一想："我把他诓到弥勒院去，就把他拿了。"

往前走着，见眼前是一座镇店，高珍一想："我要带他上弥勒院，他倘若不去，我要说总得去，他要跟我动手，我是不行。我何不约他喝酒？把他灌醉了，再往弥勒院领他。"想罢，说："马大哥，你我喝点酒，吃点东西再走罢。"马兆熊点头。二人见路北有一座酒馆，掀帘子进去，找了一张桌坐下。伙计过来擦抹桌案。说："二位大爷要甚么酒菜？"高珍说："先来四壶白干，煎炒烹炸配四个菜来。"伙计说："是。"少时酒菜摆上，高珍给马兆熊斟上酒。两个人喝着酒，马兆熊说："你小子说话，我不凭信。是雷明、陈亮把秦元亮害了，你可是亲眼得见？因为甚么呢？我们跟雷明、陈亮都是盟兄弟，我想着决不能。"高珍说："我不撒谎，雷明、陈亮因为跟秦元亮分财不均。"马兆熊说："咱们找着雷明、陈亮，要没有这件事，我把你小子脑袋揪下来。要真有此事，我谢你一百银子。"

正说着话，凡事凑巧，只见由外面进来三个人。头一个身高八尺，膀阔三停，头戴紫缎色六瓣壮士帽，身穿紫缎色箭袖袍，腰系鹅黄丝鸾带，单衬袄，薄底靴子，闪披一件蓝缎色英雄大氅，面似生羊肝，粗眉朗目，三绺黑胡须飘洒在胸前，来者非是别人，正是飞天火祖秦元亮。后面紧跟着一人，红胡子，蓝靛脸，乃是雷明。随后又来了一位，穿蓝挂翠，俊品人物，乃是圣手白猿陈亮。铁贝子高珍一看，唬得亡魂皆冒。

书中交代，这三个人皆从那来呢？原本雷明、陈亮自前者回到镇江府，到了陈亮家中，正赶上陈亮的叔父并未在家，出去催讨帐目。老管家陈安，见陈亮回来，同着雷明，陈安就问："大少爷这些日子上那去了？"陈亮说："到临安逛了一趟，我拜了灵隐寺济公为师，我要出家。"陈安一听，说："大少爷你真是胡闹！你常不在家，咱们家里又不指着做绿林度日。再说你要一出家，陈氏门中断绝了香烟。孟子曰：'不孝有三，无后为大。'你又无三兄四弟，谁能接续香烟？人生在世上，总要想光宗耀祖，显达门庭，封妻荫子，那才是正理。无故你又想出家，这可是胡闹。"陈亮说："你岂不知一子得道，九祖升天？"老管家说："那话不对。"百般一劝解，连陈亮的妹妹也抱怨陈亮。陈亮不爱听，跟雷明一商量："咱们上临安找济公去，我在家里烦得了不得。"雷明说："也好。"二人由家中出来，顺大路要奔临安。这天走在道路之上，正碰见秦元亮。秦元亮前者回了家，他也是镇江府丹阳县的人，感念济公救命之恩，要到临安去给济公道谢。在道路上三个人碰见，彼此行礼，陈亮问："秦大哥那去？"秦元亮说："我要到临安找济公道谢。"陈亮说："好，你我一同走罢！我二人也去找济公。"三个人一路同行，今天恰巧走在这镇店，三个人都饿了，秦元亮说："雷、陈二位贤弟，你我吃点酒饭再走。"

三个人迈步进了酒馆，焉想到正碰见立地瘟神马兆熊同高珍在这里。高珍一见雷明、陈亮同秦元亮三个人一齐来了，唬得站起身拧身蹿上楼窗逃走。马兆熊一看，气往上撞，说："好小子！给我们拢对。"立刻就追。焉想到四个人一追高珍，又闯出一场杀身之祸，不知后事如何，且看下回分解。

第八十一回 马兆熊怒杀高珍 邵华风常州劫牢

话说雷明、陈亮同秦元亮三个人，方一进酒馆，见铁贝子高珍，站起来就跑，立地瘟神马兆熊一声喊嚷，怪叫如雷，站起来随后就追。雷明、陈亮、秦元亮这三个人，也不知道因为甚么，随后也追赶出来。酒饭座唬得一阵大乱，饭馆子掌柜的也不敢拦，只打算雷明他们三个人是办案的番子，高珍这两个人必是贼人，大众胡思乱想，纷纷议论。雷明、陈亮、秦元亮三个人追出来，就见高珍在头前奔命逃走，真是急急如丧家之犬，忙忙似漏网之鱼，连头也不回。就听马兆熊随后追赶，口中喊嚷："好囚囊的！你给我们拢对，我焉能饶你？今天你上天赶到你凌霄殿，人地赶到你水晶宫，焉能放你逃走！"飞天火祖秦元亮后面喊嚷说："马贤弟，你因为甚么追赶高珍？"马兆熊说："三位跟我来！这小子他搬弄是非，他说雷明、陈亮把你杀了，他为是叫我与雷明、陈亮做对。"雷明、陈亮一听，气往上撞说："追他，别放他走了。"陈亮说："高珍他是慈云观的余党。"

众人紧紧一追，高珍头前逃走，这几个人也不知道高珍要往那跑，马兆熊是死心眼非要把高珍追上不可，直追出有五六里地。见高珍进了一座山口，众人也追进山口。高珍直奔北山坡，见山坡上有一座大庙，正当中的山门，两边的脚门，前有钟鼓二楼，后有藏经楼，大概有四五层大殿。见高珍跑进东角门，马兆熊也追进东角门。高珍要往东配殿里跑，活该脚底下一忙，台阶绊了一个跟头。马兆熊一个箭步，蹿到跟前，手起刀落，扎在高珍的后心。当时高珍绝气身亡，血流满地。此时雷明、陈亮、秦元亮也赶到了，秦元亮说："马贤弟，怎么样了？"马兆熊说："把囚囊的扎死了。"

话言未了，就见由东配房一声喊嚷："阿弥陀佛！"大众睁眼一看，出来一个大脱头和尚，身高八尺，膀阔三停，头大项短，披散着头发，打着一道金箍，面如黑锅底，粗眉大眼，身穿青僧衣，白袜僧鞋。和尚出来一看，说："施主这是怎么了？我这庙里是佛门善地，为甚么在我庙里来杀人？"秦元亮说："你别管，他是个贼，我们把他扔到山涧去，没你的事。"和尚说："在我庙里，我焉有不管之理？你们几位贵姓？死的这个是谁呀？"雷明、陈亮各通了名姓，秦元亮、马兆熊也说了名姓，说："这个贼人叫铁贝子高珍，他是由慈云观漏网之贼。"和尚说："呵，他是慈云观的贼，破慈云观有你们几位么?”雷明、陈亮说:“有我们。”秦元亮说:“我也在那里。”

正说着话,就见由屋中出来一个人,正是黑毛虿高顺。说:“当家的,别叫他们走,破慈云观有他们。把我哥哥杀了,好好,我焉能跟他等善罢干休!”和尚哈哈一笑,说:“不用你,他们这几个小辈是放着天堂有路他不走,地狱无门自找寻。这也是自来找死。”众人一听,说:“好秃驴!你要多管闲事,先拿刀砍你。”和尚用手一指,说声:“敕令!”竟把四位英雄定住。

书中交代,这座庙就是弥勒院。原本高珍打算跑到弥勒院来,就不怕了,没想到自己到了庙里,摔躺下,这也是贼人恶贯满盈。该当遭报。这个和尚就是通天和尚法雷。原本此时赤发灵官邵华风、五殿真人、八卦真人众妖道,由灵隐寺逃走,就奔弥勒院来了。这庙里早有迷魂太岁田章,带领众薰香贼,早都来了。群贼在这庙里会了齐,都在后面住着。今天通天和尚把四个人定住,高顺就说:“待我来杀,我给我哥哥报仇。”说着话,刚要转身进屋中拿刀,忽听外面一声喊嚷:“好孽畜!你们又要害人,待我和尚来拿你。”高顺一瞧,唬得亡魂皆冒,说:“可了不得了,济颠和尚来了!”

原来济公由三清观出来,带领何兰庆、陶万春,慌慌忙忙就是奔弥勒院来。罗汉爷有未到先知之能,刚来到弥勒院,正赶上高顺同法雷要杀这四个人。和尚一嚷,高顺同法雷唬得拨头就往后跑。济公哈哈一笑,说:“好法雷,你跑罢!我和尚也不追你。十八天之后,咱们丹阳县见。”法雷只顾跑,也没听见。同高顺跑到后面,给众妖道送信,说:“济颠和尚来了!”众群贼一听,胆裂魂飞,急忙逃走,济公并不追赶。罗汉爷乃是佛心的人,有好生之德,打算要把众妖道度脱过来,改恶行善,就不拿他。焉想到群贼执迷不悟,恶习不改。

众人逃出弥勒院,赤发灵官邵华风说:“众位,这济颠僧真是你我的冤家对头,你我走到那里,他跟到那里。山人我是一不做,二不休,他在这里,你我今天晚上够奔常州府,劫牢反狱,把知府一杀,我自立常州王,众位助我一膀之力,你我今天分三面去。”大众说:“任凭祖师爷分派。”邵华风他自带五殿真人由东面进城;叫七星道人刘元素,八卦真人谢天机,带领乾、坎、艮、震、坤、离、巽、兑八位真人,由西面进城;派迷魂太岁田章,同单刀太岁周龙、笑面貔貅周虎、黑毛虿高顺一干众人,由南面进城,大众到常州府衙门会齐。群贼各自点头,找了一座酒馆,众人吃了晚饭,候至天有初鼓以后,众人分三面够奔常州府而来。来到城根,众老道驾趁脚风,抖袍袖上城;众绿林人等各掏白链套锁,用抓头抓住城头,揪绳上去。城守营虽有官兵,如何敌挡得了这一干群贼?三面贼人由马道下了城,乱摆兵刃,直奔常州府衙门而来。

此时知府顾国章早已得了信。书中交代,知府顾国章由前者抄了慈云观,派官兵将庙上了封皮,兵马都监陆忠自己回了衙门。知府顾国章也到常州府,立刻升堂,将狱内贼人玉面狐狸崔玉、拍花僧豆儿和尚月静、铁面佛月空、鬼头刀郑天寿五个贼人提上堂来。知府一讯问口供,鬼头刀郑天寿所有慈云观有多少人、有多少贼店黑船、邵华风起意造反,把从头至尾的事,俱皆招认。五个贼人画了亲供,知府吩咐仍将五个贼人入狱,一面办文书行知上院衙。现在上院衙已来了回文,着知府将所有拿获的贼人,不分首从,俱皆就地正法,拟斩立决,定于明日出斩。今天晚间,知府正在书房灯下看书,每日昼夜俱派官兵护狱。本来这个差事是要紧的案,知道漏网的贼人太多,就怕得是有人来劫牢反狱。知府衙门有两位看家护院的是亲弟兄,一名叫王顺,一名叫王泰。这是两个能为枪刀剑戟,斧钺钩叉,十八般兵刃,样样精通,由顾国章做知县的时节,这两个人就在这里。今天方交二鼓,忽听外面一阵喧哗,顾国章正在一愣,就要叫手下人去看甚么事。忽然由外面跑进一个差人,来到书房说:“回禀老爷,了不得了！现在东城门南城门西城门来了无数的贼人，各持刀枪，砍伤了城守营无数的官兵，大概必是奔府衙门来了，大人早作准备。”知府顾国章一听，赶急吩咐把官兵调齐，预备激筒要紧，传王泰、王顺两位护院的保护。

正说着话，又有人来报：“回禀大人，现在有无数的老道来劫牢反狱，管狱的四老爷身带重伤，贼人伤了无数的官兵。”知府一听就愣了，幸亏激筒兵来得快，方来到衙门，只见房上四面贼人老道都满了。赤发灵官邵华风站在北房上，一声喊嚷：“赃官听真，现有你家祖师爷在此，今天我把你等全皆结果了性命！”顾国章吩咐尔等快拿激筒打他，众官兵急用激筒照众老道就打。众妖道方要念咒，被脏水打在身上，念咒也不灵了。邵华风说：“那位先去杀狗官？”旁有黑虎真人陆天霖说：“我去。”立刻摆宝剑蹿下来，要奔知府，幸有王顺、王泰摆刀过去挡住。众老道今天扬扬得意，正在大肆横行，忽听由外面一声喊嚷：“好孽畜！往那里走？”来者乃是济公禅师，要捉拿一干贼人。不知后事如何，且看下回分解。

第八十二回 斩大盗济禅师护决 为找镖追云燕斗贼

话说赤发灵官邵华风一干众人，正要刺杀知府，劫牢反狱，济公禅师赶到。书中交代，和尚由弥勒院把群贼赶走，和尚并不追赶，把雷明、陈亮、秦元亮、马兆熊四个人的定身法撤了。这四个人给和尚行礼，和尚说：“雷明、陈亮你二人回了家，不在家里，又来做甚么？”雷明、陈亮说：“我二人要到临安去找师父，半路碰见秦元亮，他要到临安去给师父道谢。”和尚说：“秦元亮，你也不用去了，也不便谢。雷明、陈亮你二人回家罢，可要少管闲事。此时你二人印堂发暗，颜色不正，你二人急回家趋吉避凶。要多管闲事，惹出大祸，我和尚此时可没工夫，不能管你们，千万戒之慎之！”雷明、陈亮四个人点头，这才告辞。

和尚带领何兰庆、陶万春，出了弥勒院，直奔常州府而来。走在半路之上，见对面来了几个骡驼子，有两个骑马的，乃是铁面天王郑雄同赤发瘟神牛盖。一见和尚，二人翻身下马，赶奔上前行礼。郑雄说：“师父一向可好？”和尚说：“你上那去？”郑雄说：“我叔父在镇雄关做总镇，我买了些土产东西，瞧我叔叔去。师父上那去？”和尚说：“我有要紧的事，你去罢。”郑雄这才告辞。和尚带着二位班头，路过翠云峰。和尚来到山下，有探路喽兵，和尚说：“你们到山上通禀，叫窦永衡、周堃出来，就提我是灵隐寺济颠僧，在这里等他有话说。”喽兵进去一报，窦永衡、周堃急速来在山下，给和尚行礼。周堃说：“师父到山上坐着去。”和尚说：“我有事，我告诉你二人，要是赤发灵官邵华风众人要来，你二人可别留他们，可不定来不来。你这里山口预备陷坑，”附耳如此如此，“我和尚要拿他们，将来救你们将功赎罪。”这两个人点头，和尚带着二位班头告别。

来到常州府，天有初鼓以后，早已关了城。和尚说：“陶头、何头，你二人等着开城，进城回衙门，不用管我。我自己去拿邵华风，不用你们。”二位班头答应。和尚单走，旋展佛法进了城。来到常州府衙门，正赶上众妖道在这里要劫牢反狱。和尚一声喊嚷，众贼唬得连魂都没有了，四散奔逃。和尚并不追赶，就是黑虎真人陆天霖没跑脱，被获遭擒。知府一见济公，喜出望外，连忙说："圣僧来了甚好！要不然，今天众妖道要大肆横行。"把和尚让到屋中落座，将陆天霖带上来一问，陆天霖把邵华风众人商量来行刺，劫牢反狱的话都招了。知府吩咐将贼人钉镣入狱，一面给和尚摆酒，知府说："圣僧先别走了。"和尚说："何兰庆、陶万春今天住在城外，明天回来。不用他们，我和尚自己去拿邵华风。"知府说："圣僧先别走，明天我要先把拿住的贼人正了法，要不然，睡多了梦长。明天处斩，恐贼人有余党劫法场，求师父给护决。"和尚说："可以。"知府传出谕去。次日何兰庆、陶万春也回来了。在西门外搭的监斩棚，知府同济公带领一百名官兵，押解差使，来到法场。常州府瞧热闹的人，拥挤不动。将玉面狐狸崔玉、鬼头刀郑天寿、铁面佛月空、豆儿和尚拍花僧月静、都天道长黄天化，连黑虎真人陆天霖一并就地正法，首级号令了，众人这才回归知府衙门告辞。知府送到外面说："圣僧回来见。多有辛苦。"和尚一溜歪斜往前行走，来到一个镇店，见路北里有一个茶饭馆，和尚进去，找了一张桌坐下，要了两壶酒、两碟菜。和尚刚喝了一盅酒，只见外面来了一匹马，马上骑定一人，头戴粉绫缎扎巾，身穿粉绫缎色箭袖袍，外罩红青跨马服，肋下佩刀，薄底靴子，三十多岁，淡黄的脸膛，粗眉大眼，来到饭馆子门首，翻身下马，把马拴在门首，来到里面找了一张桌坐下，要了酒菜。坐在那里面带忧愁之像，唉声叹气，仿佛心中有愁事的样子。和尚赶过去说："这位朋友贵姓？"这人说："在下姓黄名云。"和尚说："尊驾莫非是南路镖头追云燕子黄云么？"黄云说："岂敢，岂敢，正是在下。"和尚说："我跟你打听几位朋友。"黄云说："那位？"和尚说："威镇八方杨明，风里云烟雷明，圣手白猿陈亮，这三个人尊驾可认识？"黄云说："那不是外人，杨明、雷明、陈亮都跟我是盟兄弟。大师父未领教怎么称呼？"和尚说："我乃灵隐寺济颠僧。"黄云一听说："原来是圣僧，弟子久仰久仰！今日得会仙颜，真乃三生有幸。"说着话，立刻给济公行礼。

和尚说："别行礼，你上那去？"黄云咳了一声，说："别提了，我上陆阳山莲花坞。只因我手下伙计杜彪给我惹了祸。前者我叫杜彪押着十万银子镖走，本来杜彪素常脾气就不好，爱说大话，眼空自大，狂放无知，只知有己，不知有人，又没真能为。路过陆阳山，被陆阳山两个姓邓的给把镖留下，听说一个叫邓元吉，一人叫邓万川，其实这两个人也不是贼，是莲花坞的。那庙里有四位和尚，保水路的镖头，叫花面如来法洪，神拳罗汉法缘，铁面太岁法静，赛达摩法空，这四个人很有名头。按说陆阳山还有我几个朋友，都是知己，有金毛海马孙得亮兄弟，水夜叉韩龙兄弟，还有万里飞来陆通，大概我这几个朋友许没在山里。倘在家里，只要提说是我的镖，决不能留下。总怨杜彪无知，现在他把镖丢了，回去跟我说，我又说他几句，杜彪一口气也死了。他家里还不答应我，还要跟我打官司，这事怎么办？十万银子丢了，客人也不答应我呀！我去要镖去。"和尚说："这就是了，我也跟你去。"黄云说："圣僧没事，愿意去也好，你我一同走。"和尚说："走。"黄云给了酒饭帐，同和尚出了酒饭馆，一直够奔陆阳山而来。

凡事该当出事。陆阳山劫镖那一天，原本是金毛海马孙得亮、火眼江猪孙得明同韩龙、韩庆四个人，并没在陆阳山，奉济公之命，正同悟禅在灵隐寺看庙呢。万里飞来陆通，那一天他巡山，见山下来了几个骡驼子。有两位骑马的，正是铁面天王郑雄同赤发瘟神牛盖，上镇雄关从此路过。陆通瞧见牛盖长得雄壮，他爱喜牛盖，陆通赶过去就问："咳！你小子姓甚么呀？"牛盖说："姓牛叫盖，你小子叫甚么？"陆通说叫陆通："你小子上那去？"牛盖说："跟郑爷上镇雄关。"陆通说："我真爱喜你小子。"牛盖说："我瞧你小子也不错。"陆通说："对，咱们两人得交交。"牛盖说："交交。"郑雄一看，这两个人到不错，对叫小子也都不挑眼。陆通说："你小子跟我上山住两天。"牛盖说：

"不行,有事。"陆通说:"要不然我送送你。"牛盖说:"好小子,你跟我走。"陆通就送牛盖去了。偏赶巧杜彪由山下押着镖来了。

本应当镖行里有规矩,每逢路过镖局子门口,应当递名帖拜望,走在镖局子门首不准喊镖趟子。杜彪是狂放无知,走到陆阳山他也没递帖,连马也没下,扬扬得意。邓元吉、邓万川是莲花坞的小伙计,这两个人素常就爱多管闲事,也是艺高人胆大。这两个人正在山下闲步,见杜彪押着镖不下马递帖,邓万川二人上前,一声喊嚷:"呔,站住!你是那来的野保镖的?你不懂镖行的规矩么?踩我们道,连马都不下。你姓甚么?"杜彪说:"我姓杜叫杜彪,你们姓甚么?"邓元吉二人各道姓名,说:"你是那来的镖?"杜彪说:"我是南路镖头追云燕子黄云那的。"那邓元吉一听,说:"好,你既是黄云的伙计,今天把镖我们留下了,你叫黄云托好朋友来见我们罢。"杜彪一听,气往上撞。说:"你留镖,你凭甚么?"邓元吉说:"就凭我这口刀,你赢得了我,叫你镖车过去。"杜彪气更大,立刻拉刀过来动手,焉想到被这二人砍了一刀。

杜彪跑回来,镖也丢了,到常山县见了黄云,述说此事,黄云不能不亲自来要。偏偏杜彪一口气死了,他家里反不答应,黄云故此备了一匹马奔陆阳山。在酒馆遇见济公,济公要同来,二人一同来到陆阳山。黄云本没打算来动手,焉想到今天一来,正遇邓元吉、邓万川,又勾出一场凶杀恶战。不知后事如何,且看下回分解。

第八十三回 陆阳山济公斗法洪 施法宝罗汉诈装死

话说追云燕子黄云同济公长老来到陆阳山,抬头一看,这座山坐北向南。方一进山口,见路西里山坡下有五间房,作为回事处。黄云来到陆阳山,一道辛苦,偏赶巧邓元吉、邓万川二人正在山下。邓元吉一看黄云相貌不俗,问:"尊驾找谁?"黄云很透着和气,说:"在下我姓黄名云,乃是南路的镖头。前者我手下的伙计杜彪,他押着镖从贵处经过,本来他是新上挑板,不懂得镖行的规矩,听说言语不周,得罪了本山的二位邓爷,将我的镖车留下。我今天一来陪罪,二来我要拜望这山上的当家的。"黄云本不打算来动手,想这莲花坞有知己的朋友,不能翻脸。焉想到邓元吉、邓万川这两个人更不通情理,听黄云这两句话,这两个人一想:"我要叫黄云把镖要了去,我们算栽了。真要把姓黄的压下去,我二人从此历练出来。"想罢,邓元吉把眼一瞪,说:"你就是追云燕子黄云?来了甚好。你手下的伙计,太不懂情理。我就叫邓元吉,镖是我留下的。你就这么要不行,你得托出好朋友来见我们,要不然你跪下给我们磕三个头,认罪服输,把镖给你,要不然你休想要镖。"

黄云一听这太不像话了,泥人也有个土性。黄云一想:"要不是陆阳山有朋友,我也不能来这样虚心下气,这就算我栽。"自己越想越气,这才把面目一沉,说:"姓邓的,你别反想,并非是我姓黄的怕你们,南北东西我闯荡二十余载,大概也没人敢留我的镖。我想这陆阳山有金毛海马孙得亮弟兄、韩龙、韩庆、万里飞来陆通,都跟我知己,我不好意思翻脸。你两个人太不知事务,可别说我不懂交情。"邓元吉说:"你还敢怎么样么?"黄云说:"怎么样?不留你两个人!"邓元吉、邓万川二人也是初出的犊儿不怕虎,长出犄角反怕狼,自己以为自己的能为大了。二人哈哈一笑,说:"姓黄的,你愣敢说不留我们？来来来，你我今日到得分个强存弱死，真在假亡。”说着话，蹿到外面，二人各把单刀拉出来，黄云也拉刀赶过去。邓元吉摆刀照黄云劈头就剁，黄云用刀海底捞月，往上一迎，邓万川由后面摆刀照黄云后心就扎，黄云身形往旁边一闪。邓万川把刀扎空了，方要变着数，黄云手疾眼快，用刀往外一晃，跟进身一腿，把邓万川踢了一溜滚。邓元吉一见，气往上撞，摆刀照黄云脖项就砍。黄云用刀往外一迎，邓元吉方把刀抽回去。黄云跟进身去，手起刀落，砍在邓元吉膀臂之上，立刻红光皆冒，鲜血直流。两个人往圈外一跳，说：“姓黄的，你是好朋友，你可别跑。”黄云说：“大太爷今天把你等全皆结果了性命，你把你们那为首的叫出来，我到要瞧瞧，大太爷焉能走！”邓元吉、邓万川说：“你要跑了，算你是鼠辈。”说罢，往山上就跑，一直来到里面。花面如来法洪正同法缘、法空在大厅谈话，邓元吉、邓万川跑进来说：“当家的，咱们这镖行吃不了啦！咱们同行人，就不叫咱们吃了。”法洪一听，说：“甚么事？”

书中交代，邓元吉二人留下黄云的镖，法洪等并不知道，连忙问：“为甚么？”邓元吉说：“皆因那一天有南路镖头黄云的伙计，押着镖从山下过，他并不下马，我二人口角相争。现在今天黄云来堵着山口骂，把我砍了一刀，他说叫我把为首的叫出去，他点名叫你老人家出去，骂的难以学说了。”法洪一听一愣，说：“我保长江一带的水路的镖，黑白两道，马上马下，没有不认识我的。我跟黄云，闻其名未见其面，我与他远日无冤，近日无仇，他也是保镖的，无故为何他来骂我？这事断断不能呀！”邓万川说：“现在他就来骂，不信你下山瞧去。”法洪立刻带领三个师弟神拳罗汉法缘、铁面太岁法静、赛达摩法空下山。他这山上净手下人，连镖局子的伙计，共有一百余人，庙里很富足。

众人一同下了山。果见黄云在那里叫骂。法洪来到山下，说：“好黄云，你敢前来找死？我这陆阳山，大概没人敢来骂我。”黄云并没见过法洪。抬头一看，见法洪身高八尺，膀阔三停，项短脖粗，脑袋大，披散着头发，打着一道金箍，面如鲜血，一脸的白斑，长得凶如瘟神，猛似太岁，粗眉大眼，蓝僧衣，肋佩戒刀。第二个脱头是法缘，蓝脸红胡子，更透着凶恶。法静黑脸，面似乌金纸，粗眉阔目。法空是面如紫玉。这四个和尚，都是威风凛凛。黄云说：“好凶僧，你等太无礼，你的伙计劫我的镖，你还不讲理？今天黄大太爷跟你一死相拼。”黄云一摆刀，向前够奔。法洪说：“好小辈，你敢来到我跟前这样猖狂？大概你也不知道洒家的能为。我何必凭血气之勇拿你，待洒家用法宝取你。”伸手由兜囊掏出子午三才神火坎离照胆镜。这宗法宝，原来是他师父给他的。法洪的师父，就在这陆阳山后，有一座镇坞龙王庙。他师父叫金风和尚，自称金风罗汉，前知五百年，后知五百年，善晓未来过去之事。给法洪这宗法宝，所为叫他防身，倘遇见能为比他大的，凭血气之勇胜不了，用这个镜子一照，里面有天地人三才真火，能照去人的三魂七魄。今天法洪把子午三才神火坎离照胆镜掏出来，黄云也不知他这宝贝厉害。法洪口中念念有词，用镜光一照，黄云就仿佛瞧见镜子里有太阳光相似，立刻一打冷战，躺倒在地，人事不知。法洪一想：“我跟他到也没甚么冤仇，我把他带上山去，羞辱羞辱他，叫他知道我的厉害就得了，以免他藐视我这陆阳山。”想罢吩咐：“尔等给我把他搭上山去。”

手下人答应，刚要上前搭，济公由石头后面站起来，一声喊嚷：“好孽畜！你们真不讲理。无故欺负人，留下人家的镖，还讲以强压弱，真乃可恼！咱们老爷们来试试，谁行谁不行！”法洪一见气往上撞，说：“你是何人，胆敢替黄云前来跟我等做对？”济公说：“你也不认得我老人家是谁？我告诉你说，我乃灵隐寺济颠是也。”法洪一听，呵了一声，说：“闻听济公长老乃当世的活佛，乃是一位罗汉，道高德重，焉能这个样子？你愣说是济颠，大概不对罢！"济公说："你若不信，咱们比并比并。"旁边神拳罗汉法缘说："师兄别放走了他，这个穷和尚，是我的仇人。"花面如来法洪说："怎么你会认得他？"法缘说："前者我在临安城麻面虎孙泰来家里住着，有个郑雄火闹万珍楼，孙泰来请我助拳，当场被一个大汉把我追跑。后来晚上我到郑雄家去行刺，被他把我拿住，挫辱我一顿，今天你要给我报仇。"花面如来法洪说："原来如是。"立刻用子午三才神火坎离照胆镜一照，济公故意"哎呦"一声，翻身栽倒。洪法哈哈一笑，说："我闻知济颠和尚神通广大。闻名不如见面，见面胜似闻名。据我看来，也无非凡夫俗子，无能之辈。来人，把他二人给我搭到庙里去！"立刻手下人扛着济公，连黄云大众一同回到山上宝光寺。

方到里面，四个和尚落了座，手下人把济公、黄云搁在大厅以前。法洪一看，济颠已然气绝。这个时节，万里飞来陆通回来了，方一进来瞧见济公，陆通一声喊嚷："这是我师父济颠和尚，谁给害死了？"花面如来法洪说："陆通贤弟，他怎么是你师父？"陆通说："是我的师父，谁给害的？"法洪说："他是自来找死，我用我的宝贝将他治住。"陆通又惹不起法洪，自己满心不愿意，又不敢发作，说："我师父他死了，我给买棺材装起来，我把他送回灵隐寺。你们谁害的，谁得给抵偿，要不然不行。"法洪说："陆贤弟你别胡闹，我要叫他活就活。"正说着话，外面有人进来禀报说："当家的，现有慈云观赤发灵官邵华风，同着一位前殿真人长乐天前来禀见。"花面如来法洪一听，吩咐有请。不晓得赤发灵官邵华风从何处而来，且看下回分解。

第八十四回　显神通惊走邵华风　斗金风金光服僧道

话说陆通见济公一死，正不答应法洪，忽有人禀报邵华风来了。法洪立刻吩咐有请，亲身率众往外迎接。书中交代，赤发灵官邵华风由常州府劫牢反狱未成，大众一跑，众人够奔藏珍坞。这个庙是八魔的徒弟追魂侍者邓连芳的。邵华风众人来到藏珍寺，邓连芳未在庙里，邵华风一查点人数，五殿真人，八卦真人，众绿林人都来了，就不见黑虎真人陆天霖。邵华风说："众位弟兄，现在济颠和尚苦苦跟你我做对，咱们走到那里，他追到那里。他欺负你我太甚，我决不能跟他善罢干休，我总得报仇。众位在这庙里等候，我到陆阳山莲花坞去，请我拜兄花面如来法洪，再请他师父金风和尚。再说我师父马道玄，也在陆阳山后吕公堂。我把他们请来，连你等一同助我一膀之力，大反常州府，杀官抢印，我自立常州王。然后再拿济颠和尚，报仇雪恨。那位跟了我去？"旁边前殿真人长乐天说："我跟祖师爷去一趟。"邵华风说："好，众位在这里住着，听我的回信罢。"大众点头。

邵华风同长乐天出了藏珍寺，驾起趁脚风，来到陆阳山。往里一通禀，法洪迎到山门。一见邵华风，法洪连忙行礼，说："邵大哥，你一向可好？"邵华风说："贤弟了不得了，我乃两世为人，几乎你我见不着了。"法洪说："甚么？"邵华风说："此时我上天无路，入地无门，把慈云观也没了。只因我派人采取婴胎紫河车，在江阴县破的案，有一个济颠和尚把我手下人玉面狐狸崔玉拿去，后来又拿了鬼头刀郑天寿，解到常州府。济颠和尚先使八卦山坎离真人鲁修真诓去我的子午混元钵，然后济颠和尚勾串常州府官兵，把我的慈云观查抄入官。我要到灵隐寺去报仇，没想到济颠和尚早在灵隐寺，我回常州府要劫牢反狱，济颠和尚他又追到常州府，此时闹得我无地可投。”法洪说：“济颠和尚方才被我拿住了。”邵华风说：“真的吗？”法洪说：“可不是。他来无故帮黄云跟我做对，被我用子午三才神火坎离照胆镜将他治住。不信，你进来看。”邵华风说：“既是如此，这可活该，该当我报仇。”

说着话，众人往里走，陆通正扛着济公往外走。邵华风一看，伸手拉宝剑就要砍。法洪赶紧拦住说：“兄长不可，我师父说过，不叫我害人。我的宝贝只许治人，不许伤人，你我是出家人，也不可杀害人命。”邵华风说：“你别拦我，我跟他仇深似海，非要他的命不可。”法洪说：“你要打算要他的命也可，我要叫他死，他就得死，非得我念咒他才能活。我冲着兄长你，不叫他活就是了，你叫他落个全整尸首就完了。”邵华风说：“也罢，既然如是，便宜他。”法洪说：“兄长请屋里坐罢。”众人来到屋中落座，法洪说：“兄长这是从那里来？”邵华风说：“我从藏珍寺，这个济颠和尚实把我追赶苦了。”法洪说：“我看济颠和尚也没甚么能为，兄长何必怕他？”邵华风说：“不对，他的能为大了，你不知道。”洪法说：“你说他能为大，现在被我治住。兄长你也不好，我常听人说，你在慈云观发卖熏香麻药，招聚绿林贼，你已然出了家，何必如此？你还打算怎么样？我是没工夫，要有工夫，我早就要劝劝你，也不至落到这番光景。”邵华风说：“我告诉你，我就是已就已就了，我要大反常州府，自立常州王。我来约兄弟你帮我共成大事。我还要约你师父金风长老，连我师父马道玄，一同助我一膀之力。”法洪一听，说：“兄长你别胡闹了，我师父焉能帮你去造反？你岂不是白碰钉子？我也不能去。我师父早已说过，叫我不准害人。既出了家，跳出三戒外，不在五行中，不修今世修来世，了一身之孽冤。依我劝你也算了罢，找个深山幽僻之处，正悟参修好不好？”邵华风道：“贤弟此言差矣！将来我有九五之分。”正说着话，就听东跨院一阵大乱。法洪一愣，问：“甚么事？”有手下人来回禀说：“厨房里有一个穷和尚，把预备的酒菜全给偷了吃了。”邵华风一听，就一哆嗦，就听外面有人一声喊嚷：“好，邵华风你来了，我和尚等待多时！”邵华风一听，唬得惊伤六叶连肝肺，唬坏了三毛七孔心，立刻同长乐天二人踹后窗户逃走。

花面如来法洪一看，是济颠僧来了。法洪口中喊嚷：“怪道，怪道！”济公说：“一点不错，我只打算你这子午三才神火坎离照胆镜有多大的奥妙，我到里头溜达溜达没甚么，我这才出来了。”法洪一见，气往上撞说：“好颠僧你别走！”伸手又要掏照胆镜，济公用手一指，口念：“唵嘛呢叭㖿吽！”法洪一摸兜囊，宝贝没了，焉想到早被和尚用搬运法搬了去。法洪暗想：“怪道！方才用宝贝将他治死，怎么会活了？”他岂不知济公故意装死。陆通把济公扛到后院里放下，陆通他去找棺材去。济公爬起来奔前面来了，先到厨房偷菜偷酒。厨子瞧见一嚷，和尚这才跑到前面来。法洪还打算用照胆镜拿和尚，一摸兜囊没了。正在一愣，济公哈哈一笑，说：“你瞧！在我这呢，我该照你了。”法洪、法缘、法静、法空唬得拨头就跑。跑出了后门，法洪说：“咱们找师父去。”立刻四个人来到镇坞龙王庙。一拍门，童子把门开开，法洪说：“师弟，师父可在庙内？”童子说：“没有，上吕公堂找马老道下棋去了。”法洪四个人立刻又奔吕公堂。来到吕公堂一打门，道童出来把门开开，法洪说：“金风罗汉在这里没有？”道童说：“跟我家祖师爷下棋那！”四个人同着道童来到里面一看，金风和尚正同马道玄酌棋，一僧一道，坐在那里很透着清高。法洪等上前行礼，金风和尚说：“徒弟们你等做甚么来了？”法洪说：“我等被济颠赶出来了。不是他的对手，栽了跟头。师父你老人家去罢！”金风和尚说：“因为甚么？”法洪就把方才之事，如此如此学说一遍，金风和尚说：“好，我去看看济颠是何许人也。”马道玄说：“你我一同前往。”僧道立刻罢局，同法洪等出了吕公堂，直奔宝光寺而来。

书中交代，济公见法洪等一跑，济公先把黄云救起来，叫黄云把镖起了走，不用管我。黄云谢过济公，竟自去了。万里飞来陆通搭了棺材来，见济公活了，陆通赶紧行礼说：“师父没死？”和尚说：“没死。”陆通说：“师父咱们喝酒罢。”和尚说：“好！”立刻摆上酒菜，陆通陪着喝酒，问：“师父，法洪他们那去了？”和尚说：“他们勾兵去了，此时就来。”陆通说：“勾谁去了？”济公说：“他找他师父金风和尚去。”陆通说：“哎呀！那个和尚可到厉害，我练金钟罩就是跟他练的。”和尚说：“厉害也不要紧。”正说着话，只听外面一阵喊嚷：“阿弥陀佛！”声音洪亮，又有人喊嚷：“无量佛！”陆通说：“了不得了！”济公来到外面一看，见来了一僧一道。头里站定一个僧人，身高九尺以外，猛威威足够一丈，身躯高大，汉仗魁伟，颈短脖粗，脑袋大，胸肩宽，臂膀厚，肚大腰圆，披散着头发，打着一道金箍，面似乌金纸，黑中透光，粗眉大眼，直鼻阔口，身穿一件黄僧袍，腰系丝绦，白袜僧鞋，背后背着一口戒刀，手拿蝇刷。后面站定一个老道，身高也在八尺，头挽牛心发纂，身穿古铜色道袍，腰系丝绦，白袜云鞋，面如三秋占月，发如三冬雪，须似九秋霜，一部银髯，手拿蝇刷，真是仙风道骨，背背一口宝剑。

这两个人一见济公是个疯癫的和尚，褴褛不堪，金风和尚说：“这就是济颠么？”法洪说：“就是他。”僧道哈哈一笑，看济颠乃是凡夫俗子，心说：“闻名不如见面，见面胜似闻名。”济公说：“好法洪，你勾了兵来。这到不错。我和尚到要试试谁行谁不行。”金风和尚说：“济颠僧，你可认得洒家？我乃西方十八尊大罗汉降世人间，所为普渡群迷、教化众生而来。你也敢来到这里猖狂？”济公说：“你真把我们罗汉骂苦了，你打算我不知道你是甚么变的呢？我破个闷你猜罢，你本是：‘有头又有尾，周围四条腿。见了拿叉人，噗咚跳下水。’这四句你可知道？”金风和尚说：“不知道，待洒家我来拿你。”马道玄说：“谅此无名小辈，待我来拿他，不费吹灰之力。”伸手掏宝贝要拿济公。不知后事如何，且看下回分解。

第八十五回　收悟缘派捉邵华风　遇兰弟诉说被害事

话说马道玄由兜囊掏出一宗宝贝来，名叫震魂牌，要当啷啷一响，勿论有多少人，能把三魂七魄震去。老道今天一拿出来，法洪众人知道这宝贝的厉害，赶紧全都躲开。老道把牌一震。只听“当啷啷”一响，焉想到济公把脑袋一晃，并未躺下。和尚说：“你这宝贝不行，再换别的。这宝贝我不怕。”马道玄一见，气往上撞，说：“好颠僧，气死我也！”立刻又掏出一宗宝贝，名曰避光神火罩。其形似扣蟋蟀的罩子一般，要扣上人，内有三才神火，能把人烧个皮焦肉烂。今天把罩子一抖，老道口中念念有词，刷啦啦一道金光，照和尚扣下来。济公哈哈一笑，用手一指，这个罩子奔老道去了。马道玄口中一念咒，用手一指，又奔了和尚去。和尚用手一指，口念六字真言：“唵嘛呢叭㘝吽！唵敕令赫！”这罩子回来，就把老道扣上。

金风和尚一看，气往上撞，见老道拿宝贝扣人，没扣着，反把自己扣上。金风和尚立刻把避光神火罩拿起来，见老道衣裳都煳了，要不是念护身咒，连人都烧了，老道臊得面红耳赤。金风和尚说:“待我来拿他。”济公说:“你也是白给。”金风和尚立刻一张嘴,喷出一口黑气,这是他九千多年的内丹,打算要把济公喷倒,焉想到还是不行。济公说:“好东西,你会吹气,你冒炮我也不怕。”金风和尚暗想怪道,虽然他是凡夫俗子,到有点来历,立刻掏出一根捆仙绳,往空中一扔,一道金光奔济颠去了,就听济公口中喊嚷:“了不得了,快救人那!”眼瞧着把济公捆上。

金风和尚哈哈大笑,说:“我只打算济颠有多大能为,原来就是这样。”法洪等过来说:“师父,你把济颠拿住了?”金风和尚说:“被我用捆仙绳将他捆上。我把他交给你们,不准要他的命,羞辱羞辱他,叫他知道我的厉害就得了。”法洪说:“师父别先忙,我想济颠神通广大,未必把他捆得上,别是假的罢。”这一句话说破了,再一看捆的并不是和尚,把马道玄捆上了。金风和尚一看,大吃一惊,说:“了不得,这叫五行挪移大搬运,大概济颠的能为不小。”过来赶紧把马道玄放开。马道玄说:“你怎么把我捆上?”金风和尚说:“我也不知道!”

正说着话,只见济公由外面来了。济公哈哈一笑,说:“你们还有甚么宝贝没有了?你们要没有,我有宝贝。”和尚把草鞋脱下来,照金风和尚砍来。金风和尚方一闪身,济公用手一指,说:“拐弯。”草鞋正打在金风和尚脸上。济公一伸手,说:“回来。”草鞋立刻回来。济公说:“我还有法宝。”立刻把僧帽摘下来一扔,刷啦啦金光缭绕,瑞气千条。金风和尚一瞧不好,打算跑,不行了,如同泰山一般压下来。只听山崩地裂一声响,金风和尚现了原形,有桌子大的一个大鸵龙,居居直叫,他本来有九千多年的道行。济公说:“法洪你瞧,这是你师父。”法洪众人都愣了。济公说:“大概你们也不知道我的来历,我叫你们瞧瞧。”和尚用手一摸脑袋,露出金光、佛光、灵光三光。众人再一看,和尚身高丈六,头如麦斗,面如獬盖,身穿直裰,光着两只腿,赤着两只脚,乃是一位知觉罗汉。马道玄口念无量佛,众人跪倒磕头,求圣僧饶命。

济公知道金风和尚有九千多年的道行,并没害过人,罗汉爷把僧帽收回去。众人见金风和尚就地一阵风,又变了和尚,给济公磕头。金风和尚说:“圣僧,你老人家慈悲慈悲罢!收我做个徒弟罢!”济公说:“不行,我们和尚里没有王八当和尚的。”金风和尚说:“成佛做祖的,自古以来甚么出身的都有,求圣僧慈悲慈悲罢!”济公一听,口念:“阿弥陀佛,善哉,善哉!你既愿意认我和尚,好好好!”用手一拍金风和尚的天灵盖,济公禅师信口说道:

实心来拜我,贫僧结善缘。修行莲花坞,道德数千年。参练归正道,出家陆阳山。拜在贫僧面,赐名叫悟缘。

赐了名字,金风和尚悟缘给济公行礼。济公说:“悟缘,我派你点事,你同马道玄两个人去把邵华风给我拿来。你要不去,我和尚还是不收你做徒弟。马道玄你也得去帮着,邵华风是你的徒弟。现在他在藏珍坞聚众绿林人,要大反常州府,你两个人去把他拿来,杀恶人即是善念。”马道玄同金风和尚说:“谨遵师父之命。”叫法洪等给济公预备酒,好生伺候,众人答应。一僧一道立刻起身,够奔藏珍坞。

书中交代,邵华风同长乐天由宝光寺被济颠和尚惊走,两个人由后山逃出去,绕道够奔前山。长乐天说:“祖师爷,咱们上那去?”邵华风说:“你我到那里,济颠追到那里,山人我跟他是冤家对头。你我回藏珍坞,我约请万花山圣教堂八魔祖师爷,非是跟济颠和尚以死相拼,将他拿住,方出我胸中的恶气。将他碎尸万段,然后到灵隐寺,把庙放火一烧。非得先把济颠杀了,然后你我再大反常州府,不把他除了是不行。”

说着话向前走,又怕济颠追赶下来。方一下陆阳山,只见由对面来了柱天柱地两个大旋风,走石飞沙,带起来有两三丈高。长乐天一愣,说:“祖师爷,你看这两个旋风,是神是鬼,是妖是怪?我的法力小,看不出来。"邵华风睁睛一看,说:"也不是妖,也不是怪,是我的朋友来了,这可活该。"长乐天说:"谁呀?"邵华风说:"你来看!"立刻口中念念有词,"噗"喷了一口法气,立刻旋风往两旁一闪,闪出两个人来。头前这人身高八尺,头戴紫缎色四棱逍遥巾,身穿紫缎色箭袖袍,周身走金线踏金边,上绣金牡丹花,腰系丝鸾带,单衬袄,薄底靴子,闪披一件紫缎色团花大氅,面如紫玉,两道浓眉,一双金睛叠暴,押耳黑毫,颏下一部钢髯,根根见肉,犹如钢针,轧似铁线,手中拿着一把蝇刷。后面跟定一人,头戴蓝缎色四棱逍遥巾,身穿蓝缎色箭袖袍,腰系丝鸾带,外罩翠蓝色逍遥氅,周身绣金莲花,面如白纸,脸上一点血气没有,两道细眉,一双三角眼,鹦鼻子,裂腮额。

书中交代,头里这人叫追魂侍者邓连芳,后面这个人叫神术士韩祺。这两个人是万花山圣教堂八魔的徒弟,邓连芳是天河钓叟杨明远的徒弟,韩祺是桂林樵夫王九峰的徒弟。这两个人奉八魔之命,到东海瀛州去取灵芝草。八魔每人有一根子母阴魂绦,最厉害无比,连西方大路金仙都能捆上,把金光捆散了。韩祺把他师父的子母阴魂绦偷出来。今天碰见邵华风,邓连芳一见,连忙行礼。

原来邵华风同邓连芳、花面如来法洪是拜兄弟,邵华风是大爷,法洪行二,邓连芳行三。今天一见,连忙行礼,说:"大哥一向可好?"邵华风说:"贤弟别提了,我此时闹得走投无路。"邓连芳说:"怎么?"邵华风说:"只因我派人出去盗取婴胎紫河车,在江阴县犯了案,有一个济颠和尚跟我为仇做对,他使出鲁修真诓去我的乾坤子午混元钵,他率领常州府的官兵把我慈云观抄了。我到灵隐寺去打算报仇,他在灵隐寺等着。我回到常州府要劫牢反狱,他又追到常州府。我到藏珍坞去找你,你也不在庙里。我今天找你二哥来,请他帮我大反常州府,焉想到济颠又追来了。贤弟你上那去?"邓连芳说:"我奉师父之命,到东海瀛洲去取灵芝草。"邵华风说:"你先别去了,要等你回来,我就许没了命了。"邓连芳说:"既然如是,你我一同回到藏珍坞,我先把济颠和尚给你拿住,报仇雪恨。"邵华风说:"甚好。"四个人驾起趁脚风,这才奔藏珍坞。来到庙中,大众给邵华风、邓连芳行礼。

众人方坐下,只见由外面有人进来回禀:"山门外来了一个和尚,堵着门口直骂。"众人一听,全都一愣。不知来者是谁,且看下回分解。

第八十六回　众妖道聚会藏珍坞　神术士魔法胜金风

话说赤发灵官邵华风同追魂侍者邓连芳、神术士韩祺来到藏珍坞,群贼一看,心中喜悦,说:"这可活该!"众人行礼一毕,邵华风说:"众位,这就是我拜弟邓连芳,他乃是万花山圣教堂八魔祖师爷天魔天河钓叟杨明远的徒弟。这位韩祺,他是人魔桂林樵夫王九峰的徒弟。要拿济颠僧,易如反掌,不费吹灰之力。"神术士韩祺说:"邵华风,我告诉你说,我得了我师父一根子母阴魂绦,就是大路金仙,西方罗汉,都能捆上。这个子母阴魂绦,可与众不同,经过几个甲子,别人有也不真。"正说着话,有人进来回禀:"外面来了一个和尚,堵着山门大骂,点名叫邵祖师爷出去。"邵华风一听,说:"大概是济颠来了。"手下人说:"不是,是一个大黑脸和尚。"邵华风说:"待我出去看看。"

话言未了，旁边有巡山仙掌李文通说："道师爷且慢，谅来此无名小辈，何必你老人家前往？有事弟子服其劳，割鸡焉用宰牛刀。待我去把他拿来，不费吹灰之力。"邵华风说："你须要小心留神。"李文通说："料也无妨。"说罢大摇大摆，来到山门以外。

藏珍坞这座山，是坐北冲南，山口里庙前头是一片空宽平坦之地，可以做战场，操兵演阵都行，甚为宽阔。李文通出来一看，对面站定一僧一道，正是金风和尚悟缘同马道玄。李文通一看，说："原来是金风和尚，你来此何干？"金风和尚说："我奉我师父之命，前来拿你们这伙妖人。"李文通说："你师父是谁？"金风和尚说："你要问，是济公长老。"李文通咳了一声，说："你怎么也来胡闹，随了济颠和尚？依我说，你趁此回去，休要前来多管闲事。我山人以慈悲为门，善念为本，是一分好生之德，不忍伤害你的性命。你要不听我的良言相劝，可别说我将你拿住，悔之晚矣。"

金风和尚哈哈大笑，说："好孽障！谅尔有多大能为，也敢说此朗朗狂言大话？我和尚将你结果了性命，杀恶人即是善念。"老道一听，气往上撞，伸手拉出宝剑，往东南上巽为风一站，用宝剑就地一画，口中念念有词，立刻狂风大作，走石飞沙，直奔金风和尚打去。金风和尚悟缘哈哈一笑，伸手由兜囊掏出一宗宝贝，名曰避风珠，往空中一扔，立刻风定尘息。李文通一看，大吃一惊，金风和尚把避风珠收回去，又由兜囊掏出一颗珠子，其红似火，口中念念有词，照定李文通打去。只听"呱啦"一声响，一道火光，竟将李文通烧了个皮焦肉烂。这颗珠子，名曰雷火珠。金风和尚劈了老道，将宝贝收回去。早有人报进藏珍坞，说："回禀祖师爷，可了不得了，方才李道爷出去一问和尚，他说叫金风和尚。李道爷一施展法术，狂风大作，走石飞沙。那和尚掏出一宗宝贝扔起去，就风定尘息。和尚又拿出一颗珠子，其红似火，一道火光'呱啦'一响，竟把李道爷烧了个皮焦肉烂。"

邵华风一听，气得哇呀呀怪叫如雷。旁边有人一声喊嚷，说："师父不便动怒，待我去给李大哥报仇，把和尚拿来。"邵华风一看说话这人，是他二徒弟叫妙道真人吴法兴。这个老道跟前者七星观的那吴法通是师兄弟，在邵华风手下任意胡为，也会妖术邪法，立刻拉宝剑来到山门以外。见金风和尚正然破口大骂，吴法兴说："好和尚，真乃大胆！你可知道你家祖师爷的厉害？"金风和尚说："你是何人"吴法兴说："你要问，我告诉你，你家祖师爷姓吴名法兴，人称妙道真人。今天你既是飞蛾投火，自送其死，放着天堂有路你不走，地狱无门自找寻，休怨我山人将你结果了性命。"说着话由兜囊掏出一根捆仙绳，祭在空中，口中念念有词，说声"敕令！"刷啦啦一道金光，直奔金风和尚。和尚一张嘴，"噗"喷出一口黑气，这是他九千多年的内丹，立刻捆仙绳坠落于地。和尚随着一抖手，将雷火珠打出来，只听"呱啦"一声响，将吴法兴烧死。这小子一辈子没做好事，今天遭了恶报。又有人报进庙去。

邵华风一听徒弟死了，气得三尸神暴跳，五灵豪气腾空，说："好好好，我山人出去，跟他以死相拼。"旁边神术士韩祺说："邵大哥不用你，叫你瞧瞧我的宝贝，你我一同前往。"大众跟随来到外面一看，邵华风说："金风和尚你敢伤我徒弟？我山人焉能跟你善罢干休！"这边马道玄一看，说："邵华风你是我的徒弟，你不可任意胡为。已然出了家。就应该晨昏三叩首，早晚一炉香，侍奉三清教主。决不该结交绿林人，在尘世中杀男掳女，聚众叛反国家。大宋国自定鼎以来，君王有道家家乐，天地无私处处同，皇上家洪福齐天，邪不能侵正，你休要执迷不悟。已然出了家，就应该修福做德，了一身之孽冤，不修今生修来世。你要听山人良言相劝，自己知非改过，从此跟我归山修隐。你要不听，自己强欲抗横，天作孽犹可违，自作孽不可活，获罪于天，无所祷也。"邵华风不但不听，反把眼一瞪，说："马道玄，你休要多管闲事，满口胡说，跟我嚼舌鼓唇。我要不念你我是师徒，今天连你一齐拿住，结果性命，你趁此快去。”马道玄口念：“无量佛！善哉，善哉！邵华风真乃无父无君。人生在世上，须知道三纲四大五常。三纲者，君为臣纲，父为子纲，夫为妻纲；四大者，乃天地君亲师，受天地覆载之恩，受君王水土之恩，受父母生育养育之恩，受师父传授教训之恩；五常乃仁、义、礼、智、信。为人子不孝，为臣定然不忠，交友必然不信。师徒情如父子，你就敢叫我的名字，跟我反目？罢了，罢了！”邵华风说：“你任凭有苏秦、张仪、陆贾、萧何之口，说得天花乱坠，地生金莲，海枯石烂，也难度山人铁石之心。我跟济颠和尚仇深似海，他无故欺负我，闹得我上天无路，入地无门，我焉能跟他干休善罢？马道玄你要多说，我先拿你。”金风和尚一听，气往上撞，说：“邵华风你过来，洒家跟你分个强存弱死，真在假亡。”

邵华风尚未答言，神术士韩祺早拿定了主意：“我给他个先下手的为强，后下手的遭殃。”立刻把子母阴魂绦一抖，照定金风和尚悟缘抛来，口中念念有词，说声“敕令！”金风和尚一看，只见子母阴魂绦奔他来了，真是霞光万道，瑞气千条，如同泰山一般。金风和尚就知道不好，念护身咒也来不及了。慢说金风和尚这点来历，就是大路金仙也能捆得上，捆上能把白气化没了。西方的罗汉要被这子母阴魂绦捆上，能把金光捆去。勿论甚么妖精捆上，就得现原形。这原本是八魔每人有一根，神术士韩祺是偷他师父的。今天悟缘一看，打算要跑，被金光罩住，焉能跑得了？就听山崩地裂一声响，金风和尚现了原形。众老道一看，原来是一个大鼋。神术士韩祺说：“你等可曾看见了，慢说是他，就是西方的罗汉也逃不了。”众老道一看，鼓掌大笑说：“还是你老人家神通广大，法术无边。原来济颠和尚的徒弟，就是这个。”神术士韩祺说：“邵大哥，我已然将他拿住，任凭你发落罢。你愿意怎么办，或杀或剐或烧？”邵华风说：“他把我徒弟用火烧了，我也把他烧死，方出我胸中的恶气。大概把他治死，济颠和尚也就快来了。”韩祺哈哈一笑，说：“济颠不来便罢，他要来了，叫你等看着我略施小术，就把他拿住。”

正说着话，只听山坡一声喊嚷：“好，邓连芳、韩祺，胆敢害人！待我来。”大众睁睛一看，飞也似来了一人。头带粉绫缎武生公子巾，绣团花分五彩，身穿粉绫缎色箭袖袍，周身走金线，踏金边，腰系鹅黄丝鸾带，黄衬衫，薄底靴子，闪披一件粉绫缎英雄大氅，上绣三蓝富贵花，背背宝剑，手拿蝇刷，面如白玉，眉似春山，目如秋水，准头端正，唇似涂朱。众人一看，大吃一惊。不知来者是谁，且看下回分解。

第八十七回　飞天鬼误入万花山　石成瑞招赘人魔女

话说神术士韩祺用子母阴魂绦将金风和尚拿住，正要结果性命，只见由山坡来了一位武生公子。书中交代，来者这人，乃是人魔桂林樵夫王九峰的门婿。此人姓石名成瑞，外号人称飞天鬼，原籍镇江人，也在玉山县三十六友之内，学会一身好工夫，长拳短打，刀枪棍棒，样样精通，飞檐走壁之能。天生来的秉性，最好游山玩景，勿论那里有名山胜境，非身临切近去看看不可。这天他带着干粮去游山，一看山连山，山套山，不知套出有多远去。石成瑞自己一想：“到要找找这座山那里到头。”脚程又快，直走了十几天，还是乱山环绕之中，大峰俯视小峰，前岭高接后岭。自己带着吃食也吃完了，还想到要找找这山有头没有，没吃的在山里吃松子草根，见有果子就吃果子。又走了数天，自己觉着身体不爽，要染病。石成瑞一想："可了不得了，只要一病，也回不去了。要死山里，干作他乡的怨鬼，异地的孤魂，死尸被虎狼所食。"自己也走不动了，心中难过。见眼前有一道涧沟，沟里的水澄清，石成瑞爬着喝了两口水，就觉着喝下去神清气爽。又往前走，见眼前有许多的果子树，树上长的果子，其形似苹果鲜红，可不是苹果。石成瑞摘了一个吃，清香无比，就觉着身上的病减去了大半，心中暗想："怪道，也不知这是甚么所在。"又往前走，只见果子树多了，树上结的梨，真有海碗大，苹果也大。石成瑞心里说："这树是谁家的呢？"

正在观看之际，只见那边有一位女子，手拿小花篮摘苹果，长得十分美貌，衣服鲜明。石成瑞隐在树后观看多时，见那女子把树上的果子摘了半树，摘了就往花篮里放，花篮老没装满。石成瑞暗想："怪道，怎么这花篮能装这许多的果子呢？"正在发愣之际，那女子一回头，瞧见石成瑞，女子"呦"了一声，说："那里来的凡人，前来窥探？"石成瑞一愣，并未还言，那女子用绢帕一抖，石成瑞就迷糊过去，跟着那女子来到一所院落。到了屋中，女子又用绢帕一抖，石成瑞明白过来，睁睛一看，这屋中金碧辉煌，屋中的摆设都是世间罕有之物，眼前坐定一位如花似玉的女子。石成瑞说："哎呀！这是那里？"那女子说："这是玉府宫阙，按说凡夫俗子来不到这里。"

书中交代，这就是万花山下，叫隐魔山。八魔之中就是人魔桂林樵夫王九峰有家眷，也有妻子，跟前一个女儿，叫银屏小姐，精通法术。这就是王九峰住家。这女子乃是银屏小姐。问石成瑞尊姓，石成瑞说："我叫石成瑞，游山玩景，来至此地。这是天堂，还是人间？"银屏小姐说："这是玉府宫阙，我父亲乃是魔师爷。"正说着话，只听外面有脚步声音，说："女儿可在屋里？"银屏小姐说："爹爹来罢。"石成瑞一看，由外面进来一位老者，头戴鹅黄色四棱逍遥巾，身穿淡黄色逍遥氅，白袜云鞋，面如冠玉，发如三冬雪，须赛九秋霜，带着仙风道骨。来者正是桂林樵夫王九峰。来到屋中一看，见石成瑞，王九峰问道："女儿，这是何人？"银屏说："方才女儿我到仙果山摘果子，看见他在那里游山，我将他带进来的。"王九峰说："这就是了，尊驾贵姓？"石成瑞说了名姓，王九峰说："你跟我到前面去谈话。"石成瑞就跟着来到前面书房落座。

王九峰说："你是那里人氏？因何来至此处？"石成瑞说："我是镇江府人氏，皆因好游山，走迷了来至此地。这是甚么地名？"王九峰说："这是万花山，我住的这叫隐魔村，北边那座山叫隐魔山。每逢十年，这果子才摘一回，我在这里看守此山。原先是我徒弟看着，现在我徒弟没在这里。这果子人要吃了，凡夫俗子吃一个，能饱一个月，久吃能断去烟火食。有病的人吃了，能化去百病。"石成瑞说："不错，我本来是游山，没有吃的，带的干粮都吃完了，净吃松子草根，吃了两天，吃出病来。方才吃了一个果子，觉着清香，清气上升，浊气下降。未领教老丈怎么称呼？"王九峰说："我姓王双名九峰，人称桂林樵夫。我这地方，凡夫俗子也轻易到不了。你家中可有甚么人呢？"石成瑞说："家里还有老娘，有妻子。"王九峰一听，点了点头说："这也是活该，你既来了，应当跟我女儿有一段俗缘。你也不必走了，我把我女儿给你就是了。"

本来王九峰就是这一个女儿，爱如掌上之明珠，闹得高不成低不就。给凡夫俗子，他又不肯，给真是做大官的人家，又不能跟他做亲，他总是个外道天魔。许配神仙，神仙又不要媳妇，未免难找婆家，故此耽误住了。今天王九峰跟石成瑞一谈，见石成瑞一位武士，品貌端方，故此要把女儿给他。石成瑞一想："莫非是做梦罢？那有这样便宜事呢？"想走也不知道路了，只可随口应承。果然桂林樵夫王九峰就叫女儿银屏跟石成瑞拜了天地，洞房花烛，石成瑞就在这里住着。

日子长了，石成瑞自己忽然想起家来，家里尚有老娘、妻子，故土难忘。家里要没有亲丁，自然也就不惦了，这个终然是心中难过。想起来回也不能回去，未免得坐在那里发烦，愁眉不展。银屏小姐一看，说："官人你为何发烦？在这里一呼百诺，想吃甚么吃甚么，诸事无不应心，还有甚么可烦的呢？"石成瑞说："咳！我在我们那地方闷了，找几个知心的好朋友，吃酒谈心，或弹或唱，或讲文，或论武，心中有多爽快！这个除了你就是我，也没甚么可说的。"银屏小姐说："你要同朋友作乐，那容易。来人，去把边先生、郑先生请来！"手下伺候人答应。工夫不大，只见由外面来了两个人。头一位是四棱逍遥巾，蓝绸子大氅，白袜云鞋，有三十多岁，白净面皮，儒儒雅雅。后跟着一位，也是这样打扮，淡黄的脸膛，有二十多岁。来到里面，一抱拳说："郡马请了！我二人要早过来给郡马问安，不敢莽撞，怕郡马好清静，不敢前来渎烦清神。今知郡马好消遣，我二人特来奉陪。"石成瑞一见，说："请坐！二位贵姓？"头前这位说："我姓边，字学文。他姓郑名珍，字隐言。我二人在魔师爷这里当清书，写写来往书札等类。"石成瑞跟这两人一谈，愿意酌棋，这两个人就陪着下棋。说弹唱，这两个人就会弹唱。说练武，这两个人就陪着打拳。说甚么，这两个人就会甚么。又混了个月，石成瑞又烦了。这两个人也不来了。

银屏小姐说："郡马你别烦，你喜爱甚么只管说。"石成瑞说："我总想我们那街市上的热闹，来往车马成群，愿意听戏就听戏。这个地方，出去就是荒山野岭，多见树木少见人烟，回来就瞧你一个人。"银屏"噗哧"一笑。说："那容易，你早不说？我带你逛逛大街。这里也有戏，你跟我听去。"立时刻夫妻携手揽腕，来到花园子正北上，有三间楼房。银屏小姐同石成瑞上了楼，把后窗户一开，石成瑞一看，楼外头原是一道长街，热闹非常，买卖铺户都有，来往行人车马，男女老少，拥挤不动。正西上一座戏台，正然锣鼓喧天，新彩新排，开了戏。石成瑞一看，心中快乐。自己一想说："我不知道有这么热闹的街道，我要知道，我早就逛去了。"银屏说："郡马你看戏罢。"石成瑞说："这叫甚么魔地方？"银屏说："这叫海市蜃楼。"抬头一看，这出戏是《四郎探母》，上来杨四郎一道引子，被困幽州思老母，常挂心头。这出唱完了，又接着一出《秋胡戏妻》，唱的是秋胡打马奔家乡，行人路上马蹄忙，稳坐雕鞍朝前望。石成瑞一想："自古来母子夫妻都有团圆，人家荣耀归家，我只要回家也不行。"心里一烦不听了，夫妻回去。

次日石成瑞一想："我何不到海市蜃楼街上打听，离我家多远？我又有银子，偷着回家瞧瞧。"想罢奔花园子，来到楼房旁边，窜上界墙一看，石成瑞"呀"了一声，有一宗岔事惊人。不知后事如何，且看下回分解。

第八十八回　想故乡夫妻谈肺腑　点妙法戏耍同床人

话说石成瑞自己想要到海市蜃楼去逛逛，来到这花园子，窜上界墙一看，外面并没有热闹大街，还是荒山野岭。自己一想："这可真怪，我再到楼上，开开楼窗瞧瞧。"想罢复反跳下来，来到楼上，开开楼窗一瞧，还是荒山，并没一人。自己愣了半天，无奈又回来。到了自己屋中，银屏小姐说："郡马那去了？"石成瑞说："我到楼上要去逛海市蜃楼，不想全都没有，我还想要听昨天那戏。”银屏小姐说：“那容易，咱们家里有戏，你跟我听去。”石成瑞说：“我不信。”立刻跟着来到花园子一瞧，忽然那边锣鼓喧天，唱上戏了。石成瑞自己终然还惦念家乡故土，银屏小姐百般哄他，石成瑞想吃甚么就有甚么，想怎么样就怎么样。石成瑞一想：“我要甚么他就有甚么，我到要把他为难住。”这天石成瑞说：“我想一宗东西吃。”银屏说：“你说罢，想甚么我给你预备。”石成瑞说：“这里没有，非得我们那本地才能有呢。浙江出一宗鲥鱼，其味最美，别的地方那里也没有。”银屏小姐说：“那容易，咱们花园子月牙河里就有。”石成瑞说：“你这可是胡说，这种东西别处绝没有。”银屏说：“不信，你跟我来，我钓上鱼来你瞧是不是。”石成瑞说：“走。”二人来到花园子，银屏拿竹竿线绳拴上钓鱼钩，扔下去工夫不大，把鱼钓上来。石成瑞一看，果然是鲥鱼，心中一想：“这可真怪。虽有鱼，大概他们这里没有紫牙的姜，做鲥鱼非得要紫芽姜不可，别的姜做出来不鲜。”想罢，说：“娘子，我们那老家做鲥鱼，单出一宗紫芽姜做作料，其味透鲜，这里那找紫芽姜去？”银屏说：“有，这花盆里种着紫芽姜，专为做鲥鱼的。”伸手一刨，果然刨出紫芽姜来。石成瑞心中纳闷，叫厨子做得了，果然好吃。石成瑞说：“娘子，听说山海八珍，有龙肝、凤髓、豹胎、熊掌最好吃，我要吃龙肝行不行？”银屏说：“行。”立刻拿笔在粉皮墙上画了一条龙。石成瑞说：“这是画的不能吃。”银屏小姐口中念念有词，用手一指，这条龙就活了，张牙舞爪就要走。银屏小姐过去一宝剑，把龙开了膛，取出龙肝来，给石成瑞做了吃了。

百般哄着，石成瑞他老不欢喜。银屏小姐说：“郡马你为何总不喜欢么？”石成瑞说：“我实对你说罢，我是想家，家中尚有老娘，还有原配的妻子，此时是不知音信，听戏听《四郎探母》、《秋胡戏妻》，人家出外都有回家之日，我就不能回去？我心里总不放心，也不知我老娘、妻子是死是活！”银屏小姐说：“你要回去也行，我送你回去好不好？”石成瑞一听喜欢了，说：“你要能叫我回去，我到家里看看再来，我也就放了心了。”银屏说：“既然如是，我送你走。你闭上眼，可别睁眼，听不见风响，再睁眼，你就到了家了。”石成瑞说：“就是。”立刻把眼一闭，耳轮中就听呼呼风响，好容易听不见风响了，自己睁眼一看，已然到了自己的村庄，相离家门口不远。石成瑞心中大快，赶紧往前走，来到门首一叫门，只见他妻子出来，把门开开一看，说：“你回来了？老娘都想坏了。”石成瑞看见自己结发之妻，心中不由得难过，说：“老娘可好？”他妻子刘氏说：“好。”石成瑞立刻来到里面一瞧，他老娘在屋里坐着，到也没见老迈。石成瑞赶紧上前行礼，说：“娘亲，你老人家好呀？”老太太一看，说：“儿呀！你回来了。”刘氏说：“官人这二年上那里去的，为何永不回来？叫家人不放心。”石成瑞说：“咳！别提了，一言难尽。我皆因好游山玩景，闹出事。我在山里也走迷了，吃的也没了，觉着有了病，四肢无力，步履艰难，我想着要死在山里，决回不来了。我瞧见有许多的果子树，我摘了一个吃，就仿佛立刻神清气爽。遇见一个女子，我就迷糊了，把我带到隐魔山。有一位魔师爷，叫桂林樵夫王九峰，他说他女儿跟我有一段仙缘，叫银屏小姐，我就招了亲。吃穿到是无不应心，要甚么有甚么，我夫妻到也和美，他待我也不错。我日子长了，总想家里有老娘，你我总是结发夫妻，我焉能忘得了？我就是自己回不来，这到是我那个妻子的好处，他用法术把我送回来的。我一睁眼，已然离家不远了，我故此回来了。”他妻子说：“原来是你在外边招了亲了，你这还想回去不回去呢？”石成瑞说：“我到不想回去了，再说我也回不去，不认得道路。”他妻子说：“人家待你这么好，一日夫妻百日恩，你为何不回去呢？”石成瑞说：“我不回去了。”他妻子说：“当真你不回去了？”石成瑞说：“当真。”他妻子“噗哧”一笑，石成瑞再一看，也不是他的家里，还是在银屏小姐屋里,他老娘也不见了,他妻子刘氏也不见了,所说的话都是银屏小姐。石成瑞也愣了,还是没出屋子。银屏小姐说:“我真要把你送到家去,你是不来了。”石成瑞说:“你怎么冤我?”银屏小姐说:“我试试你的心。”石成瑞说:“娘子你也不便试探,我真要回去,到了家就是我想来也是来不了,我那里找得回来呢?”银屏小姐说:“你要打算回去,我真送你走。我教给你点法术,我给你这一块绢帕,那时你要想回来,你有急难之时,掏出绢帕,双睛一闭,双足一跺,就能回来。”银屏小姐教给石成瑞练驾趁脚风、五行挪移大搬运、护身咒,这些法术教会了石成瑞。

这天石成瑞要走,银屏小姐眼泪汪汪说:“郡马,我要送你走,你可别把我忘了。”石成瑞说:“娘子只管望安,我决不能丧尽天良,你我一日夫妻百日恩,我焉能绝情断意?只要我能回得来,我那时想你,我那时回来,这回你可别冤我。”银屏小姐说:“我不冤你,你闭上眼睛罢。”石成瑞果然闭上眼睛,耳轮中只听风声响,身子直仿佛忽忽悠悠,驾云一般。听着风声响息了,银屏小姐说:“你睁眼罢!”石成瑞一睁眼,已然到了浙江地面。银屏小姐说:“郡马,此地离你家不远了,我可要回去了。我所说的话,你要谨记在心,绢帕千万不可遗失。你我夫妻一场,任凭郡马的心罢。”说着话,夫妻二人携手揽腕,银屏小姐二目垂泪。石成瑞说:“娘子,你跟我家去好不好?”银屏小姐说:“我不能,我要回去了。”石成瑞也不忍分别。人非草木,谁能无情?至亲者莫过父子,至近者莫过夫妻。石成瑞说:“娘子你回去罢,我决不能负心就是了。”银屏小姐哭得说不上话来,夫妻含泪而别。石成瑞见银屏小姐去远了,自己叹了一口气,这才扑奔故土家乡。

来到村庄里一看,见家家关门闭户,冷冷清清。来到自己门首一看,也关着门。石成瑞一拍门,工夫不大,刘氏出来开门,石成瑞一看就愣了,见他妻子身穿重孝,石成瑞就问:“娘子给谁穿孝?”刘氏说:“给老娘穿孝。”石成瑞一听娘亲已死,心中不由得一惨,落下泪来,母子连心。刘氏见丈夫回来,也是一惨,也哭了。夫妻来到里面,放声痛哭。哭了半天,刘氏这才问道:“官人这一向上那去了?”石成瑞就把游山招亲之故,从头至尾,细述一遍。问他妻子:“老娘几时死的?甚么病症?”刘氏说:“老病复发,死了有一个多月。”石成瑞次日到老娘坟墓前,祭奠了一番,又痛哭了一场,在家中住了一个多月。凡事该着,刘氏也一病身亡。石成瑞无法,置买棺木,办理白事,将他妻子葬埋完了事。自己一想,心中甚烦,家里也没了人,自己打算要上玉山县,看望看望众朋友,开开心。

这天来到沙市镇,自己觉着身体不爽,找了一座客店住下,焉想到次日更觉病体沉重了。过了四五天,这天自己正在发烦,店里伙计进来说:“石爷,外面现有济颠和尚来找你。”石成瑞一想:“我虽没见过这位济公,听我的朋友提说,乃是一位得道的高僧。”赶紧叫伙计出来有请,和尚由外面进来,石成瑞说:“圣僧从那里来?”和尚说:“我由陆阳山来,找你给我办点事。现在藏珍坞金风和尚被神术士韩祺拿住,非你去救不可。”石成瑞说:“我病着呢。”和尚说:“我给你一块药吃。”石成瑞吃了药,立刻病体好了。和尚告诉明白道路,石成瑞这才够奔藏珍坞,前来搭救金风和尚。不知后事如何,且看下回分解。

第八十九回　说韩祺释放悟缘僧　斗济公暗施阴魂绦

话说飞天鬼石成瑞受济公之托，赶紧来到藏珍坞。刚到这里，正赶上神术士韩祺用子母阴魂绦方把金风和尚捆上，正要结果性命。石成瑞赶奔上前，说："邓连芳，韩祺，你二人快把金风和尚放了，万事皆休。"韩祺一看，认识是他师父的门婿，赶紧说："郡马你从那来？"石成瑞说："你把金风和尚放开，他跟我有交情。"韩祺一想，冲着师父的面子，不肯得罪石成瑞。韩祺说："郡马既是跟金风和尚认识，我冲着你把他放了，这到是小事一段，便宜他。"这才把子母阴魂绦收回去。就见这驼龙爬了半天，由平地起了一阵怪风，金风和尚竟自逃走了。马道玄一看不好，也驾起趁脚风，竟自去了。群贼一看，鼓掌大笑。邵华风就问："韩祺，这个武生公子是谁？"韩祺说："这是我师父的门婿。"石成瑞说："韩祺，你在这里为非做恶，这是何必？要听我良言相劝，你趁此走罢。"韩祺说："郡马你休要多管闲事，你趁此走你的。我受朋友所托，必当已身之事。我要替朋友捉拿济颠僧，报仇雪恨。"

石成瑞说："我劝你为好。你要不听，任意胡为，造下弥天大罪，善恶到头终有报，只等来早与来迟。获罪于天，无所祷也。天作孽，犹可违，自作孽，不可活。那济公禅师，乃是一位得道的高僧，你要跟济公做对，不但你自己找出祸来，你给魔师爷惹了祸了。"韩祺一听说："我告诉你，你休要嚼舌鼓唇，我看在我师父面上，把金风和尚放了。冲着你，我不认识你，你别打算我怕你，我是有一分的关照。你要自找无趣，可别说我拿子母阴魂绦把你捆上。"石成瑞一听，勃然大怒，说："韩祺你真不要脸，我先将你拿住。"说着话伸手拉宝剑方要过去，韩祺立刻把子母阴魂绦祭起来，口中念念有词，说的是：

子母阴魂绦一根，阴阳二气紧绕身。
练成左道先天数，罗汉金仙俱被擒。

石成瑞一看子母阴魂绦奔他来了，金光缭绕。石成瑞一想："我真要被他捆上，岂不丢人？"心中一急，想起银屏小姐给他的那块绢帕，告诉他说："遇有急难之时，二目一闭，一抖绢帕，双足一跺，就能回到隐魔山来。"石成瑞今天真急了，由怀中掏出绢帕一抖，韩祺眼瞧着一片白光大作，再找石成瑞踪迹不见，子母阴魂绦坠落于地。韩祺说："真有的！罢了，罢了。他会走了，真有点能为。走了便宜他，就是我拿住他，也不能要他的命。他是我师父的门婿，我无非是羞辱羞辱他。"大众说："咱们回去罢。"邵华风说："我想金风和尚这一走，必给颠僧去送信，大概济颠必来。"韩祺哈哈大笑，说："邵大哥你把心放开了，你我等候济颠三天，他如来了，我必把他拿住，他如不来，我同你找他去。我说到那里，应到那里，到叫你等瞧瞧我的法宝。"

众人正说着话，就听山坡一声喊嚷："无量佛。"大众睁眼一看，来了一位羽士黄冠玄门道教。头戴青缎子九梁道巾，身穿蓝缎色道袍，青护领相衬，腰系杏黄丝绦，白袜云鞋，面如淡金，细眉圆眼，三绺黑胡须，飘洒在胸前，手拿蝇刷，肋佩宝剑。来者老道非别，乃是本观的观主浪游仙长李妙清。他到白云岭去找白云仙长野鹤真人去酌棋，今天才回来。邵华风一见，说："李道兄久违少见！我等在这庙里搅扰了多日，你也没在家。”李妙清说：“贤弟说那里话来，我的庙如同你的庙一样，何必说搅扰二字。”大众赶上前彼此行礼。邵华风说：“我告诉你，我的慈云观入了官了，此时我闹的有家难奔，有国难投。”李妙清说：“怎么？”邵华风说：“只因我派人盗取婴胎紫河车，在江阴县犯了案，有一个济颠和尚，无故跟我做对。我来约你助我一膀之力，大反常州府，自立常州王，捉拿济颠和尚，报仇雪恨。”李妙清说：“哎呀，不易罢？我听说济颠和尚神通广大，法术无边。咱们三清教的，有头有脸的老道，都被他给制服了。可有一节，他不找寻好人，为非做恶的人，他才找寻呢。”邵华风说：“甚么叫好人坏人？我约请这二位是万花山圣教常八魔祖师爷的门徒，非得把济颠拿了，也叫他知道知道咱们三清教到有能人没有，也给三清教下转转脸。”李妙清说：“众位不在庙里，都在外头，这是为甚么？”邵华风说：“方才有济颠主使金风和尚同马道玄前来找我做对，都说金风和尚是一佗罗汉，赶情他是一个大驼龙。方才被我韩贤弟用子母阴魂绦将他捆上，现了原形，本打算要杀他，有魔师爷的姑爷来讲情，把他放了。”浪游仙长李妙清说：“就是了，我可听说济颠和尚可不好惹，我到没见过。”韩祺说：“我那时拿住他，叫你瞧瞧。”

正说着话，就听正南上一声喊嚷：“好一群杂毛老道，我和尚来了！瞧瞧你们有甚么刀山油锅。”大众一看，是一个穷和尚。罗汉爷早把三光闭住，一溜歪斜，酒醉疯癫，脚步踉狂，由山口往前够奔。邵华风说：“韩贤弟，你看济颠僧来了。要没有你们二位在这里，我等瞧见就得跑，其厉害无比。”韩祺哈哈一笑，说：“我去拿他。”

浪游仙长李妙清一看和尚是肉体凡夫，说：“邵大哥，这就是济颠呀？”邵华风说：“就是他。”李妙清说：“谅其颠僧，何必你等众位拿他？我也不是说句大话，不用你们，我略施小术就可以把他拿住。不费吹灰之力，易如反掌看纹，叫你们众位瞧瞧我的法力。”邵华风说：“李大哥既能拿他，那更好了。”浪游仙长李妙清自己也是艺高人胆大，本来老道也真有点法术，立刻往前够奔，伸手拉出宝剑一点指，说：“来者你就是济颠僧么？”和尚说：“然也，正是，你来打算怎么样？”李妙清说：“我听说你无故欺负三清教的人，跟我等做对，今天我看你有多大能为？你可认识山人？”济公说：“我认识你是杂毛老道，你姓甚么叫甚么？”李妙清说：“山人我姓李，叫李妙清，道号人称浪游仙长，我乃是这藏珍坞的观主。山人我前知五百年，后知五百年，善晓过去未来之事，善会呼风唤雨，撒豆成兵，搬山挪海，五行变化，有摘星换斗之能，拘鬼遣神之法。仰面知天文，俯察知地理，伴风云，观气色，排兵布阵，斗引埋伏，样样精通。你要知道我的厉害，趁此认罪服输，跪倒给山人磕头，叫我三声祖师爷。山人出家人以慈悲为门，善念为本，有一分好生之德，饶尔不死。如要不然，我当时将你拿住，你悔之晚矣。”和尚哈哈一笑，说：“好孽畜！你休要说此朗朗狂言大话。大概你也不知道我和尚老爷有多大的来历，今天你跪倒给我磕头，叫我三声祖师爷祖宗尖，我也不能饶你。”

李妙清一听，气往上撞，伸手由兜囊掏出一宗法宝，名曰：“打仙砖”，勿论甚么妖精，打上就得现原形。李妙清料想和尚一个凡夫俗子，还有多大的能为，立刻把打仙砖祭起来，口中念念有词，这砖能大能小，起在半悬空，照和尚头顶压下来，如同泰山一般。和尚哈哈一笑，口念六字真言：“唵嘛呢叭㖸吽！唵敕令赫！”立刻打仙砖现了一道黄光，坠落于地。和尚说：“这就是你的宝贝呀？这不行，我和尚老爷不怕。你还有好的没有了？”李妙清一听，气往上撞，说：“好颠僧！竟敢破我的法术？待我再来拿你！”一伸手由兜囊掏出捆仙锁，祭在空中，口中念念有词，随风而长，照和尚锁来。和尚用手一指，口念六字真言，捆仙锁也坠落于地。李妙清一看就愣了，旁边神术士韩祺微然一笑，说：“济颠僧虽是凡夫俗子，到有点来历，你们拿不了他，待我来。”伸手拿出子母阴魂绦，赶奔上前，说：“李道兄闪开了。”李妙清立刻一闪身躲开。韩祺说：“济颠，这是你自来找死，休怨我来拿你。”说着话把子母阴魂绦一抖，口中念念有词。不知济公如何敌挡，且看下回分解。

第九十回　八卦炉佛法炼韩祺　庆生辰佳人逢匪棍

话说神术士把子母阴魂绦祭起来，口中念念有词，说：“子母阴魂绦一根，阴阳二气紧绕身。练成左道先天数，罗汉金仙俱被擒。”立刻金光一片，照和尚奔去，就听济公口中直嚷：“了不得！快救人那！”展眼之际，把和尚捆倒在地。众妖道一见，拍掌大笑。神术士韩祺说：“众位你等可曾看见了？我只打算济颠有多大的能为，原来就是这样，闻名不如见面。邵大哥，我已然把他拿住，任凭你等自便罢。”邵华风说：“把他杀了就得了。”这个说：“杀了岂不便宜他？还是把他剐了。”那个说：“把他开膛摘心。”这个说：“把他剥皮。”大众乱嚷。韩祺说：“你们众位到是谁作主意？要依我把他搭到里面去，搁在香池子里一烧，火化金身到不错。”众人说：“到也好。”韩祺说：“济颠，是你自来找死，休怨我意狠心毒。”和尚说：“你当真要烧我？”韩祺说：“这还是假的？”说着话，吩咐手下人将和尚搭着，来到里面，就扔在香池子里。韩祺说：“颠僧！”当时说话，和尚口中还答应。立刻搬了许多的柴草，往香池子一堆，将和尚压在底下，点起火来。展眼之际，烈焰腾空。大众闻了腥臭之气，烧得难闻，众老道见把济公和尚烧了，一个个欢喜非常。邵华风说：“众位今天把济颠和尚一烧死，我从此没有人可怕了。众位助我一膀之力，够奔常州府报仇雪恨。将和尚一害了，你我从此海阔天空，那个敢惹？”话言未了，就听外面哈哈一笑，“好孽畜！愣要烧我和尚，那焉能够？”大众睁眼一看，见济公由外面一溜歪斜往里走，子母阴魂绦在和尚手里拿着。众人再一看，神术士韩祺没有了。众妖道一干群贼唬得连魂都没有了，拨头就跑。出了藏珍坞庙后门，邓连芳说：“众位咱们够奔万花山圣教堂去，给八魔师爷送信，给韩祺贤弟报仇。”大众群贼唬的并不答言，只顾逃跑，恐怕和尚追上。群贼四散奔逃，真是急急如丧家之犬，忙忙似漏网之鱼，恨不能肋生双翅，飞上天去。

和尚追出庙门，偶然打了一个冷战，罗汉爷一按灵光，早知察觉明白，口念：“阿弥陀佛！善哉，善哉！你说不管，我和尚焉有不管之理？真是一事不了，又接一事。”说着话，连忙往前行走。罗汉爷有未到先知之能，算出来此时雷明、陈亮有难。书中交代，怎么一段事呢？原本陈亮家中有叔叔、婶母，有一个妹子名叫玉梅。他叔父名叫陈广泰，本是一位忠厚人。陈亮总不在家的时候多，他家里并不指陈亮做绿林的买卖度日。先前陈广泰只打算陈亮在绿林，非为好事，寻花买柳，后来才知道陈亮行侠仗义，偷富济贫。虽然这样，也总是在绿林为贼，陈广泰也劝不改他。家里又有房屋，又有铺子，在陈家堡总算是财主。陈广泰整六十岁，家里办生日，在村口外高搭戏台，看台唱戏。是日这天亲友都来给陈广泰祝寿，妇女都到看台上看戏，自然本家姑娘也得陪着张罗，应酬亲友，也在看台上坐着看戏。本来玉梅小姐今年二十二岁，长得花容月貌，称得起眉舒柳叶，唇绽樱桃，杏眼含情，香腮带笑，桃花面，杏蕊腮，瑶池仙子、月殿嫦娥不如也。这位姑娘素常养得最娇，自幼父母双亡，跟着叔、婶长大成人，也就叫爹娘，陈广泰爱如掌上明珠一般。天生来的聪明伶俐，知三从，晓四德，明七贞，懂九烈，多读圣贤书，广览烈女文。直到现今，尚未说妥婆家，皆因高不成、低不就。做官为宦的人家，又是配不起，小户人家，陈广泰又不肯给。素常姑娘无事，并不出大门，今天陪亲友听戏，在看台上坐着。台下男男女女，本村的人瞧看热闹，拥挤不动。偏巧内中有一个泥腿，也在这里看热闹，人家都往戏台上瞧，这小子目不转睛，只往台上瞧着姑娘。

在本地有一个皮员外，他当初本是破落户出身，姓皮名绪昌。他家中有一个妹子，长得有几分姿色，时常勾引本处的少年、浪荡公子常来住宿，名为暗娼。皮绪昌装作不知道，在外面还充好人，回家来有吃的就吃，有喝的就喝，有钱就使，他也不问那来的。偏巧活该他发财，在本处有一位金公子，上辈做过一任知府，家里有钱，就把他妹子半买半娶弄了家去，给了皮绪昌几千银子。皮绪昌居然就阔起来了，他也买了房子，也使奴唤婢，他妻子就是大奶奶了。他有一个儿子叫皮老虎，众人皆以大爷呼之。后来金公子他正夫人死了，就把他妹妹扶了正，居然当家过日子，俱归他经手料理。皮绪昌更得了，倚靠他妹子就把娘家供用足了。皮绪昌有了钱，一富遮百丑，众人就以员外称呼。他也好交友，眼皮也宽，勿论那等人，他都认识，三教九流俱跟他有来往。他也走动衙门，书班皂隶都跟他交朋友，在本地时常倚势利欺压人。

他儿子皮老虎结交了些本地泥腿，在外面寻花问柳，抢夺良家妇女，无所不为。有几个人捧着皮老虎，跟他有交情的，一个姓游名手，一个姓郝名闲，一个姓车名丹，一个姓管名世宽。这些人都是无业的游民，在外边净讲究帮嫖凑赌，替买看吃，狐假虎威。每逢皮老虎一出来，总有十个八个打手跟着他，在本地也没有人敢惹他。真有势力的人家，他也不敢找寻。今天皮老虎带着这些人，也来看戏，这小子就瞧见姑娘陈玉梅，二目不转睛往台上瞧。本来这小子长的就不够尺寸，拱肩梭背，兔头蛇眼，歪戴着帽子，闪披着大氅，看了半天，说："众位。"大众说："大爷做甚么？"皮老虎说："我瞧着台上这个女子，长得怪好的，我真爱他，你们给我抢他，勿论他是谁家的，不答应，我跟他打官司。"旁边游手、郝闲、车丹、管世宽说："大爷你看这个姑娘，可惹不起。他是开白布店陈广泰的女儿，听说他有一个哥哥在镖行里会把式。再说今天陈广泰办生日，亲友甚多，如何能抢得了？论势力也未必惹得了人家，大爷你死了心罢。"皮老虎说："我怪爱他的。"众人说："爱也不行，咱们走罢。"众人和皮老虎一同回了家。

焉想到皮老虎自从瞧见陈玉梅姑娘，就仿佛失了魂一般，回到家中，茶思饭想，也不想吃东西，得了单思病。一连三四天，越病越没精神。皮绪昌一见儿子病了，心中着急，就问游手众人，道："你们跟我儿行坐不离，可知道他无故为甚么病的？"管世宽说："老员外要问公子大爷，只因那天陈广泰唱戏，公子爷瞧见陈广泰的女儿在看台上，长得美貌，他夸了半天，回来就病了。"皮绪昌一听，说："原来这么一段事，那好办。我叫人去见见陈广泰，跟他提提，大概凭我家的财主，也配得过他，他也没甚么不愿意。只要他愿意把女儿给我儿，我择日子就娶，要甚么东西我都给。"管世宽说："既然如是，我到陈广泰家去提亲，你听候我的回信。"皮绪昌说："也好，你去罢。"

管世宽立刻来到陈广泰的门首，一道辛苦，老管家陈福一瞧，认识的。管世宽说："我要见你们员外有话说。"老管家进去一回禀，说："管世宽要见员外。"陈广泰一听，说："他来干甚么？叫他进来。"管世宽来到里面一行礼。陈广泰说："你来此何干？"管世宽说："我来给令爱千金提亲。"陈广泰说："提谁家？"管世宽说："皮员外的公子，称得起门当户对。皮公子又是文武双全，满腹经纶，论武弓刀石马步箭均好，将来必成大器。"陈广泰本是口快心直，说："你满嘴里胡说，我家里根本人家，焉能把女儿给他？我嫌他腥臭之气，怕沾染了我。"焉能想到这句话不要紧，惹出一场大祸。不知后事如何，且看下回分解。

第九十一回　皮绪昌助逆子行凶　陈广泰丹阳县遇害

话说陈广泰这一句话，把管世宽挽回去，说："你趁此去罢，休要叫皮绪昌妄想贪心！"管世宽碰了钉子，自己回来，一见皮绪昌，皮绪昌说："你去提亲怎么样了？"管世宽说："别提了。我去提亲，陈广泰不但不给，反出口不逊，骂的员外那些话，我真不敢学说了，怕你老人家生气。"这小子有枝添叶，一蛊惑是非。皮绪昌一听，勃然大怒，说："好陈广泰，竟敢这样无礼，背地里骂我，我焉能跟他善罢干休。我非得把他女儿弄过来不可。我还得叫他跟我来说，认罪服输，自相情愿把女儿给我。你等大家可有甚么高明主意？"管世宽说："老员外要打算跟他治气，我到有主意。员外不是跟村外庙里的当家的相好么？那庙里和尚有能为，你把他请来，跟他商量，径直去把陈广泰的女儿抢来，跟大爷一人洞房，生米煮成熟饭，他也没了法子。要打官司就跟他打官司。"皮绪昌一想，说："就是这个主意甚好，你就去把通天和尚法雷请来。"

书中交代，通天和尚法雷自从弥勒院逃走，这里这座小庙是他的下院，他就来到这庙里住着。皮绪昌正要打发人请去，偏巧有家人进来回禀，现有通天和尚前来禀见。皮绪昌赶紧吩咐有请。把法雷让到客厅，彼此行礼，皮绪昌说："我正要请你去，你来得甚巧。现在我有一件为难事。"法雷说："皮大哥，你有甚么为难事，只管说，我能替你办得了，我万死不辞！"皮绪昌说："你我兄弟知己，我也不能瞒你。皆因你侄男他那一天瞧见陈广泰的女儿，长得十分美貌，你侄男得了单思病。我打发人去提亲，陈广泰不但不给，把我骂的话难听，我这口气不出。我打算要把他女儿抢来，先跟我儿成亲，然后再跟他打官司。听说陈广泰有个侄儿叫陈亮，在镖行里可有能为，可不定在家没在家。我要求贤弟给抢亲，一来替我转转脸，二则搭救你侄儿。"

通天和尚法雷一听，说："要抢人容易，这乃小事一段。我庙里住着两位西川路的朋友，一位叫赛云龙黄庆，一位叫小丧门谢广，这两个人都是能为武艺出众，本领高强，把他二人约来帮着。"皮绪昌说："好。赶紧派人就到庙里，就提法师父请谢爷、黄爷，到我家里来。"手下人答应去了。来到村外庙门一叫门，小沙弥出来说："找谁？"手下人说："我是皮员外家的，法师父叫我来请谢爷、黄爷，同我到我们员外家去，有要紧的事。"小沙弥进去一回禀，赛云龙黄庆、小丧门谢广，二人随同手下人来到皮绪吕家。往里一回禀，皮绪昌同法雷迎接出来，抬头一看，来者两个人，头里这人，身高七尺以外，细腰扎背，头上戴粉绫缎色软扎巾，勒着金抹额，身穿粉绫缎色箭袖袍，周身绣三蓝花朵，腰系丝鸾带，单衬袄，薄底靴子，面似油粉，白中透青，一脸的斑点，两道细眉，一双三角眼，鹦鼻子，裂腮额，闪披一件粉绫缎色英雄大氅，上绣三蓝牡丹花，这个就是赛云龙黄庆。后面跟定一人，穿青挂皂，紫黑的脸膛，两道丧门眉，往下搭拉着，一双吊稍眼，黑眼珠烁烁放光，白眼珠一睁睛，突出眶外，整像活吊死鬼一般，这个就是小丧门谢广。皮绪昌一见，赶紧上前行礼。法雷说："二位贤弟，我给你们引见引见，这就是皮员外。"当时往里让，彼此行礼，来到屋中落座。黄庆、谢广说："法兄呼唤我二人有甚么事？"法雷说："特为约二位贤弟来帮忙。"黄庆说："甚么事？"通天和尚就把要抢亲之故，细述一遍。谢广、黄庆说："这乃小事一段，我二人协力相帮。"法雷说：

"皮大哥，你先叫人去给陈广泰家送一百银子，两匹彩缎，愣给他留下，就说今天晚上拿花轿搭人。"皮绪昌就问："你们谁去？"车丹、管世宽说："我二人去。"皮绪昌立刻就给拿出一百银子，两匹彩缎来。

管世宽、车丹二人来到陈广泰家，叫管家进一回禀，陈广泰说："这两个东西又做甚么来了？把他叫进来我问问。"管家出来把管世宽二人带进书房，陈广泰说："管世宽，你来做甚么？"管世宽说："我来送定礼，一百银子，彩缎两匹。我们员外说了，今天晚上，花轿就来搭亲。"陈广泰一听这话一愣，说："谁答应你们了？你来送定礼，满嘴胡说，还不快拿回去！"管世宽说："不是老员外你亲口说的吗？就要一百银子，两匹彩缎，现在如数拿来，你怎么又不认了？那可不行，今天晚上就娶人，你听信罢。"说着话往外就跑了，把两匹彩缎，一百银子，硬给放下了。陈广泰一听说晚上就要娶人这话，气得颜色更变，说："皮绪昌真要造反！光天化日，朗朗乾坤，竟敢这样无礼，简直是要抢夺良家妇女，我去告他去！"立刻到里面告诉安人，叫从人外面备马。老家人陈福跟着陈广泰备了两匹坐骑，陈广泰气哼哼上马，直奔丹阳县衙门。焉想到早有人给皮绪昌去送信，说："陈广泰骑马走了，大概是上丹阳县告你去。"皮绪昌一听说："法师兄。你同他们二位在家里等我，我得到丹阳县先去托好了。"吩咐叫家人给法雷等预备酒。皮绪昌带了五百银子，备了两匹快马，带了一个恶奴，抄小道先来到丹阳县。十二里地，马又快，此时陈广泰还没来。

皮绪昌来到衙门口翻身下马，一道辛苦，衙门的班头都认识。说："皮员外来此何干？"皮绪昌说："我来找狗先生，烦劳众位给通禀一声。"这衙门有一位刑名师爷姓狗，叫狗子贤，跟皮绪昌素有旧识。今天值日班头进来一回禀，说："现有陈家堡皮绪昌皮员外前来求见。"狗子贤一听，赶紧吩咐有请。皮绪昌来到里面，一见狗先生，二人彼此行礼。狗先生说："皮员外，今天为何这样闲在？"皮绪昌说："我今天来托老兄一件事。回头有一个姓陈的，他是开白布店的，叫陈广泰。他要来告我，就求你把他给押起来，押三天，过三天之后，我到案跟他打官司。我这里有五百银子，送给你买双鞋穿。这件事完了，我还有一份人心。"狗子贤说："那容易，这是手里变的事。他来了我把他押三天，不叫他见官，你回去罢，这件事交给我办了。"皮绪昌立刻告辞。狗子贤出来，一见稿案门值日班说："方才有我一个朋友来见我，说有一个姓陈的来喊冤，叫我给押三天，送我一百银子。我也不能独吞，你我都在一个衙门当差寻饭吃，我分给你们众位五十两。回头姓陈的来喊冤，可千万别叫他击鼓，就说他搅闹官署重地，妄告不实，就把他押起来。"稿案门说："是了，既是先生被朋友所托，就是不给我们钱，说句话我们也得给办。"狗子贤说："好好。"

正说着话，外面陈广泰才来到。老头子翻身下马，口中喊嚷："冤枉那，青天大老爷给小人明冤！"方要打算击鼓，值日班出来把陈广泰揪住说："你这老头子无故前来搅闹官署，来把他押起来！"立刻把陈广泰揪到班房。陈广泰说："我来告皮绪昌，他愣要抢夺我女儿。他托人说媒，我不给他，硬下彩缎银两，说今天晚上就要用轿子抢人，故此我来告他。怎么你们拦我喊冤？"众官人说："由不了你，不能放你走，等我们老爷那时过堂、才放你呢！"陈广泰急得暴跳如雷，说甚么也不行，不放他出来。

老家人唬得跑回家去，一回禀安人，说："可了不得了，老员外到衙门一喊冤，不想衙门官人把老员外扣住不放，唬得我也不敢进去。大概是皮绪昌有人情买通了，先把老员外押住，今天晚上来抢姑娘。老安人快想主意罢。"安人、姑娘一听就哭了。玉梅说："娘亲不便为难，孩儿我也不便落到恶霸手里。莫若我一死，万事皆休。"正说着话，外面打门，老管家出来开门一看，"呀"了一声。不知来者是谁，且看下回分解。

第九十二回　闻凶信雷陈找恶霸　买大盗陷害二英雄

话说老管家出来开门一看，外面来者非是别人，正是雷明、陈亮。书中交代，这两个人由打那来呢？原来前者济公在弥勒院，赶走了通天和尚法雷、赤发灵官邵华风一干群贼，和尚救了雷明、陈亮、飞天火祖秦元亮、立地瘟神马兆熊四个人，告诉秦元亮也不必上灵隐寺去道谢，叫雷明、陈亮二人急速回家。和尚带领何兰庆、陶万春走后，秦元亮同马兆熊二人单走，雷明、陈亮这才回家。今天老管家一瞧少主人回来，心中甚为喜悦，说："大爷回来了，甚好，家里正在盼想，恨不能你一时回来。现在家里出了塌天大祸！"雷明、陈亮听这话一愣，说："甚么事！"管家说："二位大爷进来再说。"

陈亮同雷明来到厅房，老管家先给倒过茶来。陈亮说："有甚么事，你说说。"老管家说："只因那一天老员外生日做寿，在村外搭台唱戏，有本村的泥腿皮老虎，瞧见姑娘长得好，皮绪昌叫管世宽来提亲。老员外口快心直说不给，说皮绪昌根底不清。焉想到管世宽回去，今天管世宽拿了一百银子、两匹彩缎，硬来下花红彩礼。不管答应不答应，说今天晚上轿子就来搭亲。老员外同小人备了两匹马，去到丹阳县告他，不想皮绪昌有人情，衙门的官人不问青红皂白，把老员外押起来。大概今天晚上要来抢人，我跑回来跟安人说，安人直哭，姑娘要寻死，大家正在束手无策，你回来甚好。"

陈亮听这话，气得三尸神暴跳，五灵豪气腾空，尚未答言，雷明把眼一瞪，说："好囚囊的！"用手往桌上一拍，茶碗也砸了，唬得老管家一哆嗦。雷明说："好小辈，竟敢太岁头上动土，老虎嘴边拔毛，找在你我兄弟的头上。好好好，老三，你我去找他去，把这小子先杀了他的狗头，你我出出气！"陈亮说："陈福，你到里面告诉安人、姑娘，不必害怕，就提我回来了，我同雷二哥去找他去。"

说着话，雷明、陈亮二人由家中出来，一直来到皮绪昌的门首。雷明一声喊嚷："呔！皮绪昌，你趁此出来！无故我弟兄不在家，你愣敢欺负我到我们头上，你真是吃了熊心，喝了豹胆，太岁头上动土，老虎嘴边拔毛，你错翻了眼皮！你也不打听打听大太爷我等是何许人也！"陈亮也指着门口破口大骂。此时早有人报进去，皮绪昌刚由丹阳县回来，正在书房同通天和尚法雷、赛云龙黄庆、小丧门谢广，在一处谈话。外面有手下人进来说："员外可了不得了，门口有陈广泰的侄儿陈亮，同着一个雷明，来堵着门口大骂，点名叫你老人家出去。"旁边管世宽说："员外这可糟了！这两个人，可惹不起，听说杀人不眨眼，这便如何是好？"皮绪昌一听，唬得颜色更变。法雷说："这两个人可不好惹，员外你别去，我有主意。管世宽你附耳过来，如此如此，你快出去。"管世宽点头答应，赶紧来到外面一看，雷明、陈亮正在骂不绝声。管世宽笑嘻嘻地出来说："二位大太爷先别骂。"雷明、陈亮说："你快叫姓皮的出来见我们。"管世宽说："我家员外不在家，二位大叔先别生气，听我把话说明白了。"雷明、陈亮说："你姓甚么？"管世宽说："我姓管，咱们都是老街坊，论起来都不远。陈大叔，你老人家别骂，这件事你别听一面之词。我们皮员外并没叫人去提亲。方才我们员外也听见说这件事了，这是有小人蛊惑是非，愣说我们员外要抢亲。我们员外还要找这个人来，是谁到你家里去下花红彩礼，找着这个人，不用你老人家不答应，即我们员外也不能答应。这必是跟陈家皮家两家有仇,给咱们两家拢对,叫咱们两家打起来他瞧热闹。二位大叔先请回去,我们员外此时实不在家。听说陈老员外在丹阳县没回来,我们员外去托人,把陈老员外请回来,要见见陈老员外细细盘问盘问,这是谁做的事。二位大太爷先请回去听信罢,我们员外回来必过去。"陈亮一听这片语,说:"二哥,他这里既不敢承认,你我先回去,看我叔叔回来不回来再说。"雷明、陈亮这才回到家中。陈亮到里面见了婶母,把这话一学说,老太太见陈亮回来,心中还畅快些。当日晚间也并没有轿子来搭人,陈广泰也没回来。陈亮同雷明在前面安歇,夜里小心防范,也并没有动作。

次日早晨起来净面吃茶,陈亮正要打发人去到丹阳县打听打听,忽听外面打门。陈亮同雷明出来开门一看,门口站着丹阳县的两位班头,一位姓刘,一位姓杜,带着八个伙计,一辆坐车。陈亮一看认识,说:"二位头儿甚么事?"刘头、杜头说:"二位在家里甚好。你们二位的事犯了,跟我们去打官司罢。咱们彼此都有个认识,在家门口给你们二位带家伙,算我们不懂交情。给你们二位留面子,你们二位上车罢。"雷明、陈亮听这话一愣,说:"甚么事犯了?"刘头说:"你们二位的事,还用问我们,纸里还包得火?你们二位有甚么话,上车到衙门说去罢。"雷明、陈亮也不知道甚么事,不能不去。

当时叫管家给里面安人送信,这两个人上车,一同来到丹阳县衙门下车。来到班房,刘头、杜头说:"二位屈尊点罢。"说着话,"哗啷"一抖铁链,把雷明、陈亮锁上。有伙计看着两个人,官人进去一回话,把雷明、陈亮带到知县衙门。传壮皂快三班伺候升堂,知县吩咐带差事,原办出来拉着铁链带雷明、陈亮上堂。"威武"二字唬喊堂威,说:"七里铺打劫卸任官长,刀伤三条人命,抢去衣物首饰银两,贼首雷明、陈亮告进!"这二人一听这话,唬得惊魂千里。来到公堂一跪,二人报名说:"小的雷明,小的陈亮,给老爷磕头。"知县在上面一拍惊堂木说:"雷明、陈亮,你两个人在我地面上西门外七里铺打劫丢任官长,刀伤三条人命,抢劫衣物首饰银两,同手办事共有几个人?讲!"雷明、陈亮爬半步,向上叩礼。陈亮说:"回老爷,我住家在陈家堡,世居有年,原系商贾传家。我二人是拜兄弟,在镖行生理,新近从外面回来,并没做过犯法之事。老爷地面有这样案,明火执仗,路劫伤人,我二人一概不知。求老爷格外施恩!"知县一听说:"你两个人,已来到本县公堂之上,还敢狡展不承认?等本县三推六问,用刑具拷,你们皮肉受苦,那时再承招,悔之晚矣。同手做案到是几个人?趁此实说!"雷明、陈亮说:"小人实在冤屈,求大老爷明镜高悬。"知县勃然大怒。说:"你们这两个人分明是惯贼,竟敢在本县跟前这样狡展。大概抄手问事,万不肯应。来,拉下去给我每人重打四十大板再问!"陈亮说:"老爷暂息雷霆之怒,且慢动刑,小人我有下情禀告。"

本县的官人马快,素常都认识陈亮,知道陈亮是绿林人,在本地住居好几辈了,知道陈亮在本地没案。现在奉老爷签票,急拘锁带雷明、陈亮,马快在旁边说:"你们两个人实说罢,省得老爷动刑。"陈亮说:"老爷明鉴,小人我在这丹阳县陈家堡,住居好几辈了,家里我叔叔在本地开布店,素常老爷台下的官人也有个耳闻。雷明他是龙泉雾的人,我二人自幼结拜,我两个人现在镖行保镖,昨天才回来,今天老爷派官人将我二人传来。老爷说我二人在七里铺明火执仗,我二人实在不知。老爷要用严刑苦拷,我二人受刑不过,老爷就叫我二人认谋反大逆,我二人也得认。何为凭据?那为见证?老爷这辈为官,要辈辈为官。"知县一听说:"你两个人,还说本县断屈了你们。不给你见证,你还要狡展。"立刻标监牌提差事。少时就听铁链声响,带上一个犯人来。陈亮睁眼一看,机伶伶打一寒战,就知道这场官司难逃活命。不知见证是谁,且看下回分解。

第九十三回　记前仇贼人咬雷陈　审口供豪杰受官刑

话说雷明、陈亮，见把贼人带上堂来，陈亮一看，机伶伶打一寒战，就知道这场官司难逃活命。贼咬一口，入骨三分。陈亮认识这个贼人，叫宋八仙。当初雷明、陈亮、杨明奉济公禅师之命，给马家湖去送信，陈亮蹲着出恭，宋八仙冒充圣手白猿陈亮打劫人，被陈亮将他拿住。依着雷明、陈亮当时要杀他，威镇八方杨明，乃是一位诚笃仁厚之人，大有君子之风，不但劝着陈亮没杀他，还周济宋八仙五两银子，叫他改行做小本经营。焉想到这小子恶习不改，在本地七里铺明火路劫，杀死家丁，抢劫衣服、首饰、银两。同手路劫有五六个人，别人分了赃都走了，这小子没走，犯了案，被丹阳县马快将他拿获。到衙门一过堂，宋八仙全招了。知县问他，同手办事共有几个人？宋八仙说："有通天和尚法雷、小丧门谢广、赛云龙黄庆，还有几个人，都是西川路上的人。在七里铺抢劫卸任职官，杀死三个家丁，得赃均分，他等都远走了，我也不知去向。我分了几十两银子，连嫖带赌也都花了。"知县一听，先把他钉镣入狱。

宋八仙到没打算拉雷明、陈亮。皆因雷明、陈亮，堵着皮绪昌门首一骂，通天和尚法雷先叫管世宽出来，用好言安慰，稳中计把雷明、陈亮支走了。法雷说："皮员外，这两个人可不好惹，素常无故，这两个人在外面净讲究杀人。你跟他家结了仇，这两个人更不能善罢干休了。"皮绪昌说："贤弟，你有甚么高明主意？"法雷说："不要紧，我有一个绝妙的主意，非得把他两个人治死，给他个一狠二毒三绝计。量小非君子，无毒不丈夫。你要不治他，他绝不能饶你，这个后患可就大了。不用多，你花几百银子，就可以要他两个人的命。"皮绪昌说："几百银子到现成，怎么样呢？"法雷说："现在丹阳县狱里收着一个宋八仙，乃是本地七里铺明火执仗，杀死三条人命。这案是我们一同做的，他可不知道我在这本地有庙。到狱里花钱买通了，叫宋八仙当堂咬雷明、陈亮，一口咬定，就把他两个人拿了去。用刑一拷，他两个人受刑不过，就得招认。他二人身受国法，一来也除了后患，再说要抢陈广泰的女儿也行了，非这样办不可。你见了宋八仙，可别提见着我们三个人。"皮绪昌说："甚好，我这就到丹阳县去。"

立刻到里面，带上五百银子，叫家人备两匹马，带着一个从人，由家中起身，来到丹阳县，翻身下马。众官人一瞧认识，说："皮员外来此何干？"皮绪昌说："我到狱里瞧朋友。"叫家人拉着马，皮绪昌拿着十封银子，来到狱门，一招呼，管狱的出来问："找谁？"皮绪昌说："尊驾姓甚么？"管狱的说："我姓钱。"皮绪昌说："我这里有二百银子，送你买包茶叶喝。我要跟宋八仙说几句私话，行不行？"管狱的听说有银子，财能通神，连说："行，行。"立刻把狱门开开，放皮绪昌进去。皮绪昌把二百银子掖给管狱的，钱头把皮绪昌让到他住的屋子里坐着，这才叫宋八仙过来。管狱的躲出去。

宋八仙并不认识皮绪昌，来到屋中说："尊驾找我么？"皮绪昌说："不错。你就叫宋八仙吗？"宋八仙说："是。"皮绪昌说："我姓皮，我来托你一件事。你现在官司画了供没有？"宋八仙说："没有，刚过了一堂，还不定案。五六股差事，现在就是我一个人破了案。"皮绪昌说："既然如是，我有两个仇人，你过堂给牵拉出来，一口咬定，说他为首。我先给你留下二百银子，给你立折子，饭馆里爱吃甚么要甚么，然后我花一千银子，给你打点官司。”宋八仙本来苦小子一个，手里又没钱，又没朋友，来到狱里，也没人照应，吃一碗官饭，也吃不馆。一听这话，又有银子，又有吃的，反正官司大概是活不了，乐一时算一时，先不用受罪呀，心中很愿意，说：“皮大爷你说罢，叫我拉姓甚么的？”皮绪昌说：“在本地陈家堡，有个雷明、陈亮，家里开白布店。雷明在陈亮家住着。”

宋八仙一听，说：“雷明、陈亮这两个人我认得，按说前者我们还有点仇，我被陈亮拿住过。这件事交给我办了，只要你多照应我点。”皮绪昌立刻给宋八仙留下二百现银子。由狱里出来，又一见值堂的，托值堂的今天晚上开堂单，先把宋八仙这案开在头上，给值堂的五十两银子。老爷问案，先问后问，全在值堂的身上。他要开堂单，把谁开在头上先问谁。皮绪昌在衙门都见好了，到饭馆子给宋八仙送信，立了折子，送到狱里去。告诉饭铺掌柜的，县衙门狱里宋八仙吃多少钱，到我家去取。掌柜的答应，素常交买卖，知道皮员外是财主错不了。皮绪昌把事情办完，他回去了。

知县晚上升堂，看堂单头一案就是七里铺路劫宋八仙。知县吩咐提宋八仙。原办把宋八仙带上堂一跪。知县说：“宋八仙，你在七里铺抢劫，杀死三条人命，同手办事到是几个人？”宋八仙说：“小人不敢招老爷生气，一共六个人。有三个人都回了西川，有两个为首，到在本县陈家堡住家，一个姓陈叫圣手白猿陈亮，一个叫风里云烟雷明。当初是他两个人起的意，我等听从。抢劫了八百银子，给我八十两，他们使七百多两。这是真情实话，并无半句虚言。”知县一听，这才出票，急拘锁带雷明、陈亮。今天一过堂，雷明、陈亮问知县何为凭据，那为见证，知县这才把宋八仙提上来当堂对证。

宋八仙上堂，来在公堂一跪，向上磕头。知县说：“宋八仙，你可认识他二人？”宋八仙一看说：“雷大哥，陈大哥，你们两个人这场官司认了罢。当初你们两个人起的意，在七里铺打劫卸任官长，杀死三个家丁，得了八百银子。你们二位说我是小伙计，不能多给我，我使一成，你们使九成。现在我犯了案打了官司，你们两个人不管我了，作为不知道。现在我实在受刑不过，但凡我要受得了，我也不肯把你们二位拉出来，谁叫咱们有交情呢？总算一处吃过，一处花过、乐过，虽然犯了案，也不算冤你们，一同画供罢。”雷明、陈亮一听，气得颜色更变。知县在上面把惊堂木一拍说：“雷明、陈亮，你两个这还不招吗？再要狡展，等本县三推六问，那时你等皮肉受苦也得招！”陈亮说：“宋八仙，你这小辈满嘴胡说。当堂可有神，我姓陈的那时跟你一处路劫？谁认识你？你无故在外面做案，冒充我姓陈的名姓，前者我没肯杀你，我慈心到生了祸害。”宋八仙说：“你们哥俩不必狡展了，我已然是把真情实话都招了，你再不招也不行了。”雷明气得三尸神暴跳，五灵豪气腾空，把眼一瞪说：“好囚囊的，我二人跟你远日无冤，近日无仇，你这小子血口喷人！”

知县见雷明、陈亮一发气，立刻把惊堂木一拍说：“呔！好大胆雷明、陈亮，这是本县的公堂，也是你等发威的地方么？大概你等是目无王法，咆哮我的公堂。来，拉下去给我打！”陈亮说：“老爷暂且息怒，小人我有下情告禀。”知县说：“有甚么下情？讲。”陈亮说：“我等跟宋八仙有仇。前者我二人同朋友上马家湖送信，我走在半路肚子痛，在树林中出恭。宋八仙持刀由我身后头过来要砍我，被我瞧见，将他拿住。一问他，他冒充我的名姓，我要送他当官治罪，他央求我把他放了。不想他记恨前仇，他路劫犯案，牵拉我二人。”

老爷一听说：“你满嘴胡说，拉下去给我打！”立刻把雷明、陈亮拉下去，每人打了四十大板。打完了，知县又问，雷明、陈亮口中叫冤。知县吩咐用夹棍夹起来再问。

三根棒为五刑之祖，人心似铁非似铁，官法如炉果是炉，立刻将雷明、陈亮上了夹棍。刚要使刑，只听外面一声喊嚷："大老爷冤枉！"来者乃是济公禅师，要搭救雷明、陈亮。且看下回分解。

第九十四回　济禅师丹阳救雷陈　海潮县僧道见县主

话说丹阳县知县正要用夹棍夹雷明、陈亮，忽听外面一声喊嚷："大老爷冤枉！"

来者乃是济公禅师。书中交代，和尚从那来呢？原本济公由藏珍坞八卦炉火烧了神术士韩祺，赤发灵官邵华风一干群贼四散奔逃，和尚并不深为追赶。罗汉爷打了一个冷战，按灵光一算，早已察觉明白，知道雷明、陈亮有难。和尚不能不管，由藏珍坞这才顺大路够奔丹阳县而来。这天走在海潮县地面，眼前流水，南北有一道桥，和尚正走到这座镇店，旁边过来一人说："和尚你别走，我们这本地有件新闻事。"和尚说："甚么新闻事？"这人说："我们这地方叫石佛镇，南村口外路北有一座石佛院，多年坍塌失修，也没有和尚老道。头三天石佛显圣，石像由庙里自己出来，站在石桥上，过路人就得给钱，不论多少。要不给钱，石佛就不叫过去，唬的人多了。石像会化缘，你说这事新鲜不新鲜？有和尚老道化缘，或钉钉或拉锁，没听见说石佛会化缘的！"济公一听，用手一按灵光，早已明白，说："要比如不给钱，由桥上走行不行呢？"这人说："不行，多少总得给钱，要不然过不去。现在我们村庄内众会首，大众给石佛烧香许愿，帮助化缘修庙，求石佛别唬呼人，给佛脖子上挂着一个黄口袋，上写'募化十方'，在桥上搁着一个大笸箩，过路人走在那里，就得扔钱。这三天见了钱不少了，不信你瞧瞧去。"

和尚迈步往前走，来到南村口一看，果然南北一道桥，桥上站着一位大石佛。和尚见把着村口，路东有一座酒馆，和尚进去要酒要菜，自斟自饮，就听酒饭座大家谈论这件事。和尚吃完了一算帐，伙计说："三百六十钱。"和尚说："给我写帐罢。"伙计说："不行，柜上没帐。"和尚说："不写帐，跟我拿去。"伙计说："上那里拿去？"和尚说："到大桥上石佛跟前那大笸箩里拿去。"伙计说："那可不敢。我们本地有不信服的人，过去抓钱，立时就有灵验，不是脑袋痛站不起来，再不然就是一弯腰腰直不起来。"和尚说："我拿钱你瞧着。"伙计说："就是，我就跟你去。"和尚出了酒馆。来到大桥上，伸手由笸箩里抓了钱，数了三百六十钱，给了酒铺伙计。大众见和尚也没怎么样，众人说："真怪，别人要一抓钱，立刻就报应。石佛化缘给和尚化，也不显应了。这到不错。"

正说着话，只听北边一声"无量佛"，说："道济，这乃佛祖的善缘，也是你乱动的么？"众人一看，由石佛院庙里出来一个老道，头戴青布道冠，身穿蓝布道袍，青护领相衬，腰系杏黄丝绦，白袜云鞋，面如三秋古月，发如三冬雪，须赛九秋霜，一部银髯，扇满胸前。左手提着小花蓝，右手拿着蝇刷，身背后背定乾坤奥妙大葫芦。来者非别，乃是天台山上清宫东方太悦老仙翁昆仑子。原本老翁闲暇无事，下了天台山，闲游三山，闷踏五岳。前者，到临安去访济公没见着，这天走在这石佛镇，瞧见这座石佛院，群墙坍塌，殿宇歪斜，多年失修，并无住持。老仙翁口念"无量佛，善哉，善哉。"自己一想，徒弟夜行鬼小昆仑郭顺没有庙。自己一想，有心把这庙修盖起来给郭顺，又可以做上清宫的下院。无奈工程浩大，独力难成。有心在本处钉钉化缘，见本处居民人等，住户不多，恐没有善男信女出头。这道桥到乃一条大路，来往行人甚多。老仙翁一想，我莫若到庙里施展法术，叫石佛出去化缘，可以轰嚷动了。他这才来到庙后面，大殿甚宽阔，在里面一坐，掐诀念咒，能把石佛用搬运法搬出去到桥上截人。老仙翁在大殿里盘膝打坐，闭目养神，外面如有人过桥，老仙翁在庙里能知道。打算用一百天的工夫，把钱化够了，再动工。今天刚三天，焉想到济公禅师来了，在笸箩里一拿钱，老仙翁在里面知道了，这才出来一声"无量佛"，来到近前说："道济，这是佛门善缘，也是你妄动的么?"

和尚哈哈一笑，说："久违少见。"老仙翁赶上打稽首，说："圣僧从那里来?"和尚说："我由常州府来，只因赤发灵官邵华风聚众叛反，常州府知府求我帮助捉拿贼人。仙翁你在这里功德不小。"老仙翁说："圣僧既来了，我求圣僧慈悲，帮着我化缘修庙。圣僧功德功德罢。"和尚说："阿弥陀佛！善哉，善哉！这座庙工程浩大，独力难成。仙翁要叫我和尚化缘，帮你修庙容易，我和尚还要上丹阳县去，没有工夫。我同仙翁你到县去，叫本地知县给你约请本地绅衿富户，帮你修庙。"老仙翁说："那如何能行呢?知县大老爷焉能管这件事!"和尚说："我说行就行。"旁边瞧热闹人见和尚同老道说话，大众看着发愣。和尚说："众位借光，本地属那里所管?"众人说："海潮县所管。"和尚说："你们那位劳驾，去把本村的会首找来，先把这笸箩交给会首，以备修庙工用。"有人去即把村中会首找了十几位来。大众来问和尚甚么事?在那庙里?和尚说："我乃灵隐寺济颠僧是也，这位道爷乃是天台山上清宫东方太悦老仙翁。我二人要重修这石佛院，先把笸箩这钱交给你们众位，以备动工时花用。"众人一听，知道济公名头高大，众人说："原来是圣僧长老。"赶紧给和尚行礼。

和尚把笸箩的钱交与众会首，这才同老仙翁够奔海潮县衙门，来到衙门门口。和尚说："众位辛苦辛苦。"当差人等说："大师父甚么事?"和尚说："烦劳众位到里面通禀县太爷，就提我和尚乃西湖灵隐寺济颠，前来禀见。"差人到里面一通禀，知县正在书房闲坐，差人上前请安。说："回禀老爷，现有灵隐寺济颠僧在外面求见。"知县一听是济公来了，喜出望外。

书中交代，这位老爷原本是龙游县的人，姓张名文魁。前者济公救过他的命，后来连登科甲，榜下即用知县，在这海潮县已到任一年多了。今天听说济公来了，赶紧亲身往外迎接。来到外面，一见说："圣僧，你老人家一向可好?久违少见。弟子正在想念你老人家。这位道爷贵姓?"和尚说："这是东方太悦老仙翁。"张文魁赶紧行礼，指手往里让，一同来到书房落座，有家人献上茶来。张文魁说："圣僧，这是从那来?"和尚说："我由打常州府来。只因慈云观有贼人啸聚，常州府太守约我和尚帮着拿贼。"

正说着话，有本衙门的三班都头姓安，叫安天寿，由外面进来。此人最孝母，家中母亲病体沉重，请人调治无效，今天听说济公来了，知道罗汉爷素日名头高大，妙药灵丹，普救众人。安天寿来到书房给和尚磕头，说："求圣僧长老大发慈悲，我母亲今年六十五岁，素常就有痰喘咳嗽的病根，现在我母亲旧病复发，这次太厉害了，卧床不起，有五六天了。求圣僧长老赏给我一点药给我母亲吃，我给圣僧磕头。"和尚说："不要紧，我给你一块药，拿了给你母亲吃了就好了。"和尚掏出一块药，给了安天寿。安天寿谢过和尚，竟自去了。和尚说："老爷，今天我来此非为别故，我来求你一件事。"张文魁说："只要我行的事，圣僧只管吩咐，我万死不辞。"和尚说："在你这地面石佛镇，有一座石佛院，多年失修，群墙坍塌。这位道爷他要重修这座庙，无奈工程浩大，独力难支。打算自己化缘，未必准能化得出来。求老爷功德功德，约请本地面的绅衿富户、绅董会首，你帮助这位道爷重修石佛院，也算是你一件善事。”张文魁说：“圣僧既是吩咐，这件事我必尽力而为。弟子现在我这里正有一件为难事，求圣僧得给我办办。”和尚说：“甚么事？”张文魁这才从头至尾一说，和尚当时要大施法力，僧道捉妖。不知后事如何，且听下回分解。

第九十五回　捉妖怪法宝成奇功　辨曲直济公救徒弟

话说济公禅师问张文魁有甚么事，张文魁说：“弟子我这衙门里自到任以来，小妹就被妖精缠绕住，从前我并不信服这些攻乎异端、怪力乱神之事，我只说是我小妹疯闹。后来越闹越厉害，现在我小妹人也改了样子，也不正经吃东西。天天晚上一到二更天，妖精就来，居然就在我妹妹屋里说话，外面听得真真切切，唬得众人也都不敢到后面去。圣僧你老人家可以慈悲慈悲，给我捉妖净宅，退鬼治病，搭救我小妹再生。”和尚一按灵光，早已察觉明白。说：“好办，不要紧。今天晚上你把姑娘住的屋子腾出来，叫姑娘挪到别的屋里去，我同老仙翁到那屋里去等妖精。”张文魁说：“甚好。圣僧捉妖用甚么不用？”和尚说：“一概不用。”张文魁当时叫家人给内宅送信，叫姑娘挪到老太太屋里去，家人答应。张文魁吩咐在书房摆酒，家人擦抹桌案杯盘，连忙把酒菜摆上，张文魁陪着僧道一处开怀畅饮。老仙翁说：“圣僧明天上那去？”和尚说：“我明天得赶紧够奔丹阳县。现在我的徒弟雷明、陈亮有难，我不去不行。仙翁你这座庙就冲着县太爷办，叫老爷多给为点难，分分神。”张文魁说：“仙长只管放心，明天我就派人把绅士会首请来，大家商量，共成善举。”说着话，吃喝完毕，天已掌灯。和尚说：“后面屋子腾出来，我二人就到后面去等。我们把妖精捉住，再叫你等瞧。”张文魁立刻叫家人掌灯光，头前带路，共同来到后面小姐屋中。这院中是四合房，姑娘住北上房东里间，张文魁同僧道来到房中。和尚说：“老爷你出去罢，等我叫你，你们再来。”张文魁这才转身出去。

济公同老仙翁在屋中盘膝打坐，闭目养神。直候至天交二鼓，忽听外面风响，和尚说：“来了。”老仙翁说：“不用圣僧拿他。小小的妖魔，何用你老人家分神。待我将他捉住。”和尚说：“也好。”老仙翁立刻把乾坤奥妙大葫芦在手中一托，就听外面一声喊嚷：“吾神来也。”“呵”了一声，说：“屋中那里来的生人气？好大胆量，竟敢搅扰吾神的卧室！”老仙翁并不答言。只见由外面这妖精迈步进来，是一个文生公子打扮，头戴粉绫缎色文生公子巾，双飘绣带，上绣八宝云罗伞盖花缸金鱼；身穿粉绫缎色文生氅，绣三蓝花朵，腰系丝绦，白绫高腰袜子，厚底竹履鞋，面似银盆，不亚如美玉，长得眉清目秀。老仙翁一看，说：“好一个大胆的妖魔，竟敢搅乱人间，待山人拿你。”立刻把乾坤奥妙大葫芦嘴一拔，现出五彩的光华。这妖精打算要逃命，就地一转，焉想到这乾坤奥妙大葫芦，勿论多大道行的妖精，休想逃走。当时光华一卷，竟将妖精装在葫芦之内。老仙翁口中念念有词，把葫芦往外一倒，将妖精倒出来。妖精已现露了原形，被老仙翁用咒语治住，不能动转，原来是一条大黑鳅鱼。这条鱼有三千多年的道行，只因前者张文魁上任的时节，坐着船过西湖，本来姑娘长得貌美，在船舱里支着窗户坐着。黑鳅鱼精看见她，变了一位文生公子，前来缠绕姑娘，不知自己正务参修。今天被老仙翁将他拿住，立刻叫来人看。外面早有家人回禀了张文魁，众人来到后面一看，原来是一条大鳅鱼。老仙翁说："你这孽畜搅闹人间，实属可恨。"说着话手起剑落，竟将黑鱼斩为两段。和尚见老仙翁把鳅鱼杀了，和尚口念："阿弥陀佛！"说："善哉，善哉！"罗汉爷有未到先知之能，今天老仙翁把这鱼一杀，下文才有八怪闹临安要给黑鱼报仇。这是后话不提。老仙翁把这鳅鱼杀了，张文魁给老仙翁行礼。说："多蒙仙长老大发慈悲，把妖精除了。这一来我小妹也就好了。"张文魁立刻吩咐叫家人摆酒，同和尚、老道开怀畅饮。

少时天光亮了，和尚说："我还有要紧事，我要告辞。老仙翁这件事，老爷你多分心罢，改天我和尚再给你道谢。"张文魁说："圣僧何必这样客套。你老人家有事，弟子也不能强留。你老人家那天有工夫，千万到我衙门来住住。"和尚说："就是罢。"老仙翁说："圣僧有事请罢，我改日再给圣僧道谢。"和尚说："岂敢。"这才告辞。张文魁同老仙翁送到衙门以外。和尚拱手作别，顺大路来到丹阳县。刚一到衙门门首，正赶上知县要用夹棍夹雷明、陈亮。和尚由外面一声喊嚷："大老爷冤枉！"知县抬头一看，来者是济公禅师。老爷赶紧站起来，举手抱拳说："圣僧来了。"这位知县姓郑名元龙，原来由开化县调升这丹阳县。济公在开化县铁佛寺拿过姜天瑞，故此郑大老爷认识济公，知道和尚乃是道高德重之人。连忙站起身来行礼，举手抱拳说："圣僧久违少见，从那里来？"和尚说："老爷先把公事退下去，我和尚跟老爷有话说。"

知县吩咐先把宋八仙、雷明、陈亮带下去。立时退堂，把和尚让进了花厅落座。郑元龙说："圣僧由那来？"和尚说："我来此非为别故。我所为救我两个徒弟。"知县说："谁是圣僧的徒弟？"和尚说："这就是雷明、陈亮，两个人原本是保镖的，这场官司被屈含冤。七里铺路劫，明火执仗，杀死三条人命的贼人，我和尚知道，现在这本地居住并没走。老爷要不信，我带人去就把贼人拿来。"知县说："圣僧既能办这件事甚好，弟子我求之不得呢。"和尚说："老爷在本地为官，声名如何？"郑元龙说："我自己也不知道。"和尚说："老爷到是公正廉明，惟有你手下人专权私弊太大。现在有一个开白布店的陈广泰，前来喊冤告状，你为何不分皂白，给押起来，并不过堂？"知县说："没有这案，并不见有这么一个姓陈的来喊冤。"和尚说："不信，你传手下人问。"知县郑元龙立刻传值日班稿案门把众人全都叫到，一问，说："现在有一个陈广泰来喊冤告状，你们谁给押起来不回禀我。在谁手里？趁此实说，不然我要重办你们。"众人一听，老爷已知道有陈广泰这个人，众人也瞒不住了，稿案门郑玉说："老爷暂息雷霆之怒，到是有一个陈广泰来喊冤。只因他在大堂上喧哗，小人才把他押起来。"郑元龙一听，气往上撞，说："你满嘴胡说，实在可恶。大概你等不定做了多少弊病。"立刻传伺候升堂。和尚说："老爷升堂把宋八仙带上来问问他，雷明、陈亮本是好人，宋八仙被人主托，攀拉好人，雷明、陈亮并未做过犯法之事，求老爷给他分晰才好。"

知县立刻升了堂，吩咐带陈广泰。手下人把陈广泰带上来，在堂下一跪，知县一看，就知道陈广泰是个老成人。做官的人讲究聆音察理，鉴貌辨色，见陈广泰五官端正，带着纯厚。圣人有云："君子诚于中，形于外。"这话定然不差。知县问道："你姓甚么？叫甚么？因何前来鸣冤？"陈广泰说："小人姓陈叫陈广泰，家中开白布店。我有一个侄女今年十九岁，尚未许配人家。那一天我家中做寿唱戏，有本地一个恶棍，姓皮叫皮绪昌，看见我侄女长得美貌，先托一个姓管的叫管世宽，来给皮绪昌之子提亲。我家中原系根本人家，我说不给他。他后来叫管世宽到我家，硬下花红彩礼，说当天晚上就要用轿子搭人。我一想这简直是要抢良家妇女，我赶紧来到老爷这里鸣冤。

不想被老爷台下官人将我押下，求老爷给小人明冤。”知县吩咐把陈广泰带下去，标监牌提宋八仙。原办立刻把宋八仙提上来。老爷把惊堂木一拍，说：“宋八仙，你在七里铺路劫，到是有雷明、陈亮没有？”宋八仙说：“有。”知县吩咐拉下去打，立刻打了四十大板，打得鲜血直流。打完了带上来又问：“宋八仙你要说实话，到是有雷明、陈亮没有？”宋八仙说：“有。”老爷又吩咐打，一连打了三次，宋八仙实在支架不住了，说：“老爷不便动怒，我实说。”知县说：“讲。”

宋八仙这才从头至尾，如此如此一招。老爷一听，勃然大怒，这才立刻出签票急拘锁拿皮绪昌。不知后事如何，且看下回分解。

第九十六回　捉法雷细讯从前事　斩贼人雷陈谢济公

话说知县用刑一拷宋八仙，贼人支架不住了，这才说：“老爷不便动刑，并没有雷明、陈亮。”知县说：“既没有这个雷明、陈亮，你为何要攀拉好人？”宋八仙说：“到不是我要拉雷明、陈亮，原本是皮绪昌他给我二百银子，他叫我拉雷明、陈亮。”老爷一听，心中就明白了，这必是因为谋算陈广泰的侄女，先买盗攀赃害雷明、陈亮。老爷这才立刻出签票，急拘锁带皮绪昌。值日班领堂谕，带领手下伙计去，少时把皮绪昌传到，带上堂来。皮绪昌给知县一磕头，郑元龙一见，勃然大怒，说：“皮绪昌你这厮好大胆量，在我地面上，硬下花红彩礼，谋算良家妇女，买盗攀赃，诬良为盗，你所作所为，还不从实招来！”皮绪昌唬得战战兢兢，此时悔之晚矣。人心似铁非是铁，官法如炉真是炉。皮绪昌还打算不招，说：“老爷在上，小人务本度日，并不敢买盗攀赃，谋算良家妇女，求老爷恩典。”知县气往上撞，说：“皮绪昌好大胆量，见了本县还敢狡展，用夹棍把他夹起来！”皮绪昌一想：“不招大概是不行，”这才说：“老爷不必动怒，小人有招。”当时把已往真情实话全皆招认，当堂画了供。知县吩咐将皮绪昌钉镣入狱，当堂将雷明、陈亮、陈广泰开放回家，安分度日。书吏稿案贪赃受贿，同谋作弊，革去差事，永不准更名复充。

老爷暂且退堂，同济公来到书房，天色已晚，吩咐摆酒，同和尚开怀畅饮，直喝到天有初鼓以后。和尚偶然打了一个冷战，罗汉爷一按灵光，心中明白。和尚说：“阿弥陀佛，善哉，善哉！好东西。”知县说：“圣僧甚么事？”和尚说：“你不知道，咱们这么喝闷酒没趣味。”知县说：“圣僧想开心，叫几个唱曲的，可以解闷，或者划拳行令也好。”和尚说：“我想变个戏法看看。”郑元龙说：“谁会变戏法，叫他们出去找去。”和尚说：“我就会变戏法。”郑元龙说：“圣僧会变戏法？”和尚说：“你瞧我变。”用手往外一指，口念：“唵嘛呢叭𠺗吽！唵敕令赫！”就听外面“唏𠳐哗𠳐噗咚”，由房上掉下一个贼人，落下好几块瓦来。家人立刻喊嚷：“有贼！”赶过去将贼人按住捆上。郑元龙到大吃一惊。手下人说：“回禀老爷，拿住贼了。”和尚说：“你瞧这戏法变得好不好？”郑元龙吩咐将贼人带进来。手下人把贼人搭进来，郑元龙一看，原本是一个大脱头和尚，黑脸膛，粗眉大眼，怪肉横生，披散着发髻，打着一道金箍，穿着一身夜行衣，身背后背着戒刀。

书中交代，拿住的这个和尚非是别人，正是通天和尚法雷。只因丹阳县官人去把皮绪昌拿来，法雷正同赛云龙黄庆、小丧门谢广在皮绪昌家里。见皮绪昌打了官司，法雷一想，既为朋友，就得为到了，焉能袖手旁观呢？法雷说："谢贤弟，黄贤弟，现在皮员外被官人拿去，这件事你我不能不管，二位贤弟可有甚么高明主意，搭救皮大哥？"赛云龙黄庆、小丧门谢广说："我二人没有甚么主意搭救皮大哥，依兄长怎么办呢？"法雷说："我打算今天晚上够奔知县衙门去，一不做二不休，把知县一杀，劫牢反狱，将皮绪昌救出来，你我一同远走高飞。我先去，二位贤弟在此等候，大概知县衙门也没有甚么能人。倘若我去有了差错，二位贤弟再设法救我。"赛云龙黄庆、小丧门谢广二人说："就是罢。"

三个人商量好了，在皮绪昌家吃完了晚饭，天有初鼓，通天和尚法雷这才带上戒刀，由皮绪昌家中出来，一直够奔知县衙门来，施展飞檐走壁术，窜房越脊，进了衙门。各处哨探，见书房内灯火闪烁，法雷来到前房坡一个珍珠倒卷帘，夜叉探海式，往房中一看，见知县正同着济公，用手往外一指，就是一愣，就听济公说，要变戏法。济公用手往外一指，就仿佛有人把法雷一把拉下来。济公用定身法将他定住，法雷想跑不能动转，被手下人将法雷捆上，带进书房。

知县郑元龙一看，说："好大胆贼人，竟敢来到本县衙署，来此何干？"济公说："老爷你问他。这个贼人跟宋八仙一案，在七里铺打劫卸任官长，杀死三条命案有他。"知县这才问道："好贼人，你姓甚么？叫甚么？来此何干？在七里铺打劫卸任官长，杀死三个家丁，共有几个人？趁此实说，免得本县动刑。"法雷一听，唬得颜色更变，料想不说也是不行，这才说："老爷不必动怒，我叫通天和尚法雷，在这二郎庙住，来此所为搭救皮绪昌，劫牢反狱行刺。七里铺打劫卸任官长，我们共有六个人，有赛云龙黄庆、小丧门谢广，这两个人现在皮绪昌家里。有宋八仙。还有两个人，已经远遁，不知去向。这是以往真情实话。"

知县吩咐将法雷钉镣入狱，派手下马快班头，即速到皮绪昌家。捉拿赛云龙黄庆、小丧门谢广。快马班头领堂谕出来，挑了二十名快手，带上家伙，即到皮绪昌家一打门，有家人把门开开，众人往里走，闯进院中，正把谢广、黄庆堵在书房。众人喊嚷拿，焉想到赛云龙黄庆、小丧门谢广，二人各摆兵刃，窜出来摆刀照官人就砍。众马快一闪身，两个贼人拧身上房，竟自逃走。众马快无法，回到衙门，一见知县，说："我等奉老爷堂谕，到皮绪昌家中捉拿黄庆、谢广，两个贼人竟敢拒捕，上房逃走。"知县点了点头，天色已晚，叫人伺候济公在书房安歇，郑元龙归内宅去。次日起来，行文上宪，将通天和尚法雷就地正法。皮绪昌窝藏江洋大盗，买盗攀赃，一同出斩。把事情办理完毕，济公要告辞。知县说："圣僧何妨多住几天。"和尚说："我还要奔常州府，各处访拿赤发灵官邵华风。我和尚受人之托，必当忠人之事，你我改日再会。"和尚这才告辞，出了丹阳县衙门，顺大路往前走。

这天和尚正往前走，见大道旁边摆着一个茶摊，上面有一个大茶壶，有几个茶碗，还搁着一个笸子，里面有烧饼麻花。旁边坐着一位老道，头戴青布道冠，身穿旧蓝布道袍，白袜云鞋，有五十多岁，长得慈眉善目，花白胡须。这位老道原本姓王，叫王道元，就在这北边有一座小庙。庙里有两个徒弟，师徒很寒苦，庙里又没有香火地，就指着化小缘，在这里摆这个茶摊，所为赚个一千八百的，添着吃饭。今天由早晨摆上，并没开张，老道正坐着发愁。和尚正走在这里，济公说："辛苦辛苦。"老道一看，说："大师父来了。"和尚说："你摆这茶摊，是做甚么的？"老道说："卖的。"和尚说："怎么你一个出家人，还做买卖呢？"老道说："咳，没法子，庙里寒苦，做个小买卖，一天也许找几十钱。"和尚说："道爷贵姓？"老道说："我姓王叫王道元。未领教大师父在那庙里？贵上下怎样称呼?"和尚说:"我在干水桶胡同,毛房大院,黏痰寺,我师父叫不净,我叫好脏。我有点渴了,正想喝水,我又没有钱,我白喝你一碗行不行?"老道是一个好人,又一想和尚也是出家人,虽说不开张,一碗茶不算甚么,说:"大师父,你喝罢。"和尚拿起碗来喝了一碗,说:"这茶到不错,我再喝一碗。"和尚又喝了一碗,说:"道爷,我有点饿了,你把你这烧饼麻花赊给我一套吃。"老道一想:"大概和尚是饿急了,要不然他也不能跟我张嘴。"想罢说:"大师父,你何必说赊给你,我可是一天没卖钱。你我总算遇缘,你吃一套罢,不用给我钱。"和尚说:"敢情好。"拿起来就吃,吃完了一套,和尚说:"道爷,我再吃一套罢。"老道也不好说不叫吃,只可说:"吃罢。"和尚又吃了一套。吃完了,和尚说:"这到不错,饿了吃,渴了喝,我就不走了,我今天跟你到庙里住下行不行?"王道元说:"那有甚么不行呢?我也要收了。"和尚说:"我帮你扛板凳拿茶碗。"当时同老道拿着东西,来到北边有一座小庙。走到里面,和尚也不问,把东西放下,素日茶壶搁到那里,和尚就给搁到那里。老道心里说:"真怪。"两个道童儿说:"师父粥好了。"老道要吃,焉有不让的道理,说:"和尚,你吃粥罢。"和尚说:"敢情好。"自己拿碗就吃。小道童就有些不愿意,也不好说。吃完了,和尚就住在这里。

次日一早起来,王道元说:"和尚,你跟我去领馒头领钱去。"和尚这才要施佛法,治病化缘,周济老道。不知后事如何,且看下回分解。

第九十七回　遇王道济公施恻隐　治哑巴圣僧结善缘

话说王道元早晨起来,说:"和尚,你跟我去领馒头领钱去。"和尚说:"上那领去?"老道说:"在这北边赵家庄,有一位赵好善,每逢初一、十五,斋僧布道,一个人给一个大馒头,给一百钱,你也去领一份,好不好?"和尚说:"好。这位赵善人因为甚么斋僧布道呢?"王道元说:"咳,别提了。赵好善有一个儿子,今年十二岁,先前念书说话,很聪明伶俐。忽然由上半年,也没疾也没病,就哑巴了,你说这事怪不怪?按说赵好善家最是善人,在这方是首户,真是济困扶危,有求必应,冬施棉衣,夏施药水,这样的善人不应该遭这样恶报。上天无眼,会叫他的孩子哑巴了。现在赵善人就为是积福作德,斋僧布道,只要他的儿子好了。无奈本处名医都请遍了,就是治不好。"和尚说:"既然如是,我跟你去。"

老道是好人,见和尚这样寒苦,为是叫和尚领一个馒头好吃,又得一百钱,他焉知道罗汉爷的来历,同和尚由庙中出来,扑奔赵家庄。来到赵宅门口,一看人家早放完了。王道元知道,就是来晚了,赶不上,门房也给他师徒留出三份来,他在这本处庙里多年了,这方都认识王道元。今天老道同和尚来到赵宅一打门,门房管家出来一看,说:"道爷,你来晚了,我们给你留出来了。"王道元说:"费心费心,这里还有一位和尚,求管家大爷多给拿一份罢。"管家说:"可以。"立刻由里面拿出四个馒头,四百钱来,递给和尚一个馒头,一百钱,递给老道三份。

和尚说:"我也一个人,他也一个人,怎么给他三份,给我一份?"管家说:"他庙里还有两个徒弟,故此给三份。"和尚说:"我们庙里连我十个和尚,你再给我九份罢。"管家说:"那不行,你说庙里有十个和尚,谁知道呢?王道爷他的庙离我们这里近,我们这里素日都知道他庙里有两个徒弟。你的庙在那里?”和尚说:“我的庙远点。”管家说:“你一个人净为来化缘么?”和尚说:“我到不是净为化缘,你们村里有人请我来治病,我来了我也没找着这个人。”管家说:“你还会瞧病么?”和尚说:“会。内外两科,大小方脉,都能瞧,专治哑巴。”管家一听说:“这话当真么?”和尚说:“当真。”管家说:“你要真能治哑巴,我到里面回禀我们庄主去,我们公子爷是哑巴。你要能给治好了,我们庄主准得重谢你。”和尚说:“你回禀去罢。”管家立刻转身进去。王道元说:“和尚,你当真会治哑巴么?”和尚说:“不准,先赚一顿饭吃再说。”王道元一想:“这到不错,昨天在我庙里蒙我一顿粥吃,今天又来蒙人家。”

正在思想之际,管家出来说:“我家庄主有请。”和尚说:“道爷跟我进去。”老道又不好不跟着,和和尚一同往里走。进了大门,迎面是影壁,往西拐是四扇屏门,开着两扇,关着两扇,贴着四个斗方,上写“斋庄中正”四字。一进屏门是南倒坐房五间,有二道垂户门,东西各有配房两间。管家一打南倒坐厅房的帘子,僧、道二人来到屋中。这屋中是两明两暗,迎面一张翘头案,头前一张八仙桌,两边有太师椅子。屋中摆设,一色都是花梨紫檀楠木雕刻桌椅。墙上挂着名人字画,条幅对联,工笔写意,花卉翎毛,桌上摆着都是商彝周鼎秦砖汉玉,上谱的古玩。家中颇有大家的势派。和尚同老道落了座,管家倒过茶来。工夫不大,只听外面有脚步声音,管家说:“我家庄主出来了。”说着话,只见帘板一起,由外面进来一位老者,有五十多岁,身穿蓝绸子长衫,白袜云鞋,长得慈眉善目,颏下花白胡须,精神百倍。由外面进来一抱拳说:“大师父、道爷请坐。”和尚说:“请坐请坐。尊驾就是赵善人么?”赵老头说:“岂敢,岂敢!小老儿姓赵。我方才听见家人说,大师父会治哑巴。我跟前有一个小犬,今年十二岁,自幼儿很聪明,忽然由二月间无缘无故就哑巴了,也不知是怎么一段缘故。大师父可能给治好了,老汉必当重报。”和尚说:“那容易,你把小孩儿叫来我瞧瞧。”赵员外叫家人去把公子叫来。

管家立刻进去,工夫不大,将小孩带进来。和尚一看这个小孩,长得眉清目秀。赵员外说:“你过去叫大师父瞧瞧。”和尚把小孩儿揪过来说:“我瞧你长得到很好,无缘无故你会哑巴了,我和尚越瞧越有气。”说着话,照小孩就是一个嘴巴,打得小孩拨头就往外跑。赵员外一看急了,本来就是这一个儿子,倘若唬着,更了不得啦。正要不答应和尚,焉想到这小孩跑在院中,一张嘴就哭了,说:“好和尚,我不招你,不惹你,你打我!”赵员外一听,真个奇怪,半年多说不出话来了,到被和尚打好了。老员外赶紧上前给和尚行礼,说:“圣僧乃是佛法无边,未领教圣僧宝刹在那里?上下怎么称呼?”和尚说:“员外要问,我乃灵隐寺济颠是也。”赵员外一听说:“就是了,原来是济公长老,小老儿我实在不知。”王道元在旁边一听,心中这才明白,说:“原来是圣僧,小道失敬了。”赵员外这才把公子叫进来,说:“你还不给圣僧磕头。”小孩立刻进来给和尚行礼。

赵员外说:“儿呀,我且问你,因为甚么忽然会哑巴了?”小孩说:“我由那一天到花园玩去,看见楼上有一个老头,两个姑娘,我都不认识。我说:‘你们那来的?’他们也不应,怎么一指我,我就说不出话来了。”赵员外说:“这是怎么一段情由?”和尚说:“原来你这花园子楼上住着狐仙,他冲撞狐仙了。现在他虽然好了,还恐怕有反复。我今天晚上把狐仙请出来,劝他叫他走,省得他在你家里住着,婆子、丫环不定那时冲撞了,也是不好。”赵员外说:“圣僧这样慈悲更好了。”赶紧先吩咐家人,立刻擦抹桌案,少时杯盘连落,把酒菜摆上。老员外喜不自胜,立刻拿酒壶给和尚、老道斟酒,一同开怀畅饮。吃完了早饭,赵员外陪着和尚、王道元谈话。晚半天又预备上等高摆海味席。和尚说："老员外，你叫家人预备一份香烛纸锞，回头在后面花园子摆上桌案，我去请狐仙。"老员外吩咐叫家人照样预备，仍然陪着同桌而食。和尚大把抓菜，满脸抹油，吃完了晚饭。

天有初鼓以后，和尚说："东西预备齐了没有？"家人说："早预备齐了。"和尚说："道爷你也跟来。"王道元点头答应。赵员外叫家人掌上灯光，一同和尚来到花园子。众人在旁边一站，和尚一瞧桌案香烛五供，都预备齐了。和尚过去把烛点着，香烧上，和尚口中念道："我乃非别，我乃非别，我乃灵隐寺济颠僧是也。"和尚连说了三遍，说："狐仙不到，等待何时？"大众眼瞧着楼门一开，出来一位年迈的老者，须发皆白。赵员外一看一愣，准知道这楼上并没有人住，果然见楼上出来了人，真是奇怪。就见这老丈冲着和尚一抱拳，说："圣僧呼唤我有甚么事？"和尚说："你既是修道的人，就应该找深山僻静之处，参修暗炼，何必在这尘世上居住？再说本家赵员外，他原本是个善人，你何必跟他等凡夫俗子作对，一般见识？"老头说："圣僧有所不知，只因他等这些婆子丫环，常常糟蹋我这地方。弟子并不是在他家搅闹，无非是借居。"和尚说："我知道，要依我，你还是归深山去修隐到好。"老头说："既是圣僧吩咐，弟子必当遵命。"和尚说："就是罢。"狐仙这才转身进去，和尚也同着众人回归前面。

赵员外说："圣僧这样慈悲，小老儿我实在感恩不尽。明天我送给圣僧几千银子，替我烧烧香罢。"和尚说："我不要银子，你把你的地给王道元两顷做香火地，他庙里太寒苦，你给他就算给我了。"赵员外说："圣僧既是吩咐，弟子遵命。"王道元一听乐了，赶紧谢过和尚，没想到两碗粥换出两顷地来，老道千恩万谢。次日和尚告辞，赵员外送出大门，王道元告辞回庙。

和尚拱手谢别，出了赵家庄正往前走，忽见对面来了一阵旋风，和尚机伶伶打一寒战。来者乃是追魂侍者邓连芳，正要找济公报仇。狭路相逢，不知后事如何，且看下回分解。

第九十八回　邵华风逃归万花山　邓连芳为友找济公

话说济公禅师由赵家庄出来，正往前走，只见对面来了一阵旋风。和尚机伶伶打一寒战，往对面一看，来者乃是追魂侍者邓连芳，还同着一个人。邓连芳一见济公，邓连芳说："好济颠，我找你如同钻冰取火、轧沙求油。这可活该，找没找着碰上了，我看你今天往那里走？"和尚说："呦，你不叫我走怎么样呢？"邓连芳说："我将你拿住，给我师兄报仇。"

书中交代，邓连芳打那来呢？只因前者在藏珍坞，和尚施佛法火炼了韩祺，赤发灵官邵华风群贼逃出了藏珍坞，一个个四散奔逃。赤发灵官邵华风无地可投，追魂侍者邓连芳说："邵大哥，你上那去？"邵华风说："贤弟你要问我，我由方才就仿佛坐如痴、立如痴，如同雷轰顶上时，饥不知，饱不知，似热锅蝼蚁。真是上天无路，入地无门。"邓连芳说："邵大哥，你既没有地方去，跟我回万花山圣教堂，见见魔师爷，求魔师爷下山捉拿济颠和尚，给韩祺贤弟报仇。"赤发灵官邵华风叹了一口气说："贤弟你我弟兄知己，你要助我一膀之力，庇护我才好。你看此时我的事情一败，众朋友一个个各奔他乡，真是时来谁不来，时不来谁来。正是万两黄金容易得，一个知心最难求。不但此时我报不了仇，再要遇见济颠和尚，我就得被获遭擒，九死一生。”邓连芳说：“兄长不便说了，跟小弟到万花山圣教堂去罢。要一提韩祺死在济颠和尚之手，大概魔师爷必给韩祺报仇，何用你拿济颠？”邵华风无法，这才跟着邓连芳驾起趁脚风，来到万花山。

到了山上，止住脚步，睁眼一看，这座圣教堂真似一座天府，金碧辉煌，凤阁龙楼，这山上凡夫俗子也到不了。在极高山顶上，野兽成群，俗等人也不能来。邓连芳同邵华风来到大门，一拍门，工夫不大，由里面出来一个童子。开开门一看，这童子有十六岁，头挽双髻，长得眉清目秀，面如白玉，身穿蓝绸宽领阔袖袍，足下白袜无忧履，手拿蝇刷，真是仙风道骨，一见邓连芳，说：“师兄，你上东海瀛洲采灵芝草回来了，真快呀。”邓连芳说：“我且问你，魔师爷都在圣教堂么？”小童儿说：“没有，就是掌教祖师爷卧云居士灵霄祖师爷一个人在教堂上。”邓连芳说：“好，我要去见祖师爷，有要紧事。邵大哥同我进来。”二人说着话，往里走。邵华风一看，院中栽松种竹，清气飘然，别有一番雅致。北上房大厅是九间九龙厅，正当中上面有一块匾，上写“圣教堂”三个大字。两旁有对联，上写“遵先天之造化，渡后世之愚顽”。大厅里面一排是四张八仙桌，有八把椅子。由东数第二张八仙桌子，上首里椅子上坐定一人，大概站起身有八尺以外的身躯，膀阔三停，头上是鹅黄缎四楞逍遥巾，绣团花双飘秀带，身穿一件鹅黄绣团花的逍遥氅，足下无忧履，身背后背定一把混元魔火幡，肋下佩着一口丧门剑。再往脸上一看，面似淡金，粗眉环目，押耳黑毫，满部的黑胡子，长得凶恶之极。

邵华风看罢，不敢进来，在门外站着。邓连芳先进来双膝跪倒，口称：“掌教魔师爷在上，弟子邓连芳给祖师爷磕头。”卧云居士灵霄一翻二目，说：“邓连芳，你同韩祺到东海瀛洲去采灵芝草，可曾采来了？”邓连芳说：“祖师爷有所不知，弟子同我师弟韩祺奉祖师爷之命下山，走在半路之上，碰见我一个故友，叫赤发灵官邵华风。乃是三清教的门人，在常州府平水江卧牛矶慈云观出家。尘世上出了一个济颠和尚，兴三宝灭三清，无故蛊惑常州府，调官兵把慈云观抄了。济颠僧追得邵华风无投无奔，上天无路，入地无门。邵华风见了弟子苦苦哀求我，说得可惨，叫弟子我助他一膀之力，给他报仇。我同韩祺二人当时答应了，同邵华风一同够奔藏珍坞。刚到藏珍坞，焉想到济颠和尚就找了去，我师弟拿子母阴魂绦，要捆济颠和尚没捆成，被济颠和尚把我师弟韩祺搁在八卦炉里给烧死了，把子母阴魂绦也得了去，现在我同我这朋友邵华风，一同跑回来，也没得上东海瀛洲去取灵芝草，求魔师爷你老人家下山，捉拿济颠和尚，给我师弟报仇。”卧云居士一听这话，勃然大怒说：“好邓连芳，无故多管闲事，给我这万花山现眼，受济颠和尚的欺辱，谁敢惹我这圣教堂的人！你给伤损我的威名，真乃可恼！金棍侍者何在？”外面一声答应，进来八位掌刑的术士，说：“伺候魔师爷。”灵霄说：“把邓连芳给我拉下去重打四十金棍，罚你在后山去采药一百天。”金棍术士沈瑞，立刻把邓连芳拉下去，打了四十棍。打完了，邓连芳竟自奔后山去了。

赤发灵官邵华风在外边站着，唬得战战兢兢，正在无可如何，灵霄吩咐将邵华风带进来，手下人立刻将邵华风带进去。邵华风跪倒磕头，口称：“掌教祖师爷在上，弟子邵华风给你老人家磕头。”灵霄说：“好孽障，你在慈云观行凶作恶，无所不为，你打算我不知道呢。你现在还蛊惑别人，帮你造反，我师侄韩祺因为你把命丧了。我也不打你，来人，给我把邵华风吊起来，吊到后山吊四十九天，然后我把你火化了，就算完了。”邵华风一听这个罪更难受，到不如被官兵拿了去，虽说剐了，到死得快点。自己唬得连动也不敢动，就被人把他捆起来，搭在后山，吊在树上。邓连芳瞧着，也不敢救。

过了两天，这天金棍术士沈瑞到后山巡山，他本是灵霄的徒弟，平日同邓连芳两个人最好。沈瑞见了邓连芳，就问："邓大哥，你的棍伤好了么？"邓连芳说："好些了。"沈瑞说："邓大哥，你本来是爱管闲事之过。"邓连芳说："你这话不对，谁人没有三个好的两个厚的？你我平日如同亲手足弟兄一般，譬如我要有人欺负，你管不管？"沈瑞说："那是自然，我也不能袖手旁观。"邓连芳说："我还要跟你商量一件事。"沈瑞说："甚么事，你说罢，只要我能行的，我万死不辞。"邓连芳说："我总得找济颠和尚报仇雪恨。我这口气不出，贤弟你得助我一膀之力。"沈瑞说："那行，我同你偷着下山找济颠和尚去。"邓连芳说："你就这么去不行，连韩棋被他烧死，还有子母阴魂绦，还不是济颠的对手。你我赤手空拳，那如何能行？你得偷魔师爷的法宝，都在随身带着。"沈瑞说："怎么偷呢？"邓连芳说："贤弟，你总得设法帮我办这件事，把济颠和尚只要除了，我决忘不了贤弟你的好处。"沈瑞说："我想起来，六合童子悚海祖师爷有一颗六合珠，在花厅搁着，我常瞧见，不在六合童子悚海祖师爷身上带着。那六合珠要用也不用念咒语，打出去山崩地裂，如雷一般有一道白光，勿论甚么妖精，打上就得现原形，最厉害无比。我去把它偷来，你我下山要拿济颠和尚，易如反掌，不费吹灰之力。"邓连芳说："甚好，贤弟你去罢。"沈瑞立刻到花厅去，工夫不大，就把六合珠拿来。

邓连芳一看，甚为喜悦，二人当时驾起趁脚风，偷着下了山。先到常州府一打听，说济公上丹阳县去了，二人要奔丹阳县去寻找济公，偏巧走在半路正碰见。邓连芳一见，真是仇人见面，分外眼红。说："好颠僧，你往那里走？"和尚说："我上常州府。"邓连芳说："你先等等走罢，我正要找你，这可活该碰上。"和尚说："碰上又该怎么样？"邓连芳说："怎么样，我把你拿住，照样把你烧死，给我师弟韩祺报仇。"和尚说："好！你当真要跟我分个高低上下，咱们前面蟠桃岭上说，那里清静。"邓连芳说："好，你还跑得了？"当时一同往前走。方来到蟠桃岭，只听对面一声喊嚷，怪叫如雷说："阿弥陀佛，好颠僧，你往那里走！"济公大吃一惊，不知来者是谁，且看下回分解。

第九十九回　蟠桃岭绿袍僧斗法　脱身计邓连芳吃惊

话说济公禅师同追魂侍者邓连芳、金棍术士沈瑞，方来到蟠桃岭，只听对面一声喊嚷："好颠僧，往那里走，洒家我正要找你，如同钻冰取火、轧沙求油。"邓连芳抬头一看，见来者这个和尚形同鬼怪，身高一丈，膀阔三停，头上披散着发髻，打着一道金箍，面如铜绿，两道金眉毛，一双金睛叠暴，突出眶外，押耳红毫，满部的红胡子，身穿绿袍，手拿蝇刷，背背戒刀，长得凶如瘟神，形同鬼怪。邓连芳一瞧一愣，说："和尚，你来此何干？"这和尚说："我要捉拿济颠和尚，报仇雪耻。"邓连芳说："和尚不用你拿他，我二人会替你拿他。"和尚说："你二人未必拿得了他罢。"邓连芳说："和尚你不认识我，大概你也不知道我的来历。"和尚哈哈一笑，说："洒家前知五百年，后知五百年，善晓过去未来，我怎么就不认识你？虽未见过，你的来历瞒不了我。你原本是万花山圣教堂八魔的门人，你叫邓连芳。你不认识洒家，你回去见了你师父，就提蟠桃岭有一个绿袍和尚，大概他等就告诉你了。你两个人既要拿济颠，有甚么能为？"邓连芳说：

“我这里有法宝。”绿袍和尚说：“好，你既有法宝，先让你拿他。你如拿不了，洒家我再拿他。”邓连芳一听这和尚口气不小，不准知道和尚是谁。沈瑞说：“济颠，你可认得我？”济公说：“我怎么不认得你，你是魔崽子。”沈瑞一听勃然大怒，说：“好颠僧，你敢出口不逊，待我来结果你的性命。”济公说：“你要结果我和尚，你怎么配？”

沈瑞立刻将六合珠掏出来，照定济公打去，只见一道白光扑奔和尚，就听和尚喊嚷：“可了不得了，救人那。”话言未了，就听这六合珠山崩地裂一声响，见济公翻身栽倒在地，人事不知。沈瑞哈哈一笑说：“邓大哥，你可是瞧见了，我打算怎么个济颠和尚，原来平平无奇，被六合珠将他镇住。你我将他扛回山去，将他用火烧死，给韩贤弟报仇。”邓连芳说：“绿袍和尚，你也回去罢。我二人将济颠和尚拿回山去，也算替你报了仇了。”绿袍和尚说：“也罢，便宜他，你二人把他扛了走罢。”邓连芳这才扛起济颠和尚，同沈瑞二人，驾起趁脚风，来到万花山圣教堂。来到大厅，正赶上卧云居士灵霄同天河钓叟杨明远、桂林樵夫王九峰、六合童子悚海，在一处谈话。邓连芳同沈瑞二人来到客厅，六合童子悚海说：“你二人那里去了？”邓连芳说：“实不瞒众位祖师爷，我二人下山去把济颠和尚拿来了，给我韩贤弟报仇。”六合童子悚海说：“你这两个孽畜，真实在现眼，叫济颠和尚这样耍笑你们，真给万花山丢人！”邓连芳说：“怎么现眼？”六合童子说：“你看看扛的是济颠和尚么？”一句话说破了，邓连芳、沈瑞再一看，扛的原本是一块石头，这两个人气得两眼都定了。六合童子悚海说：“你两个人要当真找济颠和尚报仇，暂且别忙，你等也拿不了他，我等商量着设法。把我的六合珠拿来罢，不准你等胡闹去。”沈瑞无法，把六合珠交还六合童子悚海。

众人正在说话之际，忽然外面有人进来回禀，说：“魔师爷，现在大门外来了一个穷和尚，堵着门首大骂。说叫魔师爷趁早把邵华风送出去，万事皆休。如要不然，杀进圣教堂杀个鸡犬不留。”众魔师一听，气得哇呀呀怪叫如雷，说：“好济颠，真乃大胆，竟敢找到我这圣教堂来，这样无礼。待我等亲身前去拿他。”说着话，众魔师立刻往外够奔。

书中交代，怎么一段事呢？只因追魂侍者邓连芳扛起石头一走，罗汉爷施展换术，早隐在树后。绿袍和尚见邓连芳把济颠扛了走，绿袍和尚哈哈大笑，自言自语说：“我打算济颠和尚项长三头，肩生六臂，怎么样的厉害，原来闻名不如见面，见面胜似闻名，不是出奇之人。今天便宜他，我要拿这济颠不费吹灰之力。”说着话，自己转身刚要走，济公由树后头转过来哈哈一笑，说：“孽畜，你也要拿我，你怎么配？”绿袍和尚一看，呵了一声，说：“好颠僧。”济公说：“好孽畜。”绿袍和尚一张嘴，照定济公就是一口绿气。济公用手一指，口念“唵嘛呢叭㘑吽”，这口绿气四散了。绿袍和尚一看，气往上撞说：“颠僧，你敢破我的法气，待洒家用法宝取你。”说着话伸手由兜囊掏出一颗珠子，其形有鸭蛋大小，名叫如意珠。这颗珠子最厉害无比，打出来勿论甚么妖精，就得现原形。要是凡夫俗子能把三魂七魄打去。立刻照定济公打来，济公一伸手，口念六字真言，把这颗如意珠接在手内。绿袍和尚一看，大吃一惊。济公把僧帽摘下来，说：“好孽畜，你也不知道我和尚是谁，我叫你瞧瞧。”立刻用手一摸脑袋，现露出金光、佛光、灵光三光。绿袍和尚一看，唬得亡魂皆冒。济公说：“好孽畜，你没有宝贝了，待我和尚来拿你。”绿袍和尚唬得一阵怪风，竟自逃走。

书中交代，他这一走，要够奔五云山五云洞，邀请五云老祖，晃动聚妖幡，怒摆群妖五云阵，跟济公作对。这是后话，暂且不必细表。

济公也并不追赶绿袍和尚，罗汉爷这才够奔常州府来。到常州府衙门，差人进去回禀知府顾国章，顾国章赶紧吩咐有清。和尚进来，知府降阶相迎，举手抱拳说：“圣僧久违，弟子正在渴想，要派人去寻访请圣僧，不想圣僧今天来了。”和尚说：“老爷一向可好？”知府说：“托福，托福。”和尚同知府进书房落座，有家人献上茶来。知府说：“我这里也不知邵华风现在那里窝藏，正在盼望圣僧。只因上宪前者来文书催拿邵华风，我急了，那知道贼人的下落？手下的快班都是凡夫俗子，也拿不了他。我现在要出告示粘贴四门，只要有人能拿邵华风，我必有重谢。”和尚说：“甚么告示？你拿来我瞧瞧。”知府立刻把告示底子拿出来，给济公一看，上面写的是：

四品顶戴前任绍兴府正堂调补常州府正堂顾：为除奸逐祟，以救民生事。照得光天化日，难容魑魅公行。化日之中，岂容魍魉弄术？是以律有明条，师巫犹将禁止，矧显为民害者耶？近者本府不得不能正己化民，竟有慈云观妖道邵华风，兴妖作祟，以害民生。具虎狼之姿，恃妖人之术。心如毒蝎，遇之者家败身亡；胆若豺狼，逢之者难逃生命。若不早为驱除，势必尽遭毒害。为此示仰阖郡军民人等一体知悉：或有斩邪之术，或有除妖之法，或自己不能转引他人，或此地无有求之别郡，果然除去民害，本府不惜重赏，务期合力奉行，慎勿瞻前顾后。特示。

右仰知悉。

下面写着年月日，实贴某处。和尚看罢哈哈一笑，说：“老爷这张告示贴上也未必有人出首。”知府说：“我想也是。还是求圣僧给占算占算，邵华风在那里。求圣僧慈悲，将妖孽拿获才好。”和尚说：“我到知道邵华风现在万花山圣教堂。我和尚不去，是我虎头蛇尾，我和尚要去，必要惹出一场大难。这也是天数当然。”

正说着话，只见手下差人带着小悟禅进来了。悟禅原本奉济公之命，同金毛海马孙得亮兄弟、韩龙、韩庆在灵隐寺看庙，防妖道上灵隐寺陷害众僧。果然妖道等去了，悟禅等把妖道群贼赶走。金毛海马孙得亮四人告辞，回归陆阳山。悟禅在庙里多日，不见济公回去，也不知常州府慈云观的事完了没有。悟禅把庙中托了师弟悟真，他要来瞧济公。一晃脑袋来到常州府门口，一问当差人等，差人这才带悟禅进来。知府说：“少师父来了。”悟禅进来先给济公行礼，见过知府。济公说：“悟禅，你来做甚么？”悟禅说：“我不放心，来瞧师父，不知慈云观的事完了没有？”知府说：“别提了，现在邵华风还没拿着，圣僧说在万花山圣教堂，不好去拿，正在为难。”悟禅说：“那算甚么，不用师父，我去到万花山拿他。”济公说：“你别去，你要一去，就惹出大祸。”

悟禅不听，站起来就走。济公一把手没揪住。悟禅一晃脑袋，竟自够奔圣教堂，焉想到惹出一场大祸。不知后事如何，且看下回分解。

第一百回　悟禅大闹万花山　八魔捉拿飞龙僧

话说小悟禅要上万花山去拿邵华风。济公知道他一去，必惹出一场大祸，一把手没揪住，小悟神一晃脑袋，出了常州府，来到万花山下。脚着实地，堵着山前，破口大骂，说：“趁早把邵华风送出来，万事皆休。如不送出来，和尚老爷杀上山去，把你们这些个外道天魔全皆结果了性命。大概你们这些魔崽子，也不是四造所生。”正说着话，巡山侍者过来说：“穷和尚，你无故在这里骂谁呢？”悟禅说：“你趁早去告诉八魔，把邵华风送出来，万事皆休。如要不然，我和尚杀上山去，全皆刀刀斩尽，剑剑诛绝。”巡山侍者说：“和尚，你是那里的，这样大胆，敢来到这万花山这样无礼？”悟禅说：“好小子，你大概也不知道和尚老爷的来历。玉皇大帝是我拜兄，二郎杨戬是跟我住在一处，金吒、木吒、哪吒见我都得行礼。你告诉八魔叫他们出来，我和尚也不跟你们这些无名小辈较量。巡山侍者一听和尚这话大了，这才跑上山去，来到圣教堂。八魔卧云居士灵霄，正同天河钓叟杨明远、桂林樵夫王九峰、六合童子悚海，在一处谈论，要找济颠报仇。巡山侍者进来说：“回禀众位魔师爷，山下来了一个穷和尚，堵着山下破口大骂，叫众位魔师爷快将邵华风送出来，万事皆休。如要不然，杀上山来，杀个鸡犬不留。”四位魔师一听，气得哇呀呀怪叫如雷，说：“好济颠僧，这样大胆，竟敢这样无礼，找到我的门上来，真欺我太甚！”

正说着话，仙云居士朱长元、白云居士聘啸、搬倒乾坤党燕、登翻宇宙洪韬，四魔师也来了，问：“甚么事？”巡山侍者、沈瑞等又一述说，八魔立刻各拉丧门剑，各背混元魔火幡，跳出圣教堂，驾起趁脚风，下了万花山。到山下一看，并没有穷和尚。众魔师口中喊嚷：“好颠僧，那里去了！”找了半天，踪迹皆无。

书中交代，小悟禅并不是不知道八魔的厉害，虽知道八魔的名气，闻其名未见其面，可不准知道怎么个厉害法。悟禅也是初出的犊儿不怕虎，长得犄角反怕狼。慢说是他，连济公长老都惹不起八魔。小悟禅骂了半天，见巡山侍者进去回禀，悟禅一想：“我何不暗中偷看看八魔是何许人也。别等他们下来见了我，倘若我要不行，不是他等的对手就晚了。”想罢摇身一变，变了一个鸟儿飞上山去，在暗中一看，八魔个个长得神头鬼脸，凶恶无比，惟有六合童子发挽双髻髻，是一个小孩的打扮。众魔师都是四楞逍遥巾，身穿逍遥氅，见巡山侍者回禀，八魔各亮丧门剑蹿出圣教堂架风直奔山下。悟禅见邵华风在东廊下吊着。悟禅由上面下来说：“好妖道，邵华风，前者和尚老爷几乎死在你的乾坤子午混元钵之内。我只打算今生不能报仇，敢情你也有今日之下场。”说着话过去一张嘴，把邵华风的鼻子咬下来。邵华风吊着又不能动，鲜血直流，老道痛得怪叫。悟禅把绳子解开，攒着邵华风两条腿腕一抡，抡来抡去，邵华风昏迷过去，甩得四处地下净是血。小悟禅正在耍得高兴之际，八魔回来了。

原本八魔下了山找穷和尚没有，卧云居士说：“怪呀，那里去了？”巡山侍者说：“方才就在这里骂来着。”卧云居士灵霄立刻袖占一课。说：“好孽畜，真乃大胆，他上了山了，你我兄弟赶紧快上山。”众人立刻架起风上了山。八魔分为四面，天河钓叟杨明远、桂林樵夫王九峰二人由东面进去；仙云居士朱长元、白云居士聘啸由南面进去；搬倒乾坤党燕、登翻宇宙洪韬由北面进去；卧云居士灵霄、六合童子悚海由西面进去。见悟禅正要邵华风，八魔说：“好孽畜，真乃大胆！”小悟禅一瞧一愣，说：“好一群魔崽子，今天和尚老爷跟你们分个强存弱死，真在假亡。”这句话尚未说完，六合童子悚海，由兜囊掏出六合珠，一抖手照定悟禅打去。一道白光，只听山崩地裂一声响，当时悟禅把邵华风也扔了，六合珠一震，悟禅现了原形，十二条腿，两个翅膀，一条大飞龙，不能动转。六合童子悚海说：“众位兄台，此事该当如何？”掌教魔师灵霄说：“这孽畜实在可恼，他乃是颠僧的恶徒。济颠把你我的侄徒韩祺用八卦炉烧死，你我也不用留他，也把他照样的烧死，就算给韩祺报仇了。”众人说也好。

八魔各拉混元魔火幡方要晃幡，只听外面一声“无量佛”，说：“众位魔师且慢，山人来了。”众魔师一看由外面来了一位羽士黄冠，玄门道教，头戴鹅黄色莲花冠，身穿淡黄色道袍，腰系丝绦，白袜云鞋，面如三秋古月，发如三冬雪，须赛九秋霜，颏下一部银髯，扇满了前胸，身背后背着分光剑，来者老道正是广法真人沈妙亮。众魔师一看认识,说:“沈道友,你来此何干?”沈妙亮说:“我先来给众位送信。我师父紫霞真人同灵空长老,前来查山。”八魔就怕万松山云霞观紫霞真人李涵龄、九松山松泉寺灵空长老长眉罗汉这两个人。八魔一听这句话,说:“我等赶紧去迎接。”立刻把混元魔火幡卷起来,也顾不得烧悟禅了,先把圣教堂这块匾翻过来。每逢这僧道要来查山,他们不敢挂“圣教堂”三个字,翻过后面是“野人窝”三字。八魔立刻出去迎接紫霞真人、灵空长老。

书中交代,并不是紫霞真人、灵空长老真来查山,还没到查山的年头。原本沈妙亮奉济公长老之托,前来搭救悟禅。原本小悟禅由常州府跑出来,济公一把没揪住,罗汉爷追出衙门,早不见了悟禅。罗汉爷一算,却有未到先知之能,说:“可了不得了,这孩子不听话,这一去要把五千年的道行糟蹋了。”济公正在着急,只听背后一声“无量佛”,和尚回头一看是沈妙亮。济公说:“沈道爷,你来了好,活该悟禅还许有命。”沈妙亮说:“圣僧久违少见,在此做甚?”和尚说:“我正在为难之际,只因常州府慈云观有一个赤发灵官邵华风,他为非作恶,陷害黎民,招聚贼党,兴妖害人,拒捕官兵,现在知府派人各处拿他。邵华风现在万花山,方才我徒弟悟禅不听话,他上万花山去,他这一去就要惹出一场大祸。我和尚也救不了他,非你救不了,求你辛苦一趟,慈悲慈悲罢。”沈妙亮说:“我也惹不起八魔,我焉能救你的令徒呢?”济公说:“你快去,我和尚改日再谢。”沈妙亮这才驾起风,够奔万花山。他走得慢,方才来到圣教堂,正赶上要烧悟禅。沈妙亮一使诈语,是济公教给他的主意。就说紫霞、灵空来查山,果然把八魔蒙住,往外就跑。

沈妙亮急忙过去拍了悟禅天灵盖一掌,口中念归魂咒,悟禅站起来。沈妙亮说:“你这孩子好大胆量!你师父叫我来救你,连我都得快走,你快逃命罢。”悟禅说:“我谢谢。”沈妙亮立刻驾起趁脚风先逃走。悟禅扛起邵华风方要走,一想已就已就了,我把圣教堂给烧了再走。悟禅立刻放起火来,烈焰腾空。悟禅扛起邵华风,这才一晃脑袋逃走。来到常州府有差人看见,先把邵华风接过去。悟禅来到里面一见济公,悟禅说:“师父,我把邵华风拿来了。”济公说:“你怎么回来的?”悟禅说:“好险,好险!沈妙亮念归魂咒把我救了,要不然,我就被他们烧死。这些外道妖魔真可恨,我决不能跟他善罢干休。”济公咳了一声说:“好孩子,你这个乱惹大了。我不叫你去,你偏要去,你这不是自找其祸?这一来八魔就跟我为仇了,你快走罢,你不用管了。”悟禅说:“我不走,我上那去?”济公说:“你回九松山松泉寺罢。”悟禅说:“我虽被他拿住,我到不死。我也没饶他,我把圣教堂放火给烧了。”

济公一听说:“好孩子,你这个胆子真不小!”这一烧圣教堂,更给我惹出一场大祸。”悟禅说:“甚么大祸?”济公这才如此如此一说,把悟禅唬得目瞪口呆。不知济公说出何等言辞,且看下回分解。

第一百零一回 沈妙亮智救悟禅 常州府处斩妖道

话说济公禅师听悟禅说烧了圣教堂,罗汉爷有未到先知之能,就说:“悟禅,你给我惹出一场魔火之灾,这也是劫数当然。悟禅,你快走罢,你要再不听我的话,你不算是我徒弟。”悟禅听这话无法，不敢违背师父，这才告辞，回九松山松泉寺，竟自去了。知府顾国章这才传伺候升堂，壮皂快三班喝喊堂威，顾国章升了官服坐堂，吩咐将邵华风带上堂来，手下人将邵华风带上公堂。此时邵华风自己心中难受，后悔晚矣。知府把惊堂木一拍，说：“邵华风，你在我本地面招聚贼众，使人拍花，陷害黎民，拒捕官兵，率众劫牢反狱，所作所为，还不从实招来，免得皮肉受苦。”邵华风事到如今，自己一想，不招也是不行，莫若从实招认，省受严刑。这才说：“大人不便动怒，我有招，只求大人开恩，我只求速死。”知府叫招房先生给邵华风写了亲供，当堂画押。顾国章吩咐将邵华风钉镣入狱，这才退堂，在书房陪着济公吃酒。次日一早给上行文司，晚间上宪札饬下来，将邵华风就地凌迟处死。知府说：“圣僧暂且别走，明天在西门外处斩邵华风，求圣僧给护决，恐贼人有余党抢劫法场。”和尚说：“就是罢。”次日知府调本地面城守营官兵二百名，护押差事，请济公一同押解邵华风，够奔西门外法场。来到西门以外，在北面搭着监斩棚，摆着公案桌，知府同济公在棚里一坐，瞧热闹人拥挤不动。

刚要剐邵华风，只见正南上来了两个人，和尚一看说：“了不得了，我的仇人来了！”知府大吃一惊，只打算有人来劫法场呢。抬头一看，见来者两个人，头里走的这人，头戴粉绫缎四楞巾，身穿粉绫缎逍遥氅，周身绣团花朵朵，足下白袜云履鞋，面如三秋古月，发如三冬雪，须赛九秋霜，颏下一部银髯。后面跟定一人，穿蓝褂翠，也是这样的服色。来者非是别人，头里是天河钓叟杨明远，后面是桂林樵夫王九峰。

书中交代，那天小悟禅把圣教堂放着火，他也跑了，沈妙亮也跑了。八魔下山并没见着紫霞真人、灵空长老，卧云居士灵霄袖占一卦，说：“了不得了，众位弟兄赶紧回山。”众人到了山上一看，烈焰腾空。灵霄赶紧用宝剑望空一指，立刻一阵暴雨，把火浇灭了。灵霄说：“好一个济颠，竟敢使恶徒烧毁我这圣教堂，我必要报仇雪恨。”当时拘六丁六甲，照旧把圣教堂照样修好。今天灵霄下山找济颠和尚，天河钓叟杨明远、桂林樵夫王九峰说：“掌教大哥，不用你亲身前去。有事弟子服其劳，割鸡焉用牛刀，待我二人前去。”灵霄说：“你二人要去也好。”天河钓叟、桂林樵夫这才由万花山驾云下了山，方来到常州府，正赶上济公在法场护决。济公一见，连忙上前说：“二位来了。”杨明远一看，说：“好颠僧，我来找你！”和尚说：“二位有甚么事，把邵华风杀了，你我到知府衙门说去。”杨明远说：“也可。”这才立时先把邵华风剐完了。

济公同杨明远二人连知府等，一同回归常州府衙门，把杨明远让到花厅。济公叫知府派手下人先给摆一桌酒席，济公同杨明远、王九峰落座吃酒。酒过三巡，和尚说：“二位来找我，打算怎么样呢？”王九峰说：“只因我徒弟被你烧死，你又使你徒弟烧我们的圣教堂，我来找你报仇。咱们也不用这里说，你跟我们二人上万花山去。有甚么话再说。你要不跟我们去，可别说我等把你拿了走。”和尚说：“你二位先不用忙，我和尚今天也不用跟你们上万花山。我现在还有点事，等我把手尾的事办完了，咱们本月十五在金山寺见罢。”杨明远一听说：“就是，谅你也跑不了。既然如是，十五在金山寺见，我二人这就告辞。”济公把二人送出衙门，二人驾起祥云，竟自去了。和尚回到衙门，知府顾国章说：“圣僧定规十五金山寺见，怎么样？”和尚咳了一声，说：“你也不用问，非你可知。是福不是祸，是祸躲不过。我和尚还要回灵隐寺见见老方丈，请请安，你我再会罢。”知府说：“圣僧要走，我这里谢谢，给圣僧带点盘费。”和尚说：“我不要盘费。”说着话，和尚立刻告辞。知府送出衙门，拱手作别。

和尚刚走后，外面有夜行鬼小昆仑郭顺，来到常州府找济颠。书中交代，郭顺由天台山上清宫下山，朝金山、银山、焦山，路过常州府，找铺户化斋，听本地有人纷纷传言，在西门外处斩邵华风，济公监斩。要不是灵隐寺济公禅师，谁能拿得了邵华风。小昆仑一听，济公现在常州府，我何不去望看望看济公。想罢，郭顺这才来到常州府门首，一声“无量佛”，说：“烦劳众位班头，到里面回禀一声，山人我姓郭名顺，我乃天台山上清宫的前来拜访济公。”当差人等一听，说：“道爷，你来晚了，济公今天刚走，已回了灵隐寺。”郭顺说：“这就是了，我要告辞。”这才自己够奔镇江府金山寺。这天来到金山寺，山下一看，见庙前山下一趟买卖街，热闹非常。江内来往渔船不少，烧香逛山人等男男女女，拥挤不动。小昆仑郭顺方来到庙门以外，只听庙内人声鼎沸，一阵喧哗。郭顺一听一愣。

书中交代，怎么一段事呢？金山寺这座庙，原本是一座大长春，庙内有三百站堂僧，老方丈叫元彻长老，跟灵隐寺远害堂元空长老是师兄弟。庙里香火甚旺，常有贵官长者夫人小姐来烧香。逛山那一天，忽然来到一位和尚，身高一丈，膀阔三停，面如刀铁，粗眉环眼，长得凶恶无比，也不知从那里来的，迈步往庙里就走。门头僧赶紧拦阻，说：“和尚，你是那里的？”这黑脸和尚说：“好孽障，你敢拦我！只因你们这庙中僧人不守清规，无故生货利之心，洒家特意前来管教你等。我乃万年永寿是也，你们这些东西该打。”用手一指说：“给我打。”门头僧唬得拨头就往里跑，立刻身不由己，两个人自己每人打了自己十个嘴巴，跑进去了。这黑脸和尚一直够奔大殿，用手一指，大殿门就开了，这僧人进去就在佛爷头里供桌上一坐。门头僧先回禀监寺的：“现在外面来了一个黑脸膛和尚，往庙里走，我们一拦，他说他是万年永寿是也，说咱们庙里众僧不法该打，用手一指，我们不由得自己就打了自己十个嘴巴，他到大殿供桌上坐着去。”监寺僧人一听，来到外面一看，果然在大殿供桌上，坐着一个和尚，黑脸膛，一双金睛叠暴。监寺的说：“好大胆的僧人！竟敢无故来搅闹佛门善地，你是何人？”这黑脸和尚说：“我乃万年永寿是也。皆因你等无故生货利之心，陷害我的子子孙孙，我特来报仇。你这恶僧该打。”立刻用手一指，说：“给我打。”监寺的不由得自己伸手打自己嘴巴。唬得监寺的拨头往后就跑，回禀老方丈元彻长老。元彻长老一听，说：“阿弥陀佛，善哉善哉。好孽畜大胆，待我去看看。”立刻老方丈来到前面一看，说：“你这僧人为何无故前来搅闹佛门善地？”这黑脸和尚说：“你这和尚生货利之心，不守清规，不安本分，糟蹋生灵，我特意前来将你逐出庙去。”用手一指说：“打。”老方丈不由自主打了自己二十个嘴巴。老方丈臊得面红耳赤，归到后面。也不知这黑脸膛和尚是怎么一段情节，天天要打老方丈三遍。今天已然第七天，正然又打老方丈，小昆仑郭顺赶到，分开众人一看，见老方丈自己打自己。黑脸和尚说：“打。”老方丈自己就打。

郭顺一看，说：“无量佛。上面僧人你为何施展法术打他？你也是和尚，彼此僧赞僧，佛法兴，道中道，玄中玄，红花白藕青莲叶，三教归一是一家，你打他你也不好看。依我说，看在山人的面上，饶了他罢，不必跟他做对。”黑脸和尚说：“你是那来的老道？胆敢多管闲事！你要多嘴，我照样打你。”郭顺一听，气往上撞，当时要跟和尚翻脸。不知后事如何，且看下回分解。

第一百零二回　金山寺永寿施妖法　小昆仑赌气找济公

话说小昆仑郭顺听和尚说话不通情理,自己有心要翻脸。后又一想,是非只因多开口,烦恼皆因强出头,我何必跟他为仇做对?想罢,这才说:“和尚,你不便跟我动怒,山人我解劝你为好。再说这庙中方丈乃是凡夫俗子,你何必欺负他?你要找和尚,总找那得样的和尚,又怕你不敢找。”黑脸和尚说:“那个我不敢找,你只管说!”郭顺一想,现在济公大概回了庙,我叫他去找济公,济公必把他治了,叫他碰个钉子,省得他大肆横行。想罢说:“和尚,你敢到西湖灵隐寺去找济颠么?”黑脸和尚哈哈一笑说:“你既说叫我找济颠和尚,那容易。”说着话,立刻一点手说:“来。”只见由外面又进来一个黑脸和尚,也不知道是那来得这样快。这和尚进来一声喊嚷说:“我乃千载长修是也。”说着话,来到大殿以前,说:“师父,差我那边使用?”万年永寿说:“徒弟,我派你到西湖灵隐寺把济颠给我拿来。”这千载长修和尚一声答应,说:“遵法旨。”立刻滋溜一晃脑袋没了。少时来到灵隐寺门首,迈步就往里走。两个门头僧说:“你找谁?”黑脸和尚说:“我乃千载长修是也。”门头僧还要拦阻,黑脸和尚用手一指说:“打。”门头僧身不由己,自己就打嘴巴,往里就跑。千载长修也是来到大雄宝殿,往供桌上一坐,门头僧唬得到里面去回禀广亮。

广亮一听,胆子小,不敢出来,赶紧回禀老和尚元空长老。广亮先跪倒行礼说:“回禀老方丈,外面来了一个黑脸和尚,口称叫千载长修,把门头僧打了,他上了大殿的供桌。”老方丈乃是九世比丘,说:“好孽畜大胆,无故前来搅闹佛门善地。你去叫道济的徒弟悟真去拿他。”广亮立刻找孙道全,把这件事一说,孙道全说:“我去。”这才立刻来到前面大雄宝殿一看,果然是一个黑脸和尚在供桌上坐着,头上有一股黑气,孙道全一看赶奔上前,举宝剑照定和尚脖颈就是一剑。和尚正闭着眼,没留神这剑真砍上了,砍得这黑和尚一伸脖子,一道白印。孙道全说:“好孽畜,无故前来搅闹佛门净地,还不退去!”这黑脸和尚张嘴照定孙道全喷出一口黑气,孙道全赶紧念护身咒,拨头往外就跑,说:“好厉害!”话言未了,只听山门里一声喊嚷:“无量佛!”

孙道全一看,来者乃是神童子褚道缘,说:“好孽畜大胆,待山人来拿你。”伸手由兜囊掏出八宝装仙云光袋,照定妖僧一打,手中掐诀,口中念念有词,立刻把这黑脸和尚装到里面。褚道缘说:“倒出他来瞧瞧,是甚么东西。”往外一倒,众人一看,现了原形,是一个大鸵龙。褚道缘一看,说:“真把和尚糟蹋苦了。”

书中交代,他师父原本也是一个大师,因为甚么到金山寺去闹呢?这内中有一段原故。原本金山寺山下,当初并没有这趟买卖街。金山寺方丈想庙里有三百站堂僧,无所事事,素日净吃闲饭,日用太大。老方丈拿出银钱来修盖房子,赁给人开买卖,所为有烧香逛庙人等,可以作乐。江中造了四十只渔船,赁给打鱼的,一天要一两银子。在他这山下卖鱼,得给他庙里拿鱼税,每月多进钱若干。这个万年永寿奉龙王之令,在这里把守江口,有这些打鱼的,终日伤了他的子子孙孙不少,故此他一恼,才来到金山寺跟和尚做对。焉想到郭顺用话一激他,他这才派他徒弟来到灵隐寺搅闹,不想被褚道缘用装仙袋将他拿住,倒出来已然现了原形。褚道缘不忍伤害他,这才说:“孽畜，你无故前来搅闹，理应将你结果了性命。山人有一分好生之德，饶你这条性命。还不快去。”这驼龙慢慢爬出了山门，好容易驾起风来，竟自去了。

他刚走，济公由外面脚步跄狂回来了。书中交代，济公怎么到后来呢？这内中有一段隐情。原本济公由常州府出来，和尚顺大路饥餐渴饮，晓行夜宿，这天走到金家庄。猛然抬头一看，有一股妖气直冲霄汉。和尚一按灵光，口念：“南无阿弥陀佛，善哉善哉！你说不管，我和尚焉有不管之理！”罗汉爷本是佛心的人，既知道，就要管。和尚有未到先知之能，这里住着金好善，家中大财主，最好做善事，无故把儿子丢了。老员外各处贴告白条，如有人给送信必有重谢。今天罗汉爷正走在这里，总算行善的人家，该当逢凶化吉，遇难呈祥。

和尚来到金好善门首一打门，管家出来，和尚说：“辛苦辛苦。”管家说：“和尚，你来此何干？”和尚说：“烦劳管家，你到里面就提我和尚乃西湖灵隐寺济颠僧，前来拜访。”管家咳了一声，说：“和尚，你趁早去罢。你要头半个月来，我家员外，必有一番的应酬。我家员外最好斋僧布道，人称叫金好善，你必是慕着名来的。这几天你不凑巧，我们员外愁得连饭都不吃了，你想你这不是白碰钉子？”和尚说：“有甚么愁事呢？”管家说：“和尚你要问，我告诉你，这件事真新鲜。我们员外跟前就是一位公子，今年十八岁，原本是个文秀才，在我们这北边庄子有花园子，在那里念书。无缘无故，把我家公子丢了，也不知去向。我们员外各处贴告白条，直到如今音信皆无，各处都找遍了，我们员外愁得了不得。这样的善家按说不应当出这样逆事，你想我们员外那里还有别的心。”和尚说：“这个事不要紧，我就为这样事来的。你回禀你家员外，就提我和尚知道你家公子下落，准保把你家公子给找回来。”管家一听说：“这话当真么？”和尚说：“真的。”管家半信半疑，这才够奔里面。

老员外正在书房坐着发愁，管家进来说：“回禀老员外，外面来了一个穷和尚，他说他是西湖灵隐寺济颠，特意前来拜访老员外，他说他知道公子爷的下落了。”老员外正在无计可施，一听这话，求之不得，赶紧往外就跑。来到外面一看，见和尚褴褛不堪，穷脏之甚，这才说：“和尚，请里面坐。”济公一看这位老员外长得慈眉善目，头戴逍遥员外巾，身穿宝蓝缎员外氅，白袜云鞋，面如三秋占月，花白胡须，精神百倍。和尚这才往里走，来到南倒坐厅房一看，屋中很款式，所有摆设不俗，一概都是花梨紫檀楠木雕刻桌椅，名人字画，条幅对联，工笔写意，花卉翎毛。金好善说：“和尚请坐。未领教和尚贵宝刹在那里？上下怎么称呼？”和尚说：“我乃西湖灵隐寺，上一字‘道’，下一字‘济’，讹言传说济颠僧就是我。”

金好善一听，知道济公名头高大，连忙施礼，说：“原来是济公活佛长老来了。这可是活该，求圣僧大发慈悲救我罢。我跟前就是一个小犬，今年十八岁，尚未成家，考取了一个童生，素日就知道念书，并无别的外务。在我这北边有我一座庄子，那里有花园子最清净，他在那里攻书，有几个书童伺候他。忽然那一日把我儿丢了。我派人都找遍了，并无下落。素日他并没有歪邪之道，现在会没了。我各处贴告白条，直到如今音信皆无，求圣僧慈悲慈悲，给占算占算，到是怎么一段情节？”和尚说：“你不用着急，我知道，今天三更至五更，我准把你儿找回来，叫你父子团圆。你先摆酒，咱们吃饭。”金好善一听，心中甚为喜悦，赶紧吩咐摆酒。家人擦抹桌案，把酒摆上，老员外陪着和尚吃饭。

和尚吃着饭，偶然一打冷战，和尚说：“好东西，少时我就找你去。”金好善说：“圣僧上那找去？”和尚说：“你不用管，我必给你把儿子找回来。”吃喝完毕，和尚这才告辞，要去搭救金公子。不知后事如何，且看下回分解。

第一百零三回　金公子心迷美妖妇　济长老慈心救好人

话说济公禅师由金好善家出来，一直往北，走了有五六里之遥，来到一座石洞门首。和尚说："开门来。"叫了两声，里面并无人答话。

书中交代，这石洞内原本住着一个精灵。原本金公子在庄上念书用功，他本是一个书呆子，就知道念书，别无所好，晚上念完了书，就在花园子看看花散散闷，活动活动。这天金公子在花园子游玩，见天上星斗满天，皓月当空，自己出了庄子，附近方便，左右闲步，也不敢往远里去。这天忽然心里一迷，往北走出来有一里多地，自己止住脚步。正在发愣，忽然由对面来了一个四十多岁的仆妇，来至切近说："金公子，我家主人叫我来请你来了。"金公子一看并不认识这仆妇，连忙问道："你家主人是谁呀？"仆妇说："你跟我去，一见就知道了。不是外人是故友，都到齐了，净等候金公子你了。"金公子一想，也不知道是谁，跟着这仆妇就走。

往前走了不远，只见一座广亮大门，门内有几个家人，就问仆妇说："金公子来了么？"仆妇说："来了。"立刻带领金公子往里就走。金公子一看这所房子甚为齐整，颇有大户人家的样子，金公子心中甚为纳闷。仆妇带着来到上房一打帘子，金公子一看，这屋中靠北墙有一张翘头案，摆设着各样玩物，头前一张八仙桌，两边有椅子，上手椅子上坐着一位千娇百媚的女子，长得够十成人才。头上乌云巧挽盘龙纂，耳坠竹叶梅的钳子，戴着赤金的首饰，鬓边斜戴一朵桃红海棠花。真称得起眉舒柳叶，唇绽樱桃，杏眼含情，香腮带笑，梨花面，杏蕊腮，瑶池仙子、月殿嫦娥不如也。身上穿着银红色的女汗衫，周身走金线踏金边，上绣三蓝的花朵品蓝绉绸的中衣，青缎子镶裤脚，织金的花朵，淡青绉绸的汗巾，上绣三蓝的五福捧寿。足下真是窄小金莲，二寸有余，不到三寸。大红缎子花鞋，上绣金线斗翅蜂，月白裹脚，绿绊腿带，真是头上脚下无一不好。两旁一边站着四个丫环。金公子一看一愣。仆妇说："这就是我家主人。"这女子说："金公子请坐，奴家我乃玉皇大帝的女儿，我乃九天仙女。奉玉皇大帝之命，跟你有一段姻缘之分，我故此把你请来。"金公子一听这话，他本是个书呆子，心中渺渺茫茫，如醉如痴一般，说："姑娘，你跟我有金玉良缘，我得回去禀知父母。"姑娘说："公子不必禀知父母，你就在我这里住着罢。"立刻吩咐仆妇摆酒，陪着金公子二人开怀畅饮。

酒到十分，二人彼此俱有爱慕之心。金公子本是一个书生，家中并未娶过亲事，见姑娘十分美貌，人非草木，谁能无情？不由得春心已动。女子呆斜杏眼，慢闪秋波，见金公子果然长得面如傅粉，脸似桃花，目如朗星，眉似漆刷，鼻梁高耸，唇若丹霞，双眉抱拢，玉面银牙，正是俏丽的英雄，令人可爱。姑娘一伸手揪住金公子，二人眉目传情，彼此携手揽腕，进到里面屋中。仆妇、丫环早把卧具放开，二人上床宽衣解带，共入罗帏。金公子如获至宝一般，软玉温香抱怀中。正是：

携手揽腕入罗帏，含羞带笑把灯吹。

金针刺破桃花蕊，不敢高声暗皱眉。

二人成其百年之好，夫妻二人千恩万爱，金公子如醉如痴。云雨已毕，夫妻安寝。金公子乐而忘返，终日夫妻二人食则同桌，寝则同榻，时刻行坐不离。

过了几天，金公子忽然想起家来了，自己一想："大约相离我家不远，我何不到家瞧瞧我父母，再回来呢？"想罢，自己由屋中出来，打算要回家看看。各门户全都关着出不来，金公子就问手下从人："我怎么出不去呀？我打算要回家瞧瞧再来。"手下人说："你要回家，得告诉我家主人，把你送回去，你自己不能回去。"金公子这天就说："娘子，你叫我家去瞧瞧行不行？"女子说："行。过两天，我送你家去，你先别忙。"金公子被这女子迷住，也不能回家。

今天外面和尚来了，济公叫石洞门，叫了两声，里面没人答话。和尚用手一指，石门就开了。和尚一直来到里面说："借光借光，金公子在这里没有？他父亲叫我找他来了。"金公子正同这女子在一处吃酒，忽听外面有人说话，声音不熟。当时夫妻二人出来一看，原来是一个穷和尚。女子一瞧说："好僧人，你来此何干？"和尚说："好孽畜，你无故兴妖作怪，迷住人家的公子，盗取真阳，不知正务参修，拆散人家的父子。你快把金公子交给我带回去，我和尚有一分好生之德，饶你不死。如若不然，我和尚定要结果你的性命。"

这女子一听，气往上撞，说："好一个穷和尚，你敢前来拆散我的金玉良缘。"说着话，一张嘴就是一口黑气，照定和尚喷来，打算要用三千多年的内丹，将和尚喷倒。焉想到被和尚用手一指，这股气就散了。女子一看，勃然大怒说："好和尚，胆敢破仙姑的法气，待我用法宝取你！"立刻由兜囊掏出一把小宝剑，也不过一寸多长，能大能小，祭起来要斩和尚。和尚用手一指，这宝剑一道黄光坠落于地。女子一看真急了，当时由屋中拉出一口宝剑，奔过来照定和尚劈头就剁，要跟和尚以死相拼。和尚说："好孽畜，大概你也不知道我和尚是谁！"伸手摘下僧帽，照她打去。金光缭绕，瑞气千条，当时把他罩住，现了原形，乃是一个大黄鼠狼。他原本有三千五百年的道行，就在金公子那花园子里住着，常见金公子在花前月下闲步。他早有爱慕之心，这天把金公子引到这洞里来把公子迷住。今天被济公将他拿住，现了原形。

和尚说："金公子你看看，这就是你的令正夫人！"金公子豁然大悟，咳了一声，从前恩爱，至此成空；昔日风流，而今安在？凡人生在世，至亲者莫过父子，至近者莫过夫妻。细思想芙蓉白面，尽是带肉骷髅；美艳红妆，即是杀人利刃。瓦砚玉笔，难写空梦，苦海难深，思想间正在云雨时，试刑佛航仙露完体，醒悟时以凭月影处藏身。金公子此时方明白过来。黄鼠狼"嗷嗷"直叫，人有人言，兽有兽语，求圣僧长老饶命。和尚说："我和尚有一分好生之德，饶了你，你改不改？"黄鼠狼说："这一来，打去了我五百年道行，我从此再不敢了。"和尚说："你既是改了，自己找深山去修炼，我和尚饶了你。"这才把僧帽拿起来，黄鼠狼驾起风逃命去了。他这一走，要够奔五云山找五云老祖，下文书晃动聚妖幡，摆群妖五云阵，要报今日之仇。这是后话不表。济公把他放走，这些丫环也都是小妖变的，和尚说："我也不肯伤害你等，既能变化人身，都有几百年的道行，不容易。你等从此正务参修，后来好可以成正果，不可跟他学这样胡闹。"

和尚把群妖赶散，这才带领金公子出了山洞，回归金家庄。来到家中，金好善一见，说："圣僧真救了我一家人的命了！"父子见了面，金好善说："儿呀，你上那里去了？"金公子就把从头至尾的话一学，金员外一听说："圣僧真乃活佛，要不是你老人家来救他，我儿必被妖精害了。我夫妇一心疼儿子，大略也活不成。总算你老人家救了我一家人的性命。"和尚说："不要紧，小事一段。总算你家里有德行，你叫你儿好好用功读书，将来必可以上进，显姓扬名。"金好善说："儿呀，你快到后面见见你娘去罢。"金公子这才够奔后面去，母子相见。金好善这里吩咐摆酒。家人点头，立刻摆上酒菜。金员外陪着和尚吃酒。吃完了，和尚就在厅房安歇。

次日和尚起来，老员外又给和尚摆酒。正吃着饭，偶然和尚打了一个冷战。和尚一按灵光，早已知晓，和尚说："我要告辞，我有要紧的事。"老员外要送和尚银子，和尚不要。立刻出了金家庄，和尚施展验法，够奔灵隐寺而来。不知后事如何，且看下回分解。

第一百零四回 归灵隐师徒会面 四英雄无故遭屈

话说济公禅师方来到灵隐寺，这里方把千载长修放走，褚道缘正同孙道全师兄弟见面谈话，各叙离别。只见济公由外面进来，二人一见说："师父来了。"赶紧上前行礼。和尚说："你两个人起来。"褚道缘说："师父要早来一步，正赶上一个驼龙，在这里搅闹，已被我用云光袋将他拿住，我不忍伤害他，又将他放了。"和尚说："我知道。"孙道全说："师父从那里回来？"和尚说："我由常州府回来，我还有要紧的事，你两个人在庙里住着罢。我来所为见见老和尚，我还得走。"褚道缘说："师父有甚么要紧的事，这样忙？"和尚咳了一声，说："别提了，只因你小师兄悟禅到万花山去拿邵华风，把圣教堂放火给烧了，惹下八魔跟我做对。我跟八魔定下约会，本月十五日，在金山寺见。八魔必摆魔火金光阵，我和尚这一场魔火之灾，不能不去。我要见老和尚还有要紧事，你两个人给我在庙里看庙，千万不可远离。"孙道全、褚道缘二人点头答应。

和尚这才来到后面，一见老方丈，口称："师父在上，弟子道济参见师父。"老方丈元空长老一看，口念："南无阿弥陀佛，善哉善哉。道济你回来了，甚好。你我师徒一场，我有一件事要托付你。"和尚点头说："我知道，我就为这件事来的，你老人家只管放心。我现在可还得走，我跟八魔定下约会，十五在金山寺见，我这场魔难，是脱不过的。完了事，是日我必到，决不误了事。"老方丈说："甚好，现在这里还有一件阴果，你也得办。"济公点头说："我知道。我走了。我要到临安城去，顺便访几个朋友。"说着话，济公转身往外够奔，又嘱咐孙道全二人好生看庙，不可远去。褚道缘说："师父不便再三嘱咐。"济公这才出了灵隐寺，下山进了钱塘关。

正往前走，只见许多官人，押解着四辆囚车往前走。里面四个犯人，正是风里云烟雷明、圣手白猿陈亮、飞天火祖秦元亮、立地瘟神马兆熊，都带着三大件手铐脚镣。和尚一看见，机伶伶打一寒战，伸手一按灵光，早已察觉明白，口念："南无阿弥陀佛，善哉善哉。"和尚看见，赶紧隐在一旁，这四个人并没看见济公。

书中交代，这四个人因为甚么遭这样官司呢？这内中有一段缘故，正是天有不测风云，人有旦夕祸福。只因当朝右班丞相罗本，有一个儿子名叫罗声远，在云南昭通府做知府。他有两个爱妾，一个叫无双女杜彩秋，一个叫赛杨妃李丽娘。两个人都是生得千娇百媚，万种风流，罗声远爱如掌上明珠一般。他本是酒色之徒，在昭通府自到任以来，刮尽地皮，做了六年俸满，手中钱也挣足了，告了终养。他父亲在当朝做丞相，一人之下，万万人之上，也是个贪官，家里也不指他在外面做官。罗声远打算要回家纳福，带领手下从人仆妇、丫环、侍妾，收拾驼轿骡驼子车辆，带着保镖的饱载而归，携眷起身。道路上饥餐渴饮，晓行夜宿。这天来到镇江府金沙岭打了公馆，住在店内。晚上天有三更天，罗声远正同两个爱妾刚吃完了酒要安歇，忽由房上跳下几个贼人，各持钢刀，一声喊嚷说："我等乃飞天火祖秦元亮、立地瘟神马兆熊、风里云烟雷明、圣手白猿陈亮是也！我等原本在外面行侠做义，杀贪官，斩恶霸，剪暴安良，偷不义之财，济贫寒之家。只因你在昭通府刮尽地皮，银钱也不是好来的，我等特来抢你。"说着话，把赛杨妃李丽娘、无双女杜彩秋两个爱妾抢出来，背着就走。家丁一拦，把家丁、保镖人砍伤，抢去金银衣服首饰珍珠细软不少。罗声远把两个心上的爱妾一丢，如同摘去了心肝，急得要疯，遣家人就在镇江府呈报了，叫知府赶紧给办这案。罗声远叫家人在这里守候。他骑上快马就奔了京都，来到相府，一见他父亲罗本，罗声远放声痛哭。罗本就问："儿呀，有甚么事，就这样悲痛？"罗声远就把两个侍妾被贼人夜内抢去，贼人自道名姓的话，说了一遍："爹爹要不叫镇江府把我两个爱妾找回来，我也不活着了。"罗丞相一听，气得颜色更变，说："这还了得，好贼人，真乃大胆，竟敢欺负到我的头上。"连忙办文书，札饬镇江府赶紧给拿贼人，找侍妾。镇江府接着这套文书，自己一想，这案要办不着，大概纱帽保不住，焉能惹得起罗丞相？知府真急了，张贴告示，如有人知道秦元亮等四个贼人的下落，送信者赏银二百两，如有人拿住送到当官，赏银五百两。

飞天火祖秦元亮、立地瘟神马兆熊二人，自从前者由弥勒院回了家，永没出来，自己看破了绿林道，打算在家里度安闲岁月。秦元亮有一个内弟姓苗名配，原先家里很有钱，由他父母一死，他在外面吃喝嫖赌，无所不为，把一分家业全花完了。后来找秦元亮借三十两二十两，秦元亮念其至亲，一借就给，给一回，劝一回，说他一回。后来他自己就不肯张口多要了。十两八两，秦元亮还给。后来再要就是三两二两，直抽到三两吊钱，拿了去就输了，自己实在没脸常来了。雷明、陈亮自从完了官司，这天就去找秦元亮、马兆熊，弟兄四个人在一处盘桓，也无以为事。偏巧苗配又来找他姐丈要钱，马兆熊前者就替秦元亮给过他好几十两银子，他说拿钱去做买卖，永不再来。今天见苗配又来了，马兆熊本是个直人。说："苗配，你真不要脸，我头一次给你十五两，第二次又是十两，第三次又是十五两，第四次又是五两。你说你改邪归正，现在你又来了。就是你姐丈也不能供着你输去，今天我非得管教管教你。"秦元亮也要打他，雷明、陈亮旁边劝着。作好作歹的，又给他两吊钱叫他走了。

焉想到这小子生起坏心，恩将仇报，自己一想："现在镇江府贴告示，拿秦元亮、马兆熊、雷明、陈亮，如有人给送信，赏银二百两，我何不去送信得二百银子呢？"这小子那管甚么叫伤天害理，只要钱到手就得，立刻来到镇江府门首说："辛苦。那位该班？"值日班刘来说："甚么事？"苗配说："我来送信。秦元亮、马兆熊、雷明、陈亮，我知道这四个人的下落。"值日班说："这话当真？"苗配说："这还能假？"值日班叫人先看着苗配，刘来进去回话。当真知府这件事愁得了不得，刘来说："回禀大人，外面来了一个人送信，知道秦元亮等四个人下落。"老爷一听说："好。"立刻升堂，吩咐将送信人带上来。苗配来到公堂一跪，老爷说："你姓甚么？"苗配说："小人姓苗叫苗配，我知道秦元亮、马兆熊、雷明、陈亮这四个人，在金沙岭做的案。我跟秦元亮是亲戚，我可跟他们素日并无冤仇，皆因老爷贴告示，小人我恐怕他们犯了案，说我知情不举，纵贼逃脱之罪，小人故此前来送信。"知府说："好，只要这话是真。现在那里？我派人将他四个人拿来，我必赏你二百银子。"苗配说："老爷要派人拿去，须多调官兵。这四个人现在秦家庄路北大门，恐怕人少拿不了。"

这小子要把四个人拿齿了，秦元亮众人要知道他卖的，岂能饶他！苗配一想，莫如一狠二毒三绝计，叫他们打了官司，我得二百银子包个美人，吃喝玩乐，故此说叫老爷多派人。知府说:“怎么还得多派人呢?”苗配说:“这四个人能为大了,人少决拿不了,拿呰了再拿可就难了。”知府一听说:“好。”吩咐暂把苗配押起来,立刻调城守营一百官兵,本衙门一百名快手,大班头陈永、李泰带领三百人,当时来到秦元亮门首,把宅子就围了。上前一打门,家人出来一看说:“找谁?”陈头说:“找秦爷、马爷、雷爷、陈爷四位,面见有话说。”家人进去回禀,这四个人尚在睡里梦里,居心无愧,立刻一齐出来。秦元亮说:“众位头甚么事?”陈永说:“你们四位的事犯了。”四个人一愣,说:“甚么事情犯了?”陈永说:“你们自己做的事还用问!”“哗啷”一抖铁链,就把四个人锁上。不知四个人这场官司性命如何,且看下回分解。

第一百零五回　辨曲直忠良施恻隐　派镖丁私访被害情

话说镇江府的班头将秦元亮、马兆熊、雷明、陈亮四个人锁上,这四个人也不敢拒捕,只可跟着,一同来到镇江府衙门。先把四个人押在班房。原解进去一回话,知府立刻升堂,壮皂快三班喝喊堂威,知府吩咐:“将贼人带上来。”官人押着四个人往里走,说:“金沙岭店中明火执仗,抢夺财物,杀死家丁,抢去卸任官长的侍妾,秦元亮、马兆熊、雷明、陈亮……”四个人一听这话,唬得颜色更变。

四个人在堂下一跪,知府一拍惊堂木说:“你四个人姓甚么?叫甚么?”秦元亮等各自回话报名。知府说:“秦元亮,你等在金沙岭店中抢去罗大老爷的侍妾,杀死家丁,抢去金银财物,同手办事共有几个人?趁此实话!免得本府三推六问,那时你等皮肉受苦,也得招认。”秦元亮四人跪爬半步,向上叩头说:“老爷在上,小人等原系安善良民,守分度日,素日以保镖为业。老爷说金沙岭明火执仗杀人,这些事小人等一概不知。我等从来并未做过犯法之事,求老爷笔下超生,小人等实在冤屈。”知府一听说:“你等这些人,必是久惯做贼,来到本府公堂之上,尚敢狡赖。大概抄手问事,万不肯应,来,给我拉下去打!”秦元亮说:“老爷暂息雷霆之怒,小人我等有下情告禀。老爷说小人我等明火执仗,何为凭据?那为考证?老爷要用严刑苦拷,叫我等认谋反大逆,我等受刑不过,也得招认。求老爷明镜高悬。”知府说:“你等在店中抢劫,罗老爷报告,说你等自道的姓名,此时你等还敢狡展?”陈亮说:“老爷的明见。小人我等要真在金沙岭做案,我等焉能还自道名姓?老爷想情,这必是贼人跟我等有仇,冒充我等的名姓。小人在镇江府住居多年,老爷不信,问台下官人,我等要在本地有案,老爷台下官人早就把我们办了。”

知府一想这件事,莫若先行文书报与罗相,听罗相的回文,再作道理。想罢,这才吩咐:“把四个人先钉镣入狱。”一面赏了苗配二百银子发放,即派师爷办了一套文书,咨送到京,说现在可办着四个人,尚未取供,请示相爷的回谕。罗相一想管他是与不是,叫知府派人押进京来,就地正法,可以振作振作,以后省得再有贼人欺负我儿子。想罢立刻给知府一套文书,叫镇江府将四个贼人押到京来,交刑部按律治罪。知府接着文书,立刻派人传两个解差,十个快手,打造四辆木笼囚车,将秦元亮、马兆熊、雷明、陈亮解到京来。有一套咨文,一并送交刑部。

方才来到临安城,正遇见济公。济公旁边一闪,看了半天,和尚这才过去。雷明、陈亮一看见济公，陈亮说："师父，你老人家得想法子救我们。"和尚说："你等遭这样大祸，我和尚暂时也没工夫。你等几个人不用害怕，到了刑部再说，吉人自有天相。"和尚说罢，竟自去了。

众解差押解四人来到刑部，把文书差事交到。值日班把差事留下，将文书递上去，刑部正堂陆大人一看，立刻升堂，官人把雷明、陈亮带上去，陆大人一问，这四个人仍然实话实说。陆大人一看，这文书与四个人的口供不符。这位陆大人本是一位清官，自为官以来，两袖清风，爱民如子。一问雷明、陈亮四个人，在金沙岭抢罗老爷的侍妾财物，杀死家丁，同手办事共有几个人，陈亮说："回禀大人，小人等在镇江府住居有年，原系安分守己，并未做犯法之事。金沙岭的事，小人等一概不知，求大人这辈为官，辈辈为官。大人想情，我等要去抢劫，焉能自道名姓，留下祸根？这必是贼人跟我等有仇，他等做案陷害我等。求大人笔下超生。"陆大人一想，这其中定有缘故。立刻吩咐先把四个人入了狱，随后坐轿去拜罗丞相。罗相没见。

罗声远把陆大人请进去，坐下一谈话。陆大人说："现在镇江府解了四个贼来，我一讯供，看这几个人大概不实。少大人当初在金沙岭被抢的那一天，可曾记得贼人的模样？"罗声远说："我也记不甚清。有一个穿青挂皂黑脸的，有一个穿白带素白脸的，有一个黄脸的，余者我就渺茫了。"陆大人一听说："这就不对了，这四个人没有黑脸的。秦元亮是红脸，马兆熊是青脸，雷明是蓝脸红胡子，陈亮是白脸，大概这四个人必屈枉。"罗声远说："谁管他屈枉不屈枉，他等情屈命不屈。大人把他们正了法，振作振作，以惊贼人之胆。要不然大员子弟在外省做官，有钱就不用回来了。"

陆大人一听，这话有点不通情理，也不肯深往下说，自己告辞回来，坐在书房，思想此事。真要用严刑拷打，叫这四个人招了，就是四条人命，做官者关乎德行阴骘。放是不能无故的放了。官事办不下去，越思越想，沉吟了半晌，忽然想起了主意，立刻吩咐家人去把二位看家护院的请来。家人点头，去不多时，把二位护院的师父带到书房。

这二位护院的，原本是江北贺兰山的人，在九杰八雄之内，很有能为，在陆大人家多年。一位姓华名元志，绰号燕子风飞腿华元志，一位叫乐九州神行武定芳。两个人来到书房行礼，说："大人呼唤我二人有甚么事？"陆大人说："二位教师，素日本部院待你等如何？"华元志说："大人待我等甚厚，大人有甚么事，只管吩咐，我二人万死不辞。"陆大人说："既然如是，我这里现在收了四股差事，在金沙岭抢去罗公子的侍妾金银，贼人秦元亮、马兆熊、雷明、陈亮，现在这四个人据我看冤屈，罗相要把这四个人糊里糊涂地杀了，本部院我不能做这亏心事。放又不能放，此时也不能再给镇江府行文书，叫他办这案，已然他算把这案的人交来。我这衙门专管刑名，手下人也没有久惯办案之人，我派你二人到镇江府去觅访此案。如能把真盗犯访着，我给你二人办一套公文，不拘那州府县，可以会合本地面文武官员，帮你等捉拿贼人。如能把贼人办来，头一则救这四个人的命，再说本部堂也有名，也是一件德行事。给你二人一百银子盘费，就烦你二人辛苦一趟。"华元志、武定芳说："大人既是吩咐，我二人遵命，明天就起身。"陆大人立刻给办了一角文书，用了关防。

次日二位英雄领了一百银子，换上衣服，各带兵刃。华元志是穿蓝挂翠壮士打扮，武定芳穿白爱素，二人衣服鲜明，各带夜行衣包。在陆大人跟前告辞，出了京都，顺大路够奔镇江府。道路上寻踪采迹，饥餐渴饮，晓行夜宿，这天已到了镇江府地面。偏巧错过了镇店，天已黑了，上不靠村，下不靠店。二人往前走着，进了一座山口，见远远的一片松林，似有住房人家，来至切近一看，原来是一座古庙。这座庙还不小，二人一想庵观寺院过路的茶园，找不着镇店，可以在庙中借宿一宵，讨点斋饭，临走多给香资，亦未为不可。武定芳说："大哥，你我就在这庙里借宿罢。"华元志说："也好。"二人这才上前叫门。工夫不大，只见由里面出来一个人，有三十多岁，两道短眉毛，一双圆眼睛，鹦鼻子，翘下巴，两腮无肉，身穿月白裤褂，白袜青鞋，仿佛像火工道人的样子。华元志赶紧举手捧拳，说："辛苦辛苦。"这人说："二人找谁？"华元志说："我二人原本是远方来的，今天越过了镇店，行到此处，也不知这庙内是和尚是老道，望乞尊驾给回禀一声，我二人要在此借宿一宵。庙中有斋饭，我二人叨扰一顿，明天香资多付。"这人说："原来二位是远方来的要借宿，这件事我可不敢自主，我得到里面回禀我家方丈去。"华元志说："好。"

这人转身进去，工夫不大，由里面出来说："二位请罢。"华元志、武定芳二人，这才往里够奔。焉想到今天一进这座庙，身入龙潭虎穴。不知后事如何，且看下回分解。

第一百零六回 因访案误入藏珍寺 识奸计冒险捉群贼

话说华元志、武定芳二人跟着进了庙，这人带着由大殿往西一拐，来到西跨院。这院中是四合房，北上房三间，南房三间，东西配房各三间。把二位英雄让到北上房，这屋中是一明两暗，屋中到很干净。二人来到屋中，这人给点上灯，倒过茶来。华元志说："尊驾贵姓？"这人说："我姓孙叫孙九如，未领教二位贵姓？"华元志说："我姓华。这庙中几位当家的？"孙九如说："就是一位老方丈，有点老病根，可不能出来见你们二位。"华元志说："不敢劳动老方丈，你这庙中要有吃的，给我二人拿一点来，明天多给香资。"孙九如说："施主说那里话来，此乃是十方门地，十方来，十方去，十方钱粮应酬十方事，我给二位收拾去。"说着话转身出去。工夫大了，好容易才来了，拿油盘端进四样素菜来，一壶酒，一盘炸面筋，一盘炒豆腐，一盘炒白菜，一盘拌豆腐丝。杯筷匙箸，小菜盘碟，都给拿来，说："二位施主背点屈罢，这庙中可没有甚么好东西，有馒头有粥，二位随便用罢。"说完了话，转身出去。

武定芳拿起筷子方要吃，华元志说："贤弟，你先等等吃。"武定芳说："怎么？"华元志说："我看这个孙九如，方才说话，眼珠儿滴溜溜乱转，恐其中有诈。再说这座庙，又不靠村庄，又不靠大道，每逢庵观寺院，乃是藏贼的窝巢。出门在外，不得不留神。我看他说话伶牙俐齿，二眸子乱转。圣人有云：胸中正，则眸子了焉，胸中不正，则眸子眊焉。我看其中有缘故，先等等吃罢。"说完了话，工夫不大，孙九如由外面进来，说："二位酒够不够？"华元志把酒斟出来一看，酒发浑，在酒盅子里直转，华元志更生了疑心，说："孙九如，你喝一盅。"孙九如一听，连连摇头说："我不会喝。"华元志见孙九如转身要往外走，华元志过去一伸手，将孙九如揪住。一个黄鹂拿嗉，一捏嘴把这盅酒灌下去。立刻就见孙九如蹬蹬腿咧咧嘴，翻身栽倒，人事不知。华元志说："贤弟，你看如何？"武定芳说："总还是兄长细心，今天要是我就上了当了。兄长既把这厮拿住，打算怎么样？"华元志说："你我先听听风再说。"武定芳说："既然这厮施展毒计，陷害你我，大概这庙中必有窝藏。你我还等甚么，咱们径直到各处探探去。"华云志一听，说："也好。"二人这才把孙九如捆好，口堵上，往底下一搁。

二人把灯吹灭出来，将门倒带，立刻蹿房越脊，探来探去，探到东跨院一看，北上房屋中灯光闪烁。二人一看有后窗户，来到后窗户，将窗纸湿了一个小窟窿，往屋中一看，靠北面面冲南坐着两个大脱头和尚，可看不见脸膛。在东边坐定一人，头上带戴青缎色六瓣壮士帽，身穿青箭袄，黑脸膛，凶眉恶眼。靠西边坐定一人，穿蓝挂翠，白脸膛，细眉圆眼。在南面坐定一人面冲北，头上紫色壮士帽，紫箭袖，面如紫玉，两道丧门眉，一双吊客眼，双睛暴露于外。华元志二人在暗中瞧看，见这五个贼人在一处吃酒，就听东边坐着这个黑脸的说："今天来者这两个人，大概许是翅子窑的鹦爪孙。"就听西边那白脸的说："别管他等是不是，把他等拿住，亮清字把瓢给摘了，总算情屈命不屈。"就听和尚说："怎么孙九如去这半天还不来呢，莫非有甚么变故不成？高二弟你去瞧瞧去。"这黑脸的站起来，一声答应，往外就走。华元志一拉武定芳，二人在后面蹿房越脊跟随。华元志说："先把这个贼人拿住，问问底里根由。"二人见贼人来到东跨院，华元志由上面蹿下来，过去一腿，就把贼人踢倒。贼人方要嚷，华元志一掐贼人的脖子，拉出刀来一擎，说："你要嚷，我当时结果你的性命。你说了真情实话，饶你不死。这庙中是怎么一段情节？"贼人吓得魂不附体，说："大太爷你别杀我，我实说。"华元志说："你说。"那贼人这才从头至尾一述说。

书中交代，这座庙叫藏珍寺，老和尚名叫法长。这两个和尚，一个叫月明，一个叫月朗，是老和尚的门徒，前者由打白鱼寺漏网。只因为抢花花太岁王胜仙的侍妾，把庙也入了官了。这两个人就逃到他师父这里来，提说把一座白鱼寺抛了，老和尚劝了这两个人半天，后来老和尚上三里冈去，把这座庙让给徒弟。临走还谆谆嘱咐，叫两个人务本分。这两个人本是酒色之徒，焉能改得了。在庙中又修出夹壁墙地窖子，打算弄几个妇女来终日作乐。这天外面来了几个绿林的朋友，正是黑毛蚤高顺、红毛吼魏英、白脸狼贾虎、恨地无环李猛、低头看塔陈清、赛云龙黄庆、小丧门谢广。这些人由打藏珍坞逃走，跟邵华风分了手，各奔他乡，谁也顾不了谁。这几个人投在藏珍寺来，一见月明、月朗，本系旧日的朋友，月明说："众位从那来？"众人说："别提了，我等在慈云观住着，打算帮赤发灵官邵华风共成大事，不想被官兵把庙也抄了，被济颠和尚追得我等上天无路，入地无门。知道二位当家的在这里，我等来到这里，暂为借住几天，再想主意。"月明说："那有何妨。众位只管住着，有吃有喝的。"众人在庙里住了几天。这天大众谈起话来，黑毛蚤高顺说："常州府官兵抄慈云观，济颠和尚帮着都不恼，惟有雷明、陈亮、秦元亮、马兆熊这四个人可恨。他们也是绿林人，反帮助官兵跟绿林中做对。我哥哥高珍死在他四人之手，我早晚总非报仇不可。"白脸狼贾虎说："高二哥，你要打算报仇，害雷明、陈亮这四个人容易，我到有个主意。咱们也别在庙里，白吃当家的，我出去采采盘子。要有了好买卖，我给你们众位送信。咱们做下案，留下雷明、陈亮他们四个人的名姓，叫官人把他们办了，你我又得了财，又报了仇，好不好？"众人说："好，还是贾贤弟这个主意高明。"

白脸狼贾虎立刻由庙中出来，到四处访查。这天听说云南昭通府知府罗声远卸任，带着两个美妾，一个叫无双女杜彩秋，一个赛杨妃李丽娘。驼轿车辆，金珠细软不少，有四个镖丁护送回家，住在金沙岭万成店打了公馆。贾虎打听明白，回到藏珍寺一学说，两个和尚本是酒色之徒，一听说有两个美人，不但有银钱。还有这样的美妾，和尚说："众位一同去！"群贼晚间各带兵刃，换上夜行衣，扑奔金沙岭万成店而来。各施展飞檐走壁之能，进去一探，探到东跨院，见罗声远正同两个美人在北上房喝酒，果然长得千娇百媚，万种风流。李猛、陈清先下去，进上房就把美人抢出来。高顺砍了罗声远一刀，说："我乃风里云烟雷明。"李猛说："我乃圣手白猿陈亮。"黄庆说："我乃飞天火祖秦元亮。"谢广说:"我乃立地瘟神马兆熊。只因你是赃官,刮尽地皮,我等行侠做义,特来抢你。"镖丁出来一拦,砍死两个镖丁,抢了金银珠宝不少,群贼背着两个美人满载而归。

回到庙里,见两个妇人十分美貌,群贼都是酒色之徒,大家争论,这个也要,那个也要。月明、月朗说:"你们众位都不能要,在我庙里犯了事,我担沉重,我二人每人一个。"硬强霸下,众贼人又不敢翻脸,和尚都会法术。银钱细软,和尚拣好的留多一半,众人分少一半。众人心中俱皆不悦。因此分赃不匀,李猛、陈清、贾虎、魏英四个人赌气走了。高顺、黄庆、谢广三个人无地可投,在这庙里住着。也没听说雷明、陈亮等四个人死了没有,就听说打了官司。

今天华元志、武定芳一来,群贼疑惑不是官人,就是玉山县雷明、陈亮的朋友,故此叫孙九如拿蒙汗药酒,打算要害这两个人。不想被华元志看出来,先把孙九如拿住,这又把高顺拿住,高顺说了真情实话。二位英雄要想拿贼,不想惹出一场大祸,且看下回分解。

第一百零七回　月明月朗施妖法
济公班头捉凶贼

话说黑毛蚤高顺被二位英雄拿住,不能不说实话了,这才说:"二位大太爷饶命,要问这座庙,叫藏珍寺。两个和尚,叫月明、月朗,我叫黑毛蚤高顺。这里还有一个赛云龙黄庆,一个小丧门谢广。我等是由慈云观逃在这庙里来的。"华元志说:"大概金沙岭杀死镖丁,抢劫财物,抢罗声远两个侍妾杜彩秋、李丽娘,必是你们做的,冒充雷明、陈亮。你说实话,饶你不死。"高顺说:"不错,是我们连和尚一共九个人去的,现在走了四个。因为和尚把两个侍妾霸下,现在夹壁墙搁着,金银他要多一半,故此分赃不匀,气走了四个人。一个叫恨地无环李猛,一个叫低头看塔陈清,还有红毛吼魏英,白脸狼贾虎。这是已往真情实话,二位大太爷要是绿林人,饶我这条命,我日后必有一分人心。"华元志听明白,这才把高顺捆上,嘴堵上,搁在北上房屋里,将门带上,说:"武贤弟,随我到东院去捉拿那四个人。"武定芳点头答应。

这二位也是艺高人胆大,立刻各拉兵刃来到东跨院。堵着北上房一声喊嚷,说:"好贼人,你等趁此出来,你家大太爷乃是堂堂英雄,你等施展这样诡计,焉能瞒得了你家二位大太爷?今天你等休想逃走!"屋中两个和尚月明、月朗同黄庆、谢广正在吃酒,四个贼人一听,当时往外够奔。抬头一看,见院中站定两个人,一位穿蓝挂翠,一位穿白爱素,俊品人物,各擎着钢刀,威风凛凛。月明、月朗一看,说:"好小辈,大胆,也敢来到洒家这庙中这样发威。你也不打听打听,洒家有多大能为。你两个人姓甚么?叫甚么?"华元志说:"贼人,你要问,大太爷姓华名叫华元志,人称燕子风飞腿华元志。"武定芳也道了名姓。二人方要往前够奔,明月、月朗立刻一念咒,用手一指,说声:"敕令!"当时用定身法将华元志、武定芳二人定住,不能动转。月明说:"这两个人,岂不是飞蛾投火,自来送死。来人,把他两个人捆上。"赛云龙黄庆说:"当家的,何必捆他们。我过去手起刀落,把他二人杀了就完了。"月明、月朗说:"也好。"

赛云龙黄庆立刻伸手拉刀,方要往前够奔,忽听四处人声呐喊说:"拿贼!"四个贼人大吃一惊。

书中交代，怎么一段事呢？凡事要得人不知，除非己不为。只因济公看见雷明、陈亮、秦元亮、马兆熊四个人囚车押解够奔刑部，和尚一想，这件事焉能袖手旁观呢？自己一想要办这件事，非得如此这般，这等这样。想罢，和尚往前走，忽见一人要跳河寻死。见此人有三十多岁，淡黄的脸膛，穿着月白裤褂，白袜青鞋，像买卖人的打扮，刚要跳河。和尚过去一伸手，将这人揪住。和尚说："朋友，你为甚么要跳河？你跟我说说。"这人咳了一声，说："大师父，你管不了。我告诉你说罢，我原本姓杨，名文彬，在钱塘关外开小器作，字号巧艺斋。在莫丞相府应了点活，我在府里做活。莫丞相有一位公子名叫莫文魁，最好养蟋蟀。他有一条蟋蟀原本是虫王，当初花五百银子买的，偏巧我一多手，把蟋蟀罐子碰倒了，把他那蟋蟀也跑了。莫公子打了我四十军棍，叫我赔一千银子，不赔不行。大师父你想，我卖家产尽绝，也没有一千银子。我莫若一死，也就算完了。"和尚说："这个事不要紧，你别死，你回小器作铺子等我，听我的信，我管保你把性命救了，你想好不好？"杨文彬说："和尚，这话当真？"和尚说："不假。"杨文彬说："大师父，贵上下在那庙里？"和尚说："我乃西湖灵隐寺济颠僧是也。"杨文彬一听，说："原来是圣僧。"赶紧跪倒叩礼，知道济公名头高大，乃当世活佛，说："圣僧长老，你救我罢！我家有老母妻子，但有一线之路，我也不能寻死。"和尚说："你回头回铺子听信罢。"杨文彬这才自己告辞。

和尚往前走，来到大街，花一百钱买了三个蟋蟀，装在僧帽里，往头上一戴，够奔路北，至一座酒馆，迈步进去，找了一张桌，要了酒菜，自斟自饮。这雅座里正是莫公子在这里吃饭，外面有十几位蟋蟀把式，挑着蟋蟀罐子，打算吃完饭，要上秦相府跟二公子秦恒去斗蟋蟀。和尚嚼着酒，蟋蟀在帽子里面一叫，旁边众把式说："和尚，你还带着蟋蟀吗？"和尚说："是呀，你们上那去？"众人说："我们吃完了饭，跟莫公子上秦相府去斗蟋蟀去。"和尚说："你们有多少蟋蟀？"众人说："有四十八条。"和尚说："你们那蟋蟀是斗蟋蟀，我说那不算为奇，我这蟋蟀能斗鸡。"大众说："真的吗？"和尚说："我有三个虫王，一个叫金头大王，一个叫银头大王，一个叫镇山五彩大将军。"众人一吵嚷，莫公子由里面出来，众把式说："公子，你看这位和尚有三个蟋蟀虫王，说能斗鸡。"莫公子说："大师父这话当真？你斗斗我们瞧瞧，行不行？"和尚说："行。"立刻把饭铺鸡笼里大公鸡拿出一只来，和尚用手一指，把帽子摘下来。莫公子一看，果然这三条蟋蟀，都有一分重一个，真是出号的大个。和尚把蟋蟀搁在地下，一个小鸡子本都是饿急了的，瞧见蟋蟀过去就要吃。那蟋蟀一蹦，跳在鸡脑袋上，咬得小鸡子直叫直跑。和尚把蟋蟀拿起来说："别把我的宝贝伤了。"莫公子一看，说："和尚，你卖给我罢，要多少银子我给多少银子。"和尚说："不卖，我这好容易由南省找来的，本地没有。我不能卖这三个蟋蟀，还不定赢多少银子呢！"莫公子说："你卖给我两个，再不然卖给我一个。"和倘说："一个也不卖。"莫公子说："大师父你在那庙里？"和尚说："我乃西湖灵隐寺济颠。"莫公子一听说："这更不是外人了，你是秦相的替僧，圣僧总得卖给我。"和尚还不卖。莫公子又托出人来见和尚，一定要买。和尚说："莫公子要买，我跟你商量。钱塘关外巧艺斋小器作，有个杨文彬，他给你丢了一个蟋蟀，我作为赔你一个，他跟我有点牵连。这三个都给你，你再给我一千银子，少了可不卖。"莫公子说："那行。杨文彬我也不找他了，我就给圣僧一千银子。"当时给了和尚一千银子的银票。和尚拿着出了酒馆，来到钱塘关巧艺斋，见了杨文彬。和尚说："你的事已然完了，莫公子也不能再找你，我给你五百银子，你好好地度日。"杨文彬千恩万谢，给和尚叩头。

和尚告辞，出了巧艺斋，正碰见柴元禄、杜振英、雷思远、马安杰四位班头，一见和尚，四个人上前行礼。和尚说："四位头儿那去？"柴头说："别提了，现在这位老爷到任未久，地面上连出了好几件盗案，昨天偷到京营殿帅府去，把夫人的凤冠霞佩偷去，还有一匣子家藏的珍珠细软。今天京营殿帅下来令，给六天限要破案。要办不着这案，连我们老爷的纱帽都戴不住。我们心里别提多蹙了。"和尚说："不要紧，我这里有五百银子，烦你到刑部去托托人情，现在那位雷明爷、陈亮爷，还有一位马兆熊，一位秦元亮，四个人打了官司，你给托托里外多照应，别叫他们受屈。我在这醉露居等着你们回来，我带你们去办案，管保伸手可得。"柴元禄说："行。"叫雷头、马头陪着和尚喝酒，他同杜头够奔刑部。一见门班、皂班、牢头、禁卒，花钱一托，有人带着二位班头，见了雷明、陈亮、秦元亮、马兆熊。柴头说："我奉济公之命，拿五百银子来上下里外都托了，你们四位只管放心，也不能受私刑上鞭床，要吃有吃的，都有人照应，官司也必有出头之日。"

雷明、陈亮说："劳二位驾，改日再谢，先给济公代问好。"柴、杜二人说："是。"这才告辞出了刑部，来到醉露居。一见济公，柴头说："都托好了，也见了他们四位，师父你替我们辛苦辛苦罢。"和尚这才要带领四位班头，前去拿贼。不知后事如何，且看下回分解。

第一百零八回　勾栏院耍笑捉贼寇　太守衙二贼供实情

话说柴元禄、杜振英来到醉露居一见济公，和尚说："二位辛苦。"柴元禄说："圣僧放心罢，刑部里全都托买好了。"和尚说："甚好，二位坐下喝酒罢。"柴元禄、杜振英坐下，喝了几盅酒，说："圣僧，咱们那去办案去？"和尚说："先喝酒，别忙，少时我自有道理。"柴、杜、雷、马四位班头，是心急似箭，恨不能一时把贼人拿住好交差。和尚也不着急，左一壶，右一壶，杯杯净，盏盏干。四位班头又问说："圣僧，你老人家慈悲慈悲罢。"和尚说："有甚么事，先喝了酒，别忙。"四个人干着急无法，喝来喝去直喝到掌灯以后，和尚这才说："咱们走罢。"四位班头给了酒饭帐，柴头说："圣僧，方才到刑部去托人情，里外共用了二百两，给雷爷、陈爷他们四位留下一百两，还剩下二百两，交给你老人家罢。"和尚说："我不要，给你们四位分罢，可以随便置点衣裳。"四位班头不肯要，和尚一定要给，四个人这才谢过了济公。大众一同出了酒馆，和尚说："四位班头跟我走。"柴头说："上那去？"和尚说："你们别管，我和尚自有地方去，管保到那里伸手可得。"

四位班头知道济公有未到先知之能，随后跟着和尚，来到一条胡同，乃是勾栏院门首，见里面点着大门灯。和尚说："四位，这是那里？"柴头说："师父这不是明知故问吗？这是御勾栏院。"怎么叫御勾栏院呢？原本宋氏年间，勾栏院的妓女，都是大官宦人家犯了罪抄了家，把姑娘小姐打在勾栏院，奉旨为娼，故此叫御勾栏院，如同御前当差一般。和尚来到勾栏院门首，故意问柴元禄等四位班头这是那里。柴头说，这是勾栏院。和尚说："四位头里走，我和尚今天开开眼。"柴头说："上这里做甚么？"和尚说："你不用问。"四位班头一听有些明白，这才往里走。和尚看大门上有一副对联，上写道："初鼓更消，推杯换盏多美乐；鸡鸣三唱，人离财散落场空。"这副对联原本是一位阔大爷花钱花落了品写的。横批是"金情银意"四字。和尚随着四位班头进了大门，见迎面是影壁，白石灰抹的棋盘心，上面有人题着四句诗，写的是：

下界神仙上界无，贱人须用贵人扶。
兰房夜夜迎新客，斗转星移换丈夫。

影壁头里有一架荷花鱼缸，栽着荷叶莲花。四位班头同和尚一进来，门房众伙计一看认识，说："众位头儿，今天怎么这样闲在，有甚么事么？"柴头说："没事，到里头坐坐。"说着话，往里走。这院中是四合房，北上房五间，南倒坐五间，东西配房各三间。刚到院中，见老板由上屋里出来，和尚一看这位老板有三十多岁，打扮得俊俏，正是：

云鬓半偏飞凤翅，耳环双坠宝珠排。
脂粉半施自由美，风流仍带少年才。

老板一看说："呦，众位头儿从那来？请上房坐罢。"当时打起帘子，一同来到屋中。和尚静睛一看，正当中挂着半截身子的一张美人图，上面有人题着四句诗，写的是：

百般体态百般姣，不画全身画半腰。
可恨丹青无妙笔，动人情处未曾描。

下面写着惜花主人题。屋中极其干净，都是花梨紫檀楠木雕刻桌椅。众人落了座，有老婆子倒过茶来。老板说："众位头儿，今天怎么这样闲在？"柴头说："没事，到这里搅个座。"老板说："众位头儿说那里话来，请都请不到的。这位大师父你是一位出家人，怎么也到我们这地方来？"和尚说："出家按一口锅，也跟在家差不多。"老板说；"大师父在那庙里？"和尚说："我在取马莱胡同黄连寺，我叫苦合。"柴头等众人嘻嘻直笑。

正说话时、外面门房喊嚷："二位大爷来了。"老板一声答应，往外够奔，说："二位大爷来了，到西院里坐罢。"众班头往外一看，只见头前进来这人，头戴粉绫缎六瓣壮士巾，上按六颗明镜，迎门一朵素绒桃，突突乱晃。身穿粉绫缎色箭袖袍，周身绣三蓝牡丹花，走金线踏金边，腰系五彩丝鸾带、单衬袄，薄底靴子，外罩一件粉绫缎英雄大氅，周身绣团花。面如白纸，两道剑眉，一双三角眼、裂腮额，吊脚口。后面跟定一人，穿蓝挂翠，壮士打扮，面如淡金，粗眉圆破。二人衣服鲜明。

就听这二人说："方才我在酒馆叫人来接，怎么会竟敢不去？"老板说："二位大爷别生气，方才轿子来接，正赶上没在家，船上有一位金公子叫了去。要在家焉有不去之理？二位大爷也不是外人，多包涵罢。"这两个人刚要往后院走，和尚说："四位班头，别叫这两个贼人走。"四位班头赶紧往外够奔。

书中交代，这两个贼人非是别人，头前这个穿白的，乃是白脸狼贾虎。后面跟定乃是红毛吼魏英。这两个贼人自打藏珍寺因分赃不匀，赌气够奔京都来了，住在钱塘关天竺街万隆店内。晚上由店中出来窃盗，在这临安城做了有十几案。昨日到京营殿帅府去偷了一份凤冠霞佩，一匣字珍珠细软。终日在外面寻花买柳，在这家勾栏院认识一个妓女，名叫翠香，天天在这里做乐。今天方来到这里，不想济公在这里等候。四位班头听和尚说别叫这两个人走，立刻由上房出来，各拉铁尺。柴元禄一声喊嚷："朋友，你的事犯了！"贾虎、魏英两个贼人一听，大吃一惊，打算要走。和尚在上房门首用手一指，把两个贼人定住。四位班头抖铁链，把两个贼人锁上，唬得勾栏院老板战战兢兢，说："众位头儿甚么事？"柴元禄说："你们少管闲事，我们也不能连累你们。"老板说："四位头儿多费心罢，我们可并不知道这位贾爷、魏爷是做甚么的。"柴头说:“你们不用害怕,我们带着走了。”和尚说:“走罢。”这才拉着两个贼人一同够奔钱塘关衙门。

柴头先到里面去回禀老爷,这位知县姓杨名文禄。柴头说:“回禀老爷,现在有灵隐寺济公帮着拿住了两个贼人,请老爷升堂讯供。”知县一听,赶紧吩咐有请济公,传伺候升堂。当时传壮皂快三班喝喊堂威,知县杨大老爷升了堂。和尚上了公堂,知县举手抱拳,说:“久仰圣僧大名,今幸得会,真乃三生有幸。”和尚说:“老爷办公,少时再谈。”知县叫人给和尚搬了一个座,在旁边落座,这才吩咐将贼人带上来。柴元禄、杜振英将贼人带到公堂一跪,知县说:“你两个人姓甚么?叫甚么?”贾虎、魏英各通了名姓。知县说:“你两个趁此实说,在我这地面做了多少案?昨天在京营殿帅府窃盗,共有几个人?从实招来,以免皮肉受苦。”贾虎说:“回禀老爷,我二人原是西川人,来到京都闲逛,并未做过犯法之事,也不知今天老爷的公差因为甚么将我二人锁来,求老爷格外开恩。”知县一听,勃然大怒说:“大概抄手问事,万不肯应。来到本县公堂还敢不招,来,拉下去给我打!”立刻把两个贼人拉下去,每人打了四十大板,打得鲜血直流。打完了,知县一拍惊堂木,说:“你两个人招不招?如不招,本县我活活把你打死!”

两个贼人还打算忍刑不招,每人又打了四十。贼人料想不招不行,这才从头至尾,把真情实话说了。不知说出何等言词,且看下回分解。

第一百零九回　请圣僧捕贼藏珍寺　完巨案暗救四门生

话说白脸狼贾虎、红毛吼魏英,二人受刑不过,这才说:“老爷不便用刑,小人招。我二人原本是西川路的人,来在这临安,住在天竺衡万隆店,在本地做了十三案。偷了些银钱首饰衣服,已然都花完了。昨天在京营殿帅府得了一份凤冠霞佩,一匣子金珠细软,现在勾栏院。我二人认识两个妓女,一个叫翠香,一个叫碧桃,这东西在碧桃手里存着,他等也不知我的东西是偷来的,这是已往真情实事。”知府一听,立刻吩咐柴元禄等,带领贼人去起赃。

和尚在旁边说:“老爷先别忙,这两个贼人在本地窃盗到事小。在镇江府金沙岭抢罗丞相的公子罗声远的侍妾杜彩秋、李丽娘,砍死镖丁,抢去金银,明火执仗,有他两个人冒充雷明、陈亮、秦元亮、马兆熊,这四个人被屈含冤,现在刑部。这件事我和尚被人所托,老爷问他二人好圆这案。”知县一听说:“贾虎、魏英,在金沙岭明火执仗抢罗声远的侍妾,杀伤人命,你等共有多少人?”贾虎、魏英一听,唬得颜色更变,说:“这件事小人实在不知。”老爷吩咐:“给我打!”又打了每人四十大板。两个贼人这叫恶贯满盈,还不肯招。知县吩咐看夹棍伺候。三根棒为五刑之祖,人心似铁非是铁,官法如炉果是炉,当时把两个贼人夹起来,用了八成刑,贾虎、魏英受不了啦,这才说:“老爷松刑,我二人有招。”知县说:“趁此实说。”贾虎说:“原本我等先在镇江府藏珍寺庙里住着,那庙里两个和尚叫月明、月朗,也是绿林人。那一天只因为有一个黑毛蚤高顺,他跟雷明、陈亮、秦元亮、马兆熊有仇,我们到金沙岭去抢罗声远的两个侍妾,我们一共九个人,还有西川路的赛云龙黄庆、小丧门谢广、恨地无环李猛、低头看塔陈清，连和尚一共九个人，砍死镖丁，留了雷明他们四个人的名姓。这两个侍妾，和尚每人留下一人，我们分赃不均，我二人出来的，李猛、陈清单走了，黄庆、谢广、高顺还在庙里。”

知县听罢，说：“圣僧，这件事怎么办？”和尚说：“老爷给一套公文，和尚我带柴、杜、雷、马四位班头，会同镇江府本地方官兵，前去到藏珍寺捉拿这伙恶贼。老爷这里起了赃来，将贾虎、魏英钉镣入狱。”四位班头点头答应。知县退堂，请和尚到书房摆酒，谈心叙话。少时柴元禄等进来回话，将赃起来，交与知县。和尚喝完了酒，就在书房安歇，次日一早，知县早把文书办好。

和尚带着四位班头告辞，出了钱塘县，顺大路够奔镇江府。这天来到镇江府一挂号，调本地面城守营二百官兵，各执兵刃来到藏珍寺，把庙就围了。柴元禄、杜振英、雷思远、马安杰各擎铁尺，先进去。方找到东跨院，见赛云龙黄庆正要拉刀杀华元志、武定芳。四位班头一声喊嚷：“好贼人，那里走！”官兵在外面呐喊，赛云龙黄庆、小丧门谢广，就要拉刀拒捕，月明、月朗哈哈一笑，说：“二位贤弟闪开，不用你们，勿论他等来多少人，洒家略施小术，就把他等拿住。你等这些小辈，岂不是飞蛾投火，自来送死！放着天堂有路你不走，地狱无门自找寻，待洒家今天全把你等结果了性命。”柴元禄众人各摆铁尺，方要往前够奔，月明口中念念有词，用手一指，说声：“敕令！”竟把四位班头用定身法定住。月明伸手拉戒刀，就要动手，只听角门一声喊嚷：“好孽畜，真乃大胆！光天化日，朗朗乾坤，竟敢在这里害人！待我和尚来拿你。”月明、月朗等众人一看，由角门进来一个戒僧，短头发有二寸多长，一脸的油泥，破僧衣，短袖缺领，腰系绒絛，疙里疙瘩，褴褛不堪，肮脏之甚。月明、月朗那里瞧得起，自以为艺高人胆大，当时一声喊嚷：“那里来的戒僧，胆敢前来多管闲事！”济公哈哈一笑说：“大概你也不知道我老人家是谁。”月明立刻口中念念有词，用手一指，说声：“敕令！”打算要把济公用定身法定住。焉想到济公用手一指，反把两僧定住。

赛云龙黄庆、小丧门谢广一看，打算要跑，济公用手一指，也把两个贼人定住。和尚先过去把四位班头，连华元志、武定芳的定身法撤了，四位班头这才过去抖铁链，把四个贼人锁套脖颈。华元志、武定芳说：“多亏大师父前来搭救，不然我二人丧在贼人之手。未领教大师父贵宝刹在那里？上下怎么称呼？”和尚说：“我乃西湖灵隐寺济颠僧是也。”华元志、武定芳一听，说：“原来是圣僧长老，我二人久仰久仰。”和尚说：“二位来此何干？”华元志说：“我二人奉刑部正堂陆大人之谕，前来探访金沙岭这案，不想今天在此遇害。方才我二人已拿住一个孙九如，一个黑毛蚤高顺，现在西跨院捆着。”和尚说：“好，众位头儿去把那两个贼人扛过来，一并解了走。把这庙中搜搜，罗声远的那两个侍妾杜彩秋、李丽娘，现在庙中夹壁墙藏着，一并找出来带回临安。”众官兵也都进来，大众一搜，把两位妇人搜出来，抄出贼人的金珠细软不少，一概都抄写清单。藏珍寺交本地面官人看守，入官另招住持。

等候天光亮了，和尚带领众班头押解六个贼人，先到镇江府打造木笼囚车，两位侍妾雇了驼轿，押着够奔京都。道路上饥餐渴饮，晓行夜宿。这天方来到临安城，见对面来了十几匹坐骑，骑马的正是莫公子带领手下从人。一见济公，莫公子赶紧翻身下马，赶过来说：“圣僧那去？”和尚说：“上钱塘县。”莫公子说：“圣僧还有好蟋蟀没有？再卖给我几个。前者那三个，一个金头大王，一个银头大王，一个镇山五彩大将军，果然是真好。我到秦相府去，那镇山五彩大将军，赢了二公子秦恒三千银子。焉想到我回家一掀罐子跑出来，我一找，听着在前厅叫，我叫人把前厅拆了，也没找着。又听在书房里叫，我又拆书房，一连拆了二十多间房，也没找着。圣僧再有好的，卖给我几个。”和尚说：“等我再得着好的，我给你送了来。”莫公子说：“就是。”这才告辞上马。

和尚押解差事来到钱塘县，往里一回禀，知县吩咐有请济公。和尚来到书房，知县说：“圣僧多有辛苦了。”和尚说：“现在拿了六个贼来，老爷吩咐先派人把罗公子的两位侍妾送了去。”知县点头，先派人把两位妇人送走。随后升堂，壮皂快三班喝喊堂威，将月明、月朗、黄庆、谢广、高顺、孙九如六个贼人，一并带上堂来。知县把惊堂木一拍说：“你等姓甚么？叫甚么？”六个贼人各自报名。知县说：“你等在金沙岭冒充雷明、陈亮、秦元亮、马兆熊，抢罗老爷的侍妾，明火执仗，杀死镖丁，共有多少人？”六个贼人料想不招也是不行，已然赃证均明，月明这才说：“老爷要问，我等原本是一共九个人，不算孙九如。有我们五个人，还有四个人叫李猛、陈清、贾虎、魏英。贾、魏在狱里收着，就短李猛、陈清不知去向。”

知县一听，心中明白，当时叫众人画了供，随即办了文书，派手下人连原办同华元志、武定芳，将这六个贼人连贾虎、魏英一并解送刑部。知县退了堂，请济公来到书房摆上酒款待。圣僧自斟自饮，大把抓菜，满脸抹油。知县说：“这件事若非是圣僧，这案实不好办。”和尚说：“这也是贼人恶贯满盈。”知县说：“圣僧没事，可以多在我衙门住几天。”和尚说：“我还有事，等时间暇无事我必来。”说着话，和尚打了一个冷战，当时一按灵光，和尚说：“我赶紧得走。”慌慌张张立刻告辞。不知和尚所因何故，且看下回分解。

第一百一十回 元空僧功满归莲径 印铁牛行贿入灵隐

话说济公禅师在钱塘县衙门喝着酒，忽然想起事来，立刻告辞。知县说：“圣僧忙甚么？”和尚说：“我还有事，你我改日再谈。”说着话，和尚站起身来往外走，知县亲身送出来。和尚拱手作别，一直出了钱塘关，来到灵隐寺。方到庙中，由外面雷明、陈亮、秦元亮、马兆熊四个人进来。

书中交代，钱塘县派官人将白脸狼贾虎、红毛吼魏英、赛云龙黄庆、小丧门谢广、黑毛蚤高顺、孙九如、月明、月朗，这八个贼人，解到刑部，把文书投上去。华元志、武定芳二人一见刑部正堂陆大人，把藏珍寺的事，从头至尾一述说，陆大人方才明白，立刻会同左堂右堂升堂，吩咐将贼人带上来。手下人将众贼带上大堂，群贼跪倒，各自报名叩头。陆大人一拍惊堂木，说：“你等在镇江府金沙岭抢劫罗声远的家眷，杀死镖丁，抢去财物，共有多少人？因何冒充雷明、陈亮他等四人？从实说来，免得皮肉受苦。”众贼已然在钱塘县画了供，料想不招也是不行，这才从头至尾一说。陆大人看了看钱塘县送来的供底，与众贼的口供相符，这才吩咐将众贼钉镣入狱，不分首从，均拟斩立决。案后访拿李猛、陈清，随后标监牌提雷明、陈亮、秦元亮、马兆熊上堂，四个人给大人叩头。陆大人说：“雷明、陈亮你等四个人，这场官司被屈含冤，要不是遇见本部堂，你等性命休矣。现在我已把原案真赃实犯的贼人拿住，将你四个人当堂释放。你等赶紧回家，安分度日，不准在途中逗留。如再闯出祸来，本部堂必要重重的办你。”雷明、陈亮等，立刻给陆大人叩头说：“谢谢大人恩典，我等铭感于五中。但愿大人公侯万代，禄位高升。”大人吩咐将雷明、陈亮、秦元亮、马兆熊四人铁链撤去。四个人具了安分结，立刻下堂。华元志、武定芳赶过来，跟四个人一谈话，把藏珍寺拿贼的情由，对四个人一说。雷明、陈亮等说：“多谢二位兄台辛苦，你我弟兄后会有期。我等要到灵隐寺谢谢济公，我等也就要回家了。”华元志说：“四位请罢。”

四个人这才告辞出了衙门，直奔灵隐寺而来。到了庙门首，一问门头僧，济公可在庙里？门头僧说：“刚巧回来了，四位进去罢。”雷明、陈亮、秦元亮、马兆熊四个人来到里面，一见济公，和尚说：“你四个人事情完了？”雷明等立刻给和尚行礼说：“要不是圣僧帮着拿贼，我等性命休矣。我等特意前来给师父道谢。”和尚说：“你四个人不用谢，赶快回家罢，在家中安分度日，总是少管闲事为妙。”雷明、陈亮等，这才告辞，竟自去了。

济公来到后面远害堂，一见元空长老。老方丈一看，说：“南无阿弥陀佛，善哉，善哉。道济你回来了，我这里正在盼想你，恨不能你一时快来，你要送我走一趟。”济公说：“师父不用嘱咐，弟子理应该送你老人家。”老方丈这才当时叫手下人把新僧衣僧袜僧鞋拿出来，自已沐浴净身，把衣服换好，少时双睛一闭，这老方丈圆寂了。手下人给外面众僧送信，众僧俱来到后面，见老和尚已死，众人放声痛哭。济公跳着脚哭，口中喊嚷说：“老和尚你可死了！”旁边知客德辉说：“道济，你怎么说老和尚可死了呢，莫非说你愿意老和尚死？”说着话，用手一推济公，当时济公翻身栽倒，气绝身亡。众人说：“可了不得了，又死了一个，犯重丧。”德辉说：“我就一推他，也没用力，他就躺下了。”见德辉也唬傻了，赶紧叫众人呼唤道济，好容易有一个多时辰，见济公才还醒来。德辉说：“道济，你好了。”济公说：“不要紧，我好了。”这才叫人拿大皮缸来，把老和尚抬到里面，搭到后面花园去。众僧人大家披偏衫打法器，给老和尚念大慈咒、忘生咒。众人超度完了，这才把老和尚遗留下的东西都给济公，应该济公擎受。

过了两天，众人一商量，庙里得请老方丈。监寺的广亮他拿主意，有海棠寺的当家老方丈名叫宗印，在家姓郑，乳名铁牛，他暗中给了广亮五千银子，所为得这个方丈。广亮跟庙中众僧一商量，要请海棠寺的宗印，大主意总算他拿，众人也不能驳。派人去请，择了日期，宗印进庙，众僧全都披偏衫打法器，迎接老和尚。惟有济公也不披偏衫，也不迎接。旁边就有人说：“道济，你为何不接老和尚？”济公说：“帽儿戴正不可歪，捡起麻绳捆破鞋。大鬼二鬼门前站，招惹铁牛进庙来。”众人说：“你别胡说，叫老和尚听见，怪下罪来。”说着话，把老和尚接到大雄宝殿。郑铁牛带着两个徒弟，一个侄儿叫郑虎。众僧参拜老方丈。济公在旁边说：“众位，今天现有老和尚给我遗留下的东西，我不要。老和尚有一百单八颗珍珠的念珠。”济公说：“我破个闷，谁猜着我给谁，念书的叫做灯谜。”

大众知道济公疯疯癫癫，有东西说给谁就给谁，众人都说：“你说罢。”郑铁牛自已不好意思亲身过来，叫两个徒弟来听着：“听明白我给你们猜。”小和尚来听着，济公说：“一物生来太不堪，四蹄八瓣犄角圆，尾巴好似一条线，走动须用麻绳拴。”众人听罢都要猜，小和尚告诉郑铁牛，郑铁牛问小和尚，小和尚照样一学说，郑铁牛一想：“四蹄八瓣犄角圆，必是个牛。”小和尚过来方要说，济公说：“你们猜不着，这是个牛。”他自已喧了。济公说：“我再说一个。一个瓢儿，里外都是毛儿。”众僧人一听，都说这是甚么物件呢？两个小和尚去到方丈那里问方丈宗印，宗印说：“这可不好猜，你要说是活物件，他说是死物件，无凭无据不好猜。你二人去听听还说些甚么。”两个小僧又到西院之中，听济公说：“这是个牛耳朵。我说一个新鲜的，你大众猜罢。”众僧说：“济颠，你要说个新鲜的，你先别喧了，候我们猜不着，你再说是甚么。方才这个我方要说牛耳朵,你先说出来了。”济公说:“这一回我先不告诉你等,先容你等慢慢猜。”众僧说:“你说罢。”济公说:“子女相逢可并肩,立心旁边艮无山。风到禾下飞去鸟,干字出头一撇在旁边。我这是四个字,你们想罢。”宗印的两个小徒弟法聪、法明,二人记住了,到了他师父近前一学说。宗印他也读过书,自己由先那两个,他就知道是济公要笑他,知道我宗印叫铁牛,他才说牛和牛耳朵。今一听这四句,他想:“‘子女相逢可并肩’,必是一个‘好’字。”二句“立心旁边艮无山”,他自己用笔写了半天,“哦”了一声,说:“是了,立心一旁艮字,是个‘恨’。”那三句“风到禾下飞去鸟”,凑成是一个“秃”字,末句“干字出头一撇在旁边”,这明是一个“牛”字。凑成四字是“好恨秃牛”。宗印心中有气,无法可治,叫两个小和尚去见济公,说:“是好恨秃牛。合他要谢礼。”两个小和尚到了西院一说,大众僧人都笑了。济公说:“也罢,我把珍珠手串给你二人拿去,我还说一个好的,你等再猜。”两个小和尚过去接过珍珠手串,果然光彩可爱。大众都说:“济公是个疯子,可惜这样宝物说送人就送人。”

济公哈哈只笑,说:“出家人讲究一尘不染,四大皆空。你等说那是宝物,要我看那是无用之物。只可惹祸招灾,不能长生不老。古人常说有几句:‘一不积财,二不结怨,睡也安然,走也方便。’”众僧一听都笑了,说:“你也该说了,我等也猜赢一个好的。”济公说:“好好。”不知圣僧又说出何等话语,且看下回分解。

第一百十一回　说灯谜戏耍宗印　圣罗汉驾离灵隐

话说济公禅师把手串给了郑铁牛的徒弟,济公说:“我再说一个好猜的,你们猜罢。”大众说:“你说罢。”济公说:“虫入凤窝飞去鸟,七人头上长青草,大雨下在横山上,半个朋友不见了。这也是四个字,你们谁猜着,我把老和尚这件僧袍给谁。”众人一想:“虫入凤窝飞去鸟,这是个‘凰’字。七人头上长青草,乃是个‘花’字。大雨下在横山上,是个‘雪’字。半个朋友不见了,是个‘月’字。”有好几个人都猜着,惟有广亮嘴快说出来,这是“風花雪月”四个字,济公说:“对了。”果然就把僧袍给了广亮。济公又说:“东门以外失火,内里烧死二人,留下一男一女,烧到酉时三更。这四句话也猜四个字。”旁边有人猜着,这是“爛肉好酒”四个字,济公又给了一床被褥。济公又说:“三人同日去观花,百友原来是一家。禾火二人同相坐,夕阳西下两枝瓜。”旁边又有人猜着,这是“春夏秋冬”四字。济公把老和尚所有留下的这些东西,俱皆分散了,他自己一件也没留。

过了两天,郑铁牛听说济公在临安城认识绅衿富户、贵官长者不少,宗印他本是个势利和尚,跟广亮商量,要叫济公给请请人,庙里办善会。广亮说:“行。”准知道济公在临安城认识大财主不少,这一办善会,就许剩几万银子,连忙找济公。广亮说:“师弟,我跟你商量商量。老和尚进庙来,理应该惊动惊动人。我打算庙里要办一回善会。所有你认识的人,可都是大财主,要办善会,你给把帖撒到了,都请请行不行?”济公说:“行到行,可有一节,我认识的人,可都是绅衿富户,既办善会,得须备上等高摆海味席,得八两银子一桌的燕翅席,来一个人摆一桌。善会香资可不定多少,也许一个主就舍几万两。你知道当初化大悲楼的时节,一个人就旋舍一万两。这要办善会，所有来的人，不论出香资多少，带来跟人每人开一吊钱赏钱，坐轿来每人带轿夫，也是一个人一吊。要依我这样办我就给请，不然我不管，别叫人家瞧不起。”广亮一想，反正赔不了，说：“就是全依着你办，你要多少帖子呢？”济公说：“我要一百帖子罢。”广亮一听甚为喜悦，择于本月初十日子，他先拿出宗印给他那五千银子来作本钱，拿二千银子置办酒席，二千银子预备赏钱零用，一千银子搭棚办事、买东西零用，一概都安排停妥。

焉想到济公要了一百分帖子，封的时节，也没叫人瞧，里面写的是：“本月初十日，因老和尚宗印进庙开贺设坛，是日恭请台驾光临，早降拈香。住持僧宗印、广亮、道济同拜。席设灵隐寺庙内，每位善会，不准多带，只封二十四文钱，如多带有重罚。”济公把贴子撒出去。是日这天，灵隐寺车马轿拥门，临安城大财主周半城、苏北山、赵文会等全来了。也有带两班轿夫的，都是六个跟人，八个跟人，至少的四个。每人全都开了赏钱。把善会封套交在帐房，打开一看，全都是二十四文钱，来一位摆一桌席，坐了二百余桌。晚上施主都走净了，帐房一算帐，共收了二十余吊钱，连广亮认识的人均在其内。这一来把五千银子也赔出去，宗印、广亮把济公恨疯了。次日广亮叫济公说：“你这简直是成心害我们，这庙里不能要你，你趁早走，从此再不准你进灵隐寺。”济公说：“走就走，那很不算甚么。”

正说着话，由外面杨猛、陈孝来了。那一天善会没赶上，这两个人在外面保镖没在家，今天才回来。听家里说，灵隐寺办善会，来了帖子，这两个人赶来了，要来写点香资。一见济公，杨猛说：“师父那一天办善会，我二人没在家，今天我二人特意前来，师父要用银子，我二人有。”和尚说：“他们已然要往外赶我，不叫我在庙里，你二人不必施舍了。”正说着话，铁面天王郑雄也来了。郑雄只因昨天来出善会，也是封了二十四文钱。带了八个轿夫，八个跟人，回去一问，十六个人，每人得一吊赏钱。郑雄一个人吃了一桌上等高摆海味席，自己觉着心里过意不去，不知庙中这是怎么一段缘故，带着五百银子，来见济公，要打听打听。来到庙中，见济公正同杨猛、陈孝说话。郑雄先把五百银子叫家人拿过来说：“师父，我昨天来出善会封了二十四文钱，庙里到给了底下人十几吊，我想没有这条理。今天我带来五百银子，作为香资，师父要多用，我再派人去取。”济公说：“你不用施舍了，他们不叫我在庙里，我这就要走了。这庙里我算除名不算？”广亮瞧着有银子，又不好答话。郑雄一听济公这话，说：“既是他们不叫圣僧在这庙里，师父上我的家庙去。那座三教寺也没人看着，我送给师父。”和尚说：“甚好。”立刻带领褚道缘、孙道全，同郑雄一同够奔三教寺。杨猛、陈孝告辞回家。

济公走后，这天灵隐寺门口来到两个人，都是壮士打扮，一位穿白爱素，一位穿蓝挂翠，衣服鲜明。来到庙门口说：“济颠僧可在庙里？”门头僧说：“二位找济公有甚么事？贵姓尊名？那里人氏？”那二人说：“我等乃是夔州府人，以保镖为业。久仰圣僧之名，特意来拜访。我姓王，他姓李。”门头僧说：“二位在此少待，我到里边看看，济公不定在不在。”说完立刻到里边一回监寺广亮。广亮自打算是来的施主，告诉看门的和尚：“别说济颠已然赶出去，就说济公出门办事去了，三五日必回来。”他自己迎出来，见那山门外站立二人，衣帽鲜明，都有三十以外年纪，壮士装束，五官不俗。他一见连忙打问心说：“二位施主请庙内吃茶。济公今日有事，未在庙中，大概早晚必回来。二位贵姓？”那穿蓝壮士说：“我姓王，他是我义弟姓李。”广亮说：“二位施主请。”二人跟着进庙。到了客厅，知客僧接见献茶。二人要拜老方丈，知客带二人到后院禅堂之内。一见方丈，铁牛宗印让坐。那二人问：“方丈，济公是老和尚徒弟？”宗印心中想：“这二人衣帽不俗，必是给济颠送礼来的，莫若我说和济颠是师徒，这二人许孝敬我些银钱。”想罢，说：“不错，那是我的徒弟。”二人点了点头，问：“济公那里去了？”宗印说：“他那里有准，不定在那里住着，也许今日回来。二位有话留下，再不然今日在我这里屈住一夜。”那姓王的说：“也好。”见老方丈手中拿着那挂珍珠念珠，是一百单八颗珍珠。二人正看，只见从外面进来一人，年约二十以外，头戴蓝绸子四楞巾，身穿蓝绸大氅，面皮微黑，短眉毛，三角眼，这人乃是宗印俗家侄儿郑虎。为人奸诈，贪淫好色，倚仗他叔父当和尚赚的钱，他任性胡为。他一进来，看这二人，问是那里来的。那二人提说：“找济公。”郑虎大不悦，方要发话，广亮拉他到外面把话都和他说了，他复又进来和那二人要交交，让至外边客房摆饭。郑虎陪着说话，有些狂傲无知。他喝醉了酒，小人胆壮，满嘴胡言乱语，吃完了饭，留二人安歇。

次日监寺的方起来，听里边一片声喧。到里面一看，唬得亡魂皆冒，出了塌天大祸一宗。要知后事如何，且看下回分解。

第一百十二回　二贼人错杀郑虎　济长老治井化缘

话说广亮来到后面一看，见郑虎被人杀死，那两个施主踪迹不见。再一看在桌上有一张字柬，上面写着八句，写道：

因为闲气到灵隐，要找济颠把命拼。
济颠今朝若在庙，我等将刀碎他身。
杀死郑虎仇未报，盗去手串志未伸。
若问英雄名和姓，逍遥自在我二人。

书中交代，来者这两个贼人，原是西川路的贼人，一个叫逍遥居士王栋，一个叫自在散仙李梁。这两个人跟小丧门谢广、赛云龙黄庆，都是结拜兄弟，来此所为给朋友报仇。郑虎这小子也是一辈子没做好事，报应循环，情屈命不屈。宗印要不说跟济颠是师徒，王栋、李梁还许不杀他，这是该着。广亮等一看，赶紧回禀了宗印。宗印一听，放声大哭说：“这必是济颠主使出来杀我侄儿，非告他不可。”立刻叫广亮够奔钱塘县报官。广亮来到钱塘县一喊冤，值日班问：“甚么事？”广亮说：“我是西湖灵隐寺监寺的，名叫广亮。昨天庙内老方丈的俗家侄儿郑虎被杀，贼人逃走，盗去珍珠手串，留下八句诗。这乃是济颠和尚主使出来，求老爷给明冤。”值日班到里面一回禀，老爷立刻升堂，吩咐将告状和尚带上来。广亮来到堂上一跪，老爷说：“你叫甚么名字？在那庙里？”广亮说：“我在灵隐寺，名叫广亮。昨天来了两个施主，口称找济颠。我等早就把济颠赶出庙去，除名不算，他现在三教寺住着。这两个人，一个姓王，一个姓李，在我们庙里住下，夜间把老方丈的侄儿郑虎杀死，盗去珍珠手串，留下字柬。这必是济颠因为赶出他去，他记恨在心，他使人前来杀人。”知县把字柬要过来一看，说：“这明明写的是跟济颠有仇来报仇，谁叫你们把他让在庙里住下？济颠乃是得道高僧，你休要诬屈好人！你趁此回去把郑虎成殓起来，候本县给你捉拿凶手。”广亮说：“求老爷恩典，这是济颠使出来的人，求老爷拿他治罪。”知县一拍惊堂木，说：“你满嘴胡说，趁此下去，我不瞧你是一个出家人，我就重办你！”官人立刻把广亮赶下公堂。广亮无法，自己回去。知县派人去请济公。手下人到三教寺一见济公说：“我们老爷请圣僧到衙门去有话说。”济公跟着来到县衙门，知县降阶相迎，说：“圣僧久违。”和尚说：“彼此。”让着来到书房落座，家人献上茶来。和尚说：“老爷约我和尚甚么事？”知县说：“只因灵隐寺宗印和尚侄儿郑虎被两个贼人所杀，广亮来到衙门喊告，他诬赖圣僧主使，本县我将他轰下堂去。这个贼人必是飞贼，求圣僧慈悲慈悲，帮我手下差役给办办这案。”和尚说：“这件事他既赖我，我不能管，再说我自己还有要紧事。”知县说：“圣僧冲着我慈悲慈悲。”和尚一定不管，知县也无法，留和尚吃了便点，济公告辞，回了三教寺。

次日，有静慈寺的众僧前来邀请济公。这座静慈寺在灵隐寺的西南，在天竺山上。这座庙在山头上，到山下有二十里地，也是大长处。山上有一眼井，井泉不进水，山上浇花吃水，都得小和尚下山背水，费事得了不得。庙里也有一百多名站堂僧。听说济公出了灵隐寺，知道济公名头高大，乃得道高僧，静慈寺老方丈青山跟监寺的德辉一商量，要请济公当长头。庙里当长头，是有挂单的和尚都归长头管。派了庙中数人，到三教寺请济公，济公推辞不去。后来监寺的德辉亲身来到三教寺见了济公，德辉说：“我奉老方丈之命，前来请济师兄跟我上山当长头，千万不可推辞。”再三一说，济公这才答应了，把三教寺庙中之事，派悟真、悟元二人照应。济公到了静慈寺，见过方丈，就在庙中管理长头。所有挂单，住在这里，都先见过长头。这座庙势派很大，庙站堂僧有四十六位，就是吃水不便，这座庙就是吃水太难。众小和尚天天下山背水，累得苦不可言。济公见大雄宝殿后有枯井一眼，讯问本庙僧人，都说先年有水，干了有二十余年。济公说：“今日晚子时，我自己祝泉求水。咱们这庙中要该转运，自有清泉。”众僧都说：“济公要祝泉，真要出水，咱们免受无限跋涉之苦。”济公派人预备香案，候至三更之时，济公亲手拈香，心中祷告，叩下头去，自己请九江八河主，五湖四海神。就听井内水声响，少时水长至井口。济公自回禅堂之内。

次日早晨，老方丈知道济公治井出水，心中深为感念，阖庙众僧都知道长头僧道济有道德来历。老方丈这日请济公吃斋，提说这座庙年久失修，工程浩大，要化缘甚不容易。济公说：“好，老和尚请放宽心，我自有化缘之法。”方丈说：“咱们这是公事，可无戏言。”济公说：“不要多说，一个月之内，定然见我化缘之妙。”自这日济公在方丈屋中说了化缘，所有众僧俱皆知道济公要修庙，也不见济公出庙，每日吃酒醉得昏天黑地。他还说：“但得醉中趣，勿向醒人传。”众僧猜不透化缘之法。

光阴似箭，不知不觉，到了二十七天，差三天一个月，也没见济公出庙。到了次日早饭后，忽然有京营殿帅张士达，带着五百兵，连临安府县全都到庙中来，叫知客僧方丈说：“今日太后圣驾来庙降香，赶紧都收拾干净，伺候迎接圣驾。”唬得众僧都战战兢兢，连忙收拾各处大殿、房屋，有兵丁等帮同办理。方收拾好了，外面凤驾已到，带着秦相、莫相、太监、宫女人等，前呼后拥，来到静慈寺。老方丈率领众僧跪接凤驾，来到大雄宝殿。太后拈完了香，来到禅堂落座，问：“这庙中有多少僧人？”老方丈说：“这庙中有四十多名站堂僧。连挂单来的和尚，共有百余人。”太后吩咐：“将众僧的花名册拿来我看。”老方丈赶紧这才把花名册拿来，递与秦相，秦相递与太后，太后翻开看。看来看去，直看到临完，见上面写着长头道济。太后点点头说：“原来在这里。”立刻传旨：“叫老方丈把道济给我叫来。”老方丈众人一听也不知甚么事，知道济颠疯疯癫癫，恐怕冲撞了凤驾，那如何担得起？太后传旨又不敢抗旨，赶紧这才派监寺的德辉去寻找济颠。

书中交代，太后因何来到静慈寺降香呢？这内中有一段隐情。原来太后前者病体沉重，多少太医开了药方子，调治无效。这天太后正在睡梦之际，见外面站定一个穷和尚，短头发有二寸多长，一脸的油泥，破僧衣短袖缺领，腰系绒绦，疙里疙瘩，光着两只脚，穿着两只草鞋，冲着太后龇着牙直笑。太后说："你这穷僧来此何干？"和尚说："西湖有座天竺山，长头和尚叫济颠。我今来此非别故，特与太后结善缘。"太后说："你跟哀家结甚么善缘呢？"和尚说："我这里有妙药灵丹，太后吃了，管保立刻病体痊愈。"太后把药接过来吃了，觉着清香异常，当时醒了，原是一梦。还觉着口中香气犹在，身上如失泰山，心中暗想怪道。方一闭眼，只见和尚仍在眼前站着，太后问道："和尚你又来做甚么？"和尚说："我来化缘，重修静慈寺，请太后到天竺山前去降香。"太后说："我病好了，我必要去降香还愿。"如是者三次。

太后次日清晨，果然病体痊愈。这才传旨，叫京营殿帅打道到天竺山静慈寺拈香。今日一看花名册，果有长头道济，太后传旨要见济颠。不知济公禅师见了太后该当如何，且看下回分解。

第一百十三回　钦赐字诏旨加封　会群魔初到金山

话说太后传旨，要召见长头道济，监寺的德辉赶紧各处寻找济公。找到庙后，只见济公在庙后正同几个孩童一处玩耍。这庙后面住着几家住户，有几个小孩都爱跟济公说笑。德辉来至切近说："济师弟，太后来拈香来了。"济公说："太后拈香来了，与我何干？"德辉说："太后叫你去那！"济公说："叫我去做甚么？"德辉说："我不知道。"济公说："既然如是，我去瞧瞧。"德辉说："你别这个样子去呀，先到庙里洗洗脸，换上衣服，带上僧帽再去。恭恭敬敬的。倘若冲撞了太后，那如何担得起！"济公说："不要紧，我就这样去，我也不洗脸，我恐怕风大把脸吹了。"德辉说他不听，这才带领济公来到前面，先见了秦相。济公本是秦相的替僧，素日秦相知道济公有些疯疯癫癫，秦相先到太后驾前行礼，说："启禀太后，长头道济有些疯疯癫癫，衣服褴褛不堪，恐冲撞了凤驾。"太后说："不要紧，我不怪他，只管叫他前来见我。"秦相下来说："圣僧恭敬些，千万不可诙谐。"济公哈哈一笑，跟着来到太后驾前。

太后一看，果然跟梦中见的和尚一般。济公一打问讯，太后说："你是长头道济？"和尚说："我就是，西湖有座天竺山，长头和尚叫济颠。我今来此非别故，特与太后结善缘。"太后一听，乃梦中数语，连连点头，说："是是，我来与你结善缘。我且问你，哀家来世比这世如何？"济公一听，口中连说："不知道，不知道。"说着话，济公冲着太后，拿起一个大顶来，破裤子三片中衣，把下身全现出来。众人一见，全吓得惊魂千里。当着太后这样撒野，这还了得！武士就要打。太后一见，说："你等不用打，哀家我明白了，下世我必要转女为男。"立刻把金棍武士喝退，这才问道："长头道济，你在这庙里出家多少年了？"济公说："我新来，日子不多。我看此庙日久失修，工程浩大，求太后娘娘慈悲慈悲，重修此庙。"太后立刻传旨，叫秦相、莫相："派你二人监工，把我的俸饷胭脂粉帑银，发来十万两，重修静慈寺。"秦相、莫相说："遵旨。"济公谢过太后，太后吩咐打道回宫。回到宫内，把此事奏明皇上。皇上知道济公乃得道高僧，敕封为护国散禅师。钦派上书房写十六块斗方，皇上赐字：

疯癫劝善，以酒度人，普度群迷，教化众生。

连帑银一并发到静慈寺，择日兴工。五层大殿，罗汉堂、客堂、禅堂、钟鼓楼、藏经楼，一并满拆满盖。直到如今，古迹犹存。每年四月间，天竺山静慈寺的庙会，热闹非常。庙中老方丈甚感念济公的好处，众僧要给济公开贺办善会，济公说："不用，我还要上金山寺有约会。"

这天济公下了山，来到三教寺，褚道缘、孙道全二人给师父行礼，济公说："你二人好好地看庙，我要上金山寺去会八魔。"褚道缘说："师父去不得。"济公说："不去不行，我总得去，这是你小师兄给我惹的祸，我不去八魔也不能善罢干休。这也是劫数当然。"悟真、悟元拦不了，济公离了三教寺，真奔金山寺而来。

书中交代，金山寺万年永寿，由前者在金山寺搅闹，他本是镇守瓜州一带长江的大元帅，奉东海龙王敖广所派，只因金山寺老方丈设立打鱼船要鱼税，伤了他子子孙孙不少。他本是一个大鸵龙，有万年的道行，来到金山寺天天打老方丈。这天他正要打老方丈，忽然一阵怪风，由外面进来了八个人，面分青、红、黄、黑、白、紫、绿、蓝，来者正是卧云居士灵霄、六合童子悚海、天河钓叟杨明远、桂林樵夫王九峰、仙云居士朱长元、白云居士聘啸、搬倒乾坤党燕、登翻宇宙洪韬。八魔各带混元魔火幡、丧门剑、子母阴魂绦，前来等济颠。方一进金山寺，见大殿上坐着一个黑脸和尚，八魔说："你是甚么人，敢在这里搅闹！"和尚说："我乃万年永寿是也。"八魔就要晃魔火幡，六合童子悚海掏出六合珠一抖手，只听山崩地裂一声响，当时万年永寿滚下供桌，现了原形，是一个大鸵龙。八魔也没肯伤他，他自己爬出庙外，滚下江去。八魔进了大殿，把众神像全都扔出来，这八个人在上面一坐。庙里和尚更不敢惹了，也不知是那里来的这八个野人。

这天八魔掐指一算，知道济公来了，立刻众人下了供桌，来到庙外，见济公驾着一只小舟船，来到金山寺。和尚给了船家一块银子，下了船。济公也不能闭三光，虽然佛光、金光、灵光三光露着，八魔也不放在心上。八魔说："济颠你来此甚好，我等在这里久候多时。"和尚说："八位，找我打算怎么样？"八魔说："只因你施展妖术，八卦炉烧死我们徒弟韩祺，戏耍邓连芳，还算小事；你决不该主使你徒弟悟禅，大闹万花山，火烧圣教堂，你实在欺我太甚。我等特来找你给韩祺报仇。"和尚说："好，咱们进庙去再说。"八魔说："走。"一同来到金山寺。和尚说："你等要跟我比较，先别忙，这庙里的方丈也不是外人。我先去见见老方丈。"八魔说："你见去罢，我等不拦你。"

正说着话，只听后面一声"无量佛"，众人回头一看，来了两位老道，头里这位老道，面如三秋古月，须发皆白，背后背定乾坤奥妙大葫芦，来者正是天台山上清宫东方太悦老仙翁，后面跟定乃是神童子褚道缘。书中交代，济公由三教寺出来，褚道缘不放心，随后驾起趁脚风追赶下来。走到石佛镇，正碰见东方太悦老仙翁。老仙翁由前者跟济公分手，本处知县邀请绅董富户，共成善举，重修石佛院，工程浩大，好容易修齐了。老仙翁见褚道缘慌慌张张，赶紧问道："褚道缘你上那去？"褚道缘连忙给老仙翁行礼，说："我追我师父济公上金山寺，只因我小师兄悟禅惹的祸，前者火烧了圣教堂，现在八魔在金山寺要摆魔火金光阵炼我师父，我要追了去给解和。"老仙翁一听，说："既然如是，你我一同去给解和。"褚道缘说："甚好。"老仙翁立刻带上乾坤奥妙大葫芦，同褚道缘驾起趁脚风，往下追赶来了。追到瓜洲，雇了一只船，赶到金山寺。方下了船，只见济公正同八魔讲话。老仙翁口念无量佛，说："众位魔师请了。"

八魔一看认识老仙翁，跟着紫霞真人李涵龄查过山。八魔抬头一看，说："道友，你来此何干？"老仙翁说："我听说你等跟济公为仇，我特来给你等讲和。众位不可，济公他这点来历也不容易，十世的比丘，才能转罗汉。众位要摆魔火金光阵伤害他，看在我的面上，众位不必。”卧云居士灵霄说：“道友，你别管。我等原与济颠远日无冤，近日无仇，只因他火烧我徒弟韩祺，戏耍邓连芳，这都算小节。决不该他主使他徒弟火烧了我们圣教堂，大闹万花山。我等非得结果他的性命不可。”老仙翁说：“众位依我说，冤家宜解不宜结。”八魔说：“道友，你趁此快走，不要跟我等在此嚼唇鼓舌。再要多说，可别说我等翻脸无情。”老仙翁一听，勃然大怒，说：“你们这几个人休要不知事物！”六合童子悚海说：“你这老道管事，这叫一头沉，莫非自应当烧死我等门徒，应当火烧圣教堂，应当欺负我们？你要不叫我们摆魔火阵也行，叫济颠给我们跪倒磕头，认罪服输，我等就饶他。”济公说：“你满嘴胡说。你给我磕头也不能饶你。”老仙翁说：“你等这些孽障，有多大能为，也敢这样无礼？待山人拿法宝取你，全把你们装起来，叫你等知道我的厉害。”

说着话，老仙翁伸手拉乾坤奥妙大葫芦。老仙翁这葫芦有天地人三昧真火，经过四个甲子，勿论甚么妖魔鬼怪，魑魅魍魉，山精海怪，装到里面，一时三刻化为脓血。今天老仙翁把葫芦盖一拔，掌中一托，口中念念有词，要捉拿八魔。不知后事如何，且看下回分解。

第一百十四回　因讲和仙翁斗八魔　六合童炸碎大葫芦

话说老仙翁把乾坤奥妙大葫芦打开，口中念念有词，说声：“吾奉太上老君，急急如律令敕！”刷啦啦由葫芦里出来五彩光华，扑奔六合童子悚海。只见六合童子悚海被光华卷来卷去，被老仙翁卷进葫芦之内。老仙翁立刻先把葫芦盖一盖。卧云居士灵霄等一见说：“好老道，你敢伤我等弟兄！”众人各要拉混元魔火幡，跟老仙翁拼命。老仙翁实指望要把八魔全皆拿住，焉想到六合童子悚海成心要伤损老仙翁的宝贝。六合童子悚海他能大能小，要小他能变似苍蝇，要大能有几丈大。他到了葫芦之内，一施展法术，往大了一长，就听葫芦内“咕噜噜”一响，“啪嚓”一声，把葫芦炸了三四瓣。老仙翁唬得亡魂皆冒，捡起半拉瓢，拨头就跑，唬得褚道缘跟着就跑，幸喜八魔没追赶。老仙翁离了金山寺，心痛自己的宝贝，不由得放声痛哭。褚道缘看着老仙翁可惨，又怕济公被八魔所害，不由得也哭起来了。

正哭着，只听对面一声：“无量佛。善哉，善哉。道友何必如此？”褚道缘抬头一看，见对面来了两位老道，面如紫玉，浓眉大眼，花白胡须，头上紫缎色道巾，身穿紫缎色道袍，腰系杏黄丝绦，白袜云鞋，背背宝剑，手拿蝇刷。后面跟定这位老道，头戴青缎色九梁道巾，身穿宝蓝缎色道袍，腰系杏黄丝绦，白袜云鞋，面如三秋古月，发如三冬雪，须赛九秋霜，一部银髯扇满了前胸，手拿蝇刷。真是仙风飘洒，好似太白李金星降世。头前这位乃是白云仙长徐长静，后跟着是野鹤真人吕洞明。这两位老道，原本是由焦山来，要逛逛金山寺。走在这里，正遇见老仙翁手拿着破瓢，同褚道缘在就地而坐，放声大哭。徐长静、吕洞明二人赶奔上前，说：“仙翁何至如此？”老仙翁咳了一声，说：“二位道友有所不知，只因济公长老的徒弟火烧万花山，惹下众外道天魔在金山寺要摆魔火金光阵，火烧济颠。我与济公素有旧识，再说济公乃是一位得道高僧，我去给解劝，八魔跟我翻了脸。我用乾坤奥妙大葫芦要装八魔，不想六合童子悚海把我的葫芦炸了。”徐长静一听说:“可惜可惜！这葫芦乃蓬莱子给你留下的宝贝,不想今天被八魔给毁坏了,着实可恼！”老仙翁说:“二位道友既来了,可以帮我去报仇,捉拿八魔行不行?”徐长静一听,连连摇头说:“你我三人焉是八魔的对手?你在这里哭也是枉然。宝贝已然是伤了,你二人何不去请人捉拿八魔?”仙翁说:“我请谁去?”徐长静说:“我指你二人两条明路,一位去到万松山云霞观,找紫霞真人李涵龄,借斩魔剑;一位去到九松山松泉寺,找长眉罗汉灵空长老,借降魔杵。非这两宗宝贝拿不了八魔。头一则也可以搭救济公长老,听说济公乃是一位正人,普渡群迷,到处济困扶危,遭这样大难,你我也不能不救。再说也可以报葫芦之仇。”老仙翁一听,如梦方醒,说:“多蒙二位指教,我是当局者迷,把这二人忘了。”老仙翁说:“褚道缘,你赶紧驾趁脚风,急不如快,找你师爷爷紫霞真人借斩魔剑,你上万松山。我上九松山,去找灵空长老。谁拿来得快,谁捉拿八魔。你也救救你师父。”褚道缘立刻点头,众人分手,暂目不表。

单说济公见六合童子悚海伤了老仙翁的葫芦,济公说:“你等也不用跟老道做对,冤各有头,债各有主,咱们进庙去。我可先到庙里,到后面见见老和尚说两句话,回头你我再分个高低上下。”八魔说:“你去见见罢,反正你还跑得了吗?”济公这才来到庙里,到了禅堂一见老方丈元彻长老。元彻与远害堂元空长老是师兄弟,乃是济公的师叔。济公见了老方丈一行礼,元彻说:“道济你来了,甚好,现在我这庙中闹得不得了局。前者万年永寿在这里闹,现在这八个人,你可知道是怎么一段情节?”济公说:“老方丈不知道,这八个人乃是外道天魔,不懂得敬佛。只因我徒弟火烧了圣教堂,这八个人是来找我报仇,要摆魔火金光阵火炼我。你老人家也管不了,我来请一个能人帮着我。”老方丈说:“那里有能人?”济公说:“这庙里住着一个大能人。”老方丈说:“没有没有。”济公说:“有。须得我亲身前去请他,我不去是不行。这个人能为来历大了。”

说着话,济公来到后院。这庙中挂单僧站堂僧好几百名,济公一看有一位黑脸膛的和尚在那里坐着,低头不语。济公说:“你在这里,我找你找不着你。”众僧说:“道济,你找他做甚么?他是个哑巴,又聋,人家说话他也听不见。他来到这庙里挂单二三年了,他不会说话。”济公说:“他不是哑巴。”大众说:“是。在这庙里二三年,永没说过话。你那有我们知道,他实在是个哑巴,又是傻子。”济公过去照定这和尚天灵盖一连就是三巴掌,说:“我来找你来了。”这和尚一抬头,说:“道济,你无故惹下这一场魔难,找我做甚么?”大众一听,说:“这可怪,现在他会说了话啦,二年多来在这庙里也没说过话,今天怪不怪?”内中有人说:“也许济师父打他三下,把哑巴治好了。”都知道济公会治病,大众纷纷议论。

书中交代,这个和尚名叫普妙,原本是西方伏虎罗汉降世,奉佛祖派他普度众僧。普妙到处装哑巴,都知道他是傻和尚,也没人知道他的来历,他也不好管闲事。每逢大长春他去挂单,见正有正务参修的和尚,他在暗中度脱,也不露明。今天济公苦苦地挤他,伏虎罗汉这才说出话来,说:“道济,你惹下一场魔难,来找我做甚么?”济公说:“我来找你帮着我办这件事。你要不帮着我是不行。”伏虎罗汉普妙说:“既然如是,我同你去就是了。谁叫你我都是西方大雷音寺一处来的,奉我佛如来的敕旨,降世人间,普度群迷。你既来找我,我焉能袖手旁观。”说着话,这才同济公一同来到前面。

八魔都在大殿坐着,见济公同着一个黑脸膛和尚。卧云居士灵霄说:“济颠,你还有事没有?”济公说:“没事了,你等打算怎么样罢?”卧云居士灵霄说:“济颠,你也能掐会算，你的劫数到了，你还在睡里梦里。”和尚说：“我不懂甚么叫劫数，今天我到要分个强存弱死，真在假亡，各施所能。我看你等这些孽障有甚么能为！”说着话，六合童子悚海由兜囊掏出六合珠，抖手照定济公打来，济公哈哈一笑，说：“这也算法宝！”一张手就把六合珠接了去。卧云居士灵霄一看，气往上撞，伸手拿出冲天矢，照定济公射去。这弓箭是符咒修炼的宝贝，勿论甚么精灵，一射能现原形。要是人能射去三魂七魄，最厉害无比。照定济公一射，被伏虎罗汉接去。八魔一看，立刻各按方位，各拉混元魔火幡，口中念念有词，说声急，道声快，四面魔火高有千丈，由外面看真仿佛下雾一样。知觉罗汉道济，伏虎罗汉普妙，赶紧在当中打坐，头上放出三丈高的金光、佛光、灵光。济公同普妙二人口念真言，有金光护体，不敢闭眼，要一闭眼，八魔的法术有幻境，人要闭上眼，想甚么就瞧见甚么，好喝酒就有酒，想甚么样就能够甚么样，人要一入幻境，就得被魔火烧死。总算济公同伏虎罗汉道德深远，不能上他的当。但只见金光被魔火炼来炼去，六个时辰，把金光矮下来三尺。一昼夜去六尺，要有五天的工夫，能把罗汉的金光炼没了，死后过不去伽蓝山。

书要简短，一连就是三天，济公同普妙的金光剩了一丈多。忽然外面一声“无量佛”，八魔一看，唬得亡魂皆冒。不知来者是谁，且看下回分解。

第一百十五回 群魔怒摆金光阵 道缘偷盗斩魔剑

话说八魔摆下魔火金光阵，把两位罗汉炼在当中。忽听外面一声“无量佛”，来者乃是神童子褚道缘，怀中抱定斩魔剑。八魔一看，唬得惊魂千里。书中交代，褚道缘由江口跟老仙翁分手，老仙翁上九松山松泉寺去找长眉罗汉借降魔杵。褚道缘够奔万松山云霞观，在道路上急似箭头，恨不能肋生双翅，驾着趁脚风，一天赶到万松山。这座山极高，每逢下过雨去，由山缝里冒出白烟就是云。这座山原是一座宝山，当初褚道缘在这庙里当道童，人也聪明，李涵龄也甚喜爱他。今天褚道缘来到庙门首，自己一想我先别进去，我已然拜了济公，我要明说要斩魔剑，许我师爷爷不肯给我，我到里面必须见机而作。自己想罢，到了角门拍了两下，只听里面说：“来了。”“哗啰”把门开放，褚道缘一看，认识是紫霞真人李涵龄的徒弟道童清风。这庙中有两个童子，一名清风，一名明月，和褚道缘都算是同门师兄弟。今日一见褚道缘，连忙施礼说：“师兄你从那里来？我听说你归了三宝佛门，是有这样一件事吗？”褚道缘把拜济公之故一说，二人往里走之。道缘问：“师爷他老人家在那院中呢？”清风说：“未在庙中，走了有十数日，去朝北海去了，留我二人看庙。师兄到此有甚么事呢？”褚道缘说：“到屋中我慢慢告诉你。”

到了东院北上房，明月接见行礼已毕，三人落座。清风叫明月烹茶去。褚道缘本是心中有事着急，说：“师弟，我今来是为我师父济公。他老人家本是西方罗汉，因为多管闲事，在常州地方有一座慈云观，有一个老道叫赤发灵官邵华风，招军买马，聚草屯粮，陷害黎民百姓。济公帮着常州府兵破慈云观。邵华风逃在万花山圣教堂，我有个小师兄叫悟禅，到万花山圣教堂去拿邵华风，惹了八魔。悟禅放火烧了圣教堂，跟八魔结下了冤仇。八魔现在金山寺摆魔火金光阵，把济公炼到阵内，要一过四五天，把罗汉的金光炼散了，济公就得没命。他老人家本是一位正务参修的人，可惜要丧在八魔之手。我同老仙翁给解劝，八魔跟老仙翁翻了脸，把老仙翁的乾坤奥妙大葫芦给炸了。现在老仙翁去上九松山松泉寺找灵空长老求降魔宝杵，我来找师爷爷借斩魔剑，非得这两宗宝贝，拿不了八魔。既是真人没在家，二位师弟慈悲慈悲，把斩魔剑借给我使一使。我去救了济公长老，我赶紧就给送回来，我也不能要祖师爷的宝贝。"清风、明月一听，说："这件事我们两个人可没有这么大胆子，祖师爷知道，我们担不了。前者皆因你偷了八宝云光装仙袋去，祖师爷打了我二人一顿，说我二人不留神，这件事我们更不敢了。"褚道缘说："二位师弟行点好罢，济公原本是一位罗汉，要没有这斩魔剑，就得死在八魔之手。出家人也讲究积福做德，我去救了济公，急速就送回来，决不能叫二位师弟受责。再说就即便祖师爷知道，这是一件好事，祖师爷也不能怪。"清风、明月说："师兄你说甚么，我二人也不敢做主意。"褚道缘说："你二人知道斩魔剑在那里放着不知道？"清风说："知道可知道，我二人不敢告诉你。"褚道缘说："当初我在这庙里当道童，我可知道这口剑在五层殿的悬龛里供着，此时我可不知道挪了地方没有？"清风、明月说："你既知道地方，你自己找去，我二人也不敢管你。祖师爷爷要问，我二人就说不知道，我二人也不担这沉重，总不是由我二人嘴里告诉你的。"褚道缘说："既然如是，二位师弟既不管，我自己找去。二位师弟不拦我，我就感念二位师弟的好处。"清风说："你是我们大师兄，我二人也不敢拦你呀。你要瞪眼，我二人也不敢惹你。"褚道缘说："我也不能跟二位师弟瞪眼，我去找去。"

立刻来到后面，到五层殿悬龛上一找并没有，褚道缘一想，怪呀，怎么会没有呢？愣了半天，自己一想，反正在这庙里，我慢慢找，不能找不着。想罢自己各处寻找，直找了一夜。至次日早饭时，找到最后殿悬龛上一看，正是斩魔剑。上面有一块象牙牌子，写得明白。褚道缘一看，有黄缎套绿沙鱼皮鞘，真金什件黄绒穗头，黄绒挽手。褚道缘当初在这庙当过道童，见过这口剑，果然不错。褚道缘一见，心中甚为喜悦。先拜了八拜，口中祝告已毕，这才伸手将此剑请下来。到了跨院，说："二位师弟，多耐点烦罢，我三两天就送回来，要是祖师爷不回来更好了。"清风、明月说："我二人全不管，任凭你酌量办。你在这庙里各处翻寻，我二人也拦不了，但愿祖师爷不回来，你赶回来。"褚道缘说："就是。"

说罢，即告辞出了云霞观，驾趁脚风，心急似箭，恨不能肋生双翅，一步赶到金山寺。好容易赶到了江口，远远一看，只见金山寺里面魔火高有千丈，庙门关着，有烧香逛庙的人也来不了，看着金山寺如同下雾一般，也不知庙里有甚么事。褚道缘来到庙前用手一指，庙门开了。褚道缘直看不见里面的金光，褚道缘一声喊嚷，说："好孽障，大胆，山人来也！"正南方正是天河钓叟杨明远、桂林樵夫王九峰，二人回头一看，唬得惊魂千里。知道褚道缘是紫霞真人李涵龄的徒孙，手中抱定一口宝剑像斩魔剑。杨明远说："你是老道，他是和尚，他是你甚么人？"褚道缘说："他是我师父。你等既跟我师父为仇，你我就是冤家对头。"杨明远、王九峰一听，说："济颠既是你师父，我等冲着你，不炼他就是了。我们万花山圣教堂，冲你算白烧了。我们回万花山，叫他回那灵隐寺，从此两罢干戈，你看怎么样？"

褚道缘这个时节要答应了，到是一件正事。褚道缘当时恨不能把八魔剐了，方出胸中之气，立刻说："不行，我今天非杀你们不可。"说着话，伸手拉宝剑。书中交代，这口剑有甚么好处呢？原本这口剑要一出鞘，有一片白光，专能将魔光赶散，最厉害无比，名曰斩魔剑。当初八魔乃是六合童子悚海为尊，只因他在外面无所不为，常常害人，紫霞真人李涵龄查山，用这口剑斩过他，把八魔制服的，故此八魔就怕李涵龄同长眉罗汉这一僧一道，余者别无惧怕之人。焉想到今天褚道缘盗来这口剑，并非是真斩魔剑。真的他如何拿得了来？紫霞真人恐怕有精灵到庙中去盗斩魔剑，故此预备这口剑。今天褚道缘自以为是真的，伸手一拉剑，并无白光，褚道缘就一愣。八魔早看出来不是斩魔剑，杨明远一想，先下手为强，伸手拉丧门剑一晃，天火、地火、人火三昧真火，扑奔褚道缘。褚道缘想跑，如何跑得了？被火烧得连人带剑烧得皮焦肉烂。

济公此时也顾不了救他，口念："阿弥陀佛，善哉，善哉。"王九峰说："杨大哥，你这个乱可惹大了。他是紫霞真人的徒孙，你把他烧死。倘若紫霞真人要来了给他报仇，该当如何？"杨明远说："已就已就了，就是李涵龄来，你我也可以跟他一死相拼。莫非永远老怕他，何时是个了局？"正说着话，只听外面一声喊嚷："道缘呀，你死得好苦。"不知来者是谁，且看下回分解。

第一百十六回　神童子身逢魔火劫　请佛仙杵剑镇群魔

话说杨明远方把褚道缘烧死，只听外面有人放声大哭，说："道缘，没想到你死得好苦！罢了，罢了，老夫白去了一回，也未能将宝贝请来，竭了，完了，连济公、伏虎罗汉都完了，这就是你我修道的人下场头。"杨明远一看，来者是东方太悦老仙翁，那半拉破瓢还背着，没舍得扔。

书中交代，老仙翁跟褚道缘分手，实指望找长眉罗汉借降魔宝杵，可以救济公报葫芦之仇，焉想到来到九松山正碰见悟禅，悟禅连忙行礼，说："仙翁从那来？"老仙翁道："悟禅，可了不得了，皆因你火烧了万花山，现在八魔在金山寺摆魔火金光阵炼你师父。我去怎么劝，八魔怎么不答应。我打算拿乾坤奥妙大葫芦，要把八魔装起来，焉想到六合童子悚海神通广大，他把我的葫芦炸碎了。我正同褚道缘放声痛哭，幸遇白云仙长徐长静、野鹤真人吕洞明，二人指我一条明路，叫褚道缘找他师爷爷李涵龄借斩魔剑，我来找长眉罗汉借降魔杵，去救济公。要不然，八魔把你师父炼死，也必来找你。不用说八魔都来，就是来一个一晃魔火幡，你就得现原形。你这五千年的道行也算完了。你也活不了。"悟禅一听咳了一声，说："事已至此，也无法。我去瞧瞧我师父去。"老仙翁说："你这孩子胡说，你如何去得？你是祸头，八魔正找你找不着，你去岂不是自投罗网？你快跟我见见长眉罗汉，你给你这个师父磕头，连我求他双关着，可以求他救你那个师父。"悟禅说："我这个师父没在庙里，要在家，我还不同你进去。"老仙翁说："那去了？"悟禅说："走了几十天了，被紫霞真人约了去朝北海，留下我跟通臂猿猴看庙。"老仙翁一听这话，愣了半天，说："我到庙里等一天，倘如你师父回来，也未可定。如不回来，那可就没法了。"悟禅说："也好。"同老仙翁来到松泉寺庙里，让到东跨院北上房屋中，悟禅给老仙翁烹过茶来。

正说着话，只见由外面进来一个大白猴，浑身白毛，两只红眼，手提一个小篮，摘了一篮果子。见了老仙翁，趴在地下，给老仙翁磕了一个头。悟禅说："这就是通臂猿猴，每逢摘了好果，就给老方丈送来。"老仙翁点了点头，说："无量佛。善哉，善哉。畜类也知道修道，怪不得人家说，叩户苍猿时献果，守门老鹤夜听经，这话一点不错。"老仙翁在庙中住了一天，心似油烹，次日长眉罗汉也没回来。悟禅说："仙翁你不用等了，我求你到金山寺去瞧瞧。要是我师父济公死了，求你给我一口缸，把他成殓起来。我听你的回信，我在这庙里大概八魔不敢来找我。我这个师父回来，我跪着给他老人家磕头，求他给我那师父报仇，到万花山去拿八魔，大概八魔也跑不了。你老人家瞧瞧去，我也不放心。”

老仙翁无奈，垂头丧气，出了松泉寺。驾趁脚风，方来到金山寺，只见一片火光，把褚道缘烧得皮焦肉烂骨头酥。老仙翁放声大哭，说：“道缘，你死得好苦。”杨明远听老仙翁又哭又说，杨明远说：“你这老道，前者饶你不死，你就该远遁他乡，今天还敢来说说道道！你再不走，我等当时结果你的性命。”老仙翁一听说：“好好，我正不愿意活着，我等要死，死在一处到好。你来用魔火幡把我烧了罢，我到甘心。”杨明远说：“烧你也不难。”老仙翁说：“来。”立刻把眼一闭，净等一死，把心横了。

杨明远、王九峰方要离方位晃魔火幡，忽听正东上一声“阿弥陀佛”，来了一僧一道，头前走定那道人口唱山歌，唱的是：

贪利营谋满世间，不如破衲道人闲。
笼鸡有食汤锅近，野鹤无粮天地宽。
富贵百年难保守，轮回六道任循环。
而今看破虚空幻，学作深山不老仙。

唱罢，后边那个和尚口中说：

为人不必逞英雄，万事无非一理通。
虎豹常愁逢獬豸，蛟龙又怕遇蜈蚣。
小人行险终须险，君子固穷未必穷。
万斛楼船沉海底，皆因使尽一番风。

二人各歌一词。老仙翁一看，那道人身高八尺，头戴莲花道冠，身披鹅黄缎子道袍，腰系丝绦，足下高袜云鞋，背后斜插一口宝剑，绿沙鱼皮鞘，黄绒穗头，黄绒挽手，面如银盆，眉分八彩，目如朗星，准头端正，一部银髯，根根飘洒胸前，手中拿着一把蝇刷。后跟那僧人身高九尺，头戴青僧帽，身穿黄缎僧袍，足下白袜云鞋，赤红脸，长眉朗目，怀抱降魔宝杵，相貌惊人。

书中交代，来者这二位非是别人，乃是灵空长老和紫霞真人。这二人本是带禄活神仙，只因二人朝北海，这日正观玩北海名山胜境，忽然间见一股煞气由西往东，直冲霄汉斗牛之间。灵空长老看罢，说：“善哉，善哉！道兄你看。”紫霞真人口念：“无量佛，善哉，善哉！原来降龙、伏虎二位罗汉有难。好孽畜，胆敢这样兴妖作怪！你我这件事不能不管，如不管，恐怕我佛如来见怪。”灵空长老说：“我早就有心把这几个外道妖魔除了，我又不肯。他等在万花山修道，我也不肯无故杀害生灵。现今既是他等兴妖作怪，你我赶紧回去。”紫霞真人说：“你我快走！”僧、道二人借遁光往回走，尚未到金山，紫霞真人又打了一个冷战，口念：“无量佛，善哉，善哉！道缘这孽障遭此劫数，可惜可惜！”灵空长老说：“你我还得快去，若慢一点，稍迟一刻，东方太悦老仙翁有性命之忧。”僧、道急来到金山寺，正赶上杨明远、王九峰正要用魔火幡伤害老仙翁。紫霞真人一声喊嚷：“好孽障，真乃大胆！”老仙翁睁睛一看，说：“真人、罗汉快来！”

八魔见紫霞真人同灵空长老一来，众人就是一愣。紫霞真人伸手拉出斩魔剑一指，一片白光，竟将魔火闭住。灵空长老又用降魔宝杵一指，一片金光，魔火已化为飞灰四散。济公同普妙这才出来道谢。八魔焉敢跟僧、道斗法，唬得八个人跪倒在地，卧云居士灵霄说：“真人、罗汉，休要动怒，并非我等无故跟济颠做对。只因他火烧了我徒弟韩祺，戏要邓连芳，他又主使他徒弟悟禅，火烧了万花山，故此我等找他报仇雪恨。”紫霞真人说：“好孽障，你还以为着有理。你徒弟韩祺同邓连芳上东海瀛州采灵芝草，就不该多管闲事。赤发灵官邵华风，既是修道的人，就不应该多管绿林贼人发卖熏香蒙汗药。使人盗取婴胎紫河车摆阴魂阵，伤了多少性命？杀害生灵，荼毒百姓，官兵拿他，他拒捕官兵，情同叛逆。你徒弟帮着他助纣为恶，即是自己为恶，死之不屈。你等在万花山隐藏邵华风，悟禅去要，你就该把邵华风给他。你们不但不给，还要施展魔火要他的命。他也有五千年的道行，也不容易，再说他在松泉寺灵空长老庙里，你等也该有些关照。你等要害他，他焉能不恨你？烧你的万花山，这是你等自找。现在两位罗汉，乃西方大雷音寺奉我佛如来敕旨，降世度人，你等胆敢用魔火炼他二人，真乃胆大妄为。这是你等自作孽不可活！”

灵空长老说：“你等跟我走罢，咱们回松泉寺说去。”八魔不敢不跟着。三位罗汉，两位老道，这才带领八魔，够奔松泉寺而来。不知后事如何，且看下回分解。

第一百十七回　收八魔符咒封洞口　办善会福善集金山

话说长眉罗汉同紫霞真人、东方太悦老仙翁、济公长老、伏虎罗汉，带领八魔，来到九松山松泉寺。这山上有一座子午风雷藏魔洞，长眉罗汉用降魔宝杵，口中念念有词，用法术将八魔置到子午风雷藏魔洞内，立刻将洞门一关，用咒语封锁。灵空长老说：“这八个魔怪，把你们收起来，免生祸端。这洞内到子午时有风雷可以镇住八魔。恐其有人来救他们出去，又生是非，这座洞门得派人看守。”正说着话，小悟禅来了，给众人行礼。灵空长老说：“悟禅，你急速去把灵猿化给我找来，叫他来看守此洞。”悟禅答应，去不多时，同梅花真人灵猿化来了。灵猿化给众人行完了礼，说：“罗汉呼唤我有何吩咐？”灵空长老说：“命你看守此洞，将斩魔剑、降魔杵挤在洞门，八魔那时出来，你用斩魔剑斩他。”灵猿化点头答应，在这里看守八魔，自己修道。灵空这才把众人让到庙中落座。济公说：“多蒙罗汉、真人搭救。我得把悟禅带了去，我要办善会，重修金山寺。要不然，因为我，八魔拆毁金山寺，我这孽造大了。”伏虎罗汉也告辞，往他方前去度人。

济公先带领悟禅告了辞，来到金山寺，写了帖子，遣悟禅去请人。所有是济公的徒弟到过的地方，曲州府、龙游县、海潮县、余杭县、石杭县、常州府、镇江府、丹阳县、开化县、临安城、钱塘县、仁和县等处。所有济公认识的都请，上至秦相官宦人家，绅董富户，举监生员，下至庶民，悟禅都给送了帖子，在金山寺八月初一日早降拈香。临安城都吵嚷动了。

花花太岁王胜仙一想：“济公敕封护国散禅师，乃得道高僧。在金山寺办善会，连我哥哥秦丞相都请，怎么不请我呢？”这天有风月公子马明来拜王胜仙，二人谈起这件事来，王胜仙说：“现在济颠在金山寺办善会，请我哥哥秦丞相，怎么不请我呢？”马明说：“也没请我。”王胜仙说：“他不请咱们，咱们到要去带一千银子香资，到金山寺去一趟。”马明说：“也好。”立刻雇了一只大船，带着二十个家人，船上写着一杆大旗，上写“金山寺进香，施助白银一千两”，由临安城起身，够奔镇江府金山寺。这天正往前走，见前面一只船，船上写着“海潮县正堂”的旗子，支着楼窗，里面坐着两个丫环，一位小姐。这位小姐长得真是千娇百媚，万种风流，梨花面，杏蕊腮，瑶池仙子、月殿嫦娥不如也，可称绝世美人。王胜仙、马明二人一看，眼就直了。这两个人本都是临安城的恶霸，素常净讲究抢人。王胜仙自前番白狗闹洞房，把鼻子咬了去，这小子又粘贴、请名医调治好了，落了疤瘌，仍然恶习不改，一见美色就动心，贪淫好色甚么也不顾。王胜仙的船在后面跟着，来到镇江口子，相离金山寺还有四十里地。人家靠了船，王胜仙也吩咐靠船。两只船靠着，王胜仙临近一看，这位小姐果然真正美貌。这小子目不转睛一看，这位小姐果然真正美貌极了。正胜仙真是色胆如天，当时吩咐管船的，把跳板搭在那只船上。风月公子马明说："你做甚么？"王胜仙说："我到那只船上去会会这个美人。我自打生人以来，没见过这样绝色的美人，我今天非去找他不可。"风月公子马明说："那如何使得？你准知道人家是谁家的姑娘，你愣要去，岂不惹出乱子来？"王胜仙说："不要紧，我哥哥乃当朝宰相，我乃大理寺正卿，谁敢惹我？也别管他是谁家的姑娘，我今天非得弄到手，方趁我的心。"说着话，王胜仙叫管船的把跳板搭上，他大摇大摆就上了那只船。

书中交代，这船上小姐，乃是海潮县正堂张文魁的妹妹，名叫金娘。只因济公请善会，张文魁施助香资五百两，姑娘带着婆子、丫环，有三班都头独角蛟安天寿，这位班头水旱两路武艺精通，人也老成，带着十数个班头，保着姑娘金山寺进香。由海潮县要的官船，走在这江口，姑娘叫安天寿买点鲜果供，到金山寺好上供，故此把船靠住。安天寿下船去买东西，偏巧这个时节，王胜仙上这边船上来，大摇大摆，就要进船舱。这里有十几位散役，见王胜仙头戴四楞巾，绣团花，身穿大红宽领阔袖袍，足下篆底官靴，手拿一把折扇，长得梭肩拱背，黄尖尖的脸膛，真是兔头蛇眼，龟背驼腰，一直就要进舱门。当差人一看，连忙阻住，说："你是做甚么的？"王胜仙说："我看这女子长得美貌，老爷要到里面逛逛。"当差人说："你甚么东西，满嘴放屁！这是我家小姐，你敢这样无礼，你也不打听打听！"王胜仙说："也别管他是甚么官的小姐，今天你家大人要找他作乐，那个敢不答应？"

正说着话，偏巧安天寿买东西回来了。见众差役正同王胜仙吵嚷，安天寿说："甚么事？"众人说："这厮他愣要进船舱，我问他做甚么，他说见小姐长得美貌，他要进去逛逛。安都头，你看世界上，那有这样不通情理的人？我们告诉他说是小姐，他说不论是谁家的小姐，他也要进去作乐。"安天寿一听，把肺都气炸了，立刻把两只怪眼一瞪，说："你还不滚开！如要不然，我结果你的性命。"王胜仙一看安天寿身高八尺，紫脸，在脑门子上有一个大肉瘤子，满部的钢髯，犹如钢针，轧似铁线，根根见肉。头戴缨翎帽，身穿青布靠衫，腰扎皮挺带，薄底鹰脑窄腰快靴，是个班头的打扮。王胜仙自以为是当朝宰相的兄弟，有势力，谁人敢惹，说："那个敢拦我，我把你们发了！"焉想到安天寿也不管他是准，先讲动手。当时举手照定王胜仙脸上就是一个嘴巴，底下一腿踢在王胜仙肚子上。王胜仙往后一仰，翻身掉在大江之内。大江里的水真有几百丈深，王胜仙手下家人一看说："你们胆子真不小，我家大人乃是当朝秦相的兄弟，花花太岁王胜仙，你敢给踢在江里！"安天寿说："王胜仙又该怎么样？踢在江里喂王八！反正先叫他死了。破出一身剐，敢把皇帝打。"

正说着话，只见对面铁链所响，来了一只大船，船上有大轿，旗子上写着"镇江府正堂"。来者正是本地面知府赵翰章赵大老爷。只因济公在金山寺办善会，赵大老爷亲身带领壮皂快三班，来到金山寺给照料照料，方由金山寺告辞。济公亲身送出庙外，在知府耳边说了几句话，知府点头答应。船到江口方要下船，王胜仙手下家人，一看是镇江府，立刻喊了冤。知府吩咐带过来，问甚么事？家人等说："我家大人花花太岁王胜仙，乃当朝秦相的兄弟，被他们踢下江去。”正说着话，只见王胜仙仿佛由江里有人给扔上岸来，众家人一看也愣了。王胜仙喝了两口水也不要紧，少时还醒过来。众人俱皆纳闷，不知道这是怎么一段缘故。

书中交代，原本济公办善会，早吩咐万年永寿，所有烧香来的船，不准在江里伤一个人，如要伤了人，济公说：“我告诉龙王定要斩你。托你给照应。”万年永寿答应，吩咐他手下子子孙孙，虾兵蟹将，各处巡查。今天见王胜仙掉在江里，故此小王八用脑袋把王胜仙一拱扔上来。王胜仙还醒过来，一看镇江府来了，王胜仙说：“知府你来了好，我正要找你。”知府先问：“安天寿，这边因为甚么？”安天寿说：“下役在海潮县当差，我家小姐上金山寺降香，在这里靠船买果供，这个男子他硬要进船舱，说我家小姐长得美貌，他要作乐。拦他他不听，一定要进去。”知府说：“你是甚么人？”王胜仙说：“我是秦丞相的兄弟，我乃大理寺正卿王胜仙。”知府说：“你满嘴胡说，王大人焉能做这样事，分明是你冒充官长。来人，给我打。”立刻官人将王胜仙按倒，打了四十大板，皮开肉绽，鲜血直流。不知后事如何，且看下回分解。

第一百十八回　花太岁淫心贪欢报　独角蛟夜探葵花庄

话说知府赵翰章说王胜仙冒充官长，打了他四十大板。知府说：“我应该重办你，便宜你放你走，那时再不安分，遇见本府，我定然治罪于你。”说完了话，吩咐叫安天寿同小姐开船走，知府也坐着轿走了。王胜仙疼得龇牙咧嘴，真想不到今天受这样苦打，气得眼泪汪汪，说：“好一个镇江府，我要不要他的命，不算报仇。”自己也不能上金山寺去了，吩咐开船往回走。离此四十里之遥，就是葵花庄，乃是秦丞相的老家。秦丞相家里有一个儿子，名叫秦魁，人称蓝面天王，也是无所不为，时常抢夺良家少妇长女。王胜仙一想，我先找找侄儿去商量商量，设法报仇雪恨。不言讲王胜仙，单说安天寿同姑娘到金山寺去降香。金山寺出善会的人多了，本来济公在外面治的病救人多了，都欠济公的人情。济公从来没要过谢礼，这一办善会，重修金山寺，又是一件善事，众人没有不愿意的。至少的香资一百两，五十两算顶少了，所有跟济公至近的人，没有不到的。大众还不走，问济公所收的香资够用不够？如其不够，我等大家再给凑。济公说：“众位不必费心了，富富有余。”

安天寿同小姐交了五百两香资，烧完了香，吃了素斋，这才告辞，坐船往回走。方走到葵花庄的江岸，忽然起了一阵怪风，刮得对面不见人，几乎把船翻了。这阵风过去，再一看丫环、婆子被杀，小姐踪迹不见。安天寿等众人一看，唬得惊魂千里，说这件事可奇怪了，怎么会小姐没了？丫环、婆子被杀？要说小姐掉在江里，丫环、婆子不能死。要说有截江贼，怎么连人影儿没看见呢？这件事怎么办？回去见了老爷，怎么对得起？有一位老管家，也是在张宅多年的人，叫张福。张福说：“安都头不便着急，先在附近访查访查。如访着更好，如访查不着，你我回金山寺去找济公，求他老人家给找找小姐。反正找不着小姐，你我也不能回去。”安天寿无法，靠了船弃舟登岸，顺着江岸往前走了不远，见有一只小打鱼船。安天寿说：“借光，管船的，这眼前的村庄叫甚么地名儿？”这打鱼的说：“这是葵花庄。”安天寿说：“这庄子里住着都是做甚么的人家？"打鱼的说："你是外乡人罢？你不知道这是当朝秦丞相的大少爷秦魁在这里住？"安天寿一听，心中一动，说："这位秦魁，素日为人是好人是歹人？"打鱼的说："咳，别提了，别提了！你是外乡人不知道，我跟你说说。这位秦魁在我们本地，倚仗着势力欺人，常抢夺良家少妇长女，我们这方没人敢惹。"

安天寿一想："我何不进村庄探探去？这件事来得奇怪，令人难测。"想罢，安天寿进了村庄探访。见路北有一座大门，门口八字影壁，有上马石，有四棵龙爪槐，拴着幌绳，有十几匹骡马。安天寿一看，大约这必是秦相府，见这必是宅院房子不少。路南里有一座小铺，挂着酒幌子，上写："闻香下马，知味停车。"安天寿迈步进去，也没有多少酒座。安天寿找了一张桌坐下。伙计过来说："大爷要几壶酒？"安天寿说："来两壶酒，来两碟菜罢。"伙计擦抹桌案，把酒菜摆上。天已黑了，屋中掌上灯了。安天寿心里好似万把钢刀扎心，酒也喝不下去。正在烦得了不得，忽见由外面进来两个人，都是紫花布的裤褂，都有三十多岁，长得凶眉恶目，一脸的横肉。两个人晃晃悠悠地说话，舌头都僵了，大概是喝醉了的样子。这个说："二哥，咱们庄主不是说，每人赏二两银子吗？怎么又不赏呢？"那个说："庄主说话没准，说过了就忘了，也许明天赏，今天只顾喝喜酒了。"旁边酒铺掌柜的说："你们庄主有甚么喜事？"这个说："今天我们庄主的叔叔王胜仙王大人来了，提说上金山寺去烧香，因为一个美人，被镇江府知府打了四十大板，他来找我们庄主，派人去把这个美人得来，今天总算是喜事。"那人说："老二，你别说了，这事也是在外头说的？"这个说："不要紧，咱们这方谁敢坏咱们庄主的事？"焉想到旁边安天寿听得明白，自己一想，他们用甚么妖术邪法，把我家小姐抢来的？我去他家探探去，再作道理。

想罢，给了酒钱，由酒铺出来，绕到西北角上，回头四顾无人，拧身跳上墙去，见里面黑洞洞，一无人声，二无犬吠。安天寿蹿房越脊，如履平地相仿，探来探去，来到前厅。这院中是大四合房，北上房五间，南房五间，东西配房各三间。北上房屋中灯光闪烁，安天寿在暗中一探，见里面正面上坐定一人，黄脸膛，头带四楞巾，身穿宽领阔袖大红袍白护领，正是王胜仙。上手一位浪荡公子打扮，乃是风月公子马明。还有一个蓝脸的，两道朱砂眉，一双金睛叠暴，突出眶外，头带四楞逍遥巾，双飘秀带，身穿宽领阔袖大红袍，这就是蓝面天王秦魁。下手里坐着一个老道，头带青缎子九梁道巾，穿蓝缎色道袍，青护领相衬，白袜云鞋，面似姜黄，浓眉大眼，花白胡须，众人正在一处吃酒。安天寿看够多时，就听老道说："王大人，你今天依我说，先别跟他入洞房，叫婆子慢慢劝解他，总是他自己依从应答才好。再说这一件事，虽然办得严密，可有一节，据我想他等必要去找济颠。都瞒得了，可瞒不了济颠。大概人家也不能善罢干休。可是我也不怕济颠，他也未必准是山人的对手，可就怕这件事，吵嚷出去，可就不好办了。他那船上可有一个能人，如要到这里哨探到好，我将他拿住，可以斩草除根。"王胜仙说："济颠来也不要紧，他要讲交情，他是我哥哥的替僧，他就不应当管我的事，帮着人家；他如不讲交情，道爷你只要将他拿住，就把他杀了，有甚么祸，都有我呢。惟可恨镇江府赵翰章，他竟敢打我四十大板子，这个仇非得报不可！"

安天寿在暗中听得明白，自己一想："我先救我家小姐要紧，倘若我家小姐有点差错，我拿甚么脸去见我家老爷？"想罢，自己蹿房越脊，各院寻找，找到东跨院。这院中是北房三间，南房三间，东西配房各三间。北上房东里间灯影儿烁烁，人影儿摇摇。安天寿蹿下来，把窗纸湿了一个小窟窿，往里一看，屋中顺后墙一张床，地下有椅桌条凳，床上坐着正是金娘小姐。地下有四个仆妇，都在三十多岁，一个个伶牙俐齿，这个说："姑娘你就别哭了，你别想不开，你已然来了，反正你也走不了。这也不是地狱，你这算到了天堂了。你要好好地从了我们大人，享不尽的荣华，受不尽的富贵，一呼百诺。你要不依从，把我们大人招恼了，用皮鞭子笞你，也不能一时打死；你到那时答应，那时不打你，但是你后悔可就晚了。”这个说完了，那个老婆子就说：“姑娘你别哭，我告诉你，男大当婚，女大当嫁，早晚姑娘你也得出聘，还不定给甚么人家，就许受了罪。这个我们大人，乃是当朝秦丞相的兄弟，大人本人是大理寺正卿，你跟了我们大人就是夫人。妇人女子一辈子，也无非就是吃喝穿戴。这个主儿，找都找不着，你还哭。要依我说，你洗洗脸，搽点粉，换换衣裳，把大人哄乐了，你要一奉十。”

这个说一套，那个说一套，都是伶牙俐齿。安天寺在外面听着，把肺都气炸了。有心进去杀这四个仆妇，又怕唬着小姐，莫若叫出来杀。想罢，说：“老姐姐们出来，庄主叫我来问劝得怎么样了。”仆妇一听说：“谁呀？”安天寿说：“我。”说着话，由里面出来两个仆妇，被安天寿一刀一个杀了。里面两个仆妇听外面“咕咚咕咚”响，赶紧问：“王姐姐你摔躺了？”安天寿说：“你们来瞧瞧。”这两个人出来，也被安天寿杀了。

安天寿进到屋中要救小姐，抬头一看，小姐踪迹不见，把安天寿唬得亡魂皆冒。不知后事如何，且看下回分解。

第一百十九回　因救千金被贼获　为唬贼人装鬼神

话说安天寿把四个贼婆子杀死，到屋中要救小姐，焉想到踪迹不见，安天寿一看愣了。自己正在发愣之际，忽听外面有人喊嚷“拿贼”！

书中交代，王胜仙自从镇江府打了他四十板子，他来找秦魁。同风月公子马明，带领家人来到门首，往里面一回禀，秦魁一听叔叔来了，赶忙往外迎接。来到外面给王胜仙行礼，王胜仙给风月公子马明一引见，大众往里够奔。来到大厅，王胜仙一看，这里坐着一个老道。王胜仙就问：“贤侄，这位道爷是谁？”秦魁说：“这是我师父混天老祖，教给我练金钟罩铁布衫。”这个老道会妖法，说在这里住着，他会配各样的要药，金枪不倒、美女自脱衣等药。秦魁虽爱练，可也是酒色之徒，故此拿老道敬如上宾，立刻给王胜仙一引见，说：“这是我师父，他老人家善会呼风唤雨，撒豆成兵，搬山倒海，五行变化，前知五百年，后知五百年，能掐会算，善晓过去未来之事。”王胜仙说：“这就是了。”秦魁说：“叔叔今天从那来？”王胜仙说：“别提了，我原本要上金山寺去出善会，走在江口，碰着一个美貌的女子，船上插着海潮县正堂的旗子。我要上他船上去，不想被他手下一个能人，将我踢下江去，幸亏我命大，也不知怎么会上来了。镇江府知府赵翰章赶上这件事，我跟他一道名姓，他反打了我四十板子。我这口气不出，美人也没得到手。这个美人我真爱得了不得。我来找你给我想个主意。”旁边混天老祖哈哈一笑，说：“这乃小事一段。大人要打算要这个美人容易，我去施展法术，将他带来，不费吹灰之力。”王胜仙一听，喜出望外，说：“祖师爷真能把这女子给我得来，我必有重谢。”老道说：“既然如是，大人等着，我去去就来。”

老道出了葵花庄，在江口一等，工夫不大，见海潮县这只船来了。老道口中念念有词，立刻一阵狂风大作，老道上船将婆子、丫环杀死，在小姐天灵盖上打了一迷魂掌，小姐糊里糊涂，老道施展法术，风裹着把小姐带回来，交与婆子，叫婆子给烧了一道符灌下去，等小姐明白过来，慢慢劝解。老道来到大厅说："王大人，我山人已将美人给你得来。"王胜仙千恩万谢，在大厅摆酒，大家开怀畅饮。依着老道，今天先不叫王胜仙跟小姐入洞房。王胜仙喝醉了，一定要入洞房，说："如其那女子不依从，我今天把他捆上，也别管他答应不答应。"老道说："既是王大人今天要入洞房，如果他不从，我给你一粒药给他吃了，管保叫他自相情愿。"王胜仙乐得了不得，赶紧叫家人先去问问婆子劝得怎么样，答应没答应。家人来到这院中方要说话，见地下四个婆子被杀，家人连忙跑到大厅，说："可了不得了，那院里四个婆子都死在院里，被人杀了，有一个人进了屋子。"秦魁一听，说："赶紧叫二位护院的拿贼，别放贼走了。"

他这家中两个护院的原是西川路的两个贼，一个叫鸡鸣鬼全得亮，一个叫造月鹏程智远。家人给一送信，二人各拉兵刃，吩咐鸣锣聚众，一同来到东跨院。安天寿在屋中找小姐没有了，找了半天，方转身出来。全得亮一声喊嚷："好贼，你往那里走！"安天寿一看，见全得亮头戴翠蓝色六瓣壮士巾，上按六颗明镜，身穿蓝箭袖袍，腰系丝鸾带，单衬袄，薄底靴子，面似姜黄，两道短眉毛，一双三角眼，鹦鼻子，两腮无肉，手擎一条花枪。后面跟定一人，头上紫缎色壮士帽，身穿紫箭袖单衬袄，薄底靴子，手擎一把钢刀，紫脸膛，一脸的花斑，凶眉恶眼，怪肉横生。安天寿见小姐没了真急了，当时一顺手中刀说："好贼人，你等施展甚么妖术邪法，把我家小姐抢来？今天安大太爷把你等刀刀斩尽，剑剑诛绝。"全得亮赶上前，抖花枪照定安天寿梗嗓咽喉就扎。安天寿刀法纯熟，门法精通，急架相还。程智远摆刀过来协力相帮，安天寿用刀往外一拨，贼人往回一撤枪，反把照定前胸刺来。这条枪三花九摆，金鸡乱点头。手下恶奴各掌灯球火把，齐声喊嚷。

安天寿一看人多势众，打算要走。秦魁同老道赶到，老道见全得亮、程智远两个人拿不了安天寿，老道说："二位闪开。好小辈，放着天堂有路你不走，地狱无门自找寻，待山人来拿你。"全得亮二人往旁边一闪，老道口中念念有词，说声"敕令"，用手一指，将安天寿定住。程智远摆刀要杀，老道说："别杀，捆上他带到前面，细细地审问审问。"他这才立刻将安天寿捆上，搭着来到大厅。王胜仙、秦魁、马明，同老道在上面坐定，老道说："你姓甚么？叫甚么？来此何干？趁此实说。"安天寿把眼一瞪，说："你家大太爷行不更名，坐不改姓，我姓安名叫安天寿，绰号人称独角蛟。我乃是海潮县三班都头。只因你等为非作恶，施展妖术邪法，抢我家小姐。我奉我们老爷堂谕，前来寻找我家小姐。大太爷既被你拿住，杀剐你给我快行。"秦魁说："祖师爷何必还细问他，把他杀了就完了。"

正说着话，忽听后宅"当当当"镋响一阵。秦魁一听一愣，每内宅有紧要事才打镋。正在一愣，婆子来到前面大厅，慌慌张张说："庄主可了不得了，后宅闹大鬼，把大姨奶奶、二姨奶奶全唬死了，你快去瞧瞧罢。"秦魁一听说："这事奇怪，你我一同去瞧瞧去。"全得亮、程智远说："这必是绿林人装神弄鬼。"秦魁立刻叫两个家人在大厅看守安天寿，秦魁同王胜仙、风月公子马明、老道混天老祖，带领鸡鸣鬼全得亮、造月鹏程智远，大众一同够奔内宅。秦魁自己到屋中一看，众姨奶奶全都死过去了，人事不知。秦魁叫了几个大胆的婆子，把大姨奶奶、二姨奶奶搀扶起来，慢慢地呼唤，好容易还醒过来。老道交给秦魁几丸定神药，拿阴阳水化开，给众位姨奶奶喝下去，定了定神。秦魁说："众位姨奶奶是怎么一段事，全都给唬死过去？"大姨奶奶说："我等在灯下跟婆子、丫环说着话，等候公子爷过来安歇。忽然间由外面进来一个大鬼，身高有一丈，五色脸大脑袋，冲着我们一晃，唬得我们全糊涂了，也不知这鬼那里去了。"秦魁一听，气得哇呀呀怪叫如雷，说："好鬼，胆敢搅闹我的家宅不安，你们赶紧给我寻找，找着把他碎尸万段。”众家人点上灯笼,各处寻找,前前后后院中都找遍了,并无踪迹。这才回到后面,说:“庄主爷,我等都找遍了,并没有。”

鸡鸣鬼全得亮、造月鹏程智远,这两个人本是绿林人,甚么事瞒不了他们。这两个人在绿林中甚么事都做过,蹲到水坑里就装龙,抹一脸锅烟子就装灶王。那行人知道那行的事,程智远说:“庄主爷,你老人家不知道,这决不是鬼,必是安天寿的余党。”秦魁说:“我也明白,光天化日,朗朗乾坤,那里来的鬼。这乃是无名的小辈装神弄鬼,要是好朋友就不该跑。好鬼狗娘养的,唬呼我的爱妾!”秦魁站在院中破口大骂,焉想到英雄侠义,就是不听人骂。

忽然房上答了话,一声喊嚷,声音洪亮,说:“好囚囊的,你先别骂,大太爷本不是鬼。只因你等为非做恶,无故抢掳良家的妇女,大太爷乃侠义英雄,专杀土豪恶霸、赃官佞党,搭救义夫节妇、孝子贤孙。今天特意前来结果你等性命。”鸡鸣鬼全得亮、造月鹏程智远说:“你下来。”当时由房上跳下二位惊天动地的大英雄。不知来者是准,且看下回分解。

第一百二十回 雷陈奉命救良善 济公功满归静慈

话说蓝面天王秦魁破口一骂,由房上答了话,跳下两个人来。一位头戴紫壮士帽,紫箭袖,腰系丝鸾带,单衬袄,薄底靴子,面如蓝靛,发似朱砂,押耳红毫。一位穿挂蓝翠,壮士打扮,白脸膛,俊品人物。各擎钢刀,来者非别,正是风里云烟雷明、圣手白猿陈亮。这二位自从前者由京都完了官司,同马兆熊、秦元亮各自回家。雷明、陈亮在家中闭门度日,不肯出来,看破了绿林道。前者接着济公的请帖,济公在金山寺办善会,这两个人不能不来。二人备了二百两香资,来到金山寺给济公帮着应酬施主。济公把雷明、陈亮叫在一旁,说:“你二人给我办点事。”雷明、陈亮说:“师父有甚么吩咐?”济公说:“你二人不用在庙里帮我张罗,你二人赶紧到葵花庄去。现在秦相的儿子秦魁,把海潮县知县的妹妹张金娘抢了去,有一个三班都头安天寿去救他们小姐,你二人去帮着把小姐救出龙潭虎穴。只要把人救出来,可千万别招惹秦魁他等。他那里有一个老道,你二人可不是他的对手,千万不可跟他交手。倘如你二人闯出祸来,我这里甚忙,可救不了你们。”雷明、陈亮点头,二人出了金山寺,坐船到了葵花庄的大岸。

天已黑了,二人下了船,施展飞檐走壁,到秦魁家中一瞧,探见大厅里众人喝酒谈话。雷明、陈亮都听明白了,二人各处一寻找小姐,找了东跨院北上房,屋中婆子正劝解姑娘。雷明、陈亮在房坡爬着,往下瞧见安天寿正使调虎离山计,往外叫婆子,把四个婆子都杀了。雷明、陈亮有心进去救小姐,又一想男女授受不亲,人家是未出闺阁的女儿。二人正在心中犹疑,见安天寿进了屋中,“呵”了一声说:“小姐那里去了?”雷明、陈亮一想:“这是甚么人,走在我们头里!”二人赶紧就追,直追出庄子也没赶上,就听庄内人声呐喊,二人复又回来,见安天寿跟全得亮、程智远动了手,杀在一处。少时见安天寿被老道拿住。依着雷明就要下去,陈亮说:“二哥别莽撞,师父告诉不叫你我下去动手,不是老道的对手,你我别碰钉子。”陈亮把雷明拦住,见众人把安天寿搭在大厅去，雷明说："你我要不救他，他准得死在恶霸之手，咱们使调虎离山计救他。"这才把隔面具掏出来戴上，雷明到宅内满屋里一串，把众姨奶奶俱都唬死。

二人在房上看着，见婆子给前面送信，少时秦魁同老道等都到后面来。雷明、陈亮赶紧到前面来要救安天寿，急至来到前面一看，见两个家人已被人杀死，安天寿踪迹不见。雷明一看就愣了，陈亮说："罢了，真是夜眠清晨起，路上又早行人。"二人愣了半天，后又到后面一探听，秦魁一骂，雷明恼了，当时答了话，跳在院内。陈亮也说，不上不算来了。二人方一下来，鸡鸣鬼全得亮赶过来，照定雷明就是一枪，雷明摆刀急架相还。程智远摆刀照定陈亮劈头就剁，陈亮用手中刀海底捞月，往上就迎。贼人撤刀分心就刺，陈亮闪身用刀往下一迎，就便动手。走了五六个照面，雷明、陈亮本来能为武艺出众，本领高强，刀法纯熟，全得亮、程智远二人不是雷明、陈亮的对手。二人净有招架之功，并无还手之力。老道混天老祖口念"无量佛"，说："好小辈，放着天堂有路你不走，地狱无门自找寻，真是飞蛾投火，自来送死，待山人结果你的性命。"说着话，用手一指，一声"敕令"，用定身法将雷明、陈亮定住。秦魁吩咐绑，立刻将雷明、陈亮搭到大厅。秦魁一看两个家人被杀，安天寿踪迹不见，气得颜色更变，这才问道："你两个人姓甚么？叫甚么？因何来到我这家中搅闹？"雷明、陈亮说："大太爷行不更名，坐不改姓，我叫雷明，人称风里云烟。他叫圣手白猿陈亮。我二人由金山寺，奉我师父济公长老之命前来，只因你等抢夺烧香的良家小姐，派我二人特来救人。"秦魁一听，自己一想，济公是我父亲的替僧，这件事要声张出去，彻底根究，我抢夺良家妇女，被我父亲知道，决不能饶我。要不把这两个人送到当官去，这家中六条命案也不好办。秦魁说："你两个人既是济公叫你们来的，我跟济颠远日无冤，近日无仇，我这婆子是你们谁杀的？"雷明说："要问谁杀的人，我二人不知道。"秦魁说："大概这么问你，你二人也不实说。来人，把他两个人吊起来，给我打！"手下家人答应，正要打雷明、陈亮，忽听后宅一阵大乱，家人喊嚷："可了不得，宅内着了火了！"秦魁众人一听，唬得惊魂千里，众人连忙往后跑。幸喜家人多，把火扑灭。气得秦魁哇呀呀怪叫如雷。再到前面一看，雷明、陈亮踪迹不见。天也快亮了，秦魁说："你等跟我追放火的人！"大众一同追出院子，扑奔村头。

方一出村，只见由对面济公带着镇江府的二十个班头来了。风月公子马明机灵，见事不好，带着自己的从人竟自逃走。老道一看见济颠眼就红了。

书中交代，这个老道本是慈云观漏网的贼人，乃是右殿真人李华山。前者由藏珍坞逃走，各奔他乡，他来到秦魁这里，自称混天老祖，在这里避难。按说就应该改过自新，他还是恶习不改，也是该当遭报。原本济公昨天在金山寺应酬众施主，不能分身，收了有七八万银子。今天一早带领本地面二十名班头，特为来拿老道。老道打算要跑，那如何能行，被济公用手一指，口念"唵嘛呢叭𠺗吽"，老道已然不能动转，济公派官人把他捆上。秦魁一见不好，先逃进家中，闭门不出。王胜仙连急带唬，逃走到家中，卧病不起，只见有无数冤鬼在床前要命，病了一个多月之久，自己呜呼死矣。临安城人人啐骂，都说早就该死，这也是他一生不做好事之报。在外面杀男掳女，欺压良善，今朝一死，这也是恶报临头。

单表济公拿获妖道，见秦魁逃走，也未追赶。只见从正南来了几个人，内中有安天寿同着雷明、陈亮。书中交代，安天寿是从那里来？被何人救去？只因安天寿被人捉住，绑在大厅之上，秦魁带着群寇妖道要杀，雷明、陈亮使调虎离山计，后面装鬼。秦魁等奔后面去，只见从房上跳下来一位英雄，身穿夜行衣靠，面如白玉，粉脸如银，长眉阔目，准头端正，唇似涂朱，看年岁二十以外，俊品人物，手执钢刀，先把安天寿绳扣解开，说："朋友，跟我来，我特意来救你。"说罢，一飞身蹿上房去。安天寿说："恩公慢走，我还要救我家小姐要紧。"那人说："你不必狐疑，我已然把小姐救上船去，咱二人先到外边，你等候于我，我再去看葵花庄内是何人使调虎离山计。"二人到了外边，那人说："安都头，你在此等我。"说罢翻身进了庄院，正见雷、陈二人被捉。他到西院之中放了一把火，烈焰腾空，那边众人急忙来救火，那人趁此把雷明、陈亮救出来。到了外边，一见安天寿会合一处，安天寿说："兄台救我性命，未领教贵姓高名，仙乡何处？"雷、陈也过去问那人名姓。那人说："我姓彭名恒，乃江北黑狼山彭家集的人，江湖上人都称八臂膀飞行太保九杰彭恒。只因我寻访我师父叶德芳，走在此地，听人说葵花庄险恶无比，无人敢惹，欺压良善，无所不为，我想结果恶人性命，扰乱他家宅不安。不想到那里，正遇安头儿在那里救姑娘。我一见动了一点恻隐之心，我先把小姐救出来。我也不顾避嫌疑，把小姐背至外面，一问方知是张小姐。我送至船上，二次来到贼宅，原要杀他满门家眷，不想我到那里看见安都头被捉，雷、陈二位使调虎离山计，我得便把你救出来。复又到里边一看，见雷、陈二位被捉，我放火把他人调开，我得便把你二人救出来。这是已往之事。"四人共到船上，此时张小姐要寻死，丫环、奶娘解劝好了。安天寿四人到船，各说各人之事，天色已亮，听见正北人声一片。雷明、陈亮四人同下船，到庄外一看，只见济公捉了妖道，秦魁逃走。济公告诉雷、陈，到金山寺帮他办事。安天寿谢了济公等，彭恒告辞，自己去了。

济公同官人到镇江府衙署，见知府把妖道按律拟罪，解交常州府完案，把妖道就地正法。济公到金山寺，先派人把徒儿全都叫来，先给孙道全落发，就在金山寺充当知客僧。悟禅仍回九松山松泉寺庙中。济公择日开工，重修金山寺。不到半截，工程告竣，塑画一新，诸事完毕，雷、陈二人回家。济公自回临安城，到天竺山静慈寺庙中。众僧接见，方丈德辉说："济公你来此甚好，老僧我正盼想之际。现在咱们下院报花寺，年久失修。重修那庙，工程甚大，非汝不能募化。此乃是一件好事，功德无量。"济公点头答应，在报花寺募化十方，京都在朝文武官绅富户，都来给济公书写缘簿。未到半载之久，化了有数万两白银，从此兴工起造，把那庙塑化一新。开光之日，来了四山五岳之善男信女。

济公后来游了五湖、四海、五岳，访天下高僧、高道，坐化在报花寺，留下真肉胎，至到如今，古迹犹存。有好事者，在那神像傍题写匾额一块："是真是幻"，真乃千古佳话。